ROLF HOCHHUTH

Alle Erzählungen, Gedichte und Romane

Mit einem Nachwort von
Albert von Schirnding

Rowohlt

Herausgegeben
von Hans Georg Heepe

1. Auflage März 2001

Umschlaggestaltung any.way, Walter Hellmann
Satz aus der Garamond PostScript PageOne
Gesamtherstellung Clausen & Bosse, Leck
Printed in Germany
ISBN 3 498 02962 2

Inhalt

In Venedig

Zehn nach null Uhr · Carnevale
Ostern · Twens · La Méditerranée
Kreislauf-Studie · Tacheles reden? – lieber nicht!
Strand

Zehn nach null Uhr

Leere Gondeln zerren an Tauen,
kentern scheinbar vor der Mole,
denn die letzten Vaporetti
werfen, die Lagune reitend,
Dünung kaiwärts.

Wasser, sargschwarz, quellen aus Brüchen,
tuschen Seen auf die Piazza.
Prokurazien, Campanile,
sonst von Opernlicht verzuckert,
drohen faschistisch.

Zwei, vertraut, in Pelz und Smoking
fürchten sich vor dem Hotel.
Gehen Kreise, streiten nicht mehr.
Heute abend hat die Wahrheit
ihre Konvention zerrissen.

Carnevale

Karneval: lat. carne vale
= Fleisch lebe wohl.
Brockhaus

Aus Glück wurde Angst,
Venezianerin:
entziehst Dich, verlangst
– daß ich gehe! Wohin?

Maskenzug ohne
Dich durch die Gassen?
Ab zur Stazione
– sitzengelassen!

Drohst wie auf San Michele
Zypressen:
»Hast nie meine Seele
– nur Fleisch besessen!«

»Nur«! Klischee an Karneval
Fleisch zu denunzieren:
Gibt's Elternliebe überall,
gibt's sonst in Menschen, Tieren

»Nur« Seelen, die Leiber lieben!
Behauptest ohne Federlesen,
seit Du mich abgetrieben:
»Liebe ist das nie gewesen!«

Nahmst Dir den Jungen
– wird der Dich behalten?
Resigniert, notgedrungen
wie stets wir Alten

Steige ich ein ...
gondele durchs Labyrinth.
Gehörst Du dem Ragazzo *allein*?
Bora nennen sie Meeres-Wind.

Heut treibt Scirocco aus Triest
– ich totlahm bis ins Mark,
bahnwärts statt zum Rialto-Fest
meine Gondel – meinen Sarg.

Ostern

Straußens Walzer auf San Marco,
komponiert in jenen Jahren,
da Venetien Wien gehörte.

Fiatflitzer, Pizzaesser
hagere Katzen, Filmkritiker
Lehrerinnen, schwule Briten
Inder, Sari, roter Turban
Nonnen, wegsehend, weil ein Terrier
stämmig einen Pudel stößt.

Dort Höchstselbst der Patriarch,
der bis eben fasten mußte,
stürmt vom Hochamt an die Tafel.

Früh im Dom, der Räuberhöhle
– was dort Kunst ist, ist gestohlen –,
glaubt man an die Auferstehung.
Die Piazza glaubt dem Umsatz,
den Muranos greller Glaskitsch
zweimal wöchentlich erzielt.

Twens

Museen durchgähnt; dann im Dogenpalast
(Pfingsten wegen Überfüllung gemieden)
kam in sein Gerede eine heisere Hast,
als er, verkrampft, mit twen-altem Spott
an den Decken die Aphroditen

Des Veronese töricht glossierte.
Die Schenkel, meersandbraun,
handliche Brüste, hochgezogene Knie
– er mußte wegsehn, so verführte
ihn dieser Reigen, jetzt auch sie

Die frühlingsmüd im engen Minirock
viel aprikosenzarte Haut spazierentrug
– hob sie den Arm, so sah er das Gelock,
den Wildwuchs ihrer Achselhaare –,
besessen einzureihen in den Zug

Der unbekümmert nackten Götterpaare.
Er dachte, was im Mai ein Mädchen »trägt«
– es brachte seinen Twenspott um die Sprache;
einhundertfünfzig Gramm das Kleid
je dreißig Gramm für Höschen und BH

Kniekehlen, die er treppauf sah
– in den Verliesen schon, als er es ihr graute –,
er hat sie oft gesehen – jetzt »erkannt«.
Er gab ihr sein Jackett und taute
ihr Inneres auf, das fröstelnd angewidert

Durch Ketten, Waffen, Folterräume
sich überhaupt Venetiens Glanz verschloß.
Kaum er ihr Hals und Schlüsselbeine küßte,
war sie ihm ganz geöffnet und zerfloß
in seine Hand und riß sich los.

Floh aus den Kerkern bis zum Vaporetto
– floh auch vor ihm; dann zu ihm hin.
Und sie gestand im beigen Morgenlicht,
zu *ihm* sei sie nur zufällig gekommen …
»Schwermütig?« höhnte er, Schlaf im Gesicht.

Er hatte sich nicht sehr subtil benommen.
Ja, sagte sie, die Frauen des Veronese,
die Menschen alle hier auf den Gemälden
– ob nicht auch er den Tod in ihnen lese?
»Ach – komm! Du bist erst neunzehn – merde!«

Sie war sehr schön, der Tod schien ihm sehr weit.
Sie: ob's denn gut sei, daß man achtzig werde?
Sie lachte mit, wozu ihm anvertraun,
daß heute nacht ihr Fest der Fleischlichkeit
nur ihren Absturz in ein neues Down

Beschleunigt hatte, da sie neu erfahren,
daß wir im Fleisch allein das Glück umkreisen.
Denn Geist zertrennt – nur in den Jahren,
da wir umarmenswert sind, reißen
mit unserem Leib auch unsre Seele

Mitmenschen in ihr Boot,
daß wir nicht sinken.
Komm, flieh die Stadt, Palazzi und Kanäle,
die heute schon – wie wir erst morgen –
nach Alter und Verwesung stinken.

La Méditerranée

Glück? Deine Gegenwart!
Atmender Basalt
Dein Barock: fettlos, hart
– Deine Haut wie kalt

Im Zentrum Lava, erweckt
durch Esprit.
Libido – Intellekt:
Deine Symphonie.

Nur in Dir, urmusikalisch
sind Stirn und Damm:
Animus – animalisch
vom selben Stamm.

Liebst mich nicht?
Liebe steckt an …
Wille zerbricht
Quarz: kein Mann

Kann dich umarmen,
doch dann von Dir los.
Wohin – erbarmen
Dein Geist, Dein Schoß

Sich nicht – wo schriebe
ich adresselos hin?
Ich bin, weil ich liebe:
Dein Sein – mein Sinn.

An Esther

Kreislauf-Studie

Fortschritt? – daß mondhoch Raketen steigen,
doch meerab Venedig versinkt?
Nein: nur Beschäftigungsreigen,
den der Gleichlauf der Kulturen erzwingt.

Jede Zeit baut Pyramiden:
Irrsinn, der nach leeren Riten

Weltanschauung, Reich genannt,
»ewige« Werte setzt – auf Sand.

Sinnlos zwar, doch zweckvoll – Strategie.
Denn Beschäftigungstherapie

Nur um »aus«zuleben – ist Geschichte!
Und die Umwälzung der Machtgewichte

Hat nur *einen* Zweck: Potenzverschleiß.
Fortschritt, Endziel gibt es nicht; ein Kreis

– je *ein* Kettenglied an vielen Ringen –,
schließt sich wie ein Mensch stirbt; von Gelingen

Sprechen nur die Heilsverkäufer: es ist aus!
Ein Jahrtausend wächst und welkt der Strauß,

Den auf anderer Ursprungsstätte
– wieder nur *ein* Ring der gleichen Kette –

Pflanzer *ihrer* Äcker schufen.
Denn nicht vorwärts, aufwärts, nicht in Stufen

Sondern in die *Fläche* wuchert weiter
und er wechselt – wie die Kleider

Seine Rassen nur – der homo faber.
Überlieferung, wo er dem Kandelaber

Der erlöschenden Kultur noch Licht entnimmt,
der er – meist – »verbrannte Erde« zubestimmt:

Wie die Christen ihre ordinären Siege
»krönten« durch Vernichtung der Antike

Schenkten Spanier Holocaust als Segen
Christi – Inkas und Azteken

Und den Genocid die Weißen den Indianern.
USA: frei von Roten! Den Amerikanern.

Tacheles reden? – lieber nicht!

»Nichts ist bedeutender in jedem Zustande
als die Dazwischenkunft eines Dritten«.
Goethe

Bist mir ja trotzdem treu
– ich trotzdem Dir!
Zärtliche Scheu
verwehrt, daß wir,
die nicht gleich Schwänen
eine/einen nur lieben,
frühmorgens erwähnen,
wo wir abends geblieben.

Auskunft nicht erbeten:
Worte – Dynamit!
Wozu Tacheles reden,
ob wir zu viert, zu dritt?

Nimmst Du Dich ihm
– nimmst du auch mich?
Kann denn im Team
nicht Treue sich
realisieren wie zu zweit?

Liebe wird Lüge – monogam.
Treu aus Zwang nur, unter Eid?
Liebe, die so unduldsam,
wäre *sie* denn ideal?
Gradlinig statt zu mäandern?
Selbst der Kelch beim Abendmahl
muß durch die Gemeinde wandern.

Aus dem »Paradies« befreien,
glückt nur, spielt die Schlange mit.
Und sie tut es! Weil zu zweien
immer der/die Dritte – tritt.

Strand

Nacht – jetzt schweigt sogar der Wind,
die Flut ist zurückgewichen.
Alle, die mir wichtig sind:
Menschen, Fragen – ausgestrichen
hat sie, wie mich,
die Gleichgültigkeit,
mit der das Meer
Muscheln, Teer
– und sich
ausspeit.

Resignation oder die Geschichte einer Ehe

Daß zwei Erwachsene zusammen leben
können, ist eines der größten Wunder;
in den meisten Fällen können sie es
auch gar nicht,
was nur dadurch verdeckt wird,
daß sie auch nicht auseinander können.

Ludwig Marcuse

Baden-Baden, 6. Oktober

Habe ich wieder überstürzt gehandelt – ebenso wie ich zwei Koffer packte, die Kinder nahm und zur Bahn fuhr, ohne zu wissen, welchen Zug ich besteigen wollte? Ich habe bereits einen Anwalt! Aber ich fürchte, nur deshalb, weil er zufällig im gleichen Hotel einquartiert ist.

Zufällig?

Seit Fred mir vor Jahren den Aufsatz von Schopenhauer gab, glaube ich oft, daß der Zufall nur das Werkzeug einer tief verborgenen Notwendigkeit ist, die jeden Lebenslauf steuert. Doch schrieb er auch irgendwo, was wir Schicksal nennen, sind meist nur unsere eigenen dummen Streiche. War es ein dummer Streich? Es ist so viel bequemer, sich zu sagen, daß es einem zustößt, als zuzugeben, daß man es *macht.*

Wir kommen um sieben an, Empfang, Halle, Salon gleichen einem Klub: Juristenkongreß – und heute großes Essen hier im Haus. Ich dusche die Kinder, sie können sich gar nicht beruhigen über die Wanne mit drei verschiedenen Wassersorten, wir lassen uns etwas zu essen bringen, ich lege die beiden schlafen – Geschrei, denn Peterchen will Vatis Stelle im Ehebett einnehmen, Ingrid will auch nicht auf die Couch, es muß gelost und soll nun abgewechselt werden. Als wollte ich wer weiß wie lange hier wohnen!

Aus dem geplanten Bummel zum Kurhaus wird fast ein Dauerlauf, ich kann überhaupt nicht mehr langsam gehen. Die Läden dort sind noch offen, ich kaufe dieses Heft, um überm Schreiben etwas zur Besinnung zu kommen; ich kann ja nicht mehr auf Freds Terminkalender meine Eintragungen machen – zum erstenmal seit mehr als elf Jahren, seit Ingrids Geburt.

Die Allee ist so erleuchtet, daß man noch spät allein dort gehen kann. Soll ich Fred schreiben, soll ich anrufen oder überhaupt nichts von mir hören lassen? Seit gut fünf Stunden wird er wissen, daß wir fort sind. Wird er wenigstens die Kinder vermissen oder nur erleichtert sein? Was wird er den Leuten sagen?

Warum quält mich das noch, da ich doch zur Scheidung entschlossen bin? Das ist es eben: ich bin doch noch gar nicht dazu entschlossen gewesen, ich bin es genaugenommen noch immer nicht – und habe doch schon alles eingeleitet.

Bis halb elf hatte ich mich draußen herumgetrieben. Einmal erschrak ich tief unter einer nachtschwarzen Baumgruppe, es war, als liefe jemand hinter mir her – doch wurden nur abgestorbene Blätter der Kastanien schlurfend über den Kies geweht, auch ich bin ein abgerissenes Blatt ... schon mußte ich lachen über das lyrische Klischee und den Teich von Sentimentalität, in dem ich unterzugehen drohte. Noch während ich lachte aber, fühlte ich mich öffentlich gedemütigt, hier so allein als zweifelhafte Erscheinung herumstreunen zu müssen, abgeschätzt von Männern, belächelt von Frauen, die ihren Begleiter im Arm halten – wie *sie* Fred im Arm hält, diese neunzehnjährige Göre. Ich rettete mich vor dem Haß, indem ich gewaltsam an die Kinder zu denken und noch schneller, als ich schon herumlief, ins Hotel zu kommen suchte.

Bevor ich den Lift erreichte, erinnerte der Portier daran, ich hätte uns noch nicht eingetragen, so füllte ich den Zettel aus. Da traten aus der Bar zwei Herren auf mich zu, angenehm vergnügt, eine Dame folgte, offenbar die Gattin des älteren. »Gnädige Frau, hier fachsimpeln zwanzig Anwälte und haben sich so hartnäckig in dumme Fragen verbohrt, daß wir Sie sehr bitten möchten, zur Unterstützung von zwei Damen, die bisher nur anwesend sind, noch ein Viertelstündchen zu uns zu kommen!«

Ich sträubte mich lange, sogar noch, als die Frau mich bat – bis ich das Gefühl hatte, durch mein Sträuben der Aufforderung erst das Gewicht zu geben, das sie nicht haben konnte. Und warum sollte ich oben schlaflos liegen? Ich hatte Angst davor. So ging ich endlich mit, und ehe ich mich versah, hatte ich eine ziemlich ordinäre Freude daran, Mittelpunkt zu sein, eine glückliche Mutter, die leider ohne ihren Gatten, der seine Klinik nur zum Wochenende verlassen kann, die Herbstferien verbringen muß. Daß mein Mann am Wochenende kommen werde, durfte ich unbesorgt verkünden: übermorgen abend endet der Kongreß.

Es wurde spät. Mir tat es gut, daß Männer in Freds Alter und jüngere mich noch durchaus galant behandeln. Und daß ich drei

Cocktails nahm, half mir auch noch, schneller einzuschlafen, als nach diesem traurigen Tag zu erwarten gewesen wäre – aber der Schlaf bewahrte mich nur bis zum Morgengrauen. Dann stürzten die unappetitlichsten Bilder auf mich ein. Schrecklich wach, sah ich Fred mit diesem Mädchen, das seine Tochter sein könnte, und er weihte sie ein in unsere Geheimnisse, er lehrte sie die Spiele unserer Ehe. (»Unserer« – wie anmaßend! Als täten nicht alle das gleiche. Oder heißt es: Dasselbe? Wer das in meinem Alter noch nicht weiß, lernt es nie mehr. Wozu auch!) Ich haßte Fred – und ich wehrte mich gegen verwirrende Vorstellungen, die aus der Vergangenheit empordrängten, Wachträume, in denen ich mich als Sechzehnjährige mit Ernst sah, der mich in Ostpreußen liebte, wenige Tage vor seinem Tod.

Später, in dem viel zu engen Frühstückszimmer, steuerte einer der beiden Herren, die mich gestern noch in den Salon gelotst hatten, auf unseren Tisch zu und bat, der vierte sein zu dürfen. Ein Mann, der sich sofort bei den Kindern mit Späßen in breitem bayerischen Dialekt beliebt machte. Als wir gingen, es nebelte noch, wir drei trugen Kappen und Schals, die Kinder froren oder stellten sich so an – da sagte unser Tischherr aufgeräumt, er habe erst um zehn Vortrag, auf den Höhen scheine schon die Sonne, er könne uns am Merkur absetzen, er wolle ohnehin noch ein wenig durch den Wald fahren. Es war mir recht, wir hatten nichts zu tun, als diesen Tag irgendwo und irgendwie ›umzubringen‹, ich war in Gedanken längst wieder zu Hause – gleichzeitig entschlossen, aktiv zu werden.

So stellte ich dem Münchner, kaum daß wir die Stadt hinter uns hatten und langsam bergauf fuhren, die Frage, ob er unter seinen Badenser Kollegen einen Anwalt empfehlen könne. Er sah mich so an, daß ich die Frage gleich bereute – eben weil er so wenig nach Geschäftsmann aussah: »Es geht wahrscheinlich nicht um Erbschaft? – Nämlich darauf spezialisiert er sich, mein hiesiger Freund, ein betagter Kollege.«

Er wartete, wohl der Kinder wegen, meine Antwort gar nicht ab (ich bin überzeugt, die Spezialgebiete des Kollegen wurden schnell erfunden) – und trug mir seine eigenen Dienste an, er habe sowieso bis Sonntag bleiben wollen, wir könnten uns ja morgen unterhalten: »Wenn Sie sich einig sind, geht es rasch.«

Ich lachte magenbitter: »Wenn wir uns einig wären ...«, auch er mußte lächeln, er hielt, wir stiegen aus, er jagte die Kinder voran, sie sollten sich in der Schonung dort verstecken, er wolle sie suchen. Meine Frage: wieso er gewußt habe, daß es um meine Ehe gehe. Seine Antwort: er habe mich gestern abend »da aus dem Hotel stürzen sehen«, er sei später auch am Kurhaus gewesen, um Tabak zu kaufen und – »nicht daß i do herumspioniert hab, aber als Anwalt kriegt man halt an Blick dafür ...« – wie ich in der Lichtenthaler Allee »rumg'laufen« sei, als erwarte ich jemanden, von dem ich schon wußte, er käme nicht.

»Sie glaubten, ich sei bei einem Rendezvous versetzt worden?« erwiderte ich gereizt. Seine Antwort brachte mich noch mehr auf, aber gegen Fred, der mir zumutete, so sehr gedemütigt zu werden: »Nein, eine Frau, wissen S', die Rendezvous hat, die sieht scho anders aus – Sie haben keine, er hat sie, nicht wahr?« Ich hatte Angst vor dem Mitleid dieses Mannes, er spürte, was in mir vorging, er wandte sich den Rufen aus den Kiefern zu: »Huhu – huhu – wo sind wir?« Er lief voraus wie ein Junge, ich stand allein, dachte nichts, rührte mich nicht, hörte nur die lustige Jagd – und dann kamen die drei auf mich zu, Hand in Hand, als sei das so in Ordnung.

»Morgen nach dem Frühstück!« sagte er ermunternd. »Die Kollegen sind dann fort. Überlegen Sie bitte«, setzte er hinzu, zögernd, mit einem Blick auf die Kinder, »ob – es nicht ein Zurück gibt. Sie sind sehr plötzlich abgereist, wie? Bedenken Sie: wer nicht geschieden wurde, der ahnt nicht, wie weit Menschen gehen können! Denn niemand lernt in der Ehe – jeder erst in der Scheidung den Partner kennen, auch von Soldaten weiß man ja im Frieden noch nichts, erst im Krieg.« Meine Antwort: »Wollen Sie das heroische Märchen aufwärmen, erst der Krieg bringe das Beste im Menschen zum Vorschein?«

Hilmes: »Das Beste nicht – aber das Stärkste. Und das ist natürlich meist das Schlechteste, jedenfalls immer damit verbunden, vor allem dann, wenn es aus einer Schwäche entwickelt wird.«

»Haben Sie«, fragte ich weiter, »immer so mies über Ehe und Soldaten gedacht?« Aber damit berührte ich – warum weiß ich noch nicht, kriege ich aber noch heraus – bei ihm eine »Stelle«.

Er zuckte und witzelte mit unechter Grimasse: »Ehe und Soldaten? – nur die Schweizer können es riskieren, selbst den Verheirateten aus dem Militärdienst das Gewehr mit nach Hause zu geben.«

Die Kinder winkten dem Auto nach. Ich versuchte, verärgert über mich, die Beobachtung zu vergessen, daß er keinen Ring trug – als sei *das* ein Grund, nicht doch in aller Offenheit mit ihm zu sprechen. Ich gestand mir, daß einer auf die Ehe eingeschworenen Frau mit der Treue des Mannes auch der Verstand abhanden kommt. Und nun bin ich so müde, und ist es so spät, daß ich nicht mehr an Fred schreiben kann – gut so. Vielleicht macht er sich Sorgen. Macht er sich keine, so wäre es noch unangebrachter, ihm zu schreiben.

Abends, 22 Uhr

Der Anruf bei Sabine war nicht mehr aufzuschieben. Tatsächlich habe ich ihr hart mitgespielt, aber immerhin kann sie's überleben: ich hatte Fred ins Gesicht gesagt, Sabine habe mir anvertraut, daß er mich mit Renate seit vielen Monaten betrüge – und der Tropf sagte ja, aber es war nur eine Fangbehauptung von mir gewesen, Sabine hatte kein Wort zu mir gesagt, es auch gar nicht gewußt...

Als er sie dann fauchend zur Rede stellte und sie ihm sagte, sie habe nie »darüber« mit mir gesprochen, gestand er seine Blamage nicht ein, sondern spielte den, der mir »sowieso« die Wahrheit habe sagen wollen – was aber ohne meinen Trick bestimmt nicht geschehen wäre.

Sie war nicht beleidigt, als ich sie eben anrief – blieb aber doch ein bißchen gekränkt, und tränkte es mir damit ein, daß sie nicht ohne Genugtuung andeutete, ich überschätze wohl die »Gefahr«, Fred könne uns nachkommen und nach Hause holen: »Wenn er das tut, dann hat er diese Renate für immer verloren – bist du sicher, daß er das will?«

Was soll man darauf sagen? Auf diese Erniedrigung!

Wir mußten beide lachen, als ich ihre Frage, woran ich »es« gemerkt habe, so beantwortete: »Lange habe ich ja nichts gemerkt – vermutlich monatelang. Daß er nur noch alle fünf Tage zu mir kam – nun, er wird ja nicht allein älter, ich werde es auch, dachte ich, wenn ich überhaupt etwas dachte. Dann aber *sah* ich es – ja, es war mit einem Blick die absolute Gewißheit, als Renate nur den Arm hob, um ihr Haar zu ordnen, und ich den kräftigen Busch unter ihrer Achsel sah. Da wußte ich es – denn jedes andere Mädchen ist da heute rasiert. Jedes. Nur Freds Geliebte nicht – denn *das* mag er nicht, er nennt das unhygienisch, ›zwei von drei Wäldchen, die man am liebsten besucht, abzuholzen und mit Spray für jeden Kuß zu verderben‹. Ich selber hatte vor Jahren deshalb einen Kampf mit ihm, als wir zur Nordsee wollten und ich mich unter den Achseln rasierte. Ja – immer ist es fast nichts, was einen verrät; freiwillig wäre er niemals so anständig gewesen, es mir zu gestehen, nie!«

Sabine fing zu philosophieren an – immer der beste Weg, dem Konkreten auszuweichen. Ob es denn wirklich »anständig« sei, einem diese Wahrheit anzutun: »Sie wirft dich doch um, es wäre besser gewesen, du hättest es nicht gemerkt. Straf jetzt nicht die Kinder, indem du dich scheiden läßt, straf *ihn*, indem du dich rächst!«

Als ich entgegnete, es sei keine Strafe für Kinder, von einem solchen Vater geschieden zu werden, wurde sie aggressiv: »Sei nicht verrückt, was hat Fred euren Kindern angetan?«

Ich: »Er hat ihnen gezeigt, daß sie einen Lügner zum Vater haben!«

Sabine: »Dann zeig du ihnen nicht auch noch, daß ihre Mutter eine Furie ist.«

Sabine mahnte, wir müßten aufhören, sonst könnte ich das Hotel nicht bezahlen. Ich solle wieder anrufen, wenn ich über »den Blödsinn«, mich scheiden zu lassen, nachgedacht hätte. Ich rief: »Was denkst du, woran ich *sonst* denke! Warum sollte ich an etwas anderes denken als an Scheidung« – und ich brachte die Weisheit von Hilmes an: »Ich werde ja gar nicht geschieden – nämlich von den Kindern. Das wird nur der Mann, das ist seine Strafe.«

Sabine höhnte: »Strafe? – nun hör aber auf! Zahl's ihm heim.«

Sie lasse für eine Frau nur *einen* Scheidungsgrund gelten: wenn ein anderer Mann sie heiraten wolle – nicht einmal: wenn sie einen anderen Mann nur liebe: »Das sollte man dann lieber so heimlich erledigen, wie Fred es mit Renate vorhatte.« Als ich ihr Zynismus vorwarf, fragte sie – und diese Frage hat mich seitdem in der Gewalt –, ob ich Phantasie genug hätte, mir meine Abende als Geschiedene vorzustellen – dann, wenn nicht nur der Mann, sondern auch die Kinder »ausgeflogen« seien: »Schallplatten und Whisky und eine ebenfalls Geschiedene als Freundin sind doch nicht abendfüllend – und alle eure Freunde oder fast alle werden dich nach zwei, drei Anstandseinladungen vergessen haben, abgeschrieben – sie laden dann Fred mit seiner neuen Frau ein... Warum willst du der den Gefallen tun, ihn heiraten zu können?«

Donnerstag mittag, im Bett –
Die Kinder schlafen.

Heute früh Gespräch mit Dr. Hilmes. In zehn Minuten war eigentlich alles geklärt – alles, was sich klären läßt, also nichts Wesentliches, nichts von dem, was das Menschliche betrifft; die Einstellung der Kinder gegenüber einem ehebrecherischen Vater; das Leid, das dadurch in den bösen Jahren des Grübelns und der Charakterbildung über sie hereinbricht: mein Alleinsein; die Angst vor einem Neubeginn, die Frage, ob mir der überhaupt noch gelingen wird. Daß ich auch und vor allem die menschlichen Aspekte mit Hilmes besprach, ist mir nicht recht – aber es tat mir so gut, obwohl ich kaum begreife, wie ich so täppisch sein konnte, ausgerechnet einen Mann ohne Begleiterin, der im gleichen Hotel wohnt wie ich, zu meinem Vertrauten zu machen. Habe ich es »gemacht« oder stieß es mir zu? Gleichgültig – jedenfalls hätte ich mit einer Frau kaum so offen sprechen können oder nur ohne Gewinn; schon daß er so bayerisch »daherredet«, wie ich es schriftlich vergebens nachzuahmen versuchte, beruhigt mich etwas. Warum empfiehlt er mir, mit der Scheidung noch zu warten, während er selbst sich sofort scheiden ließ, als er aus Rußland kam? Ist es wirklich, wie er sagt, so viel schlimmer, einen Gefangenen zu betrügen als die Frau, mit der man jede Nacht das Zimmer teilt?

Soll ich Fred schreiben? Worauf warte ich noch? – zwischen diesen Zeilen und den vorangegangenen liegt mehr als eine Stunde, die Kinder planschen schon im Bad. Warum zögere ich, da ich doch Freds Geliebte nicht mehr bin – und nur seine Hausfrau nicht sein will. Nicht nur aus Stolz ertrage ich das nicht – sondern weil ich ihn noch immer liebe und zugrunde gehe, wenn er sich nachts neben mir von R. ausruht. Hilmes sagte leise, und es traf mich so sehr, daß ich beinah losgeheult hätte: »Eine Frau wie Sie zu betrügen, das ist ganz unverständlich – ob es auch *unverzeihlich* ist, müssen Sie entscheiden.« Ich hasse Fred.

Mehr Bücher als Schlaf. In einem Aufsatz von Hausenstein über Dürer wird aus Briefen zitiert, die er während seiner Italienreise dem Freund Pirkheimer nach Nürnberg schrieb; aus Venedig, 1506: »Und als ihr schreibt, ich soll bald kommen oder Ihr wollt mirs Weib klistieren, ist Euch unerlaubt, Ihr bringt sie denn zu Tod.« Nur dann soll der Freund Dürers Strohwitwe beschlafen, wenn sie dadurch draufgeht. Machen Frauen über ihre Männer auch solche »Witze« – ich vermute schon, aber nur mündlich. Auch Briefe Benns kaufte ich; dreimal war er verheiratet, nie geschieden – die erste Frau starb, die zweite brachte sich um bei Ende des Krieges, die dritte – viel jünger, natürlich – ist Zahnärztin. Was mich erstaunt, warum einer dreimal sich *ehelich* festmacht, der seinem Verleger über die Ehe schreibt; und ausdrücklich die »lebhafte Anteilnahme« auch seiner Frau an diesem Brief hervorhebt: »Liebe und Ehe! Daß Sie bei ihrer Erfahrung nicht wissen, was los ist, begreife ich nicht. Die Ehe ist doch eine Institution zur Lähmung des Geschlechtstriebes, also eine christliche Einrichtung, Abraham und Odysseus litten nicht an ihr. Für den Mann gibt es doch nur die Illegalität, die Unzucht, den Orgasmus, alles, was nach Bindung aussieht, ist doch gegen seine Natur. Eine Banalität! Hamsun sagt: es gibt nur eine Liebe –: die gestohlene, – er hat recht. In der Ehe gibt es Wirtschaftsfragen, Essensfragen, Geselliges, ›gemeinschaftliche Interessen‹ – alles Torpedierungen des Sexus. Die menschliche Bindung an die Gattin lähmt das Gemeine, Niedrige, Kriminelle, das jedem echten Koitus für den Mann zugrunde liegt, er wird impotent, aber diese Impotenz in der Ehe ist *eine Ovation für die Ehepartnerin als Mensch* ... Ich rede ganz im Ernst und spreche aus meiner ärztlichen Erfahrung, die ja in Hunderte von Ehen sieht.«

Die Kinder verteidigen ihren Vater, besonders Ingrid. Fred hat sich bei ihnen »populär« gemacht, indem er modegemäß die Mühe ironisiert, die ich mir mit ihnen gebe – angefangen bei den Schularbeiten, dem Hauptquell der Tränen. Während Fred nie auch nur danach gefragt hat, wie Ingrids Versetzungen zustande kommen! Als ich einmal das Wort »Kinderstube« benützte, das tatsächlich nur noch komisch ist, tat er's ab: »Wozu – ich hatte auch nur ein Spielzimmer!«

Ganz witzig, aber unfair, da die Kinder das sofort als Waffe gegen mich aufgreifen, ebenso wie seinen Satz: »Erziehen hat keinen Zweck, sie werden doch wie wir Eltern!« Auf die Dauer aber wirbt er damit nicht, denn Kinder *suchen* den Widerstand. Der Volksmund machte: »Kinder hassen den, der ihnen jeden Willen tut«, sogar zum Sprichwort. Sie wollen vom Vater anders behandelt werden als vom Besuchsonkel, der alles hübsch findet, weil er den Ernst nie erlebt. Sollte ich Fred zum »geschiedenen Vater« machen, endet das Gezerre um die Kinder damit, daß Ingrid aufs Internat muß, was allemal die größte Niederlage eines Elternhauses ist. Denn Ingrid werde ich ihm (und der Stiefmutter) auch nicht lassen, obgleich sie ihn mehr liebt als mich.

Es ist momentan derart schick, den »Vater der Antiautorität« A. S. Neill zu studieren, daß man nicht einmal zum Friseur gehen kann, ohne noch in Illustrierten mit Preisliedern über seine Methoden belästigt zu werden. Wenn er neulich äußerte, stolz zu sein, daß niemals aus seiner Schule ein Politiker hervorging, dann ist er ein Krimineller – denn *wer* hat eigentlich das »Glück von Summerhill« ermöglicht, wenn nicht die *Politiker* Englands, die allein mit den Seeleuten immer wieder die Insel gerettet haben? Bedrückend: man liest den von Millionen heiliggesprochenen Apostel der Antiautorität – und jeder dritte seiner Sätze ist eine Anmaßung, wie sie nur aufbringt, wer von seiner Lehre als der alleinseligmachenden bedrohlich überzeugt ist, zum Beispiel: »Hat jemand das Recht, den Charakter eines Kindes zu formen? Nein, denn kein Mensch ist dafür weise und gut genug. Die Deutschen versuchten, den Geschmack der Kinder zu bilden, indem sie Meisterwerke der Malerei an die Wände hängten ...«

Warum sollten sie nicht? Wieso muß einer erst »weise« geworden sein – kann das überhaupt ein Sterblicher, da niemand weiß, was das ist: »weise« –, um den Charakter eines Kindes beeinflussen zu dürfen, zum Beispiel soziales Gewissen in ihm wecken? Warum nicht Villenkindern wie unseren Politik »einreden« durch den Hinweis, daß nicht allen Kindern dieser Erde jeden Morgen ein geheiztes Badezimmer und Kakao beschieden sind? Warum sie nicht vom Tisch jagen, wenn sie vom Klo kommen, ohne sich die Hände gewaschen zu haben? Warum nicht Fernseh-Entzug, wenn sie eine Haushilfe, die hinter ihnen herräumt und putzt, auch noch anpöbeln, oder ein Tier oder ein Kind, das kleiner ist als sie, schlagen? Und warum Internatskinder nicht zuweilen beschämen durch den Hinweis, daß nur Kindern von Geldbonzen der Besuch von Privatschulen möglich ist?

Aber genau hier liegt die basisbildende Lebenslüge des alten Neill selber: er behauptet gegen jede Erfahrung, daß »ein guter Charakter nur von innen her entstehen könne«, und bespöttelt jene, die »den Charakter von außen her formen«, weil die Wahrheit (die er zweifellos kennt) seinem ganzen Institut den Boden wegrisse: daß erst Auseinandersetzung mit der Umwelt, Kampf gegen Schwierigkeiten, den Charakter schaffen. Nicht aber ein verinseltes Dasein wie in Summerhill, das noch ganze 21 Schüler hat, demnach so umwelt-verschont, so elitär ist wie eine Prinzenerziehung.

Auch der Besuch des Unterrichts ist dort freiwillig – wer nicht will, der bleibt im Bett. (*Ich* wäre mit dreizehn freiwillig vermutlich selten hingegangen, wenn ich vormittags überhaupt aufgestanden wäre.) Wem aber die totale Freiheit 24 Stunden täglich »beschieden« ist, wird unfähig sein, jemals zu rebellieren, nach Freiheit zu verlangen – so wie Multimillionäre ganz aufrichtig und doch idiotisch sagen: »Ich interessiere mich für Geld nicht« – brauchen sie ja auch nicht, da sie es *haben*! Das sind solche Gemeinplätze, daß schlechterdings nicht glaubhaft ist, daß Neill das nicht auch weiß. Dennoch schreibt er: »Wo die Kinder repressiv erzogen werden... entwickelt sich die menschliche Natur, als wäre sie kastriert fürs ganze Leben: ihr fehlt der Mumm, gegen etwas zu rebellieren oder es auch nur in Frage zu stellen.«

Das Gegenteil ist wahr: daß es keinen einzigen Rebellen von Rang je gegeben hat, der *nicht* in starren Konventionen oder unterdrückt aufwuchs. Ausnahmslos *jeder*, der revolutionär wirkte und Freiheit brachte, sei es geistig, sei es als Täter, war ein Ausbrecher, *ertrotzte* sich seinen Weg: von Luther bis Lenin, von den Gracchen bis zu dem Patriziersohn Che Guevara, vom Kadetten Schiller bis zum Rabbiner-Enkel Marx oder dem Pastorensproß Nietzsche.

Ich schrieb den Brief auf der Hotel-Maschine, daher ich eine Kopie ins Tagebuch kleben kann:

Baden-Baden, 7. Oktober, abends

Fred,
ich wollte erst anrufen, aber das gäbe nur einen neuen Wortwechsel, in dem wir uns wieder Dinge sagten, die wir als Eltern unserer Kinder doch lieber nicht sagen sollten – auch wenn wir jetzt geschieden werden. Wie wildfremd muß ich dir bereits sein, daß Du mich so meisterhaft belügen konntest! Andererseits verstehe ich, daß Dich die Leidenschaft getroffen hat wie eine Kugel – doch was ändert das an der Tatsache, *daß* es uns nun erwischt hat. Ich will meinen Mann allein haben. Wenn nicht Dich, dann einen anderen.

Mein Anwalt wohnt hier im Haus. Ich faßte sofort Vertrauen zu ihm, als ich sah, wie die Kinder ihn umschwärmen. Er ist aus München und wird Dir schreiben, sobald er dorthin zurückgekehrt ist. Weil in acht Tagen die Schule beginnt, will ich die Kinder zurückbringen. Deshalb bestehe ich darauf, daß Deine Mätresse dann nicht mehr Deine Sprechstundenhilfe ist. Wen Du im Krankenhaus beschäftigst, das kann ich nicht kontrollieren. In der Praxis jedenfalls, in unserem Haus, da soll sie nicht mehr auftauchen. Oder Du riskierst, daß ich sie von der Polizei als Ehebrecherin hinauswerfen lasse. – Nimm bitte den Wechsel vor, ehe die Ferien zu Ende sind.

Gertrud

PS. Vergiß nicht, daß wir Heizöl brauchen, und laß doch die Rosen und das Schwimmbecken zudecken.

8. Oktober, abends

Dreihundert Meter hotelabwärts rutschte vor zwei Stunden aus der Drahtseil-Schlinge eines turmhohen Krans, die nicht fest genug zugezogen war, die gesamte Last – vier schwere Wände einer zusammengelegten Baubude – und schlug den italienischen Hilfsarbeiter Santo d'Agosta aus Kalabrien zu Boden. Wir sahen dem vielleicht noch Lebenden, der aus Ohren und Mund blutete und innerlich offensichtlich keinen ungebrochenen Knochen mehr hatte, in die aufgerissenen Augen, als er auf die Bahre gelegt und ins Krankenauto gebracht wurde; er kam tot im Spital an. Wenn mich der Unfall nur entsetzte – das Gerede, vielmehr die knappen, eher vertuschenden Bemerkungen zweier »Herren« mit Sparschwein-Gesichtern, die zur Baustelle geeilt waren, rüttelten mich derart auf, daß ich überlege, ob ich mich nicht wenigstens mit einem Schreiben an den Arbeitsminister einmischen soll. Denn die Schlipsträger stellten früher als den Namen des Getöteten die Tatsache fest, daß »der Mann ja seinen Helm nicht aufhatte!«

Es wurde sogar schon ausgesprochen, daß da »die Versicherung verdammt gut bei weggekommen ist«. Ich habe das gehört – nur glaube ich eigentlich noch nicht, daß ich es hörte, so ungeheuerlich ist das! Denn diese Last, sicher eine halbe Tonne, die den Arbeiter niederstreckte, hat ja seinen Kopf gar nicht zertrümmert und würde ihn in jedem Fall auch dann umgebracht haben, wenn er einen Eisenhelm getragen hätte. Die Wände schwebten zwanzig Meter hoch in der Luft, als sie aus der Schlinge rutschten; Santo d'Agosta arbeitete – sie bauen da eine mehrstöckige Tiefgarage – in mindestens acht Meter Tiefe neben der Straße: Physiker können ausrechnen, welche Wucht die Wände hatten, die aus 28 Meter Höhe den Mann erschlugen. Aber die »Herren« stellten fest, der Helm, der so wenig geholfen hätte wie ein Regenschirm unter dem Rheinfall von Schaffhausen, wäre »nun mal Vorschrift, und das wußte doch der Mann«. Gewiß, sie sagen nicht in Gegenwart seiner Arbeitskameraden, was geschehen wird: daß man *heute* diesen Helm nur so gerade erwähnt – daß er aber zweifellos in drei Wochen, wenn die Versicherung »wirksam« werden, *die* Ursache des Todes sein wird, nicht aber die halbe Tonne, die den Mann umbrachte. Schauderhaft, zu denken, mit welcher Hilflosigkeit die Witwe, die drei Kinder hat, in Kalabrien sich die Mogelei wird anhören müssen, mit der man sie um die Rente prellt, mindestens aber die Rente kürzt, die ohnehin niederträchtig gering sein wird.

Ein Briefchen von Hilmes, er habe überraschend nach Stuttgart fahren müssen und bittet, unsere Unterredung auf morgen zu verschieben. Die Aussicht, nun wieder einen Tag vor mir zu haben, mit dem ich nichts anzufangen weiß, stimmte mich traurig. Wie schwer ich ohne Gesprächspartner auskomme; ich sehe mich schon wie Kathrin herumlaufen, die seit ihrer Scheidung vor mehr als zehn Jahren immer hinter *einem* Thema her ist: »Mein Mann.« Greulich und komisch.

Ich fragte einmal »ihren« Mann: »Was hat sie für einen Beruf gehabt?« Er winkte ab, den übe sie doch nicht wieder aus: »Sie hat ja jetzt einen neuen: die Scheidung!« Anfangs vor Gericht und beim Jugendamt, jetzt beim Psychiater: »Was früher der Beichtstuhl war, ist heute die Couch. Es störte mich nicht – bis zu dem Augenblick, als ich erfuhr, daß sie auch meine Kinder zum Psychiater schleppt, weil ihr der ›Nachweis‹ guttut, daß meine Jungen durch mich seelisch ruiniert worden seien. Es gibt keinen Psychiater, der einem nicht so lange zureden kann, bis man sie hat, die Krankheit. Psychiatrie *ist* nämlich der Defekt, den sie zu beheben vorgibt. Womit ich nicht bestreiten will, daß Ärzte und Pfleger der tatsächlich Geisteskranken Heroisches leisten; und daß alle Menschen einen Anspruch auf Seelsorge haben, den sogar die Kasse finanzieren sollten. Ärgerlich ist nur die Anmaßung, als Wissenschaftler zu gelten, mit dem die Seelsorger auftreten – früher die theologischen, heute die unkirchlichen. Gut, wenn sie trösten, wenn sie helfen können wie die Telefonseelsorge – bis sie einen Patienten so weit haben, daß der nicht mehr sich selber behandelt, sondern im nächsten Pflegeheim einen Greis versorgt, der unter sich macht, oder ein gelähmtes Schulkind ... Solche Helfer gehen nie mehr zum Analytiker, denn sie sehen nun, wer *wirklich* leidend ist.«

Der Geschiedene sprach so verletzt, daß ich seinen Bemerkungen wenig Objektivität beimaß. Aber Fred, als ich ihm davon berichtete, wurde noch drastischer. Natürlich nehme ich nicht ernst, was er über seine Kollegen in der Stadt sagt – kein Mann spricht bekanntlich über irgendwen unsachlicher als über Berufskollegen, vor allem dann, wenn die am gleichen Ort praktizieren, seien das Maler, Ärzte, Redakteure. Wie zwischen uns Frauen eine einfache Tatsache unsrer Weiblichkeit Rivalität schafft oder Neid, so bei den Männern der gleiche Beruf – ich habe das immer beobachtet. Fred sagt über seinen Kollegen Fröhlich – und wäre Fred Psychiater wie der, er spräche noch ätzender –, »sein schlechter Charakter kann mich nicht völlig für seine falschen Diagnosen entschädigen«. Fred ist besonders erbost, seit er weiß, daß seine Schwester regelmäßig zum Psychiater geht. Er unterstellt sofort, da habe wohl sein Schwager eine Freundin; ich konnte ihm damals noch nicht vorhalten, warum er von sich auf andere schließe; auch gehe ja ich nicht zum Psychiater – *noch* nicht. Fred bestand jedoch darauf, nie von einer Frau, deren Bettleben in Ordnung sei, gehört zu haben, sie gehe zum Psychiater. Als ich entgegnete, das sei wohl arg primitiv, forderte er mich auf, ihm eine zu nennen. Das konnte ich nicht... Er sagte: »Die Therapie hilft nur, wo der Therapeut nachhilft.« Tatsächlich muß ich zugeben, daß ich keinen Menschen kenne – außer von ihren Müttern »mitgeschleppte« Kinder –, der zum Psychiater geht, ohne geschieden zu sein oder jedenfalls partnerlos. Freds ernster Einwand: solche Patienten, die überhaupt den »bösen Blick« hätten, und damit will er sagen: den nach innen – statt den nach außen gerichteten, könnten es sich gesundheitlich am wenigsten leisten, zum Psychiater zu laufen – da der sie genau in ihrer Krankheit, sich ständig selbst zu beobachten, noch bestärke.

Ich: »Ist denn Selbstbesinnung so schädlich?«

Fred: »Selbstbesinnung klingt sehr hübsch – in Wahrheit ist es Selbstsezierung; und die ist suizidfördernd bei allen, die ohnehin dazu neigen, Psychiater aufzusuchen. ›Erkenne dich selbst‹ – wozu, um Gottes willen! Wer ist so gesund, daß er sich *das* leisten darf?« Und als ich ihm vorhielt, er gehöre auch zu denen, die sich ständig in Tätigkeit flüchteten, um »vor sich selber davonzulaufen«, da sagte er: »Stimmt – nur ist meine Haltung diejenige Goethes, und ich werde nie aufhören, sie unseren Kindern zu empfehlen, vor allem in der Pubertät, wenn die

Welt sie ankotzt. Warum, Gertrud, soll man eigentlich nicht vor sich selber davonlaufen? Ist man sich denn ein so erfreulicher Aufenthaltsort? Meine Arbeit und mein Verhalten zu Mitmenschen sind meine zwei Ausweise – was sonst sollte ich von mir noch vorzeigen oder gar selber angucken? Ich werde mich hüten!« Aus dieser Haltung, die ich ehrlich gesagt gern zu meiner machte, aber ich kann das nicht, resultiert zweifellos auch Freds Entschluß, statt mit mir über unsere Krise aufrichtig zu sprechen, heimlich und sozusagen im Weitergehen Renate umzulegen.

Es ist kurz nach neun, aber ich will schon zu den Kindern gehen, sonst könnte Hilmes denken, ich hätte hier im Salon auf seine Rückkehr gewartet. Er wird so früh nicht heimkommen, wahrscheinlich ist er bei einer Freundin – was geht mich das eigentlich an? Es ist allerdings wenig glaubhaft, daß ein Mann, der so gut aussieht, Urlaubstage ohne Frau verbringt.

Café König, halb zehn

Ich konnte noch nicht ins Bett gehen, die Nächte werden mir ohnehin zu lang. So bin ich denn wie ein Koffer in der Gepäckaufbewahrung hier – ich meine: mit nur einer Beziehung zu den anderen »Koffern«: daß offensichtlich auch nach denen heute abend keiner fragt... wenn sie überhaupt je abgeholt werden. Ich sitze auf der geheizten Terrasse, meist mit Frauen, deren Gesichter mir zeigen, wie ich in fünfzehn, in fünfundzwanzig Jahren aussehen werde – das Leben ist ein Abstieg. Ich trinke Grog und rede mit mir selbst. Gern würde ich vor mir fliehen, aber wohin? Bescheiden geworden, wäre ich mit Kino zufrieden, aber die Kinos haben längst begonnen...

So einsam wie heut abend bin ich nicht mehr gewesen, seit ich vor über zwanzig Jahren den Geliebten wie Dürers Ritter in den Krieg reiten sah, in den Tod. Wieso eigentlich dachte ich nicht sofort an Ernst, als ich entdeckte, daß Fred mich mit einem Backfisch betrügt – so wie Ernst zehn Tage vor Beginn des Rußlandfeldzuges seine Frau mit mir betrogen hat?

Seit drei Tagen versuche ich, den Gedanken zurückzuweisen, daß ich in Freds Liebschaft den unheimlichen Eingriff, das *Urteil* einer höheren Gerechtigkeit erblicken sollte. Die Heimzahlung. Aber ich darf nicht resignieren – wegen einer Geschichte, die zwei Jahrzehnte alt ist. Wenn aber tatsächlich, wie es da in dem Aufsatz über die Absichtlichkeit im Schicksal heißt, das Leben des einzelnen von der Nabelschnur, die ihn nährt, bis zum Strick, an dem er gehenkt wird, präzis vorbestimmt ist – *warum* sollte dann der Vorbestimmer die 56 Millionen Tote des Zweiten Weltkriegs zum Scheitern verurteilt haben – meine Freunde, meinen Bruder, alle, alle!

Ob der Mensch zum Scheitern verurteilt ist? Das Denken ist es bestimmt.

Und die Ehen –

Die lieben Ehen, in denen man sich so sanft geborgen glaubt! Wie kam ausgerechnet *ich* dazu, die Liebe für ein Himmelbett zu halten? Sie ist Heimsuchung. Ich war noch nicht siebzehn, als ich, frierend vor Scham, die Beine krampfhaft geschlossen – zum erstenmal nackt unter den Blicken eines Mannes lag, der aus seiner Ehe ausbrach. Damals spürte ich schon, ohne es zu begreifen: Nur in der Illegalität entfaltet Eros seinen stärksten Reiz – die Faszination des Verbrecherischen –, als Haustier stirbt er. Sonst gäbe es ja Ehe-Romane. Aber es gibt nur Ehebruch-Romane. Hat Benn doch recht?

Fred, nicht wahr, *das* ist es! Wie hätte ich es verhindern können! Ich bin müde vor Traurigkeit.

9. Oktober

Noch keine Antwort – ist Fred froh, mich los zu sein? Wie dumm war mein Brief, weil er so gescheit hatte sein wollen! Daß ihn »Mätresse« verletzt hat, die Drohung mit der Polizei belustigt – ist noch das wenigste. Mein Angelauswerfen, als müßte er eifersüchtig werden, weil ich von Hilmes schrieb! Aber warum ruft er nicht an? Weil ich genau mit jener Pedanterie geurteilt habe, die er als Gefühlsmensch haßt – oder auch liebt, wenn ich ihm nämlich seine Kinder, seine Buchführung, seinen Alltag in Ordnung halte. In dieser Krise hätte ihm aber ein wütender Temperamentsausbruch, hätten ihm selbst Tränen und Geschirrzerschlagen besser gefallen.

Ach, daß ich ihm noch gefallen will!

10. Oktober, abends

Keine Antwort. Morgens wieder im Hotelbad, nachmittags mit Hilmes und den Kindern im Wald und auf Bühler Höhe. Sehr gut abgelenkt worden, ein charmanter Plauderer – aber sonst? Jedenfalls verständnisvoll und doch diskret. Die Frauen sehen ihn länger an als nötig; mich mustern sie kalt. Ingrid findet ihn »so schön – wie *den*, Mutti, in dem Förster-Film, mit dem häßlichen Wilddieb«. Ich weiß nicht, welches Kitschkino sie meint. Ich dachte nur, wie lange wird's dauern, bis Ingrid die Wilderer bevorzugt und ihnen verzeiht, daß sie so häßlich sind wie – Don Juan.

Soll ich meinen Eltern schreiben?

Vorgestern im Café brach ich deshalb auf, weil ich hoffte, bei der Rückkehr im Hotel Hilmes noch zu treffen. Mir das einzugestehn tat weh. Gut, daß ich ihn nicht traf.

Ein Anruf von Fred – ein Blick auf die Uhr: und ich wußte, *warum*! Bildete mir jedenfalls ein, das zu wissen, jagte die Kinder, die schon im Bett waren und mit ihm sprechen wollten, hinaus auf den Flur, schloß ab und schrie in den Hörer: »Viertel nach zehn! – glaubst du, ich wüßte nicht, warum du jetzt anrufst, so spät? Weil sie neben dir liegt, weil du sicher sein willst, daß wir nicht in dem Mitternachtszug heimkommen und dich erwischen mit ihr, du dreckiges Schwein! Wie weit seid ihr denn grade, hast du sie im Sessel oder in *meinem* Bett? Nein, mach nur weiter, vor uns bist du sicher – aber ich rufe jetzt die Mutter an von deiner Nutte – und wenn *die* euch nicht stört, dann weiß ich wenigstens, daß sie als Kupplerin arbeitet.« Weiter kam ich nicht, Fred legte auf, ich bekam einen Heulkrampf – dann schlugen die Kinder an die Tür, ich öffnete, Peter sagte: »Wenn du uns verbietest, mit Papa zu sprechen, dann reißen wir dir aus, dann fahren wir per Anhalter heim.«

Ich riß einen Zettel aus dem Hotel-Briefblock und kritzelte die Vorwahlnummer hin und sagte: »Hier – telefoniert meinetwegen die ganze Nacht mit ihm, wenn *ihn* das nicht stört, mich bestimmt nicht.«

Noch während ich mir das Salzwasser aus dem Gesicht wusch und mich schminkte, riefen die beiden an, zweimal, aber Antwort kam nicht. Er hat also gar nicht von zu Hause angerufen? Wie konnte ich auch den Spleen haben, er treibe sich *abends*, nachts mit Renate in unserem Haus herum, um den Nachbarn Stories zu liefern? Dort im Haus kann er sie ja bei Tage haben, sobald die Patienten abgefertigt sind – oder zwischendurch. Aber ich weiß genau, warum diese Frage: ob zu Hause, ob unten in der Praxis – oder sonstwo (als wäre das nicht schnuppe), mich derart beschäftigt. Weiß es und wage kaum es hinzuschreiben. Eines der Erlebnisse, über die »man« nicht spricht – weil sie die wesentlichen sind ...

Wenn ich an uns denke – als gäbe es uns noch, uns beide –, habe ich die fixe Erscheinung von Freds Sessel in seinem schmalen EKG-Zimmer vor Augen; ein hoher Klubsessel, längst aus der Wohnung ausrangiert und als Leseplatz für Fred dorthin geschafft, wo er seine Fachbücher und Zeitschriften stapelt, ein überzähliger Raum unten in der Praxis, der kaum benutzt wurde, bevor er sich den EKG-Apparat kaufte – selten, daß er einmal Patienten dort hineinführte, früher. Ich brachte ihm, wenn er nicht zum Frühstück heraufkam, öfter Brote dorthin und Kaffee – und neulich, nein, ein Vierteljahr ist das auch schon her, fand ich Fred in zwei Nachschlagewerke vertieft, obgleich er dreimal zu seinem ohnehin so verspäteten Mittagessen gerufen worden war; längst waren die zwei Sprechstundenhilfen (eine von ihnen schon Renate) zu Tisch, die Kinder waren sogar wieder aus dem Haus, hatten beide im Weggehen ihm zugerufen, sein aufgewärmtes Essen stehe auf dem Tisch – nun rannte ich wütend selbst hinunter, ich war schon umgezogen, um in die Stadt zu gehen, ich rief betrübt, nachdem ich ihn erst im Sprechzimmer, dann im Röntgenzimmer gesucht hatte: »Jetzt kann ich die Leber wegschmeißen!« – er fing meine Wut ab, entschuldigte sich, warf die Lexika hin, rief: »Dein Kleid!« – aber es war nur ein billiger Versandhausfetzen für 40 Mark (solche Dinger gefallen ihm am besten) – genug, daß es neu war, er nahm mich bei den Händen, schubste mich in den Sessel, ich schimpfte: »Dein Essen ist völlig verdorben!«, er rief fröhlich: »Ich doch auch – wir doch auch!« – kurz: er machte nicht einmal die Tür zu, da hatte ich schon keinen Schlüpfer mehr an, er faßte meine Kniekehlen, hob sie hoch – sehr hoch auf die altmodischen hohen Sessellehnen – und nahm mich ohne Kuß und ohne Präludium, zog selbst auch gar nichts aus – dafür aber mich mit rauher Zärtlichkeit, während er schon so in mich vertieft war, daß wir uns fast nicht bewegen konnten. Brutal wie Fünfzig-Mark-Nutten, die hinter dem Opernhaus stehen und gar nicht bis aufs Zimmer gehen mit ihren Kunden, in Autos benutzt werden – so trieben wir's als alte Eheleute, und ich war erlöst wie ein eingesperrtes Tier, das man wieder laufen läßt. Wir hatten keinen Krach gehabt, hatten auch vier Nächte vorher ziemlich heftig und angetrunken das Bettübliche gemacht – dieser überraschende Tagesangriff aber ist es, der mich jetzt in Wachträumen mit Trauer und Haß erfüllt. Ohne ihn liebte ich Fred nicht mehr so, daß ich ihn erschießen möchte! Oder ihm mit einem Kerzenständer die Schläfe zertrümmern. Der Sessel! – mein fixes Bild der Verzweiflung. Schon die Tatsache, daß er unten in der Praxis steht – in Renates »Wirkungsbereich«; die Frage – Quatsch: die Gewißheit, daß er genau dort... die obszöne Aufdringlichkeit der Bilder, die mir nachstellen wie Steckbrief-Fotos, die quälende Vorstellung, daß er auch ihr – was trägt schon ein Mädchen im Hochsommer unter dem heiß machenden, hochgeschlossenen Praxiskittel – die sehr schönen braunen Kniekehlen auf den hohen Lehnen »auslegte« – es ist um rasend zu werden. Und das Vertraulichste dann, hinterher: Fred sagte oft mit sozusagen streichelnder Ironie, daß nicht nur ich, sondern *alle* Frauen, auch die jungen, noch selbstsicheren, ihre »Scham« nicht vorn haben, sondern hinten: die Angst, der Po sei das eigentlich nicht Vorzeigbare, weil unschöne, zu schwere. Und der Reiz, daß dort allein – wenn man längst schon nicht mehr weiß, was Scham ist – noch und immer wieder eine Hemmung überwunden werden muß, ehe man ihn hinhält, was ja nirgends naheliegender ist als auf einer so hohen, harten Sessellehne. Was auch geschah – nachdem er, ohne zu ejakulieren, mich in einen solchen Orgasmusjubel hochgegeigt hatte, daß sogar er es für nötig hielt, die Tür zu schließen in dem leeren Haus. Wie ich dann gehemmt war, in grellstem Mittagshochsommerlicht, mich von hinten nehmen zu lassen; die neue, *traurige* Zärtlichkeit – oder bilde ich mir das jetzt ein –, mit der er mich umstimmte, indem er mir sagte, wie alterslos ich sei – machte es mir zur Gewißheit, daß seine Leidenschaft zu so ungewohnter Stunde bereits das Ergebnis eines sehr schlechten Gewissens war. Männer sind ja so – wahrscheinlich erleichterte es ihn ein bißchen, sich sagen zu können, daß er *mir* immerhin *auch* noch die Freude »gewährte«, das Schwein, die er genau auf diesem Möbel auch der Sprechstundenhilfe schenkte – bestimmt seit Pfingsten schon, wenn nicht seit Ostern, als ich ihn blöderweise bereits zwei Tage allein ließ.

Jetzt ist es hingeschrieben – aber nun? Haß ist nicht abendfüllend. Und Alleinsein ist aller Laster Anfang. Die Fallsucht der Blätter ist auch in mir – immerhin bin ich ein Blatt, das sich wünscht, jemand höbe es auf. Und dem auf die zynischste Weise – mindestens jetzt – egal ist, wer das täte. Ein Fernfahrer, meinetwegen. Aber der gutgemeinte Rat Sabines, sich zu rächen, ist für eine bürgerlich Eingehegte wie mich verdammt schwierig zu verwirklichen.

Feinkost-Geschäft. Im Fenster ein Aquarium, so klein wie mein Hutkoffer. Peterchen zählt 28 auf ihre Hinrichtung wartende – sie vielleicht vorausahnende – Fische, verschiedene Gattungen und Größen, sogar Salz- und Süßwasserfische durcheinander, was für die Tiere so qualvoll sein wird, wie es für Eskimos wäre, die nach Afrika, und für Afrikaner, die in die Eiswelt deponiert wären. Große und kleine Forellen; ganz in der Tiefe, so dicht bei dicht liegend, nebeneinander, übereinander, daß sie sich nicht bewegen können, kleine Hummer. In der Mitte, einziger seiner Gattung, ein mir nicht bekannter schwarzblauer Fisch, so massig, daß er sich, der Kleinheit des schaudervollen Behälters wegen, nicht rühren kann, vor allem nicht drehen, ohne anzustoßen. Er steht da wie gefesselt. Wer ihn sieht, kann nie wieder Fisch in einem solchen Laden kaufen – und wird es doch tun, so sind wir Menschen. Was geht in diesen Gefangenen vor?

11.x. mittags

Seit ich selber eine Geschichte habe, um nicht zu prahlen: ein Schicksal, jedenfalls Figur bin, sicherlich eine närrische, in einem Ehebruch-Roman, verläßt mich zusehends das Interesse an Geschichten, an Romanen. Zwar lese ich mehr als zu Hause, aber nur Non-Fiction-Bücher. Spricht das dafür, daß Erzählungen vor allem geschrieben werden für Leute, die selber nichts zu erzählen haben? In der Tat war ja die politisch weitgehend windstille Zeit Rußlands und Westeuropas in der zweiten Hälfte des 19. Jahrhunderts die Blüte-Epoche des Romans – jene Jahrzehnte, da sogar Kriege kaum ins normale Leben eingriffen (außer dem entsetzlichen amerikanischen Krieg, weil die da drüben schon damals so wenig wie jetzt in Vietnam einen Unterschied zwischen Bewaffneten und Wehrlosen anerkannten). Da muß ein Zusammenhang sein – viele »lebten« nur lesend, als man noch kaum reiste, nie telefonierte und als neunzig von hundert Menschen in Kleinstädten und Dörfern wohnten, also nicht einmal Konzerte und Theater besuchen konnten oder nur ausnahmsweise. Kultur setzte Konzentration – nicht Ablenkung voraus, daher man damals auch Briefe schreiben konnte. Setzt nicht Kultur auch – ein heute derart ketzerischer, »reaktionärer« Gedanke, daß ich nie riskierte, ihn in Gesellschaft zu äußern –, setzt sie nicht auch die Berufslosigkeit der Frau voraus? Da es schon keine Dienstmädchen mehr gibt, was ein Fortschritt ist, wenn man sie vor Augen hat, die armen Dienstmädchen unserer Eltern, die zwar gut behandelt, aber miserabel bezahlt wurden – *wann* sollte eine Frau noch lesen oder musizieren, wenn sie neben dem Haushalt noch einen *anderen* Beruf hat? Und wer setzt Kultur fort, wenn nicht die Frau ohne Job? – der Mann doch nie, der kann es nicht, eben wegen seines Jobs! Wann lesen Männer Romane?

Noch ergiebiger als Biographien finde ich Autobiographien, obgleich in denen noch schamloser aufgeschönt und verschwiegen wird und man über zwei so wesentliche Daseinszentren wie Liebe und Finanzen nichts als das Konventionelle erfährt. Trotzdem, wenn die Schreiber nicht zu alt waren, dann hört man von ihnen selber doch noch mehr als später von den Biographen, die ja auch lügen, sei es aus Unkenntnis, sei es aus Rücksicht auf Angehörige ihrer »Helden«.

Sollte ich wieder einmal mit Fred sprechen, so werde ich ihm aus den Selbstdarstellungen zweier bedeutender Ärzte, die ich las, die Mahnung weitergeben, unbedingt zu *schweigen*!

Stoeckel, zu Sauerbruchs Zeiten der namhafteste Gynäkologe

Deutschlands, erzählt, daß er mit seiner Frau, Tochter eines Medizin-Professors, das heilige Versprechen auf Gegenseitigkeit austauschte, einander die Wahrheit zu sagen, wenn die letzte Krankheit als solche erkannt sei. Stoeckel hielt Wort, ließ seine Frau, die zeitlebens trotz vieler Kinder an seinem Arztberuf kenntnisreich Anteil genommen hatte, eines Tages wissen – sie hatte ihn an ihre Vereinbarung erinnert –, daß sie unheilbar sei. Ergebnis: er bereute es, der neunzig wurde, bis zum letzten seiner Tage, denn die ahnungslos und hoffnungsvoll gewesene Frau *quälte* sich martervoll zu Tode, weil er ihr eröffnet hatte, sie werde sterben! Und August Bier, Berliner Geheimrat wie Stoeckel, Vorgänger Sauerbruchs, lobte auch die Lüge als die allein humane Aussage gegenüber *jedem* Kranken, der noch so krank sein könne, noch so uralt, immer aber denke: *ein* Jahr könnte ich doch noch leben. (Auch wenn er das Gegenteil versichert.)

Bier belegt die lebensverlängernde Kraft zur Selbsttäuschung durch die groteske Geschichte, wie ein erfahrener Kollege ihm eines Tages eine Röntgenplatte zeigt: Krebs in absolut hoffnungslos fortgeschrittenem Stadium, das sieht jeder Mediziner auf den ersten Blick. Glücklicherweise sagte der Kollege sofort, dies sei sein eigenes Röntgenbild – so kann Bier sein Entsetzen verbergen. Denn nun muß er sich anhören (und beipflichten), wie der altgeschulte Arzt böse belustigt über einen dritten Kollegen spricht, der ihm habe weismachen wollen, diese Röntgenaufnahme zeige Krebs! Dieses tadellose Bild! Und hält es noch einmal gegen das Licht – und wieder bestätigt Bier dem Kollegen, der zahllose tausend Röntgenaufnahmen sah, diese aber nicht mehr lesen kann, nur weil es seine eigene ist, daß er völlig gesund sei und der Krebs-»Seher« ein Spinner. Das hört der Verlorene, schnellt hoch und lebt vergnügt bis unmittelbar zum rasch einbrechenden Tod . . .

Warum notiere ich das? Will ich es Fred verzeihen, daß er mir über unsere Ehe die Wahrheit, die sie umbringen wird, ersparen wollte? Schwieg er doch nicht nur aus Feigheit? Und wenn: was hängt davon ab, feig sind wir schließlich alle. Wofür ich ihn hasse, ist nicht, daß er schwieg – sondern daß er Renate noch immer . . . ich mag's nicht schreiben, was ich sprechen würde.

11. Oktober, im Bett

Ohne Tagebuch wäre ich krank, so abhängig hat die Ehe mich vom Gesprächspartner gemacht.

Lange habe ich Ingrid angesehen, sie schläft neben mir – drei Jahre noch, dann beginnt mit der Periode und den Beschämungen der Pubertät die Zeit der »Erkenntnis«, die alle in Resignation darüber münden, daß wir Menschen mit dem Glück nur bekannt gemacht werden, um es zeitlebens zu suchen.

Die Liebe, Ingrid, ist nicht liebenswert – und doch, eine Frau setzt sich stets ins Unrecht, wenn sie die Liebe verdächtigt; ich hätte es ja auch nie getan, solange man mich liebte. –
Sie ist so niederträchtig, du ahnungsloses Kind, daß die Alten den Liebestrank erfinden mußten, nur um den jahrelangen Betrug von Tristan und Isolde am guten König Marke zu rechtfertigen. Oder die Tarnkappe, glaubst du, es hätte sie je gegeben? Oh, Brunhild hat den Schänder des königlichen Bettes, über dessen sehr verdienten Tod du traurig warst, schon erkannt – und *wie* sie ihn erkannt haben wird! Wie Hamlets Mutter den Brudermörder...

Dein Vati betrügt mich, seit Monaten schon, mit Renate – und sooft er heimkam, sei es aus ihrem Bett, sei es aus dem Operationssaal, küßte er mich vor euch und allen wie immer. Und nichts, liebes Kind, gar nichts fällt deiner Mutter ein, was dich später, in fünf oder sieben Jahren, vor dieser Teufelei, die auch du mitmachen wirst, bewahren könnte. Du siehst mir so ähnlich, Ingrid – wie sollte ich dich da bewahren!

Wie du da schläfst, ebenso unschuldig lag ich vor 23 Jahren in meinem Bett in Ostpreußen, und etwas, das ich Neugier nannte, erregte mich, weil ich unsere Einquartierung auf der Treppe gehört hatte, einen »schneidigen« Offizier, der mich offenbar ganz als Erwachsene achtete. Jedes seiner Worte verwirrte mich, einmal fuhr er mir über die Arme und durchs Haar, dann küßte er mich. Sonntag, sehr früh, irrte er sich in der Tür – und saß nun an meinem Bett, versprach, mit mir auszureiten, und tupfte mir mit seiner Zungenspitze den Schlaf aus den Augen. Und nur knapp eine Woche nachdem ich diesen Fremden zuerst gesehen, jammerte ich, keine drei Kilometer entfernt von Gemeindehaus und Bibelstunde, wo die Eltern mich vermuteten, unter Tannen auf seinem Mantel wie eine Gezeichnete, die geopfert werden soll – ein Überfall, der, gemessen an meiner damals überirdisch »reinen« Vorstellung von Liebe, einem Lustmord gleicht. Und dennoch, Ingrid, du würdest deine Mutter nur hassen, wollte sie dich je vor solchen Erfahrungen bewahren. So ist die Liebe.

Schon wußte ich, halb noch auf den Knien, dann schon auf dem Rücken, daß seine Hände, die meinen Leib magnetisierten, mir auch das letzte abstreifen würden, Höschen und Hemd, nachdem Ernst mich mit List und Leidenschaft dazu gebracht hatte, »nur« das Kleid auszuziehen, »um dich einmal, nur *einmal* im Unterzeug zu küssen – wir haben doch keine Zeit!« Als er selbst die Kleider abwarf, erschrak ich und gab nach ohne Liebe – nur aus der Backfisch-Angst, dieser Mann halte mich sonst für eine »dumme Gans«.

Nun sah er das körperlich noch sehr unreife Mädchen – weiblich, reizvoll, bestrickend nur erst in seinem Wesen, das ihn gefoppt hatte. Ich konnte ihn nicht einmal küssen, worum er bat – und bevor ich sein Entsetzen und Versagen vor meinem halb kindlichen Körper begriffen hatte, drängte er sich im hohen Waldgras hilfesuchend an meine Haut und deckte mich und meine und auch seine eigene jammervolle Beschämung zu mit seinen Küssen, seinem Körper. Er blieb wie gelähmt in seinem Schuldgefühl, bis er instinktsicher tat, was uns beiden allein noch helfen konnte: Er drückte mir die Knie auf die Schlüsselbeine und nahm mich mit dem Mund, daß nicht länger die Scham mich verschloß, sondern die Lust mich öffnete. Sofort war ich unter seinem wühlenden Kuß wie eine Stichflamme verwandelt, ich loderte auf in Wonne und Widerwillen – dann verströmte meine Kraft, mein Kopf fiel wie abgeschlagen zur Seite, meine Hände, die sich in Ernst verkrallt hatten, lösten sich, und auch meine kurzen, atemlos flachen Schreie, tierische Laute, wie man sie manchmal hört, wenn Jungen im Frühjahr die Raine abbrennen, auch sie verstummten.

Es war gut so. Als ich wieder zu mir kam, nicht mehr gewillt, noch aufzustehen, zog ich in verzweifelter Anhänglichkeit sein Gesicht an meine Augen – ich hatte nur noch diesen Mann, ich wollte ihn lieben, denn ich würde ja nie mehr wie bisher unter

Menschen gehen können. Und Ernst war jetzt so ruhig und sicher, daß er mich mit heilendem Zartgefühl in der Wärme seines Wesens und seiner Arme bergen konnte. Er sprach lange auf mich ein, schmeichelnd und stetig, wie ein großes Tier Wunden leckt, während sein mächtiger Körper, in dem ich noch die pulsierende Erregung abklingen fühlte, mich wie ein breites, langsames Floß trug. Ich gehörte ihm völlig. Und er war so gerührt, daß ich die letzte Scheu überwand und mich stockend zu der Frage durchrang, ob das nicht »schrecklich« sei, wie er mich da geküßt habe...

»Das steht doch schon in der Bibel, mein nasses, neugeborenes Fohlen«, sagte er. Seine große, so beruhigende Hand lag wieder fest in meiner Schonung, wie er das nannte, er zitierte gelassen: »Dein Schoß ist ein runder Becher, dem nimmer Getränk mangelt...« Neben das *›Wunschkind‹* legte ich nun das schönste aller Liebeslieder auf meinen Nachttisch, das *›Hohe Lied Salomos‹*. Und »des Nachts auf meinem Lager suchte ich, den meine Seele liebt«. Meine Hände zitterten, ich lag nackt unter der Decke und flüsterte – wenn ich nicht in seinem Bett war – die zärtlich klagenden Sätze, die ich schnell auswendig wußte, wie seinen Namen vor mich hin. Keine Sekunde fühlte ich mich schuldig. Nur wenn ich vor dem Spiegel stand, was jetzt immer öfter und länger geschah, wurde ich melancholisch, weil ich noch nirgends so schön war wie die Braut vom Libanon und sicher niemals »Brüste wie zwei junge Rehzwillinge« haben würde. Mein Selbstbewußtsein stieg, als Ernst mich dann in der dritten Nacht ganz »erkannte« – wie stark und gültig finde ich heute dieses biblische Wort.

Liebt eine Frau, fühlt sie sich auch schon dazu berechtigt – Männer, ich sah es bei Ernst, haben ihre Skrupel. Wenn ich das weiß, wie kann ich Freds Geliebte dann noch verurteilen? Und wie kommt es, daß niemand von Liebe, selbst von verruchter, von demütigender Liebe sprechen kann, ohne ihr schon zu huldigen? Ich fürchtete für Ingrid, als ich sie so ahnungslos da schlafen sah, ich wollte sie in meiner stummen Zwiesprache *warnen* vor einer ähnlichen Leidenschaft – und sprach ich nicht so, daß ich sie dazu verführt hätte? Bin ich nicht dankbar, daß ich mich diesem Mann geben konnte, bevor er fiel – obwohl ich doch weiß, daß wir an seiner Frau so scheußlich gehandelt haben wie Fred und Renate an mir? (Sie hat es allerdings nicht erfahren.)

Schlaf, Ingrid, so gut schläfst du schon bald nicht mehr oder nur dann wieder, wenn du dich auf der Flucht vor den Heimsuchungen der Liebe, vor Treuelosigkeit, Alleinsein, Eifersucht und Schuld, *in* die Liebe retten kannst. Dann schläfst du gut.

Nachts, halb drei

»Sie hat es allerdings nicht erfahren!« – ich erschrecke, daß ich das hinschreiben konnte – wie eine Rechtfertigung. Und doch: es *ist* eine!

Wieder wach, aus Eifersucht. Ich darf nicht mehr ohne Schlaftabletten ins Bett gehen. Morgen wollen wir reiten, die Kinder sollen es lernen, und ich brauche Bewegung, um wieder schlafen zu können. Was hilft es, die Rivalin zu unterschätzen. Denk ich nur an Ernst, so weiß ich, wie unwiderstehlich Jugend ist, die sich ohne den Wunsch, geheiratet zu werden, an reifes Alter verschwendet. Renate ist sehr bezaubernd, noch Mädchen – und doch, ihr Gang, wie gelöst und wie sicher; wie verschlagen ihr Blick, eine Frau mit Fluidum, weil sie ein Geheimnis hat. Ich habe keines mehr. Fred hat schon früher geklagt, ich sei ohne Kapricen. Das ist ein Fehler, seit es uns gutgeht – als ich noch in der Praxis half, als das Geld knapp war, als wir das Haus bezogen, da hat er es gerade geschätzt, daß ich so besonnen war, wie *er* sein sollte. Gerechtigkeit? – Ach, sie ist wie Gewissen, wie Dankbarkeit einer der Werte, die Eros ignorieren *muß*, um ganz er selbst zu sein.

Und *das* blieb von unserem Vertrauen zueinander: »Renate ist jetzt so schön!« sagte ich naiv. Er, lässig: »So? Ja, dann wird sie wohl bemannt sein.«

Während Ingrid und Peterchen auf die Welt kamen, stand er als Schutzengel hinter meinem Bett, stundenlang – höchstes Vertrauen, »Gewißheit«, die ich geradezu körperlich empfand; sie war mir das eigentlich Befriedigende auch an unseren Umarmungen, ich wollte stets, daß wir uns finden im Bett; er suchte das Vergessen.

Und zuletzt, nein, leider schon seit Peters Geburt, war dieser

Unterschied fühlbar. »Wir sind brave Eheleute«, sagte er dann, grämlich scherzend. Das kränkte mich. Doch ich fand es nur natürlich, daß wir uns, Eltern einer schon Pubertierenden, nicht mehr so hitzig und besessen liebten wie in den ersten Ehejahren – und vorher.

Voriges Jahr im Urlaub war ich noch einmal das junge Ding ohne Verantwortung, ich hatte weder Kinder noch Telefonate um die Ohren, ich war tausend Meilen entfernt von Praxis, Einladungen und Steuerberatern, ich war allein mit Fred, wie auf der »Verlobungsreise«. Heller, heißer Mittag, wir dösten nach Tisch in Liegestühlen, unser Balkon ging auf Gärten, aus denen es morgens nach gemähtem Gras roch, wir sahen auf Baumwipfel und Sommerwolken, die durch unsere Sonnenbrillen das verschleiernde Grün, die Ruhe englischer Landschaftsbilder des 18. Jahrhunderts angenommen hatten. Daß wir den Straßenlärm ums Kurhaus aus weiter Ferne gerade noch hören konnten, daß er aber leiser war, uns weniger nahe als das jahrtausendalte, ewig gleiche Geräusch des Sensendengelns – genossen wir als zusätzliche Pointe, die noch das Gefühl steigerte, es gäbe Zeit, die nicht vergeht, Leben ohne Altern, Altern ohne Tod. Fred hatte zu Hause nicht hinterlassen, wohin wir reisten. So weit von jeder Pflicht, da in der Glut – und es genügten zwei Sätze, eine zärtliche Herausforderung, die Erinnerungen weckte, eine Berührung unserer Hände, der Funke sprang über, schon war ich nackt und auf seinen Armen und dann im kühlen Zimmer – so stürmisch wie früher, nur noch bedenkenloser, befreiend wie lange nicht mehr und jedenfalls nicht mehr wieder, auch ohne jeden Vorbehalt. Und heute *wünschte* ich sogar, diese Stunde hätte sich uns in einem Kind bewahrt.

Ich erwachte langsam, wie in großer Abwehr gegen den Alltag, etwa um 17 Uhr, weil ein Gewitterwind die Gardinen vor der offenen Balkontür hin und her zerrte. Ich lag noch in Freds Bett, mein Mund noch an seinem Hals, so wie ich von ihm herabgesunken war, fast ohne Übergang in diesen herrlichen Schlaf. Mein Körper war zerschlagen von der Liebe und dem unbequemen Lager. Freds Bein lastete schwer auf mir, aber es entflammte mich aufs neue, daß wir so nah beieinandergeblieben waren wie vor unserer Ehe auf seinem harten, schmalen

Junggesellenbett. Ich wußte mit meinem Glück nicht wohin, so daß ich ihn mit diebischer Vorsicht küßte – bis er schließlich doch aufwachte und mich, während draußen das Gewitter niederschoß, unter die Dusche trug (auch zum letztenmal!), wo wir so lasziv belustigt waren wie als Liebende, die noch an keine Hochzeit denken – oder wie jetzt Renate und er.

13. Oktober

Daß ich mich scheiden lasse, steht nun fest.

Gestern keine Eintragungen. Ohne zu schreiben, würde ich weniger Erinnerungen heraufholen – und weniger unglücklich sein. Gestern abend war ich auch zu müde, um zu notieren, denn wir waren zu Fuß im Rebland und haben im *Lamm* zu Neuweier Forellen gegessen. »Wann kommt Vati mit dem Auto?« stöhnte Peterchen, der unverdrossen mitmarschierte.

Unser Gespräch hatte mich wohltuend abgelenkt, Hilmes erzählte von Schiffsreisen nach Norwegen und USA. Die Kinder unterhielt er durch meisterhafte und sehr komische Nachahmungen von Tierstimmen und mit einem Feldstecher. Ein Herbsttag wie für Agfacolor, so klar, daß ich ohne Glas nadelfein die Spitze des Straßburger Münsters erkennen konnte. Für einen Moment vermißte ich, als Ingrid den bunten Bauersfrauen in den Weinbergen zuwinkte, während Peter sich zu unseren Füßen eine gemähte Wiese hinabkullern ließ, den Apparat – da erschrak ich schon: Es fehlte noch, diese Idylle durch Farbfotos im Familienalbum zu verewigen.

Im *Lamm*, als die Kinder den Tisch schon verlassen hatten, um die rare Entdeckung einer noch »richtigen« Schmiede in der Dorfstraße auszukosten – meine Enkel werden schwerlich eine Schmiede mehr sehen können –, führte eine durchaus humorlos gestellte juristische Frage zu Kaskaden von Gelächter. Die anderen Gäste – zum Glück waren die meisten schon gegangen – müssen Hilmes und mich für übergeschnappt gehalten haben.

Der badische Wein (»Wir sind vulkanischer Boden!« protzte die pferdhohe Kellnerin, als Hilmes den Kaiserstühler lobte, und man wußte nicht, meinte sie sich oder den Wein) – der Wein ist tatsächlich so schwer, daß der an Rhein und Mosel, damit verglichen, zu Limonade wird. Aber es war nicht der Wein

– *Ehen!* waren es, die mich Tränen lachen ließen. Keine ist so viel wert, wie ihre Scheidung kostet.

Hilmes hatte zunächst konventionell »ehefreundlich« geredet, seine Berufskrankheit: wie ungerecht es doch sei, bei jeder Beurteilung der Ehe zu vergessen, daß sie identisch ist mit dem Leben – so daß, wer da glaube, er kritisiere seine Ehe oder leide unter ihr, in Wahrheit gar nicht seine Ehe meine, sondern sein Leben!

Aus diesem Irrtum erwachse der unmögliche Anspruch auf eine glückliche Ehe – »das ist so verrückt wie die Erwartung eines glücklichen Lebens, denn sie *ist* ja zu ihrem Unglück das Leben, die Ehe. Es kann also – wie im Leben – auch in der Ehe Glück geben, zuweilen – aber eine glückliche Ehe ist so unmöglich wie ein glückliches Leben. Ehe *ist* Dauer, Glück kann nicht dauern – wird es ein Zustand, hört es auf, Glück zu sein. Aber die Ehe hört auf, wo sie nicht mehr der Zustand ist! Und ganz und gar inhuman ist es, Ehepartner an den Maßstäben zu messen, nach denen man Geliebte taxiert! Der Liebespartner ist bekanntlich die Sonntagsausgabe des Menschen; der Ehepartner ist schuldlos an der Tatsache, daß er auch in Allnacht und Alltag seine Rolle spielen muß – was man vielleicht als Mensch gerade noch schafft, aber doch nicht als lieber Mensch!«

Ich lachte ihn schon aus, als er es noch ernst meinte. Alles, was er da vorbrachte, war gut gelernt, weil oft zu anderen gesagt. Rauflustig entgegnete ich: wäre wahr, was er da sagte, dann würde es ja dem Mann und der Frau *gleich* schwerfallen, in Ehen zu leben – aber es seien doch in den weitaus meisten Fällen die »Herren«, die sie zerstören.

Hilmes: »Auch dort, wo *scheinbar* der Ehebruch des Mannes zur Auflösung der Ehe führt – führt in den meisten Fällen gar nicht der Mann die Scheidung herbei, sondern die Frau erzwingt sie, entweder die beleidigte oder die, die geheiratet werden will; sie muß darauf abzielen, daß er sich einbildet, ›es geht nicht mehr‹. Wahrhaftig aber *will* er, daß es weitergeht mit der Ehe. Nur besiegt diesen Willen natürlich die Frau, weil sie intelligenter ist. Oder weil vielen Frauen, gerade auch den raffiniertesten, die zu faul sind, berufstätig zu sein …«, was ich kommentierte: »Danke, also so faul wie ich!« … »weil denen die

Anbringung des Nasenrings beim Mann die einzige Lebensaufgabe ist, außer dem Gebärgeschäft. Der Mann ist privat deshalb der Schwächere, weil er durch seinen Beruf abgelenkt wird. Logisch, wer etwas zum Beruf macht, siegt über den Amateur – die Frau betreibt die Liebe als Beruf, der Mann als Amateur.«

Ich warf ein: »Sagen wir: als Dilettant.«

Er schlug zurück: »Neulich erfüllte ich in Barcelona die Mannespflicht, einmal im Leben einen Stierkampf anzusehen; als binnen achtzig Minuten vier der sechs den ›Tod am Nachmittag‹ gestorben waren, floh ich – glauben Sie: aus *Ekel* vor uns Männern. Denn dem Stier wird ja nicht die Spur einer Chance gelassen! Und obwohl ich so männerfeindlich wie nie im Leben aus dem Stadion kam – erhielt ich nach hundert Metern folgende Belehrung: Eine Frau im verschwitzten Kleid, Figur wie eine Roulade im Zwirn, machte vor einem Café ihren Gebieter fertig; er mochte Ende Vierzig sein, er war noch immer sehr schön, eine Volksausgabe des jungen Picasso. In zehn Minuten war dieser Parademann ein nicht mehr aufmuckendes, nicht mehr aufschauendes Demutstier, das weg wollte, aber nicht einmal die Flucht mehr wagte – offensichtlich dankbar, daß es wenigstens deshalb keine Schläge bekam, weil das ›Gespräch‹ außerhalb der Wohnung stattfand. Ein Rätsel, wie diese Frau das schaffte, die offensichtlich ihren Herkules nicht einmal mehr erotisch verknechten konnte: faltig wie Wellpappe, Haare zwar nicht auf den Zähnen, aber auf den Lippen, kurz- und krummbeinig, einen Po wie Katalonien, und wenn sie duscht, werden die Füße nicht naß. Nicht einmal die nikotingelbe Haut der Spanierin hatte sie mehr, sie war ausgeweißt wie ein Sahnebaiser – und dennoch, so rasch ein Fleischwolf Gehacktes macht, so rasch machte ihr Maul aus dem Mann Brei ohne Knochen. Ja, da hatte ich nun achtzig Minuten lang Männer Stiere töten sehen – aber in zehn Minuten gelernt: Den Stier tötet der Mann, den Mann die – Kuh.«

Das sei eine Frage der Persönlichkeit, nicht: der Institution, der Ehe, hielt ich dagegen. »Dieser sogenannte Mann da wird von seinem Arbeitskollegen oder seiner Freundin nicht anders zum Hund gemacht wie von seiner Ehefrau.« Und ich wiederholte, Hilmes lenkte nur ab von meiner Behauptung, daß nicht die Frauen, sondern die Männer die meisten Ehen zerstören. Daß Hilmes dies soeben bestritten hatte, hinderte ihn jetzt nicht, *meine* Behauptung zu begründen! Und das nicht zu merken, denn er war nun in Fahrt und rief mehr, als er sagte: »Das ist doch kein Wunder! Denn Frauen finden in der Ehe buchstäblich *immer* – der Mann aber *niemals* die Erfüllung des Ersehnten. (Ich spreche jetzt von der Ehe, nicht: vom Ehe*partner*: Was den betrifft, so fallen Mann und Frau gleich oft herein.) Aber in der Ehe erhält doch ein Mädchen die Puppen, mit denen es spielte, von denen es träumte, auch den Kochherd bekommt es und das Häuschen und das Auto – dagegen wird der Junge durch nichts anderes so radikal abgeschnitten von jeder Hoffnung auf Erfüllung seiner Träume wie gerade durch den Eintritt in die Ehe! Er wollte Großwildjäger werden oder Sportflieger oder Indianer oder Forscher oder Revolutionär – aber nur die wenigen Jungen, die davon träumten, Kapitän zu werden, können die Realisierung ihres Traumes mit der Ehe vereinbaren!«

Ich hatte ihn schon mehrfach ausgelacht, aber das letzte brachte er so engagiert vor, daß ich höhnte: »Wollen Sie mir erzählen, nur die Ehe habe Sie daran gehindert, Südpol-Pionier zu werden!«

Er, ganz ernsthaft, fast gekränkt: »Daran nicht gerade – aber ausgerechnet zum Anwalt hat nun wirklich nur die Ehe mich machen können.«

Jetzt lachte ich ihn wieder aus: »Von Anwesenden sprechen wir nicht, bitte – aber im übrigen: denken Sie, wie viele Flaschen unter den Männern buchstäblich dann, wenn wahr ist, was Sie hier sagen, allein durch die Ehe davor bewahrt werden, zu entdecken, *was* für Flaschen sie sind! Ja, lieber Gott, was sollte denn werden aus Herrn Schulze, wenn nicht eine Ehe ihm den Vorwand gäbe, sich einzureden, er habe nur deshalb das Uran nicht entdeckt, weil er durch vorzeitiges Heiratenmüssen gezwungen gewesen sei, Geld als Apotheker zu verdienen – statt genial und unversorgt zu forschen.«

Aber nun schlug mich Hilmes mit einem Beispiel ohnegleichen: »Da war in *Paris Match* neulich eine Fotoserie über den Herzog von Windsor! Ach, Eduard VIII. sieht nur noch aus wie die abgelebten Möpse der Herzogin, sieht denen physiognomisch ähnlich! Und war doch bis zu dem Tag, an dem diese mehrfach Geschiedene ihn zur Abdankung zwang, als König von Großbritannien und Kaiser von Indien und Herr aller Ozeane und eines Fünftels der Erde ein – Mann! Wie kann eine Frau die totale Abwesenheit von Liebe so gut tarnen? – denn hätte sie, die schließlich auch mit einem Chinesen schon gehaust hatte, ohne daß der ihr die Ehe anbot, dem König nur eine Spur Gefühl entgegengebracht, sie hätte ihn nicht mit der Krone des damals noch stärksten aller Reiche bezahlen lassen, um mit ihr zu schlafen! Nur ein Weib von so alttestamentlicher Niedertracht konnte *das* aus diesem Eduard machen, was jetzt von ihm noch auf dem Sofa dasaß: leberleidend, aber leider lebend ...«

Wir tranken entschieden zuviel und immer diesen Badischen – bald war ich so heruntergekommen, daß ich mit Hilmes diskutierte, ob das unannehmbare Wort: »Wer zum zweitenmal heiratet, hat nicht verdient, daß ihm die erste Frau gestorben ist« – annehmbar werde, wenn man statt Frau – Ehepartner sage.

Und was bin ich für eine Heuchlerin, denn wie gern war ich verheiratet!

Mörderisch wurde zwischen uns die Stimmung – und das gibt Hilmes recht –, als er mich offensichtlich einbezog in seine erschreckende Bemerkung, daß er *niemals* eine Frau getroffen habe, die nicht bei der Scheidung die Kinder als Geiseln benutzte, um den Mann zu erpressen, materiell wie seelisch: »Sogar auf Kosten der Kinder – wird jede zu einer Medea!«

Hilmes *hat* recht – und doch sagt er nur die halbe Wahrheit, weil die andere Hälfte, die er verschwieg, den Rachekrieg der Frau überhaupt erst begründet: Daß der Mann, ob er's darauf anlegt oder nicht, die Frau, die wegen der Ehe den Beruf drangab, zu seiner Hilfskraft hatte, die *seinen* Erfolg mitbewirkt hat, die jetzt aber nach der Scheidung deklassiert ist. Und, schlimmer, *umweltlos* – nicht mehr fähig, meistens, beruflich noch einmal ihrer Ausbildung gemäß (sofern sie nicht schon seinetwegen auf ihren Berufsabschluß verzichtet hat!) eine neue Existenz zu gründen. Wie ich das hinschreibe, weiß ich schon, daß ich auch Fred unsre Kinder nicht öfter sehen lassen werde als einen Vater, der sitzt! Und daß ich ihm das Haus wegnehme, nicht deshalb, weil auch meine Eltern Geld dazu gaben, sondern weil er es liebt, das so unpraktische alte, doch behagliche Gemäuer. Hilmes ist mir als Anwalt zu konziliant, ich werde jenen G. nehmen, der es fertigbrachte, sogar einen Anwalt bei dessen Scheidung zu ruinieren.

Übrigens schreibe ich das vermutlich nur deshalb so ehrlich hin, weil ich doch noch hoffe, daß es nicht dazu kommt...

Um abzulenken, erinnerte ich Hilmes an Montherlants Beobachtung, das Paar, das »ewige Paar«, das dem Drama ausweiche, ende im Stumpfsinn. Hilmes sagte abfällig: »Dieser homosexuelle Ehe-Spezialist!« Ich, äußerst aggressiv: »Was haben Sie gegen Homosexuelle? Nach meiner Erfahrung sind Homosexuelle die einzigen Männer, die nicht persönlich ausbeuten, was eine Frau ihnen anvertraut!«

Das saß! Und war auch zu meinem Schutz gesagt, denn natürlich gleite ich durch Gespräche allmählich aus der Kurve und Hilmes zu, gemäß der uralten Erfahrung, wenn zwei Intimitäten austauschen, tun sie es bald nicht nur mehr mit Worten.

Ob Montherlants Bemerkung stimmt?

Daß zum Beispiel meine Eltern nicht im Stumpfsinn vegetieren, obgleich sie (meines Wissens) ihre Dramen nicht als Paar erlebt haben, sondern durch Wirtschaftskrise, durch den Tod des Sohnes und ihre Vertreibung von Haus und Erde, spräche dafür, daß Hilmes recht hat mit seiner Gleichsetzung von Ehe und Leben.

Da Hilmes mich aufheitern wollte, erzählte er vom Mißgeschick anderer.

Das belegt unseren Sadismus: daß Schadenfreude uns am schnellsten aufheitert! Es gibt keine beklagenswerteren Menschen als Komödienfiguren – Hilmes: »Alle Ehegeschichten sind Kleinbürgergeschichten – selbst wenn sie im Hause Windsor spielen!«

Zur Umsetzung von Eros in Aggression: »Da kamen zwei in meine Praxis, die konnten sich nicht einmal mehr darüber einigen, worüber sie sich zanken wollten. Sie waren noch jung, der Mann sehr erkältet; er bat seine Gebieterin um Rücksicht, er komme vom Arzt, mit Spritzen, sie sähe doch, wie er leide. Schließlich rissen die Nerven, er schrie: ›Ich habe eine Million Einheiten Penicillin im Kopf!‹ Drauf die Frau, als spucke sie: ›Hättest du die mal woanders!‹«

Und solche Leute haben Kinder! Hilmes meinte, erstaunlich, daß die von zwei solchen Ur-Hassern Erzeugten sich nicht wie Rumpelstilzchen bei den Füßen packen und vor Wut in der Mitte selbst durchreißen!

Aber auch Geist schützt nicht vor Ehefolgen, vor der progressiven Abwertung des Partners; einem Ring, den wir lange am Finger haben, glauben wir nicht mehr, daß er aus Gold ist – allenfalls, wenn er uns gestohlen wird. Hilmes sieht den erschreckendsten Befund an Unverständnis füreinander, das alle Eheleute charakterisiere, im Haus Fontane: »Emilie war nicht nur sehr gebildet, sondern auch klug. Aber als Fontane einmal das Zimmer verließ, da sagte sie, die immerhin sein Meisterwerk *›Effi Briest‹* neunmal abgeschrieben hatte, der vielen Korrekturen wegen, ehe es zum Setzer ging, und die jahrzehntelang mit Fontane verheiratet war – sie sagte zum jungen Gerhart Hauptmann: ›Da hält er sich nun immer für einen Dichter ... und er ist doch nun einmal kein Dichter, nein, wirklich, er ist doch keiner!‹«

Mir fiel ein: Fred wurde auf eine Kegelbahn gerufen, dort war einer verstummt, ohne vom Stuhl zu fallen – Herzschlag. Noch während Fred Wiederbelebungsversuche machte, kam die herbeitelefonierte Witwe. Fred wollte trösten, der Mann war erst fünfzig gewesen ... Er sagte: »Sie werden ihn jetzt nach Hause holen wollen; das ist zwar verboten, aber ich richte es so ein, daß Sie ihn bis morgen abend im Haus behalten dürfen.«

Darauf die Frau: »Ach, wozu – danke, nein! Wozu diese Umstände, zu Hause *nützt* er mir ja nun auch nichts mehr.«

Nur Schreck, kein Schock. Keine Trauer. Kegelbrüder waren betroffener, dennoch hielt einer für nötig, eigens zu sagen: »Für heute schlage ich vor, kegeln wir nicht weiter!« Plötzlich sah die Frau beunruhigt aus; Fred fragte, ob er ihr noch etwas helfen könne, sie sagte: »Ja – sein Portemonnaie, ich finde nicht sein Portemonnaie!« Denn sie kramte der Leiche bereits die Taschen leer. Endlich fand sie's im Mantel. Das erleichterte sie merklich.

Besonders ehrlich – so wollte Hilmes das Kolleg fortsetzen, doch ich floh –, ehrlich sei doch wenigstens jene Frau gewesen, die beim Eintritt in sein Büro ein kleines Päckchen verloren habe. Hilmes hob es auf: »Da ist Ihnen etwas aus der Handtasche gefallen« – und reichte es ihr.

»Ach ja, danke«, sagte die Frau, »das sind nur die Zähne von meinem Mann. Die nehme ich immer mit, wenn ich ausgehe, sonst ißt er das Fleisch im Eisschrank.«

Hilmes: »Und das Schlimmste: dies ist *keine* Scheidungsgeschichte! Dieser Mann lief *nicht* weg. Seine Frau kam zu mir, weil ihr ein Mieter Strom gestohlen hat.«

»Zähne«, fuhr Hilmes im Ernst fort, lachte dann aber doch, »sind oft Kriegsgründe! Ein Architekt, der nicht in Mode war – die haben oft wirtschaftlich zu kämpfen –, kommt von einem Richtfest erst bei Tagesanbruch heim. Natürlich schleicht er, aus Angst vor seiner Frau. Er eckt an, nicht mehr nüchtern. Sie richtet sich im Bett auf: ›Wie siehst du denn aus!‹ Er, mit einem tatsächlich reinen Gewissen: ›Wie soll ich denn aussehen?‹

Sie, drohend: ›Ach so: das hast du noch nicht mal gemerkt!‹ Er wird unsicher – ahnungslos. Sofort schreit sie, ob er wirklich nicht wisse, was er vergessen habe; natürlich bei … und nun folgen die Namen der zwei oder fünf Frauen aus seiner beruflichen oder ihrer beider gesellschaftlichen Umgebung, die ja grundsätzlich jede Frau zuweilen verdächtigt, ihr das Männlein auszuspannen.« Hier unterbrach ich: »Es sei denn, eine Frau ist so blöde wie ich und schöpft Verdacht nicht einmal dann, wenn der Mann schon seit Monaten mit seiner Sekretärin schläft.« Hilmes kommentiert: »Ehebruch wird nur deshalb oft nicht entdeckt, weil die Partner inzwischen so irreal schlecht voneinander denken, daß einer den anderen gar nicht mehr für fähig hält, eine oder einen dritten noch zu beeindrucken.« Also, wollte ich doch wissen, was hatte der Architekt vergessen … bei der Freundin nach dem Richtfest?

Hilmes: »Nichts – bei einer Freundin! Er kam ohne das sehr neue, das sehr teure Gebiß heim, das er sich neulich – Verzeihung, den Kalauer – vom Munde abgespart hatte. Und wehrte sich nun: ob seine Frau glaube, er lege ausgerechnet auch die Zähne noch ab, wenn er denn bei einer Frau ›ablege‹.

›Wo hast du sie denn, diese Dreitausend-Mark-Prothese, alter Idiot!‹

Der Angetrunkene denkt nach: ›Ich saß doch die ganze Zeit mit andern an der Tafel, neben dem Bauherrn, Tischherr seiner sehr schönen Tochter. Ich kann also die Zähne – ja, ich kann sie nur auf dem Klo verloren haben.‹ Jetzt war die Frau vor Wut aus dem Bett, als wolle sie ihn schlagen; vielleicht hat sie ihn geschlagen, das geben solche Leute nicht zu. Sie schrie: ›Wie kann ein Mann beim Pinkeln seine Zähne verlieren?‹ Er, bedrückt, wegen des Geldes: ›Beim Pinkeln nicht – aber beim Kotzen.‹

»Dieser Krach«, schloß Hilmes, »hat sich für mich gelohnt. Ich verschone den Mann, aber die zwei haben Gütertrennung, und sie hat Geld; ich lasse sie für ihn die Scheidung mitbezahlen, die sie will, nicht er. Der Zähne-Disput hat sie nur ausgelöst. Sie läßt sich scheiden, weil er für sie ein Versager sei: Er habe versäumt, noch Beamter zu werden, Stadtbaumeister, solange er unter vierzig war. Er ist so anständig, daß er sich nicht mal wehrt... er ahnt wohl, daß sie mit ihrem Jugendfreund schläft, der Karriere machte und wieder freigeschieden ist.«

Ich entgegnete, mir falle auf, wie in allen seinen Geschichten wir Frauen als die Närrinnen dastehen, ihr Männer aber, fügte ich an, ihr steht nicht selten geradezu mörderisch da, ja, ohne Übertreibung: als Mörder! Und ich erzählte Hilmes, was mir gestern Sabine telefoniert hatte: der junge Reuffel hat sich unter einen Zug geworfen. Er hatte ein Verhältnis mit dem Dienstmädchen seiner Eltern, kleine Leute, so daß man sich wunderte, daß die überhaupt ein Mädchen haben. In den Semesterferien eröffnete er dem Vater, er werde das Mädchen heiraten. Da sagte dieser Elektriker, das erlaube er nicht. Der Student lachte ihm ins Gesicht, doch bekam zu hören: »Sie ist deine Schwester.«

Das hatte auch die Mutter des armen Studenten nicht gewußt.

Wie *mörderisch* dumm doch Tabus sind: Konnte der Elektriker nicht seiner Frau erzählen, er habe ein uneheliches Kind; statt sein eigenes Kind als »Dienstmädchen« zu sich zu nehmen? – ohne auch diesem Mädchen anzuvertrauen, er sei ihr

Vater. Und wenn er's schon verschwieg und kein Mensch im Städtchen davon wußte, wo er wann dieses Kind gezeugt hat – konnte er da nicht das Maul halten und die Kinder heiraten lassen? Hilmes sagte, er wisse, wie idiotisch Leute Geschwisterliebe noch heute tabuisieren: ein Adoptivvater brachte einen hervorragend intelligenten und schönen Sohn zurück ins Waisenhaus, hat ihn also verstoßen – weil er gehört hatte, dieser Junge sei von den Kindern eines Amtsrichters gezeugt worden...

Hilmes entschuldigte sich: Er habe keineswegs Frauen närrischer darstellen wollen in Scheidungskrisen als die Männer. Doch mörderisch sich zu verhalten – sei keine männliche Spezialität, Frauen würden ebenso zu Hyänen: »Ich mußte den Chef eines Krankenhauses und zwei Söhne eines dort Verstorbenen wegschicken, die zu dritt zu mir gekommen waren, um die Witwe des Verstorbenen anzuzeigen: die hatte ihren Mann im Klinikbett buchstäblich *totgeredet*! Zwei Schwestern und ein Arzt bezeugten ebenfalls, wie sie versucht hatten, diese Frau daran zu hindern, ihren mit Infarkt dort liegenden Mann, wie bei ihrem ersten Besuch, durch böses Reden abermals in Lebensgefahr zu bringen. Sie baten das Weib, das ein Maul hatte wie ein Messer: ›Sagen Sie aber nichts, was ihn wieder aufregen könnte!‹ Doch kaum am Krankenbett – entdeckte sie Blumen, die diese beiden Söhne aus erster Ehe dem Vater geschickt hatten; und nun legt sie los: er hätte die Blumen zurücksenden müssen, er müsse sich endlich einmal zu ihr – seiner zweiten Frau – bekennen, anstatt noch dauernd Beziehungen zu Kindern aus erster Ehe zu unterhalten: sieben Minuten nach Beginn des Rede-Terrors ist der Mann daran gestorben.« Hilmes: »Ich mußte aber den Ärzten und Söhnen sagen, sparen Sie Ihr Geld, ich kriege die Frau niemals hinter Gitter, wohin sie gehört!« Er fügte an, wenn zweite Ehefrauen nicht wie die ersten einem Mann Kinder geboren hätten, würden sie *in der Regel* aus Eifersucht – keineswegs aus Geldgier – versuchen, diese Kinder aus erster Ehe wenigstens völlig um das Erbe ihres Vaters zu prellen: »Der Gesetzgeber müßte festlegen, daß Kinder aus früheren Ehen immer schon zu Lebzeiten des Vaters ihr Erbe, wenn nicht erhalten, dann doch zugesprochen kriegen, denn ist der Vater erst in der Urne – ist meist nichts mehr da!« Doch fügte Hilmes an, weil die jüngere Frau fast ausnahmslos den Mann überlebe, sei das so – nicht weil Frauen von Natur raffiniertere Erbschleicher seien als Männer. Überlebt der Mann – ist er ebenso schuftig, obwohl »fast nie ein Mann eine Frau nur auf Abriß heiratet, wie so oft junge Frauen alte Männer!«

Nicht wenige, erzählte Hilmes, nehmen Tiere zu Hilfe, um Ehepartner zu ertragen. Eine voll Emanzipierte hatte einen Mann, der von Natur schon das war, was viele erst durch Dressur werden: einen sogenanten »Hausmann«, also einen, der sie wunderbar ergänzte, solange sie berufstätig war, indem *er* den Haushalt fast allein machte – was jedoch *ihr* nur so lange zusagte, wie sie acht Stunden draußen im Beruf war. Doch als Pensionierte war ihr die pausenlose »Hausmütterlichkeit« des Mannes eine Qual – »er liest nichts, er putzt nur hinter mir her und redet und redet und redet!« Hilmes fragte, *was* er denn rede, die Frau schrie fast: »Ja, das *sagt* er nicht!« Sie sei aber aus finanziellen Gründen bereit, auf die Scheidung zu verzichten, wenn Hilmes ihn überreden könne, »ein paar Tiere anzuschaffen, die ihn von mir ablenken – mindestens einen Hund, den er dreimal täglich ausführen muß, und zwei Wellensittiche, aber keinen Kanarienvogel!« Warum, wollte Hilmes wissen, keinen Kanarienvogel? Die Frau: »Das lohnt nicht, der macht keinen Dreck, und mein Mann wischt doch so gern – Wellensittiche machen aber dauernd Dreck, die werfen den Sand, die Federn, das Futter aus dem Käfig, da hat mein Mann schön zu tun!« Die Frau schärfte ihm noch ein, dem Anwalt ihres Mannes zu schreiben, ihr Mann möge »doch *erlauben*, daß sie« einige Haustiere anschaffe. Denn weil er nichts zu sagen habe – wolle er wenigstens befehlen, also auch gebeten werden, ihr zu gestatten, was sie doch nur tue, um es *ihm* aufzuhängen. Hilmes: »Und wenn er Ihnen dann überläßt, das Viehzeug zu versorgen?« Die Frau versicherte, da bestehe keine Gefahr: »Mein erster Versuch, den Hund oder die Vögel zu füttern, würde bereits einen ganzen Kursus auslösen, bei meinem Mann, was ich alles dabei verkehrt machte – nein, nein, das wird ihn hinlänglich beschäftigen!« Hilmes sagt, tatsächlich habe diese Umfunktionierung des Fürsorgetriebes von der Frauquälerei auf die

Tierquälerei die Ehe, was immer das noch gewesen sein mag, gerettet...

Der Wein und der lange Rückmarsch, zuletzt für die Kinder fast nicht zu schaffen – haben wenigstens meinen unberechenbaren Körper kasteit. Ich schlief heute durch bis acht, war dann mit den beiden im Hotelbad und weiß nun endgültig, daß keine Post mehr von Fred zu erwarten ist. Ich zwang mich, nicht in Gegenwart der Kinder zu fragen, sondern erst jetzt, während Ingrid und Peter auf dem Spielplatz sind. Sehr peinlich, daß Hilmes gehört hat, wie der Portier – ironisch, oder bilde ich mir das ein? – sagte: »Wieder nicht, nein, gnädige Frau, leider.«

In diesem Moment nämlich – halb elf – kam Hilmes die Treppe hinunter, als habe er am Fenster meiner Rückkehr aus dem Bad aufgelauert, was mir für einen Augenblick das Gefühl gab, er spezialisiere sich auf Ehescheidungen, um die verlassenen Frauen zu trösten.

Immerhin fertigte ich ihn kurz ab, obwohl es mich freute wie – nun, wie eine verschmähte Frau, als er feststellte, die gestrige Wanderung und das Baden seien mir offensichtlich ausgezeichnet bekommen. Es gelang mir auch nicht (weil ich es gar nicht wollte), eine Theaterkarte für übermorgen abend, ›*Colombe*‹, auszuschlagen; er scherzte etwas mühsam, er könne »seine Klientin von der Steuer absetzen«. Wieso bleibt er länger in B.-B., als er vorhatte?

Sein Kompliment tat so gut, weil er gestern in dem engen Frühstückszimmer mit den unverschämten, aber gezielten Worten: »Nicht gut geschlafen, gnädige Frau? – Sie sehen blaß aus« an unseren Tisch getreten war. Meine Antwort war ausgeblieben, er redete wieder schnell und witzig auf die Kinder ein, aber meine Hände zitterten, so fühlte ich mich durchschaut – und erneut gedemütigt. Ich haßte Fred noch leidenschaftlicher als in der Nacht – dieser schlimmsten meines Lebens: »Unter der Dusche, wie er jetzt mit Renate« – als ich das hinschrieb, hatte ich in meiner Verlassenheit wie als Teenager geweint – und nicht nur geweint, meiner gescheiterten Liebe ausgeliefert. Das Tagebuch fiel vors Bett, ich verbiß mein Schluchzen im Kissen, um nicht die Kinder zu wecken, ich knipste das Licht aus, meine Hände gehorchten nicht mehr meinem Willen, ich sehnte Fred herbei und haßte ihn, seinen Mund, seine Gier, ich wollte ihm folgen wie in unseren ersten Jahren – als sich die tollwütige Heimsuchung in Erschöpfung löste, kam mit der Scham auch der Triumph, daß ich doch offenbar noch das gleiche empfand und mit der gleichen Intensität wie seine Neunzehnjährige ...

Jetzt weiß ich, es war Selbsttäuschung: denn ich *bin* ja nicht mehr ein junges Mädchen, bin auch nicht mehr 25, ich *kann* nicht mehr bei Nacht und Regen ein Steinchen ans Fenster des Geliebten werfen, nur um ihm zu sagen, daß nichts mehr zu fürchten sei, da die Tage doch gekommen sind. Ich *kann* es nicht mehr aufregend finden und schaudervoll schön, im Auto schwachgeküßt und ausgezogen und sieben Meter neben der Bundesstraße, die von Fernlastern bebt, geliebt zu werden – ich bin gern im Warmen und sicher vor Beobachtern und vor Grasflecken. Ach, ich weiß, je weniger uns noch bezaubern kann – je weniger Zauber geht aus von uns.

Nach einem Rendezvous
und so weiter –
– und so weiter

Viel zu aufgeregt, um zu schreiben – Freds Brief, endlich, da er schon kaum mehr Bedeutung hat! Warum sollte ich zurückgehen, *jetzt*, da ich – ach, ich weiß noch nicht –

Das widerwärtig »wissende« Lächeln des Nachtportiers, als er mir eben Freds Brief überreichte. Entweder ahnt er, daß ich die verlassene Frau bin; oder er hält mich für die Geliebte von Hilmes. Und das ist beinahe richtig – *beinahe*.

Wie sagte Hilmes, als ich ihn vorhin bat, mich vorgehen zu lassen: »Es ist schon egal, ob ich mit Ihnen gemeinsam oder ob ich eine Viertelstunde *nach* Ihnen ins Hotel komme, man hält uns doch kaum für Anwalt und Mandantin.« Und als er sah, wie erschrocken ich war – er sah nicht, daß seine Worte mich auch zärtlich erregten –, setzte er lächelnd hinzu: »Diese Leute, finden S' nicht, Gertrud, kennen einen oft schon besser als man sich selbst ...«

Nein, so *will* ich das nicht! Hätte ich nicht die Kinder bei mir, wer weiß, ob ich noch darauf bestanden hätte, *vor* ihm heimzukommen – und in welches Zimmer. Reist er Montag nicht ab, so müssen wir fahren. Es ist weit mit mir gekommen! Was soll mir da noch dieser Brief. Gott sei Dank, ich muß ihn nicht mit dem Gefühl lesen, Fred ausgeliefert zu sein.

Liebe Gertrud,
Frl. R. arbeitet in der Klinik, Du wirst ihr im Haus nicht mehr begegnen. Als zweite Sprechstundenhilfe habe ich bereits die Tochter von Kollege Heymann engagiert.

Für die Rückkehr habe ich Euch den bequemsten Zug herausgesucht: der Lorelei-Expreß geht um 14 Uhr 50 ab Oos. Da Montag die Schule beginnt, nehme ich an, Du wirst am Samstag reisen. Kommt kein gegenteiliger Bescheid, werdet Ihr um 19 Uhr 34 von Z. in Düsseldorf abgeholt.

Über Deine Scheidungspläne, die ich absurd und hinsichtlich der Kinder vollkommen unverantwortlich finde, mündlich.

Angenehme Reise! Fred

Nachschrift:
Da ich nicht weiß, was Du mit dem Anwalt aus München in Baden-B. (umständlicher ging es wahrhaftig nicht) schon abgemacht hast, will ich gleich noch hinzufügen, daß ich niemals gesagt habe, ich wolle Frl. R. heiraten – und zwar hätte ich es schon mit Rücksicht auf den Altersunterschied nie gewagt. Ich hatte nie die Absicht, dem Mädchen zuzumuten, später sozusagen als meine Diakonisse zu leben. Sie wird im Januar Stewardeß. Jedenfalls, Gertrud, solltest Du Dich nicht dermaßen unter Dein Niveau begeben und eine hilflose Neunzehnjährige als Mätresse bezeichnen. Deine Selbstgerechtigkeit! Weiß Gott, das Mädchen hat sich gewehrt gegen unsere Leidenschaft – wenn Du Deine erste Liebe später hattest und unter »moralischem« Stern, so sei zufrieden (oder auch nicht), aber rechne Dir das nicht als Verdienst an.

Übrigens lenkst Du mit Deiner großzügigen Geste des Verständnisses nur geschickt von Deinen eigenen Fehlern ab. Daß mich die Leidenschaft getroffen habe »wie eine Kugel«, klingt zwar überzeugend, doch solltest Du nicht gleich das Schicksal bemühen, wo es sich auch um die Folgen Deiner ewigen »Vernunft« handelt, die unser Privatleben seit Jahren reguliert wie eine eiserne Lunge. Wir haben ja mehr als einmal darüber gestritten. Ob ich mal mit Freunden betrunken war oder Dir den Nerz kaufte, ob ich Ingrid verwöhnte oder auf die CDU pfiff und damit auf den Medizinalrats-Titel – *alles* war falsch, weil gegen Deinen Terminkalender gerichtet. Bitte, Gertrud, zerlege jetzt nicht auf Deine erprobte Art diese einzelnen Fakten – Einzelheiten habe ich in der Klinik genug. Im einzelnen hast Du immer recht gehabt, das *ist* Dein größter Fehler. Das Recht hast Du – und Deinen Mann hat jetzt das Mädchen, das kommt davon. Bitte glaub deshalb nicht, ich könnte die alles in allem doch schönen Jahre mit Dir jetzt weglegen wie meinen Sommerhut. Aber das hilft nichts, wenigstens vorläufig nicht. Ich habe Renate nicht aus Leichtsinn verführt und weiß auch nicht, wie ich von ihr loskommen kann. Ich habe aber nicht das Gefühl, wenn ich überdenke, wie unsere Ehe sich in den letzten Jahren abgespielt hat, daß Eifersucht der Hauptgrund für Deine Empörung ist – im Gegenteil. Ich war Dir im Schlafzimmer doch eigentlich nur noch lästig. Gib das zu. Und überlege Dir, daß Deine Stellung als meine Frau vor aller Welt unangetastet bleibt – was kann Dich dann eigentlich noch so sehr gegen mich aufbringen?

Jedenfalls, Gertrud, sprich nicht mehr von Scheidung! Laß die Zeit gewähren, wir werden in Ordnung kommen. Zahl den Anwalt aus, und beende die komische Idylle da mit ihm unterm gleichen Dach. Was sollen die Kinder denken! – oder habt Ihr sie selten dabei? Sind wir nicht vielleicht schon quitt?

Kommt zurück, Gertrud, bitte! F.

Ob wir womöglich schon »quitt« seien, diese Frage ist die unverschämteste, obwohl sie berechtigter ist, als Fred ahnt. Wäre er erleichtert, wenn ich mich auf billige Weise rächen würde? Wahrscheinlich – und mir schaudert vor diesem Zynismus. Nun gerade nicht! Ich bin ihm zu bürgerlich, zu pedantisch – wenn ich aber meine Neigung verschenke, dann soll es achtlos geschehen, während es bei ihm und Renate Passion ist!

Eine Genugtuung habe ich nun jedenfalls: Er wird leiden, wenn ich ihn sitzenlasse.

Wieso schrieb ich da: »auf billige Weise«? Wieso ist es »billig«, wenn ich mit Hilmes schlafe?

Gedankensünden sind die schlimmsten, weil sie weitergehen. »In Gedanken hab ich dich schon ermordet«, sagte ich bei einer Versöhnung zu Fred. Er: »Ich dich oft – wie jeder jeden, mit dem er lebt. Kein Mensch gehört ungestraft zur einzigen Gattung großer Tiere, die sich untereinander umbringen.«

14. Oktober, nachmittags

Da mich »der Helm«, den aufzusetzen der arme Mann in der Grube versäumt hat, doch nicht in Ruhe läßt, so empfahl mir Hilmes, mich in einem Brief als Zeugin anzubieten – ich schickte ihn, nachdem ich ihn auf der Schreibmaschine des Hotels getippt hatte, an die Staatsanwaltschaft und die Kopie an die Ortsgruppe der Gewerkschaft Bau, Steine, Erden. Ich mußte lügen und tat's ohne Skrupel: Ich verschwieg, daß wir erst dazukamen, als man die Bretter schon von dem Erschlagenen abräumte, also eine Minute »zu spät«. Sonst würden die mich gar nicht annehmen als Zeugin, sagte Hilmes – sofern sie das überhaupt tun. Daß die Gewerkschaft hilft, darauf kann man sich allerdings deshalb nicht verlassen, weil die Baufirma der Gewerkschaft – gehört! Die Linken sind – links, die Rechten sind rechts korrupt.

Heute früh im Reitstall, der Lehrer machte nach einigem Feilschen Sonderpreise für die Kinder; es ist im Winterhalbjahr ohnehin nicht so teuer. Sobald ich im Sattel saß, war ich wieder fit, ich wurde nicht müde, aber das Reiten erregte mich aufs neue – das Gegenteil hatte ich erreichen wollen. Ich spüre überhaupt wie mir meine »ewige Vernunft« abhanden kommt, sobald ich nicht mehr den Haushalt regeln, sondern mit meinem Alleinsein fertig werden muß.

Ingrid wird auf dem Pferd schnell sicherer werden. Ihre Haltung ist gut, gut auch, wie sie die Furcht verbirgt. Sie ist komisch ernst, doch grazil und elastisch, während Peterchen zwei Jahre älter sein müßte: Er wirkt wie die Äffchen, ängstlich, mißtrauisch und fast plump, die Clowns auf Pferderücken werfen und unter Hallo durch die Manege jagen. Übrigens komme ich zu diesem Vergleich, weil die beiden im Zirkus sind, wir haben eben gemeinsam die Tierschau durchwandert, um sechs erwarte ich sie am Zeltausgang.

Ich muß mich für Stunden wenigstens distanzieren, von Hilmes, von gestern abend und auch von Freds Brief. Eben brachte das Mädchen mein aufgebügeltes Kleid, das ich notfalls zum Tanzen anziehen kann, ich habe mich um neun im Kurhaus verabredet. Wahrhaftig, daß ich *tanzen* würde, hätte ich mir nicht träumen lassen, als ich daheim die Tür zuschlug.

Ich fühle mich auch weniger beleidigt, seit ich meine Liebe zu Ernst neu entdeckte. Wie häßlich, daß ich ihn verleugnet habe. Verzeih mir, Kurt! »Mein Jugendfreund, der gefallen ist« – das klang so viel harmloser als das Geständnis, mit sechzehn einem Vierzigjährigen gehört zu haben. Es quält mich, zu denken, daß Kurt, wie Unzählige seiner Generation, wie auch mein Bruder, begraben wurde, ohne daß er jemals im Schoß einer Frau lag – denn nur die Liebe läßt uns ahnen, manchmal, was die Schöpfung ursprünglich mit uns vorgehabt haben könnte.

Einmal, Kurt, haben unsere Lippen sich berührt, am Abend, bevor du in die Kaserne gegangen bist. Ein Kuß war es noch nicht, nur ein Versprechen, das ich gebrochen habe; denn Ernst war da, bevor du fielst.

Dein Gesicht, deine Stimme – sie sind untergegangen. Wie sehr habe ich dich vergessen, wie sehr auch Ernst, dessen Stimme ich auch nicht mehr höre. Wer lebt, der vergißt. Und wer nicht vergißt, kann nicht leben. Nur weiß ich noch, wie du im Bad auf mich zugeschwommen kamst, Kurt, um dich im Rettungsschwimmen zu üben. Erst der »Kopfgriff«: deine Hände scheu und doch fest an meinem Unterkiefer, ich auf dem Rücken brauche gar nichts zu tun, als mich sanft durchs Wasser ziehen zu lassen – ein bißchen unheimlich und sehr schön. Dann der »Übergriff«: mit deinem linken Arm faßt du über meine Brust und drückst meinen Kopf an deinen Hals, mein Rücken liegt an deinem Leib, mit einem Arm- und Beinstoß bringst du mich ans Ufer – noch schöner. Erste Zärtlichkeiten, kaum schon als solche erkannt. Drei Wochen später, und deiner Freundin, nach der du im Kasernenbett Sehnsucht hast wie nach den Pferden in der Domäne deines Vaters, wie nach unseren Seen – drei Wochen später nur, da zittern ihr die Beine, sooft sie dem einquartierten Major im Elternhaus begegnet, einem Soldaten, der schlecht schläft, seit er weiß, daß Hitler Rußland überfallen wird.

Fast täglich waren wir ausgeritten, Kurt, Sabine und ich. Papi erlaubte mir alles, seit mein Bruder an der Maas gefallen war. Ich trug im Sattel seine Lederhose. Nun war Kurt im Arbeitsdienst, und die Domäne hatte auch ihre letzten Reitpferde noch der Wehrmacht geben müssen – der Führer hatte wieder große Dinge vor! Ich war traurig, unser sonst so umdüsterter Major durchschaute mich. Wir aßen gemeinsam, er fragte freundlich-ironisch, ob ich den Kopf hängen lasse, weil Kurt nicht schreibe. »Was geht Sie das an?« fuhr ich hoch. – »Ich bin eifersüchtig, Gertrud«, sagte er so völlig ungetarnt, daß meine Eltern sich mit ihm freuten über den gelungenen »Scherz«, der mir das Blut in die Stirn trieb, weil ich schon wußte, daß er keiner war.

Oh, Ernst war geschickt! Vater und Mutter fanden es »wirklich aufmerksam«, daß nun unser Gast mir ganz selbstverständlich das Vergnügen des Reitens ermöglichen wolle. Selbst wenn sein Bursche, der im Nebenhaus einquartiert war, nicht mitgeritten wäre, hätten sie niemals die Bedenken gehabt, die Vater einmal über mein Alleinsein mit dem siebzehnjährigen Kurt geäußert hatte: so völlig »unmöglich« war, was geschah.

Mein Herz hüpfte wie bei einem Spatz, den man in der Hand hält, mein Schulheft flog weg –: Pferdegetrappel vor dem Haus! Ich stieg aus dem Rock, kniete vor dem Schrank, um aus dem Schubfach die Lederhose herauszuholen, da hörte ich Ernst schon auf der Treppe, nun klopfte er an, trat sofort ein. Ich war weniger verwirrt, daß er mich im Höschen sah, als weil er merkte, wie eilig ich es hatte – hätte es nicht besser ausgesehen, ihm erst noch ein wenig böse zu sein, weil er mich gestern abend so wüst geküßt hatte? Ich kniete noch immer, ich genierte mich aufzustehen, er sah gequält auf mich herab – er ging zurück auf den Flur, das uralte, weiträumige Haus selbst schien zu schlafen, die ehrwürdige Apotheke zum Bären. Vater hielt Siesta, Mutter und Elsbeth mochten im Garten sein. Ernst kam zurück, er hockte neben mir, er sagte: »Du hast mir ... du ... schließ dich nachts lieber ein!« Ich weiß nicht mehr, was ich dachte, wollte, nicht wollte – nur das weiß ich heute genau: An diesem Nachmittag endete meine Kindheit. Und sofort meldete sich als kurzer, stechender Schmerz die Einsicht, daß die Liebe nicht zu unserem Glück geschaffen ist. Denn jetzt spürte ich zum erstenmal, daß ich einen Körper hatte, weil Ernst schnell und fest und zärtlich seine Hand zwischen meine Schenkel schob, ich war blind wie unter Wasser, ich stieß ihn weg, ich taumelte, fiel vornüber gegen seine Brust, sein Mund an meinem Hals rührte mich auf – nicht, nicht, nein, stammelte ich, mir wurde übel, ich empfand Ekel, Angst und etwas, das ich nicht kannte, das aber nun in mir war und herrschte ...

Da zog er mich schon auf die Beine, ich wandte zitternd das Gesicht ab, seine starken Hände zitterten wie ich, wortlos half er mir in die Lederhose, schloß mir den Gürtel – und erst als er mir auf dem Hof den Steigbügel hielt, konnte er sagen: »Wo ist eigentlich Ihre Mutter?«

Der Bursche half ihm aufs Pferd, meine Mutter kam aus dem Garten, ich trabte voraus, weil ich mit meinen Augen nicht wohin wußte, dann verhielt Ernst an meiner Seite, der Bursche, Herr Becker, zehn Längen hinter uns.

»Bist du mir böse?«

Ich schüttelte den Kopf, doch als ich merkte, daß er mich lange ansah, setzte ich leichtsinnig hinzu, mehr noch aus Hochmut: »Im Gegenteil!«

Schon waren wir, obwohl ich *wußte*, was geschehen werde, für morgen abend verabredet; alles, was er sagte und wie er es sagte, fachte mich an in der Tiefe. Ich hörte hin mit interessiertem Unbehagen, den Blick verengt wie gegen allzu grelles Licht – und dann flüchtete ich, dann ritt ich ihm davon, grausam amüsiert, daß er mir, sei es auch wegen seiner Verwundung in Frankreich, nur knapp folgen konnte. Ich war ihm nicht ausgeliefert, noch behauptete ich meinen eigenen Willen! Ernst schrie mir nach, er fürchtete, daß ich stürzen werde; ich galoppierte bis fast nach Grelow, dem Nachbardorf, ich ritt drauflos, wie ich nur einmal mit Kurt geritten war. Ich dachte sogar für eine Pferdelänge an ihn, ich sehnte ihn angstvoll herbei, ich hätte ihm alles sagen mögen, er würde mich beschützen – würde er es, würde ich es *wollen*? Nein, ich würde es ihm nicht sagen, würde mich nicht wie ein Schulkind benehmen! War es nichts, so geliebt zu werden? Von einem richtigen Mann, der tausend Soldaten kommandierte. Ach weiter, weiter, da kamen die Kiefern, es ritt sich so leicht auf Waldwegen, das Pferd war ruhig und schnell, ich beugte mich über seinen Hals, mein Gesicht berührte die Mähne, ich liebte es, ich liebte alles, ich legte wieder für eine Sekunde mein Gesicht auf sein Fell, es durchlief mich – und weiter, ich kannte doch hier im Wald, auf dem Feld und nun auf den gemähten Wiesen jede Furche, jeden Strauch, und dort die Dächer, das war die Domäne: Sabine, ich habe einen Geliebten – was sagst du nun! Dort, sieh ihn an, den Bataillonskommandeur mit den vielen Orden – den Mann, dem ich davonreite, weil ich ihn fürchte. Benehme ich mich nicht lächerlich?

Ernst war an meiner Seite. Er schimpfte: »Reit nicht so verrückt!« Er strahlte: »Du bist – oh, warte, morgen abend!« Seine »Drohung« ließ mich schaudern, aber nicht mehr aus Angst. »Denk an mich!« bat er, befahl er. Er mußte jetzt inspizieren, Herr Becker sollte mich heimbegleiten.

Es wurde ein sehr langsamer Ritt, die Sonne lag mir wie ein schwerer Arm auf der Schulter. Schweißverklebt, den Geruch fast ausgereiften Getreides, vom letzten Heu, von Harz in den Nüstern, die Tollheit des Galopps im Leibe und Bilder vor Augen, die sein schamloses Geständnis, ich sei längst in Traum und Wachen seine Geliebte, entfesselt hatte – so fiel ich fast aus dem Sattel, als Herr Becker zu Haus die Zügel nahm, ich bedankte mich unhöflich kurz und hätte geweint, wenn mir jemand über den Weg gelaufen wäre, als ich jetzt in mein Zimmer stürzte wie in seine Arme. Ernst, lieber, schrecklicher Ernst, was hast du aus mir gemacht! Abschließen, Jalousie herunter – ich riß mir die Kleider ab, alles, bevor ich mich auf die kalte Steppdecke warf, ich glühte, ich war verschwitzt, ich taumelte aufs Bett, ich flüsterte zehnmal seinen Namen, ich stammelte in mich hinein, was ich ihm nie sagen könnte, wie sehr sehnte ich ihn herbei! Ernst, tu deine Hand wieder dahin – nein, doch, ja, ah... Ich war nicht mehr allein, er war bei mir, er war es – solange ich mir das sagen konnte, schämte ich mich nicht. Eine mir unbekannte, erschreckende, aber auch erlösende Quelle öffnete sich, mein Schoß wurde überschwemmt – wovon, woher ... ich hatte Angst, was war das, warum konnte ich nicht aufhören, bis mein Nacken so schwer wurde, meine Lider. –

Überlege ich, daß ich noch eine Woche, bis dann in der Nacht vom 19. auf den 20. Juni »Herr Major« sein Bataillon an sich vorüber nach Osten marschieren ließ, mein Stübchen neben seinen beiden Zimmer hatte; und daß meine Eltern unseren bei Tisch sorgfältig und betont ironisch zur Schau getragenen »Flirt« nicht eine Minute ernst nahmen: so drückt mir unsere Skrupellosigkeit noch jetzt fast das Herz ab – ich sühne ja nun. Gleichzeitig bin ich zornig über ihre Naivität! Sie haben doch auch, oder wenigstens Vater wird die Liebe kennengelernt haben und wissen, daß sie ungleich stärker als früher, *jede* Hemmung überwältigt, wenn ein Mensch, der sich in religiösen Zeiten zu Gott hätte flüchten können, heute nur in der Liebe noch seine Zuflucht erblickt vor der Geschichte, die ihn unterpflügen wird.

Ernst wußte, warum Urlaubssperre über die »Sommerfrische« der Division verhängt war: »Der Narr wird auf Moskau marschieren; wir können froh sein, wenn er so viele von uns wieder heim ins Reich bringt wie einst Napoleon.« Das sagte er, der als Fähnrich 1919 durch die Ukraine geritten und später von der Reichswehr zur Roten Armee als Ausbilder geschickt worden war, in riskanter Offenheit zu Vater. Der wollte nicht glauben, daß Hitler noch zu besiegen sei. Er vermittelte »Herrn Major« an einen Postbeamten, der ihn abends binnen einer Minute mit Augsburg verband – was sonst zwei Stunden dauerte. Und mein Geliebter telefonierte täglich mit seiner Frau und seinen Kindern. Er spürte, er werde sie nie wiedersehen. Mir sagte er: »Glaubt ein Soldat nicht mehr an sein Glück, hat's ihn auch schon verlassen.« Und er hörte mit Vater London.

Also beiderseits Vertrauen in Anstand, Ehre, Aufrichtigkeit – und *doch* von Ernst so aufs äußerste mißbraucht unterm Dach des Gastgebers: aus Liebe. Und er liebte doch auch seine Frau, die Anrufe lähmten sein Herz – war es anfangs nur diese Qual, die mich nichtssagenden Backfisch für den Gepeinigten erst interessant machte? Hat einer Phantasie, ist er immer gefährdeter.

Die ahnungslosen Eltern hatten weniger als der bedrohte Freund; und ich habe weniger als Fred.

Einmal sagte er etwas Furchtbares: »Wenn du nicht wärst – vielleicht hätt ich dann versucht, meine Frau noch heimlich kommen zu lassen.« Diese Entdeckung, daß Fred mich mit Renate hintergeht, wiegt nicht – sie wiegt *bei weitem* nicht so schwer wie der Satz: In Augsburg lebt eine Frau, die von mir um die letzte Begegnung mit ihrem Mann gebracht wurde! – Warum läßt Liebe uns so schuldig werden?

Es blieb mir erspart, solange er bei mir war, und ich hoffe, dem Freund blieb es überhaupt erspart, die endgültige Bedeutung seiner Worte zu ermessen. Im Augenblick seines Todes wurden sie zu einem Vorwurf, der inkommensurabel ist. (Manchmal hoffe ich, er habe seine Frau deshalb nicht kommen lassen, weil er sich nicht die Stärke zutraute, mit *ihr* den Abschied von allem zu erleben. Er wollte am letzten Abend seiner Mutter schreiben, unterließ es dann.)

Ich kann nicht daran zweifeln, Ernst liebte mich in der Gewißheit, daß er *sofort* mit dem Leben zahlen müsse: »Du bist das Abschiedsgeschenk für mich«, sagte er – und glaubte, es nicht »nehmen« zu dürfen. Noch als ich, mein Hemd leichtsinnig in der Hand, zum zweitenmal aus seinem Bett barfuß über den Flur in meines huschte, ich verließ ihn mit dem ersten Vogelpfiff, es dämmerte kaum – noch da war ich Mädchen. »In drei Jahren kommt einer, der dich heiratet, mein Eichhörnchen – ich will dir nicht zumuten, daß du ihm dann ein Geständnis machen mußt«, sagte er mit der gewinnenden List des Komplicen, während ich unter seinen schnellen, zarten Bissen erschauerte. »Du bist noch so – so ergreifend jung« – und er führte, um mich zu schonen, meine sehr scheue Hand, während ich mit jagendem Herzen wegsah – und dann war es kein Spiel mehr, sowenig wie für die Blume, die mit den Wurzeln ausgerissen wird. Ich wehrte mich, er liebte das sehr – nun konnte ich nur noch röcheln unter seinem »schrecklichen« Kuß, bis ich zu Tränen gelöst war. Hatte er mich in den Tannen überlistet, jetzt wollte ich schenken, und ich bestand darauf, er müsse auch das ganze Geschenk nehmen: »Dich verleugnen! Wer immer mich liebt«, beteuerte ich heroisch und meinte es so ehrlich, wie man später nie mehr ist, »der *soll* wissen...«, ach und doch, bis heute habe ich dich sogar »totgeschwiegen«, Ernst, treulos, wie das Leben uns macht.

Lust, kaum Schmerz, Erschrecken vielleicht nur lagen in meinem Schrei, der sich sofort an seiner Schulter brach, als Ernst dann doch ganz zu mir kam. Was aber dabei in seinem Gesicht war, habe ich nie wieder gesehen – »Aufmachen« ist offenbar doch, ich will nichts idealisieren, der mächtigste Genuß, den die Schöpfung zwar nicht für den jungen, doch für den reifen Mann bereithält (und Töten, vermute ich, sooft ich die Zeitung lese). Daß ich, wie es in »unserem« Lied Salomo heißt, ein verschlossener Weinberg, eine versiegelte Quelle war, gewährte Ernst noch einmal die Liebe auf ihrer elementarsten Stufe; eine Ahnungslose alle Wonnen *zuerst* zu lehren und ihr fürs Leben *seine* Spielarten der Umarmung aufzuzwingen – ein Ur-Verlangen, das *ich* meinem Mann nie erfüllen konnte. Und weil wir nie darüber sprachen, glaubte ich schon, er habe es nie verspürt; als ob nicht, was der Mensch am tiefsten ersehnt, fast immer verschwiegen würde.

Denk ich an die letzten Stunden mit Ernst, so scheint mir alles verzeihlich, was jemals auf der Welt aus Liebe geschah. Ein uferloses Zugeständnis, und ausgerechnet *ich* sage das? Ist das konsequent? Ach, konsequent – ich spreche doch von Liebe!

Sein Fenster stand offen, der dicke Birnbaum schützte uns vor dem Mond, der sehr hell heruntergrinste. Die Eltern wollten aufstehen, wenn Herr Major kurz vor zwei das Haus verließ, ich wollte ihn abmarschieren sehen, das schien ihnen selbstverständlich. Ich dachte nur, hoffentlich geht Vater nicht auch mit. »Ernst, du mußt wiederkommen«, hauchte ich – es war nicht viel, doch für mehr reichte es nicht, denn ich wußte, ob er fallen oder heimkehren werde, zu mir käme er nie zurück. Ich hatte den Bademantel wieder an, ich mußte in meinem Zimmer sein, ehe der Bursche herüberkäme. »Du darfst jetzt nicht mehr weinen – deine Eltern!« sagte Ernst, und ich spürte in seinen Armen, welche Kraft er aufwenden mußte, um nicht auch überwältigt zu werden. Einige Worte noch, die keine Sätze mehr wurden, und Tränen traten in seine Augen. Da schrillte sein Wecker auf, ein altmodischer, höllisch lärmender Dienstbotenwecker. Mit *einem* Griff war er abgestellt, ich aber konnte mich nicht mehr fassen, ich riß mich los, schon war ich an der Tür, um leise zu öffnen, da zog Ernst mich noch einmal an sich, und dann kniete er vor mir, wie damals in den Tannen. Meine Hände suchten den Kopf des Freundes, sein Haar, seine Schultern – er küßte mich hart und verzweifelt, und als er sein Gesicht, das einige Sekunden wie ausruhend zwischen meinen Beinen gelegen hatte, zu mir emporhob und er mich noch einmal mit seinem Blick wie für immer umfaßte, da sagte er: »Könnte ich dich – euch vor Augen haben, zuletzt.«

Die Worte, die zuerst seiner Frau galten, seinen Kindern, sie blieben mir, nicht sein Geist. Nur sehe ich es noch unter dem Stahlhelm, ein Totenkopf, mondgrau, mir sehr entfernt, als seine Soldaten, viele von Quartiersleuten begleitet, in der schimmeligen Dämmerung an ihm vorüber zur Bahn marschierten. Ernst grüßte sie, als stände er schon an ihren Gräbern. Ich weinte gegenüber an einem Gartenzaun. Ob ich noch einmal, wenn das Bataillon vorbei war, zu ihm laufen durfte? Ich hatte vergessen, ihm meine Blumen zu geben, nun wagte ich es nicht. Ich sah dieses erschreckend fremde Gesicht unter dem Helm – und so sah ich es auch, als am übernächsten Tag, Sonntag früh, das Radio mit Fanfaren und Pathos verkündete: »... hat nunmehr der Führer das Schicksal des Abendlandes in die Hand des deutschen Soldaten gelegt ...« Da sprach ein Berufslügner. Mich aber ließen seine Worte erstarren wie die Stimme des Weltgerichts.

Ernst fiel am fünften Tag. So teilt er nicht die Schuld der Deutschen, die allein in Rußland siebenhunderttausend Nachkommen des Volkes Salomos ermordeten – auch Mädchen, Bräute, wie sie das Lied besingt, dessen Worte wir nachts in unsere Zärtlichkeiten mischten, das Hohelied. Spät erst fand die Nachricht seines Todes auch zu uns. Ich aber wußte es gleich, weil keine Post kam. Nur eine Woche noch konnte ich, so sehr gelähmt vor Verlassenheit, daß selbst Vater mißtrauisch wurde, davon träumen, ich bekäme ein Kind – dann wurde auch dieser waghalsige Mädchenwunsch vom Leben ausgewischt. –

Montag, lange vor dem Aufstehen

Mein Psychogramm – ein äußeres Bild von ihm entspräche dem einer wegen Kälte vorzeitig geschlossenen Badeanstalt: zugemacht, entleert, abgelassen.

Zu meiner Ablenkung:

Ist die Architektur eines Zeitalters seine Identitätskarte – und mindestens auf den ersten Blick identifiziert doch die Nachwelt eine verschwundene Epoche mit deren Gebäuden –, wie werden dann wir Heutigen von unseren Enkeln eingeschätzt werden? Gar nicht, vermute ich. Keiner wird mehr hinsehen auf das, was wir bauten –.

Hier in Baden-Baden, sooft man aufblickt zu einer Häuserzeile, fällt einen diese Ahnung wie ein persönlicher Vorwurf an. Ach, wenn man uns eines Tages messen wird an denen, die zwischen 1820 und 1880 dieses Stadtjuwel in seine natürliche Fassung – man muß sagen: hineinorganisiert haben, denn organisch, denn wie gewachsen, nicht wie erbaut und aufgesetzt, ruhen die Villen und Gasthöfe und Hotels am Flüßchen, auf Hängen, in Hügeln, an Abhängen, weiß strahlende Würfel in ihren türkisgrünen bis meerblauen Berg- und Baumfassungen, in die jetzt der Herbst sich wie Krebs hineinfrißt, dort eine Ahorngruppe abkahlt, hier einen Streifen Mischwald durch Metallfarben – Messing, Bronze, Kupfer – oktoberlich stigmatisiert. Und doch ist noch Heiterkeit, die ansteckt, über diesem in solcher Geschlossenheit vielleicht einzigen deutschen Stadt-Prospekt, der elegant ist, ein Fluidum, das mitzuschaffen doch *auch* eine Arbeit des schöpferischen Architekten wäre! Aber sie können heute nichts als – vorrechnen, daß der hundert Jahre alte, lustig verbaute, höchst pittoreske Eisenpfeiler- und Backsteinbahnhof, der im Innern noch wahrhaft nach Karawanserei aussieht, durch einen neuen zu »ersetzen« sei, durch einen Serienschuppen, wie schon tausend »Stück« in allen von der britischen Royal Air Force verbrannten Städten zwischen Ruhr und Iller stehen! Und dieser Badener Bahnhof ist nicht nur werbend charakteristisch für die Jahrzehnte, als hier neben Paris *das* Zentrum einer europäischen Gesellschaft war, die zum Geist eine ihn noch fördernde Intimität hatte wie heute außer de Gaulle kein Politiker sie mehr anstrebt. Sondern dieser Bahnhof gehört zu dieser Stadt gerade deshalb, weil sein Wert als Museum zweifellos höher ist als sein praktischer Nutzen. Doch nur *den* respektieren unsere barbarischen Nützlichkeitsfetischisten mit ihrem »soziales Engagement« vortäuschenden Brecheisen-Verhältnis zur Kunst, die sie – übertragen und im Wortsinn – nur als Fern-Seher »kennen«.

Das Wutgezeter neulich, als der alte Ernst Jünger trocken bemerkte, wir Deutsche seien kein Kulturvolk wie die Franzosen! Aber er hat doch recht. Ist doch kein Zufall: während hier die Beseitigung des Bahnhofs debattiert wird, und immerhin war er die Eingangspforte zu einer deutschen Stadt der Belle Époque und des Fin de siècle – zur gleichen Zeit stellt Paris seine Gare d'Orsay, die noch vierzig Jahre später erbaut wurde als der Badener Bahnhof und seit Jahrzehnten gar nicht mehr befahren wird, unter Denkmalschutz. Fünfzig Jahre lang war »man«, das heißt: die Snobs, für die stets nur das Neueste zählt – sich einig, daß dieser anläßlich der Weltausstellung 1900 erbaute Bahnhof als Monstrum der Architecture Officielle der Dritten Republik der Schandfleck von Paris sei; jetzt ist er als schön erkannt, und selbst der Hinweis – der ihn unfehlbar in Deutschland zum Tode durch Abriß verurteilen würde –, daß er eines der kostbarsten Grundstücke von ganz Paris besetzt, nämlich 18 000 Quadratmeter City, kann das imposante Eisengewölbe, 28 Meter hoch, dieser wieder tolerierten Architektur nicht mehr zum Einsturz bringen. Deutsche »Stadtväter« hätten ein so hoch zu verhökerndes Grundstück längst der IBM oder der Deutschen Bank oder der Gewerkschaft »Schweinemast & Soziologie« für ein Verwaltungshochhaus ausgeliefert, dessen architektonischer »Pfiff« darin bestände, daß die dort Eingekäfigten sogar um das Recht gebracht würden, ein Fenster öffnen zu dürfen: die Klima-Anlage bringt bekanntlich »gesündere« Luft...

Eine Stadt wie Baden-Baden ist nicht zuletzt dazu gut, das verschüttete Formgefühl in einem aufzuwecken und einem beizubringen, die eigene Lebensspanne als rasch vergänglich kritischer zu sehen. Woher nimmt übrigens eine Generation das Recht, was vorangegangene an Architektur geschaffen haben, zu vernichten – obgleich doch jede Generation nur den Nießbrauch an einem Gemeinwesen hat, das unzählige aufgebaut haben? Daß Architekten sich mit dem blamieren, was sie bauen – ist nur ihre Sache. Doch kriminell ist, daß sie – aus sehr verständlichem Haß, weil sie's nicht können – das abreißen, was Vorgänger bauten.

Und dann erzählt Hilmes am Bahnhof, daß die Juristen mit höchstens 4000 DM »bestrafen« dürfen, wenn einer bei uns ein Haus abreißt, das bereits unter Denkmalschutz gestellt war. Wieder ein Beweis, daß unsere Behörden die Erhaltung von Kulturdenkmälern im Ernst gar nicht *wollen*: denn 4000 Mark »Sühne« sind natürlich für jeden Bau-Unternehmer nicht einmal ein Witz, geschweige eine Strafe.

An der Oos

Schon zu kühl, am Flüßchen zu sitzen. Doch will ich noch notieren, daß *Schweigen* – negativ ausgedrückt: daß Lügen – auch nach Benn das Ratsame ist, nicht nur angesichts der Unheilbarkeit von Patienten, sondern auch angesichts der Ehen, die offenbar unheilbar *werden*, wenn Partner einander die Wahrheit antun. Wenn Benn recht hat – wäre Freds Heimlichtuerei weitgehend entschuldigt, wenn auch natürlich nicht, daß er mich wegen Renate sitzenläßt; Benn schreibt einer Frau über eine Ehegeschichte: »Nicht allerdings kann ich Ihnen verzeihen, daß M. noch am gleichen Abend der in Umständen befindlichen A. die Sache erzählt. Rücksicht erscheint mir wesentlich gentlemanliker als Wahrheit; dieser Beichtzwang des Mannes ist auf jeden Fall inferior, Zeichen schwacher Männer. Daher meine alte Maxime: ›Gute Regie ist besser als Treue!‹«

Nacht-nicht: Tagbuch

Wer sitzengelassen wurde wie ich und nichts mehr erlebt – fängt notgedrungen an, sich für die Erlebnisse anderer zu interessieren. (Wenn das wahr ist, wie vereinsamt müssen Autoren dann sein! Schreiben eine – Ersatzhandlung?)

So hab ich den seltsamsten, einen nie erwarteten »Erfolg« meines Lebens zu verbuchen: eine Frau hat sich in mich verliebt – wenn ich mir das nicht nur einbilde. Vermutlich bin ich für sie nichts als der Türöffner, meine Tochter um sich haben zu können, die sicherlich für Lesbierinnen ein Augenfest ist. Immerhin hat mir diese entschlossene Eroberin eine Art »Antrag« gemacht: Sie will mich massieren, damit ich wieder schlafen kann. Ich habe sie bisher im Tagebuch gar nicht erwähnt, obgleich sie – sicherlich Ingrids wegen – tagtäglich um uns ist: die weibliche Respektsperson des Hotels. Die Oktobernächte sind so kalt, daß sich meine Gewohnheit, wenn ich nicht schlafen kann, auf dem Balkon zu sitzen, nur im Hemd, um auszukühlen, weil man dann schnell wieder einschläft, nicht beibehalten läßt. Lesen, Licht stören zuweilen Ingrid. Was tun? Ich zog mich flüchtig an, um ins Schreibzimmer neben dem Speisesaal zu gehen, dort liegen auch Zeitungen. Kaum hatte ich unten Licht gemacht, denn niemand saß mehr da, kurz nach Mitternacht, trat die Herrin des Hauses ein, die keineswegs die Besitzerin ist, sondern eine Beschließerin, wie man wohl sagt, die Wäschekammern, Küche, aber auch Speisesaal – und vor allem das meist ausländische Personal regiert. Sie trat, der tomatenrote Bademantel mag diesen Eindruck verstärkt haben, wie ein weiblicher Matador auf mich zu: »Schreiben Sie wieder Tagebuch?«

»Nachtbuch! – nein, ich hab es nur aus Gewohnheit dabei, ich halte mich sozusagen an ihm fest.« Da ich mich ärgerte, ihr diese vertrauliche Mitteilung gemacht zu haben, fragte ich rasch: »Wollen Sie denn jetzt noch schwimmen?« Jetzt habe man das Bassin für sich allein, ich solle doch mitkommen. Ich fragte: »Haben Sie keine Angst, nach Mitternacht allein da im Keller-Labyrinth?« Sonst gehe sie mit ihrer Freundin, die für einige Tage zu ihrer Mutter gefahren sei. Auch schließe sie das Bad hinter sich zu: »Dann braucht man keinen Bikini.« Sie lachte – als lache sie jemanden aus; vielleicht lachte sie in Gedanken an den Hotelbesitzer, einen geschrumpften Zwerg, der hundertjährig wirkt und sicher dahingerafft würde bei der Vorstellung, seine Personalchefin schwimme nackt in *seinem* Haus! Da wir an der Nordsee auch »ohne« schwimmen, holte ich mein Badezeug nicht. Im Lift drückte ich mein Erstaunen aus, daß sie nach so einem harten Arbeitstag nicht zu müde sei. Sie sagte leichthin: »Und wenn dieser alte Kasten brennt, ich halte zwei Stunden Siesta – daher bin ich abends nie müde.«

Das konnte ich sehen. Ehe ich nur einen Fuß in dem angeheizten, fichtengrün gefärbten Wasser hatte, war sie – ein riesiger dunkler Schwan, wie flügelschwebend – schon zweimal durchs Bassin. Eine Heroine, massig, ohne fett zu sein; ein Bekken für Zwillinge, so groß und breit, daß ihre Brüste, obgleich erheblich schwerer als meine, ein bißchen zu klein wirken unter ihren Diskuswerfer-Schultern. Wo hab ich die schon gesehen, dachte ich – und wußte es sofort: in Florenz. Auf dem Grab des Lorenzo Medici liegt sie, in rauchbraunem Marmor, Michelangelos Aurora, mit den ungeheuren Kniescheiben und Mannarmen. Noch wenn sie lacht, geht Stärke von ihr aus, ja eine Androhung. Zähne weiß wie bei Welpen. Bezwingen oder fliehen muß sie, wer sich als Mann in sie vergafft – sofern Männer sich in sie vergaffen. Denn sie hat keinen, auch keine Kinder, ist bestimmt aber schon Mitte Dreißig. Daß sie Hannelore Müller heißt, statt Juno, ist ein Witz. Ich las, es gebe unter wenig verstädterten Menschen »aufgesparte« Naturen, Persönlichkeiten, die gleichsam Jahrhunderte der Entwicklung übersprungen oder im Erbgang ihrer Familien nicht mitgemacht haben und die nun in unserer reduzierten Zivilisation archaisch wirken. Manchen sieht man das nur am Kopf an, so dem Maler Kokoschka, dem Schauspieler Lindinger. Bei dieser Hannelore paßt das ganze Skelett in kein Konfektionskleid. Als sie auf dem Rücken schwamm und die mächtigen Schenkel öffnete und schloß wie unter einem Mann, mußte ich »irgendwie« weggukken; auch, als sie sich mit einem Ruck an der Leiter mehr hochstemmte als herauszuklettern: wie das Wasser von ihr abfloß, bannte ihre Hypertrichosis meinen Blick: während bei uns Durchschnittlichen das Venusfell nach oben gerade abschließt, lodert, muß man sagen, das Haar bei ihr nabelwärts weiter wie bei Männern – weit mehr Haar, als der Schlüpfer, den sie später anzog, bedeckt. Noch im Wasser rief sie mir zu: »Da hängt eine Kappe, wenn Sie auf die Rutschbahn wollen – das macht Fez!« Und schon rutschte sie selbst, aber ohne Kappe, sie brauchte auch keine zu ihrem harten, kräuselkurzen Haar, das rasch trocknet. Ich hatte genug, nachdem ich zweimal das Bassin durchquert hatte, und als ich herauskletterte, stand sie da mit dem Badetuch und trocknete mich ab, fest und zärtlich: »Ich bin Physiotherapeutin«, sagte sie; doch sie habe den Beruf nie ausgeübt. »Erstens verdient man nichts, zweitens ist es zu öde, drittens tut man's mit wenigen Körpern gern – aber wenn Sie schlecht schlafen: nach einer Massage von mir schlafen Sie wie nach einer langen Radtour.«

Wir rauchten an der Heizung, auf den Holzbänken, und ich dankte ihr, daß sie den Kindern ihre Höhensonne gebe; wußte aber bald: sie tat's, um Ingrid nackt zu sehen, und dachte, nie laß ich die hin, ohne Peter mitzuschicken... Sie wiederholte: »Kommen Sie doch mit oder kommen Sie abends – ich bin auch nicht an der See so braun geworden, ich nehme meinen Urlaub zum Skilaufen. Vor zehn kann ich abends nie in meine Wohnung gehen, ich zeige sie Ihnen!«

So ergab sich, während wir ins Dachgeschoß lifteten, wo sie ihr Terrassenzimmer hat, von selber die Frage, warum sie nicht auch Kinder habe – ein Umweg, meine Neugier zu befriedigen, warum sie nicht verheiratet sei. Wieder erbitterte mich, zum erstenmal im Leben an Intimitäten anderer Leute interessiert zu sein – und keineswegs als Journalschreiberin, sondern als Frau, die keine Intimitäten mehr hat.

Mit der Genugtuung, die ich auch an Homosexuellen beobachtete, wenn man sie als solche erkannt hat – weil sie zu stolz sind, dauernd verstecken zu sollen, was ihnen so natürlich ist wie jedem von uns seine Liebesgewohnheiten, befriedigt, daß unser Gespräch dahin geführt hat, sagte sie: »Der Richtige wollte mich nicht, als er mich ausprobiert hatte – und die vielen, die ich ausprobiert habe, waren nicht die Richtigen. Jetzt schlafe ich lieber mit einer Frau.«

Das hätte selbst ich gemerkt, die ich eine höchst begriffsstutzige bürgerliche Gans bin, sobald wir in ihrer Wohnung waren, denn wo sonst findet man bei einer Frau das Poster einer nackten Schwedin und Kolbes *›Tänzerin‹* als Foto; auch auf dem Nachttisch das Foto einer jungen Frau in tief ausgeschnittenem Abendkleid. Das Gespräch stockte nicht, ich war auf der Hut, auch nur Erstaunen zu zeigen, denn je selbstverständlicher man aufnimmt, was einem erzählt wird, je gesprächiger werden die Erzähler. Ich fragte, als sei ich nicht sonderlich interessiert, was an dem so richtig gewesen sei, der sie nicht gewollt habe – und an den anderen so falsch.

»Ach, die Männer sind nicht schuld«, sagte sie, und sie wirkte plötzlich bedrückt, »die sind schon gut so – an *mir* liegt es, aber ich weiß nicht einmal, ob es meine Herrschsucht ist ... ich weiß nur, ich wollte eigentlich immer ein Junge sein – so wie mein Bruder, den ich nie hatte, mir aber immer wünschte, oder ehrlicher: wie mein Stiefvater – mit dem ich als Halbwüchsige sofort geschlafen hätte, wäre er nur auf diese niederträchtige Idee gekommen. Natürlich nicht, er liebt meine Mutter heute noch – mir aber machte es einen gewaltig negativen Eindruck, wie er von uns allen, von Mutter, Großmutter, mir und der Wohnung und sogar von Mutters Rente Besitz ergriff, ein arbeitsloser Soldat, ein Spätheimkehrer – war nichts, tat nichts, anfangs jedenfalls, und herrschte doch, ohne ein Tyrann zu sein; er war eine umwerfend gewinnende Persönlichkeit, obgleich krank, er hatte Wasser in den Beinen, als er aus Sibirien kam; er suchte einfach einen Herd und Pflege und drang bei uns ein unter dem Vorwand, von meinem Vater als Kriegskameraden zu sprechen, der längst in Norwegen vermodert war. Was mich aber ganz für ihn einnahm und mit Verachtung für meine Mutter erfüllte, das war die Tatsache, wie er binnen einer Woche ein Kaninchen aus ihr machte, seinen Fußwärmer im Bett – und, Herrgott, wie streng zu mir und wie willensstark im Beruf war sie gewesen seit Vaters Tod und bis dieser neue alte Sack kam, der sie anfangs wahrscheinlich überhaupt nur wärmen und streicheln konnte, bis es wieder ging – sie aber war so gezähmt nach acht Nächten mit ihm, so beschnitten in ihrer Persönlichkeit, daß ich mit Ekel dachte: *das* kriegt bei *mir* niemals ein Mann zustande, wozu denn überhaupt einen Mann! Sie verstehen, es waren die Jahre, wo man anfängt, an sich selbst zu spielen – und tagsüber wurde ich aufsässig gegen den Eindringling, obgleich der mir nie ein böses Wort sagte, gar nicht versuchte, mich zu erziehen. Aber Mutter ›schaute zu ihm auf‹, wenn er zum fünftenmal das gleiche erzählte, was hat der wohl zu bieten, dachte ich! Immerhin verdiente er später Geld, zwar nie genug, daß meine Mutter endlich daheim bleiben konnte, sie verdiente ihm den Wagen, den sie sechs Tage abzahlten und abputzten, um am siebten drei Stunden mit ihm irgendwo hinzufahren, wo es noch langweiliger war als sonntags zu Hause.«

Ich fragte, wieso sie aber – bei so viel Opposition – als Backfisch durch ausgerechnet diesen Mann verführbar gewesen sei.

Auch aus Opposition, sagte sie – »er wäre nicht mehr der Gentleman gewesen, hätte er Mutter, mit der er noch lange nicht verheiratet war, mit mir hintergangen, er hätte seine immer spürbare, wenn auch von ihm nicht beabsichtigte Überlegenheit verloren.«

Ich sagte: »*Das* wird es sein, was Ihnen die Frauen angenehmer macht als Männer – Sie hassen deren Überlegenheit, aber dichten Sie die den Männern nicht nur an? Die sind uns doch gar nicht überlegen!« Schnell warf sie ein: »Aber wahlfrei sind sie: fängt schon in der Tanzstunde an, wenn aus der seltenen Damenwahl ein Gnadenakt gemacht wird – das gab mir den letzten Schubs auf die Bahn, auf die ich dann geraten bin, übrigens ohne es zu bedauern ...« Ich fand nicht fair, nicht auch von mir zu sprechen – »wahlfrei«, damit hatte sie ja recht; es war nun Zeit, obgleich ihr offensichtlich guttat, einmal darüber zu sprechen, sie hatte Kaffee gemacht, dann Likör geholt, ihr immerhin anzudeuten, daß mein Mann sich die freie Wahl soeben erlaubt hatte.

Sie war ahnungslos gewesen und sagte: »Daran sehen Sie, daß ich keine Versuche gemacht habe, Ihre Kinder auszuhorchen, ich muß Ihnen aber sagen, es liegt doch ganz bei Ihnen – es gehört nicht einmal Mut dazu, sondern nur Lust –, sich diese Wahlfreiheit zu nehmen.« Sie vermute, fügte sie hinzu, niemand sei wirklich fähig, Ehebruch zu verzeihen, ohne sich gerächt zu haben. Könnte wahr sein. Denn warum sonst sind betrogene Ehepartner, wenn sie einen neuen Partner haben, in Scheidungskriegen so viel versöhnlicher als partnerlose Übriggebliebene?

Nun wollte ich von mir ablenken, wollte auch hören, ob sie je bis zum Ende die »Damenwahl« durchgeführt habe – und heftig kam die Antwort, ein Kriegsruf: »Ausschließlich!«

Ich kenne Frankfurt nicht. Sie habe im Kleinbürgerviertel Niederrad gewohnt – »und noch weiter draußen sind Bahnhöfe, die heißen Frankfurt/M.-Sportfeld oder Frankfurt-Louisa, seltsame Stationsnamen. Klettert man dort eine Böschung hoch, so ist man an den letzten Gleisen, auf denen man

Züge abstellt, zuweilen auch die nagelneuen sauberen Erster-Klasse-Waggons. Man braucht einen Drücker, um sie aufzuschließen – da ist er, ein nicht mehr benutzter Talisman.« Sie lachte und nahm ihn aus einem Aschenbecher und sagte gedehnt: »Jaaa – mit dem hab ich zwei Jahre lang nicht nur wie jetzt Zigaretten ausgedrückt, ein Beutestück, wenn Sie so wollen.« Er gehörte dem ersten Mann, einem Lokomotivführer, den »ich mir ausgesucht hatte, erstens, weil er sehr schön war, zweitens, weil ich mich schämte, immer nur darüber nachzudenken, was denn nun eigentlich Mutter an dem neuen Vater finde – ich war fünfzehn und schon einen Kopf höher als meine Klassenkameradinnen im Lyzeum. Ich hatte im Main geschwommen, hatte mich dort an der Böschung mit Freundinnen gesonnt, auch mit Jungen, die gleichaltrig waren, das heißt: so unverschämt im Reden wie verschämt im Tun – es gab nur einen, der nicht das war, was die Wiener präpotent nennen, er war scheu, pickelig, freundlich, klug und leidend, ohne daß ich wußte weshalb. Der würde weder anmaßend sein, wenn man ihn geliebt hatte – noch es herumerzählen, wie es verächtlicherweise fast alle anderen taten. Ich sprach oft mit ihm, er quälte sich auf dem Gymnasium ab, ist heute hoher Richter, traute sich damals an kein Mädchen – und so war er mir recht, *der* sollte mich haben! Aber er fürchtete mich – *mich*, sah ich mit Erbitterung, mich besonders! Genau der Grund, warum ich ihn und keinen anderen wollte. Aber noch länger warten, das ging mir gegen den Stolz; auch verzagte ich fast bei der Beobachtung, daß dieser Junge mir gegenüber noch wesentlich scheuer war als vor Klassenkameradinnen – mein Schicksal, das sich verdammt früh ankündigte. So stellte ich mich innerlich auf diesen schönen Lokführer ein und schloß Wetten mit mir selber, wann ich den Mut hätte, ihm nicht nur zuzuwinken, wie man eben Eisenbahnern zuwinkt, sondern ihn anzusprechen. Das war dann ganz leicht – die Frage ergab sich: darf ich nicht einmal so eine neue Elektro-Lok von innen sehen; es gab keinen Heizer mehr, der Mann war allein – hielt mir die Hand hin, und ich zog mich hoch, und ich dachte mehr daran, daß ich dabei seinen Ehering gefühlt hatte, als an das, was er mir erklärte von seiner Maschine, die *sein* Stolz war. ›Haben Sie schon jemand mitgenommen?‹ fragte ich; er beteuerte, wie streng verboten das sei, auch wie gefährlich, denn – ›so enge, wie das hier ist, und ganz allein mit hundertvierzig Sachen und dreihundert Menschen an Bord‹. Er beeindruckte mich; er war nicht nur schön, er trug auch Verantwortung – aber dann kam das wieder, was mein Leben bestimmt: die Angst, mich unterwerfen zu lassen – was die Leute das Natürlichste nennen, was aber ich nicht wollte, seit ich Zeuge gewesen war, wie Mutter sich dabei aufgegeben hatte. Heute weiß ich mehr, harte Auseinandersetzungen, keineswegs nur mit Männern, haben mich aufgeklärt, daß ich buchstäblich zur Furie werde in den drei, vier Tagen vor meiner Periode, nicht immer, aber zuweilen ... wir sind dann ja alle gereizt, ich aber könnte jemanden erschlagen. Heute weiß ich das und dämpfe mich dann mit 30 Milligramm Valium. Ich hätte gut wieder herabklettern können von der Lok, ohne daß der Mann zudringlich geworden wäre – aber ich hätte nicht wieder so plausibel ihn ansprechen können wie heute; und da war auch meine Ehre, ›das‹ endlich einmal kennenzulernen, zu testen, was denn so Dolles dahinter sei; und war meine Angst, mich zu Hause zu schämen, mir sagen zu müssen, ich sei doch wie Mutter und wie die anderen: ein Kalb, das gehorsam wartet, bis der Mann-Metzger den Termin festlegt. Ich bat ihn also, mich doch einmal auf einer Reise mitzunehmen im Führerstand – und als er wiederholte, wie streng verboten das sei, sagte ich, da seien doch Frauen anders als Männer – ich jedenfalls sei durch nichts so sehr für eine Sache zu gewinnen wie durch ihr Verbot. Und wies auf einen Beifahrer Klappsitz und schlug vor, ich stopfte meine Haare unter eine Mütze von ihm und führe nachts mit – ›da kann Ihnen doch gar nichts passieren‹. Ob ich denn nachts von Hause wegdürfte, wie alt ich denn sei. Wenn ich weg *dürfte*, dann würde ich nicht wollen, sagte ich und gab mein Alter mit achtzehn an. Ich spürte, wie er wankend wurde – aber seine Angst wuchs auch, er lachte verlegen und sagte: ›Das kann teuer kommen, Mädchen – aber ich will's mir überlegen!‹ Und mit dieser Viertelzusage hatte ich einen Vorwand, ›Wirklich?‹ zu jubeln und ihm einen Kuß zu geben, so wie ich den Mann meiner Mutter küßte in ihrer Gegenwart, Weihnachten, wenn er mich beschenkt hatte, oder allenfalls noch in der

Silvesterstunde. Dieser Mann aber hielt mich nun endlich fest – und da ich unter meinem bunten Warenhaus-Fähnchen nur den Schlüpfer trug, keinen BH (ich trage nie einen), wie man eben im August schwimmen geht, so besorgte den Rest meine salzig verschwitzte Haut. Ich stammelte etwas wie: daß ich noch nie geküßt worden sei, und sein Lachen, mit dem er das quittierte, und dieses ›*Das* glaubt man dir aufs Wort‹ brachte mich ganz zu mir selbst. Ich versteifte mich, verschloß mich, drückte seine Hände weg, und wie ich das konnte, wie ihn das einschüchterte, das bewies mir, daß dieser nun lechzende Mann keineswegs, sondern daß *ich* die Situation beherrschte. Ich wiederholte: ›Mich hat nie ein Mann geküßt.‹

Er sagte: ›Dann bist du nicht achtzehn – nun, will's nicht wissen. Ja – und einer muß schließlich der erste sein, wie?‹ Es gefiel mir, daß er jetzt bettelte, ich fand mich überfällig, er sagte: ›Komm‹ – und sprang ab auf die Gleise und half mir mit der Badetasche von der Lok und nahm diesen Drücker, und wir gingen in den TEE-Wagen, der gleich hinter der Lok stand, und er verschloß auch die Abteiltür, und während er – vor Erregung riß er zu wüst – Sonnenstores herunterzerrte, sagte er roh und verletzend, aber unwillkürlich, über die Schulter: ›Zieh dich aus!‹ – Da aber hatte er einen der Stores mit seinen nervösen Pranken so mißhandelt, daß er sich nicht mehr ziehen ließ, er murmelte: ›Scheiße‹ – schloß auf, wir gingen ins übernächste Abteil, wieder dasselbe, wieder die gleiche Aufforderung; hinter den Stores lag noch die vanillehelle Sechs-Uhr-Abendsonne, er riß zwei der drei Sitze zu Liegen zusammen, sah auf, und als er mich mit den Worten: ›Mach schon – hier sind wir sicher‹, ausziehen wollte, drückte ich wieder ganz bestimmt seine Hände weg und sagte: ›Beide – oder keine.‹ Er erledigte das vermutlich nicht selten bei offenem Hosenstall, aber angekleidet – so sehr überraschte ihn meine Forderung. Wieder spürte ich, daß der nicht *mich* zähmen würde; ich sagte ganz ruhig, während ich das Kleid aufhängte: ›Ich will noch Jungfrau bleiben!‹ Er lächelte schief, aber ohne das blöde Siegerlachen von vorhin. Seine Hand, als er mich aufs Polster drückte, war mir zu heftig gewesen, wieder schloß ich die Schenkel, murmelte wohl, ich wolle ›das‹ mit einem Mitschüler tun, zum erstenmal – und hätte auch Angst vor einem Kind. ›Das gibt's doch gar nicht‹, sagte er, ›wem erzählst du das?‹ – er fand, ich sei doch zwanzig, und wie ich ihn fragte, ob's ihm nicht genüge, so zusammenzusein, da sagte er – was mich sehr für ihn einnahm –, ja, er habe auch Angst, da er nichts dabeihabe; nur glaube er nicht, daß ich Jungfrau sei. Meine Ungeschicklichkeit hat ihn dann überzeugt, er schwor, mir ›nichts zu tun‹, doch solle ich endlich die Knie hochziehen und mich öffnen – und da geschah's, daß ich meiner Macht inne wurde: er sah nur in meinen Schoß – und ejakulierte sofort mit einem Schrei auf meinen Hals, und dann lag er da in einer mir völlig unverständlichen Beschämung und Zerknirschtheit; er sagte sogar mehrfach, wie sehr er sich schäme, das sei ihm noch niemals passiert: ›Du bist eine Hexe!‹

Ich wußte nicht, was ich angestellt hatte, er warf sich auf den Rücken, starrte zur Decke und beteuerte: ›Das ist ja nicht menschenmöglich!‹ Er tat mir leid. Dann besann er sich und wischte mir Hals und Brüste ab und küßte mich auch wieder und endlich, aber immer noch wie zusammengeprügelt, konnte er mir erklären: ›Du bist da unten, verstehst du – so – so anders – so *riesig*.‹

Ich richtete mich auf, völlig entsetzt, ich schüttelte ihn, bis er mir erklärt hatte, wieso ich da ›anders‹ sei; endlich konnte er sich fassen und mich beruhigen: ich sei nur größer, doch durchaus nicht ›anders‹ – und zur Bestätigung küßte er lange und zärtlich, was ihn umgehauen hatte, aber seine Erregung kam nicht zurück – erst zwei Tage später, als er präservativbeschirmt mich durch die Klitoris um den Verstand gebracht hatte, konnte er mich auch um die sogenannte Unschuld bringen; ich vermute, die Bundesbahn alarmierte die Mordkommission beim Anblick der Schlachtbank. Ich hielt ihn, der so ein verständnisvoller Liebhaber war, doch gerade *das* machte mich so hörig, wie ich es absolut nicht werden wollte, nicht einen Tag länger aus, als seine Bereitwilligkeit anhielt, nunmehr auch *mir* zuweilen die Siegergeste zu gönnen – er ertrug es nicht, daß ich ihn jetzt immer öfter mit aller Körperkraft derart hernahm, daß er zumeist schon seine letzte verschossen hatte, bevor ich ihn überhaupt hineinließ: es war mir eine Wonne, ihn jetzt bewußt im Vorspiel so völlig abzuwracken, wie ihn beim erstenmal der bloße Blick zwischen meine Beine entwaffnet hatte. Sie werden mich perfide finden – ich glaube aber sicher zu wissen, daß dieser Drang in mir erst aufkam, als er den Triumphator zu spielen begann, den rauhen Alleskönner, der erstens daheim die Frau und mittags auch mich noch hatte – das hielt ich nicht aus, das gab mir wieder die Angst zurück, unter ihm das Kaninchen zu werden.

Keine von uns weiß ja, warum sie zuletzt Frauen bevorzugt – gerade weil ich ihn doch sehr liebte, und zärtlicher als er war ja niemand – da erwehrte ich mich seiner schließlich, indem ich immer öfter von seiner Frau, seinen Kindern redete, als wolle ich – absurd, ich wollte das ja gar nicht –, daß er sich von denen losmache; er war 22 Jahre älter, er wußte inzwischen, wie er das ironisch nannte, daß bei mir ›der Staatsanwalt noch den Finger drauf hat‹, daß ich kaum sechzehn war – mehrmals sprach er mit würdeloser Angst davon, ich hätte behauptet, achtzehn zu sein, obgleich ich doch anfangs fünfzehn war – ›und das reicht für Zuchthaus!‹ Als ich ihn zum letztenmal verließ – immer in Erster-Klasse-Abteilen, aber längst hatte er ein feines Bettuch in seiner Lok –, zuletzt hielt ich ihm den Drücker da unter die Nase: ›Der bleibt mein Talisman.‹ Und das ist er ...

Den Mitschüler, den ich anfangs erwähnte, habe ich später, glaub ich, sehr glücklich gemacht – und doch weggeschreckt, wir sahen – das sage und sehe ich ganz konventionell – komisch nebeneinander aus: er einen Kopf kleiner als ich und halb so breite Schultern. Ich trauere ihm heute noch nach, aus keinem sehr edlen Gefühl, sondern weil er mich anbetete, zu mir aufschaute, dankbar, ja immer staunend, daß ich mich ihm gegeben hatte, als erste und ohne daß er sich je an mich herangetraut hätte. Aber er war zuletzt dann eben doch auch ein Mann, das heißt: konventionell, befangen in der Vorstellung, das Herrchen sein zu müssen – nur im Bett nie, da war er mein unermüdlich Bediensteter: pervers, nicht wahr, daß ich das wollte, vermutlich wollte ich ja auch hier nur wieder einen Vorwand, ihn wegzuschicken ... doch wer ist nicht pervers!«

Sie lachte, aber unglücklich, ich sagte: »Was zwei tun, wenn sie Freude dabei haben, kann ja nie pervers sein; pervers ist stets nur der dritte – also ich, jetzt –, der zweien zuguckt bei dem, was einen dritten nichts angeht.«

»Hab ich Sie gelangweilt?« fragte Frau Müller erschreckt. Ich sagte, im Gegenteil, ich möchte sogar noch wissen: »Könnten Sie jetzt noch mit einem Mann schlafen?«

Sie, sehr erstaunt: »Aber sicher – man kann sich immer für Augenblicke, wenn auch nicht auf Dauer, dem unterordnen, den man beneidet. Ich beneide vermutlich doch die Männer – oft, wenn ich eine Frau habe, beglückt mich die Empfindung, der *Mann* zu sein, der sie nimmt. Ach, und es ist so unschuldig, was wir tun – denn niemals müssen für *unsere* Freude Kinder damit bezahlen, daß wir ihnen das Leben zumuten!«

Ich sagte, stand auf und ging: »Aber Sie leben doch *gern*!«

Sie brachte mich zum Lift und sagte: »Nur solange ich mich das nicht frage – wie jeder, vermute ich.«

Ich sagte: »Das vermute ich auch, gute Nacht, Frau Müller.«

Sie rief: »Aber Sie kommen doch wieder zu mir?« Tue ich.

Montag mittag

Sehr früh im Reitstall, nur um Hilmes nicht schon am Kaffeetisch zu treffen – irgend etwas in mir, was ich ungern benenne, lehnte sich dagegen auf. Ungeduld, Enttäuschung, weil er mich gestern abend nicht – hingerissen hat? Er hätte seinen Wagen dabeihaben müssen. Der Gang zum Hotel, nach unseren Küssen in der Allee, hat ernüchtert.

Das ist es: ich nehme ihm übel, daß er mich nicht dahin brachte, den berühmten *coup de foudre* als Entschuldigung zu haben – denn weil ich nun einmal so bin, brauchte ich diese Rechtfertigung. Noch weiß ich zu genau, was ich tue, und es ist scheußlich: ich sehe längst, daß Fred und R. nicht schuldiger sind als Ernst und ich. Warum aber sträube ich mich dann, heimzufahren und meinem Mann die Chance zur Rückkehr in die Ehe zu geben? Weil ich heut nacht – bei Hilmes sein möchte? Ich habe nie mehr Verständnis gefunden als bei ihm, er ist so uranständig, der beste Freund – ob er aber auch der Mann ist, mir zu ersparen, daß ich mich noch jemals frage, wie ich in sein Bett kam? Ich habe Angst vor unserem Rendezvous, ich werde mit geschlossenen Augen hingehen – doch brauch ich mir nur vorzustellen, wie wir gestern tanzten und später im kalten Nebel an der Oos hinaufliefen, bis fast zum *Bären*, um schon wie ein Ladenmädchen auf die Uhr zu sehen, unglaublich. Tanzen und flirten – wie gut das tut, wenn man so klügelt wie ich. Wie alle Ironie versagt, sobald man einsam – also liebebedürftig – ist. Wie dann Worte aus abgegriffenen Romanen wieder betören, als hätte sie erst der Augenblick geboren. Natürlich hat er nicht gesagt, es ist ja heut so schwer geworden, das noch zu sagen, außer im Getümmel der Umarmung – aber spüren lassen hat er, daß er mich mag. Sympathie – »reicht« sie nicht schon deshalb, weil sie haltbarer ist als Liebe? Weil Liebe das Unbedingte, das Absolute ist – verlangt sie das auch. Doch das ist *immer* zuviel verlangt! Einmal sagte Hilmes: »Gertrud – dich zu betrügen!« Warum überfiel mich nach diesem Satz das Mitleid mit mir selbst so sehr, obwohl ich doch weiß, daß dieses Kompliment eine banale Vereinfachung ist: Ernst hat seine Frau geliebt und doch betrogen; Fred liebt und betrügt mich; ich liebe Fred und – *werde* ihn betrügen. Liebt nicht auch das Hürchen Colombe seinen eifernden Julien?

Daß wir beide so ahnungslos in dieses als Komödie getarnte Trauerspiel hineinstolperten, in die Geschichte vom armen Soldaten, dem seine Frau nicht Hörner aufsetzt, sondern ein ganzes Geweih! Wie genau es den sehr, den *zu* disziplinierten Freund »betraf«, merkte ich an seinen hektischen Geistreicheleien in der Pause nach dem zweiten Akt. Es machte mich unwillig, daß er meinetwegen sein eigenes Theater aufführte; so legte ich ihm die Hand auf den Arm und fragte, als hätte ich schon entschieden: »Wollen wir denn bleiben bis zum Schluß?« Er war gerührt. Aber statt mich in den Wagen und in den Wald und später in irgendein Hotel zu entführen, so wie Fred es getan hätte, ohne Schwamm und ohne Zahnbürste, nicht einmal mit einer Aktentasche, die vor dem Portier wenigstens den Schein wahrt, als habe sich das Ehepaar für die Übernachtung vorbereitet – statt dessen scherzte Hilmes über seine Wunde: »Die Leichtfertigen sind so entzückend, sonst könnten sie unsereinen ja nicht so leiden machen. Meine Frau war meine Filia hospitalis, als ich Referendar war – unwiderstehlich. Und einfallsreich genug, das Triviale so romantisch zu drapieren, daß ich mir einbilden konnte, verwegen wie Romeo gewesen zu sein. Nur war sie leider außerstande zu begreifen, daß man, wenn der Mann im Ural gefangen ist, nicht auch noch für Untermieter Filia hospitalis sein kann. Sie weinte herzzerbrechend, als ich sagte, ich könnte das nicht verwinden. Ich sagte ihr die Wahrheit vor die Stirn, und sie leugnete keine Viertelstunde, obwohl ich nur Ahnungen gehabt habe – ›nun hab ich's dir gestanden, Liebster, nun brauchen wir doch nicht mehr drüber reden ...‹ so ungefähr. Sie ist überzeugt, ich hätte aus juristischer Pedanterie unsere Ehe zerstört. Etwas, das so vorübergehend ist wie das Leben! Und manchmal, Gertrud, denk ich das jetzt auch und bin für Karnevalmoral. Sicher ist es egoistisch, aus Liebe einen Partner fürs Leben zu binden – und es ist kein Verdienst, wenn man selbst immer treu bleiben konnte. Oder ist es gar Pech? – Ich frage dich ohne Zynismus. Wer zur Treue veranlagt ist, ist auch dazu bereit – und hat leicht richten. Seit ich das weiß, bin ich als Anwalt unsicherer – und das ist gut so. Ich rate ja auch dir nicht zu und nicht ab ...«

Eben! Schon wie er küßt – sehr appetitlich, sehr geübt, ja heftig, aber zu lange. Man wird schon vom Küssen satt. Fred mit seinen unbeherrschten, formlosen Lippen küßt vorher schlecht, grob, hart, zu gierig – er »küßt« eigentlich gar nicht, er macht – ich weiß nicht, was – mit seiner Zunge auf den Schlüsselbeinen und im Nacken, und schon »haut's einem alle Sicherungen raus«, wie er so etwas nennt.

Die Colombe war entzückend, eine Blondine von höchstens zwanzig, so sprühend, daß ich, statt Juliens Partei zu *ergreifen*, auch noch zornig war über den Armen. Wie grausam berechnet von der Natur, daß solche Gegensätze immer zueinanderfinden: Fred und ich, Hilmes und seine Frau, Julien und Colombe – ja, aber was sollte Julien mit einem ernsten Mädchen anfangen? Es gäbe kein Leid und keine Leidenschaft, und sie kämen vor Grübelei nicht dazu, ein Kind zu zeugen.

Und weil mein Freund so treu ist wie ich, so gründlich, so beherrscht – ach, ich fürchte, deshalb müßte Gertrud erst eine Colombe werden, wenn sie ihm fürs Leben unterhaltsam genug sein sollte. Warum gefällt *mir* diese kesse Betrügerin so viel besser als ihr Mann, der so treu ist wie ich und wie Hilmes? Die

Antwort auf diese Frage beantwortet auch, warum ich *Fred* heiratete. Schluß, sonst geh ich mit Hilmes nicht mehr aus...

Wolken, grau wie zerknüllte nasse Zeitungen, westwärts gestoßen, verhängen minutenschnell die Sonne. Dann ist das Land in kühlnasses Tintenblau getaucht, die Berge drohen, die noch soeben die Wärme und Schmiegsamkeit eines Tierleibs hatten; schattenkalt ist das Land – und diese Empfindung bleibt, wenn schon längst die Sonne wieder in den Weinbergen und auf den Rübenfeldern so machtvoll da ist, daß noch technisches Gerät, Volkswagenbusse, Traktoren, Kartoffelausmacher – glücklicherweise alle knallbunt gestrichen – sich friedlich dem Herbst ein- und der Natur unterordnen. Kein Pferd mehr auf Hunderten von Äckern...

Wieso aber, wenn doch dieses erntereiche Land so harmonisch wirkt wie eine Plantage im Himmel und die Sonne tatsächlich so »golden« wie in einem Biedermeier-Gedicht – wieso fröstele ich? Weil – mindestens bei Introvertierten, wie ich leider eine bin – das Äußere so wenig Macht hat über unser Inneres. Blicke über Land, auf Schönes vertiefen nur – verändern aber nicht oder kaum das Lebensgefühl: der Traurige wird trauriger, der Heitere heiterer. Beeinflussen können nur Menschen uns oder menschliche Dinge, ein Kuß, ein Konto – oder der Mangel an beidem. Dagegen ist die Außenwelt immer nur so schön, wie unsere Innenwelt hell ist. Oder so abgestorben. Selbst die Sonne scheint nicht, sondern brennt nur, wenn nicht unser Gemüt belichtet ist, sondern das Dunkel sucht: so berührt mich heute der Blick auf die naßgeregnete Blutbuche, die verweint aussieht und Nacht für Nacht kahler wird – »dünne im Genick«, wie Fred von alten Männern sagt, ehe sie sterben. Neulich dagegen, als Hilmes mich mit seinen Komplimenten korrumpiert hatte, da waren es die Birken hinter dem Hotel, die ich fast zu Sinnbildern des Lebens – eines nicht allzu ernst zu nehmenden – hochstilisierte: nicht der Wind schüttelt sie, obgleich auch sie die beige gewordenen Blätter verlieren, sondern sie schütteln den Wind ab, unverletzbar, zart, zäh und sie halten – der Baum Rußlands – größter Kälte stand. So sehen wir in die Natur nur hinein, was aus uns herausschaut.

Zu meiner Entgegnung, Frauen närrisch – Männer aber mörderisch: Ob Männern die Brutalität eingefleischt ist – oder bricht die nur in Fällen großer Enttäuschung aus, die ich heraushörte aus der Bemerkung des (besser Tennis als Theater spielenden) Intendanten, der vielleicht einige Gläser übern Durst getrunken hatte, als er einmal feststellte, früher sei es »schließlich üblich gewesen, auf Grabsteinen neben dem Namen des Mannes den seiner *zwei* Ehefrauen zu finden – da ja die erste immer oder fast immer in einem Wochenbett starb«! Schon damals kam mir der Verdacht, der Mann habe da weniger beobachtet als – gehofft; jedenfalls habe sein Unterbewußtes herausgelassen, daß er »eigentlich« findet, unseren »Gebietern« stehe Ende vierzig eine neue Zwanzigjährige zu!

Angst vor dem Alter ist Angst – eine sehr berechtigte – vor dem Alleinsein. Übrigens spricht dieses Schicksal – das mindestens jeden zweiten Menschen einholt – sehr gegen die Ehe als Lebensform: die Zweisamkeit wird zu rasch zur Einsamkeit; personenreichere Lebensgemeinschaften unter ungefähr Gleichaltrigen – denn Kinder gehen ja noch früher weg, als der Ehepartner stirbt oder treulos wird – werden sich hoffentlich durchsetzen. Unsere bisher landläufige Auffassung von Ehe ist das stärkste Hindernis gegen größere Wohngemeinschaften, deren Nützlichkeit zu allen Zeiten diskutiert wurde – und aus sehr verschiedenen Gesichtspunkten. Den vermutlich humansten brachte Napoleon auf: er schlug vor, den Rassenhaß dadurch aus der Welt zu schaffen, daß ein Mann stets zwei Frauen verschiedener Hautfarben heiraten solle: dann würden die Kinder, wenn nicht Mischlinge, so doch Geschwister von Mischlingen, Rassenschranken bald nicht einmal mehr wahrnehmen. Mich erheiterte natürlich, als ich das vorgestern las, der Dünkel, mit dem Napoleon das Recht – Hilmes warf sarkastisch ein: »Die Pflicht!« –, *zwei* Ehepartner zugleich zu haben, dem Mann zusprach. Warum nicht auch der Frau? – die schließlich sexuell eher geeignet ist, mit zwei Partnern fertig zu werden, als ein Mann. Lieber Gott, das gäbe Komödien, wenn der »Gebieter« nachts um zwölf von seiner zweiten Frau besucht würde, nachdem er um elf bei der ersten war: vor diesen zweien könnte er sich nur zu einer dritten retten! Aber ihre Verwandlung in eine Komödie ist schließlich das einzige, was in höheren Jahren eine Ehe erhalten könnte.

Abends

Plötzlich und wuchtig – als fiele die Zimmerdecke auf mich – schlug mich heute die an sich doch ganz banale Einsicht um, daß ich seit meiner Heirat nicht ein einziges Mal daran gedacht habe, irgendwann meinen Beruf wieder auszuüben. Die erste Regung: dem Mann zu danken, der mich davon befreit hat, daß ich je wieder Geld verdienen muß – kippte rasch in Bitterkeit um: er hat mich dadurch auch total abgerüstet! (Freilich nicht bewußt; nichts lag ihm ferner, als einen Gedanken daran zu verschwenden, wie ausgeliefert ich der Ehe bleibe, wenn sie mich um den Beruf gebracht hat.)

Doch selbst dann, wenn wir uns versöhnten – ganz unwahrscheinlich, denn er »hat« das kalkulierende Biest ja immer noch, und ich traue *ihr* (nicht ihm) jetzt sogar Heiratspläne mit Fred zu –, selbst wenn meine Ehe geflickt würde, was soll ich dann tun, wenn die Kinder mir aus dem Wege gehen, wenn sie demnächst schon froh sind für jede Stunde, in der ich mich *nicht* um sie kümmere? Freds Buchhalterin bleiben oder nur Party-Gans? Vorgartenpflegerin? Abonnentin auf moderne Graphik? Den *Stern* »lesen«?

Ich bin entschlossen, das furchtbar billige Gerede so vieler Frauen, ihre feststehende Formel, die gescheiterte Ehe habe ihnen »die besten Jahre des Lebens geraubt« (es waren ja immer auch *seine* besten Jahre) – ich werde dieses Geschwätz nicht mitbeten. Nur weiß ich ab heute, berufsverschont heißt – wenn man keinen Ehepartner mehr hat – auch umweltlos. Und das ist mörderisch – so sehr, daß doch nur der Gang zum Psychiater bleibt. Oder zum Arbeitsamt. Das ist tatsächlich eine Alternative...

Natürlich sprach ich auch mit Hilmes darüber. Sein Kommentar: »Ja, siebzig Prozent der pensionierten Männer sterben in den ersten vier Jahren, nachdem man sie aus dem Beruf davongejagt hat, eine gewerkschaftlich geförderte Unmenschlichkeit ohnegleichen! Und das in einem Staat, dessen erfolgreichster Regierungschef – auch der am längsten regierende – schon über siebzig war, als er zum erstenmal Kanzler wurde! Daher habe ich auch die Figur des Sisyphos nie verstanden: wieso ist es eine Qual, daß er den Stein wälzen soll? Qualvoll, wär's, hätte man ihm den Stein weggenommen.«

Im Lesesaal

In der Kurzeitung eine Lithographie des Musikzimmers der französischen Sängerin Viardot, die in Baden-Baden baute. Turgenjew und Theodor Storm sitzen – 1865 – mit dem preußischen Königspaar neben dem Flügel, ihnen gegenüber das Ehepaar Bismarck. Ist denkbar, daß aus *unserer* Zeit einmal ein solches Bild des Zusammenseins von Geist und Macht auf die Nachwelt käme? Ja, in Frankreich – *nur* dort! Sofort nach seiner Wahl ernennt de Gaulle einen der größten Autoren zum Kultusminister mit dem Auftrag, Paris zu »waschen«, damit es wieder die schönste Stadt der Welt wird. In Bonn dagegen atmet man auf, als der einzige, der je dort dem Geist seine Stimme gab, Heuss, abgelöst ist durch einen Präsidialclown, von dem der Volksmund sagt, er sei ein Wunderkind gewesen. Wieso? – »Weil er bereits mit vier Jahren solche Reden halten konnte wie heute!« Als er dem Papst einen Staatsbesuch machte, habe der ihn gefragt, ob er ihm einen Wunsch erfüllen dürfe. Antwort: »O bitte, ja, Heiligkeit – ich möchte einmal die Sixtinische Kapelle spielen hören!«

Witze – aber wie brandmarken sie *uns* Untertanen, die sich *zweimal* ein solches Staatsoberhaupt vorsetzen lassen, von Leuten, die für Portoerhöhung, Getreidepreise und Fußball je einen Minister im Kabinett dulden – aber keinen für Kultur! Die schieben sie ab in Provinzminister, die keiner auch nur dem Namen nach kennt, weil sie Namen nicht haben. Es ist erstaunlich, daß so kluge, so berechnende Männer wie viele in Bonn so gar keine Witterung dafür haben, daß alles, was sie leisten, spurlos verwischt, weil es keinerlei Widerhall findet in der Kunst ihrer Zeit, der sie aus dem Wege gehen wie der Teufel dem Weihwasser. An der Staatsform Demokratie liegt das nicht – die Akropolis wurde von Demokraten gebaut. Tatsache aber ist: nie saßen die Landesherren bei uns so weit entfernt von Professoren und Künstlern wie heute. Ich lese die Selbstbiographie von Andersen, Sohn eines Schusters, der *einen* Raum »besaß«: für Werkstatt, Küche, Ehebett und die »Schlafbank« des Kindes, also kümmerlichster Herkunft war. Und doch war Andersen später immerzu auf seinen Reisen Tischgenosse, Feriengast, Reisebegleiter der damals Herrschenden und ihrer Familien vom König von Preußen bis zur Queen Victoria. Käme Andersen heute nach Berlin oder London, denn nach Bonn käme er natürlich überhaupt nicht – so würde ihn vom Fernsehen ein Abteilungsleiter in die Kantine einladen, er müßte selbst bezahlen, erhielte jedoch die Spesen »rückvergütet«, nach Ausfüllung von fünf Formularen. Die Herrschenden in Berlin würden von seiner Anwesenheit deshalb nichts merken, weil sie ihn nicht kennten. Und deshalb wird auch *sie* sehr bald keiner mehr kennen, diese Landesherren, die sich dessen nicht einmal schämen, weil sie das nicht merken. Kunstferne sind – Spurlose. Keinen von ihnen hat es später je gegeben.

Lesesaal

Daß meine Ehe-»Tragödie« neben der Tötung des Italieners unterm Kran so unerbittlich wird wie das Schwarze unterm Nagel neben dem Schwarz einer Todesanzeige, sagte ich mir sofort, denn wer Kummer hat, der bezieht maßstablos *alles* auf sich. Und doch sind solche Relativierungen nicht nur Unsinn, sondern auch die Wurzel alles Inhumanen: das eigene Leid im Maßstab eins zu einer Million verkleinern und sozusagen deshalb Tuberkulose nicht fürchten, weil ja so viele andere sie auch schon hatten – das führt zu dem, was Fred einmal das »Generalstabsdenken« nannte, das die einzelnen nicht nur, sondern komplette Divisionen, die man verheizt wie Briketts, gar nicht mehr als Individuen sieht und gelten läßt. Aus der Sicht eines Weltkriegs sind wir allerdings nur noch Ameisen, die irgendein Führer dann ja auch bedenkenlos tottritt – aber diese Perspektive ist eben unerlaubt. Erlaubt nicht nur, sondern geboten ist, daß jeder einzelne seine eigene Person als Nabel der Welt ernst nimmt. Sonst gibt er sich völlig auf.

0 Uhr 50

Mein lieber Freund,
die Kinder schlafen, ich habe leise gepackt, wenn Du beim Frühstück diesen Brief findest, sind wir unterwegs. Wirst Du nicht ein wenig erleichtert sein?

Hätte ich mich eben von Dir mitziehen lassen, das wäre bestimmt sehr schön gewesen – bis zum Hellwerden! Aber ich *muß* doch nach Hause, und wie hätte ich mich dann noch von Dir trennen sollen. Du weißt, was es mich kostet, die Kinder jetzt ihrem Vater zurückzubringen. Aber da wir beiden doch eigentlich *immer* wußten, ich müßte zurück – wie hätten wir uns dann morgen früh angesehen in Deinem Zimmer?

Mußte ich's Dir da nicht ersparen, mich als kopfloses Huhn in Erinnerung zu behalten, das sich deshalb so geschwind rupfen ließ, weil seine Liebe nicht mehr wert ist als seine Treue?

Nur die Flucht vor Dir kann mich ordnen. Hoffen darf ich also nicht, Dich bald wiederzusehen, denn ich könnte Dir nur begegnen, wenn meine Ehe nicht mehr zu leimen ist. Das muß ich aber wünschen, denn durch die Begegnung mit Dir, mein lieber, guter Anwalt, habe ich *auch* wieder erfahren, wie anfällig wir alle sind, Colombe oder nicht, wie verführbar und also wie sehr darauf angewiesen, zu verzeihen.

Schon vor Tagen war ich dort, wo ich jetzt bin: bei dem Entschluß, meinem Mann eine Chance zu geben – wie Du mir im ersten Gespräch geraten hast. Dann vergaß ich ihn, Deinen Rat, meinen Entschluß, auch meinen Mann und alles, sogar die Kinder – Deinetwegen! Aber versteh mich bitte auch jetzt: die Treulosigkeit hat mich daheim vertrieben, die Lüge, das falsche Spiel – sollte ich jetzt, und ausgerechnet mit Dir, der Du mir so wenig gleichgültig bist wie sonst nur mein Mann, beginnen in der Anarchie der Gefühle – halb noch nach Hause gehörend, halb schon zu Dir? Genauso handeln wie mein Mann, den ich deshalb verließ?

Nein, käme ich eines Tages zu Dir, so suchte ich bei Dir, was ich verloren habe, weil ich mich der Liebe ohne Ordnung heut nicht mehr gewachsen fühle. Ich habe sie ganz früh kennengelernt, die Liebe *ohne* Ordnung, sie war sogar meine glücklichste – die kürzeste auch. Und wenn Du böse sein solltest – ach bitte,

bitte, sei es nicht! Morgen früh hätt ich Dich vielleicht nicht mehr verlassen können. Vergiß mich gründlich, wie gern hätte auch ich Dir etwas gegeben, denn Du hast mir sehr viel mehr bedeutet, als Du ahnst. Und deshalb, mein lieber, guter Anwalt, vergißt Dich nie

Deine dankbare Gertrud E.

Hanau, 16. Oktober

»Weil ich mich freue, daß wir gleich bei den Großeltern sind!« erklärte ich, als Ingrid entdeckte, ich hätte ja Tränen in den Augen. Der Zug hatte schon Frankfurt wieder verlassen, bis dahin war es gutgegangen.

Und nun sind wir hier. Die Eltern nahmen den Überfall mit Freuden hin und finden es reizend, daß wir die letzten Ferientage bei ihnen verbringen wollen. Wenn sie sonst noch etwas fanden, haben sie es gut verschwiegen. An Baden-Baden denke ich möglichst wenig. Ingrid trauert ihren Reitstunden nach, und ich – ich will versuchen, an der Illusion festzuhalten, daß ich frei bin, zu tun und zu lassen, was ich will.

Aber ich werde ja nicht wieder abreisen, nach München nicht und nicht woandershin. Allzu lange wird Fred Renate nicht mehr haben, sie wird sich, wie ich und die meisten Mädchen, die ihre Jugendliebe mit verheirateten Männern durchmachten, bald verheiraten, weil sie sich während ihrer »romantischen Phase« nicht an einen Gleichaltrigen gebunden hat. Wie *müde* ist unsere Ehe doch geworden, da ich nicht mehr fähig bin, die Geliebte meines Mannes zu hassen. Nur ein überwältigender Schmerz, ein gemeinsamer Verlust könnten Fred und mich noch einmal zusammenführen wie früher – oder ist auch das schon eine Übertreibung? Werde ich nicht Ingrids Zimmer eines Nachts stillschweigend wieder verlassen und zu Fred gehen – und dann wirklich wieder ganz gut schlafen?

So wird es kommen, so wird es gehen, bis eines Tages der Festredner Onkel Wilhelm uns Mustergatten zur Silberhochzeit einen Präsentkorb voller Platitüden überreicht. Ich werde, vielleicht schon junge Oma, stillhalten wie beim Fotografen und liebe, lächelnde Miene machen zum albernen Spiel.

Und bin ich denn berechtigt, mich sehr zu beklagen? Ich habe zwei gesunde Kinder, die mir nie danken werden, daß ich ihnen das Elternhaus erhalten habe, weil das so selbstverständlich ist. Und wir haben ein »Heim«, das jetzt zwar Risse in den Wänden hat, die nicht mehr ganz zu verputzen sind – so werden sie halt zugehängt mit einigen neuen Bildern, vielleicht einem Gobelin, und dann ist es *noch* komfortabler.

Und sollte ich wieder einmal verzweifelt sein, immerhin nähere ich mich den Wechseljahren, so will ich nicht Reisaus nehmen, sondern vergleichen, etwa mit Mutter, deren einziger Sohn gefallen ist. Oder mit einer Kriegerwitwe in Augsburg, die vielleicht von ihrer Rente leben muß und nie mehr einen Gesprächspartner fand.

Mein Heft lasse ich hier. Denn die Blätter, die noch frei sind, waren für den Freund gedacht. Sollen die Eltern es wegschließen.

Jetzt gehe ich zum Telegrafenamt und schaue nach im Telefonbuch von Augsburg, ob ich eine Frau finde, die Ernsts Witwe sein könnte – und dann rufe ich sie einmal an, ohne, versteht sich, ihr die Wahrheit zu sagen. Finde ich sie nicht – werde ich mir tröstlich einreden, sie habe seinen Familiennamen nicht mehr, also wieder heiraten können ...

Konjunkturkuli

Konjunkturkuli · Kains Liebe
Geschichtsatlas
Dreihundert Jahre: Die neunte Welle
Churchill · Vergessenes Grab
Zur Liquidierung abgestempelt · Reiche

Konjunkturkuli

Fünfundzwanzigtausend Kilometer
jeden Monat, jeden Monat,
aber keiner, keiner führt nach Haus!
Die Türkei, dem Touropa-Netz nicht angeschlossen,
einmal nur im Jahr seh' ich sie wieder,
jährlich einmal meine Frau, die Kinder.

Speisewagen-Kellner, doch kassieren
darf ich nur, wenn ich mein Wägelchen
mit Getränken durch den D-Zug schiebe.
Eine Glaswand trennt uns von den Deutschen,
die uns »diese Leute« nennen,
»Läuse im Gepäck« und »Hammelfresser«.

Gruppen-Wohnung, keine Einzelzimmer.
Volksbad-Dusche weit im andern Stadtteil.
Gibt man uns für mehr Geld eine Wohnung,
die ein Deutscher nicht mehr nimmt,
gibt man uns für weniger Geld auch Arbeit,
die ein Deutscher nicht mehr macht.

Wer bemißt, wann ein Beamter
»angemessen« sagt zur Wohnung,
die ich »nachzuweisen« hätte,
wenn er mir erlauben sollte,
meine Kinder herzuholen,
die hier keine Schule fänden?

Ohne Ende unsre Trennung –
doch ihr Ende wär' noch schlimmer:
keine Arbeit! Freizeit? Schlafen,
Kartenspielen, Wäsche, Briefe.
Hunde dürfen wir nicht halten,
denn ein Hund hält keinen Hund.

Manchmal muß ich mir ein Mädchen
kaufen – doch bezahlte Frauen
wecken Trauer nur um meine,
die in Anatolien hinwelkt –
und wie alt ist jetzt mein Vater!
Ob ich den noch einmal sehe?

Kains Liebe

»Ihr erschrecket, wenn sie dasteht.«
West-östlicher Divan.

Gezeichneter,
verhaßt wie häßlich. Hört er des Gutsherrn Pferde,
weiß ihn fern dem Dorf: jagen, ackern, im Holz ...
badet Kain im Fluß, überläßt den Hunden die Herde
– schleicht zu der Frau, die Modell war Maillols.

Schönheit
– die ihn vernichtet, läßt sie ihn nicht hoffen!
Ungeduld: so früh wie heut mittag riskierte er's nie;
tags sind die Hintertüren auf dem Land meist offen.
Doch nicht mehr in der Wanne fand er sie

Sie hockte
auf dem Bett, groß, im Kittel aus Frotté-Velours;
hat Zehennägel – nicht für ihn! – gelackt.
Entgegen ihrem Willen, nicht: Herzen – half Natur
dem Hirten, sie auszuziehen. Nackt

Bronze
brotlaibbraun, konturenstrenge Form: Juno-Modell!
So schwer, reif, leuchtend liebte sie Maillol.
Sie wehrt sich – doch ihr nasses Venusfell,
wie es spontan in Kains Mund überquoll

Auch Firnlicht
ihrer Augen – verrieten, was sie doch empfindet:
daß sie ihm Element ist, Magma des Seins!
Daß sie nicht *ihn* liebt, doch sich überwindet,
für Augenblicke heimlich ihm das Kains-

Mal wegzuküssen
– dem glücklos abgehausten Steckbrief-Bild
und ihm, so oft er bei ihr lag,
mit seiner Libido die Suizidlust stillt:
das schuldet Kain ihr bis zum Jüngsten Tag.

Geschichtsatlas

Jahre, »Taten« – an den Wind verloren.
In den Wind gearbeitet! – klagt Salomo.
Hekatomben hat Geschichte weggeschoren,
wüstgelegt, genarrt, von nirgendwo
und um nichts nach nirgends deportiert.

Brüder, Vettern, Kinder, Eltern
wie Benzin auf »Vormarsch«-Straßen
querweltein verbraucht, auf Feldern
an der Rollbahn abgeworfen – oder fraßen
Feuer oder Fische oder Strahlen ihren Leib?

Zum Beispiel die M.s am Markt, Friseur,
politikfremd veropfert – jeder hat sie gekannt.
Ich meine die M.s aus La Tranche-sur-Mer,
du meinst die aus Kiew – wie fliegenden Sand
hat der Kriegswind sie ins Nichts verschleudert.

Und der du's liest und der ich's schreibe:
Wo wirft *uns* die Politik auf Abraumhalden?
Bomber kreisen – eine Bleibe
ist kein Haus mehr, längst verwalten
sie die Völker per Computerbank.

Du bist auch mit allen Steckbrief-Daten,
Reisen, Steuern, Leberflecken
längst gespeichert – vorgeladen,
kann kein Wald, kein Raum dich mehr verstecken,
wenn der Staat, gesichtslos, nach dir greift.

Dreihundert Jahre: Die neunte Welle

»Früherer Kaiser rauhe Geschlechter,
wie ihre Geschosse sind sie verflogen.«
Mao Tse-tung, ›Schnee‹

1913: die Romanows feiern,
seit dreihundert Jahren regieren sie Rußland.
Fünf Jahre später: der Zar ist erschossen,
verscharrt samt Familie.
Was blieb: auf amerikanischem Wodka
ein Etikett namens Romanow

Dreihundert Jahre dauern
auch in China vier Dynastien:
von 618 bis 906 die Tang.
Die Sung von 961 bis 1278.
Die Ming von 1368 bis 1644.
1912 treten die Mandschu ab
mit des Kaisers zweijährigem Neffen Pu Yi.
Einheitsgekleidet und willig,
ein Untertan Mao Tse-tungs,
stirbt er als Gärtner.

974 gibt Otto II. Österreich
den Babenbergern. 1246 sind die erloschen.
Die Merowinger beginnen 430 den Aufstieg.
751 steckt den letzten ins Kloster
der Vater Karls des Großen, dessen Sippe
687 die Macht an sich riß.
987 verjagt den letzten Nachkommen Karls
aus Frankreich Capet. Auch die Medici:
1434 wird Cosimo Herr in Florenz
1737 stirbt dort der letzte seines Geschlechts.

1619: Habsburgs steirische Linie
gelangt in Wien zur Alleinherrschaft.
1919: Rückkehr der Sippe in die Schweiz.
Ein Zürcher Juwelier zerschneidet den Florentiner,
um ihn vermarktbar zu machen.
Karl und Zita raubten Vitrine 13 leer
in der Schatzkammer der Hofburg,
ehe sie Wien verließen.

Dreihundert Jahre auch bleiben
die Gonzagas Herren über Mantua,
womit Kaiser Ludwig der Bayer
sie 1329 belehnt; 1627 erlischt dort
im Mannesstamm ihr Geschlecht.

1618: der Herrschaft Berlins
wird Ostpreußen untertänig.
1918: Wilhelm der Letzte von Preußen
verläßt Schlüters Berliner Schloß,
das dreißig Jahre später geschleift wird.
Die Teller aus seinem »Silbernen Saal«
wird der Enkel des Kaisers verhökern:
dem Sohn jenes Feldwebels,
der in Persien 1925
ein Kaiserhaus gründete.

Generationen wie Wellen: erlerne am Meer
die Kategorien von Ebbe und Flut.
Der Kamm jeder neunten schwillt höher als der
Kamm der acht ersten – bricht ab dann und ruht,
befreit vom Zwange zur Wiederkehr ...
Neun Generationen ermüden das Blut,
das sind dreihundert Jahre: dann sinkt der Speer.

Churchill

»Ich bin kein Journalist, der über Ereignisse
berichtet; ich mache Ereignisse,
über die Journalisten berichten.«
Winston S. Churchill

Günstling des Glücks,
im Schloß seiner Väter geboren,
begraben in dessen Park
neben den Eltern – nach neunzig Jahren.
Der mehr Völker, Armeen, Schiffe *bewegt* hat,
mehr Seiten geschrieben, mehr Reden gehalten
als jeder – als jeder! – andere,
stirbt am 70. Todestag seines Vaters
nach dem Satz: »Es ist alles so langweilig« …

Gefoltert auf Schulen, weil er nie zuhört.
(Einmal drei Jahre in der gleichen Klasse.)
Denn er träumt. Träumt schon als Knabe,
wovon *allein* er träumen wird neun Jahrzehnte:
unsterblich zu werden! Größer als Englands
– bisher – größter Seemann, größter Soldat:
Drake und Marlborough, seine leiblichen Ahnen.
Träumt er das, weil er es wird
– wird er das, weil er es träumt?

Wo nichts geschieht – *macht* er's geschehen.
Erotomotorische Ruhmgier, doch wie er die sättigt:
Rettet die Freiheit. Was Themistokles bei Salamis
für Hellas, leistet Churchill mit der Battle of Britain
für Westeuropa. Verweigert *allein*, ein Noah,
das heißt: Mann der Ruhe, als Hitler Paris
schon besetzt hat, ihm den freien Rücken
zum Raubkrieg in Rußland. Gewinnt im Atlantik.
Einziger aller Menschen

Dessen Selbstbiographie, dreißig Bände:
Identisch wird mit der Weltgeschichte des halben
Jahrhunderts zweier erdballbewegender Kriege ...
Sein Stern: Daß nicht sein Gegner
ein Feind ist wie hundert frühere,
wie bisher Fürsten, Heerführer, Diktatoren
– sondern das Tier aus der Tiefe,
der Installateur von Auschwitz:
Den überwunden zu haben, macht diesem

Einen und seinen Gefallenen
die *Menschheit* zum Schuldner – wenn es
Dresdens Verbrennung auch nicht entschuldigt.
War Criminal auch er, denn Gegner tauschen
Eigenschaften aus. Ermordet Sikorski, den Gastfreund.
Kein Eroberer, sondern Erretter – der erste
überkontinentalen Zuschnitts, von Suez über Singapur
(am Rand der Vernichtung) bis zur Elbe,
der fürs eigene Land kein Dorf annektiert!

Obenauf und in der Presse
fast siebzig Jahre lang.
Glücklich sogar noch privat,
trotz ererbter Melancholie
als Ausreißer, Ehemann, Vater und Trinker:
»Whisky mäßig, aber stündlich.«
Als Maler, Spaßmacher, Maurer.
Und was er schreibt, immer Chronik seiner selbst,
seiner Ahnen: erhält den Nobelpreis.

Und doch, letzter Seufzer,
weit jenseits der achtzig, anvertraut
nur dem Arzt, Resümee
nach dieser Lebensstrecke ohne Beispiel,
was sagt er, am Bettrand:
»Diese Welt!
– kein Mensch, der sie kennt,
würde sie jemals
freiwillig betreten.«

Vergessenes Grab

– des Archimedes, an der Straße nach Agrigent:
Hundert Jahre überwuchert von Dornengestrüpp;
auffindbar dank Kugel, Zylinder auf kurzer Säule

Und verwitterter Jamben in Stein: Mühsam entziffert
vom dreißigjährigen Cicero, Quästor auf Sizilien.
Fiel ihn, als er's entdeckte, ein Vorgefühl an

Einst werde auch er geköpft – wie 212
Archimedes: »Störe doch meine Kreise nicht« –,
durch einen der Krieger, die Syrakus erstürmt?

Zur Liquidierung abgestempelt

Schweige und reihe dich ein den Kolonnen Entschwundener.

Wo Kinder um den Tod schlangestehen,
muß das Jüngste Gericht abgesagt sein.

Halte dich nicht für vermißt,
ab morgen vermißt niemand dich Abgebuchten
aus der schiefen Schlachthof-Ordnung der Reichsverweser.

Finde dich ab mit der sechsstelligen Zahl,
die man dir einbrennt, auch du nur Schotter
unter den Gleisen der sogenannten Entwicklung
auf ein Ziel hin, das es nicht gibt.

Tröste dich mit der Banalität der Vernichtung:
wer alles ging dir voran! Dies ist deine Hoffnung:
geborgen vor Menschen und Gott in der Ruhe des Nichtsseins.
Unauffindbar bleibt die Küste der Toten,
ein Streifen Kies.

Nimm vom Glück deiner Kindheit, vom Strand mit der Mutter
die Welle, das Klischee des Absurden,
zur Unterweisung im Sterben:
zwecklos landwärts geschoben, schon ersetzt von der nächsten,
wo sie zerbricht, wird sie frei von der Macht,
die sie fortwirft.

Reiche

Beginn wie Ende: »Von der Karte streichen!«
Doch jede Waffe wird zum Bumerang.
Anschlag. Preemptive strike – Griff in die Speichen.
Heilschreie erst – dann Sturz vom Felsenhang.

Staatsmänner planen ohne Fragezeichen.
Empfang im Schloß – Flucht durch den Notausgang.
Marsfelder heute – morgen Krieger-Bleichen.
Auf jedes Kampflied folgt ein Grabgesang.

Sprecht nicht verächtlich von versunkenen Reichen:
Geschichte ist, was *jedem* Volk mißlang.
Aufstieg wie Fall ein Knüppeldamm von Leichen,
Ordensband gestern – morgen schon der Strang.

Erst mußte er die Baßgeige verkaufen: Johann Georg Elser.

»Den Entschluß zu meiner Tat faßte ich im Herbst 1938. ... Wenn ich gefragt werde, ob ich die von mir begangene Tat als Sünde im Sinne der protestantischen Lehre betrachte, so möchte ich sagen, ›im tieferen Sinne, nein!‹ ... Ich wollte ja auch durch meine Tat ein noch größeres Blutvergießen verhindern.
... Ich war bereits voriges Jahr um diese Zeit der Überzeugung, daß es bei dem Münchener Abkommen nicht bleibt, daß Deutschland anderen Ländern gegenüber noch weitere Forderungen stellen und sich andere Länder einverleiben wird und daß deshalb ein Krieg unvermeidlich ist, d. h. ich hatte die Vermutung, daß es so kommen wird. Dies war meine eigene Auffassung. ... Die von mir angestellten Betrachtungen zeitigten das Ergebnis, daß die Verhältnisse in Deutschland nur durch eine Beseitigung der augenblicklichen Führung geändert werden könnten. Unter der Führung verstand ich die ›Obersten‹, ich meine damit Hitler, Göring und Goebbels. Durch meine Überlegungen kam ich zu der Überzeugung, daß durch die Beseitigung dieser 3 Männer andere Männer an die Regierung kommen, die an das Ausland keine untragbaren Forderungen stellen, die kein fremdes Land einbeziehen wollen.«

Johann Georg Elser: Aussagen, November 1939

I.

Am 9. April 1945 rief dem »kleinen Schorsch«, wie im Konzentrationslager Dachau der sogenannte »Ehrenhäftling Hitlers«: Johann Georg Elser genannt wurde, einer der SS-Bewacher zu: »Mitkommen!«

Vielleicht wußte Elser sofort – vielleicht erst nach hundert oder zweihundert Schritten, daß er jetzt ermordet werde. Denn der Weg, ein sehr weiter Weg, sicher zehn Minuten lang, ging dorthin, wo der jetzt Zweiundvierzigjährige nie gewesen war. Und von dem keiner außer den SS-Männern, die Menschen dorthin führten, je zurückgekommen ist: ins Krematorium! Der ehemalige KZ-Aufseher Franz Lechner aus München, der lange Zeit Elser in seiner »Obhut« gehabt hatte, hat neunzehn Jahre später, 1964 den Reportern Peis und Petry berichtet: »Wer Elser tötete, weiß ich nicht.

Es gab bei uns mehrere Tötungsarten: Vergasen, Erhängen, Genickschuß. Elser ist im Krematorium getötet worden. Er wurde von uns weggeführt, entlang des elektrisch geladenen Zauns. Er kam am Lagertor vorbei, und dann ging's quer durch das Lager. Dann kam eine Steinmauer mit einer kleinen Eisentür. Dahinter befand sich das Krematorium. Das war ein unscheinbarer Bau. In dem Krematoriumsvorbau saß ein SS-Unterscharführer, der zu den Eintretenden sagte: ›Kommen Sie mit.‹ Dann führte er sie in den Hinrichtungsraum. Jeder, der bei uns hingerichtet wurde, mußte sich ausziehen. Man sagte den Betreffenden, es sei, um zu baden. Wenn dann der Häftling nackt war und zufällig einmal den Rücken hindrehte, wurde er, ohne es zu ahnen, erschossen. Elser wird sicher auf die gleiche Weise umgebracht worden sein.

Ich selbst bin nicht dabeigewesen, aber man hat sich im Lager darüber unterhalten. Oberscharführer Fritz, den ich nach den letzten Minuten Elsers befragte, sagte jedoch, Elser sei am Fleischerhaken aufgehängt und dann im Krematorium verbrannt worden. Übrigens: Kurz nachdem Elser hingerichtet war, kam

Oberscharführer Fritz zu mir in den Kommandanturarrest; er holte sich die Zither, die sich Elser gezimmert hatte. Ich sah ihn über den Gang gehen. Beim Hinausgehen streifte er mit dem Daumen über die Saiten.«

Im amtlichen Tagebuch des KZs war bereits am 5. April – laut Lothar Gruchmann, in seinem Vorwort zur ›Autobiographie eines Attentäters‹ –, ein sogenannter »Schnellbrief« des Chefs der Sicherheitspolizei aus Berlin unter der Nummer 42/45 registriert worden, der den Kommandanten des Lagers Dachau anwies: »... auch wegen unseres besonderen Schutzhäftlings Elser wurde erneut an höchster Stelle Vortrag gehalten. Folgende Weisung ist ergangen: Bei einem der nächsten Terrorangriffe auf München bzw. auf die Umgebung von Dachau ist angeblich Elser tödlich verunglückt. Ich bitte zu diesem Zweck, Elser in absolut unauffälliger Weise nach Eintritt einer solchen Situation zu liquidieren. Ich bitte besorgt zu sein, daß darüber nur ganz wenige Personen, die ganz besonders zu verpflichten sind, Kenntnis erhalten. Die Vollzugsanzeige hierüber an mich würde dann etwa lauten:

›Am ... anläßlich des Terrorangriffs auf ... wurde unter anderem der Schutzhäftling Elser tödlich verletzt.‹«

Zwanzig Tage nach Johann Georg Elsers Tod wurden die letzten lebenden Häftlinge des KZs Dachau durch amerikanische Soldaten befreit ...

Des SS-Mannes Franz Lechners Satz: »Ich selbst bin nicht dabeigewesen« ist neben dem Satz: »Davon habe ich nichts gewußt« der in der deutschen Sprache meistgesprochene seit Hitlers Tod. Das ist verständlich. Denn wer zum Beispiel Bewacher in einem Konzentrationslager war oder geholfen hat, Gefangene zu erschießen, der gefährdete zeitweise seine Pension, wenn er in der Bonner Republik merken ließ, an Ermordungen teilgenommen zu haben. So dumm war auch keiner – denn grundsätzlich wurde Mord zeitweise bestraft, allerdings nur dann, wenn er von Nichtjuristen begangen worden war. Denn die Juristen des von Adenauer gegründeten Staates erfanden für sich das Entschuldigungswort: »Befehlsnotstand« – womit sie sich selber für die Terror-Urteile freisprachen, die sie unter Hitler gefällt hatten. Diesen Befehlsnotstand billigten sie aber nur studierten Juristen zu – nicht auch solchen Leuten, die keine Juristen gewesen waren, als sie mordeten. Das war zwar irrsinnig, aber nicht nur real, sondern legal in jenem Bonner Staat, dessen Parlament das einzige überhaupt auf der Welt gewesen ist, das sich selber bei jeder Gelegenheit als sogenannter »freiheitlich-demokratischer Rechtsstaat« anpries, weil eben doch immerhin einige Parlamentarier das Gefühl hatten, so sehr lasse ihr Staat das Recht außer acht, daß man von Zeit zu Zeit das Gegenteil beteuern müsse ... Bonn hat dann doch zuletzt – denn bald waren alle potentiellen Angeklagten ja ohnehin aus biologischen Gründen nicht mehr in Ämtern oder auch nur am Leben –, Kriegsverbrecher-Prozesse gegen Nichtjuristen durchgeführt. Als aber doch *einmal* in Westberlin Mitte der achtziger Jahre gegen einen Juristen Rehse, der Beisitzer im »Volksgerichtshofe« Hitlers gewesen war, Anklage erhoben wurde – sprach man Rehse frei, weil er seine Anträge, zahllose Angeklagte aufzuhängen, angeblich guten Glaubens gestellt hatte: demnach lag Befehlsnotstand vor ... und auch deshalb ließ man Rehse laufen, weil er nun angeblich zum Sitzen zu alt war.

Fast vierzig Jahre lang aber – dann waren ohnehin fast alle Richter der Hitlerzeit gestorben oder jedenfalls längst pensioniert aus Altersgründen –, hat allerdings in der gesamten Bundesrepublik niemals ein Richter einen Richter für Todesurteile vor Gericht gestellt, die der unter Hitler gefällt hatte – zum Beispiel über eine Frau, die ihrer Vermutung Ausdruck gegeben hatte, Hitler werde seinen Krieg verlieren. Nie wurden Juristen, die eine solche Mitbürgerin auf die Guillotine gebracht hatten – in *keinem einzigen* Fall –, jemals auch nur angeklagt, geschweige denn verurteilt! Als erst Mitte der sechziger Jahre – fast zwei Jahrzehnte nach Gründung dieses Bonner Staates –, das Ausland verlangte, Deutsche müßten ihre Kriegsverbrecher aburteilen, kam es zu Prozessen, in denen aber wiederum – in keinem einzigen außer dem genannten Fall Rehse – ein Jurist durch die Juristen der BRD angeklagt wurde. Denn den Juristen billigten ihresgleichen, wie gesagt, Befehlsnotstand zu. Angeklagt und auch verurteilt wurden aber beispielsweise SS-Soldaten, die als Achtzehnjährige geholfen hatten, Juden zu ermorden: Da sie noch keine Juristen gewesen sein konnten, als sie schossen oder vergasten oder ertränkten oder aufhingen: waren sie nun strafbar, während ältere ihrer Vorgesetzten, die noch in der Weimarer Republik studiert hatten, was Recht, was Unrecht ist, weiterhin gut versorgt durch sehr hohe Pensionen im Schutze des Begriffs Befehlsnotstand lebten, auch dann, wenn sie für Hitler Zahllose gemordet hatten. Nicht lange nach dem Kriege schon hat zum Beispiel jener Lübecker Oberreichsanwalt Lautz, der an der Seite Roland Freislers, des Präsidenten des Volksgerichtshofs, stets die Tötung durch den Strang auch für die Offiziere des 20.7. 1944 gefordert hatte, ebenso wie die Witwe und die Kinder Freislers – die sich aus Scham immerhin einen anderen Namen zugelegt hatten –, Pensionen erhalten, die das Zwanzigfache und mehr jener Renten betrugen, die den Hinterbliebenen der von ihnen Hingerichteten gezahlt wurden – in jenen *wenigen* Fällen, in denen die überhaupt aufgrund der Hinrichtung ihres Nächsten eine Rente erhalten haben: die weitaus meisten erhielten *keine*! So auch nicht die Eltern oder Witwen oder Kinder der nahezu zwanzigtausend deutschen Soldaten, die von Hitlers Kriegsrichtern umgebracht worden sind; Vergleichszahl: die ehrenhafte Armee Kaiser Wilhelms hat während der vier Jahre des Ersten Weltkriegs insgesamt vierzig Soldaten hingerichtet ...

Zugegeben, daß zwanzig, dreißig, vierzig Jahre nach Kriegsende es für die Juristen des Bonner Staates sehr schwierig war, Prozesse zu eröffnen, denn es hätte ja diese Schergen und Massenmörder jemand anzeigen müssen – die Zeugen aber waren ebenfalls von ihnen ermordet worden, sofern sie keine Mittäter waren. Wer also hätte sie überführen sollen? Immerhin hatte der erste Präsident der Bonner: Theodor Heuss die Republik in seiner ersten Rede verpflichtet auf das Bibelwort: »Gerechtigkeit erhöhet ein Volk.« Doch um soziale Gerechtigkeit – beispielsweise bekamen auch Johann Georg Elsers Mutter oder Sohn niemals eine Rente – war dieser Staat nie bemüht. Ja, er brachte es fertig, zum Beispiel den Angehörigen jener gefallenen Offiziere oder Gefreiten, die als Zwangsrekrutierte aus Zivilberufen in die Hitler-Armee zum Kriegsdienst eingezogen worden waren, eine weitaus geringere Rente – nämlich eine Rente, keine Pension –, zu zahlen als den Angehörigen jener

Offiziere und Gefreiten, die Berufs-Soldaten, mithin Beamte gewesen waren, als sie fielen. Ein Staat, der sogar für Kriegerwitwen und Kriegerwaisen solche Unterschiede in ihrer Versorgung konstruiert, mag gewesen sein, was immer: Daß er ein Rechts-Staat gewesen wäre – haben nicht einmal seine Kabarettisten behauptet...

Doch diese Unterscheidung zwischen Beamten und Normalverbrauchten, zwischen Mördern, die studierte Juristen oder keine waren – diese in allen Berufen und Lebensdingen künstlich-gesellschaftliche Unterscheidung zwischen dem, was Narretei legitim oder illegitim nennt: sie hat auch die Geschichte-Schreibung der Nachkriegszeit mitgeprägt, ja nachweislich oft verfälscht. Denn man unterschied nun ganz ironielos und offiziell zwischen: Quellen und »Sekundärquellen«. Noch jene Historiker, die mit sehr verhängnisvoller Verspätung – denn wie viele Zeugen waren dann tot, wie viele schriftliche Unterlagen verschwunden –, die endlich um 1970, also einunddreißig Jahre nach Elsers Attentat auf Hitler, seine Spuren anfingen zu sichern: machten diesen Unterschied. So daß zum Beispiel der Herausgeber – 1970 – des Vernehmungsprotokolls, das drei Polizeikommissare im Geheimen Staatspolizeiamt zu Berlin zwischen dem 19. und 23. November 1939 von Elser aufgenommen hatten, so daß sogar der Historiker Lothar Gruchmann vom Münchner ›Institut für Zeitgeschichte‹ noch diesen Unterschied machte, als er einleitend festhielt: »Wir sind hier auf überlieferte Gespräche mit hohen NS-Führern angewiesen, die in Sekundärquellen erwähnt werden« ... Gruchmann verabsäumt zu erwähnen, daß *allein* diesen – wie er sagt – »Sekundärquellen«: womit er zum Beispiel eine Illustrierte meint oder ein Fernseh-Gespräch –, es zu verdanken ist, daß *überhaupt* Zeugen aufgerufen und auf Tonband gehört wurden, die Elser persönlich nahestanden – sogar so nahe wie seine Mutter, seine Geliebte, ja seine Mörder... Was – wenn *das* Sekundärquellen sind – wäre eine Primär-Quelle?

Diese Frage drängt sich auf wie keine andere hinsichtlich der historischen Forschung, wenn man bedenkt, in einer Epoche zu leben, deren spezifische Einrichtung: Die Gaskammer – niemals, ohne Ausnahme: *niemals* schriftlich erwähnt wurde von jenen vielleicht fünfzigtausend Menschen, die Gaskammern gewollt, gebaut und Opfer in ihnen umgebracht haben. Es gibt keine Zeile Hitlers oder Himmlers oder Heydrichs, die belegte, daß diese drei Haupt-Initianten der Tötungen in Gaskammern auch nur von deren Existenz gewußt haben: Sie hielten sich an Bismarcks Verordnung, niemals, »was von Wichtigkeit« sei, dem Papier anzuvertrauen ... zahllos sind diese und ähnlich formulierte Verfügungen des großen Mannes! So wenn Holstein schreibt: »Bismarck hatte gleich nach meiner Ankunft in Petersburg (1861) vor mir geäußert, daß Führung eines Tagebuchs unvereinbar mit der diplomatischen Diskretion sei. Ich hatte mich dem gefügt und bedaure es heute, besonders wegen der Gepräche, die Bismarck und Goltz nach dem Essen am Kamin führten« ... Und Hitlers Staatssekretär des Auswärtigen: Ernst von Weizsäcker charakterisiert wie für die Nazi-Zeit für *jede* Diktatur, ja für jeden Staat alle sogenannten schriftlichen Quellen, die unsere Historiker noch immer mit gradezu kriminell gewordener Naivität die *primären* nennen, während sie zumeist nicht einmal als Sekundärquellen seriös genannt werden *können*, in einer Zeit, die – um das spektakulärste aller Beispiele beizubehalten –, sogar das Wort »Gaskammer« niemals schriftlich in Befehle oder Akten oder Briefe aufnahm; Weizsäcker in seinen ›Erinnerungen‹:

»Wahrheitsuchende Geschichtsschreiber werden noch lange nach den Urgründen dieses Krieges forschen. Benützt die Forschung Quellen des Dritten Reiches, so möge sie bedenken: niemand kam damals in Deutschland zum Ziel, wenn er nicht der herrschenden Ausdrucksweise Rechnung trug. Vorschläge vernünftig gebliebener Beamter und Offiziere und fast alle ihre Argumente waren solche ad hominem. Ohne Kenntnis von Haupt- und Nebenadressaten sind sie historisch kaum verwertbar. Wer in jener Periode in Deutschland politisch wirken wollte, schrieb ja nicht, um später als kluger Warner dazustehen, nicht um seine Seele zu retten. Er sprach und schrieb in Konkurrenz mit Psychopathen und für Psychopathen. Geschichtsforscher werden das erkennen. Sie werden nicht bei den heute gültigen Parolen stehenbleiben. Sie werden sich nicht zufriedengeben mit dem Schlußstadium vor dem Krieg ... Was bis zum Kriegsausbruch bei uns ein vernünftiger Mensch dachte und für den Frieden tat, das konnte er nicht aufschreiben, ohne sich und Gleichgesinnte und ohne die Sache selbst zu gefährden. Darum wird das, was von deutscher Seite geschehen ist, um den Krieg abzuwenden, dokumentarisch immer lückenhaft bleiben ... Und was im Krieg mich dauernd und im Grund allein in Atem hielt, nämlich der Versuch, durch Ausländer, besonders durch Neutrale, und zugleich mit Hilfe der innerdeutschen Opposition dem Unheil zu steuern – hierüber enthalten meine Notizen aus den Jahren 1939 bis 1943 so gut wie nichts.« ...

Man kennt auch die – sehr berechtigte – Verbitterung Weizsäckers gegen den entlassenen Botschafter von Hassell, weil der in seinem Tagebuch vermerkte, daß Weizsäcker ihn gewarnt hat: Er sei amtlich informiert worden, daß Hassell auf seinen Reisen überwacht werde. Weizsäcker belegt hier abermals, daß Kluge in Diktaturen nichts dem Papier anvertrauen dürfen – und warum auch die Mörder selber das ja nie tun: Es gibt keine Silbe- schriftlich, von Hitler, daß er auch nur gewußt habe von der Existenz eines Ortes namens Auschwitz ... auch keine mündliche. Weizsäcker schreibt: »Nicht lange nach Casablanca« (das war der Ort, an welchem die Alliierten Churchill und Roosevelt, ohne Stalin hinzuzuziehen, sich darauf geeinigt hatten, den Deutschen die *bedingungslose* Kapitulation abzuverlangen, was dann den Krieg erheblich verlängert hat)–, »sagte mir der preußische Minister Popitz« (hingerichtet wie Ulrich von Hassell nach dem mißglückten Attentat auf Hitler, nach dem 20. 7. 1944)–, »zwei deutsche Feldmarschälle, deren Namen er mir nannte, wünschten von mir eine schriftliche Meinungsäußerung, ob unsere Gegner mit einem Hitlerfreien Deutschland nicht ebenso brutal umspringen würden wie mit einem besiegten Hitler-Deutschland. Ich erwiderte, ich schriebe überhaupt keine Briefe ... Der Wunsch der zwei Feldmarschälle, meine Ansicht *schriftlich* zu erhalten, war mir ein neuer Beweis für die Offenherzigkeit mancher Mitglieder der innerdeutschen Widerstandsbewegung. Im Frühjahr 1942 wurde ich amtlich informiert, daß die Geheime Staatspolizei den uns seit langem befreundeten Botschafter a. D. v. Hassell überwache und verfolge, auch auf seinen Auslandsreisen. Seine und seiner Frau Unbefangenheit im Ausdruck kam der Polizei zustatten. Darum war es ebenso nötig wie riskant, daß ich an Hassell diese meine amtliche Information weitergab und ihn vor Spitzeln warnte. Ich glaubte, dieser Freundschaftsdienst würde als solcher verstanden werden. Doch war das nicht der Fall, wie Hassells 1946 veröffentlichtes Tagebuch aufweist. Die Existenz der Tagebuchnotizen zeigt, daß meine Warnung begründet war. Ihr Bekanntwerden hätte dem Autor, vielen seiner Gesinnungsgenossen und auch mir, vor allem aber der Sache des Widerstands das Leben ausgelöscht. Tagebücher sind Sicherheitsventile für Stimmungen des Augenblicks. Sie später ohne Kommentar zu veröffentlichen, ist meistens ein Unrecht gegen den Verfasser.«

Hier hat Weizsäcker ohne Einschränkung recht. Es ist eine Warnung: Dies alles hat zu bedenken, wer einen Menschen *deshalb* allein aus den Akten beurteilt, die seine Todfeinde und Verhörer und Hinrichter angelegt haben – *weil es* Bekenntnisse oder Äußerungen nicht gibt, die dieser Mensch noch in Freiheit abgegeben hat: höchst unwürdig und verlogen, einen Häftling nach seinen Aussagen in der Haft ausgerechnet der Nazi-Bestien zu beurteilen! Wir haben aber von Johann Georg Elser keine Aussagen, Briefe, überhaupt Schriftliches nicht, was er *außerhalb* der Haft gesagt oder verfaßt hätte ...

»Sekundärquellen« – nur dünkeldumme Hochnasigkeit, die bedeutende Verluste in der historischen Überlieferung verschuldet, *kann* überhaupt den Unterschied zwischen Quellen und »Sekundär«-Quellen konstruieren. Menschen von Rang vermochten zu sagen, so der Maler Lenbach: »Beim Rubens hätte ich mögen Kammerdiener sein« – unsere beamteten »Historiker« dagegen sind sich zu fein, auch nur einen Chauffeur aufzusuchen, der zum Beispiel auf Befehl zweier Mörder im Generalsrang den Feldmarschall Rommel in den Tod fahren mußte: Rommel wurde ja unterwegs von seinem Haus Richtung Ulm, wo dann seine Leiche eingeliefert wurde als ein angeblich an Herzversagen unterwegs Verstorbener, von zwei Generalen, die Hitler ihm zugeschickt hatte, gezwungen, Gift zu nehmen ... Erst der Brite David Irving – aber kein deutscher Historiker – hielt für nötig, diese Tragödie anhand des einzigen *glaubhaften* Zeugen: nämlich des Fahrers, der auch nur ein armer Befehlsempfänger, doch kein Mörder war wie die beiden Gift bringenden Offiziere, zu überliefern. Ist also die Aussage des Chauffeurs eine »Sekundärquelle«? Während die »offizielle« Darstellung etwa durch einen der zwei Büttel Hitlers, die dem populärsten aller seiner Offiziere das Gift brachten, eine Hauptquelle ist?

Absurd, diese närrische Unterscheidung: sekundär, was gesellschaftlich nicht »fein« ist?

Halten wir uns an die Maxime Lichtenbergs, der notierte, an keiner Biographie eines Königs interessiert zu sein, die nicht einmal verboten gewesen ist! – also nur eine offizielle, eine demnach schöngefärbte wäre. Selbstverständlich wären die Briefe eines Dienstmädchens – wenn es welche gäbe – der Kaiserin Friedrich, der klugen Mutter des letzten deutschen Kaisers wertvoller, wenn diese Briefe ihre Herrin schildern, als das Vorwort des Herausgebers ihrer Briefe, Sir Robert Ponsonby, der sie nachweislich durch Kürzungen »gesellschaftsfähig« gemacht, also: gefälscht hat. Denn diese Kaiserin Friedrich, wie sie sich nannte nach dem Tode ihres Mannes, der nur 99 Tage Kaiser war, schrieb ganz unverblümt vier Bände Briefe an ihre Mutter Queen Victoria ... Unser reizvollstes Buch: Die drei Bände der Gespräche mit Bismarck basiert nahezu ausschließlich auf dem, was heutige Historiker »Sekundärquellen« schimpfen, nämlich auf Niederschriften meist ganz unbekannter Personen, die Gespräche mit Bismarck notiert haben ...

II.

Fünfzig Jahre nach Beginn von Hitlers Krieg, 1989 ist wieder einmal neu der Buchstabe E – E wie Elser – in einem der gewaltigen *vierundzwanzig* Bände der neuesten Brockhaus-Enzyklopädie behandelt worden, im weitaus umfassendsten Nachschlagewerk deutscher Sprache. Vierundzwanzig Bände, davon für den Buchstaben E *allein* ein ganzer Band: Doch Johann Georg Elser, einer der nur zwei Deutschen, die zu Füßen Hitlers eine Bombe zündeten – wurde der Aufnahme in den Brockhaus nicht für würdig erachtet! Die knapp ebenso umfassende Meyer-Enzyklopädie, die inzwischen – Fluch der Fusionen – im gleichen Verlag wie der Brockhaus erscheint: unterschlägt ebenso diesen Münchner Attentäter! Es ist demnach nicht zu viel gesagt, wenn man folgert, daß in diesen zwei repräsentativsten Lexika, die deutsch erscheinen, *Geschichtsfälscher* am Werke sind. Denn schon vor über zwanzig Jahren haben zwei höchst renommierte Historiker vom Münchner Institut für Zeitgeschichte: Anton Hoch und Lothar Gruchmann Johann Georg Elsers Tat und Leben – in den entscheidenden Tagen vor dem Attentat auf die Stunde genau – dargestellt und alles, was sie erforschten, sogar belegt durch die Autobiographie des Attentäters, an deren Echtheit kein Mensch auch nur eine Minute zweifeln konnte: Denn Elser war gezwungen, diese Autobiographie der Berliner Gestapo anläßlich seiner Vernehmungen in die Schreibmaschine zu diktieren. Und Anton Hoch hat diese unersetzlichen Blätter ausfindig gemacht im Archiv des Bonner Justizministeriums. Er hat sie dann in einem so gründlichen wie aufregenden Essay, der auch als Sonderdruck erschienen ist, vor zwanzig Jahren: 1969 in Heft 4 der Vierteljahreshefte für Zeitgeschichte ausgewertet; endlich hat sogar noch Lothar Gruchmann diese ›Autobiographie eines Attentäters‹ im August 1970 in Stuttgart als Buch veröffentlicht: Vorabdruck in Auszügen auf fünf ›Spiegel‹-Seiten mit fünf Fotos, Heft 29/1970. Und der Londoner Germanist J. P. Stern hat in seinem, seit 1978 auch deutsch vorliegenden Buch: ›Hitler – der Führer und das Volk‹, den schwäbischen Einzelgänger Johann Georg Elser, den »Mann ohne Ideologien«, als Hitlers »wahren Antagonisten« zur Mittelpunktsfigur gemacht, zu »Hitlers moralischem Gegenbild«. Sterns Elser-Porträt wurde in der ›Frankfurter Allgemeinen‹ am 4. November 1978 mit Fotos auf einer ganzen Wochenend-Seite abgedruckt. Und genau wie dieser Brite sah auch bereits zehn Jahre *vor* Erscheinen seines Heldenliedes der Münchner Hans Gottschalk diesen Schwaben Elser, als er zum dreißigsten Jahrestag des Attentats – ausgestrahlt im Fernsehen

Sonntag den 9. November 1969, um 20 Uhr 15, gesehen also von der ganzen Bunderepublik –, den bewegenden Film geschrieben hat: ›Der Attentäter‹. Wie Fritz Hollenbeck hier den einzigen Deutschen, der 1939 ebenso konsequent war wie Adolf Hitler, dargestellt hat, das wird nie vergessen, wer es sah: Gottschalks und Hollenbecks Film, Regie: Rainer Erler – war überhaupt das menschlich ergreifendste Stück Zeitgeschichte, das neben Ernst Schnabels Anne Frank-Biographie: ›Spur eines Kindes‹ (Fischer-Bücherei) einem Deutschen nach Hitlers Krieg gelungen ist...

Jede andere Nation, selbst dann, wenn nicht Auschwitz sie wie uns Deutsche auf ewig brandmarkte, würde gradezu *prahlen* mit den – nur – zwei Männern, die ihrem Hitler einen Zeitzünder neben das Rednerpult oder unter den Kartentisch gelegt haben; mit Oberst Graf Stauffenberg prahlen wir ja auch: *Dieser* große Schwabe »paßt« ins beliebteste (und verlogenste) Klischee, das wir Deutschen uns von der ach so ehrenhaften Armee neben der ach so schändlichen NSDAP zurechtgelegt haben. Es war Zuckmayers so gutgemeintes wie gutgemachtes, gleichwohl historisch gänzlich unhaltbares Udet-Bild in seinem bedeutenden Drama ›Des Teufels General‹, das zuerst uns die Chance geschenkt hat, das meistbenutzte Alibi zu finden. Doch waren es in Wahrheit ja *nicht* »die Nazis«, die bedenkenlos unsre Brüder und Vettern und Väter und Söhne für den Braunauer auf den Schlachtfeldern verheizt haben: die Nazis konnten nicht einmal Wien besetzen. Das hat die ach so ehrenhafte Armee getan! Nazis konnten nicht ein einziges Judenkind aus Oslo oder Marseille oder Kiew nach Auschwitz bringen: das hat der SS die Armee ermöglicht, sofern die Armee nicht selber – man lese Krausnicks und Wilhelms Dokumentation: ›Die Truppe des Weltanschauungskrieges‹ –, fleißig geholfen hat, Juden zu ermorden! Und so »gehört es sich« denn auch für die Brockhaus- und Meyer-Lexikon-Redakteure den Johann Georg Elser »natürlich« wegzufälschen aus der deutschen Geschichte, deren ergreifendste Gestalt im 20. Jahrhundert Elser gewesen ist; wohl aber jedem Fedor von Bock samt Foto seine Spalte in ihren Lexika einzuräumen; Bock war jener Boss von Hitlers Heeresgruppe Mitte, die 1941 vor Moskau geschlagen wurde: ein Mann, über den schon während des Krieges sein einstiger Vorgesetzter, der aus Opposition gegen Hitlers Kriegspläne zurückgetretene Generaloberst Freiherr von Hammerstein zu seinem Sohn Kunrat gesagt hat, mit Bock, den er zum Widerstand gegen Hitler hatte bewegen wollen, könne »man nur noch über die Jagd reden«: Diesem Bock also im Brockhaus Bild und Spalte, dem Elser – keine Silbe; es gab schlimmre Staaten auf deutschem Boden, oft genug. Doch einen so verächtlichen wie die Bonner BRD gab es niemals... *Einzelgänger* als Widerstandskämpfer werden bei uns noch schimpflicher unterschlagen als sogar Linke! Es ist aber am 50. Jahrestag des Elser-Attentats endlich an der Zeit, die deprimierende Wahrheit anzuerkennen, daß die »Preußen-Priesterschaft, der Generalstab«, wie angstvoll in seinem literarischen Meisterwerk: ›Weltkrise 1911–18‹ Winston Churchill bereits des Kaisers Armee-Führung apostrophierte, enthusiastisch für Hitler Europa kurz und kleingeschlagen hat. Widerstand haben die »Herren« dem »böhmischen Gefreiten«, wie sie wegen seiner kleinbürgerlichen Herkunft – nur deshalb – verächtlich den Mann schimpften, während sie sich vier Jahre stolzentstellt seine Ritterkreuze von ihm umhängen ließen, erst geleistet – mit sehr wenigen Ausnahmen–, als sie endlich begriffen, er werde die Rote Armee auf ihre Rittergüter bringen... Wendet man ein, Pläne, Hitler umzulegen, seien bereits gehegt worden, bevor der Prag nahm, so muß diesen geborenen Aktivisten – wäre ein Generalstäbler kein Aktivist, wäre er kein Generalstäbler–, mit Preußens Staatsphilosoph Hegel erwidert werden: »Die Geschichte des Geistes ist seine Tat, denn der Geist *ist nur, was er tut*! Es ist die Ehre der großen Charaktere, schuldig zu sein.« In diesem Sinne wurden die beiden eminenten Schwaben *auch* schuldig: Elsers Bombe zerfetzte neben sieben Nazis eine Kellnerin und verletzte sechzig ›Bürgerbräu‹-Besucher; Graf Stauffenbergs Bombe tötete sogar einen am Tisch Hitlers schreibenden Stenographen... Im Sinne Hegels gibt es für den Attentäter also nur *eine* Tat, auch im Sinne Wilhelm Tells: den Tod des Gegners! Elser vermochte Hitler nicht zu töten, weil der, entgegen jahrelangen Erfahrungen, zu früh, ganze elf Minuten zu früh, den Saal verlassen hatte, das heißt: sein Rednerpult, das völlig durch Elsers Bombe in der dahinterstehenden Säule vernichtet worden ist! Doch Elser – und das macht uns seine Tat ehrwürdiger noch als sogar jene Stauffenbergs –, hat schon sechs Jahre *zuvor*, sechs Jahre vor Stauffenberg, hat schon ein Jahr *vor* dem Krieg, im Herbst 1938 bereits, die Vorbereitung zum Attentat begonnen! Und er konnte nur – im Gegensatz zu den deutschen Offizieren –, an *einem* Tag im Jahre handeln, nur am 8. November. Denn nur am 8. November war Hitler zu voraus berechenbarer Stunde an einem zuvor festgelegten Ort anzutreffen für einen Menschen, der sonst Zugang zu ihm nicht gehabt hat: nur zu der jährlich wiederkehrenden Gedenkfeier kam Hitler mit Sicherheit nach München. Und selbst um diese »Sicherheit« stand es problematisch genug im Jahre 1939. Hitler hatte nämlich aus Angst vor Attentaten gar nicht kommen wollen, erstmals. Und hat tatsächlich seinen Mitbanditen den Gedenkmarsch durch München auch verboten, weil im Vorjahr 1938 zu seinem Entsetzen jener Schweizer Priesterseminarist Maurice Bavaud, der ihn bei diesem Marsch erschießen wollte, als Ausländer, der nicht deutsch, nur französisch sprach, dennoch vermocht hatte, eine Karte für die erste Reihe der »Ehrentribüne« zu ergattern: Bavaud – 1941 in Plötzensee enthauptet – kam nur deshalb 1938 nicht zum Schuß, die Hand bereits an der Pistole in der Manteltache, weil er nicht gewußt hatte, daß die Fahnen vor Hitler gesenkt werden in dem Moment, in dem er vorbei-»schritt«, so daß Bavaud ihn nicht mehr sehen konnte ... Hitler hatte sich darüber hinaus für sich selber eine Ausrede einfallen lassen, ohne seiner Umgebung sagen zu müssen, er habe Angst: Er gab vor, sogar für wenige Stunden in Berlin unabkömmlich zu sein, weil er am 12. November 1939 in Frankreich einfallen wolle – was er dann bekanntlich erst am 10. Mai 1940 getan hat. So hatte er angeordnet, seine Mitmarschierer im biergelben Hemd aus dem Jahre 1923 sollten erstmals 1939 *ohne ihn* in ihren Erinnerungen schwelgen, und ohne zuvor, wie bisher in jedem Jahr, durch die enge Münchner Altstadt zu marschieren. Da eine Besprechung mit der Generalität tatsächlich für den kommenden Tag in der Berliner Reichskanzlei angesagt war, Hitler sich aber doch dann entschlossen hatte, erst am 7. November, seine Münchner Rede am 8. abends selber zu halten (ursprünglich hatte sein Stellvertreter Hess sprechen sollen), wollte er mit dem Flugzeug zurück nach Berlin. Ein Zettel, der ihm aufs Rednerpult gelegt wurde: wegen Nebels könne der Führer nicht starten, er müsse den Zug nehmen – veranlaßte ihn dann, seine Rede so entscheidend abzukürzen, daß er Elsers Bombe entging... mit einem »Vorsprung«, wie gesagt, von ganzen elf Minuten! Das Schicksal, wer oder was immer das sein mag, bewahrte ihn auf, ›Endlösung‹ und Rußlandfeldzug anzuordnen, jene zwei »gewaltigsten« seiner Aktionen, die er nachweislich ganz allein und gegen den Rat ausnahmslos *aller* seiner Mitverbrecher gewollt und »auf den Weg gebracht« hat... Warum das »Schicksal« ihn dazu aufbewahrte: kann man nicht genug begrübeln, so zwecklos das auch ist.

Hitlers Sonderwaggons wurden also dem fahrplanmäßigen Nachtzug München–Berlin um 21 Uhr 31 hinzugefügt; in Nürnberg wurde Hitler dann gemeldet, was Elsers Bombe um 21.20 Uhr angerichtet hatte...

Der Alleingänger Johann Georg Elser, der 1938 die Tötung *des* Mannes beschloß, der garantiert den zweiten Weltkrieg anzetteln werde, gehörte wie Maurice Bavaud und Claus Graf Stauffenberg auch laut Macchiavelli zu den seltensten Menschen überhaupt. Der Florentiner schreibt: »Vor Attentaten, die mit kalter Überlegung von einem entschlossenen und hartnäkkigen Manne begangen werden, kann sich kein Herrscher schützen, denn jeder, der nicht um sein Leben bangt, kann es ausführen. Doch braucht man solche Attentate weniger zu fürchten, weil solche Attentäter sehr, sehr selten sind.«

Schießen konnten Stauffenberg und Elser nicht: Stauffenberg hatte bei Karthago am 7. April 1943 durch britische Tiefflieger das linke Auge, den rechten Unterarm und zwei Finger der linken Hand verloren. Elser hatte sich 1938 bei seiner Tatort-Besichtigung als Augenzeuge von Hitlers November-Aufmarsch und Bierkeller-Rede überzeugt: Kein Mensch hätte inmitten der »Getreuen« Hitlers, gesetzt sogar den ganz unwahrscheinlichen Fall, er wäre bis in ihre Mitte vorgedrungen als Namenloser – vermutlich völlig ausgeschlossen –, eine Pistole in Anschlag bringen können... der Saal mußte niemals bewacht werden, so total besetzt war er jedes Jahr von fanatisierten Mitschreiern. Ein Offizier des Generalstabs, der zu Hitler persönlich vorgelassen wurde, hätte ihn erschießen können, vermutlich auch noch nach dem 20. Juli 1944, als man die »Herren« bat, Koppel mit Pistolentasche im Vorzimmer abzugeben... Hosentaschen immerhin wurden ihnen ja nicht untersucht. Aber ein Handwerker wäre nie zum Schuß – da gar nicht in Hitlers Nähe – gekommen.

Wendet also jemand ein, Elser gehöre nicht zu diesen von Macchiavelli genannten Seltensten, da ja Elser entschlossen gewesen sei, zu entkommen: Der sage sich, daß dennoch der Mut dieses Mannes aus Hermaringen, geboren 1903, ohne Beispiel war! Denn er mußte *vierzigmal* zum Tatort schleichen – immer ging der Protestant zuvor in eine Kirche –, und mußte fünfunddreißig Nächte dort knieend arbeiten, ein Bluterguß im Knie hat ihn verraten –, um in die saaltragende Hauptsäule, vor der Hitlers Rednerpult aufgestellt wurde, die Bombe und die Uhren einzubauen! Vierzigmal... sogar Ajax, den Hund des Saalwärters, hat er sich erst mit Speiseresten anhänglich machen müssen, damit er ihn nicht anbelle, wenn Elser unter eine Tischdecke kroch, so oft der Saal nachts kontrolliert wurde... Ich verstehe nichts von Mut, wie sollte ich. Aber gerade deshalb fand ich stets verächtlich, daß Schopenhauer den Mut eine »Unteroffizierstugend« geschimpft hat. So ahnungslos konnte nur von dieser vielleicht höchsten Tugend des Menschen einer sprechen, der glück-verdummt unterm Baldachin absoluter materieller Sekurität lebte, fern der »Weltgeschichte«: das heißt verschont von ihr wie im Biedermeier die anderen Spitzweg-Figuren auch! Denn allein der Mut eines Johann Georg Elsers, eines Claus Graf Stauffenbergs – hätten ihn einige wenige Deutsche außer diesen zwei Schwaben auch noch aufgebracht –, würde die Welt und uns ja bewahrt haben vor Hitlers Krieg...

III.

Voltaires Definition der russischen Regierungsform: »Le despotisme tempéré par l'assassinat« (Despotismus, gemildert durch Mord) war noch im 19. Jahrhundert völlig gesellschaftsfähig – sogar bei engsten leiblichen Verwandten derer, auf die Voltaires Maxime gemünzt war: auf die Romanows! Nicht nur hat Bismarcks Paris-Botschafter Fürst Münster die Formel offiziell benutzt – sogar die Mutter des letzten deutschen Kaisers: die Tochter der Queen Victoria schreibt sie an ihre Mutter, als am 21. Februar 1880 in Berlin die Nachricht eingeht, man habe versucht, die Zarenfamilie beim Betreten des Speisesaals in die Luft zu jagen durch eine unter der Treppe explodierende Bombe. Und als ein Jahr später Alexander II. auf dem Heimweg von einer Parade in Petersburg durch einen Bombenwurf in seine Kutsche getötet wird, schreibt die preußische Kronprinzessin – deren Mann, der spätere Kaiser Friedrich, ein Vetter ersten Grades des Ermordeten ist –, am 14. März 1881 der Queen Victoria über die russischen Verwandten ihres Mannes und ihres Bruders Edward: »Wie wollen sie jemals zu einem zivilisierten, freiheitlichen und ordentlichen Staat werden bei all der grausamen Unterdrückung, dem Verbannen nach Sibirien und langsamen en-gros-Töten von Familien? Wann wird das Leben und die Freiheit der Untertanen durch kluge und menschliche Gesetze gewissenhaft geschützt werden! Despotismus ist ein Dämon, der alle wilden Verbrechen und Grausamkeiten mit sich bringt und früher oder später zu so schrecklichen Ereignissen führen muß, die dann gewöhnlich den Unschuldigen treffen.

Vor dem Sklaven, wenn er die Kette bricht,
vor dem freien Menschen zitt're nicht.«

(Von welcher Frau eines *demokratischen* Herrschers wird man Briefe, vier Bände voll, dieses Niveaus hundert Jahre nach ihrem Tode drucken können?) Wir haben die Kaiserin Friedrich zitiert, um zu sagen: selbst Herrscherfamilien haben immer gewußt, daß der Meuchelmord die natürliche Folge des Despotismus ist! Tatsächlich ist jede Diktatur allen Untertanen wie das Recht zu atmen auch das Recht auf Mordanschläge schuldig. Selbst bürgerlich-konservative Historiker des 19. Jahrhunderts, sofern sie Niveau hatten, haben das zugestanden: Jacob Burckhardt hinterließ ein Vorlesungs-Fragment über den ›Mord als Hilfsmittel‹. Der Basler geht davon aus, daß »bei Abwesenheit aller legalen Rechtsmittel der Mensch Richter in eigener Sache wird«...

Dies, natürlich, ist das einzige Kriterium für die Legalität des Meuchelmordes: die Abwesenheit aller legalen Rechtsmittel, der Staat als die gesetzlich verankerte Terroristen-Vereinigung. So reiste denn auch der britische Militärattaché in Berlin und Chef der britischen Artillerie: Brigadegeneral Mason-MacFarlane 1939 eigens in die Downingstreet, um zu melden, wenn nicht Hitler an seinem 50. Geburtstag: am 20. April 1939 anläßlich der Parade erschossen werde, sei der Zweite Weltkrieg absolut unvermeidbar! Sir Mason-MacFarlane wies nach, daß die Herkunft eines Blattschusses auf die schauerlichste Figur der überlieferten Geschichte während der Musik-zerlärmten Geburtstags-Parade, im Dröhnen der Panzer, der Flugzeuge, der Musik – denn die Tribüne war gegenüber der Wohnung dieses Schotten, Berlin, Sophienstraße 1 –, niemals rekonstruierbar sei. Aber dieser General besprach, vermutlich weil er einen Scharfschützen benötigte, anders als der Schweizer Bavaud, anders als der Schwabe Elser, seinen Entschluß nicht allein mit seinem Gewissen, sondern in der Downingstreet, und er ward ihm verboten... Schuldig: wer wurde es hier? Der zur Tat Entschlossene, der die Tat selber nicht tun konnte, denn er war ein Schwerverwundeter des Ersten Weltkrieges, oder jene, die ihm dazu den Scharfschützen nicht bewilligten?

Elsers moralisch-religiöse Basis war seine Gewißheit, Hitler provoziere durch noch weitergehende territoriale Forderungen seine europäischen Nachbarn derart, daß der Krieg unvermeidlich sei. Ihn zu verhindern gab es *ein* Mittel: Hitler zu töten; Elser *handelte* aus ganz genau dem gleichen Grund, aus dem der britische Militär-Attaché zu handeln vergebens gefordert hat... Der Londoner Germanist J. P. Stern hat 1978 in seinem Hitler-Buch erstmals Johann Georg Elser ranggemäß gezeichnet, das heißt porträtiert als *den* deutschen Antipoden des Tyrannen:

»Hitlers wahren Antagonisten – sein *moralisches* Gegenbild – finden wir nicht unter den militärischen Führern oder den Junkern, die alle ein politisches Ziel oder ein patriotisches Anliegen mit ihm teilten; nicht unter dem Klerus der beiden Konfessionen, deren Märtyrer vorwiegend der – in der Offenbarung wurzelnden – kirchlichen Tradition der Selbstaufopferung folgten und daraus ihre Kraft zogen; auch nicht unter den Juden, die in der Mehrzahl die hilflosen Opfer des Regimes waren, verlassen von Gott und den Menschen.

Um Hitlers wahren Gegner zu finden, müssen wir nach dem ›kleinen Mann‹ suchen: nach einem, der aus den gleichen sozialen Umständen kam wie er selbst und doch ohne religiösen oder ideologischen Hintergrund in einer ganz anderen moralischen Welt lebte und starb. Sein Name ist Johann Georg Elser. Ein Name, der in der Literatur des Widerstands wenig geehrt wird.«

Stern hat das psychologisch überzeugende Elser-Porträt vermutlich deshalb zu schreiben vermocht, weil er diese, wie er Elser nannte, »Gottfried-Keller-Figur« mit Liebe sah. So nahm er den Schwaben zunächst einmal in Schutz:

»In den Kommentaren deutscher Historiker erscheint er immer wieder als Eigenbrötler, exzentrisch, versponnen, vielleicht sogar verrückt. Damit soll die Motivation seiner Tat diskreditiert werden. Ich halte das Gegenteil für wahr. Die Tatsache, daß er sich niemandem anvertraute, diskreditiert nicht ihn, sondern die Welt, in der er lebte. Sein großer Vorteil lag darin, daß er in jeder Hinsicht unauffällig war. In einem Meer von Menschen, die gegenüber dem schreienden Unrecht bestenfalls gleichgültig blieben, wußte er, daß er das, was er tun mußte, ganz allein würde tun müssen, und er betete, daß es das Richtige war und daß er die Kraft haben würde, es zu vollbringen. Er war nicht besonders religiös, auch wenn er seit seiner Kindheit ›zwar nicht immer, aber oft vor dem Einschlafen das Vaterunser gebetet‹ hatte.«

Und Stern zitiert aus Elsers ›Autobiographie‹, also aus der in Berlin am 19. November 1939 – »vorgeführt erscheint Elser, Johann Georg« – begonnenen Vernehmung:

»Persönlich, d. h. aus freiem Herzen und in selbstgewählten Worten habe ich nie zu Gott gebetet. Meine Tat bzw. den Wunsch eines Gelingens derselben habe ich nie in mein Gebet aufgenommen. Als Kind wurde ich von meinen Eltern gelegentlich sonntags mit in die Kirche genommen, später bin ich manches Mal allein gegangen, aber schließlich immer seltener. Erst im Laufe dieses Jahres ging ich wieder öfter in die Kirche, nämlich bis heute vielleicht seit Jahresbeginn [1939] ungefähr 30mal. Ich bin in letzter Zeit auch öfter werktags in eine katholische Kirche gegangen, wenn gerade keine evangelische Kirche da war, um dort mein Vaterunser zu beten. Es spielt meines Erachtens keine Rolle, ob man dies in einer evangelischen oder katholischen Kirche tut. Ich gebe zu, daß diese häufigen Kirchenbesuche und dieses häufige Beten insofern mit meiner Tat, die mich innerlich beschäftigte, im Zusammenhang stand, als ich bestimmt nicht soviel gebetet hätte, wenn ich die Tat nicht vorbereitet bzw. geplant hätte. Es ist schon so, daß ich nach einem Gebet immer wieder etwas beruhigter war.

Wenn ich gefragt werde, ob ich die von mir begangene Tat als Sünde im Sinne der protestantischen Lehre betrachte, so möchte ich sagen, ›im tieferen Sinne, nein!‹

Ich glaube an ein Weiterleben der Seele nach dem Tode und ich glaubte auch, daß ich einmal in den Himmel kommen würde, wenn ich noch Gelegenheit gehabt hätte, durch mein ferneres Leben zu beweisen, daß ich Gutes wollte. Ich wollte ja auch durch meine Tat ein noch größeres Blutvergießen verhindern.«

»Ist dies exzentrisch zu nennen?« fragt Stern und faßt dann »die Handlung« zusammen, wie Elser sie den Berliner Vernehmern viel detaillierter zu Protokoll gab:

»In der Nacht des 5. August 1939 begann Georg Elser an dem Pfeiler zu arbeiten, der seine Bombe aufnehmen sollte. Er brauchte zu seinem Vorhaben dreißig bis fünfunddreißig Nächte. Jeden Abend nahm er seine bescheidene Mahlzeit in der Gaststätte ein und blieb bis Lokalschluß sitzen, versteckte sich dann in einer Abstellkammer, bis alle Gäste und das Personal gegangen und die Türen verschlossen waren, arbeitete anschließend drei bis vier Stunden lang, um sich in den frühen

Morgenstunden wieder zu verstecken, bis er beim Eintreffen der Lieferanten und ersten Gäste das Lokal unbemerkt verlassen konnte. Die Aufgabe war gewaltig. Mit Werkzeugen, die er selbst entworfen und hergestellt hatte, mußte er eine Platte von 80 qcm aus der Vertäfelung entfernen und an Zapfenbändern anbringen, ein Loch in die Zementfüllung stemmen und ausweiten, dabei den Mörtel aufsammeln und sackweise fortschaffen. Den Sprengstoffbehälter bastelte er aus alten Metallbüchsen zusammen. Um ganz sicherzugehen, brachte er zwei Uhrwerke an, bei denen die Zahnräder an den Achsen der Stundenzeiger so ausgefeilt waren, daß sie langsam einen Stahldraht aufrollten, an dessen Ende ein Dreifachzünder angebracht war. Die kleine Tür in der Vertäfelung kleidete er zuerst mit Blech aus, damit nicht zufällig ein Nagel von außen die Apparatur beschädigen könnte, und dann noch mit Kork, um das Geräusch der beiden Uhren zu dämpfen – und er mußte das Ganze von vorne beginnen, als er sah, daß das Mauerloch für die Bombe zu klein war. Und da das Lokal jeden Tag benützt wurde, mußte er jeden Morgen sorgfältig alle Spuren beseitigen. Hinzu kam, daß nach einigen Nächten seine Knie wund wurden und er sich ärztlich behandeln lassen mußte – und diese eiternden Wunden waren es, die später den Verdacht der Gestapo bestätigen sollten.

Frühmorgens am Montag, den 6. November 1939, war er mit seiner Arbeit fertig, installierte die Bombe und setzte den Zündmechanismus in Gang, den er auf Mittwoch, den 8. November, 21.30 Uhr eingestellt hatte. Soweit hatte er Glück gehabt. Da er, wie gesagt, nur selten Zeitung las, wußte er gar nicht, daß Hitler sein Kommen zum Treffen der Alten Kämpfer ursprünglich abgesagt, sich aber dann in letzter Minute doch noch zur Teilnahme entschlossen hatte. Elser verließ München und fuhr nach Stuttgart, wo er die Nacht zum Dienstag in der Wohnung seiner verheirateten Schwester verbrachte, der und deren Mann er erklärte, er müsse illegal in die Schweiz. ›Es ist nicht zum ändern‹, sagte er ihnen. Sie fragten ihn nicht weiter aus, nahmen aber an, er sei zum Militär eingezogen worden und wolle desertieren. ›Schreib auch mal‹, sagte die Schwester, und ›bleib gsund!‹ Er ließ ihnen seine Kleider und übrigen Habseligkeiten, und da er nur noch zehn Mark hatte, gab ihm die Schwester weitere dreißig für die Reise. Doch sein Perfektionismus ließ ihm keine Ruhe: Statt nach Konstanz zu fahren, wie ursprünglich geplant, fuhr er am Dienstagabend zurück nach München, um die Apparatur ein letztes Mal zu überprüfen. Sie funktionierte bestens. Dann nahm er den Zug nach Konstanz.«

IV.

Die »Führer-Geburtstagsparade« alle Jahre; der Münchner Erinnerungsmarsch an den Putsch vom 9. November 1923; der Heldengedenktag vor Schinkels Wache Unter den Linden –, es waren nur ganz wenige Daten, zu denen Hitler in der Öffentlichkeit *regelmäßig* erschienen ist: Lebte er doch leider so umsichtig wie erfolgreich nach seiner Maxime: völlig überraschend kommen und gehen, bietet allein Schutz vor Attentätern. Hitler setzte hinzu (Tischgespräche im Hauptquartier), denn er sprach sehr oft über seine Angst vor Attentaten, und deshalb allein sprach er so oft auch von Schiller; und er sprach *nur* von Schiller; sonst von keinem einzigen Dichter; und sprach auch von Schiller nur deshalb und stets bedauernd verächtlich, weil der ›Wilhelm Tell‹ geschrieben hat –, Hitler präzisierte: »Er halte es mit allen seinen Autofahrten so, daß er sie überraschend ausführe und die Polizei nicht verständige. Er habe auch dem Leiter seines Sicherheitskommandos, Rattenhuber, und seinem Fahrer Kempka« – zuvor hieß Hitlers Chauffeur Herr Schreck –, »die strikte Anweisung gegeben, seine Fahrten absolut geheimzuhalten, und sie darauf hingewiesen, daß sie diesem Befehl zu gehorchen hätten, auch wenn noch so hohe Vorgesetzte ... sie um Auskunft angingen. Sobald nämlich etwa die Polizei etwas von seinen Ausfahrten erfahre, durchbreche sie die übliche Art der Diensterledigung und wirke allein dadurch schon auf die Menschen alarmierend, ohne dabei zu bedenken, daß alles, was die Regel durchbricht, auffällt« ... So am 3. Mai 1942, als der mörderische Feigling, der sich ja auch kein einzigesmal eine zerbombte deutsche Stadt angesehen hat, um allein *sein* Leben umständlich besorgt, sich wieder einmal über den

Tell des Jahres 1938 ereiferte: Den im Vorjahr am 13. Mai 1941 enthaupteten Schweizer Maurice Bavaud, der als einziger Mensch des Zeitalters riskiert hatte, am 9. November 1938 in München Hitler frontal mit einer Pistole aus der Welt zu schaffen. Als der zur Tatzeit 22jährige Eidgenosse aus Neuenburg nach siebzehn Monaten Einzelhaft in der Todeszelle zur Berliner Guillotine geführt worden war, dauerte es nur noch drei Wochen, bis Hitler, nach Lektüre der Hinrichtungsprotokolle – getippt in Großbuchstaben auf der sogenannten Führerschreibmaschine, damit Hitler ohne Brille lesen konnte –, bis Hitler am 3. Juni 1941 durch seinen Sekretär Bormann den Geheimbefehl an drei Minister sandte, ›Wilhelm Tell‹ dürfe nicht mehr aufgeführt werden. Sein rückgratloser Goebbels, der ihm niemals widersprochen hat, schämte sich immerhin derart, daß er diese Anweisung in seinem Tagebuch verschwieg, obgleich er an manchen Tagen bis zu dreißig Druckseiten Journal diktierte: die Nachwelt sollte niemals erfahren, daß der Dr. phil. geholfen habe, Schillers ›Tell‹ zu unterdrücken ...

Man kann Hitler, der laut einem Major von Katte – bei Ernst Jünger zu lesen –, schon lange vor dem Attentat vom 20. Juli 1944 gesagt haben soll, immer werde ihm ganz seltsam zumute, wenn »dieser Oberst mit dem einen Auge mich ansieht« – dieser Oberst war Claus Graf Stauffenberg –, man kann ihm nicht absprechen, eine sonst kaum bei Menschen, eher bei Herdenbullen anzutreffende Witterung für Gefahren gehabt zu haben: Bereits 1939 hätte Elser – würde er geplant haben, auf der Straße zu schießen –, Hitler dort gar nicht mehr angetroffen haben, geschweige denn: getroffen. Denn da der Diktator – was geheimgehalten wurde –, ja im Vorjahr dort in München durch den Schweizer Priesterseminaristen Bavaud zweimal »wie der Volksgerichtshof ausführte« in »akute Lebensgefahr« gebracht worden war –, so hatte er, wie schon gesagt, den Marsch nicht nur für die Kriegsdauer verboten, sondern hat später »erwogen«, am 7. September 1941, vier Monate nach der Enthauptung des Schweizers und drei Jahre nach seinem vereitelten Anschlag, so der Diktator bei Tisch: »... ob man in Zukunft überhaupt den Marsch des 9. November stattfinden lassen solle. Auf engem Raum sei hier die ganze Führung des Reiches zusammen, noch dazu auf einem langen Marsch durch enge und unübersichtliche Straßen ... (Auch) Die Tatsache, daß er (ein Jahr später) dem Sprengstoffattentat im Bürgerbräukeller am 8. November 1939 nicht zum Opfer gefallen sei, verdanke er lediglich dem Umstand, daß im letzten Augenblick wegen des schlechten Wetters die Benutzung des Flugzeuges unterblieb und dafür entsprechend früher mit dem Sonderzug gefahren wurde ...«

Als Anton Hoch, der Historiker des Münchner Instituts für Zeitgeschichte, Elsers Verhör-Protokolle aufgefunden und diese im Archiv des Bonner Justizministeriums entdeckte, vielleicht allermerkwürdigste Autobiographie eines Deutschen auch zuerst ausgewertet hatte – interessant auch, wie der halb zu Tode gefolterte Elser im Verhör noch versucht, so viele Spuren anderer Menschen aus seinem Umkreis wie möglich zu verwischen, da notierte ich die kürzeste, mir mögliche Zusammenfassung dieses anrührenden Balladen-Lebens:

Johann Georg Elser

»Unauffällig liquidieren, beim nächsten Luftangriff«:
Gestapo-Briefe vor Kriegsende nach Dachau.
Im Krematorium des KZs wird Elser
– geboren 1903 in Hermaringen – am 9. April
vermutlich stranguliert, vielleicht erschossen:
Die Zeugen, jetzt pensionsberechtigt, schweigen,
da sie die Mörder sind ...

Elf Monate vor Hitlers Weltkrieg
geht Elser, Sprengstoff zu entwenden,
als Hilfsarbeiter in den Steinbruch:
ein Deutscher ist so konsequent wie Hitler.
Gefoltert ein Jahr später, verhör-zermürbt
– er glaubt, Gott habe seine Tat verworfen –,
nennt Elser ungebeugt nur *ein* Motiv:

Friede *oder* – Hitler! Der Tell totalitärer Zeiten,
Einsamster in seinem Volk: Das würde ihn fast kollektiv
verraten, weil es den Führer liebt wie Bier

und Beischlaf – sogar noch, ja dann erst recht,
seit Hitler fünfzigmal mehr Menschen, als vor
dem Krieg in München wohnten, in Gräber wirft,
auf Aschehalden, dreihunderttausend vor die Fische …

Vier Wochen früher, als die Wehrmacht losbricht,
bricht Elser aus der Säule, die den Saal stützt
(hier hetzt der Führer jedes Jahr die Mitbanditen auf),
die ersten Steine für die Pulverkammer.
Kniet fünfunddreißig Nächte vor der Säule
– ein Bluterguß im Knie wird ihn verraten.
Die Taschenlampe abgeschirmt; Schutt, Steine

Trägt er in einem Köfferchen zur Isar.
Drei Tage vor der Explosion Uhrwerke,
Zünder abzustimmen: Die Polizei
glaubt nicht, daß er das konnte, bevor er
die Maschine nachbaut in der Haft.
Sooft er – vierzigmal – zum Tatort schleicht,
betritt er Kirchen, das beruhigt ihn …

Der Schwabe war nach sieben Dorfschuljahren
der prüfungsbeste Tischler-Lehrling.
Musiziert in Vereinen, spielt vier Instrumente,
beliebt bei Frauen, eheloser Vater. Bevor er
aufbricht, muß er die Baßgeige verkaufen:
braucht vierhundert Mark. Gewöhnt den Hund
des Nachtwächters im »Bürgerbräu« an sich:

Bringt täglich Fleisch zum Zwinger
von seinem Mittagsteller dort im Gasthaus.
Hat, als er in die Schweiz will, noch zehn Mark.
Die Schwester schenkt ihm dreißig.
Damit reist er zurück nach München,
um seine Uhren nachzuprüfen … In Konstanz,
schon in Haft, hört er im Radio, daß Adolf Hitler

Den Saal zu früh verläßt nur elf Minuten!
Eine Kellnerin tot, auch sieben Nazis; fünf Dutzend
verwundet. Noch fünfzig Jahre nennt kein Lexikon
den Namen Elser; nennt keine deutsche Stadt, nicht eine,
nennt nur sein Heimatdorf nach Johann Georg Elser
eine Straße: Dies Volk liebt zwar die Freiheit,
doch nicht die, die sich für sie geopfert.

V.

Als Hans Gottschalk zum dreißigsten Jahrestag der Elser-Tat 1969 in seinem Drehbuch: ›Der Attentäter‹ –, das er im politischen Verdrängungs-Mief der Bundesrepublik nur deshalb zu realisieren vermochte, weil er selber Produktions-Chef der Münchner Bavaria war –, als Gottschalk die hier von Professor Stern und mir allzu knapp zusammengefaßten Motive und Lebens- und Tatumstände des einsam großen Mannes in anderthalb Fernseh-Stunden (mit Hilfe des Instituts für Zeitgeschichte), so episch detailgenau ins Bild gesetzt hatte wie Elser selber bei seinen Vernehmungen und wie Zeugen und Zeitgenossen: Wirte, Handwerker, Zimmer-Vermieterinnen, Elsers Geliebte, sein Bruder –, da schrieb ich zwei Tage später an Gottschalk, was ich zitiere, um darzutun, daß auch schon 1969 nicht alle Landsleute Elsers das undankbare Totschweigen seiner Großtat mitgemacht haben. Und um abermals zu belegen, daß – laut Hegel – der Geist nur *ist*, was er *tut*. Denn da die meisten sogenannten Geschichten des Widerstands im Dritten Reich Elser übergehen, ganz oder fast, doch zahllosen *Plänen* hoher Offiziere, Hitler zu töten, seitenlange Erörterungen auch dann widmen, wenn die über Geschwätz nicht hinausgekommen sind, sofern nicht erst post festum: nach Hitlers Tod die Offiziere diese angeblichen Vorhaben sich ausgedacht haben –, so hatte ich bereits 1967 in meiner Churchill-Sikorski Tragödie: ›Soldaten‹ eindeutig Stellung für den *einzigen* Deutschen bezogen, der neben Stauffenberg wirklich gehandelt hat. Ich schrieb an Gottschalk am 12. November 1969, drei Tage, nachdem sein Film sofort nach der Tagesschau der ganzen Nation gezeigt worden war:

»Daß Sie Georg Elsers Tat, der bedeutendsten der deutschen Widerstandsbewegung, in Ihrem ergreifenden Fernsehspiel gedacht haben – kann kaum jemanden so berührt haben wie mich. Denn ich habe 1967 in der Buchausgabe meines Dramas ›Soldaten‹ an zwei Stellen auf diesen Elser hinzuweisen versucht – ganz vergeblich, obwohl jene Worte, die ich Churchill über ihn in den Mund legte, auch bei den 75 Berliner Aufführungen des Stückes nicht gestrichen worden waren. Churchill sagt im 3. Akt, der 1943 spielt, wenn ich mich einmal selber zitieren darf:

Zehn Jahre regiert der Mann jetzt, und nur *eine* Gruppe,
meines Wissens, hat bis zu diesem Tag in Deutschland
aktiv gekämpft und wurde ausgerottet:
die Salon-Kommunisten im Berliner Luftfahrtministerium,
siebzig Männer und Frauen um den Neffen von Tirpitz –
die und der einsame Münchner Attentäter, dieser *große* Mann:
die handelten tatsächlich.
Die Studenten kürzlich, da von der Münchner Universität:
sie haben nicht *einen* Nazi ermordet.
Wie entsetzlich, das Schafott besteigen zu müssen,
ohne wenigstens ein paar Nazis auf dem Gewissen zu haben!
Was zählt denn sonst – Flugblätter? Tatenarm und gedankenvoll.
Wäre Hitler hier an Land gekommen,
ich hätte *jedem* Briten auferlegt: nimm einen mit!

Und im 1964 spielender Prolog zu diesem Stück, in der Charakterisierung des deutschen Bundeswehr-Obersten Weinmüller, habe ich geschrieben: ›Da jedoch ein adliger Vorgesetzter es öfters erwähnte, sah Weinmüller sich eines Tages gesellschaftlich genötigt, mit interessiertem Argwohn ein Buch über die deutschen Widerstandsgruppen gegen Hitler aufzuschlagen – selbstverständlich eines, das, wie alle anderen, den einzigen Einzelgänger, der tatsächlich durch eine Hitler zugedachte Bombe ein halbes Dutzend Nazis zerfetzte, nicht einmal im Register erwähnt: denn dieser Georg Elser war nur ein Arbeiter, hatte ein uneheliches Kind, und, verdächtiger noch, er war Kommunist ...‹

Für die Bühne, lieber Herr Gottschalk, ist mit Ihrem Spiel

Elsers Figur ›erledigt‹: das Theater würde sich lächerlich machen, wollte es versuchen, dem, was Sie geschaffen haben, etwas hinzuzufügen. Ich finde jedoch, daß schon der Prozeß Ihres Schreibens, Ihre Wege zum Bruder Elsers, in sein Dorf, gemeinsam erzählt mit dem Prozeß des Verdrängens dieser Figur aus der Geschichte des Deutschen Widerstandes: für einen Essayisten enorm fesselnd wären. Ich würde dieser Essayist gern sein – denn in einem solchen Aufsatz könnte man einmal den Skandal dessen, was sich heute Zeitgeschichte nennt, darstellen.«

Es kam 1969 nicht zu diesem Essay. Ergebnis: Nun sind die meisten Zeugen gestorben, die damals noch persönliche Begegnungen mit Elser hätten überliefern können. So will ich wenigstens 1989 – fünfzig Jahre nach der Tat und nach Hitlers Überfall auf Polen – noch verbuchen, soweit ich das finde, was damals in Zeitschriften von Menschen berichtet wurde, die mit Elser zusammengewesen waren; der Drehbuch-Autor sagte 1969 zu dem Reporter Eberhard Einhäuser: »Hier soll gezeigt werden, wozu ein Einzelner fähig sein kann, wenn er seine Möglichkeiten erkennt und ausschöpft.« Und auf den Einwand, dieses Thema habe doch Schiller im ›Tell‹ schon abgehandelt und sich »dafür einen erfolgreichen Tyrannenmörder genommen. Warum also Elser? ... Noch einmal die Frage: was wäre, wenn?«, antwortete Gottschalk:

»Nicht ›was wäre‹?, sondern ›was war?‹ ist bei diesem Stück die Frage. Oder noch besser: ›was ist?‹. Ich habe zum Beispiel festgestellt, daß Elser kein Amokläufer wie der Dutschke-Attentäter war. Sondern ein Mann, der genau wußte, was er wollte. Er sah nach dem Münchner Abkommen, das die Tschechoslowakei vernichtete, klar, daß sich eine Katastrophe anbahnte. Er wollte durch den Tod Hitlers diese Katastrophe verhindern. Er wollte nicht den Nationalsozialismus abschaffen. Nur dessen Führung, die den Krieg angezettelt hatte.

Bei meinen Ermittlungen bin ich auf zum Teil unbekannte Unterlagen gestoßen. Ich habe mit Leuten gesprochen, die Elser kannten, mit noch lebenden Verwandten, seinem einstigen Arbeitgeber und dem damaligen Polizeipräsidenten von München.«

Und Einhäuser erzählt: »Für die Rolle des Mannes, der in

nächtelanger, mühseliger, aber handwerklich perfekter Arbeit die Zeitbombe in die Säule des Bürgerbräukellers einbaute, entdeckte man auf der Städtischen Bühne in Ulm den Schauspieler Fritz Hollenbeck (40). Das Exmitglied des Ostberliner Brecht-Ensembles: ›Eine Rolle, auf die man ein Leben lang wartet. Um so mehr, wenn sich herausstellt, daß zwischen diesem Elser und mir ein paar frappierende Wesensgleichheiten bestanden haben müssen. Vor allem – er war genauso zurückhaltend, ja schüchtern wie ich.«

Als noch schüchterner und äußerst wortkarg erwies sich der noch lebende Bruder des Attentäters, dem Fritz Hollenbeck bei den Außenaufnahmen in Georg Elsers Heimatort Königsbronn (bei Ulm) begegnete. Hollenbeck: »Doch dann wurde er richtig zugänglich und schenkte mir schließlich einen handgeschnitzten Hobel, den er einmal von seinem Bruder Georg zu Weihnachten bekommen hatte.«

Weit weniger zugänglich zeigten sich die übrigen Bewohner von ›Attentatshausen‹, wie der Geburtsort Elsers während des Krieges oft genannt wurde. »Die Leute sind von Natur aus wortkarg«, sagt Regisseur Rainer Erler. »Hinzu kommt das Mißtrauen jedem gegenüber, der an Dinge rührt, die längst vergangen und zum Teil auch vergessen sind. Oder die sie nie ganz durchschaut haben, deren Auswirkungen sie jedoch zu spüren bekamen.«

Der Bruder des Attentäters, Leonhard Elser, umriß das komplexe Thema um die Zivilcourage eines einzelnen mit dem Satz: »Ich hoffe, daß die Wahrheit endlich ans Licht kommt.«

Zum ›Spiegel‹ hatte der Drehbuch-Autor gesagt: mit seinem ›Lehrstück‹ vom kleinen Mann im Einzelkampf, wolle er belegen, daß Widerstand gegen Hitler nicht allein das Privileg der Generale und Offiziere war... »Bis heute erinnert in Elsers Heimatstadt Königsbronn kein Denkmal, kein Straßenschild an die patriotische Tat des Schreinergesellen!«

›Privileg der Generale‹: Wer das liest und aufgrund seines Jahrgangs von Hitlers Drittem Reich nur noch wenig weiß, der könnte versucht sein, die Wehrmacht für Hitlers Gegner zu halten – die doch in Wahrheit sein fürchterliches und gewissenloses Werkzeug war, Europa zu unterjochen und auch den Vernichtungsfabriken Auschwitz, Treblinka, Maijdanek die Opfer zuzuführen, die nur einzufangen waren, weil die Armee die Grenzen Europas für die Mörderverbände der SS überrannt hatte. Sogar ein Mann, dem Hitler nach dem Attentat Stauffenbergs 1944 die Giftampulle schickte, mit der er sich umbringen mußte, weil Hitler nicht riskierte, Deutschlands populärsten Offizier vor Gericht zu stellen, sogar Erwin Rommel bezeugte in seinen (von David Irving in Rommels Familie aufgefundenen) Briefen, wie *identisch* die Armee, die Partei und ihr Führer waren. Rommel, der spätere Feldmarschall, war zu Beginn des Krieges Hitlers Beschützer: war zum Chef des Führerhauptquartiers ernannt worden, bevor ihm Hitler vor dem Frankreich-Feldzug eine Panzerdivision anvertraute – gegen den erklärten Willen des Heerespersonalamtes. Rommel schrieb während des Polenfeldzugs am 12. September 1939 seiner Frau: »Der Führer ist allerbester Stimmung. Komme nun öfters mit ihm ins Gespräch, das ist ganz persönlich... In 8 bis 10 Tagen ist der Osten erledigt und dann kommt die gesamte kriegserfahrene Wehrmacht... nach dem Westen... Diesmal schaffen wir es bestimmt.« Und er schrieb nach Johann Georg Elsers Attentat, am 9. November: »An der Stelle, an der gestern abend der Führer gesprochen hat, liegt 1½ Meter Schutt. So stark hat die Detonation gewirkt. Es ist gar nicht auszudenken, wenn der Anschlag wirklich gelungen wäre. Ich hoffe, daß nun auch im FHQu (Führerhauptquartier) die Sicherheitsmaßnahmen entsprechend besser organisiert werden und alles von zentraler Stelle (mir) geregelt wird. Denn wenn man schon *die* Verantwortung hat, so kann man sie mit niemand teilen.« Und am 15. schrieb Rommel: »Der Führer ist sehr entschlossen. Das Münchner Attentat hat ihn in seinem Willen bestärkt. Es ist eine Freude, dies miterleben zu können.«

Und noch vier Jahre später, noch nach der Vernichtung der sechsten Armee bei Stalingrad, kurz vor Vernichtung auch von Rommels Afrikacorps durch die Engländer – militärische Niederlagen, wie sie während des ganzen Ersten Weltkrieges den Deutschen an keiner Front, auch nicht annähernd in diesen Ausmaßen, hatten zugefügt werden können –, war Hitlers Autorität, ja Popularität so ungebrochen, wie J. P. Stern in seinem

Hitler-Buch belegt, als er die ›Treue-Kundgebung‹ – so hieß das amtlich – der Münchener Studentenschaft anläßlich der Enthauptung der Geschwister-Scholl-Gruppe ›Die weiße Rose‹ beschreibt:

»Im Zusammenhang der deutschen Geschichte sind die Isolierung all dieser Gruppen und Individuen und die Verweigerung jeglicher Unterstützung durch eine breitere Öffentlichkeit (wie sie die Widerstandsgruppen in fast allen besetzten Ländern fanden) tragischer als ihr persönliches Schicksal. Ihre Ziele waren zum größten Teil utopisch und ihre Erwartungen illusionär. Als die studentischen Verschwörer der ›Weißen Rose‹, Hans Scholl und seine Schwester Sophie und ihre Freunde, wegen Verteilung subversiver Flugblätter verhaftet wurden (die sie zuletzt am hellichten Tag ins Treppenhaus der Münchner Universität geworfen hatten), glaubten sie sich der Unterstützung durch ihre Kommilitonen gewiß. ›Was liegt an meinem Tod‹, sagte Sophie Scholl zu einem Mitgefangenen am Morgen ihrer Hinrichtung, dem 22. Februar 1943, ›wenn durch unser Handeln Tausende von Menschen aufgerüttelt und geweckt werden.‹ Das Gegenteil war der Fall. Am selben Abend noch wurde vom offiziellen NS-Studentenbund eine Demonstration veranstaltet, an der mehr als 3000 ihrer Kommilitonen teilnahmen, um Loyalität gegenüber der Regierung zu bekunden (die Mehrheit waren Medizinstudenten auf Studienurlaub von der Front, die allen Grund hatten, sich mit den Parteifunktionären gutzustellen). Die Zahl 3000 wird vom ›Reichsstudentenführer‹ genannt und mag übertrieben sein. Sein Bericht als ganzer wird jedoch von einer Augenzeugin, einer politisch wohl nicht engagierten Studentin, bestätigt: ›Die Kundgebung im Auditorium Maximum gehört zu den schauerlichsten Erinnerungen, die mir aus jenen Tagen geblieben sind‹, schreibt sie. ›Hunderte von Studenten johlten und trampelten dem Denunzianten und dem Pedell der Uni Beifall, und dieser nahm ihn stehend und mit ausgestrecktem Arm entgegen ...‹

Als Beispiele moralischen Heldentums und jenes ›vernünftigen Gottesdienstes‹, von dem der Apostel Paulus spricht (›Ich mahne euch nun, liebe Brüder ..., daß ihr eure Leiber begebet zum Opfer, das da lebendig, heilig und Gott wohlgefällig sei, welches sei euer vernünftiger Gottesdienst‹), sind die Aktionen der ›Weißen Rose‹ in der europäischen Geschichte unübertroffen; daß sie unsere höchste Bewunderung verdienen, braucht nicht betont zu werden. Als politische Aktion gegen ein politisches System war die Verschwörung jedoch konzipiert auf dem Boden einer moralischen Utopie, durchgeführt mit kopflosem Enthusiasmus und bar aller greifbaren Resultate: in dieser Hinsicht war die ›Weiße Rose‹ typisch für andere Gruppen und Einzelpersonen, die ein ähnlich grausames Schicksal erlitten.«

Und nach wiederum fünfzehn Kriegsmonaten war noch immer Hitler so populär wie nur Bier und Geschlechtsverkehr. Ich selber stand dreizehnjährig als Pimpf des ›Jungvolks‹ in Reih und Glied auf dem Marktplatz meiner Heimatstadt, als dort am Abend des 21. Juli 1944 jene in allen deutschen Gemeinden angeordnete »Treue-Kundgebung« zu Hitler aus Anlaß des mißglückten Attentats des Grafen Stauffenberg stattfand – das Atmosphärische, mindestens *das*, einer solchen Veranstaltung kriegt auch ein Mensch in der Pubertät schon sehr genau mit: *Zerrissen* hätte das Volk jene, die »Hand an den Führer« gelegt hatten! Da ist J. P. Sterns Hinweis auf die »Isolierung all dieser Gruppen und Individuen« innerhalb der deutschen »Volksgemeinschaft« von höchster Wichtigkeit: Einsamer waren Menschen nie als jene, die innerhalb Deutschlands Widerstand gegen ein Regime leisteten, das sich so lange halten konnte, weil es die gewaltigste Mehrheit hinter sich hatte. Die *in* Deutschland gegen Hitler kämpften – waren genau so verhaßt wie jene von ihren Völkern bewundert wurden, die das außerhalb Deutschlands getan haben! Das muß einkalkulieren, wer das *Ethos* der Tat Johann Georg Elsers begreifen will: Daß er sich dazu entschlossen hatte, belegt Elsers Vernunft und seelische Größe. Daß er durchhielt, so einsam vier Monate lang – mußte er dann zahlen mit den irrationalen Kurzschluß-Reaktionen, als er seine Tat geleistet hatte und zur Grenze aufbrach: alle seine Kraft hatte er jetzt verbraucht, er machte nur noch Fahrlässig-Törichtes, angefangen mit der Ansichtskarte des Tatortes, die er ebenso verräterisch bei sich trug wie ein Abzeichen des 1933 verbotenen Rotkämpferbundes; gradezu verträumt vor seelischer Erschöpfung torkelte er den Zöllnern in die

Fänge. Die Tat verändert den Täter! Elser hatte – einsamer und mutiger als jeder andere – mehr geleistet seit dem 5. August, als ein Mensch durchhalten kann, der mit niemandem sprechen darf.

In Haft dann, wenn auch barbarisch zusammengeschlagen, wie noch heute ein Vergleich der Fotos bestätigt: das einzige, das die Presse erhielt, zeigt einen verstört-kaputten, fast verlegen dreinschauenden Elser; die zwei aus der Zeit vor der Tat stammenden Porträts einen geistvoll lustigen Intellektuellen, dem wohl zuzutrauen ist, daß er vier Instrumente spielt und *geniale* Erfindungskraft hat! Die nationalsozialistische sogenannte »Arbeiter«-Partei gab niemals zu, Elser sei Arbeiter, sei Handwerker; er war in ihrem Vokabular nur ein »Subjekt des britischen Geheimdienstes«, ein Kommunist–, in Haft dann, als Kaputtgeschlagener auch seiner Freundin konfrontiert, die sein Entstelltsein im Gesicht ebenso bestätigt wie das Foto, hat Elser noch einmal im Vernehmungsprotokoll so glasklar wie vernünftig und wie moralisch seine Tat begründet:

»Die von mir seit 1933 in der Arbeiterschaft beobachtete Unzufriedenheit und der von mir seit Herbst 1938 vermutete unvermeidliche Krieg beschäftigten stets meine Gedankengänge. Ich stellte allein Betrachtungen an, wie man die Verhältnisse der Arbeiterschaft bessern und einen Krieg vermeiden könnte. Die von mir angestellten Betrachtungen zeitigten das Ergebnis, daß die Verhältnisse in Deutschland nur durch die Beseitigung der augenblicklichen Führung verändert werden könnten. Unter Führung verstand ich die Obersten: Hitler, Göring und Goebbels. Ich war der Überzeugung, daß durch die Beseitigung dieser drei Männer andere an die Regierung kämen, die an das Ausland keine untragbaren Forderungen stellen würden, die kein fremdes Land erobern wollten und die für die Verbesserung der sozialen Verhältnisse der Arbeiterschaft Sorge tragen würden.«

VI.

Da die Historiker ihrer Pflicht, das Leben Elsers zu erforschen, nicht nachgekommen sind dreißig Jahre lang und länger – waren, als in ihren Augen der große Mann endlich »standesgemäß«, das heißt behandlungswürdig, geworden war durch Auswertung der Vernehmungprotokolle und deren Veröffentlichung als Autobiographie: die meisten Zeugen »natürlich« gestorben! So ist es ein Glück, daß wenigstens zum 25. Jahrestag des Attentats (›Der Stern‹, Heft 18 und 19, 1964) die zwei Reporter Günter Peis und Ernst Petry noch Menschen zu Protokoll gebeten haben, die Elser geliebt oder gekannt haben, auch Tatort-Zeugen, ja sogar jenen spätereren SS-Obersturmbannführer Huber, der Elser noch in München das Geständnis abgenötigt hat und den wir kennen von dem berühmten Foto, das 1939 (in allen Zeitungen) Himmler mit Heydrich, Müller, Nebe und Huber an einem Tisch zeigte: Die Fahndungskommission zur »Aufklärung des verbrecherischen Mordanschlags vom 8. November 1939« ... Da Illustrierte oft noch rascher veralten und unauffindbar werden als sogar Bücher, so wollen wir hier so viel wie möglich verbuchen von den absolut unersetzlichen Aussagen jener Zeugen, die 1964 von Peis und Petry noch gehört worden sind ...

Schade, daß 1970 Gruchmann in seine Buchausgabe der Autobiographie, die Elser den Vernehmern in die Maschine diktieren mußte, nicht auch die Aussagen – nach dem Kriege – der Mutter Elser, des Bruders, der Freundin aufgenommen hat. Anton Hoch hat in seinem Bericht in den Vierteljahrsheften diese Spuren-Sicherung erwähnt – aber auch, ohne sie zu zitieren –, die zuerst Günter Peis und Ernst Petry vorgenommen haben, zu einer Zeit, als zwar schon ein Vierteljahrhundert seit Elsers Tat vergangen war – die meisten Deutschen aber noch immer an der Gestapo-Verlautbarung festhielten, der Mann müsse »Hintermänner« um Otto Strasser und den britischen Geheimdienst gehabt haben! Deshalb haben ja die deutschen Historiker – oh, darin sind sie geübt! – es versäumt, aus Fahrlässigkeit und Hochnasigkeit, entscheidende Zeugen für die Geschichte-Schreibung zu vernehmen. Daher auch ihr Haß auf jenen Briten David Irving, der zuweilen zwar eine kriminell abstruse These aufstellt – zum Beispiel: Hitler habe erst 1943 erfahren, daß Himmler seit Februar 1942 die Juden vergase –, der aber dennoch den Deutschen das Entscheidende voraushat: Er vernimmt Zeugen und sucht schriftliche Quellen – während die unseren zumeist ausländische Archive gar nicht betreten, sondern oft aus elf Büchern anderer Leute ein zwölftes »eigenes« machen! Und schon gar nicht in die »Niederungen« herabsteigen, wie zum Beispiel diese zwei Stern-Reporter, und Gestapo-Bullen, die Elser vernommen haben; oder Zöllner, die ihn an der Schweizer Grenze verhafteten; oder sogar die Allernächsten: seine Geliebten, seine Mutter, seine Mitbewohner oder Wirt und Kellner des Tatorts Bürgerbräukeller einmal ihre Eindrücke auf Tonband sprechen lassen. Als zum Beispiel Golo Mann den Matrosen-Erschießer Filbinger gegen den Vorwurf in Schutz nahm, ein furchtbarer Jurist im Dienste Hitlers gewesen zu sein – hatte Mann noch niemals auch nur eine einzige Institution aufgesucht, in der – zuweilen Zehntausende, so im ehemaligen Kloster Kornelimünster bei Aachen –, Marine-Gerichtsakten der Flotte Hitlers gelagert sind. Daher Golo Mann insinuierte, auch andere – ich zum Beispiel – besuchten nicht Archive, sondern ließen sich Filbinger-Akten von den Bolschewisten in der Ostzone schicken ... Ranke und Mommsen, die zu den Quellen reisten und mindestens dann, wenn das noch möglich war, auch an die Orte der Geschehnisse, die sie darstellten, hätten diese Methode Golo Manns während seiner Arbeit an der Deutschen Geschichte im 20. Jahrhundert verachtet; diese Ungründlichkeit war zum Glück nicht Golo Manns Arbeitsweise als er seinen sehr bedeutenden ›Wallenstein‹ schrieb, für den er Quellen sammelte und Tatorte besuchte ... In seiner ›Deutschen Geschichte des 20. Jahrhunderts‹ – daher erwähnen wir sie hier – erübrigt Mann für Elser aber nicht einmal eine Fußnote; weil er sich Gesprächen mit Zeugen grundsätzlich entzieht; der große Schriftsteller war ja, als *alle* noch lebten, sofort nach Kriegsende in Deutschland!

Übrigens ist der Bericht der letzten Freundin Elsers in seiner Heimat – ob er auch während der Attentat-Vorbereitungen in München eine Kellnerin als Freundin hatte, ist nicht festzustellen, da Elser bei allen Vernehmungen stets umsichtig besorgt war, Mitmenschen durch ihr Verschweigen vor Verhören und Schlimmerem zu schützen –, übrigens ist Frau Else Härlens Bericht über ihre »Vorführung« bei Himmler und Hitler auch deshalb so faszinierend, weil sie vielleicht der einzige Mensch des Zeitalters war, der es erstens *überlebt* hat, vom »Reichsführer SS und Deutsche Polizei« persönlich vernommen worden zu sein; und der zweitens überhaupt von Hitler persönlich vernommen worden ist: Jedenfalls weiß man das von keinem anderen Menschen! Frau Else Härlen berichtete 1964 den Reportern Peis und Petry:

»Die Gestapo hat mich aus dem Büro heraus mitgenommen. Ich wurde nach Berlin gebracht. Sie führten mich ins Reichssicherheitshauptamt. Von acht Uhr morgens bis vier Uhr nachmittags wurde ich ununterbrochen verhört. Ich war mindestens in acht verschiedenen Zimmern. Immer wieder neue Beamte, immer wieder die gleichen Fragen.

Ich wußte nichts von Elsers Geheimnissen. Am Abend war ich völlig verzweifelt. Sie brachten mich in ein Hotel, wo ich gut untergebracht war. Eine Sekretärin der Gestapo bewachte mich. Sie ging überall mit mir hin, selbst zur Toilette.

Nachts um halb zwei Uhr holte sie mich aus dem Bett. Ich mußte wieder zum Verhör. Wieder ins Reichssicherheitshauptamt. Es war aber ein anderer Flügel als am Tage. Sie führten mich durch lange Gänge, dann wurde ich durch eine Tür geschoben und stand in einem großen Arbeitszimmer. Hinter dem Schreibtisch stand ein Mann, den ich von Fotos in den Zeitungen kannte.

Es war Heinrich Himmler. Ich war ziemlich aufgeregt, aber er beruhigte mich und war eigentlich ganz nett. Er hat mir Platz angeboten und gesagt, ich soll alles erzählen, aber ganz genau, von Kindheit an, von Königsbronn und von Elser und wann und wie ich ihn kennengelernt habe.

Ich tat es.

Er hat mich nur selten unterbrochen, nur wenn er etwas nicht verstand. Oder er nickte zustimmend mit dem Kopf. Ich sagte ihm, daß mein erster Mann ein Trinker war und wie gut sich Georg Elser mir gegenüber benommen hat.

Himmler schien alles zu verstehen. Am Schluß sagte er: ›Ich glaube auch nicht, daß dieser Mann es getan hat.‹

Dann stand er auf und klopfte mir auf die Schulter: ›Hut ab vor Ihnen. Sie sind eine wackere Schwabenfrau.‹

Das war alles. Es hatte vielleicht zwei Stunden gedauert. Es war auch kein richtiges Verhör. Er ließ mich einfach erzählen. – Dann brachten sie mich wieder in das Hotel zurück.

Am Tag darauf brachten sie mich zur Reichskanzlei.

Auch hier ging es endlose Korridore an ungezählten Türen vorbei. Dann, vor einer Flügeltür, blieben meine Begleiter stehen. Vor der Tür standen zwei SS-Männer. Sie grüßten und rissen dic Tür auf. Ich stand in einem großen Arbeitszimmer mit einem riesigen Kronleuchter. An den Kronleuchter erinnere ich mich genau und an einen großen Tisch. An dem Tisch saß ein Mann mit feldgrauer Uniform.

Er blickte nicht auf, als einer der SS-Leute meldete: ›Mein Führer! Hier ist die Frau!‹

Mein Gott, das war wirklich Hitler. Ich ging bis an den Schreibtisch.

Hitler legte eine Akte, in der er gelesen hatte, zur Seite und sah mich an. Er sagte gar nichts. Mir war alles so peinlich.

Ich wollte grüßen, aber ich habe den Arm nicht hochgebracht. Einer von den Männern, die mich begleitet hatten, stieß mich an den Ellbogen, aber ich brachte den Arm wirklich nicht hoch. Ich konnte nur sagen: ›Mein Führer.‹

Denken konnte ich an nichts, ich war zu aufgeregt.

Hitler sah mich lange an. Dann sagte er: ›Sie sind also die Frau von dem Elser. Jetzt erzählen Sie mal.‹

Ich erzählte die Wahrheit, genau wie bei Himmler, aber Hitler war viel unangenehmer.

Er versuchte mir jeden Satz im Mund herumzudrehen. Er sagte mir auf den Kopf zu, daß ich doch von Georgs Attentatsplan gewußt habe.

Aber ich hatte doch wirklich nichts gewußt. Immer wieder, wenn er mir etwas anhängen wollte, sagte ich: ›Mein Führer, so war es nicht!‹

Zum Schluß sagte ich zu Hitler: ›Mein Führer, ich war schon bei Herrn Himmler, der hat mir geglaubt.‹

Da ließ er mich wieder ins Hotel bringen. Hitler sah ich nicht mehr.

Vier Tage danach brachten mich zwei Gestapo-Leute zum Hotel Kaiserhof in einen vornehm ausgestatteten Saal. Dort waren vier oder fünf Beamte.

Ich mußte mich an einen Schreibtisch setzen. Mit dem Blick zur Tür.

Einer der Beamten setzte sich mir gegenüber. Er sagte: ›Hören Sie, Sie haben ein paar anstrengende Tage hinter sich. Aber jetzt müssen Sie sich noch einmal zusammennehmen. Jetzt kann sich nämlich Ihr weiteres Leben entscheiden.‹

Darauf öffnete sich die Tür, und herein kam Georg. Links und rechts von ihm zwei Gestapo-Beamte.

Ich wollte aufspringen, aber meine Beine versagten. Ich konnte nur denken: ›Mein Gott, wie sieht er aus. Was haben sie mit ihm gemacht!‹

Georgs Gesicht war schwarz und blau und gelb und verquollen. Er wollte auf mich zu, aber sie hielten ihn fest. Etwa drei Meter vor mir mußte er stehenbleiben. Handschellen hatte er keine an und sie hatten ihm einen neuen Anzug gegeben. Sauber gekämmt war er auch. Aber die Flecken ...

Einer der Beamten fragte Georg: ›Haben Sie ihr etwas von Ihrem Plan gesagt?‹

Er hat immer nur geantwortet: ›Ich habe ihr nichts gesagt. Ich habe niemandem etwas gesagt. Ich wollte keinen in diese Sache hineinziehen, schon gar nicht meine Freundin Else.‹

Als sie ihn schon abführen wollten, rief ich schnell: ›Hast du das wirklich getan? Das kann doch nicht wahr sein.‹

Er senkte nur den Kopf. Dann streckte er mir die Hand entgegen, aber sie drehten ihn um und führten ihn hinaus. Ich mußte weinen. Es war so endgültig.«

Wenn wir auch die Zimmervermieterin aus der Türkenstraße hier sprechen lassen; auch die Kellnerin im Bürgerbräukeller und dessen Pächter, ja noch die Umsicht belegen, mit der Elser dessen Hund abrichten mußte –, so nicht nur deshalb, um zu überliefern, daß zum Beispiel ein »Arbeiteressen« 1939 sechzig Pfennige kostete, – sondern um den abstrusen Theorien zu begegnen, »Hintermänner«, eine Moskauer oder Londoner »Zentrale«, hätten diesen Attentäter ferngelenkt: Es ist der Haß unseres Zeitalters auf den Einzelnen, der solche Märchen ausdenkt – in Übereinstimmung mit der These von Marx, daß nicht einzelne Menschen, sondern »gesellschaftliche Bedingtheiten« die Geschehnisse steuern oder ihre Steuerung verabsäumen! Elser war allein, denn nachweislich – daher hier auch ein Münchner Handwerksmeister zu Wort kommt –, hatte er sogar seine Attentats-Maschine selber erfunden und jedes einzelne Zubehör sich selber bei Münchner Handwerkern herstellen lassen müssen, sofern er es nicht schon aus Schwaben am 5. August, als er in München an der Säule anfing, mitgebracht hat. Würden andere ihn beauftragt und gesteuert haben: sie hätten ihm mindestens das Material für die Maschine mitgeliefert, denn wie leicht hätte doch das ganze Vorhaben auffliegen können durch Elsers Bestellungen bei den Münchner Handwerkern ... Und wäre Elser nicht fähig gewesen, in Haft seine Maschine von A bis Z noch einmal zu bauen – aus diesen Wochen stammt das hocheindrucksvolle Porträt des großen Mannes, wie er sich mit dem Zeichenstift über einen Konstruktionstisch beugt –, er wäre vermutlich totgefoltert worden auf der Suche nach den von Hitler »bestellten«, von Himmler vermuteten »Hintermännern« ...

Seine Türkenstraße-Wirtin Lehmann erzählte von ihrem »ruhigen, netten« Mieter:

»Er hatte ein paar schwere Kisten bei sich. Mein Mann hat ihm geholfen, sie in den Keller zu tragen. Oben behielt er nur eine hölzerne Truhe. Aber die ging nicht in das kleine Zimmer. Deshalb stellten wir sie auf die Diele. Ein bißchen komisch war der Herr Elser schon. Aber das fiel mir damals nicht so auf. Nur einmal öffnete ich unverhofft die Etagentür. Da hockte er vor seiner Truhe und blätterte in einem Ordner mit Zeichnungen. Als er mich sah, warf er eilig alles wieder in die Truhe und schloß sie ab ...

Er kam nachts immer sehr spät nach Hause, und manchmal kam er überhaupt nicht. Das habe ich gemerkt, wenn ich ihm sein Frühstück bringen wollte. Ich wunderte mich, denn so ein Typ war er eigentlich nicht.

Er ist allen Handwerkern in der Nachbarschaft auf die Nerven gefallen. Mal hatte er etwas zu schleifen, mal etwas zu bohren, mal etwas zu drehen. Von mir wollte er ein Reißbrett haben. Aber ich hatte keines. Erfinder sei er, hat er gesagt.«

Das sagte Elser auch zu dem Schlossermeister Max Niederhofer in der Rumfordstraße 32.

»Es muß im Oktober 1939 gewesen sein. An dem Tag hat es stark geregnet, und es war kalt. Ich machte Feuer in meiner Werkstatt. Plötzlich kam ein kleiner schmächtiger Mann herein. Er fragte, ob er etwas arbeiten dürfe.

Ich habe geglaubt, er suche eine Stelle und sagte ihm, daß ich keinen Gesellen brauche. Aber dann kam heraus, daß er nur meine Werkstatteinrichtung benutzen wollte. So etwas habe ich gar nicht gern. Ich schickte ihn zum Teufel.

Aber er kam wieder und sagte, daß er an einer Erfindung arbeite, dazu brauche er einen verschraubbaren Stahlzylinder. Das wär' doch wirklich nur eine Kleinigkeit. ›Wenn Sie mir einen Auftrag geben wollen, bitte! Aber hier arbeiten lasse ich Sie nicht‹, sagte ich zu dem Mann. Daraufhin zog er eine Zeichnung aus der Tasche und sagte: ›Dann machen Sie mir bitte diesen Zylinder.‹

Ich sah die Zeichnung an. Es handelte sich wirklich nur um einen Stahlzylinder, etwa 20 Zentimeter lang, 7 Zentimeter Durchmesser mit einer Wandstärke von 10 Millimeter. Auf der einen Seite war der Zylinder geschlossen, auf der anderen Seite sollte innen ein Gewinde hineingeschnitten werden. Dazu gehörte ein passender Deckel, der sich fest verschrauben ließ.

Ich machte ihm das Ding. Was ich ihm dafür abgenommen habe, weiß ich nicht mehr. Aber er hat sich sehr gefreut, als er es abholte.«

Soweit der Schlossermeister Niederhofer, der ahnungslos half, das Attentat auf Hitler vorzubereiten.

Peis und Petry haben dankenswerterweise auch die (1939 verletzte) Kellnerin Maria Strobel und den Pächter des Bierkellers auf Tonband sprechen lassen:

Frau Maria Strobel:

»Von dem Arbeiteressen für sechzig Pfennig ließ er immer noch eine gute Portion übrig. Meist einen Teil Fleisch oder Leberkäs. Das gab er dem Wachhund Ajax.«

Peis und Petry fanden dann die Bestätigung einer Aussage im Elser-Protokoll, das Elser am 23. November 1939 als korrekt unterschrieben hat, durch den Pächter des Bierkellers:

»So dressiert, bellte der Hund nicht. Und gerade das hätte um ein Haar Elsers Plan vorzeitig scheitern lassen ...«

Der damalige Pächter des Bürgerbräukellers, Anton Payerl, berichtet:

»An einem Oktoberabend gegen zwölf kam der Nachtwächter zu mir. Er sagte, Ajax hätte sich eigenartig benommen. Er sei schwanzwedelnd in den dunklen Saal gelaufen und erst nach mehrmaligem scharfen Rufen wieder zurückgekommen.

Das wunderte den Nachtwächter, denn Ajax gehorchte sonst aufs Wort. Ich ging mit dem Nachtwächter und dem Hund in den Saal. Ich machte Licht an, und der Nachtwächter ließ Ajax los. Er lief sofort die Treppe zur Galerie hinauf. Wir gingen hinterher.

Mir verschlug's die Sprache. Oben stand ein kleiner, unscheinbarer Mann, Ajax stand vor ihm und wedelte. Der Mann machte einen verstörten Eindruck.

›Was machen Sie denn hier?‹ fragte ich.

Er gab keine Antwort.

›Was haben Sie hier zu suchen?‹ fragte ich noch einmal. Er stotterte etwas Unverständliches. Dann sagte er: ›Meine Knie. Ich habe verletzte Knie und der Verband ist gerutscht. Ich habe ihn hier in Ordnung gebracht.‹

Das kam mir komisch vor.

›In dem dunklen Saal?‹ fragte ich.

›Ich habe ja eine Taschenlampe bei mir‹, sagte er und hielt sie mir hin.

Ich sah mir den Mann genau an, und es fiel mir auf, daß ich ihn schon ein paarmal bei uns im Bräu gesehen hatte.

›Warum sind Sie denn nicht in die Toilette gegangen, dort ist ja Licht‹, sagte ich.

Er druckste ein bißchen herum, dann sagte er: ›Dort sind doch immer Leute, und ich muß ja die Hose ausziehen, um den Verband zu richten.‹

›Zeigen Sie mir mal die Knie‹, sagte ich. Sofort ließ er die Hose herunter, und wirklich, er hatte an beiden Knien Verbände.«

Die Knie Elsers waren tatsächlich schmerzhaft entzündet. Die Ursache stellte sich später bei der Vernehmung Elsers durch Kriminalrat Huber heraus.

Elser sagte: »Ich hatte einen Tisch an den Pfeiler geschoben. Und unter diesem Tisch arbeitete ich, immer auf den Knien. Manchmal schmerzte es so stark, daß ich nicht mehr konnte.«

Diese Aussage Elsers wird auch von Frau Lehmann, seiner Wirtin, bestätigt:

»Eines Morgens – es muß Mitte Oktober 1939 gewesen sein – konnte der Herr Elser nicht aufstehen. Ich fragte, ob ich einen Arzt holen sollte, aber er sagte: ›Es ist nur eine leichte Entzündung an den Knien. Das geht wieder weg. Ich bin vielleicht zuviel gelaufen.‹«

Die verletzten Knie retteten Elser, als er von Anton Payerl im Saal überrascht wurde.

Payerl: »Was sollte ich machen? Das war ein komischer Kauz. Ich ließ ihn laufen.«

Wir erzählen hier nicht Gruchmanns Publikation des Elser-Protokolls nach, das jedermann in der ›Deutschen Verlags-Anstalt‹ kaufen kann, sondern nur jene Aussagen von Zeitgenossen, die Exaktheit und Stimmigkeit von Elsers Tatschilderung bestätigen oder über seine Verhaftung und Aussage berichten, auch endlich über Elsers Ermordung. Peis und Petry folgern: »Grotesk: aber Elser wurde ein Opfer der Hitler-Rede«, die – genau so war es – nämlich zwei Zollbeamte aus einem Fenster gehört hatten. *Deshalb* verließen sie den Standort, wo sie eigentlich dienstlich hätten postiert sein müssen, näherten sich dem Fenster, aus dem sie die Rede Hitlers gehört hatten und setzten sich auf eine Gartenbank an dem Haus, aus dem der Lautsprecher tönte: so sah Elser sie nicht, als er über einen Zaun stieg, sondern hielt die Grenze an dieser Stelle für unbewacht! Peis und Petry:

»Elser hatte von der Emmishofer Straße aus die etwa hundert Meter entfernte Grenze beobachtet. Weit und breit war kein Zollbeamter zu sehen. Er stieg über den Zaun des ›Von Wessenberg'schen Erziehungsheimes‹ und schlich durch den Garten auf die Grenze zu.

Als er unter einem Birnbaum – nur noch etwa dreißig Meter

vor der Grenze – kurz stehenblieb, hörte er aus dem Gebäude des Erziehungsheims die Radioübertragung der Hitler-Rede.

Er wollte langsam weitergehen, aber in diesem Augenblick wurde er angerufen.

›Halt, wo wollen Sie hin?‹

Die Zollbeamten Rieger und Zipperer hatten um diese Zeit Streifendienst. Als sie an dem Erziehungsheim vorbeigekommen waren, hatten sie aus dem offenen Fenster die Übertragung aus dem Bürgerbräukeller gehört und sich auf eine Bank hinter dem Haus gesetzt, um der Rede Hitlers weiter zuzuhören. Deshalb konnte Elser sie nicht sehen.

Die beiden Zollbeamten und der Attentäter hörten gemeinsam die Worte Hitlers:

›Wir haben uns eine Wehrmacht aufgebaut – das kann ich ja ruhig heute aussprechen – wie es eine bessere in der Welt nicht gibt. Und hinter dieser Wehrmacht steht ein Volk in einer Geschlossenheit, wie es gleichfalls in der deutschen Geschichte bisher noch nie der Fall war.‹

In diesem Augenblick entdeckten die Zöllner eine Gestalt, die durch den Garten schlich.

Zipperer: ›Mein Kollege sprang auf und rief den Mann an. Der tat noch ein paar Schritte – vom Birnbaum bis zum Apfelbaum – und blieb dann stehen. Rieger fragte ihn, was er hier suche. Und der Mann sagte, er habe sich verlaufen. Das war natürlich eine faule Ausrede, denn um in den Garten zu gelangen, hatte er über den Zaun steigen müssen. Ganz klar, der Mann wollte illegal über die Grenze.‹

Es war 20.35 Uhr. Der Zollbeamte Rieger führte den verdächtigen Elser zur Zollaufsichtsstelle, die etwa 200 Meter entfernt war. Dort saßen die Beamten Straube und Traber ebenfalls vor dem Volksempfänger und lauschten den Worten des Führers. Sie nahmen kaum Notiz von dem Verdächtigen.

Ziemlich gelassen leerte Elser seine Taschen. Er war sich seiner Sache sicher. Aus dem Lautsprecher tönten Hitlers Worte ...

20.55 Uhr. Elser, der bis dahin die Befragung durch den Zollbeamten Rieger ruhig über sich ergehen ließ, wird plötzlich nervös. Hitler sagt: ›Ich kann den heutigen Abend nicht schließen, ohne Ihnen, wie immer, zu danken für Ihre treue Anhänglichkeit...‹

Die Führerrede nähert sich dem Ende. Viel eher als in all den anderen Jahren. Normalerweise sprach Hitler anderthalb Stunden. Darauf hat Elser seinen Plan aufgebaut.

21.00 Uhr. Hitler hebt die Stimme: ›Parteigenossen!‹ Man hört, wie die Blutordenträger und alten Kämpfer sich im Bürgerbräukeller erheben. ›Unsere nationalsozialistische Bewegung, unser deutsches Volk und über allem jetzt unsere siegreiche Wehrmacht – Sieg Heil!‹

Der Berichterstatter des Berliner Lokalanzeigers schrieb am 9. November 1938:

›Ungeheure Begeisterung, eiserne Kampfentschlossenheit, tiefe Ergriffenheit und jubelnde Siegesgewißheit mischen sich in den ungeheuren Beifallssturm, der aus dem brausenden Sieg-Heil aufbricht und den Führer mit unbeschreiblicher Stärke umtost... Unaufhörlich brausen die Heilrufe zu ihm empor... Wie ein Schwur sind die Lieder der Nation, in deren Gesang die ergreifende Kundgebung ihren feierlichen Höhepunkt findet.‹

In der Zollaufsichtsstelle Konstanz-Kreuzlingen starrt Georg Elser auf den Radioapparat. Der Zollbeamte Straube schaltet das Gerät ab und wendet sich Elser zu...«

Die Kellnerin Maria Strobel hatte am Prominententisch bedient:

»Die hohen Herren verließen mit Hitler den Saal so plötzlich, daß ich gar nicht mehr kassieren konnte. – Die meisten Tische im großen Saal waren leer. (Die Mitschreier folgten Hitler zur Bahn: daher nur ein halbes Dutzend umkam durch Elsers Attentat.) Auch auf der Galerie war kaum noch jemand. Ich war gerade dabei, die Maßkrüge von dem Hitler-Tisch zu räumen.

Gehört habe ich eigentlich nichts. Ich spürte nur plötzlich einen gewaltigen Luftdruck und flog durch die Pendeltür fast bis zum Haupteingang. Dann war ich weg. – Als ich wieder zu mir kam, lag ich zwischen zerstörten Möbeln, zersplitterten Maßkrügen und zerrissenen Girlanden. Mauerwerk lag auf mir, und eine Staubwolke nahm mir fast den Atem. Menschen schrien. Hinter mir war die ganze Saaldecke heruntergestürzt.«

Die »Überstellung« Elsers an die Gestapo erfolgte, als noch in der gleichen Nacht ein Fernschreiben den Zöllnern vom Attentat in München Kenntnis gab und schärfste Bewachung der Grenzen anordnete – nur deshalb, weil Elser, ganz unbegreiflich, die Ansichtskarte des ›Bürgerbräukellers‹ und das kommunistische Abzeichen bei sich getragen hatte: sonst hätte nichts ihn verraten; Peis und Petry haben den Konstanzer Gestapo-Beamten noch zu Protokoll genommen:

»Im Gestapo-Quartier, im ersten Stock des Hauses Mainaustraße 27, machte der Kriminalbeamte Otto Grethe Nachtdienst.

Grethe heute, 1964:

›Kurz nach neun Uhr brachten mir die Zollbeamten einen Mann. Er hieß Elser. Einer der Beamten legte mir die Sachen, die bei Elser gefunden worden waren, auf den Tisch und ging dann. Ich hatte nur die Schreibtischlampe brennen.

Aber ich sah den Mann genau. Er machte einen harmlosen Eindruck.

›Warum wollten Sie über die Grenze?‹ fragte ich.

›Ich wollte nicht über die Grenze. Ich wollte Herrn Feuchtlheimer hier in Konstanz besuchen. Er ist Vorsitzender des Trachtenvereins. Dabei habe ich mich verlaufen.‹

Ich ließ diese Angaben nachprüfen. Es gab tatsächlich einen Herrn Feuchtlheimer, der Vorsitzender des Trachtenvereins war. Aber er wohnte am Petershausener Bahnhof, weit weg von der Stelle, an der Elser verhaftet worden war. Ich hielt ihm dies vor, und er versuchte, sich herauszureden:

›Ich kenne mich nicht aus in Konstanz!‹

Aber ich konnte ihn sofort widerlegen: Wir hatten festgestellt, daß er fast sieben Jahre in Konstanz gewohnt hatte.

Daraufhin gab Elser zu, daß er die Schweizer Grenze illegal überschreiten wollte, und begründete diesen Versuch: ›Ich habe ein uneheliches Kind und konnte die Alimente nicht zahlen.‹

Ich wußte nicht so recht, wie ich weiterkommen sollte.«

Bis das Fernschreiben das Attentat meldete... Der schon erwähnte spätere Obersturmbannführer Huber – einer der nur vier, die mit Himmler an der Spitze die Aufklärung des Attentats durch viele hundert Kriminalisten beaufsichtigen sollten –, gab Peis und Petry 1964 in München über den Verlauf der Vernehmungen 1939 vorsichtig Auskunft und erklärte, warum in Berlin – er selber hatte Elser noch in München zum Geständnis gebracht –, Heinrich Müller, befehlsgemäß die Suche nach »Hintermännern« mit Folterungen beginnen mußte, die auch Heydrichs Nachfolger Schellenberg später in seinen Memoiren bestätigte, würden wir nicht schon durch den Bericht von Elsers Freundin wissen, wie Elser entstellt (worden) war. Peis und Petry:

»Aus Elser selbst war nichts herauszuholen. Er wurde am nächsten Morgen nach München gebracht.

In der ›Hauptstadt der Bewegung‹ war inzwischen ein Heer von Kriminalisten unter der Führung von Kriminalrat und SS-Oberführer Nebe am Werk. Himmler selbst hatte die Oberaufsicht übernommen. Die Beamten verfolgten Hunderte von Spuren. Sie durchsiebten die Trümmer des Bürgerbräukellers. Immer auf der Suche nach Einzelheiten der Höllenmaschine, die vielleicht einen Hinweis auf ihre Herkunft geben könnten. Die Ausbeute war gering, und am zweiten Tag verlor Himmler die Geduld. Er brauchte endlich einen Täter!

Wenn Nebe es nicht schaffte, dann mußte Huber heran. Kriminalrat Franz-Josef Huber befand sich in Wien. Am 11. November, drei Tage nach dem Attentat, beorderte Himmler ihn nach München.

Kriminalrat Huber, 1964:

›Ich wußte, daß Nebes Leute am Tatort kriminalistische Feinarbeit geleistet hatten. Aber ich glaubte, daß man diese Sache mehr vom Motiv her anfassen sollte. Deshalb überprüfte ich die Oppositionsgruppen innerhalb der Partei und befaßte mich mit kommunistischen Elementen. Zu diesen gehörte auch Elser. Ich ließ ihn mir vorführen.

Zwei Beamte brachten den kleinen schmächtigen Mann herein. Er hatte einen dunklen Anzug an und machte einen sympathischen Eindruck. Ich dachte schon: Nein, das ist unmöglich, der kann nichts damit zu tun haben. Aber ich wußte, daß er lange vor 1933 für einige Zeit Mitglied der KPD gewesen war, und ich wußte, was man bei ihm gefunden hatte. Tagelang befaßte ich mich mit ihm. Und ich merkte, daß er mir immer dann auswich, wenn ich auf seinen Münchner Aufenthalt zu sprechen kam. Er verstand mich absichtlich falsch. Wenn ich ihn auf den Bürgerbräukeller ansprach, tat er in seiner Antwort, als handle es sich um den Löwenbräukeller.

Ich hatte mir den Tatort angesehen. Die Höllenmaschine mußte auf der Galerie in den Pfeiler praktiziert worden sein, und zwar dicht über dem Fußboden. Das setzte eine langwierige Arbeit voraus, die nur im Knien ausgeführt werden konnte.

Eigentlich war es ein Schuß ins Dunkle, als ich sagte: ›Ziehen Sie sich aus, Elser.‹

Einen Augenblick zögerte er. Es war ihm peinlich. ›Es geht mir hauptsächlich um die Knie‹, sagte ich. Langsam zog er die Hosenbeine hoch, und ich sah: Elsers Knie waren geschwollen und vereitert. ›Haben Sie mir jetzt etwas zu sagen?‹ fragte ich.

Er schwieg lange. Dann sagte er: ›Wenn jemand so etwas getan hat, was erwartet ihn?‹

Ich wollte ihm nicht sagen, was ich dachte, und antwortete: ›Das kommt darauf an, weshalb er es getan hat.‹

Ich glaubte, es sei besser, das Verhör jetzt abzubrechen.

Nachts um zwölf Uhr ließ ich mir ihn wieder vorführen. Ich sagte gar nichts. Er saß klein an dem Tisch und hatte eine Flasche Sprudel vor sich. Immer wieder trank er einen Schluck. Dann, ohne jeden Übergang, sagte er: ›Ja, ich war es‹, und erzählte in allen Einzelheiten, wie er die Höllenmaschine fabriziert und eingebaut hatte.‹

Huber war mit seinem Erfolg zufrieden. Am Morgen des 13. November rief er seinen Vorgesetzten, SS-Oberführer Müller, in Berlin an und meldete das Geständnis. Gestapo-Müller freute sich, aber am Ende des Gesprächs stellte er die entscheidende Frage: ›Und wer steckt dahinter?‹

Huber: ›Niemand.‹

Müller: ›Das machen Sie Himmler mal klar.‹

Tatsächlich schrieb Heinrich Himmler auf das Vernehmungsprotokoll in seiner winkligen Handschrift: ›Welcher Idiot hat diese Vernehmung durchgeführt?‹

Himmler konnte keinen deutschen Menschen gebrauchen, der aus eigenem Antrieb die Hand gegen den ›Führer‹ erhob. Er brauchte Hintermänner aus dem Ausland, Drahtzieher, eine ›Verschwörung des Weltjudentums‹.

Huber konnte sie ihm nicht liefern. Deshalb nahm sich Himmler den kleinen schwäbischen Handwerker Elser selbst vor.«

VII.

Über Himmlers persönliche Begegnungen mit dem – »vorgeführt erscheint: Elser, Johann Georg« –, Inhaftierten wissen wir nichts; doch da er sogar Elsers Freundin persönlich verhörte und Hitler täglich informiert sein wollte über den Stand der Vernehmungen, hat er sich zweifellos intensiv mit ihm auseinandergesetzt: was auch belegt ist durch Schellenbergs Memoiren; Schellenberg war Himmlers Geheimdienstchef, als solcher Rivale des Chefs der ›Abwehr‹: Admiral Canaris – ›Abwehr‹ hieß der Geheimdienst der mit der SS rivalisierenden Wehrmacht. Schellenberg persönlich hat nach dem Attentat vom 20. Juli 1944 – Canaris war schon pensioniert – den Admiral verhaftet. Übrigens wurden Canaris und seine Mitarbeiter Oster, Dohnany, Bonhoeffer am gleichen Tag wie Georg Elser nackt erdrosselt – die Abwehr-Männer in Flossenbürg, Elser in Dachau: am 9. April 1945, als die Amerikaner Hessen und Thüringen schon seit acht Tagen erobert und die Rote Armee Berlin längst eingekreist hatte.

Die von Elser nachgebaute Kopie seiner Höllenmaschine wurde ein solches »Meisterstück«, daß die Gestapo sie bis Kriegsende jungen, neu auszubildenden Mitarbeitern stets vorgeführt hat. Sie ist ebenso wenig erhalten wie die meisten Akten der Gestapo und des sogenannten Volksgerichtshofes, die tagelang vor Einzug der Roten Armee in Berlin verbrannt worden sind; daß Elsers Vernehmungsprotokoll ebenso erhalten ist wie das Todesurteil gegen Bavaud, ist der Tatsache zu danken, daß Kopien der Aussagen Elsers ans Justizministerium, die des Todesurteiles – weil Bauvaud Schweizer war – ans Auswärtige Amt zu Herrn von Weizsäcker gingen ... Das Foto, das Elser so eindrucksvoll am Reißbrett zeigt, wurde der Kopie seiner Aussagen beigelegt und ist deshalb vorhanden. Nicht erhalten sind seine Konstruktionszeichnungen, von denen offensichtlich keine Kopien ans Justizministerium verschickt wurden. Mit dem Modell seiner in die Säule eingebauten Attentats-Maschinerie hatte Elser endlich seine Allein-Urheberschaft dokumentiert; vermutlich haben die körperlichen Quälereien damit aufgehört. Doch Hitler wie Himmler verzichteten keineswegs auf ihr Vorhaben – und nur deshalb »hoben sie ihn auf« bis Kriegsende als sogenannten »Prominentenhäftling« wie Pastor Niemöller –, Elser nach ihrem Endsieg in einem Schauprozeß aburteilen zu wollen, in welchem er so »präpariert« auftreten sollte, daß der Welt weiszumachen wäre, er sei das »Werkzeug« der Briten gewesen … Deshalb ja hatte Schellenberg 1939, unmittelbar nach Elsers Tat, das heißt am nächsten Tag, die zwei britischen Geheimdienstler Best und Stevens, die Schellenberg hier erwähnt, in Holland kidnappen müssen: Es war der »Arbeiter«-Partei Hitlers unmöglich, einen Arbeiter vor Gericht zu stellen, der den geliebten Führer habe töten wollen – Briten mußten ihn angestiftet haben … Als selbst Himmler begriff, die bereits Richtung Nürnberg marschierenden USA-Streitkräfte würden kaum noch einen solchen Schauprozeß gestatten, gab er den Befehl, Elser anläßlich eines Bombenangriffs auf München im KZ zu ermorden. Über die im Schellenberg-Zitat genannten »Hintermänner« Elsers: Der Alleintäter hat sie offensichtlich ebenso wie der Alleintäter Maurice Bavaud die seinen, deshalb erfunden, (sofern nicht Schellenbergs Gedächtnis erst nach dem Kriege sie erfunden hat, wie es den meisten Memoiren-Schreibern mit vielen »Fakten« ergeht), weil er darauf vertraute, die Bullen würden die mörderischen »Verhör«-Methoden nur dann nicht bis zu seiner Ermordung steigern, wenn sie noch hoffen könnten, dank weiterer Aussagen solche »Hintermänner … die im Ausland für ihn sorgen wollten« schließlich dingfest zu machen. Logisch: nur so lange die Schläger noch dem Wahn aufsaßen, der Gefolterte wisse mehr, als er sage oder eigne sich für einen Propaganda-Prozeß, konnten sie an seinem Überleben interessiert sein …

Wie unzuverlässig Schellenbergs ›Memoiren‹ sind, allein aus dem Gedächtnis ohne Tagebuch geschrieben, wird schon belegt durch seine Behauptung, die aberwitzig ist, Elser habe einen Bruder im KZ – was Elser gewiß nicht gesagt hat: sein Bruder war niemals im KZ–, was ja niemand besser wußte, als Elsers Berliner Quäler, denen die KZ's unterstanden haben. Ähnliche Falschaussagen sind immer zu verzeichnen, wenn Erinnerungen ohne amtliche Unterlagen, Jahre, Jahrzehnte *nach* den Geschehnissen verfaßt werden. Atmosphärisch, nicht faktisch, sind aber Schellenbergs Erinnerungen dennoch aufschlußreich:

»Berlin war immer eine nervöse und gehetzte Stadt. Jetzt aber schlug mir im Amt eine Atmosphäre geradezu hektischer Erregung entgegen. Soeben war die Kommission zur Aufklärung des Bürgerbräu-Attentats aus München eingetroffen, und der gesamte Fahndungsapparat der Geheimen Staats- und Kriminalpolizei lief auf höchsten Touren, um die Hintermänner des Anschlages zu ermitteln. Dies sei deshalb erwähnt, weil oft behauptet worden ist, das Bürgerbräu-Attentat sei von Heydrich, Himmler oder gar Hitler selbst gestellt worden. Bei einer so ausgedehnten Fahndungsaktion wäre es ausgeschlossen gewesen, daß nicht an irgendeiner Stelle etwas davon durchgesikkert wäre.

Bisher war nur der Konstrukteur der Höllenmaschine gefaßt worden. . . .

Er hatte unter der Last der Indizien gestanden, in einer Säule des Bürgerbräukellers seine Höllenmaschine mit Zeitzünder eingebaut zu haben. Es handelte sich um einen genial umkonstruierten Wecker, der mit einer Explosivmasse gekoppelt war. Elser hatte erklärt, zwei unbekannte Personen hätten ihm bei der Vorbereitung des Anschlages geholfen und versprochen, später im Ausland für ihn zu sorgen... wurde ich für abends neun Uhr zum Vortrag bei Hitler bestellt. Heydrich riet mir, mich zuvor beim Gestapochef Müller genau über den Stand der Verhöre des Attentäters Elser zu unterrichten. . . .

Ich fragte Müller, wer nun seiner Meinung nach hinter Elser stecke. Er kniff die Augen zusammen und erwiderte: ›Ich komme einfach nicht weiter mit dem Kerl, er ist zu verstockt und bleibt immer bei seiner ersten Aussage – er hasse Hitler, ... Dann behauptet er wieder, ihm habe die aufregende Bastelarbeit an der Höllenmaschine einfach Spaß gemacht, wobei er dann immer das Bild des zerfetzten Körpers Hitlers vor sich gesehen habe. Sprengstoff und Zünder seien ihm von den beiden Unbekannten in einem Münchener Café zugesteckt worden. Es kann schon sein‹, meinte Müller schließlich, ›daß der Strasser mit seiner Schwarzen Front die Finger im Spiele hat.‹ Müller hielt inne und sah nachdenklich vor sich hin. Ich bemerkte, wie übernächtigt er aussah und daß die Knöchel über dem breiten Rükken seiner rechten Hand rot angeschwollen waren. Dann schaute er mich ein wenig von unten herauf an. In seinen Augen lag ein böser Glanz. ›Bisher habe ich noch jeden kleingekriegt, den ich mir vorgenommen habe...‹ sagte er. Mich fröstelte. Müller merkte es und fügte betont hinzu: ›Hätte der Kerl meine Ohrfeigen schon früher bekommen, würde er sich diesen Unsinn erst gar nicht ausgedacht haben.‹ – Das war Müller. Er spielte kein Theater, das war seine Natur. Er würde auch weiter versuchen, sein Opfer mit allen Mitteln zum Sprechen zu bringen.

Anschließend fuhr ich in die Reichskanzlei....

Man unterhielt sich über den Luftdruck. Hitler aber hörte jetzt kaum zu. Nach einer Weile wandte er sich plötzlich mit den Worten an Himmler: ›Schellenberg glaubt nicht, daß die beiden (von ihm aus Holland entführten) Engländer etwas mit Elser zu tun haben.‹ Und Himmler darauf: ›Ja, mein Führer, aber das ist nur seine Auffassung.‹ Ich schaltete mich nun in das Gespräch ein und erklärte ganz offen, daß ich ein Zusammenspiel Best-Stevens-Elser für ausgeschlossen hielte: ich könne freilich nicht behaupten, daß der englische Nachrichtendienst nicht durch andere Kanäle mit dem Attentäter in Verbindung gestanden habe. Hitler erwiderte zunächst nichts. Dann wandte er sich an Heydrich: ›Ich möchte wissen, um was für einen Typ es sich bei diesem Elser handelt. Man muß den Mann doch irgendwie klassifizieren können. Berichten Sie mir darüber. Im übrigen wenden Sie alle Mittel an, um diesen Verbrecher zum Reden zu bringen. Lassen Sie ihn hypnotisieren, geben Sie ihm Drogen; machen Sie Gebrauch von allem, was unsere heutige Wissenschaft in dieser Richtung erprobt hat. Ich will wissen, wer die Anstifter sind, ich will wissen, wer dahintersteckt.‹

Nun erst wandte er sich seiner Diätkost zu. Er aß schnell und hastig und ohne besondere Eleganz...«

Wie ganz und gar unzuverlässig im Faktischen Schellenbergs

in den fünfziger Jahren aufgeschriebene Memoiren sind, wird deutlich auch hier, wenn er schreibt: »In den folgenden Tagen« – Elser müßte dann seine Attentats-Maschine binnen weniger Tage nachgebaut haben; auch dürfte er kaum je zum Gestapo-Chef Müller gesagt haben, Sprengstoff sei ihm in einem Münchner Café zugesteckt worden, da er ja schon vor dem ihn vernehmenden Huber in München ausgesagt hatte, daß er sich in dem Steinbruch deshalb hatte anstellen lassen, um dort den Sprengstoff zu entwenden... Natürlich hatte Schellenberg die erst fast zwanzig Jahre später, 1969 ausgewerteten, im Archiv des Bonner Justizministeriums aufgefundenen Berliner Vernehmungsprotokolle Elsers vom 19. bis 23. November 1939 – die vorangegangenen Münchner Protokolle sind unauffindbar, vermutlich nicht mehr erhalten –, gar nicht zur Hand, als er um 1950 seine Erinnerungen schrieb...

»... An einem der folgenden Tage war ich bei einer Besprechung zugegen, die Heydrich mit Müller führte. Müller berichtete, daß sich drei Fachärzte eine Nacht und einen Tag lang mit Elser beschäftigt hätten. Man habe ihm beachtliche Mengen Pervitin eingespritzt, seine Aussage sei jedoch immer die gleiche geblieben. Dann habe er, Müller, einen anderen Weg eingeschlagen, um herauszubekommen, ob Elser tatsächlich selber der Erbauer der Höllenmaschine gewesen sei. Er habe für ihn eine Schreinerwerkstätte einrichten lassen und ihm befohlen, seine Teufelsapparatur noch einmal herzustellen. Elser habe daraufhin innerhalb kurzer Zeit das genaue Gegenstück angefertigt und es in eine Holzsäule eingesetzt. Es sei ein Meisterstück geworden. Heydrich interessierte die Arbeit Elsers so sehr, daß er sie zu sehen wünschte und mich bat, mitzukommen. Ich sah den Attentäter zum ersten Male. Es war ein kleiner, schmächtiger Mann, etwas blaß, mit hellen Augen und einer hohen Stirn – ein Typ, wie man ihn zuweilen unter qualifizierten Handwerkern antrifft. Er sprach unverfälschte schwäbische Mundart, dabei zeigte er sich schüchtern und zurückhaltend ängstlich. Auf Fragen gab er nur widerwillig Antwort, doch taute er auf, wenn man ihn wegen seiner Handfertigkeit lobte; dann erläuterte er sein nachgefertigtes Modell redselig und mit allem Eifer.

Von seiner Aussage bezüglich der beiden Unbekannten, mit denen er sich in einem Münchner Lokal getroffen haben wollte, wich Elser nicht ab. Müller gab jedoch nicht auf. Am Nachmittag ließ er vier bekannte Hypnotiseure rufen, es gelang jedoch nur einem, Elser in einen hypnotischen Schlaf zu versetzen, wobei er wiederum bei seinen bisherigen Angaben blieb.«

VIII.

Auch des Reiches damals berühmtester Psychiater Geheimrat Professor Bumke, Bruder des (seit 1929) Präsidenten des Leipziger Reichsgerichts, wurde aus München nach Berlin geholt und auf Elser »angesetzt«: Leider hat Bumke, dem es offensichtlich nach Hitlers Ende peinlich war, von den Nazis als Gutachter geschätzt und herbeigeholt worden zu sein, nach dem Kriege seine Aufzeichnungen über die Begegnung mit Elser vernichtet. Und dann jene Memoiren geschrieben, die, wie alle ohne Aufzeichnungen verfaßten, eben doch zu lückenhaft sind, um verläßlich zu sein. Es kommt hinzu, daß auch Bumke dem Nachkriegsgerücht aufgesessen ist – sogar Pastor Niemöller hatte ihm und jedermann diesen Unfug erzählt–, die Nazis selber hätten Elser beauftragt, den Saal hochgehen zu lassen: dann wäre in der Tat Hitler ein todesmutiger Mann gewesen! (Wenn er riskiert hätte, sich bis elf Minuten vor der Explosion direkt neben die sprengstoffgeladene Säule zu stellen!) Geheimrat Oswald Bumke schreibt:

»Kurz danach wurde ich nach Berlin geholt, wo ich den ›Attentäter‹ begutachten mußte. Es fehlte ihm nichts. Er wäre Kommunist und Pazifist, erklärte er, und deshalb hätte er Hitler und seine Leute beseitigen wollen, weil sich nur dadurch der Krieg hätte vermeiden oder schnell beendigen lassen... Auf den Gedanken, Elser hätte das Attentat im Auftrag der Gestapo begangen, bin ich nicht gekommen, ja als Gerüchte dieser Art aufgetaucht sind, habe ich ihnen widersprochen. So viel Verworfenheit hätte ich nicht für möglich gehalten.«

Bumke, der über die allerbedenklichsten seiner psychiatrischen Patienten schreibt: »In friedlichen Zeiten begutachten wir sie, in aufgeregten regieren sie uns« – ist schon 1950 gestorben und hat also nicht mehr Anton Hochs Auffindung des Elser-Protokolls und die Rehabilitierung des Jahrzehnte lang um seinen Nachruhm betrogenen Elsers erlebt ... man hatte Elser in der Nachkriegs-Geschichteschreibung sozusagen seine Tat gestohlen, indem man sie immer wieder anderen als ihm, ja den Nazis selber, zuschob! So hat denn Bumke sogar das Wort »Attentäter« in Anführungsstriche gesetzt, obgleich er doch 1939 bei seiner Begegnung mit Elser einen völlig normalen Eindruck von dem entschlossenen Schwaben mitgenommen hatte ... Tatsächlich sind die zwei überlieferten Porträts *vor* der Haft, ebenso wie das am Zeichentisch *in* der Haft, beeindruckend: denn wie selten sind im gleichen Gesicht eine so hohe Stirn und ein so starkes Kinn anzutreffen wie bei diesem höchst erfindungsreichen, musikalisch so aktiven, doch an Büchern und Zeitungen nicht interessierten Schwaben, der nicht »nur« mit achtzehn die beste Tischlerprüfung abgelegt, sondern auch heimlich als »Metall-Arbeiter« sich autodidaktisch die Kenntnisse angeeignet hat, seine Attentatsmaschine zu konstruieren ...

Doch Gerüchte scheinen zuweilen sogar hochkarätige Psychiater stärker zu beeindrucken als der Augenschein: daher sogar der Ordinarius Bumke schließlich nicht mehr glaubte, was er gesehen hatte: einen ehrlichen, idealistisch-praktischen Attentäter – so »gesund«, politisch gesehen, wie 1939 weder Bumke selber noch *einer* der anderen sechzig Millionen Deutschen je gewesen sind, die wir ja alle dem Hitler, wenn nicht enthusiastisch, so doch widerstandslos, in Krieg und Mord und Untergang hinterherliefen ... Ein Fall für die Psychiatrie – »es fehlte ihm nichts« – ist nicht Elser gewesen, niemals! Sondern die Mißhandlung dieses wahrhaft großen Mannes, erst durch die Nazis, die ihn öffentlich stets nur als »Subjekt und Werkzeug des Secret Service« denunziert haben; zweitens durch die Nachwelt: Da ein ganzes Volk – wir alle – dem Hitler »aufgesessen« waren, um es so schonend wie möglich zu formulieren, konnten wir einfach nicht zugeben, daß *einer* bei Verstand, Mut, Entschlußkraft geblieben war – einer ohne jeden Anhang, Einfluß, ohne Mittel! Elsers einziges »Mittel« war sein Gewissen: Er wußte 1938, was viele wußten und viele *wollten*: Hitler werde Krieg machen. Den wollte Elser verhindern oder – da der Krieg dann im September schon begonnen hatte –, abkürzen durch die Ermordung des Mörders. Die Umsicht, Intelligenz, mit denen Elser seine Tat verwirklichte, sind in jedem einzelnen Detail aus dem Verhörungsprotokoll ablesbar und nötigen einem Seite nach Seite Ehrfurcht und Staunen ab: wie viel mehr noch wüßten wir von diesem eindrucksvollsten Deutschen des Jahrhunderts – hätte der Psychiater Bumke, der letzte Mensch, der Elser noch sprach und kein Gestapo-Bulle war, sich nach dem Krieg nicht seiner Aufzeichnungen geniert und sie vernichtet, weil sogar *er* nun nicht mehr glaubte, was ihm bei der Begegnung mit Elser so glaubhaft gewesen war. Sondern auf Niemöllers (und anderer) Geschwätz hereingefallen ist: Elser sei nicht der Täter seiner Tat! Daß Niemöller, gewiß ein ehrlicher Mann, nach dem Kriege dieses Märchen in Umlauf gesetzt hat, das läßt sich allerdings so erklären – wie Lother Gruchmann vom ›Institut für Zeitgeschichte‹ in seiner ausgezeichneten Einleitung zu Elsers ›Autobiographie‹ (eben das Protokoll der Vernehmung in Berlin vom 19. bis 23. November 1939) –, es erklärt: Elser wurde in dem KZ Sachsenhausen, dreißig Kilometer nördlich von Berlin, später in Dachau, wohin er wie alle prominenten Häftlinge Ende 1944 oder Anfang 1945 gebracht worden ist, derart bevorzugt behandelt, daß die – ebenso bevorzugt behandelten – Mitgefangenen ihn einfach nicht für »schuldig« im Sinne der Nazis halten konnten: Pastor Niemöller, der Münchner Domkapitular Neuhäusler, der österreichische Bundeskanzler Schuschnigg, der französische Ministerpräsident Léon Blum, der Reichsbankpräsident Schacht, die Generale Halder, von Falkenhausen, der Oberst von Bonin, der Industrielle Fritz Thyssen: Sie alle – ohne je ein Wort mit Elser sprechen zu können –, sahen diesen Mitgefangenen, der nicht in *einer* Zelle saß, sondern mit zwei SS-Männern, die ihn Tag und Nacht vor einem Selbstmord-Versuch »behüten« sollten, in *drei* Zellen, deren Innen-Wände man entfernt hatte, um Elser eine Schreinerwerkstatt einzubauen. Hitler persönlich wollte ja unbedingt Elser »aufheben« für den großen Schauprozeß, den er nach Deutschlands Sieg gegen den britischen Geheimdienst und deren zwei am 9. November 1939 in Holland gekidnappten Offiziere Best und Stevens – Mitgefangene Elsers, jedoch ebenfalls daran gehindert, je mit ihm ein Wort wechseln zu können –, veranstalten würde... Je »höher« nunmehr Elser sich selber aufbaute gegenüber den zwei SS-Schergen, die seine Leibwächter waren, je eindrucksvoller er ihnen weismachte, ein persönlicher Gefangener ihres Abgottes, des Führers zu sein – was ja sogar wahr gewesen ist –, je besser wurde er auch von denen behandelt, die ihm gar erlaubt hatten, ein Musikinstrument zu bauen: aus abertausend abgebrannten Streichhölzern eine Zither, auf der »ihr« Elser, der »kleine Schorsch« oft spielte... Gruchmann: »... bekam Elser im gemauerten ›Zellenbau‹, in dem übrigens auch die Engländer Best und Stevens inhaftiert waren, als bevorzugt behandelter Sonderhäftling eine geräumige Zelle zugewiesen, die durch Entfernung der Zwischenwände aus drei normalen Zellen gebildet worden war. Neben verpflegungsmäßigen Vergünstigungen wurden ihm eine Hobelbank und Tischlerwerkzeug zur Verfügung gestellt, mit denen er nach Belieben Holzarbeiten und Schnitzereien für die Wachmannschaften anfertigte. Soweit nicht schon während der Berliner Haftzeit geschehen, baute er wohl hier im Auftrag der Gestapo auch seine Höllenmaschine noch einmal nach. Dem ›kleinen Schorsch‹, wie er im Lager genannt wurde, war es erlaubt, mit einem selbstgebauten Lochbillard zu spielen und auf der Zither zu musizieren. Je zwei SS-Bewacher, die sich mit in seiner Zelle aufhielten und auch nachts gegenseitig ablösten, durften ihn keine Sekunde aus den Augen lassen, um einen Selbstmord und jeden Kontakt mit anderen Häftlingen zu verhindern. Vielleicht hat Elser hier einem seiner Wächter die Story erzählt, daß er das Attentat auf persönlichen Befehl Hitlers durchgeführt habe und ihm dafür eine Villa und eine Staatspension versprochen worden seien, – um sich als ›Ehrenhäftling Hitlers‹ auch bei den unteren Chargen eine wohlwollende Behandlung zu sichern.

Über die wahren Gründe für die bevorzugte Behandlung Elsers im Konzentrationslager gibt es keine aufklärenden Dokumente. Wir sind hier auf überlieferte Gespräche mit hohen NS-Führern angewiesen, die in Sekundärquellen erwähnt werden und besagen, daß Elser für ein später beabsichtigtes Propagandaschauspiel ›konserviert‹ wurde.«

Wie Elser selbst auf fanatisierte Nazi-Propagandaschreiber in seinen bedrückendsten Tagen – während der Verhöre – gewirkt hat, belegt Lothar Gruchmann durch ein Zitat aus Hitlers Zeitung: ›Der Völkische Beobachter‹ vom 22. November 1939: »... Dieser Mann dort hat keine auffällige Verbrecherphysiognomie, sondern intelligente Augen, leise, vorsichtig abwägende Ausdrücke, die Vernehmungen dehnen sich endlos, jedes Wort überlegt er lange und genau, bis er Antwort gibt, und wenn man ihn dabei beobachten kann, vergißt man einen Augenblick, vor welchem satanischen Untier man steht, welche Schuld, welche grausige Last dieses Gewissen dort scheinbar so leicht zu tragen imstande ist.« Elser weinte und sagte: »Das habe ich nicht gewollt«, als man ihm noch im November 1939 die Wochenschau zeigte mit den Särgen seiner acht Attentat-Opfer; Hitler selber, Trauerflor am linken Oberarm auf seinem Ledermantel, war zur Trauerfeier in München erschienen. Doch daß Bumke, daß der Geheimrat und Universitätsprofessor und Klinikchef seine unersetzlichen Notizen der Gespräche mit Elser vernichtet hat – erstens doch wohl, warum sonst? –, weil er sich nach dem Kriege genierte, Gutachter der Gestapo gewesen zu sein; zweitens und vor allem sich genierte, als führender Psychiater einen Menschen normal und in seinen politischen Motiven zum Attentat überzeugend befunden zu haben, von dem es nunmehr – *nach* dem Kriege – hieß, er sei ein Schwindler gewesen, der sogar auch ihm, Bumke, habe verschweigen können, im Auftrage der Nazis das Attentat verübt zu haben –: ist eine so melancholisch stimmende wie zeitgenössisch vielfach bezeichnende Anekdote! Erstens belegt sie einmal mehr, wie selbst höchstgestellte Gelehrte im Reiche Hitlers ihm absolut hörige Mitläufer gewesen sind – sonst würde ja Bumke, ein besonnener Mensch, dem Zeitgeist nicht so völlig ausgeliefert gewesen sein, wie beinahe alle anderen Deutschen. Sondern hätte mindestens in dem *einen* Tatmotiv Elsers: Hitler beseitigen, um den Krieg zu vermeiden oder abzukürzen – *Größe* entdeckt! Als bürgerlicher Wissenschaftler konnte Bumke verständlicherweise für die zwei anderen, ihm von Elser genannten

Tatmotive: Kommunist und Pazifist zu sein – keine Gegenliebe, kein Verständnis entwickeln. Warum auch? Erstens, kann ja keine wie immer geartete Diktatur, also auch die kommunistische nicht – und Kommunismus hat sich bisher ja stets nur als Diktatur etabliert, als Einpartei-Herrschaft –, eine Alternative zur Diktatur Hitlers sein; zweitens sind Pazifisten Menschen, die andere für sich kämpfen lassen – wäre Churchills England, um nur ein Beispiel zu geben, nicht freiwillig, von Hitler niemals angegriffen, gegen Deutschland marschiert und bereit gewesen, sein Empire dafür aufzuopfern: Wer hätte dann je die Feuer von Auschwitz ausgetreten?

Doch mit solcher Umsicht, wie Elser zweifellos sie auch Bumke hat detailliert schildern müssen, mit solchem Mut, mit solcher Intelligenz sowohl in der Behandlung der Mitmenschen wie in der Bewältigung der technischen und der örtlichen Schwierigkeiten, das Attentat schon *vor* dem Kriege – bei Hitlers Einmarsch nach Böhmen – geplant und dann verwirklicht zu haben: Das mußte doch einem Seelenkenner Eindruck machen auch dann, wenn er Attentate generell verabscheute. Und wenn er in moralischer Hochnasigkeit – wie sein Generationsgenosse Staatssekretär Ernst Baron von Weizsäcker in seinen ›Erinnerungen‹ von sich gesagt hätte, es habe »nicht in meiner Erziehung gelegen, einen Menschen zu töten«. In *wessen* Erziehung lag es? Als seien Attentäter zum Totschlag Erzogene! War Herr von Weizsäcker je dazu erzogen worden – sicher nicht, aber getan hat er es doch! –, namens des Auswärtigen Amtes abzuzeichnen, daß er keine Bedenken hege, wenn 1942 aus Frankreich und Benelux 96 000 Juden nach Osten abgekarrt würden? (Seit sein Marinefreund Canaris schon 1940 Weizsäcker von den systematischen Ausrottungen berichtet hatte: war der Staatssekretär eine der bestinformierten Deutschen.) War *Elser* erzogen worden, einen zu töten? Sind existentiell ernste Situationen je aufgrund der Erziehung gemeistert worden? Ist überhaupt schon ernst, was noch konventionell dank unsrer Erziehung zu entscheiden, zu bewältigen wäre? Was ist Psychiatrie wert, wenn sogar einer ihrer berühmtesten Vertreter, der keineswegs ein fanatisierter Hitler-Mann war, in Elser, den er für so gesund hielt, wie Elser war, nicht den Außerordentlichen erkennt, wenigstens an dessen *Tat* erkennt? (In seinen Memoiren behauptet Bumke, während des Krieges einmal zu seinem Sohn gesagt zu haben, als der ihn mit dem sogenannten »deutschen Gruß« spaßeshalber begrüßt habe: »Heil Hitler!« – da habe Vater Bumke gesagt: »Das denkst du dir so einfach, mein Junge!«). Nein, sicher war Bumke nicht Nazi. Umso quälender das Problem, warum er noch ein volles Jahr nach dem »Kristallnacht« genannten Pogrom, der ihm doch seine Grundeinsicht erneuert haben muß: Die sehr gefährlichen Irren seien jene, die in friedlichen Zeiten in Anstalten behandelt, doch in aufgeregten als Führer von ganzen Völkern bejubelt werden–, um so problematischer, daß im intimen Gespräch mit Elser der berühmteste Psychiater Deutschlands nicht spürt, daß hier ein Ungewöhnlicher das Ungewöhnliche deshalb versuchen *mußte*, weil mit den Mitteln, die die bürgerliche Gesetzgbung zuläßt, der Situation nicht beizukommen ist: Nämlich einen Alleinherrscher daran zu hindern, einen Kontinent in den Krieg zu stürzen! Doch Bumke merkte *nichts*, so sehr war selbst *er* angesteckt von der Hitleritis wie wir anderen sechzig Millionen...

Erdrückender ist nicht zu belegen, wie *einsam* Elser in seiner Nation war; und woran wäre menschliche Größe deutlicher sichtbar als an einer monatelang durchgehaltenen Tatvorbereitung, die so hundertprozentig dem Consensus populorum widerspricht wie Elsers Tat – und die dennoch die einzig mögliche ist, einen Wahnsinnigen von der Anstiftung des Weltkrieges abzuhalten? Und wie unbeschreiblich *einsam* war Elser nicht nur in seiner mitlaufenden Nation – sondern sogar innerhalb der geschichtlichen Überlieferung! Sonst hätte der gebildete Bumke doch gespürt, daß dieser Gesunde, den Bumke selber ausdrücklich nicht für einen Patienten hielt, einer der ganz Vereinzelten war – und schon als solcher der Hochachtung wert–, der sich außerhalb des Kollektivs und seinen panischen Bewegungen hielt und allein deshalb noch fähig, strikt gegen den Consensus populorum zu denken und zu handeln. Aber, eben, auch Psychiater sind nur Zeitgenossen. Und wenn neunundneunzig von hundert Heil schreien... Daß Bumke nicht einmal fertigbrachte, nach dem Krieg für Elser zu *zeugen*, den er doch genauer gekannt haben sollte als jeder seiner Vernehmer und Quäler–, als man den großen Toten seine Tat gestohlen hat und sie gar den Nazi-Banditen selber zuschob! Deutsche sind Leute, die – der Anwalt Senfft hat neulich sarkastisch daraufhin gewiesen – es fertigbringen, über jene ihrer Untaten, die sie nicht ableugnen können, die Formel in Umlauf zu setzen, sie seien »in deutschem Namen geschehen«. Also durch *andere*?

IX.

Um am Tatort aus- und eingehen zu können, versuchte Elser das klassische Mittel der Infiltration: Er hatte gehört, der »Hausbursche« des Bürgerbräu-Kellers müsse einrücken; so freundete er sich an mit ihm und bot ihm fünfzig Reichsmark – sehr viel Geld für Elser, der ja während der Vorbereitung seiner Tat nichts verdiente–, wenn ihn der Hausbursche dem Pächter des Bräuhauses als Nachfolger empfehle. Es kam nicht zur Einberufung des »Burschen«. Als Elser ihm fünfzig Mark für den Job anbot, »besaß« er selber siebzig Mark: sein ganzes Barvermögen! Um bis zum 5. August 1939, als er anfing, die Säule als Sprengstoffkammer auszuhöhlen, und aus Schwaben nach München reiste, seine Ersparnisse »auf ungefähr 350–400 RM« zu steigern, mußte Elser, der vier Instrumente spielte, erst seine Baßgeige verkaufen ...

REQUIEM

Dem unbekannten Soldaten
Reiseleben – Lebensreise
Iris · Familien · Elternhaus
Kinderfrage · Geschichte ist Naturgeschichte
Bäume – nicht Blumen
Schwarze Segel · Deus absconditus?

Dem unbekannten Soldaten

Du bist den Großen
nur eine Karte im Skat,
aus dem Leben verstoßen
– ach, Matrose, Soldat!

Was Zeitungen rühmen
an Admiralen, Generalen
– ihr Anonymen
müßt es bezahlen ...

Je entfernter vom Morden
Namensträger sich drücken,
je stolzer die Orden,
die am Halse sie schmücken!

Du, für die nur ein Mittel,
Fahnen zu hissen,
büßt im Sterbekittel
ins Gras gebissen

Der Feldmarschälle Eroberungswut!

Vier Jahre vergossen
kleiner Leute Blut,
selbst den Geschossen
weit fern geblieben:

Ist den Generalen
und denen, die schieben,
der Unbekannte
aus jedem Lande

Der im banalen
Kriegstag zerrieben,
in keinen Annalen
je aufgeschrieben:

– bleibst du denen
nur eine Karte im Skat,
den stets Fotogenen
– unbekannter Soldat!

Reiseleben – Lebensreise

»Der Zweck des Lebens ist das Leben selbst.«
Goethe an Meyer, 1796

»... weil es offenbar im Leben aufs Leben ankommt
und nicht auf ein Resultat desselben.«
Goethe, Ankündigungen und Geleitworte

Schon alles – der Krampf unsres Tätigseins?
War tatsächlich der Weg schon das Ziel?

Hat Leben, außer zu leben – keins?
Vermutlich ... ob das Goethe gefiel

Resigniert zu sagen, im Leben
liege des Lebens einziger Zweck?

Zu warnen, daß wir uns überheben,
Reisende ohne religiöses Gepäck

– hofften wir dennoch, es komme im Leben
»auf ein Resultat desselben an« ...

Er rät, Illusionen aufzugeben;
eindringlich sein Warnruf: »Man

suche nichts *hinter* den Phänomenen;
sie selbst sind die Lehre«.

Ja, halte dich an das, was *denen*
abzuschauen – doch begehre

Sinn nicht auch noch zu erahnen!
Weißt du zwar, wohin die Reise

Auf Schienen, Flügen, Autobahnen,
spürst du doch: Lebensreise-Fahrt im Kreise

Fast identisch. Und dahinter – *nichts.*
Zweck bekannt. Doch *Sinn* des Fahrens?

Frage nicht mehr – angesichts
seines Abbilds: Ewigen Paarens!

Meistens zeugungslos, doch lebenslänglich:
Lust zu stillen, sie zu wecken, sie zu stillen.

Wie als Selbstzweck – so vergänglich.
Jeder, alles nur um seiner selber willen.

Fragte etwa Goethe, bis er starb
– sicher nicht! – ob ein Sinn dahinter sei?

Nein: Ging an dem, was ihm den Tag verdarb
– souverän vorbei.

In memoriam
Heinrich Maria Ledig-Rowohlt

Iris

Iris – schattenernstes Blau,
Strahl der Nacht in buntem Strauß,
ihre Tiefe, naß von Tau,
leuchtet, lockt wie nur die Blaus

Abendkühler Wälder, Meere ...
Doch wenn sie , schon nach zwei Tagen,
blaugelb hinwest, wie erwehre
ich mich dann verdrängter Fragen

Die ihr bleu mourant erweckt.
Wenn ihr Blau verbleicht, wie gleichen
(Bilder, die kein Grab verdeckt)
ihre Blätter dann dem Leichen-

Blau, das Gesichter, die wir küßten,
und das Hände, die uns hielten,
stempelblau stigmatisiert.
Sterbende ... wenn wir nur wüßten

Wohin letzte Blicke zielten:
ob, wer *uns* stirbt, auch die Seinen,
denen *er* wegstirbt, verliert.
Weil doch Sterbende nie weinen.

Familien

Der Volksmund spricht:
der Bettelstab
steht alle hundert Jahre
vor eines anderen Tür.

Familien verbrauchen sich
meist schon im Aufstieg;
wenn endlich der Enkel
des Arbeiters, Handwerkers, Bauern

Rechte, weil Reichtum erkämpft hat,
ermüdet der Mut, lähmt Melancholie.
Zerstädtert, entnervt und zerstreßt
verkümmern bald die Instinkte.

Teils dumm, teils gelehrt,
verhökern Urenkel Stadthäuser, Firmen
doch sammeln Utrillos, barocke Kommoden
und Schwiegersöhne von Adel . . .

Selten, daß Geschlechter, uralte,
verenden wie Schwäne: singend . . .
Daß eines Kunst macht
zum Schluß.

Elternhaus

Die Uhr in meinem Elternhaus
– wem schlägt sie heute?
Der sie geerbt, wo stellte er sie ab?
In Muttis schöner Wohnung blöde Leute;
die setzten den Plafond herab.

Denn »tiefere Decken sparen Heizung«
Entsprechen, denk' ich, eurem Horizont;
so werdet ihr die Stukkatur verschonen.
Vergangenheit: wer nannte sie »besonnt«?
Sie ist mir, seit hier Fremde wohnen

Wo ich einst Enkel war und Kind
– ein offenes Bein, das immer näßt,
die Schritte hemmt, sich nie ganz schließt.
»Vollendet« nennen, was uns nur verläßt?
Geh, eh du Vaters Schatten siehst.

Wie weg schon
... sind trotz Fotos die Gestalten!
In *ihrem* Haus nimmt's mir den *Da*-Seins-Trieb.
Trostlos, daß zwar Gefühle sich erhalten
– doch nicht Gesichter: Wasser überm Sieb.

Kinderfrage

In memoriam: 23. 3. 1977

»Warum starb er so jung? Und so ein guter Mensch,
das ist nicht anständig von Gott!«

Was einem Schüler sagen,
der diese Frage stellt?
Wenn *Kinder* Gott anklagen,
so richtet das die Welt.
Hat er nicht recht, der Junge,
der erst zwölf Jahre ist?
Ich hatte auf der Zunge

Doch schwieg ich: Wieso bist
Du überzeugt gewesen,
was Gott tut, das sei gut?
Ich sagte: »Hast gelesen,
was Jahr für Jahr die Wut
(so heißt's) der Elemente
mit Maus und Maat versenkt?

Denkst Du, durch Gottes Hände?
Gott hat das nicht verhängt!
Natur – nicht: ›Gottes Plan‹,
die läßt ein Schiff verschwinden,
zerbrechen im Orkan
– doch andre heimwärts finden« ...
Der Junge rief und lachte:

»Kann Gott nichts Böses tun?«
Ein Kind belügen? Machte
doch Glaube es immun!
Gott oder Krebs: Wer's treibt,
die Frage Böses-Gutes,
nicht sie, die schlimmere bleibt:
Gott oder Krebs: *was* tut es!

Geschichte ist Naturgeschichte

Kommt eine neue Religion auf, so ist ihr erstes Anliegen, ihre Vorgängerin auszurotten ... Darüber kann uns die Beobachtung des Verfahrens unterrichten, das die Christenheit dem Heidentum gegenüber eingeschlagen hat: es hat dessen Satzungen und Bräuche insgesamt abgeschafft und alle Erinnerung an die Glaubenslehre der Vorzeit zum Erlöschen gebracht. Freilich ist es ihm nicht gelungen, alle Kunde dessen auszulöschen, was die großen Heiden getan haben; weil man in christlicher Zeit die lateinische Sprache beibehalten hat, und zwar gezwungenermaßen, weil man sie brauchte, um die neue Lehre aufzuzeichnen. Wäre es möglich gewesen, dies in einer neuen Sprache zu tun, so wäre ... keine Erinnerung an die alte Zeit übriggeblieben ... man verbrannte die Werke der Dichter und der Geschichtsschreiber, zerstörte die Bildsäulen und legte alles nieder, was irgend Zeugnis vom Altertum ablegte.

Niccolo Machiavelli

Organismen, so auch Menschen, leben nur
um sich »aus«-zuleben: Als Spiel der Natur!

Leben dem Auf- und Abbau ihrer Energien.
Denn Beschäftigungstherapien

Geschichte genannt –, sind das Wechselspiel,
das zum Tode führt, doch zu keinem Ziel.

Geschichte hat keins, hat nur ein Ende:
wie Einzelne so auch Völker und Kontinente.

Kontinuität? Keine. Nur als karge Fortsetzung
Integration in den Siegern – deren Dung.

Selten, daß ein Newcomer Teile übernimmt
dessen, dem er Vernichtung bestimmt.

Wie notgedrungen Christen von den Alten Latein.
Doch meist läßt der Sieger keinen Stein

Auf dem andern von Kulturen, die nicht widerstehen.
Untergang, kein Übergang. Auf neuen Altären sehen

Will der Neue an Göttern allein die *seinen*!
Einziger Trost derer, die untergehen:

Nur im Nichts muß niemand mehr weinen.

Bäume – nicht Blumen

»Die Bäume sind unsre Ahnen.«
Bismarck

Blumen – laß sie uns meiden:
Chiffren der Vergänglichkeit!
Bäume: unter ihnen weiden
Geist, Gemüt – befreit

Von Tod-Angst, die uns panisch
zur Flucht treibt im Zeitvergehen.
Was sonst lebt so lange organisch
wie Bäume? Sie widerstehen

Unserem Zeitmaß, unserer »Deadline«.
Harmlos gemeint: Schlußtermin
– mahnt das Wort doch an Grabstein.
Und so arglos wir Blumen ziehn

Nur unter Bäumen leiden
an der Zeit nicht Gefühl, Intellekt.
Blumen gib Toten: Beim Scheiden
hilft ein Tarnungs-Effekt.

Schwarze Segel

Wer ahnt,
der die Taue loswirft
im Frühlicht,
das emaillekalt glänzt,
wie er nach Haus kommt?

Noch auf dem Weg zum Hafen
hält seine Hand die des Kindes;
um ihn ist noch, der ihn trug,
den er trug in der Nacht:
der vertraute Leib seiner Frau...

Doch wer ahnt,
wenn er ausfährt, verlockt von Geschäften
an bedrohliche Ufer, daß sein Segel,
jetzt prahlend weiß sich brüstend
im pfaufarbenen Meer

Schon zur Nacht
achterdecks liegt, leichenlaken-fahl,
und er heimgefahren wird
die Füße voran
unter schwarzem Segel?

Deus absconditus?

Im Zweiten Weltkrieg, statistisch belegt,
verreckten an Land, in der Luft, auf den Meeren
Soldaten, Zivilisten: sechsundfünfzig Millionen.

Gott – wenn es Gott gibt – hat das nicht bewegt.
Die Ökologen können uns belehren:
kaum daß der Krieg vorüber war, bewohnen

Mehr Menschen diese Welt als bei Beginn!
Fünf Jahre Völker-Schlächter-Großbetrieb
vermochten dem Planeten »nichts« zu rauben.

Ein Zweck? – wer weiß. Doch wer noch Sinn
darin sieht, daß nicht durch dieses Sieb
er fiel, doch *jene:* müßte glauben

Nicht Zufall – Fügung habe ihn beschützt.
Fügung, die Auschwitz fügt und Hiroshima?
Kinder ertränkt, verhungern läßt, verbrennt?

Millionen Kinder – spielerisch vernützt!
Wer dies verhindern könnte, doch ihm zusah:
sei Gott? Dann wäre Gott moralisch impotent.

Die Berliner Antigone

Für Marianne

Da die Angeklagte *einer* falschen Aussage bereits überführt war, glaubte der Generalrichter, er könne sie retten: Anne behauptete, ihren Bruder – den Gehenkten, wie der Staatsanwalt möglichst oft sagte – sofort nach dem Fliegerangriff ohne fremde Hilfe aus der Anatomie herausgeholt und auf den Invalidenfriedhof gebracht zu haben. Tatsächlich waren ein Handwagen, aber auch eine Schaufel auf der Baustelle an der Friedrich-Wilhelm-Universität entwendet worden. Auch hatten in dieser Nacht, wie immer nach den Bombardements, Feuerwehr, Hitlerjungen und Soldaten die geborgenen Opfer in einer Turnhalle oder entlang der Hauptallee des Friedhofs aufgereiht.

Vor Gericht aber hatten zwei Totengräber mit der zeremoniellen Umständlichkeit, die ihr Gewerbe charakterisiert, die jedoch in Zeiten des Massensterbens so prätentiös wirkte wie ein Sarg, überzeugend bestritten, unter den 280 Verbrannten oder Erstickten, die bis zu ihrer Registrierung unter Bäumen auf Krepp-Papier lagen, den unbekleideten, nur mit einer Plane bedeckten Körper eines jungen Mannes gesehen zu haben. Ihre Aussagen hatten Beweiskraft. Sehr präzise vor allem in den Nebensächlichkeiten gaben sie an, persönlich jeden einzelnen der 51 Toten, die weder zu identifizieren gewesen noch von Angehörigen gesucht worden waren, drei Tage später in die Grube gelegt zu haben, in das Gemeinschaftsgrab.

Die Bezeichnung Massengrab war verboten worden. Die Reichsregierung pflegte die Toten eines Gemeinschaftsgrabes mit besonders tröstlichem Aufwand beizusetzen: nicht nur waren Geistliche beider Konfessionen und ein namhafter Parteiredner, sondern auch noch ein Musikzug des Wachbataillons und eine Fahnenabordnung hinzugezogen worden.

Ein Beisitzer des Reichskriegsgerichts, ein großväterlich warmherziger Admiral, der als einziger in dem fast leeren verwahrlosten Saal keine Furcht hatte, war so gerührt durch die Schilderung der Totenfeier, daß er der Angeklagten mit milder Zudringlichkeit empfahl, endlich die Wahrheit zu sagen über den »Verbleib« ihres toten Bruders: Die Entweihung eines Gemeinschaftsgrabes durch die Leiche eines von diesem Gerichtshof abgeurteilten Offiziers müsse sonst leider – er sagte zweimal aufrichtig *leider* – als strafverschärfend gewertet werden.

Anne, zermürbt und leise, beharrte auf ihrer Lüge ...

Der Generalrichter, während der Worte des Admirals wieder in innerem Zweikampf mit seinem Sohn, fand Bodos Gesicht nicht mehr; es zerfloß ihm wie damals im Rauch der Lokomotive – nach ihrem notdürftig zusammengeflickten Übereinkommen, am Vorabend von Bodos Abfahrt zur Ostfront. Mehr als den Verzicht, sich in diesem Augenblick mit der Schwester eines Hochverräters *öffentlich* zu verloben, hatte der Generalrichter seinem Sohn nicht abzwingen können. Seiner Weigerung, dieser Mesalliance jemals die väterliche Zustimmung zu geben, hatte Bodo die Drohung entgegengesetzt, sich sofort mit dieser Person zu verheiraten, die ihn offenbar schon seit Wochen in jeder freien Stunde an seinem Potsdamer Kasernentor abgeholt hatte – auch dann noch, *auch* dann noch, als Annes Bruder schon verhaftet war!

Der Mann, statt dankbar zu sein, daß er als Schwerverwundeter mit einem der letzten Flugzeuge aus dem Kessel von Stalingrad ausgeflogen worden war, hatte nach seiner Genesung schamlos erklärt, nicht die Russen, sondern der Führer habe die 6. Armee zugrunde gerichtet. Und Bodo stand nicht davon ab ...

Der Generalrichter, qualvoll erbittert, mochte das nicht wieder zu Ende denken. Er sah sich fest an einem Wasserfleck, der jetzt wie ein überlebensgroßer Fingerabdruck die Wand über der Büste des Führers durchdrang. Die kolossale Bronze war unerschütterlich auf ihrem Sockel geblieben, obgleich der Luftdruck des nächtlichen Bombardements selbst Rohre im Gerichtshof aus der Wand gerissen hatte ...

Der Generalrichter hörte kaum dem steifschneidigen Staatsanwalt zu. Bodo schien kein Gefühl dafür zu haben, auch seine Mutter nicht, was es ihn kostete, diese Tragödie zur Farce – und dem Führer das Wort im Mund umzudrehen, nur damit dieses aufsässige Frauenzimmer vor dem Beil bewahrt blieb. Wer sonst, wenn er den Vorsitz abgelehnt hätte, würde auch nur daran interessiert sein, Hitlers ironisch wegschiebende Anordnung nach Tisch, die Angeklagte solle »in eigener Person der Anatomie die Leiche zurückerstatten«, so auszulegen, als dürfe das Mädchen den Beerdigten stillschweigend zurückbringen?

Der Führer, beiläufig vom Propagandaminister unterrichtet,

während ihm die Ordonnanz schon neue Depeschen über den politischen Umsturz in Italien reichte, hatte zweifellos nicht einmal an ein Gerichtsverfahren gedacht: Anne sollte enthauptet und der Anatomie zur Abschreckung jener Medizinstudenten »überstellt« werden, die vermutlich bei der Beseitigung der Leiche ihres Bruders geholfen hatten. Hier in der Reichshauptstadt, unter den schadenfrohen Augen des Diplomatischen Korps, das hatte Hitler noch angefügt, sollte nicht geräuschvoll nach ungefährlichen Querulanten unter den Studenten gefahndet werden: peinlich genug, daß im Frühjahr die feindliche Presse von der Studentenrevolte in München Wind bekam, weil Freislers Volksgerichtshof zwar schlagartig, aber doch zu laut damit aufgeräumt hatte.

Der Generalrichter, selten im Hauptquartier, noch seltener am Tische Hitlers, hatte mit erfrorenen Lippen »Jawohl, mein Führer« gemurmelt und später, ein geblendeter Gefangener, nicht mehr zu seinem Wagen hingefunden. Wie hätte er denn in Hitlers kaltblaue, rasputinisch zwingende Augen hinein das beschämende, das unmögliche Geständnis ablegen können, dieses Mädchen, die Schwester eines Hochverräters, sei heimlich mit seinem Sohn verlobt...

Jetzt verfiel er, Schweiß unter der Mütze, in den unsachlich persönlichen Tonfall des betagten Admirals und versprach der Angeklagten fast vertraulich mildernde Umstände. Unduldsam, aber genau entgegnete er dem Staatsanwalt: zwar sei nur während des Alarms das Kellergeschoß der Universität in der Nacht zugänglich; auch seien die Gitter dreier Fenster der Anatomie ebenfalls entfernt worden, um zusätzliche Notausgänge zu schaffen; und nur infolge der katastrophalen Verwirrung durch das Bombardement habe die Angeklagte die Schlüssel an sich bringen können. Dennoch: die Beseitigung der Leiche sei keine persönliche Bereicherung, »mithin« könne von Plünderung nicht gesprochen werden. Auch sei die Beerdigung nicht unbedingt ein staatsfeindliches Bekenntnis, da es sich bei dem Verräter um den Bruder handele. Als mildernder Umstand gelte noch die seelische Zerrüttung: der Verurteilung des Bruders sei bekanntlich der Freitod ihrer Mutter gefolgt.

Verdächtig, dachte der Staatsanwalt, ein straffgekämmter

Hamburger mit einer Stimme wie ein Glasschneider – verdächtig. Aber der Ton des Generals ließ ihn verstummen. Er entblößte sogar die Zähne, ohne daß ein geplantes verbindliches Lächeln daraus wurde: Der Vorsitzende entschied nämlich auch darüber, ob er ihn weiterhin benötigte oder ihn zur Front »abstellte«. Er hätte ihn gern in die Hand bekommen, diesen Chef. Es war doch lachhaft, daß er jetzt der Angeklagten eine befristete Zuchthausstrafe versprach, wenn sie die Exhumierung ihres Bruders unter Bewachung vornähme; ein solches Angebot, sicher, man brauchte sich später nicht daran zu halten – stand in keinem Verhältnis zu ihrem Verstoß gegen den Führerbefehl, politischen Verbrechern das Begräbnis zu verweigern...

Während er voller Genugtuung die Beugung des Gesetzes durch seinen Chef bedachte; während der Admiral mit dem wehmütigen Wohlgefallen alter Männer diese halberloschene »Pracht von einem Mädel« da auf der Anklagebank teilnahmsvoll mit Blicken tätschelte; und während der Wasserfleck über der Büste des Führers vor dem langen wutroten Fahnentuch weiter und dunkler um sich fraß, zwang sich der General, schon ohne Atem, schon ohne Hoffnung zur äußersten Brutalität: »An langwierige Nachforschungen kann das Gericht zu diesem Zeitpunkt des Totalen Krieges keine Kräfte verschwenden«, drohte er heiser und hastig Anne und sich selbst. »Sie können sich 24 Stunden überlegen, ob Ihre Helfershelfer in der Anatomie die Leiche Ihres Bruders dort wieder vorfinden – oder ob die Mitwisser durch Einlieferung *Ihres* Körpers, Kopf vom Rumpf getrennt, darüber aufgeklärt werden sollen, daß wir Nationalsozialisten jeden defätistischen Ungehorsam rücksichtslos ausmerzen.«

Die Todesangst gab sie nun nicht mehr frei. Doch am Abend waren ihre Hände immerhin so ruhig, daß sie Bodo schreiben konnte. Es war schon der Abschied, das wußte sie, und Brandenburg, der gute Wärter, der gleich bei Annes Einlieferung mit fröstelndem Grauen »die Schwester« erkannt hatte, war bereit, ihren Brief als Flug-Feldpost hinauszuschmuggeln.

»Du wirst erfahren, wo ich meinen Bruder beerdigt habe, und wenn Du mich später wieder suchst, so nimm ein paar

Zweige von unserer Birke an der Havel und lege sie auf sein Grab, dann bist Du mir nahe.«

Sie wollte Pfarrer Ohm anvertrauen, wohin sie den Bruder gebracht hatte – wenigstens *er* blieb vor den Schergen und Schändern in Sicherheit. Dieser Gedanke bewahrte sie davor zu bereuen, obwohl sie nicht mit der Todesstrafe gerechnet hatte und bei der Drohung des Generalrichters zusammengebrochen war.

Gewaltsam vertiefte sie sich in die schon Traum gewordene Erinnerung an die Nacht vor zehn Tagen, um nicht wieder völlig von der Angst erbeutet zu werden. »Das Gericht glaubt Ihnen nicht, daß Sie den Bruder auf den Invalidenfriedhof geschafft haben!« hörte sie die durch Gekränktsein verschärfte Stimme des Generalrichters – ich würde das auch nicht glauben, dachte sie jezt mit einem Sarkasmus, der sie für einen Moment belebte, fast erheiterte...

Und wenigstens innerlich riß sie sich los von Wand und Gitter, heraus aus der Zelle – und sie war frei, solange sie draußen an den Streifen Erde dachte, an den heidnisch alten, schon seit Generationen stillgelegten Totenacker, rings um die noch mit Feldsteinen aufgetürmte Marienkirche, im ältesten Stadtteil, ganz nahe der Universität. Die mächtigsten, die königlichen Bäume Berlins wölbten sich dort domhoch über die wenigen Grabsteine dahingesiechter Jahrhunderte, und einen der Steine, einen starken Schild der Ruhe, ausgeweint von Regen und Schnee, zerrissen wie – wie Mutters letztes Gesicht, hatte sie an jenem Nachmittag zum Grabstein des Bruders bestimmt. Sie wollte Ohm jetzt bitten, ihr die Bibelstelle zu übersetzen, die sie dort noch mühsam herausgelesen hatte: Apost. 5,29 – während der Name für die Augen, auch für die tastende Hand schon verloren war.

Wie viele hatten dort wohl Ruhe gefunden. Aus Scheu grub Anne nicht sehr tief. Sie hatte mit einem großen Messer die dicke Decke aus Moos und Rasen ziemlich spurlos herausgetrennt, während ihr sichernder Blick, sooft sie aufsah in die laute Nacht, über die glutsprühenden Dächer wie in eine Schmiede fiel. Ganz Berlin eilte in chaotisch geschäftigen Löschzügen zu den Bränden, und Anne ließ sich einfach mitreißen von dem Wirbel, als sie, sofort nach dem Ende des Angriffs mit dem Handwagen den Hof der Universität verließ – woran sich später die Denunziantin, eine Kommilitonin, erinnern konnte. Die phosphoreszierte Friedrichstraße hatte sich brechend und verglühend im Feuerwind gegen den Himmel gebäumt, eine flackender Fahne der Verwüstung. Und dann – wie eine Friedensinsel, so meerweit getrennt von der orgiastischen Brandwut, lag der dunkle Acker da. Niemand störte sie. Vor der Straße durch verwilderte Forsythien geschützt, geschützt im Rücken durch die gotische Nische, grub sie ohne Hast und warf die Erde auf die Plane, die den Bruder bedeckt hatte. Und sie spürte die große Anstrengung nicht, als sie den Körper vom Wagen hob und ihn noch einmal hob und bettete. Doch vermied sie, das friedlose Gesicht anzusehen; denn am Nachmittag in der Anatomie war sie hinausgestürzt, sich zu erbrechen. Sie breitete ihren Sommermantel über den Bruder – dessen Todeskälte sie starr machte; Minuten vergingen, bis Tränen und ihre Berührung der Erde dieses Erstarrtsein von ihr nahmen; nun konnte sie Erde auf den Mantel werfen – doch dann sah sie sich schon in der Falle: ihre Beine, ihr Rock, ihre Hände waren so sehr von der feuchten Erde beschmutzt. Atemlos warf sie das Grab zu. Erst als sie, wieder kniend, schon den Rasen auflegen wollte, wurde ihr bewußt, daß nach dieser Brandnacht Zehntausende ebenso beschmutzt herumlaufen würden. Da ließ sie sich Zeit. Behutsam deckte sie die Erde ab, verteilte den Rest unter Büschen und preßte mit den Händen das Moos fest. Ehe sie mit dem Handwagen auf die Straße ging, schlich sie spähend hinaus, wartete, bis ein schweres Lastauto den Lärm verstärkte, und nach fünfhundert Metern erreichte sie wieder das erste brennende Haus; und etwas weiter, da riefen zwei Hitlerjungen sie um den leeren Wagen an, packten Koffer und Körbe und schließlich noch eine hysterische Frau obenauf, die sie unversehrt aus dem Keller gezogen hatten, und Anne ließ sich versprechen, sie würden den Wagen morgen am Hauptportal zum Invalidenfriedhof abstellen, und dann warf sie die Schaufel und die Plane in die schwelenden Trümmer. Später fand sie einen Hydranten, an dem die Feuerwehr gerade den Schlauch abschraubte, und da wusch sie sich die Beine und das Gesicht und die Arme. Und hinter ihr trug man Tote weg, und sie floh aus den Trümmerstraßen, getrieben, sich bei Bodo zu bergen, überwältigt von einer quälenden Gier nach Leben – um es zu vergessen, das Leben.

Das hätte sie ihm gern geschrieben, jetzt, wo die Angst sie wieder hochjagte von der Pritsche und die zweimal zwei Meter des Käfigs ihr unter den Füßen zu schrumpfen – und dann wegzusacken schienen wie die Klappe des Galgens. Sie durfte ihm nicht verraten, wie trostlos sie war. So zwang sie sich, ihm zu schreiben, sie fände es nicht sinnlos, zu sterben für das, was sie getan hatte. Das war die Wahrheit, aber nicht die ganze. Auch das war aufrichtig: daß sie den Tod, da schon so unzählige Generationen »drüben« seien, nicht fürchten könne; daß sie sich aber in erstickendem Ekel mit der Hand an die Kehle griff, sooft sie ans Sterben dachte, an die Anatomie, das verschwieg sie. Und endlich fand sie sogar etwas Ruhe in dem banalen Gedanken: so viele müssen sterben können, Tag für Tag, und die meisten wissen nicht einmal wofür – ich werde es auch können. Und sie fand es nur noch anmaßend, nach einem Sinn zu fragen, und sie konnte jetzt denken: daß so viele schon drüben sind, daß alle nach drüben kommen, das muß mir, das *muß* mir genügen.

Das letzte verschwieg sie auch sich. Brandenburg wartete auf den Brief. Sie mußte einen kleinen Halt, ein einziges Wort, das ihm blieb, hineinlügen – und da sie einen Stern durchs Gitter sah, den sie nicht kannte, und noch einen, so fiel ihr ein, was sie im letzten Urlaub verabredet hatten, beim Segeln in einer hohen hellen Nacht: immer aneinander zu denken, wenn sie abends den Großen Wagen sähen, Bodo in Rußland, sie in Berlin. Und sie schloß: »Ich sehe durchs Gitter unseren goldenen Wagen, und da weiß ich, daß Du jetzt an mich denkst, und so wird das jeden Abend sein, und das macht mich ruhig. Bodo, lieber Bodo, alle meine Gedanken und Wünsche für Dich vertrau ich ihm an, für immer. Dann weiß ich, sie erreichen Dich, wie weit wir auch getrennt sind.«

Die Planierung des Gerichtshofes durch eine Luftmine verlängerte Annes Bedenkzeit auf elf Tage.

Ihr Pflichtverteidiger schaufelte mit rotplumpen Händen nur hilflos leere Luft; sie hatte ihn zwanzig Minuten vor der ersten

Verhandlung kennengelernt. Bei seinem zweiten und letzten Besuch sah er sich um nach der Zellentür, als erwarte er von dort einen Genickschuß. Dann wisperte er, sein Taschentuch neben dem Mund: »Die Frau des Generalrichters war heute früh bei mir, sie hat geweint – jetzt weiß ich erst, daß ihr Sohn und Sie ... also: der General wird Sie retten, wenn Sie sich sofort bereit erklären .. « Anne, als dürfe sie das nicht hören, bat ihn hektisch, endlich eine Nachricht von Bodo herbeizuschaffen.

Die Besuche des Pfarrers waren ihr gefährlicher. Ohm versuchte Anne klarzumachen, daß ein Unbestatteter nach christlicher Auffassung nicht ruhelos bleibe. Und sosehr sie seine Besuche herbeisehnte, so erleichtert war sie, wenn er ging. Sie weinte jedesmal, schließlich war sie so verwirrt, daß sie nicht mehr wußte, ob sie ihm das Geheimnis zuletzt für Bodo anvertrauen dürfe.

Vier Tage und Nächte teilte sie dann die Zelle mit einer neunzehnjährigen polnischen Zwangsarbeiterin, die ihr aus zerknetetem Brot einen Rosenkranz formte, mit dem Anne sowenig beten konnte wie – ohne ihn. Die Verschleppte aus Lodz hatte sich heimlich, während eines Fliegeralarms, in einer Dresdner Bäckerei satt gegessen und sollte deshalb als Plünderer geköpft werden. Sie war nicht tapfer, aber stoisch, so daß ihre Gegenwart Anne erleichterte – während der Generalrichter gehofft hatte, das Zusammensein mit der rettungslos Verlorenen, die nicht einmal Angehörige benachrichtigen durfte, mache Anne geständig. Und wahrscheinlich wäre seine Rechnung dennoch aufgegangen. Als nämlich der Polin die Stunde schlug – im lauernden Morgenlicht des zehnten Tages von Annes Bedenkzeit – und sie aufgerufen wurde, ohne Gepäck mitzukommen, umarmten und küßten sie sich – Schwestern vor dem Henker; und Anne, durch die Berührung mit dem schon ausgebluteten Gesicht der Gefährtin jäh wie vom kalten Stahl des Fallbeils selbst angerührt, wurde mit einem Schnitt innerlich abgetrennt von ihrer Tat: Sie begriff das Mädchen nicht mehr, das seinen Bruder bestattet hatte – wollte es nicht mehr *sein*, wollte zurücknehmen. Damit war sie vernichtet. Allein gelassen, duckten ihre Nerven sich vor jedem Schritt draußen auf dem Gang, dessen blendender Linoleumläufer nicht betreten werden durfte. Ihr flatternder Blick stieß sich wund an den Mauern und verfing sich in den Gitterstäben, durch die der Tag hineinprahlte. »Das Leben geht weiter« – diese roheste aller Platitüden, sie verbrannte ihr Herz. Noch in den Spatzen, die sie beim Rundgang im Hof auf Kokoshalden gesehen hatte, demütigte sie diese ordinäre Wahrheit. Und was Bodo ihr zum Trost gesagt hatte, als sie erfuhr, ihr Bruder werde gehenkt, das nagelte nun Stunde um Stunde ihre kaltwache Vorstellungskraft auf das Brett unterm Messer, auf dem man sie anschnallen würde, und richtete ihre Augen auf die Blutrinne in den Fliesen hinter der Guillotine: der rumpflose Kopf lebt da unten noch weiter, noch lange, zwar blind, doch vermutlich bei Bewußtsein, manchmal eine halbe Stunde – während der Tod am Galgen meist schneller eintritt. Mit dieser Feststellung hatte der Generalrichter vor seiner Familie einmal zu rechtfertigen versucht, daß er »Verräter«, denen die Kugel verweigert wurde, dem Strang überantwortete, und Bodo hatte Anne mit nichts anderem beruhigen können. Was mochte jetzt *er* durchleiden, seit er wußte, was ihr bevorstand? Denn Frauen, auch das hatte er ihr damals gesagt, blieb laut Führerweisung das Beil verordnet...

Als man aber später dem Pfarrer aufschloß, kam sie nicht dazu, ihre Tat zurückzunehmen. Sein Gesicht war eingestürzt. Und seine Unfähigkeit, das erste Wort zu finden, gab Anne für die Dauer weniger Atemzüge die Kraft, Gelassenheit vorzutäuschen. Sie glaubte, er müsse ihr sagen, sie sei schon verurteilt. Sie deutete an, er könnte »es« sagen. Da murmelte er, und sie hielten sich aneinander fest: »Ihr Verlobter – Bodo, hat sich in einem russischen Bauernhaus erschossen.«

Lange erst, nachdem er es gesagt hatte, hörte sie ihn: »Man fand nur Ihren Brief bei ihm, er hatte ihn erst eine halbe Stunde...«

»Brief?« – und er las an ihren Augen ab, daß sie das nicht begriff. Bodo hatte auch seiner Mutter nicht mehr geschrieben. Das sagte er ihr. »Kein Brief – kein – *nichts* für mich?«

Nun mußte er es *doch* sagen. »Er wollte zu Ihnen... verstehen Sie!« sagte der Geistliche, und seine Augen zuckten. Er mußte es wiederholen: »Bodo wollte bei Ihnen sein. Er glaubte doch – er dachte, Sie seien schon... tot.«

Hitler zeichnete alsbald den Generalrichter mit der höchsten Stufe des Kriegsverdienstkreuzes aus und empfing den durch häufiges Weinen noch treuer gewordenen Mann persönlich im Hauptquartier. Bei Tisch sagte er an diesem Tag, und es war das erste Mal, daß seine Tafelrunde ihn erbittert über den entmachteten, aber von ihm noch immer sehr verehrten Mussolini sprechen hörte, der italienische Staatschef könne sich ein Beispiel nehmen an diesem deutschen Richter, der in heroischer Weise die Staatsräson seinen familiären Gefühlen übergeordnet habe – und solle sich endlich dazu aufraffen, seinen Schwiegersohn, den Verräter Graf Ciano, in Verona erschießen zu lassen.

Der Generalrichter hatte sein Angebot nicht ausdrücklich widerrufen, wäre aber – nach Bodos Tod war er zwei Tage nicht zum Dienst erschienen – vielleicht auch nicht mehr imstande gewesen, die Delinquentin noch aus der angelaufenen Vernichtungsmaschinerie zurückzureißen. Sie hatte Anne automatisch in dem Augenblick erfaßt, in dem sie ins Gefängnis Lehrter Straße überführt worden war – schon als »Paket«. Das war die Fachbezeichnung für »Patienten mit geringer Lebenserwartung«, wie die besseren Herren der Justiz, die sich in fast jeder Situation ihren Witz bewahrten, zu sagen pflegten.

Paket besagte: als juristische Person abgebucht, zur Dekapitation und behördlich überwachten Kadavernutzung freigegeben. Das Honorar für Urteil, Gefangenenkost und Scharfrichter sowie »für Übersendung dieser Kostenrechnung« war bei politischen Verbrechern per Nachnahme von den Angehörigen einzutreiben, im Falle ihrer »Nichtauffindung« oder bei Ausländern der Staatskasse »anzulasten«.

Seit Anne wußte, wie Bodo ein Leben ohne sie eingeschätzt hatte, fand auch sie selbst in ihren starken Augenblicken das Leben nur noch überwindenswert – und doch hatte sie ein Gnadengesuch geschrieben, dem sie sich nun gedemütigt ausgeliefert sah. Nur körperliche Schwäche – denn »Pakete« bekamen in ihren absichtlich überheizten Zellen fast nichts mehr zu essen, an manchen Tagen nur eine Handvoll Kraut –, nur ihre Schwäche verdrängte zuweilen ihre seelischen Heimsuchungen. Der Hungerschmerz reduzierte sie auf ihre Animalität, und zuzeiten nahm das hysterisch gesteigerte Bedürfnis nach einem

Stück Seife ihr den Blick dafür, daß sie gesetzlichen Anspruch nicht einmal mehr auf Sauerstoffzufuhr hatte. Schließlich atmete sie nur noch, weil sie in lächerlicher Verkennung der Kriegslage dem Größenwahn erlegen war, der Führer oder auch der Herr Reichsminister für Justiz fänden noch Zeit, sich mit einem Gnadengesuch zu befassen – das aber selbstverständlich, trotz seiner »Nicht-Vorlage« niemals übereilt abgelehnt wurde, sondern erst nach einer humanen Frist, wie sie in der Verordnung vom 11. Mai 1937 bestimmt worden war.

Manchmal entrissen ihre Toten, der Freund, die Mutter, der Bruder, Anne ihrer Angst und bewirkten, daß das Unvorstellbare, ihr eigenes Totsein, vorstellbar wurde ohne Entsetzen, ja eben als die wahre verläßliche Freiheit. In solchen Momenten war sie bereit. In den Nächten, wenn sie lag, überwog ihre Daseinsbegierde. Am Tag, unter der Folter der Zuchthausgeräusche, wenn ein Wagen im Hof, wenn Schritte und Lachen und Schreie und Schlüssel ihr den Vollstrecker anzukündigen schienen, versuchte sie, auf ihrem Schemel unter dem Gitter, sich abzuwenden von der gegenüberliegenden Tür, von dem Kübel und den Würgehänden, die sie seit der Gerichtsverhandlung nach sich greifen sah – und in die Einsicht zu flüchten, daß allein der Tod uns beschützen kann. Der Tod, nicht Gott. Denn zu jung, um ergeben zu sein, trennte sie von *dem* wie eine Eiszeit die kosmische Gleichgültigkeit, mit der er seinem Geschöpf gegenüberstand, echolos wie die Zellwand. Von »oben« erhoffte sie nichts als ihre schnelle Hinwegnahme durch eine Bombe, denn »Pakete« wurden während der Fliegerangriffe auf Berlin nicht aus ihren Gehäusen im fünften Stockwerk in die Luftschutzkeller mitgenommen; das hätte zu hohen »Personalaufwand« erfordert. Einmal splitterte die Scheibe in ihre Zelle – es war der Augenblick, sich die Adern zu öffnen, aber Hoffnung und Schwäche hinderten sie. Und als sie es endlich gekonnt hätte, da war Tag, und ihre Wärterin, eine kinderreiche Witwe, die Anne oft heimlich einen Apfel mitbrachte, entfernte mit geradezu antiseptischer Sorgfalt auch den winzigsten Splitter, nicht nur aus Annes Käfig, sondern sie fand bei der »Filzung«, wie sie die Leibesvisitation nannte, auch das scherenspitze Glas, das Anne als letzte Waffe gegen ihre äußerste Entwürdigung in ihrem Haar unter dem gestreiften Kopftuch versteckt hatte. Sie lachte aus ihrer guten nahrhaften Brust, die deutsche Mutter, weil sie doch noch pfiffiger war als die Gefangene, sie lachte ohne jede Grausamkeit – und erschrak so sehr, als sie, zum erstenmal, in Annes Augen Tränen sah und ganz unvorbereitet ihr wimmerndes, verzweifeltes, irrsinniges Betteln um den Splitter abwehren mußte, daß sie schnell ging, einen Apfel zu holen.

Sogar ein Arzt gab jetzt acht, daß Anne bei voller Gesundheit auf das Schafott kam. Tatsächlich verlangte die bürokratisch geregelte Absurdität des »Endvollzugs« die Anwesenheit eines Mediziners, als man ihr endlich – eine Formalität von neunzig Sekunden – die unbegründete Ablehnung des Gnadengesuchs und die Stunde ihrer Enthauptung verlas. Ohne Auflehnung ließ Anne, gefesselt seit der Urteilsverkündung, sich auch noch die Füße an eine kurze Kette legen und mit sechs anderen jungen Frauen, von denen eine noch ein Kind während der Haft geboren hatte, zum Auto nach Plötzensee bringen, wo ihnen ein halbidiotischer Schuster, der seit Jahren als Rentner dieses Privileg eifrig hütete, mit verschreckt geilen Augen und zutraulichem Geschwätz umständlich das Haar im Nacken abschnitt; dabei ließ er die schimmernde Flut von Annes sehr langen, blonden Haaren mit seniler Wollust durch seine riechenden Finger gehen, wickelte ihr Haar dann grinsend um einen seiner nackten Unterarme und tänzelte, die Schere unaufhörlich öffnend und schließend, um die Gefesselte herum, bis man ihn hinauspfiff wie einen Hund. Denn Anne mußte sich völlig ausziehen, um nur noch einen gestreiften Kittel und Sandalen anzulegen.

Die Todeszellen blieben offen, die Delinquenten waren an einen Mauerring gekettet. So sprach Pfarrer Ohm sie noch. Ob Anne sich jetzt des Wortes Apost. 5,29 erinnern konnte, das sie auf dem Grabstein des Bruders gefunden hatte; ob sie jenes Mädchen gewesen ist, das nach einer Chronik an diesem Nachmittag »wie eine Heilige starb«; oder ob sie es war, die zum Schafott ein Foto in den gefesselten Händen mitnahm, um für ihre Augen einen Halt zu finden – wir wissen es nicht. Pfarrer Ohm schrieb einige Jahre später auf eine Anfrage: »Ersparen Sie sich die technischen Einzelheiten, mein Haar ist darüber weiß geworden.«

Die Frauen wurden in kurzen Abständen über den knochengrauen Hof zum Schuppen des Henkers geführt. Dorthin durfte kein Geistlicher sie begleiten. Wer da, neben dem dreibeinigen Tischchen mit Schnaps und Gläsern, als Augenzeuge Dienst tat, der Admiral, der Staatsanwalt, ein Oberst der Luftwaffe als Vertreter des Generalrichters und ein Heeresjustizinspektor, der schwieg sich aus nach dem Krieg, um seine Pension nicht zu gefährden. Nur darüber berichtet das Register: Auch an diesem 5. August waltete als Nachrichter der Pferdeschlächter Röttger seines Amtes, der für seinen Schalk berüchtigt war und der, fast auf den Tag genau, ein Jahr später den Feldmarschall von Witzleben und elf seiner Freunde in Drahtschlingen erwürgte. Diese Hinrichtung wurde gefilmt, weil der Führer und sein Stab sich am Abend in der Reichskanzlei ansehen wollten, wie die Männer verendeten, die am 20. Juli 1944 versucht hatten, das Regime zu beseitigen. Ein Staatssekretär hat überliefert, daß selbst der satanische Parteigenosse Hitlers, sein Propagandaminister, während der Filmveranstaltung sich mehrmals die Hand vor die Augen hielt.

EPITAPH

Die Berliner Anatomie
erhielt in den Jahren 1939–1945
die Körper
von 269 hingerichteten Frauen

Professor Stieve im »Parlament«
am 20. Juli 1952,
dem 8. Jahrestag
des gescheiterten Attentats
auf Hitler

Liebe baut Zelte, kein Haus

Geh · Eros
Großmama · Frauen
Was war's denn nun? · Badende
Stella-Dialog · Bronze

Geh

Komm nie mehr
– nur noch heute;
auch morgen, ein letztes Mal.
Zwar sehen Dich wieder Leute

Aber die Qual,
Dich mittags nicht zu haben,
quält uns noch früh genug ...
Du weißt, was wir uns gaben

An anderen war's Betrug.
Du mußt Dich von mir reißen,
was haben wir denn versäumt!
Du mußt. Versuch nicht Schneisen

Ins Meer zu treiben! Geräumt
wird übermorgen dies Zimmer,
die Planke im Mahlstrom der Stadt.
Du weinst? – ach, heißt nicht immer

die Bilanz, das letzte Blatt:
Abbrechen, weiterwandern?
Verachte mich – aber *geh.*
Gehst nicht auch Du zu andern?

Dies Bettzeug, rascher als Schnee
verliert es unsere Spuren.
Spurlos verläßt Du auch mich.
Wer immer auf unsre Uhren

Künftig blickt, neben sich
Dich oder mich, nackt, in Betten:
was Du mir bist, ahnt er nicht.
Hätten wir uns früher – ach, hätten …

Zu spät. Geh. Lösch das Licht.

Eros

Schwer von der Hitze
spannt mittags dein Schritt
– wie die Brüste die Bluse –
die hautstraffe Hose.
Herausfordernd preist er
dein Zentrum an.

Mein hungriger Blick
verrät uns den Leuten,
meine Stimme ist unfrei
»moralisch« gereizt
– Melancholie,
dein Knecht zu sein.

Mein blödes Gewissen
bewölkt unsern Tag.
Deine schilfgrauen Augen
verunsichern jeden.
Wen nahmst du dir gestern
– schweig, daß du nicht lügst.

Doch, lüg – so ermunternd
du im Wald mit dem Slip
das Verstädterte abstreifst,
zum Menschen den Mann machst,
den berufsverkrüppelten
Umsatz-Idioten!

Erwartung des Abends.
Gang durch nachtnasse Wiesen,
Nüstern wittern Haut,
noch salzig vom Mittag
Gestirnhell dein Nacktsein
unter grabschwarzen Tannen . . .

Wenn auch die Lust dir
keine Wahrheit entreißt
– reißt doch zur Erde
Dionysos uns.
Lachschreie, Knäuel
balgend beißender Hunde.

Heimwärts erheitert mich,
wenn du vorangehst,
der Mondsichelschwung
deines handlichen Hinterns:
Backen mit Grübchen,
ein Ärschchen zum Lachen

Dein Ärschchen, das lacht!

Großmama

»Du Affe!«, sagt sie, zweifelt er,
ob sie auch übermorgen kommt.
»Find'st du das fair?«, ihr Seufzer,
erwischen Zärtlichkeiten
sie »in der vierten Dimension«.
Chilenische Geschäftsbesucher lüften
den drögen Frust der guten Ehe;
begründen Spanisch-Portugiesisch-Kurse.

Freizügigsein erspart's ihr, Kindern
– »drei habe ich herausgegeben« –
zu neiden, daß die »Penner, Pennerinnen
sich rasch ablaufen wie die Slipper«.
Auch körperlich zu Neid kein Anlaß:
Windsurfing, Schlittschuh halten Oma
– rollige Katze –
dem handlich, den sie handhabt.

Aufheizender Kontrast: Rücken rehschlank,
Brüste gewichtig. Apfelkalt. Und stehen
wie im Mai Kastanienkerzen.
Nordische Maja Goyas, blondgetönt
wie Mittagslicht ... Mirakel,
das ihm Gottesfurcht macht: sein Glück
unfaßbar, daß sie *ihn* nimmt.
Sie lacht's ihm weg, sein Seelen-Karzinom ...

»Wir sind das stärkere Geschlecht,
weil wir es *haben*!« Sie spürt: Sind Männer
immortellengrau und müssen schon zum Zahnarzt,
umarmen sie aus – Todesangst.

Frauen

Frauen – quinta essentia: Fünftes Element
nach Luft und Erde, Wasser, Feuer.

Luther übersetzt: im Fleisch »erkennt«
sich das Paar ... schockierend neuer

Gedanke eines Religiösen: Liebe zum Leib
wird Erkenntnis; Physik – Metaphysik!

Vergeistigung des Aktes: Erst im Weib
gewinnt der Mann, erst sie in ihm den Blick

Auf sich und auf die Welt.
Was der Mann wird – wird er durch Frauen.

Stock, der durch Reben seinen Zweck erhält
– durch Frauenliebe Selbstvertrauen.

Was war's denn nun?

Bleibt ein Haben bei so viel Soll?
Wer fragt das noch, wenn die Jahre fliehen!
Das »Eigentliche«, denkt man spannungsvoll

Wartend, wartend wie beim Zähneziehen,
wird ja noch kommen – doch das war's dann schon!
Und verdammt nah jetzt den Müll-Deponien

Begreift man: Das Leben selbst war sein Lohn.
Legitim, daß man gehofft – oder größentoll?
Waren wir nur Echo unsrer Nation

– was uns an Parolen entgegenscholl?
Schopenhauers Einsicht: Die Macht des Willens
verfratzte Nietzsche in den Willen zur Macht.

Resultat: Zwei Kriege – Orgasmen des Killens,
Verlust des Ostens: was sonst hat's erbracht?
Was sonst blieb übrig vom Veitstanz des Lebens

– uns Aktivisten gegen's innere Vakuum?
Urnen und Schrott und als Reimwort: vergebens
dem Volk wie dem Individuum.

Badende

Selbstverständlich
sind auf Bildern
Schönheit, Nacktsein da!
Doch ein Krampf,
wenn *Worte* »schildern«

Was Degas:
Frauen,
die er baden sah
– leichter Hand
schier hingesprayt ...

Bist erkannt:
Identität
dein Gesicht
gibt sie Modellen!
Wie dein Farbton: Eistee/Most

Den Pastellen.
Nimm per Post
dies Badetuch, knallbunt
wie ein Bauerngarten.
Wär ich da

Dich zu frottieren
– kann nicht warten!
Bin dir nah –
wie beim Skizzieren
einst Degas.

Stella-Dialog

»Jede soll ihn haben,
ohne der andern was zu rauben.«
Goethe

ER: Bleib treu
statt's nur mit *ihm* zu machen!
Soll der Boy,
jung, dir neu,
mich als Onanist verlachen?

SIE: Hast nicht mehr, die du liebst:
so liebe, die du hast!
Begreif's: du bliebst,
doch warst nur – Gast.
Keine Vögel nisten

Im Vorjahrsnest:
Liebe hat Fristen;
du erpreßt.
Ist Liebe – Treue?
Sie baut Zelte, kein Haus.

Klagst, bis ich's bereue ...
Geh! Schluck's. Verdau's –
›Mit dir gepennt‹
(geliebt hast nur du!)
– als Argument?

ER: Wie Scheiße vom Schuh
wischst du mich weg?
Bring mich nicht um!
Komm ins Versteck:
kein Fluidum

Ohne Heimlichkeit,
wir bleiben intim,
wenn ihr's auch seid.
Was nimmst du ihm?
nimmst du auch mich?

Heuchelei, ›gehörtest‹ *einem:*
gibst dem Jungen dich,
stiehlst dich dem Alten?
Treue: beiden oder – keinem
kannst du sie halten!

Bronze

Bronze, wie Deine Schultern
feuervergoldet: Barocke Statuette
so intim, Paris um siebzehnhundert

Wie Deine Scham. Metallene Glätte
kühl wie Dein Fleisch. Wen wundert,
daß es wie Du erregt, das Artefakt!

Wer war ... wie lebte dieses Weib?
Als ob *Dich* nackt
der sah, der ihren Leib

Vor drei Jahrhunderten gegossen.
Mir schaudert: Schön wie Du – dahin!
Komm, eh auch wir stromab geflossen

Ich bald, da ich schon müde bin ...
Komm! Nur Liebe schützt
vor Fragen nach dem Sinn.

Atlantik-Novelle

Krieg mit der ganzen Welt, aber Friede mit England!
Spanisches Sprichwort

»Wir möchten gerne die Welle kennen,
auf welcher wir im Ozean treiben,
allein wird sind diese Welle selbst« ...
Jacob Burckhardt: ›Historische Fragmente‹,
am 6. 11. 1867

»Jede Begrenzung ist an sich bloß um der Notwendigkeit willen da; es ist immer Willkür dabei, aus dem Wellenmeer der Weltgeschichte ... nur Eine Folge oder Ansicht von Wellen loszutrennen, und doch verfährt schon der Seemaler nicht anders«.
Jacob Burckhardt: ›Historische Fragmente‹,
am 4. 5. 1871.

I

Fritz, mein zweijähriger Zweiter, der mich morgens weckt, tritt meist sofort mit einer Behauptung oder einer Frage ans Bett; gestern stellte er fest: »Männer kriegen Söhne und Frauen Töchter.« Heute fragte er: »Kannst du mit deinem Bett Auto fahren?«

Kleinlaut, denn so weit sind wir ja gekommen, daß wir uns schämen, wenn wir es noch nicht zu einem »Führer«-Schein gebracht haben, wie noch immer wir Deutschen in erschreckender Unbefangenheit amtlich drucken lassen, statt Fahrer-Schein – kleinlaut antworte ich dem Jungen: »*Nur* mit meinem Bett kann ich Auto fahren!« Denn schließlich bedarf man weder der vier Räder noch des LSD, um auf Reisen zu gehen, wie die Mediziner den lila Zustand benennen. Eine leichte Steppdecke: unser fliegender Teppich! Der trägt uns rascher überall hin als sogar Flugzeuge. Wohin könnte ein Auto mich bringen – wohin nicht auch das Bett in Träumen mich trägt? Und »nur der Zusammenhang der Vorstellungen unter sich nach dem Gesetz der Kausalität unterscheidet das Leben vom Traum«. Sonst nichts? Da soll noch einer mäkeln, Kant sei kompliziert!

Seit ich den Atlantik in beiden Richtungen zu Schiff überquerte, einmal auf der ›France‹, einmal auf der ›United States‹ – die, da vom Pentagon mitfinanziert, ein übler Truppentransporter ist, noch mit vier Klassen (die Franzosen haben nur zwei) und ohne Stabilisatoren, so daß dieses Schiff den Atlantik einen Tag rascher durchpflügt als jedes andere, doch wird der Passagier darin geschaukelt, daß er kotzt von New York bis Bremerhaven –, seit diesen Meerfahrten träume ich oft von Schiffen, von Wogen. Und erlebe natürlich in diesen Träumen unendlich viel Interessanteres, als ich nur auf Deckliegestühlen gesehen habe. Es sind, vermute ich, die Träume vor Tagesanbruch, die unsere verschwommenen und verschwimmenden Erlebnisse verifizieren, sie reinwaschen vom Tang, den ihnen nur das Brackwasser alltäglicher Zufälligkeiten ansetzte; Schlafwanderungen erst verdeutlichen Ereignisse, steigern sie zur bleibenden, zur magischen Realität, so wie sie auch aus unseren Feinden, Gefährten, Gespielen und Gebietern erst deren volle Identität herausholen. Könnten wir – am Tage immer nur ein Konjunktiv – mit einem »Pferde stehlen«: bei Nacht kann man mit dem ein Bankhaus plündern.

Mein Hamburger Verleger Ledig-Rowohlt, mit dem ich soeben telefonierte, war potentiell stets identisch – zum Glück ahnte er das nicht – mit dem Gebieter meiner drei vergangenen Jahre, mit Churchill, der mich beherrscht, seit ich gewagt habe, ein Stück über ihn zu schreiben! Nie war Ledig dem Churchill so ähnlich wie in jenem Moment, in dem er mich davor warnte, »die Schwierigkeiten zu unterschätzen, den herrlichen alten Burschen hinzukriejen«!

Ledig wohnte im soundsozigsten Stockwerk des New Yorker Gotham-Hotels; er war, im Morgenmantel, seit gut fünfviertel Stunden »unterwegs« von seinem abgegessenen Frühstückstisch in die Badewanne, war auch, zwischen Rauchen, Rasieren und Monologisieren, ein bißchen mit mir beschäftigt, und wenn ich eines Gefühls fähig war an diesem Morgen nach einer der sehr kurzen Nächte – denn der Reisebegleiter Ledig sorgt für Schlafentzug, weil der Sechzigjährige weniger davon braucht als andere mit fünfunddreißig –, wenn ich ein Gefühl hatte, dann wieder einmal dies: daß es ruhig macht, diesen Mann neben sich zu haben. Genauer: zur Rechten einen halben Schritt vor sich zu haben, diesen Verleger mit breitem, skifahrerhaft vorgebeugtem, meist englisch betuchtem Rücken, der einen wie eine flexible Panzerplatte abschirmt gegen die Bestie Öffentlichkeit, in deren hungrige Fresse Ledig in jener Gangart hineinläuft, die ich schon lange kannte, bevor ich Ledig zuerst sah: nämlich aus Wochenschauen, die Churchill zeigen. Beider Schritt ist kurz, sehr schnell, sehr fest, so daß der eingerollte Schirm nur selten aufs Trottoir aufgesetzt werden kann, wie ja überhaupt der Schirm nicht eigentlich gegen den Regen mitgenommen wird, sondern weil unsere langweilige Männermode nicht mehr gestattet, mit Degen auszugehen. – Ihr Gehen charakterisiert die Menschen genauer als ihr Sprechen.

Wenn Sensible, Verträumte, Ängstliche – und Churchill wartete niemals auf einem Bahnsteig, ohne sich hinter einen Eisenpfeiler zu stellen, wenn ein Zug vorübersauste – zu Taten »schreiten«, dann drückt ihre Gangart aus, daß ein Entschluß dazu nötig war. So auch bei Ledig. Der ungehemmte Täter, den keine Reflexion bremst, geht nicht, wie Churchill ging, wie Ledig geht – aber mehr Verlaß, zweifellos, ist auf einen Gefährten, der *trotzdem* mitgeht; dessen erste Schritte die eigenen Hemmungen tottreten müssen. (Noch einen Monat vor der Landung der Amerikaner und Briten in der Normandie, am 8. Mai 1944, sagte Churchill – natürlich unter Tränen – zu Eisenhower: »Wenn sie fehlschlägt, dann werden wir gemeinsam untergehen.« Er gab dem Gelingen der Invasion am 6. 6. 1944, die dann Hitler binnen weniger Monate aus Frankreich vertrieb, eine Chance von fünfzig Prozent.)

Ledig hat zum erstenmal über seinen Vater, seine Jugend zu mir gesprochen, als wir im Auto nach Le Havre gefahren wurden, um uns auf de Gaulles neuem Flaggschiff, der ›France‹, einzuschiffen, weil mein *›Stellvertreter‹* seine Broadway-Premiere haben wird. Und wie den Churchill seine frühen Jahre erklären, wie sie uns alle programmierten – so auch meinen Verleger. Wer sagte das, rückblickend: er sei »das Produkt einer unglücklichen Kindheit«? Und: »Es braucht den unerbittlichen Druck der Umstände, die stechenden Schmerzen des Unglücks, den Ansporn der Geringschätzung und des Hohns in frühen Jahren, um jene ... Zielstrebigkeit und jenen beharrlichen Mutterwitz hervorzubringen ...«

Churchill hat es gesagt, Ledig hat es nur bestätigt – auf seine Weise, das heißt: durch Geschichten. Durch bittere. Durch lustige, die den »Mutterwitz« – ein ziemlich blödes Wort übrigens, im Falle Ledig ganz unzutreffend, denn von der Mutter kommt ihm die Melancholie, der Witz vom Vater –, Geschichten also, die seinen Humor belegen. Hier eine neuere, die ich hörte, als ich auf dem Schiff fragte, wo er seinen Bowlerhut gelassen habe, denn an Bord trug Ledig ein grau-bunt gewürfeltes Leinenhütchen. Ledig: »Abhanden gekommen, neulich, bei einer Eifersuchtsszene auf einem englischen Landsitz. Dabei saß ich völlig sittsam mit der Dame im Garten ... durch diesen Garten treibt ein schmales, aber wildes Flüßchen. Was kommt denn da geschwommen, denke ich plötzlich. Mein Hut! Der Hausherr hatte ihn aus Wut in der Garderobe zerfetzt und ins Wasser geworfen. Nun, ich beruhigte seine Frau und ließ den Mann nicht merken, daß ich gesehen hatte, wohin mein Hut geraten war; daß ich ihn überhaupt vermißte. Ich holte dann in London einen neuen, den denkbar feinsten, in der Savile Row. Den schickte ich an den Wüterich, mit meiner Karte, auf die ich schrieb: ›Something to throw into the river.‹«

Da, im New Yorker Hotel, hatte ich nur bei ihm frühstücken wollen und nicht die Absicht, seinem Lever beizuwohnen, aber er ließ mich nicht gehen. »Warten Sie noch, bis ich mit Greenburger telefoniert habe«, denn wir hatten gehört, dieser New Yorker »Scout« des Hamburger Rowohlt-Verlags – ein Mann mit Ramses-Kopf und so traurigen Augen, als spiegele sich in ihnen die jahrtausendealte Geschichte der Verfolgung der Juden – wolle Polizeischutz erbitten, weil amerikanische Nazis und Jesuiten am Abend als eine Wand von Demonstranten den Zugang zum Theater blockieren würden. Ledig erneuerte wieder einmal das kalt gewordene Badewasser, während er mir vorhielt: »Is ja nu och nich gerade schmeichelhaft für Sie, lieber Hochhuth, daß die Polizei Ihr Stück in Schutz nehmen muß.«

Ich: »Mit demokratischen Polizisten darf man sich doch verbünden, das mußte ich auch in Basel; zum Ausgleich wird der ›*Stellvertreter*‹ in Spanien und Rußland von der Polizei verboten –.«

Ledig, während er in die Wanne steigt: »Die Volkswut kommt auf, weil Sie sich von historischen Figuren hinreißen lassen wie diesem Pius – ehrlich gesagt, ich glaube, das ist gar keen guter Gedanke, ein bißchen obsolet. Heute müßte doch Geschichte am Namenlosen exemplifiziert werden, am unbekannten Soldaten, wenn schon ...«

Kleinlaut gebe ich zu, zwischen der offenen Badetür und dem Telefon: »*Einmal* kann man die, wenn man's kann, vielleicht zeigen, die Endstation des Soldaten.«

Ledig zwischen Husten, dessen Resonanz das Badewasser erheblich steigert, und sich bürstend: »Beckett! – aber die Endsituation, die hat ja Beckett gestaltet, endgültig.«

Ich: »Der zeigt die Menschen*reste*, die nachgeschichtlichen.

Aber der Mensch inmitten der Geschichte, der noch begreift, daß er verheizt wird, es fast noch artikulieren kann, wenn er auch wehrlos dagegen ist – also der einzelne in der exemplarischen Situation des Zeitalters der Wehrpflicht: wurde meines Wissens noch nicht dargestellt.«

Ledig: »Und warum versuchen Sie *das* nicht? Weil ein Maschinengewehrnest im Schnee von Stalingrad, auf das ein Panzer zurollt, nicht zu zeigen ist?«

Ich: »Doch, technisch kann die Bühne durchaus mit einem sehr simplen sparsamen Bild die Endsituation im Weltkrieg darstellen; ich dachte oft auf unserer Überfahrt daran, wenn große Schiffe versenkt werden, und das passierte ja wöchentlich 1941 bis 44, bleiben fast immer einige Räume so dicht verschottet, daß Versunkene in denen noch tagelang leben – in Pearl Harbour lebten eingeschlossene Matrosen nachweislich siebzehn Tage, ehe sie erstickten oder selbst Schluß machten, wenn sie das konnten. Im Bauch der in einem Fjord gekenterten ›Tirpitz‹ auch, und einer ihrer Matrosen, der nach vier Tagen aus ihr noch befreit wurde und heute an der Volksbühne arbeitet, hat mir ein entsprechendes Bühnenbild skizziert. *Das* ist zu machen. Aber wie will man verdeutlichen, daß die *nicht endende Zeit* der Gradmesser der Angst ist? Die zwei Theaterstunden samt Pause mit Bier und Brötchen lassen absurderweise die eigentliche Folter, die Zeit, je eindrucksvoller das Stück ist, je weniger grauenvoll erscheinen. Interessiert das Stück *sehr*, so verschwindet die Zeit völlig aus ihm – für die im Parkett. Wie sollen sie dann zu spüren bekommen, daß die Verurteilung zum Zeithaben bei völligem Hoffnungsentzug die schlimmste Vollstreckungsart ist, die der ›Weltgeist‹ bereithält?«

Ledig: »Das soll ich Ihnen glauben – daß dies der Grund ist, warum Se lieber einen Premierminister zeigen als einen namenlosen Matrosen? Nee – Sie hab ich in Verdacht, Sie globen noch ganz vormarxistisch an den einzelnen Mann, der Geschichte macht.«

Ich: »Glauben tue ich nicht an ihn, ich sehe nur, es gibt ihn wie eh und je. Auch Benn hat ja nicht an Geschichte ›geglaubt‹, aber doch gesagt, an ›Herzoginnen lasse sich mehr ausdrücken als an Kartoffelschalen‹. Vielleicht kann sogar in epischen Schilderungen das Werkzeug der Geschichte, auch Ihr Opfer – die sind ja oft identisch –, erst dann gezeigt werden, wenn es wenigstens bis an den *Rand* des grünen Tisches vorgedrungen ist. Felix Hartlaub können Sie im Führerhauptquartier darstellen, wie er dort das Tagebuch der Wehrmacht-Führung schrieb – aber nicht in den Straßen Berlins, in denen er zuletzt als unbekannter Soldat verlorenging. In der ›*Odyssee*‹ heißt es schnöde:

›Da geschah es, daß der Matrose Elpenor zu Tode kam.
Die einzige Gelegenheit, ihn zu erwähnen.
Denn nie tat er sich hervor, weder durch Mut noch durch Klugheit.‹«

Nun lacht mich Ledig aus: »Daß Sie *dies* zitieren, bestätigt nur meinen Verdacht: Sie finden die Elpenors nicht abendfüllend – ist dies? Da ruft Greenburger an! Sagen Sie ...«

Ich: »Soll er später anrufen?«

Ledig: »Komme –«

Ich: »Tag, Herr Greenburger – ja, er kommt, er badet. Haben Sie Polizeischutz?«

Ledig, hat mir den Hörer aus der Hand genommen, brummt hinein: »So, berittene Polizei, das ist doch och mal ganz schön. Hm ...«

Ich beobachte ihn und denke: schade, daß ich dem Primeminister einen Frottierlumpen umhängen muß, das kann ins Auge gehen, kann an eine Toga erinnern – nackt wie Ledig müßte er aus dem Bad kommen, das hätte Wahrheit. Nie würde Churchill sich konventionell »bedecken«.

Ledig, zu mir: »Haben Se was z' schreiben?«

In den Hörer, während ich mitschreibe: »Also um halb sieben – wo? Im Plaza. Hm. Komme allein, der geht ja nie mit zu seinen Premieren – wenn ich 'n nich noch umstimme.« Er legt erst auf, nachdem das halbe Hindernisrennen über den Paragraphenverhau einer gerichtlichen Klage »in Sachen Nachlaßverwaltung Musil« erörtert ist und geht, vorgebeugt, beide Hände hoch in die Taille gestützt, in der Haltung, in der Churchill zu sprechen pflegte, von einem Teppichende zum anderen. Das Telefonat ist vergessen – ich denke: jetzt müßte der Kammerdiener mit einem Badetuch kommen und kopfschüttelnd sagen: »Sir, Sie essen in zwanzig Minuten beim König« – aber Sawyers kommt nicht, es kommt auch der Frühstückskellner nicht, den Tisch abzuräumen, und ich – ich habe gar keine Veranlassung, mein Modell zu verscheuchen, denn Ledig erläutert: »Also – ich will mal saachen, Se sin ja nu gar keen Zigarrenmensch, Hochhuth! Sie lesen den Churchill, aber das reicht ja nich – der muß ja dampfen vor Vitalität, und wo wollen Se das hernehmen, wenn Se keen Modell haben – ich habe – hier hatte ich meine Manschettenknöppe doch liejen ... ja, also berittene Polizisten, um uns vor den Nazis zu schützen, haben Se das gehört – eijentlich, ich will mal sagen –«

Ich denke daran, daß Churchills Stabschef bestätigt, oft habe auch an dessen Oberhemden der oberster Knopf gefehlt, nur die Krawatte hielt die Hemden zu; und eindrucksvoll ist jetzt auch Ledigs rasches Zeremoniell, Uhr und Rauch- und Schreibzeug in Weste und Rock unterzubringen, aber leider, wie ein Prominenter sich anzieht, das ist abgebraucht: Brecht hat das für den ›*Galilei*‹ schon bei ›*Leonce und Lena*‹ gestohlen – und ich muß es genug sein lassen damit, daß er nackt telefoniert im zweiten Akt; oder vielmehr und leider mit der dämlichen Toga ...

II

Die Tabletten, die ich gegen Seekrankheit nehme, dazu der Alkohol, den man natürlich nicht dazu trinken sollte, den man aber doch auf See ungefähr in so viel höheren Quanten trinkt als pflichtloser Passagier, wie man mehr Wasser dort sieht als Land – sie haben, im Bunde mit der See selber und mit Seekriegs-Lektüre, zu der so unendlich viel Zeit ist an Bord: *Träume* in einer Intensität hervorgerufen, daß diese Träume sogar den Tag noch stundenweise mitbestimmen. Träumen, Wachen – wann beginnt was, wenn man ins breite, weißwirbelnde Kielwasser blickt, lesend, dösend, schreibend, sprechend, denn mein Verleger liegt wieder neben mir, wie ich, wie wir alle winddicht verpackt von kundigen Matrosenhänden. Ist doch die Februarluft, nelkenstengelgrau, noch feuchter als sie kalt ist.

Man sitzt nicht – *gebettet* ist man in den Deckstühlen. Und so bedarf es nicht erst der Mahnung des Friesen Jaspers: »Wer nicht täglich eine Weile träumt, der verdunkelt sich den Stern, von dem alle Arbeit und jeder Alltag geführt sein kann.« Man träumt oft. Und das Wachsein ist auch noch bestimmt durch die Assoziationsschübe, die erst die Träume heraufbrachten, wer weiß, aus welchen Angstzonen! Warum sonst diktierte sich hier am Heck das Gedenkblatt sozusagen von selber, das ich längst schon reimen wollte zur Erinnerung an zwei der U-Boot-Fahrer, die mich als Schüler neidvoll beschäftigt haben, hirnlos wie ich war als Zehnjähriger »gewaltig« aufgerührt durch die Wehrmachtsberichte über die Atlantik-Abschlachtungen, verschont noch, allein dank des Jahrgangs, von jeder Kenntnis des Krieges, den ich ja nur in Wochenschauen »gesehen« hatte, die niemals einen toten Deutschen zeigten ...

Leutnant zur See Breitenstein, ein Nachbarjunge, den wir ehrerbietig grüßten, wenn er im Urlaub stolz an uns vorbeiging, weil es uns beeindruckte, wie er leger die Hand vom schwarzen Schirm seiner Mütze wegstieß – was wir imitierten –, und der Obermaat Schlunk, der als Vollwaise seine Urlaube bei seiner Schwester verbrachte, die Dienstmädchen bei jenem Arzt Koch war, dessen Sohn als mein Freund mich zuhören ließ, wenn der Matrose von »Feind«-Fahrten bis in den Golf von Mexiko sparsam erzählte, übrigens nur, wenn wir ihn sehr darum bedrängten... Wir Zehnjährigen, verblendet, verblödet damals, aber doch nicht stärker als auch die meisten der Erwachsenen, wir erfuhren es früh, schon im Herbst 1941, daß die Briten aus Hitlers stolzer U-Boot-Waffe Fischfutter gemacht, sie ausgerottet hatten wie keine andere Waffengattung sonst. Zahlen, versteht sich, bekamen wir erst nach dem Krieg. Doch daß es zu Ende ging mit der »Herrlichkeit« der U-Boote: das konnten selbst die Nazis nicht verheimlichen. Schon hatten sie bekanntgeben müssen, zwischen März und Mai 1941, daß die drei namentlich genannten »erfolgreichsten« ihrer U-Boot-Kommandanten ausgefallen waren, zwei durch Tod, einer durch Gefangenschaft. Von 39 000 deutschen U-Boot-Fahrern sind 27 212 gefallen, die weitaus meisten anderen gefangen worden.

Matrosen

Vernutzt vom Krieg – »jenseits des Lustprinzips«:
Schlaf bis zum Tod lockt fast schon wie ein Bett!
Entseelt zwar dank des Bord- und Mordbetriebs,
treibt doch, bis uns die Fische zum Skelett

Abnagen, unser Fleisch zum Trost der Fleischlichkeit.
Einmal noch Urlaub vom atlantikgrauen
Stahlsarg – und eine ganze Dunkelheit
meerfern wie Menschen leben, weil uns Frauen

Vor Feind und Kriegsgerichten schützen wie ein Kai!
Kein Standgericht, das Freunde umgebracht,
verhört uns noch im Traum; nicht Polizei,
kein U-Boot jagt uns diese Nacht.

Land! – was Blockade, Minen uns verwehrten,
kann ein Mädchen geben, das es wagt,
um den Blitz, der uns zerreißt, zu erden,
uns zu lieben, bis es tagt.

Wie unverwundbar wird mein Leib durch deinen.
Zwei schwache Fackeln, du und ich – der Wind
verlöscht sie rasch, auch wenn wir sie vereinen,
– statt daß sie brennen, bis wir nicht mehr sind!

Treibt dich Gebärsucht, Daseins-Barbarei
– schmeck' ich mein Meergrab schon in deinem Schoß.
Zeitfrage, bis der Ruf: »Torpedo frei«
mich wegreißt samt verlorenem Floß.

So reime ich hier, den Blick ins Kielwasser gerichtet, das so weiß wie jener Kalk ist, den man auf Massengräber wirft – aber auch, kann ich nicht umhin, mit Grauen zu denken, so weiß wie der Kalk, den man in Spanien in Senkgruben streut...

Was mag in ihnen vorgegangen sein in ihren letzten Stunden, denn sehr oft dauerte der Todeskampf eines Bootes, das durch

U-Boot-Jäger unters Meer geduckt war, bis die Wasserbombe traf – geworfen wurden oft unzählige –, stunden-, ja tagelang ... Und ich schrieb dieses Gedicht, diese beiden gefallenen Matrosen vor Augen, nicht nur als Gedenkblatt für sie, sondern auch für ihre Opfer, die zahllosen ... ihre Kameraden vorwiegend in der britischen Handelsmarine: Jeder vierte kam um! Kam um ... schönt, was geschah, verharmlost es sehr. Denn wie viele ertranken keineswegs so rasch, wie ihre torpedierten Schiffe »absoffen«, sondern trieben in ihren Schwimmwesten noch lange lebend. Retteten doch U-Boote grundsätzlich – U-Boote des Gegners auch nicht – keine Schiffbrüchigen, aus Platzmangel; allenfalls einmal einige sehr wenige Landsleute, zum Beispiel eine abgeschossene Flugzeugbesatzung. Oder die Seeleute verbrannten, wenn die oft meilenbreiten dicken Ölteppiche leckgeschossener Tanker das Meer entzündeten, in das die Matrosen von explodierenden Schiffen hineingesprungen waren; sofern nicht auch diese Tanker, als die bevorzugten Ziele für deutsche Torpedos, mit ihrer ganzen Besatzung in die Luft flogen. Und wer stellt sich vor, was vorging in jenen, die in meist großen Schiffen noch lange lebend auf dem Meergrund in schottendichten Räumen vegetierten, ohne auch nur eine Pistole zu haben, mit der sie sich hätten erschießen können. Das hat auch Churchill als ihn beklemmende Vorstellung schon vor Augen gehabt in seinem literarischen Meister-Epos: ›*Weltkrise 1911 bis 18*‹. Und eine Generation später, am 25. Juni 1941 – vier Tage zuvor war »der Mann da drüben«, wie Churchill Hitler zu nennen pflegte, über Rußland hergefallen –, sagte der Premierminister in einer Geheimrede dem Unterhaus, Großbritannien habe mit seinen Verbündeten, wozu damals die USA noch nicht gehörten, allein in den vergangenen zwölf Monaten viermillionensechshunderttausend Tonnen Schiffsraum in der »Schlacht um den Atlantik« verloren. Um eine so abstrakte Zahl in ein Bild zu verwandeln, sie vorstellbar zu machen, denn was ist das: eine Million Tonnen? Die zwei damals größten Passagierdampfer der Welt, ›Queen Mary‹ und ›Queen Elizabeth‹, überhaupt die größten, bisher je gebauten Schiffe, haben 81 235 und 83 673 Tonnen – sie bringen ab August 1942 binnen weniger Monate über zwei Millionen amerikanische und kanadische

Soldaten nach Großbritannien, ohne daß ein einziges Mal eines der U-Boote Hitlers versuchen kann, einen dieser Ozean-Giganten anzugreifen, obgleich die ohne Sicherung fahren: sie sind mit 28 Knoten so viel schneller als jedes Schiff, das sie geleiten könnte, außer in unmittelbarer Nähe der Küste, *so* daß sie den Atlantik allein überqueren ...

Was mag der Hauptgrund sein, daß nicht Historiker – von Ausnahmen, seltenen, abgesehen –, sondern Augenzeugen jene Chroniken schrieben, die einen nach Jahren noch oder in Träumen zu – verschonten! – Miterlebenden der Tragödien machen? Augenzeugen suchen nicht den »Überblick«, der allemal den einzelnen – im Wortsinne: überblickt, das heißt: übersieht, über ihn hinsieht. Sondern der Augenzeuge sucht die Darstellung seiner selbst oder seiner Kameraden, auch seiner Feinde, *seiner* Welt. Er stellt einzelne dar und Einzelheiten. Welcher Historiker dagegen erübrigt auch nur eine Fußnote für jene blutige Atlantik-Novelle – Novelle übersetzte Goethe aus dem Italienischen: »unerhörte Begebenheit« –, die sich auf diese Weise bisher nur einmal in der Geschichte aller Meere ereignet haben soll?

Da der Schlaf Räume und Jahre überbrücken kann – wurde ich Augenzeuge, mitgenommen an den Tatort von meinem Reisegefährten, dessen Identität der Traum in eins verwoben hatte mit der des britischen Premierministers ...

III

»Seien Se nich wieder so nervös, gehen wir auf die Brücke, wir sind ja noch sechsundzwanzig Stunden auf See!« sagte er. Komprimieren tun sie auch, die Träume. Wie unerheblich wird in ihnen, daß wir nicht unterwegs nach England sind, überhaupt nicht auf West-Passage von New York in den Clyde zickzacken – Zickzackkurs, um deutschen Torpedos auszuweichen –, sondern daß wir uns in Le Havre auf der ›France‹ eingeschifft haben ...

Doch dies, unleugbar, ist die ›Queen Mary‹, eines der beiden stolzesten und tonnagestärksten Passagierschiffe Großbritanniens zwischen 1930 und 1970. Und da eine Traumwelle, viel stürmischer als eine des Atlantiks, uns wegspülen kann von Ort und Uhr und Datum – vermutlich ausgelöst durch die gestrige Radiomeldung, dieser Meeresriese werde als Schiffsmuseum und Hotel an einer amerikanischen Küstenstadt stillgelegt –, so sind wir jetzt um ein Vierteljahrhundert aus der Zeit verschlagen ins Kriegsjahr 1942, und dies sind die Stunden der Hundewache am 2. Oktober. Im Bauch dieses riesigsten aller Wale sind 10 409 amerikanische Soldaten, die abwechselnd in den Kojen schlafen müssen und deren viele demnächst bei der Invasion Nordafrikas und Siziliens sterben werden – sofern nicht schon heute nacht ein doppelter deutscher U-Boot-Torpedo uns mittschiffs trifft...

Aber davor schützt die Geschwindigkeit; es sei denn, wir passierten zufällig ein bereits auflauerndes, schußbereites Boot im Abstand von weniger als einer halben Meile. Wir laufen 28 Knoten – demütigend für Hitlers Haie. 81 000 Bruttoregistertonnen, und dennoch ist der Bug scherenschmal, elegant wie der einer Yacht. Und wir sind nicht mehr allein wie während der Überfahrt über den Atlantik. Sondern wir sind jetzt in Küstennähe – und westlich Irlands schon ist wachsende Gefahr, von Hitlers Flugzeugen angegriffen zu werden, so daß der Flakkreuzer – Flak ist die Abkürzung für Flieger-Abwehr-Kanone –, HMS ›Curaçao‹, der nur ungefähr ein Zwanzigstel unserer Tonnage hat, an der Spitze einer Zerstörerflottille zu uns gestoßen ist, um uns Geleit bis Irland zu geben. Der Kreuzer hat uns auf fünfzehn Meilen Distanz an den drei Säulen unserer Riesen-Schlote ausgemacht, dreißig Minuten später nimmt er seine Position ein: fünf Seemeilen liegt er uns voraus, während sich der Abstand unseres Bugs zu seinem Heck vermindert, aber gewiß kalkulationsgenau... Freilich, der kleine Kreuzer ist wesentlich langsamer als der Riese hinter ihm...

Der Riese rollt. Und die Nacht, nur der Schlaf, gestattet die Folgerung: weil die Schiffe ein Ziel haben, die Wogen und die Wetter aber keines, deshalb behaupten sie sich als Einsame gegen die Ozeane, deren Unmaße einen auf die Vorstufe zur Frömmigkeit heben, nämlich ängstlich machen.

Unheimlich ist es, dieses Rollen und diese Nacht – besser als im Bett, da hat mein Gefährte recht, ist man an der Bar aufbewahrt. Die Bar ist geschlossen, und der Gang ist eng, ein verbotener Gang. Keine Treppe, nur eine Leiter vor einer Eisentür, die verschlossen ist. Zurückklettern, zurückstampfen, der Gang ist noch enger als auf dem Herweg, er stößt auf Gänge links, auf Gänge rechts. Aber der mir vorangeht – hier wieder kennt er sich aus, genau, denn diese Tür, jetzt, verbindet Wirtschaftsräume mit einer Tür zur Bar der königlichen, der Premierminister-Kabinen des A-Decks. Und es gibt keine Bartür auf der Erde, auf den Meeren, die *ihm* zu verschließen wäre, sei es selbst während der Hundewache. »Warum so abgehetzt?« fragt er mich auf dem Hocker, in Erwartung des Whiskys – und er ahnt nicht, daß seine massiven Zugriffe ins Kulinarische, nicht weniger als sein Rücken, rechts, einen halben Schritt vor mir, eine wogenglättende Wirkung auf mich haben.

»Mein Geschmack ist ganz einfach – ich esse nur das Beste«, wer hat das gesagt, Ledig oder Churchill? Ich weiß es nicht mehr...

»Sie sind immer noch blaß«, sagt Ledig und hebt sein Glas.

»Ich dachte«, versuche ich zu erläutern, »eben – als wir uns da im C-Deck verirrt hatten: ein doppelter Torpedo-Einschlag, und wir kämen nie mehr hoch. Vorige Woche wurde in der Straße von Dover aus einem deutschen Geleitzug ein Erzfrachter herausgeschossen; neunzig Sekunden später war vollkommene Spurlosigkeit, dort, wo der Dampfer geschwommen – da kommen nicht mal die Katzen von Bord.« Ledig nickt so vertieft, daß er zweifellos nicht zuhört: will er mir die Churchill-Figur wieder ausreden? »Ich glaube nicht, daß Sie Geschichte nur an den prominenten Tätern darstellen können, am grünen Tisch. Was Sie für unlösbar halten: Eingeschlossene in einem Bergwerk oder Versunkene in einem Schiff zu zeigen, weil die eigentliche Folter, die nicht verrinnende Zeit, nicht spürbar wird: dieses Problem fällt weg, wenn Sie den ewig als ›Neger‹ benutzten und zerräderten kleinen Mann darstellen, also nicht den Präsidenten Kennedy, sondern dessen angeblichen Mörder Oswald, in dessen Geschick sich doch wie in dem des Hauptmanns Dreyfus oder des van der Lubbe der Satanismus einer ganzen Epoche kristallisiert... Haben Sie gelesen, was de Gaulle zur Ermordung Kennedys gesagt hat, und de Gaulle soll einen sehr tüchtigen Geheimdienst haben, der sicherlich auch hier auf seinem Flaggschiff einige Luxuskabinen für Prominente, zu denen wir beide Gott sei Dank nicht gehören, verwanzt hat; de Gaulle sagte: »Die Ermordung Kennedys ... Die Polizei hat die Tat ausgeführt, oder sie hat den Befehl dazu gegeben ... Sie haben sich auf diesen Kommunisten (Oswald) gestürzt, der nicht daran beteiligt war ... ein herrlicher Angeklagter ... Sie wollten ihn auf der Stelle erschlagen, ohne daß die Justiz hätte eingreifen können ...«

Ich gebe zu, beeindruckt durch de Gaulle – denn wie selten sagt ein Staatsmann, wie hier der Präsident zu Jean-Raymond Tournoux so ungeschminkt über Heikelstes seine Meinung: »Oswalds ›Bestellung‹ in das Schulbuchlager von Dallas, wo er ja erst wenige Wochen vor dem Attentat ›angestellt‹ worden ist – auf wessen Veranlassung auch immer –, signalisiert, wie dann seine Ermordung, faschistische Tendenzen in den USA, sehr heftige sogar. Höchst darstellenswert – doch ich glaube, was heute geschieht, kann man heute noch kaum zeichnen, erst morgen. Im Traum wird alles Gegenwart, aber von der Gegenwart kann man nicht träumen – und deshalb nicht schreiben. Hat je einer ein Haus gemalt, das erst gestern gebaut wurde? Nie!«

Ledig: »Wie wollen Sie dann aber dem Zweiten Weltkrieg noch ein *aktuelles* Stück abgewinnen?«

»Seine Gestalten sind Geschichte – doch seine Barbareien aktuell, speziell der Luftkrieg gegen Zivilisten. Das ist ganz Gegenwart – trotzdem: von Churchill kann man schon träumen!« Von Churchill träumen bedeutet nur, im Schlaf Anschluß finden an seine Aufzeichnungen und Gespräche, die auch zuweilen Traumprotokolle gewesen sind: Am 25. Juli 1945 hatte er seinem Arzt erzählt: »Ich träumte, das Leben sei vorüber. Ich sah sehr deutlich meinen Leichnam unter einem weißen Tuch auf einem Tisch in einem leeren Zimmer. Ich erkannte meine nackten Füße, die unter dem Laken hervorragten.« Am anderen Morgen erfuhren er und die Welt, daß er wider alle Berechnung mit erdrückender Mehrheit aus Downing Street weggewählt worden war. Und Churchills intimste Aufzeichnung, verfaßt als Greis, ist auch ein Traumprotokoll:

Kein Mensch hat Churchill zeitlebens tiefer beschäftigt als sein Vater; exakt auf den Tag siebzig Jahre nach dessen Tod – starb der neunzigjährige Sohn, der in dieser intimen Aufzeichnung ein Gespräch protokolliert, das er in seinem Gartenhaus mit dem Gespenst Lord Randolphs geführt hat. Der Vater kam ein Menschenalter nach seinem Tode, um den inzwischen zum Sieger über Hitler gewordenen Sohn wegen dessen beruflicher Untauglichkeit zu verhören.

»Aber Geschichte wird auch in Träumen stets zum Alptraum«, sagt Ledig und blickt drein, als könne man der Zeit nachschauen.

Und wie er jetzt vom Hocker gleitet und dem Barmann dankt und mir vorangeht, fällt mir ein, daß er von einem Bremer Wasserschout abstammt – und da ich mir vorstelle, daß ein Schout ein höherer Lotse ist (stimmt nur im Traum), so stampfe ich ohne Unbehagen hinter ihm drein, obwohl ich mit grünspangrünem Gesicht nur vorwärts komme, weil der Gang geländergesichert ist. »Steht man auf einem nur normal großen Passagierdampfer, 180 Meter lang, so ist bei brettglattem Meer die Brücke doch 21 Meter hoch«, hat der Kommodore uns belehrt. »Seen von zwölf bis achtzehn Meter sind nicht unübersteigbar. Auch im tiefsten Tal sieht man noch immer den Horizont.«

Mein Gefährte öffnet die schwere Tür zum Oberdeck, wir treten hinaus, schneller wieder hinein, denn der Schauer, der über die Back fegt, da der Kamm einer schweren See am Bug zerplatzt, besprengt auch uns. Es tagt. Unerklärlich, daß man dem Mann da vor mir, der so lotsensicher die Brücke betritt, den Eintritt sozusagen in die Bordsakristei gestattet. Und nur deshalb, hinter seinem Schild von Rücken, auch mir. Zwei Offiziere stehen auf den Brückenauslegern. Der Rudergänger, auf den Steuerstrich am Kompaß orientiert (denn Radar wird erst in zwei Jahren hier installiert werden), hält den Riesen auf Kurs – er lenkt ihn, man sieht es, so behutsam wie ein Inderjunge, der auf dem Kopf des Urwaldriesen sitzt, den Elefanten des Maharadschas. Nur das matte Kompaßlicht, abgeschirmt, gibt der Brücke Dämmerhelle, die ausreicht, um die schwere, anstekkende Müdigkeit auf dem Gesicht des Quartermasters, des

Mannes am Rad, zu erkennen. Sir James, der Kommodore des »Sonnenschiffs‹, wie England und das Empire seine ›Queen Mary‹ nennen, ist selber auf der Brücke – und wie er sich jetzt ehrerbietig dem Mann zuwendet, der mir voranging, und der gespannt, die Zunge eingeklemmt zwischen Ober- und Unterkiefer, hinabstarrt auf den kleinen waffenstrotzenden Kreuzer ›Curaçao‹, der schwer unter den Keulenschlägen der Brecher voranhastet, das läßt mich erkennen, daß jetzt mein Traumgefährte jener ist, der er am Tage nur potentiell war:

Sein Schatten weilte unbegreiflich
auf dem Abend meines Zimmers –

Bestimmt entsinne ich mich jetzt nicht des Standorts dieser Zeilen (Lasker-Schüler über Trakl), denn ich versuche von den leise gewechselten Fragen und Antworten etwas zu verstehen, während der Rudergänger auf einen Knopf in Höhe seiner Mütze drückt, da eine Klingel ihm angezeigt hat, daß – 4 Uhr 32 – ein Kurswechsel fällig ist: er meldet das dem Wachhabenden und sagt durchs Sprachrohr den neuen Kurs an. Und erst jetzt dreht der übermüdete Rudergänger das Rad... Mich beruhigt das, denn weil ich nichts von Technik verstehe, hatte es mich erschreckt, daß die ›Queen Mary‹ soeben durch das Kielwasser der ›Curaçao‹ gelaufen war, die sich jetzt nahe vor unserem scherenschmalen Bug an Backbord befindet und herumgezerrt mit der Dünung kämpft. »Wie weit?« fragt der Premierminister Sir James. Der Kommodore antwortet: »Gut eine halbe Meile, Sir!« Und er selber ordnet an: »Legen Sie das Ruder mittschiffs und gehen Sie wieder auf Backbord.« Zu Churchill sagt er: »Die Burschen da vor uns wissen verdammt gut, wie sie Geleitschutz zu fahren haben. Sorge macht mir immer nur ein bißchen der Sog dieses fast zu schnellen Achtzigtausend-Tonnen-Pflügers. Eigentlich wissen wir nämlich immer noch nicht, wie der Sog zu berechnen ist...«

Ich sehe hinab, sehe vor uns, Phalanx vor Phalanx in nicht abreißenden, in sich steigernden – denke ich, aber das täuscht – Wutangriffen die immortellenfarbenen Seen in Kampfformation über den Bug hereinbrechen und scheitern, während der Wind kreischt und Fetzen von den Brechern reißt, die als Schaumflocken heran- und vorbeiwirbeln. Die Kämme leuchten.

Der Kommodore, der als Vierzehnjähriger auf einem Windjammer blinder Passagier werden wollte, weil anders ihm nicht erlaubt wurde, die sieben Meere zu befahren, erinnert den PM (Primeminister), um zu erläutern, daß kleinere Schiffe »einen harten Sturm am besten durch Beidrehen abreiten«, an die uralte Beobachtung, die mich zu der Frage verführt, wie anders Hegel gedacht hätte, würde er je das Meer befahren haben, statt nur einmal an der holländischen Küste zu stehen ... und nichts anderes hinzuschreiben, dort bei Scheveningen, als den *einen* dümmlichen Satz: »Hier die unbegrenzte Nordsee, das deutsche Meer gesehen«. (Das »deutsche«!)

Der Kommodore sagt zum Primeminister: »Sie wissen, der Mensch an Land nennt Seen ›Wellen‹ und wählt damit den, wissenschaftlich gesprochen, exakten Ausdruck. Tatsächlich sind die aufgetürmten Wassermassen Wellen, *die sich nicht vorwärtsbewegen,* wie es den Anschein hat, sondern sich stets an der Stelle wölben und ausatmen. Der Ozean ist eine gefüllte Schale, deren Inhalt sich an der Oberfläche nur dank Strömungen und Gezeiten in der Horizontale bewegt... Nehmen Sie eine schwimmende Holzplanke, die keiner Windwirkung unterliegt, sie rührt sich beim Sturm nicht von der Stelle, sondern steigt und fällt mit den Wellen.«

Erstaunlich! Daß demnach selbst bei Taifunen noch die Wellenwalzen, zehntausendtonnenschwer, nicht »voran«-kommen, sondern sich, Spasmen ohne Endzweck, Entkrampfung durch Erschöpfung, nur hoch- und abtoben; daß die Seen noch bei Orkanböen *auf der Stelle* anschwellen, steigen, sich bäumen, *um in sich selber* zusammenzubrechen – durchaus ohne Beziehung zu einem Ganzen, einem »Gesamtablauf«, den es offenbar in der Natur so wenig gibt – wie in der Geschichte ...

Diese See jetzt, die dort machtvoll von einer neuen Böe getrieben sich gut sieben Meter noch über die anderen, ihr vorangegangenen und erloschenen, die peitschender Regen geduckt hatte, höher türmt – auch sie wird nach nur neunzig bis hundertzwanzig Metern, so nah die Entfernung von Kamm zu Kamm bei Nordatlantikstürmen, schon wieder verröchelt sein,

ein spermaweiß bewimpeltes Ejakulat, nicht einmal um seiner selbst willen da, viel weniger noch uferwärts gerichtet, Zielen zu oder einem »Sinn«.

Die antiken Denker, Küstenstädter, Meerbefahrer, konnten das anschauen, und ihrer keiner verfiel dem Fortschrittswahn – aber die unseren? Hätten auch sie am Meer gewohnt – ist denkbar, daß sie dann naiv wie Hegel nach christlichem Geschichtsschema der Verwirklichung der Vernunft auf Erden entgegengehofft hätten? Typisch: dem das Leben entstammt, das Meer, 70 Prozent der Oberfläche unseres Planeten, *kommt in der deutschen Philosophie nicht vor!* Nur dem Friesen Jaspers stellt das Meer: »Die Forderung, es aushalten zu können, daß nirgends der feste Boden ist, aber gerade dadurch der Grund der Dinge spricht.« Und Goethe, der auch das Meer gesehen hat, illustrierte nicht zufällig an »Bächen«, an »Strömen«, an »Fluß« und »Überschwemmung« den sinnlosen – den absolut sinnlosen – Potenzverschleiß der gesamten Ära Ludwigs XVI. und der Französischen Revolution –, mögen sie auch so zweckvoll der Ökonomie gedient haben wie später die Hitleritis oder früher die schwarze Pest. »Man sieht in dieser ungeheueren Empirie nichts als Natur und nichts von dem, was wir Philosophen so gern Freiheit nennen möchten« (an Schiller, 9. März 1802).

Der Kommodore, als wisse er, daß ich hilflos grüble, zerkaut die Worte: »Ich bin über vierzig Jahre dabei, aber das Meer behält das Beste für sich. Man spürt zwar immer Gottes Hand – aber manchmal spürt man sie ein bißchen zu sehr.« Der PM setzt düster hinzu: »Was allein die zwei Weltkriege runtergezogen haben.« Mir fällt sein furchtbarer Satz aus einer Rede ein, während er der Invasion Hitlers entgegensah: »Die Home Fleet wartet, die Fische warten auch.«

Und ihn selber hat es zeitlebens eingeschüchtert, das Meer – *nur das Meer* konnte ihn einschüchtern, diesen Herrn jener Kriegsflotten, die – während er sie befehligte, im Ersten und im Zweiten Weltkrieg – jeweils die größten aller Zeiten gewesen sind. Nie dachte Churchill »ohne Unbehagen« an einen Atlantikflug. Und allein die Schlacht um den Atlantik weckte während des Krieges seine Angst. Mit frommer Scheu hat er – wie oft – das Meer bedichtet, ja noch dessen Karte: »Sie maß nahezu sechs mal neun Meter. Da sie eine Seekarte war, wurde ihr Zentrum von der größten Wassermasse des Erdballs eingenommen: Die ungeheueren Gebiete des Stillen Ozeans füllten einen Platz von etwa achtundzwanzig Quadratmetern aus. Auf dieser Karte bedeutete eine Fläche von einem Umfang, den der Kopf einer Schleiernadel hat, den vollen Gesichtskreis, den man an einem klaren Tag von der Mastspitze eines Schiffs überblicken kann. Fraglos gab es mehr als genug Platz dafür, daß Schiffe einander verfehlten.«

Oder kollidierten ...

Doch Sir James, für den natürlich sein Schiff ein Individuum ist und der noch sagen kann: »Es klang ganz so, als rufe uns eine abgeschiedene Seele an«, hat auf ein Geheimnis hinweisen wollen, das in dieser Stunde zwar sichtbar wird, aber auch bisher unerforscht blieb: Wie blasse Bouillon kündigt jetzt über einer Wolkenbank die Sonne sich an, und dieses Aussehen verrät dem Seemann, »daß da Wind, noch sehr viel Wind drin ist – erklären kann keiner von uns, daß Wind aus Westen das Aussehen der im Osten aufgehenden Sonne beeinflußt«.

Er schweigt. Sein Blick, verengt, ist konzentriert auf den kleinen Flakkreuzer dort unten. »Wie weit?« fragt er leise. Teilt er die Besorgnis seines Rudergängers, ist seine ›Queen Mary‹ der ›Curaçao‹ zu dicht auf dem Heck? Ich, versteht sich, merke gar nichts. Ich sehe die Gischtspritzer von Bug her brückenwärts wirbeln und habe das Gesicht jenes Matrosen Schlunk vor Augen, den ich als Schüler bewunderte, weil er auf U-Boot-Fahrten bis in den Golf von Mexiko nicht ebenso vor Grauen verrückt geworden war – wie einer seiner Kameraden, der während eines Angriffs amerikanischer U-Boot-Jäger, die 72 Stunden das deutsche Boot unter Wasser hielten und Bomben in nächster Nähe schmissen, vom Kapitän erschossen werden mußte, nachdem der seine Mannschaft um Erlaubnis gefragt hatte. Der Kamerad da unten war so irrsinnig geworden, daß er anzustecken begann. »Einen, der noch lebt, kann man gar nicht so beneiden wie den Maat nach dem Gnadenschuß.« Der Erzähler wie der, vom dem er erzählte, wurde dann einer der U-Boot-Fahrer, die im Hitler-Krieg »an die Fische verfüttert wurden«. Aber Captain Boutwood von der ›Curaçao‹ hat den

Riesen und dessen Schwesterschiff, die ›Elizabeth‹, oft heimgeholt, und die Sicht ist jetzt zureichend. Soeben läßt er durchgeben: »Erbitte Ihren gegenwärtigen Kurs und tatsächliche Geschwindigkeit.« Der Wachhabende, der Erste Offizier der ›Queen Mary‹ gibt zurück: »108 Grad, 26,5 Knoten.«

Das wird der High Court of Justice drei Jahre später als eine falsche Angabe in den Gerichtsakten verbuchen: der Kreiselkompaß der ›Queen‹ zeigt zwei Grad zuviel an, und auch die Geschwindigkeit des Giganten beträgt fast 28 Knoten... Der Wachhabende, ohne Erregung, sagt leise: »Leicht Backbord« – das ist nichts als eine vorbeugende Maßnahme. Der Kreuzer wird sein Ruder nach Steuerbord legen und ohne Schwierigkeit von der ›Queen‹ klarkommen.

Das Steuerhaus des Riesen hat nebeneinander *zehn* Fenster, es ist neun Meter breit – bei einer Gesamtbreite der Brücke von 36 Metern von Nock zu Nock: nie zuvor, nie später mehr hatte ein Schiff eine ähnlich große Befehlszentrale. Doch freilich, sie liegt 69 Meter hinter dem Vorsteven und so hoch wie nie eine zuvor – 27 Meter hoch über der Wasserlinie, so daß Schiffe, die sehr dicht vor der ›Queen‹ fahren wie heute ihr Schutzkreuzer, von der Brücke nicht immer gut, zuweilen gar nicht zu sehen sind... Warum aber, so frage ich mich irritiert – doch Schlaf und Traum kommentieren ja selten, was sie uns zeigen, wohin sie uns transportieren –, warum sehe ich jetzt auf der Brücke plötzlich nicht mehr das väterlich beschwichtigende, mir aus seinen Erzählungen schon urvertraute Gesicht des Kommodore? Warum steht da nicht mehr Sir James – sondern unnahbar ein mir Fremder, der nur Kapitän ist und Illingworth heißt? Wieder ist soeben ›Curaçao‹ so dicht am Bug der ›Queen Mary‹ vorbeigekommen, daß ich sie von der Brücke nicht mehr sehen konnte – wohl aber die uns abschirmenden drei Zerstörer, die annähernd drei Seemeilen voraus laufen... Die Sicht ist noch gut. Ohne Hektik war der Wachhabende dieses über dreihundert Meter langen Schiffs seine Kontrollschritte gegangen, vorbei an den zwei so auffallend kleinen Messing-Steuerrädern, die zwei voneinander getrennt arbeitende Ruderleitungen bedienen – doch wie er jetzt nachschaut, ob das Ruder seinem Befehl gemäß: »Leicht Backbord« hatte er gesagt – in die entsprechende

Richtung gelegt wurde... ist er elektrisiert, als er, auf seinen Standort zurückgekehrt, hinabsieht – jetzt fast in den Schornstein der ›Curaçao‹ hineinsehen kann!

»*Hart* Backbord!« – er zischt es mehr, als er es ruft. Doch es dauert lange, dauert unendlich, bis die Bugspitze, die der Mariner Steven nennt, auf das panikschnelle Drehen des Steuermanns am Ruder reagiert – »auswandert«. Endlich wandert der Steven des Achtzigtausendtonners – wandern ist genau das Wort für die erschreckende Gemächlichkeit, mit der das geschieht – weg aus der Richtung des Kreuzerhecks. Aber wie komme ich dazu, jetzt den Matrosen Paul Schlunk dort unten auf dem Heck der ›Curaçao‹ unter jenen anderen auszumachen, die zu uns hinaufstarren – vielleicht weil sie unseren scherenschmalen Bug und die königliche Architektur unserer paläste-hohen Decks so noch nie gesehen haben – so nahe! Ich sehe Kielwasser – läuft es auf mich zu, läuft es vor mir her, ich weiß es nicht, es läuft über Schlunks Gesicht, läuft über meins, spült uns zueinander und *er* zerrt mich, über Bord springend, mit sich hinab, und ich schreie wie er und wie alle – ich bin wach. Und als Ledig, im Liegestuhl neben mir verpackt auf dem windgeschützten Heck der ›France‹, seine Hand auf mein Handgelenk legt und väterlich-belustigt fragt: »Schön geschlafen?« – da ist in den Annalen der Seefahrt, bis dato niemals zu verzeichnen, folgendes einzutragen: Der Passagierdampfer hat den Kreuzer guillotiniert!

Die ›Queen‹ hat die ›Curaçao‹, die etwa in einem Winkel von 20 Grad Richtung Backbord vor ihr her zackte, im zweiten Rumpfdrittel »berührt«, wie Gulliver ein Schiffchen der Liliputaner – und sie schiebt den Kreuzer vor sich her, dreht ihn herum, drückt ihn unter die See, und »ist durch«; hat ohne zu verlangsamen dessen siebeneinhalb Zentimeter dicke Stahlwände zweimal zerschnitten und schraubt weiter, während die geduckten Hälften des Kreuzers wieder auftauchen, eine hängt links, eine hängt rechts am Rumpf des Riesen, die Hälften rollen über, »schrappen« entlang am Leib des Täters, von beiden Hälften springen Männer ins Wasser, werden zurückgeschlagen an die Rumpfreste, von denen sie loskommen wollten, werden untergepflügt und wirbeln weg, fort, ab wie Küchenreste –

während das Kielwasser dieses größten aller Wellenpflüge nicht anders leuchtet als dieses hinter uns, als das der ›France‹: die übliche breite Schleppe, lang, schön, »unschuldig«, wie bräutlicher Tüll. Oder wie eine Kalkspreu – Kalk auf dem Grab der Männer der ›Curaçao‹, denen Flöße und Bojen nachgeworfen werden. Denn die Königin verlangsamt nicht um einen Knoten: darauf könnte – freilich sehr unwahrscheinlich – ein U-Boot Hitlers gewartet haben. Die Admiralität wird denn auch sehr gefaßt resümieren: »Was erst wäre geschehen, hätte die ›Queen‹ die ›Curaçao‹ genau mittschiffs zerschnitten – in der Munitionskammer!« Nur zwei Zerstörer wenden, um Menschen und Leichen zu fischen. 72 Matrosen überleben. 72 von 410.

Brautkorrespondenz

Chanson: Lügen haben schöne Beine
Erstes Petting oder Volksausgabe von
Goethes ›Besuch‹ · Mond-Scherzando
Ankunft · Arbeitspause · Ehe ist Liebe
ohne Sehnsucht · Brautkorrespondenz
Frauen-Chanson

Chanson: Lügen haben schöne Beine

Melodie: »Die Fahne hoch,
die Reihen dicht geschlossen.«

Komm, zieh dich aus, auch wenn du mich betrügst.
Ich spiele mit, als hielt' ich dich für treu.
Und lüge, daß ich deiner Lüge glaubte.
Der Ekel ist verschluckt. Was bleibt, ist neu:

Die Einsicht, daß auch ich die Liebe
nicht sehr entbehre, wenn der Spaß nur bleibt.
Der wächst – bereichert um den Spaß der Diebe:
sobald dein Stutenfell sich an mir reibt

Glaubst du, ich glaubte, deine Tummelwiese
sei nur *mein* Bett – oh, hoppe-hoppe Reiter!
Wenn deine anderen dir glauben, so verdrieße
sie nicht durch Beichten. Wahrheit macht nicht heiter.

Männer, du weißt – zwar müssen sie alles essen.
Doch alles *wissen*? Gott behüte: nein!
Schönheit schafft Rechte, die ihr angemessen.
Du lügst so gern: das soll uns nicht entzwein.

Wie wär's, wenn wir uns künftig beim Vereinen
in das Gesicht zu sehen – ersparten?
Sogar die Tiere, die nicht lügen, scheuen den Blick.
Auskunft im Zoo ergab: bei allen Arten

Kommt Er von hinten. Und betreffs der Lügen:
im Paradies war Treue zwar der Brauch,
doch offenbar, weil Eva zum Betrügen
nur Adam hatte – und zur Ehe auch.

Erstes Petting oder
Volksausgabe von Goethes ›Besuch‹

Putzgeruch in feuchtem Hausflur,
Treppe: eingesehenes Feindfeld,
drei Uhr mittags – rasch hinauf!
Onkel öffnet seinen Laden,
Tante trabt zur Pedicüre,
die Cousine ins Büro.

Lichtblond wie ihr Mozartzopf
ist ihr Zimmer ... »Nimm die Hand weg!«
Lautlos erst die Tür verschließen.
»Was ich will? Beim Aufsatz helfen.«
(Wilhelm Meisters Wanderjahre.)
Nackt will er sie endlich sehen ...

»Warum kniest Du – Du, ich schreie!«
Er: »Daß Dein Onkel mich hier findet,
Deinen Slip auf den Sandalen?
Küssen ist pervers – in Kleidern!«
Sie: »Da gehört Dein Kopf nicht hin
– steh doch auf! Wenn jemand kommt.«

Doch sein Flehn: »Laß Dich ansehn!«
Sie: »Gibst Du auch Dein Ehrenwort ...«
Er: »Jedes – ja, doch.«
Sie: »Daß Du mir mein Kleid nicht wegnimmst?«
Und er schiebt's nur bis zum Kinn hoch
– schaut und schweigt. Schweigt überwältigt

Sieht zum erstenmal ein Mädchen,
will daß sie sich jetzt aufs Bett legt ...
Sie: »Wenn Du wirklich selbst nichts ausziehst!«
Seinem Blick hält sie nicht stand,
deckt den Busch mit ihrer Hand zu
– erst als er den Kopf hineinpreßt

Kindlich stammelt: »Du bist – göttlich!«
– tilgt der Stolz in ihr die Scham,
überläßt sie seinem Mund ... alles.
Doch die langen, harten Schenkel
– nicht sein Betteln, erst ihr Brunnen
wird sie auftun. Also streckt er

Ihren sanften, keuschen Fingern
eine Wünschelrute hin, die sie lange
nicht ergreift. Wegsehn muß sie,
hält dann fest – und sich an ihr fest.
Ihre Scheu kämpft mit der Neugier.
»Mach nicht weiter ... doch, doch weiter!«

Und erschrickt: »Was ist ... was kommt – da!«
Naß verklebt – riecht sie nach Stahl,
preßt sich an ihn wie die Scheibe
einer Stulle an die andre – drängt ihm jetzt
– ein Schrei, befreit – in die Hand.
Leckt ihm seinen Lehrlingsbart.

Mond-Scherzando

»Tu etwas Mond an das, was du schreibst.«
Jules Renard, *Journal*

Du seist kein Gegenstand für Lyrik mehr,
wird tausendfach in Feuilletons geschrieben.
Das mag ja stimmen, greiser Mond, doch wer
gibt denen Licht, die sich *verstohlen* lieben?

Die lichtlos-unbehaust wie Partisanen
auf bullensicherem Waldbett grasen,
Aussteiger, die den Autobahnen
ausweichen wie den fahndungshellen Straßen

Von denen Peitschenlampen sie verscheuchten?
Laszív fleht er: »Jetzt – deinen Rücken!«
Sie sieht, sich windend-wendend, *Voll*mond leuchten.
Seufzt: »Schrecklich hell!« Und sein Entzücken

Daß sie sich *schämt* (doch sonst nicht ihre Art)
– als ob erst Mondlicht ihre Backen ihm entdeckt:
beflügelt ihn erneut! Ihr Griff, robust, doch zart
hat flinkerhand ihn hinterrücks versteckt.

Ankunft

Du mit Weekend-Koffer, Kuß vor den Leuten.
Schon im Bus rauht der Sog Deines *Da*-Seins
mir die Stimme; suche in Deinen Augen,
ob Du schon mitlebst, wie wir uns nehmen.

Kaum Deinen ferienbraunen Oberarm umschließt
meine Hand; Deinen Nacken, auch nackt,
streift sie – und zuckt fast zurück:
ein Stromschlag. Drei Wochen im Juli allein
– Landstriche verbrennen in zwanzig Tagen.
Dein Kleid, wie es Dir steht! – ach, Sprache:
sie tarnt allenfalls das Verlangen,
übersetzt es in alberne Chiffren:

Was Du Stichprobe nennst, Maßstab, auch Stehplatz;
ich Deinen Jungfernstieg nenne, Deine stillen
Reserven; Kopfhaar unterscheide von Haupthaar.
Wie Liebe, die endgültig wurde, großer Worte sich schämt.
Ärzte sagen vernünftig: Den Hormonspiegel senken.
Zuvor aber der Portier, sein ächtender Blick:
»Wünschen sie noch am Mittagstisch teilzunehmen?«
Später, vielleicht...

Im Lift *noch* nicht allein: »Deine Blumen – vergessen!«
Du – und trotz Zuguckern Deine Hand jetzt,
Elektrizität und – weg. Nur ein Flügelschlag:
»Armer Don Chaos!«

Arbeitspause

Nach Tisch; der grelle Horizont
war mittags-menschenleer.
Sekretärin; längst gefärbt schon ihr Blond:
»Meine Linie! – kein Kantinen-Dessert.«
So blieb noch Zeit, hinauszufahren.
Ihr Lachen gab ihm Mut zum Liebestest,
auch ihre Alters-Spur am Hals, in Haaren.

Er resigniert, halb-kahl, infarkt-zerstreßt
– »wir zwei mit unsern über neunzig Jahren« –
war auch kein Boß; war nur am Boß erkrankt.
Sie weiß, daß er sich niemals scheiden läßt.
Er duzt mich, bis der Wagen aufgetankt,
denkt sie gekränkt; nie wird er abends kommen,
bei Pausen wird es bleiben, »kurz gesonnt« –

Doch daß er endlich sie – sie ihn genommen,
zwar viel zu hastig, auch nicht sehr gekonnt,
nimmt ihr den Minderwertigkeitskomplex vor Ehen.
Er denkt besorgt, wie er diktiert,
Blick, Stimme, Schritt, kann jeder sehen,
sind jäh verjüngt bei ihr: was ist passiert?
Mich lieben – soll die sich nicht unterstehen!

Ehe ist Liebe ohne Sehnsucht

Wie hat dies Paar
sich einst »erkannt«!
Jetzt: Haut an Haut sogar
die – Wand …

Ein Fleisch zwar noch,
doch als sie's machten,
die Frau, der Mann:
was sie da dachten

Will lieber keiner mehr
vom anderen wissen …
Zwar schlafen beide noch
auf gleichem Kissen

Doch gleiche Träume auch,
daß sie die hätten:
wer's hofft, weiß nichts
von Ehebetten!

Brautkorrespondenz

SIE: In einem Spielzeugladen
hob ich Winnetous Schwester vom Pferd.
Mußt Du erst erraten,
was die jetzt (wie ich) entbehrt?
Ich sende Dir die arme Groteskfigur,
die weder stehen noch liegen kann,
um Dich zu mahnen: sogar sitzen nur
kann sie auf einem Spieß, lieber Mann!

ER: Die Figur, die Du mir schenkst,
Reiterin, arme, ohne Hengst,
braucht es nicht, mich zu ermahnen,
Bundesstraßen, Autobahnen
flugschnell hinter mich zu bringen!
Doch, was hilft's, wenn ich in Bingen
oder welchem Ort auch immer
statt um acht – um sechs mein Zimmer
im Hotel beziehen kann:
die Termine steuern den Mann!
Elf Filialen erst bereist.
Lagerhaltung – was das heißt,
die nach Vorschrift kontrollieren!
Fände ich nichts zu monieren,
könnte ich den Job verlieren:
wer zahlt dann den neuen Wagen?
Übrigens hab' ich vorzuschlagen,
auf den Opel zu verzichten,
um uns dies Jahr einzurichten:
steuerlich voll absetzbar
ist das nur, wenn wir im Jahr
gemeinsam von Gehaltsklasse C
zur Steuer veranlagt werden für D.

Doch zahlt der soziale Wohnungsbau
die Prämie nur *einem:* Mann *oder* Frau,
soweit ich die neuesten Erlasse kenne –

Infarktbedroht küßt Dich, hier schließend
Dein Männe.

P.S. Betrifft Gesundheit: bitte bedenken,
wir sollten den Hormon-Spiegel wieder senken.
Wozu ich Dich Samstag in Frankfurt erwarte
auf Sonntags-Rückfahrt-Ermäßigungskarte.

Frauen-Chanson.

»Ich wünschte, ich wäre eine Maus: dann
hätte vielleicht meine Frau ein bißchen
Angst vor mir!«
von Schönthan: ›Raub der Sabinerinnen‹.

Frauen, die das stärkere Geschlecht
sind, weil sie es *haben*:

Wie im Handumdrehen schwächt
ihr den Mann! Ihn abzutraben,

braucht's ein Viertel Eurer Kraft.
Der, den *zwei* auf Abbruch stürmen

– stirbt! Oder eine Dritte schafft
ihm den Unterschlupf beim Türmen.

(Die ihn meist erst sitzen läßt,
wenn er ihr das Bett schon näßt.)

Wer kennt *einen* Ehemann, der nicht Angst vor der Frau?
Kluge schaffen sich Töchter an, die zum Vater stehen.

Haft und wohn-»haft«: haargenau
trifft's die Sprache; überstehen reimt auf Ehen.

Die Statistik lehrt, acht Jahre
älter als die Männer werden

– würden Frauen! Po und Haare
bleiben ihnen wie den Pferden:

beim Friseur – viermal mehr
zahlen *sie* als er.

Denn wie selten kriegen Frauen Glatzen!
Auch verlieren sie nie den schönen Hintern.

»Schwächeres Geschlecht«: So schwatzen
nur Idioten. Seht an Kindern:

Was die Frau tut, bis eins kommt zur Welt!
Komisch wenig tut dazu ihr Hund: Der Mann

... der so gerne als ihr »Herr« bellt,
weil *sie* zeigt, wo's lang geht im Gespann.

Allenfalls in Firmen und Kasernen
darf befehlen noch der Chef, der Offizier.

Doch in Frauen muß jedes Männlein lernen:
schon daß sie es nimmt – gibt ihr

eine Souveränität, die seine
einfach weglacht über Nacht:

Nur weil sie gewährt, was ganz alleine
erst aus Männern – Menschen macht!«

Bettina

Wer Söhne hat, soll niemals schreien: »Dort rennt der Dieb.« Und wer Töchter hat...

Als ich einen mir Nahestehenden, dessen nähere Bezeichnung nicht hierhergehört – keinen Sohn! – auf einer Drogen-Entzugsstation zu verabschieden hatte, lernte ich, zermürbt von den Umständlichkeiten, Freudlosigkeiten der sich hinziehenden »Einlieferungs«-Zeremonie und der Gespräche mit Pflegern und mit einem Arzt, der schon ein Gesicht hatte wie eine Kühlschranktür, ein Mädchen aus Solothurn kennen, das zwar nicht diese teure Entziehungs-Anstalt, aber doch andere, staatliche, auch als Patientin – als »Zwangseingewiesene«, wie es erzählte – längere Zeit von innen gesehen hatte... Nun hatte sie hier jemanden besucht.

»Sie fahren zum Bahnhof?« fragte das Mädchen, als mein Taxi vorfuhr. Die »Anstalt« lag auf einem Hügel kilometerweit von Zürich entfernt. »Wollen Sie mit?« fragte ich, erleichtert, die nächste halbe Stunde im Auto nicht allein zu sein, vielleicht auch jemanden ausfragen zu können über dieses mir immer fremde, nun aber, seit ich es gesehen hatte, wildfremd gewordene Sanatorium, dem ich einen Menschen überließ, um den ich selber mich beizeiten hätte kümmern sollen: etwas verspätet, diese Einsicht! Das Mädchen hatte gesehen, daß mich die Verabschiedung seelisch nicht unerheblich mitgenommen hatte; es war mitfühlend, ohne vertraulich zu werden – was mir guttat. »Nun steigen Sie schon ein«, sagte ich, »Sie müssen ja nicht auch noch ein Taxi zahlen!« Wir redeten, als kennten wir schon einander. Nun, wir fuhren nicht zum Bahnhof – zunächst fuhren wir essen. Acht Tage später konnte ich ihre »Geschichte« notieren, die leider keineswegs nur die ihre ist, daher interessant auch für andere...

Die Stadtmauern, die das idyllische Schweizer Solothurn heute noch ebenso umgürteln wie seit Jahrhunderten, haben in keiner Weise helfen können, seine Jugend vor dem Drogenkonsum zu schützen. Die neunzehnjährige Bettina hat schon seit sechs Jahren mühelos in Lokalen, die den Jugendlichen dafür bekannt sind, Hasch oder Heroin kaufen können. Auch LSD.

Wie geriet die noch nicht Vierzehnjährige erstmals in jene *scene*, die sie wiederholt auch Underground oder Unterwelt nennt? Eine harmlose Lehrerin forderte eines Tages die Schüler auf, das Familienbuch mitzubringen, das Bettina »Taufbüchlein« nennt. Bettinas »Mutter« sagte, sie könne es nicht finden – doch kaum war sie aus dem Haus, da fand Bettina das Buch und las, zugerichtet durch diesen Schlag wie durch einen Milzriß, daß sie nicht die Tochter des Metzgergesellen Soundso und seiner Ehehälfte sei, wie sie bisher als selbstverständlich angenommen hatte: Sie las, daß sie unehelich zur Welt gekommen ist, als Tochter einer damals Achtzehnjährigen, die sie seither für ihre ältere Schwester gehalten hatte. Bettinas einzige Reaktion: »Vierzehn Jahre lang habt ihr mich Tag und Nacht betrogen!« So moralisch und gnadenlos und auch selbstgerecht, wie der Mensch nur in der Pubertät ist, sah die Vierzehnjährige nicht, daß ihre Großeltern es durchaus gut gemeint hatten, als sie ihrer Tochter (und sich selber natürlich auch) es ebenso wie der Enkeltochter Bettina hatten ersparen wollen, von hämischen Nachbarn mit dem Schimpfwort »unehelich« gezeichnet zu werden. Bettina hat heute noch keinerlei Verständnis dafür,daß man mit dieser – wie sie das noch immer nennt – »Lüge« tatsächlich nichts anderes wollte, als sie vor Schande und Komplikationen zu bewahren. Es ist ihr 1983 nicht mehr klarzumachen, wieviel vernünftiger, auch liberaler seither die Gesellschaft geworden ist. Bettina weiß nicht, was ihre Mutter vor fast zwanzig Jahren an Demütigungen – angefangen im Entbindungsheim – hätte durchmachen müssen, wäre es »ruchbar« geworden, daß sie von einem, der alsbald wegen Betrügereien im Gefängnis saß und sich dann dort das Leben genommen hat, unehelich geschwängert worden sei. Als ich bei ihrem Bericht aufbegehrte: »Aber Sie müssen doch Ihren Großeltern sehr dankbar sein – Sie genauso wie Ihre Mutter!«, da hat sie mich zunächst nicht verstanden: dankbar für eine Lüge?

Ich wiederum, an Lügen gewöhnt, wie jeder Erwachsene, konnte mich nur noch mühsam in eine Vierzehnjährige versetzen, die bei der Entdeckung, ihre »Schwester« sei ihre Mutter, ihre »Eltern« seien ihre Großeltern, blindwütig aus dem Haus gestürzt ist, um monatelang nicht wiederzukommen. Und um die warme Wohnküche des Metzgergesellen und seiner Frau, in der nichts Bettina je gefehlt hatte, mit dem Wohn- und »Arbeits«-Zimmer einer Hure zu vertauschen, die nachts durchschnittlich zehn Männer für jeweils 150 Schweizer Franken »über sich ergehen« ließ. Immer hatte Bettina anwesend zu sein: Das war eine der Bedingungen dafür, gratis bei der etwa zehn Jahre älteren Dirne, die staatlich »erfaßt« war, wohnen und essen zu dürfen. Die zweite Bedingung: Bettina mußte mit ihr im gleichen Bett schlafen und sich ihre lesbischen Handgreiflichkeiten gefallen lassen. Denn diese Frau, sehr verständlich, fand »Männer zum Kotzen«. Immerhin war das Bett, in dem Bettina mit Uschi – so hieß die Strich-Dame – schlafen mußte, nicht das gleiche Bett, das Uschis Arbeitsplatz war: sie fertigte ihre »Freier« in einem Kabuff ohne Dusche ab – wohnte aber einige Häuser weiter... »Warum um Gottes willen verlangte Uschi von Ihnen«, fragte ich, »daß Sie dabeisitzen sollten? Und war Ihnen das nicht widerlich?«

Bettina: »Meist hielt ich mir eine Zeitung vor. Aber ich sollte mit einer Pistole dabeisitzen, und das tat ich auch, weil Uschi mehrfach erlebt hatte, daß Männer für 150 ›Stutz‹ [schweizerisch: Franken] länger als fünf Minuten in ihrem Bett bleiben wollten.«

Diese Pistole hat natürlich, als die Großeltern Bettinas in höchst berechtigter Angst mit Polizei anrückten, dazu beigetragen, daß Bettina seither dauernd »im Auge behalten« wird – ob sie nun zeitweise auch zu den Großeltern zurückgeschickt worden war oder ob sie in »Heimen« unterschiedlichster Bezeichnung und Strenge »einsitzen« mußte. Uschi hatte vermutlich entscheidenden Anteil an der erfreulichen Tatsache, daß Bettina *selber* nur zweimal Heroin genommen hat: »Beim erstenmal habe ich kollabiert, beim zweitenmal derart gekotzt, daß ich bis heute genug davon habe.« Das wird daran liegen, daß sie fast täglich für Uschi, die total abhängig von Heroin war, 1,5 Gramm »Schmeck« einkaufen und Uschi auch meist – die selber das nicht mehr fertigbrachte – mit der »Pumpe« in den Oberschenkel einschießen mußte: Uschis Arme waren schon nicht mehr aufnahmefähig. Vor dreieinhalb Jahren kostete in dem schweizerischen Kleinstädtchen die von Uschi benötigte

Dosis 1000 Franken, also zwei Drittel dessen, was Uschi durchschnittlich pro Nacht verdiente. Auf meine Frage: »Was wurde aus den anderen 500 Franken?« antwortete Bettina: »Ausgegeben, versoffen, verjuxt – übrig blieb für Uschi nichts!« Man muß vermuten, das Zusammensein mit der schon fast als Heroinleiche zu bezeichnenden Uschi hat Bettina drastischer, als jeder eigene Entschluß das hätte bewirken können, davor gewarnt, vom Hasch, das sie liebt und braucht, auf Heroin umzusteigen.

Wieweit haben »die Verhältnisse« Bettina geprägt – und wieweit ihr Charakter? Tatsache ist, daß der Schock der Erkenntnis, nicht die Tochter derer zu sein – immerhin aber doch die Enkeltochter –, die sie bisher für ihre Eltern gehalten hatte, eine *abnorm* leidenschaftliche Reaktion in Bettina ausgelöst hat: Sie versuchte, sich mit einhundertdreißig Optalidon und mit sechs zwanziger Valium das Leben zu nehmen. Kaum aus dem Spital ins Großeltern-Haus entlassen, fing sie an zu trinken. Da sie meist nicht frühstückte, ehe sie in die Schule ging, aber irgendwo auf dem Weg schon zwei Glas Bier und einen Schnaps trank, kam sie das Kotzen an: die Lehrerin war besonders empört, als sie einen Leitz-Ordner aus dem Regal zog, in den sich Bettina erbrochen hatte. Man kann nicht sagen, die Gesellschaft habe das Weitere verschuldet. Immerhin: nachdem Bettina nur vier Tage hintereinander die Schule geschwänzt hatte – welche Vierzehnjährige hätte das nicht schon getan! –, wurde sie für immer aus der Schule hinausgeworfen. Gottfried Keller hat aus eigenem Erleben schon vor einhundertvierzig Jahren die nicht wieder gutzumachende Schuld der Gesellschaft beklagt, die nur zu oft einen Jugendlichen dadurch erst dem Abseits oder dem Abschüssigen ausliefert, daß sie ihm den normalen Weg verschließt wegen leichtester Bagatell-»Vergehen«: Normal ist für Jugendliche allein der Schulbesuch! Das ist auch Bettina zugestoßen – und zwar zu einem Zeitpunkt, zu dem das noch in allerstrengsten moralischen Kategorien denkende, völlig unschuldige Mädchen, das noch zu keinem Jungen irgendeine Beziehung gehabt hatte, aufs tiefste erschüttert wurde durch das Eingeständnis ihrer leiblichen Mutter, die sie bis zum Vortag für ihre ältere Schwester gehalten hatte: »Natürlich hätte ich dich gerne abgetrieben, aber vor vierzehn Jahren konntest du einen Arzt dafür weder bezahlen noch finden!«

Noch heute fällt es der fast Zwanzigjährigen schwer, so oft sie inzwischen mit Jungen geschlafen und selber alles getan hat, um nicht schwanger zu werden, ihrer Mutter dieses Eingeständnis zu verzeihen. Vergebens versuchte ich Bettina zu erklären, daß es kein Ehepaar gibt – oder fast keines –, das nicht einmal oder öfter abgetrieben hat, obgleich doch Verheiratete keineswegs die »Schande« einer unehelichen Entbindung zu fürchten haben, an der unzählige Mädchen früher und viele auch heute noch buchstäblich zugrunde gegangen sind. Wieder fällt mir auf, und es ist mir schwer erträglich, daß Jugend so unduldsam macht: Bettina, wie die meisten Gleichaltrigen, verlangt für sich selber jede Nachsicht, die sie ihrer Mutter verweigert. Auch ist da ein Mangel an Vorstellungskraft: sie kann nicht begreifen, nicht annähernd, daß vor zwanzig Jahren eine uneheliche Niederkunft mindestens eine Kleinstädterin noch zu einer Gejagten gemacht hätte! Die Mutter, sagt Bettina, habe weder Drogen genommen noch versucht, sich umzubringen, als sie mit achtzehn entdeckte, daß sie schwanger war – von einem Jungen, der wegen wiederholten Betrugs bald im Gefängnis saß. Und auch als Bettinas Vater sich dort tötete, verfiel ihre Mutter keiner Sucht, sondern schlug sich als Friseuse durch. Sind das nicht Tatsachen, die der Tochter wenn nicht Mitgefühl, so doch Verständnis abgewinnen müßten?

Sobald Bettina spricht, ist man beeindruckt von der Bildkraft ihrer Sprache, von der Exaktheit ihr Beobachtungen. »Sie sollten schreiben!« sagte ich zu ihr. Sie antwortet: »Tagebuch habe ich immer geschrieben – nur natürlich nicht in der Einzelhaft, als man mir nicht einmal ein Buch zum Lesen gab.«

Einzelhaft?

Ich traute meinen Ohren nicht. Bettina spricht vom Loryheim bei Bern, das als Erziehungsheim ausgegeben wird, aber der Polizeidirektion untersteht, die jene Mädchen – zwanzig sind dort –, die aufsässig sind, Haftbedingungen unterwirft, die zweifellos alles mögliche bewirken können, nur keine Wiedereingliederung ins normale Leben. Zweimal hat Bettina erlebt, einmal während ihrer Periode, daß sie in diesem Gefängnis sechs Tage hintereinander weder duschen noch lesen durfte. Sie war im Keller eingesperrt. Wenn sie dann täglich eine halbe Stunde an die Luft kam, durfte sie nur sitzen im Hof – nicht: sich bewegen. Damals war sie fünfzehn Jahre alt. Nicht einmal Besuche der Eltern sind dann zugelassen . . .

Die Heimleitung ist immerhin so vernünftig, eines Abends die zwanzig Mädchen in den Film *›Die Kinder vom Bahnhof Zoo‹* zu führen. Bettinas Kommentar im Tagebuch: »Aber mit der Lory-Heimleitung gehe ich nicht mehr in einen solchen Film. Denn sie sahen nur das Fixen. Das Drogenproblem sahen sie nicht.« Wenige Seiten später schreibt sie bekenntnishaft, und zwar in so großer Schrift, wie sie sonst keine Eintragungen macht, als wolle sie hier geradezu plakativ verdeutlichen, wie ernst es ihr damit ist: »Drogen, könnt ihr uns helfen? Nein, ihr könnt es nicht. Ihr macht alles noch verschissener! Die Nadel am Arm. Das Gefühl, frei zu sein. Nein, nein, ich möchte das nicht noch einmal durchmachen. Dann sterbe ich lieber!« Bettina sendet mir ohne Einschränkung alle ihre Tagebücher zu, auch Briefe, die an sie geschrieben wurden. Die Ehrlichkeit dieses Mädchens ist beeindruckend. Sie beweist aber auch, mit welch gelassenem Selbstbewußtsein Bettina weiterhin ein Leben führt, das so ziemlich allen »Moralvorstellungen« ins Gesicht schlägt; dazugehört, daß Bettina jetzt, nach nur wenigen Monaten, ihren – zwar nicht attraktiven, aber ihr doch hilfreichen Job als Hilfsschwester in einem Großstadtspital aufgekündigt hat, ohne der Frage nachzuhängen, wovon sie denn leben solle.

Eine Berufsausbildung, bekanntlich, ist nicht alles – doch ohne sie ist alles nichts! Und allein hier im *Sozialen* ist die »Stelle«, an der ich – älter als Bettinas Vater und demnach ohne jeden Kredit, moralisch, bei ihr und ihren Jahrgängern – ganz behutsam ansetzen kann, ihr ins Gewissen zu reden. Denn aufs Soziale allein ist sie ansprechbar – und so beeindruckt sie meine Frage, ob sie je darüber nachgedacht habe, wie bevorzugt sie sei, erstens in der Schweiz leben zu dürfen, die keine Arbeitslosen kennt? Und zweitens mühelos einen Ausbildungsplatz zu bekommen? Sie lacht, ein wenig eingeschüchtert, aber nicht angeödet – sie geniert sich fast und gibt dann zu: was schon *das* für ein Glück sei, niemals darüber nachdenken zu müssen, wie sie eine Lehrstelle fände! Ich erzählte ihr, daß bei mir zu Hause in der BRD jetzt wieder eine Viertelmillion Mädchen und Jungen, die soeben die Grundschule verlassen haben, lehrstellenlos bleiben; ich sage ihr, daß nach meiner Auffassung kein Staat einen Funken Loyalität erwarten darf von jungen Menschen, denen er weder Lehrstellen noch einen Platz auf der Universität vermitteln könne...

Wenn Jugendliche sich zusammenrotteten, um denen alles kurz und klein zu schlagen, die ihnen das elementarste Recht vorenthalten – das auf einen Ausbildungsplatz –, für das sie sich in neun oder fünfzehn Schuljahren schwer geplagt haben: dann fände ich das so erfrischend wie nützlich und wie legitim. Das sagte ich Bettina. Doch womit ich die Schweizerin nicht langweilen will: daß nämlich bereits vor einem Jahrhundert, 1883, der maßgebende Sozialpolitiker der Geschichte, daß schon Bismarck im Berliner Reichstag schreiend niedergestimmt wurde – von den Unternehmern –, als er »das Recht auf Arbeit« gesetzlich verankern wollte. Sein sechsundachtzigjähriger Kaiser unterstützte den Kanzler, der zuvor schon als erster in der Geschichte Krankenversicherung und Altersversorgung per Gesetz eingeführt hat – der aber dann Staat und Unternehmer auch noch zwingen wollte, jedermann »das *Recht* auf Arbeit« zuzugestehen, zu garantieren – das es noch heute nicht gibt! Schon deshalb nicht, weil heute kein europäischer Staatsmann mehr so sozial denkt wie Bismarck dachte, der geschrieben hat: »Der Staats-Sozialismus wird sich durchpauken!« Jedoch die von Eugen Richter, einem von 1867 bis 1906 höchst machtvollen Parlamentarier angeführten Groß- und Kleinkapitalisten im Parlament vereitelten Bismarcks Wunsch, das Recht auf Arbeit zu garantieren – und so sehr verlor der Kanzler die Lust an seiner Sozialgesetzgebung, daß er diese Leistung, die als einzige noch heute weiterwirkt – denn die Einheit Deutschlands, die er geschaffen hatte, hielt ja nur siebzig Jahre –, in seinen Memoiren mit keiner Silbe erwähnt. Der sich dagegen ironischerweise Führer der »Fortschrittspartei« nennende Eugen Richter war ein solcher Gegner des Fortschritts, daß er dem konservativ genannten, in Wahrheit revolutionären Bismarck ins Gesicht schrie, des Kanzlers Gesetzesvorlage, ein »Recht auf Arbeit« einzuführen: sei schon »nicht mehr nur Sozialismus, sondern bereits Kommunismus!« ...

Immerhin hat es Bettina nachdenklich gemacht, daß ich sie bitte, ihren Job als Hilfsschwester wenigstens zu benutzen, sich im Spital eine sogenannte »ordentliche« Lehrstelle zu suchen. Denn die Beziehung Bettinas zu ihrer Mutter ist zu locker – um es neutral auszudrücken –, als daß Bettina Geld von ihr annehmen würde, sofern überhaupt die Mutter bereit wäre, ihr welches zu schenken. (Der Ehemann der Mutter, Besitzer einer ganzen Reihe von Einzelhandelsgeschäften, hat 1979 angeboten, Bettina auf dem teuersten Internat der Schweiz – Monatskosten: 5000 Franken – ausbilden zu lassen; Bettina lehnte ab.)

Bettinas Tagebücher sind die radikalsten, die mir je eine Frau gezeigt hat: »Gestern war ich mit Tschico aus. Er kaufte für vier Lappen Shit und ein »G« Cola (ein Gramm Kokain). Davon gab er mir je die Hälfte. Er zahlte mir auch jedes Gesöff usw. Ich glaube, er würde mir auch noch den Eiffelturm kaufen, wäre der käuflich. Obwohl sonst als harter Typ bekannt, ist er zu mir sehr lieb. Finde das unheimlich schön. Er ist nicht so wie all die andern. So lieb, so zärtlich, rücksichtsvoll, einfach große Spitze ... Ich versprach Ulla, daß ich so um 22 Uhr zu ihr komme und wir dann gemeinsam zu Nacht essen. Ich vergaß die Zeit total, als wir eins gepafft hatten. Und so kam ich erst um ca. 0 Uhr 45 heim. Ulla war noch auf. Zum Pech merkte sie auch, daß ich verladen war. Dann ging's los. Sie machte mir Vorwürfe und heulte Zornestränen. Ich saß einfach ruhig auf der Couch und hörte ihr zu. Dann zog mich mein Verlangen zu ihr. Ich umarmte sie und entschuldigte mich. Wir duschten zusammen, tranken noch was und gingen ins Bett. Danach schliefen wir zusammen. Es war so schön – total schön. Ich hab sie gerne. Auch bei ihr fühl ich mich geborgen. Sie ist eine gute Krankenschwester wie auch Liebhaberin. Am Sonntag hab ich wieder mit ihr, heute nachmittag hab ich mit Tschico abgemacht. Ich freu mich riesig. Er ist einmalige Spitze!«

Bettina hat Freunde und Freundinnen gebeten, ebenfalls in ihr Tagebuch Eintragungen zu machen. So schreibt eine ihrer Freundinnen aus dem Erziehungsheim, in dem offensichtlich die Insassen alles andere haben, nur keine »Erziehung«, die irgendeinen Nutzen für Drogenabhängige bringt: nämlich Therapie und ärztliche Beratung – die Freundin trug in Bettinas Tagebuch ein: »Am Morgen ging ich Bettina wecken. Etwa zwei Minuten danach bekam ich von ihr ein Müntschi [Kuß], das mein Herz höher schlagen ließ. Wir waren über den Mittag draußen. Am Nachmittag in Luzern. Ich hatte eigentlich die ganze Zeit über Lust auf sie. Ich liebe dich mehr als mein Leben... Am Abend, nach dem Nachtessen, gingen wir wieder hinaus. Es fing damit an, daß mir Bettina die Binde aus der Hose reißen wollte. Mein Herz hüpfte nur so!!! Ich war so wahnsinnig spitz auf dich, Bettina. Dann gingen wir in die Toilette, wo es eine ganze Menge Streicheleien und Reibungen gab... Ich könnte stundenlang mit dir herumschmusen und dich streicheln, mit dir schlafen, dich einfach berühren... In Gedanken bin ich die ganze Nacht bei dir... Ich will mit dir so fest wie möglich zusammensein (damit meine ich, mit dir schlafen). Ich werde unsicher, da ich das Gefühl habe, daß du mir nicht glaubst und daß du enttäuscht bist von mir. Du sagst, ›Übung macht den Meister‹. Ich hoffe, daß das stimmt.«

Auf der nächsten Seite zeigt die Eintragung Bettinas, der noch immer Eingesperrten, daß eine Krise die Freundinnen lähmt. Vermutlich hat Bettina Verlangen nach einem Jungen, denn: »In letzter Zeit denke ich wieder viel an Urs. Doch diese Zeiten sind vorbei. Ende, Schluß, fertig.« Vier Tage später zerreißt sie alle seine Fotos, trägt aber mit Freuden in ihr Journal ein: »Morgen kann ich nach Solothurn zu meinen Eltern (Großeltern) in den Urlaub. Und ich freue mich natürlich riesig darauf!«

Die Aufzeichnungen lassen nicht merken, daß ihr oder der Freundin während der Haft die Drogen gefehlt haben oder der Alkohol. Wecken die Drogen erst das Verlangen nach ihnen – oder werden sie gesucht, weil die Sucht nach ihnen schon da ist? Zentrum des Problems: was eigentlich heute unsere Konsumgesellschaft den Jugendlichen für eine Lebenserwartung – womit nicht die Länge oder Kürze eines Lebens gemeint ist, sondern sein Inhalt – mitzugeben hat auf den Weg?!

Das Gefühl, die Umwelt sei so nutzlos wie das eigene Leben

in ihr, ergreift Bettina an dem Tag, an dem sie hört, einer ihrer Großväter sei gestorben – nicht jener, der ihr besonders nahestand, weil er sie an Kindes Statt und aufgezogen hat, sondern der Vater ihres (toten) Vaters. Sie schreibt: »Heute um 12 Uhr 25 starb mein Großvater. Der Vater von meinem Vater. Ich kann nicht mehr. Scheiße, ich will nun auch nicht mehr leben. Für was und für wen lebe ich noch? ... Ich möchte doch zu meinem Vater!!! Bitte, hohe Macht, mach meinem Scheißleben ein Ende...«

Bettina ist nicht mehr in Haft, so kann sie sich drei Tage später mit Drogen über ihren Lebensekel hinweghelfen; und notieren: »Di, ich bin total high. Hab einen Trip (Supermann) geschmissen, 'ne Linie Cola gesnifft und einen ›Götterjoint‹ gepafft. Natürlich von Tschico und Bruno. Total ›gfäggig‹ [super]. Und trotzdem scheißt es mich an. Ich bin total fertig, abgefuckt, stupide, chaotisch...«

Ist es nicht an uns Alten, den Jungen wenigstens andeutungsweise zu sagen, wozu es eventuell gut ist, auf der Welt zu sein? Doch wie könnte ich das! Aber Mitgefühl weckt Mitverantwortung. Doch das letzte, was diese Neunzehnjährige sich wünscht im Umgang mit Erwachsenen: daß die sich einmischen in das, was sie tut. In das, was sie *denkt*, sollen andere, Ältere, Alte sich einmischen, das mag sie, darum bittet sie – das beweist die Lebhaftigkeit ihres Geistes, der Widerspruch sucht und sich selber im Widersprechen orientiert. Auch im Zustimmen; so albern ist sie nie zu widersprechen, nur um zu widersprechen...

Wer schätzt den Wert eines Tagebuchs so hoch ein wie dieses Mädchen? »Nur Reden und Telefonieren – bringt einen nicht zu sich selber!« Sie erzählt mir, als wir Kahn fahren auf dem Zürichsee, eine Anekdote, die ausdrückt, was auch Bettina ihrem Journal verdankt – »und es gehört doch so wenig Energie dazu, täglich einige Zeilen zu notieren! Haben Sie denn nicht gehört, neulich, von dem Passagier dieser für zwölf Tage in die Wüste entführten Maschine, der Tagebuch schrieb?« Und Bettina erzählt, die siebzig stündlich durch ihre Ermordung bedrohten Geiseln seien nach ihrer Befreiung unter ärztlicher Kontrolle geblieben, die Folgen dieser schockierenden beiden Wochen seien untersucht worden. Ergebnis: nur einer von ihnen allen hatte keine »seelischen Blutungen«, wie Bettina das ausdrückt, erlitten. Und dieser eine war *der* Passagier, der ein Stundenbuch geschrieben hatte; den Luftbanditen war's gleichgültig gewesen, was der Passagier da kritzelte – ihn aber hat das Schreiben davor bewahrt durchzudrehen... während anscheinend alle andern zeitweise einen Gemüts-Kollaps durchzustehen gehabt haben...

Daß ich Grauhaariger so spontan mit dem Mädchen in unverkrampftes Gespräch kommen kann: danke ich nur meinem Instinkt, nie eine moralisierende Bewertung in das, was Bettina erzählt – oder verschweigt – einzubringen, weder wenn sie spricht noch wenn sie mich ihre Notizen lesen läßt, deren viele auch Polaroid-Aufnahmen betexten, die kein Staatsanwalt einem Sex-Magazin durchgehen ließe. Denn wer sich ein Problem oder auch nur ein Faktum aufschließen will – der verstellt sich selber den Zugang, wenn er nicht dieses Faktum, dieses Problem sprechen läßt – sondern beide mit den Urteilen und Vorurteilen des Bürgerlichen Gesetzbuches anpirscht. Zum Beispiel diesen Tagebucheintrag Bettinas: »Mitte September ist der Probemonat von Ruth und mir zu Ende. Heute verdiente ich über den Mittag kurz spitz 500 sFr. Hab mit Heidi geschlafen. Die steht total auf mich. Stell dir vor, für zwei Stunden pennen 500 Franken. Gut, was?«

Wenige Wochen später notiert sie: »Lachen kann ich momentan nur noch künstlich. Gestern war ich mit Brigitte im Bristol. Brigitte besoff sich. Ich bekam von René und Willi eine Linie Cola, danach pafften wir noch eins. Hab morgen mit ihnen in Wil abgemacht. René nahm gestern noch ein ›Lappenbriefchen‹ Brown Sugar rein. Nun frag ich wirklich, warum ich keine Drogen nehmen sollte. Das ist das einzige, was mich für ein paar Stunden glücklich macht. Auch wenn es Betrug ist vor mir selber.« Kürzlich, während sie längst als Lernschwester arbeitete, hielt sie fest: »Na,*ça va*? Mir so-so la-la. Gestern war ich mit René und Peter bei Hans zu Hause. Der hat eine wahns [wahnsinnige] Wohnung. Wir pafften dann eins. Peter hatte ein ganzes Kilo Schwarzen bei sich. Danach sniffte noch jeder von uns eine Linie Cola. Von dem hatte er auch ein paar hundert Gramm. Und zu guter Letzt schmissen wir je einen Trip Bonus

(LSD). Wir hörten guten Sound, und auf einmal nahm mich René in seine Arme. Ein gutes Feeling war das. Nur einen Haken hat die Sache. Es ist eine einseitige Liebe. Er liebt mich, aber ich hab ihn nur einfach gerne. Ich blies ihm noch das Horn. Das war alles. Am nächsten Tag holten sie mich vom Spital ab. Wir unternahmen vieles gemeinsam. Ich persönlich gifte wieder viel. Muß aufpassen wegen dem LSD.«

Das Tagebuch allein charakterisiert Bettina unzureichend. Denn auf meine Bitte, einmal ganz sachlich ihre unterschiedlichen Empfindungen und Reaktionen anläßlich so verschiedener Drogen wie LSD, Kokain, Heroin und Shit aufzuzeichnen, lieferte sie binnen zweier Tage in ihrer klaren Handschrift, die Selbstbewußtsein ausdrückt, eine achtseitige Analyse, die mich wiederum bedauern läßt, daß das Mädchen – ich habe oft mit ihr darüber gesprochen – daß es aus Starrsinn das Angebot des Mannes ihrer Mutter ausgeschlagen hat, ihre Ausbildung auf einer Internatsschule zu finanzieren. Denn Bettina müßte studieren. »Ach, studieren – ist doch viel zu ernst für eine wie mich, der die Mutter auch noch ›Bett‹ als erste Silbe im Vornamen aufgehängt hat!« Lacht sie auch über diesen Kalauer, so ist sie ganz ernst, als sie ankündigt, daß sie in kein Internat geht – »ich will nicht mehr als Eingesperrte leben, sondern in einem Hotel; ich hab schon angezettelt, daß man mich als Lehrtochter nimmt in einem tollen Hotel in Zürich. Bevor ich den Vertrag habe, sag ich aber nicht, aus Aberglauben, in welchem Hotel!« Dort werde ich Bettina wiedersehen – obgleich ich ein bißchen Angst davor habe.

Privatissime

Lebenslauf · Malkasten Oktober
Mozart · Nachtmahr · Die Zeit
Saisonschluß · Gaia
Sechzehn · Feldliebe

Lebenslauf

Greller Mittag, graues Zimmer
Stirn ermüdet, Herz vergletschert
eingestuft du, »aus«-gewertet
Sommer Phrasen Schlußverkauf.

Vor dem Fenster »Wirklichkeiten«
die sich lärmend selbst erzeugen
Wegwerf-Ware wie wir selbst
Müllplatz der Big Dollar Words.

Schnittpunkt Börse, Ämter-Kehricht
Mandarine der Konzerne
– du dazwischen ortlos zappelnd
Köder von ZK und Wallstreet.

Zu entnervt, um nur zu fragen
wer dich kreiselt und verschleißt
ferngelenkt nach einem Kursbuch
dessen Chiffren niemand kennt.

Jalousien mit Sonnenstreifen
– eine Frau, die zu dir hastet
Absprung in die Wirkungswelle
einer Droge, Achselhaare:

Fleisch als letzte Transzendenz
Fluchtspirale ins Absurde
Trieb, dem Hiersein auszuweichen
auf *dem* Weg, der es verewigt.

Teufelskreis humanae vitae.

Malkasten Oktober

Lackhartes Licht, parkettgelb. See-Ufer
weißweinhell. Die schildpattbraunen Farben
in Feldern, Gärten, in den Reben.
Saftschwere Birnen, die im Gras verdarben
– so naß wie Du – nicht aufzuheben!

Bestürzung. Panik: Jeder Sommer
– wie er mir Altem, noch nicht Dir,
rasanter als der vorige schwindet...
Trost: Das Sonnenblumen-Rad weist mir
als Ziel die Schöpfung im Zenith; wo findet

Sich sonst so schwarz
– wie seine Kerne schwarz – in der Natur
Erblühtes wie Dein Venushügel-Haar?
Die Sonnenblume lockt zu Dir. Die Sonnenuhr
wirft lange Schatten schon, so spät im Jahr.

Mozart

»Die durch ihren plötzlich rasend gewordenen Ehemann so sehr mißhandelte Frau Hofdemel ist nun durch die Geschicklichkeit und den rastlosen Fleiß der Herren Ärzte Peter Roßmann und Günther schon so weit hergestellt, daß sie ihren Dank den höchsten und hohen Herrschaften persönlich abstatten kann. Wie sehr das Schicksal dieser Unglücklichen das Mitleid beinahe aller Bewohner Wiens erregt, wie sehr Jeder theil an ihrem Leiden nahm, ist zu bekannt, als daß ich hiervon einige Meldung machen sollte. Unsere große Kaiserin ließ sich genau um das Befinden erkundigen«.

›Grätzer Zeitung‹, am 9. Februar 1792

Marburg, Autographen-Auktion
hundertachtzig Jahre nach Mozarts Tod:
ein Bettelbrief, ihm auf drei Wochen
einhundert Gulden auszuleihen,
bringt achtundzwanzigtausend Mark!

Hofdemel, Franz, Justizkanzlist,
ein Bruder Mozarts in der Loge,
war Adressat und gab die Gulden
– für Mozarts Grab, drei Jahre später
gab keiner Geld, kein Fürst, kein Freund.

Der »Freund« besaß neuntausend Gulden;
elf Gulden kostete der Leichenwagen
samt Platz im Massengrab.
Zur Friedhofspforte gingen fünfzehn Wiener,
zum Grab ging keiner mit.

Ein Schneegestöber scheuchte sie ins Warme;
zur Grube waren es noch tausend Schritte!
Constanze war nicht eine der drei Frauen,
die seinem Sarg zum Friedhof folgten
– doch Magdalena, Hofdemels Frau ...

Schülerin Mozarts, Pianistin
– »stand sie ihm nahe«. Zu nah?
Denn dies verschwieg noch jeder Biograph:
ihr Mann versuchte sie zu töten
nach Mozarts Beisetzung.

Motiv des Mordanschlags ist Eifersucht.
Sie ist im vierten Monat.
Sie überlebt die Messerschnitte
in Hals und Brust. Hofdemel bringt sich um.
Wien ist entsetzt. Zu Karl Czerny

Sagt Beethoven noch Jahre nach der Tat,
als Magdalena ihn besuchen möchte;
zeitlebens trägt sie Shawls, der Narben wegen:
»Hofdemel? – nein! Ist doch die Frau,
die mit Mozart die Geschichte hatte!«

Als Spießer so verklemmt wie groß als Künstler,
verweigert er ihr wiederholt den Zutritt.
Endlich spielt er der Pianistin vor.
Sie urteilt: übertrifft
selbst Mozart, wenn er fantasiert ...

Ist's unerklärlich, daß Constanze
in Baden wohnte – nicht: bei Mozart?
Und erst nach sechzehn Jahren – vergeblich
nach seinem Grab gesucht?
Doch vor dem Kaiser hat sie ihn verteidigt:

Leopold zahlte Mozarts Schulden, sehr geringe.
Doch nörgelte auch er, was sie bestritt:
von dessen »stadtbekannten Ausschweifungen« ...
Der Ruhm hat keine *weißen* Flügel:
Selbstentdeckung Balzacs, die – jeder macht.

Nachtmahr

Schlaflos.
Denken bei Cognac führt zu Höllenstrafen.
Fleischfresser heute – morgen selbst schon Aas:
So sieht er sich – Frau, Söhne, Hunde schlafen –,
welteis-erstarrt im schwarzen Fensterglas.

Drei Uhr.
Je höher fliegend einst die Jugendträume
– je tiefer hat er sie begraben.
Milchstraße – jenseitslos. Entherzte Räume,
die ihn als zweifelkranken Knaben

Einst schockten,
ihn auch faszinierten: Jetzt öden sie ihn an.
Was Sippe, »Sitte«, Geld ihm noch erlauben
– längst langweilt es den resignierten Mann.
Tags schützt ihn Arbeit. Doch zu glauben,

Arbeit –
genüge schon als Therapie?
Das Denken totzuschlagen, ist sie gut.
Wie mit der Frau das – sofern die
noch will und es zuweilen tut.

Die Zeit

Vertraute – mir nah
wie meine Hand; ich ging,
wie jetzt dir, auch ihnen
zur Seite: so arglos.

Tückisch ist aber
die alle vernichtende Zeit:
daß wir ihrer wie Luft,
die wir atmen, nicht achten!

Lautlos regiert sie.
Schlägt zu – und wieder
ein offenes Grab, und wir
stehen da, *verlegen*

Ob unsrer Ohnmacht,
Undauer, Nichtigkeit.
Lebenslänglich gewirkt: spurlos,
als ob wir das Meer gepflügt.

Leeregefühl nach Triumphen.
Wir Vergeßlichen, bald vergessen.
Weinen und Lachen und
– Erde verschlingt uns.

Saisonschluß

Puder, Stifte – so pastos
du sie aufträgst, schminkt die Erde
jetzt der Tod: die Ferien enden

Rot, braun, schwarznaß, Haut und Schoß
Frauenfarben – Geist und Lenden
onanieren; blöd allein

Du im Süden, ich im Westen
kleben wir Urlaubsfotos ein.
Briefe? – wann! Wir telefonieren …

Ausflucht; wissen schon, am besten,
unsre Nummern wegzutun,
da wir uns ja doch verlieren.

Sonntags Panik, Stadtwald, Regen;
nach dem Regen riecht, wie du
riechst, wenn du bei mir gelegen –

noch das Laub an meinem Schuh.

Gaia

»So herrsche denn Eros, der alles begonnen!«
Faust

Ursprung der Kunst – wird *Dein* Fleisch Geist!
Kein Mann erzwingt und kein Kalkül,
was sich aus weiblichen Hormonen speist:
Form, Schönheit, Tiefe – Klarheit, Energie, Gefühl.

Du topasbraun-nackt: die Leuchtkraft der Ikonen.
Vulkanglut unter Mattgold. Deine Haut
tarnt – da so kalt – die erogenen Zonen,
bis im zentralen Kuß, was aufgestaut

Rißrote Lippen überschwemmt in dunklen Locken:
Lust verjüngt beide, bis die Woge bricht.
Mit neunundsechzig öffnen die barocken
Schenkel die Vorahnung: Das Weltgericht

Hält eine Göttin ab, kein Gott: Das Weib
– *die* Erde ist *die* Mutter – das Alpha, Omega gesetzt.
Der Mann kommt aus der Frau. Zu ihrem Leib
kehrt er, kehrt Kunst zurück – zuletzt.

Sechzehn

Heut um sechs
hat die Flut
unsre Strandburg geschleift
unsre Bucht
unser Bett
gestern nacht.

Daß der Tag
schon zertrennt
– statt zur Liebe »reift«
was nur Tanzen
im Jazzclub
entfacht

Und dich mir
wieder nimmt
wie die Wellen den Sand –
(mit dem Blut
deines Hymen
vermischt)

Erhält erst
der Sache
daß ich dich heuer fand
die Frische
flutharter
Gischt.

Du flogst nur
zwei Tage
und eine Nacht durch mein Leben
deshalb lebenslang lockend
durch raschen
Verzicht

Jungsein
als Idee
und dein Bild, sie verschweben
in eines, an dem
sich das wirkliche
bricht.

Denn wie lang
ich nun lebe:
du *bleibst* sechzehn Jahre
bleibst alterslos
in dieser
Gestalt

Bist noch sechzehn
wenn aus Muscheln
die ich vom Strand aufbewahre
der Wind um die Insel
schon längst
verhallt.

Feldliebe

Sei um neun am Weißklee-Feld!

Fragt Dein Vater Dich, wohin
sag ihm, gingst zur Volkshochschule
und sein Bier sei kalt gestellt.
Wenn ich früher fertig bin

Komme ich Dir noch entgegen
bis zum Volksbad Goethe-Ecke.
Sieht nicht aus, als käme Regen
– und wenn doch: wir haben als Decke

Meinen Trenchcoat; brauchst für Deinen
keine Grasflecken zu fürchten ...
Sieben Stunden Schicht, bis endlich
Nacht und Feld und – Du erscheinen!

Wär ich gut, müßt ich Dich warnen
doch ich hab Dich schon im Blut
sage Sätze, die mich tarnen
bin nicht treu: sei auf der Hut!

Worte, die den Blitz herleiten
Coup de foudre – urvertraut.
Noch nach Jahren Wirklichkeiten
wie der Schauer auf der Haut.

Du bist schamlos wie ein Tier
schuldlos – reflektierst ja nie.
Fällt Dein Kleid, fällt ab von mir
auch mein Laster: Ennui.

Lachst sie weg wie alles Böse
die Verzweiflung, meine Sünde
– wie ich Dir die Bänder löse.
Sprechen, eh' ich in Dir münde

Ist verboten, denn es würden,
sagst Du, wenn sie *reden* müßten,
Sterne selbst von ihren Bürden
auf die Welt herabgedrückt ...

Körper andrer: unsre Küsten.
Nichts und niemand überbrückt
– nur ein Leib – die innere Arktis.
Humusduft, Haut, Atem, Gras

Berge mich in Deinen Buchten,
Schwester Du Nausikaas!
Flieh auch heute aus den Schluchten
Deiner Einheitshäuser-Straße –

Nimm Dein Rad. Wenn Vater bellt
– von dem Spanischkursus reden!
Rück ihm's Fernsehen vor die Nase
(Fußball Chile gegen Schweden)

Sei um neun am Weißklee-Feld.

Brief an einen Sohn

Weinberger bricht sein Wort

... versicherte der Pentagon-Chef Anfang Juni in Washington, die USA würden die veralteten und zum Teil schon verrotteten 90 000 Giftgasgranaten aus den Munitionsdepots in der Bundesrepublik abziehen ...
... zog Weinberger seine Zusage kurzerhand zurück: ein »bindendes Versprechen« habe er ... nicht gegeben.
Die Bundesrepublik ist das einzige westeuropäische Land, in dem an verschiedenen Standorten amerikanisches Giftgas gelagert wird.

Spiegel, 12. August 1985

4. September 1983

Mein lieber Junge,
ich bin also mitgewesen in Mutlangen auf der Schwäbischen Alb, um am 44. Jahrestag des Kriegsausbruchs zu demonstrieren gegen die Aufstellung der neuen amerikanischen Pershing II-Raketen, obwohl ich gar keinen Zweifel daran habe, daß sie nicht dorthin gestellt worden wären, hätten nicht zuvor die Russen die DDR mit SS-20 vollgestellt. Daß ich in Mutlangen war – beeinflußt auch meine Antwort auf Dein Telefonat. Erreicht, greifbar, haben wir nichts – doch ein Zeichen gesetzt. Ich will aber diesen Brief nicht mit meinen Bericht über Mutlangen belasten, den Du am 8. September im *Stern* lesen kannst...

Also Deine Frage vorgestern am Telefon: Wieso wir nicht auswandern nach Kanada, in die »Schweiz des 21. Jahrhunderts«, wie du sagst, weil Du überzeugt bist, Kanada bleibe wie Indien im Windschatten des nächsten Krieges, ebenso wie die Schweiz die ersten zwei Weltkriege ohne eine einzige kaputte Fensterscheibe überlebt hat. Wahrscheinlich hast Du *damit* sogar recht. Um so mehr aber hat Deine Bemerkung mich betroffen gemacht: hier auf den beiden Munitionskisten »sitzenzubleiben«, ja weiterzuschlafen, zu der die Amerikaner wie die Russen die zwei Hälften Restdeutschlands gemacht haben, das sei »nur noch fahrlässig«. Aber Dein Vergleich mit 1938 – ich hoffe, er stimmt deshalb nicht, weil es keinen Hitler heute gibt, dessen Waffen allerdings, verglichen mit den heutigen, dem Vergleich eines Kavallerie-Säbels mit einem Panzer gleichkommen. Daß Du sagtest: »Hätte meine Großmutter 1939 in Berlin die Warnung der Brüder Mann lesen können und wäre getürmt – so wäre sie nicht 1943 mit Mildred Harnack enthauptet worden!« geht mir nach. Sicher ist, wir sind nicht gewitzter, sind keineswegs klüger – trotz der Erfahrung der Vorgänger-Generation –, als die Bürger 1938 waren: Was die Erklärung sein dürfte, warum aus der Geschichte nichts gelernt wird. Die wesentlichen, die existentiellen Erfahrungen scheinen zwar übertragbar auf die Kinder zu sein, jedoch auf die Enkel schon *nicht* mehr –

denn wäre dem nicht so, *lernten* ja die Menschen aus der Vergangenheit, was sie offensichtlich nicht tun! Daher es keinen moralischen Fortschritt gibt, sondern nur technischen – eben den, der zwar herrlich ist in der Zahnheilkunde, aber furchtbar dort, wo Geschütze museal werden, weil man Raketen erfand...

Natürlich sollst Du nach Kanada auswandern, allein oder auch mit Deinen Brüdern, wenn Ihr wollt! Und was ich dazu tun könnte, das würde geschehen, Euch drüben den Start zu erleichtern. Für mich aber ist ein Verlassen des deutschen Sprachraums undenkbar – oder nur im Falle meiner Bedrohung an Leib und Geist: So wie Juden gehen *mußten*, wenn sie durften, um 1939 nach Kriegsbeginn nicht in einer Falle zu sitzen, aus der sie »heraus« kamen nur in die Gaskammer. Solange ich hier aber schreiben darf, was ich will, es meist sogar veröffentlichen darf – nicht immer! –, gehe ich nicht weg. Nicht nur, weil ich schon Mitte fünfzig bin; nicht einmal deshalb, weil ich nie in einer anderen Sprache schreiben könnte – sondern auch, weil ich ja Kanada kenne, ein wenig. Als in Toronto meine ›*Soldiers*‹ ihre englische Erstaufführung haben mußten, weil in England das Stück noch verboten war – da sagte auf einem der üblichen Premieren-Empfänge der Bürgermeister zu mir, ich würde wohl verstehen, daß Toronto sich nur ein Vierteljahr lang – pro anno – ein Theater leisten könne, da sie noch so vieles aufzubauen hätten in Kanada, Straßen, Überlandleitungen und so weiter. Ich sagte, ich verstände das überhaupt nicht: eine Stadt von fast einr Million Einwohner, im Zentrum ist jedes Eckhaus wie in Zürich eine Bank oder Versicherung – unermeßlicher Reichtum, und keine Umwelt-, keine Rassen-, keine Übervölkerungs-, keine Arbeitslosen-Probleme! Jedoch Theater glauben sie sich nur »leisten« zu können, und nur drei Monate im Jahr, weil ein Jude – wieder einmal ein Jude! – es ihnen aus der eigenen Tasche bezahlt. Mr. Ed Mirvisch hat das herrliche Royal Alexandra Theatre, gebaut 1907, das einzige der Stadt, mühsam davor gerettet, zugunsten eines Parkhauses abgerissen zu werden, und da er ein Warenhaus hat oder mehrere und eine kunstliebende Frau, so stiftet er den Torontoern drei Monate lang Kunst: Juden sind ja die einzigen Mäzene auf der Welt, die

Geld auch für solche Kunst ausgeben, die sie sich nicht wertsteigernd in die eigenen Häuser hängen oder stellen können – für Kunst, die morgen weg ist, wie Theater eben morgen weg ist. Weshalb ich das erzähle: Wie der Bürgermeister dieser Weltstadt denkt, daß man Kunst überhaupt nicht braucht, so denken viele da drüben, auch in den USA, wo ja auch das Theater am Broadway fast nicht mehr stattfinden kann, weil es zu teuer wurde: allein Musicals »rentieren« – und Private *können* ja nicht immer Geld zuschießen, das muß man zugeben! Der Staat aber gibt nichts dazu, *nichts*, wenn man absieht vom Lincoln Center, das er subventioniert. Meinesgleichen würde drüben schlicht verhungern ... selbst die zwei Großen, die sie in unserer Zeit hervorbrachten im Theater, Tennessee Williams, Arthur Miller »rentieren« jetzt am Broadway nicht mehr ... Also, damit hast Du auch meine ganz egoistische Begründung, warum ich nach Europa gehöre: Ich habe gar keine Wahl, beruflich kann ich hier nicht weg – könnte es selbst dann nicht, wäre ich fähig, in einer anderen Sprache zu schreiben.

Ich will Dir aber nicht nur – was ja harmlos ist – begründen, warum *ich* nicht mitginge über einen Ozean, sondern ich will Dir auch sagen, wer irgend *kann*, nicht nur als Deutscher, sondern auch als Europäer, der sollte hier bleiben und versuchen, *den* Zustand herbeizuführen, der vielleicht unserem armen Land die Chance gibt, das nächste Jahrhundert zu erleben: Die Ent-Blockung des Kontinents, womit nicht die »Neutralisierung« gemeint ist, was heute als schimpflich gilt, absurderweise. Frankreich ist nicht neutral – aber es duldet auch nicht auf seinem Boden eine »Schutz«-Macht, die keinem Franzosen gestattet, darüber mitzubestimmen, welche Waffen diese andere Nation auf seinem Boden lagert oder gar von seinem Boden aus abfeuert. Frankreich gehört zum Westen und wird ihn verteidigen wie Spanien ihn verteidigen wird, das auch keinem Militär-Bündnis wie der NATO angehört – und so sicher China an der Seite Rußlands kämpfen würde, vielleicht auch Jugoslawien; wenn es überhaupt zu einem Krieg kommen sollte, der nicht in 24 Stunden wieder zu Ende ist, weil die zwei Supermächte diesen Krieg sofort – sehr unwahrscheinlich – mit allem, was sie haben an Wasserstoff-Bomben, ins Lager der Supermächte selber getragen haben. (Wer im Westen die Illusion pflegt, China werde im Falle eines Konflikts zwischen Moskau und Washington auf die Seite der USA treten: der lese im Tagebuch von Galbraith, was der als Botschafter Kennedys in Indien, während der Kuba-Krise, über die damalige Haltung der Chinesen eintrug: Bei allen ihren Spannungen mit Rußland – waren die Chinesen dennoch ganz entschlossen auf seiten der Russen!)

Aber es ist ein Unterschied, ob man sich dem Westen zugehörig fühlt, wie das auch Japan tut, ohne dennoch den USA zu erlauben, bei ihm Atomwaffen einzukellern – oder ob man sich dem Westen und auch dem Osten willenlos, ohne Mitsprache-Recht hinhält, ja anbietet, als den künftigen Kriegsschauplatz. Das tut die BRD, das tut die DDR. Wir wollen nicht streiten – da es nicht weiterbringt –, wer von beiden damit eine größere historische Schuld auf sich lädt; Bonn, vermute ich, weil da immerhin ein bißchen mehr Freiheit ist als in Ostberlin, sich der »Schutz-Macht« zu erwehren. (Geradezu ungeheuerlich ist es, daß die Bonner jetzt versäumt haben, die Amerikaner um die Pershings zu bitten – ohne zu verlangen, daß die dafür aus der Pfalz ihre B- und C-Waffen-Lager abtransportieren, deren leichte Beschädigung durch eine Rakete ja schon hinreichen würde, die BRD zu vergasen!) Also entscheidend ist das Überpersönliche: Ich meine, auf dieser Halbinsel Europa soll doch offenbar – wenn es nach dem Willen Washingtons und Moskaus geht – der dritte Weltkrieg sich austoben. Und das ist – denke ich – der Grund, warum wir hier bleiben müssen, so lange versucht werden *kann*, die Endkatastrophe abzuwenden. Denk an die Friedensbewegung nicht nur in den beiden Deutschländern, sondern überhaupt in Europa: Erstmals mußten Demonstranten, einfach ihrer Zahl wegen, von den Politikern ernst genommen werden! Ist das nichts? Natürlich muß ihre Stärke zusammengefaßt werden in einer Galions-Figur. Und die wird sich finden und an ihre Spitze stellen. »Spitze« sage ich, weil ich das Bild des Speers damit ansprechen will, denn Resolutionen der Massen bedürfen der Stoßkraft, die sie nur gewinnen, wenn ein Sprecher vorangeht. (Wie war nach '68 die Studentenbewegung plötzlich geköpft, als der arme Dutschke in den Kopf geschossen worden ist!) Nur ein *einzelner*, der seine ganze Existenz mit einer werteschaffenden Idee lebenslänglich identifiziert, kann ein *Gründer* sein: Wie viele tausend, hunderttausend Zionisten zum Beispiel – wären nichts geblieben als Zionisten in ihrer Diaspora, ohne den *einen* Theodor Herzl! Erst *ein* Mensch, der für nichts anderes lebt, ob eine Frau wie die Nightingale oder ein Mann wie Dunant, das ist gleichgültig, bringt – wörtlich gemeint – »zuwege«, was Ungezählte bewegt! Und so müßt Ihr Friedensbewegte – besonders Ihr, die Ihr eine so verhängnisvolle Neigung habt, alles, was Ihr schaffen wollt, zugrunde zu diskutieren und auch jene an die Wand zu diskutieren, die sich unter Euch hervortun: eine Neigung, an der die antike Athener Demokratie verendet ist, die keine Profilierten in ihren Reihen zu ertragen vermochte, lies das bei Burckhardt –, und so müßt Ihr Euch *einigen* auf einen Europäer von Rang und in höheren Jahren: »Des Greises leuchtend Aug' in der Versammlung«, heißt es schon bei Homer. (Auch haben sehr hochgestellte Alte fast keinen Ehrgeiz mehr für die eigene Person ...) Nehmt Willy Brandt als Eure Galions-Figur, besser noch Bruno Kreisky, weil der aus einem blockfreien, neutralen Land stammt.

Und schon mitgearbeitet hat am Ur-Modell eines entblockten Europa: am österreichischen Staatsvertrag! Niemand kann Kreisky unterstellen, zugunsten einer der zwei »Lager« zu sprechen, wenn er dem Frieden das Wort spricht. Das heißt: Der Loslösung Europas aus den zwei Allianzen, deren Oberhäupter Europa nur als Panzergraben vor *ihrer* Türe »verteidigen« wollen, bis nichts mehr übrig ist von Europa! Dagegen gibt es *ein* Mittel: Die Aufteilung des Kontinents in das, was der sehr große und verkannte de Gaulle das Europa der Vaterländer genannt hat. (Lies unbedingt jenen Band der Memoiren de Gaulles, der seine Rückkehr an die Macht schildert und seine Weigerung gegenüber den USA, *dann* die NATO auf französischem Boden fernerhin zu dulden, wenn kein Franzose Mitspracherecht über den Einsatz der auf französischem Territorium lagernden Waffen habe! Sonst wäre de Gaulle in der NATO geblieben!)

Ihr braucht einen so integren wie international geschätzten und »weltanschaulich« unverdächtigen einzelnen, der den Zentralen in Moskau und Washington deren Halbierung Europas in ein östliches und ein westliches aufkündigt; die Halbierung in zwei Militär-Glacis, die von den Supermächten – schon gar nicht mehr heimlich! – nur betrachtet werden als Manövergelände, auf denen eines Tages zu probieren ist, wie moderner Krieg aussieht – damit man ja diesen Krieg rasch beendet, ehe er »überschwappen« könnte auf die Territorien der beiden Supermächte selber: Exakt so ist er geschildert in dem sehr überzeugenden Film ›*The Day after*‹.

Wenn Du fragst, was hat die Forderung nach übernationaler Zusammenfassung der europäischen Friedensbewegung mit *mir* zu tun, der ich kein Politiker bin – so sage ich Dir: Du kannst sprechen, formulieren, überzeugen, also helfen. Du solltest nicht auswandern und eines Tages nur zusehen, meine ich, wie Deine alte Heimat, das Abendland, deshalb untergeht, weil seine Bürger sich von Leuten, die da nicht geboren sind – was doch letztlich entscheidet; die Amerikaner taten gut daran, in ihrer Verfassung zu verbieten, daß einer Präsident wird, der erst eingereist ist –, zu Satelliten haben machen lassen, die nicht einmal mitsprechen dürfen über Frieden oder Krieg in ihren eigenen Territorien! Gib Dir die Antwort selber, ob Du dem nur von jenseits des Meeres zusehen willst!

Und denk darüber nach, was Deine Generation heute praktisch tun kann, das Vermächtnis de Gaulles zu vergegenwärtigen, für heute zu aktivieren! Und so auch das jener sehr bedeutender Österreicher, die mit den Russen den Staatsvertrag ausgehandelt haben. Denn das österreichische ist durchaus ein europäisches Modell oder sollte dazu erweitert werden ... Holt Euch, Ihr Jungen, einen so integeren wie schlauen und wie ideologisch nicht vernagelten Menschen wie Kreisky, der viel zu alt ist, für sich selber noch etwas zu wollen, Karriere zu machen – der aber, ich kann's nur wiederholen, »zuwege« bringen wird, was Euch an Ideen beschwingt, wenn auch Kreisky nicht mehr mit Euch bis zum Ziel gelangen kann. Denn so eilig es ist, daß Ihr *anfangt* – so lange noch wird es dauern, bis Ihr am Ziel seid: Der Befreiung Europas von seinen ihm tödlich bedrohlichen zwei Vormundschaftsbehörden in Moskau und Washington.

Natürlich kannst Du auch weglaufen in einen anderen Erdteil, aber das nur individuelle Glück, gesetzt sogar den Fall, daß Du es dort finden wirst, kann Dich, der Du ja immer so leidenschaftlich Anteil genommen hast an der »Polis«, nur vorübergehend befriedigen. Ich denke doch, wer jung ist, der sollte sein Leben nicht allein seiner Libido widmen und seinem Einkommen, sondern auch einer Idee, einer Aufgabe, die hinausreicht über die eigene werte Person. Wir Europäer *haben* eine – vielleicht überleben wir nur, wenn wir ihr gerecht werden.

Sei umarmt von Deinem alten

Papa

Empfehlung an Vertriebene

Empfehlung an Vertriebene
Asia · Brasilien feiert 2000
Des Kaisers neue Kleider
Schopenhauer · Hamlet
Altehe-Dialog · Offenbarung 6

Empfehlung an Vertriebene

Den Fenstern, den Gestirnen,
gaben die Alten
die Namen ihrer Nächsten,
deren Stimmen verhallten ...

Am Ewigen, am Firmament
– was hat sonst Bestand –,
festgemacht das Flüchtigste: den Menschen!
Schwinden doch selbst Gräber wie verwehter Sand.

»Versetzt sie unter die Sterne!«
Folge diesem Beispiel der Alten.
Bald bist du aus der Heimat vertrieben:
wie sonst dann vor Augen behalten

Die hinter den Grenzen geblieben?
Bewohnen ja nicht Fremde – Feinde bewohnen dein Haus.
Kehrtest du heim, du würdest verhaftet.
Nicht einmal Fotos Verstorbener bekamst du heraus ...

Doch die Leuchtbojen in den Meeren des Himmels
– nahmst du mit dir, nahmen dich mit fort.
Alles sonst – ach!, ist anders: Ausland ist wie Elend
vom Stamm her das gleiche Wort.

Nur der Große Wagen tröstet dich auch hier
– womit du daheim ihn beladen:
mit Menschen, Gedanken und Bildern,
sicher bringt er's dir nach durch alle Blockaden.

Asia

Piazza di Spagna, im Reisebüro, wandgroß
die Asien-Karte, englisch die Überschrift.
Lang sucht dein Blick, bis er – fern wie den Eskimos
Australien – am Rahmen-Rand Europa trifft.

Halbinselchen, nord-nordwärts, so entschwunden
wie Scapa Flow auf der Europa-Karte ...
Ein Blick – Dein *Ein*blick: überwunden
hast du des Abendlandes enge Warte

Die dir die Heimat als zentral vorgaukelt, Nabel
der Welt, die ihr Gesetz empfing von den drei Hügeln:
Akropolis, Capitol und Golgatha: Nur eine Fabel
bleibt sie für Völker, die sie überflügeln

Und dereinst von uns sprechen wie wir von Rom, Athen!
Reisende aus Japan, Indien, Borneo:
wenn sie, wo London, Zürich stand – dann stehn,
befragen ihren Guide: War hier Europa irgendwo?

Brasilien feiert 2000

»Drei Millionen Ureinwohner mögen vor 500 Jahren auf den 8,5 Millionen Quadratkilometern des heutigen Brasilien gelebt haben; 250 Jahre später waren sie durch Sklavenarbeit und Krankheit so gut wie ausgerottet.«
Carl D. Goerdeler: Neue Zürcher Zeitung, 22. 4. 2000

Jubel, daß seit einem halben Jahrtausend Portugal
den Indios Land und Leben weggeräubert:
Doch haben Weiße die ›Neue Welt‹ *überall*
von Ureinwohnern so »gesäubert«
wie Deutsche Europas Festland außer Iberien von Juden.
Zwar »durften« Indios mit Portugiesen auch schlafen,
doch im Berg, am Bau, auf Plantagen so bluten

Daß die Herren sechs Millionen schwarze Sklaven
als Leibeigene aus Afrika importieren mußten:
Zu gründlich hatten sie die Indios ausgerottet!
– die sich nicht wehrten, da sie nicht wußten,
exakt *huntertmal* größer als Portugal sei *ihr* Land.
Vereint – hätte ihre Macht jeder gespottet,
die Brasilien bedrohte als Okkupant.

Des Kaisers neue Kleider

»Goethe hält sich aus Haß gegen den abstrakten Gedanken ... ganz ans Empirische: statt über jenen abstrakten Gedanken hinaus zu der anderen Seite des Empirischen, zum Begriff überzugehen, welcher nur zum Durchschimmern kommt.«

Hegel

Wenn Hegel Goethes Farbenlehre liest,
entsetzt ihn dessen »Haß auf das Abstrakte:
er hält sich ganz an das Empirische« ...

Deutscher, wie selten denkst Du, was Du siehst!
Du »siehst« nur, was Du denkst: Das Nackte
ds Kaisers – weil Natur, das »Tierische«

Nicht sein kann, da es nicht sein darf –,
das siehst Du nicht: ein Kind nur hat gelacht!
»Sah« Hegel Gott sogar in der Geschichte – sah

Goethe, der Denken der Erfahrung unterwarf:
kein Heilsgeschehen, wie Jesus, Marx gedacht,
lenkt die Geschichte nach Utopia.

Natur ist sie, kein Zweck, kein Ziel – ein Sein.
Ziellos wie Pflanzen, Tieren, Staaten es bestimmt
– bringt sie auch Dich zu keinem andern Ziel

Wie Gras und Hund und Dein Gebein.
Ob Du es Pneuma nennst, ob Gott: Was gibt und nimmt
ist nur Natur. Ein Sinn? Ein Spiel!

Schopenhauer

»Wo liegen deine größten Gefahren?
Im Mitleiden.«
Nietzsche: ›Fröhliche Wissenschaft‹

Was er lehrte, sei abgetan,
hat Nietzsche gedichtet.
Wir, die Nietzsches Schüler sahn,
die Europa fast vernichtet,
wissen, es kam umgekehrt:

Mitleid, das der Danziger lehrte,
blieb da doch als einziger Wert
– nicht: die »Umwertung der Werte« …
Blonde Bestien: was die taugen,
sah man auf verbrannter Erde!

»Übermenschen« sollen die Augen,
ihre Hybris zu beweinen,
doch sonst nichts, nichts sonst behalten.
Mitleid! »Herren«-Völker, die's verneinen,
sind zu richten, aufzuspalten!

Hamlet

Erstens, letztens: Gleichmut heucheln,
treue Diener treu bestechen,
Text chiffrieren an Mitverschwörer,
bißchen Petting mit Ophelia,
daß die Freunde, *seine* Spitzel,
es nicht spitzen, wie des Falkners

Griechenrücken – alle Fotzen
mir ersetzt, nach frühem Schreckschlag:
Bären wollten wir beschleichen,
– was wir fanden, weil die Pferde
sie verrieten und ihr Wimmern,
war die Queen – als Onkels Lutsche.

»Neunundsechzig – spielen doch alle!«
So belehrte mich Horatio,
der mich dort im Wald zurückriß,
als ich – dreizehn! – Onkels Dolch,
ihn zu killen im Lustgestrampel,
aus den Kleidern schnappen wollte.

Früh geprüft und gleich versagt.
Hätte ich doch aufgeschrien!
Nur ertappt, er wär' gegangen.

Doch zu *schweigen*!

Vaters Tod ist meine Schuld.
Jetzt läßt mich Horatio fühlen,
daß mein Zögern Feigheit ist.

Wer nicht lacht, wer's glaubt, der fragt
nach Beweisen: waren die Eltern
nicht allein? Claudius pirschte,
offiziell. Ach, sie ... *sie* hat es getan!
Nie vergessen, wenn's ihm glückt,
Mutter endlich noch zu schwängern

Königin Klimakteria,
sterbe ich an Himbeersoße;
unbeweisbar wie des Vaters
»Schlangenbiß« bei der Siesta ...
Yorik spaßte vor den Eltern:
»Niemals durch sein Schwert – vielleicht

Durch die Scheide wird Prinz Claudius
sich ein Herzogtum gewinnen!«
Wer regiert, der soll in Witzen
Wahrheiten von morgen sehen!
– Daß ich meine Irrenwächer
köpfen ließ, Verbrauchsagenten,

War nur Selbstbestätigung.
Als Belehrung für den König,
daß auch ich auf Mord trainiert sei,
war es mehr als ein Verbrechen:
eine Dummheit, die ihn warnte.
»Tod durch Steinschlag« auf der Jagd

Wie ich plante, ist verpatzt;
auch Turniere – nichts verfängt mehr.
Bleibt: des Priesters Wein vergiften.
Doch auch diesen Weg – wie jeden, jeden
sperrt *ihr* Beisein! – jäh »erkannt«
als Weib die Mutter – herrscht sie, herrscht

Drängte schon, wenn ich's als Junge
selber machte – mir die Mädchen
aus dem Traum. Ophelia später
war wie weggelacht. *Ihr* Lachen,
als sie ihre harten Euter,
obenauf, gepfählt, ihm hinhielt

Lechzend, eine Koppel Rüden,
macht seine Brunst zu – meiner.
Deshalb *Mord* ihm unterstellen?
Stirb als Nebenbuhler! – »Hamlet,
der du uns näher als ein Sohn stehst« ...
Richtig: wie dein Mörder nahe!

Altehe-Dialog

»Allzu große Nähe führet zum Streit.«
Shakespeare: ›Troilus und Cressida‹

Sie: Ich reise – fährst nicht mit?
Scheiße! – sind doch quitt.
Lieber noch Streit als nicht zu zweit
– mein Satellit!

Normal, man schimpft statt bewundert,
ein Vierteljahrhundert geimpft
gegen den, der schimpft, du mich Emanze,
– ich dich Schimpanse …

Dein ›Schritt vom Wege‹
(Gründgens-Film Effi Briest)
– ich überlege: Daß der schießt …
ich würde *sie* so *gern* erschießen!

Er: Quatsch, hast Rache auf Vorschuß genommen
– hörst gar nicht auf, die zu genießen,
wärst sonst nie mehr heimgekommen!
Glaubst im Ernst, das sei mir neu?

Sie: Ehen halten, ist man *meistens* treu,
erkalten, bleibt man stets zu Haus.
Immer treu – heißt: Immer zankt …
Weil man's, wirft er uns nicht raus

Doch dem Partner dankt … War abgeflaut
»das« sogar: Eifersucht verjüngt das Paar.
Komm! Jung durch Ersatzhandlung – Kuschelhaut
bringt uns nah: Fährst du *nicht* mit, bleib' ich da!

Offenbarung 6

»Der amerikanische Präsident Ronald Reagan hält es nach Darstellung eines Washingtoner Lobbyisten für durchaus möglich, daß sich die Welt gemäß der Offenbarung Johannes' dem Jüngsten Gericht und der Entscheidungsschlacht von Armageddon zwischen Gut und Böse nähert.«

›Basler Zeitung‹, 1. 11. 83

Malvenfarbene Luft und Höhen,
Felder, frühlingsbraun, noch kaum begrünt.
Maimild schon der März, trotz Böen:
schönes Land! Doch ungesühnt

Drückt der Fluch Dich: Schuld der Väter
– Tilgung bis ins siebte Glied!
Kinder, Enkel, früher, später
büßt Ihr Auschwitz: *hier* geschieht

Armageddon. Statt beritten
kommt der Weltgeist mit Raketen,
die wir selber, Satelliten,
uns von »Schutz«-Mächten erbeten.

Mutterliebe

Für Georg,
der dies – dies auch –
angeregt hat.

Der König weiß von Ihrem ganzen Anschlag,
durch Kundschaft,
die sie sich nicht träumen lassen.
Shakespeare, ›König Heinrich V.‹

Zeitungen meldeten am 5. August 1985, daß im burgundischen Avallon ein Fünfzigjähriger mit seinem Gewehr einen Zwanzigjährigen erschossen hat, in der irrigen Annahme, der Junge habe ein vom Alten gezähmtes, ihm dann aber entwischtes Eichhörnchen getötet; der Zwanzigjährige hatte es tot aufgefunden und dem Alten gebracht. Und lange ist es noch nicht her, daß auf der Autobahn drei Menschen umkamen, weil ein vierter – am Steuer – bei hoher Geschwindigkeit einem Eichhörnchen ausweichen wollte, das die Fahrbahn überquert hat. Beide Nachrichten erneuern die Mahnung, diesem auch Eichkätzchen genannten Sciurus vulgaris – »auszuweichen«, das kann man ja nicht mehr sagen, seit an diesem Ausweichmanöver drei Menschen gestorben sind; sagen wir vorsichtiger: daß es nie gut war, einem Eichhörnchen zu begegnen. So erzählen schon Historiographen vom Hofe Ludwigs XIV., daß nur ein Eichhörnchen Seine Majestät veranlassen konnte, gegen seinen langjährigen Finanzminister Fouquet einen Untersuchungs-Ausschuß zu bilden, als das Gerücht aufkam, der Minister habe öffentliche Gelder veruntreut. Als Ludwig das Schloß Fouquets besuchte, da habe ihn verstimmt, an vielen Wänden auf dessen Wappen das an einem Baum hochlaufende Eichhörnchen zu sehen, darunter den so aufreizenden wie anmaßenden Spruch: ›Wohin käme ich nicht‹ – ›Quo non ascendam‹. Jetzt war der König bereit, die Geschäfte dieses Hausherrn untersuchen zu lassen – der dann den Rest seines Lebens bei enteignetem Vermögen im Kerker absaß …

Nicht in seinem Wappen, doch in seinem Munde führte Hitlers Stabschef der Luftwaffe, der schon mit vierzig Jahren den Gipfel seiner Karriere erreicht hatte – vier Jahre später schoß er sich tot –, das Eichhörnchen: sosehr liebte und so oft wiederholte dieser Generaloberst die Redensart: »Der Teufel ist ein Eichhörnchen«, – daß er offenbar darüber vergessen hatte, daß solche Sprüche konkreten Erfahrungen abgewonnen wurden; und daß man nicht die Mahnung, die in ihnen enthalten ist, schon deshalb außer acht lassen darf, weil man einen solchen

Spruch ständig im Munde führt... Übrigens hat dieser General sich erschossen, ohne noch zu erfahren, daß der Teufel, als er ihn in seinen Dienst nahm, sich nicht damit begnügte, getarnt als Eichhörnchen zu kommen – er kam als etwas *noch* Lieblicheres getarnt: als Mutterliebe...

Sie entschuldigte sich: »Wenn das senil ist, war ich schon mit dreißig senil. Und mein Vater immer. Die Schwester einer Großmutter hat mir noch erzählt, auch ihr Vater habe – wenigstens im Alter – stets lidschlagschnell die Augen voll Wasser gehabt, wenn er oder jemand sonst auch nur seine verstorbenen Eltern erwähnte!«

Der dreißig Jahre Jüngere sagte zu der Fünfundachtzigjährigen: »Was heißt da ›nur‹ – immerhin: die Eltern!«

Sie ergänzte lachend und so lebhaft, wie er nie eine so Betagte hatte sprechen hören: »... nur, das sollte nicht heißen: *nur* die Eltern; ich hatte sagen wollen, Eltern, die den nur normalen Tod alter Leute in ihrem Bett hatten sterben dürfen. Doch ich hab's halt geerbt, vom Urgroßvater schon, daß mir immer sofort das Wasser in die Augen schießt, sobald ich mich aufrege – und natürlich rege ich mich immer auf, wenn ich an den Jungen denke!«

Der Junge war ihr einziger Sohn, als Seekadett auf dem Schlachtschiff ›Bismarck‹ umgekommen, vor über vierzig Jahren. Und sie sagte und legte ihrem Besucher die Hand aufs Knie: »Das ist Treue, Günter, daß Sie sich aufgemacht haben, herzufahren zu meinem Fünfundachtzigsten, um mir dieses Foto von euch Seekadetten zu bringen; hätten Sie mir das Bild im Brief geschickt, dann hätte ich heute mit keinem über meinen Jungen reden können... Sie aber hätten sich's erspart, ›eine alte Frau weinen zu sehen‹, wie die letzte Zeile von Rilkes ›*Cornet*‹ heißt... heißt die nicht so? ›*Cornet*‹ war eines der Modebücher im Krieg; schon meine Generation kannte es beinah auswendig. Liest das noch jemand? Und die Novellen von Binding wurden viel gelesen – am meisten natürlich Carossa und Hesse; auch der Wiechert, von dem wir wußten, der habe sogar eine Weile im Konzentrationslager gesessen. Die wurden viel mehr gelesen als die Nazi-Schriftsteller, soweit ich weiß, und die Nazis ließen sich diese Dichter auch gefallen, weil die so unpolitisch sind. Liest man die noch?« Der Besucher sagte: »Hesse ist wieder ein Bestseller-Autor.«

»Mein Herbert, wie Sie wissen – war ja auch ganz unpolitisch, eben ein Poet, und Rilke war sein Gott, und die besten Gedichte des Jungen sind natürlich Rilke-Ableger. Ich gab ihm an Bord der ›Bismarck‹ zwei Bände Rilke mit, selbstverständlich. Wüßte ich doch nur einen Verlger, der die Gedichte Herberts druckt. Wenn schon sonst von ihm nichts mehr da ist! Wer wird von ihm noch jemals reden, wenn ich demnächst weg bin?«

Wieder traten Tränen in ihre Augen. Günter Neuenburg sagte: »Ihre Tochter wird den Bruder so wenig vergessen, wie ich den Freund vergessen kann: er war ja nicht nur der übliche Bordkamerad, deren gab's einige – er war mein *Freund*, mein einziger. Ein so enger, daß diese Freundschaft andere, Dritte, ausschloß. Mädchen hatten wir noch nicht... das war ja ganz anders als heute, man schwärmte sogar an Land nur von ferne, jedenfalls wenn man noch nicht zwanzig war wie wir.« Er schwieg, sah vor sich hin, als habe er ein Mädchen von damals vor Augen, dann fuhr er fort: »Seine Gedichte, ja, er zeigte sie mir. Ich will gern versuchen, einen Verleger zu finden. Stuttgart ist schließlich eine Verlegerstadt. Wenn ich persönlich auch keinen Schriftsteller kenne – außer eben unseren früheren Vorgesetzten auf der ›Bismarck‹, den vierten Artillerie-Offizier des Schiffs, den ranghöchsten der wenigen Offiziere, die aufgefischt wurden, Müllenheim-Rechberg. Er hat das gründlichste aller Bücher über die ›Bismarck‹ geschrieben. Ich will ihn gern bitten, den schriftstellerischen Nachlaß von Herbert seinem Verleger zu empfehlen.«

Die Frau fragte: »Müllenheim-Rechberg? Das Buch fehlt mir noch; wird man alt – entgeht einem alles!«

Sie hatte eine armlange Reihe von Büchern gesammelt, die alle die ›Bismarck‹ betrafen oder jedenfalls die Atlantik-Schlachten des Hitlerkrieges, und sie hatte sie außerhalb ihres Bücherschranks für sich aufgestellt, dort, wo auch drei Fotos von Herbert als Mariner standen: in einer abgeschlossenen westfälischen Barock-Vitrine, neben altem Silber und Porzellan. Und schon war sie zum Schreibtisch gegangen, rasch, riß – immer eilig, die rüstige Fünfundachtzigjährige, brettlang, brettmager – ein Blatt vom Terminkalender und wollte den Autor des ihr noch nicht bekannten Buches über das Schicksals-Schiff ihres Sohnes notieren. Erschrocken sagte der Besucher, während ihm durch den Kopf ging, was er neulich bei einer Quiz-Sendung im Fernsehen mitbekommen hatte: daß allein in der BRD über siebenundzwanzigtausend Uralte leben, die 95 oder älter sind –, jetzt sagte er: »Bitte, nein – Sie werden gestatten, daß ich Ihnen das Buch noch zusende, als nachträgliches Geburtstagsgeschenk.«

Doch er dachte, was bin ich für ein Idiot, daß ich das Buch erwähnt habe! Die ist so geistesgegenwärtig, daß sie's bestimmt nicht vergißt; und sie kann *sterben* nach der Lektüre! Er redete weiter, um die alte Frau vergessen zu machen, daß sie Autor und Titel hatte notieren wollen. Sie kam auch zu ihrem Sessel zurück, ohne den Zettel. Und als sie wieder Platz nahm, sagte sie, noch immer die Frau, die zeitlebens Personal genug gehabt hatte, um auch jetzt noch anzuordnen, ja zu befehlen; sie sagte gebieterisch: »Aber wenn Sie mir das Buch zusenden lassen von Ihrem Buchhändler, dann bitte ich mir aus, daß die Rechnung beiliegt! Bücher sind ja heute schrecklich teuer – ich weiß noch, wie die *›Buddenbrooks‹* in Ganzleinen drei Mark fünfundachtzig kosteten – in Leinen! Also, bitte, keinesfalls dürfen Sie's ohne Rechnung schicken – ich kann ja meine hohe Pension gar nicht verzehren.«

Sie hatte die opulente Pension einer Generalswitwe. Er dachte: So viel habe ich bei weitem nicht, im Monat; er war aber nicht nur ein schlichter Geschichts- und Englischlehrer, sondern immerhin Studiendirektor. Sie war schon wieder aufgestanden, nahm nun doch das Kalenderblatt und sagte: »Ich schreibe diesem Verfasser, diesem – wie sagten Sie: Vierten Offizier? Vielleicht besorgt er mir einen Verleger für meinen Sohn. Haben Sie die Adresse?«

Er hatte sie, doch sagte: nein. Er werde sie ihr schreiben. Und er wiederholte nur den Namen, setzte hinzu, von Müllenheim sei ein pensionierter Botschafter der Bundesrepublik, und plötzlich war er sich sicher, daß er risikolos die Adresse des Autors und sogar das Buch an die alte Dame senden könne, weil ihm einfiel, daß ja der Chronist zwar die letzten Details der Tragödie aufgezeichnet hatte, nicht aber *die Namen* der schätzungsweise achthundert Matrosen und Offiziere, die – fast schon gerettet – dem britischen Kreuzer beinahe in Griffnähe gekommen waren und dann doch nicht aufgefischt wurden wie er selber und wie Müllenheim – sondern am nächsten Tag oder auch schon in der kalten Mainacht gestorben waren, weil das Schiff weggedampft war, ohne sie zu retten. Und da sie durch die Todesangst noch enger zusammengeblieben waren, bis zum letzten Moment, als während des ganzen Gefechts, so wußte Neuenburg, daß auch Herbert zu denen gehört hatte, die der See überlassen blieben, ohne begreifen zu können, was man ihnen antat... Wozu einen – wie oft hatte er im Rückblick auf Freund und Schiff das gedacht – wozu einen das Schicksal, was immer das sein mag, zuweilen aufhebt! Wie wäre doch den Kameraden, die einen Tag lang und eine Nacht noch oder wenigstens Stunden, Stunden, Stunden lang im Wasser sich zu Tode erschöpften, bis sie durch Kälte abstarben oder bis ihnen Möwen die Augen auspickten, wie wäre ihnen allen zu gönnen gewesen, gleich ihrem Admiral von der schweren Schiffsartillerie des britischen Schlachtschiffs ›King Georg V.‹ getötet zu werden. Anstatt unverwundet und voller Hoffnung, auf den beigedrehten britischen Kreuzer klettern zu können –: den Briten abdampfen zu sehen.

Die ruhelose Alte war längst wieder aufgestanden; denn da die Whisky-Stunde gekommen war, Viertel nach fünf – so glaubte sie, sie müsse ihrem Gast etwas anbieten, und wahrhaftig, er hatte ihn nun nötig, den Cognac, den sie ihm und auch sich selber hinstellte. »Oder nehmen Sie lieber einen Wodka – ich hab diesen polnischen, der schmeckte meinem Mann immer am besten!« Er entschied sich, den Wodka zu probieren: »Aber wieso sind Sie nicht müde, heute, nach der gästereichen Gratulationscour!« Sie lachte, tat das ab: »Ich hatte meinen üblichen Mittagsschlaf... und dann hab ich die Enkel und die Urenkelin schwimmen geschickt« – vor dem Fenster lag, keinen Kilometer weit das See-Ufer –, »damit ich mit Ihnen noch allein reden könnte. Denn *das* ist mein Geburtsgeschenk – daß ich über Herbert sprechen kann. Von Ihnen, Günter, habe ich, gleich nach dem Krieg, das einzige bekommen, was mich – wenn man wach liegt; morgens, wenn es nebelt vom See her, werde ich seit Jahren in der Dämmerung wach–, was mich dann ein wenig trösten konnte: die Gewißheit, daß der Junge noch an Bord gefallen ist... statt zu denen zu gehören, die da nicht aufgefischt wurden, sondern stundenlang sterben mußten...«

Ihre Stimme war gekippt, sie wischte Tränen. Ihr Taschentuch, da zu oft gebraucht während dieses Gesprächs, war nicht mehr in der Tasche, sie hatte es in den Gürtel gesteckt, es dauerte, bis sie herausbringen konnte: »Doch ein Trost, daß Sie gesehen haben – daß er gleich tot war. Ich hab mir das in den vielen Jahren immer wieder als den einzigen Trost gesagt. Ich fragte mich oft und sprach mit allen darüber, die mich besuchen von den Freunden meines Mannes – woher wohl dieser englische Kreuzerkommandant den Vorwand genommen hat, die bald tausend Bismarck-Überlebenden einfach ertrinken zu lassen und abzudampfen mit seinem Kreuzer. Denn wenn er auch wirklich geglaubt hat, daß da ein deutsches U-Boot am Tatort sichtbar geworden ist: dann müßte dieser Engländer doch auch gedacht haben, aber *das kann er nicht gedacht haben!* – dieses deutsche U-Boot wolle ausgerechnet das einzige englische Schiff torpedieren, das ›Bismarck‹-Überlebende auffischte! Ein deutsches U-Boot, hätte es dort eins gegeben, würde sich ja wohl auf eines der britischen Schlachtschiffe gestürzt haben, um es zu torpedieren – nicht aber auf einen Kreuzer, und noch dazu auf *den*, der als einziger Deutsche auffischte!«

Ihr Besucher deutete mit Händen und mit einem her und hin bewegten Kopf Ratlosigkeit an: er vermute ja auch nicht, sagte er endlich, daß Captain Martin von H. M. S. ›Dorsetshire‹, der immerhin *ihm* und noch hundert anderen Deutschen das Leben gerettet hatte, daß Martin geglaubt habe – ausgerechnet *seinen* Kreuzer werde ein U-Boot dabei angreifen. Doch wollte Neuenburg das international noch immer gängige Klischee vom britischen fair play nicht anzweifeln. Leise sagte er, resigniert – und auch schon ein wenig ermüdet gegenüber einem Thema, das so oft wie dieses auf allen ihren Kameraden-Treffen seit

Kriegsende und sogar schon im britischen Gefangenen-Camp erörtert worden war: »Martin hat sicher nicht vermutet, ein deutsches U-Boot greife *den* an, der Deutsche rettete, aber es könnte ja auch sein, daß die schweren Einheiten der Briten für ein deutsches U-Boot schon nicht mehr ereichbar waren; sofern da wirklich ein Boot gewesen ist – was aber nach dem Krieg nicht bestätigt wurde. Doch vergessen sie nicht, gnädige Frau... den Briten war vor drei Tagen das stärkste Schlachtschiff der Welt in die Luft gejagt worden, sechs Minuten nach Gefechtsbeginn. Die ›Hood‹ war ja nicht versenkt worden, nach einer Seeschlacht – sondern war explodiert, weil eine ›Bismarck‹-Granate ihre Munitionskammer erwischt hatte – und *drei* Matrosen überlebten ihr Schiff, drei von über vierzehnhundert Mann und neunzig Offizieren: und das wußte seit Tagen natürlich auch dieser Captain Martin. Menschlich *fragwürdig* ist ein Racheakt immer – aber menschlich ist er auch, menschlich-schweinisch, wie leider das meiste, was wir Menschen tun. Wozu achthundert Deutsche auffischen – wenn die ausgerechnet von jenem Schiff kamen, das erstens keinen Versuch gemacht hat, beizudrehen und nach Überlebenden der ›Hood‹ Ausschau zu halten; und das zweitens ganze *drei* Männer von der ›Hood‹ am Leben gelassen hatte – drei, die nach Tagen von Engländern aufgefunden, aufgefischt wurden. Vielleicht wären es mehr gewesen, hätte am Tatort wenigstens das Flugzeug der ›Bismarck‹ nach ›Hood‹-Überlebenden die See abgesucht – aber das Flugzeug wurde zu dieser Suche gar nicht loskatapultiert! So überlebten drei die ›Hood‹ – drei von fast fünfzehnhundert. Doch wenn hier ein Grund vorliegt zu Anklage und Verbitterung: dann dürfen wir nicht die Briten anklagen, sondern unsere eigene Seekriegsleitung, die in nationalbewußtem Größenwahn zweitausendzweihunderteinundzwanzig Männer mit der ›Bismarck‹ hinausgeschickt hatte – obgleich die Briten auf ein größeres und zwanzig Jahre älteres Schiff nur fünfzehnhundert Besatzungsmitglieder kommandierten! Die ›Bismarck‹, zwei Jahrzehnte moderner als der Brite: modernes technisches Gerät benötigt doch stets *weniger* Menschenhände zur Bedienung als veraltetes, wie das der ›Hood‹ veraltet war, – wieso aber ›benötigte‹ angeblich ›Bismarck‹ ein Drittel mehr Menschen als die größere ›Hood‹? Und so wie wir Deutschen auch unsere eigenen Männer schon mit ›Bismarck‹ in Scharen zwecklos verheizt haben – so auch wieder zwei Jahre später, als im Eismeer die vergleichsweise so kleine ›Scharnhorst‹ – auch mit Hunderten von Seekadetten – in der Weihnachtsnacht versenkt wurde: sogar an Bord der ›Scharnhorst‹ waren fast fünfhundert Männer mehr als an Bord der fast zwanzigtausend Tonnen schwereren ›Hood‹! Selbst ›Titanic‹ hatte noch 14 Menschen weniger an Bord als ›Bismarck‹. Größenwahn hat ja nicht nur unsere ›größten‹ Aktionen, die zwei Weltkriege ausgelöst, sondern auch viele Tragödien *innerhalb* der Kriege mitbestimmt ... Ich wollte auch immer schreiben: ein Schulmeister wie ich hat ja vierzehn Wochen Ferien im Jahr; ich bitte Sie, was macht ein gesunder Mann mit vierzehn Wochen Ferien, wenn er dann nicht nur seine Familie schikanieren will? Ich wollte schreiben; alle historischen Archive stehen uns ja seit 1950 offen: aber ich konnte es nicht, weil es zu traurig ist für einen Deutschen, über Kriege zu schreiben; nicht weil wir die Kriege verlieren – sondern weil wir so blöd sind, noch blöder als ruchlos ... Das belastet zu sehr. So lerne ich lieber noch eine Sprache in meiner Freizeit ... ich lerne Chinesisch und gehe auch bald zum drittenmal schon nach Hongkong. Denn Chinesisch lernen – geht außerhalb Chinas nicht, jedenfalls mir fällt's zu schwer.«

Er war erleichtert, von Sprachen statt von Schlachten zu reden, doch Herberts Mutter sagte: »Schrecklich, sich auch noch sagen zu müssen, wie unnötig sie hinausgeschickt wurden, viele unsrer Jungen ...«

Unnötig, dachte Neuenburg, doch das sagte er nicht: Unnötig – um das so neutral, so arglos wie möglich auszudrücken, war überhaupt das alles. Aber das kann man einer Mutter nicht sagen, zuletzt.

»Unnötig« war keineswegs nur, siebenhundert Menschen *mehr* auf der ›Bismarck‹ als auf ›Hood‹ hinauszukommandieren in den voraussehbaren Tod. Neuenburg hatte sich »noch einen – diesmal aber doch lieber einen Cognac« erbeten; und war aufgestanden und sah zu dem See-Ufer hin, und er wünschte, die badenden Enkel kämen jetzt heim und brächten ihn und vor allem die Großmutter und Urgroßmutter ab von ihrem Thema.

Er war ans Fenster getreten, um das Gesicht des Freundes abzuschütteln, das ihn jetzt wieder verfolgte – so wie er es zuletzt gesehen hatte: Herberts ölverschmierte Hände waren zum zweitenmal von einem der Taue abgeglitten und er war zurückgerutscht ins Wasser – und niemand mehr konnte ihm helfen, denn der britische Kreuzer, von dessen Deck diese Taue herabgelassen worden waren, damit ein paar wenige Deutsche sich an ihnen noch hochziehen konnten, so wie Neuenburg es schließlich geschafft hatte, *gerade noch* –, der Kreuzer nahm nun brutal volle Fahrt auf zwischen den Schwimmenden und machte, daß er wegkam. Brutal, sagte sich Neuenburg, weil durch das sofortige Aufnehmen der *vollen* Fahrt vermutlich einige, gar nicht so wenige der Schwimmenden in den Sog des Schiffs geraten und von den Schrauben in Stücke zerfetzt worden waren … hoffentlich auch Herbert: »Dann wäre er wenigstens gleich tot gewesen … statt womöglich von einem Hai gefressen zu werden!«

Nein, so beruhigte er sich, den Haien ist es am 27. Mai vermutlich so weit nordöstlich des Golfstroms noch zu kalt … Und so unschuldig er dran war, gerettet worden zu sein, während vor seinen Augen der Freund zurückfiel in die See – so sehr bedrückte ihn doch, absurderweise, jetzt und schon so oft das Gefühl, ihn im Stich gelassen zu haben. Verrückt. Aber daß *er* lebte -- doch *der* tot war … Herberts Augen zuletzt, wie er geschrieen hatte – und sie hatten fast alle geschrieen, die da noch schwammen, als sie begreifen mußten, der Kreuzer dampfte auf und davon –, wie die Augen des Freundes, der sich rettete, ansahen, zuletzt, die würde er nie mehr los …

Und er dachte noch, was ist das Leben – wenn eine Lüge das einzig Gute ist, das man der Mutter eines Umgekommenen noch zuteil werden lassen kann, die Lüge, Herbert sei gefallen – statt erfroren, ertrunken, nach Stunden … Stunden …

Jetzt hatte Neuenburg wieder seinen Admiral vor Augen, den Einundfünfzigjährigen, der ›Bismarck‹ und die ihm anvertrauten zweitausend in den Tod gefahren hatte, weil er – obgleich gewarnt vor der Ausfahrt – dennoch zwecklos seinem Führer funkte, wo er war … Des Admirals Gesicht, verzerrt durch Pessimismus und Arroganz – zuweilen verträgt sich das –, belegte geradezu, daß Unbelehrbarkeit sein Hauptcharakteristikum war: daß die schiffereichste Armada der Welt volle dreißig Stunden keine Berührung mit ihm hielt, der soeben das Flagschiff dieser Armada vernichtet hatte – hätte doch Lütjens mindestens *eines* lehren können: daß die Briten ihn nicht fanden! Doch war er überzeugt, sie wüßten, wo er sei – und funkte seinem Führer, er fahre nach Brest, da Ölverlust ihn zwinge, den Plan aufzugeben, in den Atlantik durchzubrechen ... Und da Lütjens ›Bismarck‹ der Vernichtung überantwortet hatte, so taufte nach dem Hitlerkrieg die neue deutsche Marine ihr erstes großes Schiff auf den Namen: Lütjens ... um zu dokumentieren, sie sei keineswegs bereit, Folgerungen aus der Geschichte zu ziehen oder gar anzugeben, Hitlers Admiral habe »seine« Besatzung aus Dummheit umgebracht ...

Nein, dachte Neuenburg – es ist zu deprimierend, zu beschämend für einen Deutschen, Geschichte des zwanzigsten Jahrhunderts zu schreiben; schriebe ich, ich wählte unseren sinnvollen Krieg, den der Befreiung von Napoleon ... Nun war er nicht mehr allein.

Die Unruhige hinter ihm, aus dem Zimmer gegangen, war zurück, sie ordnete irgend etwas an bei der Haushälterin; heute war sogar eine zweite Aufwartung da, wegen der Gäste. Diese Hektische, dachte Neuenburg, die würde mich wahnsinnig machen, hätte ich sie immer um mich; ihre Tochter hatte ihm erzählt, wenn sie in den Ferien bei der Mutter sei, dann müsse sie der Alten ausreden, schon morgens um sechs den Kaffee nicht nur zu kochen, sondern ihr auch ans Bett zu bringen. Die Alte redete wie eine lebhafte Sechzigjährige; wußte sie auch nicht mehr, was sie vor zwanzig Minuten getan und gesagt hatte – was sie vor zwanzig, vor vierzig Jahren getan und gesagt hatte, das wußte sie noch bis auf den Wochentag genau. Jetzt sprach sie von der Stunde, zu der »diese verdammte Sondermeldung um halb sechs angekündigt wurde; immer noch habe ich die Liszt-Fanfaren im Ohr, die diese Meldungen aus dem Führerhauptquartier ausposaunten ... wir waren ja noch bedrückt, weil am Vortag, am Freitag, die Marine hatte zugeben müssen, daß die Engländer den berühmtesten deutschen U-Boot-Kommandanten zur Strecke gebracht hatten, diesen listigen Prien, der ihnen bald nach Kriegsbeginn in Scapa Flow ein Schlachtschiff versenkt hatte. Ich weinte, nach der Sondermeldung – doch mein Mann nannte mich hysterisch, denn für ihn war völlig sicher, Lütjens brächte euch und sein Schiff zurück nach dem rettenden Norwegen, weil doch jetzt zweifellos die ganze Home Fleet Jagd auf die ›Bismarck‹ machen würde; mein Mann sagte: ›Die stürzen Churchill, wenn der nicht fertigbringt, uns *das* heimzuzahlen, denn die ›Hood‹ ist ja nicht irgendein Schiff, sondern das Flagschiff des Empire, sein Stolz. Und deshalb kannst du beruhigt sein, das weiß auch Lütjens und bringt die Jungen auf dem kürzesten Weg nach Hause ...«

Neuenburg unterbrach, leicht war's ja nicht für ihn, zu Wort zu kommen: »Sogar Hitler hat das gehofft und ist schlau genug gewesen, es nicht zu befehlen, weil er für möglich hielt, daß die Briten mithörten. Nur unser Admiral war nicht so intelligent und funkte in der Weltgeschichte rum – der Idiot funkte heim, daß er nach Brest fahre ...«

Doch nun – totkalt und so plötzlich ein Fuchseisen zuschlägt – würgte Neuenburgs Hals die Garotte. Angesteckt von der Unrast der Rüstigen, war er wieder am Fenster mit seinem Cognac, vor sich den noch föhnschweren Augustspätnachmittag – nun mußte er sich die Krawatte lockern und setzen: *Damit* hatte er nicht gerechnet, heute früh, als er aufgebrochen war, einer Fünfundachtzigjährigen zu gratulieren! Die hatte, als der Ortsname Brest fiel – rasch, rasch wie sie alles sagte, hinzugesetzt: »Brest, ja – und das hat mich dann auch beruhigt für die nächsten, die letzten zwei Tage!«

Sie also, dachte Neuenburg, *sie* also ist es gewesen, die ihren Sohn und zweitausend Söhne anderer Mütter ersäuft hat.

Er hätte auch dann nichts sagen können, wäre er zu Wort gekommen. Doch er war so fertig, daß er »sie nicht einmal totschlagen konnte«, wie er das am nächsten Tag nannte ... er wankte in den Sessel, weich in den Kniekehlen und hörte die Alte weiter schwadronieren, während sie, statt wenigstens still zusitzen, bereits wieder etwas *tun mußte,* zum Verrücktwerden: ihm wieder Kaffee nachschenken mußte, den er ja gar nicht mehr trinken wollte ... diese Unrast, die vielleicht schon die Unruhe vor dem Grab war. Und Neuenburg hätte aufschreien mögen – doch saß er da, total unfähig, ihr auch nur ins Wort zu fallen. Ihr uferlos-ahnungsloses Gequatsche hatte ihm jeden Willen genommen, während er sich anhören mußte, in quälender Breite, was er ja nun *wußte*: wie diese Frau es endlich doch nicht – gegen jede Wahrscheinlichkeit – durch ihren vor vierzig Jahren vermutlich geradezu *teuflischen* Mitrede-Trieb zuwege gebracht hatte, den Briten die ›Bismarck‹ vor die Rohre zu liefern. Volle 31 Stunden lang hatten sie die Spur des flüchtenden Giganten verloren; als die Engländer dank der Mutterliebe dieser furchtbaren Frau das Schiff endlich doch noch wiederfanden – hatte die ›Bismarck‹ noch immer einen Vorsprung vor Admiral Sir John Tovey, dem Commander-in-Chief der Home Fleet, auf der ›King George‹, seinem Flagschiff, von hundertfünfzig Meilen; und das schützende Brest war vierhundert Meilen – nur! – nahe...

Neuenburg dachte: ich gehe jetzt, ich muß jetzt sofort hier raus, oder es geschieht was so Sadistisches, daß ich... doch da waren wieder die Augen Herberts vor ihm, so wie ihn der Freund zuletzt angesehen hatte, ihn den Geretteten, er der Ersaufende... Und das hielt ihn zurück. Und da wußte er, das war nun der letzte ihm mögliche Freundesdienst: daß er es Herberts Mutter ersparte, ihr ins Gesicht zu sagen, daß *sie* es gewesen war, die ihren Sohn und die zweitausendundsechs anderen, die mit ›Bismarck‹ umgekommen sind, der Abschlachtung überliefert hatte...

Nicht frei von Genugtuung berichtete rasch und konzentriert und lückenlos die Alte, wie sie damals »in Berlin Himmel und Hölle in Bewegung« gesetzt hatte – um sich endlich beruhigen zu können, daß ihr Junge gerettet werde, weil die ›Bismarck‹ *nicht* in den Atlantik durchbreche, sondern Brest anlaufe. Ja, die Hölle, dachte Neuenburg. Sie aber empfand jene Genugtuung, die in jedem ist, der abseits lebt – doch davon sprechen kann, wie er früher einmal irgend ewas Bedeutsames bewirkt, gesteuert, erreicht hat. Ihr war bis heute erspart geblieben zu erfassen, was *sie* »erreicht« hatte – nämlich die Erreichung der ›Bismarck‹ durch die Briten, bevor die in Brest war. Ohne zu sprechen – das konnte er noch nicht wieder – ohne zu fragen, goß Neuenburg, die Füße da im Sessel weit von sich gestreckt, den Blick nach unten gerichtet, um das intelligente Gesicht der Bornierten nicht sehen zu müssen, sich abermals einen Cognac ein. »Wir konnten Jeschonnek erst gar nicht erreichen, denn er war selber nach Athen geflogen, um von dort Nachschub nach Kreta zu kommandieren – da ja die Landung der Fallschirmjäger auf Kreta beinahe im Blut erstickt wäre. Doch dann hat ja Jeschonnek sich auf mein Drängen hin von Athen aus mit Berlin in Verbindung gesetzt und bekam den Funkspruch der ›Bismarck‹ im vollen Wortlaut mitgeteilt – nun, und dann konnten wir erleichtert aufatmen, weil wir nun wußten, wohin das Schiff fährt« ... vor allem aber, dachte Neuenburg, wußten das nun auch die Engländer, weil sie zwar noch nicht so weit waren, den Marine-Funkschlüssel zu entziffern, den Lütjens an Bord benutzte, um dem Führerhauptquartier mitzuteilen, wohin er sein Schiff steuere; doch den Luftwaffen-Chiffrier-Schlüssel, *den* konnten die Briten seit neun Monaten schon so mühelos lesen wie unsereiner die Zeitung; und da Jeschonnek Chef des Generalstabs der *Luftwaffe* war – wurde auf diesem Luftwaffen-Funkweg ihm nach Athen gemeldet, was der Admiral von Bord der ›Bismarck‹ Hitler gefunkt hatte ... Und den Luftwaffen-Chiffrier-Schlüssel, *den* entschlüsselten die Briten in Minutenkürze ... Und so hatten sie die ›Bismarck‹ wiedergefunden, nach 31 Stunden, in denen 64 britische Schiffe – die schiffereichste Treibjagd der See-Weltgeschichte! – und zahllose Flugzeuge ein Gebiet von über fünf Millionen Quadratkilometern vergebens abgesucht hatten ... anderthalb Tage lang! Und nun schickten die Briten Trägerflugzeuge, und einem glückte, mit einem Luft-Torpedo das Ruder der ›Bismarck‹ zu demolieren, daß der Gigant nur noch Kreise fuhr und – kurz vor Brest – in Ruhe eingeholt, von Sir John Toveys ›King George V.‹ im Morgengrauen zusammengeschossen werden konnte ...

Neuenburg, trocken im Schlund, sagte, um irgend etwas zu sagen: »Ja, danke, Wasser – ja, Wasser mit Kohlensäure hätte ich gern.« Er konnte ja nicht *noch* einen Cognac nehmen als Autofahrer, so nötig er ihn gehabt hätte. Die Uralte klingelte schon, ordnete an, beinah sofort kam das Wasser; Neuenburg sagte: »Für Herberts Bescheidenheit war auch typisch, daß er nie davon sprach, daß er ja diese direkten Beziehungen in die höchste

Generalität hatte... aber wenn der Generalstabschef in Athen war: wer hat ihm denn dann aus Berlin den Funkspruch der ›Bismarck‹ dorthin gefunkt?«

»Keine Ahnung«, sagte Herberts Mutter, während Neuenburg dachte: das ist die schauerlichste Umkehrung dessen, was man sonst unter Nepotismus versteht – wäre Herbert nicht der Neffe eines sogenannten großen Mannes gewesen, der wie die meisten großen Männer auch nur ein verhängnisvoller Stümper war: vielleicht lebte er heute noch – er und zweitausend andere! Teuflisch, dachte Neuenburg, ohne noch hinzuhören, was die Alte, so lebhaft wie schon lange Jahre nichts Gegenwärtiges mehr, jetzt erzählte – aber kaum hatte Neuenburg an den Teufel gedacht, da erwähnte ihn Herberts Mutter; sie sagte: »Der Teufel ist ein Eichhörnchen« – dieser Satz sei die immer wiederkehrende Redensart des Generalobersten Jeschonnek gewesen, wie auch des Führers Luftwaffen-Adjutant, Herr von Below, Jeschonneks engster Freund, es überliefere in seinem Buch. So, dachte Neuenburg, jetzt spricht sie schon nicht mehr von Hitler – sondern vom Führer: was nur belegt, daß sie zweifellos auch im Krieg nicht Hitler sagte, sondern: »der Führer« – wie wir alle; und des Führers Luftwaffen-Adjutant, dieser hübsche von Below, der neben Jeschonneks Vorzimmer ein kleines Büro unterhielt und Hospitant im Stabe Jeschonneks war, ohne deshalb aufhören zu müssen, Hitlers Luftwaffen-Adjutant zu sein, dieser Below wußte natürlich alles von der ›Bismarck‹, was auch Hitler wußte... sollte *er* seinem engsten Freund mitgeteilt haben, was von Bord des verfolgten Schiffes seinem Hitler mitgeteilt worden ist? Die Mutter Herberts legte nun aus, was das Schicksal damit gemeint haben könne, sollte der Lieblingssatz Jeschonneks: »Der Teufel ist ein Eichhörnchen« – auch zugetroffen habe, als die ›Bismarck‹ versenkt wurde. Und sie hatte das schon so oft in den vergangenen vierzig Jahren anderen erzählt, daß sie es automatisch vorbrachte: »Mein Mann«, sagte sie traurig, und wieder wurden ihre schönen Augen naß, »hat oft mit Kummer davon gesprochen, daß die Wahrscheinlichkeit, ausgerechnet das Ruder eines so schnellen Schiffes zu treffen, eins – zu einer Million sei... *das* war der Teufel, nicht wahr, nicht gerade in Gestalt eines Eichhörnchens, aber doch nur eines – denkt man – so harmlosen, altmodischen Doppeldeckers ... diese englischen Flugzeuge sahen aus wie die in meiner Jugend, wie die im Ersten Weltkrieg: und doch hatte der Teufel diese harmlose Gestalt angenommen, um die ›Bismarck‹ zum Stehen zu bringen oder vielmehr zum Kreise-Fahren« ...

Neuenburg war aufgestanden, um zu gehen: sonst kann ich's doch nicht lassen, ihr noch ins Gesicht zu sagen, daß nicht der britische Doppeldecker das Eichhörnchen war, das so harmlos aussieht, aber doch der Teufel ist – sondern daß sie selber, die übergeschäftige Mutter samt ihrer Sohnesliebe der Teufel war oder das Eichhörnchen oder der Teufel *im* Eichhörnchen oder – ach! Ach, wer das wüßte ...

Und laut sagte er, während sie erschrocken aufblickte und ihn daran erinnerte, er habe doch noch zum Abendessen bleiben wollen: »Ihr allzu guter Cognac, gnädige Frau, hat mir doch ein wenig stärker zugesetzt, als ich für möglich hielt – und ich will von der Autobahn herunter sein, ehe es dunkel wird. Und dann, wissen sie, wenn ich dabeisitze auch heute abend noch –, das könnte doch Ihre Familienfröhlichkeit mit Enkeln und Urenkeln dämpfen, denn wenn Sie *mich* sehen, seinen Freund, wie sollten Sie dann nicht an Ihren Sohn denken ... wenden sie sich lieber zum Ausklang Ihres Geburtstages der *neuen* Generation zu!«

Und sie widersprach nicht, doch auch wohl erleichtert, daß er abfuhr. Im Rückspiegel sah er sie zwischen den hohen Sonnenblumen im Vorgarten, und er dachte, so lieb wie sie jetzt aussieht – so lieb sieht nicht einmal ein Eichhörnchen aus, wenn sich der Teufel in ihm versteckt ...

P.S.

Diese Geschichte ist – wie so viele – zu schön, um wahr zu sein. Die Wirklichkeit war entsetzlicher, wie ich erst Jahre, nachdem ich ›Mutterliebe‹ erzählt hatte, herausfand.

Der Brite David Irving hatte auf meine Bitte dem Bruder des Generalobersten Jeschonnek die Frage geschrieben, ob der Junge mit ›Bismarck‹ untergegangen sei. Darauf antwortete Herr Jeschonnek: Keiner seines Namens sei auf der Bismarck gewesen!

Rom-Blätter

Ein Rad dreht sich · Rapido
Via del Corso: Beim Juwelier
Marc Aurel
Heiligabend: Laßt keinen allein!
Kontinuität
Fontana di Trevi, 16. Oktober
Nachtnotiz · Name is writ in water

Ein Rad dreht sich

> Der Stand des Wissens um 1820 rechtfertigte noch den Glauben an etwas Absolutes ›hinter‹ den einmaligen individuellen historischen Ereignissen. Indessen sehen wir heute Indien und China und Mexiko mit ihren erstorbenen Kulturen ... Es ist ein *rein faustisches Bedürfnis,* ein überindividuelles Element anzunehmen, das sich trotz aller historischen Niedergänge einem Ziel zu bewegt. *Spengler*

Verstumme auch du
wie die Stufen hier stumm sind
– nichtssagend, was wem geschah,
der über sie hinschritt,
Städter, neun Generationen einer City,
die in Erd- und Kriegsbeben unterging:
Selinunt.

Die hier lebten ebenbürtig
dem imperialen Karthago
wie Wilhelms Deutschland dem England Edwards
– sich wechselseitig bereichernd
bis nur dreihundert Jahre
nach ihrer Gründung der Handelspartner
sie wegstrich.

Zu Hilfe geholt
von den Segestern, die den Selinuntern
den Weg sperrten zum Tyrrhenischen Meer,
verkaufte Karthago 409
jene Bewohner als Sklaven,
die es nicht ermordet hatte
bei Erstürmung der Stadt.

Karthagische Tottreter
– ahnte ihrer einer bei der Schleifung
des Gegners: daß er die Vernichtung
seiner Heimat hier probe?
Ehe Stalins Genickschuß ihn wegwarf,
sagte ein polnischer General,
als Warschau vor Hitler kapitulierte:

»Ein Rad dreht sich.«
Das sah für sein Rom Scipio voraus,
als er auf Befehl
des Senats das Verbrechen beging,
Karthago, das besiegte,
wegzutilgen ... verbrannte Erde.
Geschichte holt jeden ein.

Rapido

Il Tempo: nur italienisch wird verdeutlicht,
wie Zeit, ein blasses Wort, das Ruhe vortäuscht,
vergeht, verjagt – uns mitreißt, wegreißt …

Wohin – zweihundert Kilometer jetzt die Stunde:
rast denn dein Zug? Hält an auch in dem Ort,
in dem du deine Gräber hast. Du steigst nicht aus.

G'schaftelhuberst weiter, Terminen zu, Geschäften
– und wirst doch eingeholt, wirst angehalten:
Die Toten sind es, die den Lebenden

Die Augen öffnen! Seit sie verstummten,
sind ihre Fragen nur beredter. Auch dein Tod schaut
schon über deine Schulter; nicht vom Gebirge mehr.

Via del Corso: Beim Juwelier

Nimm Silber statt Gold. Schultern, Nacken, Gelenke
schimmern Dir ja schon golden wie späte Tizians!
Platingefaßte Türkise – die schenke
ich Dir für den Hals, schön wie der eines Schwans.

Noch feuriger flammte, doch wer kann ihn bezahlen
– von Brillanten umkränzt – *ein* dunkler Smaragd:
er nur kann Licht wie deine Augen verstrahlen...
Ihn solltest Du tragen. Und mich! Sonst sei nackt.

Marc Aurel

Gegen Krieg und Pest hat er neunzehn Jahre
das ihm Anvertraute verteidigt, einen ausgedehnteren Staat
als jeden, den sonst die Geschichte kennt:
vom Firth of Forth bis zum Tigris, vom Nil
bis zur Mündung von Schelde und Rhein.

Vier Gütezeichen unterscheiden Marcus in seiner Mitwelt
von allen; in der Nachwelt von vielen, die herrschten:
Nie übertritt er Grenzen des Imperiums,
bevor Aggressoren sie verletzten. Weder tötet
noch versklavt er Gefangene: er siedelt sie an.

Ohne zu morden, hilft er die Christen zu unterdrücken:
er weiß, totalitär wird und Terrorist,
wer zu *einer* Idee – alle bekehren will.
Schließlich urteilt er milder, als die Gesetze fordern,
seine Maxime: »Die Menschen bei ihren Sünden lassen!«

Denn da er *sich* kennt – hat er Nachsicht auch für andere.
Zwar selbst adoptiert, adoptiert *er* keinen Politiker,
ihm das Reich zu vererben, sondern überläßt es schuldhaft
dem unfähigen Sohn: Familien-Liebe, wen blendet sie nicht!
Souverän überhört er das Gerede, das um die Kaiserin ist

Die dreizehn Kinder zur Welt bringt. Doch sie stirbt,
die ihm Unentbehrliche. Die Kinder, die meisten, sie sterben.
Zurück bleibt *Le stoicien:* So nennt der Preußen König
sein Gedicht, das den Römer spanischer Abkunft
als Vorbild zeichnet. Doch allein im Trotz gleicht er

Der kein *Retter* wie Marcus ist – sondern Eroberer,
dem Verteidiger, der nur herausgefordert vordrang:
Bis Venetien schon, Zehntausende vrschleppend, waren
die Germanen in Italien, ehe des Kaisers Legionen,
befehligt von ihm, sie zurückwarfen bis zur Donau.

Einmal kämpft er acht Jahre fern der Reichshauptstadt
zwischen Erzgebirge und Orient – und spricht doch lieber
griechisch als Latein: seine Quelle bleibt Hellas!
Bedrückender noch als der Feind – wütet die Pest,
die bis zu zehntausend Menschen täglich hinrafft in Rom ...

Hunderttausende sterben in den Provinzen. Nachwuchs
fehlt Bauern und Heer. Keine Steuern. Da läßt der Kaiser
in einer Auktion, die sechzig Tage dauert, die Schätze
seines Palastes versteigern, sogar die Gewänder:
steht doch das Volk ihm näher als sein Hofstaat.

So geht er auch in Rom wie ein Mitbürger immer zu Fuß.
Nur in Feldzügen reitet er: Michelangelo stellte die
wiedergefundene Reiter-Statue aufs Kapitol, die einzige
aus der Antike erhaltene: bilderstürmende Christen
verschonten sie nur, weil sie im Reiter das Abbild

Konstantins vermuteten, der, als erster Herrscher getauft,
jedem *aufgezwungen* wurde als Beispiel: fortan trat
der Scheiterhaufen anstelle der Kreuzigung;
der Fortschritt hat viele Gesicher.
Erschöpft stirbt Marcus, nur 59 Jahre, an der Front

In Wien am 17. März einhundertachtzig.
Der *An mich selbst* sein Philosophikum überschrieb,
notierte, was damals kein anderer Herrscher gedacht hat;
und was heute jeder weiß – doch wer praktiziert es:
»Nur was dem Schwarm nutzt – nutzt auch der Biene.«

Heiligabend: Laßt keinen allein!

Ob dir nun die frommen Legenden
nichts mehr oder noch viel bedeuten:
Die Krippe-Figuren in Kinderhänden
und daß jeder's Maul hält beim Glockenläuten
... genügen schon, Weihnachten zu bejahen.

Vor Jahres-Schluß *einmal* des Ursprungs gedenken,
auch derer, die wir sterben sahen:
Dämpft nicht unser Glücksgefühl, zu schenken.
Vergiß aber nicht ganz, die keiner beschenkt!
Alleinsein macht jedem Angst diese Nacht.

Vereinzelte, über die es verhängt
– hast du einen von ihnen mit heimgebracht?
Wo am Weihnachtsabend kein Mitmensch ist,
werden selbst Wohnungen zu Zellen ...
Wie eindrucksvoll Johannes, der Christ

Unter den Päpsten –, der Kriminellen
Heiligabend in den Zuchthäusern Roms
jedes Jahr Besuche gemacht!
Vertreten am Altar des Doms,
war *er* bei den Einsamsten diese Nacht.

Kontinuität

– lehrt Rom: Es gibt sie nicht?
Weil ein Imperium untergeht?
Und selbst den Marmor, noch im Licht
– auch Sterbe-Nähe schon umweht?

Nein! Der *Mensch* – nicht Stein
bemißt der Dinge Wert und Zeit!
Geh übers Forum nie allein:
nur mit dem Partner, nur zu zweit

Verdrängst du Alters-Angst,
die dich befällt.
Mitmenschen dankst
du, was dich hält.

*

Letzte Liebe: »Kontinuierliche!«
Love-Jargon, ihr allein bestimmt
– bis euch das Tierliche
im Akt auch die Sprache nimmt.

Nimmt mit der Abschieds-Angst,
wenn ihr entspannt seid, stumm;
wenn sie verlangt, du verlangst
– Kontinuum.

Dies Bett wird zur Bahre. In Trauer
– von Zunge, Zähnen, Lippen gerauht,
fröstelt im Sterbeschauer
schon unsre Gänsehaut.

Fontana di Trevi, 16. Oktober

War je die Zeit für ein Brunnengedicht?
Als seines Carossa schrieb?
Oder jetzt? Nasser Marmor im Licht
bairisch weißblau: entnervend lieb!

Touristen lachen. Übern Rücken
werfen sie Münzen ins Becken:
Wiederkehr soll dann glücken.
Denktag. Doch kein Erschrecken

Niemand will's wissen: im Lachen!
Befehl in honigem Abendlicht
an Familien: Packt Eure Sachen ...
Stört Volk, Papst, Weizsäcker nicht.

Razzien ... deutsche Heldentaten:
Siebzig Menschen pro Waggon für Vieh.
In Italien achttausend Juden verladen.
Ziel Auschwitz, ab Termini

Komplicenhaft die Mitwelt.
Die Nachwelt glückverdummt.
Geschichte: wer sie aushält,
kennt sie nicht. Oder verstummt.

Nachtnotiz

Guck früh nicht zur Uhr,
schläfst nicht mehr ein.
Entscheidend nur,
vom Nacken zum Bein

An deine geschmiegt
viel schlafheiße Haut.
Und *das* besiegt,
wovor dir graut!

Klinikweiß sah
auf dich ›Horla‹, der Tod.
Seit *sie* nachts nah,
bleibst du im Lot.

Was bringt's
läßt du dich gehn?
Gelingt's
ihr doch, im Handumdrehn

Dem Seelentief
dich zu entreißen.
Eh' sie mit dir schlief
– sie noch anzuscheißen

Bist du verrückt! -
triebst du: Kahn ohne Tau.
Schienst dir mißglückt
– nun *trägt* dich die Frau

Ihr Leib, der Chanel,
doch sonst nichts »trägt«
– existentiell,
bis die Stunde schlägt …

Tags erbeuten
dich nie Depressionen,
bist unter Leuten.
Nachts zwar wohnen

Lemuren dir bei,
doch können nicht beißen:
Denn ihr seid – *zwei.*
Allein nicht reisen!

An Esther

Name ist writ in water

»Vor einigen Abenden, da ich traurige
Gedanken hatte, zeichnete ich mein
Grab bei der Pyramide des Cestius.«
Goethe, Rom 1787

Gräber sah man hier noch keine
– da signierte Goethe seine

Zeichnung der Cestius-Pyramide
dort, wohin dereinst die Tide:

Gezeiten-Wechsel in Mensch und Meer
den Sohn verschlug ohne Wiederkehr.

Genau, wo der Name Goethe stand,
ließ, als ob er die Skizze gekannt

Eckermann, der nach vierzig Jahren
mit August Goethe Italien befahren

Zufall? – ihm das Grab ausheben!
Schicksal? Aus Urangst das Streben

Nach Kausalität in jedermann ...
Illusionsfrei Keats: Here lies One

Whose Name was writ in Water. Ewig ist
doch nur, daß man uns vergißt.

Du und ich auch immer nur:
Menschen – also ohne Spur.

Der weiße Hirsch

»Der Kaiser will nicht, daß Du mitfährst, aus dem Süden in die Kälte von Berlin; dann werden dort sehr viele Herrschaften und kein Platz, große Konfusion und keine rechte Frau von Haus sein... mit mir wird wahrscheinlich Nicola Pejacsevich reisen, dann die zwei Adjutanten und die Deputationen seiner zwei Regimenter.

Von gestern auf heute war hier eine große Hetz. Um sieben Uhr kam die Todesnachricht aus Berlin... Stimmung im Publikum war kostbar, wie immer. Gestern abends große Hetz, nicht theilnahmsvoll gerührt, sondern eben nur Hetz. Wie die Nachricht kam, er ist nicht tot, hieß es allgemein: Das ist fad; wie die Telegramme kamen, er hat in der Nacht noch gegessen und Champagner getrunken, war hier Heiterkeit; die richtige Todesnachricht nahm man indifferent auf, eher in der Stimmung: Gott sei Dank, jetzt hat man Ruh mit diesen ewigen Nachrichten... noch mehr hat dem Interesse an dem Tod des Kaisers Wilhelm der große Brand am Bauernmarkt geschadet, der so merkwürdig war, da die Stiege einstürzte und die Damen im Hemd in das Sprungtuch springen mußten, die Pintscher, Möpse und andere Verreckerln aber durch den Rettungsschlauch gerettet wurden, als ob sie die wichtigsten Persönlichkeiten wären. Das ist halt weanerisch, weanerisch, weanerisch und hat an Schan, aber an eigenen Schan! Das Lied ist wahr und richtig, das habe ich in den letzten zwei Tagen wieder gesehen.«

Kronprinz Rudolf aus Wien am 9.3. 1888 nach Abbazia an die Kronprinzessin von Österreich-Ungarn.

Der weiße Hirsch

– ein Zehnender, den am 6. März 1878 der neunzehnjährige Kronprinz Rudolf von Österreich-Ungarn, auf Staatsbesuch in Berlin, geschossen hat, wurde »gerächt«, als dieser einzige Sohn des Kaisers Franz Joseph und der Elisabeth von Bayern am 30. Januar 1889 *gewaltsam* umkam: *wie*, das weiß kein Mensch, der heute noch lebt. Alle Biographen des Kronprinzen, der nie aufgehört hat, die Gemüter südlich des Mains zu beschäftigen, erwähnen dieses *weiße* Wild, auch jene, die keine Waidmänner sind und sich's verbitten, für abergläubisch gehalten zu werden. Oskar Freiherr von Mitis schreibt: »Rudolf aber hat mit seinem Untergang für den Aberglauben der Grünen Gilde, wonach der Schütze die Erlegung eines *weißen* Wildes mit einem gewaltsamen Tod büßt, ein neues, düsteres Kapitel geliefert.« Tatsächlich hat ja Aberglaube den gleichen Ursprung wie Klischees: was sich den Menschen immer erneut als Erfahrung aufdrängt, das wird schließlich geglaubt, wird Klischee... muß deshalb aber keineswegs falsch sein. Daß der Erbe der damaligen Großmacht genau in jener Osterwoche 1889, in der Samstag, den 20. April, des Kaisers dämonischer Untertan Adolf Hitler als Sohn eines Zöllners in Braunau geboren wurde –, aus seinem Holzsarg umgebettet wurde in den erst jetzt modellierten und gegossenen Zinnsarg in der Kapuzinergruft: ist auch ein Gleichnis. Denn ohne die Beseitigung der Monarchien in Berlin und Wien 1918, hätte ja Hitler 1933 und 1938 die leerstehenden Throne nicht erklettern können. Sein Triumphzug ohne Beispiel durch Österreich, das dessen jubelnde Bvölkerung ihm geschenkt hat, jährt sich 1988 zum 50. Male...

Und vor 99 Jahren Hitlers Geburt. Und gleichzeitig der Einzug des Kaiser-Sohnes in die Gruft seiner Mütter – Maria Theresia – und seiner Väter, bei den Kapuzinern. Erlebt man aber das Zentenarium eines historisch bedeutsamen Ereignisses, so hat man die Pflicht, aufzuschreiben, was Zeugen ersten Ranges – die selber nicht schrieben – einem darübr erzählt haben. 1983 hat Zita, die letzte Kaiserin Österreichs, die als dogmenstarre Katholikin mit einundneunzig am Rande des Grabes nicht lügen wird, erstmals zugegeben, der Kronprinz habe sich *nicht selber* getötet, wie die offizielle Verlautbarung besagt, sondern sei erschossen worden. Schon Prinz Reuss, Bismarcks Botschafter in Wien, hatte amtlich berichtet, der päpstliche Nuntius habe ihm anvertraut, dem Kronprinzen dürfe eine kirchliche Beisetzung gewährt werden, da er kein Selbstmörder sei, wie alle Zeitungen auf Anweisung des Hofes berichtet hatten.

Zwar hatte der Schwiegervater des Toten, der König von Belgien (laut Lernet-Holenia) gemahnt, die Wahrheit dürfe nicht an den Tag kommen, sie »war noch viel schlimmer als sogar die Selbstmordversion«! Und Lernet-Holenia setzt – leider *immer ohne Quellen!* – hinzu: »... wie auch der Kaiser selber später eingestand«. Wie starb aber Rudolf von Österreich-Ungarn nun tatsächlich? Nie mehr wird das herauszufinden sein. Doch ist in aller Literatur die erst 1960 publizierte Autobiographie Otto Flakes: ›Es wird Abend‹ noch nie herangezogen worden, obgleich sie vermutlich die einzige *Erklärung* liefert für die in vielen Rudolf-Büchern behauptete Tatsache – wenn es denn eine ist? –, daß er seine sechzehnjährige Geliebte Mary Baronesse von Vetsera bereits »gegen halb elf am Abend dieses 29. Januar« erschossen hat, aber danach, so bei Lernet-Holenia, »freilich noch immer nicht, oder wenigstens nicht sogleich, den Mut... fand, auch sich selbst zu erschießen«. (Das kommt der durch Flake festgehaltenen Wahrheit schon nahe.)

Vielmehr habe – so die Literatur, das heißt immer nur: die *Vermutungen* –, der Kronprinz selber sich »erst morgens am 30. gegen halb acht erschosen, nachdem er die ganze Nacht neben der Toten verbracht hatte«, wie Lernet-Holenia und andere schreiben, das heißt: konstruieren. Otto Flake nun, dessen absolute Zuverlässigkeit als Historiker noch vor wenigen Jahren Golo Mann bestätigt hat, als er ein Nachwort zu Flakes damals schon über fünfzig Jahre alter, gleichwohl keineswegs verjährter Hutten-Biographie schrieb, bringt in seinen Lebenserinnerungen eine Erklärung für die Merkwürdigkeit, daß erstens der Kronprinz die von ihm erschossene Geliebte so lange überlebt – und daß zweitens sein Vater, der Kaiser gesagt haben soll, was alle Biographen (und auch alle ohne Quelle) zitieren: »Mein Sohn ist gestorben wie ein Schneider.« Denn Flake erzählt, wie die russische Fürstin Trubetzkoi ihn 1914 in Berlin-Grunewald mitnahm zu »ihrer mütterlichen Freundin, einer Frau von P., ... sie war entweder die Gattin oder die Witwe eines Diplomaten. Was aber die Tragödie von Mayerling betraf, so war einer ihrer Verwandten der Onkel des jungen Mädchens und sein Rächer gewesen; der Kronprinz habe nicht den Mut gehabt, der Geliebten in den Tod zu folgen ... Ich wurde gebeten, keinen Gebrauch von unserem Gespräch zu machen, die Zeitungen stürzten sich auf jede Mitteilung ... Die alte Frau war keine Frömmlerin, sie hatte viel gesehen. Die Welt mit den Augen des Menschen von Welt betrachten können führte zu einem Standpunkt, der nicht der weltliche war – ein starker Eindruck blieb.« Die Aussage dieser Frau von P., die dank der ja noch vorhandenen Adreßbücher des Grunewald-Viertels zu identifizieren sein wird, kann allein erklären, was bisher so mysteriös war: wieso die Kirche sich zur Beisetzung, die sie einem Selbstmörder nicht gewährt haben würde, bereit erklärte; wieso der Kronprinz die von ihm Erschossene so viele Stunden überlebt hat; wieso sein Vater das ungeheuer verächtliche Wort »Schneider« aus der Jägersprache wählte, um seines Sohnes Sterben zu charakterisieren. Denn ein Schneider – darunter verstehen Jäger, und der Kaiser bediente sich häufig der Sprache der Jäger, da er leidenschaftlich der Jagd ergeben war –, ein Schneider ist ein feiger Hirsch, der »kneift«. Oder, wie die Rudolf-Biographin Brigitte Hamann schreibt: »Schneider bedeutet einen schwachen, feigen Hirsch, der sich furchtsam im Unterholz verkriecht und einem offenen Kampf mit dem Stärkeren ausweicht ... Das Wort ›Schneider‹ hätte demnach, auf einen Menschen angewendet, die Bedeutung von ›Schwächling‹ oder ›Feigling‹. Es wäre eine verächtliche Färbung des noch harmlosen Wortes ›Krepierl‹, mit dem der Kaiser den Kronprinzen als Kind bedacht hatte« ... Wenn wahr ist, daß der Kaiser seinen Sohn einen ›Schneider‹ nannte – dann ist auch wahr, was Frau von P. Flake anvertraut hat. Denn ganz und gar unmöglich kann der Kaiser, hätte sein Sohn sich erschossen, so verächtlich von ihm gesprochen haben. Nötigt doch Selbstmord, mag man ihn aus christlichen Motiven auch verurteilen, allemal Hochachtung ab mindestens für die Energie, ja das *Höchstmaß* an Energie, das einer aufbringen muß, der sich selbst erschießt! Kein Vater nennt seinen Sohn »Schneider«, der das konnte. Doch ein General – der dreißigjährige Kronprinz war General, der seine sechzehnjährige Geliebte tötet, dann aber den Energieschub nicht mehr aufbringt, ihr in den Tod zu folgen: kann schon, so ungerecht das auch ist, Verachtung auslösen bei allen jenen, die nie davon gehört haben, daß der Mord den Mörder *verändert*! Nämlich schwächt: weil dieser Mord gar nicht selten das letzte Aufgebot, ja die *restlose* Ejakulation an Kraft war; und *den* total geschwächt zurückläßt, der ihn beging, weil er, von Natur kein Mörder, alles, was in ihm war an Todesverachtung und Entschlossenheit, »verschossen« hat in sein Opfer. So konnte auch das Ehepaar Goebbels, nachdem es in Hitlers Reichskanzlei seine sechs Kinder mit vergiftetem Pudding getötet hatte, sich selbst nicht mehr erschießen, sondern mußte SS-Männer bitten, ihm diesen »Liebesdienst« zu tun ... Der Kronprinz konnte einem österreichischen Offizier befehlen, ihm in der furchtbarsten Not diesen letzten Dienst zu erweisen ... Auch schießt ja ein Selbstmörder sich nicht in die Hand ... doch ein sehr Geschwächter wird reflexartig die Hand gegen den Kopf hochwerfen (jeder Arzt kann auch erklären, warum), ganz unbewußt, wenn er weiß, daß jemand auf ihn schießt: der Grund, warum man armen Hunden an der Erschießungsmauer stets die Hände auf den Rücken bindet. Und der Kronprinz galt als entnervt, ja hypersensibel. Seine Witwe scheut sich nicht, als sie ihn in ihren Memoiren charakterisiert, von seiner »nervösen Furchtsamkeit« zu schreiben, als Gegensatz zu Rudolfs »Lebensverachtung« ... Er kann nicht mehr er selber gewesen sein – wer wirft auf ihn den ersten Stein –, als er der Sechzehnjährigen in ihrer Launenhaftigkeit nachgegeben und sie in ihrer und seiner Verrücktheit erschossen – und *begriffen* hatte, neben der Toten, was ihm da »passiert« war! Der Kaiser überlebte seinen Sohn bis 1916, also 27 Jahre: nie mehr durfte der Sohn vor ihm erwähnt werden ... Warum?

Was *ich* anläßlich des Gedenktages: 30. Januar 1889 – 30. Januar 1989 zur Todesnacht von Mayerling als Zeuge beibringen kann, würde ich beeiden, wäre das nicht überflüssig, da ein noch lebender Mitzeuge da ist: die Urenkelin des Kronprinzen, die heute in Brüssel als Fotografin lebende und mit einem Lord verheiratete geborene Prinzessin von Windischgraetz, in deren Gegenwart ihr Vater, der Enkel des Kronprinzen: Fürst von Windischgraetz mir in seinem Palais in der Wiener Strohgasse 6 erzählt hat, was ich hier kommentarlos überliefere:

Bevor ihr Vater dazukam, fragte mich die Kaiserliche Hoheit, diese Cousine, ich weiß nicht, wie vielten Grades, des jetzt regierenden Königs der Belgier, bevor die Fürstin – sie ging barfuß, immer, zu Hause – mich zu ihrem Vater führte, fragte sie mich: »Haben Sie das Foto des Kronprinzen von seiner Aufbahrung gesehen?«

Ich: »Natürlich, Sie meinen den stark bandagierten Schädel?« Aber die kaiserliche Hoheit, eine der schönsten Frauen, die ich je traf, meinte keineswegs den Verband um den Kopf, sie sagte: »Nein – ich frage: ›Warum sind die Hände des Toten unter der Decke?‹ Kein Katholik sonst wurde je so in den Sarg gelegt, sondern mit gefalteten Händen – warum versteckte man die Hände des Kronprinzen unter Blumen oder der Decke? Das ist ja auch geschickterweise so fotografiert, daß man's nicht erkennen kann! Nun, weil sie offenbar verwundet waren, die Hände, aber kein Selbstmörder schießt sich in die Hände: das heißt, er hat sich gewehrt, sie haben seine Hände verletzt in dem Kampf, in dem sie ihn ermordet haben!«

Denn die Prinzessin kannte Flakes Autobiographie nicht. Und ich brachte es nicht übers Herz, ihr oder ihrem Vater zu widersprechen. Beide lebten in der festen Überzeugung, der Kronprinz sei ermordet worden, weil er mit der ungarischen Aristokratie einen Kaisersturz, einen Staatsstreich gegen seinen Vater, gegen Wien geplant habe ... wie auch Lernet-Holenia es vermutet. Als die Fürstin mich zu ihrem Vater führte – er hatte meist als Großwildjäger auf seinen afrikanischen Besitzungen gelebt, nachdem er 1944 durch den Einzug der Roten Armee in Ungarn sein Gut verloren hatte, das so maßlos gewesen war, von beiden Donau-Ufern je neun Kilometer lang begrenzt zu werden –, sprachen wir natürlich erst über die offizielle Version, der Kronprinz sei »aus Liebe«, wie Kitschromane »überliefern«, gestorben. Beide waren, Enkel wie Urenkelin, erbittert belustigt anläßlich dieser Operetten-Albernheiten, ja sie waren *wütend* amüsiert: »Mein Großvater hatte nachweislich über dreißig uneheliche Kinder: was für eine Chuzpe, diesem Erben eines der stärksten Reiche der Erde anzuhängen, er habe sich wegen einer Affäre mit einem Teenager erschossen!« Die Urenkelin erzählte von ihrer Lektüre der aufwiegelnd liberalen Zeitungsartikel, die der Kronprinz – natürlich unter anderem Namen – für die Wiener Presse geschrieben habe, um das altersmorsche Staatsgebilde schon zu Lebzeiten seines reformfeindlichen Vaters zu modernisieren. Endlich berichtete der Fürst: »Gern sagte man das ja nicht als Enkel, aber mein Großvater hat geschossen auf den Kaiser! Auf der Jagd hat er's versucht, ihn umzubringen, aber der Schuß ging in den Arm des Büchsenspanners; in dem Moment, als der dem Kaiser ein neugeladenes Gewehr hinhielt, bekam er hier« – das zeigt der Fürst an seinem linken erhobenen Unterarm – »den Schuß. Der Kaiser, kreidebleich, kam von seinem Anstand herab und hat vor der versammelten Gesellschaft seinen Sohn aufgefordert, sofort die Jagd zu verlassen. Schon daß der Kronprinz dort seinen Stand hatte aufbauen lassen, läßt auf ein Attentat schließen: so postiert man sich nicht, daß man so leicht den Nachbarn treffen kann...«

Beide, Fürst und Fürstin, waren überzeugt, der berüchtigte Jagd-»Unfall« sei durchaus – Rudolf war ein Meisterschütze – *keiner* gewesen, sondern ein Attentat. Das wollte ich überliefern, weil der solide, schon erwähnte Biograph von Mitis 1928 schrieb: »Nur um Haaresbreite fehlte es damals, daß der Thronfolger seinen... Vater erschoß. ›Es dürfte in den Jahren 1885 oder 1886 gewesen sein, als im Höllgraben bei Mürzsteg auf Kahlwild gejagt wurde... Der Trieb ging, nachdem sowohl der Kaiser wie der Kronprinz ziemlich viel geschossen hatten, bereits dem Ende zu, als dem Kronprinzen noch ein Rudel Hochwild kam. Er beschoß das Wild, und als es, immer weiter flüchtend, für ihn immer weniger erreichbar wurde, vergaß er die alte Regel, verließ seinen Stand und schoß nochmals, als das Wild schon gegen den Stand des Kaisers zog. Die Kugel traf den hinter dem Stand des Kaisers sitzenden Träger Martin Veitschegger aus Mürzsteg beim Ellenbogen in den Ärmel. Dieser erhielt vom Kaiser fünfzig Gulden, und der Kronprinz durfte an dem Trieb am nächsten Tag nicht teilnehmen‹. So war durch das völlig regelwidrige Verhalten des Thronfolgers die Gefahr einer unerhörten Katastrophe, die mit unabsehbaren Folgen verknüpft gewesen wäre, heraufbeschworen worden« ...

Kannte der Fürst aus der Familien-Überlieferung den Verlauf auch ein wenig anders: er ist freizusprechen von der Verdächtigung, leichtfertig und unbewiesen seinen Großvater eines Mordanschlags gegen den Urgroßvater bezichtigt zu haben! Wie noch heute seine Tochter, sah der Fürst in seinem Großvater einen bedeutenden Politiker, der verzweifelt war, an seinem starrsinnigen Vater vorbei keine Reform zur Rettung de Monarchie durchsetzen zu können und deshalb in die gewaltsame Opposition, ja bis zum Mordversuch gedrängt worden sei... Nie mehr wird aufgeklärt werden können – durch wen sollte das geschehen? – ob das Haus Habsburg, wie einst Philipp II. und Don Carlos in Madrid, auch noch an seinem Ende einen Vater-Sohn-Konflikt ausgetragen hat bis zur letzten, das heißt tödlichen Konsequenz: so daß einer, natürlich der Schwächere – wie stets – an ihm zerbrochen ist...

Über den General und Erben eines machtvollen Reiches anläßlich seines hundertsten Todestages aber nichts anderes zu erzählen als sein – Ende: ist unfair! Dieser Mann hat verdient, auch eine Momentaufnahme miteinzublenden, die aus der Feder einer der gescheitesten Frauen seiner Zeit stammt, aus der »Vickys«, wie die Berliner Kronprinzessin, die spätere Kaiserin Friedrich und Mutter Kaiser Wilhelms des Letzten in der Familie genannt wurde. Sie schrieb am 17. III. 87 ihrer Mutter, der Queen Victoria, über den Neunundzwanzigjährigen, der neun Monate vor seinem Ende zu heikelsten Verhandlungen mit Bismarck nach Berlin entsandt worden war; offizieller Anlaß der Reise war die Silberne Hochzeit des Kronprinzen Friedrich mit Victoria von England; in Wahrheit war Kronprinz Rudolf vom österreichischen Außenminister ersucht worden, den Fürsten Bismarck zum Verzicht auf dessen Verlangen zu bewegen – das gelang nicht –, das Bündnis Berlin-Wien, das verfassungsmäßig festgelegt werden sollte, als einen Beistandspakt zu deklarieren, der sich gegen *alle* Angreifer, nicht nur, wie Österreich wollte, gegen Rußland allein richte. Vor hundert Jahren, das ist diesem Brief der britischen Königstochter abzulesen, war die Konstellation, wie Kronprinz Rudolf sie sah, schon ählich jener, die ein Vierteljahrhundert später, 1914, die Fronten bei Anzettelung des Ersten Weltkrieges markierte – allerdings mit dem wesentlichen Unterschied, daß Großbritannien noch in keiner Weise in Deutschland einen Gegner sah: das hat ja erst der deutsche Enkel der Queen, der letzte Kaiser mit seinem wahnwitzigen und zwecklosen Schlachtflotten-Bau provoziert... Die deutsche Kronprinzessin britischer Abkunft schreibt über Rudolf: »Er meinte vernünftigerweise, daß man in einem Kriege Rußland nicht ernstlich zu schädigen vermöge – man könne ihm keine Provinzen nehmen usw.; der einzige positive Nutzen, den man zu erreichen imstande sei, wäre, Rußland von der Gewinnung seiner Ziele und der freien Betätigung seines Willens abzuhalten. Er scheint zu glauben, daß Rußland Österreich in Galizien angreifen will... Rudolph glaubt« – sie schrieb den Namen mit ph –, »England könne von außerordentlichem Nutzen sein, wenn es dafür sorge, daß Italien ruhig bleibt... Rudolph meint, daß, wenn Deutschland Österreich gegen Rußland hilft, die Franzosen sofort Deutschland angreifen... Er hält Frankreich für stärker, besser bewaffnet, besser vorbereitet und patriotischer als früher – auch Rußland für kampfbereiter als im Russisch-Türkischen Krieg... man könne nicht leugnen, daß gegenwärtig Rußland die erste Geige in Europa spiele, die stärkste Macht sei und den übrigen ihren Willen aufzwänge... jeder Zeit imstande, Frankreich auf seine Seite zu ziehen... Er sprach mit wundervoller Klarheit, Klugheit und gesundem Menschenverstand, ist vollkommen au fait über alles und mit verschiedenen schwierigen Botschaften an den Fürsten Bismarck betraut worden«...

Auch diese Züge an dem – wie immer – »Verewigten« sind zu erwähnen. Der das seriöseste Buch über ihn schrieb, Werner Richter, Zürich 1941, zitiert auch die wahrhaft erstaunlichen Einsichten, ja Prophetien, die der erst *fünfzehnjährige* Rudolf, dessen Gesichtszüge schon Resignation prägen, aufgeschrieben hat: »Die Regierung... nähert sich um einen Schritt der Republik... Eine alte Herrscherfamilie hält sich noch eher... doch ein neuer Emporkömmling kann nur kurze Zeit seine Macht erhalten, denn der ganze Herrscherbegriff gehört nicht mehr in unsere Tage... Das Königtum steht da, eine mächtige Ruine, die von heute auf morgen bleibt, doch endlich sinken wird. Jahrhunderte hat es gehalten... doch jetzt ist seine Aufgabe zu Ende, frei sind alle Menschen, und beim nächsten Sturm sinkt diese Ruine«... Mit fünfzehn geschrieben! Auch dieser Biograph berichtet Einzelheiten, die den Kronprinzen als entnervt, ja angstvoll charakterisieren – doch seine Furcht zum Beispiel vor Attentaten war ja nur zu berechtigt, bedenkt man, daß Herrscher damals keineswegs ihre Leibbullen hatten wie heute jeder Minister; und daß die Mutter Rudolfs alsbald von einem ialienischen Idioten in Genf einfach abgestochen wurde, weil auch sie ungeschützt spazierenging... Seine Witwe schreibt über Rudolfs Stellung zu seinem Vater: »Er achtete den Kaiser überaus hoch – vermochte das aber sogleich zu vergessen, wenn ihm andere vorspiegelten, wie bald er selbst Kaiser sein könne. Sein Glaube, daß er berufen sei, eine neue Zeit heraufzuführen – und die Nonchalance, mit der er bereit war, alles zu verspielen«...

Wer fähig war, eine geliebte Sechzehnjährige zu erschießen aus dem abgründig inhumanen Egoismus, nicht allein in den Tod gehen zu wollen, wenn er des Lebens überdrüssig geworden – ein für Rudolf schon passendes Wort: der war auch fähig, wenn schon nicht sich selber, so doch einen als Bedrückung empfundenen Vater zu erschießen, den er bezichtigte, dieses Leben überhaupt verschuldet zu haben...

Tierliebende, die Briefe Rudolfs gelesen haben, könnten versucht sein, zu sagen: es sei diesem Waidmann am Ende beschieden gewesen, was er selber mit ruchloser Beiläufigkeit – wie er das in Briefen am Rande berichtet – vielen Tieren zugefügt hat: sie nicht zu schießen, sondern »nur« anzuschießen: »Gestern erlegte ich vier Rehböcke in Eckartsau und schoß noch einen stark an.« Oder: »... galoppierte wieder in unsere Donauauen, wo ich drei Böcke erlegte und drei anschoß«... wie muß diesem Mann »zumute« gewesen sein, wenn wahr ist, was die alte Dame in Berlin Flake berichtet hat: daß er der von ihm Getöteten, einem *Kinde* – nicht folgen konnte?

Nachzutragen bleibt, daß die Rudolf-Biographin Hamann festhält, wie dem Liebespaar zwei Monate vor der entsetzlichen Nacht als Menetekel – das die beiden freilich nicht erkannten – dieses Ende des einen und die Unfähigkeit des anderen, auch *mit sich* ein Ende zu machen, an die Wand gemalt worden war: »Marys Hauslehrer erzählte, Mary habe sich im November auffällig für den Fall Chambige interessiert: Dieser Fall eines geplanten Doppelselbstmordes eines Liebespaars, der mit dem Tod der Frau endete, der Mann aber durch einen Fehlschuß überlebte ... später machte sie die bezeichnende Äußerung, ein Freund ... habe ihr erklärt, dafür einzustehen, mit dem Spiegel in der Hand sein Ziel nicht verfehlen zu können«. Doch das Ziel nicht treffen: ist eines. Ein anderes: gar nicht mehr schießen können ...

O Deutschland, hoch in Ehren!
Die Republik der Selbstversorger

»Deutschland braucht Bayern« · Parlamentarier
»Volks«-Vertreter · Mutlangen: Deutschland – verschwunden · Der häßliche Deutsche
Bergmänner und Bischöfe
Heilig Abend · Richter
Prozession oder 63 % für Franz Josef Strauß
Zensur gegen Strafgefangene
Sein Grundbesitz
Auschwitz · Asylanten
Deutschland ohne Linkspartei

»Ist der öffentliche Dienst endgültig auf dem Wege,
sich umzufunktionieren in einen
Selbstbedienungsladen derer, die drin sind?«

Bundespräsident Heinemann am 7. März 1974

»Der Leiter der Hamburger Pressestelle …
ist gleichzeitig mit dem ersten Bürgermeister …
aus dem Amt geschieden …
Bis zum Jahresende 1981 soll der 40jährige nach einer Dienstzeit
von knapp drei Jahren sein volles Gehalt
in Höhe von 8281 Mark erhalten.
Für weitere fünf Jahre 75 Prozent
und dann bis zum Lebensende 50 Prozent.«

Professor Theodor Eschenburg, Die Zeit, am 10. Juli 1981

Gewidmet dem letzten Anwalt
der politischen Literatur
in der bundesdeutschen Öffentlichkeit:
Professor Dr. Fritz J. Raddatz,
anläßlich seines 50. Geburtstages
am 3. September 1981

»Deutschland braucht Bayern«

Slogan des CSU-Parteitages 1970

»Ein chinesisches Sprichwort sagt: ›Hat jemand eine hohe Stellung, kommen auch seine Hunde und Hühner in den Himmel.‹ Zu Zeiten des seligen Strauß, der selber mit Wohltaten heftigst gesegnet war (geschätztes Vermögen bei seinem Tod: 100 Millionen Mark), schienen in Bayern die öffentlichen Finanzinstitute geradezu ein Endlager für abgebrannte Weggenossen oder Rivalen. Finanzminister Huber wurde Chef der Landesbank, der ehemalige Innenminister Merk avancierte zum Sparkassen-Chef und Staatssekretär Müller zum Präsidenten der Landeszentralbank ... Posten, die mehrere hunderttausend Mark im Jahr bringen.«

Stern, am 21.3.1991

Ein Tusch! Wir Bayern feiern heute, daß wir Bayern.
Schaum vor den Lippen, Schaum auf unsern Krügen.
»Kopfleiste« sagt schon: vor der Stirn ein Brett.
Drauf unser Slogan, stolz, in steilen Zügen:
»Deutschland braucht Bayern!« – schwarzgedruckt und fett.
Der Saalschutz schützt das Bräu vor APO-Schreiern.
Hier feiern Bayern unter sich! Nur Bayern.

Bei diesen Feiern, Bayern, daß wir Bayern,
da brüllen wir nicht wie Ammergauer Vieh!
Wir singen vielmehr die Parteitag-Hymne
gesittet nach der trauten Melodie:
»Als wir Bayern klug geworden,
schleusten wir in Deutschlands Norden
Hitler, Himmler, Göring ein ...«

Parlamentarier

»Die Abgeordnetenentschädigung beträgt 3664 Mark im Monat, die Bundestagspräsidentin bekommt das Doppelte ... über diese Entschädigung hinaus erhalten die Abgeordneten – auch dann, wenn sie gleichzeitig Minister sind – eine steuerfreie Kostenpauschale: im Monat 5243 DM. Minister bekommen neben ihrem Gehalt (250.000 DM) auch noch fünfzig Prozent ihres Abgeordnetengehalts: 57.984«

Die Zeit, 22. 3. 1991

»O, Deutschland, hoch in Ehren!«
– die Melodie kann bleiben.
Doch die Parteien lehren,
wie sie's mit Ämtern treiben
im »heiligen Land der Treu«:
der Text ist umzuschreiben.
Für Schulbücher druckt neu:
»Bonn – Trog für viele Schweine!
Komm, stoß Dich auch gesund!
Kommst Du nicht auf die Beine:
in Bonn – nicht grad beim ›Bund‹
– doch als Parteibuch-Mann
fällt niemand auf, der nichts,
sofern er reden kann.«

»Volks«-Vertreter

»In Frankfurt wird gleich gegen 870 Verdächtige – darunter etwa 430 Bedienstete von Stadt und Land Hessen – ermittelt ... Das Straßenbauamt verlor 30 Mitarbeiter durch Haftbefehl, die Stadtwerke verloren 14. Selbst bei der Stadtreinigung kamen die Staatsanwälte auf Bestechungssummen bis zu 500.000 Mark. ›Sizilianische Verhältnisse‹ diagnostizierte der Staatsanwalt.«

Stern, 21.3.1991

Statistik 1978:
Für *ein* Amt kriegen Landtagspräsidenten
– nicht alle – über zwanzigtausend
im Monat hierzulande Renten.
»Sozialhilfe im Schnitt«:
da zahlt man Ehepaaren von 65 Jahren,
und zählt darin schon mit
den »Mehrbedarfs-Zuschlag«
sechshundertsiebzig Mark ...

Wer zwingt herbei den Tag,
an dem das Volk in Sarg
und Urne schlägt und brennt,
was sich auf seine Kosten
– Mastvieh im Parlament –
erschwätzt hat Sitz und Posten
und »Volks«-Vertreter nennt?
O Bürger, Stimmen-Vieh,
was hast du dir erwählt!

Abwählbar sind die nie.
Hast du die je gezählt?
Fast neunzehnhundert kleben
in Land- und Bundestag …
Was die sich selber geben
an Mehrbedarfs-Zuschlag,
die da die Zeit abhocken,
nur um sich alle Jahre
Diäten »aufzustocken«:

Für wie viele Rentner-Paare
scheint's denen »angemessen«?
Kaum, daß sie selbst vier Jahre
im Landtag abgesessen,
doch auch in Bonn, im Bund,
so haben sie schon Pension
»verdient« mit Arsch und Mund.
Und dies dem Volk zum Hohn:
korrupt muß keiner sein

Nein – nur gesetzestreu
die MDBs am Rhein …
Doch was sich ohne Scheu
so von der Spree zur Saar
den Mehrbedarfs-Zuschlag
selbst steigert Jahr um Jahr
an Isar, Elbe, Main
im Land-, im Bundestag:
wie oft ist's nur ein –Schwein!

P.S.: »Gibt es in Deutschland einen Beruf
außer dem des Bundesministers,
der keiner speziellen Vorbildung bedarf?«
Frage eines Schulentlassenen
auf seiner vergeblichen
Suche nach einer Lehrstelle.

Mutlangen: Deutschland – verschwunden

Offenb. 16/16

Richtung Osten,
von Stuttgart vierzig Kilometer:
vorbei am Landgasthof in Mutlangen.
Sattelschlepper der US-Army bringen
Pershing Erstschlag-Raketen in Stellung.
Reichweite, Zielpunkt: Moskau.

Richtung Westen,
von Wismar achtzehn Kilometer:
seitab der Windmühle von Nantrow.
Ein Güterzug, dreißig Waggons,
bringt Panzer, russische, der Werra zu,
der Grenze zwischen beiden Deutschland.

Was bleibt von Windmühle, von Landgasthof,
erbaut vor zwei Jahrhunderten,
wenn sich die Panzer auf die Ketten,
die Ingenieure an die Drücker machen?
Wo, Deutschland
– zu schweigen von allen, die Dich bewohnen

Von allen denen zu schweigen:
wo, Deutschland, wirst Du dann auffindbar sein?
Nur in einigen Deiner Bücher, zu lesen
in Volksbibliotheken des Kaukasus.
In einigen Kompositionen noch, gespielt
in transatlantischen Concert-Halls.

Der häßliche Deutsche

»Bonn braucht keine wirtschaftspolitischen Lehren und Ratschläge von Washington. Das ist, auf einen Nenner gebracht, der Inhalt eines Interviews in der ›New York Times‹, in dem sich der Bundeskanzler zu den Ansichten der neuen amerikanischen Regierung äußert. Das Interview hat in Washington allgemein wegen seines harten Tenors überrascht, nicht zuletzt auch deswegen, weil der Kanzler darin seinerseits der amerikanischen Regierung Ratschläge erteilt. Er weist darauf hin, daß die deutsche Lage, was die Inflationsbekämpfung und den Stand der Arbeitslosigkeit betreffe, sehr viel besser sei als die amerikanische. Dies sei das Resultat einer strengen Disziplin in fiskalischer und monetärer Hinsicht. Washington tue gut daran, meinte der deutsche Bundeskanzler weiter, ebenfalls solche Disziplin walten zu lassen.«

Frankfurter Allgemeine Zeitung am 25. 1. 1977

Unser Herr Bundeskanzler ermahnt die Briten,
eine Stunde mehr zu arbeiten, müsse er bitten!
In Paris tituliert ihn der Präsident:
»Feldwebel« – Der Kanzler aber nennt

Den Franzosen: »Meinen Freund« – und glaubt das sogar.
Kein Schnauzbart schmückt ihn – und doch aufs Haar
gleicht der Kanzler dem Kaiser, der Anno nullacht,
worüber Europa erbittert gelacht

Im ›Daily Telegraph‹ kundgetan,
die Engländer hätten nach *seinem* Plan,
»der jetzt im Archiv in Windsor liegt«,
schlußendlich die Buren doch noch besiegt!

Zwar pumpt Bonn Milliarden in Ostblock-Staaten,
doch den Römern wird drohend vom Kanzler geraten,
Italien ohne KP zu regieren:
um des Deutschen Wohlwollen nicht zu verlieren.

Dem Areopag schrieb er auch einen Brief,
der die Justiz dort zur Ordnung rief,
sie lehrte, was Politik sei, was Gewalt und was Recht;
Piraten seien auszuliefern – geschwächt

Werde sonst das Ansehen Athens in der Welt!
Doch die Welt sieht den Boche vom Trieb entstellt,
Nachbarn zu belehren – die sich verbinden
im gleichen Gefühl: ihn zum Kotzen zu finden.

Bergmänner und Bischöfe

»Die katholische Caritas in München verkaufte ein Grundstück im feinen Stadtteil Nymphenburg für mehr als eine Million Mark an Ministerpräsident Streibl. Da erlaubte die Baugenehmigung statt einem Einfamilienhaus die Errichtung eines Mehrfamilienhauses, was den Wert des Landes prächtig steigerte ... Eigentlich hatte die alte Dame, die der Caritas das Grundstück vererbt hatte, sich dort ein Altenheim gewünscht.«

Stern, am 21. 3. 1991

Neulich hat Gott die Welt entdeckt
– zufällig und zum erstenmal,
seit er sie zum Leben erweckt.

»Und der? – Wie heißt dieser Pickel da unten?«
Petrus erläutert: Erde heiße der Stern.
»Soso – hat man Bewohner dort gefunden?«

»Majestät«, antwortet Petrus gekränkt,
»von diesem Planeten stamme auch ich!«
»Interessant!« ruft Gott – »aber was zwängt

Sich für verrußtes Gesindel da aus dem Loch?«
Petrus schluckt; dann spricht er tapfer:
»Bergmänner sind die – und schuften doch

Genau wie du, Herr, es uns auferlegt!«
»Was«, schreit der Alte, »unterstellst du mir!«
»Halten zu Gnaden«, sagt Petrus erregt –

»Halt's Maul!« ruft Gott – und gequält
sieht er in der Grube ein schlagendes Wetter.
»Wer hat den Männern da erzählt

Ich hätte diese Schinderei befohlen!
Wenn solche Schweinereien dort passieren
– dann bleibe diese Erde mir gestohlen.«

»Majestät«, sagt Petrus, »diese Kumpel verdienen
ihr Brot im Schweiße des Angesichts:
genau dies verlangtest du doch von ihnen!«

»Die armen Idioten!« klagt Gott – »ja, denken
die ernstlich, das hätte ich *wörtlich* gemeint?«
Und krümmt sich vor Ekel – ihn abzulenken.

Zeigt Petrus ihm rasch in Rom das Konzil.
Tausend Bischöfe singen im Petersdom,
Kardinäle und Papst – und das Orgelspiel

Hört selbst noch Gott – und hat seine Freude
an der Prachtversammlung in Seide und Gold:
»Witzig, diese spitzigen Hüte der Leute!«

Und Gott fragt, was diese Sänger *vereint*.
»Das Wissen, o Herr« – gibt Petrus zur Antwort,
»mit dem Schweiß, das sei nicht so wörtlich gemeint.«

Heilig Abend

Dampfgrauer Wolken tiefer rascher Gleitflug,
als ob ein Wirbel nasse Leichenlaken
der Wäscheleine wegriß im Spital.

Baustellen – doch die Arbeit abgebrochen.
Mit Kurzarbeitern zählen Arbeitslose
schon zweieinhalb Millionen ...

Teerpappenschwarze Wälder; Wiesen faulbraun.
Der Dollar schwankt, doch stützt das Pfund noch,
gestützt von DM, die der Franken stützt.

Die Banken zinsen jetzt mit vier Prozent nur,
doch nehmen zwölf: Befehl des Präsidenten
der Bundesbank an seinen Prokuristen:

Den Bonner Kanzler. Geschlossene Schranken,
Autoschlangen – die wildgewordnen Scheibenwischer
putzen nur Glas, doch öffnen keinen Ausblick.

Betongedärme, Ausfallstraßen, Atlantikwall-Stil.
Statt Bäume vor den Häusern: wie angstgesträubte Haare
Antennen auf den Dächern, zur Volksberieselung.

Hysterisierte Fernseh-Bon(n)zen »tagen« nachts:
Life darf Silveser nur das Kabinett noch
– nicht mehr das Kabarett gesendet werden!

Hautfahl wie unrasierte Wangen die Äcker unterm Regen.
Agonierendes Land, dem selbst der Schnee ausbleibt
– wie einem Sterbemüden nicht der Tod kommt.

Richter

Eine Leierkasten-Ballade

Denen gewidmet, die *nicht* so sind ...

Was Normalverbrauchte »Schicksal« nennen,
lernt ein Richter nur als »Laufbahn« kennen.
Gibt er lebensläglich »aus Versehn«:
ihm kann lebenslänglich nichts geschehn.
Seine Sicherheit, daß dem so ist,
legt das Strafmaß fest, das er bemißt.

I.

Nun hört eine Moritat ohne Moral,
denn sie spielt unter deutschen Juristen.
Selbst wer schuldlosen Menschen das Leben stahl,
den streichen die nicht aus den Listen
– Mafia-Geist – des Berufsverbands:
Nicht einer ward vor Gericht gestellt,
der für die Schänder des Vaterlands,
für die Nazis – Todesurteile gefällt.

Nicht einer! – sie alle gelangten ins Alter,
sei es im Amt, sei's mit hoher Pension:
einst Büttel Hitlers – heute Verwalter
demokratischer Rechte: dem Volke zum Hohn ...
Auch die Richter der Rohrbach-Hetzel-Balladen
– nur der Zufall hat sie aufgelichtet –
nahmen selber keinen Schaden,
als sie Schuldlose vernichtet.

Verdammt, eine Moritat ohne Moral,
denn sie spielt unter deutschen Juristen.
Die sind gleich, ob sie christlich, ob liberal
ob sie Nazis sind, ob Kommunisten;
Das bleibt gleich – daß deutsche Richter
hierzulande nie ein Mann
– und wir dulden solch Gelichter! –
jemals haftbar machen kann.

II.

Hetzel nahm Anhalterinnen
– doch nie Kilometergeld:
nebst der Fahrt war zu gewinnen
fünf Mark bar – wenn sie in Feld
oder Wald sich rasch entschieden,
diesem Volks-Beau, der sie wollte,
was sie hatten, darzubieten ...
Keine, die ihm dafür grollte.

Außer einer, die ihm fluchte,
schwuren alle, daß der Mann
nie es mit Gewalt versuchte ...
Zeugin Mangold: »Keiner kann,
hohe Herrn vom Schwurgericht,
will's die Frau nicht, es erzwingen!
Zwar im Bett – im Auto nicht,
ist so mit uns umzuspringen.«

Und mit Nadelöhr und Faden
wollte sie das demonstrieren,
bis Geschworene sich verbaten,
»ins Detail« sich zu verlieren ...
Hetzel konnte in Verhören,
wieviel Frauen er genommen,
nur noch schätzen – doch beschwören:
allen sei das gut bekommen.

Nur Frau Gierth nicht – ihr Gesäß
hat ihn allzu hart erregt.
Als sie ihrem Wunsch gemäß
bäuchlings sich ins Gras gelegt
– denn als Paukenschlag vermißt
hat sie noch Anal-Betrieb –,
stieß er »ohne Hinterlist«,
bis sie auf der Strecke blieb.

Herzschlag! – tot. Die Ärzte nannten
den Reflexschlag: »Reaktion«.
Die Verteidiger befanden:
»Freispruch und ein Jahreslohn
für die Untersuchungshaft.«
– Da rief sich der Staatsanwalt
einen Herrn der »Wissenschaft«.
Ponsold lieferte alsbald

Den »Beweis«, daß eine Falte
– Fotos, nicht die Leiche gesehn –
schlüssig das Indiz enthalte,
»Mord durch Würgen« sei geschehn.
Zwar, Frau Gierth war längst begraben,
wurde auch nicht exhumiert,
doch kraft Ponsolds Sehergaben
wurde Hetzel »überführt«.

Strafmaß: Zuchthaus, lebenslänglich.
Doktor Ponsold, Münster, bürgt:
»Folgerung ganz unumgänglich,
mit dem Kälberstrick erwürgt,
ward die Gierth erst tot mißbraucht!«
(Niemand *zwang* H., sich zu melden,
kein Verdacht war aufgetaucht:
»Richter« ließen das nicht gelten!)

Hinzurichten war verboten,
doch wer weiß, ob das so bleibt.
Ruhe geben nur die Toten,
nicht wer Revision betreibt.
So wie H. nach dreizehn Jahren
(und nach fünfzehn war er frei),
weil er *zufällig* erfahren,
was in Münsters Aasee bei

Allzu flachem Wasserstand
sich gefunden hat: ein *Kopf*,
der laut Ponsold längst verbrannt,
als Frau Rohrbach einst vom Schopf
bis zu Füßen ihren Gatten
erst zersägte, dann verheizte...
Was das Volk gefordert hatte:
sie zu köpfen – das »Gescheitste«

War im Grundgesetz verwehrt.
Deshalb überlebten beide,
»Lebenslängliche« – entehrt...
Jahrelang von Richter-Seite
wurde Revisionsanträgen
keinerlei Gehör »geschenkt«:
Irrtümer nur zu erwägen
braucht kein Richter – wie versenkt

Steine auf dem Meergrund liegen
– so in Zellen Menschen-Reste.
Nicht das Recht – die Richter siegen!
Ponsold bleibt mit weißer Weste.
Selbst die Richer richten fort,
die ihm glaubten –; umgedichtet
haben sie das Bibelwort:
»Richtet – daß *euch* niemand richtet.«

III.

Verdammt, eine Moritat ohne Moral,
denn sie spielt unter deutschen Juristen ...
Unter Braunen, Roten, Schwarzen – egal:
sind selbst jene nie auszumisten

Die Schuldlose, hier einen Mann, eine Frau
durch Haft in Schande vernichtet:
lebenslänglich schuldlos im Bau
durch Richter, die – nie jemand richtet.

Prozession oder
63 % für Franz Josef Strauß

»Lauten Beifall erntete Strauß, als er zu den Vorgängen um Filbinger erklärte: ›Man kann Filbinger aus dem, was er bei Kriegsende unter den damaligen Verhältnissen getan hat, keinen Vorwurf machen. Aber man führt mit Ratten und Schmeißfliegen keine Prozesse.‹«

Hofer Anzeiger am 31. Juli 1978

Ein *toter* Christus, der ficht uns nicht an!
Den tragen wir selbst in München durch die Gassen:
der Kardinal geht »seinem« Kabinett voran,
schwarz wie die Herren in Schwarz die Massen
der Bayern, die in frommer Disziplin
dem Ehrendoktor Strauß die Mehrheit schenken.
Seht ihn: wie sittsam hinterm Baldachin!
Er denkt für alle – weil doch Denken

Den Glauben stört. Auch Du, auch Du
tust Gottesdienst, wählst du die Strauß-Partei
– Hochamt und Hochfinanz: die CSU.
Franz Josef Strauß – in jeder Sakristei
hat er gleich sein Büro. Nun knien sie wieder...
Klingt ihr Choral nicht wie ein Wort an Eides Statt?
Ach, ja: ein böser Mensch hat keine Lieder
– wie uns die Nazi-Zeit bestätigt hat...

Der Sänger dort, der so ergreifend schwitzt:
was er auch tut – er bleibt auf freiem Fuß!
Nie sitzen muß, wer erst im Landtag sitzt.
Old Schwurhands und der anderen Co-Filous
Erfahrung lehrt das vor Gerichten...
Hauptsache: Deutsche Bank und Deutscher Bund,
sie bleiben, was sie längst sind – Synonyme!
Wer wird Finanzminister? Nicht den Hund

Sie zu bewachen, an die Würste binden!
Man wird im Reigen christlicher Kostüme
den Präsidenten auch des Landtags finden
– pfui! Dieser Mensch hat nicht intern,
in Bonn sogar hat er gesagt, Land Bayern,
es brauche »keinen Strauß – doch einen Herrn«,
um vor dem Ausland sich als Staat zu feiern!
Stets unbeirrbar auf dem Christen-Strich,

Marschiert Kultur mit in der Prozession:
Klassiker inszenieren – monatlich,
da die nicht beißen, fünfzigtausend Lohn.
Parteibeamte sind dank Aufsichtsräten
und Land- und Bundestag bei dreißigtausend
– dazu natürlich noch Diäten ...
Die Oberschicht in Bonn und München hausend
wie nie private Firmen das ertrügen

Druckt: Christen sind – die Strauß erwählen,
der nur aus Neid im Norden so verschrien ...
Herr Jesus selbst wird Eure Stimmen zählen
wie einst das Ablaß-Geld. Ihr solltet knien
vor Strauß als Bayerns größtem Sohn:
Wo Strauß die Finger faltet überm Wanst,
hat GOTT MIT UNS der Hitler schon
in jedes Koppelschloß gestanzt.

Zensur gegen Strafgefangene

»Das Druckwerk wird angehalten. Sein Inhalt gefährdet Ziel des Strafvollzugs und Ordnung der Anstalt.«

Gefängnisleitung Kaisheim gegen den Insassen Rechtsreferendar Rolf Pohle, dessen Mutter versucht hatte, ihm das Drama ›Juristen‹ zuzusenden.

Zensur in allen Haft-Anstalten:
grundgesetzwidrig, weil nicht die Büttel
aus Quälsucht über das Strafmaß,
das Richter verhängten, hinausgehen dürften.

Auch sich einmal so sehen: dort sitzend
Wochen, Monate, Jahre, ein Jahrzehnt:
denn aller Terror fängt an mit dem Gefühl,
selber sei man sicher vor ihm ...

Warum darf einer, der im Gefängnis
»seine« Arbeit acht Stunden getan hat:
abends, sonntags oder schlaflos zur Nacht
in seiner Zelle nicht lesen, wonach ihn verlangt?

Jeder weiß, dies Unrecht geschieht,
institutionalisiert durch Gewohnheit
und Willkür: Zensur, Entmündigung
sadistisch verhängt über Menschen,
die es büßen müßten durch Verschärfung
der Zensur, lehnten sie sich auf gegen sie ...

Warum schweigen zu dieser Dauer-Verletzung
des Grundgesetzes auch jene, die ihr Amt
dem Schwur verdanken, es zu verteidigen?

Eidbrüchig jeder, solange er dazu schweigt:
im Geheimen doch wissend so mancher,
daß auch er nur auf freiem Fuß ist
dank des Schweigens derer,
die ihn kennen und wissen,was *er* weiß!

Und der ich dies schreibe
und der du das liest: woher wüßten wir
ob nicht wie lange und wann und wo und wofür
auch wir noch »einsitzen« werden?
Denn wer sich selber kennt: woher nimmt er
das Vertrauen in seine Redlichkeit
– oder gar in die der Justiz: als dürfe
ausgerechnet ein Deutscher
sein Recht vom – Gesetz erhoffen!

So wie doch keiner, der Söhne hat,
je schreien sollte: dort rennt der Dieb!
Eine Frau von Thyssen,
Industriellen-Witwe am Rhein,
hat Asyle gestiftet: Armen,
Verwahrlosten, invaliden Kriminellen
– doch mit dem Vorbehalt:
immer müsse in diesen Häusern
ein Freiplatz auch sein für einen solchen Sproß
ihrer Familie.

Ist auch die Todesstrafe dem angemessen,
der sie fordert: Entzug von Büchern, leider
– »das Druckwerk wird angehalten« –,
wäre für *den* keine Strafe,
der Bücher entzieht:
denn der vermißt nie ein Buch ...
wie der Dumme von seiner Dummheit
weniger verspürt, je dümmer er ist.

Sein Grundbesitz

»Kein Mensch darf nur als Mittel benutzt werden.«
Kant

So wollten das die Schwarzen stets in Bonn;
die Roten dulden das dort auch – »Genossen«:
Wer schuftet, dem bleibt *nichts* davon!
Gleich einem Gottesurteil ward beschlossen

Arbeit, die Hände und Gesicht beschmutzt,
bringt keinem Eigentum: Haus, Aktien, Boden!
Als Mittel nur im Berg, am Bau vernutzt,
am Fließband auch – wird in Regierungszoten

Der Proletarier verhöhnt: Daß ihm Konsum
– Kleid, Essen, Hausrat – »Werte« gab!
Gewiß, auch *er* kriegt Land, posthum.
Auf zwanzig Jahre Grundbesitz: sein Grab.

Auschwitz

Jacob Burckhardt, in seinen ›Betrachtungen‹,
hat *einen* Satz Napoleons *zweimal* zitiert.
Seit Auschwitz müssen wir notgedrungen
ihn dem Korsen nachsprechen – der ungeniert

Auf St. Helena zutreffend festgestellt:
»So lange man von Gott redet,
wird man auch von mir reden!« Alle Welt
auch von Auschwitz, so lange wer betet …

So lange Menschen von Gott noch sprechen:
Der Vergleich stimmt
– weil Vergessensein *dieses* Verbrechen
niemals – nie! – von uns Deutschen nimmt.

Selbst Musik kann das nicht – als Vermächtnis
ans Ausland Deutschlands einziger Vermittler.
Die Trinität *bleibt* im Menschheitsgedächtnis:
Auschwitz, Deutsche, Adolf Hitler.

›Der Spiegel‹
am 14. Dezember 1998

Asylanten

2. Mose, 23,9
»Lennert Olin, Einsatzleiter der Polizei: ›Es war kein normales Feuer.‹ …
Die meisten Opfer sind Kinder von Flüchtlingsfamilien aus Ex-Jugoslawien, Äthiopien, Iran, Irak, Südamerika und aus Somalia. Der Raum, der zur Diskothek umfunktioniert wurde, gehört der ›Mazedonischen Vereinigung‹, war aber an diesem Abend an kurdische Jugendliche vermietet.«

B. Z., Berlin, 31. X. 1998

Gute Zeiten, als noch Georg Kreisler
unsern Frust auf die Formel brachte:
»Gehen wir Tauben vergiften im Park!«
Tiere sind auch nur Menschen – doch lachte,
wer deutsch spricht, von der Etsch bis zum Belt.
Heute heißt das: »Verfeuert ihn – ein Asylant!«
Skinheads, oft, weil arbeitslos zu Nazis entstellt

Reimen schon Asylant auf – verbrannt.
Terroristen verschlossen in Göteborg
dem Ausländer-Club die zwei Notausgänge,
dann legten sie Feuer mit Benzin.
Sechzig Kinder verbrannten im Gedränge.
Hundertachtzig Verletzte.
Ein Zeuge: »Zu 99 % waren da Ausländer drin!«

Fast alle zwischen 13 und 18. Wer hetzte
die Jugendlichen auf zu dem Überfall
in Mölln, Hannover, Dolgenbrodt, Solingen?
Sind *wir nicht alle* Ausländer – fast überall?
Schon periodisch-idiotisch, wie die Presse lehrt.
Fremde ermorden, statt Gastfreunden helfen:
Was hätte in der Antike tiefer entehrt?

Deutschland ohne Linkspartei

Dem Andenken Piscators

Einziger Kommentar des Bundeskanzlers
zum Scheitern der Dresdner / Deutsche Bank-Fusion:
»Von besser geplanten schon gehört!«
Weiß Gott, von wie vielen Fusionen schon,
die ihn genauso *nicht* empört!

Der Mann, den nicht mal stört,
daß Milliardäre sechzehntausend entlassen wollten
aus nur zwei Banken, firmiert:
»Sozialdemokrat« – so sicher vor Revolten
wie Wirtschaftsbosse; auch so ungeniert

Übt programmatisch die Partei Verrat
an *allem*, was sie auf ihre Fahne schrieb.
Außer Betrug auf jedem Wahlplakat
– was blieb 2000 von der SPD? Blieb
eine – *eine* soziale Tat?

›Der Spiegel‹
am 24. April 2000

Grüninger-Novelle

»Merke: es gibt Untaten,
über welche kein Gras wächst!«
J. P. Hebel

Mit einer Geste, die sogleich andeutete, *so* kommen wir nicht durchs Ziel, schob der Anwalt vor ihm liegende Papiere zusammen und sagte, obleich Basler, ganz dialektfrei: »Sie haben fehlerlos recherchiert, stimmt alles, vom Geburtsort dieses sogenannten Menschen – bis hin zu seiner Nachkriegsexistenz in Übersee; und auch bis zu Ihrer Entdeckung, daß er wieder zurückgekommen ist, nach Jahrzehnten! Niemand könnte auch die Echtheit dieser zwei Bankauszüge anzweifeln, aber da er sicher sein konnte, daß seine Opfer ermordet würden – *Ihre* Aussage zählt gewiß ebenfalls, sie ist mit diesen Bankbelegen schwerwiegend, aber sie wird gegen seine stehen, derzufolge er nichts – *nichts* zu tun hat mit alldem! Natürlich recherchiere ich weiter – doch vorerst sind wir machtlos. Ich betone: vorerst...«

Die Frau, die Ende Sechzig zu sein schien, in Wahrheit aber fünfzehn Jahre jünger war, hatte schon lange nichts mehr gesagt; nun schwieg auch der Anwalt. Sie stand auf und fragte: »Was bin ich Ihnen schuldig, ich würde das jetzt gern gleich bar erledigen, weil Überweisungen aus Israel...«

Der Basler tat das ab: »Kommt nicht in Frage, was wollen Sie mir denn dafür zahlen, daß ich Ihnen nicht – noch! – nicht helfen kann? Sie hatten Unkosten genug. Für mich ist dies eine neue Erfahrung – bitte behalten Sie doch Platz, ich nehme Sie mit zum Bahnhof, ich habe auch dort... ja, ich sehe hier zum erstenmal, wie wahr das ist, wenn man sagt: das perfekte Verbrechen glückt einem Privaten nur dann, wenn der Staat kein Interesse daran hat, daß es aufgedeckt wird.«

Die Frau ergänzte: »Das sagte ungefähr ebenso mal jemand, drüben in Kalifornien, als nach Luther King auch der zweite Kennedy erschossen wurde – da sagte einer: die Polizei mordet niemals, bevor sie den Täter hat! Das sei der Beweis ex silentio... wenn offensichtlich der Staat mindestens nicht hilft, den Mörder zu überführen. Aber wer ist hier in unserem Falle der Staat?«

Doktor soundso, der – wie viele Anwälte in dieser Stadt – einen aus der Geistesgeschichte des 18. und 19. Jahrhunderts erlauchten Namen trug, einen so klangvollen wie Euler oder Iselin oder Bernoulli oder Burckhardt, Paravicini, Bachofen, Vischer, Heusler, Wackernagel –, der schwere, vorsichtige Mann setzte zur Antwort an, doch »drehte dann ab«, wie man es von einem zur Landung bereit gewesenen Flugzeug sagen würde; zögernd und nur in Stichworten »landete« er dann doch mit dem, was er sagen mußte: »Natürlich sind da ja in Bank- und in Berner Archiven noch Dokumente aus Berlin auffindbar, dürfte man dort forschen. Das darf man aber nicht. Ich bin selber ein eingefleischter Befürworter des unbedingten Bankgeheimnisses, weil ich die radikale Trennung zwischen den Interessen des einzelnen und des Staates – oder genauer: der Gesellschaft – für human halte. Und daß die Schweiz wenigstens aus ihrer Finanzkraft die Stärke herausholt, die ihr sonst abgeht, weil die Natur ihr so stiefmütterlich alle Bodenschätze vorenthält, so daß wir keine Schwerindustrie bauen konnten, ja nicht einmal eine Autofabrik: das ist wohl legitim. Wir machen eben aus dem Bankgeheimnis das große Geld, das andere – ohne Verdienst – dank ihrer Gold- und Kohlenminen und ihres Öls haben ...« Seine Besucherin erwiderte: »Mein Mann, der Volkswirt ist, meint, die Schweiz sei der einzige Staat der Geschichte, der es fertigbringe, auf nur drei einheimische Berufstätige noch einen vierten ausländischen zu haben, den sie samt dessen Familie anständig ernähre; und das heute, in einem Ozean von Arbeitslosigkeit in Europa, eine Leistung ohne Beispiel, daß hier auf dreieinhalb Millionen eigene – noch eine Million fremde Berufstätige kommen: die Schweizer, folgert er, seien ohne Frage in der Neuzeit das intelligenteste Volk!«

Der Anwalt schmunzelte, sagte aber mit Basler Ironie, die auch ein Understatement kultiviert, an dem gemessen britisches noch Größenwahn ist: »Hört man gern, aus der Fremde, ein solches Lob – doch wissen Sie, und damit sind wir wieder beim Thema, so leicht wir heute mehr als eine Million Ausländer und deren Familien anständig miternähren – so leicht hätten wir natürlich auch im Hitlerkrieg einige mehr retten können; doch bei – vergleichsweise – wie wenigen Flüchtlingen wurde damals, obwohl doch unsere Industrie auf Hochtouren für die Kriegführenden arbeitete –, ›das Boot ist voll‹ erklärt! Und natürlich ist es die sehr bittere Kehrseite des sehr vernünftigen Bankgeheimnisses, daß unsere schottendichten Archive auch Mörder schützen wie den hier ... der mich immer – seit Sie zuerst seinetwegen kamen – an diesen entsetzlichen Arzt in Paris erinnert, er wurde nach dem Krieg enthauptet, der unter dem Vorwand, Verfolgten zur Auswanderung zu verhelfen und sie impfen zu müssen, damit sie ein Visum bekämen – sie in seine Praxis bestellte, mit allen Wertsachen, die sie mitnehmen wollten, und sie dann ›impfte‹: das heißt durch Spritze ermordet und in seinem Keller verbrannt hat, mehrere Dutzend ›Auswanderer‹, die in seinem Heizungskeller endeten ...«

Die Jüdin, die Nachtschatten-Augen hatte, von infizierender Traurigkeit, war noch grauer geworden im Gesicht. Sie murmelte, sie erinnere sich dieses Arztes, wenn auch seines Namens nicht, den auch der Schweizer nicht mehr wußte, bis er plötzlich mitten im Gespräch ausrief: »Doktor Petiot!«

Denn sie waren noch nicht auseinandergegangen; sie war für heute seine letzte Klientin und hatte – da er schon kein Honorar annahm – ihn überredet, für seine Frau und sich ihre Einladung anzunehmen, bei Donati mit ihr zur Nacht zu essen; sie würde dann nach Zürich fahren, von wo sie morgen nach Israel zurückfliegen wollte. Er hatte noch angedeutet, er hoffe über Dienstkollegen – denn die meisten Schweizer Akademiker sind passionierte Offiziere, für einige Wochen im Jahr in ihrer Miliz – und auch über einen Historiker doch noch Zugang zu Papieren zu erlangen, die Beweiskraft hätten. Er war, ausgeruhter als sie, unverbraucht, entschlossener als die Verhärmte, den Mörder doch noch zu stellen – während sie als Tochter eines seiner Opfer schon fast resignierte. Daß aber der Schweizer nicht lokkerließ, es fast als ehrenrührig ansah, für sich persönlich wie für seine Nation, bisher nichts unternehmen zu können gegen seinen entsetzlichen Landsmann, das gab auch ihr wieder ein wenig zurück von der Entschlußkraft, mit der sie zuerst diesen Advokaten aufgesucht hatte. Und so rief sie, nachdem ihm der Name des Pariser Mörders eingefallen war: »Auch dem hat man's ja schließlich auch beweisen können!«

Doktor Soundso lachte zum erstenmal, nur ein kurzes Auflachen: »Der war nur Arzt – kein Diplomat! Und der Franzose mußte seine Opfer von eigener Hand ermorden und verbrennen, während mein Landsmann *das* der Berliner SS überlassen konnte...«

Beiden tat es gut, vom Stadtbild, vom Rhein abgelenkt zu werden, als sie – nah ist in Basel alles –, zu Donati gingen. »So warm noch«, sagte die gebürtige Berlinerin, die aus Israel gekommen war, »daß man gut auf der Terrasse sitzen kann.« Der Anwalt antwortete, hier im ›Drei König‹ – denn sie gingen gerade am langgestreckten, im k.u.k.-Gelbweiß der offiziellen Gebäude Altösterreichs angestrichenen Hotel vorüber, sei auch eine Terrasse überm Fluß: »Wenn Sie das nächste Mal kommen, im ›Drei König‹ könnten Sie noch in dem Bett schlafen, in dem schon Queen Victoria genächtigt hat – und schon zwei Generationen früher, nach der Schlacht bei Waterloo, waren die gekrönten Häupter alle hier, der Zar, der König von Preußen und natürlich Kaiser Franz, dessen Bruder, der Erzherzog Johann, als Chef der österreichischen Armee sein Quartier im Seidenhof hatte; dies ist der Seidenhof!«

Er trat, Rücken zur Fahrbahn, vom Bürgersteig herab und sah, und nun blieb auch seine Begleiterin stehen, an dem verwaschenen hemdblauen Frühbarock-Palais empor, das ein noch gotisches Untergeschoß zum Ufer hin hatte. »In diesem Palais beginnt am Abend der Schlacht bei Waterloo der einzige deutsche Roman – meines wissens –, der als Fresko einer ganzen Epoche mit *›Krieg und Frieden‹* vergleichbar ist«, sagte der Anwalt, »Flakes *›Fortunat‹* – ein Epos des 19. Jahrhunderts, das vorwiegend in Paris spielt, aber doch in diesem Haus beginnt. Und das Nebenhaus, dieses da, schmaler als ein Handtuch, ist Hebels Geburtshaus... sein *›Rheinisches Schatzkästlein‹* ist ein so niedlicher Titel; man vergißt darüber, daß Hebel auch das Motto zu *der* Geschichte schrieb, die uns beide, gnädige Frau, zusammengeführt hat: ›Merke, es gibt Untaten, über welche kein Gras wächst‹...«

Die aus Berlin Stammende sagte: »Den Flake haben meine Eltern immer in der *Neuen Rundschau* gelesen; doch diesen Roman, wie sagten Sie...?«

Der Doktor wiederholte: »*›Fortunat‹* – natürlich, den hat ja Flake erst im Hitlerkrieg geschrieben; können Ihre Eltern nicht mehr gekannt haben; und heute wird dieser Roman sogar hier in der Stadt noch kaum gelesen; meine Frau hat ihn für mich entdeckt. Vielleicht sehen wir sie kommen, denn hier ungefähr müßte sie aufkreuzen, wenn sie pünktlich ist!« Die deutsche Israelin sagte: »Hebels Geburtshaus ist ja die vollkommene Übereinstimmung mit dem, was man sich als Wiege dieses Dichters vorstellt... wie schön, daß es erhalten ist!«

Der Anwalt bekräftigte das insofern, als er klagte, ab 1950 seien in Basel, wie überall in Westeuropa, mehr reizvolle Gebäude durch die Architekten vernichtet worden als im Krieg durch die Bomber in Freiburg. Seine Begleiterin lachte, doch der Doktor sagte: »Kein Scherz, das ist statistisch belegt!« Auf dem Weg zu Donati – es waren nur noch zweihundert Schritte – ergänzte er: »Wenn ich Hebels Satz über Untaten zitierte – es mag Sie ein wenig mit uns versöhnen...Lebhaft, auch lachend unterbrach seine Begleiterin: »Warum sollte ich denn ›versöhnt‹ werden müssen? Ich werde ja nicht von *einer* Bestie auf die Natur Ihrer Landsleute schließen! ›Bestie‹: mögen alle Tiere mir verzeihen, daß ich diesen Menschen Bestie nannte. Aber was wollten Sie sagen?«

Und der Advokat erzählte ihr von jenem St. Galler Kantonspolizeichef Paul Grüninger, der »zwei- bis dreitausend Flüchtlinge illegal oder halblegal in die Schweiz einreisen ließ und deshalb schimpflich und pensionslos 1941 aus dem Dienst entlassen wurde – nach über zwanzigjähriger Dienstzeit seit 1919. Als er 1972 starb, bekam der 81jährige noch immer nicht nur keinen Rappen Pension, sondern hatte auch noch erleben müssen, daß ihm ausdrücklich vom St. Galler Großen Rat zwei Jahre zuvor noch einmal jeder Pensionsanspruch aberkannt wurde, nur weil er Flüchtlinge, meist Juden, hereingelassen und einigen die Einreise-Daten zurückdatiert hatte, um ihre Auslieferung an die deutschen Mörder zu vereiteln.«

Die Israelin sagte: »Und die teilweise steinreichen Schweizer Juden konnten sich nach dem Krieg nicht zusammentun, um dem Retter eine Rente zu geben?« Der Basler sagte sarkastisch: »Noch schlimmer ein Textilindustrieller Saly Mayer hat als Präsident des israelischen Gemeindebundes Herrn Grüninger denunziert beim Chef der Fremdenpolizei, bis dieser Rothmund den Judenretter hinauswerfen ließ! Ja, es gibt nichts Schrecklicheres als Menschen. In höchstem Alter hat Grüninger noch als Hilfslehrer Geld verdienen müssen – zuvor hatte er sich kümmerlich in anderen Berufen durchgeschlagen. Übrigens hat dieser erstaunliche Einzelne illegal erst gehandelt, *nachdem* er als Polizeihauptmann ganz offen, aber ganz vergebens auf einer Polizeidirektoren-Konferenz Einspruch erhoben hatte gegen die Schließung der Grenzen vor Flüchtlingen. Und er fand dabei für unsere ganze Nation die ehrenvolle Formulierung, der Großteil des Schweizervolkes lehne es ab, Juden und andere den deutschen Mördern auszuliefern ...«

Sie waren nahe dem Lokal, der Anwalt verschwieg der Jüdin, da er nicht wußte, ob nicht auch von ihr Angehörige dabeigewesen sein könnten, wie Grüninger seinen Gehorsam gegenüber seinem Gewissen, der den Ungehorsam gegenüber den Landesgesetzen voraussetzte, gerechtfertigt hatte; der Anwalt hatte sich Grüningers Worte aus der Zeitung herausgeschnitten, weil er wußte, als er sie in dem Bericht über eine veröffentlichte Aktenpublikation las, daß demnächst seine Klientin aus Israel wieder zu ihm komme werde; nun hatte er den Zeitungsartikel aus der *Neuen Zürcher* in seiner Brieftasche, wagte aber nicht, ihn dieser Frau zu zeigen; Grüninger hatte geschrieben, als Protest, unmittelbar nach seinem Hinauswurf, 1941: »Wer wie ich wiederholt Gelegenheit hatte, die traurigen, *herzzerbrechenden Auftritte,* das Zusammenbrechen der Betroffenen, das Jammern und Schreien von Müttern und Kindern ... mit anzusehen, der konnte schließlich *einfach nicht mehr mittun,* und es ist nicht zu verwundern, wenn *Polizei- und Grenzwachtorgane* kurzerhand erklärten, lieber den Dienst zu quittieren, als solche seelische und moralische Verantwortungen auf sich nehmen zu wollen. Gleicher Auffassung war auch die ganze *Grenzbevölkerung.* Pfarrherren, Ärzte, Lehrer, Beamte, alles setzte sich für diese armen Emigranten ein, und schwere *Vorwürfe* blieben der Polizei nicht erspart.« Zu dem albernen Vorwurf der Urkundenfälschung – weil er Einreisedaten von Juden zurückdatiert hatte, um sie vor der Auslieferung an ihre Mörder in Deutschland zu retten – hatte der Hauptmann zu Protokoll gegeben: »Ich habe selbstverständlich nie einen Moment daran gedacht, mich einer Urkundenfälschung schuldig zu machen, sonst hätte ich von Anfang an die Konsequenzen auf mich genommen. Diese Datenveränderungen wurden lediglich im Interesse der Emigranten angeordnet.«

Der Anwalt, während sie auf der Terrasse über dem Rhein Platz nahmen, erläuterte noch: »Sie müssen berücksichtigen, dieser ewig vorbildliche Eidgenosse hatte Vorgesetzte, die nach Berlin gereist waren, um die Massenmörder zu bitten, die möchten ein J in die Judenpässe stempeln, damit ja kein Jude an der Grenze durchschlüpfen könne in die Schweiz!«

Die Klientin antwortete: »Da geniere ich mich, ja: das *beschämt* mich, daß ich bisher nicht einmal den Namen Paul Grüninger gehört habe!« Der Basler zuckte mit der Schulter: »Wie sollten Sie! – im maßgebenden Buch zu diesem Thema: *›Das Boot ist voll‹*, kommt Paul Grüninger nicht einmal im Register vor: den wahren Märtyrern ist es wohl bestimmt, daß man nicht einmal ihren Namen kennt!«

Die Frau lächelte verzerrt: »*Wer* sollte so etwas bestimmen? Als wir eben hier auf die Terrasse traten und ich zuerst den Rhein sah ...«

Der Anwalt setzte hinzu: »... den resedafarbenen, so nennt ihn bei Basel Flake in seinem Roman: exakt beobachtet, er ist resedafarben ... Verzeihung!«

Die Frau murmelte, ihr Blick hatte sich wieder verdüstert: »Was verzeihen – ich bin froh, daß Sie mich unterbrechen, denn was mir durch den Kopf ging – bliebe besser unausgesprochen ...«

Sie hatten Aigle als Aperitif, er trank ihr zu: »Jetzt müssen Sie's natürlich sagen ...« Sie trank gleich aus, er schenkte ihr nach, sie sagte:

»Diese banale Einsicht zwingt sich einem so bedrückend an diesem gesegneten Ufer auf, das den einen zur Rettung wurde, den anderen aber nicht: daß Geographie und Jahrgang das Schicksal sind! Ist doch klar, daß ich hier denken muß: wären meine Eltern Basler Juden gewesen – statt Berliner; wäre ich nicht schon sechzehn gewesen und hätte sogar ausgesehen wie achtzehn, als ich nach Auschwitz kam mit Mutter, Großmutter und einem Bruder und einer Schwester, die noch Kinder waren und *deshalb* am Ankunftstag mit Mutter und Großmutter vergast wurden, während man mich aufhob als Zwangsarbeiterin – die Siemens-Werke hatten eine Filiale in Auschwitz –, hätte nicht allein der Jahrgang mich gerettet, meinen Geschwistern aber den Tod gebracht, ich bildete mir womöglich noch ein, das Schicksal treffe eine *persönliche* Auslese. Nein, die Auslese traf ein schöner, beruhigender Mann, von dem heute die Welt weiß, daß er Herr Dr. med. und Dr. phil. Mengele war – und er winkte mich links, die Geschwister rechts heraus, weil ich aussah, als könne ich Fabrikarbeit tun, doch die Kinder und Älteren und Alten wurden vergast und verbrannnt...« Sie schwieg. Der Advokat schwieg. Und er dachte: wo bleibt meine Frau, es wäre gut, sie käme endlich. Seine Klientin, da das Gesagte sie aufgewühlt hatte, entschuldigte sich dafür – während er wie alle Verschonten, denen das nicht immer nur selbstverständlich ist, da er nicht zu den Glückverdummten gehörte wie die meisten, jetzt fast die – absurde – Nötigung empfand, *sich* zu entschuldigen. Er sagte: »An der Mißhandlung Grüningers sogar noch 1970 – können Sie ablesen, wie man erst recht dreißig Jahre früher, als Hitler im Zenit stand, seinen ›Fall‹ ansah; wenn noch 1970 unsere Behörden vorgaben, einen Mann rehabilitiert zu haben, indem sie ihm öffentlich bei dieser Gelegenheit noch einmal jeglichen Pensionsanspruch streitig machten: wie haben die dann erst 1941 über ihn den Stab gebrochen! Atmosphäre verdeutlicht soviel drastischer als Fakten: wir Späteren *können* den Schock nicht mehr ermessen, den Hitlers Marsch nach Paris binnen sechs Wochen mit der Vertreibung aller Briten vom Kontinent in einer Generation ausgelöst hat – und diese Generation stellte in allen Ländern Europas damals die Regierungen –, die im Ersten Weltkrieg gesehen hatte, daß die Deutschen vier volle Jahre lang in Frankreich nicht vorangekomen waren... Dieser Schock infolge deutscher Paraden unterm Arc de Triomphe erklärt allein ja auch, daß zum Beispiel in Berlin Hitlers Staatssekretär von Weizsäcker es sich erlauben konnte, mit drohender Gelassenheit dem schweizerischen Gesandten und Minister Fröhlicher Diskussionen darüber zuzumuten, ob die Schweiz ihren General Guisan nicht gegen einen deutschhörigen austauschen solle – wobei Weizsäcker sogar einfließen ließ, daß er an den Bruder seiner Zürcher Schwiegertochter denke, den Sohn unseres Generals aus dem Ersten Weltkrieg. Wer immer die damalige Zeit heute ansieht – tut den damals Handelnden unrecht, wenn er außer acht läßt, daß die mit dem Einmarsch Hitlers in die Schweiz rechnen mußten ...«

Die Berlinerin, deutlich um Themenwechsel bemüht, sagte: »Ist Ihre Gattin berufstätig?« Und er war froh, nun von Kunst und von einer Kreta-Reise sprechen zu können; seine Frau war Kunsthistorikerin, am Antiken-Museum – und er fragte nun auch, was sie in Tel Aviv arbeite. Sie lachte – ein ungenaues Wort für das, was dabei in ihrem Gesicht passierte; denn mehr als ein Lachen war es ein Riß, der durch ihr Gesicht ging, das sozusagen ausge-elendet war vor der Zeit, obgleich sie vor der Deportation sehr schön gewesen sein mußte, wie noch jetzt die Stirn und die hochgeschwungenen Brauen und der faltig gewordene nofretetelange Hals es zeigten. Sie hatte lachen müssen, weil sie fand: »Wenn ich Ihnen sage, daß ich ausgerechnet Deutschlehrerin bin – müssen Sie mich natürlich als Sadomasochistin und Schizophrene abtaxieren. Und diese Diagnose dürfte ja auch stimmen, warum muß man Deutsch als Sprache im Mittleren Osten verbreiten, wenn man als einzige der Familie – auch Vettern, Cousinen und deren Eltern kamen alle um bis auf zwei – Auschwitz überlebt hat. Ja, ziemlich verrückt, um nicht zu sagen: unverantwortlich! Denn verheiratet bin ich ja mit einem Einwanderer aus Schweden, ich kenne mehr Juden aus Skandinavien als aus Deutschland und kann also nicht einmal meine deutsche Muttersprache als Entschuldigung angeben, warum ich die unterrichte – schwedisch spreche ich ebenso gut wie deusch!« Nun stellte ihr der Advokat seine Frau vor, die das übliche sagte: daß sie erst die Kinder mit Abendbrot habe versorgen müssen ...

Bei Donati beginnen die meisten mit Vitello tonnato, kaltem Kalbsbraten in Thunfischsauce; die Israelin ließ sich helfen, die meist italienisch geschriebene Karte zu verstehen, und entschied sich für Costolette alla milanese, gebackenen Kalbskoteletts auf Mailänder Art; Zabaione kannte sie – weshalb sie lieber als Dessert Monte bianco probierte: Kastaniencreme. Der Weißwein kam vom Genfer See, aus Lavaux, 1964er Rocanel

Epesses... Man kann nichts Besseres trinken; nur macht er wach – ein Schlaftrunk ist er nicht, doch daran dachten die drei nicht. Die alte Frau – sie sah ja bestürzend viel älter aus, als sie war – sagte der jungen, die so gelackt frisiert war, als komme sie soeben aus einem der Coiffeur-Salons, deren es in dieser Stadt fast so viele gibt wie Restaurants: »Ihr Gatte sprach von Ihren Exkursionen nach Kreta, werden Sie auch bei uns in Israel ausgraben?« – die Ausgrabungen, die gerade jetzt die Amerikaner nach Auffindung eines Hafens aus der Antike an der kleinasiatischen Küste begonnen haben, waren ein fast unumgängliches Thema. Und ein ablenkendes! Denn die Lebensfreude, die von allem ausging – nur von ihrem Besuch bei dem Advokaten nicht, der allerdings der einzige Zweck ihrer Reise nach Basel gewesen war –, was sie hier am Rhein-Ufer sah und hörte; der Friede schlechthin – man war fast geneigt, wie als Kind den Schiffern zu winken, wenn die schweren, sehr langen, ölgetriebenen Frachter aus Rotterdam zum Basler Hafen unterm Donati-Balkon vorbeituckerten –, sogar noch die Qualität dieses Hundert-Franken-Gedecks und nicht zuletzt der aufkratzende, nervös machende Wein, dies alles pflügte ihr Innerstes obenauf: selbst eine Wochenschau mit Kriegsgreueln hätte nicht vermocht, die seelischen Stöße in der Frau heraufzurufen – wie dieser Basler Friede; sie hätte geweint, hätte sie nicht das schon verkrampfte Maß an Selbstzucht aufgebracht. Denn was sie vorher zu ihrem Anwalt gesagt hatte: die Unausdeutbarkeit dessen, was wir Schicksal nennen und was doch vermutlich nur Zufall ist; was sonst als Zufall sollte es sein, das eine Familie Kahn oder Bernstein hinrichtet, weil sie in Lörrach wohnt – statt einen Kilometer weiter in Basel, wo sie verschont bliebe –, dieser so schreckliche, *weil so banale Gedanke* schlug heute diese ehemalige Auschwitz-Insassin derart in die Flucht innerlich, wie ihr das nur einmal bisher zugestoßen war: als sie in Berlin das Eltern- und Großeltern-Haus wiedersah, dessen völliges Unversehrtsein – nicht ein Ziegel war im ganzen Krieg vom Dache gefallen! – ihr höhnisch ins verweinte Gesicht zu lachen schien.

Berufsgespräche führten dann beide Frauen ohne Umweg zu dem Thema, das sie zunächst mit Fleiß umgehen wollten, bis die Basler doch das richtige Gefühl hatten, es werde ihre Besucherin befremden, sprächen sie nicht auch von dem, was sie hierhergeführt hatte. Die Israelin war ausgegangen von dem Paradoxon, daß sie einerseits die Kunsthistorikerin *beneide*, weil »alles, womit Sie beruflich zu tun haben, Sie doch zunächst erst einmal ablenkt aus *unserem* verdammten Jahrhundert«!

Denn nirgendwo auf der Welt habe sie bisher eine Galerie betreten – »leider muß man hier verallgemeinern, die mit einem einzigen Bild oder einer Plastik daran erinnert hätten, daß immerhin der Zweite Weltkrieg stattgefunden hat und Hitlers ›Endlösung‹ und Hiroshima und die umfassendste Völkerwanderung der Geschichte: sagen Sie, wie kommt denn das? Die bildende Kunst ist seit der Kollwitz und Grosz und Picassos ›Guernica‹ und Dix und wenigen von Hofer und Beckmann nicht mehr bereit, das Jahrhundert wahrzunehmen, in dem sie entsteht!«

Die Schweizerin, die vorsichtig, als habe sie einen Offenbarungseid zu leisten, bei hochgezogenen Schultern, die leeren Handflächen nach oben zeigte, hatte mit Schrecken zugehört – durchaus überrascht. Und gab nun auch zu: »Sie haben recht – wenn es natürlich, vor allem in der Graphik, bedeutende Ausnahmen gibt: aber grundsätzlich kann ich Ihnen nicht widersprechen, leider. Ja, ich muß sogar zugeben, so sehr fehlt die Zeitgeschichte in der bildenden Kunst, daß mir und sicherlich auch den meisten meiner Kollegen – denn sonst hätten sie doch davon zuweilen gesprochen – das bisher überhaupt noch nicht aufgefallen ist. Unglaublich... aber ich hab keine Erklärung, warum anscheinend unsere Künstler die von Ihnen genannten Ereignisse entweder nicht darstellens*wert* finden...«

Ihr Mann lachte und unterbrach: »Dann wären die aber so größenwahnsinnig, wie man es ihnen auch beim bösesten Willen nicht unterstellen kann!«

Seine Frau: »... ja, was sonst? Du meinst also, darstellens*wert* – und ich meine das auch – finden Maler und Bildhauer Kriegs- und Auschwitz-Themen durchaus? Ja, *dann* bleibt nur die Folgerung: sie fühlen sich nicht im Besitz der Mittel, diese Katastrophen darzustellen. Hat denn aber, sagen Sie«, fragte jetzt die Kunsthistorikerin die Philologin, »die Literatur die

Mittel? Ja, hat sie wohl!« antwortete sie sich selbst. Ihr Mann sagte: »In Maßen – oder?«

Die Israelin sagte und nannte Titel, immerhin bemühten die Autoren sich, diese Themen – wenn nicht zu gestalten, das sei zuviel verlangt – doch im Gedächtnis der Menschen zu halten. Sie lächelte, dann sagte sie, nachdem sie noch einmal Wein bestellt hatte: »Man kann es freilich auch machen wie Ihr Landesheiliger hier, der Hermann Hesse ... ich hab mich selber ein bißchen mit ihm eingelassen, gab ihn dann aber als Thema meiner Dissertation zurück, weil er mich anekelte mit seinem Pharisäertum: ich mochte nicht mehr über ihn schreiben, als ich den Brief kennengelernt hatte, den er nach Hitlers Tod an Luise Rinser gerichtet hat, die von den amerikanischen Truppen aus dem Zuchthaus in Bayreuth befreit worden war – Hesse schrieb, er bekomme jetzt Briefe vieler Deutscher, die ihm versicherten, sie hätten während der Hitler-Jahre mit einem Bein im Konzentrationslager gelebt und er – Hesse – frage dann nur: wieso nicht mit *beiden* Beinen! Gewiß, da antwortete er einem Parteigenossen. Aber man muß sich das vorstellen, da sitzt dieser Schwabe so sicher vor den Nazis im Tessin wie der Schweizer Bankverein, sagt niemals ein Wort gegen Hitler, damit ja auch der Verkauf seiner Bücher in Berlin weitergeht, solange dort überhaupt Bücher verkauft werden! – und dann nimmt er seinen Landsleuten übel, daß die nicht ins KZ gegangen sind. Widerwärtig. Lesen Sie nur die erste Seite von ›*Sinclairs Notizbuch*‹: Sie glauben, Sie haben Ihre Brille verlegt und können nicht lesen, wenn er dort sagt, jedesmal wenn er von einer weiten Reise zurückkomme, werde er von den Menschen für ein Phänomen angesehen, von den einen – wörtlich – ›als ein Besessener, von den andern als ein mit Wunderkräften Begnadeter‹! Das schreibt Hesse über Hesse – verzerrt von Eitelkeit; denn wer hätte diesen Harmlosen je für einen Besessenen gehalten? Als ich das las – das und vieles ähnliche –, machte ich als gründliche Preußin aber doch noch weiter mit ihm – erst sein Brief an die Rinser veranlaßte mich dann, sein Gesamtwerk zum Antiquar zu tragen.«

Was ihr Doktorvater gesagt habe, wollte der Jurist wissen. »Oh – den mußte ich wechseln, der war verstört vor Gekränktsein; er war Nazi gewesen und deshalb besonders streng darauf bedacht, dem Nachkriegskonsensus unbedingt zu entsprechen. Um 1948 gegen Hesse etwas vorzubringen – dazu mußte man wohl schon Jüdin sein wie ich, sonst wäre man relegiert worden. Außerdem wählte ich – was mir bei diesem Professor endgültig das Genick brach – als Thema meiner Diss die fünfundfünfzig Radioreden, die Thomas Mann gegen die Nazis gehalten hat: die herrlichste Kampfprosa, denke ich, die seit Luther deutsch geschrieben wurde! Die alten Nazis an den deutschen Universitäten propagierten damals den Hesse so sehr, wie sie den Thomas Mann haßten: Hesse sei ein Dichter – Mann ›nur‹ ein Schriftsteller, sagten sie und wollten das belegen mit Vergleichen zwischen *›Glasperlenspiel‹* und *›Doktor Faustus‹* ... Trostlose Quatschköpfe.«

Sie hatte ihre Gelassenheit wiedergewonnen, der spritzige Wein sie redselig gemacht; so getraute die Baslerin sich, sie direkt zu fragen: »Von meinem Mann hörte ich nur Andeutungen, warum Sie nach Basel gekommen sind. Ist dieser Mörder noch zu stellen oder nicht: werden Sie ihn einmal beschreiben?«

Die Frau aus Israel überlegte: »Wie beschreibt man Anonymität als Prinzip? Dieser Teufel in Person – hat ja in Wahrheit keine stärkere Anschaulichkeit als die Überweisungsaufträge, die er zu übernehmen vorgab – und als seine Telefon-Denunziationen bei der Gestapo, die er dann durch›führte‹. Die Gewißheit, verloren zu sein, die ich in den Augen meines Vaters sah; sein Schrei, als man ihn von uns wegriß, ihn die Treppe hinabwarf – die sind da, als Bilder der Vorhölle. Aber dieser Gangster, der meinen Vater – und wie viele noch – angezeigt hat? Ich *sehe* ihn nicht!«

Die Schweizerin entgegnete: »Aber schon das wenige, was ich von ihm weiß – ist doch so apokalyptisch, es *muß* überliefert werden!«

Die Israelin sagte: »Gewiß – die Handlung. Doch der Handelnde, das wollte ich sagen, tritt trotz seiner schicksalbestimmenden Niederträchtigkeit sozusagen auch aus dieser Geschichte so völlig zurück – wie er sich im Krieg zurückhielt und doch das Schicksal selber war für meinen Vater und wer weiß, für wie viele noch!«

Der Anwalt sagte: »Sie kennen Kleists Bemerkungen über die Entwicklung der Gedanken beim Reden – ich habe die Erfahrung gemacht, daß ein Faktum sich klärt, je öfter man es – jeweils vor Leuten, denen es noch neu ist – zusammenfaßt. Neue Hörer – neue Aspekte. Da wir doch noch zusammen sind und nicht schläfrig...«

Die Gastgeberin unterbrach: »Wann fährt denn der letzte Zug nach Zürich?« Aber die Frau des Anwalts kam ihrer Überlegung zuvor: »Wir haben ein Gästezimmer – bleiben Sie diese Nacht! Wer Ihre Geschichte, wie soll ich sagen, im Leibe hat und spricht abends davon – ich denke, der sollte nicht allein in die Eisenbahn und in ein Hotelzimmer gehen; gehen Sie mit zu uns – Ihr Flugzeug geht ab Kloten doch erst morgen mittag?«

Die alte Frau lachte: »Sie können wohl Gedanken lesen? – Ich nehme, ohne mich lange zu zieren, Ihre großherzige Aufforderung an: Ja, Gastfreundschaft beginnt zur Nacht! Denn tags ist es keine Kunst, allein zu sein. Sie haben recht: ich fürchte mich ein bißchen vor der Bahn und dem Hotel; Befürchtungen, die übrigens mit dem Alter zunehmen...« Und nun, da nicht allein für die nächsten zwölf Stunden, hatte sie auch den Mut, die Bitte ihres Anwalts zu erfüllen: »Vielleicht entdecken *Sie* – wo es Ihrem Mann und mir noch nicht auffiel – im Ablauf dieser Rekonstruktion das Loch, das eventuell uns doch noch den Blick auf einen weiteren Zeugen als mich eröffnet. *Ein* Zeuge – hat Ihr Gatte mich belehrt – reicht nicht: Mein Vater hat Hitlers Ankündigung in der Reichstagsrede – ein Jude durfte kein Radio haben, durfte aber vor Kriegsbeginn noch Zeitungen kaufen, wenn auch keine abonnieren –, mein Vater hat die Ankündigung Hitlers in der Rede vom 30. Januar 1939 wörtlich geglaubt und stand sogar in der Familie als närrisch da, wenn er interpretierte: Vernichten heiße totmachen und nichts anderes. Totmachen. Nichts anderes – nicht aussiedeln. Hitler hatte gesagt, wenn es dem ›Judentum‹ – er tat so, als seien wir nicht einzelne Juden, sondern eine Verschwörung –, dem ›Judentum‹ gelinge, Krieg anzuzetteln, dann werde, so wörtlich: ›... das Ergebnis nicht die Bolschewisierung der Erde und damit der Sieg des Judentums sein, sondern die Vernichtung der jüdischen Rasse in Europa.‹ Vernichtung – so behauptete mein

Vater – bedeute unsere Tötung; ich war alt genug, mitzubekommen, daß über diese Interpretation ein häuslicher Streit entbrannte – niemand glaubte meinem Vater. Der Weg zu den Konsulaten und Botschaften war ein täglicher, war auch noch nicht illegal; ich vermute, bis dann am 1.9. der Krieg erklärt wurde, waren sogar viele Nazis erleichtert, wenn es Juden noch glückte – vielen glückte es aber 1939 schon nicht mehr –, ein Visum zu erhalten. Wir hatten Freunde hier in der Schweiz, auch in England – ohne Frage waren die in beiden Ländern sehr aktiv, uns die Einreisepapiere zu beschaffen. Doch gerade in Staaten, in denen Beamte seltener zu bestechen sind als in korrupten, ist natürlich auch die Menschlichkeit seltener. Schwächen, das ist *deren* Stärke, machen ja auch vor dem Gesetz schwach! Hier aber nicht, in England auch nicht. Wie lange es nach Kriegsausbruch noch erlaubt war, offiziell in die Fürst-Bismarck-Straße 4 zu gehen – das war die Adresse der schweizerischen Gesandtschaft zu Berlin –, das weiß ich nicht; die anfangs so erdrückend siegreichen Deutschen wollten wohl auch in ihrer Reichshauptstadt die wenigen Neutralen, die es da noch gab, also bis 1941 auch noch die Amerikaner, nicht mit einem Sperrgürtel einzwingern. Mein Vater – wir waren aus der enteigneten großelterlichen Villa längst hinausquartiert worden in ein Armeleuteviertel, Hinterhaus, zwei Zimmer für sechs Personen, nur *ein* Kaltwasserhahn in der Küche – hatte zuerst diesen Diplomaten nur wegen Ausreisemöglichkeiten konsultiert; vermute ich. Doch könnte es auch sein, daß er bereits von einem Freund informiert worden war, der Mann sei für Geld empfänglich, im doppelten Sinne: die Bemühungen, die Einreise in die Schweiz zu ermöglichen, sich persönlich bezahlen zu lassen; das finde ich übrigens ganz normal, überhaupt nicht anfechtbar, damit rechnete man, nicht wahr. Zweitens aber helfe dieser Mann, Geld, das der Enteignung der Bankkonten entgangen war – vorgeschriebene kleine Beträge durfte man haben, man mußte ja einkaufen –, vor allem auch Schmuck als Diplomatengut unkontrolliert durch Deutsche gegen Beteiligung hinauszuschaffen. Daß ein Freund verschwunden war für immer, unmittelbar nachdem er auch bei diesem Schweizer gewesen war, ob auf der Gesandtschaft, ob außerhalb – weiß ich nicht:

wurde natürlich besprochen. Doch kamen die Eltern zu dem Schluß, das habe allenfalls mit dem Besuch in der Bismarckstraße zu tun – gehe aber keinesfalls auf eine Anzeige durch den Besuchten zurück. Ob mein Vater den zuletzt in der Gesandtschaft oder außerhalb getroffen hatte – konnte er nicht einmal mehr erzählen, so schnell nach ihm kamen die Schläger. Erschlagen haben sie ihn offenbar schon am nächsten oder am gleichen Tag, vielleicht auch enthauptet – erschlagen wurde in der Prinz-Albrecht-Straße, guillotiniert in Plötzensee. Wir wissen das nicht, aber ganz rasch kam die Postkarte, meine Mutter solle gegen einige hundert Mark die Urne abholen, also lange bevor wir nach Auschwitz kamen. Als ich mit Mutter hinkam, sie abzuholen, sagte ein Schwarzuniformierter vor einer Reihe von vielleicht zwanzig Urnen: suchen Sie sich eine aus – beschriftet sind die nicht. Und schrie – und ich dachte, nun schlägt er Mutter ins Gesicht: machen Sie, daß Sie hier rauskommen, sonst kommen Sie in die nächsten zwei Urnen! Wir nahmen dann irgendeine; aus Todesangst machten wir, daß wir wegkamen...«

Die Frau schwieg, die Schweizer schwiegen.

Dann sagte die Frau – es dauerte ziemlich lange, bis sie das sagte: »Ich – sah mit Entsetzen, vor drei Jahren, daß ich so etwas geworden bin wie eine Rassistin. Denn ich suchte, sehr unanständig, die Heirat meiner Tochter mit einem Deutschen zu hintertreiben. Inzwischen habe ich schon ein deutsches Enkelkind, das ich so liebe, wie man Enkelkinder liebt... und doch, gerade deshalb, weil ich keinen Funken Religiosität, im Sinne von Gerechtigkeitsvertrauen, habe – *wo* könnte Gott sein, wenn es Auschwitz auf Erden gab, gemacht von *dem* Volk, das *›Nathan den Weisen‹* hervorbrachte –, gerade deshalb werde ich die Vermutung nicht los: Deutschland wird total verschwinden aus der Welt – wie es sogar schon, ohne daß es eine Wasserstoffbombe gab, Karthago widerfahren konnte. Denn, bitte widersprechen Sie mir, ich bin *erleichtert*, wenn Sie's tun, ich liebe doch meinen Enkel in Deutschland – die Geschichte kann nicht weitergehen, als *sei nichts gewesen – wo Auschwitz gewesen ist!* Kann nicht. Und wird nicht. Denn wo Auschwitz war – ist morgen der Kriegsschauplatz der USA und UdSSR...«

Der Basler widersprach sofort, doch mit dem Respekt, dem er ihrem persönlichen Erlebnis Auschwitz schuldete: »Ihre Folgerung basiert auf einer Zuversicht in eine ausgleichende Gerechtigkeit – *die* aber kann es ja gerade nicht geben, weil es Auschwitz gab. Und übrigens auch Hiroshima. Wo in größtem Ausmaß total Unschuldige umgebracht werden, da kann das zwar wieder geschehen, aber gewiß nicht durch eine göttliche Anordnung. Denn wer das anordnen könnte – müßte ja auch mächtig genug gewesen sein, das zu verhindern, was diesen Racheakt später rechtfertigt; und sofern Rache an dann wiederum total Schuldlosen göttlich sein könnte!«

Heftig sagte seine Frau: »Und ob sie das könnte! Göttlich heißt ja nicht gütig: der Gott des Alten Testaments übt entsetzliche Racheakte an schuldlosen Nachkommen verbrecherisch gewordener Völker, er tilgt sie völlig von ihren Stätten ... Unsere Gottesvorstellung ist derart gartenlaubenhaft harmlos geworden durchs evangelische Pfarrhaus« – und sie sagte lächelnd zu der Jüdin: »Ich komme auch aus einem – daß sie keineswegs mehr übereinstimmt mit *dem* Gott, der angeblich auch Geschichte bewirkt. *Der* Gott war selten menschlicher als der Weiße Hai, während wir ihn uns als Weihnachtsmann vorstellen möchten ... Wer angesichts der Opfer für sich festlegt, es gäbe keinen Gott – fällt wenigstens nicht in Versuchung, *ihm* die Abwehr der großen Schweinereien zu überlassen, sich als Mensch ein bißchen mitverantwortlich zu fühlen ...«

Sie schwiegen. Sie tranken.

Endlich sagte die Frau aus Tel Aviv: »Die zwei Konto-Auszüge, die dieser Mann da meinem Vater für die beiden ersten kleineren Beträge ausgehändigt hat – hatten genau das erreicht, was sich der Diplomat von ihnen erhoffte: sie hatten das absolute Vertrauen meines Vaters in diesen Gesandtschaftsangehörigen hergestellt – so daß er ihm jetzt, natürlich wieder ohne Quittung, den Rest unseres Vermögens hintrug, knapp hunderttausend Mark. Denn der Mensch hatte ihm auch gesagt, dieses Vermögen auf einem Schweizer Konto schütze uns vor einer Auslieferung nach Deutschland, wenn wir nur illegal oder halblegal in der Eidgenossenschaft Zuflucht fänden: für ein legales Visum sei es wohl schon zu spät. Juden mit Geld in der

Schweiz würden nicht so leicht an die Nazis ausgeliefert wie mittellose: die Schweiz habe verständlicherweise keine Lust, die Flüchtlinge auch noch zu ernähren! Und meine Eltern hatten das geglaubt, weil sie – lange vor dem Krieg – einmal gehört hatten, sogar die prominenteste Immigrantenfamilie in der Schweiz, Familie Thomas Mann, habe einen Vermögensnachweis erbringen müssen, um die Küsnachter Aufenthaltsgenehmigung verlängert zu bekommen, ehe sie nach den USA weiterflüchtete... Wir wußten nichts – niemand in Deutschland wußte irgend etwas Genaues. So entstand die Schutzbehauptung, die Gerüchte übertrieben immer. Doch das Gegenteil war zutreffend: auch Sadisten unter Gerüchtemachern hätten sich die Wahrheit nicht vorstellen können – oder niemand hätte sie ihnen geglaubt!... Ich muß noch etwas trinken, sehr kaltes Wasser mit Kohlensäure...« Sie hob den Arm, Herr Donati nahm selbst ihre Bitte entgegen.

Niemand hatte die Erzählerin unterbrochen, aber sie sah aus, als brauche sie – Ablösung. Der Advokat sagte: »Ich werde sogar Ihnen noch nicht sagen, wo ich – während Sie eben erzählten – ein Loch, vielleicht: *das* Loch in Ihrer Geschichte entdeckt habe, das den Blick freigibt zu einem Zeugen (oder mehreren), die sprechen werden ohne Rücksicht... allerdings vielleicht nur gegen bar!«

Die Israelin sagte: »Wenn die *öffentlich* stehen zu ihrer Aussage – dann auch gegen bar, natürlich. Und gegen Ihren und meinen Eid: daß niemand erfährt, daß wir gezahlt haben für die Aussage – das ist klar.« Die Frau des Advokaten ergänzte: »Mein Mann hat mir erzählt von den zwei Einzahlungsscheinen, die mein Landsmann Ihrem Vater ausgehändigt hat als Bestätigung, daß er für ihn ein Konto in Zürich hat einrichten lassen mit diesen beiden ersten Beträgen... erinnere ich mich richtig?«

Die Jüdin nickte: »Für diese beiden ersten Beträge kamen noch die Bankbelege, die mein Vater nie nach Hause brachte, sondern sofort einem uralten Dienstmädchen meiner Großeltern, das sich in ein Dorf der Mark Brandenburg verheiratet hatte, per Post zusandte – zu getreuen Händen; sie hat mir nach dem Krieg diese Quittungen auch ausgehändigt, so daß ich das

Geld – nach Schwierigkeiten – in Zürich abheben konnte, 1948. Als nun durch diese beiden Quittungen das Vertrauen hergestellt war – brachte Vater den Rest unseres Vermögens zu diesem Gesandtschaftsmann. Zehn Minuten nachdem er wieder zu Hause war – war die Gestapo bei uns, die ihm vorhielt – er lag schon auf dem Rücken, er wurde sofort zusammengetreten, bevor noch drei Sätze gefallen waren –, er habe einen Schweizer angegangen, der möge ihm Geld in die Schweiz überweisen. Mein Vater schwor, nur über Visa geredet zu haben, da zeigten die Gestapomänner, sie trugen Zivil, eine Kopie einer oder beider Überweisungen, die früher durch diesen Diplomaten getätigt worden waren: wir wußten sofort, Vater würde ermordet, und hofften nur, wir mit ihm, auf der Stelle. Was sie dann, noch in der Wohnung, mit ihm machten ... nun, das muß ich ja nicht – erzählen.

Vater hätte sicher gegen den Unmenschen schon deshalb nichts ausgesagt – abgesehen davon, daß einem Juden nichts geglaubt wurde von den Nazis –, weil er nicht wissen konnte, ob nicht genau dieser Mann sein einziger Entlastungszeuge wäre, käme es zu einer Konfrontation: woher sollte Vater wissen, daß *der* – nicht aber ein anderer sein Mörder war! Wann merkt man bei solchen ›Verhören‹, daß man nichts zu verlieren, also auch keinen, der einen ans Messer lieferte, mehr zu schonen hat? Zweifellos hat dieser Diplomat den Nazis öfter kleinere Beträge von Juden ausgeliefert, um das Vertrauen der Gestapo in seine Korrektheit zu stärken – und so glaubten sie natürlich *ihm*, aber nicht einem Juden, wenn er angab, ein Jude habe nur *gefragt*, ob er Geld für ihn in die Schweiz schaffe. Daß mein Vater nicht nur gefragt – sondern das Geld diesem Herrn schon gebracht hatte: mein Vater hätte es nie sagen können, er wußte ja: Todesstrafe stand darauf, Geld hinauszuschaffen. Und daß er totgeschlagen würde schon auf Grund der ersten Überweisung, die den Nazis von dem Diplomaten mit Kopie angezeigt worden war – darauf konnte der sich verlassen! Dessen Logik war lückendicht, todsicher.

Bestritt der Jude – wie mein Vater es noch in unserer Wohnung getan hat, ehe sie ihn mitschleppten –, dem Menschen zugemutet zu haben, Geld hinauszuschaffen: so zeigten die Nazis ihm den Durchschlag der ersten Einzahlung, mit der ein Gehilfe des Diplomaten das Konto eingerichtet hat. Denn dieser Gehilfe ...«

Die Frau des Anwalts fragte: »Der ist tot?«

Ihr Mann nickte – sagte dann aber: »Vermutlich, wir finden ihn nicht, obgleich wir seinen Namen ja haben auf Grund des Kontoblatts und seiner Unterschrift unter den ersten zwei Einzahlungsbelegen. Doch wer weiß: einer vom diplomatischen Corps kommt leichter zu einem falschen Paß als unsereiner zu hundert Franken!«

Die Jüdin fuhr fort: »Diesem Mann unterstelle ich aber – im Zweifel *für*..., daß er gutgläubig gehandelt hat. Der muß nicht gewußt haben, daß der Kollege in Berlin die Juden auf die Guillotine lieferte –sobald die ihm eine lohnende Summe zur Überweisung gegeben hatten; oder sobald er wieder einmal das Vertrauen der Nazis in die Kontinuität seiner Denunziationen erneuern wollte und ihnen meldete: Der hatte achttausend Mark in der Rocktasche, dieser Jude, ich habe ihn hinausgeworfen; er konnte auch sagen, holen Sie das Geld hier in der Gesandtschaft ab – ich nahm's entgegen, als brächte ich es in die Schweiz: In jedem Fall war der Denunziant ein stets korrekter Neutraler. Je öfter er kleine Beträge und ihre Überbringer an die Nazis verriet – desto verdachtloser konnte er Flüchtlingen das ganz große Geld abnehmen, um sie erst *dann* ihren Mördern auszuliefern.«

Der Anwalt sagte: »Dieser Doktor Petiot war dagegen ein Anfänger!«

Die Frau des Anwalts spürte, was ihm im Berufseifer entging: daß die Erzählerin einen Abhang, innerlich, jetzt erreicht hatte, über den sie heute abend nicht mehr hinausgehen solle. Die Baslerin sagte: »Jetzt aber auf meine Rechnung noch drei Grand Marnier... oder etwas ähnlich Beruhigendes!« Dann ergänzte sie: »Als Frau eines Anwalts erfährt man – glauben Sie mir! – viel weniger als jede Stenotypistin. Ich will auch keineswegs den Namen des Verbrechers wissen, nur –«

Ziemlich laut und ganz rasch nannte ihn die Jüdin. Leiser dann, da ihr Anwalt aufgeschreckt die Hand hob und sich umsah – leiser auch noch den Vornamen. Die Anwaltsfrau sagte:

»Sie sehen, mein Mann will das nicht, ich hätte ja wirklich nach dem Namen nicht gefragt, ich wollte nur wissen, wie er seinen Judaslohn angelegt hat.«

Ihr Mann kam der Israelin zwar zuvor, antwortete rasch: »Sehr umsichtig hat ers angelegt, das Blutgeld, sehr renditesicher.« Als sie schon die Gläser in der Hand hielten, sagte der Anwalt seiner Frau: »Bitte, vergiß alles – solange ich es noch nicht aufgebe, den Raubmörder noch zur Strecke zu bringen ... Denn diese Geschichte ist nicht zu Ende – ich verspreche Ihnen das«, sagte er zu seiner Klientin; und sie war fast geneigt – fast – ihm zu glauben. »... für Sie ohnehin niemals. Doch für *den* beginnt sie erst!«

Die Jüdin sah jetzt aus, als sei ihr sehr müdes Gesicht kleiner geworden wie bei einer Gestorbenen. Der Kellner stand so nahe dem Tisch, daß sie nicht einmal die Stimme zu heben brauchte, als sie sagte: »Bitte, die Rechnung!«

Zu den Baslern sagte sie: »Ich muß mich entschuldigen, daß wir dauernd von mir gesprochen haben, ich will dafür sorgen, daß nach Paul Grüninger in Tel Aviv – wenig genug – eine Straße benannt wird. Kriege ich von Ihnen Unterlagen?«

Der Anwalt sagte: »Da Sie doch an ihn denken – ich hatte Ihnen einen Artikel ausgeschnitten, wollte Sie damit aber heute nicht auch noch belasten ... hier!«

Zu dritt betrachteten sie das Zeitungsfoto. Der Anwalt sagte: »Da war Grüninger '79, zwei Jahre vor seinem Tod.«

Ein korrekter Beamtenscheitel über einem derart von Resignation geschlagenen Gesicht, daß die Lider die trauernden Augen fast abdeckten, als könne der Mann nicht einmal mehr im Fotografen seine Mitmenschen ansehen, die ihn derart mißhandelt hatten – dreißig Jahre lang. »Erschreckend«, murmelte die Jüdin. Die Baslerin sagte: »Wir unterstehen ja alle der Erdanziehungskraft – doch daß die auch ein Gesicht derart nach unten zieht, Augen, Lippen, jede Falte, die Wangen, ja den ganzen Kopf ... gut, daß ihn niemand mehr fragen kann, wie er seine Mitbürger einschätzte, zuletzt.«

Nun kam die Rechnung.

Spanische Treppe: 12 Reise-Notizen

1 Einstein · 2 Spanische Treppe
3 Gesund und krank · 4 Landestöchter
5 Panik im Mai · 6 November
7 Vergessen wo. · 8 Widmung
9 Mond · 10 Schopenhauer, der an Fichte rügte …
11 Wohin? · 12 Eine Reise ist die letzte

1

Einstein, den ein Mann
an einer Brücke hatte warten lassen,
gab, als der sich entschuldigte,
zur Antwort: »Keine Eile –
was ich zu tun habe, kann überall geschehen.«

2

Spanische Treppe

Kaskadengischt auf lichten Aquarellen:
drei Sturz-Seen aus Gestein, das schwimmt,
sanft abfällt dann in zwölf Zwölfstufenwellen.
Darauf vier Rassen; Weiße »weiß« wie Zimt.

Bleib' Wolke vor der Sonne, daß die Stufen
von Glut befreit sind und von Wind liebkost.
Via Condotti weht ihn her; mich Alten rufen,
närrisch im grünen Hemd, ja kurzbehost

Gier, Todesangst zur Treppe, die Atem sprüht:
die Treppe lebt, ein Leib, den Jugend nimmt.
Verblühte sehen – weg. Wer nicht ganz abgebrüht,
der lernt hier leidend, wie für ihn verglimmt

Was »Lebensfeuer« hieß – da ja die Jungen
ihn nicht einmal mehr ignorieren . . .
Entzieht sich Schönheit dem, den sie bezwungen,
läßt sie – reis ab! – sein Herz gefrieren.

3

Gesund und krank

Treibhaus-Import weißer Flieder:
kündigt er, Vorbote, schon im Januar
ihr den Frühling an – und liebegeneigt
wie im Mai atmet sie seinen Duft

Ihm verspricht er nicht wie im Vorjahr

als nachts im Garten der Fliederbusch
mondweiß ihr Dach war – sie wieder
nackt zu sehen. Ihn strahlt jeder Flieder
im Winterlicht weiß wie Sargwäsche an.

4

Landestöchter

Viele Frauen über vierzig Jahre
gleichen ihrer Königin:
Euterrunde, kachelblanke Ware

Als habe jede die Butter erfunden
oder aus Erwerbe-Gewerbesinn
die Butter gar aus sich selber entbunden.

Ihre Töchter riechen wie sauberstes Leinen.
Geheimnislos, backbraun wie Kabeljau.
Erschaffen werden die mehr reinen als feinen

Sooft Gott gähnt – zur Pastorenfrau.

5

Panik im Mai

Sie liegt hier – dort ihr Kleid,
seine Stirn auf ihrem Bauch.
Städter, Bauern – meilenweit;
ohne Trauschein, wie's der Brauch
ist ihr Jungfernblut geflossen,
keine Träne – nur ihr Blut:
was fast achtzehn Jahr geschlossen
– aufzutun, wie tut das gut!

Gras als Bettuch ist dezenter
als ein Laken im Hotel ...
Aber Angst macht ihr Kalender!
Zwar noch fern wie das Gebell
eines Hundes sind die Tage.
Panik: »Gleich zum Kindbett auszuarten!«
(Petting ward zuletzt zur Plage)
seufzen, die sich endlich paarten.

Schütze, Pan, die Kinder beide,
die in Panik liebe-müden
unterm Blütenstaub der Weide!
Maiwind, warm schon wie im Süden
– streichel sie!
Die noch weiße Haut der Städter
– streichel wie
schilfgrau-blaue Weiden-Blätter!

6

November

Eisenkahl die Buchen, dicke Wolken
stechend weiß wie Birkenrinde.
Innen, außen – leergemolken
lieg ich in der Wanne, denn ich finde
doch kein Wort für einen dritten Brief,
der in deinem Starrsinn dich erreichte...

Regen, seit du weg bist, beinah rief
– längst vergessen, deine »Beichte« –
ich sogar im Zoo laut deinen Namen!
Komm doch. Halten würde ich dich nie.
Affen staunten, daß mir Tränen kamen,
doch so ohne Antwort bleibt kein Vieh.

7

Vergessen wo.

Anlege-, Ablege-Steg für Boote und Barkassen
– ich hab' vergessen, wo:
am Lido, an der Themse, in Stockholm,
vielleicht auf Korfu.

Ein Ausflug war geplant, wohin, was tut's.
Geblieben ist die Einsicht, die mich damals
veranlaßt hat, die Bootsfahrt abzusagen:
Ein Panorama *mehr* vor Augen und

– vergessen; *noch* ein Museum
oder eine Stadt: teilt mir das irgend etwas mit?
Sich zwecklos zu bewegen, vertreibt die Zeit
– als ob nicht jeder Tag sie schon vertriebe!

8

Widmung

Hart führt die Zeit den Besen
– auch das Gedicht
wird so wie wir verwesen,
jedoch vom Licht,
das du in mir entfachtest,
ist hier ein Widerschein:
Lies. Was Du betrachtest,
warst *Du!* Bleibt Dein!

9

Mond

Mann im Mond, der uns die Angst nahm,
Babysitter unsrer Kindheit,
ansprechbar, ein runder Onkel
– machte, waren die Eltern aus,
uns die Nacht blautannenhell.

Heute: wer ihn ansieht, schneidet sich,
nur vereister Stahl, gezirkelt
– überträgt den Schüttelfrost
seines wortlosen Alleinseins
auch auf mich, allein wie er.

10

Schopenhauer, der an Fichte rügte,
daß der vor lauter Lehren
nicht zum Lernen komme
– fand auch an einem Plinius
bemerkenswert suspekt,
daß der sich noch im Bad vorlesen ließ:
wann konnte der denn einmal denken?

11

Wohin?

Der Himmel bimssteingrau. Wie Schimmel auf Brot
liegt karger Rauhreif morgens auf den Fluren;
noch ohne Kälte, ohne Schnee der Januar.

Die Farbe – krankes Braun – verfaulten Kohls
verschmutzt die Täler, Hänge, Hügel...
Ins Land einschneidend täuschen Asphaltbänder

Schwarznaß und wie gewaschen – Ziele vor,
die – scheinbar – hinter Biegungen und Bergen
anstrebenswert, erreichbar seien... Ziele?

12

Eine Reise ist die letzte
– zur Grenze, an der wir nichts mehr verzollen.
Was mich sonst in Fernen hetzte:
Geschäfte, Schaulust, Mitredenwollen
läßt mich schon verdächtig kalt...
Bleibe ich jetzt deshalb so viel lieber zu Haus,
weil ich spüre: bald, sehr bald
– reise ich endgültig aus?

Flüchtling

Er hinkte an meiner Seite durch das Städtchen, dessen Namen ich so wenig nennen darf wie seinen Familiennamen. Denn wie leicht könnten die Augen eines Behördenvertreters dies lesen: und wäre dieser Leser ein aufmerksamer Staatsdiener, der vielleicht auf eine rasche Beförderung hofft, wenn er einen zur Strecke bringt, der seit Jahrzehnten für Angehörige – nicht auch für sich selber! – eine Rente herausgeschlagen hat, die dieser Familie nicht »zukommt«: So könnte ich tatsächlich unabsehbares Unheil anstiften, würde ich hier sagen, an wessen Seite in welcher außerdeutschen Stadt ich ging – als ich *den* hätte sehen können, dessen Geschichte ich hier skizziere.

Denn ich sah ihn gar nicht, obgleich er – ein Villenviertel mit Vorgärten, abends zwischen fünf und sechs im Oktober, also in nebelziehender Dämmerung – auf der anderen Straßenseite an uns vorüberging und meinen hinkenden Begleiter mit lautem Zuruf grüßte; und so auch von Baruch, wie ich meinen Freund nennen will, wiedergegrüßt wurde. Baruch ist der Freund der Bücher, im Alten Testament jener Gehilfe des Jeremias, der das Leben dieses Propheten aufschrieb; Baruch nenne ich meinen Freund deshalb, weil das hebräisch »der Gesegnete« heißt: und dieser Flüchtling aus Deutschland *war* ein Gesegneter, weil er sogar eine Razzia mit Polizeihund auf dem Dachboden seines Hauses – liegend zwischen den Ziegeln und dicht an dicht genagelten Dachlatten – in seinem Versteck überstanden hat, während alle Entdeckten seiner Glaubensbrüder nach Auschwitz deportiert wurden ... Baruch sagte, als der Mann an uns vorbeigegangen war: »Du hast ihn nicht erkannt, du weißt nicht seinen Namen und sollst ihn auch niemals erfahren. Doch seine Geschichte, die ist exemplarisch für unser Zeitalter der Flüchtlinge; sucht man in Zukunft eine Beziehung für unsere Epoche, so sollte man sie die Flüchtlinge nennen. Natürlich wird man das *nicht* tun: man wird sie das Atomzeitalter nennen, weil das Technische leider größeren Eindruck macht als das Menschliche ... aber es war ja gewiß, dieses Jahrzehnt um den Hitler-Krieg oder – Asien dazugerechnet – das Jahrzehnt um den

Zweiten Weltkrieg: die Epoche der neuen Völkerwanderung, die der Flüchtlinge.«

Ich fragte Baruch, warum er mir diese Geschichte des Mannes, der ihn da soeben freundschaftlich angerufen habe, nur erzählen wolle, weil ich ihn *nicht* erblickt hatte in der Dunkelheit. Baruch schmunzelte und sagte: »Weil schon Aldous Huxley gewarnt hat: eher dürfe man seine unschuldigen Töchter mit Casanova auf eine Ferien-Reise schicken und sich einbilden, der verführe sie nicht – als einem Schreibwütigen, und ihr Autoren seid alle schreibwütig, ein Geheimnis anvertrauen ...«

Ich lachte, aber dementierte: »Nur dumme Schriftsteller geben Informanten preis – nur die, die nicht neugierig sind und denen es also egal ist, ob man ihnen *noch* einmal etwas anvertraut, erzähl schon ... statt mich zu spannen!«

Und Baruch sagte: »Eine uralte, eine Agamemnon-Geschichte ... doch eben die eines Agamemnon, der sich wegen Kassandra gar nicht mehr heimtraute!«

Ich unterbrach: »Ein Flüchtling aus Deutschland, der hier während des Krieges eine neue Frau fand?«

Baruch antwortete und Trauer belegte jetzt seine Stimme, er sprach immer stockender: »Kein Jude wie ich, sondern ein Politiker, Berliner Reichstagsabgeordneter, der vor Hitlers Machtergreifung so genau den Nazis ins Gesicht voraussagte, was sie anstellen würden mit Deutschland – daß er bereits in der Nacht, als die den Reichstag ansteckten, geflüchtet ist: er wußte, sie würden ihn nicht aufheben im Lager, sondern totschlagen! Und als sie dann in dieses Land einfielen – wer hätte das vorausgeahnt, nie hatte zuvor ein deutscher Militär-Stiefel dieses Land betreten –, als dann doch 1940 die Deutschen als Okkupanten kamen, da versteckte ihn eine sehr schöne Frau, die nur ein bißchen älter war als seine Kinder in Deutschland ... und da sie beengt wohnten, wohnte er so dicht bei ihr, viereinhalb Kriegsjahre lang, bis uns die Briten dann befreiten von den Deutschen: daß aus diesem engen Zusammenhausen ... neben einer, wie soll ich sagen: existentiellen Dankbarkeit und Liebe ... auch ein Kind entstand. Und so, wie schrecklich, doch wie verständlich, schaffte es der Mann nach dem Krieg nicht mehr, dieses Mädchen sitzenzulassen samt dem Kind; so ließ er sich zu

Hause als tot melden, als verschleppt von den Nazis mit unbekanntem Ziel: so daß seine frühere Familie eine anständige Rente bekommt, noch heute. Denn als er 1933 fliehen mußte, ließ er ja nicht allein die Frau zurück – die Frau hätte vielleicht vor dem Krieg noch nachkommen können –, sondern auch drei Kinder! Und so ›gut‹ – ich sage gut in Anführungsstrichen –, so ›gut‹ das ausgegangen ist bis heute: ihn hat es zerstört. Denn er ist anhänglich. Ja, so ist das Schicksal, wenn du weißt, was das Schicksal ist, ich weiß es nicht: so ist es auch noch, das Schicksal – daß es *dies* ausgerechnet einem Mann auferlegt hat, dessen bezeichnendste Tugend die Anhänglichkeit ist. Er ist hundetreu: ich bin überzeugt, jeden Morgen seit einem Vierteljahrhundert, wenn er sich rasiert und im Spiegel erwischt – sieht er sich als treulosen Schuft, und dann leidet er, während natürlich diese gleiche Treue ihn ja auch 1945, als er wieder hätte heimgehen dürfen, heimgehen *müssen,* vielleicht, nach Deutschland – darauf verzichten ließ, um nicht seiner Retterin die Treue zu brechen!«

Wir schwiegen beide. Dann sagte Baruch, da wir in die Nähe seiner Wohnung kamen: »Sei vorsichtig, jetzt beim Abendessen, denn meine Söhne haben keine Ahnung – nur meine Frau, da die das ja miterlebt hat, sozusagen, kennt seine Geschichte!«

Ich hielt ihn zurück, wir waren an seinem Haus: »Und kennt seine Frau in Deutschland die Geschichte?«

Baruch sagte: »Es gibt Dinge, das weißt du, die kannst du auch den intimsten Freund nicht fragen – seine Kinder in Deutschland, da bin ich sicher: halten ihn für tot. Doch seine Frau ...? Einmal sagte er mir und konnte dann nicht weiterreden: einmal hat er mit gesagt, daß er zuweilen dorthin reist; ich weiß sogar, wie das Hotel heißt, in dem er sich einquartiert, weil er heimlich seine Kinder auf dem Schulweg sehen wollte. Ich sagte noch: laß das sein – das bricht dir das Herz. Er antwortete, als gehe es gar nicht um *ihn:* Oh, ich kann an meinen Kindern vorbeigehen auf der Straße – die erkennen mich doch gar nicht! Aber eben dies: daß er sogar an seinen Kindern vorbeigehen könnte, zeigt ihm ja nur seine Verlorenheit, denn wie gern hätte er gesprochen mit seinen Kindern ...«

Ich fragte: »Und was vermutest du – hat er seiner Frau in

Deutschland gesagt, daß er noch lebt?« Baruch wiegte den Kopf hin und her, wir gingen sehr langsam weiter; Antwort gab er nicht, sondern fragte: »Was vermutest *du*? Gut war die Ehe, er litt sehr unter der Trennung von dieser Frau – ja, ich bin sicher: er blieb ihr treu, bis die andere unter Gefahr für ihr eigenes Leben ihn versteckt hat! Übrigens hat diese Frau in Deutschland sich wieder verheiratet – zehn Jahre nach dem Krieg. Rente kriegte sie seitdem nur noch für die Kinder.«

Wir kamen heim ins Haus des Bücherfreundes, des Bilderfreundes. Ehe wir zu Tisch gingen, zeigte er mir wertvolle Graphik; ich fragte, wie er das finanziell geschafft habe; er lachte: »Nach dem Krieg galten ja die Expressionisten und der Jugendstil überhaupt nichts – nur Mut und Instinkt mußte man haben, wenn man diese Lieblinge aus der Jugendzeit noch schön fand: man mußte nur stehen zu ihnen, treu, sosehr sie auch aus der Mode waren ... dann bekam man sie nachgeschmissen für 'nen Appel und 'n Ei. Und dann weißt du, kauft man Kunst, ist es *immer* so: ›eigentlich‹ hat man kein Geld, ›eigentlich‹ findet man's größenwahnsinnig, die Plastik, das Aquarell trotzdem zu kaufen – und kauft ja auch auf Raten ... und siehe da, nach Jahren hängt es dort, ist längst bezahlt; und man hat durchaus vergessen: wie man es und womit man es einst abbezahlt hat.« Und er trank mir zu, wir waren schon fertig mit der Suppe. Seine Frau, die ihre ausgegangenen Söhne entschuldigte, sagte jetzt: »Ach ja, das hab ich fast vergessen, der Günther ... hat angerufen, er sei dir grade in der Kennedy-Allee begegnet, aber da du nicht allein gewesen bist – er sah euch also beide: habe er dich nicht anreden wollen wegen deiner Klimts. Ob er diese Woche einen Museums-Fotografen schicken könne, er will in seiner – Serie ...«

Baruch unterbrach seine Frau abwinkend, doch zustimmend; die Serviette in der Hand hielt er sogar hoch: »Natürlich, natürlich: ist ja klar, ist ja gut – er soll den Fotografen schicken!« Doch seine Frau, die uns die Teller füllte, sah nicht auf ihren Mann und auf sein hektisches Abwinken, sondern sah in die Schüsseln, und so redete sie weiter – und nun *wußte* ich, wem wir begegnet waren, denn diese Serie, die Baruchs Frau genannt hat, sie kennt ungefähr jeder, der sich für internationale Kunstbücher interessiert. Ich war so diskret gewesen, *nicht* das Nächstliegende zu fragen: was Baruchs Freund von Beruf sei, wovon er lebe. Nun sagte es die Frau ahnungslos, daß soeben Baruch mir die Biographie dieses Mannes erzählt hatte...

Er blickte mich verzweifelt an. Als seine Frau in die Küche ging, legte ich Baruch meine Hand auf die Manschette und beruhigte ihn: »Von Casanova unterscheiden wir Autoren uns immerhin dadurch, daß wir es zwar ebensowenig wie der unterlassen können anzurühren, was uns anvertraut worden ist...«

Baruch unterbrach: »Und auch bei dem, was Autoren tun, das *weißt* du: kann Blut fließen!« Ich versicherte ihm: »Gewiß, aber doch nur, wenn wir nicht Ort und Jahr und Namen verändern, wie ich es tun werde, wenn ich diese Geschichte erzähle.«

Antike Landschaften mit Ruinen

Tempel · Leda · Selinunt
Jesus-Talk am Swimmingpool des Tiberius
Mühlenhund-Ballade oder
Agamemnon auf dem Dorfe
Das siebte Jahr: Odysseus bei Kalypso
Bleib! Menelaos zu Helena

Tempel

Äcker, fast fruchtlos, der Pflug
lockert nur mühsam sie auf.
Kein Haus, weder Straße noch Grabmal
sind geblieben – ein Tempel allein,
dem mit den Betern auch Gott starb,
behaust nur von Sandwind,
bezeichnet die Stadt noch:

Segesta

Geh weiter auch du – eh' sie dich
ansteckt, die Schwermut:
sie brütet auf entleerten Altären.
Wo Markt war, Theater und City,
sind Dünen. Wo Menschen lebten,
ist – nichts. Oder du – momentan;
auch so lange nur wie dein Schatten.

Leda

»... die königlichen Frauen des prähellenischen
Griechenlands fanden nichts dabei, Liebhaber
aus den Reihen der Leibeigenen zu nehmen.«
Ranke-Graves

Ein Domestik! Doch blieb mir keine Wahl:
mit Günstlingen von Stand zu schlafen,
das hat man oft erlebt, ist zu gewagt;
läßt man die erst ins Bett, sind die »Gemahl«
auch bald im Staatsrat! Doch glückt Sklaven

Nie die Verknechtung ihrer Queen zur Magd...
Zermalmt, als habe Pan mich übermannt,
sah ich den Kapo, der auf der Galeere
– zum Schutz der meinen uns vorausgesandt –
aus seiner Sportlerbrust den Rudertakt

Seit Jahren hinruft über meine Meere
nur einen Lidschlag lang – doch nackt...
Mein Kammerherr versetzte ihn zur Garde:
um sich zu halten, liest der Fuchs gewandt
mir aus den Augen ab, was ich erwarte.

Auch: wie's mich traf, als dort der Fremde stand!
Heraklisch lehnte er am Heck – Begierde
trieb mich in die Kajüte der Barkasse...
schlecht wurde mir, ich schloß mich ein – vertierte
mannlose Frau, die tags die Männer quälte

So heftig, wie ich nachts den König hasse,
weil der im Raubkrieg schon ein Jahr verschollen
und mich kein Mann – nur meine Hand noch pfählte.
Nun nahm ich ihn! – erklären sollen
die Priester der Nation, wieso die Queen

Ein Jahr schon Witwe – doch entbinden wird.
Mein »Kapo« ist dann Offizier; wer ihn
der Vaterschaft verdächtigt, auch nur lacht,
der wird auf der Galeere angeschirrt.
Die Zofe, die geschwatzt hat, darf im Schacht

Des Bleibergwerks für Inhaftierte kochen.
Die Zunge wurde ihr herausgerissen.
Wie ungern ich dies Urteil auch gesprochen:
ist nicht das Wohl des Reiches mein Gewissen?
Vermuten erst die Bürger eines Staates

Daß dort ein Sklave Königskinder zeugt,
geht schon die ganze Monarchie zum Hades,
gäb's keinen Untertan, der's Knie mehr beugt...
Mein Hauptproblem: der Erbverwandten
stets mordbereite Habsucht nach dem Thron!

Doch hoffe ich auf Zwillinge, zwei Tanten
sind auch von Zwillingen genesen:
mein Schutz, mein Leben ruhen in einem Sohn!
Nach nur zwölf Wochen bin ich schon so schwer...
es rührt mich tief, wie sich Pans Wesen

Mit meinem wandelt, zärtlich wird, wie sehr
er fürchtet, mir im Akt zu schaden.
Doch meine Libido wächst mit dem Bauch.
Die Ärzte finden das normal und raten,
daß er mich nur von hinten jetzt noch nimmt

Und ich ihn nicht mehr reite – sagen auch,
wenn er an meiner Seite schwimmt,
darf ich bis zum Oktober baden...
Doch nicht mehr vor dem wilden Kliff der Schwäne,
die immer um uns sind, seit wir uns lieben

Und die wir einbeziehen in unsre Pläne:
nicht länger ist die Rede aufzuschieben
zur Lage der Nation, daß ich
von einem Thronfolger genesen werde...
Die Frage, ob sein Vater königlich

Ist abzuwürgen dank dem – Schwan!
Wozu, wenn nicht zum Gängeln meiner Herde
ernähre ich die Priester, die den Wahn,
Zeus schlüpfe oft in tierische Gestalt,
selbst heute unterm Pöbel noch verbreiten?

Als *Schwan* nahm Zeus mich mit Gewalt!
Wir diskutierten die Idee nach allen Seiten,
es amüsierte Pan, sie auszuschmücken.
Ich lag auf seinem Leib wie auf Basalt,
sein Griff umspannte meinen wunden Hügel:

»Du schwammst weit draußen auf dem Rücken,
Zeus stieß als Schwan herab, gab dir auch Halt;
du wärst ertrunken, hätten seine Flügel
dich nicht umfangen, als er dich begattet!«
Er lachte – schlief dann endlich einmal ein

Von durchgeliebter Nacht ermattet...
Kann er für immer so verschwiegen sein?
Ach, glücklich sein wie Schwäne hoch im Blauen!
Doch bin ich von der Frage überschattet:
Muß ich ihn töten? Darf ich ihm vertrauen?

Selinunt

Städte der Griechen
an den Ufern Siziliens
aus euren Gezeiten
aus euren Geschicken
spricht unsre Zukunft.

Siebenundzwanzig
Jahrhunderte vor uns
von Dorern gegründet,
westlichste Hauptstadt
griechischer Siedler: Selinunt
Einst Mare Africano.
Heute paradieren dort
Moskaus und Washingtons Flotten.

Kläglich nur noch
beklagenswert
die Steinschutt-Spuren
die nicht mehr erzählen
die nur mehr verschweigen
wie mit Schiffahrt und Reichtum
hier die Schöpferlust kam.

Amputiert durch »Geschichten«
benachbarter Krieger:
Trommeln von Säulen, Metopentrümmer
zerrissene Friese
verwaschne Reliefs: Erdbebenkrümel
vier leuchtender Tempel
einer Akropolis!

Darunter, was Stadt war:
ausgeschaufelt zwei Straßen von hundert.
Drei Häuser – »freigelegt«
... weniger als ein Knöchel von einem Bein!
Sträucher, Steine und Staub
Stille – die gleiche Decke
für Nekropole wie Großstadt

Was weiterlebt:
Flecken von Grün
zwischen Wust von Geröll,
Büschel der Petersilie,
die hier wild wächst
– sie gab Selinunt
ihren Namen.

Und das schaumdumme Meer
– unberührt wie ein Hai
den Schwimmenden wegreißt.
Siehst du es an, frontal
sticht es, Laserstrahl in der Sonne
das Auge dir aus.

Jesus-Talk am Swimmingpool des Tiberius

> »Nach jüdischer Tradition war er der Sohn eines römischen Centurio, Pantheras, der Panther.
> Daher auch seine Trennung von seinem »Vater« und... sein zweideutiges Verhalten gegenüber seiner Mutter und dem Ehebruch...
> Belegt der Grabstein des Pantheras..., daß seine Legion ungefähr im Jahre 4 v. Chr. in Judäa gewesen ist.«
>
> *Palinurus, Das Grab ohne Frieden*

Sie:
Centurio – wollen Sie dem Weinsklaven winken,
was Sie mir erzählen, dazu muß ich trinken!

Er:
Ja, gnädige Frau, was wollen Sie hören!
Wenn meine Kriegsgeschichten Sie stören:
Einen Hochstapler habe ich hopp genommen,
der als Gott nach Judäa gekommen...

Sie:
Nicht neu! – Erwähltheitsdünkel gehört zu dem Land.
Wer hat denn »Gott« in dem Kerl erkannt?

Er:
Schwer zu sagen, was einen Menschen vergottet.
Hier ein Komplex: als Kind verspottet,
weil er Bastard des Centurios Pantheras war,
verließ er den »Vater« im dreizehnten Jahr.
Erst als Gammler fand seine Rednerkraft,
die genial war, in der Genossenschaft
ein Objekt – und schenkte ihm das Gefühl,
Messias zu sein. Im Kommune-Gewühl,
aus Weib-Ekel dank der Mutter, blieb er Asket.
Das distanziert. Von da zum Prophet

war's nur ein Schritt: Die Gottesbrunft-Schreie
der Plebs, die gaben ihm »göttliche« Weihe.
Sie wissen, ein Führer macht sich doch nicht selber!

Das Stimmvieh macht ihn – das er dann wie Kälber
zu Schlachtvieh verwandelt; mir kommt der Verdacht,
daß Todestrieb Völker zu Mitläufern macht.

Dieser Schreiner schrie auch, er bringe das Schwert.
Zwar blieb er noch friedlich – jedoch vermehrt
hätte seine Partei jeden umgebracht,
der zu zweifeln wagte: weh dem, der lacht!
Die typische Rachsucht der Halb-Aristokraten:
Der Gesellschaft, die ihn früher nicht eingeladen,
ihn, den Römer, des Centurios Sohn,
der verhieß er Vernichtung: ihren Lohn.

Sie:
Und sie fürchten, Centurio, daß dieser Mann
auch unsere Legionen infizieren kann?

Er:
Nein – kein Mensch wird je von dem wieder reden!
Zwar posierte er als Erlöser des ganzen Planeten;
doch nur der Pöbel schrie Heil, er war Kommunist;
und da uns Römern höchst angenehm ist,
wenn die Okkupierten sich politisch zersplittern,
lieferten wir, um die Plebs zu verbittern,
Priestern und Bürgern diesen Feind in die Hände.
Die machten am Kreuz mit ihm ein Ende.

Sie:
Hat der Schreiner sich ernstlich als Gott eingeschätzt?
Selbst geglaubt, was er anderen aufgeschwätzt?

Er:
Vermutlich – er versprach Heil und Himmel autoritär,
und Sie kennen die Leute, Madonna – wer
besessen genug ist, ein Programm zu verkaufen,
das Widerspruch ausschließt – dem laufen

alle jene nach, die gern *glauben* wollen:
die meisten! – und die überrollen
wie eine Lawine die paar, die denken …
Dogmatiker soll man deren Todfeinden schenken!

Sie:
Centurio, Mensch – sind immer so nüchtern!
Und wer aussieht wie Sie, warum ist der schüchtern?
Komm – laß uns ins Bett gehen, statt hier zu reden
von Narren, die fordern, sie anzubeten.

Mühlenhund-Ballade
oder Agamemnon auf dem Dorfe

Einen Toten?
Schorsch und Henner melden, auf dem Heimweg,
Osterdienstag, als sie Torf gestochen,
knapp drei Kilometer vor der Mühle,
hätten sie den Mühlen-Fritz gesprochen!
»Quatsch – zur Mühle«, schreit die Witwe, »kam Fritz nie!«
Soo? – ja, dann sei sie einzulochen:
Mordverdacht; man wisse, wie
sie es treibe mit dem jungen Knecht...

»Ist's verboten?
Ein Jahrzehnt vermißt: ist Fritz totgesagt!
Daß ich lebe mit dem Knecht – ist mein Recht,
wer im Dorf noch lästert, wird verklagt...
Auf Idioten, die von ›Heimkehr‹ schwätzen,
so besoffen, daß sie einen Toten ›sprechen‹,
den sie aus der Grabesruhe hetzen
– hetze ich jetzt Polizei:
Haussuchung verlange ich – mit Hunden!

Euren Zoten,
dem Gerücht, im Mühlwald sei
– nicht in Stalingrad mein Fritz verschwunden,
geht das Amtsgericht jetzt nach!«
... Als dann Zweibeiner entfalten
Vierbeinern des Müllers Kleider,
muß sie lachen: »Hundenasen hinzuhalten,
was doch gar nicht hing im Schrank:
längst gab ich die Kleider weiter...

Weg die Pfoten!
– schenkte sie dem Knecht, zum Dank:
daß des Toten Kleider trug,
der ja dessen Arbeit machte ...«
»Auch im Bett? – als der Kommissar das frug,
erektiert ihn, wie sie lachte:
»Sind wir Witwen keine – Frauen?«
Da sie ihn noch überragte,
zu der harten Brust zu schauen

Und dem roten
schweren Haar, war er zu verklemmt; er fragte:
»*Euer* Hund .... ist doch sonst nie angebunden!
Angst, der *fände* Ihren Mann?«
Sie, reicht Brote: »Nein, nur wegen Ihren Hunden
liegt heut Argos an der Kette!«
Doch kaum losgemacht – bergan
stürmt schon Argos, der das Wehr,
wie gepfiffen, rasch durchschwommen!

Nur mit Booten
kommen nach Polizisten, Kommissar. Lynchgeil hinterher
wogt ein Menschenmeer. Spät am Mühlquell angekommen
– dunkel – hilft mit Fahndungslichtern
Polizei dem Hund beim Scharren ...
Fritz liegt tief. In zwei Gesichtern
ist nur Panik vor der Volkswut, doch kein Mund.
Schweigen. Als der Kommissar höhnt: »Narren!«
– klagt das Weib: Ich töte keinen Hund.

Das siebte Jahr: Odysseus bei Kalypso

Zum Zentenarium des Basler Böcklin-Bildes

Nichts in Sicht. Dunsthitze, wind- und sonnenlose.
Und Schwermut nach dem Akt – erlegen ihrem Willen,
der ihm den seinen nimmt wie durch Hypnose.

Verdrängen wir die Lust, zu killen,
wenn wir – dies sein Verdacht – das Ur-Verlangen
in einem Mensch, der uns *knechtet*, stillen?

Instinkt riet ihm zur Flucht, doch ihn bezwangen
zwei Ströme: Euphrat/Tigris – ihre Flanken,
ihm machtvoll-lehmbraun hingehalten ...

Midlife-gestreßt, kaputt von den Gedanken
an Kind und Frau und Heim blieb er gespalten,
lahm erst von Eros – dann von Hysterie.

Hysteron-Uterus: das gleiche Wort.
Neurosen-Züchterin, liebt sie
prämenstruell entnervt, ihn bis zum Mord

Wenn er nicht mit Gefangenschaft bezahlt.
Ihr Lachen, Gang, Gespräch, Geruch: sie wandern
durch seinen Schlaf. Ihr Blick verstrahlt

Phosphorgrün ihre Augen wie bei Panthern,
Intrigengeilheit, Nesttrieb, Gier nach Geld,
panisch bestürzt, droht er sie zu verlassen.

Furchtbar wird Schönheit dem, der ihr verfällt.
Wie lehrt sie den, sich selbst zu hassen,
der ihr entfliehen will. Doch den sie hält.

Bleib! Menelaos zu Helena

Sphären-Musik in Stimme und Schritt:
Du bist, was Natur mit Menschen kann!
Wie Aphrodite Ares ritt,
so überwältigend nahmst Du mich an.

Kannst mich verlassen, nur weil Jugend
uns wehrlos macht im Klimakterium?
Vor Schönheit, weiß ich doch, ist Tugend
nur Chancenlosigkeit. *Darum*

Nach Troja durchgehen? Sei nicht toll:
hier bist Du Queen. Was wärst Du dort?
Mätresse – nicht im Protokoll.
Nie darf der Prinz sein Ehrenwort

Einlösen, Dich daheim zu freien:
der braucht Erben, muß doch schwängern!
Bleib schon: Ehen leben vom Verzeihen.
Seinen Aufenthalt verlängern

Wir, wie Du ihn brauchst: Hygiene ...
gegen Altern *das* Hormon.
Also macht's – doch keine Szene:
Er ist dumm wie unser Sohn!

Laß Du Sparta nicht im Stich:
Du regierst hier – Du bestimmst!
Volk und Army lieben *Dich.*
Und wie Du den Knaben nimmst

Nimm auch mich, hab doch Charakter,
sagst ja, daß Du mich noch liebst!
Ich – verzichten, dem Dein nackter
Körper *Gott* ist? Einmal schriebst

Du – *wir* blieben noch im All
– Du das meine, ich Dein Floß:
bleib's! Aus Dir spricht der Widerhall
dessen, was Natur so groß

Mit uns Menschen einst geplant.
Ewigkeit: *Der* ahnt sie im Augenblick,
der von Dir umarmt wird. Ahnt
Paris ... diese Sphären-Musik?

Anekdote

»Wer vor siebenhundert Jahren Metaphysiker gewesen wäre, ist heute Ontologe, und das heißt, daß er den rationalen Aspekt durch den irrationalen kontrapunktiert. Er besteht auf den Vorbehalten gegenüber den positiv rationalen Aussagen, und ebenso gegenüber den positiv irrationalen. Über das Irrationale läßt sich nichts Striktes sagen; es erhält den Rang des dämpfenden Faktors. Diese Dämpfung ist alles, was vom ehemals religiösen Verhalten übrig bleibt, aber dieser Rest darf niemals als belanglos behandelt werden.«

Otto Flake

Sehr gern besuche ich sehr alte Menschen: Sie wissen, was kein anderer mehr weiß; sie glauben weder einer Religion noch einer Ideologie, sondern höchstens dem – und auch dem nicht alles –, dessen Gesicht und Stimme sie überzeugen; sie nehmen außer ihrer Ernährung, diesem Letzten, das sie erotisiert, nichts mehr völlig ernst; sie haben immer Zeit, denn sie stehen am Ufer zur Ewigkeit, von der wir zwar nichts ahnen – die jedoch immerhin den Zeitbegriff der hier noch Geschäftigen als blödsinnig erweist; in fast allem, was sie sagen, ist schon dessen ironische Aufhebung – überhaupt ist bei allem Lebensverdruß Heiterkeit um sie, die zwar nicht wärmt, sie auch vor keiner Verbitterung schützt, ihnen jedoch die Sicht weitet wie an sehr späten, kalten Oktobertagen die Sonne, die auch nicht mehr wärmt, aber aufklart. Um sie ist jene Freiheit, die total Ausgebombte nicht selten vor der Ruine ihres Hauses verspüren. Komik verdrängt oft alles Ehrwürdige, das ihrer Erscheinung das Alter »geschenkt« hat – nichts hassen sie so sehr wie dieses »Geschenk«. Hamsun, der dreiundneunzig wurde, äußerte schroff, das Alter mache nicht weise, sondern alt – »und sonst nichts«. Ein Mann, den mehr als fünfundachtzig Jahre derart ausgetrocknet und kleingeschrumpft hatten, daß er nicht viel höher mehr war als sein Urenkel der Abc-Schütze, war auch luftleicht und sagte selber, er müsse, damit ihn nicht der Wind davonblase, in jede Hand ein Bügeleisen nehmen, wenn er ausgehe. Doch selbst dann, wenn ein Gespräch mit ihnen nicht einmal mehr einen solchen Witz »einträgt«, weckt noch die wortlose Anschauung sehr alter einzelner ähnliche Empfindungen wie die sehr alten Bäume, an die man ja auch nicht mit der Frage herantritt, ob sie noch tragen. Und wenn diese Uralten sich meist nicht mehr erinnern können, was vor sechzig Minuten geschehen ist oder was sie da sagten, weshalb sie es noch einmal sagen oder noch zweimal – was vor sechzig Jahren geschah, das berichten sie exakt und mit jener unhastigen Anschaulichkeit, mit der Zeitlupenfilme abrollen. Wer kann benennen, was ihren Berichten eine Aura gibt, die das Berichtete für damals Mitlebende noch nicht besaß? Seit kurzem liebt man sogenannte »Oldtimer«, doch niemand vermöchte anzugeben warum; die Seltenheit dieser frühen Automobile ist an sich noch kein Wert: vor zehn Jahren, als noch kein Mensch sie aus irgendeinem Schuppen ans Licht zog, da waren sie schon ebenso rar, ohne als Rarität bezahlt zu werden. Daß die Welt sie so plötzlich wieder schätzt wie den Jugendstil, hat Ursachen, die so tief liegen, daß ich ihnen nicht auf den Grund komme...

Sicher ist nur: niemals spricht lange Vergangenes so unvermittelt zu uns wie durch einen Menschen. Zum Beispiel diese Greuelgeschichte aus dem Napoleon-Krieg: würde sie uns, die der Hitler-Krieg abgestumpft hat, aus einem Buch so tief anrühren? Doch von einem Buben zu hören, dem anno 1806 die Soldateska Napoleons deshalb beide Augen ausgestochen hat, weil er in der Mark Brandenburg versprengten, geschlagenen Preußen auf der Flucht Lebensmittel in ihr Waldversteck trug, das trifft mich ins Zentrum, weil die Tragödie dieses Blinden, der übrigens Jude war, mir mündlich überliefert wird von seiner Urenkelin. Heute, einhundertvierundsechzig Jahre nachdem dieser Junge als barmherziger Samariter geblendet wurde, ist die Erzählerin einundneunzig – die Witwe von Karl Jaspers in Basel.

Als ich mit David Irving, dem britischen Historiker, in Konstanz arbeitete, trafen wir auch jemanden, der nicht durch Bücher, sondern noch durch seinen Vater eine Geschichte Napoleons überliefern konnte, die bewies, daß nichts Neues geschieht, jedenfalls nicht unter Tyrannen. »Dort an dem Ufer«, sagte ich, »wohnt ein vergessener Dichter, dessen Vater noch Finanzminister im Kabinett Bismarcks war.« Irving, der schon nachrechnete, rief: »Unmöglich!«

»Gehen wir zu ihm«, schlug ich vor, und nannte den Namen: Wilhelm von Scholz. »Nie gehört«, antwortete Irving, als sei er ein Deutscher; ich erklärte ihm unseren Landesbrauch: von Dichtern über siebzig druckt und rezensiert man in Deutschland Bücher erst dann wieder, wenn die Verfasser tot sind. Wenn sie noch leben, dann läßt man sie verhungern – seelisch, indem man sie mißachtet; körperlich, indem man sie wirtschaftlicher Not ausliefert. Tierschutzvereine haben wir zwar in jeder

Stadt, aber betagte Dichter, obgleich zuweilen bissig, sind eben keine Tiere.

Der Vierundneunzigjährige saß mit einer Decke auf seiner Uferbank am Bodensee. Ich nannte ihm, während er seine blutleere, geflügelgelbe Hand, die sehr kalt war, ziemlich lange in meiner ließ, nicht nur Irvings Namen, sondern auch dessen Bücher, das über den Untergang Dresdens, jenes über Hitlers und von Brauns Londoner Raketen und endlich die Geschichte des Traumes von einer deutschen Atombombe. Daß Menschen zum erstenmal auf dem Mond gelandet waren, vor acht Tagen, das wußte Scholz vermutlich nicht mehr, obgleich er es erfahren hatte. Die Bestürzung über die ersten Atombomben war jedoch schon ein Vierteljahrhundert alt – und so holte sein Gedächtnis sie mühelos herbei. »Otto Hahn hat mich immer besucht, wenn die Nobelpreisträger hier tagten«, sagte Scholz, »aber Hahn wurde ja nicht alt, kaum sechsundachtzig.« Die deutschen Atomphysiker seien zweitrangig gewesen, habe Hahn behauptet.

Irving antwortete: »Hahn selber nicht – und auch jene nicht, die Hitler vergast hätte, wären sie nicht emigriert, zum Beispiel Einstein.«

Er habe aber oft gelesen, erinnerte sich Scholz, die deutschen Physiker seien zwar fähig gewesen, die Bombe zu bauen, hätten das jedoch aus moralischen Erwägungen abgelehnt. Irving antwortete, nicht zuletzt um diese Legende zu zerstören, habe er sein Buch geschrieben. Er schilderte, wie die tonangebenden Physiker in Berlin, obgleich sie bis ins dritte Kriegsjahr mit ihren Forschungen nahezu ebenso weit vorgedrungen seien wie die Angelsachsen, das Projekt dann als undurchführbar verworfen hätten: ein Irrtum!

Als sie nach Hitlers Tod den Siegern »beweisen« mußten, dem Installateur von Auschwitz Widerstand geleistet zu haben, erfanden sie die These – und glaubten alsbald selbst daran –, sie hätten aus ethischen Motiven dem Hitler die Bombe vorenthalten. Scholz fragte, ob *alle* diese Physiker dem Irrtum verfallen seien, die Bombe sei unbaubar?

»Einer nicht«, belehrte uns Irving und nannte dessen Namen, den meistrenommierten eines Wissenschaftlers damals in Dresden: »Manfred von Ardenne!« Scholz reagierte rascher als ich, da er Ardenne seit fünfzig Jahren kannte: »Ardenne? – den sah ich zuweilen hier in Lindau bei seiner Großmutter«, sagte der Uralte, »die Sie beide, meine Herren, natürlich auch kennen als – Effi Briest: So nannte Fontane Else von Ardenne, als er ihre Tragödie dichtete ... übrigens hat ›Effi Briest‹ ein ganz respektables Alter erreicht, sie wurde neunundneunzig und starb erst 1951 hier am Bodensee. Doch was hatte ihr Enkel mit Hitler zu tun?«

Irving, belustigt, rief: »Gar nichts, Gott sei Dank! Denn Ardenne war damals der einzige Detusche, der schon wußte, wie die Atombombe zu bauen sei, aber zum Glück für die Welt wurde er von den meistrenommierten Physikern in Berlin so wenig für voll genommen, wie jemals von Fachleuten ein Outsider respektiert worden ist; denn Manfred von Ardenne hatte nur wenige Semester Physik studiert und war kein promovierter Akademiker.«

»Lustig«, sagte Scholz, und Vergnügen huschte über sein hochgehaltenes Gesicht, dessen Augen fast geschlossen waren, so daß er an ein aristokratisches Lama erinnerte – aber bezeichnend für Hitler sei das doch eigentlich nicht; der habe doch unorthodoxe Leute und Methoden geschätzt.

Anfangs, gab Irving zu, aber dann sei doch auch Hitler schon so sehr vernagelter Fachmann geworden, daß er deren Generaltick übernommen habe: immer müsse der Dienstweg eingehalten werden – was ja der sicherste Weg ist, fähige Originale von der Mitwirkung auszuschließen. Auch Ardenne, von allen Fachleuten bekämpft, vermochte den »Dienstweg« nicht einzuhalten. Dann habe also Hitler niemals von ihm erfahren?

»Doch«, gab Irving Auskunft und lachte, »aber auf einem Umweg, nämlich über den Postminister! Die deutsche Post hatte damals sehr viel Geld für ihre technische Foschung – so wandte Ardenne sich dorthin und überzeugte den Minister, der sich eigens bei Hitler melden ließ, um Vortrag über die Möglichkeiten zu halten, die – wie er sagte – Uranbombe zu bauen.«

»Und was geschah?« – fragte ich, während Scholz nur nickte und lautlos lachte, als kenne er Irvings Antwort bereits.

»Hitler«, sagte Irving, »warf seinen Postminister hinaus –

wütend belustigt. Das war in den Monaten seiner äußersten Ratlosigkeit: Als Herr des bis dato größten Landheeres der Geschichte hatte er Angst vor nassen Füßen, vor einer Invasion Großbritanniens und ließ nur deshalb den Überfall auf Rußland vorbereiten.«

Scholz sagte: »Hieß der Minister nicht Ohnesorge? – da war ja schon der Name, als der Hitler gemeldet wurde, eine höhnische Provokation. Denn ohne Sorge war ja nun der Diktator zweifellos keine Minute.«

»Hitler«, ergänzte Irving, »hat Ohnesorges Vortrag noch mehrfach sarkastisch kommentiert: Während er und sein Generalstab sich die Köpfe zerbrächen, wie dieser Krieg zu gewinnen sei, bringe ihm die Lösung nun ausgerechnet sein – *Post*minister!«

»Mein lieber Mr. Irving«, hub Scholz feierlich an, und seine Augen, die halbblinden Rokoko-Spiegelscheiben ähnlich waren, hellten sich auf, »diese Geschichte hat mir schon vor fünfundsiebzig Jahren mein Vater erzählt.«

Irving runzelte die Stirn: Sie sei aber doch erst vor fünfundzwanzig Jahren passiert!

»Nein«, sagte Scholz, »da hat sie sich wiederholt – zweifellos nicht zum letztenmal. Bismarck hat sie meinem Vater wiedergegeben. Er hatte sie vom Kanzler Metternich, den er so kurz vor dessen Tod auf Schloß Johannisberg besuchte, wie jetzt Sie beide, meine Herren, mir dankenswerterweise Ihre Aufwartung vor meinem Tode machen ... Ich bin ja auch sicherlich schon zehn Jahre älter, als bei Bismarcks Besuch Metternich war, der überhaupt nicht sehr alt wurde, nur sechsundachtzig ... wovon sprachen wir doch?«

Ich soufflierte ein Stichwort, Scholz nahm es auf: »Als Napoleon die Preußen so rasch niedergeworfen hatte wie 1940 der Hitler das arme Frankreich, da sammelte er bekanntlich – wie später Hitler – seine Invasionstruppen für England in Boulogne. Um diese Zeit wurde Metternich zu Napoleon gerufen, der in der Wiener Hofburg seines Schwiegervaters residierte. Metternich mußte warten, dann hörte er den Korsen schreien – und jetzt flog eine Tür auf und ein Mann heraus, und Napoleon bat Metternich herein und entschuldigte sein Benehmen: Es sei aber auch empörend dumm, was alles ihm zugemutet werde! Da habe doch Livingstone, der Gesandte Amerikas in Paris, ihm per Empfehlungsbrief einen Irrsinnigen auf den Hals geschickt. Dieser Idiot habe soeben behauptet, auf dem Hudson ein Schiff ausprobiert zu haben, das mit kochendem Wasser fahre – und solche Schiffe wolle dieser Verrückte nun für ihn, Napoleon, bauen, damit ein französisches Invasionsheer unabhängig von Flut und Wind in Dover landen könne! ›Schiffe ohne Segel!‹ schrie der Kaiser. Dann wiederholte er leise, und seine Worte hopsten, so lachte er: ›Schiffe ohne Segel!‹ Doch dieser Hinausgeworfene, überlieferte Metternich via Bismarck, war Robert Fulton, der Erfinder des Dampfschiffs.« Scholz ergänzte: »Lord Acton bestätigt, daß Fulton bei Napoleon war.«

Eine Pause entstand.

Ich bat, mir zu erklären, wieso einer, der so gierig Geschichte las wie Hitler und der wie Hitler den Zweifrontenkrieg gefürchtet habe – durch das Fiasko Napoleons in Rußland erstens nicht abgeschreckt worden sei, den gleichen Weg zu gehen und, zweitens, sich eine zweite Front zuzuziehen.

Hitler wußte, daß sein Moskau-Botschafter Schulenburg wörtlich die gleichen Argumente benutzte, ihn vor dem Abenteuer zurückzureißen, die Napoleons Petersburger Botschafter Caulaincourt gebraucht hatte, um den Vorgänger vor Rußland zu warnen. Warum marschierte er dennoch?

Scholz antwortete: »Es gibt mehr, als wir wissen. Doch unsere gegenwärtige Geschichtsschreibung wird nicht nur langweiliger, das heißt: stoffiger und statistischer, sondern sie wird unwahrer in dem Maß, in dem sie alles rationalistisch plattwalzt, was sie ›dokumentieren‹ nennt. Man fliegt jetzt niedrig. Man hat vergessen, daß Burckhardt hellsichtig gewarnt hat vor dieser, wie er sagte, Arbeitsamkeit als Zerstörerin der religiösen Instinkte. Als werde, was nicht der Mensch mit seinen Projektionsapparaten an die Wand werfen kann – gar nicht an die Wand gemalt, als gäbe es deshalb kein Menetekel mehr, weil wir verlernt haben, es zu sehen. Aber die Zahl der Antennen, die der Mensch hat, bleibt konstant – unsere sind besetzt. Goethe, nur vierzig Jahre vor meiner Geburt gestorben, sah noch, wie die Dämonen ›ihre Pfoten in all dem Spiel haben‹: Das war sein

Ausdruck. Dämonen, die aus trügerischem Blau auf Blitzen herbeireiten oder sich langsam einschleichen wie der Schwamm in eine Hauswand – waren für ihn noch eine ebenso fest einzukalkulierende Realität wie Depeschen, die Thurn und Taxis brachte. Wie kommt ausgerechnet Wissenschaft dazu, die Existenz der Dämonie nicht nur zu leugnen – sondern in blöder Ignoranz zu arbeiten, als gäbe es sie deshalb nicht, weil sie schwieriger zu dokumentieren ist als ein Tagesbefehl? Gibt es etwa einen Befehl Hitlers, Auschwitz einzurichten? – bestimmt nicht! Idiotisch, daraus zu folgern, Hitler habe diesen Befehl nie erteilt: Das Ernsteste dokumentiert einer *nicht!* Lesen Sie, wie vor fünfzig Jahren Joseph Roth gehöhnt hat über den Spleen dieses Dokumentarismus – als sei nicht jede Elektion von Fakten ebenso Manipulation wie jedwede Entscheidung, was einer dokumentiert, nämlich dem Papier anvertraut.«

Scholz schwieg, ich ergänzte, Jaspers habe geschrieben: gerade das »Unheil menschlicher Existenz« beginne damit, etwas deshalb als nicht existent wegzuleugnen, weil es »nicht wissenschaftlich wißbar« sei.

»So – Jaspers!« sagte Scholz und rümpfte merklich die Nase, »der ist ja nun auch schon gestorben und war erst sechsundachtzig. Aber er hatte natürlich recht: Man will zu viel erklären können – es ist ja legitim, dieses Kausalbedürfnis, doch opfert man ihm den Blick ins Irrationale, ins Unterbewußte, die beide als politische Dynamos Entschlüsse und Bewegungszwänge, Antriebe oder Rücktriebe auslösen – sagen wir doch: Geisteskrankheiten, die dann ganze Zeitalter aufmarschieren lassen, anfangs zu Paraden, endlich zu ihrem Totentanz. Das meinte Nietzsche mit der unheimlichsten und schlauesten aller seiner Einsichten: daß nämlich Individuen von Geisteskrankheiten nur ausnahmsweise erfaßt werden, Völker und Zeitalter aber in der Regel! Sprechen wir gar nicht von dem außergewöhnlichen Eroberungseros eines Flurbereinigers wie Kalif Omar oder Alexander, den die auf ihre Clique übertragen und sodann – keineswegs als Zwang, sondern als Fieber – auf ein ganzes Volk, das ihn auch dann orgiastisch mitgenießt, wenn schon aus jeder seiner Familien einer unter den Hufen bleibt. Nehmen wir als Beispiel doch nur eine welthistorisch gesehen völlig provinzielle und niemanden mehr interessierende Seuche, die dreihundert Jahre lang den Namen Elsaß-Lothringen trug und zwei zeitweilig höchst kunstbeflissene Völker ohne jeden Sinn auf Schlachtfeldern zur Ader ließ: Plötzlich, wie gekommen, ist sie derartig auskuriert, daß niemand mehr verstehen kann, wieso die beiden Völker je durch den Wahn aggressiv wurden, nicht nur irgend etwas, sondern die Existenz hinge davon ab, unter welcher der zwei Flaggen dieser Landstreifen da lebe...«

Wir schwiegen. Irving fragte endlich: »Woher kommen diese Ideen, die Sie Geisteskrankheiten nennen, also Imperialismus oder Weltrevolution oder Christianisierung oder ›Seegeltung – Weltgeltung‹?«

»Junger Mann«, sagte Scholz, »das dürfen Sie heute nicht sagen – es trägt das Verdikt unwissenschaftlich, verderben Sie Ihren Ruf nicht!« Der Sarkasmus brachte Licht in seine Augen. Scholz murmelte wie ein Geständnis: »Ananke nannten die Alten das Verhängte, das Nicht-mehr-Deutbare... das doch eine Realität wird, der wir sowenig entrinnen können wie beispielsweise (ein sehr greifbares Beispiel, daher so vordergründig und flach) unsrer Geographie, die doch auch schicksalsbestimmend ist wie das Zeitalter, dem einer angehört.«

Ich versuchte, mich aufzulehnen: »Und der freie Wille, die Vernunft, die historische Erfahrung – vermögen die nichts gegen das, was Sie Ananke nennen, gegen die Zwänge aus dem Irrationalen?«

Scholz sagte: »Doch, sicherlich – aber wieviel? Das unheimlichste ist: die da an Elsaß-Lothringen ›glaubten‹, ihre Söhne dafür schlachteten, generationenlang, links des Rheins wie rechts des Rheins – diese Besessenen waren nicht weniger intelligent als wir, nicht weniger historisch erfahren; wovon hängt also ab, was eine Generation ernst nimmt, wodurch sie sich zum Veitstanz, zum Harakiri anheizen läßt? Sucht sie nur Vorwände für Ereignis-Lust? Gab es je Krisen, die *nicht* friedlich beizulegen gewesen wären? Aber Momente, wo eine gesegnete Zivilisation sich gleichsam selber abstreift, sind rational weder zu deuten noch herbeigeführt; Vernunft ist da so wenig der Veranlasser wie beim Akt, wenn ein Paar die Kleider abstreift und in der Enthemmung den einzigen Ausweg sucht aus dem, was

Aggressionen anhäufte, aus Friedlichkeit, aus Überdruß, aus Raublust, Beutegier, Rache, Besitzertrieb, Langeweile, Glück, Angst, Ennui, Ziellosigkeit, Not oder Mangel an Not; gesucht wird – unbewußt – die Erschöpfung; sie wird keineswegs nur als Ergebnis von etwas anderem hingenommen, sondern gesucht als Zweck, als Voraussetzung für das, was Völker ebenso brauchen wie einzelne: Ruhe auf Zeit...

Da steht jetzt jede Woche in der Zeitung, daß einer in Hamburg neue Papiere über den Ausbruch des Ersten Weltkriegs stapelt! Ach – lesen Sie einmal die verschollenen Memoiren des Schwagers des letzten Zaren: Was ist ein Dokument (meist eine Notiz zur Irreführung der Nachwelt) – gemessen an einem solchen Stimmungstonband! Der Krieg kam 1914, weil in allen Metropolen die Leute verrückt waren nach Krieg!«

Irving unterbrach: so habe auch der alte Churchill seinem Arzt diesen Ausbruch erklärt. Weil alle Völker zutiefst ihn gewollt hätten, sei der Erste Weltkrieg (im Gegensatz zum Zweiten, den allein die Hitlerclique wollte) unvermeidbar gewesen...

»Dieser Russe«, fuhr Scholz fort, »überlieferte eine bemerkenswerte Entdeckung: Als Einzelwesen, schreibt er, hätte es keine hundert von den Millionen Europäern nach Krieg gedürstet; doch als Kollektiv-Angehörige – jeden! Er beschreibt seine Reise aus London über Paris und Berlin nach Petersburg: seine vergebliche Suche nach einem, der Ende Juli noch bei Verstand gewesen wäre! Und er fand zwei einzelne; und ein Großfürst muß ein außerordentlicher Mann sein, der *das* zugibt: Diese zwei einzelnen seien die Sozialisten Jaurès und Liebknecht gewesen – der Franzose wurde ermordet, der Deutsche eingekerkert, weil sie damals wagten, die Greuel des ersehnten Gemetzels vorauszusagen! Wenn Friedrich Engels den Parisern nachsagte, sie vereinigten ›die Leidenschaft des Genusses mit der Leidenschaft der geschichtlichen Aktion wie nie ein anderes Volk‹ – so war das eine Beobachtung, die vielleicht damals dort zutraf; heute aber halt auf andere und morgen auf wieder andere zutrifft. Ewigkeitswert an dieser Feststellung hat nicht ihr Bezug auf Frankreich, sondern die schaudervolle Tatsache, daß die Menschen um des Genusses willen die geschichtliche Aktion suchen – obgleich oder weil sie immer schon gewußt haben, daß bei dem ersehnten Bacchanal *eigenes* Blut nicht weniger gesoffen wird als feindliches! Gerade der Normalbürger, wenn ihn seine Normalität anödet – und das geschieht verständlicherweise oft –, will zutiefst das ›Schlachte-Fest‹, wie kleine Leute sagen, wenn sie ihr Schwein abstechen. Schlachte-*Fest*, was für ein Wort! Und die feinsten Spitzen des Geistes, epochemachende Ästheten: wollen genau das gleiche; lesen Sie, wie zwanzig Jahre vor 1914 Valéry von seinen Kriegsvisionen, die ihn wie eine trunkene Flut überwältigten, Gide vorschwärmte! Benn sagte über diese dauerhaftesten Friedensjahre, die je Europa gesehen hat: ›Die Mythe des Menschen schrie nach Exekution‹ … Warum? Warum!«

Vom See kam Kälte auf, der alte Mann wollte ins Haus. Ich sah zum erstenmal in einem Gesicht Anstrengung, die Lider zu heben. Noch einmal sprach er mich an: »Sie fragten, warum der Hitler dem Napoleon folgte? Hatte nicht schon der Korse die Katastrophe Karls von Schweden vor Augen? Und wußte doch zweifellos auch, wie Friedrich der Große den Schwedenkönig wegen seines Marsches nach Rußland genannt hat: den ›Hanswurst im Furchtbaren‹.«

»Auch Hitler folgte dem Schweden!« – es erregte Irving, als ihm das einfiel. »Wissen Sie, was 1942 Hitler ausgerechnet dort getan hat, wo die Russen 1709 in *einer* Schlacht die Großmacht Schweden vernichtet haben?«

Scholz reagierte rascher als ich: »Ob Hitler je in Poltawa gewesen sei? Irving nickte: »Im Hauptquartier seiner Heeresgruppe Süd – für wenige Stunden!« Was zog ihn dorthin, entgegen seiner Gewohnheit, die Generale in *seine* Befehlszentrale kommen zu lassen? Diesmal fuhr Hitler eigens zu ihnen – und wörtlich trifft auf *ihn* der Satz zu, den man aus Biographien Karls XII. schon kennt: »Hier und heute, in Poltawa, erlebte er seinen letzten Tag als ungeschlagener Feldherr.« Hier gab er seinen letzten Befehl, der weitere Siege versprach – doch hier auch, zehn Tage später, an einem dreizehnten Juli, nahm er ihn zurück, entließ er seinen General, teilte dessen Heeresgruppe – und leitete jene Schlacht ein, deren direkte Folge Deutschland ebenso als Großmacht auslöschte wie einst die Schlacht von Poltawa die Großmacht Schweden. Die Abkommandierung der Sechsten Armee zum Alleingang nach Stalingrad kam aus – Poltawa!

Nenn's Liebe

Nenn's Liebe · Ausflug · Anämie
Dank an Brahms · Transsubstantiation
Der Kuß · Interessengemeinschaft

Nenn's Liebe

Föhnbedrückt,
Ferienjob:
Handlanger beim Gaswerk, am Kran.
Sonntagmittag;
bei den Eltern
kein Raum.

Er gereizt:
wie kindlich noch,
was sein Griff aufgetan!
Und kein Schatten
bis zum Waldrand,
kein Baum …

Mechanik,
bis es endlich
in ihr anfing zu schwelen,
versteckt wie
in nassem
Heu.

Dann Lügen,
um die Jeans
ihr hinabzuquälen –
so stark wie ihre
war seine
Scheu.

Winterbleich,
wie im Koma,
so lag sie im Gras,
ganz leer, weil
»dies« doch
geschehn.

Ihn kränkte,
daß er ihr
aus den Augen las:
willst ja auch
nur ficken
und – gehn.

Fast sprachlos
der Krampf,
es doch zu erzwingen.
Beschämung,
daß sie nicht
kam.

Sie hielt aus
und sich hin –
doch statt mitzuschwingen,
schlug sie
Überdruß
lahm.

Tränen?
Wie oft
hast du's mit andern gemacht!
Plötzlich darf's nur
aus Liebe
sein?

Nenn's Liebe
– mich hättest du
für den Quatsch ausgelacht …
genügt auch,
man ist nicht
allein.

Nun heul nicht,
ich fand's schön,
wie dein Fell meines reibt.
Was hast du
erwartet,
verdammt?

Bevor sich
der nächste
dir einverleibt:
muß der
erst zum
Standesamt?

Ausflug

Aus! – zwar soll ich sie vor der Praxis erwarten,
doch bedeutet das nur: sie braucht den Wagen.
»Sprich dann kein Wort – schon jetzt, du Spießer,
kann ich dich nur noch als Chauffeur ertragen!«

Dreimonatskind, und sie wollte es haben.
Auf vierzehn Uhr hat der Arzt sie bestellt.
Mich nennt sie Mörder – ich sehe den »Vater«
im Auto-Spiegel, von Feigheit entstellt.

Daß ich mit dem Kind auch sie vernichte,
ist ihr Credo: keine Frau kann dulden,
daß ein Mann das Leben selbst verneint;
daß er ablehnt, seine Liebesschulden

Kinder aufzubürden – und »natürlich«
die Natur nur noch im Akt bejaht.
Kennen Frauen Skrupel, Kinder
anzubinden an das Rad

Sogenannter Weltgeschichten,
sie der Wehrpflicht auszusetzen?
Menschen-»Material« und Body-count:
wer wird wann sie aufeinander hetzen?

Anämie

Du gingst – warum? mit dem frühesten Schiff.
Nun suche ich – wozu! am Strand deine Farben.

So zwecklos das Salzwasser Treibhölzer schliff,
leckt es die Insel – wer leckt mir die Narben?

Gleißt dein Leib auch (nur mit Hautöl) wie dunkler Sand,
wenn der, noch naß, schon warm wird im Licht:

Dein Mündungs-, dein Mund-Rot, das mich, als ich's fand,
von Anämie geheilt hat, das finde ich nicht.

Nur die Muscheln, die ich bei Ebbe griff,
schimmern wie deine Zähne – was soll's!

Gekrächze der Möwen verhöhnt mich, vom Kliff
schmeiße ich Steine nach ihnen ... das Holz

Angeschwemmter Bretter ist blond wie dein Haar,
doch dein Delta, das wir Salzlecke nannten?

Farbenspiel-Puzzlespiel verdrängt nicht, was war:
nachts Liebestod-Spieler, tags – Duellanten.

Anämie! Wieder krank, weil verlassen – vergrabe
ich mich nicht in den Dünen, unser Bett ist ja leer.

Nein, vorn in der Flut, als ob sie dich habe,
gräbt meine Hand Grundwasser aus dem Meer ...

Verströmenden Sand. Und wie er zerrinnt,
sag' ich tonlos: ich liebe dich – gegen den Wind.

Dank an Brahms

Aus Musik der Ur-Schrei
nach Rückkehr zum frühn
Eins-Sein – statt zwei
zu sein: androgyn

Kein Mensch – Musik
hat über sie Gewalt
– Kniekehlen, Genick
ihre ganze Gestalt

Sank hin bei - Brahms!
Ende des Widerstands:
aufgelegt, übernahm's
der Ungarische Tanz

Sie auszuziehen ...
Strip im Zigeunertakt
Beute rasch der Melodien,
– zog sie nackt

Tanzend, lachend
ihn aufs Bett.
Liebe machend
war's Quartett

Je vier Hände,
Schenkel, Backen
– dann die »Wende«:
sie vom Nacken

Zu den Zehen
schön im Spiegelglas!
Ihr Bild: ihr Drehen,
die auf ihm saß

Jetzt von hinten
zärtlichstes Angebot:
ihn an sie binden
wird's bis zum Tod.

An Esther

Transsubstantiation

Für Kunst, notierte Stendhal, sei sein Sinn
mit seiner Sexualität erwacht:
woraus man zeugt, daraus man schreibt. Beginn
ist Eros, der – wie Kunst – die Macht

Durch Schönheit ausübt! Ziel der Libido:
der Leib, auch sehnlichstes der Kunst. Dem Akt
spricht Luther gar »Erkenntnis« zu. Stets so
hat er ihn übersetzt: Das Paar, das nackt

Einander »erkannte«: Physik gleich Metaphysik.
Sah er im Fleisch die *einzige* Transzendenz?
Ewigkeit nur im Zeugungs-Augenblick?
Im Zweck den Sinn der Existenz?

Orgasmen: Mysterien! Wie ertrinkend umschlungen,
jagen wir durch Stromschnellen – Abstürzen zu.
Körpern entsprungen – durch Körper bezwungen

– Schrei aus der Tiefe, Seufzer dann: Du . . .
Woher, wohin – wenn es verklungen?
Schön noch im Nachhall. Doch ihr Sinn? Tabu.

Der Kuß

Noch treppauf die leisen, schnellen
Schritte flüchtender Gazellen,
doch nicht atemlos: gelassen tritt sie ein.

Streift im Gehen den mittaghellen
Trenchcoat ab, sagt: Gib mir Wein.
Mitteilungen, noch nicht Zärtlichkeiten.

Zwar nur eine Türe schützt die beiden
vor der Außenwelt, die ihre
Feindin ist, doch jetzt nicht stört...

Ungehetzt wie in der Schonung Tiere
lagern, lieben – so gehört
ihnen eine Stunde Ewigkeit allein!

Nackt schon, füllt sie – Ritual –
wieder ihren Mund voll Wein,
kühlt mit ihm den Freund, der radikal

– Radix: Wurzel – sie jetzt auftut mit *dem* Kuß,
der ihr »raushaut alle Sicherungen«.
Stürzend über Katarakte – zwei *ein* Fluß.

Unentrinnbar in sein Bett gezwungen,
mündet – langsam endlich – er im Ziel:
seinem Delta – ihrem Schoß. Wie der Nil.

Interessengemeinschaft

Ja, als wir noch lachten beim Küssen,
Gewohnheit der Akt – doch ein Fest!
Daß wir jetzt abwracken müssen,
wenn auch keiner den andern verläßt;
verschweigen, was man aussprechen sollte,
wortlos wegsehn – wer hat das geahnt?

Was uns zerkrebst: die Revolte
gegen zu friedliche Jahre,
Glück hat ihr den Weg gebahnt!
Scheiße ... ganz ohne Schuld
– wie wir Zähne verlieren und Haare –
kommt Überdruß, stirbt die Geduld.

Neunundsechzig sogar – wird zur Pleite.
Sonst unser Liebestrank
– heut Schierlingsbecher; uns beide
ehenah entnervt vom Zank,
läßt nur Angst noch zueinander fliehn.
Wie schnell das Bett zur Bahre wird.

Zwei Raketenstufen, die zerglühn,
sind auch wir in Nacht und Nichts verirrt;
weinst Du? Weißt doch längst,
was wir nicht sagen,
... was Du schon von Anfang an verdrängst:
Liebe reicht nicht aus, sich zu ertragen.

Traum-Novelle

»Die Geschichte enthält nur Erzählungen von wachenden Menschen; sollten die von schlafenden Menschen minder wichtig sein? Der Mensch tut freilich alsdann wenig, aber gerade da hätte der wachende Psychologe am meisten zu tun.«

Lichtenberg

I. Wanzen

Gutes Essen hilft gegen schlechte Nachrichten; auch empfiehlt es sich sehr, das intelligente Sprichwort der Russen zu beherzigen: »Der Morgen ist klüger als der Abend.« Morgens ist man seelisch bei weitem nicht so anfällig wie in der Dunkelheit. Was abends bedrohlich ohne Maßstab daherkommt, ist morgens nur noch halb so wild! Doch kann man sich die Tagesstunde ja nicht aussuchen, *wann* Hiobsmeldungen eingehen, die wir nicht hören wollen: hier kam sie um achtzehn Uhr in den Abendnachrichten: Daß nämlich der Premierminister im Unterhaus ›*Soldiers*‹ auf schärfste verurteilt, von einem »äußerst gemeinen Theaterstück« gesprochen und damit geschlossen habe, er wolle den Gerichten, »die jetzt tätig werden«, keineswegs vorgreifen ...

Mein Verleger beruhigte sich und mich: »Reklame ist auch das! – wann werden schon die Gerichte tätig? So lange läuft Ihr Stück doch gar nicht mehr, über hundert Vorstellungen haben Sie in London jetzt schon gehabt. Und man sagt, die wählen den Wilson sowieso nicht noch einmal.«

Doch hatte er auch schon den Drink vor Tisch – was er sonst nicht zu tun pflegte – abermals bestellt und redete bereits davon, obgleich es noch so früh war, essen gehen zu wollen. Demnach war auch er nicht so gelassen wie sonst. Mich beunruhigte plötzlich, daß dieses ehrwürdige Brown's Hotel keineswegs, wie Voltaire es vorschreibt für die Behausungen von Autoren, Ausgänge nach *vier* verschiedenen Straßen hat, sondern nur nach zweien ... Und so fange ich an, *leise* zu meinem Verleger Ledig-Rowohlt zu sprechen: so absurd und hilflos das auch ist, wenn man »Wanzen« fürchtet, die heute sogar Flüstern übertragen können. Doch haben die Briten im Hitlerkrieg derartiges Glück – zuweilen Schlachten entscheidendes – mit Abhörwanzen gehabt, obgleich doch Abhörgeräte die ältesten Hüte aller Geheimdienste sind, aber die Deutschen sind offenbar als Gegner auch die tölpelhaftesten –, daß dieses Verfolgungsglück der

Engländer bei mir längst Verfolgungswahn ausgelöst hat. Und da mein Vater wegen der Wilson-Attacke soeben im Begriff ist, sehr ungeniert über meine ›*Soldiers*‹ etwas auszuplaudern, worüber ich nicht sprechen will, schon gar nicht in diesem von Ausländern wimmelnden Hotel, so falle ich ihm in den Satz und sage rasch: »Vorsicht, hier gibt's bestimmt Wanzen in der ehrwürdigen Ledertapete!« Da Ledig stirnrunzelnd andeutet, das halte er für eine Übertreibung, setze ich hinzu: »Sie können nicht alle Ihre Bücher lesen, sonst wüßten Sie aus Irvings Buch über Wernher von Brauns Raketen, wie die Engländer mit Hilfe einer ›Wanze‹ Hitlers geheimsten und liebsten Traum zunichte gemacht haben, den von der Vandalisierung Süd-Englands durch Herrn von Brauns Raketen. Wolf Heckmann bestätigt in seinem Rommel-Buch über den Afrika-Feldzug alles und berichtet noch viel mehr, was Irving schon bei Rowohlt veröffentlicht hat.« Und ich erzähle, da Ledig darum bittet und die Drinks immer besser werden, obgleich sie doch immer derselbe Mixer macht und wir die Marke nicht wechseln, wie General Ritter von Thoma den Engländern ins (ihm) unsichtbare Mikrofon plauderte.

Der im Ersten Weltkrieg zwanzigmal verwundet gewesene Draufgänger war nun kriegsmüde geworden als letzter Kommandeur von Rommels Afrikakorps. Als Rommel November 42 geschlagen war in der Wüste, Hitler aber immer noch wilde Durchhaltebefehle erließ, tat Herr von Thoma Rasierpinsel und Zahnbürste in ein Leinentäschchen und ließ sich in ein Erdloch der vordersten Linie fahren und von Montgomerys Panzern gefangennehmen. Warum hätte *er* an Stelle von Hitlers Liebling Rommel mit der Unterschrift unter die bevorstehende Kapitulation des deutschen Afrikakorps seine militärische Laufbahn beenden sollen? (Dem Chronisten Wolf Heckmann hat von Thomas Fahrer erzählt, wie er den Ritter den britischen Truppen unter Marschall Montgomery entgegenfahren mußte, bis von Thoma ausstieg, um sich in dem Erdloch »überrollen« zu lassen; sein Fahrer schrie ihm nach, Herr General solle umkehren, die Briten kämen. Doch von Thoma war offenbar erleichtert, gefangengenommen zu werden. Generale laufen nicht über, sie *fahren* in Gefangenschaft!) Montgomery bat ihn zum

Frühstück. Und am 22. März 1943 »ermöglichten« ihm sogar die so gastfreundlichen Briten, einen alten Kriegskameraden, den ebenfalls gefangenen General Cruewell, zu treffen. Man ließ die Herren allein, damit sie sich einmal so recht von Herzen aussprechen könnten in einem angenehmen Raum voller Abhörgeräte. Ritter von Thoma sprach sein Erstaunen darüber aus, daß noch immer Hitlers Raketen, die er doch selber an der Ostsee auf Probeflügen schon in der Luft gesehen habe, nicht London zertrümmerten ... Diese Enttäuschung des Ritters machte den Briten Beine und die Augen auf: nun forschten sie gezielt – und nur fünf Monate später räumten sechshundert ihrer Bomber, nachdem die gesamte deutsche Nachtjagd durch einen Scheinangriff über Berlin versammelt worden war, Peenemünde auf der Insel Usedom so gründlich ab, daß Generalstabschef Jeschonnek, zermürbt durch Vorwürfe des »Reichsmarschalls« Göring, sich am anderen Morgen totschoß ...

Die Engländer hatten acht hölzerne, unbewaffnete, sehr hochfliegende Mosquitos als Köder für die deutsche Nachtjagd stundenlang über Berlin kreisen lassen, um zweihundert deutsche Jäger abzulenken von Usedom. Das glückte. Chronist Irving gibt die Namen der zwei Briten an, die den Opfertod für ihre Kameraden in den sechshundert Bombern, die Peenemünde abrasiert haben, gestorben sind – und auch für die Londoner, die dank dieses Bombardements noch ein volles Jahr verschont blieben vor von Brauns Raketen ... Cooke und Dixon hießen die beiden Gefallenen! Ihr Opfertod als »Köder« war voraussehbar – doch auch in den Bombern selbst, die auf Usedom siebenhundert Wissenschaftler, Ingenieure, meist aber ausländische Zwangsarbeiter totgebombt hatten, kam das »dicke« Ende: die deutschen Nachtjäger, als sie endlich begriffen, nicht Berlin sei das Ziel gewesen, sondern Brauns Raketenfabrik, da stellten sie doch die dritte, die letzte »Welle« der Heimfliegenden über See und schossen jeden fünften Bomber ab, vierzig von zweihundert. Und in jedem saßen sechs bis acht Engländer, Kanadier, Polen, Franzosen: Alliierte, die fast alle umkamen. Im Ganzen verloren – laut Irving – die Alliierten 450 Flugzeuge gegen von Brauns Raketen, dabei sind 2700 Besatzungsmitglieder gefallen. An V I-Waffen starben ungefähr 6000 Briten. Von den 3000 V 2, die gegen England abgefeuert wurden, flogen 517 in London ein, 537 im übrigen England; die restlichen – kaum abzuschießen – waren zumeist Luftzerleger. Aber die durch den Angriff verursachten Schäden, vor allem: den Zeitverlust holten die Deutschen nicht mehr auf; die Raketenproduktion war um exakt so viele Monate verschoben worden, daß die Invasion in der Normandie noch unbelästigt von Raketen am 6. 6. 44 im Westen die Entscheidung brachte. Wenn General Eisenhower auch übertrieben haben könnte, als er später sagte, die Vorbereitung der Landung, die Bereitstellung der Armeen und Waffen in Südengland wären vielleicht nicht möglich gewesen und auch die Landung selber nicht, würden bereits damals die Raketen Brauns schon eingesetzt worden sein... Die Deutschen verloren bei Peenemünde dreißig Jagdflugzeuge nur deshalb, weil über hundert der auf Berlin – zwecklos – konzentriert gewesenen Jäger sich, führungslos, entschlossen, in Brandenburg-Briest zu landen, so daß bei der Massenkarambolage auf der dortigen Piste dreißig Maschinen derart beschädigt wurden – viele verbrannten –, daß sie »abgeschrieben« werden mußten. Tragisch und bedrückend: Irving trägt in seine Chronik ein, daß eine deutsche Fernschreiberin zum Tode verurteilt wurde, weil diese Frau unter ein amtliches Fernschreiben an eine Kollegin in einer anderen Fabrik noch privat den Zusatz geschrieben hatte, ihre Firma bereite eine »große Sache... etwas Gewaltiges gegen England« vor... Hitlers Sekretär Bormann ließ dieses Todesurteil in über zweihundert Ämtern, Dienststellen und Industriebetrieben kursieren, um auf persönlichen Befehl Hitlers darauf hinzuweisen, wie streng »Landesverrat« – von dem ja gar keine Rede sein konnte – »gesühnt« werde. Den Namen der »als abschreckende Warnung« Geköpften erfährt man nicht aus Bormanns Fernschreiben vom 7. 6. 44... Opfer haben selten Namen.

II. Dr. med. Ward

Was Ledig denkt – fast kann ich es seinem Gesicht ablesen, bevor er es ausspricht: wie deprimierend es für uns Deutsche ist, Geschichten aus dem Hitlerkrieg zu hören. Zeigen sie uns nicht als Verbrecher, dann als Narren! So sagt mein Verleger, nachdem er einen Zug aus seiner Zigarre – so scheint's mir Nichtraucher – sehr lange im Mund behielt, bevor er ihn ausblies: »Vorsicht, da haben Sie eine Novelle – denn was ist das sonst als die ›unerhörte Begebenheit‹, die Goethe verlangt –, eine Novelle, die zwar ich Ihnen glaube, nicht nur, weil Sie mich jetzt so bekümmert und doch auch amüsiert angucken, sondern, weil ich ja selber in Rußland als Infanterist fast das Opfer solcher Idioten in Generalsrang geworden wäre – nur meine Verwundung schützte mich; sonst wäre auch ich noch gefallen oder in Gefangenschaft verendet, vermutlich. Vorsicht, sage ich, weil in dreißig Jahren, wenn alle Zeugen dieser Wirksamkeit solcher sogenannten ›Herren‹ tot sind, niemand mehr glauben wird, daß sogar Generale auf Abhörwanzen reingefallen sind und Topsecret-Geheimnisse in Gefangenschaft herausquatschten! Wie vieles doch Literatur nur deshalb nie verwenden kann, weil's niemand glaubte. Leser wollen das Wahrscheinliche... die Wirklichkeit ist oft zu unwahrscheinlich: denken Sie an die süßen Farbfotos auf Ansichtskarten, die zwar stimmen, wenn sie so stimmungsvoll sind. Wehe dennoch dem Maler, der es so bunt triebe mit seiner Naturtreue!«

Ich erwidere: »So kitschig wie der Maler wäre – sind aber auch die weitaus meisten Geheimdienstgeschichten, mindestens jene, die in Friedenszeiten spielen.« Und ich lege Ledig *›The fall-girl‹* hin: *Sunday Times* hat heute den Anfang damit gemacht, jenen Dr. med. Stephen Ward zu rehabilitieren, der als Arzt, Porträtist und offenbar immer geistreich unterhaltender Pfarrersohn in »Swinging London« angeblich – so hieß das bisher – nur der gern gesehenen Gesellschafter des Lords William Waldorf Astor gewesen war, des Besitzers des *Observers* und des Schlosses Cliveden. In Wahrheit jedoch – dies heute in *Sunday Times* – sei Dr. Ward Mitarbeiter von MI 5 gewesen, als er Selbstmord in der Untersuchungshaft beging. Die *Times* beruft sich auf die Information eines Geheimdienstlers, den sie nicht nennt, natürlich nicht. (Nur von Autoren verlangen die Zeitungen, was sie selber niemals tun würden: Informanten zu verraten; Zeitungen wissen, daß niemand mehr ihnen etwas Wissenswertes erzählte, gäben sie die Erzähler preis, *daher* heucheln sie Entrüstung, wenn auch Autoren schweigen.) Gift habe Ward in seiner U-Haftzelle geschluckt, weil der Geheimdienst ihn vor Gericht nicht heraushaute: Ward war in der »Schwarzen Marie«, wie Briten nennen, was in Deutschland »Die Blaue Minna« heißt, als angeblicher Callgirl-Kuppler nach Old Bailey gekarrt worden; so nennt der Volksmund den Londoner Central Criminal Court. Ward durfte sich nicht verteidigen, so stellt jetzt der nicht genannte Informant der *Sunday Times* klar, weil niemals ein Geheimdienstler öffentlich sagen darf, er habe als Mitarbeiter von MI 5 und in dessen Auftrag das »Verbrechen« begangen, was ihn vor Gericht brachte: Ward hat Lord Astors schönsten »Schmetterling« – wie uncharmant heißen Falter im Deutschen; als könne von »Schmettern« die Rede sein bei diesem leisesten, schönsten, verletztlichsten aller Lebewesen, das die Briten Butterfly nennen –, Ward hat Christine Keeler bekannt gemacht mit dem verheirateten, daher als erpreßbar geltenden, stellvertretenden Marineattaché der Russen in London, einem Fregattenkapitän. Die Achtzehnjährige über den Einunddreißigjährigen: »Und bald überließ ich mich natürlich diesem herrlichen Bären von einem Mann!« Die Briten aber hofften, den Russen dadurch zum Verrat oder gar zum Überlaufen erpressen zu können, daß sie noch nachhalfen: Ward mußte am Swimmingpool von Schloß Cliveden auch noch den englischen Heeresminister Profumo der nur mit einem Handtuch »bekleideten« Christine vorstellen – sie kalkulierten: läuft der Russe nicht zu uns über, weil wir ihm drohen – so lassen wir seine Bosse wissen, daß er mit dem gleichen Mädchen schläft wie unser Verteidigungsminister; denn dann lassen die Russen ihn als Sicherheitsrisiko verschwinden. Und da der Attaché das weiß – kommt er bestimmt zu uns, ehe die Russen aus London ihn heimschaffen nach Rußland. Nur ging die Rechnung des britischen Geheimdienstes deshalb nicht auf, weil er nicht verhindern konnte, daß ein Abgeordneter der Opposition, der Labours im Parlament, den Premierminister fragte, ob er wisse, daß Minister Profumo eine Dame besuche – die auch vom russischen Marineattaché besucht werde... Daß dann Profumo tatsächlich im Unterhaus die Frage beantworten sollte, ob seine Beziehungen zu Fräulein Keeler »schicklich« seien – ist ja eine so ungeheuerliche Unschicklichkeit, denn *wen*, außer Frau Profumo ginge das etwas an! – daß doch diese Frage als »unschicklich« vom Speaker hätte abgeschnitten werden müssen. Denn welcher Mann, der kein Lump ist, soll öffentlich *zugeben* – immer auf Kosten einer Frau –, seine Beziehungen zu ihr seien intim? Ekelhaft, wie die Londoner Presse ohne einen Funken Fairplay Hexenjagden mitinszeniert! Einem unbescholtenen Minister anzuhängen, er sei deshalb für sein Land ein Sicherheitsrisiko, weil er mit dem gleichen Mädchen schlafe wie ein Russe: als ob Beischlaf automatisch Landesverrat im Gefolge habe! (Erpreßbar war der Minister nie: seine Frau, die ihn vehement öffentlich verteidigte, wußte von seinen Gängen zu Christine!) Und Hexenjagd auch dies: sofort nennt die Presse den Dr. Ward, der als Chiropraktiker so geschätzt ist, daß Churchill und Getty seine Patienten sind – einen »Masseur«! Sie nennt den Porträtisten, der den Prinzen Philipp und Churchill und Sophia Loren malen durfte, einen – »Modezeichner«: so will sie – und schaffte es – einen Liebling der Highest Society über Nacht vernichten wie einst Oscar Wilde. Warum? Dreißig britische Künstler durften deshalb ihren Kranz im Krematorium nicht vor den Sarg von Dr. Ward legen, weil sie auf die Schleife hatten drucken lassen: »Dem Opfer britischer Heuchelei.« Als Kontinentaler bringe ich so viel Begriffsvermögen nicht auf, um mir erklären zu können, warum Dr. Ward seinen Eid als Geheimdienstler nicht brach – als der Geheimdienst, Felonie nennt man das, so schofel war, ihn im Sumpf einer hysterischen Öffentlichkeit und eines durch diese Öffentlichkeit hysterisierten Gerichts versinken zu lassen. Konnte denn C., so der Kürzel für den Geheimdienstchef seit Generationen, nicht Denning, dem zweithöchsten Richter der Krone, einen Wink geben und ihm sagen: Ward arbeitet für uns? Denning, der den Skandal auf Hunderten von Seiten als Report schrieb – natürlich allein für Macmillan, den Premierminister, und für Wilson, damals Chef der Opposition –, hat verfügt, nicht schon in dreißig – erst in fünfzig Jahren dürfe dieser Bericht, aber auch dann nicht komplett, publiziert werden.

Britische Freunde, von mir befragt, warum Ward jene schonte, die so schonungslos *ihn* öffentlich besudeln ließen – begreifen meine Frage kaum: Man darf doch nicht zweifeln, daß der Geheimdienst Gründe hat, einem – vorerst – nicht zu helfen! Es ist eben der Intelligence Service aller intellektuellen Engländer liebstes Gesellschaftsspiel; gerade auch Belletristen, wie gern spielen sie da mit! Wie erleichtert es sie, ihre Militärzeit »in der Firma«, wie sie familiär den Secret Service nennen, abdienen zu dürfen – nicht aber in regulären Truppenteilen, denen sie, wenn sie auf sich halten, stets nur für die sechs Wochen der Grundausbildung angehören wollen, dort lernen sie schießen und grüßen – dann aber rasch Zivil anziehen und »in den Dienst« eintreten. Daher schon die enorme Bemühung, Sprachen, auch ausgefallene, ja gerade die – zu erlernen. Und hat sich das nicht auch ausgezahlt selbst bei Autoren hohen Ranges? Graham Greene, dessen Bruder im Hitlerkrieg ein Spitzenmann des Geheimdienstes war, so wie eine Tante dort diente, war selbstverständlich Mitglied und wie viel verdankt er dem als Autor! So wie der James Bond-Erfinder Fleming in Whitehall dem Marinegeheimdienst angehörte, ziemlich oben. Übrigens hat laut le Carré, der »natürlich« auch dabei war, der Geheimdienst es Greene nicht verziehen, wie brutal er in seinem Meisterwerk: *›Der menschliche Faktor‹* den Mord schildert, den MI 5 an einem – total unschuldigen – Mitarbeiter begeht, den die feinen Chefs irrtümlich für einen Verräter halten ... Ward verlor die Nerven, weil er es nicht fertigbrachte zu sitzen, statt abzuwarten, bis C ihn herausholte: was jedoch beim Ausmaß dieses Skandals um nichts wohl sehr lange gedauert hätte. Somerset Maugham erzählt, als er 1914 auf Empfehlung eines befreundeten Ministers in die »Firma« aufgenommen worden war – habe ihn am Ende des Einstellungsgesprächs der Chef gefragt: »Sie müssen wissen, wenn Sie sich auszeichnen, darf ich Sie nicht loben – und wenn Sie in Schwierigkeiten geraten, kann ich Ihnen nicht helfen; ist Ihnen das recht?« Maugham hatte geantwortet: »Durchaus!« Übrigens hat le Carré auch das Buch genannt, das es schildert, wie Winston Churchill, privat ein guter Bekannter von Somerset Maugham, amtlich empfohlen hat, gegen Maugham vorzugehen, weil er in seinen Geheimdienstler-Novellen sich der Verletzung der Amtsgeheimnisse schuldig gemacht habe. Offenbar hat Churchill sogar erreicht, daß einige der Novellen des großen Epikers nicht erscheinen durften, so authentisch fand der ehemalige Minister des Ersten Weltkrieges sie. Das Buch, das le Carré meint, ist in London bei Heinemann erschienen, 620 Seiten dick, und heißt: ›*Secret Service – The Making of the British Intelligence Community;* Verfasser: Christopher Andrew.

Ledig blinzelte mich an: »Für den Verleger von Henry Miller ist es etwas suspekt, daß in Ihren Stücken die Liebe keine Rolle spielt – Sie schreiben politische, gewiß. Aber in diesem Stück Politik hier, das *Sunday Times* nun endlich richtigstellen will, obgleich das dem armen Selbstmörder nicht mehr hilft, war schließlich auch die Liebe zentral.«

Ich finde das nicht, und nun sage ich:

»Neulich sah ich bei Pinter einen anregenden Koitus auf der Bühne – aber amüsant finde ich, er glaubt noch, das zu zeigen müsse schockieren. Als sei der Körper überhaupt noch sündenfähig in einer Zivilisation, die vierundzwanzig Stunden am Tag über sich selbst Flugzeuge mit Wasserstoffbomben ›wachen‹ läßt. Die Mächtigen freuen sich, daß die Liebe von dem ablenkt, was sie tun – und daß die Intellektuellen dort Probleme aufstöbern, wo keine sind, oder im ›Gegenstandslosen‹ anstatt etwa die Börse zu überwachen.«

Ledig widerspricht: »Außer Kinder- und Tiergeschichten, denke ich, gibt's gar keine Geschichten, die *nicht* durch Liebe oder Abwesenheit von Liebe ausgelöst, angezettelt werden... auch wenn dieses wundervolle Mädchen da, mit nichts als einer Stuhllehne bekleidet wie auf diesem Meisterfoto, nur als Lockvogel benützt wurde: Liebe oder Erotik oder beides war ja nun zweifellos bei dem Russen wie bei dem Briten *der* Brennstoff, der alles in Gang setzte. Schreiben Sie eine Liebesgeschichte – die uns auch davor bewahrt, uns beide, vor Gericht zu müssen!« Ich resigniere, sage dann: »Zwar kenne ich die vielleicht rührendste der Antike, aber erzählen kann sie nur ein Mann, der Jungen liebt. Wilamowitz überlieferte, der erst halb zivilisierte Stamm der Eleer habe versucht, die athenische Kultur aufzunehmen – aber Sparta zertrat das: immer waren Nazis in der Welt. Es war ein von den Spartanern in die Sklaverei verkaufter eleischer Junge, dessen – wie Wilamowitz versteckt formuliert – ›blondes Gelock Sokrates an seinem letzten Tage im Kerker gestreichelt hat‹; und heimgekehrt hat dieser Vermächtnisträger in Elis das neue Evangelium der sittlichen statt der körperlichen Vollkommenheit gepredigt – Geist, der natürlich rasch totgedrückt wurde. Diese letzten Stunden des Sokrates mit dem Jungen, von dem niemand spricht in den Büchern – ich wünschte, ich könnte sie aufschreiben, denn hier waren Logos und Eros, die Unvereinbaren, einmal vereint.«

III. ›Freundin‹

Was für ein Unsinn: auch mein Verleger muß schon sehr müde gewesen sein, denke ich beim Zubettgehen, daß er nicht widersprach, als ich sagte, Logos und Eros seien die Unvereinbaren! Logos könnte sich gar nicht mitteilen ohne Eros – wo Geist sich überträgt auf Mitmenschen, da verdankt er das Eros, ohne den er nur steriles Mönchgemurmel bliebe. In der Stoa wird sogar von Logos spermatikos gesprochen – da ist er der Ursprung, der alles hervorbringt; das macht die Beobachtung von Flake nicht falsch: »Geist ist Widerstand, Liebe ist Verzicht auf Widerstand – deshalb vertragen sich Liebe und Geist so schlecht.« Aber eben aus dieser Spannung schlagen sie Funken, berühren sie sich einander. Und nur Berührung macht produktiv.

Wie man nie mit einem Buch ins Bett gehen sollte, das auch nur die geringste Beziehung zu unserer Tagesarbeit hat – wer's tut, der erholt sich nicht im Schlaf –, so fördern auch die Fotos der Freundin Lord Astors nicht das Einschlafen ... was ja ohnehin in diesem katafalkbreiten und auch fast so hohen Doppelbett der neunziger Jahre des vorigen Jahrhunderts, ist man allein, ein Melancholie-förderndes Unterfangen ist. Seit Generationen auch baut man schon keine so tiefen, so breiten Badewannen mehr, wie sie noch in Brown's Hotel eingekachelt sind:

ausmaßig für zwei oder zum Schwimmenlernen groß für einen. Doch im Bett dann, viel schmerzlicher als in der Wanne, empfindet man sein Alleinsein fast als Bedrohung, da ich ja auch Angst habe seit den Sechs-Uhr-Nachrichten. Denn wie soll das ausgehen: ein Premierminister gegen ein Theaterstück? Und so würde ich mich noch vorsätzlich in erotische Phantasien flüchten – Angst treibt ja dahin –, hätte nicht schon das weltberühmt gewesene und nun durch *Sunday Times* neu gedruckte Foto Christine Keelers sich sowieso machtvoll aufgedrängt... immerhin wohltuend ablenkend von dem im Unterhaus angedrohten Gerichtsverfahren.

Wie schnell auch sonst Fotos veralten – dieses nicht, ein klassisch gewordenes Dokument des Schönheits-Ideals der sechziger Jahre: die Langbeinige, Langhaarige, Hochgestirnte sitzt nackt auf einem Stuhl, nur bedeckt mit dessen schwarzlackierter Lehne; Sitz des Stuhls wie dessen Lehne aus *einem* Stück Holz, schön geschwungen. Stuhlbeine aus schmalem, blitzendem Stahl. Kaum, daß der Ansatz der schwerer als nur handlichen Brüste zu sehen ist; von dem, was ein Höschen bedecken würde, trüge sie eines, sieht man nichts wegen der Lehne – also ein zeitalter-widrig *keusches* Foto: vermutlich deshalb so berühmt geworden in einer Epoche, die mit vulgärsten »Direkt«-Aufnahmen schöner Mädchen die erotischen Phantasien der Männer überflüssig macht; denn was man sowieso gezeigt, ja hingehalten bekommt, stellt man sich nicht mehr vor. So bringt das Fernsehen unsere Kinder um jegliche Aktivierung der Phantasie. Früher mußten Kinder beim Lesen doch Phantsie entwickeln, denn was wäre bildloser, abstrakter als Druckzeilen – die erst die Lesenden in Anschauung, Bilder, Ereignisse umsetzten. Dieses keusche Keeler-Foto ginge einem auch dann in die Blutbahn, hätte man Hornhaut statt Haut: Schönheit wie sie in unserer nicht mehr vom Buch, sondern allenfalls vom Sachbuch noch bestimmten Welt neulich auch die beiden nach Jahrtausenden vor Sizilien im Meer aufgefundenen Heroen des Phidias noch einmal schockierend vermittelt haben; auch ich stand Schlange in Florenz, wo die zwei Statuen nach ihrer Entkrustung von Salz und Sand endlich zu bewundern waren. Schönheit aus Sphären, die uns sonst unzugänglich sind. Mit diesen

Keeler-Fotos vor Augen, auch wenn man sich vorsichtshalber diese *Sunday Times* gar nicht mitnahm aufs Zimmer, kann man – allein – nicht gut im Bett bleiben. Wem erginge es ohne Partner auf Reisen anders als Bernard Shaw: »...erinnere ich mich keiner Zeit, in der meine Phantasie sich nicht in Tagträumen von Frauen erging... Einmal möchte ich versuchen, eine unverfälschte Psychologie des Romans zu begründen, indem ich die Geschichte meines Phantasielebens schriebe: Duelle, Schlachten, Liebesgeschichten mit Königinnen und alles übrige. Die Schwierigkeit liegt darin, daß das meiste zu ungeschminkt erotisch ist, um durch einen Autor von einigem Feingefühl veröffentlicht zu werden.«

Aber man kann ja auch nicht wünschen, daß man, allein im Bett, schon dort angelangt wäre, wohin endlich der Vater des Schatzinsel-Stevenson es gebracht hatte: »Die Romantik und Kindlichkeit seines Wesens«, berichtet der Sohn, schenkten dem alten Mann »seine eigenen Geschichten, womit er sich jede Nacht seines Lebens in den Schlaf erzählte«. Sie »beschäftigten sich dauernd mit Schiffen, Wegschänken, Räubern, alten Seebären und Handelsreisenden vor der Ära des Dampfschiffs. Mit diesen Geschichten wurde er nie fertig. Der glückliche Mann verlangte nicht danach!« Verrückt nur, daß der Schatzinsel-Dichter, als er Verwandten das täglich um ein neues Kapitel gewachsene Manuskript vorlas, keine Frauen dabeihaben wollte, ausdrücklich nicht: »Frauen waren ausgeschlossen!« (Und hatte selber Frau und Kinder.) Ich habe dagegen vor, weil ich den herrlichen Roman für meine Söhne als Kindertheater dramatisieren will, *mit* den Söhnen will ich das tun – ich habe vor, aus Jim eine Jane zu machen, ein Mädchen in Hosenrolle.

Oder wenigstens dem Jim eine Schwester dazuzuschreiben, die natürlich unter die rauhen Räuber an Bord nur in Hosen sich trauen kann, verkleidet als Boy. Vermutlich erfinde ich dieses Mädchen aus Sehnsucht nach einer Tochter, die es vorzog, als Fünfmonatskind darauf zu verzichten, das Licht der Welt zu erblicken; und aus Schuldgefühl gegenüber einer anderen – als Tochter schon kenntlich – die abgetrieben wurde...

Nicht gut, ist man allein, im Bett zu bleiben, denkt man an Tote oder an Frauen. Doch wohin könnte man sich, lange nach

Mitternacht, eingesperrt ins Hotelzimmer, wohin sich wenden? Also doch zu Büchern. Ich gehe zum Tisch, auf dem das Paket mit Neuerscheinungen liegt, noch unaufgeschnürt, das mir am Mittag mein englischer Verleger ins Hotel sandte. Zu müde, ein dickes Buch aufzuschlagen, wähle ich das schmalste Bändchen: Gedichte eins mir nicht bekannten Engländers, und gehe damit wieder ins Bett ... aber die schöne Britin, obgleich doch nahezu bedeckt von der Stuhllehne, schöner sogar als alle momentan weltgängigen Schauspielerinnen, hat Macht auch über diesen Gedichtband ... und so, um mich zu beschäftigen, ohne mich abzulenken, was ich doch gar nicht will, ich will ja an dieses Mädchen denken (anstatt an den bedrohlichen Premierminister), kritzele ich auf das Vorsatz- und Hintersatz-Papier des Lyrikbandes die Roh-Übersetzung; es ist das einzige Gedicht – von vielen las ich nur die Überschrift –, mit dem hier der englische Poet auch ausspricht, was mich anspricht in dieser angstbedrängten und daher das Erotische wenigstens in der Phantasie suchenden Nacht.

Etwas zu frei übersetze ich den Titel mit ›*Freundin*‹. Und nur aus dem Gedicht selber hole ich mir dreist die Lizenz, ein Motto aus ›*Faust II*‹ darüberzuschreiben. Würde der Engländer das billigen? Kaum. Der Haß ausgerechnet der Intellektuellen auf der Insel gegen uns Deutsche, nur zu begreiflich nach zwei den Briten durch Deutschland aufgezwungenen Kriegen, wird sich nicht bei allen so ungeniert Luft machen, wie neulich beim Dramatiker John Osborne, als er in einem Interview zum besten gab: »Ich hasse diese Deutschen!« Persönlich kennt er kaum einen von uns, obgleich seine Stücke große Aufführungsserien auf deutschen Bühnen erlebt haben; auch kann Osborne, auf Grund seines Jahrgangs, die Deutschen nicht mehr als Gegner, als Soldaten kennengelernt haben – freilich aber, während seiner Kindheit, als Bombenwerfer. Damit muß sich heute abfinden, wer als Deutscher reist. Freund Robert David MacDonald ist – keine Übertreibung – der *einzige* britische Bühnenmann, der einzige Dramatiker, Übersetzer, Regisseur, der Deutsch liest und spricht und auch als Pionier ins Vaterland einschleppt – neulich verlieh ihm der Bonner Botschafter die Goethe-Medaille für die Übersetzung Schillers, Kleists, Büchners und des Karl Kraus, dessen ›*Letzte Tage der Menschheit*‹ MacDonald bei den Edinburgher Festspielen in Englisch uraufführte. Piscator, dessen ›*Krieg und Frieden*‹-Dramatisierung MacDonald übertrug, gab ihm den ›*Stellvertreter*‹ und gründete damit unsere Freundschaft. Wie bevorzugt ein Deutscher ist, der überhaupt mit wenigen Stücken drüben auf die Bühne gelangt – man kann uns einfach nicht leiden, wie gut ich das begreife –, wurde mir deutlich, als ich zu Sir Laurence Olivier sagte: »Wenn Sie doch einmal den ›*Wallenstein*‹ spielten!« – und der große Mann mich fragte: »Was ist Wallenstein?«

Der herrlichste aller englischsprechenden Mimen, sehr gebildet als Pfarrersohn, Direktor des britischen Nationaltheaters, hatte nie von Schillers ›*Wallenstein*‹ gehört, hundertzwanzig Jahre nachdem den Briten ihr Carlyle die vielbändige Geschichte Friedrichs des Großen geschrieben und auch Schiller so nahegebracht hatte. Ja, ein Glück ist es nicht, als Deutscher geboren zu werden, wenn man dazu verdammt ist zu schreiben. Ach, mehr noch als vor Gerichten – muß vor Geschichte, wer schlafen will, ins Erotische flüchten; so halte ich mich denn an dieses Gedicht und übersetze an ihm herum, bis ich müde genug bin:

Freundin

»... denn das Naturell der Frauen
ist mit Kunst so nah verwandt.«
›*Faust II*‹

Noch duftet meine Haut wie Deine,
als Du nicht im – doch mit dem Slip gewinkt.
So riecht erhitzter Wald, wenn endlich seine
Erdkruste im August Gewitterwasser trinkt.

Hochsommer Du, doch auch der kühlt, der Fluß:
wer maßt sich an, daß Du mit *ihm* nur schwimmst?
Dein Lachen heilt – auch dies. Des Daseins Überdruß
– Du nimmst ihn dem, den Du Dir nimmst.

Die Kunst ist weiblich. Ihr strömt Deine Quelle
zu wie der Liebe, strömt und strömt – woher?
Von wo auch Venus, spermaweiße Welle
in Gischt geboren wurde: Aus dem Meer.

IV. L'Impromptu de Madame Tussaud

Daß jene Träume, in die geheime oder offenbare Ängste uns hineingehetzt haben – denn merkwürdigerweise können ja gerade *die* tief schlafen, die depressiv sind oder von Befürchtungen heimgesucht –, auch die bilderreichen sind, darüber gibt es wohl keine Untersuchung; erwiesen ist nur – und das erweist sich mit diesem Traum aufs neue –, daß Bedrohte auch von dem träumen, was sie tatsächlich bedroht – nicht aber träumen von entlegenen Gefahren. Die Personen, die ich vielleicht zu fürchten habe hier in Whitehall, die sind es, die in allerdings freundlichem Aufzug mir begegnen, wenn ich schlafe... Verfolgungswahn, hoffentlich beruht ja alles nur auf Verfolgungswahn, ist offenbar ebenso träumefördernd wie eine handgreifliche Gefährdung... Daß ich – wie mir erst bei Tageslicht aufgeht –, gestern abend in meinem sehr breiten altmodischen Brown's-Hotel-Bett so rasch einschlief, daß ich nicht einmal mehr das Licht ausmachte und nur noch wenige Zeilen der Übersetzung in das Gedichtbändchen hineingekritzelt habe, beweist, daß Angst mein Einschlafen beschleunigt hat... Meine Schwägerin hatte als junge Krankenschwester einst die Aufgabe, in einer Nervenklinik tagsüber von Bett zu Bett zu gehen, um Eingeschlafene sanft, aber unerbittlich aufzuwecken. Denn medizinisch scheint es nachteilige Folgen zu haben, wenn Depressive zu viel schlafen, also flüchten... statt sich dem wach zu stellen, was sie bedrückt.

Da ich sofort nach Wilsons Rede meinem Verleger vorgeschlagen habe, mit ihm in Downing Street Einspruch dagegen zu erheben – und sofort brachen wir auf –, beweist mir, daß alles nur Traum war. Denn die Rede wurde abends um sechs in der Tagesschau gemeldet, und da war es dunkel – wir brachen sofort auf, doch da war heller Tag. Also habe ich nur geträumt, mit Ledig zu Wilson gegangen zu sein, geträumt nach einem dieser wunderbaren Dinner, zu denen Ledig mich heute wie immer – nein: heute wohl erst recht – geführt hatte. Mein Vorschlag gefiel ihm. Ja, sofort – sofort müßten wir, das war auch seine Meinung, in Downing Street 10 vorsprechen, um Einspruch gegen die Verurteilung meines Stücks durch den Premierminister zu erheben.

Unverdrossen wie immer dann, wenn Unangenehmes zu erwarten ist, ging Ledig wieder an meiner Seite, hier in London dank seines Bowlerhuts, eines eingerollten Schirms und seines – kein Mantel – makellosen Anzugs aus der Savil Row (Kabinett-Schwarz, Weste) von keinem Passanten beachtet. Plötzlich blieb er stehen: »Wieso – nicht so rasch, nicht so rasch! – wieso gehen Sie nicht weiter, sondern biegen da... das ist ein Umweg zur Downing Street!«

Ich entgegnete: »Ein Umweg von weniger als fünf Minuten, doch fehlt mir jeder Mut, durch das Queen Anne's Gate zu marschieren, denn im Hause Nr. 21 regiert Sir Dick Goldsmith White.« Ledig folgt mir, sagte belustigt: »Sie meinen C. Nun, der kann Sie ja nun auch nicht auf offener Straße festnehmen, nur weil sein Boss soeben Ihr Stück schlechtgemacht hat... übrigens nimmt der Geheimdienstchef überhaupt niemanden fest, der *läßt* verhaften. Und ich weiß nicht, was Sie sich – wenn Sie schon Angst bekommen haben – davon versprechen, an seinem Hintereingang vorbeizugehen: das ist wahrscheinlich *riskanter.* Jedermann benimmt sich am Hinterausgang nicht so fein wie vorn: wenn wir jetzt also durch den Broadway laufen, dann ist das – soviel verstehe ich auch von Häusergevierten – dann dürfte Nr. 54 ungefähr die Hintertür sein des aristokratischen Queen Anne's Gate 21... Woher wissen Sie eigentlich, daß dort C. residiert?« Ich wehrte ab: »Von dem – von dem ich manches erfuhr, gegen mein Ehrenwort, ihn nie zu nennen.« Ledig sagte: »Entschuldigen sie...« Ich beschleunigte den Schritt, ein wenig hysterisiert in der Tat, wogegen ich nichts machen konnte, so lächerlich ich es auch fand: »Hintereingänge sind ohnehin die einzigen, in die ein armer Autor allenfalls hineingelassen wird, wenn er mit der Staatsmacht anbandelt. Gehen wir also auch gar nicht erst zur Downing Street, wo uns zwei Bobbies abwimmeln werden...«

Ledig sagte: »Die dürfen keinen abwimmeln, die müssen uns anmelden.« Doch folgte er meinem Rat, zum Hinterein- oder -ausgang, je nachdem, von Downing Street zu gehen... und während ich noch schlief, sonst hätte ich kaum der Frage nachgedacht, wieso Träume sich den Spaß machen, uns fast immer in Labyrinthe zu locken oder gar uns längst vertraute Wege und Umwege zu Labyrinthen verwandeln, türmten, vermauerten, verklumpten, verengten, verdunkelten die eleganten Straßen der Queen Victoria-Epoche, durch die wir dem Regierungsviertel zugingen, sich bedrohlich bedrückend zu Piranesi-haften Schwarzweiß-Carceri, so daß ich unbeschwert nur dort noch ging, wo Bäume waren – diese jahrhundertealten Bäume, die den Menschen so viel stärker beruhigen, als wenn er eine Kirche betritt.

»Da sind wir!« sagt ich. »Whitehall 70 ist nicht nur der Hinterausgang von Downing Street 10, sondern hier residiert, fünfzig Meter vom Schreibtisch Wilsons entfernt, sein Oberst Cecil Wigg, den sie »Spymaster-General« nennen, weil er offiziell den garnichtssagenden Titel ›Paymaster-General‹ hat: Generalzahlmeister (nämlich des Schatzamtes) ist sicherlich das unverfänglichste Türschild für einen, der mehr Spione in England enttarnt und zur Strecke gebracht hat als jedermann sonst... Ein rauher Mann, ganz von unten, der achtzehn Jahre als Gemeiner und zuletzt als Feldwebel diente, bis er im Hitlerkrieg dank seiner Tapferkeit Oberst wurde und Parlamentsmitglied von Labour. ›Ich habe mehr Kartoffeln geschält im Leben‹, sagte diese neue graue Eminenz der Downing Street, die mit Clement Attlee, dem Nachfolger Churchills, die Leiter der Macht erklommen und dann unter Wilson die Spitze der Leiter erreicht hat, ›als alle anderen Unterhausmitglieder zusammen‹... Nur zweimal ließ er sich herbei, mit mir zu reden; seine ›Sonderaufgabe‹, über die keiner spricht, läßt ihm weiß Gott nicht die Zeit, mit einem Autor sich einzulassen, den nichts Aktuelles zu ihm geführt hat – sondern eine Geheimdienst-›Maßnahme‹, die zwei Jahrzehnte zurückliegt: die Erschlagung des polnischen Ministerpräsidenten und seines Stabes in einem Liberator-Bomber auf der Piste von Gibraltar in der mondlosen Nacht auf den 5. Juli 1943: ein geeignetes Datum, da ohnehin in dieser Nacht ein ablenkendes, historisch erstrangiges Ereignis das Mittelmeer in Aufruhr gesetzt hat: die Landung der Briten und Amerikaner auf dem von Deutschen besetzten Sizilien, womit zum erstenmal den Westmächten im Hitlerkrieg eine Invasion des Kontinents glückte...

Als Mann der Tat hat der Oberst und Chefberater des Premierministers nur wenig Sinn für Ereignisse, die *nichts* mehr sind als Fußnoten in Geschichtsbüchern; und so empfängt er meinen Verleger und mich auch heute nicht, sondern läßt freundlich hinabtelefonieren an die Eingangspforte, ich möchte erst wiederkommen, wenn ich den Zuständigen selber befragt habe: ob der – im Gegensatz zum regierenden Premierminister – Einwendungen gegen weitere Aufführungen meines Dramas vorbringen wolle. Bedrückt wende ich mich an Ledig und sage: »So geht die Nachwelt mit einem einst Großen um. Dieser ehemalige Feldwebel lehnt es ab, uns eine Audienz zu gewähren... mutet aber Churchill zu, uns zu empfangen. Gehen wir... also!«

Ledig sagt: »Wohin? Churchill ist tot, seit über einem Jahr!« Ich gehe schon wieder zu schnell, weil ich mir einbilde, uns folge jemand; und sage: »Wir haben aber nun eine Empfehlung, er hat mir ja sagen lassen, er werde uns drüben telefonisch anmelden, bei Madame Tussaud.«

Ledig murmelte: »Sympathisch. Ich hab oft gemerkt, daß Engländer, die nicht der sogenannten High Society entstammen, sondern erst in sie hinaufsteigen, ganz ohne die Borniertheit so vieler Briten gegenüber allem Ausländischen sind, die George Orwell einmal untersucht hat – um festzustellen, seine Landsleute würden im allgemeinen annehmen, daß ›Ausländer komische Leute sind, die es zu unserer Belustigung gibt und die man klassifizieren kann wie Insekten‹« ...

Ich vermute, und das sage ich: »Wer in diese noch immer hochnasig pontifikale Gesellschaft von unten aufsteigt, ist sicherlich selber so lange wie ein Insekt klassifiziert worden, daß er es mit Ausländern *nicht* tut.«

Ledig ist da skeptischer: »Meiner Lebenserfahrung entspricht das Gegenteil – daß man durchaus anderen antut, was einem selber angetan wurde. Wenn nur nicht diese Unterhaus-Rede gegen Ihr Stück eine Hysteriker-Epidemie auslöst... Schön ist das hierzulande nicht!« Und Ledig denkt, doch das sagt er mir aus Menschenfreundlichkeit heute nicht; viel, viel später erst wird er mir seine Befürchtung von damals mitteilen, Ledig denkt, was neulich die Amerikanerin Barbara Tuchman zu ihm gesagt hat: kein Spektakel, das habe bereits Macauly beobachtet, sei so lächerlich wie die britische Öffentlichkeit in einem ihrer periodischen Anfälle von Moralismus; fast so gefährlich sei sie dann wie die amerikanische Öffentlichkeit in einer ihrer periodischen Hexenjagden... Und nun sagte Ledig: »Da sind wir ja schon!« Ich zog das Portemonnaie, doch zahlen mußten wir nicht: zwar hatte uns der Anruf aus Whitehall noch nicht respektabel gemacht – doch immerhin bei der Hausfrau persönlich angemeldet. Madame Tussaud, noch im Kleid des Ancien régime, in dem sie soeben aus Frankreich vor der Guillotine entflohen ist, steht an der Pforte und sagt feierlich zu Ledig: »Der Primeminister will Sie allein sprechen.« Und sie weist mich weg, deutet wieder auf Ledig und erklärt bestimmt: »Nur den Autor.«

Ledig will widersprechen, erklären: »Aber *er* ist ja – als Dolmetscher muß ich...« Madame, ungeduldig, schon im Vorangehen: »Gut, nehmen Sie ihn also mit.« So darf auch ich passieren. Madame geht rasch, man kennt das Kabinett, der Traum macht es kurz. Haften bleibt indessen ein unterweltlicher Vorgang, ein höllischer, den ich im Vorbeigehen an einem der Sportler-Kabinette gewahre – ehe ich mich wegwenden kann: dort wird der vorjährige Sieger des Internationalen Bockspringens zu Melbourne ausgetauscht gegen den diesjährigen. Man schmilzt ihn ein oder wenigstens das, was bei einem Sportler doch, wie man meinen sollte, das Belangloseste ist: seinen Kopf. Die Figur mit gewaltigen Spreizbeinen (die Kniescheiben sind wahre Mondlandschaften) bleibt über dem hohen Bock erhalten – den Kopf aber hat man ihr abgeschraubt, aus dem Rumpf steigt die nackte eiserne Spirale hoch – und dort, dumm, vital, muskelprotzig, steht der neue Weltmeister Modell, das Original; er steht neben dem Kessel, in welchem der Kopf des Vorgängers auf Gasfeuer zerschmilzt und dem der weiß bekittelte Plastiker heißes Wachs entnimmt, um den fast fertigen Kopf der neuen Puppe damit zu ergänzen. Madame hat meinen weggeschreckten Blick aufgefangen, im Weitergehen frage ich zaghaft: »Wie lange, Madame, hält ein Schriftsteller bei Ihnen?«

Die Antwort ist so entschlossen wie beruhigend: »Länger als ein Feldherr – denn wir nehmen Dichter neuerdings erst dann auf, wenn sie nicht mehr umstritten sind: Bernard Shaw war der letzte, den ich hereinließ. Mit H. G. Wells, wissen Sie, erlebten wir ein Verlustgeschäft, wir stellten ihn zu früh hin – heute wissen meine jungen Besucher nicht mehr, wer er war.«

Ledig schlägt vor: »Seine Kleidung und Figur würde ich nicht wegwerfen: der Kopf von Somerset Maugham würde recht gut drauf passen.«

Madame strahlt: »Jaa – richtig! Und damit löse ich auch ein Versprechen ein. Als Som zu letztenmal bei mir war, schon mit 92, einige Wochen, bevor er über die Teppichfalte stolperte, da riet ich ihm: »Sie sind schon so wackelig, mein Lieber, *bleiben* Sie doch gleich! Aber er ließ sich nicht halten. O ja, er hat einen wundervollen Schildkrötenkopf.«

Ihre Stimme ist leiser geworden, wir kommen in die Whitehall-Etage; dort eine weißbehaarte Figur, von der ich nicht weiß, ist es Carlyle oder Hardy oder Lloyd George – ehe ich fragen kann, flüstert Madame kirchlich gedämpft, und ihre Nasenspitze ist roterregt: »Der Primeminister!«

Auch Churchill hält mich für Ledigs Sekretär. So ist es mein armer Verleger, der dem ersten, fürchterlich langen, saugenden Blick aus den vorquellenden, gletscherblauen Augen standhalten muß. Ihm auszuweichen, verneigen wir uns. Mein Mund ist trocken. Ledig immerhin, bis auf das weit heraushängende weiße Taschentuch, stoff- und knopfgenau wie Churchill angezogen in stäubchenlosem Kabinettschwarz, kann murmeln: »Primeminister.«

Der hat seine Gewohnheit nicht abgelegt, Besuchern zu ersparen, auch Worte machen und eigene Ansichten äußern zu müssen. Eine Handbewegung zu den Stühlen, die denen im Kabinettssitzungsraum von Downing Street nachgebaut sind, eine zweite Handbewegung zu einem Aktenschrank, dem Madame Brandy mit Gläsern entnimmt – und Churchill hebt an mit jener einfangenden Jovialität, mit der mich Ledig zum erstenmal in Reinbek vorließ und die mich erkennen läßt, daß er uns heute – englische und Verlagspolitik ist Menschenliebe plus fünf Prozent – am Ende eine Kleinigkeit, eine ganze Kleinigkeit abhandeln will, zum Beispiel mein Stück ...

»Ich war stets der Meinung«, beginnt Churchill mit einem Ledig-Zitat und mit einer Stimme, daß ich hinsehen muß, um herauszufinden, wer von den zweien jetzt redet, »Hauptsache, jene Leute, die Ereignisse nur schildern, anstatt sie herbeizuführen, schreiben überhaupt irgend etwas über einen. Insofern bin ich absolut einverstanden mit Ihrem Stück, denn es hat einen Meinungskrieg entfacht, der immer noch besser ist als gar kein Krieg – als der milde Himmel des Friedens und der Banalitäten, der wie ein erstickender Baldachin über mir schwebte ... nach meinem gloriosen Staatsbegräbnis. Staats-Begräbnis ist übrigens eine melancholisch stimmende Wortverbindung: Meine Leiche war tatsächlich nichts als der Vorspann für das Begräbnis des Staates, des Empires ...«

Eine resignierende Handbewegung.

Ledig will hinzufügen: »Primeminister, ich möchte betonen ...«

Churchill hört diese Unterbrechung sowenig an, als sei er Ledig, und fährt fort mit dem meerweiten Atem des unersättlichen Epikers, der stets nur Monologist war: »Ich selber hätte die Möglichkeit gehabt, das Amt des Zensors Lord Chamberlain zu liquidieren – man zahlt für jedes Versäumnis. Nun gönnt mir Whitehall nicht einmal mehr als Bühnenfigur ein Comeback ... noch nach dem Tode habe ich kein Glück mit dem Namen Chamberlain, obwohl mein Sohn, wie Sie wissen, sein Einverständnis zu einer Aufführung in London gegeben hat. Welch ein Jammer, daß mir als größtem Briten nach Shakespeare, wie Sie schreiben, daß mir versagt bleibt, vom größten Akteur meiner Epoche, Olivier, dargestellt zu werden. Er war ja in The Others mein Clubkamerad, er hat meinen Resonanzboden, wenn er spricht, weil mein Brustkasten (das können Sie bei Lord Moran nachlesen) auch nicht gewölbter ist als der Oliviers. Von Olivier verkörpert zu werden, das hätte mich unbemüht eingereiht in die anderen Gestalten des Welttheaters – *das*, in Wahrheit, gönnen die Pygmäen, meinen Epigonen in Whitehall mir nicht, die jetzt sogar tatenlos zugucken, wie des Kremls Hochseeflotte unser Mittelmeer befährt, als sei es ein russischer Binnensee ...«

Ledig, tröstend: »Großbritannien führt neuerdings in Europa auf dem Sektor der wissenschaftlichen Forschung, warum sollte das nicht so bleiben?«

Churchill: »Von der Wissenschaft geht keine Magie aus, ihre Männer haben kein Charisma – nur das ist nachweltbildend. Haben Sie sich je als Knabe für Euklid als Person interessiert? Aber Homer, Kolumbus, Caesar, Gandhi oder ich, nicht wahr – *die* können Leitbilder der Jugend sein. Mit großen Männern geht es wie mit großen Büchern: sie fallen nur dann nicht aus auf dem langen, furchtbar beschwerlichen Marsch in die Nachwelt, wenn sie geeignet sind, für die reifere Jugend bearbeitet zu werden, Schullektüre zu sein oder Nahrung für den Ehrgeiz in der Pubertät. Napoleon lebt wie Don Juan, weil jeder Mensch auf einer gewissen Entwicklungsstufe einer von beiden *sein* will. Das Überraffinierte setzt aus, versagt, das Späte; auch in der Kunst beißen den letzten die Hunde: Anatole France sagte, als er so senil wie hellsichtig war, jetzt glaube ich, daß wir alle, wie wir da sind, Große und Kleine, so wenig Nachwelt haben werden wie die letzten Schriftsteller der Antike, niemand mehr wird nach uns fragen. Und ich sage Ihnen, von den großen Büchern der Menschheit sind lebendig nur jene, die man auch als Knabe liest oder verfilmt sieht, Homer und *›Lederstrumpf‹; (ich verwechsle die beiden immer), ›Oliver Twist‹, ›Don Quijote‹* und *›Robinson Crusoe‹*, die Bearbeitung der *›Heiligen Johanna‹*, *›Moby Dick‹, ›Krieg und Frieden‹* – sonst noch eines? Ich habe als Autor natürlich früh mir eingestehen müssen, daß ich nie als Romancier auf die Nachwelt käme, sondern nur als Romanfigur – so vertauschte ich, höchst beschwerlich, den Schreibtischsessel mit einem im Parlament, obwohl das Reden mir so qualvoll war wie dem Demosthenes. Aber es hat ja keinen Sinn zu tun, was man liebt: man soll lieben, was man tun muß. Und wenn mich erst meine Auseinandersetzung mit Sikorski tragödienreif gemacht hat – warum nicht! Lebendig will man sein, nach dem Tode, nicht ›unschuldig‹.«

Er rümpfte die kurze, abgeplattete Löwennase und reibt das

Kinn mit der Faust. Ohne Übergang, schroff, mit einem Blick über mich hin, der mich auslöscht: »*Mußten* Sie denn diesen timiden jungen Mann da mitbringen? Ich hatte Sie unter vier Augen fragen wollen, *wer* Ihnen diese verdammte blutige Lüge mit Sikorski verraten – nun, habe ja auch meine Informationen niemals preisgegeben, lassen wir das, immerhin es ist eine Aura schaffende Lüge!«

Ledig, mit devoter Unverfrorenheit: »Erlauben Sie, Primeminister, daß ich Sie zitiere: ›Die Welt ist voller Lügen, und was das Schlimmste ist – die Hälfte davon ist wahr.‹«

Churchill grinst, daß seine Augen in den Wangen untergehen. Ledig will ergänzen: »Und was meine Begleiter hier betrifft –«

Churchill schneidet das weg: »Sikorskis Schicksal, ohne Frage, fügt meinem Porträt noch etwas an, das ich selber meiner fünfzehntausend Seiten umfassenden Autobiographie nicht mitgeben durfte, denn Memoiren sind ja stets der Triumpf der Willenskraft über das Gedächtnis. Sikorskis Schatten aber an meiner Seite wird mythosfördernden Effekt haben. Denn ebenso wie bestimmte arithmetische Größen im Unendlichen ihr Vorzeichen wechseln, so daß aus Plus Minus wird oder umgekehrt, so wechseln auch die moralischen Größen mit der zeitlichen Entfernung, das heißt: unsere Einschätzung von Gut und Böse wechselt. König David steht nicht als Patriarch vor uns, obwohl – sondern wir wissen von ihm und er *lebt* als ein Mensch und Mann und Machthaber, *weil* er den Urias in den Tod schickte. Nehmen Sie dem Alten Testament seine Mordgeschichten, die da meist der Ausdruck der Vollstreckung eines göttlichen Willens sind – und sie treiben ihm seinen Geist aus: der Richter Ehud, den der Herr selber erweckt, damit er König Eglon durchbohre – oder die entsetzlich – wie soll ich sagen ... *bezügliche* Geschichte von Iael, die den flüchtigen Feldherrn Sissera als Gast aufnimmt ... und dann umbringt –«

Sein Atem stockt. Die Ermordung eines Gastfreundes erzählt sich denn doch nicht, ohne daß die Stimme heiser wird. Fast trotzig fährt er fort: »Die alten Juden wußten, daß der Himmel selber Unmoral verlangt, denn Moral und Religion sind nicht identisch. Das Numinose ... also nicht ich als Person, gewiß nicht; gewiß aber meine Figur, meine Reden, Taten und Untaten in den gottgewollten Kriegen gegen die Hunnen, das Numinose ist transethisch. Zeitgenossen verstehen das nicht, belächeln das, aber schon in fünfzig Jahren wird Sikorski von meiner Erscheinung so untrennbar sein wie mein Schatten, wie Dresden, wie Hiroshima. Sterbliche haben nur Flecken, aber keinen Schatten. Lloyd George war groß nur in seiner Zeit, selbst seine Fehler waren nur bürgerlichen, nicht absoluten Formats: und das reicht als Kontrast nicht, hat nicht die Tiefe des Schattens, den ein Gesandter des Herrn werfen muß ... Sie wissen aus meinen Essays über bedeutende Zeitgenossen – es waren tatsächlich alles nur Genossen in der Zeit, die ich längst hinter mir gelassen habe –, daß ich niemals die Illusion eines liberalen und nachliberalen Säkulums teilte, denen zufolge der Gedanke des Fortschritts aus der Technik oder Medizin auch auf den Menschen als einem moralischen Wesen übertragbar sei. Gewiß ändern wir uns *nicht*. Zum Guten nicht, zum Bösen nicht – das Können des Menschen stürmt seiner Natur, seiner Weisheit gigantisch voran; die Erfindung der Druckerpresse und des Radios, phantastische Kommunikationsmittel, haben gleichwohl nicht im geringsten dazu beigetragen, Mißverständnis und Haß zwischen Menschen und Völkern zu verringern. Und wenn ich ein Quantum Tatkraft mehr hatte als das Rudel meiner Zeitgenossen, so nur deshalb, weil ich im Gegensatz zu denen Phantasie besaß. Um einen Agamemnon, einen Richard III. zu sehen oder Troja und Karthago – liefen die Menschen 1911, als ich mit knapp siebenunddreißig Jahren die Kommandobrücke des Flaggschiffs der größten Armada aller Zeiten betrat, ins Theater. Mir aber war 1913 der Name eines meiner Großkampfschiffe, ›Agamemnon‹, nichts weniger als eine Reminiszenz – sondern er war mir ein Programm! Denn der Kampf um Troja, das heißt: um die Dardanellen, wo ich es zwei Jahre später tatsächlich einsetzte, war mir ganz einfach aus dem Homer – nun: als Auftrag vertraut.

Meine Genossen in der Zeit glaubten dagegen an einen Fortschritt nur deshalb, weil ihnen die Phantasie fehlte, den Weltkrieg vorwegzudenken. Einige immerhin hörten, daß die Melodie des Lebens falsch klingt – ich allein wußte, daß nur die Stimmgabel des Todes sie richtig intonieren konnte ...«

Ledig fragte: »Woher hatten Sie diese Erfahrung?«

Churchill: »Aus Religiosität und Menschenkenntnis – und Glaube an den Fortschritt ist ja nichts als die Verleugnung von Religiosität und Menschenkenntnis. Wollen Sie Konkretes dazu wissen, so müssen Sie Philosophen studieren, die gleichzeitig Täter waren – also den königlichen Prediger Salomo, den Mark Aurel, Ihren Bismarck und mich. Sozusagen jene Menschen, die deshalb, weil sie selber handeln mußten und nicht nur denken durften, nicht in die obligate ›*Hamlet*‹-Inszenierung jeder Saison zu laufen brauchten, um daran erinnert zu werden, daß die Aufgabe, Rosenkranz und Güldenstern wegzuräumen... hin und wieder gestellt ist. Wenn mir erst ein Vierteljahrhundert nach der Tat Sikorskis Tod aufgebucht wird – so verdanke ich das dem Mangel an Menschenkenntnis und dem Fortschrittsglauben meiner Zeitgenossen, die zwar in jedem Feuilleton lesen oder schreiben, Shakespeares Gestalten seien ›ewig wahr‹, die aber dennoch die Lebenslüge pflegen, Maßnahmen der Staatsräson wie in dessen Dramen seien ›überwunden‹ seit der Renaissance...«

Ledig: »Aber was hat das mit Religiosität zu tun?«

Churchill: »Ein Beispiel. Wenn es einen cartesianischen Menschen in Deutschland gab, dann Bismarck – mit höherer Schlauheit, auch moralischer, ist Außenpolitik nie gemacht worden als von ihm. Dennoch gibt es Belege dafür, daß er wußte – und vielleicht war er der einzige Mensch damals, der das wußte, denn die patriotischen Priester Berlins um 1880 waren zweifellos nicht weniger fortschrittsgläubig, das heißt: a-religiös als der Haufen ihrer Gemeindemitglieder –, es ist belegt, daß der Schöpfer dieses Staatengebildes vorausgesehen hat, wie bald Geschichte es abräumen werde. Ein Prophet war er nicht, und *Wissen* reichte nicht aus zu den Vorhersagen Bismarcks – nur seine Religiosität gab ihm das Gefühl, daß der Mensch, von dem jeder Studienrat sagt, ohne etwas dabei zu denken, er sei das Maß der Dinge – daß die Jahre des Menschen auch da Zeitmaß sind für die Dauer seiner Werke. König Salomon wußte das – und Bismarck auch. Er schrieb seinem alten Kaiser eine Tischrede für den Besuch des Zaren 1887 (soeben hatte der Zar den Bruder Lenins erhängen lassen).In dieser Rede ließ er den neunzigjährigen Wilhelm, den übrigens der letzte kaiserlich-deutschen Botschafter in London, Fürst Lichnowsky, sehr zu Recht als eine wahrhaft tragische Figur im Kampf mit Bismarck schildert, denn Wilhelm I. hat seinen Kanzler immer wieder schriftlich gewarnt vor dessen wahnsinnigem Bündnis mit Wien, auf Kosten der Freundschaft mit Rußland –, in dieser Rede also ließ Bismarck, der inzwischen begriffen hatte, daß sein Monarch die Dinge instinktsicherer gesehen hatte als er, den Zaren darauf hinweisen, daß ein Krieg zwischen Berlin und Petersburg die Tilgung der Dynastien in beiden Reichen und die Rote Revolution herbeiführen werde. Das war volle dreißig Jahre vor 1917, dem Jahr der Erstürmung des Winterpalais.

Ein zweiter Beleg: Als der letzte deutsche Kaiser den bald darauf sterbenden Bismarck zum letztenmal besuchte und endlich wieder abreiste, sagte Bismarck zu seiner Schwiegertochter: zwanzig Jahre nach dem Tode Friedrich des Großen sei mit Jena/Auerstedt das Ende des alten Preußen gekommen. ›Zwanzig Jahre nach meinem Tode kommt das Ende für – den.‹ Er meinte Wilhelm II. und irrte um drei Monate: Bismarck starb Ende Juli 1898, Wilhelm ging ins Exil im November 1918.«

Churchill hebt ein wenig seine drei Kinne, und seine Augen richten sich auf Ledig, daß der die seinen nur mit Anstrengung den blauen Brennspiegeln des PM offenhalten kann. Churchill fragt mit jener Jovialität, die etwas herunterhandeln will: »Aber nun sagen Sie mir doch, wer hat Ihnen den Bären aufgebunden, ich hätte Sikorski ermordet – wie?«

Ledig entgegnet vorbereitet: »Ihr Romancier C. M. Forster, Primeminister, hat ...«

Churchill unterbricht, als sei er Ledig: »*Der* ja, der mich stets als Kriegshetzer anzuschwärzen pflegte – nun, ja: wer redet heute noch von dem armen Forster!«

Ledig: »Forster schrieb, würde ich jemals vor die Wahl gestellt, mich zu entscheiden, zwischen einem Freund und meinem Vaterland, ich hoffe, dann nicht zu zögern, mich für den Freund zu entscheiden.«

Churchill, böse jetzt: »Das ist der Geist von Oxford – der anno 31 dort die Studenten verführt hat, öffentlich zu proklamieren, nie mehr würden sie für König und Vaterland kämpfen, ein geschmackloser Ulk, der sie übrigens nicht gehindert hat, nur neun Jahre später heroisch zu kämpfen. Aber ich begreife, warum Sie das zitieren: Ein britischer Intellektueller also ist Ihr Informant. Nicht zu ändern. Die einen entlaufen uns nach Moskau, die anderen verschwätzen uns beim Bier – aber das kann mich doch nicht daran hindern, da eine meiner Hälften selber intellektuell ist, darauf zu beharren, daß wir dieser Spezies den Sieg verdanken. Ihr Deutschen habt niemals einen Krieg verloren, den Intellektuelle führten – der Literat Friedrich von Preußen, oder jene, die Napoleon schlugen, und die alle, von Blücher abgesehen, Intellektuelle waren wie später der Novellist Moltke und euer farbigster Epistolograph, Bismarck. Selbst Hitlers atembeklemmende Triumphe in der Schlacht, als er den Franzosen das Knie von Sedan unterm Hintern wegriß und die Eroberung von Sewastopol, hat der rassisch verdächtige Intellektuelle Lewinski, genannt von Manstein, ihm beschert. Gut, daß er ihn bald darauf hinauswarf. Inkommensurabel, *was* wir und was die ganze Welt dem spezifisch deutschen Haß auf Intellektuelle zu verdanken haben! Eine der köstlichen Bescherungen der Geschichte Europas. Stellen Sie sich vor, Hitler hätte die Physiker, die alle um Göttingen gruppiert waren und später die Atombombe für uns ausheckten, nicht rechtzeitig verjagt! Nun, kein Zufall, daß wir in Whitehall expressis verbis einen Intelligence Service haben ...«

Zaghaft erinnere ich nunmehr daran, daß ich erstens immerhin auch vorhanden und zweitens keine Wachsfigur bin. Ich erkühne mich zu sagen: »Vielleicht, Sir – hätten Sie aber unter die Bullen, die... das machten mußten in Gibraltar, nicht grade Katholiken mischen sollen: denn auch ein Priester erfuhr in der Beichte zuviel.«

Churchill, achselzuckend: »Und Protestanten beichten im Bett – noch fahrlässiger. Ich kann mich auch nicht um *alles* kümmern, junger Mann.«

Ledig: »Jedenfalls bestätigen mir Katholiken, es sei höchst unwahrscheinlich, daß einer ihrer Priester das Kapitalverbrechen – Bruch des Beichtgeheimnisses – auf sich nähme, ohne dazu von seiner obersten Instanz autorisiert zu sein. Rom selber also hat sich vermutlich an dem protestantischen Whitehall rächen wollen – daß Sie, Primeminister, den treuesten Sohn der alleinseligmachenden Kirche unter den Regierungschefs sterben ließen, um ausgerechnet den Kreml zu beschwichtigen.«

Churchill, mit Nicken, ein sanftes Schlußwort: »Krieg ist hauptsächlich eine Kette von Fehlern; Siegen heißt nur, die gröbsten den Gegner machen lassen. Da wir von Fehlern reden: Ihrem Stück habe ich als schwerstwiegende vorzuhalten ...«

Ledig steht auf, um endlich einmal Gehör zu finden: »Sir – *hier* ist der Autor! Ich bin der Verleger –«

»Sie –?«

Nun muß *ich* zum erstenmal den gletscherblauen Augen standhalten, die der Alkohol nur trüber, aber nicht wärmer gemacht hat, doch werden sie so schnell schlitzklein, daß ich aufatme, denn Churchill grinst: »... Sechs Jahrzehnte jünger als ich – und *doch* interessiert an mir, dann habe ich's geschafft! Wenn man die übernächste Generation interessieren kann – dann ist man drüben, dann hat man Nachwelt. Ich war bekümmert gewesen zu hören, daß ich den Jungen heute weniger bedeute als dieser Mao Tse-tung. Gewiß, der Chinese hat mein Format, nicht als Autor, aber menschlich und als Schrittmacher des Schicksals – und er wird als Gestalt überleben auch dann, wenn China mit dem Kommunismus längst getan haben wird, was es noch stets mit allem getan hat, das ihm von außen zugeflossen ist – denn China ist das Meer, das alle Flüsse versalzt, die in ihm münden, sagt man dort seit dreitausend Jahren.« Während ich staune, daß Churchill einen ganzen Satz gesprochen hat, der nicht von ihm selber handelt, öffnet er sich mir wie eine Schleuse: »Daß Sie mich, junger Mann, im ersten Akt auf das Heck eines Schlachtschiffs stellten, war annehmbar – für mich wie für Ihr Stück. Ein Kriegspremier gehört auf ein Schlachtschiff, und ein Schlachtschiff ist kunstreif dann, wenn auf den Meeren diese Schiffstypen für immer verschwunden sind.«

Ich nickte: »Ja, Sir, epische Schilderungen, aber auch dramatische, sind meist der Schwanengesang einer Welt, einer Existenzform.«

Ich denke noch hinzu, aber wage es nicht auszusprechen: und ein Premierminister des Empire betritt auch nicht zufällig zum erstenmal in *dem* Moment die Bühne eines Theaters, in dem die Empire-Premiers von der Bühne der Welt – abtreten.

»Dennoch –« und Churchills Blick wird saugend, »ich habe Ihnen zwei schwere Kunstfehler anzukreiden: die unmöglichen Szenerien des zweiten und dritten Aktes. So langweilig, junger Mann, so langweilig! Gehört denn ein Kriegspremier ins Bett, den ganzen zweiten Akt hindurch lassen Sie mich im Bett, und im dritten: ein Palaver unter Obstbäumen, ich bitte Sie!«

Ich verteidige das: »Primeminister, Bett und Park sind bewußt ausgesucht als die Gegenwelten zu der, in welcher befehlsgemäß gestorben wird. Und Dramen sollen sich in der Brust einer Figur – nicht in ihren Beinen abspielen! Bewegung soll auch auf der Bühne ein *innerer* Vorrang sein ...«

Churchill hört diesen Einwurf sowenig an, als sei er Ledig, und sagt, als ergänze er nur, was ich gesagt habe: »Sie hätten mich zeigen können, wie ich den Churchill-Panzer besichtige, dabei redet man doch – ein Panzer ist ein akzeptables Requisit für einen Kriegspremier, man kriecht hinein, kriecht hindurch, turnt auf ihm herum und spricht. Oder warum zeigen Sie mich nicht, wie ich dem Haus die Vertrauensfrage stellte, 1942 – und unsre Defätisten persönlich niederkämpfte; oder in den Ruinen eines Londoner Warenhauses, wie ich die Überlebenden eines deutschen Raketenangriffs aufrichte! Im *Bett* – gar kein guter Gedanke! Wie kommen Sie darauf? Natürlich durch Ihre indiskreten Tagebücher, Brookie – unmöglich.«

Er hat sich seinem Generalstabschef im Nebenkabinett zuwenden wollen, aber Feldmarschall Brooke wurde nicht aufgestellt von Madame Tussaud: obwohl Englands führender Soldat im ganzen Krieg, hat ihn sein populärer Untergebener Montgomery in der Nachwelt überrundet, der üblich schnöde Dank des Vaterlandes ... Ich sage verschüchtert: »Gewiß gaben Brookes Tagebücher mir die Anregung – aber die Legitimation, einen Großen beim Lever zu zeigen, verdanke ich dem siebenten Kapitel von ›*Lotte in Weimar*‹: darin erwacht Exellenz sogar aus einem Traum von Venus und Adonis, Erinnerung an die Dresdener Galerie, die Sie vernichtet haben, Primeminister ... Goethe erwacht da in ... in –«

Ich bin verwirrt, Churchill schaut mich frontal an.

Mein Englisch ist eine Beleidigung, so erläutert Ledig, sachlich: »In dem Roman erwacht Goethe mit einer Erektion.«

Churchill brummt: »So! – da habe ich ja noch Glück gehabt, daß Ihr junger Mann hier kein Romancier ist.«

Wieder sein Blick über mich hin, der mich duckt, dann: »Haben Sie mich früher, außer im Kino, mal beobachtet?«

»Ja, Sir, 1951 im Parlament – aber leider war ich sehr abgelenkt, denn neben mir saß eine faszinierend schöne rehbraune Inderin, zum erstenmal in meinem Leben, und die hat mich stärker beschäftigt. Ich weiß nicht mehr, worüber das Haus debattierte. Aber ich hatte dennoch – ein Modell für Sie: mein Verleger... Wenn Sie durch meine Träume gingen – war das immer auch Ledigs Schritt.«

Churchill zu Ledig: »Würden Sie die Freundlichkeit haben, aufzustehen – und einmal dort im Nebenkabinett den General de Gaulle anzuschauen.«

Ledig: »Der ist aus Zement, wie ich gelesen habe –«

Churchill, Ledig nachblickend: »Ja – das fiel mir auf, als Sie kamen: meinen Schritt haben Sie auch.« Er zieht, wie ich das schon im Parlament beobachtete, das Schmucktuch aus dem Rocktäschchen – ein Zipfel nur, denkt man, aber er zieht und zieht, und es ist groß wie ein Handtuch, und nun wischt er sich damit gemächlich über das Glatzenmassiv, um dann das Tuch wieder bis auf das Zipfelchen verschwinden zu lassen. Ich bin allein mit ihm, so wage ich zu sagen: »Der General de Gaulle verdankt sein Denkmal hier auch nur dem Zufall, daß er die Sabotage an seinem Flugzeug auf dem Airport Hendon am 21. April 1943 überlebt hat – damals, als das Londoner Luftfahrtsministerium ihn aufforderte, doch *einmal*, entgegen seiner sonstigen Gewohnheit in England kein Flugzeug zu besteigen, zu fliegen, zur Inspektion nach Glasgow...«

Churchill: »Ohne Frage, auch de Gaulle ist eine Dramenfigur – die einzige unter europäischen Staatsmännern, heute. Haben Sie nie daran gedacht: an seine mörderischen Auseinandersetzungen mit mir, mit dem Präsidenten, mit Admiral Darlan, mit General Giraud? Und sein erschreckender Minderwertigkeitskomplex, weil Frankreich von uns – statt von ihm und von sich selbst gerettet wurde! Faszinierend...«

Ich sage: »Der General hat Ihnen, Sir, einen königlichen Nekrolog gesprochen – und mit absoluter Unterwerfung Ihnen als *der* dominierenden *Dramenfigur* des Hitler-Krieges gehuldigt – nein, kein weiteres Drama über diese Epoche! Ich wäre bei de Gaulle auch befangen: Er persönlich hat eingegriffen, um zu verhindern, daß der Kardinal von Paris die dortige Aufführung des ›*Stellvertreters*‹ durch die Polizei verbieten konnte.«

Churchill: »Dann sind Sie also bestechlich?«

Ich: »Ja – durch Dankbarkeit. Und da wir auch in Deutschland *Ihnen* verdanken, daß unsere Bühnen keiner Nazi-Zensur mehr unterstehen, so schrieb ich ein Churchill-Stück: Ich hoffe, meine Verehrung für Sie hat es nicht völlig verdorben.«

Er lacht: »Ich würde nur sagen, sie hat es ein bißchen sehr in die Länge gezogen! Sagen Sie: wäre de Gaulle damals in Hendon der Sabotage zum Opfer gefallen, hätten Sie dann *ihn* – statt Sikorski zu meinem Gegenspieler gemacht?«

Ich sage: »Unmöglich. Die Tötung de Gaulles wäre nur ein Schurkenstück gewesen, aber die Sikorskis ist eine Tragödie.«

Churchill, sanft: »Woraus Sie bereits folgern können, daß mit dem Attentat auf de Gaulle *ich* nicht das geringste zu schaffen hatte ...«

Ich, sanft: »Ganz gewiß.«

Churchill: »Aber woher nehmen Sie diese Unterscheidungen und Definitionen?«

Ich ziehe ein schmales Buch aus der Tasche und reiche es ihm und sage: »Ich hole diese Definitionen aus Burckhardts ›*Betrachtungen*‹. Die Ermordung de Gaulles wäre für Sie, Prememinister, im Frühjahr 1943 nur eine ›Vereinfachung Ihrer individuellen Situation‹ gewesen: unter solche Verbrechen subsumiert Burckhardt alle Taten Richards III. Daher er ihm ausdrücklich die ›merkwürdige Dispensation von dem gewöhnlichen Sittengesetz‹ verweigert – die er jedoch solchen Individuen zugesteht, die einen Willen vollziehen, der über das Individuelle hinausreicht: nämlich den Willen ›Gottes‹ oder ihrer ganzen Nation oder gar Epoche. Lesen Sie hier« – ich zeige auf eine angestrichene Stelle: »›Wer also einer Gesamtheit Größe, Macht, Glanz verschafft, dem wird das Verbrechen nachgesehen, namentlich der Bruch abgedungener politischer Verträge, indem der Vorteil des Ganzen, des Staates oder Volkes, absolut unveräußerlich sei und durch nichts auf ewig beschädigt werden dürfe ... Auf den Erfolg kommt hier alles an. Derselbe Mensch, mit derselben Persönlichkeit ausgestattet gedacht, würde für Verbrechen, die nicht zu jenen Resultaten führen, keine Nachsicht finden.‹

Sie haben, Sir, in die Tragödie Polens nur deshalb durch die Tötung Sikorskis eingegriffen, damit nicht Großbritannien in sie hineingezogen wurde – wie es unweigerlich fortgesetzt worden wäre, würde die Streitaxt, die Sikorski hatte aufgreifen *müssen*, die Koalition Downing Street–Kreml zerhackt haben. Jedoch die Beseitigung de Gaulles zugunsten eines nur bequemeren Bündnispartners, etwa General Girauds, entsprach keiner überindividuellen Notwendigkeit.«

Churchill, wiederholend: »Woraus Sie bereits folgern können, daß mit dem Attentat auf de Gaulle *ich* nicht das geringste zu schaffen hatte ...«

Ich, sanft: »Ganz gewiß.«

Churchill fragt, was dieser Burckhardt aus Basel sonst noch über ihn schreibe. Ich erzähle: »Er nennt Sie einen Mann nach dem Herzen Gottes, dem alle Ruchlosigkeit nachgesehen werden wird, selbst die Wegbrennung Dresdens und Hiroshimas, weil Sie den Heizer von Auschwitz totgetreten haben. Allerdings hielt Burckhardt diese Vorlesungen bereits zehn Jahre vor Ihrer Geburt, Sir!«

Churchill murmelt: »Das macht keinen Unterschied. Mehr als das, was bis dato aus der Geschichte ablesbar war, hat auch das letzte Jahrhundert ihr nicht hinzugefügt – oder jedenfalls nicht unseren Erkenntnisorganen: wir würden es doch nicht sehen!«

Ledig ist, Hände auf dem Rücken, die englisch betuchten Schultern skifahrerhaft vorgebeugt, von der Betrachtung der de-Gaulle-Plastik rasch zurückgekehrt und sagt: »Was da Burckhardt über Gestalten der Vergangenheit schreibt – schreibt Ihr Arzt, Primeminister, doch noch direkter, wenn er resümiert: ›Er stand außerhalb der Gesetze‹.«

Churchill: »Da hat der gute Charles nur umformuliert, was ich selber in meinem Nekrolog auf Lawrence of Arabia schrieb: ›Die Welt spürt, und nicht ohne Furcht, daß hier einer außerhalb ihrer Gerichtsbarkeit steht.‹ – Was sagen Sie, Herr Ledig, zu unserem Zement-de-Gaulle?«

Ledig, knapp: »Entspricht nicht meiner Auffassung von dem großen Franzosen. Seit ich weiß, daß er als erster kontinentaler Staatsmann gewagt hat, das amerikanische Verbot zu durchbrechen, mit dem China Maos diplomatische Beziehungen aufzunehmen, imponiert er mir. Noch mehr, seit ich weiß, was er geantwortet hat, als man ihn fragte, warum er nicht Jean-Paul Sartre einsperre, der sein bedeutendster innenpolitischer Gegner war; de Gaulle sagte: ›Auch Sartre ist Frankreich!‹«

Churchill, entzückt: »Das könnte von mir sein!«

Er sieht mich an und sagt zu Ledig: »Da nicht nur dieser dubiose Hunne, sondern auch Jean-Paul Sartre Ihr Autor ist, mein lieber Herr Ledig, so hätte ich erwartet, Sie würden mir ein konkretes Verlagsangebot machen, wie?«

Er spricht jetzt mit der lassowerfenden Jovialität, die ihn zum unwiderstehlichsten Überredner seiner Epoche gemacht hat, und sagt: »Ihr Deutschen prätendiert doch wohl noch immer, eine Kulturnation zu sein – wo aber bleibt die deutsche Churchill-Gesamtausgabe? Klassiker *sind* doch Ihre Spezialität?«

Leldig: »Moderne Klassiker. Von den alten habe ich nur Balzac in vierzig Bänden neu aufgelegt...«

Churchill: »Mein lieber Herr Ledig, ist Ihnen bekannt, daß zwei meiner drei Hauptwerke, nämlich die Geschichte der Weltkrise 1911 bis 1918 und der Marlborough – zum Schaden des Herrn Hitler niemals komplett in Deutschland erschienen sind? So konnte Hitler sie nicht lesen, das heißt: mich nicht studieren, mich nicht taxieren, denn mindestens in der Geschichte des Herzogs von Marlborough, zweitausend Seiten, deckte ich auf, wie ich nur wenige Jahre später die Große Koalition schmieden und beseelen würde, die Deutschland aufs Kreuz gelegt hat... dieses Gemälde des Hochbarock kann sich sehen lassen neben dem Bild der Pariser Gesellschaft, das Ihr Balzac zeichnet; so wie meine ›*Weltkrise*‹ den naiven Geist des Thukydides ausstrahlt und deshalb bleiben wird wie der... Und meine zweite Frage: glauben Sie im Zeitalter der Volkshochschulen und der Studienstipendien noch an die Lebenskraft jener Romane, die nichts als Fiktion sind? Der Balzac des

20. Jahrhunderts dürfte – *ich* sein: ist Ihnen dieser Verdacht nie gekommen? Die scheußliche Versachlichung des Lebens drückt sich am ekelhaftesten aus in den zwei Tatsachen, daß Klassiker und Pferde nichts mehr bedeuten – heute lernen die Menschen anstatt zu lesen, anstatt zu reiten – Autos reparieren! Aber diese Verödung, die man nur euphemistisch Versachlichung nennen darf, hat ein Positivum: sie garantiert *meiner Epik*, den Nonfiction-Romanen, den längeren Atem, die Dauer. Oder kennen Sie seit Conrads Tod einen Erzähler, von dem einige tausend Seiten die Vitalität meiner sechs Romane über den Zweiten Weltkrieg im Leibe haben?«

Ledig, vorsichtig zustimmend: »Primeminister, schon mein Vater hat nach dem Ersten Weltkrieg die Erfahrung gemacht, daß Tatsachen-Romane oder Lebenserinnerungen . . .«

Churchill, unterbrechend, als sei er Ledig: »Tatsachen-Roman – exakt!«

Ledig: »Mein Vater verlegte damals die Erinnerungen eines genialen Arztes, Schleich. Der war der Erfinder der Infiltrationsanästhesie. Muß Ihnen zustimmen, Non-fiction-Literatur, sofern sie nur die Realität ein bißchen ›besonnt‹, wird den hundertprozentig erfundenen Romanen vorgezogen . . . und ich –«

Churchill legt Ledig die Hand aufs Knie: »Sind wir also einig, nur Interessen lügen nie! Herr Ledig: *Sie* haben Ihren neuen Balzac, *ich* in der Sprache Lessings und Adolf Eichmanns meine Gesamtausgabe. Freilich, mit vierzig Bänden kommen Sie nicht aus, denn meine Reden, die den Kontinent seelisch gehalten haben gegen euch Hunnen, ergeben auch noch einmal sechs Bände. Bleibt die Honorarfrage . . .«

Ledig, das Scheckbuch ziehend und den Füller, will zu schreiben beginnen, räuspert, blickt auf, schiebt die Brille von der Nasenspitze – diese Spitze allein erinnert *nicht* an Churchill, dessen Nase breit, brutal und großgelocht ist –, er sieht Churchill entschlossen an, steckt das Scheckbuch weg und schraubt den Füller zu. »Einen Vorschuß, Primeminister, werden Sie ja hoffentlich von uns nicht erwarten – denn fünfzehnhundert Mark werde ich Ihrem bisherigen deutschsprachigen Verleger als Abfindung anbieten müssen.«

Churchill, beeindruckt, denn dies ist eine Unverschämtheit

churchillschen Ausmaßes – sagt: »Mein lieber Herr Ledig, wenn ich bisher noch zögerte, ob Sie – geeignet seien, mich für vierundzwanzig Stunden hier im Kabinett der aus dem Verkehr gezogenen armen toten Seelen zu vertreten: jetzt, nachdem ich Ihre robuste Verhandlungsführung kennengelernt habe, zweifle ich daran nicht mehr ... Haben Sie, mein Freund, also die Güte, statt mir einen Vorschuß zu zahlen, meinen Platz im Kabinett von Madame Tussaud einzunehmen – bitte: setzen Sie sich! Ihr Begleiter wird mir seinen Arm reichen – so kann ich hier unbemerkt hinausgelangen, um Oberweltluft zu schöpfen und Whitehall in seinem heutigen Zustand zu inspizieren, damit mir die Sehnsucht nach dort abgewöhnt wird und ich wieder *gern* hier unten Platz nehme ... Die *Times* schämt sich ja schon nicht mehr zu berichten, daß nur einen Tag, nachdem die NATO auf Verlangen Maltas ihr Flottenkommando dort abgezogen hat – der sowjetische Botschafter in London nach Valetta gereist ist, um auf Malta eine russische Botschaft einzurichten und Trokkendockanlagen für die russische Mittelmeerflotte zu mieten ... für *wen* haben wir eigentlich den Zweiten Weltkrieg gewonnen? Gehen wir nach oben – das sicherste Mittel, sich in die Totenwelt zurückzusehnen.«

Ledig, er sieht doch erschrocken aus: »Aber Sir – kommen Sie bestimmt zurück?«

Churchill: »Stock und Schirm müssen wir noch austauschen – nehmen Sie hier mein spanisches Rohr, soo hält man das, und geben Sie mir Ihren Schirm ...«

Er blickt nicht zurück. Er zieht mich schlurfend, aber mit noch bemerkenswerter Kraft im Arm, mit fort, zieht mich hinaus, Ledigs Hut in die Stirn gedrückt, als sei er Churchill, schlurft vorbei an Madame Tussaud, die ehrerbietig hinter der Tür gewartet hat, er grüßt stumm, sein Schritt wird fest und fester, schnell und schneller, sein Arm löst sich aus meinem, nun ist er mir schon einen Schritt, schon mehrere voraus, seine Schultern, englisch betucht, sind skifahrerhaft vorgebeugt, als sei er Ledig – und vielleicht ist er Ledig, das ist nicht mehr zu unterscheiden.

Schönheit: Trost auf Erden

Schönheit: Trost auf Erden
Flut und Ebbe · Schafft die Zoos ab!
Aufgebahrt
Wo bist du jetzt? · Täuschung
Glück? · Schweigen

Schönheit: Trost auf Erden

»... daß ihre außergewöhnliche Schwäche ihm gegenüber alles in allem sehr verbreitet war und ... dazu beiträgt, die Welt erträglich zu machen, nämlich die Schwäche vor der Schönheit.«

Albert Camus, Der erste Mensch

Erst in der Dämmerung beginnt
die Eule der Minerva ihren Flug.
Erst in der Abschiedsangst gewinnt
der Mensch die Einsicht – vom Entzug
des Hierseins schon bedroht –, der Erde

Schönheit, die ihn verließ, die er verläßt:
Sie ist der höchstkarätige der Werte
– Eros als Fest!
Schönheit der Welt: Mit ihr allein
entschädigt sie den Menschen, ihren Sklaven.

Was alles duldet er, das nur gemein!
Was wird ihm auferlegt an »Strafen«,
meist unverdient wie unverstanden.
Wälzte er mit am Stein des Sisyphus?
Des seelisch-körperlich ins Joch Gespannten?

Nein! Sterben würde er vor Überdruß,
wäre nicht *Schönheit*! Sie »erkannten
einander«: Luther sieht das Fleisch, den Akt
sogar ins Geistige transzendieren.
Eros: Quell der Erkenntnis ... Nackt,

Naiv-ursprünglich gleich den Tieren,
befreit – auf Zeit! – durch Leidenschaft,
nur so: Als Paar erträgt der Mensch die Welt.
Schönheit: *Sie* reißt ihn aus der Einzelhaft
des Einsamseins, die ihn entstellt.

Flut und Ebbe

Gebären an Küsten Frauen
meist bei Flut,
sterben am Meer die Bewohner
meist bei Ebbe.

Auch dir, bevor du fünfzig,
fluten Menschen, wie viele, zu.
Beginnst auch du zu verebben,
schwinden Verwandte, Mentoren, Freunde.

Deine Toten: verschorfte
Läsionen, riskant wie die
von Infarkten; mit wenigen
nur kannst du leben.

So meidet dein Blick
ihr Foto – doch nachts,
in der Stunde der Krisis,
da Petrus verriet

Und Sterbende kollabieren,
die Stunde, bevor der Hahn kräht
– kentert der Strom auch dir:
schlaflos siehst du Tote

Einige Pulsschläge kurz,
daß du sie ansprichst
– bis du sie überschläfst:
ein Grabmal wird selten ein Denkmal.

Schafft die Zoos ab!

Die verkäfigten Augen aller Zoo-Elefanten:
Hospitalismus hat ihre Blicke enttiert!

Sechs Stundenkilometer sind die Verbannten,
bevor sie eingepfercht wurden, marschiert …

Jeden Tag! Liebten zu baden, bergauf zu wandern
– jetzt treten Medikamente-gezähmte

Liebenslänglich von einem Fuß auf den andern,
»mobil« wie im Rollstuhl Querschnittgelähmte.

Sofern Freiheitstriebe in Kühen verdorrten
– den Bullen hat Chemie nie »entkrampft«!

Ihn müssen sie stets im Zoo ermorden,
weil er plötzlich Wärter zerstampft

– zu stolz, dreißig Jahre nur dazustehen
im »Freien«; im Stall noch an die Kette gelegt

– da können die Riesen sich nicht einmal drehen:
sehe sich's an, wer das erträgt!

Aufgebahrt

In memoriam: 23. 2. 1977

So jung, verjüngt um dreißig Jahre
war sein Gesicht, als sie den Sarg zuschraubten.
Zwar sagt man, das bedeute nichts
– nur daß die Leichenstarre (rigor mortis)
sich löst nach sechsunddreißig Stunden.

Doch wenn Materie, die zerfällt,
allein den Ausdruck des Gesichts bestimmte:
wie glichen dann einander sich die Toten!
Er aber war, vier Tage nach dem Sterben,
er selbst geblieben – und zurückgekehrt

In Zeiten, da er Hitlers Krieg entronnen,
einer von dreien seiner Kompanie,
und zwanzigjährig aufbrach in den Frieden:
Erleichtertsein, Geborgenheit,
sie machten seine Züge jung.

Nur unterm Kinn, die Lippen ihm zu schließen,
der schmale Streifen Celluloid
(zwar blieben seine Zähne sichtbar).
Sein Totsein, unverkennbar, war nicht schrecklich.
Schrecklich ist, daß er *uns* fehlt.

Doch zu fürchten, wir fehlten *ihm?* So sieht
nicht aus, wer noch vermißt, die *ihn* vermissen!
Fortsein ist auch ein Sein, nicht nichts.
Wußten wir, bevor wir lebten, vom Dasein?
So wird er mir – mir auch hinüberhelfen.

Wo bist du jetzt?

Wo bist du jetzt,
bist du noch irgendwo?
Traf nicht zuletzt
ein Ruf dich – so
dir Vertrauen gebend,
daß du kampflos gingst?

Was du, noch lebend,
so wenig empfingst,
wie jeder, der lebt:
die Einsicht, daß der Geist
vom Körper abhebt,
dem Tod dich entreißt

Ins All sich verwebt:
erklärt dieses Wissen
in deinen Augen das Licht?
Wir umstanden dein Kissen
– uns sahst du nicht.
Sahst du sterbend ... eine Küste

Und wurdest erwartet?
Von wem? Wer das wüßte!
Hast uns nicht beachtet
– doch vor Augen, hoch beschäftigt,
hattest du – vielleicht – ein Ziel.
Und gingst ruhig: wie berechtigt.

Aufzustehen von einem Spiel.

Täuschung

In memoriam: 17. 7. 1982

Wie mich verfolgt, was mir den Tag verbittert:
in Deinem Sterben ließ ich Dich allein!
Du lagst von Angst, von Einsamkeit umgittert
– ich aber schlief. Nie kann ich's mir verzeihn.

Nicht fahrlässig verließ ich das Spital:
beruhigen sollte Dich, daß ich schon ging.
Da narrte mich der Tod – fatal,
ihn nicht zu sehen ... fing

Deine Hand doch an, das Deckbett zu Dir hinzuziehn.
Doch warst Du wach – so sprachst Du heiter.
Schuld, daß mir Deine Rückkehr sicher schien?
So ließ ich Dich im Stich, statt als Begleiter

Bei Dir zu wachen in der letzten Krise.
Hat *Dich* getäuscht, daß die nicht kommen werde,
so sicher, daß ich Dich sonst nicht verließe?
Doch ich war ahnungslos, wie nah Du schon der Erde.

Als Du's gefühlt – lebendig eingemauert,
von mir verlassen! Wo war mein Instinkt?
Was ich verbrochen: als Verdrängung lauert
es mir im Kehlkopf, bis mein Sarg versinkt.

Glück?

Feste Ufer, hohe Bäume im Garten,
teure Wagen, behagliches Wohnen.
Gattin und Kinder erwarten
Mann und Vater – Dämonen
kommen statt seiner nach Haus.

Friede, Gesundheit sind Zonen
des Neides, der Rachsucht, der Gier.
Erfolge, Schönheit, Applaus
locken Unfälle, Krankheiten, Frauen
und Politik an wie einen Vampir,

Der, was Familien erbauen,
leersaugt oder wegschleppt als Beute.
Wer kann sich dem Schicksal entziehen?
Lebe! – doch wisse auch heute:
Bett und Tisch sind nur jedem geliehen.

Schweigen

In memoriam: 17. 7. 1982

Daß man nicht mitstirbt
– sondern nur verödet!
Wie man um Worte, Blicke wirbt:
bist ja noch warm! Was Dich getötet

Ich weiß es, doch nichts deutet darauf hin
– nichts als Dein fürchterliches Schweigen.
Daß ich noch hier, noch bei Dir bin
– es ist absurd: will ich Dir zeigen!

Jetzt öffnet Deinen Mund der Tod. Dich halten,
ich will es dennoch, Dich noch fragen . . .
Selbst als Dir Finger schon und Stirn erkalten
begreife ich noch nichts als – nichts mehr sagen.

Historietten

»... insofern ein Mensch im druckpapiernen Weltalter, wo der Schreibtisch so nah am Bücherschrank steht, das Wort *mein* von einem Gedanken aussprechen darf.«

Jean Paul

Ein Strich zuviel. London 1941. Ein deutscher Spion, heute anwesend bei einer Top-Secret-Besprechung am achteckigen Tisch der Admiralität. Notieren Sie sich, sagt der vortragende Volladmiral allen Anwesenden. Nannte auch Zahlen. Auch zweimal die Sieben. Der Deutsche, der hier Colonel Quale hieß, *fühlte* seinen Herzstillstand, als er zweimal eine Sieben mit Querstrich, wie niemals ein Brite eine Sieben schreibt, hingekritzelt – und das nackte, nicht zu tarnende Entsetzen in den Augen seines Nebenmannes erkannt hatte als *seine* – Enttarnung. Er wollte etwas sagen, sein Mund war verdorrt: dies alles in fünfzehn Sekunden. Er sprang auf, daß sein Stuhl kippte, aber der Nebenmann war rascher im Treppenhaus als der Deutsche – nur noch herauf, nicht mehr herunter kam der die Treppe: bis zum obersten Stock, zum Fenster – und warf sich in den Hof. Der Todessturz rettete ihn vor dem Galgen im Tower.

Bahnfahrt. Jene Person, die vor Einlaufen des Zuges im Gang zur Tür drängelt und dann die Hand am Griff hat – ist fast ausnahmslos eine, die dann *nicht fähig* ist, die Tür aufzukriegen! Gewiß keine zufällige Beobachtung: auch in politischen Krisen drängt sich fast immer ein Versager an die Spitze. So schrieb vor 200 Jahren Vauvenargues: »Man versucht gewöhnlich sein Glück mit Talenten, die man nicht hat.« Wahrhaftig, denn warum sonst wäre der als Vize-Direktor der städtischen Sauna von Hameln bestgeeignete Herr Lübke Bundespräsident geworden?

Unentschieden. Bevor die Notiz in Satz ging, fragte im Verlag jemand, ob hier nicht eine Beleidigung vorläge. Problem: für den Vize-Direktor der Sauna – oder für den Präsidenten?

Kreidekreis. Die Schweizer Tagesschau hat einen so berühmten wie betagten Rechtsgelehrten gefragt, was mit den in Melbourne tiefgefrorenen Retorten-Embryos geschehen solle, deren Erzeuger in Chile tödlich abgestürzt sind. Antwort: Verbrennen oder beerdigen wie die beiden Toten. Erstaunlich: so dankbar alle Verwandten der Abgestürzten dem Professor sein werden, denn nur dann, wenn die Embryos beseitigt werden, erben die Verwandten das Millionenvermögen, um das es hier geht – erstaunlich bleibt, daß nicht der Jurist entscheidet: Gut, daß von den verunglückten Eltern wenigstens Embryos übriggeblieben sind, in denen diese Eltern eines Tages weiterleben! Wo ist der Unterschied, frage ich als Laie, ob man eine Schwangerschaft abbricht oder diese Embryos totmacht? Und hätte der Schweizer Jurist auch so entschieden, so radikal – wenn es um die schon lebensfähige »Leibesfrucht« einer Mutter ginge, die vor ihrer Entbindung gestorben ist? Welcher »Innovations-Schübe« bedarf unsere Ethik, um diese neuen »Grenzfälle« zu beurteilen! Jeder hat die Klage einer Französin mit Sympathie betrachtet, die nach dem Tode ihres Mannes dessen Sperma »erben« und sich – wem sonst – einverleiben lassen wollte; ihr Mann hatte in Erwartung einer Operation und in der Vorahnung, daß er daran sterben werde, in einer Samenbank Sperma hinterlegt ... hoffte aber noch, gesund zu werden und dann sein Kind zeugen zu können. Doch die Mediziner, bereit, jeder anderen Frau, die »einen Mann dazu« habe, aber nicht alleinstehen sei, dieses Sperma zu geben: gaben es *dieser* Frau erst, als ein Gericht sie dazu zwang. Und wie soll das in der BRD ausgehen, wo eine Frau ein Kind als eigenes aufziehen will, das sie für eine andere Frau, die dazu unfähig war, »nur« ausgetragen hat? Wem gehört dieses Kind, *der* Mutter, die es trug, oder *jener*, die das befruchtete Ei geliefert hat? Ein Kreidekreis, diesmal der Gegenwart, nicht wie durch Klabund dem Chinesischen oder der Bibel entnommen: Salomos Urteil im Ersten Buch der Könige. Wie tröstlich, daß doch auch in unserer denaturierten Gesellschaft die Natur im Bund mit einfallsreichen Ärzten noch immer »Sprünge« zu machen vermag, denen Juristen und Verwaltungsbeamte ratlos gegenüberstehen – ratlos weil sie noch immer den Menschen nicht »völlig erfaßt« haben.

Die Leserin D. H. P. schreibt, da hätte ich das Thema eines Stücks: »Kurz vor seinem selbstverschuldeten Untergang hat der Mensch die Fähigkeit erlangt, sich unsterblich zu machen.

Eine weibliche Eizelle und ein Informationsgen (z. B. eine Zelle aus dem Darm) – und neun Monate später liegt eine Reproduktion vor, ein absolut identisches, biologisch gleiches Wesen.«

Schafft die Zoos ab. Neulich hat der Lebenslängliche im Zoo um ein Haar seinen Wärter ermordet, der ihm ahnungslos wie seit vielen Jahren Futter brachte und Exkremente ausräumen wollte. Der Gorilla hatte seine letzten Kräfte zusammengenommen, um seine Würde zurückzugewinnen! Ich habe den Verdacht, daß ich diesen Zoo deshalb seit Jahren meide, obwohl Kinder oft baten, mit ihnen hinzugehen, weil dieser Menschenaffe immer eindrucksvoller – je länger er einsitzt – dem Schopenhauer ähnlich wird. Stand ich früher vor ihm und verglich die Denkerstirn und die wissenden – um die Trauer aller Kreatur wissenden – Augen dieser gefangenen Persönlichkeit mit dem durchaus stirnlosen Kopf vieler Zoo-Besucher und mit deren blöden Augen: so konnte ich nur mühsam den Verdacht verdrängen, der Affe stamme vom Menschen ab ... als eine Höherentwicklung des Homo sapiens. Woher nehmen Menschen, nur weil sie Christen sind, obgleich Tiere doch so niemals mit Menschen verfahren, die Berechtigung, schuldlosen Lebewesen lebenslänglich zu geben? Konnte man bis an die Schwelle des Fernseh-Zeitalters noch verstehen, wenn auch moralisch nicht billigeh, daß zum Amüsement gestreßter Großstädter gefangene Tiere besichtigt werden durften: so ist angesichts der überaus herrlichen Tierfilme, die jedermann gestatten, jede Tierart auf legitime Weise gründlich zu studieren, der Zoo nur noch ein Schlag ins Gesicht des Schöpfers. Wenn gar Wissenschaftler die absurde Behauptung aufstellen, auch aus wissenschaftlichen Gründen seien Zoos nötig – so ist zu sagen, daß wie jeder Lebenslängliche auch jedes gefangene Tier derart von Haft verändert wird, daß überhaupt keine objektiven Schlüsse auf Tiere in Freiheit zu ziehen sind aus der Beobachtung eingekäfigter. Und sogar, wenn Wissenschaft profitiert von Zoos: was berechtigte, »Wissenschaft« höher zu stellen als die Freiheit des Lebewesens? Wissenschaftler sind Leute, die schwer begreifen, daß nicht jeder darf, was er kann.

Weihnachtsgans. Warum sind die Weihnachtsgeschichten meist traurig? Sind sie aber ausnahmsweise zum Lachen – lacht man, auch nicht sehr weihnachtlich, auf Kosten der Gerechtigkeit:

Stern Vater und Sohn sind Österreichs berühmteste Strafverteidiger, sehr gefragt auch in Zivilprozessen. Einer von ihnen spielt besonders gern seinen Anteil am glücklichen Ausgang der Prozesse herab. Und erzählte, vor Jahren habe er auf völlig verlorenem Posten einen Bauern zu verteidigen gehabt. Beim Verlassen des Gerichtsgebäudes nach der zweiten und vorletzten Verhandlung, während Stern nichts mehr sagte, da er seinem Klienten Hoffnung nicht mehr machen konnte, sagte der Bauer: »In fünf Tagen ist ja nun Weihnachten, Herr Doktor – meinen's net, i sollt dem Vorsitzenden – natürlich an seine Privatadreß'n, daß nix auskommt – eine fette Gans schick'n?«

Der Anwalt blieb stehen, sprachlos, was selten geschah. Als er wieder Worte fand, sagte er und redete sich in Wut, was auch selten geschah: Daß er sofort und bestimmt die Verteidigung niederlege, wenn der Bauer ihn und sich damit »unmöglich« mache; daß er erstens so dumm sei, den Gerichtspräsidenten für bestechlich zu halten; zweitens ihn auch noch wissen zu lassen, daß er ihn für bestechlich halte: »Wenn Sie dem eine Gans schicken – brauchen Sie zur letzten Verhandlung gar nicht mehr zu erscheinen!«

Anfang Januar, nach sehr kurzer Verhandlung, der Urteilsspruch, sensationell überraschend: Freispruch für Sterns Klienten! Auf der Treppe vor dem Gericht sagt der Bauer: »Dankschön auch, Herr Doktor Stern – sehr gut ham S'es g'macht, aber wiss S': Geholfen, a bißl, hat auch die Gans!«

Wieder ist Stern die Sprache verschlagen, endlich bringt er heraus: »Sie wollen doch nicht etwa sagen, Sie hätten *doch* dem Vorsitzenden ...«

Der Bauern antwortet, diesmal aber selbstbewußt: »Doch, freili, Herr Doktor, hab i dem a Gans g'schickt. Nur: I hab die Visitenkart'n von unserm Gegner neitoa!«

Spielautomaten. »Heinz, wenn du das nicht aufschreibst, tu ich's!« drohte ich immerhin zwölfmal Heinrich Henkel, der mit ›*Eisenwichser*‹ – das sind Weißbinder, die Eisenrohre streichen –

das erste Arbeiterdrama seit Hauptmann schrieb, das standhält. Aber Heinz schreibt keine Erzählungen, er schreibt »nur« Dialoge.

Ein Dieb erzählte Henkel: »Als ich herausgefunden hatte, daß man in diesem Spielsalon an der Theke den Schlüssel holen muß, wenn man aufs Klo will, ging ich damit nicht zur Toilette, sondern rüber zum Schlüsselservice und ließ ihn nachmachen. Dann schloß ich mich mit ihm ein, zehn Minuten, bevor das Lokal schloß – denn ich wußte, ab sechs Uhr früh ist die Putzfrau da; ich dachte, dann könne ich das Haus verlassen: ich hatte nicht einkalkuliert, erstens, wie furchtbar schwer ein Sack voll Münzgeld ist – immerhin holte ich über viertausend Mark aus den Automaten, die ich nachts in großer Ruhe knackte –, zweitens, daß die Putzfrau hinter sich die Haustür wieder abschloß! Nun mußte ich, statt bald nach sechs das Haus zu verlassen, zurück in mein Klo-Versteck, in der Hoffnung, nicht auch die Putzfrau wolle das Klo benutzen. Und mußte warten, da ich ja nicht durch den Spielsalon auf die Straße gehen konnte, bis die Bewohner zur Arbeit aufbrachen und die Haustür offenließen ...«

Als Henkel fragte: »Wo hast du jetzt den Sack voll Münzen?« antwortete der Sechzehnjährige: »Auf der Bank!«

Henkel: »Und das fiel nicht auf, jetzt, da in allen Zeitungen steht, daß die Automaten leergeklaut wurden, da fiel nicht auf, daß du einen Sack Münzen anschlepptest?«

Der Sechzehnjährige antwortete stolz: »Ich hab ja keinen Hirnschaden, ich sehe nur so aus: In der *Garage* der Bank hab ich das Geld, im Kofferraum meines Vaters – der hat ja seinen Jaguar nicht mitgenommen auf Dienstreise nach New York.«

»Ach so!« Henkel war beruhigt. Der Vater des Diebs – erster Vorsitzender des Aufsichtsrats dieser Bank, dieser und anderer Banken – ist auch ein Dieb: jedenfalls im Sinne Brechts, wenn der die Frage stellte: »Was ist der Einbruch in eine Bank – gemessen an der Gründung einer Bank?«

Kinder, die sich töten. Von allen Nachrichten die bedrückendsten, die Selbstmorde Jugendlicher, die unzähmbare Ansteckungsgefahr, die von ihnen ausgeht: Kaum hört man von jenen, die sich in Fulda um nichts getötet haben – aber was heißt: um »nichts«? Für andere kann das: »alles« heißen und sein, kaum haben die Fuldaer wegen »null Bock« oder »no future« Schluß gemacht –, kommt aus einem Schweizer Bergdorf die Schauer-Nachricht, daß zwei Hirten sich erhängt haben, ein Junge von 22, ein Mädchen von 17! »Motiv«, so liest man, die Schelte des Bauern, der gedroht habe, die beiden von der Walliser Alp auf seinen Hof ins Tal herunterzuholen, wenn sie weiterhin derart das ihnen anvertraute Vieh vernachlässigten: Als der Bauer mittags auf die Alp kam, schlief das Paar noch, anstatt die Kühe gemolken, die Kälber auf die Wiese getrieben zu haben... Sicher waren die Vorwürfe des Bauern *nicht* die Ursache des Doppelselbstmordes, sondern höchstens die Auslöser dieser Verzweiflungstat. Aber was war die Ursache? Es ist nur schick und albern, uns Erwachsene haftbar zu machen, wie das fast ausnahmslos geschieht – wer das tut, hat nie gehört, daß zu allen Zeiten die Spätpubertät das gefährlichste, das am meisten gefährdete Alter war. Ist es Angst vor dem Leben, vor dem Augenblick, wenn der Jugendliche endlich »auf seinen eigenen Beinen« laufen soll – so abgenabelt vom Elternhaus, wie er doch längst – angeblich – hat sein wollen?

Ist die Kehrseite dieser Angst vor dem Leben – die Furchtlosigkeit vor dem Tod? Sie kennzeichnet doch im Krieg genau diese Altersgruppe, aus der die mutigsten der Frontsoldaten sich rekrutieren. Jene, von denen gerühmt wird, sie gingen »mit Todes-Verachtung« ins Feuer! Heye, Chef der Operationsabteilung der kaiserlichen Armee, erklärte das Scheitern der letzten deutschen Offensive 1918 mit dem zu »hohen Durchschnittsalter der Regimenter: 25 Jahre«. In diesem vorgerückten Alter, folgerte der Stratege, stürben selbst Soldaten nur noch ungern...

Geständnisse – ein Urbedürfnis. Ein Arzt zu seiner Patientin, die eine Spirale eingesetzt haben will: »Wozu; Ihr Mann, steht auf meiner Karteikarte, hat sich doch unterbinden lassen!« Antwort: »Eben deshalb – darf ich nicht mehr schwanger werden.« Sie *wollte* – warum? – daß *dieser* Arzt erfahre, sie begnüge sich nicht mit einem nicht mehr zeugungsfähigen Ehemann. Denn sonst wäre sie nicht ausgerechnet zu *dem* Arzt gegangen, der das von ihrem Mann weiß.

Liebe – nicht: Beruf die Bewährungsprobe. Der fast fünfundachtzigjährige G. T. wurde heute früh von seiner Haushälterin tot aufgefunden: er saß am Waschbecken, Kopf auf dem Bekkenrand, den Lappen noch in der Hand, nackt im Bademantel – nie hatte er sich sitzend gewaschen und demnach den Stuhl offenbar herangezogen, als die Todesschwäche fühlbar wurde. Was ich zuerst denke: daß nicht der Beruf die eigentliche Bewährungsprobe im Leben ist, sondern die Liebe. Und warum? Weil man den Beruf in *Übereinstimmung* mit der Gesellschaft lebt – die Liebe aber nur zeitweise; und weil die spannungsreichsten Zeiten der Liebe, vielleicht auch die befriedigendsten – jene sind, in denen man *illegal* liebt. Mein guter Onkel, Besitzer einer Firma, die hundertdreißig Jahre in seiner Familie war, gab diese Firma dreiundachtzigjährig in wildfremde Hände, vererbte sie Nichtverwandten: es ist, als habe ein Rachegeist ihm das eingegeben. Denn als Verlobter machte dieser Onkel der Freundin seiner Braut, die »aber nur« die Tocher eines Postrats war, einen Sohn. Um die »Schande« zu verdecken – wird die Unglückliche gezwungen, ihr Kind zur Adoption wegzugeben, an einen Reichsbankdirektor. Nach Versöhnung mit der Braut heiratet der Onkel also »standgemäß«! Resultat: Frau und Kind sterben ihm im ersten Wochenbett. Als nach Jahren dieser Onkel ein zweites Mal »standgemäß« und reich heiratet: hat er eine Frau gefunden, die keine Kinder kriegen kann ... Kinderlos geblieben, weil er sein erstes Kind verstoßen hat, gibt er diese Rache des Schicksals weiter an seine Nichten und Neffen, indem er das Familien-Unternehmen nicht denen vererbt, denen es zukäme, da doch ihr Großvater und Urgroßvater es aufgebaut haben, sondern vererbt es Zufälligen, Fremden ...

Dunkelziffer. Die Presse spricht von einer ununtersuchten Dunkelziffer vorkommender Inzeste; Väter scheinen öfter zu Töchtern zu schleichen, als die Natur sich träumen ließ und Ehefrauen für möglich halten. Ich habe nur einen einzigen Menschen gekannt, der mir einmal sagte – denn ich kannte ihn gut –, er habe jahrelang mit seiner Halbschwester geschlafen, die er allerdings erst kennenlernte, als sie, schon erwachsen, wenige Jahre jünger als er, aus Übersee nach Europa zurückgekommen sei. Der Mann, ein erfolgreicher Unternehmer mit starken künstlerischen Neigungen, auch Fähigkeiten, sprach gelassen, vernünftig, ja sehr dankbar von dieser Liebe: »Die Beziehung war unproblematischer als andere, weil natürlich nie die Forderung kam, ich solle sie heiraten; als sie sich verlobte, ließen wir's sein ... es fiel schwer, bis ich mich mit anderen tröstete!«

Die Dunkelziffer beunruhigt, weil anscheinend Kinder »mitspielen« müssen und vielleicht fürs Leben geschockt werden. Denn Inzest zwischen Erwachsenen ginge ja keinen anderen etwas an als die Praktizierenden selber – sofern sie sich dabei nicht vermehren; ist eigentlich Fortpflanzung zwischen Cousinen und Vettern *ersten* Grades – wie zweimal auch unter meinen Ahnen im 19. Jahrhundert – und zwischen Vettern und Basen dritten Grades – auch das kam vor in meiner Familie, wie unter allen Kleinstadt- und Dörfler-Familien – noch schädlicher, als es bei mir herauskam? Die von Golo Mann eingeleiteten ›*Geschichten eines alten Österreichers*‹, die Memoiren des bömisch-wienerischen Fürsten Clary-Aldringen überliefern die Erfahrung: »Ich habe den Verdacht, daß mein Großvater seiner Mutter gegenüber viel zu schwach war. Es kommt bei Ehen unter nahen Verwandten manchmal vor, daß den Töchtern Kraft und Energie erhalten bleiben, während sie bei den Söhnen verlorengehen.«

Diese Einsicht des blitzgescheiten Autors muß ich leider nach den Figuren meine Familie bestätigen: wir Männer sind ausnahmslos – ich besonders – viel schwächer als die Frauen oder Cousinen. Schwestern habe ich keine, auch traurigerweise keine Töchter, die ja zu Vätern viel zärtlicher sind als unsere rüden »Herren« Söhne. Daher ich natürlich auch von Inzest nur sprechen kann wie der Blinde von der Farbe. Interessant wäre eine Untersuchung, ob dieses Thema der Weltliteratur jemals von Autoren behandelt wurde, die *nicht* wie Georg Trakl Beziehungen zu Geschwistern hatten. Sagt man Napoleon nach, der habe alle seine Schwestern defloriert, wird keiner wissen, ob das wahr ist. Ludwig Marcuse hat in seiner Selbstbiographie – die ehrlichste, die ich kenne – *vorausgesetzt,* daß mindestens früher, als Jungen noch kaum Gelegenheiten hatten, andere Mädchen als käufliche zu bekommen, die Schwestern und die Dienstmädchen der Eltern die frühesten Lehrmeisterinnen in der Liebe waren. Die direkteste Schilderung einer Vater-Tochter-Liebe stammt von Vasari, dem Chronisten der Florentiner Maler, deren einer er selber war. Mary McCarthy, die über Venedig und Florenz die unterhaltsamsten aller Bücher schrieb, erzählt vom Herzog Cosimo I. von Medici: »Er bestand darauf, daß sein Gefolge keusch blieb, und stellte sich selbst mit seiner chronischen Treue zu seiner Gemahlin dem Volk von Florenz als Vorbild hin ... jedoch, man erzählte sich, wie der Hofmaler Vasari, der einen Raum im Palazzo Vecchio ausmalte, Zeuge einer grausigen Szene geworden ist. Er stand an einem heißen Sommertag auf dem Gerüst und arbeitete an der Decke, als er Cosimos Tochter Isabella in den Raum kommen sah, wo sie sich auf ein Bett niederlegte ...

Während das Mädchen schlief, trat plötzlich Herzog Cosimo ein, und im nächsten Augenblick hörte Vasari einen furchtbaren Schrei vom Bett. Danach hat ... er nicht mehr hingesehen, sondern sich bemüht, auf dem Gerüst unentdeckt zu bleiben.« Warum die Tochter des Herzogs ihren Mittagsschlaf nicht in ihrem Bett – sondern in einem Saal machte, den sie offenbar für leer hielt, wegen des Malergerüstes; und woher ihr Vater wußte, sie habe sich dort hingelegt: wird allerdings nicht überliefert ...

Mir klagte ein weltberühmter Erzähler: »Da weiß ich eine faszinierende Inzestgeschichte aus stockkonservativer Familie – was hätte im 19. Jahrhundert ein Romancier daraus machen können! Heute – zwei Sätze, alles ist gesagt: Vater zur Tochter: ›Bist auch nicht schlechter im Bett als deine Mutter.‹ Antwort: ›Hat mir mein Bruder auch schon gesagt!‹ Vielleicht bedarf der Roman einer Welt mit noch festgemauerten Tabus. *›Madame Bovary‹* würde heute keinen Staatsanwalt mehr alarmieren.«

Schönheitsgalerie. Ein Vorwurf an unsere Zeit: wie fern (mehr oder weniger) demokratisch Regierende erstens dem Volk, zweitens der Kunst stehen. Um 1855 in München konnte es geschehen, daß Ludwig I., der 1848 wegen seiner Affäre mit der Tänzerin Lola Montez den Thron an seinen Sohn hatte abtreten müssen, auf der Straße ein Küchenmädchen ansprach: »Kennst mich?«

Die Sechzehnjährige versuchte das, was sie sich unter einem Hofknicks vorstellte und hauchte: »Natürlich, Majestät, der alte König san S'!«

Der sagte: »Schön bist. Kommst heut um drei aufs Schloß, wirst g'malt vom Stieler!« Und ging. Passanten, die stehengeblieben waren, die Majestät zu grüßen, bestürmten nun das Kind, das Wasser am Brunnen geholt hatte: »Der König! Was hat er g'sagt, der König?« Sie antwortete, klassisch die Neugierigen abfertigend: »Grad weil's der König *mir* hat sag'n wollen, hat er's net zu euch g'sagt!« Und schritt davon, nun selber eine Königin.

Als sehr alte Zimmervermieterin erzählte die damals Porträtierte das ihrem Untermieter, einem Schweizer, der es mir erzählte. Er hat um 1900 in München Malerei studiert und dann das Porträt seiner Wirtin in der Schönheitsgalerie bewundert.

Maler sind oft gute Erzähler – es hilft ihnen, ihre Modelle zum Sprechen zu bringen. Kallmann, der profilierteste Porträtist der BRD, hat auch sechzehn Farbskizzen von Adenauer gemacht. Als der ihm seine Privatgalerie zeigte – Adenauer sammelte altdeutsche Malerei –, zeigte er Kallmann auch ein ziemlich gut impressionistisch gemaltes Bild; Churchill hatte es gemalt und es Adenauer geschenkt. Sie gingen dorthin weiter, wo Türen zu Klo und Bad waren. Wieder wies Adenauer auf ein Bild. Nun ließ er Kallmann raten: »Und wer hat dat jemalt?« Kallmann, entsetzt: »Diese Birke da mit dem Wässerchen unter blauem Himmel – so 'n Kitsch können Se doch nicht aufhängen, Herr Bundeskanzler!« Darauf Adenauer: »Wat soll ich denn machen, dat hat der Herr Eisenhower jemalt und mir jeschenkt; da wollen wir Gott im Himmel danken, daß der nich auch noch jesungen hat!«

Schweigepflicht – auch gegenüber dem Patienten. Ja, zu seinen Gunsten in erster Linie! Der Film ›*Zeit der Zärtlichkeit*‹ schokkiert durch die Ruchlosigkeit, mit der amerikanische Ärzte, offenbar nicht ausnahmsweise, sondern *regelmäßig*, todkranken Patienten auch noch den totalen Hoffnungsentzug auferlegen. Die List ist bewundernswert, mit der unter dem Vorwand, einen lustigen Familienschmarrn anzubieten, die Filmer Zuschauer wie mich ins Kino locken – Leute, die gar nicht kämen, ahnten sie, daß nach der Halbzeit ihnen ds Ernsteste zugemutet wird. Denn wenn die unendlich gewinnende Heldin allen im Kino ans Herz gewachsen ist – sagen ihr gleich drei Ärzte, sie sei als Krebskranke verloren. Und so machen sie ihr die letzten Monate zur Hölle. Woher – mit dieser Frage geht man heim – nehmen Mediziner das Recht, Patienten mit Wahrheit zu terrorisieren, die keinem hilft? Offenbar hat doch die Natur Vorkehrungen getroffen, daß Sterbende *nicht* zur letzten Klarheit über ihren Zustand kommen. Wieso maßen sich Ärzte an, sich über diese »Humanität« der Natur hinwegzusetzen, nur weil sie auf Grund ihres Studiums den Tod kommen sehen, den der Betroffene nur höchst selten als ihm gewiß erkennt? *Darf* das ein Sterblicher, nur weil er Arzt ist?

»Nur das Unzulängliche ist produktiv.« Goethes abgründige Einsicht – mag erklären, was ein Buckel, eine frühempfangene Kränkung, ein Minderwertigkeitskomplex an Bedeutendem hervorbringen können. Zum Beispiel: wieso konnte Kierkegaard gutheißen, daß Abraham auf dem Berg Morija »das Messer zückte, seinen Sohn zu schlachten«? Hat der sonst so aufsässige protestantische Däne dieses hündische Parieren angesichts eines verbrecherischen Auftrags nur gepriesen, weil es bei ihm zu Hause ein ewig verdrängtes, doch zentral glimmendes Familien-Thema war, daß einst sein Vater als Hütejunge – Gott verflucht hat? Und darunter zeitlebens ebenso litt, wie unter seiner »Todsünde«, als Witwer sein Dienstmädchen geschwängert zu haben, bevor er es heiratete? Wieviel vom Buckel Kierkegaards und der Tatsache, daß er Regine sitzenließ, seine Braut: wurden bestimmend für seine Denkweise? Wie steht es um die Verbindlichkeit für andere – bei einem Glauben, einer Philosophie, die auf solchen Traumata basieren?

Ist die Bemerkung eines sadistischen Lübecker Pastors zu einem Schüler, vor Mitschülern: »Du stammst aus einer verrotteten Familie!« – trennbar von der (sonst unerklärlichen) Tatsache, daß dieser Pfarrer mit unverändertem Namen und wörtlich seine schnöde Bemerkung sich nur zehn Jahre später gedruckt wiederfanden, ausgerechnet im bedeutendsten *Familien*-Roman der Weltliteratur? Und daß es – unvergleichlich in der Geschichte der Epik – ein *Jüngling* war, der *›Buddenbrooks‹* veröffentlichte, ein Fünfundzwanzigjähriger?

Polgar in Zürich. Alfred Polgar, seßhafter Wiener, aber durch Hitler zum Ahasver gemacht, der in vieler Herren Länder als Emigrant zuweilen hungerte, wurde nach dem Krieg in Zürich gefragt: »Fühlen Sie sich hier denn nicht wohl, Herr Professor?« Antwort: »Ach, wissen Sie, ich bin halt überall ein bißl ungern.« Nur *einen Satz* kenne ich, der die Ur-Skepsis noch gültiger ausspricht. Der Komödiendichter Menander sagte: »Nun ist ja der Mensch an sich schon ein hinreichender Grund zur Traurigkeit ...«

»Hell«sehen. Eynar Grabowsky schreibt die Biographie eines Schweizers, Geschäftsführer eines namhaften Basler Konzerns, der 1939 Hitler warnte, am Vorabend des 9. November wie in jedem Jahr in München zu sprechen: man werde ein Attentat verüben! Da Herr Kraft aus der Reichskanzlei keiner Antwort gewürdigt wurde, erfaßte ihn Panik, sobald die Zeitungen meldeten, wie jedes Jahr spreche der Führer im Bürgerbräukeller; Kraft warnte mit einem Telegramm. Bekanntlich hat Hitler den Saal dann elf Minuten, bevor die Dynamit-Ladung das Rednerpult samt sechs Nazis und eine Kellnerin zerriß, verlassen – deshalb früher als in jedem vorangegangenen Jahr, weil Hitler einen Zettel aufs Rednerpult bekam, sein Flugzeug könne wegen Nebel nicht starten, der Führer müsse den Zug nach Berlin nehmen. Der Zug wurde in Nürnberg angehalten; Hitler erhielt die Meldung, was passiert sei. Er ließ Kraft nach Berlin kommen und fragte, ob er ihm das Horoskop stellen könne. Krafts Voraussage: bis 1942 werde der Herr Reichskanzler zum Herrn des Kontinents geworden sein – dann aber samt seinem Reich abstürzen in die völlige Vernichtung. In Übereinstimmung mit seiner Mördernatur ließ Hitler den Schweizer ins KZ Dachau

bringen, wo er 1945 verhungerte. Der Freiburger Parapsychologe Professor Bender wurde mehrmals im Krieg zu Kraft gebracht, um ihn zu testen: vermutlich erhofften die Nazis sich, Bender könne den Basler für verrückt erklären. Kraft unterschied sich aber von normalen Leuten »nur« durch die Gabe des Hellsehens, die ihm den Hungertod einbrachte. Warum sind Hellseher unfähig zu sehen, was *ihnen* die Zukunft bringen wird? Warum tappte dieser Schweizer arglos in den Hyänenkäfig Nazideutschland?

Den Geliebten der Mutter erschossen. Der Romancier hat aus mehreren Zeitungen vorgestern eine Nachricht aus dem Kanton Neuenburg herausgerissen, die ihn interessiert, in erster Linie wegen dieser Ergänzungszeile: der Mörder sei siebenunddreißig, der Ermordete achtunddreißig Jahre. Seit zwölf Jahren hauste der Erschossene mit der jetzt neunundfünfzigjährigen Frau und deren Sohn, einem heute arbeitslosen Elektriker, unterm gleichen Dach. Zwölf Jahre Geliebter einer zwanzig Jahre älteren Frau, vom Sohn, seit der achtzehn war, offenbar toleriert: was führte jetzt den Arbeitslosen dazu, den ungefähr Gleichaltrigen abzuknallen beim Betreten der Wohnung? Die Eifersucht – oder die Arbeitslosigkeit? Als Thema genauso bedeutend wie das, was der Erzähler daraus macht. Die von Stendhal aufgefundene Zeitungsmeldung, die zu seinem Meisterwerk ›*Rot und Schwarz*‹ führte, war als Meldung nicht dramatischer. (Übrigens aufschlußreich, wie Somerset Maugham den Nachweis führt, daß Stendhals Roman überzeugend nur so lange ist, wie der Dichter sich an die authentische Meldung hielt; daß dagegen der von Stendhal geänderte Abschluß der Geschichte ganz kalt läßt, da er psychologisch nicht mehr übereinstimmt mit Julien Sorels Charakter.) Heute, da in jeder zweiten Illustrierten Bekenntnisse sehr schöner Weltstars sind, wie sehr sie aufgelebt seien, seit sie sich einen mindestens zwanzig Jahre jüngeren Geliebten »halten«, ist diese Mordgeschichte aus Auvernier für Romanciers, sollte man meinen, ein saftiges Fressen – für Leser auch. Und instinktiv hat ja der Romancier sich die Meldung auch ausgerissen. Aber dann wieder seine Bedenken, seine Resignation: Ob nicht der Film das besser könne?

Anders, sage ich. Anders macht es das Kino. Ich denke: wärst du Stendhal – du fingst halt an, statt zu reflektieren, ob es auch geht. Fluch der Spätzeit: durch Reflexion bereits die Abtreibung einer Frucht auszulösen, die vermutlich von Natur die Größe eines wahrhaft epischen Sujets gehabt hat... Phädra-Gefühle: wie jene Frau, die den Neffen als Untermieter auch dazu »einsetzt« – sie sagte es anders –, »mir, doch schließlich auch meinem Mann, die sonst unvermeidbar gewesene Phädra-Tragödie zu ersparen«! Vor genau hundert Jahren hielt übrigens die »Sitten«-Polizei es für nötig, den Phädra-Roman – da er in der Gegenwart spielte – der bedeutenden Nietzsche-Freundin Malvida von Meysenbug zu verbieten; die interessante Autorin, die auch die Kinder Alexander Herzls erzog, hat ihre Wiederentdeckung verdient... statt nur im Tagebuch der Cosima Wagner weiterzu»leben«!

»Wege des Ruhms«. Eine so lustige wie melancholische Trinker-Story, die den Nachteil hat, wahr zu sein, belegt drastischer als alle Geschichten und alle »Geschichte«, die ich sonst kenne, was *bleibt* vom Ruhm der Krieger und von jenen historischen Veitstänzen, die man – während sie ihre Opfer verschlingen – »große Ereignisse« nennt und mit ebenso großen Worten wie »schicksalhaft« garniert: Ein Belgrader, Rechtsanwalt, Frontoffizier im Ersten Weltkrieg, trank derartig, daß ihm die Anwaltslizenz entzogen wurde; zuletzt mußte seine Familie ihn für unmündig erklären und auf die Liste derer setzen lassen, denen Kneipen nichts mehr ausschenken dürfen. Was tat er, der immerhin noch frei herumlaufen durfte, wenn er laufen konnte? Er studierte jeden Morgen die Todesanzeigen. Fand er solche – und er fand sie fast täglich –, die auf Grund des Jahrgangs des Verstorbenen die Folgerung zuließen, daß der ebenfalls im Ersten Weltkrieg Soldat gewesen war – und meist wies ja die Todesanzeige auch noch aus, in welchem Regiment und Rang dieser Mann »gestanden«, welche Orden er getragen hatte: so ging der Trinker zur Beisetzung. Und meldete sich am Grab zu Wort, sobald der Pope den letzten Segen gesprochen hatte. Und pries den Toten mit tränentreibenden Worten als den tapfersten der tapferen Kriegskameraden, der nicht ihn allein, den Spre-

cher, als Schwerstverwundeten gerettet hatte. Ergebnis: Die tief gerührten Angehörigen, bisher ahnungslos, welchen Helden sie in ihrer Familie gehabt hatten, luden den Redner natürlich zum Leichenschmaus ein – wo er das »Fell versaufen« durfte, bis sie ihn im Morgengrauen heimschafften; sofern er dann noch wußte, wo er wohnte.

Schnitzler oder Maugham. Schriebe ich Tagebuch – würde ich darum besorgt sein, es *nicht* zu machen wie Arthur Schnitzler, der zu Alma Mahler gesagt hat, nicht als Dichter gehöre er zu den ganz Großen, aber doch vielleicht als Journal-Schreiber. Was nur belegt, daß niemand weniger Bescheid weiß über uns als wir selber. Denn als Dramatiker, der *›Das weite Land‹* dichtete und *›Professor Bernhardi‹* und ein halbes Dutzend weiterer Stücke dieses Ranges – war Schnitzler nun gewiß ebenso ein ganz Großer wie als Novellist, der *›Spiel im Morgengrauen‹* schrieb und *›Casanovas Heimfahrt‹*. Aber sein Journal? Daß ihn Alma Mahler exakt zitiert – bestätigen Schnitzlers umsichtige Anordnungen, daß diese »Hauptwerk«, für das er es ansah, ungekürzt nach seinem Tode gedruckt werden solle, obgleich er zweiundfünfzig Jahre lang fast täglich eintrug, beginnend ungefähr an der Silbernen Hochzeit des Kaisers Franz Joseph (27. April 1879) bis zwei Tage vor Schnitzlers Tod (21. Oktober 1931). Stichworte fast nur, selten ohne Kommentar verständlich – noch seltener von Interesse: »Vm. Consultation mit Dr. Pollak. Er glaubt, daß der Bub in 10–14 Tagen ganz gesund ist. Nm. nach Edlach zurück.« Dies, typisch für viele Tausende, Notiz eines Tages. Wie weit gehen Fehlschätzungen der eigenen Person, wenn ein genialer Dichter, der zudem als Arzt und Seelenkenner die Hochachtung Freuds hatte, geglaubt haben kann, derartige Notizen interessierten irgendwen nur eine Woche?

Schriebe ich Tagebuch, ich würde mich bemühen, nur aufzuschreiben, was auch Somerset Maugham für erhaltenswert hielt: Materialien, um Dramen, Novellen, Romane aus ihnen zu entwickeln. So ist Maughams *›Notizbuch‹* für mich das Meisterwerk schlechthin unter allen mir bekannten Journalen. Vielleicht, weil es kein ganz »echtes« ist. Maugham beschloß an seinem siebzigsten Geburtstag, also ein Vierteljahrhundert vor seinem Tod, aus ungezählten Jahrgängen seiner Tagebücher eine Auswahl zusammenzustellen und die Hauptmasse zu verbrennen. Ich weiß von keinem anderen Buch, abgesehen von Stendhals Skizzen und Notizen, das ähnlich zum Träumen anregt, zum Spielen mit daran anknüpfenden eigenen Gedanken wie die Reflexionen und Momentaufnahmen Maughams, der die Welt oft umschiffte. Sein Humor, auch sein Mut waren geschärft worden als Secret Service-Agent im Ersten Weltkrieg. Für den fühlbarsten Verlust seines Lebens hielt dieser radikale Einzelgänger sein Versäumnis, aus Müdigkeit nicht seine Gespräche mit den Namhaften notiert zu haben, deren viele er gut kannte, von Shaw bis Lenin, von Churchills Mutter bis Gandhi. Daß er einmal heiratete, geschah versehentlich: »Ich hielt mich für neunzig Prozent normal und für zehn Prozent homosexuell. Doch war es umgekehrt.«

Homo ludens. Ernst Jünger, der im März neunzig wird, ließ mir die Fahnen zu seinen neuesten Notizen zukommen. Erstaunlich, wie der Humor zunimmt, ja zum existentiellen Grundgefühl wird bei jenen *sehr* Alten, die gesund blieben und sich – vermutlich nur deshalb – freihalten konnten vor Verbitterung, weil sie als noch Berufstätige die Höchstprivilegierten sind; denn einen *selbstgewählten* Beruf so lange ausüben zu dürfen, wie man Lust zu ihm hat: ist das höchste irdische Glück; Jaspers sagte mit fünfundachtzig: »Ich arbeite nur, sonst tue ich nichts.« Ich sah ihn niemals verbittert. Als seine Frau, schon fast neunzig, ihn fragte, ob er sich nicht mit ihr das Leben nehmen wolle, denn nun würden sie doch beide dumm – gab er zur Antwort, ach, nein, Trudelein, ich lebe immer noch gern. Eben weil er arbeiten konnte bis zu seinem letzten Tag. (Er starb am neunzigsten Geburtstag seiner Frau, mit der er über sechzig Jahre gelebt hat.)

Humor hatte er nur, wenn eine Frau, Hannah Arendt, mit ihren oft sarkastischen Briefen Humor aus ihm herausholte. Doch aus den Tagebüchern des fast neunzigjährigen Ernst Jünger, aus den späten, ließe sich mühelos ein Bändchen mit humoristischen Aphorismen zusammenstellen. Zum Beispiel: »Unsere Städte … die Bombe zerstört schlimmsten Falles bis zum

Grunde, der Architekt von Grund auf.« Und wo jemand Tiere mit Menschen vergleicht, will Jünger nach dem Tierschutzverein rufen ...

»Als ob man einen Tänzer eintreten sähe«, schreibt er einmal: genau dies war mein Eindruck vom Achtundachtzigjährigen, zu dem es auch »gehört«, daß ich ihn beim LSD-Entdecker Albert Hofmann traf. Jünger macht einen glauben, der Ballettmeister einer Staatsoper habe zu seinem fünfundsechzigsten Geburtstag geladen. Am überraschendsten: wie häufig er lacht – anstekkend. Wer so vollkommen die Vorstellung vom Homo ludens verkörpert – korrigiert nebenbei auch unser Bild vom Klassiker, das außer bei Heine zu kolossal ist, zu kopflastig. Denn Jünger ist beides nicht, doch ein Klassiker.

Karl Valentin. Karl Valentin wurde Aschermittwoch 1948 begraben, gestorben war er Rosenmontag – und sein Tod steht in unleugbarem Zusammenhang mit seinem letzten, seinem wiederum vergeblichen Versuch, dem Bayerischen Rundfunk noch einmal seine Mitarbeit anzutragen. Liesl Karlstadt sah den Hinausgeworfenen, auf dessen Manuskripte die Herren Redakteure zu schreiben pflegten: »Bitte Empfang bestätigen und gleichzeitig die Ablehnung« – sie sah ihn das Funkhaus nach einem sehr kurzen Gespräch verlassen; er habe, berichtete sie, noch blasser, noch magerer ausgesehen, so tief habe man ihn verletzt. Auch Valentins Tochter erinnert sich: »Papa kam überraschend schnell zurück, und sein Gesichtsausdruck verriet uns alles. ›Nix war's. I bin nimmer komisch – ham's g'sagt.‹ Dann ging er, verlegen lächelnd, in seine Werkstatt zum Scherenschleifen.«

Einhunderfünfundzwanzig Valentin-Platten lagen damals, zur Tatzeit – denn dies ist der Bericht über eine Ermordung –, im Archiv des Funkhauses. Doch keine war gut, war interessant, war komisch genug, um noch den Ansprüchen der Funkfunktionäre zu genügen, deren jeder heute mindestens zweieinhalbtausend DM Monatspension des Funks in einem als Redakteur verdienten Häuschen am Rande München verzehren kann, vergnügt bis ans Ende mit reinem, weil nie benutztem Gewissen ...

Valentin hatte zwischen seinem endgültigen Hinauswurf und

seinem Tod nur noch vom 22. bis 31. Januar und noch an *einem* weiteren Abend Geld verdienen dürfen – sonst gab es kein Wirkungsfeld mehr für Deutschlands genialsten Tragikerclown. Die ihm das Wirkungsfeld versperrten, das bayerische Rundfunk-Funktionärs-Gesindel, haben zweifellos auch gewußt, daß jene Manuskripte, die sie von Sekretärinnen ungenutzt zurücksenden ließen, dem alten Mann noch keinen Pfennig eingebracht hatten – da er sie nämlich zwischen 1941 und dem 15. Januar 1948 geschrieben hatte: in mehr als sechs Jahren, in denen er nicht auftrat und nichts einnahm. Aber das kümmerte nicht *die*, die heute wie früher so viel besser *von* der Kunst leben, als jene, die *für* sie leben; und zwar deshalb besser von ihr leben, weil sie sich strikt hüten, welche zu machen. Denn wer das tut, geht Risiken ein, wird auch nur in seltenstens Ausnahmefällen als Angestellter in einem Kunstbetrieb geduldet. Daß Valentin mit nur sechsundsechzig Jahren abstarb – bewahrt ihn davor, weiterhin, wie er es notgedrungen zuletzt getan hatte, in Münchner Haushaltungs-Läden selbstgeschnitzte Holzlöffel zum Weiterverkauf anbieten zu müssen ...

Dies beleuchtet exemplarisch die gestern wie heute und wie morgen gleich schnöde bis mörderische Einstellung der Machthaber zu den Machtlosen im Bereich der deutschen Kunst – und zwar gänzlich unabhängig von der Frage, ob Nazis, ob Demokraten regieren. Denn – wer sähe das nicht täglich – Nazi ist einer von Natur, nicht von Partei. Der Nazi ist der Schweinehund in jedermann – zu allen Zeiten, in allen Zonen. Die Liquidierung Valentins durch demokratische Funktionäre ist eher grausamer als jene Barlachs, da die nicht heimlich, nicht subkutan, nicht lächend erfolgt ist, sondern vor den Augen der ganzen zivilisierten Welt, deren Hochachtung und deren Erbarmen immerhin der nur in Deutschland Verfemte sicher war. Valentin aber mußte sich von Menschen, an deren politisch und künstlerisch vernünftiger Gesinnung sozusagen seine ganze Umwelt nicht zweifelte, sagen lassen, sein gesammeltes Lebenswerk sei nicht mehr verwendbar, interessiere keinen mehr. Was muß in einem Künstler vorgehen, dem das gesagt wird – und was in einem »natürlich« gutsituierten Gehaltsempfänger, der den »Schneid« hat, einem Menschen das zu sagen? Die Streichung Valentins von der Liste der als Künstler Zugelassenen zeigt, wie es hierzulande »in der Regel« – nicht etwa, wie es ausnahmsweise gemacht wird. So hat – um nur einen noch zu nennen von hundert ebenso Entrechteten unter zeitgenössischen deutschen Künstlern – der erst kürzlich verendete Ernst Kreuder noch Schlimmeres durchgemacht als Valentin, weil es viel länger dauerte, bis er erstens begriffen hatte, daß man ihn nicht mehr wollte; und bis er zweitens die einzig mögliche Konsequenz daraus gezogen hatte: abzusterben als Person, obgleich er als Autor bis zuletzt produktiv war.

Die Liebe und der Amtsschimmel. Humaner hat Behördenwillkür sich nie geäußert als in der Generaldirektion der Österreichische Bundesbahn, die darauf verzichtet hat, die Geldstrafe einzutreiben, die sonst überall in der Welt »für unbefugtes Betätigen der Notbremse« erhoben wird. Denn nur Verkehr – nicht: ein Verkehrs-Unfall hat die Notbremse im Orientexpreß in Gang gesetzt: Der berühmte, aus Paris kommende Zug war am 6. September im Hauptbahnhof Innsbruck an seiner Weiterfahrt nach Venedig behindert worden, weil der Fuß einer schönen Blondine, die sich in ihrem Schlafwagen-Abteil temperamentvoll eines älteren Herrn angenommen hatte, in den Griff der Notbremse geraten war – sie hängt bekanntlich, diese Bremse, nur einen halben Armlang unter dem Plafond! Techniker untersuchten vergebens die E-Lok, weil der Zug keinen Zentimeter von der Stelle zu bringen war – bis die Bahnbeamten endlich in einem abgedunkelten Schlafwagenabteil das Paar höflich aufforderten, den Fuß aus der Bremse zurückzuziehen. Die Direktion hat zugesichert, wenn Liebe die Bremse ziehe, sei das zwar »verkehrs«widrig, jedoch nicht strafbar...

Ein Leben ohne Hund – ein Hundeleben. Die Frau, die das sagte, ist fest an der Leine ihrer zwei Hunde, die – abgesehen davon, daß sie einem den Ärger mit den Schularbeiten ersparen – die gleiche Zuneigung erwarten wie Kinder, doch natürlich in *ihrer* Zuneigung viel beständiger sind als Kinder: schon deshalb, weil Hunde im Haus bleiben, doch Kinder es verlassen...

Tucholskys Bemerkung, ein Mann schaffe sich nur deshalb

einen Hund an, weil der ihn für Napoleon halte, ist witziger als sie zutreffend ist – denn welcher Mann wird schon gefragt von seiner Frau, ob sie einen Hund ins Haus bringen solle? Mediziner schlagen jetzt vor, endlich auch im Altenheim das Mitbringen von Tieren zu gestatten – bisher gibt es nur *eines* in der BRD, das Tierhaltung seinen »Insassen« erlaubt. Denn wenn der alte Mensch schon den Schock seiner Übersiedlung in die Einzimmer-»Wohnung« eines Altenheims nur mühsam übersteht – ihm auch noch sein Haustier zu nehmen, heißt fast: ihn totmachen. Nicht einmal, warum er morgens noch aufstehen soll, abgesehen davon, daß er pinkeln muß, weiß der Altersheimer, wenn er nicht mehr Vogel oder Katze oder Hund füttern darf. Daß in unserer Gesellschaft überhaupt zum Thema wird, ob man einem Menschen die Teil-Entmündigung ersparen solle, die darin liegt, ihm – wie einem Zuchthäusler – auch das Tier noch wegzunehmen, das er bisher betreute, richtet unsere Gesellschaft. Längst wissen doch Psychologen, daß der Fürsorge-Trieb in höherem Maß lebenserhaltend ist als jeder andere: wer für niemanden mehr zu sorgen hat, auch für sich nicht – das tut ja das »Heim« –, stirbt rascher. Und das ist wohl auch das geheime Ziel, wenn eine Gesellschaft anfängt darüber zu klagen, daß sie eines Tages die Renten nicht mehr aufbringen könne ...

»Was soll der Unsinn?« Um die Zeit, als er mit fünfundsiebzig sein Meisterwerk *›Effi Briest‹* schrieb – klagte Fontane in einem Brief seiner Tochter, die sich später umbrachte wie so viele Dichterkinder, daß die (ihm längst zur stehenden Redensart gewordene) Frage »Was soll der Unsinn? ... überhaupt ganz und gar von mir Besitz zu nehmen droht«. Nichts schien ihm mehr wichtig. Natürlich wollte seine Familie wissen, wie Fontane zu dieser ewigen Frage gekommen sei. Schulterzucken; eines Tages aber erzählte er: Der Kolonialwarenhändler Schulze um die Ecke sei doch ein freundlicher Mann. Irgendwann aber habe er – Fontane – beobachtet, im Vorbeigehen, wie der dicke Schulze wütend aus seinem Krämerladen heraus einen Schuljungen verfolgt, geschnappt und geohrfeigt habe. Fontane: »Aber Herr Schulze! Was hat denn der Junge Ihnen getan?« Antwort: »Ach, sehen Sie, Herr Fontane, das gucke ich mir nun seit zehn Tagen

an; jeden Mittag, wenn er aus der Schule kommt – schleicht sich der Bursche hier zu meinem Sauerkraut-Faß vor der Ladentür und pinkelt rein. Dem Sauerkraut schadet das ja nischt – aber wat soll der Unsinn!«

Staatsdenken und Habgier. Ein Amerikaner, der seit Jugendtagen nach einem anno 1717 gesunkenen Piratenschiff bei Boston fahndet, an Land in Büchern, im Meer als Taucher – hat es entdeckt: zwanzig spanische Kanonen, sechshundert Gold- und Silberstücke eines Schatzes, der 40 Millionen Dollar wert sein soll, hat der Taucher bereits an Land gerettet; prompt kommt »Vater« Staat, hier Massachusetts, und verlangt ihm den vierten Teil ab. In Lübeck hat ein Baggerführer aus einem dem Staat Schleswig-Holstein gehörenden Patrizier-Grundstück 350 englische und holländische Goldmünzen und 20000 deutsche Silbertaler des 17. Jahrhunderts freigebaggert: Das Land Schleswig-Holstein, auch sein Arbeitgeber, wollen ihm den gehobenen Schatz rauben. Der Baggerer verliert den Job, weil er sich wehrt, und erhält im Monat 246,– DM Rente; zuweilen geht er betteln. Doch ein Anwalt hilft ihm nach einem Jahr zu seinem Recht: etwa zwei Millionen Mark, die Hälfte dessen, was der Schatz wert ist, werden ihm gerichtlich zugesprochen. Das Ungeheuerliche: Das BGB § 984, hat ohnehin seit Bismarcks Zeiten festgelegt: Wird ein Wertgegenstand aufgefunden, dessen Besitzer nicht mehr zu ermitteln ist, so erhalten der Finder und der Eigentümer des Fundortes je die Hälfte. Eindeutiger kann kein Gesetzgeber formulieren – jedoch der amtierende Ministerpräsident des Landes läßt es zu, daß seine Regierung sich über das Recht hinwegsetzt und den armen Finder mit dem niederträchtigen Trinkgeld von 6000 DM abspeisen will.

Wundert sich dieser Ministerpräsident, wenn die Bürger seines Landes, sooft sie seinen Familiennamen nennen, es immer so tun, daß sie den ersten Buchstaben dabei verschlucken? Der Mann heißt Barschel.

Der Fachmann als Blödmann. Ein Brett vor dem Kopf hat jeder – der Fachmann aber hat es vor den Augen. Das belegt auch die Mißhandlung jenes Billy Mitchell, der zwischen 1919 und 1925 stellvertretender Chef der amerikanischen Luftwaffe war. Er sagte nicht nur voraus, er bewies es an Hand praktischer Versuche an deutschen Beuteschiffen aus dem Ersten Weltkrieg, daß Schlachtschiffe ins Museum gehören, weil sie Luftangriffen mit Bomben und Torpedos nicht standhalten können. Also 20 Jahre vor dem Hitlerkrieg *zeigte* Mitchell das den Marine-Sachverständigen aller Nationen. Er wurde strafversetzt. Endlich »ging er damit in die Presse«, wie jene Idioten sagen, die verurteilen, wenn einer die Öffentlichkeit alarmiert, der sonst kein Gehör findet. Mitchell wurde deshalb unehrenhaft entlassen; noch mindestens 34 Schlachtschiffe wurden bis Kriegsbeginn gebaut. Ergebnis: Die Amerikaner verloren alle acht Schlachtschiffe, die sie im Pazifik hatten, in der ersten Stunde des Krieges durch japanische Flugzeuge. Die Deutschen verloren zwei Schlachtschiffe – mehr hatten sie nicht – durch britische Flugzeuge. Die Briten verloren durch Flugzeuge die zwei Schlachtschiffe – mehr hatten sie dort nicht – im ersten Gefecht, das sie im pazifischen Krieg auszustehen hatten. Wer zählt die Matrosen, die hier »der kalten Wut des Berufsdünkels« geopfert wurden, wie Lloyd George, Englands Kriegspremier und Sieger von 1918, zu sagen pflegte, als Kommentar zu dem Satz des Franzosen Clemenceau: »Krieg ist zu ernst, um ihn den Generalen zu überlassen.« Jetzt wird Generalen das Vorspiel zum Weltuntergang anvertraut, das sie als SDI-Programm (»Krieg der Sterne«) keiner anderen europäischen Nation als nur der bundesdeutschen aufschwätzen konnten. Wahr ist, was neulich Willy Brandt sagte: »Unser Versagen auf der Erde kann durch die Flucht in den Weltraum nicht ausgeglichen werden!«

Witze und Lebensgefahr. Zwischen der Qualität von Witzen und dem Grad der Gefährlichkeit, sie zu erzählen, besteht ein direkter Zusammenhang: am besten sind lebensgefährliche. Ein Anwalt, der sich als Memoiren-Autor Dietrich Güstrow nennt, hat 1981 im Siedler-Verlag von einem Jugendfreund Hitlers berichtet, der 1943 in Plötzensee geköpft wurde, weil er Kameraden an der Front erzählt hat, sein Schulfreund Hitler habe vor Mitschülern als Augenzeugen ein Stück Penis verloren: Ein Ziegenbock habe es dem Zwölfjährigen abgebissen oder habe hineingebissen, als er dem Tier – wie die anderen Mitschüler auch – ins Maul gepinkelt habe: »Auf der Wies hab ich den Ziegenbock festgehalten zwischen meinen Beinen, ein andrer Freund hat dem Ziegenbock mit 'nem Stock das Maul aufgesperrt, und der Adolf hat dem Bock ins Maul gepinkelt. Grad als er dabei war, hat der Freund den Stock weggezogen, der Bock hat hochgeschnappt...« Wasner nannte diesen Jungen: Bruno Kneisel als Zeuge – der Anwalt erfuhr, Kneisel sei tot, seit 1939; Güstrow: »...mich beschlich der hartnäckige Verdacht, daß sein früher Tod mit dem Ziegenbock... etwas zu tun gehabt haben könnte. Der Arm des Führers war lang und unerbittlich, wenn es um sein Vorleben ging; dafür gab es genügend Beispiele.« Und der Anwalt überliefert auch, was wieder einmal mehr beweist, daß es für Deutsche gleich war, ob sie in den Krallen der Wehrmacht-»Justiz« oder der *anderen* Nazis, der Volksgerichtshöfe waren: ein Heeresgericht habe Wasner ermordet. Der dann seit dem 20. Juli 1944 als »Widerstandskämpfer« von seinen Untaten freigesprochene Generalrichter Sack hat im Auftrag des Marschalls Keitel das Gnadengesuch verworfen: immerhin zeigte der Chef des Oberkommandos der Wehrmacht persönlich höchstes Interesse an diesem Angeklagten Wasner – was nur beweist, wie ernst es genommen wurde, wenn man des Führers körperliche Wohlbeschaffenheit ironisierte. Der Anwalt schließt sein erschütterndes Kapitel: »An dem Wahrheitsgehalt von Wasners Bericht, der ein naiver, aber tief gottesfürchtiger Mensch war, habe ich nie einen Zweifel gehabt.« Irving, der in Washington Morells Tagebücher auffand, bestätigt, daß Hitler sich weder von seinem Leibarzt noch von seinem Kammerdiener Linge je nackt sehen ließ. Die Frauen speziell sollen in der Nazi-Zeit, um so mehr als die meisten ihren Führer abgöttisch liebten, tief beunruhigt gewesen sein, weil fast niemand von Eva Braun wußte. Da Hitler, wurde er fotografiert, die Hände fast stets überm Hosenstall gefaltet hielt, entstand der lebensgefährliche Witz: »Unser Führer verdeckt den einzigen Arbeitslosen.« Andere, die ihn weniger liebten als die meisten Volksgenossen, kommentierten barsch: »Er sagt doch selbst, ihm ist keiner gewachsen!« Harmlos – gemessen an diesen Witzen – sind jene, die etwa lauten: »Rahm ist erst dann wieder auf der Milch, wenn die Hitlerbilder entrahmt werden!« Mein Friseur in Wien wurde durch die anrückende Rote Armee gerettet; er saß, weil er im Frühjahr 1945 aus einem Kasernenfenster ein Hitlerbild mit den Worten in den Hof geworfen hatte: »Achtung – der Führer kommt!« Kameraden, natürlich, hatten ihn denunziert – wie den armen Wasner.

Der einzelne immer auf verlorenem Posten. Ehe die Soziologie-Professorin Helge Pross es aufgab, in Hessen zu lehren – sie ist inzwischen gestorben –, weil sie dem Terror linksgerichteter Gesinnungsgruppen auswich, die beispielsweise Berufungen von Professoren nicht auf Grund fachlicher Qualifikation, sondern ebenso wie früher die Nazis auf Grund politischer Haltung durchsetzen, fragte Frau Pross: »Wieso macht die Unterstellung unter ein Kollektiv freier als die unter eine Einzelperson?« Wenn in Diktaturen einer viele richtet – in Demokratien viele einen: für die jeweils Gerichteten ist da aber kein Unterschied.

Sitzblockade war »Bürgerpflicht«! Ein Vierteljahr ist vergangen – und was blieb nun davon? –, daß der 18. Juni 1985 in *einer* Tagesschau gleich drei Meldungen brachte, die im einzelnen und erst recht im Zusammenhang denkwürdig sind und *bleiben* sollten: Erstens: Das US-Repräsentantenhaus kürzt die Zahl der vom Präsidenten geforderten MX-Atomraketen von hundert Stück auf vierzig. Zweitens: Zum erstenmal in der Geschichte der zwei deutschen Staaten präsidiert ein hoher Funktionär aus Ostberlin der Bonner Bundespressekonferenz, weil SED und SPD gemeinsam von den Supermächten wie von den Genfer Abrüstungs-Bevollmächtigten eine chemiewaffenfreie Zone in Europa fordern, die auch Benelux und die ČSSR und Polen einschließen soll. Dritten: In Frankfurt hat ein Richter – sein Name sei festgehalten: Christoph Jahr, sechs Demonstranten freigesprochen, weil der Bruder des Bundespräsidenten, der Physiker Carl Friedrich von Weizsäcker, vor Gericht bestätigte, daß die Aufstellung der Pershing II-Raketen verfassungwidrig war: Erstens sind diese Raketen keine Verteidigungswaffen, sondern zum Erstschlag geschaffen. Zweitens verstößt ihre

Aufstellung gegen die Forderung der Verfassung nach Wiedervereinigung! Dank des Kronzeugen von Weizsäcker argumentierte der Richter, die Sitzblockade der sechs vor dem »Pershing«-Depot sei nicht nur Rechtens gewesen, sondern die *Pflicht* jedes Bürgers! Der Richter gehört zur Generation jener, die heute ihren Eltern vorwerfen, sich widerstandslos der Diktatur der Nazis gebeugt zu haben. Ein Staat ist genauso moralisch wie er seinen Richtern zugesteht, auch gegen *ihn* entscheiden zu dürfen. Also spricht dieses Frankfurter Urteil, sofern nicht der Staatsanwalt es kassiert, ebenso für die Integrität der BRD – wie einst die »Watergate«-Affäre für die Rechtsstaatlichkeit der USA gezeugt hat. Ein Lichtblick!

Maler und Fotografen. Wer von uns Alten noch beobachtet hat, wie Graphik und Malerei angesichts der Fotografie ihren völligen Rückzug aus der Realität angetreten haben; wie sie sich eingeschüchtert selber aufgaben, weil ihre Theoretiker postulierten, ein Maler, der die Wirklichkeit noch wahrnehme, sei entweder ein alter Nazi oder ein Banause: Dem muß es wie »das Wunder der wiedergeborenen Unbefangenheit« erscheinen – so heißt es im *›Tod in Venedig‹* –, daß jetzt eine neue Epoche der Malerei sich triumphierend bei der Jugend durchgesetzt hat, gerade *weil* diese neue Maler-Generation aus der engsten Zusammenarbeit mit der Fotografie ihre erstaunlichsten Wirkungen und Schönheiten ableitet. Damit sind die Gegenstandslosen endgültig dorthin verwiesen worden, wohin sie immer gehört haben: unter die Designer, die zum Beispiel für Möbelbezüge, Tapeten, Kleider schöpferisch tätig waren – was nicht abfällig gemeint ist: längst haben die Franzosen sogar im Louvre ihren kreativen Stylisten und Couturiers, wie es denen auch zukommt, eigene Ausstellungsräume gegeben. Doch Malerei und Gegenstandslosigkeit heben einander auf; Goethe hat ein für allemal festgelegt: »Das eigentliche Studium des Menschen ist der Mensch.« Höchst albern, wie die Deutschen wieder einmal eine mörderische Weltanschauung aus ihrem Beharren auf einen zeitgenössischen Irrweg der Malerei machen: geradezu terroristisch verfolgt und unterdrückt wurden um 1950 jene, die noch wagten, Menschen zu malen! Günter Grass hat es zu spüren bekommen, als er 1985 in seiner Berliner Akademie-Rede – höchst schonend von ihm formuliert – daran erinnerte, daß sogar der von Hitler verboten gewesene Maler Carl Hofer von den Aposteln der Gegenstandslosen als »unkünstlerisch« verteufelt worden ist. Grass hat mit seiner Bemerkung in ein Wespennest gestochen. Denn die Deutschen benötigen in ihrem Kunst-Haushalt immer einen Verleumdungsfeldzug gegen irgendwen... waren es um 1950 noch gegenständlich Malende, die als Idioten ausgeschrien wurden, so ist es momentan das politische Theater, das von jenen für tot erklärt wird, die sich revolutionär vorkommen oder so stolz wie Vierjährige in neuen Stiefeln, wenn sie wie im Hamburger Hopkins-Zirkus *»Verlorene Zeit«* vierzigmal auf der Bühne vom »Schwanz im Mund« reden. Während doch in Wahrheit nichts Intimstes jemals revolutionär wirken konnte, da das Intimste schon stets das Allgemeinste war.

Schweizerin hat Neger erstochen. Als *Blick* oder *Bild* das daumendick rotunterstrichen meldete – mußten zwei Familienmitglieder sich »eingestehen«, sie hätten, erstmals in ihrem Leben, diese Zeitung gekauft. Warum wohl? Diese Frage ist vermutlich aufschlußreicher – nicht die Frage, sondern die Antwort, sofern sie sich findet – als das sicherlich sehr banale Tatmotiv. Warum regt Weiße diese Nachricht derart an, daß sie eine Zeitung kaufen, die sie sonst nicht einmal mit der Zange anfassen? Ein Inferioritätskomplex – sowohl der Mörderin wie des Käufers dieser Zeitung?

Aids und Orwell: Menetekel in Venedig! Im September, ab seiner zweiten Hälfte, wenn das Licht nicht mehr so ermüdend oder aufreizend blau ist und stechend wie ein Laserstrahl, sondern mild mandarinenfarben; wenn zwar noch immer sehr viele, doch nicht mehr *erdrückend* viele Touristen da sind und noch zu jeder Stunde Sonne genug, um den ganzen Tag draußen auf Stein sitzen zu können, ist Venedig lockender als jede – als jede! – andere Stadt. Wer hinfährt – Tapfere können sogar im Lido noch schwimmen –, soll drei bewährte Bücher nicht vergessen, ein Taschenbuch von Mary McCarthy: ›Venedig‹ (die

Amerikanerin schrieb auch das unterhaltsamste Buch über Florenz), Reinhardt Lebes Venezianische Geschichte: ›Als Markus nach Venedig kam‹ und Alvise Zorzi: ›Die Geschichte der Löwenrepublik‹. Urlaub ist erholsamer nicht vorstellbar, als mit diesen Büchern irgendwo am Rialto zu sitzen, schöne Jugend flanieren zu sehen – dann aber auch dank der Lektüre *weg*zusehen aus der *eigenen* Zeit, mit der allein zu leben auf die Dauer anödet, und sich zum Beispiel dem Jahr 302 vor Christi Geburt zuzuwenden und bei Zorzi zu lesen, wie damals eine Flotte spartanischer Piratenschiffe die römischen Ureinwohner der Lagune überfiel, um sie auszuplündern – doch vernichtend in die Flucht geschlagen wurde, wie Zorzi es dem Livius nacherzählt. Vertieft man sich in diese entfernten Geschichten, die meist – unvermeidbar in Venedig – im Bannkreis goßer Kunst spielen, auch pfiffigster Diplomatie und so capricenhafter wie tiefer, unbanaler Frauen, so merkt man erst, wie vieles, das ›Heute‹ bringt – gemeint als Tagesschau sowohl wie im übertragenen Sinne –, völlig belanglos und peripher ist! Erholung fängt mit Abstand an – Abstandnehmen vor allem auch von den ach so bedeutenden, stets weltbewegenden Politikern samt dem von ihnen erzeugten Eintagsfliegenlärm in den Nachrichten. Und nicht der geringste Lockreiz dieser Stadt – jedenfalls für Autoren: Daß sie Menschen zum Reden bringt, Durchreisende, die einem hier erzählen, was sie kaum zu Hause ausplaudern ... der genius loci, der bewirkt hat, daß diese Stadt von mehr Lyrikern in allen Sprachen bedichtet wurde als jede andere, öffnet offenbar keineswegs nur den Poeten die Schleuse ihrer Mitteilungslust ... Erleichtert hat dem Arzt aus der Schweiz, mich am Rialto anzusprechen – ich sitze da stundenlang, tagelang vor der immer gleichen Espresso-Bar an dem immer gleichen Tischchen, das fast das weiße Brückengemäuer berührt –, daß er einfach sagen konnte: »Ist dieser Stuhl frei? – der letzte hier!« Um anzudeuten, er kenne mich, sagte er noch: »Ich weiß, daß Sie in Basel wohnen!« Sein Dialekt machte überflüssig, wie er wußte, sein Heimatland zu erwähnen. »Vielleicht nicht würdig genug als Dramenstoff«, stapelte er tief wie meist Schweizer und Briten untertreiben, »aber ein Drama eben doch für den, der's selber erlebt, ja auch nur aus der Nähe mitkriegt!« Endlich legte er los: »Da Sie in der Schweiz wohnen, könnte man Ihnen ja nicht verwehren, dort einmal in der Presse die Frage aufzuwerfen, woher plötzlich nicht nur einzelne meiner Kollegen – ich bin Arzt –, sondern sogar unsere führende Mediziner-Zeitschrift das Recht ableiten, über die Abschaffung der Schweigepflicht zu diskutieren: schockierend, finde ich! Denn entweder, sie existiert – oder existiert nicht, nämlich absolut! Wie ja auch Schwangerschaft ein Absolutum ist: Oder möchte man neuerdings sagen können, jemand sei nur ein bißchen schwanger? Ungeheuerlich berührt es in der Tat, in ›Medical Tribune‹ zu lesen, daß ein Arzt erwägt, sich von der Gesundheitsdirektion seines Kantons von ›der Schweigepflicht entbinden‹ zu lassen, weil ihm eine Patientin anvertraute, ihrem Mann zu verschweigen, daß sie Aids hat. Wohin führt, wenn, aus welchem Grund auch immer, eine Behörde sich anmaßt, einen von der Schweigepflicht loszusprechen? Der nächste Schritt wäre, daß einer sagt, er habe ›nur ein bißchen ein Ehrenwort gegeben oder *fast* geschworen, zu dem oder dem zu schweigen‹! Treu und Glaube sind dahin für immer, wo Gesetzgeber – und eine Gesundheitsbehörde *ist nicht einmal ein Gesetzgeber* – zu solchen Eingriffen in die Privatsphäre sich berechtigt glauben. Wenn der Arzt seine Patientin nicht überzeugen kann, daß sie soviel Anstand aufbringen *muß*, ihrem Ehegatten anzuvertrauen, daß sie irgendwo Aids auflas, dann darf er sich etwas einfallen lassen, dem Ehemann nahezulegen, mit seiner todkranken Ehefrau – denn sie wird sterben – aus dem und dem Grund nicht mehr zu schlafen. *Verraten* aber darf er sie nicht, schon gar nicht unter der falschen Flagge, das aus moralischen Erwägungen zu tun! Ärzte dürfen so wenig wie jedermann Schicksal spielen wollen. Hat einer das Unglück, durch den Ehepartner Aids aufzulesen, so war das sein Schicksal. Das Interesse vieler überwiegt das individuelle: Wird überhaupt erst einmal diskutabel, in Einzelfällen die ärztliche Schweigepflicht aufzuheben – so *ist* sie es bereits. Der ›folgerichtige‹ Schritt wäre dann, daß Ärzte auch noch Arbeitsämter mit Nachrichten über ihre Patienten versorgen – und etwa einem Konzern nahelegen, den Schlosser Soundso nicht einzustellen, weil er Tuberkulose-gefährdet sei, und der Sekretärin Soundso keinen Job zu geben, weil sie seit vierzehn Tagen schwanger ist ... Ich frage Sie: *Darf* der Arzt – manche sagen sogar, der Arzt *muß* das – dem Staat unter Bruch seines Berufsgeheimnisses melden, daß er einen der acht von zehn Aids-Trägern in seiner Praxis hat, die nicht selber von Aids krank werden, obgleich sie als Aids-Befallene ihre Partner tödlich anstecken können? (Es ist wenig bekannt, daß von zehn Aids-Befallenen nur zwei selber darunter *leiden*; acht leben so unbehelligt damit, daß sie nicht einmal *wissen*, daß sie Aids haben! Doch stecken sie zumeist jene an, mit denen sie schlafen!)

Ich behaupte keineswegs – wie *könnte* ich –, das persönliche Interesse gehe allemal dem der Gesellschaft vor; sicher *nicht*. Aber die Aufrechterhaltung von Treu und Glauben: geht *jedem* anderen Interesse voran – und damit ist es aus und der Orwellsche Polizei-Staat ist etabliert, keineswegs ›nur‹, was das bisher vertrauensvolle Verhältnis Arzt–Patient betrifft, das dann liquidiert wäre. Sondern überhaupt ist der Überwachungs-Staat da, wenn Ärzte wem auch immer melden, was in ihrer Praxis ›anfällt‹ an Patienten-›Material‹, wie manche schon schreiben!«

Ich frage: Aber welchen Weg schlagen Sie vor? Er zuckte mit der Schulter: »Bin ratlos – jeder weiß, im Aids-Zeitalter trägt er wieder das volle Risiko, wenn er herumschläft: doch niemand *darf* ihm das abnehmen wollen, denke ich!

Denn der Staat wäre vermutlich sogar eines Tages fähig, jene Aids-Befallenen, da er sie ja anders nicht daran hindern könnte, dennoch Geschlechtsverkehr zu haben, einzusperren, um jene zu schützen, die ahnungslos mit diesen Aids-Befallenen verkehren. Übrigens druckt soeben eine amerikanische Mediziner-Zeitschrift die erst jetzt recherchierte Tragödie jener Engländerin Jane Seymour ab, die nur 29 Jahre wurde (1508–1537), weil sie als Queen an der Seite des entsetzlichen Frauenmörders Henry VIII. (1491–1547) vorsätzlich von Ärzten, die dem König den *männlichen* Thronfolger sichern wollten, dem Kaiserschnitt unterworfen wurde, obgleich diese Ärzte *gewußt* haben, diese Frau bekomme dann – wie damals *jede* – die Bauchfellentzündung und werde sterben. Kaiserschnitt führte damals *stets* zum Tode. Doch da der König – Vater der Queen Elisabeth I. – keine Tochter als Thronfolger wollte (Ironie des Weltgeistes, daß doch eine Tochter seine Nachfolgerin und eine hochbedeutende Herrscherin wurde!) – so zerschnitten die Ärzte die arme Frau, um ja dem ersehnten Sohn bei der Entbindung das Leben zu sichern: Ärzte sind also schon immer – nicht alle, natürlich – zugunsten des Staates auf Kosten von Patienten kriminell geworden; am ruchlosesten in Hitlers Deutschland, wie Sie als Deutscher es genauer wissen als ich, bei den sogenannten ›Menschenversuchen‹ in den Konzentrationslagern ... Wie werden die Ärzte sich bei Aids verhalten? Wie sollen Sie?«

Der Winter, der diesem September in Venedig folgte – war noch nicht vorüber, da rief dieser Arzt mich an, um zu sagen: »Sehen Sie doch heute in Ihre Basler Zeitung, und – bitte – schreiben Sie dann eine Polemik: ›Wehret den Anfängen‹: Denn heute können Sie da lesen, daß die Ärzteschaft der Schweiz (FMH) in Verbindung mit dem Berner Bundesamt für Gesundheitswesen (BAC) beschlossen hat, daß – wie's da heißt, ich lese es Ihnen vor – ›der feste Partner eines Aids-Infizierten über dessen Erkrankung notfalls gegen dessen Willen ins Bild gesetzt wird‹ ... Ungeheuerlich! Aber niemand schreit oder schreibt gar dagegen an! Wie stellen denn – außer bei Ehepaaren – Ärzte den ›festen Partner‹ eines Patienten fest? Verlassen sie sich auf dessen Angabe? Oder lassen sie ihn heimlich polizeilich beaufsichtigen? Wie, wenn der lügt, um jemanden, den er liebt, davor zu bewahren, ebenfalls zum Zwangstest beordert zu werden – denn schon wird diskutiert, nicht nur Einzelne, sondern ganze Berufsgruppen dem Zwangstest ›zuzuführen‹, ein Wort, das jetzt daran erinnert, daß Hitler und Ceauşescu Führer oder Conducatur genannt werden wollten! Eine Tragödie: Schnitzlers ›Reigen‹ als szenarisches Vorbild für die Verfolgungssucht von Ärzte-Kammern, die ihren hippokratischen Eid brechen, mit dem seit jeher auch die Schweigepflicht jedes Arztes beschworen worden war? Wer im Aids-Zeitalter – wie soll ich sagen: promiskuitiert, muß wissen, welches Risiko er sowohl in Kauf nimmt – auch dann, wenn er diesen Akt nicht ›gekauft‹ hat –, als auch, welches er anderen auferlegt. Wenn aber Ärzte-Kammern dazu übergehen, Aids-Patienten aus dem Schutz der Schweigepflicht auszustoßen, *vergrößern* sie sogar den Kreis der Betroffenen, weil – nur ein Beispiel – ein von ihnen gewarnter Partner eines Aidskranken sich von dem zurückziehen und ihn veranlassen wird, zu anderen zu gehen. Es sei denn, die Ärzte ›verfügen‹ – und bald werden sie das zweifellos von Gesetzes wegen auch tun dürfen –, mit der Warnung an den Partner gleichzeitig die Einsperrung des Aidskranken in ein KZ, das man natürlich, um Anklänge an Nazi-Deutschland zu vermeiden, anders nennen wird ... Die Mündigkeit des Bürgers setzt voraus, daß sein Privatleben unbeaufsichtigt bleibt vom Staat. Diese seine Freiheit ist aber natürlich, wie noch jede Freiheit, ohne Gefahr nicht zu haben. Und wie hoch immer das Risiko sein wird: keine Ärztekammer kann und darf es dem Individuum abnehmen wollen, wenn der Preis ist, es unter Aufsicht zu stellen ...«

Was bleibt von unseren Städten? Brechts visionäre Zeile ist so poetisch, daß sie fast mit ihrem Inhalt versöhnt: »Von diesen Städten wird bleiben, der durch sie hindurchgeht, der Wind.« Seit Ende des Zweiten Weltkrieges wird das zuvor Undenkbare durchaus vorstellbar: daß auch unsere Städte verschwinden wie die antiken. Das Abbröckeln der europäischen Zivilisation begann schon mit dem Ersten Weltkrieg: Wenn der britische Botschafter während des Hitler-Krieges in Bern, Kelly, vierzig Jahre nach 1913 feststellen mußte, er benötige heute die doppelte Zeit, um nach Leningrad zu gelangen, die er damals für eine Reise nach Petersburg brauchte; wenn Gottfried Benn aus Berlin 1947 nach New York schrieb: »Die ganze Speyerstraße ist völlig kaputt, auf den Trottoirs wächst Brennessel, im Sommer mähen sie auf den Straßen Heu« – so hatte das 1918 Walter Rathenau, der drei Jahre später deshalb auf offener Straße als Außenminister erschossen wurde, weil er Jude war, exakt vorausgesagt; es wirkte komisch. Rathenau sagte: »Verkennen Sie das Kommende nicht, mit Berlin nimmt es ein baldiges Ende. In nicht allzu langer Zeit wird Gras in den verödeten Straßen wachsen ... Sie alle werden Gras in den ausgestorbenen Straßen sehen ... Machen Sie sich auf Deutschlands vollständigen Ruin gefaßt, auf einen Untergang, wie in zweitausend Jahren ihn noch nie ein Volk erlebt hat.«

Die das 1932 überlieferte, Marie von Bunsen, eine ausgezeichnete britisch-deutsche Autorin, glaubte Rathenau kein Wort – so sympathisch und bedeutend sie ihn auch zeichnete. Und doch hatte »die Judensau«, wie schon damals Nazis auf Rathenau reimten, »nur« vorausgesagt, was Österreichs größter Dichter seit Hofmannsthal, was Lernet-Holenia in Theben schrieb: »...und finden uns in einer von Handwerkern, Automechanikern, Kaffeehausbesuchern belebten Straße. Etwas schlammig und staubig zugleich, nicht gerade unsauber, aber banal. Wie heißt dieser Ort? ›Thiwi‹ wird uns bedeutet; und wir haben ihn längst hinter uns, als uns klar wird, daß dies die Stadt Theben gewesen sein müsse. Das siebentorige Theben... Schauplatz der Tragödie des Ödipus und der Aufopferung der Antigone, der Herrschersitz über Böotien seit der Zeit von Trojas Sturz, der Geburtsort Pindarns, die Heimat des Epaminondas, von Alexander dem Großen geschleift, von den Römern wiederbesiedelt...« Der Dichter führt zum Ruhm dieser Großstadt von Hellas noch viele Zeilen an und fragt: »Wieviel wird von unseren eigenen Städten übrigbleiben, wenn vom goldenthronenden Theben so wenig übriggeblieben ist?« Mich berührt es wie ein Menetekel, daß – als ich dies zusammenfaßte: die Prophezeiung, was aus Berlin werde, und die Darstellung eines schmuddeligen Dörfchens, das einst Theben war –, daß ich keine Ahnung hatte, man wolle diese Zeilen ausgerechnet in jenem Monat drucken, August 1985, an dem die Welt angstvoll der vor vierzig Jahren ausgetilgten Städte Hiroshima und Nagasaki gedenkt!

Wale singen

Rom, Braunschweig, Berlin: 1589/1949
Wale singen · Pferde · Heimat
Weiße Mäuse oder Politik als Ursache ihrer
Notwendigkeit · Elefanten
Wale · Klonen · Ihr Bild

Rom, Braunschweig, Berlin: 1589/1949

Quod non fecerunt barbari, fecerunt Barberini

Den Preis: wer zahlte ihn für Rom?
So viele Kirchen dank der – Tempelschänder!
Selbst noch den Baldachin im Petersdom
– erpreßte Ablaßgelder aller Länder,
sie reichten nicht, ihn zu bezahlen ...
Das Bronze-Dach der Vorhalle des Pantheon:
Urbans des Achten Architekten stahlen
es als ihr Material: *davon*
erhielt das Petrusgrab den Baldachin!
Was immer Christen ihrem Gott erbaut
– für die Antike ward es zum Ruin:
sie haben deren Kunst zerstört, beklaut.

Geschleift: das Wunderwerk antiker Architekten,
das Septizonium auf dem Palatin:
Drei Etagen, je 36 Marmorsäulen, weckten
den Neid der Christen, die – wie oft! – Kopien
der Alten schaffen; also schleift im Jahr,
als vor der Peterskuppel das Portal erstellt,
dies höchste Bauwerk Roms der Papst-Barbar
Sixtus der Fünfte: Sah doch alle Welt
dreizehn Jahrhunderte die Größe der Antike
im Septizonium, das er deshalb haßt!
Hofmaler Siciliano muß die »Siege«,
die Sixtus feiert als Ikonoklast

Sogar noch *malen* für den Terroristen:
Die Statue der Alten, Kopf, Arme, Beine abgehackt,
gestürzt vom Sockel, tauft er: »Sieg der Christen«
– vom Kruzifix, das dort, wo nackt
der »Heide« stand, stumpfsinnig überstrahlt ...
So schleiften Sozialisten, Kommunisten
– selbst keinen Stil hat, wer mit Abriß prahlt,
wir können AKWs, Spitäler, Pisten –
die Schlösser Braunschweigs und Berlins!
Wie Religionen – so Parteien: In der Brunst
der Macht verwirklicht Terror ihre Spleens.
Der Preis: wer zahlt ihn? Stets die Kunst.

Wale singen

»Bilanz: über zehntausend Delphine, Jahr für Jahr. Und sie sterben einen furchtbaren Tod: Die Netze sind für die Meeressäuger wie eine unsichtbare Wand im Wasser – sie verheddern sich in den Maschen und sterben langsam. Sogar große Wale. Allein 1988 erstickten vermutlich 40 der streng geschützten und vom Aussterben bedrohten Buckelwale.«

Greenpeace-Nachrichten,
Februar 1990

Tierschutz-Gesetze
nicht gültig im Meer:
siebzig Kilometer die Netze,
Treib-Netze, beuteschwer …

»Dank« dieser Länge
geraten selbst Wale
in ihre Fänge!

Entnervend das Finale
ihrer Gesänge. Der Delphin
leidet länger als Menschen am Strang,
wenn sie die Netze zusammenziehn …

Befreiungs-Qual noch stundenlang.
Statt Tier-Elegien
Todesröcheln: sein Abgesang.

Pferde

In einer Schopenhauer-Ausgabe
für Robert David MacDonald

Die Turnierpferde werden noch immer gequält,
doch Arbeitspferde haben ausgelitten.
Noch nach dem Hitlerkrieg, amtlich gezählt,
schufteten zum Beispiel bei Euch Briten
fünfhunderttausend für die Bauern;
heute zerren den Pflug nur noch vier Prozent:
alle andern sind tot – und das kann nur bedauern,
wer Tiere nicht liebt, wer die Qual verkennt,

Die der Mensch dem Pferd bereitet
– vor Wagen, auf Rennen und in der Schlacht –
seit es als sein Haustier leidet,
am schlimmsten einst die blinden im Kohlenschacht
und die lebenslänglich im Kreise gingen,
um Mühlen und Göhlerwerke zu drehn …
Jahrtausendelang! – nicht schwärmen, sich zwingen
in Maschinen die Erlöser der Pferde zu sehn!

Doch sie nahmen ihnen das Leben, den Pferden
– und das erhellt den zeitlos bösen
Kreislauf jeden Daseins auf Erden:
Zwar konnten die Maschinen die Pferde erlösen,
doch nur Tiere, die nutzen, werden der Mühe,
sie zu dulden, zu füttern, für wert erachtet!
Deshalb allein existieren noch Kühe:
Weil man sie melken kann, weil man sie schlachtet …

Ein Zweck, kein Geschenk, ihr Dasein – absurd!
Und sieh die Trauer im Gesicht jeder Kreatur:
zwar schreit nur der Mensch bei seiner Geburt,
doch wissen wir, *was* sie leidet? – erfuhr
doch kein Tier – nur Angst und Instinkt –,
jenen einzigen Trost, der die Welt überscheint:
die Einsicht, daß Freisein vom Leid sich erzwingt,
wer aus Stärke den Willen zum Leben verneint.

Heimat

Heimat, wo wärst du noch aufzufinden?
Was noch steht vom Städtchen – bist du nicht mehr:
planiert wieviel Häuser, gefällt wieviel Linden;
zwar rauscht noch das Flüßchen am Mühlenwehr,
doch die Mühle ist weg, der Fluß vergiftet:
Industrie-Abwässer überlebt kein Fisch …

Nicht Wände – Wasser sah ich beschriftet
vom Menetekel, das »reinen Tisch«
auch den Menschen verheißt, die ruchlos versauten,
was sie nur geerbt, doch nicht selber gepflanzt.
Was Natur nur geliehen, die Ahnen erbauten,
haben sie vernichtet, betoniert und zerstanzt.

Im ganzen Städtchen von den vielen Alleen
(sie haben deshalb keine Straße verbreitert!)
ließen sie allein auf dem Friedhof die stehen,
dessen Ruhe an Sozialisten wie Christen scheitert:
seit mit Meißel und Hammer hier die Behörde
Grabsteine, »verjährte«, selbst Gefallener zerstörte!

Weiße Mäuse oder Politik als Ursache ihrer Notwendigkeit

Aus Piranesis Carceri stammt das Gehäuse
des Tretrads in den Zoo-Geschäften:
Modell der Politik – wie weiße Mäuse
sich folge-»richtig« auf dem Rad entkräften.

Die Mäuse – scheinbar – haben keine Wahl,
hilflos dem Rad zu folgen, seinem Drehen ...
In Wahrheit wird der Motor ihrer Qual,
auch ihrer Lust: das Rad, dem sie nicht widerstehen

Doch nur bewegt, weil sie es selber treiben!
Kann, wer den Tiger reitet, nie herab?
Will nicht der ›Mann der Tat‹ im Tretrad bleiben?
So setzt auch die Chemie Produkte ab

An denen In- und Umwelt so erkranken,
daß man Chemie benötigt, sie zu dämpfen.
Oh, Herren, die ihre Jobs dem Zwang verdanken,
die Folgen ihrer »Taten« zu bekämpfen!

Elefanten

Erblicken Elefanten, die fressen,
zufällig einen nackten Mann,
sehen sie den voller Mitleid an,
nachdenkend: Wie kann der denn der essen?

Genausowenig wissen Menschen von ihnen:
besuchte ich mit Kindern Zoo-Elefanten,
waren sie überzeugt, daß die sie erkannten
– weil sie Bananen, Brot, Apfelsinen

Kürzlich den Häftlingen mitgebracht hatten.
Mich bedrückte die Kette an den unruhigen Füßen;
nicht »im Freien«, doch im Stall – da büßen
sie die Enge ihres »Auslaufs« – ohne Schatten ...

Dieses Beengtsein hat sie verrückt gemacht:
können sie im Urwald der Sonne entgehen,
im Elefantenhaus sich nicht einmal drehen!
Doch haben »Wissenschaftler« sich ausgedacht

(Gehaltsempfänger, *weil* der Zoo existiert),
Lebenslängliche spürten – gern gefangen –
nach Heimat und Freisein kein Verlangen:
das werde durch Fütterung wegsaniert ...

»Zutiefst« beleidigt Herr Direktor das Argument:
seit Menschen *freie* Tiere durch Filme erleben,
braucht's keine Zoo-Quälerei mehr zu geben ...
Er als Fachmann, der allein Elefanten kennt

Weiß, daß die Asien, Afrika nicht entbehren!
Zwar laufen sie dort sechs Kilometer die Stunde
– wie sträflingszahm aber auch hier in der Runde!
So zufrieden, daß sie sich gar noch vermehren ...

Selten, gewiß. Weil der Isolierte, der sie bespringt
– bei Tobsucht-Schüben berennt er die Wände,
denn im Bullen versagen die Medikamente –,
vor dem zehnten Geburtstag seine Tötung erzwingt.

Da nicht einmal Kastration ihn denaturiert:
undankbar, wie er trotz Vollpension Wärter erdrückt!
Während es den Sedativa in Kühen glückt,
daß sich ihr Widerstandsgeist verliert...

Wale

»Statt, wie bislang geschätzt,
einer Million Pott-Wale
schwimmen in den Meeren
der südlichen Hemisphäre
tatsächlich weniger als 10 000
der riesigen Meeressäuger.
Und von den 100 000 Finn-
Walen Mitte der siebziger
Jahre in den Ozeanen sind nur
noch 2000 übrig.«
Greenpeace-Nachrichten IV./1989

Früh von der Bibel, spät von Melville besungen:
Wale, Götter in den Meeren
– Eure Endlösung wird jetzt erzwungen!

Konnten Städte sie von Menschen leeren:
Lidice, Karthago – nicht von Walen schon den Ozean.
Doch seit sie die Weltmeere verheeren

Steigern sie vom Völker-Mord den Wahn
bis zur Ausrottung der Arten ... Rüsten
Walfang-Schiffe als Raketen-Träger ...

Sonar, Echolot. Ingenieure brüsten,
liquidieren sie die Art, sich noch als Jäger.
Bordfabriken, Fließband, Walfleisch-Dosen.

»Body-Count«: Erkennt sie an den Wörtern!
Kämpften früher Wale mit Matrosen,
heute sind die Opfer ihren Mördern

Unsichtbar wie in gebombten Städten
Zivilisten dem Pilot.
War für Noah: Jede Art zu retten

In der Arche das Gebot:
bremst heute nichts mehr den Walmord-Wahn,
der sogar noch ihr Bild tilgen wird.

Zu fürchten, nur zu fürchten das Wort: human!
Daß der Mensch selbst aus der Schöpfung irrt:
Dieser Genozid zeigt es im Ozean.

Klonen

Der Mensch hat die Natur bekriegt,
als sei er nicht von ihr!
Bekämpft er Menschen, überwiegt
noch Angst die Lust.

Das Tier
jedoch, seit Kurzschwanz-Affen,
gekreuzt mit Schweinen,
Menschen wurden: Wie kann's den Waffen
in einer *Greif*hand – nur mit Beinen,
mit Zähnen, Pranken widerstehen?

Wenn viele Arten selbst »die Krone
der Schöpfung« überlebten –, gehen
sie *jetzt* kaputt, wenn nicht durch Klone
der Menschen als »Gottes Ebenbild«
(Selbstironie nicht seine Stärke)
die vielen Arten, die er killt,
»ersetzt« durch seine Repro-Werke ...

Die Biologen, Mediziner,
die Menschen bald wie Mäuse klonen:
sie spielen Gott – statt als ihr Diener
die Schöpfung mit sich zu verschonen!

Ihr Bild

In memoriam: 17. 7. 1982

Nicht jetzt,
stell's weg:
ich kann's nicht sehen!
Zuletzt
mein Black-
out, wegzugehen

Nicht ihr
die Hand
hielt – meine Qual.
Trank Bier,
verstand
nicht das Signal.

Daß ich
nichts sah
am Bett – ihr Sohn:
umschlich
wie nah
doch ER sie schon …

Ich schlief
– allein
ließ ich sie mit dem Tod.
Ob sie mich rief?
Verzeihn?
Wie! – Idiot.

Alan Turing

»Unbekannter Unsterblicher. Der Naturwissenschaftler, dessen Name mit einem Effekt oder einem Prinzip verbunden ist, kann für alle Zeiten als *unsterblich* gelten. Wer aber zum eigentlichen Begriff wird (Abelsche Gruppe, Riemannsche Mannigfaltigkeit), dringt in das wissenschaftliche Kollektivbewußtsein ein und erreicht annähernd den Status eines vom Körper abstrahierten Geistes. Es ist dies eine Auszeichnung, die nur ganz wenigen zuteil wird … *Alan Turing* gehört zu diesen Auserwählten: das Konzept der *Turing-Maschine* gehört für jeden Logiker, Kybernetiker und Computerwissenschaftler zum elementaren beruflichen Rüstzeug. Turings universelle Maschine, mit der jede andere Maschine simuliert werden kann, blieb aber nicht wie im Falle seiner genialen Vorgänger … ein rein abstraktes … Gebilde. Turing wußte seine Idee in funktionierende Hardware umzusetzen … Drei Jahrzehnte nach Turings Freitod gibt es in den Industrieländern wohl kaum einen Menschen mehr, der nicht direkt oder indirekt mit dem Computer – der Turing-Maschine – konfrontiert würde.

Turing … Verdienste im Zweiten Weltkrieg wogen mindestens ebenso schwer wie diejenigen der britischen Feldmarschälle und Admirale, gelang es ihm doch, die Geheimnisse der *deutschen Chiffriermaschine* zu ergründen, so daß fast der gesamte Funkverkehr der Wehrmacht im Echtzeitbetrieb … entziffert werden konnte.«

Neue Zürcher Zeitung, Lucien F. Trueb,
28. März 1984

Ohne das Buch der Mutter Alan Turings hätte diese Phantasie über die Kriegs-Tätigkeit des genialen Mathematikers, der nur in »Schacht und Treppe« wörtlich zitiert wird – alle Tagebücher sind Fiktion – nicht geschrieben werden können; ebensowenig ohne die Werke von Cave Brown, Patrick Beesley, Gustave Bertrand, Andrew Hodges, Ronald Lewin, Jürgen Rohwers, Alberto Santoni, Joseph Weizenbaum, Gordon Welchman und F. C. Winterbotham. Ihnen allen, vor allem jedoch zwei Mitarbeitern Turings aus Hütte 8 während des Krieges und zahlreichen Mathematikern, die mich angeregt und beraten haben, meinen herzlichen Dank!

R. H.

I

Per Post ein Journal

Weil heute einer meiner Söhne die Post holte – ich habe Postfächer –, ist mir auch ein Paket aus London ins Haus gekommen, obgleich es eingeschrieben zugesandt worden ist: wäre ich selber zur Post geradelt, ich hätte es wie alle eingeschriebenen Sendungen ungeöffnet zurückgehen lassen an den Absender. Denn seit ich vor zwanzig Jahren mehrfach erleben mußte, daß gerichtliche Klagen auf Schadensersatz angekündigt wurden, weil ich Manuskripte verschmissen hatte, die mir zum Lektorieren und zur Empfehlung an Verlage von Unbekannten zugesandt worden waren, habe ich ein striktes Verbot erlassen an alle Familienmitglieder, jemals für mich einen Einschreibebrief anzunehmen. Ich kriege täglich ungefähr ein Dutzend Briefe oder Schriften, die ich nicht beantworten kann, denn entweder man schreibt – oder man schreibt Briefe; noch schlimmer: antwortet man doch – schreibt der andere sofort wieder! Also geht hier viel unter an Post. Da Söhne aber von Natur das Gegenteil dessen tun, was Väter wollen – Töchter halten das so mit den Wünschen der Mütter –, hat also der Junge heute das Päckchen angenommen. Während ich ihn schimpfe, öffne ich es und bin ihm Minuten später sehr dankbar, daß er nicht »Zurück an Absender« draufgeschrieben hat. Denn der beiliegende Brief, dessen Verfasserin ich hier nicht mit Namen nenne, weil sie das so wünscht – nur dumme Autoren geben Informanten preis –, der Brief lautet fehlerfrei in deutscher Sprache:

»... seit ich in London Ihre Sikorski-Churchill-Tragödie sah, die Mutter Ihres Übersetzers, des Stückeschreibers MacDonald, hatte mich zur Premiere mitgenommen, dachte ich daran, Robert David MacDonald meine Aufzeichnungen aus dem Krieg – keine Journale, wenn man darunter tägliche Notizen versteht – zu hinterlassen. Denn wohin damit, wenn ich demnächst an Krebs sterbe? In Familien geht ja alles verloren, weil in Briefen und Tagebüchern immer auch Dinge stehen, Finanzielles und Erotisches, die Kinder oder Enkel, sofern sie das überhaupt ansehen, oder überlebende Ehegatten lieber vernichten als veröffentlichen. Noch bösartiger ist ja hier in England der Staat, der alles Interessante aus dem Krieg aussiebt vor dem Druck oder es auf ewig in Archiven begräbt. Denn ich will durchaus, daß wenigstens jene Passagen meines Geheimdienst-Journals publiziert werden, die meinen damaligen Chef, Professor Alan Turing, skizzieren. Zwar kannte ich ihn noch nicht 1936, als er ›On Computable Numbers‹ schrieb, jene 35 Seiten, die den Vierundzwanzigjährigen zum Vater des Computers machten. Ich war während der entscheidenden Jahre 1940 bis Kriegsende eine seiner engsten Mitarbeiterinnen, war auch nach dem Krieg seine Vertraute und stand ihm zeitweise persönlich so nahe, wie überhaupt eine Frau diesem sehr unglücklichen Homosexuellen nahe sein konnte. Da dieses Schicksal, homosexuell zu sein, Turings gewaltsamen Tod verschuldet hat, ist die Tragödie dieses Genies mit seinem Intimleben so verknüpft, daß ihre öffentliche Darstellung Vorrang hat gegenüber familiären Empfindlichkeiten. Ihr Freund MacDonald gab mir Ihre Anschrift. Ich habe – heikel geworden wie alle Alten – meine vierzig Jahre alten Aufzeichnungen nicht noch einmal gelesen, weil ich sonst vermutlich mit der Schere zuviel beseitigt hätte, obgleich ich seit vier Monaten weiß, wie bald ich sterbe – das macht einen endlich rücksichtslos gegenüber der Konvention und gibt einem erst alle bürgerlichen Freiheiten; angesichts des Krematoriums wird alles so relativ. Immerhin gebe ich Ihnen den Rat, wenn Sie meine Schriften verwenden – ändern Sie meinen Namen. Denn meine beiden Söhne sind Anwälte, wozu sollten Sie sich Unannehmlichkeiten zuziehen? Zwar haben die beiden nie nach meinen Kriegstagebüchern gefragt, obwohl sie von ihnen wußten – keine Generation hat so wenig Interesse an unsrer wie die nächste; die übernächste, die der Enkel, ist dann schon wieder interessierter; auch ist mein Mann tot. Dennoch lassen Sie meinen Namen weg, es ist ja Alan Turings, nicht meine Geschichte.

Die bedrohlichen juristischen Albernheiten durch das Bestehen des ›Official Secrets Act‹, die sich in Großbritannien jedermann zuzieht, der über die Kriegszeit berichten will, haben Herrn MacDonald vermutlich auch bestimmt, mein Tagebuch

Ihnen abzutreten. Denn kein Manuskript, das wissen Sie, erhält auf der Insel, die angeblich das freie Wort schützt, das Imprimatur, bevor nicht Ihrer Majestät Geheimes Kabinettsamt oft das Wertvollste eliminiert hat! Einer der zwei Gründe für Alan Turings Selbstmord. Denn nie erlaubte ihm der Staat – uns allen hat er das bis 1974 verboten –, öffentlich darzustellen, daß Turings Abteilung des Geheimdienstes ebenso viel für Englands Sieg geleistet hat wie die Downing Street. Die Unanständigkeit unseres militärischen und ministeriellen Establishments gegen die Wissenschaftler, die ihm durch den Einbruch in Hitlers Funkverkehr die Siege ermöglicht haben, wird ja nur übertroffen durch die groteske Illusion dieser ›Herren‹, daß sie der Nachwelt auf *ewig* unterschlagen könnten, Alan Turing habe als einzelner soviel für England geleistet wie nur der andere einzelne noch: Winston Churchill. Hätte nicht der französische Nachrichtenchef Capitaine Gustave Bertrand endlich Memoiren geschrieben und der Welt zu guter Letzt gesagt, wodurch der Krieg doch immerhin *auch* gewonnen wurde, dann wäre selbst der fast achtzigjährige Colonel Winterbotham noch eingesperrt worden, als er sich endlich dreißig Jahre nach Hitlers Tod über das Verbot hinwegsetzte, uns Kryptologen von Bletchley Park jemals in der Geschichteschreibung zuzulassen! (Den Franzosen Bertrand konnten sie in England nicht ins Gefängnis setzen.) Doch – ach: fast war ich erleichtert, daß Alan Turing 1974 das Erscheinen von Winterbothams Buch *The Ultra Secret* nicht mehr erlebt hat. Denn wenn dieses Buch auch unendlich viel Gedrucktes über den Zweiten Weltkrieg makuliert und die Historie revolutioniert: der Name Alan Turing kommt nicht vor!

Gern hätte ich Sie noch gesehen, lieber Herr Hochhuth, aber Sie können mich ja nicht besuchen, weil Sie hier im Fahndungsbuch stehen – und ich kann nicht mehr nach Basel reisen (bringe es ja nur noch mit Pausen fertig, diesen langen Brief zu schreiben), sondern gehe morgen ins Spital, um meinen Angehörigen die Scherereien der letzten Wochen zu ersparen. Es beruhigt mich, meine Notizen über Alan Turing in Ihren Händen zu wissen, den allein neben meinem gefallenen Verlobten und meinen Kindern und Enkeln ich geliebt habe. Er lebte noch, hätte er meine Liebe erwidern – oder mich auch nur in seinen letzten Tagen erreichen können, was er telefonisch versuchte, doch ich war auf einem Schiff.

Leben Sie wohl! Ihre …

PS. Sie finden in meinem fünften Heft eine letztwillige Verfügung Alan Turings, der zufolge alle mir von ihm überlassenen Notizen, auch Briefe, mir gehören samt den damit verbundenen Urheberrechten. Alan schrieb das von Hand, also ist es ein gültiger Teil seines Testaments, wenn überhaupt eines existiert, was ich nicht weiß. Die Echtheit ist belegt durch den Stempel unseres Instituts – jetzt Alan Turing-Institut – der Universität Cambridge, dem damals Alan vorstand; ein Fellow, Professor David Cohn, und eine Sekretärin, Patricia Burke, haben durch ihre Unterschrift bestätigt, daß Alan Turing dies in mein Heft von eigener Hand hineingeschrieben hat.«

Da die Absenderin nicht hinzugefügt hatte, wie das Spital heißt, wollte ich ein Telegramm an ihre Wohnung aufgeben, die Söhne würden es lesen, ihr aushändigen – ich wollte nur für ihr Vertrauen danken, nicht aber ihre Tagebücher erwähnen. Doch sogar dies schien mir riskant: Familien bringen fertig, nachträglich einer Sterbenden die volle Zurechnungsfähigkeit »abzuerkennen« und noch mit einer einstweiligen Verfügung zu drohen, wenn man Papiere publiziert, für deren Erbe sie sich halten. So rief ich David MacDonald an, der im Namen seiner Mutter die Anwälte fragen wird, in welches Krankenhaus die Verkrebste sich sterben legte – dorthin wird er ihr meine Blumen und Grüße bringen. Und hoffentlich ausfindig machen, wie ich sie anrufen kann; sicherlich hat sie Telefon am Bett …

Schon am Nachmittag nimmt in meiner Anwesenheit die Repro-Abteilung der Universitätsbibliothek Basel die Sendung aus England auf Mikrofilm auf; dann bringe ich das Paket ins Safe, bis ich es demnächst mitnehmen kann nach Marbach ins Handschriften-Archiv des Schiller-Nationalmuseums. Denn auch meine Familie wird natürlich das Safe gar nicht finden, bevor irgendwann nach meinem Tode eine Bank die Bezahlung von Safegebühren anmahnt …

Gleich als begonnen worden war, das zweite Heft zu reproduzieren, begann ich im ersten zu lesen. Ob doch wahr ist, was Balzac gesagt und Gottfried Benn mehrfach zitiert hat? »Es gibt Existenzen, in die greift der Zufall *nicht* ein«: Denn wie könnte es Zufall sein, daß Alan Turing diese Monica (so nenne ich fortan die Übersenderin der Tagebücher) deshalb 1939 in sein Institut bittet, um ihr dort für die Kriegszeit einen Vertrauensposten anzubieten, weil er im *Times Literary Supplement* – drei Tage nach Kriegsbeginn – Monicas Rezension der neuen Biographie Castlereaghs gelesen hat? Der Lord, Großbritanniens Außenminister während der napoleonischen Ära, brachte es fertig, daß England, das er auf dem Wiener Kongreß vertrat, als der eigentliche Sieger über Napoleon das 19. Jahrhundert beherrscht hat. Castlereagh tötete sich mit einem Brieföffner, weil man ihn mit einem Jungen erwischte; als die Hexenjagd ihn zum Selbstmord gezwungen hatte, gaben sie offiziell an, er habe sich in geistiger Umnachtung das Leben genommen, zerrüttet von Melancholie. Und um den Schein zu wahren, überführten sie die Leiche in die Westminster Abbey ...

Die Asche Alan Turings, der sich am 7. Juni 1954 umbrachte, vielleicht aus dem gleichen Grund wie einst der Lord, wurde von Mutter und Bruder in einem Garten verstreut.

Monicas Rezension ist dem Tagebuch, das sie am 3. September 1939 beginnt, mit einer jetzt rostigen Büroklammer angeheftet. Während ich es lese, stelle ich mir vor, wie Alan Turing seelisch aufgewühlt gewesen sein wird durch Monicas Besprechung der Castlereagh-Biographie. Denn schon 1939 – und von einer Frau geschrieben! – zu lesen, daß Homosexualität, die doch damals und noch fünfzehn Jahre lang mit Gefängnis bestraft wurde, keineswegs ehrenrührig sei: das muß Turing sehr bewegt haben. Als habe Alan sein eigenes Geschick, vielmehr Ungeschick in dieser Besprechung gelesen: Alan war ebenso ungeschickt wie der Außenminister, als er – mit einem Jungen »ertappt« wurde, das kann man leider nicht sagen; natürlich wußte der Geheimdienst, zweifellos auch der amerikanische, seit 1939, daß Alan Jungen liebte; nein – er *ging hin*, selber, zur Polizei und meldete, ein Junge habe ihm ein Hemd und ein wenig Geld gestohlen: Ist also wirklich jeder so blöd, wie er klug ist?

Als ich für Monica die Blumen bestelle, frage ich David Mac-

Donald, wie sie heute aussieht, denn die Fotos, die sie zuweilen in ihr Heft klebte – auch einige Akte, Badebilder und sieben aus einem Bildhaueratelier, so wie ich in den unveröffentlichten Tagebüchern des Grafen Kessler in Marbach Aktfotos fand; Tagebücher offenbar als die einzigen Orte, an denen Menschen sie aufbewahren –, diese Fotos zeigen Monica jung, aus der Kriegs- und unmittelbaren Nachkriegszeit. David antwortete: »Eine dicke alte Frau war sie bis vor drei Monaten, kolossal wie eine Hebamme, Hände so groß wie Bauernbrotscheiben; dick schon, als ich sie mit meiner Mutter sah, nach der Premiere deiner *Soldaten*; jetzt im Krankenhaus kein glattes Gesicht, keinen glatten Hals mehr, sondern verschrumpelt; der Gewichtsverlust kam offenbar ganz rasch. Nur weil sie wunderbar spricht, gescheit und schön wie Eliot, kommst du auf die Idee, eine Intellektuelle rede zu dir. Wie Äpfel, die innen völlig verfault im Gras liegen, oft besonders rot sind und süß aussehen, so Monica jetzt auch noch. Ihre Schultern sind sehr breit... natürlich klar, daß sie den homosexuellen Turing so sehr erotisiert hat mit ihren Mann-Schultern.«

So beschreibt mir der Freund, der genaueste Beobachter, den ich kenne, jetzt die Sterbende. Ammenwärme muß in der Tat ihre Aura gewesen sein, als Alan sie zuerst sah; und wie ich sie jetzt auf Jugendfotos sehe: dunkel, rund, denkmalgroß, älter als ihre 26 Jahre, herzlich; breiter Kiefer – auf einem Foto lacht sie: Zähne weiß und groß wie bei Schwarzen... dies Besondere wird es gewesen sein, das einen Bildhauer veranlaßte, sie zu bitten, ihm Modell zu stehen.

Weil Monica, dienstverpflichtet nach Kriegsausbruch, ihr Dolmetscher-Examen in Deutsch und Italienisch so glänzend abgelegt hatte, waren Alan ihre Papiere vorgelegt worden. Da sie, Deutsch zu lernen, lange in Deutschland gereist war und in Berlin und Wien in Hotels gearbeitet hatte, dann auch in Italien, wurde das junge Mädchen, so schreibt sie, »samt meiner Familie ganz entwürdigend gefilzt«, ehe sie als Sekretärin, angeblich, am Mathematischen Institut des King's College – so ihre offizielle Bezeichnung, um ihre wahre Aufgabe im Geheimdienst zu tarnen – endlich angestellt wurde, Oktober 1939. Das lese ich alles schon im ersten ihrer Hefte.

Es ist mir übrigens noch nicht geglückt, mit ihr zu telefonieren, bisher: Sie sei, wird mir im Krankenhaus gesagt, dauernd unterwegs in der Röntgenabteilung... Daß man sie also noch mit Bestrahlungen quält – bedeutet das Hoffnung? MacDonald, dessen Mutter ja Ärztin ist, hält es für ausgeschlossen, daß Monica das Spital noch einmal lebend verlassen wird; läßt mich indessen wissen, daß die alte Frau – wie wir alle, wenn es dahin kommt – durchaus *nicht* sterbensmüde ist, auch keineswegs mit ihrem Tod rechnet, sondern stets davon redet, *damit* man ihr heftig widerspricht – sie will nicht nur leben, sondern glaubt nicht, daß sie »an der Reihe« ist. (Wieviel genauer könnte ich sie charakterisieren, käme ich an die Rapporte der Geheimdienste über sie heran; vielleicht glückt das Irving; ich bat ihn heute darum, es zu versuchen.)

Natürlich habe ich David MacDonald gefragt, ob er wirklich *mir* die Journale überlassen will; und so bestätigt er, daß er ihr gesagt hat, nichts sei so öde für einen Autor, wie zweimal im gleichen Wasser zu baden; er mache seit Jahren Skizzen zu einer Castlereagh-Tragödie; trotz der noch immer spektakulär bekannten Hexenjagd auf Oscar Wilde und obgleich auch Isaac Newton 1727 an »einem Jungen gestorben ist«, bleibt MacDonald der Ansicht, das Ende des britischen Außenministers der Napoleon-Zeit sei sein Thema. »Einer unserer Parteivorsitzenden, schreib's nicht, wirst verklagt, starb zwar auch an einem Jungen – aber schneller, direkt: Der schlug ihn mit einer Wasserkaraffe tot!«

II

Wilder Honig und Silberbarren

Was ich mich zuerst frage: Warum Monica, die 30 Jahre Zeit hatte dazu seit Alan Turings Tod, nicht selber das Buch über ihn verfaßte? Immerhin konnte sie so gut schreiben, daß sie bereits Mitte ihrer Zwanzigerjahre in dem doch ziemlich exklusiven *Times Literary Supplement* Rezensionen veröffentlichen durfte – wenn sie das auch kokett herunterspielt, in ihrem Tagebuch: »Das war die mir zu plumpe Methode Cliffs, mir den Hof zu machen.« Cliff muß der Redakteur gewesen sein, der Monica dort schreiben ließ, damals nannte das *TLS* die Rezensenten noch nicht mit Namen. Monica schrieb, wenn ich das als Deutscher auch nicht beurteilen kann, nach Meinung MacDonalds ganz ausgezeichnet. Also warum nicht auch Turings Biographie?

Denn dafür *auch* – keine Frage – hat Alan sie angestellt. Notiert sie doch, anläßlich ihrer ersten Gespräche noch während der Probewochen über ihren »Prof« – abgekürzt nennt sie wie alle ihren Chef nicht Professor –: »Er gab mir das *Heptameron* der Königin von Navarra, während ich eine Dienstanweisung erwartet hatte, und sagte mit schiefem Lächeln: ›Ich will Ihnen nicht zumuten, es zu lesen. Aber diesen Satz hier in der Einleitung, den finde ich aufschlußreich, auch für uns, hören Sie.‹« Er bedeutete mir, ich solle Platz nehmen, blieb selber stehen und las mir vor: »Die beiden Damen und mit ihnen mehrere vom Hofe erwogen, ebensolche Geschichten zu schreiben, doch sollte zum Unterschied von Boccaccio keine Novelle aufgezeichnet werden, die nicht auf einer wahren Begebenheit beruhte. Und die genannten Damen wie auch der Herr Dauphin versprachen, daß sie jeder zehn Novellen verfassen. Und wenn es euch recht ist, gehen wir alle Tage um die Mittagsstunde bis um vier Uhr auf die schöne Wiese –« Alan unterbrach: »Vier Stunden Mittag können *wir* uns nicht leisten«, las lächelnd weiter: »... auf die Wiese längs des Flusses, wo die Bäume so dichtes Laub tragen, daß die Sonne nicht durch den Schatten dringen noch die Kühle erwärmen kann. Dort setzen wir uns gemütlich hin, und jeder erzählt...« Alan ließ das Buch sinken und sagte: »Schon diese Verfasserin des *Heptameron*, die 1492 geboren wurde, also in dem Jahr, in dem Kolumbus Amerika entdeckte, hat den Gelehrten mißtraut. Denn hören Sie, ausdrücklich legte sie fest, daß ›*keine Gelehrten und Schriftkundigen*‹ die Geschichten erzählen dürften: Ganz ausdrücklich sagt sie: ›Doch sollten Gelehrte und Schriftkundige davon ausgeschlossen sein; der gnädige Herr Dauphin will nicht, daß deren Kunst darin zutage tritt, denn er fürchtet, die... kunstvolle Rede (dieser Professoren) werde an manchen Stellen der Wahrhaftigkeit der Geschichten Abbruch tun.‹« Turing legte mir das *Heptameron* hin und sagte ganz ernst: »Werden Sie unsere Chronistin – Gelehrte würden die Wahrheit beschädigen, weil jeder hier von uns *seinen* Anteil an der Entschlüsselung der Nazi-Maschine überbewerten will. Denn sehen Sie, eingebrochen sind wir schon in Hitlers Funksprüche; sobald uns glückt – ich hoffe, in wenigen Wochen –, sie so rasch zu dechiffrieren, daß die Entschlüsselung bei unseren Kommandierenden eintrifft, *bevor* Hitlers Truppen nach seinen Funksprüchen handeln: *entscheiden wir den Krieg* – können aber niemals darüber reden! Denn unsere Abteilung steht ja auf einer höheren Geheimhaltungsstufe als die drüben, die eine Uranbombe bauen soll: was ich auch vor Ihnen nur erwähnen darf, weil *Sie* es sind, die jetzt alle Nazi-Funkereien darauf prüfen wird, ob die eine Uran- oder Atombombe erwähnen; der Däne Niels Bohr hat mitgeteilt, daß die in Berlin ebenfalls daran herumbosseln, er weiß das von Heisenberg... Lange muß der Krieg dauern, das ist ein Trost, wenn diese Bombe noch fertig werden soll. Also, Bletchley Park und alles, was wir hier tun, ist das geheimste aller Geheimnisse Großbritanniens – kein Amerikaner wird je ein Wort darüber erfahren, bevor die USA in den Krieg eintreten, was sie ja offensichtlich nicht vorhaben. Sieben Engländer, außer uns wenigen hier in B. P., sieben, eingeschlossen den Verteidigungs- und Premierminister Churchill und den König, wissen davon; Churchill hat sogar verboten, daß sein Privatsekretär Sir John Colville und der Erste Lord der Admiralität, Alexander, davon erfahren. Es genüge, wenn Pound, der Erste Seelord, wenn Alanbrooke als Chef des Empire-Generalstabs und Portal für die Luftwaffen davon erfahren: Zweimal täglich trifft Churchill diese drei zur Auswertung unserer Sendungen, die ihnen Winterbotham hinträgt in seinem ans Handgelenk geketteten Köfferchen. Das heißt aber auch, Monica: es wird uns niemals gegeben haben, sollte England diesen Kampf bestehen. Denn welcher General will sich schon nachsagen lassen, nicht sein Genie – sondern unser Aushorchen deutscher Geheimnisse habe die Schlacht entschieden!«

Ich fragte: »Wenn nur sieben in Whitehall von uns erfahren – was erfahren die Hunderte, die doch *handeln* müssen nach dem, was unsere Entschlüsselung der Hunnen-Funksprüche ihnen enthüllt?« Turing lachte, fragte, ob ich das wirklich nicht raten könne? »Nun, allen anderen außer jenen sieben wird einfach befohlen, so oder so zu handeln, oder man stellt ihnen als Vermutung oder als Ergebnis der Spionage dar oder eines Aufklärungsflugs, was zu wissen ihnen not tut. Niemand außer diesen sieben Weisen kriegt einen Originalfunkspruch der Deutschen zu sehen; niemand erhält so detaillierte Angaben, daß er zu dem Schluß kommt, die Deutschen seien abgehört worden. Wenn wir wissen, daß 21 Uhr 13 ihr Konvoi den oder den Hafen verlassen wird, wird befohlen, ihn anzugreifen, nicht aber hinzugefügt, woher wir wissen, daß der Konvoi ausläuft.«

Er lachte, ich dachte: wie schön er ist – was mir wieder im Magen zu schaffen machte. Es ist sehr schwer, diesen Mann nicht zu lieben. Verwirrung ist ein sehr blasses Wort für das, was mich anfällt, wenn ich in seiner Nähe bin oder er mich ansieht. Geist und Sport im selben Menschen: wann gab es das in diesem Maß! Die gewölbte, beherrschende, ihn sicher auch bedrückende Stirn ragt fast wie ein Helm über die leuchtendblauen, aber ganz tief liegenden Augen. So blaue Augen bei so schwarzem Haar! Mathematik und Schönheit – wie nahe kam hier die Natur dem Vollkommenen, das sie aber offensichtlich doch nicht will. Denn warum sonst könnte dieser Mensch nur Gleichgeschlechtliche lieben? Was heißt übrigens »nur« – hört sich ja an, als sei der Akt mit einer Frau höheren Ranges als der eines Mannes mit einem Mann. Wir denken in Entwicklungen, doch es könnte sein, daß die Natur gar nicht am Werden, sondern nur am Sein interessiert ist und die Vollkommenheit: Einheit von Geist und Leib, wie sie sich in Turing verkörpert, nicht fortzupflanzen wünscht. Schmerzend jedenfalls, als Frau an seiner Seite zu spüren, welche Grenze zwischen uns bleibt. Wie er da heute in der Sonne auf der Aschenbahn stand, nur Turnzeug an, ehe er losrannte, da wurde mir schlecht...

Alan sagte noch, ehe er mir das *Heptameron* aushändigte: »Notieren Sie also, Monica, was in unserer Abteilung geschieht. Abgesehen davon, daß viele Gelehrte, ich zum Beispiel, gar nicht schreiben können – ich könnte mich doch, führte ich Tagebuch, auf keine Zeile konzentrieren – nicht mal einen Brief kriege ich jetzt hin–, die nicht die technischen Unzulänglichkeiten meiner verdammten Bombas betrifft. Die ich buchstäblich wegschmeißen muß, wenn sie nicht in spätestens einem Vierteljahr anfangen zu reden, das heißt: diese Nazi-Funksprüche so *rasch* übersetzen, wie wir Zeitung lesen... Sie aber, weil Sie davon nichts verstehen, Gott sei Dank, haben den Kopf frei, unsere Chronistin zu sein. Sie werden allerdings wie jeder von uns gehängt im Tower, wenn sie ein Papier, auf das Sie hier etwas schreiben, jemals mit heimnehmen, das wissen Sie!«

Er sagte das ohne eine Spur von Lächeln. Und fügte an: »Seit ich vor sechs Wochen Ihre Rezension der Biographie des armen, dummen Castlereagh gelesen habe – dumm, weil er sich erwischen ließ mit einem Knaben–, weiß ich, wie gern und gut Sie schreiben. Bitte, tun Sie's. Unsere Bullen hier, die uns ja dauernd observieren, haben mir längst mitgeteilt, daß sie private Aufzeichnungen machen – und ich sagte: Ja, weil ich darum gebeten habe, sie führt das Tagebuch meiner Abteilung.«

Als Alan mir anvertraute, daß ich überwacht werde – natürlich hatte ich damit gerechnet–, wurde ich heiß und vermutlich so rot bis unter die Haarspitzen, als sei ich bei einem Ladendiebstahl erwischt worden. Ehrlich konnte ich ihm antworten: »Dann wissen Sie ja auch, daß ich peinlich das Verbot beachte, etwas mit heimzunehmen, und alles abends hier einschließe im Institut, sogar das, was ich privat notiere. Ich respektiere die Verbote.« Alan sagte: »Weiß ich, ja – sonst wären Sie auch von unseren Bullen schon in der ersten Woche heimgeschickt worden... hier, ich gebe Ihnen beide – es gibt nur zwei–, beide

Schlüssel zu dem Stahlschrank in Ihrem Zimmer, dann sind Sie sicher, selbst ich kann nicht lesen, was Sie in Ihr Journal schreiben...« Ich antwortete: »Nein Prof, ich nehme natürlich nur einen der Schlüssel, anordnungsgemäß.« Er lachte laut: »Übertreiben Sie nicht, Sie wissen, ich bin ein Ausbund von Unordentlichkeit und vergesse oft meinen Namen – in drei Tagen wüßte ich bestimmt nicht mehr, wo der zweite Schlüssel ist!« Ich sagte: »Gut, geben wir den zweiten Ihrer Mutter, ohne ihr zu sagen, wo der Schrank steht, zu dem er paßt: dann verletzen wir keine Anordnung, sind aber trotzdem sicher, daß kein Fremder an das Safe herankann.« Ich freue mich übrigens, daß ich nun offiziell von meinem Prof die Lizenz habe, Journal zu schreiben. »Ich rufe Ihre Mutter an und frage, ob ich ihr heute einen Besuch machen darf. Und dieses *Heptameron* da lese ich sehr gern oder sehe wenigstens hinein, es hat ja achthundert Seiten.«

Mein erster Besuch bei Alans Mutter, keine fünfzig Meilen von hier, erlaubt mir noch nicht, eine Skizze dieser Frau zu versuchen, so lange war ich nicht bei ihr. Doch immerhin konnte ich zwei charakterisierende Anekdoten aus Alans Jugend herausfragen aus der Endfünfzigerin. Wann zuerst, wollte ich wissen, sie oder Alans Vater gemerkt habe, daß Alan ein Genie sei? Nicht ungeschmeichelt lachte sie mich aus und sagte dann sehr kühl, aber nicht herzlos: »Ein Genie! – Alan? Sie haben doch seine immer unbeschreiblich schmutzigen Fingernägel gesehen, und trägt er eigentlich auch im Institut einen Bindfaden an Stelle eines Gürtels und kommt morgens angeradelt, ohne seine Pyjama-Jacke ausgezogen zu haben – was deshalb so schlimm ist, weil das beweist, er hat sich nach dem Aufstehen nicht gewaschen?« Ich antwortete: »Da Professor Turing immer ausgezeichnet rasiert ist, halte ich es für ausgeschlossen, daß er sich nicht auch gewaschen hat. Er mag Pyjama-Jacken, sagte er mir, weil die im Gegensatz zu Hemden – denn einen Rock hat er ja nie an, auch nicht, wenn's kalt ist – genug Taschen haben. Und nur was er in Taschen auf der Brust hat, läßt er nicht irgendwo liegen...« Die Mutter sagte, bekümmert, sympathisch: »Sie sind eine Frau, so muß ich Ihnen nicht sagen, wie ich *leide*, daß er als Clochard umherläuft. Ich bitte Sie: ein Professor, den man nicht vorzeigen kann!«

Und dann forderte sie mich auf, mich seiner anzunehmen... Sie ahnt sicherlich, würde das aber nicht einmal sich selbst eingestehen, daß er homosexuell ist, und erhofft sich wie wohl die meisten Mütter in dieser Situation eine »Bekehrung« durch eine Frau: Als ich ihr den Schlüssel gab, machte sie das vergnügt, weil sie so erfuhr, daß Alan mit einer Frau wenigstens einen Geheimschlüssel ›teilt‹ – wenigstens *ein* intimes Geheimnis... Sie ist lebhaft, erzählte wohl nicht nur deshalb, sondern auch aus Stolz, daß einer ihrer Onkel bereits als Naturwissenschaftler im Lexikon ist – denn ich hatte ihr gesagt, ich sei von Alan auch als die Journalschreiberin seiner Abteilung angeheuert worden.

Genauer: der Cousin ihres Großvaters – also von Alan ziemlich weit weg – hat das Wort ›Elektron‹ in die Physik eingeführt als Fellow der Royal Society, 1894. »Sie halten Alan für ein Genie?«, so nahm sie wieder auf, was ich gesagt hatte. »Nun, hört man ja gern als Mutter, vielleicht stimmt es, denn da er mir seit Ende '38 nicht verraten darf, woran er da forscht in Cambridge, kann ich auch nicht beurteilen, wie sollte ich's können, ob genial ist, was er macht. Ich fürchte, er ist genial, doch unbrauchbar – und jetzt können wir sogar Genies nur gebrauchen, die wir für den Kriegseinsatz verwenden können, nicht wahr?« Sie hatte »Cambridge« gesagt – wußte also nicht einmal, so dicht hielt ihr Sohn, daß Alan seit länger als einem Jahr gar nicht in Cambridge arbeitete, sondern im Gutshaus Bletchley Park, das im Dreieck London–Cambridge–Oxford gelegen ist – und wo allein ich bisher gewesen bin: Nie habe ich das Cambridger Mathematische Institut auch nur gesehen, dessen Sekretärin ich laut Kennkarte und Einwohnermeldeamt bin... Sanft sagte ich zu Alans Mutter, mehr sagen durfte ich nicht: »Natürlich sind wir im Kriegseinsatz, Frau Turing.« Und ich wiederholte meine Frage; nun antwortete sie: »Mein Mann hat mit Bestürzung gemerkt, daß Alan anders... war, weil er fast exakt die Höhe von Hügeln und Bergen berechnen konnte, mit neun. Und ich weiß nicht, wie man das benennen soll. Wir waren zum Urlaub in Frankreich, Alan sagte zu seinem älteren Bruder, ohne zu wissen, daß ihr Vater es hörte: Heute hole ich uns Honig! Der Bruder fragte, womit willst du den bezahlen? Alan sagte, doch nicht beim Imker hole ich Honig – ich weiß jetzt, wo die Bienen den wilden Honig verstecken, Papa sagt, der schmeckt besser. Und dann kam's. Alan sagte, ich beobachte seit zwei Tagen die Flugbahn der Bienen – erst dachte ich, was für ein Wirrwarr. Aber dann sah ich, diese Flugbahnen überschneiden sich häufig über einem bestimmten Strauch in der Heide, und ich wette, wo die Bahnen sich schneiden, dort landen sie, um ihren Honig abzusondern... Und abends um sechs brachte er die Wabe. Da war er sieben. Mit zwölf, auch am Meer, destillierte er im Keller der Ferienpension aus Tang, den er aus dem Meer gezogen hatte, Jod... Ein Jahr später hat dann sein Bruder John ihm den größten Dienst erwiesen, den er Alan leisten konnte. Er verhinderte, daß wir Eltern – Eltern sind dumm – Alan aufs gleiche College schickten, auf dem sein Bruder war. John sagte uns: hier geht es um Sprachen und Literatur, doch das langweilt Alan so unbeschreiblich, daß die ihn fertigmachen; die prügeln ihn bunt wie einen Farbkasten, weil er nie zuhört, wenn er herkommt – er muß auf eine Schule, die Mathematik ernster nimmt als Englisch und Latein. Und so geschah's. Er versuchte trotzdem Deutsch zu lernen, war aber völlig unbegabt. Warum er das lernen wollte mit dreizehn? Um David Hilbert zu besuchen, denn interessante Leute, fand er, wohnten ausschließlich in Göttingen... Erst als die Nazis am Ruder waren, kamen ebenso interessante nach Cambridge. Sie wissen, wie ungeschickt Alan ist – er hat nie gelernt, mit dem Füllfederhalter zu schreiben, ohne sich sogar *am Hals* – wie macht er das nur! – mit Tinte vollzuschmieren. Insofern hat er uns dann doch überrascht, daß er mit diesen Händen wie Füßen ein Radio basteln konnte... Was ihn in der Schule rettete, war immer nur seine Schnelläuferei; zwar Plattfüße, doch stets der College-Schnellste: solche Sportler bleiben Gott sei Dank in England nicht sitzen. Denn nicht einmal in Mathematik gab man ihm Preise, weil die Lehrer glaubhaft versicherten, seiner Tintenflecke wegen die Resultate seiner Rechnung oft nicht lesen zu können. Nennt man ihn denn«, fragte mich seine Mutter zum Schluß, »auch als Professor noch ebenso wie als Schüler?« Woher sollte ich seinen Spitznamen kennen? Die Mutter vertraute ihn mir an; er sei auch von seinen Lehrern benutzt worden und lautete »Dirty«... Dann nahm sie plötzlich ihren Sohn in Schutz und erläuterte: »Seine Teetasse hat er früher nicht deshalb an eine Kette angeschlossen, weil sie ihm gestohlen werden könnte, sondern weil er sie nur so wiederfand.«

Zur Verabschiedung erzählte sie mir noch, als ich schon zum Wagen ging: »Wenn er heute wieder religiös ist – genau weiß ich's natürlich nicht, wer spricht schon zu seiner Mutter darüber –, verdankt er's jedenfalls dem Tod seines ihm liebsten Freundes, auf dem College, fragen Sie ihn gelegentlich nach Christopher Morcom, sie können ihm ruhig erzählen, daß ich Ihnen gesagt hätte, der Tod dieses Sechzehnjährigen habe ihn umgewandelt. Denn einige Jahre früher hatte ihn der Religionslehrer dabei erwischt, daß er Mathematik machte, statt bei der Auslegung des Neuen Testaments zuzuhören – und wollte ihn von der Schule werfen. Daß Alan die Relativitätstheorie von 1905 las, als er sechzehn war, denn dazu genügt die einfache Mathematik, hat auch fast dazu geführt, daß sie ihn wegtaten aus der Schule: Mein Mann mußte hinreisen und um gut Wetter bitten; der Mathematiklehrer schrieb uns, wolle Alan auf einer Public School bleiben, so müsse er sich um eine allgemeine Erziehung bemühen – ›wenn er aber nur ein Spezialist werden will, so verschwendet er bei uns seine Zeit‹. Wohin hätte man ihn stecken sollen, ohne Schulabschluß? Heute haben wir leicht darüber lachen – aber damals? Was konnte man hoffen für einen Jungen, der zwar mit sieben alle sechsstelligen Seriennummern der Straßenlaternen auswendig wußte – sich aber einen Punkt auf den Daumen machen mußte, um sich zu merken, wo links und rechts ist! Von der sechsten Klasse an mußte er am Griechischunterricht nicht mehr teilnehmen, die Lehrer hatten sich damit abgefunden, daß er doch nie hinhörte.« Dann unvermittelt: »Fragen Sie ihn doch bitte, ob ich ihm endlich ein neues Fahrrad kaufen darf.« Ich antwortete: »Er sagt, wenn er *dieses* fährt, muß er nie Angst haben, es könne ihm gestohlen werden! Er zählt ja immer mit, weil er genau weiß, nach welcher Umdrehung die Kette abspringt. Vorher steigt er dann ab, richtet sie an der Stelle, an der das Zahnrad defekt ist, und fährt weiter.«

Ich habe der Mutter verschwiegen, daß Alan mich fragte, ob

ich ihn im Wald beobachtet hätte, zufällig, als er dort vor zehn Tagen zwei Silberbarren vergraben hat. Immerhin 250 Pfund wert. Er hat sie mit einem Kinderwagen hingebracht, »weil die Banken bestimmt nicht mehr zugänglich sind, wenn den Hunnen eine Invasion geglückt ist«! Und hat nun natürlich vergessen, wo er sie versteckt hat. Einer, der drei Minuten braucht, einen Brief zu schreiben – aber anderthalb Stunden, um ein Kuvert dafür zu suchen. Und dann abermals anderthalb Stunden, um den Brief wiederzufinden, den er aus der Hand legte, um ein Kuvert zu suchen... Übrigens gehört Turing zu jenen, die im ersten Flugzeug nach Kanada weggebracht würden, landeten die Deutschen.

III

Das sehen Generale nicht gern

Der Professor muß mir mehr erläutern von dem, was wir, schon mehr als viertausend Frauen und siebenhundert Männer, hier tun. So selbstverständlich ich Auto fahre – Turing will nicht einmal Auto fahren *können*–, so selbstverständlich ist es für ihn, daß wir Hitlers Chiffriermaschine Enigma, die kaum noch ein Rätsel für uns ist – enigma ist griechisch und heißt Rätsel–, ungefähr wenigstens verstehen, obgleich das keine Voraussetzung für unsere Mitarbeit hier in Bletchley Park ist; ich kürze künftig auch B. P. ab.

Polen zuerst, das weiß ich nun, polnische Geheimdienst-Mathematiker haben den Deutschen diese Maschine entwendet, offenbar schon vor zehn Jahren, um 1930 – direkt aus der Fabrik in Berlin, die sie herstellt. Sie scheinen auch mit der Entschlüsselung auf gutem Wege gewesen zu sein. Ein Oberst Guido Langer, der Chef dieser Polen, ist mit seiner Crew nach Hitlers Eroberung Warschaus via Rumänien mit Hilfe der Franzosen entkommen und arbeitet jetzt – nach Hitlers Einzug in Paris – in England bei uns. So zahlen die Polen den Deutschen heim, was die ihnen antun. Die polnische Mitgift für die große Koalition: Turing schätzt, daß die Vorarbeit in Warschau ihn sieben Monate früher den Code der deutschen Luftwaffe knakken ließ – gerade noch rechtzeitig zum Beginn von Görings Bomberoffensive.

1938 hatten die Deutschen ihre frühen Apparate so weit verbessert – in diesem Fall heißt das: kompliziert–, daß die Polen anfingen zu verzweifeln. Sie konnten nun nichts mehr entschlüsseln, wie sie es vorher, wenn auch mit wochenlangen Verspätungen, immerhin schon gekonnt hatten. Und nun trat das Schicksal, was immer das ist, in die Arena. Die Deutschen bauten zwei zusätzliche – zu den dreien eine vierte und fünfte – Verschlüsselungswalzen ein. Und die Polen teilten den Franzosen resigniert mit, nun kämen sie nicht mehr weiter. Capitaine Bertrand, der Franzose – seit Dünkirchen nun auch hier bei uns, ich sehe ihn oft –, machte den Vorschlag, man solle den Deutschen einen ihrer alten, von den Polen entschlüsselten Funksprüche in Berlin zuspielen und sie so glauben machen, daß sie die Enigma wegschmeißen könnten, weil sie nun kein Geheimnis mehr sei... Daß die Entschlüsselung, die ja auch nur in Einzelfällen den Polen schon geglückt war, praktisch wertlos gewesen ist, weil sie Monate dauerte, hätte man den Deutschen ja verheimlichen können. Die Polen schwankten. Immerhin hatten sie schon zwei oder drei Enigmas, wenn auch nur eine überholte Vorform. Und sie hatten die Funksprüche schon zuweilen dechiffrieren können. Bertrand versuchte damals den Polen zu suggerieren: Wenn wir Alliierten bei Enigma nun doch wieder vor einem Rätsel stehen, und Krieg wird sehr bald ausbrechen, dann ist es gescheiter, wir machen den Deutschen weis, wir hätten Enigma enträtselt, und sie könnten sie wegräumen ins Museum. Denn, so argumentierte Bertrand, es werde die Deutschen erheblich ins Stolpern bringen, wenn sie sich jetzt eine neue Chiffriermethode ausdenken müßten. Doch den Polen war das nicht einzureden. Und so einigte man sich, lieber mit der Enttarnung des neuen Enigma-Modells neu zu beginnen. Es ist nicht auszudenken – wäre der französische Vorschlag bei den Polen durchgedrungen!

Übrigens sagte der Prof sarkastisch: »Laßt sie uns nicht Enigma nennen, rätselhaft ist sie ja nicht mehr – sondern Nemesis: Göttin der Rache. Denn wie die Deutschen jetzt das arme Polen notzüchtigen – das können wir ihnen nur heimzahlen, weil uns die Polen Enigma herüberbrachten... Genau wie 1914: ex oriente lux!«

Ich fragte, was er damit sagen wolle. Turing grinste und antwortete: »›Zimmer 40‹ hat zwar am ersten Kriegstag 1914 bereits sämtliche deutschen Überseekabel unter dem Kanal und dem Atlantik zerschnitten« – ich wußte, Zimmer 40 war der Geheimdienstraum in der Admiralität –, »doch das entscheidende Geschenk machten uns 1914 zweimal die Russen, so wie es uns 1939 die Polen gemacht haben. 1914 marschierten zwei russische Armeekorps so rasch in Ostpreußen ein, daß der deutsche Drachen, der sich zuerst auf Frankreich stürzte, von den Russen am Schwanz gepackt und festgehalten wurde, zwar nicht wirklich, aber doch seinem Gefühl nach. Und die Russen starben sozusagen an diesem Kraftakt; denn die Deutschen vernichteten beide russischen Armeen in Ostpreußen. Übrigens deshalb« – wieder zeigte Alan seine großen schönen Zähne, sein breites Lachen –, »weil die Deutschen den russischen Funkschlüssel besaßen in der Schlacht bei Tannenberg! Vor allem aber besaßen alsbald *wir* den deutschen Funkschlüssel, und zwar dank der Russen. Die Russen räumten in der Ostsee den auf Grund gelaufenen deutschen Kreuzer ›Magdeburg‹ aus – genauer: schossen den Matrosen tot, der mit einem Boot, als der Kreuzer gestrandet war, in tiefes Wasser ruderte, um dort – er war der Signalgast – den deutschen Marine-Code ins Meer zu werfen. Das Buch war in einem Bleikasten, damit es rasch unterging! Als die Russen überlebende Deutsche retteten, fischten sie auch die Leiche dieses Funkers auf, dessen Hände noch immer das Bleikistchen mit dem geheimsten Geheimnis des kaiserlichen Deutschlands umklammerten: Am 13. Oktober 1914 händigte der russische Marine-Attaché in London es der Admiralität aus ... ex oriente lux, zweimal in einem Vierteljahrhundert, unbestreitbar! Ich sag's nur, weil bei uns so viele murren, wenn wir den Russen Waffen schicken. Wir sind ihnen einiges schuldig, nicht nur, weil die Rote Armee pro Tag jetzt zehntausend Mann opfert ...«

Zuerst hatte ich von Ronald Lewin gehört, was die Polen an entscheidenden Vorleistungen in unsere gemeinsame Sache eingebracht haben. Lewin geht gern nach Tisch mit mir am Fluß spazieren, er ist der literarisch Interessierte hier in B. P. Sicherlich auch Professor für irgendwas, doch ich weiß das nicht – hier soll, ja darf doch jeder vom anderen nur wissen, was er für die eigene Tätigkeit von ihm wissen muß. »Wir sind hier alle wie jene Neurotiker, die vor lauter Sucht, diskret zu sein, beim Duschen den eigenen Körper lieber nicht anschauen«, sagte neulich einer während der Siesta, als wir zu fünft am Ufer grasten. Ronald Lewin ist hier der einzige – nach meiner natürlich begrenzten Kenntnis –, der ein Gefühl für Rangfragen hat: Er weiß, daß Knox und Turing B. P. möglich machen, nicht jedoch alle die aberhundert Stabsoffiziere bis hinauf in die Admiralitätsränge und Luftmarschallwürden, die es übernehmen, Whitehall von den Resultaten unserer Dechiffriermühsal zu unterrichten. Diese ›Herren‹, im Grunde nur Briefträger, begegnen den oft wirklich ein wenig unzureichend rasierten und selten Schlips tragenden Zivilisten, also den Wissenschaftlern, mit einem geradezu verletzenden Wohlwollen. Immerzu deuten sie an, aha, das war aber wieder einmal pfiffig, was euch da eingefallen ist, davon muß ich vielleicht gelegentlich sogar »Winston« unterrichten; denn es gilt als ganz besonders schick, anzudeuten – aussprechen kann man so dicke Lügen natürlich nicht –, daß man durchaus Zugang zu Churchill selber habe, nur weil man übers Zerhacker-Telefon Nachrichten in die Admiralität oder ins Luftfahrtministerium durchsagen oder sie im roten, ans Handgelenk geketteten Köfferchen selber hintragen darf. Lewin erzählt, daß es enorm schwierig war, den Herren von Raum 40 – wie der Entzifferungsdienst noch immer genannt wurde – endlich die Einsicht abzutrotzen, um 1937, als Polen und Franzosen und ein Deutscher namens Thilo Schmidt uns eine Enigma schenkten, daß *die* guten Eigenschaften, die einen Menschen befähigen, ein hoher Offizier auf dem Lande, auf dem Meere, in der Luft zu werden – daß *sie es sind,* die ihm den Weg zu der Erkenntnis verlegen, daß es Dinge gibt, die er nicht kann! Generalstab ist nicht eingebildete Ausbildung, sondern ausgebildete Einbildung. Offenbar hat nur einer aus dem Ersten Weltkrieg, Alistair Denniston, der dann zum Glück sich durchzusetzen vermochte und Leiter der dem Foreign Office angeschlossenen Chiffrier- und Dechiffrier-Schule wurde, dem Establishment klarmachen können, daß ein *Mathematiker*-Team den kommenden Krieg mit Deutschland gewinnen muß. Lewin sagt sarkastisch: »Daß so ein Admiral mit dem Genie Turing niemals auch nur redet – nach dem Siege werden sie ihn totschweigen, wenn sie ihn nicht totmachen als Person –, ist ödipushaft-mörderisch. Denn warum haßt der Sohn den Erzeuger? Jeder haßt den bekanntlich, dem er etwas verdankt. Dem einer nun sogar das Leben verdankt, das Größte, was er besitzt, den haßt er existentiell, klar. Wir Mathematiker haben den Herren Offizieren zwar nicht das Leben geschenkt – aber doch ihr Überleben angesichts eines militärisch so unvergleichlich viel stärkeren Gegners, wie es die Hunnen sind. Da die Rettung bei

Dünkirchen schon Turings rechtzeitiger Enigma-Entschlüsselung zu verdanken ist, so wäre Hitler vermutlich die Invasion Englands geglückt, gäbe es unseren Melancholikus nicht! Das sehen Generale nicht gern!«

Nur wer Neigung hat zu philosophieren, versucht wie Lewin der Frage nachzugehen, warum genau in *dem* Moment ein Fünfundzwanzigjähriger am King's College in Cambridge seine erste wissenschaftliche Arbeit ›On Computable Numbers‹ schreibt, in dem in Berlin ein Dr. Scherbius der Wehrmacht seine Enigma als Verschlüsselungsapparat verkauft. »Zweiundvierzigtausend Jahre rund um die Uhr müßte jemand rechnen, um alle Kombinationsmöglichkeiten der Enigma auszuforschen.« Es sei denn, er hat Alans Maschine...

Einen Trost also hält die Geschichte offenbar immerhin bereit: Gegner tauschen ihre Intelligenzen aus, daher die Art vielleicht am Ende doch überleben kann, trotz der nun perfekten Vernichtungswaffen. Lewin sagt, er verstehe keineswegs Einblick zu nehmen in die weltgeschichtliche Ökonomie – frage sich aber doch, ob da nicht ein uns Menschen unauslotbarer Zusammenhang sei: daß die nach der Besetzung Frankreichs durch die Deutschen abnorme militärische Schwäche Großbritanniens schließlich aufgewogen ist durch Hitlers Antisemitismus: »Göttingen war das Zentrum der Naturwissenschaft, bevor Hitler die Juden fortjagte, jene, die schlau genug waren, rechtzeitig zu gehen – nach Princeton mehr oder weniger, das nun das Mekka der Physik und Mathematik ist; schon gewesen ist, als Turing 1937 dorthin ging mit seinem Stipendium. Zufall, daß der Siebenundzwanzigjährige vor Kriegsausbruch 1939 heimkehrte, um sich den Kryptologen im Foreign Office zur Verfügung zu stellen? Natürlich aus Patriotismus: jedes Kind sah voraus, daß Hitler seinen Krieg machen und England gegen ihn marschieren werde. Bevor Turing nach den USA reiste, hatte er schon in Cambridge Entscheidendes auch bei Juden gelernt, die allein Hitlers Ausrottungslust nach Cambridge hat aus Göttingen vertreiben können, bei Born, Courant, Schrödinger; ob der Altösterreicher John von Neumann und der Philosoph Ludwig Wittgenstein, die beide Turing sehr gefördert haben, Juden gewesen sind, weiß ich nicht – es kamen ja auch bedeutende nichtjüdische Wissenschaftler herüber, weil sie bei Juden, wie zum Beispiel bei dem aus Berlin vertriebenen Einstein, lernen wollten. Und hätte Hitler wenigstens die Homosexuellen in Frieden gelassen! (Homosexuelle SS-Männer läßt er neuerdings sogar hinrichten, wie wir aus einem Funkspruch wissen.) Daß Hitler seinen schwulen SA-Chef Röhm und dessen Trabanten 1934 liquidiert hat, erschreckte natürlich Turing sehr. Sonst wäre er mit Sicherheit nach Göttingen gegangen statt nach Princeton, denn in Göttingen residierte der in aller Welt berühmteste der Mathematiker, David Hilbert. Hilberts ›dritte Frage‹, Mathematikern ein Begriff als das sogenannte ›Entscheidungsproblem‹, widmete Turing seine erste bedeutende Publikation. Hilbert lehrte noch. Zweifellos hat nur Hitler verhindert, daß Turing zu Hilbert ging. Weltgeschichtliche Ökonomie oder Zufall?« Menschenwitz wie Gottesfurcht machten Lewin für eine Weile stumm. Dann sagte er mit Vorsicht:

»Und ein Trost aus der Geschichte ist doch auch die Tatsache, daß die Nazis nicht merkten, daß man ihnen in der Berliner Fabrik ein Exemplar der Enigma gestohlen hat – es offensichtlich nur deshalb nicht merkten, weil der für Sicherheit Verantwortliche in dieser Fabrik nicht wagte, es zu melden, aus berechtigter Furcht, in der Diktatur barbarisch bestraft, vermutlich ermordet zu werden: also hält er's Maul. Die Diktatur straft sich selber durch die Härte der Strafen, die sie über andere verhängt!«

Ich weiß nicht viel von Enigma, die fast so harmlos aussieht wie eine ganz ordinäre Schreibmaschine – ich höre nur von Alan und allen anderen, sie sei schlechthin fabelhaft gefährlich noch immer, weil sie so sehr wandlungs- und erweiterungsfähig ist, dank ihres Systems elektrisch angetriebener Zylinder. »So kann es uns nicht *allein* helfen, die Enigma bloß zu simulieren, weil heute noch keine Maschine in der Lage ist, die *dreihundertzehnhochacht* möglichen Einstellungen durchzurechnen in einer Zeit, die noch sinnvoll ist, um einen gegnerischen Befehl auszuwerten für unsere Fronten. Was hinzugefügt wurde, teils von Professor Gordon Welchman, teils von Turing, kann ich Ihnen nicht erklären«, sagte Good. »Vielleicht kann Turing selbst es formulieren. *Das* kann ich sagen, daß Turings Beitrag, seine ureigene Idee, derart war – daß … wie soll ich sagen?« Lewin, der dabeistand, lachte und fuhr fort, und Good nickte ihm zu, denn genauso hatte er es offenbar mir sagen wollen: »Alans Idee war derart, daß eine ganze Zeitlang kein anderer sie gehabt haben könnte. Und jedenfalls nicht gehabt *hat* – vor allem, offenbar, auch kein Deutscher; sonst hielten die ja nicht, was sie doch offenbar tun, ihre Enigma für schlüsselsicher. Ein Glück, daß ihr David Hilbert nun achtzig ist – sehr Alte neigen dazu, nur noch abzuschließen. Wer weiß, ob Hilbert Turings Aufsatz über ihn überhaupt noch zu Gesicht bekam!« Ich gebe Professor Good mein Journal und bitte ihn, exakter zu notieren, was ich nur zu zehn Prozent verstehe. Er schreibt mir hinein:

»John von Neumann erzählte mir, daß der Aufsatz ›On Computable Numbers. With an Application to the Entscheidungsproblem‹ Turings Leben vom April 1935 bis ins folgende Jahr hinein beherrscht hat. Im April 1936 gab er sein Typoskript in einer ersten Fassung an John von Neumann, der es im Mai las und es am 28. Mai 1936 der Londoner Mathematischen Gesellschaft vorlegte. Turing – um es so kurz wie möglich anzudeuten – analysiert hier die Prozesse, die beim Berechnen einer Zahl ausgeführt werden, und gelangt so zu dem Konzept einer theoretischen ›universellen‹ Maschine, der Turing-Maschine, die fähig ist, mit *jeder* berechenbaren Zahlenfolge zu operieren – das heißt mit jeder Folge von 0 und 1.

Die Arbeit enthielt zudem den Beweis, daß mit dieser Methode Hilberts ›Entscheidungsproblem‹ nicht lösbar ist.«

Ich bedankte mich bei Good überschwenglich für seinen Eintrag in mein Journal, um ihn nicht merken zu lassen, daß er mich nicht klüger gemacht hat.

IV

Der Faun der Barberini

Turing kommt gar nicht auf die Idee, es könne eine Frau verletzen, wenn er plötzlich, während man denkt, daß er an seinen endlosen Zahlenreihen rechnet, ausruft: »Was haben Sie für Hände, gepflegt, aber so groß wie die eines Bergmanns!« Das ist dann eben der Moment, wo er zum erstenmal die Hände eines Menschen, der monatelang den ganzen Tag um ihn ist, wahrnimmt. Denn eigentlich nimmt er nichts wahr. Schon seine Mutter sagte mir, nur daß er radfahre, lasse hoffen, daß er dreißig wird und nicht vorher umkommt im Straßenverkehr, denn ginge er zu Fuß, müsse also auf gar nichts achten, werde er binnen kurzem ins nächste Auto hineintrotteln... Seit hier Heu auf den Wiesen lag, kennt ihn nun in B. P. jeder, denn wegen seines Heuschnupfens trug er plötzlich die Gasmaske auf dem Rad. Und wunderte sich, daß er schwitzte. Er hat selber mitgeschaufelt, hier eine Aschenbahn anzulegen, und ist deren eifrigster Benutzer – er rennt, als hinge mehr ab von seinen Langstreckenrekorden als von dem, was wir aus seinen Dechiffrier-›Bomben‹ an deutschen Funksprüchen im Klartext herausholen. Noch stottern Maschinen, streiken auch – doch Alan behebt das so rasch (nicht Alan allein), daß es anfängt, ihn anzuöden, »hier dauernd den Chauffeur zu machen«, wie er das nennt. Unsere Obrigkeit behandelt ihn wie ein rohes Ei. Alan wollte kürzlich nach Amerika, um seine 1937 in Princeton begründeten Kontakte mit Amerikanern zu erneuern – sein Antrag wurde abgelehnt; man fürchtet, er könne unterwegs torpediert oder abgeschossen werden. Doch der Respekt, mit dem man dann in ihn drang, bitte zu sagen, wen er in Princeton sprechen wolle, man hole diese Amerikaner herüber oder eröffne ihm Kurierpost zu den geistigen Honoratioren drüben, hat Alan sehr geniert und verstimmt.

Wir saßen beim Tee, zu zweit – und da kam's heraus: »Der Vogel im goldenen Käfig hat ja wohl wenigstens ein Vögelchen – ich habe nur die Aschenbahn für meine Libido. Oder, Monica, sagt man, *gegen* die Libido?« Zum erstenmal hatte er davon gesprochen, was ihn nachts bedrückte, es machte mich glücklich – und half sogar den Schlag übern Kopf zu mildern, den mir wieder einmal seine geradezu barbarische Direktheit verpaßt hatte. Denn ich antwortete das Nächstliegende: »In B. P. arbeiten neunmal mehr Frauen als Männer – da würde sich ja wohl ein Vögelchen finden für den Vogel. Und außerhalb von B. P. sind die jungen Männer auch fort, beim Militär.« Alan sah mich an, als könne ich nicht bis drei zählen: »Für wie dumm halten Sie mich, daß ich Sie für so dumm halten könnte, noch nicht zu wissen, daß ich schwul bin?«

Als gäbe es nicht, wo britische Wissenschaftler sind, immer auch Homosexuelle – log ich: »Wußte ich nicht, nein!« Diese Feigheit hat ihn verletzt, weil er selber total unfähig ist zu lügen; erstens aus Stolz, zweitens, weil er keine Ahnung hat, was die Konvention will: Er ist der Wirklichkeit viel zu weit entrückt, um wissen zu können, wann man, weil sich das so »schickt«, lügen müßte. Denn Alan hat ja niemals unter normalverbrauchten Leuten gelebt, sondern stets in Internaten oder auf dem Campus einer Universität, wo schwulsein kein Problem ist, das auffällt... So kränkte ihn denn, daß ich auswich, statt zuzugeben: Natürlich weiß ich das – und warum suchen Sie nicht wieder einen Freund! Ärgerlich war er aufgestanden, sich Tee nachzuschenken, und sagte über die Schulter hin: »Das weiß doch das ganze doofe Dorf hier, daß ich verlobt war mit Joan Clarke!« Und so traurig, daß ich den Eindruck hatte, sogar seine so tief unter der Stirn liegenden hellen Augen würden dabei schwarz, sagte er und ging aus dem Raum:»Joan war schon richtig – wäre ich richtig...« Ist er schlimmer dran als Schwule sonst, da er offenbar einer Frau nachtrauert, anstatt in Gottes Namen sein Anderssein zu bejahen? Nachts um drei.

Ich schrieb das heute vor dem Schlafengehen, schlief auch gut – doch nun liege ich wach und überlege, ob ich nicht versuchen darf (oder es muß), Alan zu helfen. Ich liebe ihn – bin also keineswegs unvoreingenommen und fähig herauszufinden, ob ich ihm helfen soll. Und kann. Denn vielleicht bin ich nur egoistisch, vermutlich fände er's zum Erbrechen, drängte ich mich ihm auf. Wie gern riefe ich ihn jetzt an. Unmöglich. Er hat in seiner Bude nicht einmal Telefon, das Gasthaus würde geweckt. Immerhin kenne ich sein Fenster – und wüßte ich, daß auch er wach läge, ich radelte hin.

Zwischen diesen Zeilen und meiner ersten Notiz heute ist eine halbe Stunde; ich war wieder aufgestanden, als ich das Licht ausgemacht hatte, um das Verdunkelungsrouleau hochzulassen – denn es ist zu heiß, ich liege nackt auf dem Bett, und das Bett ist ein gefährlicher Kuppler. Wenn ich schreibe, muß ich – so geschah's – erneut verdunkeln, die Vorschriften sind streng. Daß ich Licht anknipste, um zu schreiben, bewahrte mich davor, eine Dummheit zu machen und zu Turing zu radeln. Ich weiß ja nicht einmal, ob ich das nicht vor allem mir selber zuliebe tun würde, erstens weil Alan – Alan ist; zweitens, weil ich mich möglicherweise an ihn dränge, um meinen gefallenen Freund zu vergessen. Drängt man die aus seinen Gefühlen hinaus, die einen am stärksten lähmen, weil sie einem am nächsten standen? Was hilft's, sich selber zu tief auszuloten: das müßte man sich leisten können. Wer sagt mir, ob ich mich nicht deshalb um Turing kümmere, weil ich eine *samariterische* Begründung brauche, wenn ich mich so bald nach dem Tod meines Verlobten einem anderen zuwende! Ein Jahr ist Stephen tot, ich hätte es für eine Verleumdung gehalten, hätte jemand angedeuet, daß ich kaum das Trauerjahr abwarten kann und mir schon eingestehen muß, daß ich gern mit einem anderen schliefe – gewiß nicht mit irgendeinem. Doch dieses tagtägliche Zusammensein mit Alan, seine Schönheit, liebenswürdige Hilflosigkeit, ja auch die Notwendigkeit, sich seiner anzunehmen, um so mehr, seit ich weiß, daß er unglücklich ist und seine phänomenalen Berufserfolge für gar nichts erachet, ja sich *wundert*, daß nicht zehntausend andere Mathematiker auch aushecken konnten, was ihm einfiel: das alles läßt mich abends traurig werden, wenn er aus B. P. davonradelt in seine Bude, um so allein (und aus dem Papier) sein Abendbrot zu essen, wie ich mir meines mache; wie gern würde ich ihm seines, lieber noch unser gemeinsames auf einen Teller und mit Serviette hinstellen! Und dabei mit ihm sprechen, vor allem ihn bei seinen faszinierenden

Monologen ansehen – oder auch wegsehen, wenn ihn seine Sprachhemmung überkommt. Mein Verlangen nach ihm hat eine mir peinliche Steigerung erfahren, seit ich in seiner Bude im Gasthaus *Krone* war, um ihm seinen schwarzen Anzug zu bügeln, er mußte zu einer Beerdigung. Da sah ich an der Wand gegenüber seinem Bett das große Foto eines nackten Mannes, auf den ersten Blick Alans Sportlerkörper. Es war aber eine Plastik, so konnte ich, als ich nach einiger Zeit merkte, wie immer erneut beim Bügeln mein Blick darauf festgenagelt wurde, fragen: »Woher kommt diese Figur, Barock natürlich?«

Alan sagte: »Griechisch – das Prunkstück der Münchner Glyptothek, die zweifellos unsere Bomber bald hinmachen, sofern das nicht bereits passiert ist. Der Faun der Barberini! Barock, sagen Sie? – bestätigt nur, daß auch die Antike die Epochen hatte, die ungefähr unseren seit 800 entsprechen. Denn dieser Satyr wurde im 17. Jahrhundert bei der Engelsburg ausgegraben, ist aber aus dem dritten Jahrhundert vor Christus. Er wurde einst von den Römern nach Italien verschleppt. Den Christen später müssen diese weitgespreizten Schenkel, empörend griechisch, ›heidnisch‹, ein so großes Ärgernis gewesen sein, daß sie den Faun nur als Brunnenfigur ertragen haben – da Wasser unter ihnen hervorschoß, waren die geöffneten Schenkel durch einen praktischen Zweck geheiligt. Gott sei Dank fand man den Faun erst so spät: zwei, drei Jahrhunderte früher hätten die frommen Brüder ihn mit dem Hammer vernichtet wie das meiste Schöne aus dem Altertum, das ihnen in die Pranken fiel. Dieser herrliche Junge überlebte natürlich nicht in der Öffentlichkeit – stellen Sie sich vor, wie Fronleichnams-Prozessierende sich an ihm vergangen hätten –, sondern versteckt im Palazzo der Barberini: Weil zufällig ein Sohn dieses Hauses Papst wurde, Urban VIII., und seine Familie – wie neulich Pacelli die seine – in den Fürstenstand erheben ließ, konnte dieser aufreizend ketzerische Schöne überdauern. Als die Familie ausgestorben war – war der Nackte wieder eine Verlegenheit in Rom. So konnte der erste König von Bayern dieses Hauptwerk der Antike für München kaufen ... Gefällt er Ihnen wie mir?«

Ich sagte: »Von hier sehe ich nicht: schläft er, oder wurde er umgebracht? Ein Faun ist kein Krieger – aber weiß man denn so genau, daß er als Faun geschaffen worden ist? Sieht ja aus wie ein Erschlagener.«

Alan sagte: »Instinkt haben Sie – zu fragen, ob er umgebracht wurde, ich denke das auch manchmal; oder daß er sich umgebracht hat: Ich brauche zuweilen für meine Lieblingsmelodie eine andere Persönlichkeit als die, der diese Melodie vom Komponisten zugedacht war.« Und er summte, was er siebenmal Tag für Tag in unserer Hütte vor sich hinsummte, nichts, was mir wert gewesen wäre, bisher, nach dem Komponisten zu fragen. Nun sagte er's ungefragt: »Geht mir nicht aus dem Sinn, seit ich das 1938 drüben gehört und gesehen habe, Walt Disneys *Schneewittchen*-Film. Der Text zu dieser Melodie ist auch beeindruckend, finden Sie nicht:

›Tauche den Apfel in des Giftes Brühe,
lasse den schlafenden Tod eindringen!‹

Was sagen Sie dazu, Monica?«

Ich überlegte nicht, sofort widersprach ich: »Erstens hinkt das grammatikalisch: müßte doch heißen, laß den Tod, wenn ich schlafe, eindringen, nicht aber: den schlafenden Tod – wer schläft, dringt ja nirgendwo ein, selbst der Tod nicht. Und ich mag nicht in einer Zeit, in der sowieso der Tod überall zuschlägt, daß man ihn sich auch noch wünscht. Und gar nicht glaube ich, daß so Junge wie dieser Faun oder Krieger ihn sich wünschen – *leben* wollen die, um so stärker, je weniger sie's heute noch dürfen. Warum, Alan, mögen sie diesen *Text*? Denn Sie wollen mir ja nicht weismachen, diese ziemlich läppische Melodie hätte's Ihnen angetan!«

Er erwiderte, verdammt kritisch sei ich: »So jung und schön wie der Faun – und dann an einem vergifteten Apfel sterben oder sich einen Apfel vergiften, um nach zwei Bissen schmerzlos weg zu sein – weg, nicht tot: woher wissen wir, ob das nicht ganz verschiedene Zustände sind –, das ist doch immerhin, wenigstens als geistiges Abenteuer, sehr erwägenswert. Oder?«

Leichthin sagte ich: »Sie gehören nicht sich selber und dürften einfach der Nation so nicht wegsterben; doch abgesehen davon, ich – ich mag vom Tod nicht reden ... schon gar nicht, wenn ich einen Anzug für eine Beerdigung bügle. Gehen wir *essen*, Alan – ich habe Hunger wie ein Pferd bei der Ernte! Ich will über diesen schönen nackten Mann da etwas Gescheites lesen –.«

Denn da ich es vermutet hatte, daß er ein Buch mit Plastik-Fotos und auch mit einem von diesem aufregenden Mann da besitze, so sah ich das Buch auch schon im Regal. Ich wollte mir eine Kopie des Faun-Fotos machen. Alan zog die Oxford-Phaidon-Geschichte der antiken Plastik aus dem Bücherbord, gab mir das Buch und sagte: »Da können Sie alles über ihn lesen.«

Ich nahm's mit und brachte es zum Fotografen, was ich Turing nicht erzählt habe. Ich wollte dieses Bild, weil dieser so schamlos ›aufgetane‹ Jüngling nicht nur in seiner Körperhaltung Alan gleicht, wenn er nach Tisch am Fluß liegt mit uns; das Unerlöste im Gesicht – der Satyr soll ein Schlafender sein; wer so schläft, der hat am Tage nichts zu lachen ... Mit diesem offenen Mund, den Kopf auf der linken Schulter, wird – leider wirklich – eher ein Gefallener daliegen. Womit ich mich im Kreis drehe, so daß ich abbreche. In neunzig Minuten ist ohnehin die Nacht herum. Immerhin merkte ich heute: wer Licht macht und schreibt, kommt besser schlaflos über das nebelziehende verdammte Morgengrauen hin ...

Ende Juli '41.

Es war ohne Krampf zu machen, daß ich Alans einstige Verlobte ins Gespräch zog. Ich hatte ihr gesagt, Alan wolle, daß ich eine Art Chronik unserer Tätigkeit vorbereite.

»Du warst ja seine Verlobte«, sagte ich. Sie nickte: »Gehört das auch in deine Chronik?« Ich sagte, wer weiß, was draus werden wird – ob die uns hier überhaupt gestatten, nach dem Krieg zu sagen, wie wir geholfen haben, ihn zu gewinnen! Sie runzelte die hohe Stirn: »Gewinnen wir ihn denn?« Wir lachten beide, ich sagte: »Wenn nicht – schreiben wir auch nicht mehr!« Sie mußte aufbrechen: »Frag Alan selber, wenn du willst, nach unserer Verlobungszeit; bist du etwa auch in ihn verliebt?« Natürlich gab ich es zu. Darauf sie: »Das erleichtert mich, denn ich mag ihn immer noch sehr, und er muß eine Frau haben, die sich seiner annimmt – in Grenzen! Ich hoffe, daß du dich ein bißchen um unseren gefallenen Engel kümmerst... ja, so kommt Alan mir oft vor: ein mit sich allein eingesperrter, verstoßener Engel, jedenfalls ganz fremd unter uns Sterblichen, die er ja nur sehr partiell begreift – und die von ihm wohl fast gar nichts begreifen.«

Joan hatte mir noch erzählt, lachend, Alan habe auch sie mit seinen Fragen von so drastischer Naivität und geradezu antikonventioneller Direktheit oft schockiert, zum Beispiel: »Ich möchte so gern ein Kind – Sie auch? Dann könnten wir uns doch verloben!« Diese Bekundung seiner Sympathie als erste seiner Liebeserklärungen sei schon zum Lachen gewesen. Joan: »Aber natürlich sagte ich ja! *Wer* könnte ihm etwas abschlagen!« Ich erzählte, so weit sei er bei mir nicht gegangen, immerhin habe er – wieder auffahrend aus Formelkolonnen – plötzlich gesagt und natürlich keine Spur von Ahnung gehabt, wie mich das verletzte: »Haben Sie ein breites Becken! Ihnen kann das doch gar nicht weh tun, Kinder zu kriegen!« Meine »Breite« ist aber auch meine Dicke, die mir ›schweren‹ Kummer macht. Doch dergleichen könnte Turing nicht einmal *sehen*! Würde ich ihm diesen Kummer klagen, er nähme Zettel und Bleistift und rechnete aus, daß beim Volumen meiner Oberschenkel oder der Breite meiner Kniescheiben gar keine Rede davon sein könne, ich trüge zu schwer an meiner Schwere! Wie er lachte, als er aus einem Propaganda-Bericht der Deutschen deren Illusion herauslas, im Jahre 1917 sei das Empire wegen der Versenkung britischer Handelsdampfer durch Hunnen-U-Boote »beinahe zusammengebrochen«. Alan wieherte und sagte: »Geradezu *die* Definition für Propaganda ist das – wenn man von einer Brücke, die 14 Tonnen trägt, behauptet, die breche ›beinahe‹ zusammen, wenn 11 Tonnen drüberfahren!«

Überhaupt seine Sprüche. »Man sollte bei so vielen Unfalltoten gesetzlich verankern, daß niemand in Großbritannien eine Straße überqueren darf, ohne einen Hund an der Leine zu führen. Denn kein Brite wird jemals einen Hund überfahren.«

Nachzutragen bleibt: Joan erzählte mir, Alan habe ihr bei der Verlobung »homosexuelle Tendenzen« eingestanden. Mehr nicht – vermutlich, weil er selber Genaueres von sich noch nicht wußte. Denn da er radikal ehrlich ist, hätte er sonst auch mehr gesagt. So ließ Joan sich den Verlobungsring gefallen und glaubte, was Alan homosexuelle Tendenzen nannte, sei nichts, was einer Ehe im Wege wäre. Sie stellte ihn in London ihrem Vater vor, einem Pfarrer, der von ihm angetan war. Alan brachte Joan nach Guildford zu seinen Eltern; mit seiner Mutter ging sie zur Kirche und nahm das Abendmahl. Alan ging nicht mit, weil »Kirchen schlecht riechen«.

»Du weißt«, sagte Joan, »schon damals kam er mit den Marinehelferinnen an seinen ›Bomben‹ und in Hütte 6 so wenig ohne mich zurecht, wie er heute mit ihnen ohne dich einig ist. So gab er mir, wie er ironisch sagte, den Status des ›Mannes ehrenhalber‹. Dafür wollte er stricken lernen, ›Schäfer tun das auch‹. Er hatte ja immer Schwierigkeiten, in seiner Freizeit nicht an seine Arbeit zu denken, doch beim Stricken – er brachte sogar Handschuhe zustande, allerdings ohne die Fingerkuppen – ging sein Gehirn auch viel zuwenig auf die Weide. Er brauchte keine manuelle, absurd, er brauchte eine geistige Ablenkung. So machte er uns ein Schachbrett, auch Tonfiguren, die wir selber brannten auf dem Kohlefeuer in seiner Bude im Gasthof *Zur Krone*.«

Mit diesen Figuren – ganz brauchbar, doch sehr zerbrechlich – spielen Alan und ich heute. Seit die Schachmeister in B. P. sind, um beim Dechiffrieren zu helfen, ist Schach hier eine der Freizeitbeschäftigungen. Hugh Alexander gibt Unterricht für Anfänger. Turing ist weniger am Schach als Schach interessiert, sondern am Schach als Modell für das Denken. Ich fragte ihn, ob je eine Maschine wird Schach spielen können. Er sagte: »Keine Kunst, sie dazu zu bringen, daß sie schlecht Schach spielt, weil man nämlich zum Schachspielen Intelligenz braucht. Und die Maschine hat noch keine; doch wird es möglich werden, sie intelligent zu machen, allerdings auf das Risiko hin, daß sie dann auch Fehler begeht, wie schließlich auch der intelligenteste Mensch. Eine solche Maschine wird man dazu bringen können, vermutlich, daß sie sehr gut spielt...«

Joan Clarke hat mir noch erzählt, daß Turing ihr das einzige Buch gab, das jemals biologische Strukturen auf mathematischer Grundlage untersucht hat, 1917 erschienen, das von D'Arcy Thompson. Denn da sie von Hause an der Seite ihres

Vaters Botanik praktiziert hatte, konnte Joan Turing bei seinem Studium von Form und Wachstum der Pflanzen nützlich sein.

Turing dagegen lehrte sie, bei Tannenzapfen auf das Arrangement der Schuppen zu achten: Die Zapfen richten sich streng nach den Fibonacci-Zahlen. Ich habe mich erkundigt, diese nach einem Italiener benannte Zahlenreihe entsteht, wenn man in ihr die beiden jeweils vorhergehenden Zahlen addiert: 1, 1, 2, 3, 5, 8, 13. Und so weiter.

Ich fragte Turing, was er dazu sage, daß in Blättern, Blüten, Früchten die abstrakten Gebilde der Mathematik so oft vorgebildet sind. Er lachte: »Abstrakt? – Das ist doch auch nur eine Abstraktion, mit der wir unsere – geringer werdende! – Unwissenheit umschreiben ...«

Dienstag nacht.

Mit Joan, versteht sich, könnte ich noch weniger als mit anderen besprechen – doch wozu überhaupt mit jemandem darüber reden –, ob es eine Frau gibt mit einiger Erfahrung, die sich nicht zutraut, einen Mann, den sie liebt, obgleich er homosexuell ist, auf den Weg *zu sich* zu bringen. Ich sage nicht, daß ich mir zutraue, Turings ›homosexuelle Tendenzen‹ zu überspielen, weil das selbstverständlich nicht nur ›Tendenzen‹ sind: das Homosexuelle ist zentral bei ihm, existentiell. Doch da er mich darauf ansprach, ja fast verhöhnte, weil ich so tat neulich, als wisse ich das nicht, so nehme auch ich mir das Recht, ihn darauf anzusprechen. Neugier, ein blöder Voyeurismus sind weiß Gott nicht im Spiel. Er selbst, dank seiner Unart, mitten aus einer wissenschaftlichen Arbeit heraus, drastisch deutliche Fragen zu stellen und Feststellungen zu treffen, sagte neulich, als wir gemeinsam heimradelten – immerhin radelt er jetzt oft mit mir –, wieso ich beim Bügeln in seinem Zimmer den Faun der Barberini »schockierend erotisch« genannt hätte. »Habe ich das?« fragte ich. Er: Ich sei doch sicher mit der Liebe vertraut, da ich erzählt hätte, wenigstens habe mein Freund mit mir noch eine Motorrad-Reise durch die Cotswolds gemacht, ehe er dann gefallen ist: Wieso also Erotik mich noch schockieren könne? Erotik nicht, gab ich zur Antwort, aber Schöheit, *die* habe mich schockiert ... Und übrigens auch, fügte ich an, wie dieser Faun sie ausstelle, *sich* ausstelle, sein Geschlecht – nie in der Kunstgeschichte, außer auf einem weiblichen Torso von Courbet, hätte ich das sonst so drastisch gesehen. Alan sagte düster – und sah wieder aus, wie ich mir einen verstoßenen Erzengel vorstelle: »Als ich in Princeton war, wurde mir einmal feierlich verboten, dieses Bild in meinem Zimmer zu haben, das ›gehöre‹ sich nicht; ja schlimmer: Mit diesem Foto riskiere ich, für schwul gehalten zu werden! Sie können sich die Prüderie der Amerikaner, mindestens vor dem Krieg, nicht vorstellen, Monica – Prüderie und Bigotterie. Der alte Bertrand Russell verlor 1939 drüben seinen Lehrstuhl, weil er seinem Aufsatz ›Warum ich kein Kommunist bin‹ den Aufsatz hatte folgen lassen ›Warum ich kein Christ bin‹ – und auch weil er als vielgeprüfter Familienvater die Ehe als Lebensform mit einem Fragezeichen versehen hatte ... Nie war ich einsamer als in Princeton. Ich riskierte es einfach nicht, mich drüben einem Jungen zu nähern, und trieb Sport bis zum Exzeß: war ja auch die einzige Gelegenheit, einen Jungen wenigstens ohne Hemd zu sehen ...«

»Frauen ohne Hemd«, konnte ich direkt anfügen und nahm diese Gelegenheit natürlich wahr, »mochten Sie die nie sehen?« Er: »Mädchen gab's auf dem Campus fast keine – Frauen studierten noch kaum, wenigstens nicht Mathematik. Und da ich ja auf dem Campus auch wohnte – und wo damals Studenten und Fellows wohnten, wohnten bestimmt nicht auch Frauen –, wie hätte ich Mädchen kennen können?« Wir radelten, ich sagte: »Ich dachte auch gar nicht an Princeton, sondern an heute und hier – ich hätte große Lust zu schwimmen, es ist ja noch so heiß geworden, aber ich hab keinen Badeanzug dabei: Stört Sie's?«

Ganz einfach sagte er: »Wieso, ich hab doch auch keine Badehose mit, und es ist dunkel genug, die Polizei wird uns kaum aufstöbern.«

So geschah's. Der Fluß ist ziemlich sauber. Und was ich in seiner Bude in der *Krone* beim Anblick des Griechen wie einen Überfall empfunden hatte, war ja nicht einfach *dessen* Schönheit – wen rührt schon eine Plastik so in der Tiefe auf –, sondern daß sein Leib wie auch sein offener, gleichsam unerlöster Mund mir nach Turing modelliert schienen. Das hätte ich ihm so gern gesagt, jetzt endlich, als sein Nacktsein das bestätigte. Doch gibt es bekanntlich Sätze, und wären sie einem die selbstverständlichen – dieser war es nicht –, die man nur über die Lippe bringt, wenn man einander berührt; so wählte ich vorsätzlich eine so steile Uferstrecke, daß er mir helfen mußte, ins Wasser zu kommen. Ich band mir noch die Haare hoch, er wandte sich um und verweilte. »Du bist sehr schön!« sagte er. »Viel dicker als deine Jungen!« sagte ich und streckte den Arm nach ihm aus, er gab mir seine Hand, so kam ich in den steinigen, verwurzelten Rain hinab zum Fluß, dankte ihm, hielt ihn fest und küßte – höher war ich nicht, er stand auch höher als ich – das bei vielen Männern Unempfindlichste, seine Brustwarzen. Er küßte mich nicht, doch hatte es offenbar auch nicht eilig, ins Wasser zu kommen. Ich auch nicht: »Der Flußwind kühlt uns erst ein bißchen ab.« Ich zog ihn ins Gras, nahe den Uferbäumen. Er war nicht befangen, er war – fern, ich richtete mich auf und küßte seine Schultern, den Hals – atmender Basalt, ein wunderbarer Mann. Jetzt konnte, jetzt mußte ich ihm das sagen, was ich oft gedacht hatte: »Du bist so *schön*, daß es... meinesgleichen hemmt. Und hier ist nicht mal ein Handtuch, mit dem ich mich vor dir verbergen könnte.« Er hielt mich im Arm und sagte so sachlich wie zärtlich: »Mein Hemd ist ganz frisch – mit dem werde ich dich abtrocknen.«

Das half uns dann sehr, einander so nahe zu kommen – wie man ihm kommen *konnte*, dem mutterlosen, verstoßenen Engel: und seinem gräßlichen Alleinbleiben, als er abgewandt sagte: »Werde ich also doch kein Kind haben.«

V

Churchill kommt

Man sollte keine Tagebücher lesen, wenn man selber eines schreibt; doch ich las in dem von Stendhal und richte mich danach: »Das Ich-Selber, was lohnt sich sonst noch in der Welt?« Könnte wahr sein, daß der Egotismus nie so viel Pflege verlangt wie in einer Zeit, da der einzelne, wie jetzt im Kriege, nichts mehr gilt: nur was der Mensch tut – nicht: was er ist, wird heute noch gefragt. Dem ordne ich mich in patriotischer Ergebenheit unter, indem ich hier eine Hilfstätigkeit ausübe, die ich kaum verstehe und gar nicht liebe. B. P. mit seinem Haupt- und seinen dreißig Nebengebäuden in dem waldgroßen Park, B. P. ist freundlich gesagt unser Campus, genauer gesagt unser Camposanto – und wir verlassen ihn kaum, und so gefällt das unserer Behörde. Turing nennt seine Apparate weiterhin Dechiffrier-Bombas im Gedenken an die Polen, die uns als Pioniere vorangingen. Wie beklemmend, daß der entscheidende Pole nun weg ist, spurlos verschwunden, den samt seiner Frau und seiner Enigma Commander Dunderdale am 18. Mai vorigen Jahres von Orly, unmittelbar bevor die Deutschen ihn schnappen konnten, ausgeflogen hat. Der Pole bekam in London ein Haus, einen Polizisten und ist dennoch vom Erdboden weg, als habe es ihn nie gegeben, verschwunden wie ein Knopf, den man vom Mantel verliert, nicht einmal seinen Namen fand ich heraus, finde ihn aber noch heraus. Also, Turing nennt seinen und Gordon Welchmans Apparat »Bomba«: aus Opposition, um unser hochnasiges Establishment an die Polen zu erinnern, die zuerst entdeckten, daß Enigma Hitlers Verschlüsselungsgerät ist. Und die Turing-Bombas – wir haben jetzt vier – sind so weit verstreut in den Nissenhütten des Parks, daß selbst ein abstürzendes, explodierendes Flugzeug nicht alle vier zerstören könnte.

Verlassen wir unseren Camposanto, um im öden Bletchley in noch öderen Teestuben zu trinken, sind wir bald wieder da, selten fahren wir die dreißig Meilen nach London, Benzin ist knapp, wir haben Räder, Autofahrten müssen bewilligt werden.

»Wissenschafts-Nonnen und -Mönche« nannte uns einer und bekam prompt die Antwort:»Dann wäre ich vor sechshundert Jahren auch Mönch geworden – wären damals die Nonnen so nahe gewesen wie heute hier uns ›Mönchen‹!«

Tatsächlich ist unser Nachtleben eher dem in Lungensanatorien vergleichbar, wo die Bettlägerigen angeblich einander über die rundumlaufenden Balkons besuchen sollen, damit sie keine Lust verspüren, zu rasch heimzureisen; genauso wünscht sich das unsere Obrigkeit: Wir *sollen*, die hier arbeiten, unter uns bleiben, auch privat. Einsperren kann man uns nicht, doch wie schon vor dem Krieg für die Geheimdienstler eigene Clubs gegründet worden sind, damit keiner, der quatscht, wenn er ein Glas übern Durst getrunken hat, es vor anderen als vor Insidern tut: ebenso wird hier ein Ehepaar, wenn neue Mitarbeiter gebraucht werden, zwei anderen vorgezogen, die nicht miteinander verheiratet sind und außerhalb von B. P. ihre Partner haben. Fand ich das anfangs kindisch – muß ich heute doch sagen: Ich habe Verständnis für diese Umsicht. Denn wo wären wir eigentlich militärisch, verlören die Hunnen ihre Zuversicht, Enigma sei einbruchsicher! (»Hunnen« nannte Churchill gestern die Deutschen wieder, den Hitler nennt er Prolet, Flegel oder den Kranken oder meist nur: den Mann da drüben.) Wo wären wir, flöge auf, daß Turing Enigma entschlüsselt hat? Undenkbar ohne ihn und seine Maschine und ohne Alfred Dilwyn Knox' Berechnungen unsere zwei entscheidenden Siege bisher: der am 23. Mai und 15. September im vorigen Jahr. Das vergesse ich nie, wie wir morgens um elf am 23. Mai in Panik gelesen haben, Brauchitsch befehle Rundstedt und Bock den ›Sichelschnitt‹, den Panzervorstoß zwischen die Küste und unsere Kontinent-Armee. Eine Stunde später gab Lord Gort das Kennwort ›Dynamo‹ aus, den Befehl zur Evakuierung: So entkamen immerhin 225 000 Briten und 110 000 Polen und Franzosen nach Dünkirchen und auf die Boote. Und der zweite Sieg: Görings Unternehmen ›Adlertag‹, als er uns – dank Turing – voranküundigte, er werde am 15. September mit tausend Maschinen die Entscheidung erzwingen, aber jeder seiner Einsatzbefehle war dann so rasch entschlüsselt, daß Dowdings Jäger ausnahmslos schon in der Luft waren, wenn eine neue deutsche

Welle die Küste überflog. Kaum eine stieß bis London durch. Am selben Abend hat Hitler – Göring noch nicht – begriffen, daß er die Battle of Britain verloren hatte; und am 17. September brachte Winterbotham aus Turings Bomba den Befehl Hitlers in die Downing Street, in Holland die Laderampen für die Invasion Englands abzubauen.

Gestern nun kam Churchill, Turing zu danken – ich hoffe, ich schreibe das ungefähr wortgetreu auf. Dem armen Knox kann der PM nicht mehr danken, es sei denn, er reiste an dessen Sterbebett: Er hat ihm, dem der Krebs bereits allen Appetit genommen hat, durch die amerikanische Botschaft Südfrüchte, die hier keiner bekommt, ans Bett bringen lassen; der König schickte Knox den Michaels- und Georgsorden, aber Familie Knox darf das keinem erzählen.

Peinlich und interessant das Gedrängel: Wer empfängt den Primeminister, wer geleitet ihn für wie lange in wessen Arbeitshütte; natürlich Edward Travis – aber komisch war doch, daß außer ihm, dem das zukommt, noch ein halbes Dutzend Mitläufer in Verwaltung und Militär das Gefühl hatte, ohne sie als seine Suite finde Churchill weder zu Turing noch zu Gordon Welchman. Militärs, die wie wir alle Churchill bisher auch nur aus den Wochenschauen kennen, hielten für nötig, darauf hinzuweisen, länger als zehn Minuten habe er sowieso keine Zeit, ›man‹ müsse sich also beim Vortrag kurz fassen – sie hatten übersehen, daß *sie* zum Vortrag ja gar nicht gebeten waren. Sie sortieren mit uns die deutschen Funksprüche, vorsortieren, nachsortieren, übersetzen und geben sie ab nach Whitehall an die Stäbe – und weil *sie* das tun, halten sie dieses Tun für schlachtenentscheidend. Alan gleichgültig: »Wie werden die sich erst nach dem Sieg aufspielen, sofern uns die Deutschen nicht doch noch auf die Schliche kommen!«

Keiner wird sich aufspielen, weil hierzulande Geheimes – wenn es harmlos und ruhmreich ist – fünfzig Jahre geheim bleibt; ist es schändlich: bleibt's das für immer ...

Die Macht, besser: Wucht der Autorität dieses einen Zivilisten Churchill ist unbeschreiblich. Sein Arzt sagte meinem Großvater, Alanbrooke allein sei in Whitehall unentbehrlich, keineswegs als Empire-Stabschef, sondern als der allein im Vereinigten Königreich noch »premierministerfeste« Mensch – sonst widerspricht ihm keiner mehr. Keiner. Selbst Roosevelt, wie Harry Hopkins ausplauderte, fürchtet Churchills Anrufe durchs Zerhacker-Telefon wegen der abgefeimten Überredungskunst des Älteren, aber schließlich doch immer Bittenden. Das fiel auch einem (hier nicht zu nennenden) Teilnehmer des Treffens zwischen Roosevelt und Churchill im September in Argentia Bay, Neufundland, auf – er lachte, als er erzählte, Churchill habe gestöhnt: »Ich kann doch der Kuh nicht das Euter abreißen«, als ihn die R. A. F. bat, auch dies und das noch vom Präsidenten zu erbitten, der ja bereit ist, mit allem zu helfen, außer mit der Kriegserklärung an Hitler, weil er voriges Jahr wiedergewählt wurde für das Versprechen, keine Soldaten nach Europa zu entsenden.

Daß keiner Churchill mehr widerspricht, kam nicht von selbst. Es ist so, seit er seine beiden einzigen zählenden Rivalen um den Job, wie er das Amt nennt, weggelobt hat – Halifax, den er Holyfox nennt, als Botschafter nach Washington, Cripps als Botschafter zu Stalin. Cripps ging nicht ungern; Halifax aber war als Außenminister nur loszuwerden, weil Churchill nach dem Tod unseres Washingtoner Botschafters unseren gefeierten Weltkriegs-Premier, »den ersten Bürger Großbritanniens«, wie er öffentlich Lloyd George nannte, gebeten hatte, unser Botschafter bei Roosevelt zu werden. Der PM war sicher, Lloyd George werde das aus Altersgründen nicht mehr tun. Aber nachdem er diesem Sieger von 1918 Washington angeboten hatte, mußte der Außenminister Halifax zähneknirschend die Abschiebung akzeptieren oder genauer: er konnte sie nicht mehr ausschlagen. Churchill kann ihm natürlich nie vergessen, daß die Partei, Chamberlain *und* der König voriges Jahr am 10. Mai lieber Halifax als ihm den Job gegeben hätten – und daß allein die von Labour ihn zum Primeminister gemacht haben, indem Attlee erklärte, daß er nicht mit Halifax, einem der »Männer von München«, koaliere.

Wie's kam, weiß ich nicht: Churchill ging erst zu Gordon Welchman für sieben Minuten; ich vermute, unser Chef wollte ihm Turings Anblick ersparen, bevor er sah, daß Turing heute gekämmt und sogar beschlipst war. Denn obgleich Churchill nie angemeldet werden darf – heute war er's! So konnte ich Turing überreden, sich seinen Anzug anzuziehen. Und da ich ihn telefonisch geweckt und ihn noch einmal daran erinnert hatte, hatte er nicht einmal vergessen, sich heute »als Bestattungsunternehmer zu verkleiden«, wie er das nannte. Natürlich weiß ich, daß es nicht Bügelfalten sind, durch die er beeindruckt, sondern sein Stirn-Gewölbe, das wie ein Dach vorspringt, daher die abnorm tief liegenden Augen, verwirrend genug in ihrer intensiven feuerblauen Bläue bei spanischschwarzem Haar. Er meint, wir – mein Haar ist auch so schwarz – stammten alle von Spaniern ab, die von Queen Elizabeth die Erlaubnis bekamen, sich in Wales anzusiedeln, als 1588 die Armada vernichtet worden war; keiner der Schiffbrüchigen kehrte heim nach Spanien, keiner wurde aber auch, wie sonst damals üblich bei Gefangenen, ermordet. Churchill, der für Außerordentliche den Blick hat – was ich von ihm weiß, weiß ich nur durch seinen Arzt: Sir Charles Wilson, mit dem mein Großvater zum Vorstand der medizinischen Gesellschaft gehört –, der Primeminister ging auf Alan zu, als kenne er ihn; das Genie fand sofort das Genie zwischen allen anderen, ich war fasziniert. Denn wir standen, dann – auf sein Geheiß, natürlich auf sein Geheiß, sonst hätte das niemand riskiert – saßen wir, sicher dreißig, um ihn herum auf dem Rasen, und er hatte gerade seinen Witz losgelassen, B. P. sei ein Stall, in dem »die kostbarste Henne, die je gefüttert worden ist, goldene Eier legt, ohne jemals zu gackern!«. Er spaßte außerdem: »Wenn ich früher zuweilen dem aufsaß, was man Horoskope nennt – allerdings nie in Diensten der Regierung Seiner Majestät –, wenn ich aber inzwischen gelernt habe, mich gänzlich von Astrologie abzuwenden, um allein *Ihren* Voraussagen aus der Mathematik von Bletchley Park noch zu trauen, denen aber unbedingt: dann ist das nicht nur der Qualität Ihrer Nachrichten zu danken, sondern auch der Entdeckung, daß Charlie Chaplin und Adolf Hitler das gleiche Horoskop haben! Ich bitte Sie, mein langjähriger liebenswürdiger Freund Chaplin und *der* Mann da drüben, was könnten denn die gemeinsam haben außer dem radiergummikleinen Bart? (Es gibt allerdings Gerüchte, Chaplin habe aus Widerwillen gegen diesen gemeinsamen 20. April '89 seinen Geburtstag um vier Tage vorverschoben.) Was soll man also von den Sternen halten, wenn astrologisch der Lehrer des Lachens und der des Grauens so identisch sind wie eineiige Zwillinge, der große Menschenfreund und der kranke Menschenausrotter?«

Churchill bedauerte, daß wir hier quasi als Internierte lebten – »aber wenn Sie das leid sind, verständlicherweise, dann denken Sie bitte an unsere Kameraden an der Front, die nie oder selten ein Bett haben, oder denken Sie an unsere Matrosen...« Und dann sprach er von seiner Erleichterung darüber, daß wir dank Turings Entschlüsselung seit Mai auch die ›Hydra‹, wie die Deutschen ihren meistbenutzten Marine-Schlüssel nennen, lesen können.

Und er sagte feierlich: »Bitte unterschätzen Sie nie, daß Ihnen nach 31 Stunden die Wiederauffindung der ›Bismarck‹ geglückt ist, die wir in diesen Stunden vergebens mit 74 Schiffen gesucht haben, Flugzeuge, die auch den Atlantik absuchten, nicht mitgezählt – der Prestige-Verlust für Großbritannien, speziell in Washington, hätte die ›Bismarck‹ Brest erreicht, wäre kaum je wiedergutzumachen gewesen, denn immerhin hatte diese Bestie unser Flaggschiff in die Luft gejagt. Wir danken Ihnen, daß wir die vernichten konnten, mehr freilich noch dem Obertölpel Lütjens, der es nicht unterlassen konnte, von Bord seinem Führer armlange Liebesbriefe zu funken. Erstaunlich, daß einer irgendwo auf der Welt Admiral werden kann, dem nicht einmal der Verdacht kommt, sein Schiff werde nur deshalb 31 Stunden lang von der größten Flotte der Welt, nach Versenkung ihres Flaggschiffs, nicht verfolgt, weil die nicht weiß, wo der Gegner ist!«

In das Lachen hinein sagte er plötzlich ganz trostlos: »Herr Turing, wieso dann doch, trotz Ihrer genialen Entschlüsselungserfolge im Mai, anfangs September wieder die Katastrophe von SC42 – sechzehn Schiffe aus *einem* Konvoi verloren, während wir nur zwei U-Boote vernichtet haben!«

Turings Antwort: »Die Deutschen, wie sie wissen, ändern täglich die Einstellungen ihrer Verschlüsselungswalzen. Zwar haben wir ›Hydra‹ grundsätzlich enträtselt – müssen aber alle 24 Stunden die abgeänderte Einstellung der Chiffrierwalzen neu entschlüsseln; das kann – muß nicht – zu Verzögerungen führen, die unsere Resultate für eine aktuelle Operation zu spät kommen lassen. Wir hatten, zu Ihrer Frage, zwar von einer U-Boot-Konzentration südlich von Grönland erfahren, doch den exakten Standort des U-Boot-Rudels fanden wir nicht, weil die Deutschen erst im September mit einer zusätzlichen Überschlüsselung der Buchstaben in den Quadratangaben unsere Arbeit sehr verlangsamt haben – bis heute... Wenn ich auch noch anmerken darf, Primeminister«, schloß Turing verlegen, »unser sehr langsamer Konvoi SC42 war von nur einem Zerstörer und drei Korvetten begleitet...« Churchill lachte, stieß ihn jungenhaft ans Schulterblatt, dann lustig, impetuos: »Das war doch kein Vorwurf: Verwechseln Sie mich nicht mit der Frau, die einem Matrosen, der ihren Sohn vor dem Ertrinken gerettet hat, mit den Worten dankte: ›Und wo ist seine Mütze?‹«

Alle lachten, einige klatschten. Churchill, ohne Übergang: »Daß Sie das Fehlen eines ausreichenden Geleitschutzes beanstanden, berührt natürlich eine unserer Hauptsorgen: Dönitz steigert die Zahl seiner Boote erheblich schneller als wir die unserer Geleitschiffe. Wir können – lächerlich – sechs, manchmal acht pro Monat bauen. So bat ich den Ersten Seelord, den Präsidenten auf diesen katastrophalen Mangel anzusprechen. Ergebnis: Roosevelt versprach ihm, noch in diesem Jahr seiner Marine zu befehlen – und ich weiß nicht, wie er fertigbringen will, das vor seiner Nation zu rechtfertigen, es ist fast ein halber Kriegseintritt –, daß sie unsere Konvois im westlichen Atlantik zwischen den Häfen der USA und Island begleitet. Nie hatte Großbritannien«, als Churchill das sagte, bekam er nasse Augen, »in seiner langen Geschichte einen so uneigennützigen Freund wie Roosevelt...« Und er murmelte: »Auch nie so nötig.« Lauter dann: »Gewinnen wir die Schlacht um den Atlantik nicht, gibt es keine Rückkehr auf den Kontinent, gibt es überhaupt...« Er brach ab. Er schwieg.

Beklommen, selbst eingeschüchtert, spürte ich mehr, als ich beobachten konnte, wie Macht einschüchtert – aber auch erotisiert. Was ist, woher kommt das? Ist das platter Darwinismus? Es müßte ja deshalb nicht falsch sein, daran zu erinnern, daß auch bei Schimpansen der Jüngere dem Älteren, vor allem aber dem Leitaffen sich so zu nähern hat, daß er ihm dabei nicht in die Augen schaut, weil das vom Älteren als Herausforderung aufgefaßt wird. Es müssen die urältesten Unterwerfungsrituale, ja Ängste in uns Herdentieren sein, die auch gegenüber dem Premier das Verhalten des Rudels dem Leitbullen gegenüber steuern. Und der Eros, der ausgeht von der Macht, ist unübersehbar, er drückt sich immer auch sehr äußerlich aus und ist keineswegs personengebunden. Denn dieser runde Siebzigjährige, fast kahl, bemächtigt sich auch aller männlichen Untergebenen, deren jeder einzelne sichtbar ›wächst‹ in genau dem Maß, in dem Churchill ihn beachtet und heranzieht; und zwar auch wächst in den Augen der anderen, nicht nur in seinen eigenen. Churchill überwältigt nicht oder nicht in erster Linie als Person, sondern als Inhaber der absoluten Gewalt: er ist der Staat, ist England in diesem historischen Augenblick.

Und wie ist das bei uns Frauen? Schön wär's, imponierte uns mehr (als den Männern) nur der Mensch, nicht sein Amt. Da würden wir uns aber etwas vormachen, glaubten wir das: Ich bin überzeugt, er bekäme jede, hätte er überhaupt einen Blick für uns. Er hat ihn nicht, hatte ihn wohl niemals. Schon über den fünfunddreißigjährigen Churchill schrieb ein Lord: »Churchills einzige Mätresse: die Macht.« Und so schloß denn Churchill seine früheste Autobiographie *Die Abenteuer meiner Jugend* mit der trockenen Feststellung: »... heiratete ich und lebte fortan immer glücklich.« Er hatte seine vier Kinder, das Erotische scheint ihm nie mehr zum Problem geworden zu sein.

Er lebte stets nur in Politik und Geschichte und hat nie irgend etwas wahrgenommen von der Welt: Sein einziger Versuch, ein öffentliches Verkehrsmittel zu benutzen, endete damit, daß man ihm mühsam aus der U-Bahn wieder heraufhelfen mußte; er fand den Ausgang nicht zum Straßenlicht. Eines Tages besuchte er eine Freundin in Frankreich und begrüßte sie mit den Worten: »Stellen Sie sich vor, ich bin ohne Diener gereist, und es ging alles ganz reibungslos!« Sie antwortete: »Wie tapfer von Ihnen, Winston!«

Geradezu komisch, sich vorzustellen, Erotisches könne ihn auch nur zehn Minuten von der Leitung des Staates ablenken; natürlich wird auch ihm, wie beinahe jedem hierzulande, eine homoerotische Phase nachgesagt, in seinen frühen Jahren als

Kolonial-Journalist und als Soldat in Übersee. Und dennoch geht wie ein Sog Eros aus von ihm, dem Träger der schrankenlosen Gewalt, die ihm ja immerhin – Ruhm unserer Staatsform – freiwillig übertragen ist; sein Volk kann ihn durch Parlamentsbeschluß jeden Tag entlassen. Und er sagte: »Wenn ich mir anmaße, dies Land zu führen, erkläre ich mich einverstanden, auf dem Tower Hill geköpft zu werden, wenn wir den Krieg verlieren ...«

Undenkbar, spüre auch ich, daß *der* ihn verliert.

Was ist dieses Erotische, wo es eins ist mit der Macht? Ich las im Stendhal, daß Napoleon »vermutlich sämtliche Frauen des Hofes hatte«. Er war jung, aber das erklärt allenfalls *sein* Bedürfnis – erklärt keineswegs die Selbstverständlichkeit, mit der alle Frauen zu ihm gingen, und das auch voneinander wußten, und auch ihre Ehemänner wußten es –, ohne im Zweifel zu sein, was allein er von ihnen wolle. Nur ›das‹ von ihnen zu wollen, sonst gar nichts: Verletzend – doch er verletzte sie keineswegs. Warum? Es war der Sog der Macht, dem sie folgten. Stendhal: »Eine Jungverheiratete sagte am Tage ihrer Vorstellung bei Hofe zu einer Freundin: ›Großer Gott, was will der Kaiser von mir? Ich habe die Einladung bekommen, mich heute abend um acht in seinen Privatgemächern einzufinden.‹ Andern Tags fragten sie die Damen – denn sofort wußte das jede –: ›Haben Sie den Kaiser gesehen?‹ Sie ward rot und gab keine Antwort ...«

Gefürchtet habe Napoleon an den Frauen, daß sie seine Ordnung – und die aller Männer – stören, dadurch, daß sie zu »Fehltritten verleiten ... weil er in seiner Souveränität das im Grunde Lächerliche verabscheute, das sie dem Mann zugleich mit ihrer Huld anhängen«. Oft verließen der Kammerdiener Constant, der sie ihm zuzuführen hatte, oder sein Mameluck nicht einmal den Raum, sondern blieben hinter dem Wandschirm: »Die Hauptsache einer Zusammenkunft dauerte keine drei Minuten ... Der Kaiser saß bei solchen Besuchen an seinem Tisch, den Degen nicht abgelegt, und unterzeichnete Schriftstücke. Die Eingeladene trat ein. Ohne sich stören zu lassen, winkte er ihr, sich auf dem Ruhebett niederzulassen. Nach einer Weile gab er ihr, den Leuchter in der Hand, höchstselbst das Geleit und setzte sich dann wieder an seine Schriftstücke ...«

Nicht einmal sich auszuziehen hielt er für nötig, er knöpfte nur seinen Matrosenhosenstall auf, der Geschwindigkeitsrekordler: Warum kamen dennoch alle Generals- und Ministersgattinnen freiwillig – ganz ohne Frage freiwillig – zu ihm? Nicht dieser Zwerg von 152 Zentimeter ›Höhe‹, – extrem klein sogar für damalige Zeiten, lockte, sondern seine Allmacht über den Kontinent. *Heute* wird gemeldet, in allen von den Deutschen okkupierten Ländern ließen Frauen sich sehr willig mit ihnen ein, ohne jeden Zwang, ja sogar dadurch in Gefahr, einst als Kollaborateurinnen umgebracht zu werden. Warum tun sie mit den Siegern, was sie – ohne sich zu gefährden – doch auch mit Landsleuten tun könnten? Weil sie, offensichtlich, *den* Mann bevorzugen, der auf seiten der Sieger steht, *den*, der über seine Person hinaus Mitinhaber der Macht ist. Peinlich, aber wahr...

Natürlich fiel mir nicht ein, Churchill, der die Freiheit verteidigt, mit Napoleon zu vergleichen, der sie unterdrückte, ja der ganze Völker ›vereinnahmte‹, um seinen Brüdern, Schwestern, Schwagern Throne zu schenken. Ich vergleiche allein die einschüchternde Ausstrahlung der Macht. Der nicht großgewachsene, aber sehr breite und dadurch auch körperlich imponierende Zivilist stand noch tiefer, als wir – viele uniformiert – um ihn herum saßen im Gras; sein spanisches Rohr, das Edward VII., der Liebhaber von Churchills schöner Mutter, ihm zur Hochzeit geschenkt hat, und der steife, eckige Hut, kein runder Bowlerhut, sondern ein Halbzylinder, wie ihn sonst kein Mensch mehr trägt, lagen im Gras. Er rauchte, die Zigarre in seiner auffallend kleinen, sehr feinen weißen Hand, die täuscht; ist sie doch die gewaltige Tatze eines Täters, eines mit Lust zuschlagenden, geborenen und passionierten Schlägers, der in einem Essay verächtlich über »den milden Himmel des Friedens und der Banalitäten« räsonierte... Er schwieg – doch niemand, ganz offensichtlich, wagte zu sprechen, eben weil *er* schwieg. Seine Augen sind furchtbar – gletscherkalte, sehr große Augen, daß man trocken wird im Mund, wenn sie sich auf einen richten. Endlich wagte Professor Hall, sich zu räuspern – er stand auf, ehe er sprach – und zu sagen: »Prememinister, ist eine sehr indiskrete Frage erlaubt: Wächst nicht mit der Qualität unserer Arbeit – das heißt: mit der Schnelligkeit, mit der wir entschlüsseln – die Gefahr, daß die Deutschen das merken müssen? Wie verhindern Sie das?« Und setzte sich wieder wie ein Schüler. Churchill: »In der Tat, Sie sprechen von unserer größten Angst – eine Katastrophe wäre das, schlimmer als alle verlorenen Schlachten, wenn der Mann da drüben sein Gottvertrauen in die Sicherheit seiner Enigma einbüßte. Nun, wir lassen uns verschiedenes einfallen. Wir machen ihn zum Beispiel glauben, ein Verräter in der römischen Admiralität habe uns Nachrichten verkauft, und so erwischten wir die Geleitzüge zu Rommels Afrika-Korps. Oder da gäbe es in seiner eigenen Umgebung einen Deutschen, der für uns arbeitet. Oder wir hätten Aussagen von Gefangenen. Einige Male haben wir Kameraden – ich will nicht sagen: vorsätzlich – geopfert, aber wir haben sie doch verloren, weil sie mit ihren Aufklärungsflugzeugen so ostentativ über die deutschen Linien oder Schiffe fliegen mußten, *daß* sie gesehen würden.«

Wieder fragte ihn Hall: »Die Russen dürfen nicht erfahren, woher wir haben, was wir ihnen aus Enigma geben?«

Churchill, und ich hatte den Eindruck, das antwortete er, um zu verbergen, wie das in Wahrheit läuft: »Die Russen dürfen's am wenigsten erfahren, natürlich. Auch die Amerikaner nicht. Noch nicht...« Nach diesem Zusatz Grinsen und Schweigen. Dann: »Es gibt Schweizer, denen wir anhängen, daß sie Spione sind; sie sind aber nur unsere Zwischenträger zu den Russen. Ich darf sagen: wir helfen den Russen täglich. Ehrenwort: ich habe Stalin, wie General Ismay kürzlich gezählt hat, 84 detaillierte Warnungen vor dem 21. Juni zukommen lassen: vierundachtzigmal ihm Fakten geliefert, die ihm Hitlers Überfall ankündigten! Kein Wort hat er mir geglaubt, so sicher war er, ich wolle ihn und seine Berliner Verbündeten aufeinander hetzen. Nun, ich würde Stalin ja auch nichts ungeprüft glauben. Käme jetzt ein Funkspruch, er sei gestorben, wäre meine Frage: Was will er damit bezwecken?« Ins Lachen hinein sagte er, sich zum Gehen wendend, sehr verdüstert: »Es gibt nichts, *nichts*, was es operativ – oder auch menschlich – rechtfertigen könnte, Ihre Leistung hier zu unserer Rettung aufs Spiel zu setzen, indem man in Berlin auch nur den Verdacht aufkommen läßt, daß wir Blindekuh spielen mit dem Generalstab, der Preußenpriesterschaft. Coventry: Fragen Sie Ihren Group Captain Winterbotham, wie ihm und mir zumute war im November, als er um drei – war es nicht so früh?«

Winterbotham, auch er stand auf, als er antwortete: »Es war noch vor 15 Uhr, Primeminister.« Churchill nickte, dann weiter mit seiner rauhen, raschen, zuweilen lispelnden Stimme: »Früh genug jedenfalls, Coventry zu evakuieren – wenigstens die Schulkinder herauszufahren, denn die Hunnen würden um 9 Uhr abends angreifen. Sie wissen, nur im Falle Coventry war es uns geglückt, den Namen der Stadt aufzuschnappen, weil die da drüben ja sonst Code-Namen für unsere Städte verwenden. Doch irgendeinem ist ›Coventry‹ in sein Enigma gerutscht – und nun fragte der Group Captain mich am Telefon, ob Coventry gewarnt werden dürfe. Selten im Leben war etwas so schmerzlich wie dieses Nein, das ich sagen mußte – oder meint jemand von Ihnen, bitte, ich hätte anders entscheiden dürfen? Um die Zivilisten *einer* Stadt zu evakuieren – preisgeben, daß wir die feindlichen Befehle lesen können? Ich konnte nur erlauben – ich denke: ich hatte recht –, daß in Krankenhäusern und Gas- und Elektrizitätswerken die Feuerwachen verstärkt wurden, nicht einmal der Bürgermeister hat erfahren, daß die Anordnung an dem Novembernachmittag von mir kam, als ihn das Luftfahrtministerium anrief.«

Ich hatte auf der Zunge, wagte aber nicht, das vorzuschlagen – geniere mich jetzt, es nicht gesagt zu haben: »Und wie, Sir, wenn man nicht allein aus Coventry, sondern auch zwanzig anderen Städten auch noch an diesem Nachmittag, offiziell und angeblich nur zu Übungszwecken, die Schulkinder in Bussen herausgefahren hätte?« Freilich, *das* hätten die Deutschen nicht mit Argwohn aufnehmen können, aber so schlau ist man hinterher ... Irgendwie kam's mir schäbig vor, dem Mann das vorzuhalten. Denn ich vergesse nie, was mein Großvater von Churchills Arzt hörte: »Winston kommt mir vor wie der Vater von zehn Kindern: Nur für sechs kann er das Essen auftreiben – und er muß nun entscheiden, welche vier er verhungern läßt.«

Da ich die Apparatur bedienen muß, durfte ich mitgehen, als Churchill sich von Turing eine Bomba zeigen ließ; zuvor die Enigma. Es war offensichtlich, daß der Primeminister zwar beeindruckt, doch auch ›abwesend‹ war, sobald Alan zu gründlich ins technische Detail ging. Größe ist Konzentration auf die ureigene Aufgabe, und die Churchills ist Kriegführung, nicht die Beschäftigung mit einem einzelnen Apparat, wenn er ihm auch das Entscheidende für die Führung des Krieges verdankt. Ganz unüblich hatte er seine Hand Alan hingestreckt, als er Hut und Stock aufhob und aus dem Kreis der anderen heraustrat und sagte: »Zu Ihnen, zum Herrn des Orakels von Bletchley Park!« Er geht sehr schnell, sagte noch schneller: »Sie – Sie, gehen Sie hier voran«, und es war offensichtlich, daß er Alan vor allen auszeichnen wollte. Ja, mehr: Churchill plauderte vor ihm aus, was er sicher keinem anderen so ohne weiteres erzählt, und sein Motiv, vor Alan so offen zu sein, war fraglos nicht Schwatzhaftigkeit, sondern ein Bedürfnis, dem genialen Erfinder zu zeigen, daß auch *er* einer ist. Er sagte: »Ihre Entschlüsselung der Meldungen über Eisenbahntransporte, die Waffen und Munition der Hunnen nach Ungarn und Rumänien brachten, hat den letzten Zweifel beseitigt, daß der Mann da drüben in die Balkan-Falle hineintappen würde, die ich ihm gestellt hatte: Sie haben mir eine Zentnerlast von der Brust geräumt, sobald ich wußte, der marschiert auf Athen und Belgrad ...« Noch war Alan befangen wie ausnahmslos jeder, den ich Churchill anreden sah; später, als er seine Maschine erklärte, war er schlaksignatürlich wie stets und nicht weniger souverän als Churchill. Doch sonst haben offenbar alle, die den Primeminister anreden, ein Gefühl, als sollten sie einen Tiger an den Ohren festhalten. Immerhin fragte Alan: »Darf ich fragen, Primeminister, wieso der Balkankrieg eine Falle war, die Sie Hitler hinstellten?«

Churchill grinste, daß seine Augen fast verschwanden: »So klug – und sehen das nicht? Als ich, wiederum dank Ihnen, im November/Dezember zuerst erfahren habe, der Mann werde über Stalin herfallen, da mischte sich in meine Erleichterung auch die Sorge, er könne so früh marschieren, daß die Russen nicht mehr dazukämen, sich durch ihren größten Verbündeten retten zu lassen: durch den Winter! Tatsächlich wollten die Deutschen im Mai auf Moskau los – also fragte ich mich natürlich, wie wir helfen könnten, daß die Hunnen in Rußland *erfrieren*! Und da fiel mir nichts anderes ein, als den Balkan in

Brand zu stecken, was die Italiener uns durch ihr Griechenland-Abenteuer erleichterten. Doch das genügte mir nicht, Hitlers gewaltige Armeen von Rußland abzulenken, also organisierten wir den potentiell schon schwelenden Volksaufstand in Belgrad. Und der Berliner Amokläufer funktionierte erwartungsgemäß wie ein Pawlowscher Hund. Er fraß den vergifteten Köder, nannte – weiß ich von Ihnen, lieber Turing – seine Bombardierung Belgrads ›das Unternehmen Strafe‹ und sah keineswegs, daß *er* es war, der bestraft wurde! Denn die sechs Wochen, die ihn sein unfreiwilliger Marsch auf Belgrad und nach Kreta gekostet haben, werden nunmehr eine Million Hunnen vor Moskau und Leningrad in Gefrierfleisch verwandeln – sonst hätten die womöglich dort so warme Winterquartiere gefunden wie in Charkow und Kiew. Nicht auszumalen, wäre dort dem Kranken ein Blitzkrieg geglückt wie im armen Frankreich.« Während Alan etwas in die Enigma hineintippte – als Beispiel nahm er natürlich das Wort Churchill –, dachte ich darüber nach, ob der Mensch sein Amt – oder ob das Amt den Menschen macht.

Als Churchill Hütte 3 betrat, sagte er, ich fand es lustig, scheinbar beiläufig: »Sooft ich von Ihrem Kollegen Professor Lindemann eine Auskunft brauche, sage ich zu ihm: Zehn Zeilen, bitte!« Offenbar hatte Churchill Angst, Turing wolle ihm hundert Zeilen über seine Maschine erzählen; Lindemann ist Physiker mit Kabinettsrang.

Wie Churchill Turing zusah, als der ihm Enigma demonstrierte, wie der fast Siebzigjährige dastand, den Unterleib vorgeschoben wie immer, betrachtete ich sein Glatzen- und Stirnmassiv, die Wülste über den Augen, die angeblich Sprachkraft ausdrücken, die kurze, abgeplattete Löwennase; ich habe nie irgendwo einen ähnlichen Schädel gesehen. Ungeduld – er ist so ungeduldig, daß man nicht für möglich hält, er könne die unendliche Ruhe aufgebracht haben, seine Riesen-Epen, zehn Bände über den Ersten Weltkrieg und den Herzog von Marlborough, zu schreiben und zu diktieren –, Ungeduld zeigt sich an, sobald er sein nicht sehr ausgeprägtes Kinn mit der Faust reibt ... und seinen Bärenhals im Hemdkragen; der oberste Kragenknopf ist offen, zusätzlich macht er sich da oft mit Fingern Luft. Sozusagen motorisch die Kraft in seinem schwartenglatten Nacken und den runden Schultern ...

Fast komisch zu sehen, wie schüchtern-fromm, ja angstvoll dieser Machtmensch den großen Jungen fragte: »Haben Sie das wirklich gesagt, Herr Turing – Winterbotham will das bei Ihnen aufgeschnappt haben –, ein Sonett, das eine Maschine geschrieben hat, könne von einer anderen Maschine am besten gewürdigt werden? Verzeihen Sie, das müßte ich für verrückt halten, wenn nicht alles, was Sie tagtäglich tun, so nachweislich praktisch, brauchbar, also vernünftig wäre... Können Sie erklären –?«

Alan: »Das Sonett, das eine Maschine eines Tages geschrieben haben wird – noch kann das keine –, ist natürlich durch eine Maschine am gerechtesten zu würdigen, doch ...« Churchill: »Aber – verzeihen Sie, ich stehe jetzt so dumm vor Ihnen, wie einst vor meinem Lateinlehrer, der mir Prügel androhte, weil ich gefragt habe, wozu ich den Vokativ auch von Tischen und Stühlen lernen müsse, denn ich sagte doch nie: o Tisch! – Ich spräche überhaupt nie mit Möbeln. Jetzt frage ich: Welche Maschine wird – a: ein Sonett schreiben, wird – b: eines lesen wollen? Und welcher Mensch – c: will das Sonett einer Maschine lesen?«

Turing: »Es fördert die Forschung nicht, wenn man sich Grenzen – statt Ziele – setzt. Der künstliche Mensch muß einer unserer Ur-Träume sein, denn wieso sonst sprach schon Platon vom Androiden? Sonett ist ein schlechtes Beispiel – aber die Universalmaschine, zu der ich bisher nur einige Anfangsdaten liefern konnte – dann kam durch den Krieg diese Aufgabe hier, den Rechner zu bauen –, wird sicher eines Tages auch Gefühle entwickeln und vermutlich das haben, was wir eine Seele nennen; Tiere haben ja auch Seelen, und wie lange sprach man sie ihnen ebenso ab wie noch heute die Moslems den Frauen ...«

Churchill, mehr befremdet als fasziniert: »Und dies nannten zuerst *Sie* eine Universalmaschine?«

Turing, erschreckt: »Nein, nein – dies nicht... dies hier ist ein vergleichsweise höchst banaler Rechner, eben die Spezialmaschine, die ich nur bauen mußte, um Enigma zum Reden zu bringen, also nur eine eng begrenzte, zeitbedingte Spezialversion, nur eine Reduktion der Maschine von 1936, die deshalb Universalmaschine heißt, weil sie jede andere Maschine simulieren kann. Immerhin ist auch diese auf Krieg gegen Enigma spezialisierte Bomba zwar noch nicht beseelt« – er lächelte –, »doch immerhin kann sie bereits, was von Hirn und Hand kein Mensch fertigbrachte, jedenfalls nicht in einer Zeit, die noch verwendbar macht, was uns die deutsche Enigma verschlüsselt. Meine drei polnischen Kollegen Rejewski, Zygalski und Rozycki kamen zwar auch schon in Warschau einige Male auf den deutschen Klartext, aber erst nach Monaten, weil ihnen meine Maschine noch nicht dabei half.«

Churchill: »Wann kam Ihnen die Idee zu Ihrer Universalmaschine, von der also diese Bomba – habe ich das verstanden? – nur eine Reduktion ist?«

Turing: »Ich veröffentlichte meine Abhandlung 1936.«

Churchill – fast ein Schrei: »'36! – Ja, wie jung waren Sie denn da?«

Turing: »Ich war 24, Primeminister.«

Pause, leise, langsamer als sonst, sagte Churchill: »Und ein Ableger Ihrer universellen Maschine ...«

Turing: »Nur eine bescheidene Spezialversion; jeder gute Mathmatiker könnte mit den Hilfsmitteln, die ich jetzt hier erhielt, der Enigma auch zu Leibe rücken ...«

Churchill: »So sagt man immer, wenn ein Unverwechselbarer das gemacht hat, was ihm als erstem einfiel: Dann sagen jene, denen nichts einfällt, das wäre ohnehin gekommen. Lindemann erzählte, als er 1933 nach Berlin fuhr, um seinen Freunden Einstein und Born anzubieten, daß sie sich zu uns flüchten, hätten Nazis, die schon gegen deren ›jüdische Physik‹ in den Zeitungen hetzten – doch immerhin darauf gepocht, den Nichtjuden wäre sowieso alsbald auch eingefallen, was halt dem Einstein 1905 schon einfiel ... Also *Ihre* – es *bleibt* Ihre, Turing – universelle Maschine gegen Hitlers universelle Waffe. Denn universell – oder nicht? – ist doch eine Waffe, wenn sie alle anderen subsumiert: Enigma ist die vollendete Tarnung aller Waffen Hitlers, aller seiner Ziele, Daten, Gedanken, Pläne – und die haben Sie enttarnt, abgewrackt. Was nannten *Sie* universell?«

Turing – ich weiß nicht, ob ich das exakt wiedergebe, er muß meine Notizen überprüfen, korrigieren –, er sagte: »Universell – eine durch ein auswechselbares Programm definierte Maschine, also nicht diese, sondern jene, die wir nach dem Krieg bauen werden, die auf Grund elementarer Operationen jede Rechnung ausführen kann, die durch Zahlen zu verschlüsseln ist. Diese Zukunftsmaschine wird der Entwurf, tatsächlich nur ein Entwurf eines elektrischen Hirns sein, eines Automaten, der denken und lernen kann – und vielleicht eines Tages selbst etwas entwerfen, zum Beispiel wieder einen Automaten. Soweit bin ich noch nicht. Zunächst beschäftigt mich nur diese Bomba: Unsere Kryptologen hatten die Konstruktion der Berliner Maschine, die seit den zwanziger Jahren immer verbessert wurde – zeitweise war die Vorform der heutigen auf freiem Markt zu kaufen –, natürlich längst durchschaut... dank der Polen, auch der Franzosen – nur hatten sie diesen Apparat nicht, um gegen Enigma anzugehen, was kein Menschenhirn kann. Sie sehen, Primeminister, ich tippe Ihren Namen im Klartext hinein – doch was dabei herauskommt, das ist ein scheinbar unentwirrbares Buchstabenchaos, wird doch jeder Buchstabe, während ich ihn tippe, schon ausgetauscht gegen einen anderen. Denn die Enigma hat eine Tastatur, die durch elektrisch verbundene Walzen immer verschiedene Buchstaben oder Zahlen produzieren kann. Alle 24 Stunden verändern die Deutschen die elektrischen Einstellungen, mit denen sie die Buchstaben immer erneut mit anderen Bedeutungen besetzen – ein B kann morgen ein X oder L oder eine 7 bedeuten... Und seit September, zu unserem Unglück, benutzen sie bei der Marine eine zusätzliche Walze.«

Churchill, offensichtlich gewillt, abzubrechen, verdrossen, weil er wie jedermann nur *sah*, doch nicht *verstand*, ging von der Enigma zu Alans magischer Wand und sagte: »Winterbotham erzählte mir feierlich bewegt von Ihrem Heiligenschrein... Ich komme mir ebenfalls vor, als sei ich ein früher Grieche, der zum erstenmal das Orakel von Delphi befragt... Woher dieses Knistern? Ratio gewordene Magie? Wie nennen Sie diese Apparatur?«

Turing: »Da ist noch kein Name, Primeminister – lateinisch:

computare = rechnen. Computer? Vielleicht könnte man Computer sagen?«

Churchill: »Computer? Rechner? Das ist mir denn doch zu schlicht, zu farblos – wenn ich *sehe*, wieviel Magie da im Spiel ist!«

Mir war aufgefallen – ich kann nicht sagen: wieso –, daß Alan, einen Kopf höher, den Primeminister auch körperlich beeindruckte, die Breite der Schultern, das Sportplatz-Gehabe des Neunundzwanzigjährigen, der ganz uneitel sofort widersprach: »Magie ist da nicht im Spiel, sondern die –«

»Magie ist«, beharrte Churchill, als befehle er, »daß zur rechten Zeit am rechten Platz der rechte Mann, den zuvor kein Mensch kannte – Sie nämlich –, die Lösung der allein ihm lösbaren Aufgabe fand – und Geschichte macht. Das ist Magie! Oder wissen Sie exakter diese Koinzidenz zu benennen: daß in jenem Jahr '36, in dem der Mann da drüben mit der Besetzung des Rheinlandes und seiner Proklamation der Allgemeinen Wehrpflicht seinen Krieg ankündigt – ein vierundzwanzigjähriger Brite die Voraussetzung schafft, ihm *die* Waffe aus der Hand zu schlagen, die nicht seine ganze Stärke ist, ohne die aber seine ganze Stärke durchschaubar wird? Wo sonst hätte man so drastisch dem Weltgeist bei der Arbeit zusehen können!«

Turing: »›Weltgeist‹ – was ist Weltgeist, Sir?«

Churchill, als ziehe er aus Angst den Kopf ein – ich glaube, es *war* Angst: »Keine Ahnung, verlangen Sie doch von einem Werkzeug nicht, daß es den Meister kennt, der es benutzt! – Woher dieses stricknadelhafte Knistern?«

Turing: »Ja, das ist lästig, weiß noch nicht, wie zu vermeiden sein wird, daß beim Einschalten des Stroms das elektromagnetische Relais-System dieses Knistern erzeugt... Wenn wir eines Tages keine Befehle der Deutschen mehr entschlüsseln, wird uns meine Maschine – nicht diese – beantworten, wie unser Gehirn funktioniert. Läuft erst eine Maschine, müßten auch Rechenoperationen möglich werden, die sogar embryonale Zellentwicklungen in mathematischen Formeln erfaßbar machen und es ermöglichen, zuletzt unsere Gehirnstruktur nachzubauen...«

»Nachbauen? – Ein Gehirn!« Bis Churchill begriffen hatte,

war ein Moment vergangen. Sein Tonwechsel war deutlich, er trat einen Schritt zurück, mehr vor Turings Person als vor dessen Bomba. Dann sagte er schroff, und seine glasschneiderharten Augen, riesig jetzt, aufgerissen, drückten Abscheu aus: »Sind Sie Prometheus, der Menschen geschaffen hat? *Wozu* denn ein Gehirn nachbauen?« Erbittert belustigt diese Frage. Turing war eingeschüchtert, doch sobald er sprach – tat er's selbstbewußt: »Wenn man Menschen ersetzen kann durch Maschinen, dort, wo Menschen sonst sterben – wenn man sie ersetzt durch künstliche Gehirne, zum Beispiel in Ihren Bombern, Primeminister, dann tut man Gutes, nicht wahr, Menschen*freundliches*!«

Mich verängstigte, wie Alan deutlich vorwurfsvoll gesagt hatte: in »Ihren« Bombern, statt: in unseren. Als sei es Churchill, der sich ausgedacht habe, Menschen in Flugzeuge zu setzen! Herausgefordert, hatte Churchill offenbar keine Eile mehr und antwortete so ruhig, daß niemand hätte sagen können, was er dabei fühlte: »*Wissen* Sie, Herr Turing, wie aktuell Sie da sogar als Waffentechniker sprechen? Man hat uns zugetragen, aus Polen, doch wir wissen nicht, ob das nur blöde Gerüchte sind, daß der Mann da drüben menschenlose, auch flügellose Bomber bauen will, Raketen. Doch Professor Lindemann erklärte, das sei absurd, denn der Treibstoff, den solche Dinger mitführen müßten, würde so viel Raum in ihnen füllen, daß kein Platz mehr für Sprengstoff sei. Dagegen sagt Professor Jones, er halte für denkbar, daß die Hunnen Raketen voller Dynamit konstruieren – und Sie?«

Turing, zögernd: »Daß Flugkörper sich ohne Menschen in ein Ziel hineinsteuern, wird fraglos ... bald, vielleicht schon heute möglich sein. Den Einwand von Professor Lindemann, der Treibstoff fülle sie aber gänzlich aus, müßte ich erst überrechnen.«

Churchill sagte: »Es gibt einen Trost – noch nie, niemals war unter einer Ihrer entschlüsselten Enigma-Nachrichten aus Deutschland der geringste Hinweis auf eine Produktion unbemannter Flugzeuge.«

Turing sagte: »Nur ein bedingter Trost, Primeminister. Wir entschlüsseln nur diese *eine* verdammte Maschine. Wenn Herr

Hitler mit seinen Ingenieuren, durchs Zerhacker-Telefon spricht oder gar am Fernschreiber, kriegen wir das hier ja nicht mit! Meine Empfehlung: Lassen Sie Deutschland, wenigstens östlich der Oder und auch die Ostsee, wieder fotografieren; wenn Winterbotham das schon 1937 unentdeckt aus neuntausend Meter Höhe konnte, wird's ja jetzt aus größerer Höhe möglich sein. Ein Raketenversuchsfeld ist nicht klein ...«

Churchill – zwei ungeduldige Schritte: »Ist geschehen, geschehen, die fanden auch auf einer Insel, der größten der Ostsee – Namen vergessen –, da fanden sie Baracken, Nissenhäuser ohne Stacheldraht wie hier, also keine Konzentrationslager; doch weil Lindemann versichert, das seien Attrappen oder doch ein Straflager für Arbeitssklaven – auf einer Insel braucht's keinen Stacheldraht –, verzichten wir darauf, dort zu bomben, um so lieber, als Harris vorrechnete, das koste achtzig Maschinen, ein sehr weites Ziel. Jones schlägt vor, Wirtschaftsmeldungen, die Sie ja hier zu Tausenden entschlüsseln, systematisch danach abzusuchen, ob auf diese Insel Stahl oder Treibstoff geliefert werden. Dann müssen wir dort abräumen ...«

Und zu mir gewandt: »Wollen Sie bitte zehn Zeilen über die Insel und Herrn Turings Bemerkung Winterbotham mitgeben, wenn der mir morgen eure Enigma-Sprüche bringt, danke!« Zu Turing wieder: »Ja – weit von Berlin ist die Insel nicht, wenn die also tatsächlich, wie Sie für möglich halten, sich mit Fernschreiben verständigen, dann könnte was dran sein am Raketen-Gerücht. Schaudervoll! Demokratie und Wissenschaft können den schönsten Krieg verderben. Ich zog noch mit Pferden in die Schlacht – ihr könnt *Gehirne* bauen?« Er war schon im Gehen gewesen, jetzt faßte er Turing am Arm und sagte, als spreche er zu einem Sohn: »Ich verstehe ja nichts von alldem, doch ich frage: Kann denn ein Gehirn ergründet werden durch... etwas, das selbst nicht besser ist als ein Gehirn? Ihr Apparat hier ist doch besser als der, den er ergründet und ausgeschaltet hat, als die Enigma? Folglich – oder irre ich – müßte auch einer besser sein als ein Mensch, der das Menschengehirn simuliert, wie Sie das nennen, also *doch* ein Halbgott, doch Prometheus! Wozu, sagen Sie doch, *wozu* den Androiden machen, wenn der künstliche Mensch auch nur ein Mensch ist?«

Turing: »Er ist nicht einmal einer, ein Mensch. Warum man überhaupt machen will, was schon da ist, wissen Sie ja auch, wenn Sie malen – oder wissen es nicht, malen aber doch: daß etwas da ist, hindert uns nicht, es abzumalen, nachzumachen, zu imitieren, zu verbessern ...«

Churchill: »Verbessern? Den Menschen? Damit fängt doch aller Terror an, Religionsstifter, Totalitäre, Ideologen wollen immer den neuen Menschen, den besseren ...«

Turing: »Ich sagte ja: der Androide bleibt *immer* weit davon entfernt, ein Mensch zu sein, soweit ein Automat davon entfernt ist, ein Gehirn sein zu können. Man muß überhaupt vermeiden, Primeminister, besser oder schlechter zu sagen – das sind keine Kategorien. Ein Motor ist anders, nicht besser als ein Mensch, nur weil er besser laufen kann ...«

Churchill: »Aber ein Motor ist kein Gehirn, wie Sie eins bauen wollen, sondern nur das Ergebnis eines Gehirns.« Er wandte sich ab, murmelte noch: »Irgendwo ... nicht zu weit weg: muß es da Grenzen geben. Wozu ein Gehirn *bauen*? Wollt ihr eines Tages auch technisch einen Baum errichten? Wozu? Nun, ich verstehe absolut nichts davon, doch an Grenzen, ist man an Grenzfragen gelangt, dann soll man sich orientieren an dem, was man in Überlieferungen findet, in den Mythen: Auch Prometheus geriet irgendwann übers Ziel ...« Und er sagte zu mir, als könne er das nur zu einer sagen, die ebensowenig wie er verstand, wie weit Turing sich hinauswagte: »Geben Sie acht auf ihn! Man muß ihn festhalten, nicht wahr – so froh wir armen Menschen auch sind, daß offenbar immer einer zur rechten Stunde auftritt, der dann – wie er – einem Hitler ins Hirn schauen kann. Aber selber ein Hirn auch bauen, wohin wollt ihr damit?«

Turing: »Auch nur zur Technik, Sir, auch nur zur technischen Grenze. Ihre Befürchtung, wir wollten einen Baum errichten, künstlich, oder gar das Gehirn eines Menschen nachbauen; diese Chance, die Sie eine Gefahr nennen, existiert noch nicht – nach Ansicht meines Mentors John von Neumann existiert sie niemals.«

Churchill: »Von Neumann? Ein Deutscher?«

Turing: »Ein Ungar – der Vater geadelt von Kaiser Franz Joseph dem Letzten.«

Churchill: »Büßen wir täglich, daß die in Versailles machten, daß der der Letzte war: Sein Sohn Kronprinz Rudolf wurde übrigens genau an jenem 20. April '89 in der Kapuzinergruft in den Zinnsarg gelegt, an dem des Kaisers Untertan Hitler geboren wurde. Entschuldigen Sie: Was rechnete Herr von Neumann?«

Turing: »Wie wenig wir noch können, hat er an einem plausiblen Bild erläutert. Eine Elektronenröhre ist ungefähr milliardenfach größer als eine Nervenzelle... Die Technik müßte ein Gerät bauen, das dreißig Tonnen wiegt – der gegenwärtige Stand der Technik zwingt uns ja, noch immer Metalle zu verwenden, um dann doch nicht zu leisten, bei weitem nicht, was das Gehirn des Menschen kann, das nur zwölfhundert Gramm wiegt und in einen Schädel paßt! Dazu kommt die Minderwertigkeit der Materialien, verglichen mit denen der Natur: die verwehrt uns, jenen hohen Grad an Kompliziertheit und jene kleinen Dimensionen der Apparatur zu erreichen – und so wird das immer bleiben –, die von lebenden Organismen erreicht worden sind.«

Churchill: »Wie lange aber hat die Natur gebraucht, auf ihren heutigen Stand zu kommen, und wie kurz nur der Mensch, seinen Stand der Technik zu erreichen!«

Turing: »Neumann vermutet, daß wir überhaupt nicht weiterkommen, bevor wir nicht eine logische Theorie der Automaten finden: Wir haben da intellektuelle – nicht physikalische Schwierigkeiten. Wir sind zum Beispiel stets versucht anzunehmen – wissen aber nun, daß die Natur zuweilen das Gegenteil beweist –, daß Selbst-Fortpflanzung zu Vereinfachungen führt. Daß also ein Automat, der fähig ist, einen anderen zu bauen, komplizierter ist als der, den *er* gebaut hat – daß demnach die Kompliziertheit auf dem Wege vom Vater zum Sohn abnimmt. Man wäre demnach versucht, eine gewisse Degenerationstendenz einzukalkulieren, doch in der Natur produzieren Organismen neue Organismen, die ebenso kompliziert sind wie sie selber – ja mehr: Organismen leiten sich von anderen her, die weniger kompliziert sind.«

Churchill stand auf, er hatte sich gesetzt, nachdem ich rasch einen Stuhl von Papieren freigeräumt hatte; er zitierte erschreckt, was Turing gesagt hatte, wiederholte es, um es ganz zu verstehen: »›... in der Natur leiten Organismen sich von anderen her, die weniger kompliziert sind‹? So? Ja, gewiß, sonst müßten ja Geniale geniale Eltern gehabt haben, was selten vorkommt. Folglich, sagte ich schon, werden doch auch eure Automaten, die ihr jetzt noch unzulänglich nennt – kaum daß ihr angefangen habt, welche zu bauen –, in dreißig Jahren Automaten hervorbringen, die besser sind als sie selbst: vielleicht im ganzen soviel besser, als jetzt im Detail Ihre Bomba, lieber Turing, schon so unvergleichlich viel besser ist als jedes Menschengehirn, um Enigma zu entschlüsseln!«

Er reichte Turing die Hand; breites Grinsen: »Beinahe hätte ich gesagt: Nicht, was der Mensch kann – daß er einiges noch nicht kann, läßt hoffen! Doch das wäre der Gipfel der Taktlosigkeit, mich ausgerechnet von dem Mann zu verabschieden, dem wir verdanken, daß wir alle 24 Stunden zweitausendmal den Hunnen unter die Hirnschale schauen können... Ist das nicht die Zahl?«

Da Turing mich ansah, die Schultern hochgezogen, Unwissenheit andeutend, gab ich zur Antwort: »2004 Funksprüche der Deutschen wurden am Dienstag entschlüsselt, Premierminister – die Zahl schwankt täglich. Meist nur um 2000.«

Wieder in seinen Augen, um seinen Mund dieses unsägliche Vergnügen, mit dem er, der geborene Krieger, Krieg führt; er sagte und hatte nun mir seine kleine, feste, feine Hand hingestreckt: »2004 Funksprüche an *einem* Tag – da wollen wir Gott danken, daß die da drüben nicht so fleißig schießen, wie sie funken!«

Er ging ganz rasch ab; wir folgten; im Gehen sagte er noch zu Turing, soweit ich das verstanden habe, er spricht so schnell, wie er geht: »Absurd, das Gerede, jeder von uns sei nur ein austauschbares Rädchen im Ablauf von Geschehnissen, die weit hinausgreifen über unsere individuellen Eingriffsmöglichkeiten; demokratische Denunziationen, die jeden denen anpassen sollen, die sich anpassen! Sie, Turing, greifen durch Ihre Aufdeckung der Hunnen-Pläne stärker ein in alles, was der Mann da drüben im Schilde führt, als je in früheren Zeiten ein einzelner in die Bewegungen ganzer Armeen und Flotten! Siegen wir, wird das als der lächerlichste Treppenwitz seit dem Trojanischen Pferd in die Geschichte eingehen; siegen *die* – erfährt's kein Mensch, denn der Sieger ist es, der die Geschichte schreibt. Wir wissen vom Trojanischen Pferd nur, weil *die* Geschichte schrieben, die Griechen, denen es zum Sieg verholfen; schauerlich, diese sogenannte Moral des ›Weltgeistes‹ ...« Moral sagte er, als spucke er das Wort weg ...

Dies alles schon im Freien. Vor dem Haus standen die Kollegen, seiner Abfahrt beizuwohnen, er ging noch schneller als sonst, er grüßte, die Hand hochgehalten, Zeige- und Mittelfinger weggespreizt, mit dem V-Zeichen. »Good old Winnie«, riefen Wartende, einige schrien sich in Begeisterung und klatschten; Travis übernahm's, Churchill zum Auto zu bringen, Alan blieb zurück. Der sehr altmodische große Bentley, ohne Begleitfahrzeug, fuhr an, Churchill hatte – vorn sitzend – die Hand schon voller Meldungen, die ihm ein Luftwaffenoffizier hingehalten hatte. Seine Tochter in Flakoffiziersuniform steuerte seinen Wagen. Wie zivil, dachte ich, wie unauffällig, gemessen an seinem immer gestiefelt auftretenden Gegner! Als ich mich umwandte, stand Alan Turing ganz allein an unserer Maschinenhütte. Düster, dunkel, einsam, riesig sah er aus in der schmalen Tür, ein Sieger, der nie etwas haben wird von seinem Sieg, ihn nicht einmal begreift. Mir wurde schlecht vor Kummer – denn wie hätte ich können, was ich so sehr gern wollte und was der alte Mann mir aufgetragen hat: »Geben Sie acht auf ihn!«

VI
Schacht und Treppe

Schwarze Spiegel: mein geöffnetes Fenster neben der Schreibtischlampe. Ehe ich ausknipse – ich will noch nicht verdunkeln, will noch Nachtluft einlassen, aber keine Regung fächelt die Bäume, nur Grillen-Geigen draußen nach einem Tag von nahezu dreißig Grad Hitze –, trete ich zwischen die beiden Fensterflügel und sehe mich also in den Scheiben wie eine schattendunkle Graphik von Munch. Sterbezimmer heißt sein berühmtester Zyklus. Sterbe-Nacht ist heute, denn der Mann, mit dem ich mich vorvorgestern Nacht vor einem schwarzen Spiegel liebte, vor der Fensterscheibe des Nacht-D-Zugs Glasgow–Dover, wird heute nacht fallen. Er ist vor wenigen Minuten Richtung Dieppe ausgelaufen, zum Unternehmen ›Jubilee‹, dem ersten alliierten Landungsversuch auf dem Kontinent, seit Engländer, Franzosen, Polen vor zwei Jahren in Flucht und Panik bei Dünkirchen vom europäischen Festland verjagt worden sind. Ganze sechstausend Kanadier überqueren jetzt den Kanal, um der vollen Gewalt von Hitlers Besatzungsarmee in Frankreich gegenüberzutreten.

Was mich lähmt, ist das so erschreckend wie heute nacht noch nie empfundene Gefühl der totalen Ohnmacht des einzelnen – der weitaus meisten, nicht aller einzelnen – im Wirbel der Geschehnisse, die sie verschlingen. Zufall wollte, daß ich einer der über das Unternehmen dieser Nacht – genauer, über den Frontabschnitt des Gegners, an dem wir landen wollen – am besten informierten Menschen in England bin. Ich wußte zahllose Details der Planung, der Termine, Wochen im voraus – und konnte doch nichts, überhaupt nichts machen, um auch nur diesen *einen* Menschen davor zu bewahren, in das Kommandounternehmen mit hineingerissen zu werden. Und wäre Thornton mein einziges Kind, nichts hätte ich, alles oder doch das meiste schon wissend, tun können, den mir Nächststehenden vor seinem fast voraussehbaren – und auch noch ganz zwecklosen – Tod am Strand von Dieppe zu schützen. Bewundern wir Wehrlosen deshalb einen Turing, einen Churchill so sehr, weil die dem Weltgesetz, wie Marionetten von fremden Händen gelenkt zu werden, *nicht* unterliegen? Weil sie die Auserwählten sind, die nicht gemacht werden durch die Dinge, sondern die Dinge machen? In der Tat. Wir in der Masse (zur Masse gehört stets einer mehr, als jeder glaubt) sind wegen unserer Wehrlosigkeit vor der Geschichte so weit entfernt von jenen sehr wenigen einzelnen, die Geschichte *machen*, wie uns die Bewohner eines anderen Planeten ferne stehen... Ich will nicht, kann nicht diese Nacht daran denken... Ich will lieber mich wieder zwischen diese zwei schwarzen Spiegel stellen, wie Thornton vor der Zug-Scheibe sich mit mir spiegelte, als unser Express durch die Nacht sauste, und will versuchen, noch die gleiche Frau zu sein, die in der Nacht auf Donnerstag dort ihre Stirn vor das Fensterglas drückte. Ach, ich bin die gleiche so wenig mehr wie die Witwe noch die Braut ist. Glück neulich, Verzweiflung heute. Ich will aber jetzt nicht, kann jetzt nicht denken an das, was im Morgengrauen an Nachrichten vom Strand uns erreichen wird. An uns will ich denken, da im Zug, neunzig Minuten südlich von Glasgow, bis zum hellen Morgen kurz vor Dover.

»Laß doch, von außen kann niemand ins Abteil sehen bei dieser Geschwindigkeit, wir brauchen einen Spiegel – bei deiner Skepsis, mit der du jede meiner Zärtlichkeiten ironisierst: Du mußt überprüfen können, wie ich die Wahrheit sage!« rief Thornton, als ich das Rouleau herabziehen wollte. Er hielt mich, hinter mir stehend, in den Achselhöhlen und hatte mich vor die nachtschwarze Scheibe gedreht. »Bitte – überzeuge dich selbst. Keine Übertreibung: die schönsten Brüste, die ich je sah.« Ich konterte: »Die schwersten, meinst du – wie Euter!« Er sagte unwirsch: »Euter hängen, deine Brüste stehen, absurder Vergleich. Stehen so aufrecht wie die Sonnenblume und haben... du überhaupt hast viel von der Sonnenblume. Ich wußte nicht, daß Brustknospen fast so schwarz sein können wie Sonnenblumenkerne, wie dunkel auch ihre Höfe.« Ich lachte: »Weil ich überhaupt so lang und so mulattenbraun bin – keine Ahnung, ob etwa einer meiner Vorfahren einst in den Kolonien verbotene Wege ging. Hast ja an meiner Reaktion gemerkt, wie Illegales mich verlockt, vielleicht geerbt...«

Korrumpieren tun sie ja doch, so verbale – verbale auch – Zärtlichkeiten, und Berauschtsein ist ansteckend, er ließ nicht ab von seiner Sonnenblumen-Schwärmerei: »Wie auch die schon ihrer Höhe wegen viel mehr Sonne abbekommt als die anderen Blumen – so gibt sie auch mehr zurück, strahlt mehr aus: wie du! Dein Strahlen...«

Ich küßte ihm den Mund zu, wir saßen auf meinem Bademantel, auf seinem Offiziersmantel. »Dein Vergleich paßt überhaupt nicht; meine Tante, von ihrer eigenen Qual nicht zu reden, war schockiert, daß ich so ernst, so trauergrau geworden sei. ›So kannte ich dich früher nicht, als du immer mehr gelacht als gesprochen hast‹, hielt sie mir vor. Also ›Strahlen‹ – damit ist nichts...«

Thornton: »Hab doch Erbarmen, ich bin ja nicht Berufsschreiber wie du: also nicht dein Strahlen – dein *Leuchten*. Leuchtkraft geht aus von dir... sogar in einer dämmrigen Bahnhofshalle... Ich fragte mich mit... ja, mit panischem Erschrecken: Wie halte ich mich zurück, etwas kriminell Unmögliches zu tun, wenn sie nicht zu mir kommt? Ich wußte nämlich sofort und *erschrak*: Es gibt keinen Halt und keine Haftung und Zurechnungsfähigkeit für mich vor deinem Gesicht, diesem... ja: Leuchten! Ich hätte womöglich mich total unmöglich gemacht, indem ich wieder ein Gespräch mit dir angezettelt hätte, wärst du weitergewandert in ein anderes Abteil. Und wenn ich dann plötzlich, ohne es lassen zu *können*, dich einfach geküßt hätte! Und womöglich nicht einmal auf Stirn oder Mund, sondern auf diese wundervoll modellierten Schlüsselbeine, die ja deine offene Bluse mir schon zeigte... das überhaupt ist die aufregendste Überraschung, wenn man dich auszieht: nach so grazilen Schultern und diesem hohen Hals und dem feinen witternden Näschen und schmalen Nüstern – diese großen Brüste als höchst verwirrender Gegensatz. So Gegensätzliches: deine intellektuelle Stirn mit den kritischen Augenbrauen – und dann das, was du so häßlich und falsch als Euter denunzierst, auch im übertragenen Sinne...«

Jetzt konnte ich ihn fragen, ob ihn *erschreckt* habe, er hatte doch auch von Erschrecken gesprochen, wie spontan ich mich ihm überlassen habe: »Ich hatte natürlich befürchtet, daß diese zwei Jahre ohne Mann und trauernd – Trauer macht widerstandslos – mich aus dem Gleichgewicht gebracht haben …«

Was denn ›Gleichgewicht‹ sei, höhnte er. »Wer ist schon im Gleichgewicht?« Tapfer gab ich zu: »Wenn deine Lippen in meinem Nacken – kaum daß ich auch nur deinen Atem da spüre, ich schon … mir völlig das kaputtmacht, was … Ingenieure, glaube ich, ihre Staumauer nennen.« Er lächelte und sagte: »Stau-*Becken* nennen die das sogar – wie hätte mich das erschrecken sollen! Und da wir nicht in einem Hotelzimmer sind, sondern in einem ziemlich lauten D-Zug, so durften wir auch so laut sein wie wir mußten: wie glücklich einen dein Schreien macht, wenn's dich entrückt …« Wohin es einen denn ›entrücke‹, frage ich. Zärtlich-verschwörerisch seine Antwort: »Versuchen wir, das noch herauszufinden?«

Hatte ich mir eingebildet, es werde das Warten auf Nachrichten leichter werden in dieser Nacht – welche Nachrichten können kommen, außer Todesnachrichten? –, wenn ich schreibend die Nacht mit diesem Mann noch einmal durch›spiele‹, so macht mich im Gegenteil erst ganz elend, das aufzuschreiben!

Ich werde also in mein Journal eintragen, was – most secret – dazu geführt hat, Thornton und wer weiß wie viele noch in dieser Nacht umzubringen. Zeit dazu habe ich mehr, als mir erträglich ist, denn ich bin dienstfrei und nur hier statt in meinem Bett, weil ich dort verrückt würde und nichts von dem hörte, was Thornton jetzt durchmacht …

Elf Uhr dreißig.

Ein Truppenübungsplatz in den USA, Frühjahr dieses Jahres. Dem Premierminister, der dem Präsidenten seinen ersten Besuch macht, seit auch die USA im Krieg mit Deutschland sind, werden amerikanische Soldaten vorgeführt, der Stand ihrer Ausbildung. Unser Empire-Stabschef flüstert Churchill zu: »Dauert noch ein Jahr, bis aus denen Soldaten werden!« Darauf Churchill scharf, daß die ganze Suite es hört: »Sie irren: Das ist ein herrliches *Material*!« Leider kann ich die Authentizität dieser erschreckenden Bemerkung nicht anzweifeln … ich habe diese Worte Churchills von einem – hier nicht zu nennenden, doch schon mehrfach zitierten – Mann, der sie selbst gehört hat. »Ein herrliches Material« – mir schaudert; mir schauderte noch nie so sehr vor diesen Worten wie heute nacht. Denn auch Thornton ist jetzt Churchills ›Material‹. Schlimmer: nur sein Spiel-Material. Thornton ist in diesem Augenblick auf einem unserer Invasionsboote Richtung Dieppe.

Meine Meinung über Churchill, seit er vor zehn Monaten hier Turing besucht hat, ist nicht verändert, doch nehme ich meinen Enthusiasmus ein bißchen zurück: Wie jedermann erlag ich dem Charme seiner Persönlichkeit. Aber ich habe mir wieder in Erinnerung rufen müssen, wie Männer, die ›Geschichte machen‹, sie *mit* Männern machen, ohne zu zählen ... Wie im Bomberkommando: Unsere Piloten fallen in Scharen, wir haben eine ganz erschreckend hohe Verlustquote, eine höhere als bei der Infanterie, auch deshalb, weil technische Mängel an unseren Flugzeugen jahrelang nicht abgestellt werden, obwohl sie bekannt sind. Das erfüllt mich mit Widerwillen, weniger, weit weniger gegen Churchill (der kann nicht alles verantworten) als gegen die, die er an sich heranläßt zum Vortrag; oder die er losläßt als Kommandanten auf unsere Soldaten. Davon später noch. Es hilft, sich sogar in dieser Nacht den Zwang zur Konzentration aufzuerlegen, obgleich nie zuvor eine Nacht war, in der mir das so schwerfiel ...

Ich bin zwar dienstfrei, aber da wir in Schichten um die Uhr arbeiten, und die uns höchst streng observierenden Torhüter, die mich natürlich inzwischen gut kennen, nie wissen, wer von uns Nacht-, wer Tagdienst hat, so bin ich heute abend kurz nach elf wieder an meinen Arbeitsplatz geradelt, weil ich im Bett verrückt geworden wäre. Denn am Spätnachmittag ist ›Jubilee‹ angelaufen, also auch Thornton eingeschifft worden, um nach Dieppe übergesetzt zu werden – mit sechstausend anderen Kanadiern. So bin ich an meinem Tipp-Tisch am besten aufbewahrt. Denn Schreiben muß ich, wie sonst könnte ich mich mit dem beschäftigen, was allein mich in dieser Nacht (18. 8. 1942) umtreibt. Und Geheimes darf ich nur hier schreiben. Nach Hause fahren werde ich nicht vor morgen gegen 17 Uhr. Nur im B. P., nicht daheim, kann ich herausfinden, wie dieses risikoreichste Unternehmen, seit wir in Prag (4. 6.) Heydrich ermordet haben, ablaufen wird. Schon um sechs Uhr heute früh – hell wird es um halb fünf – wird entschieden sein, ob die Kanadier an Land kamen oder »dünkirched« geworden sind, das heißt, ob am Strand vernichtet oder – die, die noch leben – zurückgetrieben wurden auf die Landungsboote. Der Zynismus, mit dem hier höchst gelassen als unabänderlich hingestellt wird, daß man »nur einen Test« macht. Diese Landung *soll* gar nicht glükken – mit sechstausend Mann Hitlers »Festung Europa« anzugreifen, wenn auch nur für Tage, ist ein sehr dreckiger Witz. Sie soll nur beweisen, daß die vom Kreml ebenso wie vom Weißen Haus (zu Recht) geforderte zweite Front, noch nicht, nicht jedenfalls in Frankreich vor 1944 errichtet werden kann. Es ist längst beschlossen, daß wir im Winter ›Torch‹ machen werden: Amerikaner landen in Nordafrika, um Rommel im Rücken zu fassen. Doch selbst Churchills Überredungskniffen wird es kaum glücken, Russen und Amerikaner zu überzeugen, daß die Angst *der* Generale, die jetzt hier führen und die 1940 aus Frankreich gerade noch bei Dünkirchen entkommen sind, berechtigt ist. Sicher ist ein Frontalangriff über den Kanal noch nicht wieder möglich.

Mein Dienst war bis gestern abend sehr aufreibend. Ich hatte wegen der bevorstehenden Landung die Spezialaufgabe, mit George hier sämtliche entschlüsselten Funksprüche darauf zu prüfen, ob sie die belgische und französische Küste und das Hinterland zweihundert Meilen tief betrafen. So erfuhr ich seit Mai, daß man plante (Kennwort ›Rutter‹; dann, als das aufgeflogen war, Kennwort: ›Jubilee‹), zwei Brigaden der 2. Kanadischen Division zwei Tiden lang – nur bei Ebbe könnten sie ja zurückgelangen in die Landungsboote – bei Dieppe abzusetzen. Sie sollen den Hafen nehmen, Beute machen – auch die neueste Enigma des Heeres erbeuten, obgleich Turing das für unnötig erklärt –, einer Agenten-Schar Zeit erkämpfen, auf dem Kontinent unterzutauchen und sollen sich als Testpersonen hinhalten. Auch 28 der neuesten Churchill-Panzer, die auch zum Test – wie hasse ich dieses Wort – hingehalten werden sollen, nehmen sie mit. Einzige Hoffnung: Daß wir jetzt 56 Jagdstaffeln der Royal Air Force – mehr als wir vor zwei Jahren hatten, zur Zeit der Battle of Britain – mitsenden können, um die Hunnen-

Luftwaffe zu binden und unsere Landungsboote vor ihr zu schützen. Als am 9. Juli hier ein Funkspruch Hitlers an seinen Oberbefehlshaber in Frankreich abgefangen wurde, hatten wir Hoffnung, daß Churchill verbiete, nach Dieppe zu gehen. Denn Hitler – Instinkt, wenn er's nicht durch Verrat erfahren hat – funkte an Rundstedt, er rechne mit einer britischen Landung »im Bereich zwischen Dieppe und Le Havre und der Normandie, da diese Gebiete von gegnerischen Jagdverbänden erreicht werden können und da sie ferner innerhalb der Reichweite eines Großteils der Invasionsflotte liegen«. Auch wie Hitler durchschaute, daß wir aus Angst, Stalin könne mit ihm einen Separatfrieden machen – das wäre der Weltuntergang –, riskieren *müssen*, was wir im Hinblick auf unsere Soldaten nicht riskieren *dürfen*, ist intelligent; er funkte: »Unsere schnellen und großen Erfolge im Osten können England vor die Alternative stellen, entweder sofort eine Großlandung zur Bildung einer zweiten Front zu unternehmen oder Sowjet-Rußland als politischen und militärischen Faktor zu verlieren. Es ist daher mit hoher Wahrscheinlichkeit damit zu rechnen, daß feindliche Landungen im Bereich ...« Und so weiter, wie oben zitiert ...

Null Uhr fünfzehn.

Ich konnte nicht weiterschreiben, weil ich dann hätte hinzufügen müssen, was alles seit der Planung im Mai bei uns schiefgelaufen ist; und wie sich auch die Meldungen – höchst verdächtig – eines »Verräters« über die Deutschen häuften: ausgerechnet in Dieppe liege nur eine Invaliden-Einheit der Hunnen, die sich dort erholen müsse, weil sie für Rußland gar nicht mehr kampfbereit sei, wegen großer Verluste und zu hohen Durchschnittsalters.

Daß wir's hier mit einem agent provocateur zu tun haben, den die Deutschen in die französische Widerstandsbewegung einschleusten, mit einer Falle Marschall Rundstedts, ist so naheliegend. Und fand eine Bestätigung in den Aussagen des für die Wäschereien im Raum Dieppe zuständigen Résistance-Mannes; ich weiß nicht, ob ich schon notierte, daß die Wäschereien in Frankreich, Belgien, Holland unsere zuverlässigsten Auskunfteien über die Truppenstärke der deutschen Besatzer sind – die in vielen Fällen glücklicherweise zu faul sind, ihre Wäsche selber zu waschen. So daß die Besitzer – meist Frauen – der Wäschereien ziemlich exakt über Truppenstärke, ja sogar Regimentsnummern und – bei der Waffen-SS – Divisions-Namen der Deutschen Auskunft geben können. Dies und andere Nachrichten, die ich jetzt nicht festhalte, weil mich sonst wieder die Panik erfaßt, kündigen für diese Nacht ein mörderisches Fiasko an. Ich bin voll Haß, weil dennoch dieser »Ausflug«, koste er, was er wolle – Tausenden wird er das Leben kosten –, veranstaltet wird. Wozu? Churchill ist doch am 8. Juli endgültig aus ›Sledgehammer‹ ausgestiegen. ›Sledgehammer‹ war das amerikanische Code-Wort für die von Roosevelt, Marshall und einem völlig namenlosen General Eisenhower, der nie an der Front kommandiert hat, in diesem Jahr geplante Invasion in Nordfrankreich. Die Amerikaner argumentierten, nicht in Italien, nicht auf dem Balkan mit Schluchten und Gebirgen könnten ihre Luftwaffe und Panzer effektiv losschlagen, sondern nur im flachen Nordwest-Kontinent. Churchill aber, der ihnen mit Alanbrooke eine Absage erteilt hat, hat dennoch ›Dieppe‹ genehmigt, aus keinem anderen Grund als dessen *Scheitern* zu demonstrieren: um glaubhaft zu machen, ›Sledgehammer‹ komme um zwei, mindestens aber um ein Jahr zu früh. Erst müßten die Deutschen in Rußland und Afrika viel stärker ausgeblutet sein. Am 4. Juli waren die Kanadier schon auf den Booten, um nach Dieppe gebracht zu werden, doch dann schlug das Wetter um, der Kanal wurde rauh, die armen Soldaten durften wieder an Land. Vor allem aber war exakt überprüfbar hier die Nachricht eingegangen, die Hunnen hätten aus Rußland ihre 10. Panzerdivision abgezogen und unweit von Dieppe garnisoniert. Übereinstimmend erklärten nun unsere drei Stabschefs das Unternehmen für Wahnwitz. Heute, nur sechs Wochen später, soll es trotzdem glücken? Wie könnte es!

Ich kann nicht weiterschreiben, ich sehe nach, ob ich Turing, der Nachtschicht hat, zu einer Partie Schach verlocken kann... oder ob gar schon ein Funkspruch aus dem Operationsfeld Dieppe aufgeschnappt wurde. Sehr unwahrscheinlich, es sei denn, sie hätten unsere Invasionsboote bereits auf See entdeckt...

Ein Uhr zwanzig.

Alan sagte, gern unterbreche er seine »peinliche Hilflosigkeit«. Seit die Deutschen vor drei Wochen im Mittelmeer ›Medusa‹ eingeführt haben, eine zusätzliche Enigma-Verschlüsselung, sind wir dort jetzt ebenso blind wie schon seit Februar wegen ihrer Einführung von ›Triton‹ im Atlantik. Alan: »Dieses Jahr '42 ist bisher das schwärzeste des Krieges.« Man solle ihn endlich nach Princeton fahren lassen, damit er sich mit Kollegen beraten könne. Doch er ist erstens unseren Chefs zu kostbar, um ihn dem Atlantik auszusetzen; zweitens steigen unsere Schiffsverluste so katastrophal, daß er nicht weg soll, bevor er ›Triton‹ geknackt hat. Er ist blaß und zermürbt, sagt: »Wie's einem eben so geht, wenn man von Mr. Dönitz besiegt worden ist. Er hat mich total geschlagen!« Ich tröste ihn, das bleibe nicht so. Alan: »Kann sein – kann aber auch noch verwickelter kommen mit Enigma« ... Wir haben neulich mit PQU 17 die schrecklichste aller Konvoi-Katastrophen erlebt: 24 von 35 Dampfern, unterwegs mit Waffen zu den Russen, haben die Deutschen im Eismeer versenkt, *weil wir Funksprüche* entschlüsselt haben. Turing zitiert, diesmal aber selbstquälerisch auf die eigene Person gezielt, sein Lieblingsmot aus der Weltliteratur, aus *Hamlet*: »Der Spaß ist, wenn mit seinem eigenen Pulver der Feuerwerker auffliegt« ... Was ist passiert? Da wir die Funksprüche der deutschen Luftwaffe noch immer in Minutenkürze entschlüsseln, fielen wir darauf herein: ›Tirpitz‹, das dickste Schlachtschiff nicht nur der Hunnen, sondern überhaupt in Europa, forderte Luftunterstützung an, um auszulaufen und – dachten wir, stimmte aber nicht – unseren Konvoi nördlich Norwegen zu vernichten. Daraufhin zog Admiral Pound alle Kriegsschiffe zurück, die unsere Handelsdampfer hatten schützen sollen – eine Schande; dem Konvoi wurde befohlen, sich zu zerstreuen, und so konnten die U-Boote und Flugzeuge der Deutschen unsere ungeschützten Dampfer in Seelenruhe versenken. Die ›Tirpitz‹ war aber gar nicht ausgelaufen! Ich sagte zu Turing, er sei verrückt, sich deswegen Vorwürfe zu machen: »Jedenfalls«, kicherte er nervös, fast hysterisch, und zitierte zum 1001sten Male diese Lieblingszeile aus der Weltliteratur, »bin *ich* hier der Feuerwerker gewesen, der sich selbst in die Luft sprengte.« Er war völlig unkonzentriert beim Schach, sagte übergangslos: »Churchill hatte ganz recht, voriges Jahr hier zu sagen, Horoskope seien bedeutungslos, weil die verschiedenartigsten Menschen die gleichen oder sehr ähnliche haben: nicht nur Chaplin ist fast am gleichen Tag wie Hitler geboren – sondern auch Wittgenstein, und der sogar in nächster geographischer Nähe zum Braunauer, nämlich in Wien am 26. April 1889.«

Turing weiß natürlich Telefonnummern und Geburtstage aller Freunde und Bekannten auswendig, sogar dann, wenn er die Namen vergessen hat. Namen weiß er fast nie, selbst nicht von jenen, die ständig um ihn sind und die es verletzt, wenn er ihre Namen, hundertmal gehört, hundertmal vergißt...

Ich müßte auch mehr Geduld haben mit ihm. »Er hat sympathischerweise doch keine Ahnung, daß er einer ist wie nur die Allererlauchtesten sonst in der Geschichte der Mathematik, wie Euklid, wie Gauß, wie Einstein«, sagte neulich Joseph Weizenbaum zu mir, ein sehr junger Berliner, der in letzter Minute – noch Kind fast – als Jude entkam und sich viel Zeit nahm, in mehreren Freistunden hier am Flüßchen, mir Turings grundlegende Schrift von 1936 zu erläutern. Da ich sogar den erzgeduldigen Weizenbaum nicht zur Hälfte dessen, was er mir ›klarmachte‹, verstanden habe, so schrieb ich es lieber mit, in Steno, und übertrage diese Zettel in mein Journal. Auch das wird helfen, diese marternde Wartezeit zu überstehen. Weizenbaum: »Es war einer der größten Triumphe der menschlichen Intelligenz, als Turing beweisen konnte, daß seine Universal-Maschine von 1936 wirklich zu bauen ist, und daß er sogar den Weg dazu angeben konnte, und daß eine Turing-Maschine in der Lage sein wird, jede beliebige andere Turing-Maschine zu imitieren, also eine universale ist... In der Mathematik gibt es viele Existenzbeweise. Aber es ist ein himmelweiter Unterschied, ob man beweisen kann, daß etwas existiert, oder ob man auch in der Lage ist, es zu konstruieren.«

Was er mir, viele Seiten noch, erläuterte, und was ich doch nicht heute, sondern in der Ruhe, die mir in dieser Nacht abgeht, übertragen will ins Journal, brachte mich dann zu der Frage, die Weizenbaum sehr töricht gefunden haben muß:

»Und Sie meinen, daß die Turing-Maschine auch noch Bedeutung haben wird, wenn die Vorform, mit der wir jetzt Hunnen-Meldungen entschlüsseln, sich durch das Kriegsende eines Tages erledigt hat?«

Weizenbaum lachte. »Aber der Krieg ist es ja, der Turing daran hindert, vorerst, seine Genietat von 1936 auszuwerten. Er ist einer der folgenreichsten technischen Revolutionäre seit Erfindung – ich will nicht sagen des Rades, aber doch der Glühbirne.«

Kein Wunder also, daß Alan auch in einer anderen Welt lebt. Immer neu überrascht mich, wie auf die Sache gerichtet Turing zu mir spricht, ohne dabei überhaupt vorhanden zu sein. Es spricht dann zwar aus ihm heraus zu einem aktuellen B. P.-Problem, aber eine Stunde später muß ich feststellen, daß ich offenbar mit einem Double geredet habe, er weiß von nichts mehr.

Deshalb ist Alan vermutlich auch so ein miserabler Schachspieler. Wir denken, wer die Universal-Maschine baut, kann auch Schach. Dem ist nicht so. Er spielt so schlecht, obgleich es ihn doch stets beschäftigt hat – eben unter anderem. Er hat zwar sofort den britischen Schachmeister in sein Aufgabengebiet verpflichtet, gleich bei Kriegsbeginn, auch Hugh Alexander holte dann Ende 1941 auch noch Harry Golombek hinzu, der auch Schachmeister gewesen war, und Peter Hilton kam auch noch, der in Oxford mit achtzehn seine erste Vorlesung als Mathematiker gehalten hat – und sie spielen Schach, aber selbst wenn Golombek Turing die Königin vorgibt, hat Alan im Nu verloren. Die Schachprofis in B. P., die Turing mit der allergrößten Hochachtung begegnen, rätseln also, woher es kommt, daß er so oft verliert. Sie legen sich das so zurecht: Alan hat keine Ahnung, wie die verschiedenen Figuren ›zusammenarbeiten‹, da er sich jedes einzelnen Zuges zu bewußt ist, um instinktiv und fließend spielen zu können. Jack Good meinte, Turing sei zu intelligent, »Züge, die andere ohne Nachdenken machen, unüberlegt zu tun«, er könne nicht akzeptieren, daß zwei mal zwei vier ist, sondern müsse das immer erst neu beweisen.

Heute konnte ein Kind beim Schach ihn schlagen: Ich brach ab, es hatte heute keinen Zweck, da ihn sein Lieblingsplan ›besaß‹, und zwar völlig… Denn als ich noch dachte, er konzentriere sich auf den nächsten Zug, rief er wie aus dem Schlaf hochgeschreckt: »Wenn ich ›Triton‹ und ›Medusa‹ nicht bald lesen kann, komme ich nie mehr dazu, etwas Gescheiteres zu tun, als hier das Trüffelschwein zu machen, das Nazi-Befehle ausbuddelt. Ich will wissen, verdammt, ob die Morphogenese des Embryos auf den komplexen Wechselwirkungen chemischer Konzentrationsgradienten basiert!« Embryos: Freud läßt grüßen, ich war natürlich nicht so grausam, ihm zu sagen, daß seine heftige Sehnsucht nach Kindern daher *auch* kommt, daß er keine kriegen kann. Dazu paßt, daß er in den Monologen über seine Denkmaschinen immer wieder »Menschen, die auf die übliche Weise zur Welt kamen«, erwähnt und deren Fleisch, ja, Seele. Heute stellte er vieles fest, was für jedermann, der nicht eine Maschine zum Denken und Sprechen bringen will, Banalitäten sind, so daß niemand außer Turing daran dächte. Doch für ihn sind das keine Banalitäten, sondern Herausforderungen, Vorwürfe, Denkaufgaben, und wenn er dergleichen scheinbar zusammenhanglos ausspricht, so weiß ja nur *ich* den Zusammenhang nicht, *er weiß ihn genau.* Er hat längst im stillen, während er automatisch Schachfiguren hin- und herschob mir zur Freude, daran gedacht, was ihn – plötzlich nur für mich, nicht auch plötzlich für ihn – sagen läßt: »Es wird nie möglich sein, eine Maschine dem gleichen Unterrichtungsprozeß zu unterziehen wie ein normales Kind. Sie wird zum Beispiel keine Beine haben, so daß man sie nicht auffordern könnte, hinauszugehen und den Kohleneimer zu füllen. Möglicherweise hat sie keine Augen. Und wie gut diese Mängel auch immer durch geschickte Maschinenbaukunst ausgeglichen sein mögen, man kann das Geschaffene nicht zur Schule schicken, ohne daß sich die anderen Kinder maßlos über es lustigmachen. Man muß ihm eine besondere Aufsicht und Erziehung angedeihen lassen. Die Füße und Augen brauchen uns nicht so sehr zu bekümmern ...« Ich mußte denken: Warum nimmt er mich, der es in dieser Nacht beschissen genug geht, auf den Arm? Dann erst merkte ich: es ist ihm ganz ernst. Denn er setzte hinzu, am Beispiel der armen Helen Keller, die ja blind und taubstumm war seit ihrem zweiten Jahr und die dennoch Bücher über Probleme der Blinden schrieb – am Beispiel dieser dann Weltberühmten sehe man, was möglich sei, »wenn irgendeine Kommunikation, eine wechselseitige, zwischen Lehrer und Schüler erfolgt«. Doch dürfe man nicht unterstellen, daß eine Maschine nur könne und wisse, was ihr eingegeben worden ist. »Wenn von einem Schüler eine kluge Antwort kommt, sagt man ja auch nicht unbedingt, da spreche nur sein Lehrer aus ihm.«

Dann Sätze, die mich ›widernatürlich‹ berührten, daher ich sie im Kopf behielt, endlich schrieb ich mit. »Kein Ingenieur oder Chemiker wird – heute noch – von sich behaupten, er könne ein Material produzieren, das von menschlicher Haut nicht zu unterscheiden ist. Möglich, daß dies irgendwann einmal gelingen kann, aber selbst wenn man annimmt, eine derartige Erfindung sei zu verwirklichen, hätte man doch das Gefühl, daß es wenig sinnvoll wäre, eine ›denkende Maschine‹ dadurch menschlicher gestalten zu wollen, daß man sie mit künstlichem Fleisch umgibt... Wir wollen weder die Maschine für ihre Unfähigkeit bestrafen« – jetzt lachte er, wie ich finde: »unverhältnismäßig«, es war ein zuletzt fast kindisches Kichern –, »in einem Schönheitswettbewerb zu brillieren, noch einen Menschen bestrafen, wenn er im Wettlauf mit einem Flugzeug unterliegt... Ein Mensch, der versuchte, so zu tun, als wäre er eine Maschine, würde zweifellos einen armseligen Eindruck machen... Könnte es nicht sein, Monica, daß Maschinen etwas ausführen, das sich als Denken bezeichnen ließe – später eimal, später –, daß sich jedoch stark von dem unterscheidet, was ein Mensch tut?« Gereizt, ungerechterweise, als sei Turing daran schuld, daß ich nicht an Thornton am Strand von Dieppe denken konnte, doch hatte ich mich ja deshalb zu Alan geflüchtet, um ›Dieppe‹ zu vergessen; sehr gereizt sagte ich: »Aber *du* bist es doch, du ganz allein, der dauernd Menschen an Maschinen mißt – und noch schlimmer: Maschinen an Menschen. Wieso redest du überhaupt von Menschenfleisch und Schönheitswettbewerb, wenn du an Maschinen denkst?«

Turing: »Weil ich ans Denken denke – von dem die Menschen sich einbilden, nicht nur sie allein könnten das, sondern ihnen allein komme es auch zu, nicht den Maschinen!« Ich dachte jetzt – fand es aber unmenschlich, ihm das ins Gesicht zu sagen –, schwieg also: »Nur das Unzulängliche ist produktiv«, eine fürchterliche Einsicht, die ich in Goethes *Wahlverwandtschaften* las; und wie ich das dachte – *wußte* ich schon, daß Turings von ihm so niederdrückend empfundene »Unzulänglichkeit«, Vater zu werden – ihn zum Vater der Maschine machen wird, die denken kann, und die er sich so inbrünstig wünscht, daß es ihm gelingen wird. Im Ernst: Ich bin überzeugt – *er* ist so überzeugend! –, sie wird ihm gelingen! Der mit keinem vergleichbare Gigant unter den Schöpferischen in der Kunstgeschichte war Michelangelo – homosexuell wie Turing. »Zeugte« der deshalb mit Zweiundzwanzig den schönsten aller Jünglinge in Marmor, weil er ihn nicht im Fleisch zeugen konnte? Turing faßte zusammen, und das schockierte mich noch stärker: »Schließlich sollen Menschen, die auf die übliche Weise zur Welt kamen, nicht zu den Maschinen gerechnet werden.«

Ich rief: »Aber Alan – das tut doch auch niemand, *niemand* außer dir!« Als hätte ich gar nichts gesagt, fuhr er fort: »Schön wie ein Mensch wird sie nie sein, aber denken können wird sie, daß Frage- und Antwortmethoden, die man für sie entwickelt – später, später –, geeignet sein werden, fast jeden gewünschten Bereich menschlichen Bemühens einzubeziehen ... Imitations-Spiel könnte man sagen ...« Er schwieg, ich dachte: *Warum* Menschen – imitieren durch eine Maschine oder eine Maschine durch einen Menschen ... Ich dachte wieder: Ob der Strand da bei Dieppe vermint ist? So entging mir ziemlich viel, vielleicht Wesentliches von Alans Denkprozeß, den er schon wieder sprechend fortsetzte: Ich schien ihm gerade gut genug zu sein, »was« – keinen Menschen – »irgendwas« da zu haben, zu dem er in dieser Kaffeepause in seinem Kampf gegen ›Triton‹ reden konnte. »Man könnte einwenden, daß bei dem Imitationsspiel die für die Menschen beste Strategie möglicherweise etwas anderes ist als die Nachahmung menschlichen Verhaltens ...« So weit also, dachte ich, ist er schon: von der Strategie der Maschine bei ihrer Nachahmung menschlichen Verhaltens zu sprechen – und weil Turing das sagte, den ich liebe, haßte ich zwar noch immer, was er sagte, doch glaubte ich ihm, er werde im Alter das fertigbringen, hinstellen, wovon er redete! Ich notierte »... vorausgesetzt, daß die beste Strategie in dem Versuch besteht, so zu antworten, wie es normalerweise ein Mensch tut ...«

Ich war zu unkonzentriert, schreckte aber wieder aus den Dieppe-Vorstellungen heraus und hin zu Turing, der eben sagte: »... da es vielleicht möglich ist, aus einer einzigen, zum Beispiel einer menschlichen Hautzelle ein vollständiges Individuum zu züchten. Das wäre zwar eine biologische Heldentat ersten Ranges, jedoch wären wir geneigt, es als die Konstruktion einer denkenden Maschine anzusehen ...«

Turing argumentierte schon früher, mit Laufen erhole er nur seine Beine, nicht sein Gehirn – und dieses Argument überzeugt, ich las es einmal schon als Schülerin im Essay von Churchill über ›Malen als Zeitvertreib‹. Er schrieb, es sei sinnlos, wenn man das Gehirn müde gearbeitet habe, etwa Fußball zu spielen, denn die Beine habe man doch gar nicht angestrengt während der Arbeit am Schreibtisch. Folglich seien auch nicht Beine und Arme erholungsbedürftig, sondern das Gehirn, und das erhole sich nur durch eine *andere* Tätigkeit, nicht durch Stillegung. Also *male* er zu seiner Entspannung.

Turing, der gegen Dönitz' neue Verschlüsselungswalzen kämpft, zehn Stunden am Tag oder nachts, kann sich nur erholen, findet seinen Spaß nur dann, wenn er an seine Universal-Maschine denkt, mit der sich ›hauptamtlich‹ zu beschäftigen ihm der Krieg verbietet. So monologisiert er, sarkastisch, ja verächtlich im Ton, gegen Theologen. »Sie behaupten: ›Denken ist eine Funktion der unsterblichen Seele, Gott gab Mann und Frau eine Seele, doch weder einem anderen Lebewesen noch einer Maschine, also können weder Tier noch Maschine denken.‹ Was für eine Einschränkung der Allmacht Gottes! Zugegeben, es gibt gewisse Dinge, die Gott nicht kann, er kann nicht eins gleich zwei machen. Doch wieso sollte er nicht einem Elefanten eine Seele verleihen können – oder auch einer Maschine? Das ist schwieriger zu begreifen, aber nur, weil wir es für weniger wahrscheinlich halten, daß Maschinen dem Herrgott für die Verleihung einer Seele geeignet erscheinen ... Beim Versuch, solche Maschinen zu konstruieren, sollten wir uns, ebenso wie bei der Kinderzeugung, nicht unehrerbietig gegenüber der göttlichen Macht, Seelen zu schaffen, erweisen. Wir sind Instrumente seines Willens und stellen für die von ihm erschaffenen Seelen eine Heimstatt bereit.«

Ich konterte: »Der Elefant, dem Gott, wie du meinst, eine Seele geben kann – ich meine: er hat sie ihm wie jedem Tier, das ein Gehirn hat, längst gegeben –, der Elefant ist auch von Gott, die Maschine aber von Turing!« Wie es mich irritierte, daß er die Konstruktion einer Maschine in einem Atem mit der Kindeszeugung nannte – verschwieg ich, es ist sein wunder Punkt. Gelassen, keineswegs überheblich, entgegnete er: »Daß ein Mensch – nicht Gott – etwas geschaffen hat, zum Beispiel Benz das Auto: spricht nicht gegen das Auto. Werturteile sind Vorurteile. Versuchen wir nicht Reißnägel und Birnen zu addieren! Massiver als religiöse sind jene Vorurteile gegen Maschinen, die auf dem Prinzip wissenschaftlicher Induktion basieren: ein Mensch sieht im Laufe seines Lebens Tausende von Maschinen. Aus dem, was er von ihnen wahrnimmt, zieht er allgemeine Schlüsse – die alle *solche* Maschinen und deren Fähigkeiten ausschließen, die er noch nie sah. Nur Erfinder erliegen nicht diesem Trugschluß ... Wir dürfen tatsächlich hoffen, daß Maschinen vielleicht einmal auf allen intellektuellen Gebieten mit dem Menschen konkurrieren ... Warum sollte man nicht versuchen, statt ein Programm zur Nachahmung des Verstandes eines Erwachsenen eines zur Nachahmung des Verstandes eines Kindes herzustellen? Unterzöge man dieses Programm dann einem geeigneten Erziehungsprozeß, erhielte man den Verstand eines Erwachsenen. Vermutlich ist das kindliche Gehirn mit einem Notizbuch vergleichbar, das man beim Schreibwarenhändler kauft: wenig Mechanismus und viele leere Blätter. Wir können nicht erwarten, auf Anhieb eine gute Kind-Maschine zu finden. Man muß mit einer solchen Maschine Lehrexperimente durchführen, um festzustellen, wie gut sie lernt. Man kann es dann mit einer anderen versuchen und sehen, ob sie besser oder schlechter lernt. Es besteht ein offensichtlicher Zusammenhang zwischen diesem Prozeß und dem Entwicklungsprozeß, und zwar durch folgende Identifizierungen:

Struktur der Kind-Maschine = Erbgut.

Veränderungen der Kind-Maschine = Mutationen.

Natürliche Auswahl = Werturteil des Experimentators.

Man darf jedoch hoffen, daß dieser Prozeß schneller vor sich geht als der Entwicklungsprozeß.

Wenn ich vorher zugab, es werde nicht möglich sein, die Maschine dem gleichen Unterrichtsprozeß zu unterziehen wie ein normales Kind – so ist das ganz anders, wenn man sich beschränkt, wie gesagt, auf rein intellektuelle Gebiete, weil eine Maschine – zum Beispiel – keine Beine hat wie ein Kind. Manche sagen, man solle mit Schach beginnen, weil das eine sehr abstrakte Tätigkeit ist. Aber ebenso kann man behaupten, daß es das beste wäre, die Maschine mit den besten Sinnesorganen auszustatten, die überhaupt für Geld zu haben sind, und sie dann zu lehren, Englisch zu verstehen und zu sprechen. Dieser Prozeß könnte sich wie das normale Unterrichten eines Kindes vollziehen!«

Sein Kind-Tick, dachte ich, als ich mitstenographierte – aber ich dachte es mit erbitterter Rebellion, zu der ich – wieso auch – keineswegs berechtigt bin. Gefühl ist *nicht* alles, ja es lähmt sicherlich ebenso oft das Denken, wie es das Denken beflügelt.

Es war halb drei, ich stand auf und sagte: »Alan, ich hab dir erzählt, um wen ich diese Nacht Todesangst habe.« Noch konnte ich nicht sehen, ob er wahrgenommen hatte, daß ich aufgestanden war von unserem kleinen Tischchen. »Ich bin heute nicht mehr in der Verfassung, zu erörtern, wie ein vollständiges Individuum aus einer einzigen Hautzelle gezüchtet werden kann – ich habe Angst um ein Individuum, das von Eltern abstammt! Und das hoffentlich vorvorgestern mit mir – wie du das nennst – ›einen normalen Menschen, der auf die übliche Weise zur Welt‹ kommen wird, gezeugt hat ... laß mich gehen, es ist fast Dämmerung! Vielleicht haben die Hütten 3 und 4 schon Funksprüche aus Frankreich.« Alan stand auf, sagte: »Ich gehe mit dir, aber nicht in 3 und 4; dafür ist es doch viel zu früh, komm mit in 6, da sehen wir nach, ob von Luftwaffe und Heer schon etwas aufgeschnappt wurde, dann suchen wir in 8 nach Marine-Sprüchen. Arme Monica! Hoffst du wirklich, schwanger zu werden? Wird's ein Knabe – nimm mich als Patenonkel!« Es war sein Versuch, meine Verdüsterung aufzuhellen, er mißlang völlig. Ich sagte und weinte, hatte das aber hinter mir, als wir in Hütte 6 ankamen: »Vielleicht muß ich dich sogar bitten, Vaterstelle an dem Kind zu vertreten – wer wird denn heute nacht zurückkommen von den Aufgeopferten!

Ich bin auch deshalb so kaputt, weil ich abergläubisch bin: August ist mein Unglücksmonat – mein Verlobter fiel vor zwei Jahren im August, vor vierzehn Tagen fiel mein Vetter im August, heute ist... August!« Er faßte mich zärtlich im Genick, tröstend; daß Thornton verheiratet ist und Kinder hat, ich also auch dann, wenn er zurückkommt, keinen Vater für sein Kind habe, sagte ich Alan nicht...

Hütten 6 und 8 hatten von unseren Funkhorchstellen noch nichts erhalten. So konnte ich mir sparen, zu 3 und 4 hinzugehen, und setzte mich wieder an mein Journal. Bertrand Russell hat gesagt, menschliche Zufriedenheit bestehe im wesentlichen darin, ein klein wenig zu viel zu tun zu haben; wenn das wahr ist, ist pausenloses Arbeiten sicher die einzige Therapie gegen Todesangst. Ich schreibe also nichts weiter von dem, was mich ängstigt, sondern von dem, was mein Glück war mit diesem Mann; nicht von der heutigen, sondern von der Nacht zum Donnerstag. Doch selbst Stendhal warnt, »man braucht zu viele Worte, um anschaulich zu erzählen. Deshalb habe ich mein Tagebuch vier Monate ruhen lassen.« Was aber täte ich in dieser Nacht ohne Schlaf ohne mein Journal? Mit wem sonst reden über Thornton, der allein mich beschäftigt. Stendhal warnt auch – bei Lektüre Rousseaus – »wer von erlebten Ekstasen spricht, wirkt zumeist lächerlich«. Dann wieder fordert er »die Jahrbücher seiner Begierden zu schreiben«. Ja, wer nicht auch das Gegenteil dessen hinzuschreiben wagte, was er vorgestern meinte, belegt nur, daß er nicht nachdenkt. Jedenfalls hat Stendhal mich erobert wie bisher kein anderer Klassiker. Im Bett lese ich ihn jeden Abend, oder sogar noch morgens, nach Nachtwachen, ehe ich einschlafe. Ich werde eine Anthologie aus seinen Journalen, Briefen, Notizen, Monographien, Reisebildern zusammenstellen. Eine Biographie kann man deshalb über ihn nicht schreiben, weil er der Meister unter den Autobiographen ist. Man könnte nur immer zitieren... er hat alles gesagt.

Gewarnt hat er auch: »Im Extrem der Passion etwas niederzuschreiben, ist Torheit, und so schweige ich.« Andererseits preist er an den Memoiren des Kardinals Retz, daß er »bis zur Naivität freimütig spricht«; der habe gewußt, daß seine Erinnerungen erst lange nach seinem Tod gedruckt werden. Auch gibt

Stendhal zu: »Mit Wollust las ich die *Contes* von Lafontaine... nicht aus literarischem Drange. Bücher, von denen D. sagt, man läse sie nur mit einer Hand.«

Warum haben eigentlich bis heute kaum Frauen solche Bücher geschrieben? Was geht mich das an? Wer nur schreibt, was ›man‹ schreibt, braucht *das* gar nicht zu schreiben, da es eben die anderen schon getan haben. Mir fehlt jede Neigung zu der Heuchelei derer, die sagen, ihr Journal sei nicht für den Druck geschrieben... fast jeder sagt das, fast niemand meint das.

Daß ich mir wünsche, schwanger zu sein, hat zwei Ursachen: Ich bin vom Tod zu heftig eingekreist, um ohne Kind aus dieser Lebenslähmung herauszufinden. (Ein Kind als Mittel zum Zweck? Auch höchst fragwürdig.) Zweitens war diese Nacht mit Thornton so, daß ich ihn in mein Leben hereinholen möchte, obgleich ich weiß, daß er bürgerlich – katholisch, nie läßt er sich scheiden – nie mein Mann werden kann. ›Nur‹ eine Reisebekanntschaft. Wir hatten nicht einmal ein Zimmer, ein Zimmer ist eine *Bleibe*, und bleiben kann er nicht.

Ich sah sofort, daß er auf Beutemachen aus war, als er in Glasgow mich sozusagen abgefangen hat. Sein Zug aus Norden hatte fünf Minuten Aufenthalt – nach einem glühend heißen Tag, 21 Uhr 37. Der Fremde kam wie mit mir verabredet, nahm meinen Koffer, nachdem er – im kurzen Schottenrock – sich verbeugt und unverständlich einen Namen gemurmelt hatte. »Auch nach Süden?« – eine so alberne Frage, daß sie verriet, daß er's doch selber ein bißchen zu forsch fand, wie er vorging. Ich versetzte ihm denn auch: »Ja, da der Dover-Express nicht meinetwegen wieder nach Scapa fahren wird, wo er herkommt.«

Er warb: »Kommen Sie doch bitte, wenn Sie nicht Schlafwagen haben, in mein Abteil, ich kann Sie auch zu einem Imbiß einladen, der Speisewagen hat schon jetzt nichts mehr zu essen!«

Ich: »Gegessen habe ich –«

Er: »Schon für die ganze lange Nacht? Und zu trinken habe ich auch. Und am Sprechen liegt mir noch mehr als am Essen... da ich Sie hiermit zu meiner Ordonnanz ernenne, müssen Sie auch Erster fahren!«

Ich hatte meine WRNS-Kluft an, weil in diesen kriegerischen Zeiten Uniformierte, speziell auf der Bahn, bevorzugt werden. Während ich, was mir erst jetzt klar wird, gar nicht überlegte, ob ich seiner Einladung folgen solle, ich lief schon mit, sagte er: »Daß Damen Uniform tragen, kann einen fast vergessen lassen, warum! Diese Marineuniform jedenfalls ist so elegant, daß sie jede zur Offizierin macht!«

Empfindlich gab ich zurück: »Und Offiziere sehen besser aus als wir ›Gemeinen‹?«

Der lachte: »Sind besser beschneidert, ohne Frage – jedenfalls bei uns Männern.«

Verlegen setzte er hinzu: »Ich freue mich so, wenn Sie mir Gesellschaft leisten, daß ich mit Vergnügen Erster für Sie nachlöse.«

So sarkastisch wie möglich schlug ich das ab: »Sie werden's nicht für möglich halten: ich fahre sowieso Erster, mindestens seit es sonst keinen Luxus mehr gibt.«

Frech wie ein Achtzehnjähriger, obgleich er bestimmt Mitte Vierzig war, hielt er mir ein Schild hin, das sehr amtlich aussah, noch durch einen protzigen Armee-Stempel ›geschmückt‹, um den Einschüchterungswert zu steigern:

KEINESFALLS EINTRETEN!

Er hatte die Pappe in Kanada von irgendeiner Direktorentür in einer Bank gestohlen: »Hat mir schon gute Dienste erwiesen! Vor allem seit der Stempel des Generalstabs drauf ist.«

Ich mußte lachen, daß er so etwas im Koffer hatte, und sagte: »Soso – bin neugierig, ob auch nur der Schaffner sich dadurch zurückhalten läßt.«

Er sagte lässig: »Der Schaffner ist gerührt; und sicherheitshalber auch gekauft... dem bringe ich jetzt Ihre Karte: wann soll er Sie wecken? Wetten, daß er nicht einzudringen wagt?«

Ich sagte, ich führe nur bis Cambridge, während er ja bis zur Südküste mußte, und ich hätte gar nichts gegen Schaffner: »Was meinen Sie denn, was der uns zuleide täte?«

Er merkte, daß er sich ebenso vergaloppiert hatte wie ich heuchelte, und sagte so arglos wie geübt: »Den Unterschied würden Sie schon merken, wenn Sie beinahe wie zu Hause schlafen, weil Sie eine ganze Bank für sich allein haben; sollen dann plötzlich drei Kerle hier eindringen, die der Schaffner nicht zurückgehalten hat? Ist doch eine Bestechung wert?«

Ich lachte schon wieder. »Sie denken an alles – wenn Sie aber doch den Schaffner schon gekauft hatten, bevor Sie mich sahen: wieso bringen Sie sich dann selber um den Vorzug, das Abteil allein zu behalten?« Er stand in der offenen Tür und sagte herausfordernd: »Diese Frage ist sehr unterm Niveau Ihres Charmes: Was wollen Sie jetzt denn hören? Ein einsamer Kanadier im wildfremden England, den ein Telegramm zurückrief: ›Urlaub sofort abbrechen!‹ – will der lieber ein Abteil allein haben als eines, in dem auch *Sie* sind? Sie sind sehr *schön*! Die haben mir Wein kaltgestellt –« Und weg war er. Und ich *wußte*: Die machen allen Ernstes – ›Dieppe‹! Ein Schock.

Ich hatte diese beiden Urlaubstage auch nur bekommen, um die Schwester meiner Mutter zu besuchen; ihr einziger Sohn kam um im Atlantik, vermutlich, weil es Turing noch immer nicht geglückt ist, ›Triton‹ lahmzulegen. Und dieser Mann mußte nach ›Dieppe‹ und wird vielleicht sogar davon wissen, obgleich der Überfall unter ›most secret‹ läuft. Die im Juli wieder Ausgeschifften waren auch Kanadier: dieselben! Ja, dachte ich, den kann man nicht gut allein lassen, auf dieser Reise zu einem Himmelfahrtskommando ...

Er rief hinter mir; ich hatte den Kopf in den Fahrtwind gehalten, der rasch zu scharf ins Gesicht schnitt, die Scheibe war ganz heruntergelassen, der Himmel so angedüstert wie – wie der Strand vor Dieppe. Er rief: »Punkt fünf Uhr dreißig – zwanzig Minuten vor Cambridge weckt Sie der Schaffner! Er ist auch ein Schotte und war stolz, einen Fremden in eurer Nationaltracht zu sehen. Nackte Beine, hätte mir nicht träumen lassen, nach dreißig Jahren noch einmal so rumzulaufen. Sitzen Sie doch lieber dort in der Ecke, wo Sie vom Wind nichts abbekommen ...« Ich sagte, lange halte auch er den nicht aus, er meinte, dann hätten wir nur die Wahl, auf der gleichen Bank Platz zu nehmen, »aber dann sehe ich ja Ihr Gesicht nicht mehr« – oder uns zu entschließen, trotz der Wärme das Fenster zuzumachen. Er hatte die Rouleaus zum Gang herabgezogen. Die im Speisewagen hatten nicht nur seinen Wein gekühlt, sondern ihm auch Champagner verkauft – »aber zu essen hatten sie wirklich nichts. Hat meine Gastgeberin geahnt, als sie mir den Koffer voll packte: große Bauern, bedienen Sie sich – da fehlt's noch an nichts!«

Während er auftischte, fragte er: »Und Sie – sind Sie etwa auch telegrafisch zu Ihrer Einheit zurückbeordert? Ich frage ja nicht, wo Sie stationiert sind!«

Ich erzählte, warum ich bei meiner Tante war. »Aber daß ich nur zwei Tage Urlaub bekam, hängt vielleicht zusammen mit dem, was Ihnen das Telegramm beschert hat. Da Sie sagten, daß Sie bis Dover fahren, darf ich fragen« – eine unglaubliche Taktlosigkeit, daß ich diese Frage stellte, aber mein Mitgefühl für den Mann war schon sehr da, »ob Sie am 4. Juli eingeschifft und dann wieder ausgeschifft worden sind?«

Er setzte sich, grinste komplicenhaft, ohne etwa Zustimmung anzudeuten, schwieg. Sagte dann: »Auch auf die Gefahr, daß Sie mich für töricht ›vorschriftenfromm‹ halten, muß ich gestehen, ich vermute, selbst Marinehelferinnen darf man solche Fragen nicht beantworten. Nicht geheim aber ist, daß ich von der 2. Kanadischen Division bin und zu denen gehöre – das sieht in Dover und Umgebung jedes Kind –, die sich zuweilen vor Übungen die Gesichter schwärzen. Sogar Feldpost- und Telefonnummer darf ich Ihnen geben – wenn Sie wollen!«

Ich sagte hektisch, weil ich nichts mehr hören mochte, und verkrampft, weil mir schlecht wurde wie immer bei Aufregungen: »Entschuldigen Sie, daß ich so plump gefragt hatte nach – ›Rutter‹.«

Er lachte: »Hätten Sie gleich sagen sollen: ›Rutter‹ ... nicht jede in der Marine, wie hätte ich das Ihnen auch ansehen können, ist bei der Firma!«

Darauf ging ich nicht mehr ein, denn Firma nennen auch gänzlich Uneingeweihte den Geheimdienst; es konnte eine Fangfrage sein. Was hätten wir auch noch voneinander wissen müssen? Er gab mir seine Adresse; ich ihm meine nicht, da ich mich gar zu dußlig verhalten hatte. (Die Zeit der anfänglichen Arglosigkeit, in der ich als Mitarbeiterin des Mathematischen Instituts geführt wurde, ist längst vorbei: wie wenige in Uniform haben schon mit Mathematik zu tun! Und warum dann in Uniform? Das war wirklich – Dummheiten des Anfangs – eher ein Hinweis gewesen als eine Tarnung. Also nennen wir uns nur noch Marinehelferinnen, denn deren gibt es im Vereinigten Königreich mit Luftwaffen- und Heereshelferinnen einige hunderttausend.)

Während ich viel aß – da aufgeregt – Wurst, kalte Ente, Huhn, Schinken, dunkles Brot, Bauernbutter, sogar an Salz und an ein kleines Tischtuch hatte seine Gastgeberin gedacht, und noch mehr trank, fragte ich, wie er zu dem Kilt komme als – Kanadier.

Er gab Auskunft: »Mein Kriegskamerad im Hochland, den ich besucht habe, gab ihn mir gleich bei der Ankunft, der Hitze wegen, und weil seine Frau fand, im kurzen Rock sei ich ›chic‹! Und als das verdammte Telegramm kam – sagte sie, behalte ihn an, schicke ihn zurück, wenn die Hitze vorbei ist oder besser: bring ihn uns bald wieder. Der Schotte war in Toronto – leidenschaftlicher Jäger, ich mache mir gar nichts aus der Jagd – vor dem Krieg mein Gast gewesen, ich hatte ihm versprochen, er könne drüben einen Bären schießen, aber leider habe ich ihm den Bären aufgebunden, irrtümlich; es reichte aber doch immerhin zu einem Hirsch. Und nun ist der Freund, jünger als ich, schon seit zwei Jahren ohne Beine, ein Angriff deutscher Tiefflieger in Belgien hat sie ihm 1940 kaputtgeschmettert. Ein Bauer im Rollstuhl ... Bei der Ernte weinte er einmal: Neid auf seinen siebzigjährigen Vater, weil der noch auf dem Mähdrescher fahren konnte ...«

Kriegsgespräche. Da ja auch ich schon von einem gesprochen hatte, den der Krieg getötet hatte, von meinem Vetter, wurde es höchste Zeit, daß Thornton, so heißt der Fremde, uns ohne Krampf herausriß aus dem Elend; er feuilletonisierte: »Ich kam so selbstverständlich auf Sie zu, weil ich Sie seit zwanzig Jahren kenne!«

Ich: »Dann müssen Sie als ziemlich großer Junge in der Sandkiste mit mir gespielt haben ...«

Er war draußen gewesen, hatte mit heißem Wasser eine Serviette befeuchtet und rieb mir die Hände ab nach dem Geflügel-Essen – und behielt die Hände in seinen, als er antwortete. Er saß neben mir, sein Platz vis-à-vis war wegen des noch ein wenig geöffneten Fensters zu zugig geworden. Er erklärte, ich wisse doch auch, das am wenigsten erforschte Mysterium sei das der Partner-Wahl: »So viel, ja der Lauf der Generationen in jeder Familie hängt davon ab, aber keine Eva weiß, warum der Adam – nicht der Victor ihr gefällt, und kein Victor weiß, warum's Vanessa sein muß und bräche es ihm den Hals, *die* – statt *jene* zu wollen, wollen zu *müssen*! Wissen Sie's? Ich schwöre – ich bin ja kein Lügner, sonst hätte ich kleinbürgerlich meinen Ehering versteckt, bevor ich Sie in mein Abteil bat–, ich sage einfach, was wahr ist: als ich Sie sah auf dem Bahnsteig, sagte es – ich weiß nicht was ›es‹ ist–, aus mir heraus: ›Die ist es!‹«

Ich sagte: »Nun lassen Sie mich meine Hände wieder selber aufbewahren, die müssen bei diesem Wetter nicht gewärmt werden – und erzählen Sie ja nicht auch noch, zwanzig Jahre hätten Sie auf mich gewartet.« Er sagte erschrocken: »Drück ich mich denn so blöd aus – natürlich habe ich nie gut warten können, nein: aber Ausschau gehalten, ja, habe ich immer nur nach Ihnen oder Ihren Schwestern im Fleische... Verzeihung: auch im Geiste.« Ich lachte, ohne ihn anzulachen: »Viel ist das, was Sie wissen können von meinem Geist!« Er sagte: »So wenig nun auch wieder nicht, einer Stirn sieht man viel an, noch mehr dem, wie jemand lacht... Und am aufschlußreichsten, glaube ich, ist der Gang. In Ihrem ist Energie. Haben Sie einen Friedensberuf? Ich verkaufe amerikanische und deutsche Autos in Kanada.« Ich gab Auskunft: »Journalistin, die wie fast jede lieber ein Buch schriebe... und sich einredet, dazu sei immer noch Zeit, obgleich sie Geld genug hat, sich diese Zeit zu nehmen, aber sie nimmt die sich deshalb nicht, weil sie eigentlich Angst davor hat, dieses Buch zu schreiben.« Er rief: »Nun seien Sie doch nicht so böse zu sich! – Zu mir sind Sie ja auch sehr lieb.« Ich staunte: »Bin ich? – Wieso?«

Er: »Sie haben mich nicht allein gelassen.«

Ich: »Sie mich ja auch nicht – ist das schon lieb?« Er warnte: »Die Dinge so sehen – da ist man dann zu schnell dort, Liebe und Egoismus als Synonyme zu verteufeln. Hat einer behauptet, alles Unglück komme daher, daß die Leute nicht daheim bleiben – ziemlich albern: wer könnte das schon! Ich verkaufe auch lieber in Kanada Autos, statt demnächst an einem Bunker Hitlers in Frankreich mir die Stirn einzuschlagen, weil jemand meint, *mein* Lebenszweck sei's, diesen Bunker zu erobern... aber so dumm das auch ist–«

Ich schulmeisterte: »... ist immerhin von Pascal!«

Er: »So? – Aber wer ist Pascal: kein Kluger jedenfalls! Und ich würde diese Platitüde, alles Elend komme daher – Elend heißt es–, daß Leute ihre Zimmer verließen, gern zurückweisen durch... aber nein: das gäbe nur eine *andere* Platitüde. Um auf die Energie zurückzukommen, die ich Ihrem Gang ablas...« Ich lachte schon wieder: »Energie? Ich dachte nur, der Zug sei sehr besetzt und wollte einen guten Platz – deshalb, mag sein, kam ich etwas energisch daher: Es hat sie nicht eingeschüchtert...«

Ganz ernst sagte er: »Nein. Im Gegenteil. Ich sagte Ihnen doch, ich ging auf Sie zu, ohne zu wissen warum... *Die* ist es! Aber das... nein, das *kann* man ja nicht sagen. Die Schwierigkeit ist nur: Sie haben ein Gesicht, in das ich nicht reinlügen kann. Auch nicht will. Sehen Sie, es gehörte sich doch jetzt, daß ich ›vorausschickte‹ wie alle Ehemänner in solcher Lage: Daß die Frau daheim nicht mehr ›stimmt‹, daß man bei ihr aushält nur der Kinder wegen noch – zwei Mädchen hab ich... da sind sie!« Ich fragte: »Zwillinge?« Ungefähr neun. »Nein – nur rasch hintereinander gekommen.«

Ich dachte, säße ich nicht bei ihm, er wäre fertig, wenn er diese Fotos ansähe, ohne mit einem reden zu können – und weil er dann auch das Foto der Frau vor sich hätte. Und: er benutzt mich, um von denen zu reden. Doch was könnte legitimer sein? Wozu sonst in der Not einander »benutzen«?

Er antwortete, als ich gefragt hatte, wann zuletzt er diese Kinder gesehen habe, auch die Frau: »Vierzehn Monate – heute denke ich, seit dieses Scheißtelegramm da ist, denke ich nur noch: *nur nicht denken!* Und deshalb habe ich mich – Verzeihung – auf Sie gestürzt: ist das sehr ekelhaft? Und ich sage sogar – nein, ich sage es nicht; man *kann das nicht* sagen, braucht's nicht zu sagen, Sie wissen es eh... Sie wissen viel mehr als ich von dem, was mir bevorsteht seit diesem Telegramm...« Schweigen. Dann eine halbe Stunde Belangloses. Dann wieder dort, wo es ihm vor dieser halben Stunde ins Elend – da er »nicht zu Hause bleiben konnte« – geführt hat, bei seinen dreien ... Er war kaputt. Ich mußte reden, irgend etwas, denn der Mann hatte Todesangst. Mit Grund! Es zerriß ihn, dieser Abschied von den Dreien in Toronto. Wenn er mich doch nur anfaßte, dachte ich, dann müßten wir nicht mehr reden, ich würde ihn zur Ruhe bringen. Berühr mich, dachte ich, aber er stand, mir den Rücken zugewendet, an der Abteiltür.

Zweifellos wollte er mir sein Gesicht ersparen. Endlich brachte ich hervor: »Ich glaube, ich hab verstanden, was Sie – nicht sagen wollten, aber doch glauben, mir schuldig zu sein, daß Sie's sagen ... und daher Ihr langer Umweg über die, wie meinten Sie: ›Mysterien der Partnerwahl‹, ich sei genau *die* –«

Er drehte sich um, war rasch neben mir, faßte mich bei den Schultern und sagte so heftig wie vollkommen ehrlich, das spürte man: »Umweg? – nee: genau so ist das und macht alles so – so furchtbar – so ... daß ich mit diesem Telegramm da in der Tasche *Sie* auf einem Bahnsteig treffe, *Sie* – die noch einmal *jede* verkörpert ... ja, die ich je liebte. Wenige. Sehr wenige – meine Frau ist eine Jugendliebe, und ich war ziemlich, nicht ganz – ziemlich treu. Aber Sie laufen mir *heute* über den Weg, und ich mit diesem Telegramm in der Tasche. Deshalb sprach ›es‹ in mir: Sie ist es! Was für ein Glück, was für eine Angst: was hat das Schicksal vor, daß es – blöde Frage! Und mein Stottern vorher mit den Schwestern im Fleisch – ich bin ja nicht wie du Schriftsteller, aber ehrlich war's: meine Frau ist blond, kann auch nicht Bücher schreiben – du bist schwarz, aber sonst, Gang, Zähne, deine schönen Zähne, dein breites Becken und die sehr hohen, nicht schlanken, herrlichen Beine – deine ... genau so und – *das* kann man doch nicht aussprechen ...«

Als er von meinen Beinen redete – »hatte« er sie, war an ihnen hochgefahren, dann von der Bank herunter auf die Knie und hielt meinen Hintern, ich hatte bei der Hitze ja nichts an, nur die drei Dinger: Bluse, Slip, Rock; BH trage ich nie. Was er sagte, war das äußerste an Ungeheuerlichem, das man einer Frau sagen kann. Aber mir gefiel's – gefallen ist gar kein Wort: es warf mich ihm zu! – durch die Radikalität: wer zwang ihn, so ehrlich zu sein? Ich war entsetzt, denn ich mußte denken: der will nicht mit einer Lüge die Welt verlassen. Er hatte gesagt: »Siehst du, auch ... daß man spürt, *dir* kann man sagen, was man doch wirklich *nicht* aussprechen kann: Daß ich dich deshalb so herzlich, so tierisch egoistisch bitte, es mit mir zu machen – weil meine Frau nicht da ist. Ich bin unmöglich. Nein, ich bin schon richtig – unmöglich ist die Situation, du weißt – *du*, das spüre ich, weißt sehr viel ... wir können doch noch von Glück sagen, meine Leute und ich, wenn in zwanzig oder vierzig Stunden, habe ja keine Ahnung, wann's losgeht, noch ein Drittel lebt von uns.«

Sein Kopf lag auf meinen nackten Oberschenkeln, ich sagte: »Steh auf, sieh das doch – du mußt nicht denken«, und nun log ich drauflos, bis ich's selber glaubte, weil ich es glauben *wollte*, oh: da lügt man perfekt!

Ich sagte, er solle sich doch nicht einreden, unsere Planer gingen leichtfertig mit ihnen um: »Glaubst du, die Hunnen könnten von Narvik bis zur Biskaya – bei so viel Verschleiß ihrer Kräfte in Rußland – an jedem Kilometer Strand Wache stehen?« Er saß neben mir, ruhiger, fragte dann mißtrauisch: »Und warum, wenn du unserem Kommando so viel Chancen gibst – tust du dann *das* für mich?« Ich murmelte, ich wisse, wie furchtbar – zuweilen – Alleinsein sei. Er hatte seine Hände auf meinen Brüsten, meine Bluse war zu, er wollte etwas sagen, die Stimme versagte ihm, es rührte mich in der Tiefe, daß er, wie scheu, wie schüchtern jetzt, nur meine Stirn küßte: »Stört's dich nicht, daß ich doppelt so alt bin?« Ich sah ihn an: »Dächte keiner. Treibst du Sport?« Er: »Nie. Nur im August fahre ich mit den drei Mädchen schwimmen.« Er bat: »Gib mir doch deine Schultern ... ich bitte dich noch einmal um Nachsicht für – vorhin da, meinen Unfall, meinen Überfall ...«

Ich selber machte zwei Knöpfe auf, sagte: »Das Licht – wozu!« Er knipste es aus, draußen war noch immer die Nacht nicht schwarz, sondern – meerdunkel. Was immer käme diese Nacht: vom Meer, vom Strand würde ich jede Minute bedroht bleiben ... Als habe er gespürt, daß mein Nacken, meine Schulterblätter viel rascher darüber entscheiden, wie weit ich mittue, als meine Brüste – entschieden sie schon zu seinen Gunsten; gerade weil er mich zuerst mehr nur mit seinem Atem berührte als schon mit seinen Lippen, er wiederholte: »Dein Duft – dürfte man da bleiben!« Als er wieder sprechen konnte – hätte *ich* keine Worte mehr hervorbringen können; diese Zärtlichkeit nach zwei Jahren – in panischer Hast zwar, Zeit hatten wir ja wirklich nicht, aber doch ganz scheu: sie hatte mich ihm völlig ausgeliefert ... unmöglich, daß er das nicht merkte. Aber noch wollte er höchst feinfühlig mir so viel Zeit lassen, daß ich sozusagen vor mir selber vertreten konnte, daß dies nach weniger als einer Stunde geschah. Er sagte: »Verzeih, daß ich dauernd nur von mir gesprochen habe. Mit meiner Frau bin ich im reinen, obwohl ich weiß, ihre Treue ist absolut – aber wer noch Zeit hat – hat alles. Vor allem den vollen Segen der Ahnungslosigkeit ... Aber kannst du mir nachsehen, daß ich da vorher in der Panik – du siehst, du hast mir meine Gelassenheit zurückgegeben, wenn ich dir auch nicht glaube, daß du glaubst, wir würden nicht verheizt –, aber kannst du verzeihen, daß ich dich bitte um diese Nacht – ohne mit einer Silbe gefragt zu haben, wem *du* damit – weh tust, wenn auch nur im Geist, der erfährt's ja nicht. Es kann ja nicht sein, daß frei rumläuft, wer so schön ist wie du!«

Ich sagte, in diesem August seien es zwei Jahre, daß Stephen tot ist. Er spürte, ich hatte nicht von ihm sprechen wollen, aber nun hatte der Krieg auch mich eingeholt. Wie zuvor ihn.

»Gib mir noch von dem Champagner; bei meiner Tante war es nicht so schlimm, wie ich es befürchtet hatte – sie bildet sich ein, mein Vetter sei noch am Leben. Er verschwand als Kadett auf einem Zerstörer, vierzehn von einunddreißig Handelsdampfern haben die Deutschen versenkt und einen Geleitzerstörer; auf dem war mein Vetter – und nun redet sich meine Tante ein, er lebe noch, obwohl sie doch weiß, daß U-Boote keine Schiffbrüchigen aufnehmen. Dennoch sagt sie, ich könne gar nicht wissen, ob nicht ein Deutscher meinen Vetter aufgefischt habe und: ›Dann dauert das natürlich Wochen, bis ich's erfahre übers Schweizer Rote Kreuz!‹ So redet sie – leider Unsinn. Doch ich ließ sie dabei ... aber mein Verlobter ist tot ... gib mir noch eine Zigarette. Jetzt mußt du ein bißchen Geduld mit mir haben, mach das Fenster ganz zu und gib mir meinen Mantel – plötzlich ist mir kalt. Es ist da voriges Jahr, als mein Verlobter schon vierzehn Monate tot war, etwas geschehen, was mich seither oft zwingt, das Bett zu verlassen ... die haben, im Bomberkommando einen Mathematiker, Professor Freeman

Dyson; einer der Wissenschaftler, die unsere barbarisch großen Piloten-Verluste untersuchen. Dem fiel bald auf, daß im Durchschnitt aus amerikanischen Bombern, die über Deutschland abgeschossen wurden, mehr als doppelt so viele Besatzungsmitglieder noch lebend herauskommen wie aus britischen. Dyson hat das vor zwei Jahren gemerkt, gemeldet – doch das ist heute noch so. Der Professor untersuchte, nachdem fliegendes Personal ihn darauf hingewiesen hatte, die Ausstiegluken: jeder Bomber, das weißt du, hat eine Falltür im Boden, durch die, wenn er brennt, die Besatzung sich mit dem Schirm retten kann. Doch wir verlieren mehr Bomberbesatzungen als die Deutschen U-Boot-Männer verlieren, *auch deshalb*, weil die Ausstiegluken so eng sind, daß – ich zitiere Dyson – *einige tausend* junge Mitglieder des Bomberkommandos das Jahr für Jahr mit dem Leben bezahlen: ›Die Lancaster‹, sagt er, aber niemand hört auf ihn, ›ist an sich ein großartiges Flugzeug, wurde aber zur Todesfalle für die eigene Besatzung, weil die enge Absprungluke auch noch schwierig zu öffnen ist, vor allem aber Abspringende oft darin hängen bleiben oder sich so eilig wie nötig gar nicht erst durchzwängen können.‹ Die Besatzungsmitglieder werden wegen Disziplinlosigkeit hart bestraft, wenn sie es melden ... Siehst du, dieser Alptraum, wie mein Verlobter – dreiundzwanzig war er, Funker – festhängt an der Maschine; obgleich ich ja nicht wissen kann, wie seine letzten Minuten waren; wie durch Verschulden unserer Bürokratie, die nicht hört auf das, was Piloten und Wissenschaftler bemängeln, obgleich das Tausenden – in jedem Jahr – das Leben kostet: das ist so schlafaustreibend, ist schlimmer als Sterben! Nur 21 Prozent der Besatzungsmitglieder abgeschossener Maschinen überleben, wenn sie in britischen fliegen, über 50 Prozent überleben, fliegen sie in amerikanischen! ... Ich muß also dich sehr um Nachsicht bitten, wenn ich mich als keine sehr taugliche Gefährtin gegen Kriegsgespenster bewähre ... Mach das Bett, nimm dazu meinen Bademantel aus dem Koffer, ich gebe dem Schaffner auch noch 2 Pfund.« Thornton sagte, ehe ich hinausging: »Verzeihst du, daß ich dich bei dem schon als meine Braut ausgegeben habe?« Er hatte mich im Arm; küßte mich in den Mund, als lägen wir schon, ich hatte es jetzt so eilig wie er, doch war plötzlich bedrückt: »Bin ich dir nicht zu dick? Du bist so schlank wie ein Ruderer aus unserem Cambridger Achter – ich breit wie ein Brauereipferd.« Ganz ernst widersprach er, fast feierlich: »Schön bist du. Und wie sympathisch sind Pferde – sie haben so gepflegtes, glattes ›Fell‹ wie deins! Verdammt arm wäre ich dran, wärst du weitergegangen.«

Ich küßte seine Stirn: »Unsinn. Du ahnst nicht, wie Trauer mich ... bettfällig macht, kann man so sagen? Zu einem sprechen können, wenn der nicht versucht zu trösten: wie viel das ist, weiß nur, wer nachts mit Toten allein war.«

Ehe er mich losließ, daß ich hinaus konnte, sagte er aufgeräumt: »Morgens eh's hell wird – noch lange, noch lange nicht! – lege ich mir gern ein Tüchlein auf die Augen; ich hab kein's dabei – gib mir dies!« Und hockte schon vor mir und nahm mir den Slip weg: »Nach einem so heißen Tag – wie kalt deine Haut.« Ich sagte, wenn er nicht wisse, daß *Fett* kalt sei, dann *sehe* er's jetzt. Er widersprach: »Barock ist nicht fett, sondern fest – wunderbar, wie frisch, ja kalt deine Haut ist!« Ich lachte: mein Glück, daß er nicht wisse, wieso Haut im August kalt ist: »Dort, wo Blutgefäße sind, ist der Körper warm oder heiß, dort, wo Fettgewebe sind – so dicke wie auf mir, ist er kalt, weil dicke Fettgewebe obenauf, peripher, eben durch Blut viel weniger versorgt werden ...« Er lachte: »Ich bin kein Anatom, sondern ein Augenmensch, geblendet durch dein Leuchten. Nun bestich den Schaffner noch ein bißchen und hab keine Sorge, wir seien zu stören – guck, paßt genau ... ich bin als Sergeant auch Kurier gewesen; da weiß man, wie man eine Abteiltür so zumacht, daß man auch mit Geheimpapieren unbesorgt schlafen kann ...« Er hatte seinem Koffer einen Gürtel entnommen, schlang ihn um den Griff der Abteiltür – der Gurt reichte bis ans untere Gepäcknetz: dort machte er den Gürtel zu, der ein paar Löcher mehr hatte als ein anderer: »Unmöglich, von außen aufzumachen, es müßte einer den Gürtel zerreißen! Nackt wie im Bett können wir uns lieben!« Es steckte mich an, wie er das sagte. »Jetzt mach ich dir die Tür wieder auf, laß mich nicht zu lange warten –.«

Vier Uhr zweiundzwanzig.

Längst hell – eben deshalb fehlt mir der Mut, in 6 und 8 zu fragen, ob sie schon Sprüche aufgeschnappt haben. Turing, der weiß, wo ich bin – sein Nachtdienst endet erst um sieben –, wäre bestimmt zu mir gekommen, hätten sie schon deutsche Meldungen. Oder will er mich damit verschonen?

Vor einer Stunde sind die Kanadier aus den Transportern ausgeschifft worden auf die 220 Landungsboote. Thornton ist als Offizier auf einem dieser Boote der erste, der vor seinen »Jungen« – wie hasse ich dieses Wort! – über die heruntergelassene Rampe, sozusagen einer Zugbrücke, aus dem Boot in die Vorflut muß, um zum Strand durchzuwaten, sofern die Hunnen nicht schießen – oder hinein ins Schießen (wie könnte man vermuten, die schössen nicht?). Sobald die Boote auf Grund aufsetzen, wird die Rampe heruntergelassen – und müssen die Infanteristen noch vor den Panzern hinaus. Was dachte Thornton bei der Überfahrt? Auch an mich oder ›nur‹ an seine Drei in Toronto? (Seine Mutter hat er auch noch – hat sie *ihn* noch?) Ich weiß nicht, was unsere »Strategen« sich dabei überlegten, es in einer völlig klaren, leuchtend besternten, sehr hellen Nacht anzuordnen: schlimm wär's, aber möglich doch, hätten sie das nicht überlegt...

Seit 15 Uhr gestern nachmittag war absolute Telefonsperre im Bereich seiner Brigade, morgens um elf konnten wir noch sprechen – durch eine spezielle Leitung, wie vorverabredet, in seinem Divisions-Büro. Angeblich dienstlich. Keiner glaubte mehr, das sagte er mir schon am Ende unserer Nacht, daß noch sehr geheim sei, was sie vorhätten. Und die Wieder-Ausschiffung vor sechs Wochen am 4. Juli, als sie bereits an Bord waren, »hat uns erheblich demoralisiert – seither denkt keiner mehr, die Hunnen erwarten uns *nicht*!«. Und ich habe ihm noch zusätzlich – wie sehr! – im Zug das Leben beschwert durch mein Bitten, mein zum Schluß irres Winseln, sich krank zu melden. Erst wollte ich's selber nicht für möglich halten, daß ich so rücksichtslos zu einem Krieger sprechen könnte – »aber du bist ja gar kein Krieger, du wolltest Autos verkaufen, wieso mußt nun du... bist ja auch jetzt schon sehr, sehr heiß... wenn das kein Fieber ist!« Denn ich genierte mich, ihm so zuzusetzen, er nahm's mit der Ironie, mit der ich's sagte: »Erhitzt bin ich – dank dir: kein Fieber... ich dachte im Gegenteil, wir beide seien durchschlagend *gesund* gewesen seit gestern abend!« Ich bestand darauf, auch noch in diesem Ton: »Aber jetzt kannst du doch sicher nicht mehr laufen!« Er: »Laufen schon – nur nicht mehr stehen!« Er witzelte es unbedingt weg, wollte es nicht hören – zog seinen Mantel über die Haut und ging tatsächlich raus, als ich nicht abließ, ihn zu quälen, er solle krank werden. Ich gab's erst auf, als er sagte: »Ich denke, du schreibst – dann hast du ja bestimmt auch Vorstellungskraft genug, dir auszumalen, wie ich etwa dasäße zum Mich-selber-Anspucken, wenn ich wegen Heuschnupfens – den gibt es aber gar nicht mehr im August – daheimgeblieben wäre; und dann käme von den Achtzehn- und Zweiundzwanzigjährigen, die ich kommandiere, ein Dutzend zurück, und sie meldeten mir, die anderen zweihundert seien tot... Hör jetzt auf, Monica, mitgefangen – mitgehangen: das Los des einzelnen... Bleib liegen, dir ist doch nicht kalt – ich will dich ansehen, so lange wie möglich.«

Er hockte da, zwischen meinen Füßen, manchmal leckte er mir noch den Bauch oder die Kniekehle – die Schlüsselbeine waren schon so, daß ich eine geschlossene Bluse würde anziehen müssen, eine mit Schlips, obgleich wir sonst in diesen Hitzetagen die Uniform halsfrei tragen. Als ich mich aufsetzte, ihn zu umarmen – tat ich's aus Angst, ich müßte weinen und wollte vor ihm mein Gesicht an seiner Brust verstecken. Da klopfte der Schaffner – Zeit für mich. Thornton rief: »Danke, schon auf!« – doch hatte ich beschlosen: »Ich steige einfach nicht aus – erst an der nächsten oder der übernächsten...« Dann durfte ich nichts mehr reden, sonst hätte er's bemerkt, daß ich weinte. Ich sprach nichts mehr – er aber sprach jetzt, seine Hände auf meinem Nacken, meinen Schultern; und sprach in großer Ruhe. Und das wurde sein Nekrolog. Und weil ich das ahne, das ahnte, sofort – viel Phantasie gehörte ja nicht dazu –, würgte mich das Schluchzen, und das mußte ihn entsetzen, denn mein Weinen paßte so gar nicht zu seinen Worten, die eine einzige, seine end-gültige *Danksagung* ans Leben waren! Nie vorher hatte ich eine solche Energie aufgebracht, Tränen zurückzuhalten, denn was sollte um Gottes willen *er* denken, daß ich weinte, während er das Dasein feierte! *Da*-sein: wie jetzt 4 Uhr 57 – mir schauderte bei diesem Wort: *Ist* er noch da?

Er sagte: »Steigst erst später aus? Lieb! Aber weinen mußt du nicht, sieh mal, das ist nun wahr, wozu noch übertreiben, zuletzt … nie in meinem siebenundvierzigjährigen Leben bin ich aufgewacht neben einer so schönen Frau. Übertrieben ist nur ›aufgewacht‹, denn so wenig geschlafen habe ich selbst in meiner Hochzeitsnacht nicht … eben deshalb (sicher nicht deshalb allein, auch aus Angst – lassen wir das), weil du die Gefährtin ohne Vergleich bist. Geliebte zu sagen – klingt besser. Aber Gefährtin ist wahr … so eine Gefährtin finden – wenn man wie ich nur ein ganz ordinärer Kanadier ist, wildfremd in England? Das ist Glück, ein Geschenk, das einem auch wieder angst macht, denn *warum* schenkt einem das Schicksal so unverhofft in der Nacht, bevor der Krieg gegen einen losgeht, eine Gefährtin wie dich?«

Rasch unterbrach ich, weil ich seiner Stimme anhörte, daß auch die so fest nicht mehr war, ich sagte: »Die verdammten Deutschen – ich kann deutsch – haben für das, was du meinst, eine exakte Bezeichnung: Gefährtin und Gefahr sind bei denen ganz eng verwandt, obgleich ich gar keine Ahnung habe von ihrer Etymologie. Als hätten die das so wie du gemeint: Gefährtin, Gefährte, die *mitgehen* in die Gefahr … doch ich gehe ja nicht mit, ich steige ja aus!«

Er sagte, lachte sogar leise: »Doch, du *bist* mitgegangen. Und warum? Das ist ein bißchen eine … beängstigende Frage, lassen wir das. Es wäre doch schon sehr viel gewesen, hättest du nur geredet mit mir in dieser Nacht. Doch dann auch noch dieses Geschenk – *dich*. Was könnte einem das Leben noch geben, wenn man dich hatte: das Höchste. Und zwar nicht relativ; nicht im Hinblick auf solche Knaben – heute gibt's deren Millionen, die meisten auch in meiner Einheit sind so jung –, die fallen müssen, bevor sie nur *einmal* Mann sein durften nicht nur im Arm des Todes, sondern in dem eines Mädchens: wie gemein. Nein – du: das Höchste *absolut*. Und wieso, warum bekam *ich* dies – heute? Lassen wir das … gibt's denn das doch: Geschick, Fügung? Ich hab fast nie daran gedacht, aber jetzt will ich nicht mehr wahrhaben, kann ich nicht mehr glauben,

Zufall sei das gewesen, daß du gestern diesen Zug genommen hast. Es fahren ja noch zwei oder drei in der Nacht von Glasgow nach Süden... wer oder was – wenn du jetzt nicht einmal aussteigen *mußtest* – hieß dich dann, diesen Zug nehmen und nicht erst den nächsten? Und noch ein Zusammenhang zwischen uns beiden, der dagegen spricht, daß nur Zufall war, was heute nacht du mir, ich dir gewesen bin: ich meine diese – im bürgerlichen, im Friedenszeit-Sinne – unaussprechliche Radikalität, mit der wir einander genommen haben, zuerst schon mit Worten, diese *unverschämten*, niemals jemandem zu erzählenden Forderungen, die ich an dich – doch die auch du dann an mich gestellt hast, Gott sei Dank: so richtig, so schön, obgleich du nicht einmal meinen Familiennamen wußtest, weißt ihn ja immer noch nicht...«

Ich sagte, so wenig konnte ich sagen, ohne loszuheulen: »Steht der nicht auf deinem Telefonzettelchen?« Er fragte: »Hat je eine Frau das gemacht, ohne den Namen zu wissen – ich hatte mir doch ganz gedankenlos, wie immer, seit das zweite Kind da ist, das Präservativ genommen – und wie du ihn mir sofort wieder abzogst und ihn aus dem Fenster warfst und so hinreißend *bestimmend* gesagt hast: ›Alles oder nichts!‹ – da sprach das Leben selber aus dir. Und wie recht du tatest – so wie ich nur zu dir zu sprechen riskierte, weil ich gestern abend einfach nicht lügen wollte und dir *zumutete*, anzuhören, ich wolle dich, weil meine Frau nicht da ist! Welche, Monica, außer dir, hätte das verstanden oder auch nur angehört, ohne mich zu ohrfeigen? Und so radikal wie wir sprachen – was dann kam: ja – radikal heißt ›an der Wurzel‹, heißt auch rücksichtslos, es –«

Ich nahm das auf: »Findest du ›rücksichtslos‹, daß ich da ›an der Wurzel‹« – nun war auch mein Mund besetzt, meine Hände waren ja, seit er mich zum Weinen gebracht hatte, wieder bemüht zu verhindern, daß er spräche... weil womöglich dann diesen Nekrolog auch er noch durchschauen müßte als *Nekrolog*! Und so suchte ich ihn dahin zu bringen, wo Worte aufhören. Er seufzte, lachte: »Oh, wie du mich... auf meine alten Tage noch lehrst, an die Wiederauferweckung der Toten, wie heißt es wörtlich: die Wiederaufer-*Stehung* des Fleisches zu glauben – durch eine Frau. Ja, natürlich durch eine Frau – nicht durch seinen Sohn; wie viel überzeugender hätte der seine Firma mit einer Frau aufgemacht – ›Gottes Sohn‹? Warum nicht Gottes Tochter, da doch unter den vielen wortreichen Offerten ein Erlösungs-Angebot auch ist: das ist nun einmal – Erlösen –, was nur ihr Frauen könnt, nicht wir Männer, wir Kriegsverbrecher ... oh, das machst du wunderbar – Monica, komm!«

Er war wieder auf den Knien, ich sagte: »Nein – bleib doch liegen, haben wir nicht gesehen, wie gut du auch im Liegen stehst!«

Das war der Ton – meist – unserer Nacht gewesen, Heitersein, endlich konnte auch ich wieder unernst tun, statt ihn so rücksichtslos anzuweinen: »Bleib liegen, ich komme auf dich – du bist viel, viel besser ... siehst du: beschützt, bin ich oben.«

Er strahlte: »Vor allem sehe ich dann viel mehr von dir, deinem Haar, deinem Bauch, deinen Brüsten ...« Die hielt er und nahm ihre Knospen mit großem Zartgefühl zwischen die Zähne; er war jetzt nicht mehr so mitgerissen wie in der Nacht, war ruhiger, ausdauernder ... oh, wie lange er so war, und dann wieder sein Atem an meinem Hals, in meinem Nacken. Ich schrie, so zärtlich drückte er mir die Linke in den Nacken. Und lachte leise: »Steht nicht in klugen Lehrbüchern ... daß du besser *liegst*, wenn du schwanger werden willst, und ich will's ja nun auch, daß du's wirst ... komm, beschützt hast du mich genug! Und ist auch so aufregend, noch einmal zu *sehen*, wie du dich aufmachst ... wie du *das* aufmachst. Du bist da ... oh, die riesige schwarze Wasserrose. Ach – daß dies ewig dauerte!« Und er war über mir, und sein Seufzen wurde erhört: es dauerte lange, sehr lange, und führte über die Grenze zur Ewigkeit, wenn Ewigkeit dort ist, wohin Menschen immer unterwegs sind, um zu *bleiben*; weil sie *das* nie können. Ich muß zuletzt das Bewußtsein verloren haben – und war erst wieder da, als er meine Achseln leckte, noch in mir. Ich flüsterte ... sehr fern schienen Leute zu reden, Bahnsteig Cambridge. Seit zwei Stunden schon hatten wir unseren schwarzen Spiegel, weil der totgrau geworden war im Tagesdämmern, durch das Rouleau geschlossen. Ich flüsterte: »Denkst du auch nicht – nach dieser Nacht *kannst* du das nicht denken, daß ich nur deshalb das Kind von dir will, weil Stephen tot ist? Aber ich konnte einfach gestern abend diesen *nichtswürdigen* Vorbehalt nicht ertragen, diese Scheiß-Ängstlichkeit: ja kein Kind zu kriegen, solange Krieg ist – ich warf dieses widerliche Ding aus dem Fenster, weil ich so voller Jammer bin seit zwei Jahren, so oft ich nachts hochschreckte, allein mit nichts als einer Katze. Und sehe Stephen stecken im Schacht seines Bombers, und er kann sich nicht retten – und weiß nun, er verbrennt. Und nur noch diese entsetzliche Erinnerung, die alle anderen übertrumpft, ist da von ihm: wie haben wir uns gehabt, so wie wir jetzt – Nächte, ach! Doch immer mit diesen gemeinen Gummis, wir Idioten, damit's kein Kind gibt. Und wie bald war's, daß uns das Schicksal nun auslacht, den Toten und mich, weil wir mit jedem Akt das Leben *verraten* haben. Ich war zwar nie so versessen auf ein Kind, sonst hätte ich längst eins, aber um *Stephens* willen wünschte ich doch ... daß von ihm mehr übrig ...«

Ich hatte, noch aktumnebelt, zu viel gesagt: verfluchtes Reden! Er mußte jetzt denken, wahrscheinlich dachte er's: So wie sie jetzt auch von mir das Kind will, daß ich ihr mehr zurücklasse als nur die Erinnerung! Und um diesen Gedanken in ihm nicht hochzulassen, setzte ich wie gejagt hinzu: »Bitte denk nie, Thornton, ich käme dir mit irgendwelchen Ansprüchen, Forderungen – ich weiß, du bleibst bei deinen dreien in Toronto, und so ist das auch richtig, aber ...«

Sehr angenehm schwer lag er jetzt auf mir: »Nenn's Monica, wenn's ein Mädchen wird, bei mir werden's immer Mädchen – aber einen Jungen, den nennst du Thornton!«

Ich machte mich hoch, sagte heftig: »Quatsch – *du* nennst ihn Thornton, *wir* nennen ihn so!«

Er küßte mich noch einmal in der Mitte und lachte und sagte, wir waren aufgestanden: »Wir sprechen von Namen, aber meinen Familiennamen kennst du noch immer so wenig wie ich deinen!«

Ich kämmte mich, sagte meinen Namen, weil er seinen genannt hatte, und versprach: »Morgen hast du einen Brief, deine Adresse ist auf dem Zettelchen, mein Telefon schreibe ich dir.«

Er hatte den Slip in der Hand, kniete hinter mir, ich beugte mich über meinen Koffer; er wollte ihn mir anziehen, doch ich sagte, hatte mir schon einen neuen genommen: »Staunst, daß ich mehr als einen davon habe? Behalt'n als Augentüchelchen, wenn du nicht Angst hast, daß deine Kameraden dich verulken.«

Er steckte ihn in die Hosentasche und küßte mich: »Ich wollt ihn dir anziehen, damit ja nichts verlorengeht von dem, woraus unser Kind wird!« Ich rief: »Thornton!« und umschlang ihn so verzweifelt fest, als könne ich verhindern, daß er wegmußte, überwältigt von einer mir bis dahin nicht gegebenen Anhänglichkeit. Nie hatte ein Mann das zu mir gesagt – daß aber er sein Sperma erwähnte, das mich schon mehrfach, sooft ich in dieser Nacht auf meinen Füßen gewesen war, so rasch wie möglich vor Zärtlichkeit wieder zu diesem Mann getrieben hatte – war eine neue Erfahrung, die ich mir erst in diesem Moment deuten konnte, als er davon sprach. Seither glaube ich, selbst dann, wenn wir nichts so fürchten wie eine Schwangerschaft – und ich hatte sie bis zu dieser Nacht jedesmal gefürchtet –, will doch das Tiefste, das Geheimste in uns genau dies, wann immer wir's machen. Wird so, muß so sein: Daß in dem Moment, wo wir uns als Person nahezu aufgeben in der Ekstase und der Gattung stärker angehören als noch unserer Individualität, wir vom Gesetz der Gattung, sich fortzupflanzen – besessen werden, willenlos gegenüber der Natur. Weil das in mir war – das kann ich jetzt kühl objektiv beurteilen, ich dachte am ganzen anderen Tag, da ich's ja spürte, noch dauernd daran –, war ich auf eine Weise im Einklang mit dem Dasein, die eine mir *neue* Dimension der Befriedigung war – ja, anhält bis in diesem Augenblick, als wären wir ganz nur wir selbst, wenn wir Werkzeug, genauer: *Gefäß* eines überpersönlichen Willens sind. »Zieh den Slip nicht aus Versehen – weil du vergessen hast, daß er nicht dein Taschentuch ist – heraus, wenn du vor deinem General stehst!« mahnte ich. So – um diesen Ton bemüht, bis der Zug einlief, um ja nicht mehr ein ernstes Wort aufkommen zu lassen! So auch Thornton – und endlich lief der Zug ein, und ich war draußen, und er kam nach mit meinem Gepäck: keine Zeit mehr für Tränen; jedenfalls für Tränen vor seinen Augen.

Sechs Uhr zehn.

Sieben Meldungen der Deutschen aufgeschnappt: die furchtbarste von Marschall Rundstedt selbst ans Führerhauptquartier: »Mein Führer, die seit Juli erwartete Landung bei Dieppe ist übersehbar. Außer einem von 28 Panzern neuesten Typs, die alle schon vor der Strandpromenade vernichtet wurden, ist kein einziger auch nur bis zum Stadtrand durchgebrochen. Mindestens viertausend gefallene Kanadier am Strand. Kämpfe nur mehr am Hafendamm und in der Luft – offenbar der zahlenmäßig stärkste Einsatz britischer Jäger seit der Luftschlacht um England. Mehr als ein Ablenkungsmanöver kann dieser Dieppe-Versuch nicht gewesen sein. Daher höchste Alarmbereitschaft am ganzen Atlantikwall. Mindestens dreißig Landungsboote vernichtet, der Rest zieht sich zurück, offenbar ohne Hoffnung, gelandete Truppen noch wieder einschiffen zu können. Eigene Verluste bisher ungefähr zweihundert Gefallene.«

Ich kann nicht mehr schreiben.

21. August.

Thornton gefallen: 18. August 1942, vor fünf Uhr.

24. August.

Am Tag von Dieppe meldete schon um 17 Uhr 40 Rundstedt an Hitler: »Auf dem Festland befindet sich kein bewaffneter britischer Soldat mehr.« Hitler höhnte im Radio, wir könnten uns freuen, kämen wir wieder, »noch einmal neun Stunden an Land zu bleiben«!

Verluste der Kanadier – most secret – anscheinend fast 70 Prozent, die der übrigen, die gelandet waren, knapp 60 Prozent. Schacht und Treppe: war bisher Stephens Tod, vielleicht durch den zu engen Schacht, meine Nachtmahr-Vision, so kommt jetzt hinzu die Treppe von Dieppe. Denn mit großer Gelassenheit erzählte ein Luftwaffen-Stabsoffizier, die Katastrophe sei ohnehin nicht zu verhindern gewesen – nur »hätte sie nicht dermaßen ausarten müssen, würden unsere Stäbe die Luftaufklärungsfotos genau ansehen, sie sahen aber eben gerade nur mal so hin – und so kam's, daß nur ein einziger unserer Panzer *nicht* schon am Strand zusammengeschossen wurde. Denn unser famoser Einsatzstab hielt die kilometerbreite *Treppe* zwischen Strand und Uferpromenade, die für jeden Panzer unpassierbar war, für eine *Rampe*! Kein Panzer, natürlich nicht, kam die Treppe hoch – und man sieht sehr gut auf dem Foto, daß dies eine Treppe – keine Rampe ist.«

Treppe und Schacht: Das sind Momente, wo man mit archaischem Haß die *Hinrichtung* von solchen Etappen-Schweinen wünscht, die selbst nie einen Schuß hören – und für Zehntausende von Landsleuten Schicksal spielen. Wir gehen mit unseren Männern so niederträchtig um wie die Deutschen mit ihren …

6. September.
Ich kriege kein Kind. Hier nur Thorntons Bild.

VII

Seetrümmer

Reisenotizen Turings I

Turings datenlose drei Notizhefte sind mir per Post am 21. November 1953 zugegangen, nur mit der Bemerkung, er werde anrufen. Alan rief am übernächsten Abend an und fragte, was ich davon hielte, irgendwann im Sommer – »hat ja gar keine Eile« – diese Notizen mit ihm »irgendwo, wo man baden und ein bißchen radfahren kann«, so zu organisieren, zu ergänzen, zu kürzen, »daß ich vor Ludwig Wittgenstein, wenn der mir aus dem Jenseits noch zugucken sollte, halbwegs bestehen kann: du weißt, er hat immer gehöhnt, daß ich nur deshalb dauernd rechne, um nicht denken zu müssen. Es war ihm so verächtlich, daß einer ißt und trinkt, ohne Hegel gelesen zu haben, obwohl er selber Hegel lächerlich fand, daß ich endlich ihm zuliebe sogar während einer Atlantiküberquerung Hegel las – aber das ist wirklich mehr, als ein Mensch von einem anderen verlangen darf!« Alan lachte. Ich fragte, warum er die Hefte nicht selber aufbewahre, bis er zu mir komme? Er sagte: »Ich etwas aufbewahren? Ich schickte sie vorgestern ab, weil ich sie vorgestern gerade wiedergefunden hatte – drei andere oder zwei, die ich vor Jahren schon vollschrieb, sind verschollen, können sich natürlich morgen oder in sieben Jahren wiederfinden. Oder auch nicht.«

Turing hat nie wieder nach diesen Heften gefragt; als die Badezeit gekommen war, sechs Monate später, hätte ich ihn auf unsere Verabredung ansprechen sollen; ich wollte das auch, nach meiner Ägypten-Reise im Mai–Juni. Aber da war Turing tot...

Ich könnte seine Aufzeichnungen ziemlich genau datieren, doch da er das – laut seinem ersten Eintrag im zweiten Heft – nicht wünscht, tue ich das auch nicht. Ich füge sie jedoch jeweils in die Chronologie meiner Journale ein. Turings erstes Heft:

Ein Buch ist neben meinen Liegestuhl gefallen – aus Ekel vermochte ich nicht weiterzulesen, als ich zu dem Satz gekommen war: »Der Römer ist Soldat, da ist er tapfer. Aber innerlich ist der Römer leer ... er hat wenig seelischen Selbstwert, daher ist seine Tugend negatives Verhalten, Abhärtung gegen das Außen, Stoizismus. Höchstenfalls kann er gelassen sterben. Aber das ist auch die Sklaventugend des Gladiators ...«

Höchstenfalls gelassen sterben! *Das* können: als gäbe es Höheres für Menschen. Aber für diesen persönlich stets von ›Geschichte‹ verschont gebliebenen – wie ich persönlich bisher keinen Schuß hörte – Augenzeugen der napoleonischen Katastrophen, der als Berufsbezeichnung Philosoph angab – obgleich das doch heißt: Freund der Weisheit –, ist dieses Höchste, Würdigste, Seltenste überhaupt, das Sterbliche leisten können, nur eine ›Sklaventugend‹ ... eine bösartige Wortfindung, womit Hegel auch jene noch verhöhnt, die als Sklaven leben mußten. Wer von den Unglücklichen hätte sich zum Gaudium des Kaisers und des anderen, des ungekrönten Pöbels, in einer Arena schon *freiwillig* abschlachten lassen? Was geht vor in einem, der selber das Privileg genießt, nie einen fallen zu sehen, obgleich er Zeitgenosse von ausgedehntesten Zwangsrekrutierungen und von Schlachten ist, die mehr Menschen – bei Borodino, bei Leipzig, bei Waterloo –, mehr Menschen hinmachen als alle Schlachten zuvor in der Geschichte? Was geht in einem vor, was für ein Mensch ist, der Soldaten, Gladiatoren und andere Sklaven *verhöhnt*, da die ›höchstenfalls‹ gelassen sterben können? Hegel konnte Napoleon mehrfach persönlich beobachten und schwärmte hirnlos, weil *ihn* dessen Zwangsrekrutierungen nicht mehr erfaßten, auf Grund des Jahrgangs; »die große Weltseele« nennt er ihn in Briefen, auch den »Weltgeist zu Pferde«!

Rangfragen: Goya *sah hin* auf die napoleonischen Kriegsgreuel, ehe er gestaltete, und blieb bei der Wahrheit und ist *deshalb* so unendlich viel überzeugender als Hegel. Da nicht nur der, sondern auch sein Mitschüler Hölderlin, hier ständig zitiert in der mühsamen Einleitung zum Hegel-Buch, schauerlich chauvinistisch ›dichtete‹, bin ich zum erstenmal versucht, Churchills Bezeichnung für die Deutschen zu übernehmen, so widerwärtig dieses Schimpfwort ›Hunnen‹ mir bisher war.

Rangfragen: Ist denkbar, daß Erstrangige anderer Nationen der eigenen angedichet haben, was Hölderlin »dem Deutschen« zuschrieb und seinem Vaterland, »dem allverkannten« – nämlich,daß »aus deiner Tiefe die Fremden ihr Bestes haben. Sie ernten den Gedanken, den Geist von dir«... Größenwahn aus Fremdenhaß, vom Zeitgenossen auch Goethes geschrieben, aber wie auf Bestellung der Hitlerbanditen! Und doch könnte nur ein Narr bestreiten, daß Hölderlin große Lyrik gedichtet, auch geschrieben hat, wie schön: »Der Reichtum aber kommt aus dem Meere«...

Das immortellengraue Meer, wie ich es ansehe, das mich niemals ermüdet, weil so sehr wenig Phantasie dazu gehört, sich darauf zu besinnen,welche Matrosen- und Passagier-Schicksale in Frieden und Krieg durch seine Gewalt vollstreckt wurden, das Meer korrigiert zunächst einmal, was Land-Leute denken und dichten. Anschauung wird fertig mit allem nur Ausgedachten, das immer zweiten Ranges ist... Wenn Philosophen des 19. Jahrhunderts Mut eine ›Unteroffizierstugend‹ schimpften (Schopenhauer), weil *ihre* Tapferkeit nie auf die Probe gestellt wurde; dies finde ich als Fußnote bei Hegels Hohn über jene, die ›höchstenfalls gelassen sterben‹ können – wie nichtig wird dann dieses Gerede vor einem einzigen Bild, das für millionenfach ebenso erlittene Todesstunden zeugt. Während des Ersten Weltkriegs beobachtete einer auf dem Atlantik: »Abgesehen von der immer wieder aufsprühenden Gischt war die Sicht gut, und ich sah schwarze Gegenstände wie große Blasen auf dem Wasser – Tote schwimmen aber meist unter Wasser. Der Skipper erläuterte: ›Tote Maultiere, sie faulen und sind aufgeblasen wie Ballons. Irgendein Maultiertransport.‹ Schon das beschäftigte mich – dann aber sah ich, und ich dachte, das sei ein sehr großer Korb, wie Körbe auf Feldern benutzt werden – hoch und nieder sprang er zwischen Kamm und Tal zweier Wellen, ungefähr immer am gleichen Ort. Doch als wir in zwanzig Meter Entfernung vorbeirasten, ich hatte jetzt das Glas vor den Augen, sah ich: kein Korb war das, sondern, was da auf und nieder sprang in der Dünung, das war ein Skelett in einem Rettungsgürtel, der noch festsaß um die Taille des völlig Abgefleischten. Grausig, daß über dem vollkommen skelettierten Gesicht der Skalp nicht nur ganz erhalten geblieben, sondern vermutlich das schwarze Haar des seit Wochen Toten noch gewachsen war: Die nassen Haarsträhnen waren ungewöhnlich lang. Ich fragte beklommen: ›Haben Sie das gesehen?‹

Der Skipper antwortete: ›Schon vor Minuten.‹

›Nehmen Sie das nicht an Bord›‹ Ich sagte: ›das‹ – es war ja kein Mensch mehr, dieses Skelett.

›Du lieber Himmel, nein! Es würde meine Mannschaft demoralisieren – ein Toter der Lusitania.‹«

Einer von über zwölfhundert, die durch den deutschen U-Boot-Torpedo 1915 vor Irland mit dem damals größten britischen Dampfer untergegangen waren, aber zweifellos, um mit Hegel zu reden, ›nur‹ gelassen hatte sterben können... daher »ist seine Tugend«, die des Sterbenden, sagt der inhumane Unverantwortliche, nur »negatives Verhalten«! Hat Hegel gewußt, daß Menschen – ist das Wasser nicht kalt – zuweilen Tage und Nächte brauchen, um, wie er sagt: »nur« gelassen zu sterben? Hat Hegel gewußt, was Möwen mit den so Geschwächten tun, die sich zuletzt nicht mehr der Schnäbel erwehren können, die ihnen zuerst die Augen auspicken? Oder Haie? Und wie das ist – den Rettungskreuzer ›Juno‹, den britischen, der bereits in Sichtnähe ist, abdampfen zu sehen, weil Seelord Fisher die Zahl der Ertrinkenden erhöhen will, damit endlich die USA – denn viele Bürger des neutralen Amerika sind an Bord der ›Lusitania‹ gewesen – den Deutschen den Krieg erklären? Fisher hat ausdrücklich dem Kreuzer Befehl gegeben, nicht zu retten, sondern sofort abzudrehen. »Nur« gelassen sterben! Kein Gefühl, nicht einmal ein Gedanke irritiert den Philosophen Eisenherz bei der Vorstellung – doch vermutlich hat er sich dergleichen niemals vorgestellt, weil es schemawidrig zu seinem Denken ist, wie die Mächtigen, die doch die irdischen Werkzeuge des Hegelschen Weltgeistes sind, sehr oft umspringen mit den Namenlosen, denen Hegel nur empfehlen kann, gelassen zu sterben, um den Plänen dieser Mächtigen nicht im Wege zu stehen. Anekdoten – wird er nur herablassend gedacht haben, wenn er zu seiner und Napoleons Zeit von »Maßnahmen« der Staatsräson gehört hat, die exakt so ruchlos mit den Individuen umgesprungen sind wie 1915 Churchills und Seelord Fishers ›Maßnahme‹, mit den Passagieren der ›Lusitania‹. Als das herrliche Schiff gebaut wurde, 1912, sagte schon Churchill der Direktion der Cunard-Linie, »spätestens im September 1914« sei man im Krieg mit dem kaiserlichen Deutschland wegen seiner immer bedrohlicher für England anwachsenden Flotte – daher der Luxusliner auch schon 1913 bewaffnet wurde. Tatsächlich fraß nur neun Monate nach Kriegsausbruch ein deutscher U-Boot-Kommandant den vergifteten Köder; aber die Hirnlähmung, die ihn dazutrieb, teilte er mit seiner ganzen Nation! Sogar der heute aus Abscheu gegen Hitler in unserem Lager lebende Thomas Mann gab 1915 seiner Genugtuung Ausdruck – deprimierend, das hier zitiert zu finden in meinem ›Lusitania‹-Buch –, daß sein deutsches Volk »durchaus heroisch gestimmt, bereit, Schuld auf sich zu nehmen und ungeneigt zu moralischer Duckmäuserei, nicht geflennt« habe über das, »was die ihrerseits radikal erbarmungslosen Feinde seines Lebens ihm antaten... Gebilligt hat es die Vernichtung eines frechen Symbols der englischen Seeherrschaft und einer immer noch komfortablen Zivilisation, des Riesenlustschiffes ›Lusitania‹, und dem welterfüllenden Zetermordio humanitärer Hypokrisie die Stirn geboten. Den uneingeschränkten Unterseebootskrieg aber hat es nicht nur gebilligt, es hat danach geschrien und bis zur Auflehnung mit den Führern gehadert, die zögerten, ihn walten zu lassen...« Ein Beleg, wie Krieg offensichtlich jedermann – und natürlich auch mich – blind bis zur Dummheit macht. Denn genau diese Worte des großen Dichters erhärten Talleyrands mot: »Schlimmer als ein Verbrechen – eine Dummheit!« Hat doch kein einziger amerikanischer Soldat – auch bisher, in diesem Zweiten Weltkrieg wieder nicht – im Ersten Weltkrieg durch ein deutsches Unterseeboot sein Leben verloren, als er zur Front nach Europa verschifft wurde! Marineminister Churchill, um das noch nachzutragen, hat im Mai 1915 ›Lusitania‹, nach Abzug eines Kreuzers, der sie hatte schützen sollen, bei gedrosselter Geschwindigkeit dem deutschen U-Boot »hingehalten«. Mit Munition ebenso vollgeladen wie mit Passagieren auch aus den USA, sank das Schiff, da die Munition explodierte, binnen einer Viertelstunde und riß 1201 Menschen mit sich hinab, unter ihnen einige hundert amerikanische Zivilisten. Seine Majestät der britische König hatte am Nachmittag des Versenkungstages, einige Stunden zuvor, ebenso wie auf dem Weg zur Audienz beim König der britische Außenminister, den Emissär des Präsidenten Wilson, Colonel House, gefragt: »Werden die USA in den Krieg eintreten, wenn die Deutschen die ›Lusitania‹ versenken?«

Churchill war ohne jede Aufgabe dort für diese Tage nach Frankreich ins britische Front-Hauptquartier entwichen, um nicht mitverantwortlich in Whitehall handeln zu müssen; er resümierte ehrlich: »Der Unterschied zwischen Politik und Strategie schrumpft zusammen, von je höherer Warte aus man blickt... Von ganz oben betrachtet sind wahre Politik und Strategie eins. Das Manöver, das einen Bundesgenossen mit auf den Plan ruft, ist so dienlich wie das, welches in einer großen Schlacht den Sieg bringt. Das Manöver, das einen wichtigen strategischen Vorteil bedeutet, kann weniger nützlich sein als eines, das einen gefährlichen Neutralen besänftigt oder einschüchtert.«

Das Aufschnappen weltpolitisch folgenreicher Köder, die ein Gegner auslegt, der um seine Existenz kämpft: ist *eines*; wieso sollte nicht eine Nation in der Not versuchen, den machtvollsten Staat der Erde als Bundesgenossen zu gewinnen; ein *anderes* ist: ob Gegner so tölpelhaft sind, solche Köder zu schlukken! Die Deutschen sind auch in diesem Krieg viel mächtiger, als sie intelligent sind... wird abermals der Geist fertig werden mit der Macht?

Doch ein »Philosoph«,der kein Wimperzucken, geschweige eine Träne erübrigt für alle jene, denen er lediglich »angemessen« findet, daß sie »gelassen sterben« müssen? Wieviel ekelhafter ist er als der mörderisch Handelnde, der immerhin zuweilen – wie hier Churchill – geltend machen kann, daß er damit dem eigenen Volk größere Opfer erspart... In Scheveningen stand Hegel einmal am Ufer, der sogenannte Philosoph, der denn auch sofort von ›deutscher‹ Nordsee schwärmte – aber Seetrümmer hat er zweifellos niemals sich vorgestellt. Weil er stets nur ›sah‹, was er dachte – statt zu bedenken, was er gesehen hatte. ›Deutsche‹ Nordsee – wie paßt zu dieser Anmaßung, daß vom›Imperator‹, ihrem einst größten Schiff, so alt wie ich, Jahrgang 1912, bei der Jungfernreise nach den USA die Galionsfigur, der ›deutsche‹ Adler, abbrach und ins Wasser fiel. Durch seine eigene Schwere abgebrochen – was für ein Menetekel! Gern wüßte ich, wie ihr letzter Kaiser, der tatsächlich mit I. R. unterschrieb – ›Imperator Rex‹–, wie der die Botschaft aufnahm, ein Jahr vor dem Krieg, 1913, sein Adler, von seinem Schiff, sei ins Wasser gestürzt – und weg war er, für immer, bevor einer das merkte! (Ich bin auf diesem innenarchitektonisch vielleicht schönsten Schiff, das je gebaut wurde – drei Schornsteine, mit 52 000 Tonnen der damals schwerste Dampfer der Welt–, noch 1938, ehe es dann ausbrannte, in die USA gereist. Wir hatten als Sieger 1918 dieses Schiff beschlagnahmt, der Cunard-Linie als Ersatz für die ›Lusitania‹ gegeben und in ›Berengaria‹ umgetauft.) Was Schiffen geschieht, wird, wie oft, zum Symbol für das, was Menschen beschieden ist.

Seetrümmer. Schon das Wort See, viel stärker aber noch der Anblick der See ruft sofort Seetrümmer als Wort wie als Vorstellung in mir herauf. Anders das Land: Landtrümmer, weder als Wort noch als Bild stellt sich spontan die Einsicht ein, daß doch auch an Land schließlich alles stigmatisiert ist von Undauer, von Zerstörbarkeit. Doch an Land ist es die Zeit, die unbesiegbar ist und alles wegnimmt. Auf See ist es die Gewalt.

Wenn ich zuweilen doch – hoffentlich ohne blöde zu werden vor Selbstgefälligkeit – denken kann, daß ich Landsleuten entscheidende Erleichterungen bringe, dann deshalb, weil noch immer und trotz meiner Entschlüsselung des deutschen Marine-Codes, jeder vierte – jeder vierte! – aus unserer Handelsmarine umkommt: weit, weit mehr als in jeder Waffengattung... Am meisten noch vor kurzem, im März 1943 – unser furchtbarster Monat, bevor ich ungefähr am 20. wieder einbrechen konnte in den über-überschlüsselten ›Triton‹-Schlüsselkreis, durch den Dönitz seine Boote schützte, bis er sie uns mit ihm verriet; im Mai fielen dann auch seine beiden Söhne auf zwei U-Booten. Wir entzifferten Hitlers Beileidstelegramm nach St. Nazaire. Aber noch Anfang März verloren wir binnen vier Tagen 42 von 202 Dampfern aus den vier nach Osten gehenden Konvois. Schuld war nicht ich allein – sondern auch die

Borniertheit unserer Admiralität, die erst schwarz auf weiß den von mir aufgeschnappten Funkspruch der Feinde lesen wollte, aus dem hervorging, daß auch die Deutschen um diese Zeit in unseren Funkverkehr eingebrochen waren und mehrmals direkt nach den Anweisungen Whitehalls an unsere Konvois ihre U-Boote bereitstellen konnten. Unser Konvoi ON. 166, der zuerst von U-Booten angefallen wurde, seit am 1. März '43 Dönitz befohlen hatte, die sogenannte zweite Griechenwalze Beta für die Schlüsselmaschine M4 im Wechsel mit der Walze Alpha einzusetzen, wurde barbarisch zugerichtet: er büßte 37 Prozent seiner Schiffe ein! Doch dann im Mai hatten wir die Schlacht um den Atlantik gewonnen. Wir versenkten 41 von damals 200 U-Booten im Atlantik, weil wir das Geheimnis unserer Arbeit in B. P. jetzt aufs Spiel setzten, indem wir zum erstenmal direkt auf jedes einzelne Boot mit Flugzeugen und Zerstörern losprеschten, sobald der Standort geortet war. Die Deutschen merkten noch immer nicht, daß wir dechiffrierten. Da drängt sich die Vermutung auf, daß die Deutschen die Fähigkeit haben, beharrlicher als andere Völker nur das zu glauben, was sie glauben *wollen*. Irrationalität und Wunschdenken, das ihren Staatsphilosophen Hegel nur wahrnehmen läßt, was sein Denken stützt, statt daß er bedächte,was er wahrgenommen hat, steuern offensichtlich ebenso auch die Politiker da drüben.

Schiffe, verlorene, zählt man, Menschen, verlorene, meint man.

Seetrümmer ... Ich kehre immer dorthin zurück, nicht nur, weil dies meine dritte Überfahrt über den Atlantik ist, meine erste im Krieg, sondern weil Detailkenntnis aus der Battle of Britain und der Schlacht um den Atlantik mich einigermaßen befähigt, jene christlichen Halluzinationen, die Hegel als Denkprozesse ausgibt, auf ihre Stichhaltigkeit zu überprüfen.

Der Kommentator des mir von Wittgenstein aufgenötigten Hegel zitiert den Archäologen Ludwig Curtius, dessen Lehrer Adolf Furtwängler war, Vater des Dirigenten, offenbar ein bahnbrechender Altertumsforscher. Ich notiere mit Erleichterung, daß die Hegelei als Epidemie nicht alle Deutschen erfaßt hat, denn nie las ich Menschen-Verächtlicheres. Furtwängler, ein Trost, »äußerte, als die berühmte Rede Windelbands über

Hegel in Heidelberg die große, moderne Hegel-Renaissance einleitete, wenn Hegel wieder mächtig würde, wolle er nicht mehr leben, das sei das Ende der Wissenschaft«.

Seetrümmer ... sind dann doch nicht Schiffe und ihre Ladungen, sondern Menschen, wenn sie einem die Träume beschweren oder einen aus Träumen aufschrecken. Da ist kein Ende. Da ist auch für den Reflektierenden so belastend sein Gefühl der Ohnmacht vor Katastrophen, die viele hinabrissen – während doch der Chronist immer nur einzelne zeigen kann, bestenfalls. Fast unmoralisch, zwei oder fünf Menschen zu erwähnen – wo zweihundert, fünftausend umgekommen sind! Achttausend – in einer Schlacht, Jütland ...

Wie machen das eigentlich Erzähler? Ich habe nie einen modernen Roman gelesen, aber schon in *Krieg und Frieden*, oder gar, wollte einer die Atlantik-Schlacht beschreiben: wie ungerecht, wie *falsch* – und also doch auch hinter die Wahrheit der Kunst und Philosophie ein dickes Fragezeichen setzend –, drei oder sieben oder siebzehn Matrosen herauszugreifen und ihren Admiral, ausnahmsweise *sie* namhaft und sichbar zu machen und zum Sprechen zu bringen, *ihr* Gesicht zu zeigen, *ihr* Gemüt – angesichts des Schweigens so unendlich vieler! Des Verschwiegenwerdens aller, die gesichtslos bleiben in einer Novelle, so wie die »Nullen« ... von denen als Nullen, da es Menschen sind, auch nur zu sprechen schon eine Denunziation ist; nichts Individuelles, am wenigsten ein Individuum darf durch eine Zahl, *kann* durch eine Zahl benannt werden. Das sollten wir Mathematiker nie vergessen. Und doch: Zahlen sind das erste, das letzte, das man nennt – will man benennen, was einen zuerst, zuletzt bedrückt anläßlich der Menschen verschlingenden Meereskatastrophen, von denen nie loskommt, wer nicht der Faszination des Meeres sich entziehen kann. Wie das Meer durch Mord an Menschen das Denken korrigiert – ja, wie es als anmaßend entlarvt, überhaupt vom festen Ufer aus zu denken, statt nur auf See und im Bewußtsein, daß auch die *Person* des Denkenden selber dem Bodenlosen des Ozeans ausgesetzt sein muß, damit er ohne fälschende Sicherheit denkt; so wie der Artist am Trapez erst ganz überzeugt, wenn er's ohne Netz tut: So bringen mich Opfer wieder einmal gegen *den* Menschen auf, der es übers Herz brachte zu schreiben, wer Geschichte nur bei den faktenüberliefernden Historikern lese – zum Beispiel beim Thukydides oder bei Friedrich von Preußen, der seine eigenen Kriege beschrieb –, der verzichte auf »das Auge der Vernunft«. Der »nur« die »Schlachtbank« sähe – sähe nicht, wie er, der Philosoph, den »vernünftigen Fortschritt im Bewußtsein der Freiheit«! Doch habe eben »die philosophische Betrachtung keine andere Absicht, als das Zufällige zu entfernen«. Das Zufällige, das waren aber für Hegel immer die Opfer ... Mindestens jene, die in einem Krieg auf seiten der Verlierer standen, denn der Philosoph *müsse* »den Glauben und Gedanken zur Geschichte bringen, daß die Welt des Wollens nicht dem Zufall anheimgegeben ist. Daß in den Begebenheiten der Völker ein letzter Zweck das Herrschende, daß Vernunft in der Weltgeschichte ist – nicht die Vernunft eines besonderen Subjektes, sondern die göttliche, absolute Vernunft: ist eine Wahrheit, die wir voraussetzen; ihr Beweis ist die Abhandlung der Weltgeschichte selbst« ... Demgemäß wären denn also auch die Opfer der Konzentrationslager, die Verbrannten der Inquisition, die massakrierten Inkas und Azteken und die ausgerotteten Indianer der Neuen Welt »Schrittsteine« im Ablauf einer durchaus »vernünftigen« Entwicklung gewesen ...

Darf man ein Individuum einen Philosopohen nennen, das aus der Sicherheit eines beamteten Lehrstuhlbesitzers einen derartigen Frevel als Weltgesetz dekretiert? Wie hätte dieser Mensch gedacht, wären sein Vater oder seine Kinder 1805 auf seiten der verlierenden Franzosen durch Lord Nelsons Flotte bei Trafalgar in ihren Schiffen auf den Grund gebohrt worden? Darüber kann man streiten. Nicht streiten kann man – man kann das nur verachtend übergehen –, daß einer 1825 noch kapitellang über Länder schreibt, sie denunzierend, von denen er niemals einen Quadratmeter sah. Und da so nachweislich falsch ist, was er über *die* schrieb – wie wahr ist dann, wie ehrlich das schöne Spiel so vieler meiner Kollegen mit der nur »reinen« Mathematik, die sie mit pontifikaler Arroganz der angewandten entgegenhalten? Das Angewandte als das Überprüfbare – sie hassen es *deshalb*. So wie Hegel am heftigsten jene Geschichtsschreiber haßt, die aus eigenem Erleben schreiben: denn die verwehren es ihm am nachhaltigsten, sich seine Philosophie zu machen – und hernach historische Fakten danach auszuwählen, ob die seine Philosophie bestätigen – oder ihr widersprechen. Tun sie das: läßt er sie weg.

Der ganze Jammer über deutschen Dünkel fällt einen an, vergleicht man, was Hegel zum Beispiel über Amerika sagte, mit dem, was fast gleichzeitig (1831) der Franzose Tocqueville *drüben* studierte und beschrieb. Der Deutsche ›sah‹ – natürlich sah er gar nichts, hat ja nie außer Paris und Amsterdam eine ausländische Stadt gesehen –, Hegel ›sah‹, was er sich ausgedacht hatte; Tocqueville bedachte, was er gesehen hatte. Hegel sagte, was er wußte; Tocqueville wußte, was er sagte. Und kam folglich nicht zu jenen grotesken, auch niederträchtigen, von europäisch-zentralistischer Nabelschau verzerrten Verurteilungen fremder Erdteile wie der Deutsche, der zum besten gab in seiner *Philosophie der Weltgeschichte*, in Lateinamerika gelte sogar »europäisches Rindfleisch für einen Leckerbissen«, und das beweise, daß selbst die großen Rinderherden drüben, von denen der Philosoph immerhin gehört hatte, nichts taugten; sowenig wie die Menschen Südamerikas sich je auf die Höhe ihrer spanischen Ausrotter hätten aufschwingen können. Denn die Amerikaner waren ja auch noch keine Christen gewesen – und erst »im christlichen Zeitalter ist der göttliche Geist in die Welt gekommen und hat in dem Individuum seinen Sitz genommen, das nun vollkommen frei ist...« Hat er dergleichen Unfug aufgehäuft, schließt Hegel: »Dieses alles ist nun das Apriorische in der Geschichte, dem die Erfahrung entsprechen muß...« Oder dem sie von ihm »angepaßt« wird, indem er wahrheitsfeindlich alles ausschließt, was nicht sein irreal Ausgedachtes bestätigt. Insbesondere das Leiden des Individuums, von dem der Philosopoh sagt, daß es ihn »nichts angeht« (wörtlich!).

Wer so den einzelnen vergewaltigt – ihn ignorieren ist auch eine Vergewaltigung –, der bildet sich auch ein, vom Ganzen eine Vorstellung zu haben – die keiner haben *kann*, weil jede zeitverhaftet ist. Wenn Hegel die Welt betrachtete, brachte er fertig, folgende Illusion schriftlich zu geben – und wußte doch schon, wie auch die Antike verendet war: »Die Welt ist umschifft und für die Europäer ein Rundes. Was noch nicht von ihnen beherrscht wird, ist entweder nicht der Mühe wert oder aber noch bestimmt, beherrscht zu werden.«

Von uns Europäern, die wir ja auch – laut Hegel – die christliche Mission hatten, die Lateinamerikaner zu lehren, wie gut Rindfleisch schmecken könne ... Als ich gelesen hatte, die Welt sei bestimmt, von uns beherrscht zu werden: schmiß ich das Buch über die Reling – wozu es noch heimtragen!

VIII

Archimedes

Ich weiß mich genau an den zweiten oder dritten Spätnachmittag nach Abwurf der zweiten Atombombe, der auf Nagasaki, zu erinnern. Ludwig Wittgenstein, vorangemeldet, sonst wäre auch er in B. P. nicht eingedrungen, wurde von mir am Tor in Empfang genommen und zu Turing geführt, den er mit den Worten begrüßte: »Ihr seid mir Helden!« Keine Frage, der Philosoph, einst Turings Lehrer in Princeton, doch längst sein Freund, da ja Wittgenstein seit 1939 (und bis 1947) nun in Cambridge Philosophie lehrte, war der Auffassung, hier in B. P. sei der britische Anteil an der Konstruktion der Atombombe geleistet worden. Selbstverständlich hatte Alan auch ihm mit keiner Silbe angedeutet, was wir hier machten. Wittgenstein war verletzt und verletzend: »Ich habe doch noch etwas dazugelernt. Ein Wissenschaftler ist ein Mensch, der sich einbildet, er dürfe alles, was er kann!« Jetzt erst merkte Alan, daß Wittgenstein annahm, Turing hätte direkt mit der Massakrierung von Hiroshima und Nagasaki zu tun gehabt. Denn W. fragte: »Wie viele Bomben habt ihr denn *noch*?« Wieviel die in Los Alamos von Turings Erkenntnissen mitverwendet haben, können nur Fachleute beantworten, Alan war nie dort. Wittgenstein war erregt. »Hiroshima, ein Warnschuß, um den eigenen Soldaten die Invasion der japanischen Hauptinsel zu ersparen: ja! Obgleich Stockholm schon vor drei Wochen meldete, Japan zeige Kapitulationsbereitschaft. Aber eine zweite Bombe: wozu? Hast du je davon gehört«, fragte er Alan, »daß einer den gleichen Studenten die gleiche Vivisektion *zweimal* demonstriert? Du hast mir mal gesagt – mehr sagtest du ja nie –, was du hier machst während des Krieges, sei lediglich Landes-*Verteidigung*, mit Offensivwaffen habest du nichts zu tun ... Geht ja mich als Österreicher auch gar nichts an, was ihr anstellen mußtet, meinesgleichen vor Auschwitz zu retten; das fehlte noch, euch Vorwürfe zu machen, daß ihr *die* nicht mit Samthandschuhen angefaßt habt, die Warschau und Rotterdam schon verbrannt hatten, bevor ihr Briten zum erstenmal über Berlin hergefallen seid! Aber die Japaner haben meines Wissens kein amerikanisches Bevölkerungszentrum je gebombt – und ihnen nun gleich *zwei* Städte mit A-Bomben wegzumachen! Junge, Junge! Hast du Cognac oder Whisky?« Pause.

Während ich mich um Getränke kümmerte, fing Wittgenstein wieder an: »Ich frage übrigens, wie neulich schon der Labour-Abgeordnete Stockes, der sogar Panzerfabrikant ist, im Unterhaus gehöhnt hat, als wir Dresden massakriert hatten: wieso kann eigentlich die Rote Armee Bevölkerungszentren erobern, ohne sie vorher zu bomben?«

Jetzt erst sagte Turing: »Ich habe an den Atombomben nicht mitgebaut. Aber mach dir nichts vor: Im Mai haben die Amerikaner in Tokio in *einer* Nacht 130 000 Japaner durch einen Feuersturm – alles Holzhäuser – in Fackeln verwandelt, also 50 000 mehr umgebracht als in Hiroshima. Ich hörte im Radio ihren General Curtis LeMay mit dem denkwürdigen Satz prahlen: ›Wir haben sie in die Steinzeit zurückversetzt.‹ Am 15. Juni hat er dann aufgehört mit diesen Angriffen, weil es in Japan keine unverbrannte Großstadt mehr gab.«

Ich hatte Alan schon mehrfach zu Wittgenstein nach Cambridge gefahren, der wußte, daß ich gut Deutsch kann. Er zog ein Blatt aus der Tasche und gab es mir: »Mein Küchenenglisch reicht nicht für ein Schiller-Gedicht. Sie sollen auch keine Verse schmieden – nur bitte es so übersetzen, daß Turing es in Prosa mitkriegt. Es ist ganz kurz.« Bevor er mir's gab, zeigte er es Alan. »Hab ich für dich abgetippt aus einer Schiller-Ausgabe. ›Archimedes‹, der auch als Wissenschaftler seine Unschuld verliert, weil er Waffen baut. Die letzten zwei Zeilen schenken wir uns, gehören nicht mehr dazu ...« Alan – seine daumendicken schwarzen Augenbrauen verdunkelten seine Augen ohnehin, doch saß er auch im Schatten, früher Abend, in einem noch lichtlosen Zimmer, jedenfalls blieb mir der Eindruck einer uns alle belastenden Verdüsterung, die seine Züge wie eine Graphik schwarz zeigte. Kläglich sagte Alan: »Du hast geglaubt, unsereiner wird gefragt, was man anstellt mit dem, was ihm eingefallen ist? Ich mußte nicht an die Front wie alle Gleichaltrigen, die so gesund sind wie ich – die an der Front konnten sich aber auch nicht aussuchen, ob sie eine Innenstadt mit Spitälern und Familien bomben mußten – oder ob sie integer bleiben durften, weil sie gegen feindliche Panzer eingesetzt wurden!«

Wittgenstein sagte, schon trinkend: »Da ist *noch* ein Unterschied: der Pilot, der Zivilisten bombt, setzt immerhin das eigene Leben ein, ein Wissenschaftler nicht. Und natürlich riskieren auch die Piloten nichts mehr, die auf das total geschlagene Japan noch Atombomben werfen. Ich sage ja auch um Gottes willen *nicht*, ich wüßte, wie man sich an deiner Stelle zu verhalten hat; wer nur so Harmloses schreibt wie ich, darf vermutlich überhaupt nur das Maul halten zu eurer Problematik. Sie haben's?« Ich hatte das Schiller-Epigramm in Steno auf meinen Block übersetzt. Gereizt sagte Alan: »Dichter sind auch nicht mehr wert als ein Volk, das sie hervorgebracht hat, und also bekanntlich auch Bergen-Belsen hervorgebracht hat; doch, bitte, lassen wir uns belehren, was dieser Hunne da vor hundertfünfzig Jahren gesagt hat zu Nagasaki – bitte.« Ich las vor:

Archimedes und der Schüler

Zu Archimedes kam ein wißbegieriger Jüngling,
»Weihe mich«, spach er zu ihm, »ein in die göttliche Kunst,
Die so herrliche Frucht dem Vaterlande getragen
Und die Mauern der Stadt vor der Sambuca beschützt!«

Wittgenstein – da ich gestockt hatte und auch Alan fragend zu ihm hinschaute wegen des unverständlichen ›Sambuca‹ – kommentierte: »›Sambuca‹ war eine der Maschinen gewesen, mit denen die Belagerer Syrakus beschossen hatten, eine gewaltige Steinschleuder.« Und ich las weiter vor:
»Göttlich nennst du die Kunst? Sie ist's«, versetzte der Weise,
»Aber das war sie, mein Sohn, eh sie dem Staat noch gedient.«

Pause. Dann sagte Alan schroff: »Ein sehr törichtes Elaborat, dieses Gedicht – Zeugnis eines Glückverdummten, Kriegverschonten –, besonders töricht als Gedicht auf Archimedes. Denn wie ich nicht erst von Professor Wittgenstein in Princeton gehört habe, sondern mit zwölf auf dem College, ist doch diesem alten Mann namens Archimedes, als er über seiner Geometrie saß, von einem Syrakus stürmenden Römer der Kopf abgechlagen worden: so als habe der arme Archimedes tatsächlich den Unsinn geredet, den Schiller ihm zweitausend Jahre später in den Mund geschoben hat! Jedenfalls wäre wert, geköpft zu werden, wer solchen Unfug schwätzt. Verzeihung.« Er war aufgestanden und ging auf den alten Mann los, als wolle er handgreiflich werden, doch er blieb zwanzig Zentimeter vor dem Sitzenden stehen und sagte, als spreche ein Staatsanwalt, der einen Betrüger überführt: »Bist du gekommen, um anzuklagen, daß Schufte meinesgleichen Nagasaki ausradiert haben? Dann teile ich deine Empörung, fühle mich auch mit haftbar, obgleich ich, beim Leben meiner Mutter schwöre ich dir das, keine Ahnung hatte, daß unsere Brüder jenseits des Atlantiks solche Verbrechen ohne Vorwarnung begehen würden! Wenn du aber gekommen bist, um mir diesen Schiller-Dreck da als höhere Wahrheit anzudrehen ... dann ... ja, dann lasse ich dich lieber mit dieser Whisky-Flasche allein und gehe raus ins Grüne!«

In Turings Augen hatte es gewittert, daß ihr intensives Blau gleichsam noch durch Blitze erhellt wurde, erschreckender als selbst bei früheren Anfällen seines von vielen hier gefürchteten Sarkasmus. Ich sah: Wittgenstein legte da etwas in Alan bloß, das der bisher verdeckt hatte. Sehr gelassen sagte der Österreicher und verriet sein Betroffensein nur dadurch, daß er, ohne es zu merken, plötzlich Deutsch redete, die Sprache seiner Vaterstadt Wien ... bis er sich lächelnd entschuldigte und englisch fortfuhr: »Ich hab einleitend gesagt, ich müsse besser schweigen – wie jeder, der nicht wie du in der Haut eines Waffenschmiedes steckt. Immerhin, zwei Atombomben rechtfertigen doch wohl, ein Problem zu erörtern, dem auch Schiller, wie du meinst, nicht gewachsen war. Doch *wer* wäre ihm gewachsen? Du auch nicht, wie ich an deinem rüden Ton merke. Ich ohnehin nicht, da ich einen, so nennst du das ja, glückverdummten Beruf habe ...« Alan sagte, er hatte sich beruhigt: »Der Krieg ist gewonnen, also *darüber* darf man reden – die Amerikaner bauten die Bomben, weil der Pazifist – der Pazifist! – Albert Einstein in einem Brief an Roosevelt den Präsidenten beschworen hatte ...«

Wittgenstein unterbrach: »Roosevelt war ein anständiger Mann. Nie hätte er, den Sieg schon im Griff, die Bombe gegen Japaner eingesetzt!« Alan: »Weißt du nicht. Er hatte das Glück – offenbar ein großes Glück –, pünktlich zu sterben. Ist aber nicht das Problem, sondern: hätte Einstein nicht ein ungeheuerliches Verbrechen begangen, wenn er Roosevelt *nicht* geschrieben hätte, Hitler baue an der Bombe,also müßten auch die Alliierten sie bauen? Einsteins Information stimmte sogar bis 1942. Vor acht Wochen haben Heisenberg, von Laue, Weizsäcker hier in unserem Camp ausgesagt, daß sie bis 1942 an der Bombe herumfummelten. Sie konnten es nicht, sie dachten, sie sei nicht zu bauen; also hörten sie damit auf. Und geben heute an, daß sie aus moralischen Erwägungen dem Mann, der Auschwitz gemacht hat, die Bombe verweigert haben. In Wahrheit *konnten* sie es nicht! Doch Einstein mußte glauben, was ihm Niels Bohr und andere gesagt hatten: daß man in Berlin an dem Ding arbeite. Und in Berlin, vergiß das nicht, saß Otto Hahn. Dein Gedicht da von diesem – den Namen will ich vergessen – ist selbst dann nichts wert, nichts, wenn man unterstellt, er habe ausdrücken wollen, was in diesem anderen Buch voller Platitüden steht, wie heißt es gleich, so ein dickes schwarzes, mit dem sie einem auf dem College das Leben schlimmer vergällen als mit dem Mensa-Fraß, ach ja: die Bibel – ich glaube, es heißt: Die Bibel. Da kann man lesen, daß durchs Schwert umkommt, wer zum Schwert greift. Hat Schiller etwa *das* mit seinem Archimedes-Gedicht aussagen wollen? Denn genau das Gegenteil trifft zu: solange Syrakus zu verteidigen war mit der Schleuder des Archimedes – so lange wurden seine Bürger *nicht* massakriert, so lange behielt auch Archimedes seinen Kopf. Doch länger nicht – nicht eine Stunde länger! Darf man also sagen, es habe seinen Sinn, daß *der* Wissenschaftler, der vielleicht als erster konsequent zum Schwert griff, umkam durch das Schwert? Der dumme Spruch vertuscht doch nur, wie viele deshalb umkamen, weil sie *nicht* zum Schwert griffen. Hochnasige Mediokriktät – er war ja groß auch als Ignorant – spricht aus Platons Intoleranz gegenüber solchen Wissenschaftlern, die ihre Erkenntnise ausbeuten ließen für die Bedürfnisse des Lebens und des Krieges. Sehr reflektiert wirkt es kaum, daß Schiller Platons Dünkel übernimmt; man darf bezweifeln, daß er ein Recht hatte, ausgerechnet den Archimedes, der immerhin mit seinen Maschinen die Belagerer von Syrakus zweimal vernichtend schlug, sagen zu lassen, göttlich sei die Geometrie nur gewesen, ›eh sie dem Staat noch gedient‹. Wenn Einstein Szilards Brief an Roosevelt, der guten Glaubens dem Präsidenten die Falschmeldung überbrachte, Hitler baue die Atombombe, *nicht* unterzeichnet hätte – eine Unterschrift, die vielleicht, ja wahrscheinlich Roosevelt überhaupt erst veranlaßte, den Befehl zum Bau der A-Bombe zu geben –, hätte Einstein Platons Weisung befolgt und sich entzogen, Hitler aber tatsächlich den Krieg gewonnen, weil er die Atombombe als einziger besessen hätte, und 1942 *hatte* er einen Vorsprung: welches Verbrechen an der Menschheit hätte Einstein *dann* auf sich geladen!«

Pause. Ganz unvermittelt dann: »Ich hatte geglaubt, du seist Jude.« Wittgenstein: »Ein halber, warum? Was besagt das? Mein Entsetzen über Nagasaki rührt doch auch daher, daß die Bomben – gebaut, wie ich eben von dir höre, gegen Hitler – dann doch eingesetzt wurden gegen ein Volk, das *nicht* diese Bombe baut. Und das *nicht* offene Städte gebombt hat. Und das *nicht* Millionen in Gaskammern tötete. Zufall also, daß Japan sie abbekam – weil sie erst einen Monat nach der Eroberung Berlins fertig wurden? Ist ja alles ... *noch* entsetzlicher!«

Alan schwieg, weil der alte Mann plötzlich – wie ich Alan hinter dem Rücken Wittgensteins durch Gesten klarmachte – am Ende war; viel war offensichtlich ohnehin mit seiner Gesundheit nicht mehr los. Er tat mir leid. Nie sah ich einem Menschen sogar körperlich derart die Heimatlosigkeit an, das Kaputte des Ahasvers ... Alan, der körperlich und seelisch Unverbrauchte, schwieg endlich, aus Erbarmen.

Vor einem Vierteljahr hatte jeder von uns die Wochenschauen gesehen: Eisenhower wird durch Buchenwald geführt, und dieser Befehlshaber der westlichen Alliierten kämpft mit den Tränen, als man ihm die Wracks der Häftlinge zeigt, die Prügelböcke, das Krematorium. Und jeder Mensch auf der Welt hatte die britischen Soldaten gesehen, die mit Bulldozern die Leichenhalden von Bergen-Belsen in die Massengräber schieben ...

keine Phantasie hatte ausgereicht, sich *das* vorzustellen. Als ich mit Alan aus einer dieser Wochenschauen kam, wir hatten essen gehen wollen, keiner brachte einen Bissen herunter, wir tranken, da sagte Alan: »Zwanzig Jahre war ich Pazifist. Jetzt weiß ich: Pazifisten sind Menschen, die andere für sich kämpfen lassen. Man darf das nicht... Und dabei sind ja die entsetzlichsten Verbrechen gar nicht gefilmt worden, die werden begangen, solange die Opfer noch *leben*, wir sahen ja schon die Leichen, sahen nur die noch, die das hinter sich haben. Was ist dieses ›das‹? Der Mensch inmitten der Geschichte: was für ein Wesen ist das?«

Er lag so tief im Loch einer paralysierenden Depression, daß ich ihn mit seinen eigenen Taten im Krieg trösten wollte. Er streckte seine Hand aus, nahm mein Handgelenk und murmelte: »Wie gut du's meinst mit mir. Menschen waren, zum großen Teil, schließlich auch die anderen, die umkamen durch *uns*!« Zornig antwortete ich: »Ja, hättest du es lieber unseren Feinden überlassen, an der Nelson-Säule eine Siegesparade zu veranstalten? Und den Trafalgar Square in Adolf-Hitler-Platz umzubenennen?«

Er trank, ich trank, er schwieg, ich schwieg. Dann sagte er und stand auf, um ohne mich, so einsam wie stets, heimzuradeln – wie gern wäre ich mit ihm gegangen –: »Solche KZ-Schergen haben wir ja nicht getötet, indem wir Enigma knackten, oder?«

Ungerührt stellte ich klar: »Doch. Wir machten den KZs ein Ende, indem wir die umbrachten, die es dem Hitler ermöglicht haben, KZs zu unterhalten, zwölf Jahre lang, seine Frontsoldaten.«

IX

Eine moralisch gute Zeit?
Reisenotizen Turings 2

Daten schreibe ich nicht hin. Ist ein Text wert, morgen noch gelesen zu werden, wurde er kaum im Hinblick auf einen bestimmten Tag geschrieben. Immer daran denken, was der Pfarrer seinem Sohn empfahl, der auch Pfarrer werden sollte: Du darfst predigen, über was du willst – nur nie über zwanzig Minuten.

Eine weitere Warnung: Als Wittgenstein wieder einmal spüren ließ, daß Naturwissenschaftler nichtig seien, die sich nicht auch »philosophisch festmachen«, lachte der Biochemiker Chargaff und erzählte, er habe den alten – noch gar nicht sehr alten – Max Planck in Berlin mühsam und genau aus einem abstrusen Manuskript vorlesen hören, dies reiche ihm für immer »als Warnung, daß für den Naturforscher die Philosophie eine der Gefahren des Altwerdens darstellt«.

Wie lange dauerte es, bis die Menschen (1825) herausgefunden hatten, daß nur die Wellen wandern, nicht das Wasser. Wenn selbst Äquinoktialstürme Wellenwalzen, Zehntausende von Tonnen schwer, zwanzig, ja dreißig Meter hoch schleudern und sich wieder ausröcheln lassen: ein handgroßes Stück Holz *bleibt, wo es war* im Atlantik. Wandern die Wellenwalzen weiter, das Wasser, das diese Walzen gebildet hat, wandert nicht mit, sondern bleibt wie das Stück Holz an seiner Stelle im Weltmeer. Ich weiß nicht, warum der Akt, in dem zwei sich hochjagen bis zum Orgasmus, genauer, von dem sie dorthin gejagt werden – warum er mir immer in dieser Meeres-Tatsache abgebildet schien. Auch wir Menschen bleiben da oder fallen dorthin zurück, von wo unser »Sturm« seinen Ausgang genommen hat.

Wie die Wasser nicht die Wellen sind, die Wellen bilden sich nur aus den Wassern, wandern dann weiter zu anderen Wassern, bis der Sturm weiterzieht und aus anderen Wassern andere Wellen bildet: so sind wir Menschen nicht die Geschichte, wir verkörpern sie nur für einen Moment, so wie im Akt die Natur in uns für einen Moment ihrem Höhepunkt zustrebt, wenn wir denn Höhe mit Stürmen gleichsetzen. Doch wozu sie das tut, wohin die Welle weiterwandert – wir wissen es vom Meer sowenig wie vom Akt, wie von der Geschichte.

Wenn nach Ortega y Gasset klassische Autoren nur jene sind, die nicht aufhören, ihre Leser zu verärgern und zu verunsichern, dann ist dieser Biochemiker Chargaff ein klassischer Autor. Denn seine Essays umkreisen und wiederholen – und setzen jeden, dem Neues eingefallen ist, auf die Anklagebank – jene »Entdeckungen, die besser unterblieben wären«, wie Chargaff so und ähnlich anläßlich der Psychoanalyse, der Kernenergie und der Gen-Forschung formuliert. Gnade mir Gott, wenn er erst vom Computer erfährt. Denn hat er recht – habe ich das Recht nicht mehr, den Mund, außer zum Atmen, und vielleicht auch dazu nicht, noch aufzutun.

Er hat aber nicht recht – nur weil er den Dünkel hat, bei der Erinnerung an seinen Weg zum Wiener Gymnasium, da der durch die Berggasse führte, an Freuds Praxis vorbei, zu schreiben: »... ich hatte noch nicht von dem Manne gehört, der neue Kontinente der Seele entdeckt hatte, Kontinente, die möglicherweise besser unentdeckt geblieben wären.«

Seine Vokabel »möglicherweise« ist eben die hier unmögliche. Und da Chargaff das weiß, ist die Vokabel eine Denunziation. Der Mensch darf zwar nicht alles, was er kann; er kann aber nicht, was ihm erforschbar ist, unerforscht lassen. Hätte der Schöpfer gewollt, daß der Apfel vom Baum der Erkenntnis nicht gepflückt wird, er hätte seine Geschöpfe den Baum nicht erkennen lassen – oder diesen Baum nicht in ihre Griffnähe gepflanzt. Das muß Chargaff im ersten Semester als Chemie-Student gespürt haben; also muß er sich von mir verdächtigen lassen, daß er gegen Otto Hahn nur deshalb so pharisäerhaft polemisiert, weil nicht *ihm* die Kernspaltung geglückt ist. »›Gott kann das nicht gewollt haben!‹ soll Otto Hahn ausgerufen haben«, schreibt Chargaff und fragt albern: »Hat er Ihn vorher gefragt, hat Er geschwiegen? ... Zwei verhängnisvolle Entdekkungen haben mein Leben gezeichnet: erstens die Spaltung des Atoms, zweitens die Aufklärung der Chemie der Vererbung. In beiden Fällen geht es um die Mißhandlung eines Kerns: des Atomkerns, des Zellkerns. In beiden Fällen habe ich das Gefühl, daß die Wissenschaft eine Schranke überschritten hat, die sie hätte scheuen sollen.«

Wie hätte sie *können*? Der Dekalog befiehlt mit keiner Silbe, was erforschlich ist, nicht zu erforschen. Immer schon konnte ein Mensch mit der Axt, mit der er Brennholz und Bauholz macht, auch einen Mitmenschen erschlagen. Gott hat dennoch nicht gefordert, keine Axt zu benutzen, weil Kain mit ihr Abel töten konnte. Der Mensch ist nur dann nichts als ein Werkzeug seines Werkzeugs, wenn er darauf verzichtet, Mensch zu sein.

Diesen letzten Satz überlesend – kommt er mir schönrednerisch vor: Das Werkzeug, das Otto Hahn den Atombombenbauern in die Hand gab, war es unschuldiger als die Bombe, die jene den Militärs an die Hand gaben? Ja, denn es war nicht Hahn, sondern Oppenheimer, dem der schaudervolle Satz ›gelang‹: »Wir wollten, daß es geschah, ehe der Krieg vorüber war und keine Gelegenheit mehr dazu sein würde.«

Ich weiß nicht, wer so wohlwollend war – bestimmt kein Kollege –, dem Commodore Bisset zu verraten, daß ich einst im Krieg das gewesen bin, was man in Whitehall eine Very Important Person genannt hat; jedenfalls hat mich Bisset – seit Kriegsende Sir James – schon zum drittenmal an seine Tafel geladen. Und nie habe ich einen Menschen getroffen,der ein so genuiner Erzähler ist. Wenn er mit der ›Queen Mary‹ den Atlantik Richtung England überquerte, waren nie weniger als 10 000 GIs, die nur abwechselnd in den Kojen schlafen konnten, an Bord; kurz vor der Invasion in der Normandie hatte er einmal 16 000 Soldaten auf einer Fahrt zu transportieren. Die fast 28 Knoten haben es für jedes deutsche U-Boot hoffnungslos gemacht, jemals zum Schuß zu kommen; immer fuhren unsere beiden 83 000-Tonnen-Riesinnen ›Queen Mary‹ und ›Queen Elizabeth‹ wegen ihrer Schnelligkeit ohne jeden Begleitschutz, einmal, nach Beginn des Krieges mit Japan, sogar bis Australien.

Natürlich fragte er mich, was ich im Krieg gemacht habe, und

›natürlich‹, aber in Wahrheit mir höchst widerwärtig, muß ich auch diesen ehrenwerten alten Seemann und so freundlichen Gastgeber anlügen. Ohne ihm irgendein Detail von B. P. zu erzählen, sagte ich, daß ich in der Schlacht um den Atlantik Fachmann beim Abhören der deutschen U-Boot-Funksprüche gewesen sei. Und während ich ihm das erzähle, sehr verlegen, spüre ich, daß es ihm wenig imponiert, mit einem noch so jungen Mann zu reden, der vier Jahre lang weit vom Schuß war. Doch in seiner Güte überspielt er meine Beschämung, indem er seine vier Jahre im Ersten Weltkrieg als U-Boot-Jäger abtut. »Vertane Zeit. Zwar jede Minute in Gefahr, torpediert zu werden, Radar gab's auch noch nicht, viele kollidierten. Doch ging's mir gut, gemessen an denen auf den Handelsschiffen, auf den Seglern. Über dreihundert Segler sind im Ersten Weltkrieg noch von U-Booten der Hunnen versenkt worden.«

»Ich bin voll von Särgen wie ein alter Friedhof«, schrieb Flaubert, der auch von der Totenstadt sprach, die jeder in sich hat. Hätte der Normanne, der einmal nur nach Algier übersetzte, den Boden des Ozeans zu beschreiben versucht – vermutlich hätte seine Schwermut, die ansteckt, wenn man seine Briefe liest – Monica hat sie mir geschenkt –, ihn überwältigt, schreibunfähig gemacht. Wäre ich Epiker, ich beschriebe den Boden der Weltmeere.

Bis heute wußte ich nichts von der größten Schiffskatastrophe der Weltgeschichte. Sir James gab mir eine Artikelserie aus der *Sunday Times* vom vorigen Jahr. Drei britische Journalisten haben entdeckt, was ja kein Mensch in England 1945 überhaupt nur zur Kenntnis genommen hat, daß auf der deutschen Ostsee Flüchtlingsschiffe mit Tausenden an Bord untergegangen sind. Aber Millionen Menschen aus Ostpreußen versuchten, sich vor der heranrückenden Roten Armee in Sicherheit zu bringen. Wenn wir noch immer entsetzt sind, daß 1912 mit der ›Titanic‹ 1517 Menschen untergingen – auf der Ostsee sind siebentausend und mehr mit *einem* Schiff versunken, und es gab mehrere solcher großen Schiffe, die von russischen U-Booten torpediert wurden. Auch kein Trost, daß ich wenigstens an diesen Katastrophen nicht mitgewirkt habe.

Hier einige Stichworte – auch zu dem Kapitel menschlicher

Feigheit. Was sind die Deutschen für ein Volk? Es ist mir ekelhaft, hier festzuhalten, wie ihr größtes Kriegsschiff, das die Flüchtlingsdampfer hatte schützen sollen, Tausende von Flüchtlingen im Stich ließ, ohne den Versuch zur Rettung auch nur zu wagen! Rasch stirbt man ja nicht, treibend in der Schwimmweste. Wie denken zuletzt Menschen über Menschen, die sie im Wasser zurücklassen, obgleich sie nicht ihre Feinde waren, sondern – Landsleute? Und was denkt jener Kapitän zur See Henigst – zuweilen *muß* er doch denken, vielleicht sogar *fühlen*, wenn er sich erinnert, daß er mit dem größten Kreuzer, den die Deutschen damals noch hatten, der ›Admiral Hipper‹, unmittelbar inmitten der Tausenden, die sich noch von Bord der torpedierten ›Wilhelm Gustloff‹ geflüchtet hatten – davondampfte und sie mitleidlos zurückließ im Eiswasser, weil er ein russisches U-Boot fürchtete?

Deutschlands größtes Kriegsschiff, *im* Schutze eines Torpedobootes und *zum* Schutze dem Flüchtlingsdampfer nachgesandt – läuft davon, umringt von ungezählten Frauen und Kindern, die noch ins Wasser gelangt waren, da die ›Gustloff‹ erst 70 Minuten nach drei Torpedotreffern sank! Und so kommt es dazu, daß fast *fünfmal* mehr Menschen mit der ›Gustloff‹ untergehen als mit der ›Titanic‹! Wieviel höher – fragt ein Laie – war die Gefahr, an diesem Untatort durch ein russisches U-Boot torpediert zu werden ... als an jedem anderen Ort in der offenen Ostsee? War nicht die Gefahr, einige Seemeilen weiter einem russischen Boot vor die Rohre zu laufen, für den Schweren Kreuzer ›Admiral Hipper‹ ebenso oder fast so groß? O christliche Seefahrt. Wenn Landsleute – Landsleute so behandeln: was sollen dann Schiffbrüchige erst von denen erhoffen, die noch vor Minuten auf sie geschossen haben?

Abergläubische – »niemand von uns ist abergläubisch«, flunkerte gestern grinsend der Commodore – mögen sich einen Reim drauf machen, daß dieser verlustreichste Schiffsuntergang, von dem jemals zu hören war, sich auf den Tag zwölf Jahre nach Hitlers Machtantritt ereignete und ausgelöst wurde durch einen U-Boot-Kommandanten Jahrgang '13, der U 13 kommandierte ... Doch wurde dieser Russe auch zweimal von Schiffen beizeiten abkommandiert, die später mit allen Besatzungsmitgliedern von Deutschen versenkt wurden; also hat die Dreizehn, wenn sie dann etwas bringen sollte, diesem Mann Glück gebracht ... ›aber‹ glauben wollen jene, die sich nicht damit abfinden können, glaubenslos geworden zu sein: wie legitim also ist Aberglaube! »Aber doch« glauben zu wollen an einen Zweck im Meer der Zwecklosigkeit ... Ernstlich: wie nachdenkenswert, daß dieses russiche U-Boot, das mit diesem *einen* Schiff ›Gustloff‹ kaum siebenhundert Menschen weniger umgebracht hat, als die – nach Zahl der beteiligten Schiffe und Menschen – größte Seeschlacht aller Epochen, die bei Jütland 1916. Und: daß dieses russische Boot gebaut wurde – nach Konstruktionsplänen, die von *Deutschen* stammten, Pläne, die Hitler an Stalin weitergegeben hatte, als sie sich 1939 darauf einigten, Polen untereinander aufzuteilen. Mit diesem Stalin-Hitler-Pakt gaben sie der Sowjetunion im Handelsaustausch auch Konstruktionspläne von U-Booten, die sie in einem »Haager Büro« hatten entwerfen lassen, das in Wahrheit jedoch der Krupp-Germania-Werft in Kiel mitgehörte.

Abgründig charakterisiert es die Geschichte, daß in beiden Weltkriegen nie einem deutschen U-Boot ein gegnerisches Schiff vor die Rohre lief, das dann auch nur annähernd so viele Menschen mit sich hinabriß wie dieses deutsche Schiff, das einem Boot deutscher Bauart unter russischer Flagge zum Opfer fiel.

Da Tote schweigen, kommt Zeugen das letzte Wort zu. Bootsmann Schottes betrachtete aus einem Kutter der sinkenden ›Gustloff‹, daß Schwimmende und auch Menschen auf Flößen »in nächster Nähe« des Schweren Kreuzers waren, der gestoppt hatte. Schottes überlegte: Wenn er seinen Kutter an die Backbordseite der ›Hipper‹ brachte, gerieten er und die anderen in seinem Boot in Gefahr, zwischen dem Boot und der Stahlwand des Zehntausendtonners zermalmt zu werden in der bewegten See. So ordnete er an, nur so stark zu rudern, wie notwendig war, daß die ›Hipper‹ beidrehen könne.Doch sie drehte nicht bei, sie drehte ab! Ihr Kielwasser schäumte hoch, volle Fahrt nahm sie auf – und Schreie, die Schottes nach Jahren noch nachts in den Ohren hat, zuweilen, erinnern an jene Schwimmenden, die in den Sog der Kreuzerschrauben gerieten und zerfetzt wurden in *dem* Moment, in dem sie glaubten, an Bord gezogen zu werden. Hunderte, in Griffnähe bereits zur ›Admiral Hipper‹, empfanden sein Wegdrehen als gemeinsten Verrat und verschrien ihre letzte Kraft in den Flüchen, die seinem Kommandanten Henigst galten. Wie lange lebten sie noch, wie kurz, die trostlos Schreienden, dann nicht mehr Schreienden, bis das Eiswasser ein Ende machte mit ihnen? Da ist kein Ende ... in Seetrümmern.

Ich hatte während des Krieges plausible Gründe, nicht zu untersuchen, warum ich machte, was ich machte: ich rettete Alliierte, sicherlich Millionen, und tötete Gegner oder schaltete sie jedenfalls als Kombattanten aus, sicherlich Millionen. Eine moralisch gute Zeit, simple Zeit, weil wir vom Satanismus unserer nun geschlagenen Feinde dermaßen überzeugt sein durften, daß alle unsere Taten im Krieg so gerechtfertigt waren wie opferreich. Mit der vorsätzlichen Tötung Wehrloser durch Bombenangriffe auf die Stadtzentren der Deutschen oder der Japaner hatte ich nie etwas zu tun gehabt – ein persönliches Glück, daß alle meine Aktionen Reaktionen waren: Ich entschlüsselte die Angriffs- wie die Verteidigungsabsichten der Deutschen, damit Whitehall sie niederschlagen konnte; und mindestens soviel wie wir haben davon die Russen profitiert, die sicherlich fünfzehn- bis zwanzigmal so viele Opfer bringen mußten, die Deutschen zu schlagen, wie die Westmächte ... Übrigens notiere ich auch dies vermutlich nur deshalb, um mich wieder der Frage nicht stellen zu müssen, warum ich tue, was ich tue: und warum ich bin, der ich bin. Flucht, Ausflucht in meine Rolle als homo politicus; weg von meiner Individualität in meine soziale Funktion, mit der ich – ein Glück – nie unzufrieden sein brauchte, im Gegenteil. Daß möglicherweise die Mehrheit der Menschen sich dieser Frage nie stellt – ist das Glück der Mehrheit, kann aber mich vor dieser Frage so wenig retten wie jeden anderen, der ihr nicht entflieht. Wir tun so viel, um so wenig zu denken. Nicht nur deshalb, doch deshalb auch. Wer sich wie selbstverständlich einreihen kann in die Abfolge der Generationen, also Kinder hat, hätte vielleicht – wenn er nicht so schlicht gestrickt ist, daß er bereits im Zeugen von Kindern schon einen Sinn sieht – noch triftigere Gründe als ich einzelner ohne Nachfolge, sich die Frage zu stellen, wozu er da ist; doch werden offenbar die meisten, sobald sie Eltern sind, davor bewahrt, darüber nachzudenken. Womöglich *wollen* sie im Tiefsten *deshalb* Eltern werden, um nicht reflektieren zu müssen, wozu sie sind und warum sie sich fortsetzen ...

X

Carnevale
Reisenotizen Turings 3

Das *Plaza* in der Via del Corso ist vermutlich deshalb – in meinen Augen – das schönste Hotel der Welt, weil es schon 1860 eröffnet wurde, also vor dem überschäumenden, überdimensionalen Gründerjahre-Prunk. Und es ist in seinen Ausmaßen labyrinthisch genug, daß man in seinen kilometerlangen schattengrauen Gängen, Speisesälen und meist leeren Lese- und Schreibzimmern und Konferenzräumen und Treppenhäusern wie in einem Wald untertauchen kann, eine der Voraussetzungen dafür, sich in einem Hotel zu erholen. Wohltuende Proportionen, beruhigend die bernsteinbraune und rauchgraublaue Patina der Möbel, Teppiche, Decken, das neunzig Jahre alte Parkett, das nicht vom Putzen – so geputzt es auch ist – seinen Glanz hat, sondern vom knarrenden Altsein, vom Abwetzen durch Schuhe seit drei Generationen.

Fast allein wie meist abends in der Halle mit ihrem Säulengang – meerschaumfarbenen Doppelsäulen auf je einem Pfeiler – und dem angenehmen Barkeeper und selten ohne den belebenden Anblick eines hauteng gurkengrün bejackten, ergreifend schönen Pagen.

Um 1860 baute man in Europa überall nicht so hoch – aber das führte dazu, daß der Architekt der ebenfalls in diesen Jahren gebauten Wiener Oper sich das Leben genommen hat; als der Kaiser zur Eröffnung vorfuhr, nörgelte er, was ihm auf den Plänen nicht so deutlich geworden war, das Foyer sei zu niedrig, das Ganze zu zwielichtig, die Säulen seien zu kurz: Er hatte recht, eine Oper ist kein Hotel, doch der Architekt brachte sich um nach dieser Kritik. Der mir das erzählte, setzte hinzu, Architekten neigten zum Selbstmord, nicht wenige haben sich das Leben genommen. Verständlich. Das Schöpferische, wenn es einer großen Anstrengung entsprang, läßt uns ausgeleert und melancholisch zurück. So auch bedeutende Gegner; wer sie überwunden hat, wird spüren, wie sehr sie ihm fehlen, so mir der Hitler samt seiner Enigma. Vor Häusern warnt das Sprichwort ›Ist das Haus fertig, kommt der Tod‹. Am Tage, als der bis dahin immer arme Schiller endlich sein eigenes Haus beziehen wollte, starb seine Mutter. (Weiß ich, weil ich wieder Übersetzungen deutscher Klassiker im Koffer habe, Ludwig Wittgenstein hörte ja nicht auf, mir in den Ohren zu liegen, ohne meine Orientierung an deutsche Philosophie und an Hölderlin bliebe ich ein Esel, der nur rechnen kann.)

Ich will nicht rechnen, sondern mich ablenken, weil angeblich nur Ablenkung erholt. Wahr aber ist: mir fällt viel ein zu meinen Formeln, obgleich ich versuche, nicht an sie zu denken, und es ist unmöglich, das nicht als direkte Folge der Tatsachen anzuerkennen, daß ich – so selten zu Hause – hier in Rom nun seit schon zehn Tagen diesen sehr schönen Jungen im Bett habe und nicht nur ›auf einen Sprung‹, sondern auch im Schlaf, die ganze Nacht, diesen nackten Ganymedes, den ich deshalb so nenne, weil Ganymedes – laut Homer – der schönste aller Jünglinge war. Daß mir Haut an Haut mit ihm, während er schläft, mehr einfällt als je, macht doch höchst fragwürdig, was Freud behauptet: ›Sublimierung‹ des Sexuellen stärke den Geist, schaffe Kultur. Sollte nicht das Gegenteil überzeugender sein? Daß nämlich der Bios den Logos beflügelt, überhaupt erst zeugungswillig macht – und dementsprechend Entsagung noch früher als den Körper den Geist verdorren läßt? Daß sehr Alte zuweilen Kunst und Entdeckungen ersten Ranges gemacht haben, ist kein Gegenbeweis; vielleicht waren sie befriedigt, vielleicht gar erotisch noch aktiv. Aber enthaltsam? Ich glaube nicht, daß sie Enthaltsamkeit übten. Das kann ich nach diesen Nächten und Mittagsfesten mit dem Jungen – und dem, was mir dann einfällt – nicht mehr für wahr haben. Daß Freud zuweilen offenbar an nichts anderes denken *konnte* als an seine zweifellos richtige Entdeckung, daß der Schoß die Wohnung der Seele ist: diese seine Fixierung ist womöglich der Tatsache zuzuschreiben, daß Freud als Bürger des spätviktorianischen Wien unter dem Zwang gelitten hat – ein Zwang, unter dem man leidet, verdunkelt das Denken –, seine Triebe ›umlenken‹ zu müssen, abzulenken vom Bett auf den Schreibtisch.

Es wäre ja nur normal, daß dieser Zwang ihn dann dauernd

nur in Richtung dieses Zwanges denken ließ! Doch daraus einen objektiven Tatbestand stilisieren? Sich nicht ausleben dürfen, sondern notgedrungen auf Forschungen konzentrieren, aber während dieses Forschens gedanklich ständig von den Ansprüchen seines Eros gesteuert zu sein, da er unbefriedigt ist: Das erhöht nicht die Gelassenheit, Klarheit, Objektivität eines Forschers! Den Triebverzicht als *das* Kreative schlechthin mißverstehen? Was an Kunst und Erkenntnis gelang – gelang es nicht *dennoch*? Nicht dank–, sondern trotz der uns von der Gesellschaft aufgenötigten Trieb-Drosselung?

Formeln stimmen auch nur, wenn sie *schön* sind. Der Mensch das Maß der Dinge – der Haupteinwand gegen jene Mathematik, die sich »die reine« zu sein einbildet, nur weil sie die dem Leben abgewandte ist. Mephistos Bemerkung: »Ist all ihr Weh und Ach aus *einem* Punkte zu kurieren«, wird ironisch nur deshalb, weil er sie gegen Frauen richet, während sie natürlich auf Männer ganz ebenso zutrifft, eine bedeutende klinische Einsicht Goethes in den Haushalt keineswegs nur des Körpers, sondern auch des Geistes ...

Der Automat, der Empfindungen, Form, Wörter entwickelt, um sogar ein Gedicht zu schreiben,: ich bin überzeugt, er wird eines Tages existieren. Wie aber verträgt sich das mit der Tatsache, daß nie ein Mensch, der Gedichte schreiben konnte, je einen Computer oder sonstiges technisches Gerät gebaut oder auch nur begriffen hat? »Warum sollte er?« – Verstimmung, Gereiztheit meinerseits, als mir dies Ganymed antwortet auf meine Frage. Wieso ärgert mich diese Antwort? Immerhin, Leonardo war Künstler und Wissenschaftler, Michelangelo Künstler und Dichter. Mozart, nie in Versuchung, eines seiner Instrumente zu bauen, hat durchaus begriffen, *warum* sie Klang haben.

Wenn neulich in Manchester mehrere übereinstimmten, den Ruhm nehme mir keiner, daß meine Maschine nicht ein rein abstraktes Gebilde geblieben sei, sondern in funktionierende Hardware umgesetzt werden konnte genau zu *dem* Zeitpunkt, als diese Umsetzung kriegsentscheidend wurde, so war das keineswegs nur ein Lob – Lob von Kollegen ist stets ein Pferdefußtritt in den Hintern.

Kollegen: Jetzt, da sich nicht mehr völlig geheimhalten läßt – weil es ja seit Kriegsende auch gar keinen Zweck mehr hat, es geheimzuhalten –, was ich fünf Jahre lang getrieben habe, kommen auch von Wittgenstein, pikanterweise wenn ich dabeisitze, Bemerkungen wie: »Wenn die arithmetischen Operationen lediglich zur Konstruktion einer Chiffre dienten, wären diese Operationen dann überhaupt mathematische?«

Dieses naserümpfende ›lediglich‹! Es hat lediglich Großbritannien gerettet vor Hitler!

Tendenziell ist da neidgeschärfte Kritik im Spiel, der ich aber mit himmelhohem Hochmut – ein bißchen künstlich, denn leider habe ich den Hochmut gar nicht in diesem Maß – gegenübertrete. Da offenbar auch in der Kunst diese ach so feine Unterscheidung Usus ist zwischen angewandter Kunst, die bei Fachleuten nicht für fein gilt, und jener, die ohne Zweck gemacht wird, erwidere ich also: »Sprechen wir – das objektiviert – doch nicht von unserem Fach, sondern von Malerei. Reine Malerei ist also das Tafelbild, ist Turner oder Klee, während der auf dem Gerüst, der eine Kirchenwand zu bemalen hat, lediglich zweckgebundene, lediglich angewandte Malerei produziert? Wie genau eure Definitionen sind, merkt man daran, daß ihnen zufolge also ein reines Landschaftsbild künstlerisch dem *Jüngsten Gericht* überlegen ist, das Michlangelo, wie bekannt, ›lediglich‹ gemalt hat, um eine Wand der Sixtina auszuschmükken?«

Ludwig, der natürlich merkte, daß er mich verstimmt hatte, sagte: »Wenn du denkst, ich hätte diese Unterscheidung nur gemacht, um dich zu vergrämen, dann lies doch den Essay von Russell aus dem Jahre 1901 über Mathematik und Metaphysik.«

Tatsächlich fängt der Lord an: »Das 19. Jahrhundert, dessen ganzer Stolz die Entdeckung von Dampfkraft und Evolution war, hätte seinen Anspruch auf Nachruhm noch eher auf die Entdeckung der Mathematik gründen können« – also auf Booles Laws of Thought, 1854. Wie kommt Russel dazu – ich schreibe das ungern, er ist der mir sympathischste aller Gelehrten, was er schreibt, ist klar wie Quellwasser; und daß die Amerikaner aus Bigotterie ihn 1939 von seinem Lehrstuhl verjagt haben, macht den straffen, witzigen Greis noch gewinnender – doch wie kommt er dazu, der doch ein so sozial denkender, mitleidsfähiger Humanist ist, zu urteilen »noch eher« als auf Dampfkraft und Evolution hätte auf die reine Mathematik ein Jahrhundert seinen Ruhm gründen können? Wie willkürlich diese Werteskala! Wie willkürlich Russels Definition: »Als Mathematik können wir also das Gebiet bezeichnen, auf dem wir nie wissen, wovon wir eigentlich reden und ob das, was wir sagen, auch wahr ist... Wir wählen irgendeine Hypothese, die uns amüsant erscheint, und leiten die entsprechenden Folgerungen ab. Gilt diese Hypothese für *irgend etwas* und nicht für eine oder mehrere Einzeltatsachen, dann stellen unsere Deduktionen Mathematik dar.«

Russell schrieb das in einer leichtfertigen Epoche, die kaum noch wußte, was Krieg ist, aber heute muß doch gefragt werden, mit aller gebotenen Respektlosigkeit, wohin wir 1940 geraten wären, hätten wir so reizende Spielchen gespielt wie »Evidenz ist fast immer der Feind der Richtigkeit... Es ist so selbstverständlich, daß zwei und zwei vier ist, daß wir kaum die nötige Skepsis aufbringen, um zu zweifeln, ob sich das auch beweisen läßt... Evidenz ist oft weiter nichts als ein Irrlicht, das uns mit Sicherheit irreführt, wenn wir uns daran halten.«

Hübsch. Doch wenn ich mich der Frage stelle – was etwas anderes ist, als wenn nur *ich* mir diese Frage stelle –, wo bin ich und wozu, dann scheint mir praktische Anwendbarkeit oder »reine« Denkarbeit doch auch ganz wesentlich die Beantwortung dieser Frage mitzubestimmen. Brillant ist ja Russells Überlegung, doch wozu *er* ist und wo, das wird mir weniger klar, wenn er sich mit *Tristram Shandy* beschäftigt – als wenn ich Hitlers Enigma enträtselt und also immerhin damit Hamlets Forderung erfüllt habe: »Lustig ist, wenn mit seinem eigenen Pulver der Feuerwerker auffliegt.« Das war auch schwieriger zu bewerkstelligen, als nur sinnlos Gedankenakrobatik anzustellen, wenn ein Autor »ewig lebte«. Russell schreibt: »Tristram Shandy brauchte bekanntlich zwei Jahre, um den Verlauf der beiden ersten Tage seines Lebens aufzuzeichnen, und klagte daher, daß sich das Material bei dieser Geschwindigkeit schneller ansammeln würde, als er es erfassen könnte, so daß er mit den Jahren immer weiter vom Ende seiner Geschichte entfernt wäre. Ich behaupte nun, daß, selbst wenn sein Leben weiterhin so ereignisreich verlaufen wäre wie zu Anfang, kein Teil seiner Biographie ungeschrieben geblieben wäre, sofern er ewig gelebt hätte... Denn es ist zu bedenken: der hundertste Tag wird im hundertsten Jahr beschrieben, der tausendste im tausendsten Jahr usw. Welchen Tag wir auch wählen, selbst so weit in der Zukunft, daß er nicht hoffen kann, ihn zu erleben, dieser Tag wird in dem entsprechenden Jahr erfaßt... Es bleibt somit kein Teil der Biographie für immer ungeschrieben. Diese paradoxe, aber durchwegs wahre Aussage...« Hier breche ich ab, denn wieso ist »durchaus wahr«, was auf der absurden Prämisse aufbaut, daß Tristram Shandy »ewig gelebt hätte«?

> »Man vergaß, daß Wissenschaft sich aus Poesie entwickelt habe, man bedachte nicht, daß nach einem Umschwung von Zeiten, beide sich wieder freundlich, zu beiderseitigem Vorteil, auf höherer Stelle, gar wohl wieder begegnen könnten.« *Goethe*

Als ich Ganymed dies heute vorlas – natürlich kann ich kein Wort Goethe lesen, das nicht übersetzt ist–, sagte er fröhlich: »Wenn nicht das vor einer Stunde *für* eine Stunde die Einheit gewordene Verschmelzung von Wissenschaft und Poesie war: wie könnte sie sonst zustande kommen?«

»Ein anderer konnte er nicht werden...« Ganymed, obgleich kein Deutscher, hat Deutsch als Muttersprache – dichtet also deutsch. Sein Gott ist der momentan am meisten gerühmte Poet der Deutschen, ist Benn, der ein Gedicht:›Alter Kellner‹ schrieb, das mir Ganymed gestern übersetzte, weil wir sehr Bezügliches erlebt hatten. Daß der Junge dichtet, hat ihn wie die dichtende Österreicherin Bachmann zu Wittgenstein geführt, der sein Doktorvater wurde. Nicht die Mathematik brachte den Jungen zu ihm, in Mathematik ist Ganymed so schwach wie Wittgenstein, der sich aber mit Philosophie behelfen kann, so daß ich dem Jungen rate, Mathematik sein zu lassen... Ich notiere mit Kummer, daß er Lyriker, auch Philosoph werden wird, dieser schöne Student, mit dem ich mehr lachen, also mich erholen kann als mit jedem Menschen sonst... Vielleicht ist mein Leben bald zu Ende, so daß ich unbewußt Ausschau halte nach einem Erben, zum erstenmal. Ich habe Sehnsucht nach diesem Jungen *auch* verspürt, weil sein Gesicht, sein kluges Sprechen mir eine Verheißung waren, er werde geistig mein Erbe, so wie ich ihn mir leiblich zum Sohn wünschte. Doch beides geht nicht, ich kann ihn weder geistig adoptieren, weil er für Mathematik kein Organ hat, und leiblich nicht, weil er Eltern hat. Die sind so betucht, daß er mich – ich hatte ihn gewarnt – gestern einlud in Italiens teuerstes Lokal. Und was mir dort geschah, veranlaßte ihn, mir später im Bett ›Alter Kellner‹ zu übersetzen.

Denn bei Kellnern hatte ich einen Schock mit Hirnlähmung ausgelöst, weil ich ohne Jackett eingetreten war. Oh, nicht, daß mein pfauengrüner Schlips gefehlt hätte zum gestärkten Hemd mit Kragenstäbchen; und auch meine admiralsblaue Hose, soeben gebügelt im *Plaza*, war des Hauses würdig; alles Geschenke des Jungen, gekauft in der Via Veneto, denn es genierte ihn, wie schäbig angezogen ich an seiner Seite (und Hand in Hand mit ihm, sofern wir nicht schwitzten) Rom durchstreifte. Und so genierte ihn auch, da ihm als sehr reichem Erben das noch nie geschehen ist, daß ich – was mir ja ganz selbstverständlich war – seine Fahrkarten und alles sonst auf dieser Reise bezahlte.

Doch ich hatte, der Abend war fast so heiß, wie der Tag gewesen war, meinen Rock daheim gelassen, welche Majestätsbeleidigung. Blickaustausch des schockierten Personals: so geschockt wie Kassierer, wenn Bankräuber mit gezückter Pistole eindringen. Endlich der Ober, in fließendem Englisch, ich könnte mir ein Leihjackett aussuchen. Also für 5000 Lire Trinkgeld war ich endlich kein Prolet mehr, sondern anständig angezogen.

Das *Hassler*, der siebte Stock im Grande Albergo Villa Medici über der Spanischen Treppe, läßt sich verständlicherweise den reizvollsten Blick auf Rom bei Sonnenuntergang mitbezahlen – aber nur drei Tische besetzt am ganzen Freitagabend, schon das war deprimierend. Doch was mir fast das Essen verdarb, war die hündische Beflissenheit derer, die selber hier niemals ein Essen bezahlen könnten, mich erst so perfekt anzuziehen, wie ihre Ausbeuter gekleidet sind, ehe sie mich zuließen zum Studium der Speisekarte – ein Täßchen Suppe zwei Pfund!

Keine Frage: dieser Eifer, das Protokoll zu wahren, ja keinem zu servieren, der nicht ›standesgemäß‹ berockt ist – ist zum *Trieb* dieser Kellner geworden, zu ihrem innersten Antrieb. Sie verlangen das nicht nur vom Gast, weil ihr Chef – da war kein Chef – von ihnen verlangt, daß sie dem Gast das abfordern. Sondern sie finden selber schon in Ordnung, daß dieser Quatsch die Ordnung der Dinge ist – und also auch sie, ordnungsgemäß, nach Dienstschluß in ihre, verglichen mit dem Pomp an ihrem Arbeitsplatz, hundehüttenhafte Wohnung heimkehren. Satte Sklaven sind die eifrigsten Verteidiger ihrer Unfreiheit. Menschen sind abzurichten wie Tiere und unterscheiden sich allein darin von ihnen, daß sie sich selber noch ›begründen‹, warum sie sich abrichten lassen. Daß sie nicht auch noch über einen hingehaltenen Spazierstock springen, liegt nur daran, daß solche Sprünge in ihrem Ausbildungsplan nicht mehr vorgesehen sind, seit ihre Bosse keine Spazierstöcke mehr bei sich führen.

Das Gesicht des Pianisten, dem keiner zuhörte und der bestimmt einst davon träumte, woanders zu spielen als vor Fressenden, erweckte meine Sympathie. Es zeigte den Widerwillen gegen seinen Zwangsaufenthalt hier, den auch ich empfand, wenn ich nicht auf Rom im Abendlicht blickte, sondern auf den Diensttrieb der Weißbejackten oder im Frack Servierenden, die zweifellos jeden die Treppe hinunterwürfen, der sich etwa aus ihrer eigenen Sphäre hier herauf verirrte. Doch der Pianist litt, hier seine Perlen vor die Säue – eine der Säue war ich – werfen zu müssen; auch für diesen Musiker, dem nie einer zuhört – und für wie viele noch –, sind die Benn-Zeilen geschrieben:

> Ein anderer konnte er nicht werden,
> geschaffen in das Nichts,das Menschenlos.
> ...
> Wenn eins ihn seiner Kinder sähe:
> Er möchte wohl ein anderer sein ...

Ludwig behauptet, logische Technik sei »nur« – dies »nur« allein ärgert mich, sonst hat er ja recht, doch wo wären wir ohne die logische Technik –, sei nur eine Hilfstechnik, die uns die spezielle mathematische Technik vergessen lasse, so daß wir geneigt seien, am Ende das Leimen schon für das Tischlern zu halten. Das klingt noch so allgemein, daß er es für Philosophie ausgeben kann; die betreibt er, um zu tarnen, wie dünn seine mathematische Substanz ist. Doch schreibt er gezielt gegen mich; listigerweise in Frageform: »Kann man von dem, der eine Regel des Entzifferns anwendet, sagen, er vollziehe mathematische Operationen? Und doch lassen sich seine Umformungen so auffassen. Denn er könnte doch sagen, er berechne, was bei der Entzifferung des Zeichens ... gemäß dem und dem Schlüssel herauskommen müsse. Und der Satz: daß die Zeichen ... dieser Regel gemäß entziffert ... ergeben, ist ein mathematischer.«

Immerhin, also Mathematik denn doch. Aber diese fachbegrenzten Stänkereien! Wittgenstein gefällt sich darin, zu erörtern, sogar schriftlich, man solle annehmen, daß man die Geometrie des vierdimensionalen Raums betreibe zu dem Zweck, die »Lebensbedingungen der Geister kennenzulernen«. Solche Glasperlenspiele sind angesichts des Krieges ruchlos gewesen und sind heute, angesichts der Bombe, zurückzuweisen, wie ich das neulich drastisch bei Jaspers ausgesprochen fand: »In den meisten Wissenschaften kehrt der selbe Fehler wieder: sie verlieren sich ins Endlose. Erkenntnis entsteht, wenn die Dinge im denkerisch entworfenen Zusammenhang zugleich mit Bewährung durch Realitäten gesehen werden. Das geschieht nur durch die unvorhergesehene Erfindungskraft des Forschers. Nur wo man der Endlosigkeiten Herr wird, da ist Erkenntnis.«

Selber Denker, scheint Jaspers, vielleicht weil er zugleich Psychiater ist, die Kontrolle des Denkens durch den Forscher, der gleichsam erdet, was der Denker in den Sternen erblickt, für nötig zu halten. Recht hat er zweifellos insofern, als seine strikte Weigerung, sich dem Endlosen zu überlassen, allein humanes Denken ist, will sagen: Denken, das sich selbst befestigt an dem Grundsatz, der Mensch sei das Maß des Denkens wie der Dinge. Denn, was immer der Mensch ist – ich rede nicht von der Menschheit, die ein Abstraktum bleibt–, der einzelne ist gewiß nicht endlos, weder in seinem Raum noch an Jahren, noch an Verfügungsgewalt. Und ist er nicht vor allem auch so bedroht, daß ein Denker für *Menschen* Lebensbedingungen erforschen und deuten sollte – statt wie Wittgenstein denen von Geistern seine Aufmerksamkeit zuzuwenden?

Sehr dünkelhaft muß sein, auch borniert, wer nicht bereit ist, das, was Jaspers von der Wirtschaft sagt, auch auf die Wissenschaft auszudehnen und sogar auf die eigene Person: »Wir müssen einsehen: Die Wirtschaft oder irgendeine ihrer Gestalten ist nicht das Absolute. Sie ist nicht der Maßstab für alles, was wir sind und sein können. Sie ist zwar so unentbehrlich wie das Wasser für das Leben, das ohne Wasser sofort stirbt. Aber sie ist so wenig wie das Wasser schon das Leben. Die Wirtschaft empfängt ihren Sinn erst durch das, wofür sie stattfindet und was nicht Wirtschaft ist.«

Während ich das hineinschrieb, fiel mich aber doch der Verdacht an, daß zwar zutrifft auf alle Gebiete, was Jaspers von der Wirtschaft sagte, die keinen Sinn aus sich selber holen kann – daß aber vielleicht der Mensch den Sinn sogar aus sich selber holen muß. Gibt es für seine Existenz eine außer ihm gelegene Rechtfertigung? Braucht es die? Ja, vielleicht. Sein Fürsorgetrieb für andere könnte seine Existenzberechtigung sein.

Ich werde über meinen nächsten Essay als Motto das Sprichwort schreiben ›Denken ist noch nicht Wissen‹... denn dieses freischwebend-folgenlose Sich-›irgend-etwas‹-Ausdenken so vieler meiner Freunde beginnt mir als verantwortungslos zu erscheinen.

Wozu soll eine Maschine dichten können – mein Unmut, Russell dort weiterzulesen, wo er ausgeht von der Tristram-Shandy-Voraussetzung, einer lebe ewig, ist kaum berechtigt, wenn ich ausgehe von meiner Forderung an mich selber, die Maschine so weit zu entwickeln, daß sie Gefühle hat, ja Gedichte macht. Ist die zu bauen zweckvoller – vom Sinn nicht zu reden – als Russells Angriff auf die überlieferten Unendlichkeitsvorstellungen, indem er mit der Phantasie spielt, ein Autor könne Tausende von Jahren an seiner Biographie schreiben?

Wie schleiche ich mich vorbei an der Selbstverdächtigung, daß ich mich nur deshalb so hartnäckig auf meine idée fixe konzentriere, eine Maschine müsse sogar Gefühlsleben entwickeln, ja zum Beispiel ein Gedicht ›zeugen‹ können, um der Frage auszuweichen, warum ich will, daß es eine solche Maschine gibt. Will ich ein künstliches Kind, weil ich kein natürliches haben kann, da meine Jungen mich nicht zum Vater machen?

Carnevale heißt laut Encyclopaedia Britannica: Fleisch lebe wohl, lateinisch carne vale. Und da genau diese Forderung mit fast tötender Gewalt hier voriges Jahr an mich ergangen ist, wäre ich nie nach Venedig zurückgekommen, hätte nicht Ganymed mich gezwungen. Der Ältere gibt nach. So selbstverständlich es mir gewesen war, Venedig zu meiden für den Rest meiner Tage, nach meiner Carnevale-Tragödie – so selbstverständlich war es für Ganymed, auf unserer Heimfahrt Venedig kennenzulernen. Einem *das* Recht abzusprechen, hat keiner das Recht! Also sind wir hier, in einem Albergo, das schon auf einem Canaletto zu sehen ist. Doch da ich den Jungen angefleht hatte, mich dieser Stadt nicht auszusetzen, fragte er natürlich: warum? Und so erzählte ich ihm denn von diesem Tatort, wie wir Mord-Stätten nennen. Denn wie ein Ermordeter kam der mir vor – ich selber –, den ich, als Charon meiner selbst, dem Toten zuschauend, damals abtransportiert habe nach Manchester. So wie mich Alten damals der Junge ausgebootet hatte, ausgegondelt, muß man hier sagen, so wurde ich auch jetzt durch Ganymed zum Nachgeben genötigt. Stürmisch setzte er durch, gerade deshalb als Sieger, denn »jetzt hast du doch mich!«, daß ich wieder herkam, weil ich vernichtet von hier abgereist war.

Das kennzeichnet exakt die Lebensverfassung des Alten wie die des Jungen. Er beharrt: wo man geschlagen wurde, dort nimmt man den Kampf erneut auf, *gerade* dort; er ist jung. Ich gebe nach, obgleich mein Gefühl warnt: wo man geschlagen wurde, dorthin kehre man nicht zurück; so alt bin ich.

Ganymed ›verordnete‹ mir, wie man von Ärzten sagt, kaum daß wir in Venedig eingetroffen waren – Ostern –, ich solle allein losziehen, um die Geister zu bannen, die mir ein Wiedersehen mit dieser Stadt bisher verwehrt hatten. »Geh und suche deinen Schmied, ich bin ganz gelassen. Denn so selten Blitzschlag das gleiche Haus zweimal entzündet, so selten erlebt man durch einen Menschen zum zweitenmal den Coup de foudre: geh! Ferienmachende sollten sich zuweilen für Stunden trennen, das läßt Aggressionen ab, die jedes, auch das friedlichste Zusammensein aufhäuft; wir trennen uns ja«, es bezauberte mich, wie er dabei lachte, »nicht für die Nacht... oder doch? Siehst du, erst wenn du ihn gesucht und gefunden hast und dennoch zurückgekommen bist, kann ich doch wissen, daß du in Venedig nicht nur deshalb bei mir liegst, weil du nicht *ihn* fandest! Nie sollst du dir sagen müssen (oder ich mir sagen), du habest meinetwegen verzichtet, ihn wiederzusehen.«

Wir waren aus dem Café *Florian* gekommen, waren unter den Säulen der Prokurazien, ich zog ihn in die Tür eines – mittags – geschlossenen Ladens und küßte ihn, und so ging er denn, und ich stieg (und erhielt auf diese Weise meine Warnung) zunächst auf den Glockenturm, der sich übrigens schon wieder senkt. Die Narren erbauten in meinem Geburtsjahr 1912 den neuen Campanile genau an der gleichen Stelle, an der 1902 der alte eingestürzt war; nun ist er bereits wieder um fünf Zentimeter leewärts eingesunken – nur nach Lee hin, steht also schief; Lee sage ich wie auf Schiffen, weil es die dem Wind abgekehrte Seite ist, nach der er wieder umfallen wird. Wie hieß in der Schweiz das Bergdörfchen, in dem mir erzählt wurde, als ich Ski laufen lernte, die Alpenclowns hätten vor Jahrzehnten einen Gasthof an der gleichen Stelle errichtet, an der ein Menschenalter zuvor eine Lawine ein Gehöft vernichtet hatte; ›Ingenieure‹ hatten inzwischen ›errechnet‹, das könnte nie wieder passieren. Doch auch das neue Gehöft samt allem, was darin gelebt hat, bis auf wenige Hühner, wurde dann wieder durch eine Lawine erdrückt. Menschen gehen, Berge bleiben: daran hatten die Techniker nicht gedacht.

Während ich hochliftete zum Rundgang unter dem Helm des Campanile – abwärts zu Fuß –, fragte ich mich:Ist das nun Zufall oder ein Wink des Geschicks, daß ich mir das Ungeschick erspare, wieder nach dem Schmied zu suchen? Denn ich darf doch nicht darüber reflektieren, warum Menschen so gottlos dumm sind, mit einem Neubauprojekt auf *die* Fundamente zurückzukehren, in die ein – leichterer! – Turm eingestürzt ist, und darf dann selber freiwillig an den Ort zurückkehren, der mich schon einmal zerstört hat bis in den Grund. *Nicht* also zu dem Jungen gehen … tu's nicht, so sprach's in mir; und ich gehorchte. Und war erleichtert. Lehrgeld ist das einzige, das man nicht umsonst ausgegeben haben *muß* – wenn man will. Ich sage nicht, daß ich's will. Ich sage nur, ich ginge ein, müßte ich's noch einmal bezahlen. Ich suchte nicht meinen Schmied, zum Arsenal lief ich und sah mir das Modell des letzten, eines herrlich gebauten ›Bucintoro‹ an, wie des Dogen Prachtgaleere hieß, auf der er alle Jahre zur symbolischen Vermählung Venedigs mit dem Meer hinausfuhr und einen schweren goldenen Ring den Fluten, sie günstig zu stimmen, geopfert hat. Napoleon, liest man da, hat die letzte Dogen-Prachtgaleere vernichtet – nicht etwa im Kampf, sondern um zu vernichten. Sie war, Hochbarock vom Kiel zur Mastspitze, 1726 gebaut worden; 1797 hat der Korse sie kaputtgemacht.

Ach, wäre ich meinen Schmied suchen gegangen, statt ahnungslos, was es da *auch* noch zu sehen gäbe, ins Arsenal! Es ist das italienische Marine-Museum des Zweiten Weltkriegs; das hatte ich nicht gewußt. Ihre heroische Tat haben sie dort verewigt: Kleinst-U-Boote sind zu sehen wie jene, mit denen Italiener im Hafen von Alexandria, in den sie am 19. Dezember 1941 todverachtend eingedrungen waren, teils noch im Boot, teils schwimmend, außerhalb ihres Bootes schwimmend (!), Dynamitladungen an zwei unserer Schlachtschiffe: ›Valiant‹ und ›Queen Elizabeth‹ befestigten und sie für viele Monate kampfunfähig schlugen; ebenso wie dann wir, doch erst nach Jahren, den Deutschen ihr Ungetüm, die ›Tirpitz‹, durch Kleinst-U-Boote in einem norwegischen Fjord auf Zeit k. o. gehauen haben.

Doch tappte ich da im Arsenal auch einem der zehntausend in die Arme, die mit mir in B. P. gearbeitet haben. Das ist normal, in Venedig und Florenz sind immer ungefähr die Hälfte aller Touristen – Briten. *Der* aber war kein Tourist wie ich. »Alan, kehrst du an deinen Tatort zurück?« fragte plötzlich vor einer Museumsvitrine Henry. Er grinste – krebskrank – wie ein Totenkopf. Da ich in Venedig ja nicht das Gefühl habe, der Mörder zu sein, den ›es‹ angeblich – was ist ›es‹? – zum Tatort zurücklockt, sondern der Ermordete, war ich verwirrt: Konnte der Kriegskamerad aus Hütte 4 von meinem venezianischen Schmied wissen? Nichts wußte er. Aber wußte doch alles von meiner ›Arbeit‹ zur Entschlüsselung auch des Funkverkehrs im Mittelmeer, wo wir zwar sehr viel weniger herausgefunden haben als im Atlantik, schon deshalb, weil Italiener bei weitem nicht so geschwätzig funken wie Deutsche. Aber doch genug – ach: viel zuviel – entschlüsselten wir, so daß wir auch – erfuhr ich heute – mehrere tausend *Briten*, die als Gefangene auf italienischen Schiffen von Nordafrika nach Italien unterwegs gewesen waren, durch *britische* U-Boote und Flugzeuge im Mittelmeer umgebracht haben. Warum mußten die Verbrecher in unserer Admiralität – diese Frage trieb Henry, den Sterbekranken, nach Venedig ins Archiv, haßentstellt, denn sein Sohn war als Gefangener auf einem der italiensichen Dampfer und wurde durch Briten getötet –, warum mußten die in Whitehall auch solche Schiffe torpedieren lassen, die aus Afrika nach Italien fuhren, also nichts als Gefangene und Verwundete an Bord gehabt haben *konnten*. »Unsere U-Boote können ja nicht vermutet haben«, sagt tonlos Henry und hat recht, »Rommels Afrika-Korps, das ohnehin aus Mangel an Benzin und Waffen vor seiner Kapitulation stand, bringe aus Nordafrika Benzin und Waffen nach Italien. Warum also griffen wir auch Dampfer an, die in *dieser* Richtung fuhren? Siehst du, Alan, Krebs gibt den Mut, vor meinem Tod noch das Gedenkwort für die von Briten ermordeten Briten zu schreiben. Auch für meinen armen Jungen – den sie killten, bevor er gelebt hatte: neunzehn war er –, umgebracht durch ein britisches U-Boot, bevor er auch nur einmal mit seinem Mädchen hatte schlafen dürfen. Was glaubst du, wie ernst ich angesichts einer solchen gemeinen Posse jetzt noch unseren Staatspopanz, die sogenannte Geheimhaltungspflicht, nehme! (Für die es ja eine sachlich-praktische Begründung ohnehin seit Kriegsende nicht gibt.) Das muß ans Licht, diese Niedertracht.«

Wie er das sagte, erinnerten mich seine Augen an früher, entflammbar durch Leidenschaft, doch wie rasch waren sie dann wieder resignationsgrau, krank wie er selbst. Ich fragte: »Wo willst du das loswerden zum Druck? Du weißt, in unserem angeblich ach so freien Land riskiert nicht einmal eine Zeitung – geschweige ein Buchverlag, zu verstoßen gegen den ›Official Secrets Act‹. Das kann den, der das druckt, 100 000 Pfund Strafe kosten, ergo druckt's keiner!« Er lächelte: »In den USA wird's gedruckt, und auch hier in Ialien. Einmal ans Licht gekommen, ist es dann nie mehr zu unterdrücken... Und hier treffe ich jetzt, wenn du wartest, dann stelle ich ihn dir vor, einen blutjungen italienischen Kapitänleutnant, der eigentlich Historiker ist und nur Reserveoffizier. Sobald der die Marine hinter sich hat, schreibt er sein Buch über den Mittelmeer-Krieg allein im Hinblick auf das, was wir zu dessen Entscheidung von B. P. aus beigetragen haben! Den Titel hat er schon: ›*Il vero traditore*‹. Er heißt Alberto Santoni – nun, es wäre ja töricht, dich mit ihm bekannt zu machen, nur damit dir Scherereien in London daraus erwachsen. Wenn er jetzt kommt, verschwindest du einfach. Für diesen jungen Offizier, das merkte ich an seiner Leidenschaft für dieses Thema, ist es eine Frage der nationalen Ehre: ob tatsächlich, wie ja auch die verdammten Hunnen behaupten, alle Geleitzüge aus Palermo und Neapel nach Nordafrika durch einen oder mehrere Angehörige der römischen Admiralität an uns verraten worden sind. Nun habe ich diesem ganz unbestechlich ehrlichen Santoni einen Tausch vorgeschlagen. Er liefert mir aus dem Archiv der römischen Admiralität – und verletzt damit nicht einmal Geheimhaltungsbestimmungen, die haben vernünftigerweise keine für Ereignisse, deren praktische Bedeutung abgelaufen ist – die Namenslisten der britischen, polnischen, indischen Gefangenen, die auf den italienischen Schiffen durch britische U-Boote umkamen; ich liefere ihm – wofür ich natürlich Gefängnis in London bekäme, wäre ich nicht längst eingesargt, bevor Santoni sein Buch schreiben kann – aus unserem Archiv deine Entschlüsselungen der Avisos, mit denen die Italiener in Neapel, Genua, Palermo jene Dampfer aus Afrika ankündigten, die Alliierte als Gefangene an Bord hatten. Es ist absolut verbrecherisch«, Henry sprach langsamer, Haß schnürte ihm die Stimme fast ab, »daß wir diese Schiffe versenkten, obgleich die Italiener gefunkt hatten, Gefangene seien an Bord; sie nannten immer sogar die *Zahl* der Briten, Polen, Inder, Kanadier, die sie an Bord hatten, tief, tief unter Deck, dort, wo man eben Gefangene aufbewahrt, damit ja auch keiner lebend davonkäme, würde ein solches Schiff torpediert. Das machte mich wahnsinnig, stürbe ich nicht ohnehin bald. Daß Whitehall manchmal *tagelang* vorher wußte, britische Gefangene seien an Bord, und dennoch unsere U-Boote im Mittelmeer nicht zurückpfiff, sondern *hinschickte*, diese Dampfer zu versenken! Sogar die exakte Geschwindigkeit der Dampfer gaben unsere Verbrecher den U-Boot-Kommandanten... Hier, lies zum Beispiel diesen italienischen Funkspruch, den wir in B. P. am 14. Februar '42 für Whitehall entschlüsselt haben, nur damit er zum Todesurteil würde auch für meinen Jungen...« Henry gab mir die Fotokopie: »die ›Atlas‹ und die ›Ariosto‹, vom Zerstörer ›Premuda‹ und dem Torpedoboot ›Polluce‹ gesichert, sind am Nachmittag des 13. aus Tripolis nach Palermo ausgelaufen, wo sie am 16. um 01 Uhr 00 eintreffen sollen, Geschwindigkeit 9 Knoten. Sie haben 150 bzw. 300 Kriegsgefangene an Bord.« Henry nahm mir die Kopie aus der Hand, ich konnte auch nichts sagen, wir saßen auf einer der lederbezogenen Museumsbänke; er schwieg. Dann kommentierte er: »Ausgelaufen sind diese beiden am 13. Februar, doch von uns in B. P. wurden sie schon beobachet – alle Funksprüche habe ich lückenlos hier und gebe sie dem Italiener–, seit dem 7. Februar fast täglich... am 14. dann wurden beide Dampfer beharrlich von uns aus der Luft angegriffen. Schließlich hat unser U-Boot P 38 um 22 Uhr die ›Ariosto‹ torpediert und 135 Briten gekillt, auch meinen Sohn. Kannst du mir sagen – besser, erklären, denn ich würde so gern nicht verrückt, bevor ich sterbe, warum unsere Flugzeuge und U-Boote nicht den Zerstörer und das Torpedoboot angegriffen haben, die diese beiden Gefangenentransporte begleiteten? Und warum erst am 20. November '42 in Whitehall, also fast nach einem Jahr, hier ist das Blatt, das Problem diskutiert wurde, was unsere U-Boote mit Schiffen tun sollten, die Briten als Kriegsgefangene transportieren? Mußten diese Schweine in unserer Admiralität zum Beispiel – hier, lies den von uns in B. P. entschlüsselten Funkspruch – auch noch am 14. November den Dampfer ›Scillin‹ versenken mit 806 von 830 britischen Kriegsgefangenen? Mehrmals, kann ich nachweisen, und deshalb bist du, Alan, auch total unschuldig an dieser Tragödie, nein, an diesem Schurkenstück unserer Etappenschweine in Whitehall, daß die *vier Tage* Zeit gehabt haben in London, unseren Schiffen im Mittelmeer zu sagen, dieser oder jener italienische Dampfer stecke voller gefangener Briten. Sie haben es *nicht* gesagt... Warum! Warum überhaupt – ich fragte das vorher schon – statt der Begleitschiffe die Dampfer angreifen, die nur leer – oder mit Gefangenen und Verwundeten, doch nie mit Kriegsgütern – unterwegs sein *konnten* von Afrika nach Italien!«

Ich sah den zum Männchen geschrumpften, verkrebsten Vater vor mir, kaum daß seinen Wissenschaftlerschädel – die mächtige Stirn war ja nicht wie das übrige Gesicht auch schon kleingeschrumpft – das ganz dünn gewordene Hälschen noch hielt; und ich sah in diesem Vater in diesem Augenblick alle Väter, deren Söhne durch meine Mitschuld umgebracht worden waren...

»Laß uns was trinken«, mehr brachte ich nicht heraus. Doch er sagte: »Morgen um drei in Harrys Bar – jetzt mußt du verschwinden, denn gleich kommt dieser Italiener, und da ja du hoffentlich noch vierzig Jahre lebst, soll der dich hier nicht sehen, denn wenn er dich als das Entschlüsselungsgenie kennt und dich dann natürlich in seinem Buch erwähnt, dann kämen die in Whitehall noch auf die Idee, du seist sein Informant gewesen.« Er schwieg.

Dann, bis Tränen ihm verwehrten weiterzureden: »Das ist nun seit Jahren so, daß ich morgens nach dem Aufwachen – oder werde ich davon wach, ich weiß es nicht – immer vor Augen habe, wie bei der Einschiffung in Afrika mein gefangener Junge... wie er an der Schiffswand hochschaut und dann... wie er hinabsteigen muß unter Deck, immer tiefer hinab unter Deck, und auf jeder Treppenstufe spürt – ich spüre, daß er das spürte, ich *weiß* das; und dieses Wissen, das mich vernichtet, ist das letzte, das ich mitnehme von dieser Welt, hoffentlich bald, daß der Junge *gespürt* hat, er steige hinab in seine Totenkammer, in seinen Hinrichtungsraum. Er war zu glücklich gewesen, als er uns – sein letzter Gruß – aus deutscher Gefangenschaft die

Karte schrieb: ›Nichts passiert als meine linke Hand zerschossen‹. Und dann brachten Briten ihn um, Briten, weil sie Dampfer statt Zerstörer angriffen und...« Ich legte – so hilflos war ich nie – meine Hand auf seine Linke. Sagen konnte auch ich nichts. Endlich brachte er hervor: »Geh – hau jetzt ab, da kommt der Santoni. Also um drei, morgen!«

Zwischen den Vitrinen mit den schönen Schiffsmodellen aus sechs Jahrhunderten sah ich einen noch sehr jungen Mann, elegant wie nur italienische Marineoffiziere sind – und wie die auf dem Petersplatz diensttuenden berittenen Polizisten –, auf meinen Kriegskameraden zugehen. Sonst sah ich nichts mehr, ich ging wie ein Automat, die Füße allein funktionierten noch, nicht mehr mein Hirn. Wie blutig auch meine Hände im Krieg geworden waren – ich hatte das immer zu gut verdrängt. Dies aber war eine andere Kategorie: Etappenkrieger in Whitehall hatten Tausende von Landsleuten umgebracht. Als ich ankam im Albergo, war da schon Ganymed. Während ich ein großes Zahnputzglas Osborne-Veterano-Brandy heruntertrank, als sei er nur Bier, reichte mir der Junge – und ich dachte aggressiv: wie glückverdummt *die* sind, die allein dank ihres Jahrgangs nicht Kriegsverbrecher wurden wie wir dank unseres Jahrgangs –, reichte er mir, sichtlich ebenso befriedigt wie nach dem Akt, strahlend ein Blatt. Und fröhlich rief er: »›Ostern‹ nenne ich dieses Gedicht – für dich geschrieben heute nachmittag! Wirklich sah ich den Kardinal *rennen* vom Dom zum Palast, und uns beide habe ich auch eingraviert: schwule Briten... Wenn ich's nicht reime, das weißt du ja, kann ich sogar in englisch ein Poem machen.«

Ostern

Straußens Walzer auf San Marco,
komponiert in jenen Jahren,
da Venetien Wien gehörte.

Fiatflitzer, Pizzaesser
hagere Katzen, Filmkritiker
Lehrerinnen, schwule Briten
Inder, Sari, roter Turban
Nonnen, wegsehend, weil ein Terrier
stämmig einen Pudel stößt.

Dort Höchstselbst der Patriarch,
der bis eben fasten mußte,
stürmt vom Hochamt an die Tafel.

Früh im Dom, der Räuberhöhle
– was dort Kunst ist, ist gestohlen –,
glaubt man an die Auferstehung.
Die Piazza glaubt dem Umsatz,
den Muranos greller Glaskitsch
zweimal wöchentlich erzielt.

Natürlich spürte er, schon an der Hast, mit der ich mich betrank, daß ich down war, und fragte: »Weil du deinen Schmied nicht gefunden – oder wieder so schön gefunden hast, daß ich euch jetzt störe in Venedig?« Ich sagte, ich hätte ihn *nicht* gesucht: »Ich war im Marine-Museum. Doch wenn dich in einer Stadt die Nemesis hetzt, hört sie offensichtlich nicht auf damit und erwischt dich sogar in einem Museum!« Da ich ja keinem sagen darf, was ich im Krieg getrieben habe, tarnte ich schon gewohnheitsgemäß, was mir soeben zugestoßen war: »Da stehen ja auch Schiffsmodelle aus dem Zweiten Weltkrieg – und so erfuhr ich, daß ich geholfen habe, im Mittelmeer italienische Schiffe zu versenken, die voller Briten waren: Gefangene der Italiener und Deutschen aus Nordafrika ... Frag jetzt, bitte, mit keinem Wort danach!«

Er sagte nichts, er küßte mich: »Du Armer ...« Und ich dachte: »Armer«? Ich, der Mörder! ... Wieso ich – wieso nicht die von uns Getöteten?

Wie konnte ich mir je einreden, keine blutigen Hände zu haben, wenn es mir doch schmeichelt, sooft Freunde sagen, ich hätte Geschichte gemacht? Wie selten bedenken wir Wissenschaftler die Folgen unseres Tuns! Otto Hahn: und wie der sich dann einredete, »mit Waffen hatte ich zeitlebens nichts zu tun«. Er hatte, als die Kernspaltung ›geglückt‹ war und er erfuhr, daß andere daraus die Hiroshima- und Nagasaki-Bombe gemacht hatten, buchstäblich *vergessen* – denn er war ein ganz und gar ehrlicher Mensch –, daß er schon im Ersten Weltkrieg seinem Chef Fritz Haber geholfen hatte, sogar praktisch an der Front, im Schützengraben, die ersten Giftgas-Angriffe der Geschichte zu leiten. Wer spricht noch davon, daß Habers Frau, eine Chemikerin, sich totgeschossen hat, weil ihr Mann ihre Drohung, sie werde sich töten, wenn er fortfahre, diese Verbrechen zu begehen, nicht ernst nahm?

Ich arbeitete über Computable Numbers und Hilberts Entscheidungsproblem – und heute steht da in Manchester, in meinem Laboratorium, eine Maschine, die – unausweichlich – eine Heerschar elektronischer Sklaven gebären wird, die schon in einigen Jahrzehnten Millionen arbeitslos machen! Und *ich* werde bedauert – und bedauere mich selber... Und ich sah wieder dieses von Haß und Qual und Krebs verzerrte Vatergesicht vor mir – und setzte gleich die Flasche an und trank noch einen Viertelliter Osborne Veterano. Ganymed nahm mir die Flasche weg: »Da weiß ich Besseres, dich abzulenken. Guck da, ›Coperta da felze‹ nennen die, glaube ich, die sehr wenigen Gondeln, die noch diesen schwarzen Kabinenaufbau haben: so eine habe ich für uns gemietet, das zahlt mein Alter, oder genauer, eine seiner Firmen, diese sündhaft teure Überfahrt per Gondola zum Lido. In so einer Kabine – zieh auch deinen langen Regenmantel an – können wir uns lieben wie im Bett. Wetten, daß wir's fertigbringen, doch noch die Gespenster zu verscheuchen, die dich hetzen in Venedig!« Seine Energie riß mit. Er stand am Fenster und hatte das Fernglas und zeigte mir eine dieser seltenen Kabinengondeln. Gott, wäre das ein Abend geworden in dieser Stadt ohne ihn! Er rettete mich. Schon liefen wir wieder über Piazza und Piazzetta, unter den Säulen des Dogenpalastes entlang, abermals am Arsenal vorbei, dem Museo Storico Navale, bis dorthin, wo uns die Kabinengondola erwartete. Neunzig Minuten gegen den Wind anzustaken, die noch kalte April-Bora macht erhebliche Wellen, dazu die von den entgegenkommenden Vaporetti und Passagierschiffen aufgeworfenen, sie haben den hart arbeitenden Gondoliere so intensiv und schweißnaß ausgewrungen – endlich am Lido angelangt, luden wir ihn zu Tisch, doch nahm er nur einen Drink –, wie wir in der Kabine unter dem flachen Dach auf der niedrigbreiten, mit schweren Kissen und unseren Trenchcoats belegten Bank uns liebten. Eros – einziger dem Thanatos gewachsener Gott! Hände, die sich bewährten beim Töten – wie sie dann, ihre Unschuld zurückzuerlangen, Liebe machen *müssen*! Lippen, die entschlüsselte Funksprüche diktierten, aus denen Todesurteile für Kameraden wurden, durch eigene Torpedos geopfert – wie diese Lippen dann spielen, zuerst mit Worten und zuletzt mit dem, wohin das Wortspiel sie führte: Felicità = Glück; Felino = Raubkatze; Fellone = Verräter; fello = grausam, verrucht; Fellatio. So im Wortsinn wieder her-›gestellt‹, spürte ich endlich in mir verebben, was mich so oft hatte sagen lassen: »Totensonntag – zweiundfünfzigmal im Jahr!« Und so schmolz denn, wie ich selber in seinen Fingern, seinem Mund, was seit vierzehn Monaten wie ein scharfkantiger Eisblock mir in der Brust Bedrückung gemacht hatte. Der Dichter, wie er da noch neben mir lag auf seinem Mantel, entnahm dessen Tasche einen Zettel, während er sagte: »Ich hab dir nicht nur das Gedicht gemacht, ich hab dir einige Zeilen Goethes übersetzt – du wirst dich wundern und freuen: der hat schon 1786 hier in Venedig notiert, daß nicht mehr meinesgleichen, Dichter, sondern deinesgleichen, Naturwissenschaftler, jetzt an der Zeit seien – unglaublich!« Und Ganymed übersetzte mir:

»Auf dieser Reise hoff ich, will ich mein Gemüt über die schönen Künste beruhigen, ihr heilig Bild mir recht in die Seele prägen und zum stillen Genuß bewahren. Dann aber mich zu den Handwerkern wenden, und wenn ich zurückkomme, Chemie und Mechanik studieren. Denn die Zeit des Schönen ist vorüber, nur die Not und das strenge Bedürfnis erfordern unsere Tage.«

Wie dieser Satz Existenzen wie meine rechtfertigt und gegenüber jenen verteidigt, die jedem Maler oder Filmer ehrfurchtsvoll begegnen, meinesgleichen aber mit dünkeldummer ›Kulturkritik‹ abtun, weil wir angeblich Banausen sind, nur Techniker.

Doch Goethe, der Dichter, spürte schon vor 150 Jahren, daß Chemie und Mechanik »die Zeit des Schönen« ablösen. So meinte Spengler, wer unter dem Eindruck seines Buches sich entschließe, Ingenieur zu werden, obgleich er bisher hatte Maler werden wollen – der tue genau das, was die Forderung des Tages sei. Ich weiß wenig von ihm, was nicht Bertrand Russell mir erzählt hat, der ihn mir darstellte als einen, an dem gemessen unser Toynbee, Spenglers Schüler, nur ein Schönredner sei. »Wie jeder Gläubige denkt und sieht er nur, was diesen Glauben respektiert, Spengler aber sah auch in den Religionen historisch entsprungene und fixierte Zeiterscheinungen, die ebenso verblühen wie die Suffragettenbewegung und die Dramen Ibsens und wie der Kaktus auf seinem Fensterbrett.« Dieser Worte erinnerte ich mich beim Anblick angebröckelter Canale Grande-Fassaden, kaum daß ich zum erstenmal vom Bahnhof zum Markusplatz schiffte ...

Mich Mechanikern statt Künstlern zuzuwenden: es hatte dieses Rates nicht bedurft. Ein Handwerker, ein Schmied war es gewesen, der vor einem Jahr für mich der Inbegriff der Schöheit in dieser Stadt wurde und es auch blieb. Obgleich er mich nach wenigen Tagen schon zugrunde gerichtet hatte, woran er so unschuldig ist, wie ich's war, als ich ihm anheimfiel. Liebe ist ja nicht Treue; absurd von Älteren, sie Jungen abzufordern – wie wir's dennoch tun.

Wie ich den Dichter gleich Ganymed nannte – so damals schon bei meinem ersten Blick auf ihn, den Schmied, den ich verzweifelter geliebt habe als jeden anderen, Hephaistos. Verzweifelter: mit Sterbe-Sehnsucht. Denn soeben hatte ich mich der viehischen Hormon-Kur entzogen, zu der – »Alternative«: zwei Jahre Gefängnis! – ich vom Gericht verurteilt worden war. Ich hatte die Brüstchen einer Sechzehnjährigen, auch deren ›süßen‹ – doch bei Männern höchst lächerlichen – runden Popo und war oft impotent und wünschte nichts als tot zu sein. Dieser Venezianer, grazil proportioniert wie von Donatello, hatte den schönsten Leib, der mir je geschenkt wurde. Und ein Leuchten in den Augen wie Neuschnee in der Mittagssonne, weil – was ich sonst bei keinem Menschen gesehen habe – seine

Augäpfel bei achatschwarzen Pupillen so weiß blitzten wie seine jungen Wolfszähne, die so gefährlich aussahen, wie sie zärtlich und behutsam waren beim Liebeslecken. Ihn sah ich, nur in Jeans und Ledersandalen am offenen Schmiede-Feuer in der Gondelwerft, der letzten Venedigs, denn das *eine* Stück Metall neben den Messingschrauben, das die Gondel hat, schmiedete mein Freund, den eisernen Schnabel; er symbolisiert den Hut des Dogen und die sechs Stadtviertel Venedigs. Da aber nur noch drei Gondeln im Jahr gebaut werden, zuweilen nur zwei, sie kosten 6000 Pfund, so schmiedet Hephaistos nur selten in dieser letzten von einst hundert »Squeri«, wie nach einem griechischen Dialektwort die Gondelwerften heißen. Immer kann den Jungen diese einzige Werft, der Squero di San Trovaso, nicht ernähren, denn nur selten werden die Schnäbel der vierhundertfünfzig Gondeln Venedigs (früher gab es zehntausend Gondeln zur Blütezeit der Republik) beschädigt durch das verätzende Industriewasser und vor allem durch die Wellen der Vaporetti und die Abgase der noch schwereren Motore der für zweihundert Passagiere gebauten Canale Grande-Schiffe. Das Holz wird rasch zerstört; früher hielt es fünfzig, heute hält es nur noch zwanzig Jahre. Gondeln entstehen aus sieben verschiedenen Hölzern: Eiche, Lärche, Kiefer, Ulme, Linde, Nuß, Kirsche. Fünf Holzkenner schreinern an den reparaturbedürftigen oder an den neuen Gondeln, deren jede 280 Holzteile hat, bei 11 Meter Länge und 138 bis 142 Zentimeter Breite. »Um den Rechtsdrall des Ruderers auszugleichen, unterwies mich Hephaistos, es aufzeichnend, »hat die Gondel eine Krümmung nach links; die rechte Wand ist 12 Zentimeter höher als die linke. Das Holz wird gebogen, gestreckt über einem Binsenfeuer, früher waren sogar die Nägel, jetzt durch Messingschrauben ersetzt, aus Holz.«

Wie unüberwindbar schien mir der Abgrund, der mich trennte von dem Jungen, als ich ihn traf. Hephaistos – der Name des Schmiedegottes war sofort da; seit mir Churchill warnend von Prometheus gesprochen, kaufte ich mir den Ranke Graves, ein Buch,das uns hinlenkt auf uns selbst, auf unsere mythische Herkunft, durch die wir programmiert sind. Hephaistos hat eine Mutter, die unseren Müttern, denen der

Schwulen, sehr ähnlich ist; sie fand ihn abstoßend und schmiß ihn weg aus dem Olymp: doch das Kleinkind fiel ins Wasser und überlebte. Immer fand ich, meinesgleichen hätten überdurchschnittlich bemerkenswerte Mütter gehabt – kluge und kalte, so daß schon unsere Väter meist als Trottel neben ihnen hinkümmerten. So auch Hephaistos, den seine Mutter erst wieder annahm, als er bei den anderen etwas geworden war, Kunstschmied, der schließlich – bei Homer nachzulesen – die ersten Roboter schuf: mechanische Frauen aus Gold, die ihm helfen konnten in seiner Schmiede. (Warum schuf er sich dazu Frauen – nicht Männer?) Es müssen schon Turing-Maschinen gewesen sein. Sie konnten »sogar sprechen«. Natürlich erfand auch die ersten Automaten Hephaistos. Homer nennt sie dreibeinige Tische mit goldenen Rädern, die »allein zu den Versammlungen der Götter fahren und wieder zurückkehren können«. Daß kaum aus einem Mann etwas wurde, der nicht eine überdurchschnittliche Mutter hatte – doch war die Mutter des armen Schmiedes: Hera, nicht: Athene –, scheint auch in dieser Überlieferung auf: »Die Göttin, die verschwinden läßt«, habe sein Name: he apaista gleich Hephaistos bedeutet. Die eigentliche Erfinderin aller Mechanik ist ja Athene – und zur Bronzezeit schrieb man jedem interessanten Werkzeug – sicher nicht jedem Faustkeil – Magie zu ...

Dort an der Academia vorbeizugehen, den halbnackten Jungen am Schmiedefeuer zu erblicken – es war der Gefahrenmoment, den Goethe in Rom als Voraussetzung für Liebe in ihrer radikalsten Zuspitzung beschreibt. Er steht auf dem Corso, in Erwartung der pfeilschnell und halsbrecherisch vorbeirasenden Pferde beim Carneval-Rennen, und folgert aus dem »gewaltsamen, blitzschnellen, augenblicklichen Eindruck, auf den so viele tausend Menschen gespannt warten, und wenige können sich Rechenschaft geben, warum ... daß die lebhaftesten und höchsten Vergnügen, wie die vorbeifliegenden Pferde, nur einen Augenblick uns erscheinen, uns rühren und kaum eine Spur in der Seele zurücklassen, daß Freiheit und Gleichheit nur in dem Taumel des Wahnsinns genossen werden können, und daß die größte Lust nur dann am höchsten reizt, wenn sie sich ganz nahe an die Gefahr drängt und lüstern ängstlich-süße Empfindungen in ihrer Nähe genießet«.

Er mußte es wissen; Goethe-Bemerkungen finde ich in einem der vielen Guides; die schönsten, die gründlichsten über Florenz und Venedig schrieb Mary McCarthy. »Ganz nahe an die Gefahr drängen und lüstern ängstlich-süße Empfindungen in ihrer Nähe genießen«: was drängt uns dahin? Genießen ist übrigens ein durchaus nicht hierhergehöriges Wort... Elend war ich, den Jungen zu sehen, ihm lange, sehr lange zuzuschauen, was ja kein Aufsehen machte, weil jeder Tourist, gerät er beim Gang durch die Gäßchen zur Gondelwerft, zur letzten, die es noch gibt, natürlich stehenbleibt in ihrem offenen Tor. Ich aber wußte, ich würde verkrüppeln für den Rest meines Lebens, dürfte ich nie diesen Nacken, diesen Hals, diesen Hintern küssen! Gefahr sagt auch nicht viel; Todesdrohung war's, die mich umgab; dazu, die Hoffnungslosigkeit zu erhöhen, mein ganz und gar unzulängliches Italienisch. Wenn die Natur uns Homosexuellen immerhin *eine* Mitgift nicht verweigert hat, so die, zu spüren, daß auch der Fremde spürt, unausgesprochene Solidarität der Parias, daß man sein Outcastsein teilt.

Wie, unter welchem Vorwand sprechen mit ihm?

Endlich *mußte* ich mich losreißen. In eine der vielen Trödel-Höhlen, die noch keine Antiquitätengeschäfte sind, um irgendeinen Gegenstand aus Eisen aufzutreiben, der reparaturbedürftig wäre, und müßte man ihn erst, damit er es wird, kaputtmachen... Was ist schon noch aus Eisen? Ich hätte in meiner Not ein ganzes Parktor gekauft, hätte ich nicht schönes, altes Kamingerät gefunden, nach zwei Stunden vergeblichen Suchens: Schürhaken, Kohlenzange, einen Holzscheite-Eisenkorb, lädiert genug, daß allenfalls ein Gang zum Kunstschmied zu motivieren war. Doch die Werft war geschlossen. Siesta! Und auch am Nachmittag war der Junge nicht da: wie wenig an einer Gondel bedarf der Hand des Schmiedes. Ein Landsmann mußte dolmetschen, ehe ich zu der ordinären »Kunst«-Schlosserei hinfand, erst nach Tagen, in der Hephaistos arbeitet. Tage, die ich – dunkel um 17 Uhr – bei Schneetreiben immer so lange auf San Michele verbrachte, bis der Friedhof geschlossen wurde. Leg dich dorthin, dachte ich oft, da neben das Grab, bis du erfroren bist; doch zum Erfrieren war der Februar nicht mehr kalt genug. Die Plastiksäcke mit Müll in den Gassen – Streik der Müllmänner – rochen sogar, statt zu gefrieren. Die Groteske: den Jungen endlich mit einem Maskenfest in einem der vornehmsten Palazzi anlocken; Besitzer ein ehemaliger Finanzminister Italiens. Ich, da in England meinen Mantel vergessen, in einem rasch gekauften schwarzen Cape, Dreispitz, kalkweiße Halbmaske mit spitziger Advokatennase. Erst gegen 23 Uhr holt man uns ab in der Trattoria da Ignazio, Rua Saoneri – aber als wir endlich ankommen am Palazzo, stehen da, neben einer sehr Schönen in schwarzem Samt ohne Maske, die üblich als Harlekin, Pantalone, Pirat, Pulcinella Kostümierten: »Verschwinden«, sagen sie, »sofort verschwinden, oben ist die Steuerfahndung!« Die pflegt hier gar nicht so selten mitten in der Nacht zu kommen! »Un magro martedi«, sagt Hephaistos – aber lacht. Er will in diesen Tagen vesuchen, bei den Japanern Arbeit zu finden, die sich darum bewerben, eine Weltfirma, den Schutzdamm zu bauen, der Venedig vor Hochwasser bewahren soll (gestern war wieder der Markusplatz vier Stunden unter Hochwasser). Die das Geld verschieben, statt endlich den Auftrag an die Japaner, die längst Modelle lieferten, oder an wen immer zu erteilen, geben als Begründung an, die zu erwartenden Nebeneffekte seien noch nicht hinreichend getestet – ja, die Japaner hätten die Erfahrung gar nicht, die sie vorgeben, sondern wollten nur in Venedig ausprobieren, ob zu Hause verwendbar sei, was sie erst einmal den Venezianern verkaufen. Recht so: Nur der Dumme lernt aus Erfahrung; der Kluge aus der Erfahrung der andern!

Wie ›weise‹ ich solchen Unsinn sage, nach dem ich nie handelte; als seien Erfahrungen nicht genau das, was man selber machen *will*. Sonst hätte doch einmal eine Generation von der vorangehenden gelernt – hat aber keine! Wer wohnt schon weiterhin in den Möbeln seiner Eltern und wie die sie gestellt haben – und seien die noch so elegant. *Meine* Erfahrung, um die ich herumrede: ich habe sie ja keineswegs zum erstenmal gemacht und wußte, so müsse es wieder kommen und war doch nicht zurückzuhalten, sie neu zu machen, trotz der leben-abtötenden Bitterkeit, *Voraussehbarkeit* dieser Erfahrung. Hephaistos ging mit, wir fickten wie die Götter – und blieb dann fort, blieb einfach fort, versprach, er komme wieder, und ließ mich sitzen oder stehen; und morgen bestimmt und wieder kam er nicht und dann aber sicher – und wieder nicht! Er hätte mich *sterben* lassen, wäre ich nicht abgereist; durchaus kann man als Toter, ich hab's gemerkt, noch eine Fahrkarte lösen, Rückfahrkarten sowieso. War ich so närrisch gewesen, zu vermuten, dieser Strahlende, schön wie Michelangelos David, habe auf mich *gewartet*? Nein. Gewartet auf einen durch Hormone Aufgedunsenen, der ungefähr so alt ist wie der Vater, den der Junge daheim hat; nach Venedig reisen, Hephaistos erblicken – und sich einbilden, der habe auch nur eine Stunde für unsereinen, wenn nicht zufällig der weg ist, für den, *mit* dem er sonst lebt! Ja so blöd sein, sich einzubilden,ein Venezianer komme vielleicht sogar mit einem Alten nach Manchester, der unfähig ist, auch nur *ein* Stück Musik, das der Junge liebt wie seine ganze Generation, auch zu lieben! Natürlich war dieser herrlich Erfahrene zu verwöhnt, um auch nur einmal noch zu mir zu kommen. Und woher nehme ich, über vierzig, das Recht, an diesen Achtzehnjährigen anders zu denken als – dankbar!

Was hätte er mit mir sprechen sollen, fragte ich Ganymed, als ich ihm alles – nein: nicht alles – erzählt hatte am Lido. Aus dieser Frage machte er in dem Gedicht, das er mir schrieb zum Trost – es brauchte zwei Tage, ich kann's nur übersetzt verstehen, offenbar ist es sehr streng im Reim –, dann den Vorwurf des Jungen, der ja passend ist zu ›Carne vale!‹: »Nie meine Seele – nur Fleisch besessen.« So ist das wohl lyrisch zu »übersetzen«. – Seele, das ist der Geist *seiner* Generation; das, was die Schwingungen zwischen zweien erzeugt, das Mitsprechenkönnen, weil der andere die Welt auch *so* kennenlernte, *so* sieht – nicht wie sein Vater und wie ich als abgetakelte Zweite-Weltkrieg-Veteranen, die ja nicht einmal mehr tanzen könnten wie die heute in ihren cocacolaschwarzen Tanzhöhlen ...

Il Carnevale

Aus Glück wurde Angst
Venezianerin:
entziehst Dich, verlangst
– daß ich gehe! Wohin?

Maskenzug ohne
Dich durch die Gassen?
Ab zur Stazione
– sitzengelassen!

Drohst wie auf San Michele
Zypressen:
»Hast nie meine Seele
– nur Fleisch besessen!«

»Nur«! Klischee an Karneval
Fleisch zu denunzieren:
Gibt's Elternliebe überall,
gibt's sonst in Menschen, Tieren

»Nur« Seelen, die Leiber lieben!
Behauptest ohne Federlesen,
seit Du mich abgetrieben:
»Liebe ist das nie gewesen!«

Nahmst Dir den Jungen
– wird der Dich behalten?
Resigniert, notgedrungen
wie stets wir Alten

Steige ich ein ...
gondele durchs Labyrinth.
Gehörst du dem Ragazzo *allein*?
Bora nennen sie Meeres-Wind.

Heut treibt Scirocco aus Triest
– ich todlahm bis ins Mark,
bahnwärts statt zum Rialto-Fest
meine Gondel – meinen Sarg.

Unser Zug ist fast schon in Zürich, da sehe ich Henry wieder vor mir, den kaputtgemachten Vater. Seinen Sohn habe ich nie gesehen, außer auf dem Foto, das er im Dossier hatte, als er mir die Fotokopien der entschlüsselten Funksprüche zeigte, die er im Marinemuseum an Santoni weitergeben wollte. Ein ganz normaler Britenjunge, lachend, klug, Sommersprossen – zerrissen von einem britischen Torpedo. Dies Kindergesicht vor sich sehen heißt: die Schnauze halten, ja sich zu schämen, zu klagen, wenn man in der Liebe – von der dieser Junge überhaupt nichts abbekam wie so viele seiner Jahrgänger – zu kurz gekommen ist.

XI

Balmé und Lemp

Empörung ist besser als Kummer, der nur lähmt – regt sie auf, regt sie an, jedenfalls hoffe ich das: Vor einer Stunde betrat ich in der Piccadilly die Buchhandlung, vor der ich deshalb stets die Schaufenster studiere, weil da mein Bus hält; sie hat den Folgeband der neuesten *Encyclopaedia Britannica* im Fenster – den Buchstaben T. Nun finde ich doch hoffentlich einen Alan Turing-Artikel, dachte ich, denn 1963 hatte ich wütend der Redaktion geschrieben, sie habe in der Neuauflage Turing nicht einmal erwähnt! Damals erhielt ich einen höflichen Dankbrief: meine Reklamation sei nicht die erste und werde selbstverständlich berücksichtigt, in der nächsten Auflage. Jetzt wurde Alan gebührend herausgestellt als Logiker und Schöpfer der Turing-Maschine, selbstverständlich; doch seine bedeutendste Leistung, die ihn wie vermutlich keinen *anderen* einzelnen außer Churchill zum Retter gemacht hat, sie wird mit keiner Silbe erwähnt! Eine solche Heuchelei hätte ich selbst hierzulande nicht für möglich gehalten; entsprechend schreiben sie auch, zwar habe er das Gift selbst genommen, vermutlich aber nicht in Selbstmordabsicht, sondern experimentierend. Seinen Homosexuellen-Prozeß erwähnen sie nicht... Doch mit keinem Wort zu schreiben, daß Turing Enigma aufbrach, ist der Gipfel der Niedertracht. Immerhin ist Hitler nicht nur seit fast vierzig Jahren weg von der Erde, sondern seit fast einem Jahrzehnt ist durch Winterbothams *The Ultra Secret* doch auch endlich weltbekannt, wie der Krieg mit Hilfe von Bletchley Park gewonnen wurde. Doch über Alan wird gesagt: »1939–45 im Dienst des Auswärtigen Amtes.« Im Klartext heißt das: Der nicht einmal Dreißigjährige hat es fabelhaft verstanden, sich vor der Front zu drücken, während des ganzen Krieges, als seine Jahrgänge fielen... Das ist so widerlich, daß man zunächst verstummt. Ich fürchte, eine Unterschlagung im geistigen Bereich ist kein Delikt; kriminell wäre eine positiv falsche Aussage: niemand dürfte schreiben, Alan habe Enigma nicht aufgebrochen, wenn er über Turing schreibt; niemand aber, der über ihn schreibt, kann gezwungen werden zu sagen, daß er das getan hat. Absurd wie nur Gesetze sind...

Da ich schon den Turing-Artikel überprüfte, prüfte ich gleich mit, ob jene zwei Männer in der *Encyclopaedia* vorkommen, die das – wie König Georg VI. formuliert hat – »bedeutendste Einzelereignis des ganzen Krieges« ausgekämpft haben: Julius Lemp und David Balmé. Ich schlug also nach und fand beide nicht. So trage ich denn heute in mein 40 Jahre altes Journal noch ein, was am 8. Mai 1941 südlich von Grönland Weltgeschichte gemacht hat. Und was bis 1974 von Großbritannien wie alle Enigma-Geheimnisse der Geschichtsschreibung unterschlagen wurde; dreizehn Jahre nach Kriegsende wurde zwar die Eroberung des Deutschen U-Bootes 110 bekanntgegeben, 1958. Nicht aber, daß Leutnant Balmé das Boot deshalb geentert hat, um endlich Alan Turing das erste Exemplar einer neuesten, jetzt im Einsatz benutzten Enigma von Bord zu holen: das kostbarste aller Beutestücke, den Schlüssel zum Aufmachen der geheimsten Geheimnisse Hitler-Deutschlands... Es stellt dem Instinkt der Historiker kein blendendes Zeugnis aus, daß ihrer *keiner* auch nur geargwöhnt hat bei seinen Forschungen und in den hunderttausend Büchern über den Zweiten Weltkrieg, während der Schlachten sei die Genesis einiger spektakulär bedeutender Ereignisse – gelinde gesagt: nur schwer nachvollziehbar!

Der 7. und 8. Mai sind keine Glückstage in der deutschen Geschichte: am 7. Mai 1915 versenkte ein törichter kaiserlicher U-Boot-Kommandant die ›Lusitania‹, das größte britische Passagierschiff, das – stolz, vier Schornsteine, auffallend langsam fahrend – der irischen Küste zusteuerte. »Unser 45 000-Tonnen-Lebendköder« nennt Churchill den seit 1913 bewaffneten Luxusliner. Auch hundert Bürger der gerade noch neutralen USA kommen um und über tausend Briten, die entscheidende ›Leistung‹ der zweitstärksten Flotte der Welt, der deutschen, dem Vaterland 1917 die Kriegserklärung Amerikas auf den Hals zu ziehen! Auf den Tag 30 Jahre später, am Nachmittag des 7. Mai 1945, unterschreiben Hitler-Generale die bedingungslose Kapitulation Deutschlands, die eine Minute nach Mitternacht, am

8. Mai, in Kraft tritt. Und zwischendurch, wieder an einem 7. Mai, 1941, enterten Briten im Nordmeer das deutsche Wetterbeobachtungsschiff ›München‹, dessen Funker noch rasch seine Enigma hatte ins Wasser werfen können – nicht aber mehr die Verschlüsselungsunterlagen, die es erstmals gestatteten, im Juni *zeitgleich*, das heißt: in der Stunde, in der die Deutschen funkten, schon in ›Heimische Gewässer‹ einzubrechen, wie die Nazi-Marine jenen Code nannte – ab 1. Januar 1942 taufte sie ihn um in ›Hydra‹, in dem sie ihre Befehle in der Schlacht um den Atlantik funkten. Daß die ›München‹ hatte entdeckt, überrascht und ausgeplündert werden können, war wiederum der Funkaufklärung zu danken und dem Entern – am 4. März 1941 – des deutschen Vorpostenbootes ›Krebs‹ bei den Lofoten. Auch hier war die Enigma noch rasch über Bord geworfen worden, doch erbeuteten die Prisen-Männer des Zerstörers ›Somali‹ noch einen Kasten mit Reserve-Schlüsselwalzen für Enigma und einige Schlüsselanweisungen, die es ab 10. März gestatteten, rückwirkend – was freilich keinen praktischen Wert mehr hatte – den deutschen Funkverkehr vom Februar teilweise zu entziffern. Das übte den alsbald glückenden Einbruch, den ich in keiner Gesamtdarstellung des Krieges – das Ganze ist das Unwahre – auch nur erwähnt fand. Und den ich jetzt so detailgetreu aufschreiben will, wie der Protagonist, der einundzwanzigjährige Leutnant David Balmé ihn mir erzählen durfte, nachdem der König ihm das sehr hohe ›Distinguished Service Cross‹ 1941 persönlich überreicht hatte. Der *Times* durfte er es erst 36 Jahre später erzählen, 1977. Ich hatte zu denen gehört, die in Scapa Flow die Beute in Empfang genommen und mit der Bahn, um sie nicht durch einen Flugzeugabsturz zu gefährden, nach Bletchley Park gebracht hatten ...

Somerset Maugham läßt eine Schauspielerin sagen, junge Liebhaber kämen für sie nicht mehr in Betracht – und so fehlten ihr in modernen Stücken die Partner, weil Autoren aufgehört hätten, »jene Art von Rolle zu schreiben, die früher die Franzosen den Raisonneur genannt haben«. Meine Darstellung von Ereignissen mit Räsonnements zu retardieren, ist aber meinem Alter gemäß. Ich muß mich im Chaos des Geschehens reflektierend sammeln, um nicht mitgerissen zu werden. Der Mitgerissene ist kein Beobachter mehr. Schreibe ich nur für Zeitungen, kann ich nicht reflektieren.

Aber hier und anläßlich Turings sowieso, doch auch im Hinblick auf David Balmé, überlege ich zunächst, was überhaupt Einzelkämpfer noch bewirken können in einer Weltkrise, die wie der Hitler-Krieg ab Herbst 1940 durch Entschlüsselung des deutschen Funkverkehrs natürlich nicht allein – doch in hohem Maß *mit*entschieden wurde. General Eisenhower, im Gegensatz zu unseren britischen Feldmarschällen ein anständiger Mensch, schrieb sofort bei Kriegsende den großen -dankbrief an C., unseren Chef General Menzies, mit der Aufforderung, uns in Bletchley Park zu danken, denn: »Ultra war entscheidend!« (Ultra war das Tarnwort für unsere Entschlüsselungstätigkeit.) Unser Empire-Stabschef Alanbrooke wird denn auch von Winterbotham nicht einmal im Register erwähnt – weil er offensichtlich verzerrt von Dünkel gegenüber den Mathematikern nie ein Wort der Anerkennung für uns gefunden hat, zweifellos deshalb nicht, weil er der Hauptnutznießer von allen Nachrichten aus B. P. gewesen ist: Man hüte sich vor jedem, der einem dankbar sein muß! Während Alanbrookes Untergebener Montgomery sich von Winterbotham vorwerfen lassen muß, wesentliche Nachrichten aus B. P. oft so ungenügend ausgewertet zu haben, daß ›seine‹ Soldaten diese Feldmarschallseitelkeit, es lieber ›allein‹ zu machen, nicht als Kenner feindlicher Nachrichten, sondern als ›Stratege‹, mit Blut bezahlen mußten ... Aber gerade *weil* Ultra »entscheidend« war, bleibt das Problem: Was kann der einzelne noch tun in Krisen? Zum Beispiel die klassischen Spione, die Admiral Canaris noch in Mengen aus Deutschland herüberschickte zu uns: ohne jede praktische Wirkung. Die Geschichte dieser armen Teufel – allein im Tower haben wir über dreißig von ihnen aufgehängt – ist nie geschrieben worden; auch in den USA endeten sie fast alle, ohne irgendeine Wirkung gehabt zu haben, auf dem elektrischen Stuhl, weil sie dort ebenso wie hier auf der Insel durch Turings Entschlüsselung schon avisiert waren, bevor noch deutsche U-Boote sie an Land gesetzt hatten. Während jene Art von Spionage, die Turing zur Meisterschaft brachte, uns die Geheimnisse des Feindes preisgab, als ständen sie in der Zeitung.

Doch Einzelkämpfer, wie der blutjunge Balmé mindestens für eine Entscheidungs*stunde* im Krieg war, sie faszinieren mich, weil sie in ihrer Person den *Widerstand* gegen den Zeitgeist verkörpern! Sie schützen uns vor der Versuchung, den einzelnen nicht mehr zuzulassen in unserer Anschauung der Welt. Wir überlassen uns der Illusion, weil über viele entschieden wird, müßten auch viele es sein, die entscheiden. Im Gegenteil: Im selben Maß, in dem die Zahl derer wächst, über die entschieden wird, nimmt die Zahl derer ab, die entscheiden: Das ist entsetzlich. Das entwürdigt uns – jeden einzelnen von uns. Brauchte es früher dreißigtausend Soldaten, eine Stadt von hunderttausend Einwohnern zu belagern, zu stürmen und die Menschen dieser Stadt zu massakrieren, bedarf es heute der Entscheidung *eines* Mannes oder dreier Männer, eine Handvoll Piloten in ein Flugzeug zu setzen und Hiroshima und Nagasaki mit ungefähr einer Viertelmillion Unbewaffneter wegzuradieren.

Wir wollen nicht wissen, daß nie so wenige wie heute über so viele die Macht hatten ... So wie ja heute auch nur noch zwei Staaten die Macht über alle anderen Staaten haben. Es bleibt dabei, die Erbeutung der Enigma durch Balmé ist das »bedeutsamste Einzelereignis des ganzen Krieges«. Denn von nun an besaß der neunundzwanzigjährige Alan Turing die absolute Herrschaft über den gesamten militärischen und diplomatischen Funkverkehr Deutschlands – auch auf den Meeren, neuerdings, wenn auch nicht für alle noch kommenden Monate des Krieges; zuweilen verbesserten die Deutschen ihre Codes, dann mußten sie erneut entschlüsselt werden. Am 9. Mai 1941 hat tölpelhaft der bereits genannte deutsche U-Boot-Kommandant Julius Lemp den Briten das letzte technische Gerät ausgeliefert, das Alan Turing noch gefehlt hatte, um seinem Einblick – seit einem Jahr – in die Funksprüche der deutschen Luftwaffe und die des deutschen Heeres noch die Kenntnisse des deutschen Marine-Funkverkehrs hinzuzufügen. Und Leutnant Balmé hat am 9. Mai aus Julius Lemps zum Auftauchen gezwungenem U-Boot die Enigma ausgebaut.

Wieso war Balmés Gegner Julius Lemp schon berühmt bei seinem Chef Dönitz und bei Hitler als Günstling des Mißgeschicks? Weil er bereits am 3. September 1939, also am Tag der britischen Kriegserklärung an Deutschland, den auf hoher See durch den Krieg überraschten Passagierdampfer ›Athenia‹ versenkt hatte – fatale Parallele zur Versenkung der ›Lusitania‹. Lemp bringt am ersten Kriegstag 28 neutrale Amerikaner um, die unter den 112 Opfern sind. Ohne Vorwarnung hat er die ›Athenia‹ torpediert... Natürlich *weiß* Lemp, daß 24 Jahre zuvor die Versenkung der ›Lusitania‹ die USA auf Kollisionskurs gegen das kaiserliche Deutschland gebracht hat – dennoch läßt sich der tatkräftige Idiot nicht abhalten, einen auf See durch Krieg überraschten Passagierdampfer zu torpedieren! Sogar Hitler ist derart verärgert – denn unbedingt will er die USA aus dem Krieg heraushalten –, daß er seinen Cheflügner Goebbels anweist, in die Welt zu trompeten, Churchill selbst habe das Schiff durch Zeitzünder versenkt, um nach dem Musterfall ›Lusitania‹ abermals die USA in den Krieg zu locken. Julius Lemp und alle seine Besatzungsmitglieder müssen vor Dönitz schwören, nie darüber zu reden, daß sie die ›Athenia‹ torpediert haben; die Eintragung im Bordbuch wird herausgefälscht. Günstling des Mißgeschicks – wie sonst sollte dieser Lemp zu nennen sein, als er zwei Jahre später verabsäumt, dem weitaus wichtigsten aller Befehle nachzukommen, nämlich Enigma ins Wasser zu werfen, ehe er mit der Besatzung sein zum Auftauchen gezwungenes Boot verläßt, um in Gefangenschaft zu schwimmen. Fast auf den Tag genau vier Jahre vor der totalen Kapitulation Deutschlands...

Dieser Julius Lemp – wie hat der *eine* Mensch dazu beigetragen, die Wechselfälle des Krieges mitzubestimmen. Er und ebenso unsere List, geheimzuhalten,daß wir Lemps Boot geentert hatten: eine Schicksalsnacht, diese Nacht vom 8. auf den 9. Mai. Lemp hatte südlich von Grönland die Verfolgung eines Geleitzugs begonnen; gegen Mittag kam er zum Torpedoschuß, versenkte den Dampfer ›Esmond‹ und noch ein weiteres Schiff, insgesamt 7585 Bruttoregistertonnen... ahnungslos, natürlich, daß diesmal ein Kampf um das Leben von aber Millionen Soldaten beginnen sollte, die entweder fielen, wenn sie auf Hitlers Seite kämpften – oder aber gerettet wurden, weil sie Alliierte waren, geschützt durch die britische Kenntnis der deutschen Funkschlüssel... Denn Lemps Boot, es wurde nun gejagt, mit

Wasserbomben – mit Serien von Wasserbomben. Und stundenlang. Eine ganze Nacht lang – und das zum Glück der Briten. Denn als endlich Lemp zum Auftauchen gezwungen wurde, weil sein Boot beschädigt worden war, waren der Konvoi und die Hunnenboote, die ihn noch verfolgten, schon so weit entfernt, daß deren keines irgend etwas mitbekam von dem, was U 110 jetzt zustieß. Als Lemp auftaucht, schießt die englische Korvette ›Aubrietia‹, bis Lemp und seine Besatzung aufgeben und ihr torkelndes Boot schwimmend verlassen, dessen Sprengung sie vorbereitet haben, befehlsgemäß ... Der Zerstörer ›Bulldog‹ dreht bei, die Deutschen aufzufischen – vor allem aber, ihr Boot zu entern. Denn U-Boot-Besatzungen werden gerettet, wenn möglich, obgleich U-Boote – auch britische – grundsätzlich ihre Opfer, die Schiffbrüchigen, aus Mangel an Platz ertrinken lassen. Uns Briten ist mit dem Aufbringen des Bootes kein Zufallstreffer geglückt – geglückt ist endlich, was wir seit Monaten systematisch angezielt haben: alle unsere Schiffe haben den Befehl, deutsche Schiffe nach Möglichkeit nicht zu versenken, sondern zu entern, um sie nach dem Marine-Funkschlüssel, den Code-Büchern, der Enigma und allem Zubehör abzusuchen. Lemp aber vertraut auf seine – dann doch nicht detonierenden – Sprengladungen. Als er – noch schwimmend – entdecken muß, das britische Prisenkommando, das schon in einer von fünf Männern geruderten Jolle naht, werde sein Boot entern, bevor es explodiert, versucht er, wieder zurückzugelangen an Bord. Aber Briten schießen den Schwimmenden tot, bevor er sein Boot wieder betreten kann. Lemps Besatzung bringen sie erst unter Deck ihres Zerstörers, *damit kein Deutscher sieht*, was Leutnant Balmé und seine Begleiter in den nächsten vier Stunden so umsichtig wie todverachtend tun: sie bauen – bis sie die Zeitzünder in Lemps Boot beseitigt haben, unter höchster Lebensgefahr, denn jede Sekunde kann (und sollte ja) das verlassene U-Boot in die Luft fliegen – alle Geheimunterlagen aus. Ich bringe nicht übers Herz, den Einundzwanzigjährigen zu fragen, ob er selbst den schwimmenden Lemp erschossen hat, um ihn daran zu hindern, sein Boot doch noch zu sprengen; einen Soldaten, der ja Töten noch nicht gewohnt sein kann, dies fragen?

Wir waren hoch erregt, wir fünf aus B. P., die der Schatzkiste nach Scapa entgegengereist waren. Der sonst so nüchterne Dr. Lewin, schließlich Mathematiker, nicht Pathetiker, brachte dennoch über die Lippen, so uralt dieses Klischee auch ist: »Die Geschichte hielt den Atem an!« Geniert setzte er hinzu: »Spricht die Geschichte sonst nur von Schlachten wie bei Trafalgar und Jütland: an jedem Standard gemessen ist dieser Beutezug ein Sieg, der noch weiterreichende Konsequenzen haben *muß* als Trafalgar!« Ängstlich fragten wir, ob tatsächlich keiner der deutschen Gefangenen gesehen haben könne, daß Balmé und seine vier Kameraden die Enigma mit allem Zubehör ausgebaut haben. »Aber die waren doch unter Deck – als sie am nächsten Tag wieder herausdurften, momentweise, war das von uns abgeschleppte Hunnenboot ja bereits abgesoffen. Das wird auch noch dazu beitragen, die Gefangenen vermuten zu lassen, wir hätten nichts von Enigma gesehen; und *wenn* einer der Gefangenen ahnt, wir hätten Enigma doch, so muß man eben ihre Post nach Deutschland zensieren...« Er wurde beruhigt: Das geschehe.

Kaltblütig kletterte Balmé, die Pistole entsichert in der Hand, als erster über den Turm ins Boot, mit dem er doch jede Sekunde in die Luft fliegen konnte. Der Mut dieser Männer in dieser Stunde! Vier Stunden sogar bauten sie das Boot leer... Wie alle, die tun und handeln, war der Leutnant ein karger Erzähler. Doch so muß das zugegangen sein:

Als das deutsche U-Boot beschädigt auftauchen mußte, war der britische Zerstörer ›Bulldog‹ sehr nahe beigedreht, riskant nahe an das vermutlich sogleich explodierende U-Boot. Auf nur hundert Meter Entfernung. Und setzte sein längst vorbereitetes Prisenkommando ab. Balmé: »Es ist nicht leicht, eine Jolle längsseits eines abgerundeten Unterseebootrumpfs inmitten einer leicht bewegten, eisigen Mai-See zu rudern... Wir tasteten uns auf dem hart schwankenden, wellennassen U-Boot-Rumpf entlang. Als ich die Leiter des Turms hinunterstieg, war die Atmosphäre unten im verlassenen Boot drohend... Ich hatte Angst: beim Sehrohr Stille, Schwärze, ein bißchen durch drei blaue Lampen der Notbeleuchtung aufgehellt. Die Geräusche von außerhalb, die Explosionen von Wasserbomben, als der

Geleitschutz des Konvois, den Lemp angegriffen hatte, die Angriffe weiterer U-Boote abwehrte. Ich befürchtete, daß die Druckwellen dieser Explosionen die Sprengladungen im verlassenen U 110 durch Detonationsübertragung auslösten. Wie konnten wir wissen, ob wir alle Sprengvorrichtungen finden und entschärfen würden? Wir suchten genau im ganzen Rumpf. Wir fanden rasch die Regale mit den Codebüchern, während ein Techniker, der sich als Funker auskennt, die Verschlüsselungsmaschine der Hunnen aus dem Wandgestell, dem Eisenrahmen schraubte. Nun war noch die menschliche Kette die Turmleiter hinauf und am U-Boot-Deck entlang zur Jolle zu bilden. Diese Menschenkette reichte die Unterlagen und die Enigma von Hand zu Hand weiter. Jeden Moment konnte einer von uns, oder, schlimmer, konnte eines der Beutestücke ins Meer fallen, das Deck war glitschig und ohne Reling. Doch wir hatten Glück. Drei Stunden des Hin- und Herfahrens zwischen der ›Bulldog‹ und U 110, und das gesamte Schlüsselmaterial, die Seekarten und viele andere Ausrüstungsgegenstände waren ins Trockene gebracht... Das deutsche Boot war ein schönes neues Schiff, mit einer Hunger machenden Kombüse: ehrlich, die essen verdammt gut! Unser Ingenieur kam herüber, er wollte die Maschine des U-Bootes in Gang bringen, doch es gelang ihm nicht. Deshalb ist es uns leider im Schlepptau am nächsten Tag weggesoffen... Immerhin, man verlange nicht zuviel: Die Enigma M, die noch in den drei nächsten Monaten geltenden aktuellen Codesätze, das Kenngruppenbuch, das U-Boot-Kurzsignalheft, die wichtigen Schlüsseleinstellungsanweisungen auf wasserlöslichem Papier, ein Kasten voller Schlüsselwalzen und daneben die Funklade haben wir erwischt. Und vor allem den Plan für die zweimal täglich vorschriftsmäßig zu ändernden Einstellungen der M-Walzen!«

»Ja, bis Jahresende haben wir ihre Geheimnisse, vorausgesetzt, sie haben nicht gesehen, daß ihr Boot geentert wurde. Denn sonst müßten sie ihren Code radikal umstellen«, setzte Lewin hinzu.

Für die »Geistes«-Haltung von Lemps Offizieren und also für seine eigene ist die Charakterisierung interessant, die Besatzungsmitglieder Lemps den britischen Verhörern im Juni 1941 vom Ersten Offizier des Bootes gaben; er sei »bei der Besatzung verhaßt... ein engstirniger, gefühlloser Schinder, intolerant gegenüber jeglicher Kritik am Naziregime, das er leidenschaftlich verteidige«.

Turings Geniestreich darf nicht vergessen machen, daß die Schlacht um den Atlantik auch für uns Alliierte *dennoch* eine der grausamsten der Geschichte war. Wie viele werden in brennendem Öl – bei torpedierten Tankern – langsam gestorben sein? Oder in unaufgefundenen Schlauchbooten verdurstet?

Im Mai hatte Balmé die Enigma erobert, schon im gleichen Monat konnten britische Flugzeuge über Deutschland ein Flugblatt abwerfen mit der Frage: ›Wo ist Prien?‹ Auch stehen die Namen der zwei – außer Prien – geschicktesten, gefährlichsten deutschen U-Boot-Kommandanten Schepke und Kretschmer auf dem Blatt: Auch deren Boote wurden bereits im April vernichtet, wie dann Priens Boot im Mai.

Doch im Frühjahr 1942 hat die deutsche U-Boot-Leitung durch Komplizierung der Enigma Turings Dechiffrierkünste wieder lahmgelegt, der Blackout dauert Monate, und die Schiffsverluste der Alliierten stiegen erschreckend – stiegen bis zum März 1943. Noch im Februr 1943, also 21 Monate, nachdem Balmé die deutsche Marine-Enigma Turing aushändigen konnte, versenken deutsche U-Boote 68 Handelsschiffe, verlieren allerdings zwanzig eigene Boote. Vom 17. bis 20. März versenken U-Boote aus zwei gemeinsam fahrenden amerikanischen Konvois im Nordatlantik 21 Schiffe, wobei nur ein deutsches Boot vernichtet wird. Denn auch Dönitz kann mit seinem sogenannten B-Dienst sehr oft die Funksprüche der Alliierten auffangen und teilweise entziffern. Am 16. März verlieren die Alliierten zwölf Schiffe aus zwei Konvois.

Endlich, im März, um den 20. herum, bricht Turing auch wieder in den Marine-Funkverkehr ein, während er den der zwei anderen Waffengattungen ja seit Spätsommer 1940 stets lückenlos im Klartext lesen konnte. Und nun werden die U-Boote aus Jägern die Gejagten. Jürgen Rohwer, ein Deutscher, stellte eine beeindruckendere Erfolgsbilanz für Bletchley Park auf als jeder Brite: »Immerhin gelang es den Briten, von den insgesamt 174 Nordatlantik-Konvois, die zwischen Mitte Juli

1942 bis Ende Mai 1943 planmäßig verkehrten, 105 um die deutsche U-Bootaufstellung herumzuführen, ohne daß sie erfaßt wurden. Von 69, die teilweise von den wartenden U-Booten planmäßig erfaßt, teilweise aber auch nur zufällig vernichtet wurden, entkamen 23 ohne Verluste, 40 erlitten geringe Verluste, zum Teil nur Nachzügler. Nur 16 der Konvois verloren mehr als vier Schiffe.« Im Mai 1943 waren die U-Boote besiegt.

›Meine‹ Männer, redete der so bornierte wie fanatische Nazi Dönitz die U-Boot-Fahrer an und glaubte niemals, was Admiral Raeder ihm durch Admiral Darlan, den England-Hassenden Franzosen, schon am 28. Januar 1942 als Warnung hatte zukommen lassen: daß seine Funksprüche abgehört werden! Allein durch Tod wird Dönitz zwei Drittel aller U-Bootfahrer verlieren; über 28 000, nach einer anderen Statistik sogar 32 000, von 39 000 Jungen – die meisten sind noch Jungen! – und Männern; der Rest – fast komplett – gerät in Gefangenschaft; nie sind Soldaten unbarmherziger verheizt worden – und diese Matrosen sogar für den Installateur von Auschwitz ...

›Hydra‹ hat Dönitz seinen Chiffrierschlüssel genannt: Hybris hätte er ihn nennen sollen ...

XII
Ein Apfel voller Zyankali

Nie werde ich begreifen, daß Menschen auf die Idee kommen, einen zu richten, der sich getötet hat – »richte nicht, auf daß du nicht gerichtet werdest«, oder Schwäche, Versagen, Angst ausgerechnet einem Menschen zu unterstellen, der *das* Quantum Wille, Energie und Mut aufbringt, das die Selbstvernichtung voraussetzt. In der Tat gibt es keinen Lebensakt, der ein ähnliches Maß an Stärke und Kühnheit bedingt wie der freiwillige Abschied von dieser Welt, in absoluter Ungewißheit, ob eine andere uns erwartet – oder »nur ein Mund voll Erde«, wie ich eine Neunzigjährige sagen hörte.

Denkbar ist allerdings, einen Selbstmörder der Untreue zu bezichtigen – ich könnte das nicht, begreife es aber –, der Menschen zurückläßt, die von ihm abhängig waren. Das hat Alan Turing nicht getan. Und wer weiß, ob nicht – umgekehrt – genau dies die Ursache seines Weggehens schon mit 42 Jahren war: Daß niemand dagewesen ist, dem er seinen Fürsorgetrieb – einen der stärksten lebenserhaltenden Triebe – hat zuwenden dürfen. Dazu kam, daß seine Mutter nun finanziell unabhängig geworden war, seit sie zu ihrer Pension noch 5000 Pfund geerbt hatte, so daß Alan nicht lange vor seinem Tode die 500 Pfund streichen konnte, die er bisher – wie auch sein Bruder – der alten Frau jährlich überwiesen. Sie hat ihn ohnehin beerbt, der auch geerbt hatte. Und er war nie arm, so daß es ihm erspart blieb, je zum Geld irgendeine Beziehung zu entwickeln. Sollte er fähig gewesen sein, einen Scheck auszufüllen – ich sah das nie –, so bestimmt nicht, einen einzulösen; geradezu komisch, zu denken, er hätte sich dazu überwinden können, eine Steuererklärung abzugeben. Der Staat, dessen Beamter er war als Professor der Universität Manchester, zog ihm ab, was er von Turings Gehalt beanspruchte.

Doch wie ein edles, starkes Pferd zuweilen an einem Hufeisen verendet, so kam eben deshalb, weil Alan nie eine Beziehung zum Gelde hatte – denn Geld steht für die Alltäglichkeit –, so kam durch eine geradezu kränkende und Turings Geist verhöhnende Lappalie der Anfang vom Ende: Alan ging zur Polizei, weil ihm ein Hemd, einige Fischmesser, eine Hose, ein Kompaß und ein Rasierapparat gestohlen worden waren. Sicher hatte der Dieb auch Geld mitgenommen – doch davon redete Alan nicht, weil er das nicht wußte, da er ja niemals wußte, ob, wo und wieviel Geld in seiner Wohnung war, so daß er zuweilen einen Jungen, der mit ihm geschlafen hatte, verdächtigte, Geld aus der Brieftasche entwendet zu haben, während Alan das Frühstück machte... Nichts hat seinen Bruder, den Anwalt, so sehr entsetzt wie die Tatsache, daß Alan *um nichts* zur Polizei gegangen war, die dann in Minutenschnelle – da ja Alan auch viel zu stolz war, zu lügen – schon gewußt hat, warum denn ein Knabe ihm den Hinweis auf einen anderen gegeben hat, der angeblich der Dieb war. Doch was ist das: »um nichts«? Für andere kann das alles sein. Alan,der den zwei Bullen, die zuvorkommend waren, übrigens in Zivil, Wein einschenkte und später irische Volkslieder vorfiedelte, denn er geigte wie Einstein, erlag dem Trieb: Verlogenes, Überholtes, Heuchelei in den Orkus zu treten. Man muß das auch so sehen: Turing hatte durchaus einen Maßstab für das, was er für die Nation geleistet hatte.

Bereits 1942 ahnte ich, ›ewig‹, wie sich der Staat – jeder Staat ist kriminell – das so denkt, könne unterschlagen werden, was Turing tat. Denn da war er mit Welchman und mit Hugh Alexander ins Foreign Office beordert worden, wo man jedem 200 Pfund schenkte, weil man ihnen aus Geheimhaltungsgründen keine Orden geben könne. Im Krieg verständlich – doch als der entschieden war und Hitlers Enigma so tot wie er?

Und nun war vom achtzigjährigen Churchill – wieder Premierminister – der sechste, der letzte seiner Doppelbände über den Zweiten Weltkrieg erschienen und gekrönt worden mit dem Nobelpreis für Literatur. Und in diesen zweimal sechs Bänden samt Dokumenten kam nicht nur Alan Turing nicht vor, sondern nicht *einmal* Bletchley Park! Wenn Churchill gar nicht umhinkonnte, zuzugeben, daß einer seiner Siege einmal nicht *ihm* zu verdanken war, dann schrieb er:»Zu jener Zeit hatten wir einen Spion dicht bei Rommels Hauptquartier, der uns genaue Nachrichten über die fürchterlichen Schwierigkeiten von Rommels selbstbewußter, aber gefährlicher Lage gab.« Nun, diesen Spion hat es nie gegeben – sondern es gab Bletchley Park! Und nun sollte der Haupteinbrecher in die geheimste Kommandozentrale Nazi-Deutschlands auch noch ins Gefängnis gehen, weil er zur Polizei gegangen war, um einen anzuzeigen, der ihn bestohlen hatte – und sollte erfahren, daß nicht der Dieb ins Gefängnis kam, sondern der Bestohlene: weil er zuweilen einen Jungen, der das ebenso wollte wie er, und der dies ebenso diskret der Gesellschaft zu wissen erspart hat wie Turing, mit in sein Bett genommen hatte. Es war zuviel. Und so überkam denn den Gedemütigten, den um seinen Ruhm niederträchtig Bestohlenen das, was Biographen sein ›Bilderstürmertum‹ nennen. Es ganz falsch so nennen! Turing hatte vielmehr die Souveränität, einer von Heuchelei entstellten Gesellschaft zu *sagen*, sie sei entstellt, ihr das zu schreiben, obgleich er natürlich wußte – wie nicht? –, dafür komme er ins Gefängnis! Und so geigte er nicht nur den zwei Polizisten irische Volkslieder vor – sondern bat sie, fünf Seiten mitzunehmen, die er hastig herunterschrieb. Und die ihm weniger zu einem Schuldbekenntnis gerieten (so nannte dann nur der Staatsanwalt diese Seiten, die bis heute kein Mensch zu sehen bekommt, der nicht Gerichtsperson ist; denn der Staat findet immer – *alle* Staaten – eine sogenannte Begründung, auf Kosten des Individuums Wahrheit zu unterschlagen!). Sondern diese Seiten – das ist sparsamen Äußerungen des Bruders zu entnehmen, dessen Londoner Anwaltsbüro einen Partner in Manchester hatte, der gemeinsam mit einem anderen Anwalt Alan verteidigte –, diese Seiten, an den Staat gerichtet, waren Alan Turings freiwillig abgegebenes, also provokatives Bekenntnis für die Freiheit des Individuums. Eine Streitschrift, so radikal abgefaßt, daß sie ihm, der demnächst vor Gericht stehen würde, dort enorm schaden sollte. Denn sie demonstrierte das, was Gerichte die ›Unbelehrbarkeit‹ eines Angeklagten nennen, seinen Mangel an Reue, das heißt: die Unantastbarkeit seiner Menschenwürde durch ein wie immer ›geartetes‹, von ihm aber nicht anerkanntes Gericht. Keine Frage, hätte Turing nur *für sich* streiten wollen, er hätte die grundsätzliche Auffassung zum Recht auf Homosexualität für alle die, die nun einmal homosexuell sind, nicht ausgerechnet einem Gerichtshof vorgelegt, vor dem er selber demnächst stehen mußte.

Mit Vermutungen, warum Turing es satt hatte, sich einem Gesetz zu beugen, das er absurd fand, will ich nicht kommen – sein *Stolz* und seine Prometheus-Natur wie Churchill das hellsichtig-warnend genannt hatte, nahmen nicht länger hin, daß er sich selbst verleugnen sollte, nur wiel die Natur ihm auferlegt hatte, Jungen statt Mädchen zu lieben. Und da Gerichte unter dem Vorwand, die Persönlichkeit zu schützen, auch die Papiere *derer* der Öffentlichkeit vorenthalten, die vor dieser Öffentlichkeit rehabilitiert werden müßten, da man sie vor Gericht geschleift hatte – so können wir nicht einmal mit Sicherheit bestreiten, daß sogar Turing geglaubt haben kann, vorübergehend, eine Hormonbehandlung sei keine chemische Kastration. Der Kanzler der Universität und auch Turings Freund und Kollege Professor Newman traten für Alan in die Schranken der Justiz, ihr zu sagen, es geschehe nicht zum Wohle Englands, diesen Mathematiker – einen der *bleibenden* des Zeitalters – für zwei Jahre einzulochen.

Turings Mitangeklagter verließ das Gericht als freier Mann – sein Anwalt hatte nicht nur Turing als dem Älteren die Schuld des Verführers zugeschoben, sondern auch geltend gemacht, daß ein Zwanzigjähriger,dessen Vater als Schichtarbeiter ihm nie etwas Besseres als Marmelade und Margarine hatte zu essen geben können, deshalb zur Beute der Homosexualität geworden sei, weil allein *sie* dem Armen Zugang in eine gesellschaftliche höhere Klasse eröffnet habe; er wurde Gitarrist in London. Turing, vom Gericht vor die Wahl gestellt, zwei Jahre sitzen oder sich einer Hormonbehandlung unterziehen zu müssen, wählte die Universitätsklinik. Er beseitigte jedoch vor Ablauf eines Jahres das in seinen Oberschenkel implantierte Hormonpräparat. Keiner seiner Freunde hielt ihm nicht die Treue, der weiterhin seinen Lehrstuhl besaß, Mitglied der Royal Society blieb und durch die Presse Manchesters geschont wurde. Sehr schwer war ihm nur gefallen, seine verwitwete Mutter auf den Prozeß vorzubereiten; er hatte versucht, seinen Bruder vorzuschicken, der das abgelehnt hat – so hilfsbereit er auch sofort angereist gekommen war, als Alan ihm den Prozeß in einem

Brief mit dem Satz ankündigte: »Ich nehme an, Du weißt, daß ich homosexuell bin...« In Wahrheit hatte der Bruder keine Ahnung gehabt, sich nur gewundert, daß der Frauen so stark beeindruckende schöne Junggeselle offenbar nur zögernd bis gar nicht auf deren Huldigungen einzugehen pflegte.

Die Mutter setzte, sofern sie nicht seit Jahrzehnten wußte, daß Alan Männer liebte, spätestens 1952 jenen Verdrängungsmechanismus im Bewegung, der sie bis zu ihrem Tode im Jahre 1976 davor bewahrt hat, jemals nur für möglich zu halten, ihr Sohn habe sich selber getötet. Sie veröffentlichte ein Buch über ihn, unentbehrlich als Grundlage aller ihm folgenden Bücher, das weder seinen Prozeß erwähnte noch dessen Anlaß. Das Verhalten dieser Frau belegt wieder einmal die alte Erfahrung, daß nicht der Verstand, sondern das Gefühl unser Denken und Handeln bestimmt. Ihr Verstand war beträchtlich, half aber auch zu bemänteln, was ihr Gefühl als unschicklich bedeckt zu halten wünschte. Nichts spricht dafür, daß sie eine Heuchlerin war. Selbstironie ist keine spezifisch weibliche Eigenschaft, ich schreibe das ungern als Frau. Doch ich habe von Alans Mutter zu meiner Bestürzung niemals, sooft ich sie sprach, gehört, sie habe bedauert, daß sie ihre zwei Söhne jeweils unmittelbar nach der Niederkunft – was für ein Wort – in fremde Hände ausgesetzt hat und nach Indien abgedampft ist, weil der Vater der Jungen die wahrhaft originelle Auffassung hatte, das indische Klima lasse die Aufzucht europäischer Kinder nicht zu. Verleumdung wäre, dieser Frau anzuhängen, sie sei kalt oder herzlos gegen die Kinder gewesen – sie war nur gar nicht vorhanden. Denn als das Ehepaar Turing nach der Frühpensionierung des Mannes Wohnsitz in Europa nahm, waren die Söhne auch nicht bei ihnen, sondern blieben in Internaten. Turing senior hatte sich vorzeitig, wenn auch mit auskömmlicher Pension verabschieden lassen, weil ein Rivale rascher als er befördert worden war. Der Titel Sir, üblicherweise an Kolonialbeamte wie Turing verliehen, blieb Alans gekränktem Vater vorenthalten, weil er nach zu wenigen Dienstjahren ausgeschieden war. Das kann die Zufriedenheit des Mannes nicht gesteigert haben. Seines Vaters Frührentner-Nörgelsucht war Alans beste Nummer, sooft er mit großer Begabung Leute parodierte. Dem vorzeitig gealterten Vater durfte bis zu seinem Tode niemals anvertraut werden, auch ihm nicht, daß sein Sohn einer der Retter Großbritanniens gewesen war ...

Und doch ist ohne Krampf Alans Vergiftung des Apfels, den er aß, um sich zu töten, als ein letzter Liebesdienst an seiner Mutter zu deuten: Daß er starb, weil er einen von ihm mit Zyankali gespritzten Apfel aß – einige Bissen, dann fiel schon der Apfel vors Bett –, hat der alten Frau bis zu *ihrer* letzten Stunde die Illusion geschenkt, Alan sei während eines Experiments an einem Unfall gestorben. Das vertrat sie auch vor den Leuten. Vielleicht auch deshalb, damit seine Mutter glauben konnte, Alan habe sich nicht selbst getötet, hat er auf einen Abschiedsbrief verzichtet. Möglich, daß er ein letztes Mal die Loyalität Englands, dem er so unschätzbare Dienste geleistet hat, überschätzte – und geglaubt hat, sein vor der Polizei abgelegtes schriftliches Bekenntnis, werde nach seinem Tode vom Staate nicht unterschlagen ...

Selbstmord, in der Antike mit Gelassenheit, ja Hochachtung von den Überlebenden betrachtet, wird von Christen und Juden verdammt, besonders aber, wie Schopenhauer mit Entsetzen schrieb, »im pöbelhaft bigotten England ... wo dem schimpflichen Begräbnis noch die Einziehung des Nachlasses« folgt, weshalb »fast immer Wahnsinn« unterstellt werden muß, wie noch bei Außenminister Castlereagh. Schopenhauer: »Die gründlichste Widerlegung der Gründe gegen den Selbstmord, welche von den Geistlichen der monotheistischen, d. h. jüdischen Religionen und den ihnen sich anbequemenden Philosophen aufgestellt werden ... hat *Hume* in seinem ›Essay on Suicide‹ geliefert, der ... von der schimpflichen Bigotterie und schmählichen Pfaffenherrschaft in England sogleich unterdrückt wurde; daher ... wir die Erhaltung dieser und einer andern Abhandlung des großen Mannes dem Basler Nachdruck verdanken ... 1799 ...«

Ich erinnere daran, weil immerhin Alans Mutter fromm genug war, die Verlobung ihres Sohnes durch das Abendmahl zu feiern. Auch Toleranz gegenüber den religiösen Empfindungen seiner Mutter mag also Turing bewogen haben, ihr die Möglichkeit zum Selbstbetrug zu lassen. Doch habe ich die Unterdrükkung, ja Vernichtung von Essays des großen Hume und deren – zufällige – Rettung durch einen Schweizer Nachdruck festgehalten, weil die Unterdrückung der historischen Wahrheit und damit der entscheidenden Lebensleistung Turings sich einreiht in die Tradition hierzulande: So hat denn auch S. O. E., jene Abteilung unseres Geheimdienstes, die verantwortlich war für »Sabotageakte, Ermordungen und ähnliche Unternehmungen«, wie Sefton Delmer General Sir Colin Gubbins Gruppe charakterisierte, immerhin offen zugegeben, nach dem Kriege die Mehrzahl ihrer Akten vernichtet zu haben: auch das ist eine Art, Geschichte zu schreiben... Wie denn ja auch in der Graphik und in der Autobiographie nicht selten die schlagendsten Effekte durch Weglassen erzielt werden. Daß aber auch ein siegreicher Staat beschließt, in seiner Geschichtsschreibung den Beitrag eines Genies zu seiner Errettung ›wegzulassen‹! Das macht die Rückschau so bitter, die Frage so quälend, was Alan zuletzt gedacht haben mag...

Der Gedanke an seine letzte Stunde ist mir so unerträglich, weil er am vorletzten und letzten seiner Tage vergebens bei mir angerufen hat... (Ich war im Mittelmeer.) Mir ist, als sei er in den Tod nur gegangen, weil er allein war, oder gab es andere Gründe? Womit ich nicht sagen will, Alleinsein sei nicht Grund genug, wegzugehen von dort, wo man allein ist. Der medizinische Versuch, seine Persönlichkeit zu liquidieren durch chemische Kastration, war möglicherweise gescheitert. Oder hatte er seine Fähigkeit, die zu lieben, die er liebte, nicht zurückgewonnen? Daß Spontaneität bei seinem Absprung aus dem Leben im Spiel war, dafür sprechen Theaterkarten, die er gekauft hatte, und eine Zusage, in Kürze vor der Royal Society eine Rede zu halten. Ein leichter Gemsentritt kann dort, wo Schneemassen sich aufgestaut haben, eine Lawine auslösen. Eine ihm sehr befreundete Familie in nächster Nachbarschaft zog aus; Alan hatte dem Ehepaar und dessen Kindern ein Abschiedsdinner gegeben in einem Lokal, wenige Tage zuvor – sehr lustig waren sie alle gewesen. Alan hatte versprochen, sie zu besuchen in ihrer neuen Wohnung. Nun waren auch diese Leute weg... Kaum aber wagt man, solche Alltäglichkeiten in Erwägung zu ziehen, wen man Mosaiksteinchen nebeneinanderreiht bei dem unmöglichen Versuch, sich zu veranschaulichen, was zuletzt äußerlich und innerlich bei einem Menschen vorgegangen ist, der genug – oder der zuwenig hatte vom Leben.

Durch Professor Hodges, den ersten Mathematiker-Kollegen, der Turings Biographie schreibt, weiß ich auch, daß Alans norwegischer Freund aus Bergen bei seinem Versuch, 1953, Alan zu besuchen, ihn nicht zu Gesicht bekam, weil die britischen Einreisebehörden den Jungen zurückschickten nach Norwegen! Warum? Dieser Kjell, ungefähr zwanzig, war bald nachdem Alan den Prozeß hinter sich und in Norwegen Urlaub gemacht hatte, sein Geliebter geworden, was immer die Alan damals zwangsweise zugeführten Hormone dieser Liebe noch erlaubt haben; wir müssen noch, Hodges und ich, versuchen herauszufinden, warum Alan den Freund nicht sehen durfte – ich werde Kjell finden! Obgleich ja unsere Einreisezensoren durchaus ohne Angabe von Gründen an den Grenzen heimschicken dürfen ... und mir der Norweger vielleicht auch nicht sagen kann, warum er abgewiesen wurde. Tatsache ist auch, daß in den USA ein vor Gericht Gestandener – wegen Homosexualität vor Gericht Gestandener –, nicht mehr zugelassen wird auf der Liste der Geheimnisträger; und Anfang der fünfziger Jahre, auf dem Höhepunkt der von Senator Joseph McCarthy inszenierten Hexenjagden gegen »Kommunisten und Schwule«, wie das amtlich genannt werden durfte, fanden einige von Turings speziellen Entdeckungen praktische Verwendung bei Nuklearsprengköpfen und den von Wernher von Braun in den USA weiterentwickelten Raketen ...

Von seiner letzten, seiner Griechenland-Reise, kam Turing seelisch und körperlich entspannt nach Hause, mit Adressen junger Griechen, die mit ihm auf Korfu zusammengewesen waren – was nichts daran änderte, wie immer, daß er in Manchester allein war, offenbar radikal allein – keineswegs nur in seinem allein von ihm bewohnten Haus. Warum ging er an diesem Nachmittag ins Bett mit zwei Versen – ob er sie nun vor sich hin summte, wie er das so oft, so Hunderte von Malen getan hatte oder nicht –, mit den zwei Zeilen aus Walt Disneys Film *Schneewittchen*, den er 1938 gesehen und immer geliebt und bewundert hatte:

»Tauche den Apfel in des Giftes Brühe,
lasse den Schlafenden Tod eindringen«

Wie oft erwähnte er die Szene, in der die Hexe den Apfel vergiftet. Ein homosexueller Freund wollte, als wir über Alans Ende sprachen, von *Schneewittchen* nichts wissen, sondern brachte die Tatsache, daß es ein Apfel war, in Zusamenhang – ich finde: gewaltsam – mit der Frau, die den Apfel vom Baum der Erkenntnis bricht und ihn dem Mann hinhält, mit Eva. Doch gerade vor Erkenntnissen wäre dieser geborene Wissenschaftler am wenigsten zurückgeschreckt; hätte auch nicht zugestanden, daß ausgerechnet eine Frau zu ihnen den Zugang eröffnet hat: Diese Geschichte war, wie ich Alan kenne, eher eine von denen, um derentwillen er die Bibel verabscheute ...

Er war '42. Sehr groß war der Dienst, den er seinem Vaterland, ja Europa geleistet hatte, die Freiheit zu erhalten und die schlimmste Tyrannei der Geschichte zu beseitigen. Er war allein – trotzdem. Warum soll man eigentlich am Leben hängen? Diese Frage: erweist sie sich nicht schon in jenem Moment als zu schwer für *jeden*, in dem sie sich stellt? Und ist nicht, keine Antwort auf sie zu wissen, schon Grund genug, die Situation herbeizuführen, in der sie sich erübrigt?

XIII

Der schwarze Spiegel

Anruf von David: Monica ist gestern abend gestorben. Gegen Mittag anscheinend überraschend kam die Agonie; sie hatte seit Wochen mit Davids Mutter, die ja Ärztin ist, kein einziges Wort mehr über ihre Krankheit gesprochen, offensichtlich, um der Freundin das Lügen zu ersparen; so auch nicht mit ihren beiden Söhnen. Hatte sie also ›akzeptiert‹, dieser vermutlich schrecklichsten aller Arten von Krebs anheimgefallen zu sein? Blasen-Karzinom mit Becken-Metastasen und pathologischen Frakturen, und dieses Zerbrechen der Knochen verursacht Schmerzen, die so entsetzlich sind, daß auch stärkste Spritzen sie keineswegs zureichend betäuben. Dazu der Gestank, selbst bei stündlicher Pflege; es ist jene Krankheit, die den Menschen bei voller Klarheit des Weiterdenkens zum Zuschauer seiner Auflösung macht. David berichtet: »Ungeheuer groß, sagt meine Mutter, in den letzten Wochen ihre Augen im kleiner gewordenen Gesicht. Groß und sehr leuchtend...« Während wir uns fragen, David und ich, was denn das heißen soll: »akzeptieren«, daß man vernichtet wird, zitiert er ein zwischen uns seit zwanzig Jahren geflügeltes Wort, pikant, da von einem Komödiendichter, von Menander: »Nun ist ja der Mensch an sich schon ein hinreichender Grund zur Traurigkeit.«

In diese Kategorie gehört auch die Redensart, jemand sei ›gefaßt‹ gestorben, die mir von Grund auf vergangen ist, als ich dem Schwager einmal sagte, tröstlich sei doch immerhin, daß Sterbende nie weinen. Darauf seine Antwort, der so viele sterben sah, schon seit er sich das Medizinstudium mit Nachtwachen verdient hat, und die meisten sterben ja nachts: »Daß Sterbende nicht weinen, beweist leider nur, daß sie nicht mehr weinen *können*: wenn die Depression, und wer sollte nicht depressiv sein, wenn er merkt, daß er stirbt, end-gültig wird, dann erreicht sie jene Tiefe, in der die Tränen versiegen: das Sicca-Syndrom.« Also auch das wird einem zuletzt noch weggenommen von der Natur: Die Erleichterung, die zeitweilige, durch Weinenkönnen. Dies erklärt, warum auch zur Hinrichtung die meisten ›gefaßt‹ gehen, wie beobachtet wurde – nur weil sie Tränen nicht haben, nicht mehr. Nie war mir Monica, wenn ich ihre Kriegshefte las, so nahegekommen wie auf jenen Seiten, auf denen sie vom ›schwarzen Spiegel‹ spricht, ihrem D-Zug-Fenster, in dem sie nachts mit ihrem Reisegefährten sich sieht. Und vom Fenster ihrer Bürohütte in B. P., als sie weiß, auch dieser Mann muß heute nacht in den Tod. Nun wird sie sich Nacht für Nacht, schlaflos, wenn das Morphium nicht mehr ausreichte, im schwarzen Spiegel gesehen haben. Denn einmal erzählte sie mir, ihr Fenster neben dem Bett, zimmerbreit, habe keine Scheibengardinen, nur eine bunte Übergardine. »So daß ich nachts genau sehen kann in dem schwarzen Spiegel: die Abgehagerte da war ich nie und bin ich auch jetzt nicht.« So begehrte sie auf – und wechselte sofort das Thema. Sie wollte nicht reden über das, »was die lieben Leute auch dann noch beschönigend Krankheit nennen, wenn es längst schon das Sterben ist. Schweigen wir – nur ein Zustand, kein Thema.«

Ich sage zu David, daß mir widerstrebt, Nutznießer von Monicas Tagebüchern zu sein, ohne ihren Namen zu überliefern. David antwortet: »So war's ihr Wunsch; mindestens solange ihre Söhne leben, hast du den zu beachten. Kannst ja zu ihrem Originalmanuskript die Verfügung legen, daß in fünfzig Jahren bekanntgemacht werden darf, wer sie war.«

Hundebellen hat wie meist das Telefonat gestört, ich bitte meinen Sohn: »Bring doch endlich das Viehzeug in den Garten!« Aber Sascha, keine Schule, Samstag um elf, liegt der Länge nach auf dem Teppich und spielt mit einem Schach-Computer, den er für spannender hält als Bücher – oder gar als Bitten seines Vaters. Er wird also die Hunde nicht in den Garten bringen, bevor sie durchdrehen. Es ist ganz offensichtlich, daß Turings Erfindung der Generation der heute Achtzehnjährigen so selbstverständlich den Partner beim Schach – nicht nur beim Schach – vollauf ersetzt, daß diese ›Herren‹ von morgen gar nicht mehr auf den Gedanken kommen, da könne ein Mensch fehlen. So wie wir nie mehr an Pferde dachten, die einst den Wagen zogen, seit Autos da waren; meine Großeltern haben zweifellos noch oft an Pferde gedacht, in einem Auto; meine

Eltern schon nie mehr... Mein Jüngster hat mich neulich wissen lassen – obgleich er auf der Penne gar keine Neigung zu Naturwissenschaften zeigt, daß Weihnachten dieser Schach-Computer durch einen Computer ersetzt werden muß, der, wie er sagt, »nicht so ein Fachidiot ist wie dieser hier, der nur Schach kann«. Er bedient das Ding wie ich mein Rad, ohne auch nur noch zu bemerken, daß er's bedient. Als ich das George klage – wie sentimental albern, »begegnen wir der Zeit, wie sie uns sucht«, heißt es im *Coriolan* –, antwortet George: »Für euren Sohn ist ein Computer schon ein Fachidiot, wenn er nur auf *einem* Sektor den Mitspieler ersetzt – miß daran die Skepsis sogar Turings, der noch 1946 zum Lord Louis Mountbatten gesagt hat, daß wir ›in hundert Jahren sicher experimentell die Frage klären können, wie man einen Computer zum Schachspielen bringt‹. Doch nicht hundert, ein wenig über dreißig Jahre hat's nur gedauert!«

Das beschäftigt mich, als ich nun selber die Hunde ausführe. Und auch dies: ob nicht die Eröffnung des Computer-Zeitalters und die Erfindung der Pille und die Weltseuche Aids deshalb fast gleichzeitig geschehen sind oder verhängt werden, damit die in der Industriegesellschaft durch die Computer ausgelöste Massenarbeitslosigkeit wenigstens teilweise abgefangen wird. Ganze Berufe hat der Computer vernichtet, so das ehrwürdigste aller Handwerke, das des Schriftsetzers. Lese ich nun – fast getröstet –, daß dank der Pille (hier setze ich dank nicht in Anführungsstriche) und ›dank‹ Aids die Völker mindestens Westeuropas in dreißig bis fünfzig Jahren nur mehr halb so viele Menschen umfassen werden wie heute; so läßt auch das noch Hoffnung übrig, die Katastrophe, die auf Turings Erfindung auch – *auch* – zurückgeht, werde wenigstens teilweise verhindert oder doch ausgeglichen durch eine uns nicht erforschbare weltgeschichtliche Ökonomie.

Ich habe das auch noch in den zwei letzten Telefonaten mit Monica besprochen – sie rief an, wollte nicht zurückgerufen werden, sondern sagte: »Ich kann besser beurteilen als Sie, wann's mir so geht, daß ich aufgelegt bin zum Reden!« War sie schmerzfrei, überkam sie dazu durchaus die Lust. Sie sagte: »Turing ahnte nichts von der Kehrseite seines Segens, den er brachte. Der Großes schafft, kann nicht der sein, der es auch fragwürdig findet – sonst schafft er's nie! Heute, vierzig Jahre später, sehen wir, wie der Computer so unendlich vielen Menschen die ›Last‹ – ach, es war ja ihr Glück! –, denken zu müssen oder zu arbeiten, abnimmt. Und daß dies zur Qual von Millionen wird. Der nun alte Weizenbaum, der so vehement geholfen hat, die Welt mit Computern zu überziehen, witzelte neulich: ›Wir Informatiker waren alle von einer Art Geisteskrankheit gepackt... Schwer, etwas wirklich Sinnvolles für die Computeranwendung zu finden... sieht fast so aus, als habe man mit dem Computer eine Lösung gefunden, für die man jetzt Probleme sucht.‹ In Warenhäusern habe ich noch gesehen, ehe ich ins Spital ging, umstehen Hausfrauen eine am Computer, die eintippt, was sie tragen – damit der Computer ausdruckt, was sie zum Schminken kaufen sollen. Jedes Zeitalter ist anders geisteskrank. Und symbolisch ist auch dies: Europa hat so wenig von der Auswertung der Erfindung dieses Europäers Turing, wie er selbst davon hatte. Ist es Zufall, daß IBM seinen Sitz nicht bei uns in London hat, nicht Briten Arbeit gibt, nicht ihnen die Milliardengewinne aus aller Welt zukommen – sondern einer der zwei Vormundschaftsbehörden Amerika und Rußland, die über die Alte Welt befinden? Konnte diese nicht mehr aus sich selber die schöpferischen Kräfte entwickeln, ein Unternehmen wie IBM aufzubauen? *Benötigen* wir Schotten die Amerikaner, um das Öl vor unserer Küste aus der Nordsee zu holen?«

Diese Klage war das letzte, das Monica zu mir sagte – ich jedenfalls hatte keine Ahnung, daß wir nicht wieder miteinander telefonieren würden. Dem denke ich jetzt nach – und mir fällt ein und aufs Gemüt, was neulich, als in Genf die Herren des Weißen Hauses und des Kreml miteinander konferierten, ohne ein einziges Mal Europa, um das man Angst haben muß, zu erwähnen, ein pensionierter NATO-General sagte: »Für beide Großmächte scheint Europa, da es nicht erwähnt wurde, problemlos, gesichtslos und sprachlos zu sein..., wir spielen keine Rolle.« Aber Kontinente, die keine spielen – werden bespielt.

Salzburg Hauptbahnhof

Salzburg Hauptbahnhof
Die Mauer
Wer wagte, *davon* je zu sprechen
Plötzensee · Aufruf · Geschichte

Salzburg Hauptbahnhof

Salzburg, süß korrumpierend: Festspielwochen!
Circe, leuchtend auch uns, der Frau, den Söhnen.
Mauthausen zwar am Weg. Doch schon ihr Kochen
in Austria, Wein und Musik – an was gewöhnen
nicht lange Opern, lange Speisekarten ...

Nur da am Bahnsteig, schlagschnell, den obszönen
Fotos der Auschwitz-Viehwaggons – wir warten
an *deren* Gleis auf unsern Zug nach Wien –,
so ausgesetzt ... ein Güterzug rangierte;
wie sich der Frage dort entziehn:

Wann spürte jemand, den man deportierte
– zuletzt je siebzig Menschen wie Kartons
in einen Viehwaggon verpackt;
wer starb, blieb stehen in den Waggons –,
daß dieser Räder-Rhythmus, Schwellen-Takt

Die »Melodie«: Waggon, Waggon, Waggon
so Tage, Nächte, Tage, Nächte, Tage
den Seinen, allen, war der Todessong?
Verstummte längst. Sogar der Kinder Klage
– längst stumm. Nur in den Augen noch.

Und Schuld wir Deutsche – jeder trage
und spüre, spricht er, Blut im Mund, dies Joch!
Allein per Bahn ins Gas fast fünf Millionen ...
Doch heute? Spricht wer verächtlich über Leute
– die Hausbesitz Ermordeter bewohnen?

»Normal!« Spürst Du im Mozarthaus nur Freude:
Salzburg hat Kaltenbrunner auch geboren.
Wenn Bruckner Linz ist – Adolf Eichmann auch.
Du reist auf Eichmanns Schienen: Unverfroren,
an Kochen, Heizen nur zu denken, siehst Du Rauch.

Die Mauer

Vergessene verkörpern Geschichte als Dauerruin.

Ewig Verschwundene – nie mehr Gesuchte!
Erst zehn Jahre nach seinem Sturm auf Berlin
entläßt der Kreml schon abgebuchte
30 000 »Zivilinternierte« und Hitlersoldaten
– nur, weil das Rote Kreuz die gefunden?

Zehn Jahre nach Rußlands Siegerparaden
in Schweigelagern noch geschunden!
Gab es mehr? Chruschtschow wie Bulganin
verneinen. Geben ihr Ehrenwort Adenauer.
Doch sie umzingeln dann für Ulbricht Berlin

Achtundzwanzig Jahre mit der Mauer.
Argwohn bleibt: Ließen sie *alle* Gefangenen ziehn?
Zwei, die brutal wie einst Stalin die Zufahrt schlossen?
Zweihundertacht Zivilisten, die fliehn,
werden »im Frieden« an der Mauer erschossen!

Vergessene verkörpern Geschichte als Dauerruin.

Wer wagte, *davon* je zu sprechen

Dem Andenken Gertrud Kolmars, vergast 1943

Das Schlimmste: das Verdrängteste!
Keine Fußnote in einem Buch,
nie in der Nachwelt ein Wort
erinnern an jene, die Hitlers Fluch,
die seinen Juden-Mord

Abgründiger als alle erlitten,
die zehn Stunden täglich Vergaste wie Kohlen
– Familien, zehntausende, verbrannten;
die eigene auch! In Krematorien befohlen,
ohne Chance, den Verwandten

Durch Selbstmord zu folgen, sich umzubringen.
Nur die Drohung, *lebend* verbrannt zu werden,
demonstriert an Häftlingen, konnte sie zwingen.
Was Deutsche als Nazis Menschen auf Erden
in Ausrottungs-Anstalten zugefügt:

Hungerbunker; eigenen Kindern Gräber ausheben
– *jeder* Vergleich mit Überliefertem lügt.
Monate lang »wohnen« im Öfen-Trakt;
begnadigt, sein Leben zu verlieren,
wird, wer als Kremierer zu abgewrackt:

Dann erlaubt die SS, auch ihn zu kremieren.

Plötzensee

In memoriam Mildred Harnack,
Rose Schlösinger: 5. 8. 1943

Wenn Schiller auch aus *Phädra* übersetzt:
»Das Gräßliche bedecke ewiges Schweigen« –
seht hin! Verweigert dem, was am Schafott zuletzt
den Opfern zustieß durch die Henker ... feigen
Gemüts nicht eure Phantasie!

Raubt's auch den Schlaf, ihr schlaft bald wieder ein.
Doch *ihre* letzte Nacht: wie »schliefen« die
hungernd an einen Mauerring Geketteten? Ein Bein
mit einer Bleikugel beschwert, weil ihre Zelle
aufblieb für Wärter, Pfarrer, »Richter« und Friseur.

Wer sterblich ist, verzweifelt, kündigt Helle
den Todestag an, weil kein Amt, kein Gott Gehör
dem Antrag gab um »Aufschub«, dem Gebet ...
Was für ein Wort: Im Morgen-»Grauen«!
Kein Schrei, kaum Tränen. Doch wer untergeht

Geht auch in Angst um Nächste; Ängste stauen
sich schon seit Monaten in ihm, ja oft seit Jahren,
vor Mitgefangenen verschwiegen, auch in Briefen.
Oft gehen Junge schon mit weißen Haaren
zum Strick, zum Beil. Mundtot – doch in den Tiefen

Geknebelt, ihrer Körper schreit der Lebenswille
dauernd im Aufruhr gegen die Vernichtung ...
Geköpft: Anatomie. Versagt auch vor der Stille
nächtlicher Todeszellenhaft die Dichtung:
Seht hin! Wie vor der Schädelstätte den Erwürger

Sie schauen mußten oder Fallbeilknechte ...
Bringt nicht noch, glückverdummte Bürger,
die Opfer *geistig* um die Daseins-Rechte!
Wagt, einen Lidschlag kurz mit ihnen
die Schlingen anzuschauen, die Guillotinen.

Aufruf

Bürger, streift ab für die Dauer eines Lidschlags die Angst.
Einmal seid stark für die Einsicht:
die Heimsuchung kommt nicht von Gott,
Eure falsche Ruhe ruft sie herauf.

Zieht ab vom Glauben, was Illusion war: ewig daure
die Langmut Gottes. Seine Geduld ist verbraucht.
Wer zählt die Söhne, die er gesandt hat,
sein Antlitz den Menschen zu zeigen?

Wir haben ihn nicht erkannt im bettelnden Kind,
nicht in der Greisin, die tot nur entdeckt wird,
weil sie dem Lichtableser nicht aufmacht.
Seine Not nicht erfaßt im Angstschrei des jungen Piloten,
den man vom Himmel schoß, bevor er gelebt hat.

Bürger, die Ihr keine Hand rührt für den Nachbarn,
den die Polizei nächtlich verschleppte:
warum *Euch* bergen aus dem verschütteten Keller?
Wie oft, Ihr Zeugen staatlich gelenkter Erpressung,
habt Ihr wegsehend nur die Straße gemieden?

Sind wir erst selber umstellt, wird dem Maß unsrer Feigheit
das Unheil entsprechen, das uns wegreißt aus unsrer Praxis.
Die Erde, uns allen mit gleichen Rechten geschenkt,
soll sie Feld sein und der Grund unsres Hauses
– oder nur unser Grab?

Gleichgültig liefert nun Gott uns der letzten Versuchung aus:
er tritt seine Allmacht ab an *uns*.
Wir sind die Herren der Apokalypse, der Tod *unser* Knecht.
Die Schleusen zur Sintflut bedient jetzt der Mensch.

Setzt Zeichen, entgiftet das Gas.
Schlaft nicht auf Bomben, entschärft sie.
Und schützt auch den Mächtigen vor der Macht, bewacht ihn!
Betet nicht, wachet, damit Ihr in Anfechtung fallet.

Geschichte

Namen, Taten – nicht einmal mehr Rauch.
Gäste nur in Schlössern, ohne Spuren.
Der ich's reime, der du's liest: wir auch
– höchstenfalls als Schachfiguren
Staaten ausgehändigt zum Verbrauch –,
sind im Reigen der Kulturen
nur ein Lidschlag unterm Todeshauch.

König, Bauer – beide, nach dem Spiel,
werden abgelegt im gleichen Kasten.
Nur ein Ende hat die Fahrt, kein Ziel,
ob der Segler auch mit vollen Masten
wieder einläuft oder kiel-
oben als ein Wrack die Lasten
abwarf und im Sturm zerfiel.

Städte, Staaten – ach, wie rasch Ruinen,
welche scharfe Axt führt doch die Zeit.
Du wie ich nur Schwellen unter Schienen
auf dem Irrweg in Verlorenheit.
Denk an die Verbrannten – vor Kaminen.
Sieh auf andere, die eingereiht
– schlangestehen vor Guillotinen!

Opfer, Mörder – fragt noch wer, *warum*?
Staaten steigen auf, um – abzusteigen.
Sinn? – wieso: ein Pandämonium!
Nur der Rasenmäher kann uns zeigen,
wie Geschichte endet: gräserstumm
wie ein Massengrab – in Schweigen.
Umbra fui – nihil sum.

Beim teuersten Goldschmied Neapels

Beim teuersten Goldschmied Neapels erscheint ein Italiener, der offenbar bei einem Briten norwegischer Abstammung, bei Roald Dahl gelernt hat, wie man uralte Witze in nützliche Lebenspraxis umsetzt. Dahl erzählt, wie ein Mann zum Ziel kommt – zum schönsten –, indem er vorgibt, einen Pelzmantel schenken zu wollen; der Mann in Italien schaltete einen renommierten Juwelier ein, um dieses Ziel zu erreichen. Joachim Fest überliefert in seinem bleibenden Süditalien-Reisebuch, dessen immer abenteuerliche Lektüre einem die Fahrt den Stiefel hinunter ersetzt, sofern sie nicht unwiderstehlich dazu verlockt – Fest erzählt, daß ein Frauenfreund an einem Freitagnachmittag eine offensichtlich höchst Verwöhnte, sehr Junge, sehr Kapriziöse ins exclusivste Juwelier-Geschäft Neapels geleitete. Er ließ durch den greisen Chef, der nicht höher war als ein Biedermeierstuhl – denn natürlich hatte der Kunde sofort erst einmal den Hausherrn herbeibitten lassen, einen magenbitteren Etepeteten, der – weißbekittelt – eher Neapels Ordinarius für Hals-, Nasen- und Ohrenkrankheiten zu sein schien –, durch ihn ließ er seiner langbeinigen Gebieterin ein Brillantencollier um den schwanenhohen Hals legen. Oh, keines aus dem Fenster! Sondern eines aus dem Safe. Und nun ein anderes. Und schließlich jenes, das zuerst als unverkäuflich bezeichnet worden war, da ihm eine Expertise anhing, es stamme aus dem Besitz des ehemaligen Königshauses. Dies, mit imperialer Geste, wortlos, wählte der Käufer, der eine beherrschende Brieföffner-Nase hatte. Wie er das Scheckbuch aus dem Jackett zog – das schien auch zu sagen, einpacken müssen Sie das Ding nicht, lassen Sie's gleich dort, wo's hingehört, auf *diesem* Dekolleté! Das war in der Tat atemnehmend – hatte doch die Königliche immer dann, wenn der weißbekittelte Zwerg, zeremoniell wie der Kardinal persönlich eben nur eine Prinzessin traut, ihr eines der drei Colliers umgehalst hatte, sich tief, tief zu ihm hinabbeugen müssen, da er ja nicht auf einen Stuhl geklettert war: Sicher waren sechs Jahrzehnte verstrichen, seit dieser Goldschmiedekünstler – sofern ihm das überhaupt je im Leben einmal beschieden gewesen war – »Einblick« in die

Tiefen und Höhen solcher Brüste hatte nehmen dürfen. Er war bewegt – scheinbar nur durch den Schmerz, sich trennen zu sollen von seinem doch unverkäuflichen Königsbesitz. In Wahrheit wortlos, weil plötzlich zu trocken im Mund. Als jetzt, wie beiläufig den goldenen Füller öffnend – er hatte sich gesetzt –, der Mann mit dem breitrandigen, beisetzungsschwarzen Kalabreser nach dem Preis des Colliers fragte, eben um den Scheck auszufüllen, denn natürlich hatte er gekauft, ohne nach dem Preis zu fragen, da kam doch vor Angst wieder Leben in den durch Schönheit mundtot gewordenen Hausherrn. Räuspern. Dann: »Bei allem Respekt, mein Herr, ich habe heute zum erstenmal die Ehre und das Vergnügen, Sie in meinem Hause begrüßen zu dürfen … ein Scheck ist, gewiß: ein Gesicht ist sicherer als ein Scheck!« Verlegenes Lachen. Doch sofort war sie beseitigt, die Verlegenheit, denn der Kavalier – während soeben die Schöne das Collier wieder in das blauschwarz ausgeschlagene Etui tat – sagte mit gradezu kränkendem Wohlwollen, so wie einst der Doge geruht hat, persönlich mit dem Künstler drei Worte zu wechseln, der ihm die venezianische Staatsgondel vergoldet hatte: »Oh, Sie sollen uns das ja nicht mitgeben, Sie werden uns das Collier ins ›Excelsior‹ schicken, Zimmer achtzehn bis zwanzig, wenn Sie drüben auf der Bank – ist ja ein Barscheck – sich das Geld holen ließen! Schicken Sie's aber« – er lachte – »gut bewacht!«

Erneut verlegen, entgegnete in Demut der Zwerg: »Natürlich, natürlich – nur, es ist Freitag, ab fünf sind die Banken geschlossen, wir haben Viertel vor sechs!« Das »erstaunte« denn doch den Kunden: er habe gedacht, es sei halb fünf: »Aber Montag mittag ist ja noch ebenso herrlich, was Ihr Herr Urgroßvater einst der Königin geschmiedet hat … Du wirst, meine Liebe, heute also noch nicht Carla Agnelli blaß vor Neid damit machen können!«

Das sah sie ein. Sie legte ihre Linke, die makellos war – wie selten sind Finger das –, an seinen Oberarm. So verließen sie das Geschäft. Der durch die Schöne so hoch Geadelte – sie schien eher seine Enkelin zu sein als seine Tochter – hatte, wieder mit seinem verletzenden Wohlwollen, nicht nur dem Goldschmied, sondern auch noch dessen drei Domestiken einen schönen Sonntag gewünscht …

Montag nachmittag war er wieder da – jetzt ohne die Frau. War merklich abgemüdet. Milde war er, wenn auch noch zugespitzter im Profil. Weniger straff in Haltung und Schritten. Doch unverhüllt verärgert, ja so aggressiv wie er klein war, herrschte heute der Juwelier ihn an: »Auf Ihrem Konto ist nicht nur bei weitem nicht dieser Betrag, den Sie auf dem Scheck eingetragen haben, sondern es ist *keine Lira* mehr darauf, nicht eine! Daß Sie überhaupt mein Haus noch betreten!«

Und warf verächtlich den Scheck auf den Tresen.

Der so Angeherrschte zerriß ihn: »Ich mag ungedeckte Schecks nicht«, erklärte er. »Aber weshalb ich Ihren Laden noch aufsuche: ich bin dankbar, von Natur. Sie haben sich doch am Freitag erhebliche Mühe gemacht!«

Und jetzt herzlich, ganz ohne das kränkende »Sich an die Leute wenden«, ja ohne ein Gran Herablassung: »Nur danken wollte ich Ihnen, denn allein die Tatsache, daß Sie Freitag meinen Scheck entgegengenommen haben – hat mir auf meine alten Tage das weitaus schönste Wochenende meines ganzen Lebens beschert!« Und er zog den Kalabreser bis zum Knie, verbeugte sich und verließ das Geschäft.

Mutter Courage. Warum sind wir Leser geneigt, soviel Sympathie für eine Frau aufzubringen, die zwei Jahre lang als Kreditabteilungsleiterin einer Münchner Großbank Zinsen für Geldbeträge, die nur auf dem Papier ausgeliehen worden waren, auf ihr eigenes Konto überwies: mehr als zwei Millionen Mark? Weil sich hier eine Achtundfünfzigjährige für einen Tunichtgut von Sohn ins Gefängnis begeben wird? Sicher liegt unserer Sympathie für die Frau nicht das Verständnis für ihre Sohnesliebe zugrunde, sondern unser Unverständnis für Geldgeschäfte, die ohne Personen abgewickelt werden, nämlich nur abstrakte Buchungsbewegungen bleiben. Niemandem borgte die Bank das Geld, sie zahlte daher auch die Zinsen selber – zahlte sie zwar nicht *sich*, sondern der Angestellten –, aber dennoch bleibt bei uns Lesern das Gefühl, »eigentlich« sei die einzig Geschädigte diese Mutter, die doch die Diebin war. Eine Frau, die nur Unglück gehabt hat: Ihr Vater tötete vor ihren Augen ihren ersten Mann. Ihr zweiter Mann habe die Kinder – vier – derart mißhandelt, daß jenem Sohn, für den dann die Mutter zur Diebin wurde, »buchstäblich das Selbstbewußtsein zerschlagen worden ist ... Ich habe bei dem Jungen versagt.« Was hält eine Frau, die so berufstüchtig ist, bei einem Sadisten, der ihre Kinder derart mißhandelt? Man fragt sich, wie Psychologie und Psychiatrie sich selber als »Wissenschaften« ausgeben können – da doch Wissenschaft *nur sein kann*, per definitionem, was allgemein verbindlich ist. Doch die menschliche Natur – das zeigt auch diese Geschichte und zeigt jeder Mensch in seinem Verhalten jeden Tag – kann wissenschaftlich überhaupt nicht erfaßt werden, einfach deshalb nicht, weil es in ihr nichts gibt, was nicht möglich ist. Wieso dann sollte eine Naturgeschichte des Menschen – also das schlechthin Uferloseste, was es gibt – eine exakte Wissenschaft sein können? Daß zwei mal zwei vier gibt, das ist sicher. Aber wie ein Mensch reagiert?

Scheidungs-›Gründe‹ charakterisieren, je närrischer sie sind, um so genauer ihr Zeitalter. In der Selbstbiographie Otto Flakes wird der »seltsamste Scheidungsgrund, den ich je hörte«, erzählt: Nach einem Kostümball in den zwanziger Jahren geht eine Berlinerin mit einem befreundeten Ehepaar noch in dessen Wohnung, auf einen Kaffee. Angetrunken und lustig vollzieht das Paar dort vor ihren Augen den Akt – und in aller Unschuld erzählt die Frau, als ihr Mann von einer Reise heimkehrt, was sie dort »hingerissen« mit angesehen habe. Der Spießer ist empört – sie wird schuldig geschieden, wegen »Verletzung der guten Sitte«! *Heute* war *dies* ein Scheidungs-»Grund«, was wir in Anführungsstriche setzen, weil es natürlich überhaupt keiner ist, aber doch zur Scheidung führte: Eine Frau liebt und pflegt ihren vierteljahrhundertalten lauchgrünen »Käfer«, also das Volkswagen-Kabriolett. Sie hängt, was ihr Mann sehr genau weiß und bisher *amüsiert* zu betrachten schien, an diesem kleinen, schmucken Gefährt, das ihr sozusagen gut steht, als könne dieses Auto ihr das fehlende Kind ersetzen. Nach einer heftigen Krise kommt ihr Mann, der einen modernen Wagen fährt, mit einem Kuvert nach Hause: »Vierhundert Mark – mehr war nicht ›rauszuschlagen‹ für deinen alten Schlitten: verschrottet!« Sie schreit auf wie verbrüht. Sie zerreißt die Scheine, trommelt mit den Fäusten auf den »Gebieter«, der spätestens jetzt merkt, wie sadistisch er an ihr gehandelt hat. Sofern er nicht vorsätzlich sadistisch sein wollte. Er versucht zu rechtfertigen: »Nie mehr wäre deine Karre durch den TÜV gekommen!«

Sie schlägt abermals zu und schreit: »Du wirst ja auch nicht verschrottet, leider, obgleich du *niemals* durch den TÜV gekommen wärst, gäb's auch einen für Männer!«

Welchen Stellenwert hat das Auto, daß es dazu taugt, Partner so boshaft zu verletzen?

Tausend Mark waren für einen Werkstudenten viel Geld auch noch, als schon Briefträger, zum Beispiel, dreitausend im Monat verdienten. Peter übernahm sich also gradezu wahnwitzig, als er seiner – seit Monaten vergebens – Angebeteten das denkbar unverschämteste Angebot machte: »Wenn Ihre Zuneigung, Sie Sadistin, nicht reicht« – denn er siezte sie oft, da sie die Gattin seines Chefs war und er sich nicht verplappern durfte –, »so tun Sie's doch für tausend Mark, die Sie dann der Krebshilfe spendieren; *einmal* könnten sogar Sie, Hoheit, ›berufstätig‹ sein und Geld verdienen!«

Denn sie hatte, und das gefiel ihr auch an anderen, was die Berliner eine Kodderschnauze nennen, weil niemand weiß, daß der Duden Kodder – im Niederdeutschen – von Rotz und Schleim herleitet; kodderig heißt unverschämt. Demnach Kodderschnauze eine rotzfreche ist, was ja nicht zutraf. Kaltschnäuzig, schlagfertig war sie. Redete nicht oft, aber wenn, wie ein Wildbach. Und kraß unverblümt. Peter wußte längst: Allenfalls eine kriminelle Unverschämtheit, die sie zum Lachen brachte, konnte – vielleicht – der immer Verwöhnten noch imponieren; und natürlich sein Jungsein. Am wenigsten Geld, da sie unanständig reich war, übrigens kinderlos: Der Reiche, der sich Kinder wünscht, kriegt Geld; der Arme, der sich Geld wünscht, kriegt Kinder … Peters Trick war die falsche Behauptung, daß er nicht gewußt habe, wer sie sei, als er sie bei einem Betriebsausflug zum Tanzen holte; doch selbstverständlich hatte man ihm, noch neu als Handlanger in der Firma, sofort gesagt, diese nicht mehr Junge, aber drastisch Aufgemachte und sehr Schöne sei die nicht berufstätige Chefin. Ihre Farben die der

Sonnenblume: schwarze, wie deren Kerne (gefärbte) Haare; und – da ein wenig angejahrt – wie deren Blätter gelblich-bräunliche Haut; übrigens so um Haupteslänge alle anderen Frauen überragend, wie Sonnenblumen höher sind als umstehende Gewächse … Der erste Tanz und – schon hatte er ihr so spontan, wie's ihn erwischt hatte, zugesetzt, sie müsse und werde mit ihm schlafen. Ihre Antwort: »Fragen Sie meinen Mann!« Er: »Ach, Sie haben einen Mann! Ist der auch hier?«

Doch schon nach dem halben Walzer war sie bereit, seine Klage anzuhören; »noch« lieber wie als Packer in der Firma, arbeite er zusätzlich als Gärtner in ihrem Hause: »Sie haben doch zweifellos das, was die sich hier mit Bremer S-tolz ›bessere Leute‹ Nennenden s-pitzzüngig als Grunds-tück mit See-Ans-toß bezeichnen, also einen parkgroßen Garten? Wie gern käme ich in ihre Nähe als Heckens-tutzer und Rasenmäher!« Da sie das wohlgefällig aufnahm, war er sicher, rasch ins Ziel zu »s-toßen«. Doch täuschte sich. Die Kinderlose – er war dreißig Jahre jünger – war zwar mehr als nur tiefgerührt, sie war elementar aufgeregt, daß der so Junge »mich ramponierte Schachtel« wollte. Aber gerade ihre sonst so unbedenkliche Schnauze tarnte ihre Angst, die – nach so vielen Jahren – gewöhnlich gewordene »verkehrsberuhigte Altehe«, wie sie sagte, durch eine Affaire wiederzubeleben. Zwar gehörte sie zu den ziemlich seltenen materiell Schlauen, die sich nie scheiden lassen würden ohne die Gewißheit, am nächsten Dienstag wieder – und günstiger – geheiratet zu werden; aber sie fürchtete anläßlich des Jungen, das werde wie Krieg: Weiß man, wie er anfängt, weiß doch niemand, wie er endet … Und sie war bisher treu gewesen.

Aber der Coup de foudre hatte auch sie gestreift; sie dachte, kaum daß er seine ersten Unverschämtheiten an sie losgeworden war: »Wir Frauen werden durchs Ohr verführt; der Bursch' hat eine Stimme, daß er sein Geld mit Telefonsex verdienen könnte!«

Er nannte sie, auch wenn er allein mit sich über sie sprach: »Die Und-und-und«, weil sie so ungeduldig und so überstürzend die Worte herausstieß, wie ein Spielautomat scheppernd seine Münzen ausspuckt. Und wenn sie etwas erzählte, langweilte sie's bereits, wiederholen zu müssen, was sie ja schon wußte, und so »machte sie's kurz«, indem sie in ihre eigene Erzählung immer rascher mit »Und-und-und« hineinfuhr.

»Mach's für tausend Mark!« war also seine letzte, schrillste Frechheit, mit der er bewußt riskierte, hinausgeworfen zu werden.

Sie: »Lohnt nicht darüber zu reden, denn wie kämst du unmöglicher Kerl je an tausend Mark!«

Er: »Wetten, daß ...«

Sie: »Wetten, daß nie?«

Er: »Wenn ich mit tausend Mark komme, Freitag nach Dienstschluß ... dein Mann fährt nach Köln zum Arbeitgeber-Kongreß, wohin er dich, wie immer, nicht mitnimmt, wie mir sein Chauffeur sagte ...«

Aufgebracht, ja verletzt – rief sie: »›Nicht mitnimmt‹: Unverschämt – als *wollte* ich mit!«

Peter: »Fiel mir schon beim Betriebsball auf: Er tanzte mit jeder Telefonistin, mit dir aber den ganzen Abend nicht. Und reist immer allein – das heißt: Meidet dich wie der Hund das Wespennest! Also, wenn ich Freitag komme mit tausend Mark ...« Sie entzog sich.

Er ging optimistisch Freitag zum Boß, kurz bevor der abfuhr: »Können Sie mir tausend Mark leihen, Chef – Ehrenwort, ich gebe sie am Wochenende – ich soll ja wieder mal Rasen mähen – Ihrer Gattin zurück!«

Der Chef mit dem beleidigenden Wohlwollen eines Höchstgestellten zum Personal: »Das glaube ich zwar nicht, Peter, aber hier sind tausend Mark!«

... Sie ist außer sich vor Spaß: »Ich hatte mir eingebildet, *jedes*, aber wirklich jedes Gefühl dabei zu kennen. Doch was man fühlt, wenn man's für Geld macht, dieser Rausch, sich für *ruchlos* halten zu können, endlich einmal – war mir neu. Und du wirst noch viel dazulernen, mein Junge!«

Tatsächlich war der viel zu rasche Rammler, dem sie noch sehr viele Nachhilfestunden, jetzt aber gratis, geben würde, nur herrlich jung, sonst aber noch gar nichts.

Als Sonntagnacht ihr Mann zurückkehrt, fragt er beiläufig: »Hat diese dreiste Null den Rasen gemäht?«

Sie – und ist froh, daß sie schon im Bett ist und nur das Nachttischlämpchen brennt: »Ja, und auch die Hecke *sehr schön* gestutzt.«

Ihr Mann: »Und hat er dir tausend Mark gegeben?«

Sie – und wird so rot wie die Steppdecke, aber er putzt die Zähne, ihr den Rücken zugewandt; fast ist sie tonlos, vor Panik: »Ja.«

Er: »Also doch ein anständiger Kerl! Er hat mir versprochen, dir gleich am Wochenende die tausend Mark zu bringen, die er Freitag von mir geborgt hat. Ich hab ihm nicht zugetraut, daß er fähig ist, Wort zu halten, der Windficker!«

Sie sieht den schönen Jungen vor sich, der sie so gelinkt hat, daß sie jetzt lachen muß; auch aus Erleichterung. Und lacht auch, aber ganz anders, über das hochnasige »Windficker« ihres anmaßenden Gebieters ... Und grübelt: Rache ist ein leckerer Bissen – wie zahle ich's dem vor Selbstbewußtsein aufgeblähten Ballonprallen heim, der vor mir nicht einmal mehr die Badtüre zumacht, wenn er pinkelt, daß er meinen Jungen »diese dreiste Null« schimpft? Und findig wie immer – erfindet sie in diesem Moment, als der so runde weiße Bauch samt dem so runden weißen Schädel sich neben sie wälzt: »Du solltest ihm die tausend Mark lassen, der Junge ist so wahnsinnig anständig! Er hatte ein altes Motorrad kaufen wollen, sein Traum! Dann aber Skrupel bekommen, er vergreife sich an deinem Besitz, wenn er die tausend Mark doch nicht so rasch zurückzahlen könne.«

Er, schon nach dem ersten Schnarcher: »Also gib sie ihm in Gottes Namen als Vorschuß, wenn er weiterhin deinen Garten pflegt, gib sie meinetwegen sogar zinslos, denn Zinsen brächte er ja doch nicht auf. Aber dann nicht *auch* noch ein Weihnachtsgeschenk!«

Lebensmittel – lebensgefährlich. Fleete nennen Hamburger jene Wasserstraßen, die sich weit in die Altstadt hinein erstrecken, beinahe wie in Venedig oder wie in Zürich die Limmat. Glaubhaft wird versichert, daß jener Student, der da im vorigen November einen Kommilitonen vor dem Ertrinken rettete – die Fleete sind tief und kalt, der dem Ertrinken Nahe war betrunken hineingestürzt, nachts –, sehr früh am anderen Morgen vom Vater des Geretteten noch im Bett überrascht worden war: »Ich hab' Ihnen hunderttausend Mark mitgebracht, steuerfrei, gleich hier im Kuvert, als sehr bescheidenen Dank, denn immerhin haben Sie meinen einzigen Sohn gerettet!« Der genierte Retter winkte ab: Er würde doch jede Freude an seiner Tat verlieren, wenn er sich lebenslänglich sagen müsse, *dafür* Geld genommen zu haben! Der Konzernherr – »Bei meinen Lebensmittel- und Fleischfabriken ist das kein Betrag, der erwähnenswert ist, bitte nehmen Sie ihn!« – drängte endlich dem Retter seine schwere, goldene Armbanduhr auf, »wenigstens ein Andenken!«. Im Weggehen fragte er noch einmal: »Sie wollen tatsächlich das Kuvert nicht annehmen?« Wiederum verneinte der Student. Da sagte der gerührte Vater: »Also, wenn Sie schon keine hunderttausend Mark von mir annehmen – einen Rat fürs Leben werden Sie nicht zurückweisen: Essen Sie niemals Kochwurst, junger Freund!«

Da sind Frauen

Kuscheln · Wer abreist …
Vorruhestand · Krebs und – Dank
Wo sind sie geblieben?
Zu Weihnachten Kosmetik
Silvester: Wunsch beim Punsch

Kuscheln

Alles halb so schlimm,
wenn man zu zweit ist!
Wenn du wegfährst, nimm,
daß du nicht allein bist

Sie/ihn mit ... Reisen,
frustgelähmt, ist schwer.
Im Hotel verwaisen
– Betthälfte so leer

Binnen *einer* Nacht,
die daheim durch Kuscheln
seelisch festgemacht ...
Weichtiere wie Muscheln:

Menschen –, sollten stecken
immer unter *einer* Decke!
Haben zwar auch Schnecken
keine Kuschel-Ecke

Haben die doch ihr Haus
wie die Muscheln Schalen.
Fernsehen: Ist der Star-Applaus
samt dem trivialen

Taglärm endlich abgestellt,
werden Paare – Kuscheltiere.
Kehren, Feind der Außenwelt,
ihr die Rücken ... Nimmt er ihre

Zentren, wie sie seine hält,
schießt durch Hautkontakt
Energie
in die zwei, die nah und nackt:

Therapie
schliefen bis zum späten Vormittag
– als ob sie ihm, er ihr nach dem Akt
erstmals eine ganze Nacht beilag!

Dank an Ursel!

Wer abreist …

Wird beim Aufbruch dein Blick
in die Wohnung zur – Schlußinventur?
Köchelverzeichnis 313: Mozartmusik …
Paßt! So mancher fuhr

Ohne Wiederkehr. Zufall, schlimmer:
Im Radio dies Andante C-Dur.
Deine Augen streicheln die Zimmer.
Wehmütig verläßt du den Wigwam

Bett, Bücher, Gesammeltes, Inventar
– dein Gehäuse als Schutzdamm.
Denn außerhalb deiner Wände war
– draußen sei auf alles gefaßt! –

Jede Irritation schon eine Gefahr,
weil du dort *diesen* Menschen nicht hast,
der hier verteidigt dein Haus und Haar.
Daheim nur ist auch ein Freund dein Gast.

Vertraut wie dem Wild seine Schonung
ist dir dein Tusculum.
Doch siehst du sie wieder, die Wohnung?
Guck dich noch einmal um.

Vorruhestand

»Einmal werden der entsetzliche Kapitalismus von oben und das begehrliche Treiben von unten wie zwei Schnellzüge auf denselben Geleisen gegeneinander prallen.«

Jacob Burckhardt an Friedrich von Preen,
27. 12. 1890

Girl, laß Dich vom Teufel holen
– nein, mir wiederbringen!
Fluchte zwar: Bleib mir gestohlen,
hoffe aber, wirst verschlingen

Was Dir Spaß macht, daß Dein Mund
nur nicht redet, redet, dauernd redet:
Ist doch Schund,
den Du Soziologen nachgebetet.

Komm ins Bett – das schützt
uns vor uns: Der Eigen-Inventur.
Selbstbefragung – wem sie nützt,
braucht schon keine. Oder nur

Um vom Scheiß der Monopole:
»Synergetisch« fusioniert –, abzulenken.
Unversorgtes Alter. Jetzt zwar »Kohle«
– doch den Standard dann zu senken

Wenn statt Frauen – Leiden kommen?
Krankheit – *und* Vorruhestand?
Plattgemacht, auch körperlich benommen.
»Freigestellt« – an den Rand.

Verdrängst die Angst, mit der du Zeitung liest,
irrwitzig hoffst, daß sie dich noch wo nähmen!
Den Twen noch trickreich an dich ziehst:
Ersatzhandlung, statt sich als Outcast schämen.

Nimm's endlich hin: Das Wirtschafts-»Wunder«,
es schmiß dich weg, bist abgenutzt als Rädchen,
schwammst eine Strecke mit, nun gehst du unter:
zieh's nicht noch mit, das junge Mädchen!

Krebs und – Dank

Und doch noch ein Frühjahr – trotzdem!
Lessing fragte gelangweilt: Warum
werde es jährlich grün, statt einmal rot?

Ja: »Wer noch Zeit hat, der weiß nichts!«
Seit *ich's* weiß, geht diese Weinheber-Zeile
mir nicht aus dem Sinn …

Logisch, daß Gott sich nicht meldet
– gäbe es ihn, wäre er da!
Da sind Frauen.

Da ist auch Kunst noch, sinngebend
zwar nicht meinem Sterben, doch die Meister
als *das* große Geschenk auch *meines* Daseins.

Neben den Lieben, an die ich als Kind mich
– wie meine Kinder an mich sich geschmiegt.
Immer da waren auch Freunde, selbst Fremde

Die halfen aus Kleinmut, Scham, Depression:
Den Fürsorgetrieb auszuleben, *die* Erfahrung,
die uns Menschen zu Mitmenschen adelt.

Und Frauen, Inhaberinnen des Eros, der Schönheit,
die Geschichte erleiden, statt sie zu machen
– machen's noch jetzt, daß ich lebe

Statt nur krank bin, nur Patient.
Stets meine Gebieterinnen, die mich zuweilen
auch zerstörten

Hatte ich sie zerstört. (Denn Männer
schlagen zu, Frauen nur zurück.)
Keine Zeit mehr? Nutze die *Stunden*!

Wie im Stundenhotel: Passendes Bild,
nicht des Bettes allein, auch des Abreisens
wegen, des unfreiwilligen Aufbruchs

Und der Hast durch Befristung: Verschuldet,
Euch Frauen, trete ich ab, denn Ihr macht's,
– daß ich's vergessen kann, manchmal.

Wo sind sie geblieben?

»Das sogenannte ›Kettenlied‹ – Blumen-Mädchen-Männer-Soldaten-Gräber-Blumen – läuft wieder in sich zurück, so daß es quasi immer weiter gesungen werden könnte. Es ist eines der eindrücklichsten Antikriegslieder … Tatsächlich sind die Verse wohl durch mündliche Volksliedtradition beeinflußt, denn in diese waren Strophen Georg Jacobis aus dem Jahr 1782 *(»Nach einem alten Liede«)* übergegangen: ›Sagt, wo sind die Veilchen hin … Sagt, wo sind die Rosen hin … Sagt, wo ist das Mädchen hin … Sagt, wo ist der Sänger hin … Mädchen, unser Leben flieht; auch der Sänger ist verblüht.›«

Heinz Rölleke, Das Volksliederbuch, Köln 1993

Wer kennt nicht die Elegie:
»Sagt, wo ist das Mädchen hin?«
Jeder summt die Melodie.
Nach dem Krieg besonders ›in‹:
Klagelied um die Soldaten.
Fragesong: Wo die geblieben …
Dumme Frage: ihre Staaten
schickten ihnen eingeschrieben

Die Befehle, »einzurücken
gegen eine Welt von Feinden«
Braut, Frau, Eltern – mit Entzücken
sahen viele, manche weinten,
Freund, Mann, Sohn in Uniform.
Anfangs »siegreich« und mit Orden
– aber ach: wie bald, die Norm,
fiel auch er im großen Morden.

Sagt mir, wo ist jetzt der Sinn,
hätt's ihn je gegeben?
Fragst du, wo die Gräber hin?
Hügel einst – jetzt Erde-eben
eingeebnet, wegplaniert …
Sagt, was blieb vom Kriegserlebnis?
Wohin sind, die aufmarschiert?
Nichts blieb. *Nichts* als End-»Ergebnis«!

Zu Weihnachten Kosmetik

Leuchtend dein Fleisch: Wenn du dich bettest,
kommt kein Mann auf den Gedanken,
daß du Kosmetik nötig hättest!
Aber Weihnachten deshalb zanken?

Pfirsichflaum noch auf der Haut,
straff gespannt wie Harfensaiten
deine runden sieben Sachen – wie als Braut!
Wem sie durch die Finger gleiten

Makellos im Morgenlicht
– schickt der dich zu der Masseuse?
Genügt, daß *ich* dich knete – nicht?
Bin eifersüchtig, sei nicht böse …

Doch geh schon zu deiner Kosmetikerin,
überlaß dich ihren Krallen!
Weiß ich, ob nur, weil ich geizig bin,
deine Brauen, deine Lider mir besser gefallen

Wenn du ihn *meidest*, den Salon de Beauté?
Denn mehr als zwölf Pfund Butter kosten,
kostet *ein* make up! Wie Schnee
brauchst du keins: Bestecke rosten

– nicht du! Doch so überflüssig das ist,
kriegst du dein Schmiergeld. Bitte denk'
nie, daß du mir zu teuer bist:
nimm den Gutschein als Weihnachtsgeschenk!

Silvester: Wunsch beim Punsch

Was wünschen wir jahraus-jahrein
den uns Fremden und den Tieren?

Von Haft, Hunger, Einsamkeit frei zu sein
wie Hirsche in Rotwild-Revieren.

Doch Dir persönlich, jahraus-jahrein
wiederhole ich: Hab' Du nur Schwein.

Beide können wir's brauchen!
Versuch' weniger zu rauchen:

Hustest wie ein hundertjähriger Lift,
beim Aufstehn ... Was morgens betrifft:

Dein Autofahren – unsere Straßen
sind doch zu schmal, so zu rasen

Nur weil Du stets zu spät wegfährst!
Und bitte *sag'* doch, was Du entbehrst:

Schweigst Du's nicht in Dich hinein?
Zu zweien leben statt allein

Hat den Sinn, daß man sprechen kann.
Ist die Gewißheit in Frau und Mann

Nie vergebens auf den andern zu warten
in Wanne und Bett, am Tisch, im Garten

– springt auch einer gern vom Weg,
nicht doch das höchste Privileg?

Ja, *bleiben* dürfen in ihren Nestern:
Hauptwunsch aller an allen Silvestern

Mit Gesundheit, Arbeit, auch den Gefährten.
Wünsche genug, schon zu viele … Werden

Wir bescheiden. Die *mehr* anmelden,
sind noch froh, sich nicht zu erkälten!

Vertrauen wir stillschweigend unserm Schwein
– genügte bisher auch, jahraus, jahrein.

Sieben Väter – eine Tochter: Komödienskizze

»Fehlende Kontrollen, schlechte Verwaltung, Mißwirtschaft und Betrug in den fünfzehn EU-Mitgliedstaaten haben im vergangenen Jahr dazu geführt, daß in Brüssel rund 4,5 Milliarden DM in falsche Hände geraten sind ... ›Wo Subventionen fließen, wird betrogen‹, meinte der SPD-Haushaltsexperte Samland. ›Wir können den Betrug nur eindämmen, nicht generell abstellen.‹«

›Der Tagesspiegel‹, Berlin, 15. November 1995

»Falsche Mutter kassierte für 73 Kinder

New York (AP) – Eine kinderlose New Yorkerin hat 73 Nachkommen erfunden, um Sozialhilfe in Höhe von 450 000 Dollar (750 000 Mark) zu ergaunern. In den vergangenen sieben Jahren zapfte die angebliche Mutter mit gefälschten Unterlagen die Sozialkassen von Stadt, Staat und Bund an. Dabei benutzte die Frau elf verschiedene Namen.«

›Stuttgarter Nachrichten‹, 21. Mai 1994

»SAD Rom – Männer, die ihre Frauen betrügen, sind bessere Väter und aufmerksamere Partner als treue Ehegatten. Das jedenfalls behaupten italienische Psychologen, die für eine Studie 400 untreue Männer interviewt haben. Jeder zweite Fremdgänger hat eine Geliebte, um sich jünger zu fühlen. Vier von zehn Befragten haben mit ihren Frauen einfach keinen Spaß mehr im Bett. Und 36 Prozent der untreuen Italiener gaben zu, dass sie sich auf die Stunden mit ihren Geliebten vor allem deshalb freuen, weil sie besser kocht als die Ehegattin. Das Lieblingsgericht vor dem Sex: Spaghetti alle vongole, also mit Venusmuscheln.

Jeder zweite hat Schuldgefühle, die er kompensiert, indem er ein besonders aufmerksamer Ehemann und Vater ist. Nachdem sich Männer eine Geliebte zugelegt haben, verbringen sie 20 Prozent mehr Zeit zu Hause als zuvor. Sie helfen mehr im Haushalt, spielen öfter mit den Kindern und organisieren häufiger Familieausflüge als die treuen Ehemänner.«

›Berliner Morgenpost‹ 21. November 2000

Sieben Väter – eine Tochter

Diese Komödie, die am Hofe der EU zu Brüssel spielt, steckt sich bescheidenere Ziele als jene New Yorkerin, über die unser Motto berichtet. Deren Phantasie hat – vielleicht weil die einer Kinderlosen! – *dreiundsiebzig* Kinder so überzeugend zu erfinden vermocht, daß sie für diese nur als Papiere »lebende« Nachkommen in sieben Jahren vierhundertfünfzigtausend Dollar von Stadt, Staat und Bund kassieren konnte … Die Presseagentur setzt nicht hinzu, ob diese Amerikanerin allein auf Ämtern Geld eintrieb, oder ob sie auch Männer mit Alimente-Forderungen anging wie hier unsere Spanierin in Brüssel, die immerhin keinen zur Kasse bat, der sie zuvor nicht – mehr oder weniger – geliebt hatte.

Und *sie* fühlte sich als wiederholt Betrogene, was ihr die Skrupel nahm. Denn Verheiratete hatten ihr weisgemacht, sie ließen sich scheiden – ließen sie aber immer nur sitzen. So daß sie endlich sich gezielt und mit dem Vorsatz, sie zahlen zu lassen, mit Diplomaten aus sieben verschiedenen Ländern der EU vorübergehend oder auch für länger zusammentat. Zwar machte ihr keiner ein Kind, aber jeder der sieben zahlte schließlich Alimente; zwei weitere Herren hatten sich der Vaterschaftsklage zu erwehren gewußt. Vom wirklichen Vater ihres Töchterchens freilich forderte Angela natürlich keinen Pfennig: »Ich bin doch dankbar, daß er mir Claudia geschenkt hat – pfui, dafür auch noch Geld zu verlangen; müßte hier einer zahlen, dann *ich*!« Denn sie habe Sinn für Gerechtigkeit … Aber, so sagte sie und sagte das zu sich *allein*: »›Blinde Kuh‹ ist so oft mit mir gespielt worden, spielen wir endlich einmal ›blinder Bulle‹!«

Die Stolze aus Barcelona war als Dolmetscherin nach Brüssel gegangen, »wo ja ohnehin die ganzen Behörden von nichts anderem leben als von erschwindelten Geldern und unverdienten Subventionen! Da kommt es auf meine vergleichsweise bescheidenen Alimente aus sieben verschiedenen Ländern auch nicht mehr an für die EU. Für meine Tochter aber kommt es schon sehr darauf an …«

Damit der »Schimpf«, unehelich entbunden zu haben – im katholischen Spanien auch noch Ende des 20. Jahrhunderts als »Schmach« verteufelt –, ihr erspart bleibt, auch nie der Ruf ihres Töchterchens und der ihrer ehrbaren Eltern, die eine schmucke Metzgerei haben, beschädigt wird, überredet Angela ihre Mutter, aus Barcelona nach Brüssel zu kommen und *das* zu tun, was Frau Manet getan hat, weil sie elf (!) Jahre hatte warten müssen, nachdem sie dem Maler einen Sohn geboren hatte, bis Manet sie endlich heiratete: Sie gab diesen Sohn stets als ihren Bruder aus, um nicht als »Fräulein Mutter« durchs Maul gezogen zu werden. Und Angelas Mutter tut also, was auch die Mütter von Minna Planer, Richard Wagners erster Frau, und die der wundervollen Schauspielerin Claudia Cardinale getan haben, als ihre Töchter allzu früh und ehemann-los schwanger wurden: Sie gaben beide das Neugeborene, das in Wahrheit ihr Enkelkind war, als *ihr* Kind aus! Ihre monatelange Abwesenheit begründeten sie damit vor den Nachbarn, aufs Land entwichen zu sein und dort entbunden zu haben, weil sie sich »genierten«, nach so langer Ehe noch ein Kind zu kriegen, obgleich sie doch eine »fast schon erwachsene« Tochter hätten …

Als der sehr schöne Tunichtgut von Sohn – also der Bruder von Angela, der unehelichen Mutter in Brüssel, die das Kind gern, ja erleichtert, zur Aufzucht den Großeltern in Barcelona überließ –, aus Latein-Amerika nach jahrelanger Abwesenheit einmal seine Eltern besucht, verliebt er sich stichflammenschnell derart in die sechzehnjährige Nichte, daß er sie im Handumdrehen defloriert … nachdem er ihren Widerstand: »Du warst mir zwar bis vorgestern ein Fremder, weil ich dich nie gesehen hatte, aber du bist unmöglich: schließlich sind wir doch Bruder und Schwester!« –, nachdem er diesen Einwand mit der Wahrheit stürmisch ausgeräumt hat: »Nein! Du bist meine Nichte, und wenn das auch die Kirche nicht gerne sieht, daß wir heiraten: Was geht uns noch die Kirche an, wir fahren nächste Woche nach Gretna Green, wo man zwar seit 1969 auch nicht mehr als Minderjährige vom Dorfschmied getraut werden darf –, doch was kümmert das *uns*: Waren wir schon auf der Hochzeitsreise, gibt dein Fräulein Mutter klein bei; die Alten erst recht, weil alle sich freuen, wenn überhaupt in dieser Familie einmal jemand heiratet. Und nun gleich Sohn *und* Enkelin!«

Der redereiche Beau ist siebenundzwanzig; war zehn, als Angela, seine damals siebzehnjährige Schwester, Claudia geboren hat, die jetzt »die langen Läufe«, die Unsicherheit, die ergreifende Scheu und anrührende Keuschheit eines Rehkitzes hat ... Und den starren, selbstgerechten Moralismus ungeprüfter Jugend: Daher ihre siedende Empörung, daß Mutter und Großeltern – die das ja sehr gut gemeint haben – sie »derart betrogen« hätten: ihr Trotz, ihre Rachegelüste gegen die Mutter in Brüssel verursachen, noch viel stärker als sein Charme und sein überrumpelndes Maul, ihre Hingabe an Onkel José innerhalb von siebzig Stunden! Denn »natürlich« haben ihn seine ahnungslos sittenstrengen Eltern, eine Etage über ihnen, allein mit dem Töchterchen in dessen Nebenzimmer einquartiert: Gelegenheit macht öfter Liebe als Diebe ... Daß ihre Mutter von sieben »Vätern« Alimente kassiert seit siebzehn Jahren, weiß niemand außer der Kassiererin; daß aber der unwiderstehliche Backfisch den Großeltern als angeblich deren Kind unterschoben wurde, das wird nicht dadurch unkomplizierter, daß sie es *wußten* – im Gegenteil: Die Aufregung, ja Verwüstung, keineswegs nur die seelische in Claudia, sondern die juristische, weil auf dieser jahrelangen Urkundenfälschung Gefängnis »steht«, bescheren dem Großvater, der vor den Behörden als »Kindvater« ausgegeben worden ist, fast den Schlaganfall. Der ehrliche Mann ist mit Recht empört. Er würde, hätte er dazu noch die Kraft, seinen Sohn lendenlahm prügeln; das kann er nicht mehr, kann aber sagen: »Das ist dein Dank, du Lump, daß deine Mutter und ich auch dir die Schande ersparen wollten, eine Schwester zu haben, die nicht weiß, wer der Vater ihres Kindes ist!«

José: »Angela weiß durchaus, wer Claudias Vater ist!«

Sein Vater: »Jedenfalls einer, den sie gar nicht vorzeigen kann – oder noch schandbarer: einer, der sich geniert, meine Tochter vorzuzeigen als Mutter seines Kindes!«

Als aus Barcelona in Brüssel die »Hiobsnachricht« eingeht, daß die Alten den Kopf verloren haben, weil sie juristische Verfolgung fürchten – eine sehr realistische Angst –, ergreift Angela die Initiative: Eine lustige Szene, wie sie ihren Bruder mit Ohrfeigen buchstäblich auf den Teppich schmeißt – die sind so wirkungsvoll, weil er damit nicht gerechnet hat –, während sie ihrer

Tochter schreilaut »die Rolle« erklärt, die sie sich für Claudia ausgedacht hat: »Es geht nicht um deine Unschuld, die ist für zwanzig Dollar wieder geflickt, da du nun einmal in Spanien ohne sie nicht mehr an den Mann zu bringen bist!«

Claudia: »Du meinst, es könnte mir gehen wie dir, die niemals einen gefunden hat, der bereit gewesen wäre, dich zu heiraten!«

Ohrfeige. Angela fährt fort: »Was weißt du, wer alles mich heiraten wollte!«

Claudia: »Einer hätte ja genügt, fand sich aber nicht!«

Ohrfeige. Angela fährt fort: »Ich hatte geglaubt, in deinem Großelternhaus seist du sicher, wie konnte ich vermuten, du würdest dich diesem Herumtreiber an den Hals werfen, der nie eine andere Prüfung bestanden hat als die zum Führerschein! Und der stets alles bestritten hat außer seinem Lebens-Unterhalt! Guck's doch an, sein Pferde-Dieb-Gesicht ... dieser sogenannte Tennislehrer, der nicht einmal Gebrauchtwagen-Händler ist! Was wissen wir, wie viele Argentinierinnen deinen Onkel durchfüttern müssen? Du fliegst noch heute mit nach Brüssel, denn wie ich dich kenne – *jetzt* kenne – kommst du in Barcelona nicht einmal mehr ungeschwängert bis zum Abitur! Österreich ist jetzt in der EU: Ein Fürst Esterhazy – das Feinste vom Feinen – wird dich adoptieren, alles längst mit ihm abgemacht ...«

Claudia: »Danke – ich hab *einmal* einen falschen Vater gehabt, *der* genügt!«

Angela: »Woher weißt du, ob der Fürst nicht dein echter ist!«

Claudia, macht ihren Tonfall nach: »Woher weißt du ... weiß es natürlich nicht, wie *könnte* ich's wissen, da ja nicht einmal du wissen kannst, wer mein Vater ist!«

Ohrfeigen, mehrere. Angela fährt fort, bekommt aber auch eine geschmiert: »Wir fliegen um fünf. Pack ein!«

Claudia: »Ich bin zwar erst sechzehn, doch hast *du* nicht die elterliche Gewalt, die hat mein Großvater, den ich bis Dienstag mittag für meinen Vater hielt – nie fliege ich mit dir! Ich *hasse* dich.«

Angela, bitter: »War doch klar, daß du mich hassen würdest: man hüte sich vor jedem, der einem dankbar sein muß! Auf der Brüsseler Nationalbank liegt ein Vermögen, mit dem du ein

Grand Hotel seriös anzahlen kannst; festverzinslich sieben Prozent, bei fallenden Grundstückspreisen ...«

Claudia, macht wieder nach, wie sie redet: »Festverzinslich – als ob ich auch nur hinhörte bei deinen widerlichen Geldgeschäften!«

Die Mutter schreit: »Leben aber willst du davon, du Monster an Undankbarkeit!«

Claudia: »Keinesfalls will ich das!«

Angela, einlenkend: »Du solltest es einmal anders haben – wirst du auch! – als ich arme Metzgertochter. Flieg mit nach Brüssel, mein Kind. Wenn dir der Fürst nicht paßt, adoptiert dich ein italienischer Graf, auch keine zweite Wahl. Mit den Eltern rede ich jetzt.«

Claudia, Knicks: »Mit meinen Eltern oder mit – deinen? Mütterchen – Schwesterchen? Du bildest dir ein, ich ginge mit einer über alle Berge, von der ich nicht einmal weiß, ob ich sie als Schwester oder Mutter anreden muß!« Und läuft aus dem Haus ... hoffend, José folge ihr ... Doch ist der so feige – wie vor Frauen Männer immer; zwar nicht als Sohn, aber als Bruder.

Das Pferde-Dieb-Gesicht, das sie ihrem Bruder vorwirft, hat Angela selbst, viel ausgeprägter als er, wie sie denn überhaupt die viel prägnantere Persönlichkeit ist, auch die gerissenere, der es »peinlich« wäre, es sozial nicht weitergebracht zu haben als Bruder und Eltern.

Angelas Credo und warum sie ihre Tochter in den Hochadel adoptieren lassen wird: »An armen Eltern ist niemand schuld, doch arme Schwiegereltern ziehen nur Idioten sich zu!« Seit Spanien dank Francos Testament wieder eine Monarchie geworden ist – sehr schlau von Franco, da Königsfamilien populär sind wie nie Parlamentarier –, ist Angela sicher, ihre in der Tat erlesen schöne Primanerin sehr hoch hinauf verheiraten zu können, sobald die einen Familiennamen hat, den man aus der Geschichte kennt.

Zu ihrem Bruder, da der herausließ, er werde aus Sehnsucht in die Heimat zurückkehren und mit einem Kumpel ein Restaurant eröffnen: »Wer nichts wird, wird Wirt. Wer gar nichts wird – wird Bahnhofswirt! Du hast geglaubt, Claudia wird Lockvogel für deine Kneipe, womöglich auch noch als kellnerndes Eheweib und dich ernähren: guck in den Spiegel, daß wenigstens deine Dummheit dich von dir abschreckt!«

Denn Rangfragen, vielmehr als finanzielle, heizen, treiben Angela an wie sonst nichts, seit sie auf der Schulbank erfahren hat, daß sie nur dort in der Schule in der gleichen Klasse war wie die Reedertochter, die sie als »Freundin« angesehen hatte, während sie aber doch nur ausgebeutet wurde durch Abschreiben – doch von gleicher »Klasse« keineswegs war … ja nach der Penne niemals mehr eingeladen worden ist bei der, die sie bis Untersekunda vor dem Sitzenbleiben bewahrt hatte. Diese Demütigung, so empfand sie's, wird sie Claudia ersparen: Sie wird sie hoffähig machen durch Adoption und Ehe …

Alimente richten sich bekanntlich nach dem Einkommen der Mutter, das längst diplomatischen Zuschnitt hat … in Brüssel wird ja sehr gut verdient! Und wird, bei einiger Geschicklichkeit – und wer wollte ausgerechnet *dieser* Frau Gewandtheit absprechen –, noch erheblich dazu verdient, unterm Tisch, wenn man mit Industrie und Handel Vereinbarungen trifft, ihnen in Brüsseler Behörden die Wege zu ebnen … Und wie Angela die »sieben Väter« zur Kasse gebracht hat – zwei weitere entkamen ihr, Blutproben erbrachten deren »Nichtbeteiligung«; die diplomatische Wendigkeit Angelas, ihre Schläue, wenn sie auch keineswegs wie die New Yorkerin mit elf Namen arbeitete, sondern stets »die Kirche im Dorf ließ«: Dies alles ist tief gegründet in ihrer schon erwähnten seelischen Verwundung durch die sogenannte »beste Freundin« auf der Schulbank, gemessen an der sie sich deklassiert fühlte … Jedenfalls wollte Angela, maßlos stolz, immer zu hoch hinaufheiraten – so daß sie sitzenblieb. Und den Vater ihrer Tochter – der sie nie beschwindelt hat – konnte sie nicht heiraten, weil seine Frau sich nie scheiden ließ; was Angela anfangs verdrängte, aber immer gewußt hat. Nicht weil sie kirchenhörig ist, läßt diese Florentinerin sich nie scheiden, sondern weil sie ihren Mann liebt, von dessen unehelicher Vaterschaft sie weiß, weshalb er nicht einmal durch Angela erpreßt werden kann … wozu ihre unstillbare Liebe zu diesem italienischen EU-Diplomaten Angela durchaus hätte verleiten können. Denn ihre Passion für diesen Italiener hat die Unbedingtheit der *einzigen* ihres Lebens. Einst schrieb er ihr zum Abschied – zu einem der sogenannten »endgültigen« Abschiede, denen aber doch noch viele Begegnungen bei jeder möglichen Gelegenheit folgten, wie immer wenn einer von zweien frei (wie Angela) ist; er reimte ihr nach einer Woche in Rom, die sie füreinander nur deshalb hatten herausschlagen können aus dem Gestrüpp von Pflichten und Terminen, die sein Leben bestimmen, weil seine immer wachsame Frau ans Sterbebett ihrer Mutter gefesselt gewesen war; er schrieb und redete sich heraus in der zweiten Zeile, denn Angela war ja keineswegs – wie nur er – »gebunden«:

Sieben Hügel

Unlösbar ihr Problem:
Beide gebunden!
– seelisches Ekzem,
wund geschunden

In entnervenden Zwängen,
im Scheitern an Fakten.
Nur zu verdrängen
in zerschmetternden Akten

So vierhändig
– nicht am Klavier.
Unbändig
das Tier

Mit zwei Rücken
ohne Zügel.
Kirchen zwar schmücken
Roms sieben Hügel

Doch *ihre* sind runder,
ihre sieben Sachen:
Realisieren die Wunder,
die Rom – zum Lachen!

Seit zweitausend Jahren
nur verheißt …
Bettbarbaren
heilt *Fleisch* den Geist.

Aphrodites Hügel auch sieben:
Schultern, Brüste, Backen, Fell
– handfest zum Lieben,
seine Droge: ihr Quell.

Auf Bett, Teppich, Gras
kopfüber, kopfunter …
Wie wurde – sie saß –
ihr apfelkalt runder

Hintern jockeyleicht
in zärtlichen Händen!
Coup de foudre: Erreicht
– sie will's verschwenden

Magma ihrer Zentrale
seinen Mund.
Schrei, Absturz, Finale
– Liebe profund.

Was Angelas Tochter mit José, dem Onkel, passiert ist, alarmiert aber nun die ganze Familie. Denn das ist nur der i-Punkt auf früheren Alarmsignalen: schon drei der sieben »Väter« haben immer dringlicher ihre Bitte vorgetragen, endlich ihren Anspruch angemeldet, einmal zu *sehen*, wofür sie zahlen: die »Tochter«!

Schließlich stand einer der »Väter« unangemeldet vor der Haustüre – »sein« Töchterchen, gerührt ob ihres Liebreizes, ans Herz zu drücken; denn Fotos hatte Angela ihm gezeigt, war auch gelegentlich mit ihm wie mit den sechs anderen »Vätern« wieder ins Bett. Gelegentlich soll heißen – wenn keine Gefahr bestand, ein in Brüssel akkreditierter »Vater« könne von einem der anderen sechs erfahren, daß er, *auch* er Angela kenne …

Claudia war glücklicherweise baden, als der Norweger eintraf bei den Großeltern, um »sein« Töchterchen endlich zu sehen. Es war nicht ganz leicht für die Alten, ihm auszureden, sich als »Vater« zu erkennen zu geben. Doch verstand er, daß die Großeltern Claudia seelisch nicht zerschlagen wollten durch das Geständnis, sie sei nicht *ihr* Kind. Doch ließ der Norweger sich nicht ausreden – immerhin aus Drontheim eingeflogen –, seine »Tochter« wenigstens sehen zu dürfen ... Er kam dann verabredungsgemäß als Kunde in die Metzgerei und brachte angeblich Grüße aus Brüssel von Claudias »Schwester« an die Eltern, die ihn in Anwesenheit Claudias zu Kaffee und Kuchen da behielten ... Der Mann war so entzückt wie stolz-gerührt und radebrechte spanisch – als er sich am anderen Morgen, Claudia war in der Schule, von den Großeltern verabschiedete. Er werde, sobald seine Kinder in Norwegen erwachsen seien und das Haus verlassen hätten, Claudia mit Erlaubnis Angelas zu sich holen, mindestens in den Ferien. Er hatte als Diplomat in Latein-Amerika ein wenig Spanisch gesprochen und trug die Nase höher, seit er gesehen hatte, welches Prachtgeschöpf von Tochter »ihm« die Spanierin Angela geboren hatte ... Mediziner haben inzwischen entdeckt, daß mindestens fünfzehn Prozent der Mitteleuropäer, die sich für Väter halten, an der Zeugung nicht beteiligt waren. Wenn Liebe blind macht – Glaube erst recht. Am blindesten jener Glaube, der durch Vater-Stolz verstärkt wird. Und wenn Eltern generell dumm sind, wie ein Balkan-Sprichwort wissen will, am dümmsten natürlich jene, die sich für Väter nur *halten*.

Vier andere »Väter« hatten im Gegensatz zu dem aus Norwegen – umsichtig alles getan, dem aus dem Wege zu gehen, wofür sie zahlten. Ja, einer hat als Schweigegeld eine Riesensumme auf einen Schlag an Angela überwiesen, gegen die Zusicherung – an die sie sich ausnahmsweise sogar gehalten hat –, niemals mehr mit Forderungen oder überhaupt an ihn »heranzutreten«. Was sie sehr beleidigte: »Immerhin war ich dem Gangster vor achtzehn Jahren gut genug, mich zwei Jahre lang durchs Laken zu ziehen!« Doch war er entstellt vor Feigheit gegenüber seiner Familie in England; daher die »Abstands«-Summe, überwiesen in amoralischer Eil-»Fertigkeit« ...

Wie Angela – explosiv initiativ wie stets – nunmehr die sieben Väter –: nein, sechs von ihnen, weil sie eben den siebten, da er sie so sehr gekränkt hat, derart verachtet, daß sie ihn in Frieden läßt –, wie sie die einspannt, ausnutzt, umwirbt, bedroht, um der Tochter, die sie aufrichtig vergöttlicht, genau »das Elend« zu ersparen, das angeblich *ihre* Jugend belastet habe – davon kann keine Rede sein: Angelas Eltern, brave Kleinbürger, hatten ihr sogar die höhere Schule ermöglicht, wenn auch nicht bis zum Abitur, – das wird alles nicht mehr diese Erzählung *berichten*, sondern das wird – nach der Pause – erst die gleichnamige Komödie *zeigen* ... So wie Hofmannsthal seine Studie: ›Lucidor: Figuren zu einer ungeschriebenen Komödie‹ instinktiv in der richtigen Einsicht mit den Worten abbricht: »Einen Dialog wie der sich nun entwickelnde kann das Leben hervorbringen und die Komödie nachzuahmen versuchen, aber niemals die Erzählung.«

Das ist wahr: Das Epische würde *zerfetzt* durch die wie Duell-Degen jetzt aufeinander einschlagenden, dem Crescendo zustürmenden Wortgeschosse der – wie Treppenstürze – hinrasenden, wegreißenden Handlung ...

Ob nun sogar starke Menschen stärker durch ihre Umgebung geprägt werden oder umgekehrt die Umgebung durch sie – wer wüßte es! So viel ist sicher: Angela ging nach Brüssel, weil sie die Geldgier im Leibe hat – so wie sie diese Gier sich dort vom »Geist« dieser EU noch zusätzlich einverleiben ließ. Im November 1995 kapitulierte der Europäische Rechnungshof, als er bei seiner Vorlage des Jahresberichts im Straßburger Parlament das spurlose Verschwinden der Unsumme von DM 4,5 Milliarden binnen *eines* Jahres aus dem EU-Haushalt zugeben und folgern mußte, diese Unterschlagung von zwei bis vier Prozent des Budgets sei »vielleicht einzudämmen, nicht aber generell abzustellen«: Was aber nicht generell abzustellen ist – ist wesensgemäß. Ist also Brüssel so eingefleischt wie schon sein Diebstahl der EU-Flagge: Fünfzehn Sternchen auf blauem Grund, buchstäblich aus dem nordamerikanischen Sternenbanner verächtlich herausgeklaut, aus Mangel an schöpferischer Kraft, *selber* eine Europa-*eigene* Fahne zu finden; was sich doch angeboten hat: Die farblich so durchweg *schönen* Nationalflaggen Europas zu einem Mosaik als Europa-Fahnentuch zusammenzustücken.

Wie sehr Korruption und Parlamentarismus zum Synonym geworden sind, das wird ablesbar auf derselben Zeitungsseite,

›Tagesspiegel‹, Berlin am 15. 11. 1995, die Diebstahl und EU als identisch charakterisiert. Denn Seite 2 meldet außerdem:

»*München* (dpa). Schwere Vorwürfe gegen Finanzbeamte und die Staatsanwaltschaft haben zwei bayerische SPD-Landtagsabgeordnete erhoben. Die SPD-Politiker reichten am Dienstag vier Strafanzeigen wegen des Verdachts der Strafvereitelung und Begünstigung ein und warfen der Staatsanwaltschaft vor, bei den Ermittlungen gegen den Ex-CSU-Fraktionsvorsitzenden Gerhard Bletschacher zu zurückhaltend zu sein. Bletschacher, Käseschachtel-Fabrik-Besitzer, wird die Veruntreuung von 4,8 Millionen Mark Spendengelder vorgeworfen. Georg Kronawitter, der frühere Oberbürgermeister von München, erklärte: ›In Bayern muß man die Spitzenstaatsanwälte auf die Jagd *tragen*. Wittern sie einen fetten CSU-Amigo, lassen sie die Büchse fallen und suchen das Weite.‹«

Angela wußte, warum sie nach Brüssel ging. Auch deshalb, weil mit Behörden dort am leichtesten umzuspringen ist, und weil Spuren sich am mühelosesten verwischen lassen, wenn man Zugang zu Pässen, Gerichten, Ämtern aus fünfzehn Ländern hat. Und zu Mitgliedern des Diplomatischen Corps mit seinen Ausnahme- und Sonderrechten ... So verkörpert Angela in ihrer Person, indem sie Männer aus sieben Ländern »linkt«, wie die Brüsseler Behörde sich mästet durch Mißbrauch ihres Zugriffs in die Kassen von fünfzehn Staaten; oder wie die Staaten sich mästen durch Subventionen aus Brüssel. Weshalb ja die so skeptisch-klugen Schweizer, nicht *zufällig* das geschäftstüchtigste Volk des Planeten, sich am längsten gewehrt haben, von Brüssel vereinnahmt zu werden. Und weil Geldbewegungen das schlechthin bildfeindlich Abstrakteste sind, was es gibt – ist es besonders nötig, in dieser Komödie *das* zu tun, was Bertolt Brecht strikt verwirft als überlebt, da es der Poetik des Aristoteles entspricht, die Brecht glaubte »überwunden« zu haben durch seine krampfhaft-unsinnlichen, theaterfremden, so von ihm genannten »V-Effekte«: »Die großen Stoffe können nur auf die Bühne gebracht werden«, so nörgelt Brecht in seinem Arbeitsjournal, »wenn gewisse private Konflikte in ihren Mittelpunkt gestellt werden ... immer mehr treten die Hemmnisse von seiten der aristotelischen Dramaturgie hervor.« Im Gegenteil: Was Brecht hier verurteilt –

gerade das muß tun, wie das auch noch die von Brecht als obsolet verworfenen Stückeschreiber Zola, Tschechow, Ibsen, Hauptmann, Shaw getan haben, wer – zum Beispiel in dieser Komödie ›Sieben Väter – *eine* Tochter‹ Abstrakta wie Geld und EU auf der Bühne *zeigen* will. Denn Börsenberichte haben *kein* Gesicht. Gesichter haben die Personen, die deren Opfer oder Nutznießer sind … wie Aristoteles es in seiner Poetik, IX,9 zum Mißvergnügen Brechts festhält. Auch die Forderung des Griechen, *private* Konflikte zu zeigen, bleibt unentbehrlich: was ja Brecht auch widerwillig zugibt.

Jetzt, da Claudia durch José erfahren hat, wer sie ist, aber ohne zu wissen, wen sie als Vater hat, ist ihre Mutter in Zugzwang gebracht. Also dazu, die sieben »Väter« – so strikt sie die bisher *fernhielt* – nunmehr *anzulocken*, um den »lukrativsten« zur Adoption »seiner« Tochter zu verführen; doch läßt Claudia sich das nicht gefallen. Immerhin fällt endlich dabei für die Mutter noch ein Ehemann ab. Wie immer diese Szenen sich überstürzen werden, diese Komödie jedenfalls ist geeignet zur Parodie auf die Brüsseler – beispiellos unpopuläre – »Schöpfung« der EU. Die allein dadurch auf die Bretter zu bringen ist, daß man sie – wenn das auch Brecht altmodisch fände – in eine familiär-intime, menschlich-allzumenschliche Handlung verpackt, in der – nicht anders als in Brüssel selbst – Geldgier ein Hauptmotiv ist. Sonst bleibt alles, was man über sie schreibt – Statistik! Bleibt sonst so schemenblaß und zahlenfad wie Börsenberichte. Und wie sämtliche Ämter dort, die keinem Europäer anschaulicher, faßbarer, sympathischer sind als eine grauöde, riesige Wand voller Postschließfächer.

P.S.: Wer ähnliches vorhat wie die New Yorkerin und wie Angela, der hebe niemals wie die Amerikanerin seine Betrugs-Unterlagen: Adressen, Konto-Auszüge, Behördenkorrespondenz – zu Hause auf! Denn dadurch allein waren die dreiundsiebzig monatlichen Überweisungen nachweisbar.

Der geborenen Politikerin Angela, auch weil sie Maß hielt mit nur sieben »Kindern«, wäre diese Dummheit nie passiert. Auf sie und die *wahre* Passion ihres Lebens: ihre Leidenschaft für den italienischen Diplomaten und Dichter, trifft Ernst Jüngers Beobachtung zu: »Die schönen Geister sind die natürliche Beute der intellektuellen Frau«. Angelas Weigerung, die kapitalistische Wirtschafts-»Ordnung« für etwas anderes anzusehen als für ein generelles Betrugs-Unternehmen, an dem nur Dumme nicht partizipieren, entspringt ihrer Ur-Überzeugung, ihrem Anarchismus, der sie auch erotisch an den Römer bindet. Denn auch der liegt quer ein Leben lang zu dieser Gesellschaft, die er derart verachtet, daß er sich wenigstens schuldig ist, auf ihren Höhen zu leben. Auf ihn und sein Doppelleben, zu dem er wie so viele Künstler in unserer Welt gezwungen ist, trifft Lessings lapidare Feststellung zu: »Heute ein Dichter – morgen ein Königsmörder!« Platon wußte, warum er die Dichter als zu gefährlich aus der Polis verbannt wissen wollte. Alexander von Rußland, Schwager und Flottenchef des letzten, dann ebenfalls ermordeten Zaren, hat wie alle Romanows Dostojewski verabscheut, seit der in seinem letzten Lebensjahr und nur drei Monate vor Ermordung des Zaren Alexander (13. 3. 81) die Fortsetzung der ›Brüder Karamasow‹ mit der Drohung angekündigt hat: »Sie scheinen zu glauben, daß sehr viel Hellseherei in meinem letzten Roman liegt. Warten Sie die Fortsetzung ab ... Mein reiner Aljoscha wird den Zaren ermorden«!

Angela ist keine Terroristin, nur eine Anarchistin. Doch hat wie alle sehr Schlauen gefühlsbedingt *die* Fehlkalkulation gemacht: sie hat die Gattin des Römers unterschätzt, in der sie ihre Meisterin fand – eine Frau, die sich wegen Claudia, der unehelichen Tochter ihres Mannes, keineswegs die Trennung von ihm – wie Angela kalkuliert hatte – abpressen ließ.

Kopfprämie

Gefangene und Vermißte · Macht Revolution!
Elfriede Scholz, geb. Remark · Kopfprämie

Gefangene und Vermißte

»3,5 Millionen russische Soldaten kamen in deutscher, 1,185 Millionen deutsche in russischer Kriegsgefangenschaft um«

Christian Streit, Keine Kameraden: Die Wehrmacht und die sowjetischen Kriegsgefangenen 1941–45

Vettern – wüßte wer, wo die verwesen!
Fünf: Drei der Eltern, zwei der meinen
– spurlos weg. Unfreiwillig. Hitlers Spesen
für »Großdeutschland«. Und an keinen
wird auch nur ein Grab erinnern!

Zwei: Siebzehn, achtzehn – mir als Kind
brüdernahe ... Frost im Innern,
wenn ich denke: Nie streift Wind
ihre Hügel. Fast von allen,
die nach Rußland kommandiert

Ob verhungert, ob gefallen
sind die Gräber so planiert
wie russische in deutschen Lagern.
Beschönigend Statistik-Worte:
Vier Millionen zum Tod abmagern

– niemand nennt das »taktlos«: Morde ...
Völkerfreundschaft beschuldigt Winter
und Seuchen; klingt versöhnlich wie gefallen.
Nein, *ermordet* durch Hunger, durch Schinder
im Bergbau, KZ, in Rüstungshallen.

Zahllose gleich erschossen, oft noch Kinder;
statt sie – gefangen – zunächst zu schonen.
Vermißte also nicht *mitgezählt.*
Gezählt, die gefangen: Viereinhalbmillionen
durch Hunger, durch Arbeit totgequält!

Macht Revolution!

»Der praktische Imperativ wird also folgender sein: *Handle so, daß du die Menschheit sowohl in deiner Person, als in der Person eines jeden andern jederzeit zugleich als Zweck, niemals bloß als Mittel brauchst …*
Der Mensch aber ist keine Sache, mithin nicht etwas, was *bloß* als Mittel gebraucht werden kann, sondern muß bei allen seinen Handlungen jederzeit als Zweck an sich selbst betrachtet werden.«

Kant, Grundlegung zur Metaphysik der Sitten,
2. Abschnitt; 1783

Von Arbeit wurde niemand reich;
durch Arbeiter ist er's geworden!
Was bleibt dem Boß – was zum Vergleich
den Lohnempfängern, meist Importen

Aus Staaten, die nicht fertigbringen,
für ihre Underdogs zu sorgen?
Verächtlich ihre Kulis zwingen,
an Ausländer sich auszuborgen?

Zu vegetieren ohne Familien;
im Alter würdelose Renten.
Schaffen sie den Fremden Immobilien
oder was sonst; meist mit bloßen Händen:

Ihnen bleibt nichts! Doch nehmt nicht hin,
zeitlebens nichts gewesen zu sein,
als Andern das Mittel zum Gewinn.
Euch aber blieb kein Stein

Den Ihr behauen!
Konntet keinen verdienen.
Die lebenslänglich bauen
– was gehört *ihnen*?

Daß die bauen auch – haben:
»Inkompatibel!«
Die ihre Schaffenskraft gaben,
wie's fordert die Bibel

Ein Proletarier-Leben lang
»Im Schweiße des Angesichts«:
Bringen nichts auf die Bank
Bringen's zu nichts!

Tiere sind zwar abgerichtet,
daß Futter, Stall ihr ganzer Lohn.
Menschen aber sind verpflichtet,
dressiert man sie so: *Zur Revolution!*

Dem Andenken Büchners

Elfriede Scholz, geb. Remark

– Schneiderin, sagte zwei Freundinnen in Dresden,
Hitler werde seinen Krieg verlieren.
Reste seiner 6. Armee verwesten
längst in Stalingrad … Denunzieren

Heftiger noch »Volksgenossinnen«
als männlichen Mitläufern eingefleischt:
Viel mehr starben an Denunziantinnen;
Urtrieb in zwei Frauen erheischt

Anzeige durch Hauptmann Rietzel: Ehrenpflicht!
Freisler frohlockt, dem Elfriede »überstellt«:
»Ihr Bruder ist uns entwischt – Sie nicht!«
Köpft sie. Selbst *er* hätte kaum »T.U.« gefällt

Stände nicht Remarques Schwester vor Gericht,
von *hundert* (!) ihrer Kundinnen entlastet: Geisel,
die Freisler *deshalb* dem Scharfrichter überweist,
für den deutsch Meistgelesenen des Jahrhunderts!

Freisler, was althochdeutsch: Schrecklicher heißt,
schrieb über Hutten, doch niemand, wen wundert's
hat ihm als Autor einen Blick geschenkt.
Mit Henker Röttgers Fallbeil rächt er das Buch

– normale Richter hätten Zuchthaus verhängt –,
das die Welt kennt, ihr Bruder geschrieben:
›Im Westen nichts Neues‹ – *das* rote Tuch,
da neun von zehn Lesern Hitler lieben.

Zweimal (!) ging die Schwester zur Guillotine:
Beim ersten Gang fehlt das »Vollzugs«-Formular.
Aufs neue warten: Drei Wochen in der Todeszelle.
Im Nacken, für's Beil, schon geschoren ihr Haar.

Meinem frühesten Verleger Karl-Ludwig Leonhardt
in Dankbarkeit!

Kopfprämie

Dem 500000 Mark, der General Lindemann fände!
Bei Lilo und Erich Gloeden, Berlin, Architekt,
nach dem Attentat auf Hitler
am 20. Juli 1944 versteckt.

Steckbrief. Von Ingenieur Ernst Schäffner angezeigt.
Als die Bullen am 3. 9. eingedrungen,
ist – Gloedens nicht zu belasten –
Lindemann aus dem Fenster gesprungen.

Unbekannt bis heute: War er tot? Wie verletzt?
Hat er – agonierend – noch ausgesagt?
Gloedens und Mutter, verwandt mit Liliencron,
wurden des »Landesverrats« angeklagt.

Gloeden glückte, dem Gericht weiszumachen,
er habe – Frau und Mutter zu schonen –,
denen nie gesagt, *wem* er gestattet,
nach dem Staatsstreich bei ihnen zu wohnen.

So erhielten die Frauen »nur« Zuchthaus:
Ohne Lebensmittel-Marken leben war illegal.
Das hatten »zweifelsfrei« auch sie gewußt,
als »angeblich« mit falschem Namen den General

Gloeden in ihre Wohnung gebracht;
doch sie – »angeblich« – nie Verdacht geschöpft ...
Gloeden, der schon früher Verfolgte versteckt
– wußte, *er* werde geköpft.

Kaum war dieses Urteil gefällt, die Frauen
gerettet, sagte Lilo dem »Volks«-Gericht
– sie gehe denselben Weg wie ihr Mann,
sie leugne nicht

Gewußt zu haben, wen sie versteckten;
das bekannte auch die Geborene von Liliencron.
So wurden in zwei Minuten Abstand enthauptet:
Mutter, Tochter, Schwiegersohn.

Eine Liebe in Deutschland

1 Rosi Lindner
2 Zwei deutsche Dr. phil. betrachten 1939 Polen
3 Zwielicht
4 Krankenblatt I: Geist der Zeiten
5 Der Mann denkt
6 Wer eine Geschichte erzählt …
7 Die Frau denkt
8 Odysseus 1940
9 »Heimat, deine Sterne«
10 Reist man auf Recherche …
11 Zwei Piloten, zwei Marschälle
12 Nachtgespräch
13 Krankenblatt II: Heinrich Müllers Schnellbrief
14 Elisabethenkrankenhaus Lörrach
15 Wen Gott verderben will …
16 Lörrach, Gestapo-Gefängnis
17 Drei Zigaretten
18 Vergittert
19 Kein Abschiedsbrief
20 Durchführer des Führers: Beispiele
21 Vom Fischer un sine Fru
22 Gedanken eines Amtsarztes
23 Polens Rache: Die Sphinx
24 Steinbruch

1 Rosi Lindner

»Die Landbevölkerung denkt sich bei der Unterbringung der Kriegsgefangenen in der Hausgemeinschaft überhaupt nichts. Sie kommt gar nicht auf den Gedanken, darin eine volkspolitische Gefahr zu sehen ... Die Auswirkung jeder volkspolitischen Aufklärung wird durch die Arbeit der Kirche, die sagt, daß auch die Kriegsgefangenen und ausländischen Arbeiter Christen und Menschen seien, wieder zunichte gemacht. Während gerade der Bauer am besten die Schäden unerwünschter blutmäßiger Vermischung bei seinem Vieh kennt, zeigt er sich für volkspolitische Fragen uninteressiert ... Wer mit ihm arbeitet und fleißig ist, der genießt sein Vertrauen, gleichgültig, ob Deutscher oder Fremdvölkischer, Kriegsgefangener oder Zivilist.«
Geheimbericht der Sicherheitspolizei, Berlin am 15. 11. 1943

Brombach im Markgräflerland.

Literarisch Lokalkundige kennen dieses Dorf an der Grenze zur Schweiz durch das »Gespräch auf der Straße nach Basel zwischen Steinen und Brombach, in der Nacht«; dies ist der Untertitel, den Hebel seinem Gedicht »Die Vergänglichkeit« gab; vermutlich schrieb er es in Lörrach, dem heute Brombach eingemeindet ist. Im angsterregenden Mondlicht scheint dem Sohn eines Fuhrmanns die imposante Ruine des Schlosses Rötteln »so grauslich wie der Tod im Basler Totentanz«. Und zum erstenmal überhaupt aufgerührt von Vergänglichkeits-Angst, stellt der Junge dem Vater Fragen, die den Fuhrmann sagen lassen: »... und mit der Zit verbrennt die ganzi Welt.« Denn die beiden reden alemannisch. Doch schrieb der Basler Hebel, von dem übrigens der Satz stammt: »Merke, es gibt Untaten, über welche kein Gras wächst«, – auch eine hochdeutsche Fassung des Gedichts; und auf die berufe ich mich. Obzwar nämlich alle Zeitkenner und Zeugen außer einem Oberjustizrat, die ich in Brombach und Lörrach für diese Erzählung fand, auch zu mir alemannisch gesprochen haben: das Muttermal der Sprache, unser Dialekt, gehört uns seit der Kindheit an – oder nie; ihn später künstlich zu erlernen, ist so hochstaplerisch wie die Verkleidung in eine kurze Lederhose, nur weil man nach Bayern reist! Als ein Jude, geflüchtet aus Deutschland, nach einem Vierteljahrhundert eingeschweizert werden sollte, hielt die Behörde ihm vor, er spreche ja noch immer nicht baslerisch. Da gab er die schlagende Antwort: »Ich dachte, um Schweizer zu werden, genüge es, die Sprache zu sprechen, in der Bachofen und Burckhardt geschrieben haben!«

Auch hat jedes Platt die Eigenschaft, vieles zu verkindischen und fast alles zu vergemütlichen, was man in seinen Worten vorbringt; oder zu karikieren. Lichtenberg notierte, ein Esel, darunter stelle er sich ein Pferd vor, ins Holländische übersetzt.

Und da eine Erzählung weder einem Tonband gleichen noch die Schularbeit aufbürden soll, eine uns nicht mitgeborene Mundart zu erlernen, so interessiert uns hier nicht, daß natürlich die Schwarzwälderin Pauline mit ihren Kindern, ihrem Mann, ihren Eltern – die hatten einen Bergbauernhof – und ihren Kunden im Gemüseladen Dialekt sprach; den sprach sie übrigens immer wieder auch zu dem polnischen Kriegsgefangenen, der ihr abends bei der Arbeit half. Doch meist merkte sie nach wenigen Worten, daß der Pole sie mißverstand oder gar nicht verstehen konnte, wenn sie Alemannisch sprach. Und dann ging sie zu einem ihr kaum mundgerechten Hochdeutsch über; denn Schriftdeutsch hatte der Junge – er war 21 – in einigen Klassen des Realgymnasiums zu Lodz gelernt; hatte es auch aufgebessert, seit er vor anderthalb Jahren, im September 1939, von den Deutschen gefangengenommen und bald zu Bauern als Knecht oder Kutscher kommandiert und aus dem Lager entlassen worden war. Mit Schreck, ja mit Entsetzen in Auge und Stimme, daher sie auch zu schnell sprach, um von ihm verstanden zu werden, sagte Pauline zu Stasiek Zasada: »Die Rosi Lindner in Lehnacker hat sich uff'hängt, mer spricht, dere Pol, wo arbeit bei ihr, hot ihr wos Kleines hing'setzt – gruslich, drei Kinner hot's schon!« Und da sie an seinem horchenden Ausdruck ablas, daß er sie nur halb verstand oder gar nicht, so stieß sie hervor: »Sie haben die Schwanen-Wirtin in Lehnacker doch auch gekannt! – aufgehängt hat die sich. Es heißt: der polnische Gefangene, wo g'schafft hot bei ihr, hat sie g'schwängert und zwei Mädel und en Jungen hat sie schon! Eben hat der Stackmann es im Laden erzählt, wie er Bast gekauft hat – und hot so gesprochen, wie wenn daß er sage möcht: paß uff, daß dir net au sowas passiere tuet!«

Die Erregung hatte sie rasch zurückfallen lassen in den Dialekt. Der Pole fragte betroffen: »Stackmann?«

Sie erläuterte: »Dere Kiminoler, wo sowieso umenand schnüffle tuet.« – »Ah – der Polizist!« sagte Stasiek Zasada. Dann schwiegen beide. Endlich setzte er hinzu: »Die Frau hat mir ein Bier hingestellt, einmal habe ich ihr Kohlen gebracht. Schön war sie und freundlich. Warum sich – gehenkt?«

Bedrückt antwortete Pauline: »Wenn sie doch schwanger war und ihr Mann war im Krieg – hier findet keine Frau einen Arzt, der hilft: Ärzte, die das tun, werden hingerichtet. Und der Pol wird auch umgebracht, der wo ihr das Kind g'macht hat. Er ist schon weg!« Zasada nickte. Schwieg. Sagte dann: »Ich habe gehört, er ist auf andere Arbeit verschickt!«

Sie sagte stumpf: »Dann kommt das noch, daß die ihn umbringen! Die Rosi hat sich ja erst gestern uffg'hängt. Jetzt wird man den Polen drankriegen, bestimmt!« Was sie inzwischen gedacht hatte, das verschwieg sie – das verschwieg sie sogar sich: daß kaum eine Rettung sei, wo eine Frau, deren Mann halbe oder ganze Jahre fort ist, mit einem Mann, der keine Frau anrühren darf, der auch eine andere gar nicht treffen kann, weil er abends spätestens um zehn im Zimmer zu sein hat, täglich zusammenarbeitet und ißt und haust! Bis zu der Frage, so nächstgelegen die auch war, ob sie selber an Rosis Stelle ihrem Mann hätte treu bleiben können, wagte sie sich nicht vor, aber ehrlich, wie sie war, wußte sie: getrennt wohnen ist der einzige Schutz. Vielleicht! Zasada sagte: »Wer sagt, sie war schwanger – von polnischer Gefangener? Hat Frau geschrieben zum Abschied?«

Und bevor Pauline ihm antworten konnte, fragte er noch: »Wie zu erfahren, wohin Pole gebracht ist?«

Aha, dachte Pauline, warnen will er ihn, daß er abhaut, bevor sie ihn holen! »Die werden ihn heute schon geschnappt haben, wenn er noch nicht verhaftet war«, sagte sie. Und fügte an, als er überlegend schwieg: »Vielleicht, daß andere Gefangene drüben in Lehnacker wissen, wo der hinkam!«

Pauline sagte noch: »Den finden Sie nicht mehr. Der ist geholt, den findet keiner mehr.«

Und überstürzt, jetzt, brach Zasada auf.

Noch einen Moment blieb sie sitzen, ihren noch nicht vierjährigen Sohn auf den Knien. Es wurde schon dämmerig, denn das kleine Küchenfenster war zugestellt mit Blumenstöcken. Wann hatte sie Rosi Lindner zuletzt gesehen, die selbstbewußte Wirtstochter vom Gasthaus zum Schwan? Wie furchtbar, daß die einen anderen Ausweg nicht gefunden hatte. Der blöde Wortwitz fiel ihr ein: Umstände bringen in Umstände. Nie war ihr, obgleich sie keinen Grund hatte zu einem Selbstvorwurf, so angsterregend deutlich, daß viel mehr den Menschen die Dinge zustoßen als daß die Menschen die Dinge stoßen. Die arme Frau! dachte sie – oder sie sagte sich, daß sie das dächte. In Wahrheit – aber wer vermöchte schon die Wahrheit so genau zu wissen – hatte sie mehr Furcht um sich als Mitleid mit der Selbstmörderin. Ihr Sohn spürte, wie weit sie von ihm weg war mit ihren Gedanken, er war eifersüchtig. »Mama, du mußt singen«, sagte er, obgleich Pauline niemals sang, aber immer oder oft summte und ihn wiegte zu der Melodie, wenn Herbert gegen sechs, sobald endlich der letzte Kunde aus dem Laden war, von seiner Mutter auf den Schoß geholt wurde:

Sie drückte ihn heute an sich, als könne sie selber vor einer Gefahr, die sie sehr genau hätte benennen können, sich festhalten an dem Kind. Daß diese Gefahr drohte – war eines. Ein anderes: wieso das so weit hatte kommen können, daß eine Frau sich aufhängen mußte, weil sie von einem Ausländer schwanger geworden war! Unmöglich hätte Pauline sich erklären können, warum es dahin gekommen war ... denn sie wußte nichts von Psychiatrie. »Die Zeit ist krank«, das spürte sie. Wie die Kunden im Laden – zwei Frauen – soeben reagiert hatten, als der Polizist erzählte, daß Rosi und warum die sich aufgehängt habe: das hatte Pauline deutlich gemacht, daß die Menschen krank geworden seien, denn sie kannte diese beiden Frauen seit Jahren, und wenn die – statt Mitleid mit der so beliebt gewesenen Schwanenwirtin – Gefühle hämischer Zustimmung zu Rosis Verzweiflungstat aussprachen, dann war das möglich nur durch so radikale Gemüts-Verwüstungen, wie allein Krankheiten sie auslösen. »Recht g'schieht's der!« hatte eine gerufen, mit einer Genugtuung, als habe Rosi Schulden abgezahlt, die sie bei dieser Frau seit Jahr und Tag gehabt hatte.

Wir Menschen sind zum Fürchten, dachte Pauline – um nicht denken zu müssen: daß ihre eigene Situation, dieses tägliche Beisammensein mit dem ihr so sympathischen Jungen aus Polen – zum Fürchten sei …

Wenn schon sonst harmlose Hausfrauen sich mit Genuß darüber ausließen, daß eine Nachbarin sich erhängt hatte, warum auch immer! – was konnte man dann von den Nazis im Dorf erwarten? Und wenn schon die kleinen Leute so hart eine Unglückliche aburteilten: wie dachten dann erst die hohen Herren darüber? … Die Zeit ist krank, dachte sie wieder – ohne zu überlegen, daß es Zeit nur im Sinne der Uhr gibt, daß aber die Zeiten die Menschen sind und was sie denken und tun.

Ja, die Menschen waren krank – und da auch Paulines und Stasieks Geschichte nicht verständlich zu machen ist – auch dem Erzähler selber nicht –, ohne wenigstens den Versuch einer Analyse der Geisteskrankheit mitzuliefern, die sie auslöste, so müssen auch »die Herren«, deren Geist – deren Geisteskrankheit – die Tragödien der Hitlerjahre verschuldeten, notwendigerweise miteinbezogen werden in diese Erzählung. Das ist zu bedauern. Denn ein Vers, der schon hundert Jahre vor der fürchterlichen Wirksamkeit dieser Männer geprägt wurde, er trifft auf sie genauer zu als auf alle bisherigen:

Nicht gedacht soll ihrer werden,
nicht im Buche, nicht im Liede.

2 Zwei deutsche Dr. phil. betrachten 1939 Polen

»Friedrichsrode 29/31. VII. 41
... Erholt habe ich mich wohl etwas. Wie es wird, wenn ich wieder in Berlin bin, bleibt abzuwarten ... Unsere Gespräche bei Tisch werden sicher denen bei Ihnen sehr ähnlich sein. ›Es ist schade um jeden Polen, der nicht erschossen ist. Ich habe immer alles ohne weiteres erschießen lassen.‹ Oder: ›Ich nehme an, daß man unsere kolonialen Zentralbehörden alle in den Kilimandscharo verlegt, 12–1500 m hoch, Bergklima.‹ Oder: ›R. Heß sitzt ja jetzt in einem engl. Gefang.lager. Der wird den Engländern ganz schön Bescheid gestoßen haben.‹
... eigentlich gibt es nur Berge und Blicke und greuliche Einwohner.«

Oberstarzt Dr. G. Benn an F. W. Oelze

Der Jüngere, Jahrgang 1913, hat soeben seine Doktorarbeit: »Don Juan d'Austria und die Schlacht bei Lepanto« abgeschlossen, sie wird ein Jahr später als Buch erscheinen. Der Ältere, Jahrgang 1897, hat über Schütz, einen Dramatiker der Romantik, promoviert und ist seit 1933 Reichsminister für Volksaufklärung und Propaganda. (Er hat sich gewehrt gegen diese Amtsbezeichnung, weil ihm damals noch klar war, daß Propaganda die Liquidierung der Aufklärung ist; und obwohl er nichts unterließ, um genau dies mit seinem Ministerium zu erreichen, hielt er es instinktiv nicht für geschickt, schon mit seinem Türschild zu offenbaren, was er anstrebe mit seiner Arbeit.)

Der junge Historiker Felix Hartlaub, dessen Vater als Direktor der Mannheimer Kunsthalle aus dem Amt gejagt wurde von dem, der den Philologen Joseph Goebbels in sein Amt einsetzte, notierte als Student in Berlin, nach der Vandalisierung jüdischer Geschäfte und der Synagogen im Winter 1938: »Ein Gefühl der Erniedrigung und Beschämung bei allen, die ich sprach ... Trotzdem habe ich mir im Laufe der Zeit eine Unberührbarkeit zugelegt, die etwas ziemlich Bestialisches an sich hat. Daß man schlafen, essen kann, ist schon sehr kompromittierend ... Ich muß hier jeden Morgen am französischen Reisebüro vorbei und sehe die Gesichter derer, die dort von früh an Schlange stehen. Das genügt mir.«

Der ältere der beiden ist der eine von zwei Deutschen, die vor anderen durch ihre Reden jene Zehntausende von Terroristen ausgebildet haben, die – aus allen Bevölkerungsschichten stammend, vom Chauffeur bis zum Arzt – jüdische Mitbürger in der Nacht vom 8. auf den 9. November aus den Betten prügelten und die männlichen wegschleppten.

Der Jüngere schreibt an seinen Vater acht Monate vor dem Überfall Hitlers auf Polen: »Wer weiß, wieviel Zeit noch ist und wann wir endgültig den Kanonen vorgeworfen werden.« Er hat ihm bereits im September 1937 geschrieben: »... die immer frechere Spekulation auf Englands dickes Fell scheint mir doch auf die Dauer frevelhaft. Es liegt Stoff für drei Weltkriege bereit; wie lange wird es noch dauern?«

Der Ältere, den sein Führer auf eine Reise nach Athen und Rhodos verschickt hat, damit dessen Frau den spektakulärsten seiner Ehebrüche seelisch verarbeiten kann, notiert dort am 4. April 1939: »Von Berlin kommen Zeitungen. Chamberlain hat im Unterhaus eine Beistandsverpflichtung für Polen erklärt« – und obgleich genau diese Beistandsverpflichtung es ist, die dazu führen wird, daß nach fast sechsjährigem Krieg dieser Tagebuchschreiber und der Staat, dessen Minister er ist, beseitigt werden, kommentiert er die Nachricht aus London: »Es ist zum Brüllen.«

Die wirksamste Lüge um Goebbels ist nicht von ihm selber, hat ihn aber mehr als dreißig Jahre überlebt: er sei herausragend intelligent gewesen ... Denn was er zum Lachen findet – »zum Brüllen« nennt man damals in Berlin ein sich überschlagendes Gelächter –, das glaubt er dadurch schon entschärft oder neutralisiert, daß »der Führer« dem britischen Premierminister »in seiner Rede in Wilhelmshaven eine sehr schneidende Antwort ... gibt. Drohung mit Kündigung des Flottenvertrages. Das zieht bei den Herren Engländern am meisten.« Unheimlich, wie es dem Weltgeist zuweilen einfällt – wer immer das sein mag, was Philosophen den Weltgeist nannten –, jene zu warnen, die dann doch in ihr Verderben stiefeln! Unheimlicher noch für jene, die unschuldig mitgerissen werden, daß die Weichensteller zur Fahrt in den Abgrund nicht sehen, was alle sonst sehen: die Menetekel, die wie hier zuweilen gradezu eindeutig deutbar sind! Denn Hitler gibt Chamberlain deshalb die Antwort an der Küste, weil er dort ausgerechnet auf den Namen jenes Mannes, dessen Wirksamkeit mehr als die jedes anderen Deutschen 1914 den Krieg zum Weltkrieg auch mit England ausdehnte, das stärkste Schlachtschiff aller Meere taufen läßt: Tirpitz. Dem Schiff sieht schon beim Stapellauf jeder der anwesenden Marineattachés an, daß seine Tonnage nicht jene ist, die im Katalog steht, sondern eine so gewaltige, daß mit dem Bau dieses Rumpfs allein das Flottenabkommen mit Großbritannien bereits zerrissen ist … Daß dieses Schiff nur einmal auslaufen wird, um die Küste von Spitzbergen zu beschießen und dann an Land liegt während fast des ganzen Krieges, um endlich ruhmlos unter britischen Fliegerbomben zu kentern; und daß der Mann, dessen Namen es trägt, auch 1914–18 keine Rolle spielte, eine noch geringere als die von ihm erbaute Schlachtflotte, deren bloße Existenz Großbritannien – nach zweihundertjähriger Freundschaft mit Deutschland – ins Lager der Franzosen und Russen vertrieb: das sind Zusammenhänge jedoch, die Symboltiefe haben. Und wenn auch niemand an diesem 1. April 1939 wissen konnte, daß dieses furchteinflößende Meeres-Ungeheuer niemals an einer Seeschlacht teilnehmen werde, so wenig wie der Mann, dessen Namen es trug, je an einer teilgenommen hatte, so sehr auch sein Wirken die bis dahin schiffereichste Seeschlacht der Geschichte, jene am Skagerrak herbeigeführt hat: so konnte doch jeder der Anwesenden bei dieser Schiffstaufe spüren, daß nicht ausgerechnet auf Frieden mit England abzielt, wer ein Schiff Tirpitz nennt und es gewichtiger ausstattet als jedes vorhandene britische Schiff …

Wen Gott verderben will: Goebbels kommentiert eine Woche später, am 10. April, noch einmal den Beistandspakt zwischen London und Warschau, der tatsächlich die Aufteilung zwar nicht »dieses« Staates, des polnischen, wie Goebbels voraus-»sieht«, aber doch *eines* Staates, nämlich des deutschen, zur Folge haben wird: »Die Geschichte ist nicht dazu da, daß man daraus lernt. Das gilt nicht nur für Deutschland. Sondern gottlob in vermehrtem Umfang auch für seine Gegner.«

Immerhin, als der Fachmann Hitlers für Propaganda hätte Goebbels aus der Geschichte ablesen müssen, daß es instinktlos ist, das stärkste Schiff einer militanten Nation auf den Namen eines Mannes zu taufen, der zwar seine beispiellose Vitalität vorwiegend in die Entstehung des vorangegangenen und verlorenen Krieges investiert, selber aber keinen Tag mitgekämpft hatte und dessen Werk, die zweitstärkste Schlachtflotte der Welt nicht nur, sondern der Weltgeschichte, nahezu ausnahmslos als Gefangene im Hafen des siegreichen Gegners durch Selbstversenkung von der Bühne des Geschehens wieder verschwand.

Auf einem Schiff dieses Namens zu fahren, das kann ja Matrosen wenig ermutigen! Denn wenn Namen überhaupt einen Wert haben: welchen sonst als den eines Symbols? Tirpitz, dieser Name aber bürgte allein für Herausforderung ohne politischen Blick; für energiegeballtes Versagen; und für Zuschauerei zu einer Zeit, während alle anderen Landsleute kämpften ... er jedoch als gekränkter Frührentner Hetzreden hielt, die nicht zuletzt es bewirkt haben, daß mit der prahlerischen Proklamierung des uneingeschränkten U-Boot-Krieges 1917 auch die USA noch dem deutschen Kaiserreich Krieg erklärten, ohne daß es des Kaisers U-Booten geglückt wäre, auch nur einen einzigen der zahllosen amerikanischen Truppentransporter nach Frankreich zu versenken ...

Zwanzig Jahre später, 1937, sah der Berliner Student Hartlaub – wie jeder Intelligente, dessen Verstand nicht vom Gefühl regiert wurde: das war bei den intelligenten Nazis der Fall – schon Zunder aufgehäuft für »drei Weltkriege«.

Jedoch der sechzehn Jahre ältere Reichsminister, der sich im Gegensatz zu allen nicht prominenten Deutschen, über die er längst die Auslandsnachrichten-Sperre verhängt hat, jede politische Information zugänglich machen konnte, und die hat er natürlich gehabt – führt sich auf, als wolle er die Verszeile Erich Kästners bestätigen: »Wem Gott ein Amt schenkt, raubt er den Verstand!«

Goebbels, der »natürlich« die Bücher auch dieses Dichters von der Berliner Universität auf einem Scheiterhaufen hatte verbrennen lassen, ist zwar während seiner ihm von Hitler verordneten Griechenland-Reise wieder fähig, ein Buch zu lesen, was in Berlin höchst selten vorkommt, wie sein Journal bestätigt. Doch wird er sehr schnell, trotz der Lektüre, rückfällig und die Beute jener inhumanen Parolen, die er deshalb den Menschen so überzeugend einreden kann, weil seine eigenen Reden, von denen er selber sagt, daß sie ihn »aufladen«, auch ihn zur Überzeugung gebracht haben: erst die Begeisterungs-»Stürme« seiner Hörer machten ihn selbst glauben, was er sie hatte glauben machen wollen, ohne es schon vorher zu glauben! Doch selbst auf Rhodos und durchaus empfänglich für die Eindrücke aus der antiken Welt, kommt er nur viertelstundenkurz los von seines Herrn kriminellen und kranken »Ideen«. Er notiert nach einer »Rundfahrt in einem Pferdewagen durch die Stadt: Ein modernes Viertel, das in der Hauptsache vom Faschismus angelegt ist. Ein jüdisches Viertel, ärmlich und stinkend vor Unrat und Schmutz. Pfui Teufel! Ein türkisches Viertel, auch nicht viel besser. Das sind also auch Menschen, die hier leben. Es gibt aber Herrenvölker ...« Dann liest er ein Buch, das sogar ihn wieder zu humanisieren vermag, vorübergehend: »Ich lese mit großer Melancholie Somerset Maughams ›Des Menschen Hörigkeit‹ zu Ende. Ein ans Herz greifender Pessimismus, großartig gekonnt und glänzend gestaltet.« Und man könnte ja auch wieder für ihn hoffen, da er auf Rhodos sogar Juden noch als Menschen gelten ließ. Doch noch im gleichen Jahr, am 2. November 1939 hat der Sieg über Polen binnen achtzehn Tagen die letzten Hemmungen in ihm weggerissen; er notiert im Warschauer Ghetto: »Das sind keine Menschen mehr, das sind Tiere.« So völlig hat er vergessen, daß die kleinstbürgerliche Armut und die ihn im Eltern-Reihenhäuschen isolierende jahrelange Arbeitslosigkeit auch ihn nahezu in ein Ghetto verbannt hatte!

Dagegen schreibt Hartlaub bei der Betrachtung Berliner Juden, die dort bis Kriegsbeginn den meist vergeblichen Versuch machen, ausländischen Reisebüros und Botschaften die Erlaubnis zur Einwanderung abzutrotzen, als ahnten sie bereits, daß sie samt ihren Familien ausnahmslos ermordet werden, wenn sie bis Kriegsbeginn das Visum ins Ausland nicht erhalten haben: »... glaube ich durchaus, daß Leid addiert werden kann. Wer Phantasie besitzt und als Historiker, als Schriftstellernder bemüht ist, ist verpflichtet, das fremde Leid an sich zu ziehen.«

Wie über denen, die vergebens noch auszuwandern versuchen, ist auch über ihm, der als Sechsundzwanzigjähriger sofort eingezogen wird, mit Kriegsbeginn die Falltüre zugeschlagen. Als Soldat in einer Sperrballon-Einheit notiert er sogar in dem mit Deutschland verbündeten und vorerst von Kampf noch verschonten Rumänien, in Ploesti: »Schlimm ist die Borniertheit der meisten Kameraden, die für das Hiesige nur die Rubrik ›Zigeunerwirtschaft‹ besitzen und die völlig unwahrscheinliche Fühllosigkeit gegenüber den Urgestalten menschlichen Elends, die hier Legion sind.« Über die Polen schreibt er ein halbes Jahr, nachdem Warschau kapitulieren mußte: »Das ganze alttestamentarische Unglück dieses Volkes ist das einzige, was mich an diesem Krieg bisher wirklich ergriffen hat.« Er hatte von Soldaten der Leibstandarte gehört: »Wenn ein Dorf hartnäckig Widerstand leistete, fuhren die Panzersoldaten mit ihren schweren Tanks gegen die Ecken der Häuser; die Lehmwände fielen zusammen, das Innere mit den kämpfenden Bewohnern, Männern, Frauen und Kindern lag bloß. Sie konnten nicht mehr heraus und wurden in aller Ruhe niedergemäht. Wenn in der Nähe des Dorfes ein Kamerad verstümmelt aufgefunden wurde, befolgten die Panzersoldaten unter anderem dieses Verfahren: die schweren Stahltrossen, die der Panzer mit sich führt, wurden rausgeholt, hinten fest gemacht und dann um dreißig bis vierzig Dorfbewohner alles durcheinander – herumgeschlungen. Darauf brausten die Panzer mit ›Caracho‹ ab, mit ihrem Anhang; von dem blieb nach kurzer Strecke ›nicht ein Faz‹ übrig. Oder: die Dorfbewohner mußten ein Loch graben – ein Granattrichter tat sich auf –, wurden dann hineingetrieben. Dazu kam dann eine geballte Ladung, abgezogen, hineingeworfen« …

Das schreibt ein Soldat. Aber der Reichsminister sieht Polen so, als er etwa fünf Wochen nach Hitlers Siegesparade in Warschau, diese »Hölle«, wie er sie nennt, besichtigt: »Unsere Bomben und Granaten haben ganze Arbeit getan. Kein Haus ist unversehrt. Die Bevölkerung ist stumpf und schattenhaft.« Diese Zeilen könnten wortwörtlich sechs Jahre später in Berlin von einem Reisenden durch die ehemalige Hauptstadt des von diesem Minister mitregierten Reiches hingeschrieben worden sein, doch die folgenden kaum: die sind schon unverwechselbar von

Goebbels: »Wie Insekten schleichen die Menschen durch die Straßen. Es ist widerlich und kaum zu beschreiben. Auf der Zitadelle. Hier ist alles zerstört. Kein Stein mehr auf dem anderen. Hier hat der polnische Nationalismus seine Leidensjahre durchlebt. Wir müssen ihn vollkommen ausrotten, oder er wird sich eines Tages wieder erheben ... Besuch im Schloß Belvedere. Hier hat Polens Marschall gelebt und gearbeitet. Sein Sterbezimmer und das Bett, in dem er starb. Man kann hier lernen, wessen man sich zu versehen hat, wenn man der polnischen Intelligenz freie Entfaltungsmöglichkeiten gibt ... Fahrt durch das Ghetto. Wir steigen aus und besichtigen alles eingehend. Es ist unbeschreiblich. Das sind keine Menschen mehr, das sind Tiere. Das ist deshalb auch keine humanitäre, sondern eine chirurgische Aufgabe. Man muß hier Schnitte tun, und zwar ganz radikale. Sonst geht Europa einmal an der jüdischen Krankheit zugrunde. Fahrt über polnische Straßen. Das ist schon Asien. Wir werden viel zu tuen haben, um dieses Gebiet zu germanisieren.«

Einen Tag später berichtet er Hitler: »Ich gebe ihm Bericht über meine Polenreise ... Vor allem meine Darlegung des Judenproblems findet seine volle Zustimmung. Der Jude ist ein Abfallprodukt. Mehr eine klinische (?) als eine soziale Angelegenheit ... Frage: sollen wir die Bilder von den Zerstörungen von Warschau freigeben? Vorteile und Nachteile. Vorteil der Schockwirkung. Der Führer will die Bilder erst selber sehen. Das Pilsudski-Museum läßt der Führer auf meinen Vorschlag schließen. Es könnte sonst ein Zentralpunkt polnischer Hoffnungen werden.«

Dies lesen, heißt darüber staunen, daß noch immer Historiker sich finden, die der Auffassung sind, die in Casablanca 1943 von den Alliierten erhobene Forderung nach bedingungsloser Kapitulation der Nazis sei vermeidbar gewesen oder gar ein Fehler! Abgesehen davon, daß Roosevelt und Churchill gezwungen waren, dieses Kriegsziel zu formulieren, um auch Stalin darauf festzulegen und daran zu hindern, einen (angedrohten) Separatfrieden mit Hitler zu schließen: wie hätte man mit Menschen wie diesem Tagebuchschreiber und leidenschaftlichen Ausrotter Goebbels über Frieden sprechen können? Denn so viele und immer unbekannte Menschen im Reiche Hitlers auch so dachten und fühlten wie der Soldat Hartlaub: sie wurden, sofern sie dem Laut gaben, ausnahmslos enthauptet oder gehängt oder erschossen … Hitler, der so wenig ein Deutscher war wie Napoleon ein Franzose, hat zwar »seine« Deutschen besser behandelt als andere Völker, doch nur »seine« … Nicht jeder war »seiner«.

3 Zwielicht

> »Der Personenkreis der Täter ist ... offenbar nur durch Zufall und Gelegenheit begrenzt. Die Frauen, die mit Kriegsgefangenen in Beziehung treten, kommen durch ihre Arbeit in der Landwirtschaft oder Fabrik mit ihnen in dauernd enge Berührung. Es handelt sich dabei keineswegs nur um sittlich gelockerte Frauen, wenn diese auch den größeren Anteil stellen mögen. Unter den Angeklagten finden sich sowohl völlig unbescholtene bestbeleumundete Bauernmädchen aus guten Familien, die vordem noch nie Verkehr gehabt haben; Frauen von Soldaten, die z. T. jahrelang in glücklichster Ehe gelebt haben, darunter Frauen mit mehreren Kindern. Sobald Franzosen in anderen gehobeneren Stellungen tätig werden, treten auch Stenotypistinnen, Haushälterinnen, Gutssekretärinnen und Angehörige der Intelligenz als Angeklagte auf. Inwieweit eine volle *Erfassung und Verfolgung der Täter* gelingt, kann nach den Meldungen nicht übersehen werden ... Auch hat es den Anschein, als würden die Kriegsgefangenen und auch die Frauen im Laufe der Verbindung immer unbekümmerter, so daß mit der Zeit und sei es auch nur aufgrund gehässiger Anzeigen, eine Aufdeckung erfolgt.«
>
> *Der Chef der Sicherheitspolizei und des SD.*
> *Berlin, 13. 12. 1943*

Zwielichtig: sagt das jemand über einen Menschen, so ist der als fast schon gefährlich charakterisiert, mindestens als undurchschaubar. Zwielicht aber ist jeden Abend in jeder Wohnung, ist sogar zwischen jenen Menschen, die draußen einander begegnen. »Hüte dich, bleib wach und munter!« mahnt ein Dichter, wo in der Dämmerung schaurig sich die Bäume rühren. Und fügt hinzu: »Hast ein Reh du lieb vor andern, laß es nicht alleine grasen.«

Doch wie kann jemand achtgeben auf jene, die er liebt vor andern – sie auch nur schützen vor einem Freund? Denn auch von dem wird gesagt: »Trau ihm nicht zu dieser Stunde!«

Daß die halbe oder ganze Stunde des Zwielichts uns seelisch anfälliger macht, gewissenloser wie gewissenhafter, als andere Tageszeiten; oft schutzlos: wer wüßte, welcher Rhythmus in den

Tiefen unserer Körperlichkeit das bewirkt? Zwielicht ist auch um die Augenblicke – mehr als Augenblicke sind das nie – des Tagträumens, einfach deshalb, weil zu dieser Stunde mit der ersten Entspannung am Tage die erste Enthemmung kommt, Wörter sich losreißen aus dem Sprechenden, nicht mehr zurückzunehmende, die der nie sprechen wollte – doch sein Gegenüber ist auch empfänglicher dafür als zu jeder anderen Zeit des Tages … Und der Krieg, weil er mehr Menschen trennt und für länger als alles andere, leistet am stärksten Vorschub zum Verrat.

Pauline, wie stets, wenn sie die Ladentüre zugeschlossen hatte und Malzkaffee trank, nahm ihren Sohn auf den Schoß. Das war sein großer »Einsatz«, erwartet den ganzen, langen Tag, bevor Licht gemacht wurde und Mutter ihn auf die Knie holte und allein war mit ihm, in dem fast dunklen zimmerkleinen, vor den Kunden endlich verschlossenen Laden, während draußen vor den Fenstern noch Zwielicht war: die für Liebe wie für Verrat bevorzugte Beleuchtung!

Doch heute – nicht nur heute – war Stani dabei. Zwar hatte der Pole den brötchenblonden Herbert mit dem, was er als Geschenke auftreiben konnte, schon halb für sich gewonnen: mit Schiffchen, mit Helmen und Flugzeugen aus Zeitungspapier; mit einem Hufeisen; mit einer »Flitsche« (einer Holzgabel mit Gummiband und Papierkügelchen), mit der Herbert Spatzen und Hühner beschießen konnte; und sogar mit einer nicht funktionierenden Flöte aus Weidenholz. Und Herbert wußte, daß Stani jetzt sogar an einer Trommel für ihn bastelte, deren »Kalbfell« Kaninchenhaut war. (Ein geschickterer polnischer Mitgefangener würde die Flöte benutzbar schnitzen.) Dennoch sah Herbert kalt auf Stani, den Störenfried. Selbst das Gelächter, das beide miteinander hatten, so oft Herbert auf den Knien des Polen »ritt« und »in den Graben« fiel, vermochte seinen Groll gegen den Besucher nicht zu besänftigen, der ihm nun schon beinahe an jedem Abend die Knutsch-Minuten mit der Mama durch Anwesenheit verdarb. Denn jetzt, wie immer, wenn Stani da war – der Pole hieß Stasiek, doch jeder sagte Stani –, redete Mama mit dem Mann, während sie früher um diese Zeit zum erstenmal seit dem Mittagessen allein mit Herbert gesprochen oder auch mit ihm geschwiegen hatte: sie drückte ihn an sich, dann wiegte sie ihn, was fast so gut war wie ihr Geruch, den der Sohn genoß – sofern sie allein waren. Denn nur was einem allein gehört, gehört einem ganz: das konnte der Junge noch nicht denken, doch sagen konnte er und sagte das mit Trotz: »Der Stani soll weggehen!«

Pauline vermahnte ihn: »Was red'ste da?«

Das Kind schwieg und drückte sich noch fester an die Mutter. Die sagte: »Der Stani ist doch dein Freund!«

Das gestand der Junge mit nur einem Wort zu: »Aber der Stani soll weggehen!« Der Pole lächelte schief, Pauline sagte leise: »Hören Sie, Stani?« Sie war nicht nur ernst, sondern bedrückt: »Kinder und Narren – sagt ihr das in Polen auch? – sprechen die Wahrheit! Du darfst nie wieder wie heute mittag –« Und sie brach ab und sah weg. Doch ihm genügte, daß sie zum erstenmal ihn duzte, und darauf hatte er auch einen Anspruch nach dem, was heute zwei Minuten lang im Keller geschehen war –

Herbert – natürlich – wußte nichts und wußte doch alles: daß eine neue Intimität die beiden wie ein Raum ein- und ihn ausschloß. Die Mutter roch heute noch wunderbarer als sonst, und wäre der verdammte Mann da nicht gewesen, so hätte Herbert fast vergessen können, daß ja sein Schwesterchen auch noch da war – und nie wieder wegging! Als Schnee lag, hatte der Storch es hier eingeschleppt, und daß dann der Weihnachtsmann einen Schlitten gebracht hatte, war auch kein Ersatz gewesen für den Verlust der Mutter: fast ganz hatte er sie damals an die Schwester verloren und nur langsam gewann er sie zurück, seit die Kleine da im Korb so viel schlief. Laufen konnte sie Gott sei Dank noch nicht, dachte er, obgleich sie schon Beine hat. Und weil sie auch noch nicht sprechen konnte, so schlich Herbert, wenn Mutter im Laden war, zuweilen zur Schwester hin, um sie so garstig wie möglich an den Haaren zu reißen –

Schon wieder sprach Mutter zu dem Mann, statt zu ihm, ja schlimmer: *ihn* schickte sie weg, indem sie sagte: »Geh, guck, ob die Hasen noch Möhren haben!« Und Stani rief ihm nach: »Laß dich nicht wieder in den Finger beißen!« Herbert hatte im Laden zwei Hände voll Möhren gegriffen, jetzt kam er zurück und lief durch die Küche in den Hof, der nur ein Höfchen war, grade groß genug, einen Teppich dort auszuklopfen. Pauline stand auf, sobald das Kind aus der Küche war, um hinter ihm die Tür zuzumachen; und sofort stand auch der Pole auf, die Küche war noch kleiner als der Laden, so standen sie eng beieinander. Das war der Grund, weshalb sie rasch sagte und ihn wieder siezte, ein Schutzmechanismus: »Und gehen Sie jetzt auch, Stani – drüben die warten auf Sie mit dem Abendbrot.«

Drüben, das hieß: der Kohlenhändler Melchior, dem das Nachbargrundstück gehörte und bei dem der Pole als Kutscher und Kohlenträger arbeitete. Sie war am Herd, er ihr so nahe, daß sie im Nacken seinen Atem spürte, seine Atemstöße. Und wieder waren seine schweren heißen Hände auf ihren Hüften. Sie stieß hervor, während sie jedoch den Kopf senkte, seinen wühlenden Kuß im Genick: »Ich hab so Angst um dich!«

Sie hatte sich ihm entzogen, sich herumgedreht, beide konnten nicht reden, so wie jetzt ihr Atmen drängte, er trat einen Schritt zurück, lächelte ohne Leichtsinn und nahm ihren Einwand auf: »Angst – nur um mich?«

Sie hielt, ohne darin zu rühren, eine Schüssel und einen Holzlöffel vor ihrem Kittel: »Um uns beide – die führen uns beide ab! Ich komme nie mehr in den Keller, wenn du da unten Kisten abstellst. Wirklich, du mußt jetzt gehen!« Und wieder ergriff sie, so daß sie sich fast für ihn schämte, der gleichsam sich duckende Ghetto-Blick des Gefangenen, des Eingeschüchterten, als er – gehorsam schon die Türklinke in der Hand – hervorstieß: »Bitte bitte, lassen Sie mich kommen ... heute nacht!« Und da sie ihn anstarrte, als sei er verrückt, wollte er sofort ihren Widerspruch wegreden und drängte hervor: »Niemand sieht mich, Frau Pauline – niemand, ich komme über die Mauer, der Hof ist ganz dunkel, alle schlafen ganz laut ... immer – ja«, er suchte nach dem Wort: »... das Schnorcheln, ich werde wach, wie alle schnorcheln im Haus!«

Sie lachte und korrigierte: »Schnarchen – schnarchen, sagen wir.«

Unvermittelt sagte er ihr ins lachende Gesicht: »Du bist schön, du –« Und seine Stimme war blockiert, und sie sah, wie Gier und Hoffnungslosigkeit zugleich ihn verzerrten. Und sie widersprach, weil sich das so gehört: »Schön – ich? Deine Mutter, beinah, könnt ich sein, fünfzehn Jahre bin ich älter als du!«

»Meine Mutter ist auch sehr schön«, antwortete er. Was Pauline gesagt hatte, schien ihm das Gegenteil eines Einwands. Und nun kam sein großes Geständnis: »Bei Melchior nebenan bin ich nur wegen – dir!«

Wegen mir? – dachte sie; es versetzte ihr einen Stoß in der Tiefe, daß der große Junge sie schön fand; daß er die furchtbare Unvorsichtigkeit aufbrachte, ihr das zu sagen, empfand sie schon nicht mehr.

Stani war zuerst dem Milchhändler im Dorfe zukommandiert gewesen. Der hatte Stani in eine feine weiße Leinenjacke gesteckt und ihn mit dem Einspänner und seinem sanften, armee-untauglichen Braunen, der nur noch ein Auge hatte, von Haus zu Haus kutschieren lassen, damit Stani die rationierte Milch ausschenke und kassiere. Stani erläuterte jetzt Pauline, erleichtert, daß er sein Geständnis sachlich bemänteln konnte: »Ich habe den Streit extra gemacht mit meinem ersten Chef, extra den Streit gemacht, daß er froh war, mich loswerden – weil ich wußte, der Kohlenhändler sucht einen zweiten Gefangenen. Und wußte, der nimmt mich gern, weil mein Freund bei ihm arbeitet und ihm sagte, ich bin – stark für Kohlensäcke!«

Pauline entgegnete, um abzulenken von seinem Geständnis: »Aber Kohlen sind dreckig, Milch ist sauber; Kohlen sind schwer, Milch ist leicht: warum bist du nicht Milchkutscher geblieben?«

Nun mußte er es doch direkt sagen: »Dirwegen. Nur dirwegen!«

Wieder suchte sie das zu überhören: »Und das war doch gefährlich, extra Streit anfangen mit dem Milchhändler. Polen, die Streit machen mit Deutschen, werden abgeführt!« Und um es noch einmal zu hören, sagte sie trotzig: »Warum hast du Streit gemacht?«

Er sagte einfach: »Weil immer, Pauline, ich dich schön fand – immer! Jeden Tag wenn ich dir Milch brachte. Und immer wußte, ich kann nie, nie zu dir, wenn ich wohne beim Milchmann an Ende von Dorf, wo wir doch um neun müssen zu Haus sein. Melchior sind deine Haus an Haus Gebauten, ich mußte zu nächstes Haus, in nächstes Haus von dir wohnen, wenn ich wollte zu dir, Pauline!« Sie war gerührt, bemüht, das nicht zu zeigen. »Und hattest du keine Angst, wenn du nebenan arbeitest, daß du dann auch mal mit einem Sarg losfahren mußt?«

Er verstand sie nicht: »Sarg?«

Sie übersetzte: »Nun – eine Kiste für einen Toten, dein neuer Chef ist doch der Totenkutscher im Dorf. Wenn der Herr Melchior nun auch noch Soldat werden muß oder krank ist: mußt du die Leichen zum Totenacker fahren!«

Zasada lachte, winkte ab: »Wer denkt an einen – wie? Sarg! – wenn er an dich denkt, Pauline?«

Auch sie lächelte, doch bei weitem überwog in ihr die Angst jetzt die Freude: nichts, was dieser – dieser »Junge da« wollte – wollte sie; aber daß sie erschrak bis zur Sprachlosigkeit kündigte ihr an, daß sie seinem Drängen und Treiben nicht widerstehen könnte – doch, könnte schon. Was war leichter als nachts die Tür abzuschließen, so wie bisher? Dieses Eingeständnis brachte sie derart auf gegen *sich*, daß sie es *ihm* übelnahm! Schroff wie nie fuhr sie ihn an: »Ich will das nicht, ich habe einen guten Mann – geh, Stani!«

Ihr Ton riet ihm, sie wieder zu siezen: »Reden – *nur sprechen*, bitte mit Ihnen Pauline. Wozu lebe ich sonst – fünf Uhr oder sechs aufstehen und arbeiten bis abends, und um zehn sollen wir in die Zimmern sein, wozu! Es ist nur Leben – wenn ich mit Ihnen sprechen darf.«

Pauline sagte: »Wir sprechen ja jetzt. Setz dich dahin, aber wenn du nachts kommst, dann – das geht nicht. Man sieht dir ja schon bei Tage an, wie du mich anguckst, eigentlich darfst du nicht mal bei Tage mehr kommen –«

Sie strich, als sie das sagte, über sein Haar, das hart, kurz und blond wie ein Stoppelfeld war, doch dichter. Mühelos auf deutsch, trotzig, doch ohne Leichtsinn sagte er: »Darf jeder sehen, Herr Melchior hat das erlaubt, daß ich nach der Arbeit noch komme zu Ihnen und Holz hacke und die leeren Obst- und Gemüsekisten aus dem Haus trage und die vollen in den Laden und die Kartoffelsäcke ... und auch daß ich sonntags das Hemd anziehe, das Sie mir geschenkt haben, Frau Krop, und sogar die Halsbinde.«

»Den Schlips«, verbesserte Pauline. Rasch fügte sie an: »Du weißt, wer abends oft hier ist, um mir die Bücher zu machen – sie ist anständig, ich halte sie für meine Freundin, aber sie hat auch keinen Mann daheim, und wie sie mich anguckt, wenn du noch hier bist, nach Ladenschluß, das gefällt mir nicht. Die ist oft lange abends hier, weil sie ja auch zu Hause nur allein säße ... also gib acht, daß du!« Sie brach ab, denn seine Stirn, wie er da saß vor ihr, war in der Höhe ihres Beckens; er preßte seinen Kopf in ihren Kittel, der nach dem roch, was sie verkaufte, nach Reifem, Frischem, Vollem, nach Obst, nach Blumen, Gemüse, und er roch auch nach ihr, die an einem Sommertag zwölf Stunden schwer gearbeitet hatte. Vom Fenster konnte niemand sie sehen, der Laden war verschlossen; aber wie Herbert in das – ebenfalls nur zimmergroße – Höfchen gerannt war, so konnte er gleich auch zurückkommen und deshalb – vielleicht nur deshalb – riß sie sich los, als Stani ihre kalten, glatten Kniekehlen gepackt hatte, daß ihnen beiden schwindelte. »Steh sofort auf«, stieß sie hervor, ihr Handrücken glitt über die Stirn, aus der sie Haar zurückschob, dann sagte sie dumpf: »Wie wird das enden – willst du, daß mir's ergeht wie der Frau Lindner? Soll ich mich aufhängen zuletzt!«

Er schluckte, er konnte noch nicht sprechen; wie er wieder da saß, alles Blut war ihm ins Zentrum geschossen, zog er ein Knie hoch und umschloß es mit beiden Händen, damit sie nicht sähe, wie ihm die Spannung zusetzte. Was hatte sie auch schon an unter ihrem Leinenkittel!

Er wiederholte, Verlegenheitsgerede ohne Ergebnis, was sie beide wie alle in allen Dörfern ringsum in diesen Tagen erörterten: »Niemand konnte wissen, daß ihr das Kind der Pole gemacht hat!«

Schweigen. Es war zwecklos, Vermutungen zu wiederholen: hatte man den Polen schon umgebracht? Sicher nicht, denn das wäre am Tatort geschehen, öffentlich. Aber wo war er – und hatte ein Geständnis der Frau dazu geführt, ihn wegzuholen? Pauline dachte: die Arme, sie hat die Nerven verloren und gequatscht. Und weil Pauline jetzt wieder die zwei Fotos vor Augen hatte, die ihr Mann – mit vielen anderen Fotos – aus Holland auch heimgeschickt hatte, zwischen Delfter Kuchen und Kleiderstoff und Kinderspielzeug, und die ihn mit einer Holländerin zeigten, die er, beide nur in Badezeug, ins Meer trug; das

Weib, auf seinen Schultern reitend, beide lachend, als kämen sie aus dem Bett – weil Pauline sich erneut über diese zwei Bilder ärgerte, war sie besonders vor Stasiek auf der Hut, denn sie wußte: diese zwei Fotos, die sie nicht tragisch genommen, ja, fast schon vergessen hatte, drängten sich jetzt als Alibi in ihr Bewußtsein. »Ein fast nackertes Weib und selber fast nackt sogar schon auf Fotos«: was war da mit Sicherheit noch alles geschehen, ohne fotografiert zu werden! In Wut und Rührung sagte sie unvermittelt: »Stani – ich kann dir nicht helfen, obwohl ich dich so gut verstehe, dir auch so dankbar bin; zehn Zentner Pfirsiche, zehn Zentner! – hast du heute geschleppt, weißt du das? Und bis auf vielleicht fuffzig Pfund sind die schon alle, so ein Geschäft hab ich überhaupt mein Lebtag noch nicht gemacht! Geld darf ich dir ja keins geben, aber du weißt, wo's liegt und was du brauchst, wenn du heimwillst damit, das nimm dir! Nie würde ich einem Menschen sprechen, daß mir welches fehlt. Und wo die Anzüge von meinem Mann hängen, das weißt du auch und Namen sind keine reingenäht – nimm dir einen und mach, daß du zu deiner Mutter kommst, Junge, sonst holt uns der Teufel!« Und sie küßte ihn rasch – doch rascher als sie sich wieder dem Herd zuwenden konnte, griff er sie; sie taumelte gegen ihn, unfähig, sich loszumachen, denn ihr war, als sei damit »das Problem« behoben, daß er stammelte: »Heute – einmal. Nur heute! Dann hau ich ab, aber nicht nach Polen.«

Herbert kam aus dem Hof, Stani sagte, während Pauline auf dem Herd irgend etwas herumschob, um ihre zitternden Hände zu beruhigen: »Aber nicht heim – ich erreiche nicht bis nach Polen, ich sehe ja aus wie einer von Deutschland, und in Eisenbahn sind die Soldaten-Polizisten mit silberne Schildern an Halsketten, jeder sieht mich nach, ob ich bin deutscher Deserteur!«

Sie murmelte, ohne sich umzudrehen, über den Kochtöpfen auf dem hochbeinigen alten schwarzen, gußeisernen Holz- und Kohlenherd: »Schweiz also?«

Er: »Unmöglich, die liefern aus!« Und dann, mit Blick auf Herbert: »Elsaß, Vichy-Frankreich, da bringen einen welche nach England. Herbert, hol mir die Flöte, ich geben sie Kamerad, der das kann richtig messern, reparieren sie, daß sie flötet! Hol sie –«

Herbert sagte trotzig: »Ich will nicht flöten!«

Stasiek drängte: »Hol sie. Wenn du nicht willst Flöte, ich geb sie Max nebenan, der freut sich!« Zu Herberts Mutter sagte er: »Viel überlegen. Zum Beispiel: kann man riskieren mit Roß? Ich reite schnell, aber nie, noch nie hab ich Mann auf Roß gesehen in Deutschland – niemand reitet, wieso niemand hier reitet, Pauline?«

Sie sagte: »Wer reiten kann, ist jetzt Soldat. Reitpferde haben die auch alle eingezogen. Alte Männer, die daheim sind, die reiten nicht. Ein Pferd kann dich nur verraten!«

Stasiek nickte und schwieg. Die unerhörten Risiken einer Flucht – mindestens Einweisung in ein KZ zur »Vernichtung durch Arbeit«, vermutlich aber sofortige Erhängung, wenn man ihn schnappte – kannte er gar nicht, ahnte er nur; dennoch trieb ihn nichts fort; nach Polen zu gehen, wäre Selbstmord auch dann gewesen, wäre er bis dorthin gekommen: immer hätte er dort versteckt leben müssen, seine Eltern in Todesgefahr gebracht; Partisanen gab es da 1940 noch nicht, zu denen er hätte gehen können. Nach England war es sehr weit, doch immerhin: möglich war es wohl, aus Vichy-Frankreich, das die Deutschen (noch) nicht besetzt hatten, bis Spanien oder Nordafrika geschleust zu werden. Doch, ohne daß er sich das selber eingestand, hielt ihn diese Frau! Zuerst, vor vielen Monaten – es war für ihn der »Blitzschlag« –, hatte er sich an ihren harten, runden, braunen Oberarmen wundgesehen, als Pauline im Frühjahr zum erstenmal seit dem Winter mit einem ärmellosen Kleid vor der Haustür die Milchkanne entgegengenommen hatte; wunderbarerweise war trotz des Winters ihre Haut noch holzfarbig gelbbraun, nicht weiß. Auch noch hochgehoben hatte sie einen Arm, um ihre Frisur festzumachen – und hatte so den großen, sehr dunklen und dichten Achselwald Stasieks ausgehungertem Blick fast kußnah in roher Ahnungslosigkeit hingehalten. Das zuerst hatte ihn qualvoll aufgewühlt zu todtraurigen Ein-Mann-Exzessen, nachts, jede Nacht – diese Achselhöhle war ihm der Urbegriff von allem, was ein Gefangener nicht hat! Heute im Keller zum erstenmal hatte er sie sich genommen, diese nackten Schultern, Oberarme, Achsel – eine Minute, zwei Minuten, er wußte es nicht, wußte nur, er würde den Verstand verlieren, verbrennen, wenn er davongejagt würde von dieser Frau. Doch das würde nicht – es wäre denn schon geschehen. In ihm war Jubel, die Gewißheit: sie hat nur Angst – doch sie mag mich.

Zu dieser Frau, nicht von ihr weg zu fliehen, war ihm jetzt jedes Risiko wert; so sagte er ohne Nachdruck, da es momentan für ihn keineswegs aktuell war: »Wie oft hab ich Flucht mit Roß mir vorgemalt, Melchiors Stute ist wunderbar reiten, ich reite sie sattellos ja immer auch in Fluß, wenn man dies wenige Wasser da unten Fluß nennen will. Und ich weiß aber, wo Melchior hat Sattel, ich kann ihm Sattel fortholen, ihn verstecken auf Wagen, wenn ich ins Holz fahre. Ins Holz fahre ich immer schon um vier und zuerst allein, Melchior nachkommt nie vor neun, manchmal mittags, manchmal nie nachkommt. An so ein Tag kann vielleicht erst abends nach fünfzehn Stunden gespürt werden, daß ich fort! Wagen in Wald stellen, ein Pferd an Baum binden zu grasen – und hoi!« er lachte, als jagte er bereits auf der Stute davon, »auf das andere Roß nach Elsaß! Aber leider«, seine Stimme sackte weg, ganz gedämpft fügte er an: »Jedes Kind, jedes Mensch auf jede Straße staunt mich nach, sie nur einmal sieht ein Reitroß. Jeder Polizist auch staunt nach ...« Er lachte leise. Ungeduldig gegenüber diesen zu nichts führenden Träumen sagte Pauline: »Dann mußt du dir das auch gar nicht vorstellen. Kein Pferd, ein Rad! Nimm mein's – nimm mein Rad!«

Er wehrte ab: »Nie, Pauline – nie. Bring Gefahr auf Sie. Wenn du mir Anzug gibst von Ihre Mann ist das *sehr* lieb. Auch Geld. Ja. Nicht auch noch Rad, nie! Rad finden ist sehr leicht, muß nicht haben von Ihnen.«

Die Kuckucksuhr, ein Hochzeitsgeschenk an die ins Markgräfler Wiesenthal hinabziehende Schwarzwälderin, schlug ruckartig siebenmal; Melchiors aßen um sieben – übrigens wie ausnahmslos alle im Dorfe, die einen Gefangenen als Arbeiter hatten, gemeinsam mit dem Gefangenen, obgleich das verboten war. Die erste der zahllosen Nazi-Vorschriften über das Verhalten gegenüber den Kriegsgefangenen lautete, daß kein Deutscher mit Ausländern am gleichen Tische essen dürfe. Jedermann hier im Dorf aber setzte sich darüber hinweg, ob Nazi oder nicht. Stani stand auf mit dem letzten Schlag, Herbert war auch wieder in der Küche und hatte wortlos Stani die Flöte gebracht.

Stani faßte den Kopf des Jungen und sagte, die Flöte mitnehmend: »Ist bald fertig«; dabei sah er Pauline an. »Gute Nacht«, sagte er, und da sie ungereizt freundlich war wie immer – zog er plötzlich den Schlüssel aus der Türe zum Hof und steckte ihn Pauline in die Kitteltasche; ehe sie Einspruch erheben konnte – sie hatte zu Herbert hingeschaut, doch der war beschäftigt –, sagte Stani: »Sonst – vielleicht aus Gewöhntheit – schließen Sie doch ab!«

»Nein!« – sagte sie. Und er war so rasch hinaus, daß ihr keine Zeit blieb, zu erklären, wie dieses Nein gemeint war.

4 Krankenblatt I: Geist der Zeiten

»Paranoia (griech.) Verrücktheit, eine als selbständige ›Wahnkrankheit‹ aufgefaßte Seelenstörung. Außer dem Wahn (Liebes-, Größen-, Verfolgungswahn) sind die Kranken oft in ihrer Persönlichkeit wohlerhalten. Der Wahn ist meist zu einem in sich logischen System ausgebaut und durch Gegeneinwände nicht zu entkräften.«

Lexikon Éditions Rencontre, Lausanne

Der Fisch stinkt zuerst am Kopf: so sagt der Volksmund; im Urfaust steht's gereimt:

»Was ihr den Geist der Zeiten heißt,
das ist im Grund der Herren eigner Geist.«

Einer der Herren dieser Zeit, und zwar der im Staate Hitlers damals noch zweitstärkste, war Ministerpräsident Generalfeldmarschall Hermann Göring, Beauftragter für den Vierjahresplan, Vorsitzender des Ministerrats für die Reichsverteidigung, wie 1940 ein sehr bescheidener Teil seiner Titel lautete; bezeichnender als alles andere ist für Göring, daß er zwar bis Kriegsende sich mit diesem weittönenden Titel: Vorsitzender des Ministerrats schmückte und ihn drucken ließ auf vermutlich mehr als hunderttausend Briefbogen und Befehlen – daß jedoch dieser Ministerrat nicht ein einziges Mal im Krieg zu einer Beratung zusammentrat ...

Am 8. März 1940 diktierte Göring die grundlegende Verordnung über die Behandlung jener Polen in Deutschland, die als Zivilisten, nicht als Kriegsgefangene zur Arbeit gekommen waren, teils freiwillig, teils zwangsdeportiert. Görings Verordnung umfaßte viele Seiten und war doch erst die Vorankündigung der ungezählten und ins einzelne greifenden Polizei-Verfügungen zur »Sicherstellung der einwandfreien Lebensführung« der Polen. Detaillierte Briefwechsel diskutierten zum Beispiel die Frage, ob einem Polen die Benutzung von Streichhölzern erlaubt werden könne oder gar eines Taschenmessers bei der Landarbeit.

Der unter Himmler und Heydrich wütende Gestapo-Chef Heinrich Müller mußte zum Beispiel am 6. Mai 1940 »an den Herrn Regierungspräsidenten in Potsdam« schreiben – was beweist, daß deutsche Zivilbeamte nicht weniger den Verstand verloren hatten als die hervorragendsten Nazis im Reich –, »das von dort vorgeschlagene Verbot des Besitzes und Mitführens von Streichhölzern und Taschenmessern für polnische Zivilarbeit halte ich nicht für durchführbar, da

a) Taschenmesser bei der Landarbeit häufig gebraucht werden,
b) das Verbot des Besitzes von Streichhölzern praktisch zu einem Rauchverbot erweitert werden müßte ... Es ist jedoch nicht beabsichtigt, den polnischen Arbeitern das Rauchen völlig zu verbieten ...«

Gestapo-Chef Müllers Brief füllt dann eine gedruckte Buchseite, Görings Verordnungen und ihre Ausführungsbestimmungen durch Himmler, Heydrich, Kaltenbrunner, Müller und ungezählte ihrer Unterlinge füllen viele dicke gedruckte Bücher, diskutieren zum Beispiel das »Problem«, ob ein Pole einen Gottesdienst besuchen dürfe, warum ihm Heiratsurlaub »grundsätzlich« nicht zustehe oder daß Kinder von Landarbeitern »als arbeitsfähig gelten, sobald sie das 12. Lebensjahr vollendet haben«. Auch wird erörtert und festgelegt, daß ein Pole, sogar ein freiwillig zur Arbeit ins Reich gekommener, kein Fahrrad benutzen dürfe ... »Anträgen auf Erteilung von Religionsunterricht oder Unterricht zur Vorbereitung auf die Beichte bzw. Kommunion für Kinder polnischer Zivilarbeiter ist ebenfalls grundsätzlich nicht stattzugeben«. Daß diese Kinder niemals eine Schule besuchen durften, »verstand« sich von selbst bei jenen, die den Verstand verloren hatten, jedoch den Krieg gewinnen wollten ...

Sogar diese Zivilisten aus Polen hatten laut Görings Verordnung »ein mit der Kleidung festverbundenes Kennzeichen zu tragen. Die Regelung erfolgt durch Polizeiverordnung.« Göring kündigte an, daß Parteigenosse Heinrich Himmler, der sogenannte »Reichsführer SS und Chef der Deutschen Polizei im Reichsministerium des Inneren ... die hierzu erforderlichen Rechts- und Verwaltungsvorschriften« erlassen werde.

Görings Erlaß sah ferner vor: »Beim Arbeitseinsatz von

Polen in den Städten, gewerblichen und industriellen und den großen landwirtschaftlichen Betrieben ist die geschlossene Unterbringung in besonderen Unterkünften, Schnitterkasernen weitgehendst anzustreben, so daß im wesentlichen nur in den kleineren landwirtschaftlichen Betrieben eine Einzelunterbringung den gegebenen Verhältnissen entsprechend zu erfolgen braucht … Mißständen muß dadurch entgegengetreten werden, daß den Polen durch Einschränkung der Bewegungsfreiheit klargemacht wird, daß sie lediglich zur Arbeitsleistung nach Deutschland gekommen sind … Die hierfür geeigneten Maßnahmen, wie unbedingter Aufenthaltszwang am Arbeitsort, verschärfte Meldepflicht, Einführung einer Sperrstunde, Einschränkung des Alkoholgenusses u. ä.m. sind unverzüglich zu treffen … Schon jetzt zeigt sich zum Beispiel, daß eine freie Benutzung öffentlicher Verkehrsmittel wie Eisenbahn, Omnibuslinie usw. dem eigenmächtigen Verlassen der Arbeitsplätze und einem unkontrollierbaren Umherschweifen der Polen im Reich förderlich ist und daher dringender Abstellung bedarf …«

Inkorrekt wurde »weitgehendst« statt weitestgehend damals in allen amtlichen Briefen geschrieben.

Ihre Rassen-Paranoia mit dem Über- und Untermenschen-Wahn legte den dafür Verantwortlichen die »Verpflichtung« auf, keinem »Delikt« größere Aufmerksamkeit zuzuwenden als dem »GV« – Geschlechtsverkehr – der »Fremdvölkischen« mit Deutschen: was zu Tonnen wiegendem Schrift-»Verkehr« führte, zur Möglichkeit, sich vor der Front zu drücken für zahllose Männer im wehrfähigen Alter und zu bis heute, 1978, noch ungezählten Hinrichtungen.

So hatte beispielsweise schon am 8. Januar 1940 der Chef der Sicherheitspolizei und des SD, Parteigenosse Reinhard Heydrich – ohne Komma, wie hier zitiert –, geschrieben, und zwar mit Aktenzeichen B Nr. IV 98/40, geheim aus Berlin, an »alle Staatspolizei(leit)stellen *nachrichtlich* an die höheren SS- und Polizeiführer Inspekteure der Sicherheitspolizei und des SD Kripostellen SD Abschnitte«: »Gemäß einer am 6. 1. 40 zwischen mir und dem OKW getroffenen Vereinbarung werden in Zukunft jene polnischen Kriegsgefangenen, welche sich mit deutschen Frauen eingelassen haben, als Kriegsgefangene entlassen und der örtlich zuständigen Staatspolizei(leit)stelle überstellt. Die auf diesem Wege überstellten Kriegsgefangenen sind zunächst in Schutzhaft zu nehmen. Die Tatsache dieser Inschutznahme ist mit einer eingehenden Schilderung des Sachverhalts mittels FS ohne Verzug an mich zu berichten; weitere Weisung ist sodann abzuwarten, gez. Heydrich. Beglaubigt: Hellmuth, Verwaltungssekretärin.«

Diese sarkastisch »Inschutznahme« genannte »Überstellung« der Kriegsgefangenen aus den Lagern der Wehrmacht an die Polizei führte bei Polen und Russen und Serben immer, bei Franzosen aber nur anfangs ausnahmslos zur »Sonderbehandlung«, das heißt: zur Exekution. Erst vom 5. Juli 1941 an gab es sogar für Polen eine gewisse, an mehrere Voraussetzungen gebundene Chance, angezeigten GV mit einer Deutschen dann zu überstehen, wenn der Pole für »eindeutschungsfähig« befunden wurde. Davon später.

Das Wort »Sonderbehandlung« war bereits zwanzig Tage nach Kriegsbeginn, am 20. 9. 39 eindeutig definiert worden als das nunmehr übliche Tarnwort für Hinrichtung: »Im letzteren Falle handelt es sich um solche Sachverhalte, die hinsichtlich ihrer Verwerflichkeit, ihrer Gefährlichkeit oder ihrer propagandistischen Auswirkung geeignet sind, ohne Ansehung der Person durch rücksichtslosestes Vorgehen, nämlich durch *Exekution,* ausgemerzt zu werden.« Schon bevor Göring im Hinblick auf die geplante Heranziehung auch polnischer Zivilisten zur Arbeit in Deutschland seinen Erlaß diktierte, hatte Himmler am 31. 1. 40 sich auf eine für ihn ganz besonders bezeichnende Weise mit Kriegsgefangenen beschäftigt: »Deutsche Frauen und Mädchen, die mit Kriegsgefangenen in einer Weise Umgang pflegen, die das gesunde Volksempfinden gröblich verletzt, sind bis auf weiteres in Schutzhaft zu nehmen und für mindestens ein Jahr einem Konzentrationslager zuzuführen ... Beabsichtigen die Frauen und Mädchen eines Ortes, die betreffende Frau vor ihrer Überführung in ein Konzentrationslager öffentlich anzuprangern oder ihr die Haare abzuschneiden, so ist dies polizeilich nicht zu verhindern.«

Im deutschen Alltag sah das dann so aus, wie es hier aus Potsdam am 12. 12. 1940 ein Herr Dr. Husmann beschrieb, und zwar mit Briefkopf: Geheime Staatspolizei, Staatspolizeileitstelle B.-Nr. 6890/40 II E. Husmann berichtet über eine Achtzehnjährige, »z. Zt. in Berlin-Moabit in Haft«, daß »die Vorgenannte in Neumecklenburg, Krs. Friedeberg, im Oktober 1940 mit einem Volkspolen wiederholt den Geschlechtsverkehr ausgeübt hat, obwohl ihr das betreffende Verbot bekannt war, und sie keinen Zweifel daran hatte, daß es sich um einen Volkstumspolen handelte. Der Name des Polen ist hier nicht bekannt.« (Das kann nur heißen: das Mädchen verriet den Geliebten nicht.) Dr. Husmann schrieb weiter: »Nachdem der Vorfall in Nauen bekannt geworden ist, hat die Nauener Bevölkerung in Verbindung mit der Kreisleitung der NSDAP Selbsthilfemaßnahmen gegen die Riske getroffen. In den Nachmittagsstunden des 12. 11. 1940 wurde sie mit kahlgeschorenem Kopf und in Säcke gekleidet durch die Straßen Nauens geführt.

Sie trug eine Tafel mit Aufschrift: ›Ich bin ein verkommenes Subjekt, weil ich mich mit einem Polen eingelassen habe. Deshalb gehe ich ehrlos aus dieser Stadt ins Zuchthaus‹.«

Das war später zuweilen den Verantwortlichen selber nicht mehr plausibel. Am 15. 11. 43 schrieb der »Chef der Sicherheitspolizei« in einem mit Geheim!-Stempel bedruckten SD-Bericht zu Inlandfragen: »Einzelstimmen weisen auch darauf hin, daß es nicht im Interesse der deutschen Volkskraft gelegen sein könne, wenn etwa ein unbescholtenes Bauernmädchen in der Vollkraft seiner Jahre, das sich einmal bei dem Männermangel vergessen habe, ins Zuchthaus komme und dort verdorben und für das Leben aus der Bahn geworfen werde. Gerade in ländlichen Gegenden, in denen diese Schwierigkeiten sehr viel deutlicher zutage träten als in der Stadt, werde die strenge Bestrafung oft nicht verstanden. Eine Sonderstellung nehmen noch die Gebiete mit überwiegend katholischer Bevölkerung ein. Dort ist man unter dem Einfluß der Geistlichkeit geneigt, in dem katholischen Polen oder Franzosen den Glaubensgenossen zu sehen, dem man sich näher verbunden fühlt, als einem Menschen des eigenen Volkes, der sich nicht zur Kirche bekennt. Diese Einstellung wirkt auch stark auf die Einstellung der Frauen und Mädchen gegenüber den Kriegsgefangenen ein.«

Schon zwei Jahre bevor diese Feststellung getroffen wurde,

hatte Hitler persönlich die von Himmler 1940 gutgeheißene Terrorisierung deutscher Frauen und Mädchen durch Mitbewohnerinnen bei der Abführung ins Konzentrationslager verboten. Hitler wies Heydrich an, Himmlers Erlaß am 31. 10. 41 zurückzunehmen. Heydrich empfand zweifellos Genugtuung, seinen Chef Himmler vor allen zehn Dienststellen im Reich korrigieren zu dürfen, an die sich Himmlers Brief gerichtet hatte: den Staatspolizei-leit-stellen; den Kommandeuren der Sicherheitspolizei und des SD; dem Chef der Ordnungspolizei; den höheren SS- und Polizeiführern; den Amtschefs, Gruppenleitern und Referenten des Sicherheitshauptamtes; den Befehlshabern der Sicherheitspolizei und des SD; den Inspekteuren der Sicherheitspolizei und des SD; den SS- und Polizeiführern; den Kriminalpolizei-leit-stellen; den SD-Leit-Abschnitten.

Wir haben diese zehn verschiedenen *Sorten* von Polizei-Ämtern aufgereiht, ohne selber zu wissen, wie viele Ämter es jeweils von jeder dieser zehn Sorten gab, um anschaulich zu machen, wie fürchterlich engmaschig das Polizei-Netz war, das über Deutschland hing. Dieses Netz entschuldigt viel von dem, was die Untertanen unter ihm verübt und sich – und Fremden – gegenseitig zugefügt haben! Kein Bürger, der nicht zum Hund erniedrigt worden war; kein Hund, dem nicht ein Spürhund zur Seite lief ... Heydrich also gab am 31. Oktober Hitlers Widerruf der Verordnung Himmlers weiter: »Bei erwiesenem Geschlechtsverkehr mit Kriegsgefangenen sind vielfach ehrvergessene deutsche Frauen öffentlich angeprangert worden. Auf Befehl des Führers dürfen derartige Maßnahmen in Zukunft nicht mehr durchgeführt werden. Die Dienststellen der NSDAP haben von der Parteikanzlei entsprechende Anweisungen erhalten.«

Die also auch noch, die Dienststellen der Partei! Zum großen Glück der Alliierten wurden viele, viele hunderttausend wehrfähige deutsche Männer – komplette potentielle Armeekorps – im Reich und in den besetzten Gebieten damit beschäftigt, aufeinander und auf das eigene Volk aufzupassen und Zehntausende von Tonnen Papier mit Briefen wie den zitierten zu beschreiben. Heydrich hatte seinen Brief geschlossen: »Die mit Erlaß des Reichsführers SS und Chef der Deutschen Polizei v. 7. 5. 40, Abs.

IV. gegebene Anordnung, Anprangerungen polizeilich nicht zu verhindern, wird mit sofortiger Wirkung aufgehoben. Der Absatz IV des vorbezeichneten Erlasses ist zu streichen. Ich bitte, diese Anordnung allen Beamten bekanntzugeben.« Demnach hatte Himmler also auch am 7. Mai 40 noch einmal darüber geschrieben, während der von uns zitierte seiner Erlässe bereits Ende Januar versandt worden war ...

Schon damals also müssen deutsche Beamte es für eine ernsthafte Arbeit gehalten haben, wenn sie Briefe wie jenen schrieben oder diktierten oder lasen oder Unterlingen zur Beschäftigung weiterreichten; Oswald Spengler nannte die Partei Hitlers: »Die Organisation der Arbeitslosen durch die Arbeitsscheuen.« Und solche Briefe schrieben sie sogar noch, als immerhin – Ende Oktober 1941 – die Sowjet-Union im Bunde mit dem strengsten Winter seit hundert Jahren und mit einem noch völlig ungeschlagenen Großbritannien sich schon anschickte, Hitlers Heer vor Moskau kaputtzumachen ... Die Geisteskrankheit – ein Trost –, mit der Hitler und seine namhaftesten Bazillenträger die Nation infiziert hatten, und die vielleicht am genauesten als mordsüchtige Realitätsblindheit zu bezeichnen ist: ihn und die Seinen hatte sie am lähmendsten befallen! Denn daß Rassen-»Politik« jede Eroberungs-Politik wieder zunichte, weil sie die Unterworfenen zu Partisanen, statt zu neuen Untertanen macht: das *muß* Hitler gewußt haben!

Doch konnte dieses Wissen sich nicht durchsetzen gegen den ausgeprägtesten seiner Triebe: die Haß-Lust. Daß er intelligent war, auch Instinkt hatte, anfangs, für das, was außenpolitisch den Nachbarn zumutbar war – dann aber nicht mehr –, vermochte alles nicht, die Regungen seiner Massenmörder-Seele untenzuhalten.

Slawen ausrotten, doch slawische Territorien, die größer waren als das eigene Reich, annektieren wollen: daß Hitler schon allein mit dieser »Denk«-Weise alle seine Bemühungen vereitelte, den Krieg zu gewinnen – dieser Gedanke kam auch seinen höchstgestellten »Paladinen« nicht, obgleich wenigstens die Generalität hätte wissen müssen – und die Courage haben, ihm das zu sagen –, daß Rassen- und Eroberungspolitik einander ausschließen. Erfolgreiche Eroberer waren bemüht, die Töchter unterworfener Völker mit ihren Soldaten zu verheiraten. Hitler war bemüht, sie einzufangen »zur Vernichtung durch Arbeit«! Der Kaiser, als dessen Untertan Hitler 1889 zur Welt gekommen war, der Herrscher Österreichs, hatte König auch der Ungarn siebzig Jahre bis zu seinem Tode bleiben können, weil er die Ungarn nach ihrem Aufstand 1848 auf das brutalste mit russischer Waffenhilfe niederwarf – sie aber alsbald zu völlig gleichberechtigten Staatsbürgern wieder »erhob« und sogar Führer des Aufstands, die in Abwesenheit zum Tode verurteilt worden waren, dann amnestierte und – wie Julius Andrassy –, zum ungarischen Ministerpräsidenten ernannte, später auch zum k.u.k.-Außenminister, obgleich er ihn 1851 hatte – wie das hieß – »in effigie hängen« lassen …

Daß Hitler diese Elementarkenntnis jeder Eroberungspolitik ignorierte – denn natürlich kannte er sie –, wirft erneut die Frage auf, warum Gefühlsbindungen so unvergleichlich viel zäher und beherrschender sind als die praktische Vernunft und als sogar die Vorteilssucht. Es gibt da, wie auf alles Irrationale, keine Antwort. Hitler ließ von Urbeginn seinem Haß auf alles »Fremdvölkische« freien Lauf, vielleicht, weil er das Gefühl hatte, selber – ob berechtigt, ob nicht, macht da keinen Unterschied – kein »richtiger« Deutscher, kein reiner »Arier« zu sein. Und da dieser Haß auf das Fremde, auf Juden und Slawen, sein existentieller Motor war: so *konnte* Hitler ihn nicht unterdrücken, nicht einmal zugunsten seines Vorhabens, andersrassige Länder dem deutschen Reich einzuverleiben.

5 Der Mann denkt

»Die Hoffnung, daß der vernichtende Schlag gegen England unmittelbar bevorsteht, daß er gleichzeitig den allgemeinen Frieden zur Folge hat und daß dadurch ein zweiter Kriegswinter mit den Erschwernissen der Verdunkelung, Heizmittelbeschaffung usw. erspart bleibt, ist geringer geworden ... Verfehlungen gegen die Verbote des Verkehrs mit Kriegsgefangenen wurden bisher nur zwei bekannt. In Plankenfels hat der ledige Landwirt Klötzer einem französischen Kriegsgefangenen eine Zigarette und die Bäckersfrau Rödel französischen Kriegsgefangenen Schwarzbeersaft geschenkt. Strafanzeigen wurden an den Leiter der Amtsanwaltschaft bei dem Landgerichte Bayreuth abgegeben.«

Landrat Dr. Niedermayer, Ebermannstadt.
Monatsbericht v. 31. 8. und 2. 9. 1940.

– wenn ich einschlafe, das fehlte noch: mich ansagen bei ihr und es dann verschlafen, aber ich schlafe tatsächlich ein ... ich werde jetzt mit diesem verdammt lauten Wecker mitzählen, so oft der tickt ... Aber warum soll ich eigentlich nicht einschlafen – wach werde ich bestimmt, jede Nacht liege ich wach zwischen eins und drei, ungefähr; um endlich wieder normal durchschlafen zu können, riskiere ich's ja überhaupt! Nein, es ist kein Risiko mehr – ein Risiko war's, da heute im Keller *den* Griff zu tun. Daß jemanden »in der Hand haben« doch daher kommen muß – aber trotzdem die ganz andere Bedeutung hat, genau die umgekehrte – sonderbar: kommt vom Menschlichsten, das einer mit Händen greifen kann – und hat trotzdem diese üble Bedeutung angenommen! Und wie bereit sie da war für meine Hand, wie sie diese drei Atemstöße lang, bis sie sich losriß, so an mir lehnte, daß sie gestürzt wäre, hätte nicht ich sie gehalten –

Und daß sie völlig unfähig war, auch gar nicht willens, zu verbergen, wie ... wie – natürlich ihr nur war, daß sie hineinglitt in meine Finger ... Blutorangen, die spätesten im Jahr, wenn man eine mit den Händen aufmachen muß, weil man kein Messer dabei hat – die rinnen einem auch so über die Hand. Wenn ich mir jetzt noch länger vorstelle, wie sie da aussehen wird, dann brauche ich gar nicht mehr hinzugehen …

Die Gefahr, den Verstand zu verlieren, wenn ich sie nicht kriege, aber ich kriege sie ja – ist größer als die, das Leben zu verlieren, wenn mich ein Deutscher bei ihr erwischt. Scheiß auf das polnische Sprichwort: in der richtigen Stunde triffst du einen guten Freund, in der falschen eine schöne Frau … wozu schuftet man für zwei, wozu ist man jung, wenn man sich das Menschlichste jahrelang wegklemmt, bis man neurotisch wird?

Wenn nur der Chef den Schlüssel nicht abgezogen hat, ehe er schnarchen ging … lustig, dieses Schnarcher-Duett, man hört ja ganz genau, ob seine Frau es ist, ob er – und wie ihr Schnarchen ehelich aufeinander abgestimmt ist, er doch immer erst dann einsetzt, wenn sie ihren Schnarcher schon leise ausröchelt … Sollten die da unten einmal wachliegen, sehr unwahrscheinlich, so hören sie aus meinem Zimmer das Schnarchen sogar noch, wenn ich – bei ihr bin. Denn Joseph schnarcht ja für uns zwei … daß der so gut schlafen kann, obgleich er doch schon zwei Wochen weiß, daß in Lublin seine Frau mit einem Deutschen schläft, der arme Hund, wie er mir leidtut; was hat seine Mutter ihm angetan mit dieser Denunziation! Und doch will ich nichts so sehr, *muß* ich nichts so sehr wie genau das gleiche heute nacht einem Deutschen antun, was zu Hause ein Deutscher dem Joseph angetan hat. Schuld sind nicht wir Menschen, daß Ehebruch geschieht, sondern ist der Krieg, der uns zu Gefangenen macht und Ehen trennt – und gäbe es weit und breit ein Mädchen, das nicht verheiratet ist, wäre irgendwo eins erreichbar für mich, ich ginge nicht zu Pauline – doch, doch, zu *ihr* ginge ich; denn selbst wenn ihr Mann mit der Flinte auf mich wartete, ich käme nicht mehr los von ihr; ein Unterschied zwischen den Schulmädchen von damals und dieser Frau wie zwischen März und August! Der März ist ein so lieblicher Monat, aber der August ist der volle Sommer – und wenn ich mir ausmale, nein: stell's dir jetzt nicht schon wieder vor, peinlich genug vor Joseph, daß ich mich Nacht für Nacht selber zur Ruhe bringen muß, weil ich's nicht lassen kann, in Gedanken Pauline zu haben. Und deshalb müßte ich selbst dann heute zu ihr, wenn ich noch einmal durchs gleiche Schußfeld zu robben hätte wie bei Kowno, als mich die Deutschen in die Schulter schossen … war auch wieder gut, ich glaube, sie behandelten mich nur deshalb anständig, weil ich verwundet ihr Gefangener wurde – leicht verwundet; schwer verwundet hätten die mich vermutlich liegengelassen und abgeschossen … wie wir das ja auch oft genug mit Deutschen gemacht haben; hör jetzt auf, an Krieg zu denken, denk drüber nach, was du anstellst, wenn Melchior tatsächlich den Schlüssel abgezogen hat. Nachdenken – wozu: nachsehen! Schützt mich auch davor, einzuschlafen, wenn ich nachsehe – anderseits wie unklug, zweimal die Treppe hinabzutappen und wieder hinauf, wenn einmal auch genügt: warum sollte der Chef den Schlüssel abgezogen haben! Hier aus dem Fenster käme ich allenfalls, aber nicht wieder rauf! Sollte ich das Unglück haben, daß der doch den Schlüssel – ich halt das nicht aus, ich sehe nach! Barfuß – nehme ich eigentlich zu Pauline die Schuhe mit? Selbstverständlich, ich kann ihr doch nicht mit Füßen, die über einen Kohlenhändler-Hof geschlichen sind, die Bettwäsche – sei nicht so verdammt sicher, daß du bis an ihre Bettwäsche überhaupt rankommst! Und selbst, wenn sie's erlaubte – natürlich –: sie schläft im gleichen Zimmerchen wie ihr Herbert, ich müßte sie doch rüberholen auf die Küchencouch …

Dieses verdammte Knarren der Türe, aber wie könnte ich vor Melchiors begründen, daß ich die Türangel schmieren will. Ich kann das nur tun, wenn sie's nicht gewahr werden, also mit meiner, aber nicht mit der Haustüre. Stehenbleiben. Nein, nein, keine Unruhe – die schlafen, die schlafen so ausgezeichnet. Und er steckt, der gute Schlüssel … sollte ich nicht jetzt gehen, da ich schon einmal hier unten bin? Und niemand schläft so gut wie im ersten Schlaf, heißt es … anderseits, es ist erst halb elf, und ich bringe Pauline in Gefahr, wenn ich drüben ankomme und – wer weiß – womöglich diese gefährliche, schöne Buchhalterin noch nicht von ihr weggegangen ist; wie dumm; daß ich nicht fragte, wie lange die manchmal abends noch bleibt … die hat ja nachts auch nichts zu tun wie jetzt alle diese Soldatenfrauen, und da sie oft erst spät kommt, sitzt die vielleicht noch da … Wie töricht von mir, nicht offen den Melchiors erklärt zu haben, ich müßte mich nachts oft auf den Hof oder sogar in den Grasgarten setzen, weil ich stundenlang wach sei und nicht einmal lesen könnte, da ja das Licht den Joseph stört ... gleich morgen muß ich das anbringen, diese Behauptung, ich ginge in warmen Nächten lieber im Hof und Garten umher als da oben schlaflos zu liegen: das können sie kaum verbieten, obgleich die Verordnung heißt, im Hause sei der Kriegsgefangene »zu halten«, ich glaube – »zu halten«, so sagen die Deutschen sonst nur bei Vieh; die halten sich zwei Stück Rindvieh – und zwei Gefangene! Nun, das kommt einmal anders ... Wohin schleppen die jetzt alle, die sie zu Hause wegholen, erst alle Professoren und Oberschul-Lehrer, jetzt die Juden ... und knapp sechs Wochen hat's nur gedauert, da hatten sie *den* großen Verbündeten, den Polen immer gehabt hat, Frankreich, in Scherben zerschlagen wie einen angeberischen Kronleuchter ... aber England wird ja weitermachen, ich könnte jeden Mitgefangenen in die Schnauze hauen, der den gemeinen Witz weiterredet: »England kämpft bis zum letzten – Polen!« England, das ist eine Tatsache, hat bisher nie einen Krieg verloren; ob allerdings auch Englands Verbündete seine Kriege immer mitgewonnen haben, das weiß ich nicht ...

Sicher ist das deprimierend, daß die Briten und Franzosen erst unseren Staat garantiert haben, dann aber keinen Schuß abfeuerten im Rücken Hitlers, als er uns fertigmachte in drei Wochen. Doch immerhin: wer hat denn England gezwungen, die Garantie für Polen abzugeben – niemand! Und getan haben sie es doch. Und was haben schließlich wir für England getan, das Hitler den Krieg erklärt hat, nur weil er hergefallen ist über *uns*? Nun schlaf endlich, geh wieder ins Bett – »Was? Ich bin's, Joseph, wer sonst, ich war mal draußen, schlaf weiter! Wie? – noch nicht elf, ich hab noch gar nicht geschlafen, gute Nacht.«

Jetzt aber wirklich zwei, drei Stunden schlafen, sonst bin ich hernach so taumelig, daß ich wo anstoße oder eine andere Dummheit mache! Keine Sorge, ich werde ganz bestimmt zu meiner üblichen Zeit gegen zwei wach ... Aber wär's nicht doch besser, ich – verschliefe diese Chance, doch auch diese Gefahr? Nein, das wäre nicht besser. Weil ich mich lieber erschießen lasse als einweisen in ein Irrenhaus – und weiter vegetiere ohne Frau. Ohne *diese* Frau! Nimm dich nicht so wichtig ... andere werden auch nicht irre, weil sie ohne Frau sind. Aber die sind noch im Lager: im Lager hält man leichter aus ohne Frau, erstens, weil man nie eine sieht; zweitens, weil man derart hungert – daß man nur nach Fressen giert. Drittens, weil man keine spricht, riecht, berührt und ihre Sympathie spürt … Blöd, daß ich den Joseph geweckt habe – nein, den hab ich nicht geweckt, der wurde eben wach. Und käme er mir auf die Schliche, der hielte dicht, natürlich. Ob auch Melchiors dichthielten? – die *dürfen* mir nicht auf die Schliche kommen! Und jetzt will ich schlafen, damit ich wirklich im Morgengrauen wach bin … und vielleicht, hoffentlich, wieder ein normaler Mensch werde, der auf seinem Kutschbock sitzen kann, ohne daß der Anblick der straffen, strammen, glatten Pferdeärsche, die da vor ihm im Gespann sich auf und ab bewegen – und das braungebrannte Fell Paulines, ihr herrlicher haarfreier Nacken, ihre runden, glatten starken Oberarme, ihre Waden und der straffgespannte Rock, wenn sie sich bückt und aus dem unteren Regal Gemüse auf den Ladentisch legt und einem den Hintern hinhält … vor meinen pervers unbefriedigten Sinnen eines werden! Sodomie … das alles macht dieser Krieg aus unsereinem, der so normal war wie jedermann, daß ihm der Kompaß-Zeiger, sogar wenn er nur seinen Gaul putzt und dessen Wärme untern Händen hat, ausschlägt als hielte er die Backen seiner Geliebten … was speziell mich natürlich auch nur deshalb so zum Aufstand bringt, weil ich das noch nie hatte! Weil das einzige Mädchen, das ich überhaupt ausziehen und endlich und nur zu guter Letzt und zweimal und nicht wieder dann richtig haben durfte, ehe das Militär mich vereinnahmte, vor lauter Unschuld und Katholizismus sich eher hätte ermorden lassen als bereit zu sein, es bei Licht zu machen oder mir gar einmal seinen Hintern auch nur zu zeigen, geschweige denn hinzuhalten, worum ich sie vergebens anwinselte, die Esther.

6 Wer eine Geschichte erzählt …

> »Der Irrsinn ist bei einzelnen etwas Seltenes – aber bei Gruppen, Parteien, Völkern und Zeiten die Regel.«
>
> *Nietzsche*

Wer heute eine Geschichte erzählt – der müßte sehr stark sein, das bin aber ich keineswegs, um sich hinwegzusetzen über eine fast unbezwingliche Mode, die der Maler und Bühnenbildner und Ostasiatica-Sammler Emil Preetorius einmal so verspottet hat: »Die modernen Kunstwerke haben eine auffällige Kommentarbedürftigkeit. Man hat manchmal das Gefühl: die Künstler machen erst ihren Kommentar und dann ein Werk dazu … besonders in Deutschland. Die Deutschen haben ein merkwürdiges Verhältnis zum Schauen. Sie trauen sich erst über etwas Geschautes zu urteilen, wenn sie darüber etwas wissen. Das ist falsch.« Falsch fand Preetorius auch – er war achtzig und langerfahren, als er das feststellte –, daß die Kunstmittel selber Objekte der Darstellung werden, weil Ästhetiker den Spleen epidemisch verbreiten, die Kunst habe keine Inhalte mehr; sein spanischer Freund Ortega y Gasset hatte eine ganze Essay-Sammlung betitelt: »Die Vertreibung des Menschen aus der Kunst«. Holt man ihn jedoch wieder herein, den Menschen, so erübrigt sich die Frage nach den Inhalten, denn es gibt keinen Menschen, der nicht ein überliefernswertes Schicksal hat; oder – da wir ja nicht wissen, was Schicksal ist – sagen wir vorsichtiger: jedermann bringt ein malenswertes Gesicht oder eine erzählenswerte Geschichte mit. Das sollten wir festhalten, verteidigen …

Doch Paulines und Stasieks Geschichte zu erzählen, das ist *eine* Aufgabe. Eine andere, aktuellere: den Prozeß des Recherchierens ihrer Geschichte aufzuschreiben! Denn die Menschen, die heute über diese fast vierzig Jahre zurückliegende Tragödie sprechen: wie wenig Ähnlichkeit haben die doch mit jenen Menschen, die diese Geschichte angerichtet und ihre Hauptfigur hingerichtet haben! Und wer ein wenig Aufmerksamkeit diesem Versuch, eine tief vergrabene Geschichte ans Tageslicht zu holen, widmen will – der wird eine ganze Menge erfahren über die Schwierigkeiten überhaupt, erstens Geschichten zu glauben, zweitens zu erzählen!

Überraschend ist doch bereits – und ich denke: nicht nur für mich – diese erste Erfahrung, die ich dabei machte und die ich bestritten hätte, bevor ich selber sie machen mußte: daß es nämlich so viel leichter ist, eine Geschichte zu erzählen, wenn die Menschen tot sind, die sie zum Sprechen bringen soll, als wenn diese Menschen noch leben! Das ist seltsam – ja, schon dies ist höchst recherchierenswert, diese Frage, warum das so ist. Denn dies habe ich tatsächlich erfahren: daß weit stärker zum Verstummen als zum Reden die meisten Menschen bringt, wer sie befragt, um solche Ereignisse aufzuschreiben, denen diese Leute zugesehen oder die sie gemacht oder mitgemacht haben. Tatsächlich ist es viel einfacher, aus der Phantasie einen Menschen aufzubauen, den wir niemals gesehen haben – als einen darzustellen, der uns soeben noch lebendig vor Ohren und Augen trat; bezweifelt das einer, so mag er's probieren.

Könnte der Altbürgermeister und Ortsgruppenleiter Josef Zinngruber, heute achtzig, von dem ich doch weiß, daß er für seine Denunziation immerhin nach dem Krieg von den Franzosen fünf Jahre bekam – nicht alle saß er ab –, mir nicht mehr so beredt dartun, allein die Meineide dreier Mitbewohnerinnen und eines Gendarms hätten ihn hinter Riegel gebracht, so würde ich mühelos (und im Wortsinne: »leicht«-fertig) einen gradlinigen Holzschnitt dieses Mannes hergestellt haben. Jetzt jedoch, da ich soeben an seinem Tisch saß neben seiner gelähmten Frau, und in Zinngrubers Augen sah, die so ehrlich, befeuert, groß und gletscherblau besonders dann auf einen blicken, wenn er einem frontal ins Gesicht lügt, ist es unendlich kompliziert, herauszufinden, wie dieser Ortsgruppenleiter vor 36 Jahren eingriff und durchgriff, als ihm zugetragen wurde, die Gemüsehändlerin Pauline Krop schlafe mit dem polnischen Kriegsgefangenen, der beim Kohlenhändler Melchior arbeite …

Ohne Frage: sehr weit zurückliegende Geschichten sind leichter zu erzählen, weil man weniger von ihnen weiß. »Die Wirklichkeit«, seufzte Heinrich Mann, doch er meinte: die Gegenwart, »ist eine Stütze und eine Last!«

Denn nur die Gegenwart ist die Wirklichkeit – von der historischen wissen wir fast nichts; bezweifelt das einer, so mag er probieren, seinen Kindern – von den Enkeln schon gar nicht mehr zu reden –, nur seinen Kindern noch zu erklären, in welcher *Atmosphäre* er vor dreißig Jahren für oder gegen wen irgendwo mitmarschiert ist! Oder er lese zehn Seiten in der »Kartause von Parma«, einem Roman aus der Gegenwart seines Verfassers: dann wird er zugeben, daß niemand heute, hundertfünfzig Jahre *nach* den dort geschilderten Ereignissen, mehr fähig wäre, außer diesen Ereignissen, die sekundär sind, ein einziges gesellschaftliches Detail, einen Dialog zwischen einem hochgestellten Paar von damals, das seit Jahren ein Verhältnis hat und Politik macht, noch wiederzugeben, eine einzige der damals bestimmenden Atmosphärilien zu »rekonstruieren«. Niemand kann das – so daß man sagen muß: es gibt nur einen Schrecken, der die Schrecknisse der Geschichte noch übersteigt: den sogenannten historischen Roman …

Denn die Atmosphäre einer verschwundenen Zeit, die exemplarischer ist für sie und wahrheitshaltiger als die Fakten, kann keiner mitliefern. Und eigentlich unterscheidet *nur* die Atmosphäre, die nie tradierbar ist, die sich weitgehend gleichenden Fakten der verschiedenen Epochen voneinander. Zum Beispiel: Ehebruch mit einem Kriegsgefangenen, als Faktum auch aus anderen Zonen und Zeiten belegt, war noch im ersten der bisherigen Weltkriege gar nicht strafbar; und wenn ihn später auch Fakten, nämlich die Gesetze Hitler-Deutschlands, dann zu einem totbringenden Verbrechen erklärten: erst die Atmosphäre des Polizeistaates konnte darüber ein ganzes Dorf und die benachbarte Kreisstadt in Geisteskrankheit versetzen. Und konnte bisher harmlose Nachbarn, einen Gemeindeförster, einen Waldarbeiter, einen Kleinbauern dazu bringen, für den »Fremdvölkischen« den Galgen zu zimmern …

Heute verstehen diese Männer auch nicht mehr, was sie getan haben – damals fanden sie normal, das zu tun. Atmosphäre ist vermutlich einfach die Geisteskrankheit einer Epoche im Sinne jener Einsicht Nietzsches, ohne die man gar nicht mehr auskommt, sobald man nicht nur von den zwölf Hitler-Jahren erzählen will und von der Inquisition, sondern auch von den vergleichsweise gesunden, harmlosen Dezennien wie der Gründerzeit: daß nämlich Geisteskrankheit bei Individuen etwas höchst Seltenes sei – jedoch bei Völkern und Zeitaltern die *Regel*!

Da diese Atmosphärilien einer Epoche schon von der Enkel-Generation überhaupt nicht mehr wahrzunehmen sind, so lebenbestimmend sie auch waren für alle Angehörigen der Großeltern-Zeit; und da auch von den Fakten unendlich viele für immer flußab gingen, so wären Geschichten aus der Gegenwart wahrer, wenn man sie erzählen könnte.

Doch eben das kann man nicht. Selbst Melville mußte eingestehen, in seiner letzten, vielleicht größten Novelle: »Die symmetrische Form, die man einer frei erfundenen Erzählung geben kann, läßt sich nicht so leicht in einer Geschichte erreichen, deren Kern weniger auf Dichtung als auf Tatsachen beruht. Wenn man die Wahrheit kompromißlos berichtet« – und hier meint Melville ebenso wie Heinrich Mann die Wirklichkeit der Gegenwart –, »gibt es stets scharfe Kanten, und das Ende einer solchen Erzählung ist selten ein so vollendeter Abschluß wie die Kreuzblume der Architektur« …

Und da kein Schreiber, und wäre er selbst Melville, diese Last der Wirklichkeit transportieren kann – so erklärt er sie zum Ballast, nur um zu rechtfertigen, daß er sie abwarf. Abwerfen mußte, um formen zu können! Doch was dann übrigbleibt von den Geschehnissen, das ist nicht genauer und kaum festhaltbarer als im fließenden Wasser das Spiegelbild eines Bootes, das darüberhinschwimmt.

Ob man also nicht den Verdacht hegen muß, daß eine Chronik unwahrer wird, je lesbarer sie geschrieben ist, je anschaulicher? Denn Anschaulichkeit – womit sonst wäre sie zu erzwingen als durch Begrenzung der Geschehnisse auf *unseren* Gesichtskreis? Zeichnen heißt Weglassen, mag sein; doch es verstimmt, daß dieses abgenutzte mot der Kunstgeschichte immer so vorgebracht wird, als sei hier keineswegs die Tugend aus der Not entstanden, sondern als sei sie ein Gütezeichen! Es ist doch schlimm genug, daß man zeichnen nur kann, wenn man wegläßt! Bezweifelt das einer, so mag er einmal mitgehen, wenn ich Zeugen besuche, also Helfershelfer der Durchführer des Führers, und mag sich deren Dankbarkeitsbeteuerungen anhören, sobald ich versichere – sonst käme ich ja nie zu meiner Geschichte –, dieses oder jenes *wegzulassen* von dem, was sie mir sagten, besonders ihre Namen wegzulassen aus diesem Bericht ... Weglassen eine Kunst? – vielleicht; bestimmt aber eine Treulosigkeit; eine Fälschung sowieso!

Also, es bleibt fraglich, ob sich diese Untat schon erzählen läßt, da ja fast alle Zeugen und Mitmacher noch leben; die meisten lügen natürlich. Ich kalkuliere, die Hälfte von allem, was alle sagen, darf man glauben – wer aber sagt mir, welche Hälfte? Denn die vorsätzlich lügen, sprechen am überzeugendsten, weil sie nun schon seit Ende der Hitler-Zeit ihre Version erzählen; das übt nicht nur, das drängt sich sogar als Wahrheit auf – und zwar auch den Lügnern selber! Die schlimmsten glauben sich bereits jedes Wort. Ihre Berichte sind Triumphe der Willenskraft über das Gedächtnis: das habe ich getan, Sie kennen das Aperçu, sagt unsere Erinnerung; das *kann* ich nicht getan haben, sagt unser Stolz; das durftest du nicht tun, sagten nach Hitlers Tod Gesetze, die Gesetze Hitlers für ungültig erklärten: also gab das Gedächtnis nach ...

Natürlich will ich nicht behaupten, wenn diese Geschichte erst nach dem Tode aller Helfer erzählt würde, dann käme sie ohne Beschädigung der Wahrheit heraus – nein: sie käme sehr wahrscheinlich überhaupt nicht mehr heraus. Wenn aber doch, so würde sie nur besser als Geschichte, geschlossener, literarisch prägnanter in dem Maß, in dem sie unwahrer würde. Das ist betrüblich und wird ungern eingestanden. Als Bismarck in Petersburg, um einen Rivalen herabzusetzen, eine stark münchhausensche Jagdgeschichte, mit der sich dieser Rivale angeblich wichtig gemacht habe, dem britischen Gesandten zum zweitenmal erzählte, konterte der trocken: »Die Geschichte ist besser geworden!«

Wie man sich davor hüten soll, weiß ich nicht.

Merkwürdig genug, daß diese Geschichte überhaupt noch herauskommt, nachdem sie sechsunddreißig Jahre lang nur verdrängt worden ist – von ausnahmslos allen; Frau Krop hat vor fünf Jahren alle sie betreffenden Akten der Geheimen Staatspolizei Lörrach und des Konzentrationslagers Ravensbrück, wo sie zweieinhalb Jahre mit geschorenem Haar als Zwangsarbeiterin zubrachte, vernichtet – »Begründung«: weil das neue Schlafzimmer angeschafft wurde, habe ihr der Platz für die Papiere gefehlt ... für eine einzige Mappe, aber sie besitzt ein kleines Reihenhäuschen! Freut sie sich jetzt auch, daß ich ihr ein Foto des Geliebten verschaffen will – zuerst wehrte sie ab, als ich's anbot –, so war sie doch erschrocken, als ich zu ihr kam, fast so sehr wie die Mörder ihres Freundes ... *Ihre* Peiniger, die sie während der Zwangsarbeit im KZ Ravensbrück bewachten, fand ich überhaupt nicht; Pauline selbst ist auch an denen ganz uninteressiert – von Rachetrieb ist nichts in ihr, sie sagt sogar: »Noch bei fünfunddreißig Grad Kälte mußten wir Straßen bauen, ich wurde aber niemals so oft wie die meisten anderen geprügelt.« Sie versteht nicht, wieso sie so ein Glück im Unglück hatte ... Sie spricht auch nicht eigentlich von sich selbst, wenn sie über die Tragödie – mehr schweigt als redet, sondern über den Polen, den »ich auf dem Gewissen habe«! Ihre Augen sind voll Tränen, wenn sie über ihn spricht.

Nein, niemand begehrt die Wahrheit zu wissen, vielleicht mit Ausnahme der mir unbekannten Eltern des Polen – sofern die noch leben –, die vor dem Hitlerkrieg in Lodz eine Autoschlosserei hatten.

Am wenigsten sind die Behörden des Landes Baden-Württemberg daran interessiert, die in ihrem Bundesland lebenden und dort Pension verzehrenden Mörder dieses und zahlloser anderer – Gefangener, die aus dem gleichen »Grund« dilettantisch gehängt, das heißt: erwürgt wurden, dingfest zu machen. Ist doch der zurückgetretene Ministerpräsident dieses Landes, Dr. Filbinger, ein so furchtbarer Jurist gewesen, daß er noch in britischer Gefangenschaft nach Hitlers Tod deutsche Matrosen mit ehemaligen Nazi-Gesetzen verfolgt hat.

7 Die Frau denkt

»Die Gastwirtfrau D. ... in Brambert hat mit einem französischen Gefangenen unerlaubte Beziehungen unterhalten ... Als die D. auf die Kreisleitung vorgeladen wurde, wurde sie von einigen Volksgenossen ergriffen und kahlgeschoren. Sodann wurde ihr ein Plakat umgehängt: ›Ich habe die deutsche Frauenehre beschmutzt‹ und sie ein Stück durch die Stadt geführt. Die Gendarmerie griff alsdann ein und nahm die D. in Haft, in der sie sich noch befindet. Die Kunde von diesem Vorfall ging wie ein Lauffeuer durch das ganze Kreisgebiet. Stimmungsmäßig ist festzustellen, daß ein großer Teil der Bevölkerung die Maßnahme gutheißt, manche forderten geradezu noch Prügelstrafen. Ablehnung fand die Maßnahme dagegen bei den meisten Frauen, auch bei denen, die Parteigenossinnen sind. Allerdings rückten diese mit ihrer wahren Auffassung zunächst nicht heraus, sondern erklärten, obwohl sie ganz weiß im Gesicht wurden, als sie die Kahlgeschorene sahen, daß dieser ganz recht geschehen sei. In späteren Gesprächen gaben die Frauen jedoch, als sie unter sich waren, der Überzeugung Ausdruck, daß sie mit der Maßnahme nicht einverstanden seien. Vereinzelt wurde auch die Frage aufgeworfen, ob in der gleichen Weise gegen die Männer vorgegangen würde, die sich in Frankreich mit Französinnen einließen. Ganz ablehnend zur getroffenen Maßnahme verhielten sich die kirchlich, insbesondere die katholisch eingestellten Bevölkerungsteile. Hier fiel die Äußerung, ›man brauche nur noch Daumenschrauben und Folterkammern, dann sei das Mittelalter fertig‹.«

SD-Außenstelle Ebern, Gau Mainfranken,
am 14. 3. 1941

Gegenwind, der hat mir noch gefehlt, und regnen wird es auch noch, und dauernd mit einer Hand zu radeln, damit mir nicht der Rock um die Ohren fliegt, das wäre auch dann zu anstrengend, wenn ich heut früh zwischen zwei und vier geschlafen hätte, statt –

Und doch macht es ruhig, radzufahren. Säße ich die ganze Mittagspause zu Hause ab, ich hätte wieder Angst wie heute früh, bevor die erste Kundin im Laden mich nicht anders ansah als sonst – und ich sie, hoffe ich, auch nicht anders ansah. Bis die kam, hatte ich wirklich den Spleen, jeder müsse mir's anmerken ... und man sieht's ja wirklich einer Frau an, jedenfalls Männer sagen das, vielleicht sagen sie's aus Eitelkeit, sie sähen uns an, wenn wir zum erstenmal seit langem wieder ... Ja, wenn wir glücklich sind, dann sehen sie's vielleicht, aber mit so viel Angst im Leibe soll eine glücklich sein! Ich kann ja noch nicht einmal wissen, ob er ungesehen wieder in seine Stube kam; die liegt doch genau über der Schlafstube von Melchiors!

Er ist auch viel zu spät zu mir geschlichen und deshalb zu spät wieder weg, es war ja fast hell! Doch hätte jemand einen Verdacht – er wäre schon heute früh im Dorfe damit umhergelaufen, jeder ist sowieso ein Dreckmaul, und irgendeine hätte im Laden dann Anzügliches geredet ... Da kommt wieder ein Wehrmachtslastwagen, halt dir den Rock fest, sonst rufen die Soldaten wie vorhin hinter dir her ... auch ein Zeichen, daß die mich nicht für bald Mitte Dreißig halten ... jeder hält mich für wesentlich jünger; nur mein Mann, der muß sich in Holland ein fast nackertes Mädchen im zweiteiligen Badeanzug auf die Schulter setzen – und mir sogar zwei Fotos mit der Nutte heimschicken!

Egal war mir das nie – doch daß ich's mir heute sage, liegt nur daran, daß ich eine Ausrede suche für heute nacht. Mein Mann ist gut – und treu sind die alle nicht, die als Besatzer irgendwo im Ausland herumgähnen und nichts zu tun haben als aufgedonnerten Städterinnen aufzulauern. Da ist's mir schon lieber, obwohl's gefährlicher ist, er hat eine, die mit ihm sogar zum Strand fährt – als daß er wie die meisten in den Militärpuff geht. Tut er womöglich auch noch!

Nun zieh nicht über *ihn* her ... aus schlechtem Gewissen: jede Woche kommt ein großes Paket, ich weiß gar nicht, woher er dazu das Geld nimmt; sein bißchen Sold kann ja nicht reichen für diese herrlichen Sachen, die er den Kindern und mir schickt; und ehe er zuletzt wegfuhr, hat er für vier Monate die Ladenmiete im voraus bezahlt und hat die Lebensversicherung erhöht, er ist verdammt gut und es ist ganz niederträchtig, *ihm* das anzutun, was ich nun einmal nicht hätte tun dürfen – und doch wieder tun werde! Daß ich heute plötzlich zum Zahnarzt fahre, wo ich nichts zu suchen habe, weil ich den als Ausrede benutze, um beim Friseur … schrecklich! Hat je eine Frau diese Dinger einkaufen müssen – lachen werden die Verkäuferinnen, doch ich hoffe, daß mich der Mann selber bedient, aber nein, der wird ja auch eingezogen sein, aber seine Frau, die wird ja verstehen, wenn ich sage: ich will die haben, schon vorsorglich, wenn mein Mann auf Urlaub kommt und hat keine dabei, dann ist es passiert, zwei Kinder sind grade genug, heutzutage … Quatsch. Quatsch doch nicht! Gar nichts sagen, einfach: »Heil Hitler – ich brauche Rasierseife und Präservative!«

Für die Rasierseife habe ich ja den Kartenabschnitt. Die denken dann sowieso, mein Mann sei auf Urlaub – nein: denken die nicht, denn ein Mann, der auf Urlaub ist, der mutet nicht seiner Frau zu, diese Dinger einzukaufen, der holt sie selber … nun denk nicht daran, das macht so unsicher! Gib nur acht, daß niemand aus Lörrach, der dich kennt, in dem Laden ist! Stani darf ja nun einmal einen Laden nicht betreten … und wenn er's täte, könnte er's nur in Brombach. Und dann schnüffelte das ganze Dorf, bei wem er die braucht –

Ob man auf mich käme? Seine Chefin hat den Mann daheim, eine andere Frau ist da im Hause nicht – keine außer der Ortsfrauenschaftsführerin. Und ich bin noch leidlich bei Figur und abends oft mit ihm zusammen – allein, die Kinder sind zu klein, um zu stören. O ja – auf mich, auf keine andere fiele Verdacht, wenn Stani selber diese verdammten Dinger kaufen würde, unmöglich! Es sei denn, man hielte mich, nachdem der armen Rosi Lindner das zugestoßen ist, für zu klug, mich solchen Gefahren auszusetzen … Warum, Herrgott, halte eigentlich ich selber mich nicht für zu klug dazu? Ist überhaupt eine entsetzlichere Warnung denkbar als – diese Verzweiflungs-Untat an sich und an ihren Kindern! Die hat doch manchmal Schlafgäste im Hause – oder nicht? Wieso konnte die nicht angeben, da sei ein durchreisender Soldat gewesen, mit dem's ihr passiert sei! Vielleicht daß ein anderer als sie, ein Verwandter des Mannes oder ein Dienstmädchen, sie verquatscht hat bei der Partei? Was denk ich mir da aus! Diese Frau war viel zu stolz, sich in Lügerei zu verstricken … kann ein Mensch so stolz sein, daß er sich lieber erhängt als aushorchen läßt? Kaum … da war noch etwas, das niemand weiß.

Elsbeth, da bin ich beruhigt, hat keinen Verdacht gehabt, als ich sie bat, heute nachmittag zu bedienen, bis ich wieder zu Hause bin vom Zahnarzt ... Die ist meine Freundin, aber was sagt das – sogar in der Bettwäsche nachsehen würde die, hätte sie auch nur die leiseste Ahnung! Ja, das würde die. Doch mich verraten, *das* nie. Das täte die nie ... Schon sowieso nicht. Und außerdem deshalb nicht, weil sie doch für das rasche Buchführen, das sie mir macht, sicher genug bekommt: daß sie meist Geld nicht will, sondern Ware – ist schließlich ihr Wunsch! Sie hat nie etwas Mißtrauisches gesagt dazu, daß Stani uns Frauen abends die Schlepperei mit dem Leergut abnimmt und ins Haus trägt, was tagsüber vor der Türe ausliegt ... nur einmal sagte sie: »Der kommt, weil wir beiden jung sind – und er mit dem Polen drüben noch die ganze Nacht das Zimmerchen teilen muß; der kommt auch aus Heimweh zu seiner Mutter, schon zweimal hat er gesagt, an die würdest du ihn erinnern!«

Schützt mich, hoffe ich, ein bißchen, daß Stani das sagte, denn mit seiner Mutter – wer würde schon mit seiner Mutter! Mag sogar sein, daß ich das nicht gern hörte und mich das reizte und daß ich deshalb so anfällig wurde, als ich zuerst dahinterkam, daß er mich nicht als Sohn ansah! Und er ist ja auch mir nie anders erschienen als ein Mann – kein Sohn hat diese ... diese Wucht! Ich kann nicht sagen, wie ich das meine; es ist die gewisse ... Schwere ohne Dicksein an ihm, die Gedrungenheit, die ihn so – so männlich macht, so ... stierisch! Jetzt, seit's geschehen ist – kann ich's mir doch eingestehen, wie sehr ich immer seine Nähe gesucht habe und auflebte, wenn er kam, und gestern mittag im Keller, als er mich endlich faßte – hab ich ja nicht einmal drei Lidschläge lang Anstand vorgetäuscht und ihn wenigstens zum Schein abgewehrt. Weil immer seine Nähe mich so ... so bedrohlich ihm gegenüber schwach machte. Seine bloße Nähe war gestaute Hitze: wie wenn einer im August auf dem obersten Heuboden gleich untern Ziegeln rumwirtschaftet; sie war vom ersten Moment gefährlich und deshalb so verdammt verlockend. Es war wie einmal daheim bei den Eltern, als ich plötzlich beim Melken Angst bekam vor dem jungen Bullen, den hatte Vadder gekauft, als die ersten einrücken mußten und nach Österreich marschierten, nein: ins Rheinland schon, 36. Gott, wie ich alt werde! Im Stall hatte ich ja keine Angst vor ihm, da war er an der Kette: in seinem eigenen Gatter war der auch, wenn das Vieh draußen war, aber ich hatte immer als einzige das Gefühl, das Gatter hält den nicht, immer war's mir unheimlich, wenn ich an ihm auf der Weide vorbei mußte und hab's oft genug auch gesprochen, doch Vadder sagte, red kein Stuß – und doch kam's dann genau dazu, wie ich's vorausgesagt hatte, daß er sich losriß! Und bis sie ihn dann endlich wieder hatten im Wald! ... Und die große Überraschung, daß Stani, so jäh er auch ist und so wuchtig und trotz seiner Handschaufeln, die von der Kohlenschlepperei und dem groben Bimsstein, mit dem er sie viel zu oft waschen muß und meist nur mit kaltem Wasser oder mit der fettlosen Kriegsseife, die auch bloß die Haut auffetzt – wie zarthändig er trotzdem ist! Mit seinen Pranken nicht weniger sanft und schmeichelnd als mit seinem Wesen. Und seine ungeheure Dankbarkeit – als hätte ich ihm sonst was gegeben. Hab ich wohl auch: wenn man's vom Standpunkt des Eingepferchten betrachtet. Er sagt, er wäre ohne Würde gewesen, solange er mich immer nur heimlich hätte anstarren, nur mit Augen hätte ausziehen dürfen – das hätte ihn selber mit Verachtung für sich so tierisch wütend gemacht ... Und daß ich ihm dann trotzdem sagen mußte, daß ich aus lauter Angst, geschwängert zu werden, doch nur eine Enttäuschung für ihn sei ... aber ich war's ja auch gar nicht und versprach ihm, daß ich diesen Weg zum Friseur auf mich nähme, obwohl mir der schlimmer ist, als müßt ich zu einer Kiefernoperation ... red dir das nicht ein, sonst fängst du an zu stottern, wenn du die Dinger verlangst –

Ganz falsch ist nur, daß er zu mir ins Haus kommt, wie gefangen man da ist. Bekäme wer Verdacht und guckte nach, wo sollte Stani hin, es gibt keinen Ausgang, die Fenster am wenigsten, die liegen ja zur Straße hin ... im Wald ihn zu besuchen, wenn er allein Holz macht oder abfährt! Scheitholz. Denn wenn er Langholz fährt, ist er nie allein. Aber wie käme *ich* in den Wald, ungesehen. Ja, morgens um vier, wenn *er* aufbricht, – ich könnte eine Stunde später für eine Stunde hinterhergehen, aber zurück käme ich doch nie, ungesehen; und ich *muß* ja wegen der Kinder zurück und um den Laden aufzumachen! Und Stani weiß ja auch selten ganz genau, ob von Melchiors nicht doch einer mitkommt oder nachkommt in den Wald – doch, an manchen Tagen weiß er das … Wenn ich am Sonnabend zu den Eltern fahre und die Kinder hinbringe und reiste Montag morgen mit dem ersten Frühzug heim und stiege unterwegs aus und träfe ihn irgendwo im Holz, wo er auch schon ist seit sechs … aber das ist alles, wie man's auch machte, nicht weniger gefährlich, als in meiner Wohnung, denn wie leicht kann einen jemand sehen, sobald man heimgeht. Es ist auch weniger die Angst, die ich daheim habe, daß ich mir jetzt vorstelle, ihn draußen zu lieben, als der Wunsch, daß es dort geschieht, wenn es denn schon geschieht, wo nichts ist, was mich an meinen Mann und die Kinder erinnert – was mir Schuldgefühl gibt. Im Wald könnt ich mir sprechen, du bist jetzt so wenig daheim wie dein Mann – und ebenso frei, auswärts zu tun, was auch er tut, wenn er auswärts ist! Nachts mit ihm im Wald sich zu treffen, das ist unmöglich – die dürfen ja, hier so nah an der Grenze, ohne Anruf auf Gefangene schießen, die würden den Stani schießen wie einen tollwütigen Fuchs. Und wie käme ich bei Tage, denn da ist es natürlich am wenigsten riskant, für *ihn* am wenigsten – wie käme ich da weg von zu Hause? Nur immer, wenn ich Elsbeth sagte, ich müßte zum Zahnarzt, doch dann müßte ich wirklich auch sein beim Arzt! Denn es könnte ja im Laden jemand eine Frage stellen, etwas Wichtiges, ein Lieferant oder einer von der Partei – und dann würde doch Elsbeth anrufen beim Zahnarzt, um mich an den Apparat zu rufen … Nein, ich muß dann auch wirklich hingehen an einem solchen Tag, dann könnte ich im Hinradeln, hier ist ja auch links und rechts Wald an der Straße, Stani eine halbe Stunde im Forst lieben … Wie ihn das – anders kann man das gar nicht sagen – *erlöst* hat, obwohl ich ihn doch beim erstenmal nur mit den Händen befreite, aus Angst, er machte mir sonst ein Kind! Und was für Worte er für mich fand, nie hat einer so zu mir gesprochen, schrecklich nur, daß er auch sagte, sogar schon zum zweitenmal: könnte ich *dir* dafür danken, dann hätte ich nicht so viel Angst, dem Schicksal dafür zahlen zu müssen, denn ein *solches* Glück kriegt doch mitten im Kriege kein Gefangener gratis geschenkt! Das sagte er. Und die steckte mich an, seine Angst – und die ist unheimlich deshalb, weil sie so unbestimmbar ist, denn wir wissen nicht, er nicht und ich nicht, wo die herkommt! Denn was wir tun, das ist eine so ungeheure Verletzung aller Gesetze, daß keiner auf die Idee kommen wird, wir riskierten das. Also sind es nicht die Behörden, bis jetzt, die uns diese Angst machen! Wer tut's schon, wenn er dafür gehängt wird! Und diese Gefahr, die bringt auch die ... ich weiß nicht, wie's sagen! Doch, ja: das Romantische in alle Worte, die er findet für mich und für das, was wir tun. Und sein leises, sein – ich kann's nicht anders nennen: *überredendes* Lachen, mit dem er mir schließlich doch abzwang, was ich so lange absolut ihm nicht erlauben wollte, weshalb ich ihn zu vertrösten suchte auf heute nacht, wenn wir diese verdammten Dinger haben: mich rumzudrehen – was ja auch furchtbar weh tut: die Strafe, daß man sich damit die Angst vor Nachwuchs ersparen will –

»Heil Hitler, Frau Bernhart!« – verdammt, daß diese falsche Ziege mich sehen mußte! Warum auch nicht, ich fahre zum Zahnarzt ... da ist nichts dabei. Aber verrückt bin ich doch, auch nur daran zu denken, ihn im Wald zu treffen, obwohl ich nicht glaube, daß sie wirklich Menschen töten, die sich lieben – einsperren würden sie *ihn* bestimmt; mich sicher nicht. Doch den Laden, den Mietvertrag für den Laden, den bekäme ich kaum verlängert ... es gibt genug im Dorfe, die scharf darauf sind, mir den Mietvertrag streitig zu machen, indem sie ihn überbieten – da bin ich! Wo ist mein Fahrradschlüssel ... nein, ich sehe vom Laden das Rad, ich schließe es nicht ab. »Heil Hitler! – bitte, ich möchte gern Rasierseife ... hier ist der Bezugschein. Und dann – bitte, auch Präservative.«

8 Odysseus 1940

> »Er ist im Grunde stets ein rothaariger Faun geblieben, der allen, die ihm in den Weg kamen, eine Nase drehte.«
>
> *Churchills Arzt nach Churchills Tod*

»Zeus ähnlich an Listen«, sagt Homer von Odysseus, dem rothaarigen.

Der rothaarige Churchill, doch viele Haare hatte er schon seit dem Ende seiner Jugend nicht mehr über der »gewaltigen Stirn mit den Buckeln unmittelbar über den Augen ... auf der Spitze seines Schädels gingen zwei Haarbüschel in verschiedene Richtungen, so daß der Eindruck entstand, er habe mehr Haare, als tatsächlich der Fall war«, wie sein Arzt Lord Moran beschrieb; Churchill wurde zum Odysseus des Jahres 1940, weil er in den sechs Monaten nach der britischen Flucht bei Dünkirchen »den Mann da drüben«, wie er naserümpfend Hitler zu nennen pflegte, dreimal kriegsentscheidend überlistet hat!

Die erste List brachte die Deutschen um die Chance, sofern eine bestand, auf der Insel zu landen. Die zweite ließ sie die Luftschlacht um England verlieren, weil Churchill Görings Flugzeuge von den britischen Jagdflughäfen weglockte auf London. Die dritte zettelte jenen Volksaufstand in Belgrad an, der Hitlers Terminplan zum Überfall auf Rußland durchstrich, so daß seine Panzer, von Schlamm und Schnee geschlagen, vor Moskau liegenblieben und ungezählte seiner Soldaten erfroren ...

Diese dritte List konnte wie schon die zweite Churchill nur glücken, weil einige *Polen* bereits vor Kriegsbeginn für die Engländer (wie natürlich ebenso für sich selber) jene deutsche Chiffriermaschine entdeckt und davon ein Exemplar entwendet hatten, die Hitler dann arglos während seines sechsjährigen Krieges benutzte, um alle Befehle an seine Armeen in eine Geheimsprache zu übersetzen, die eben dank dieser Genie-Tat Polens schon seit Herbst 1940 für die Briten kein Geheimnis mehr war.

Daher hat in der Lebensgeschichte eines unbekannten Polen, die so leidvoll endet, die triumphalste aller polnischen Geschichten im 20. Jahrhundert auch ihren Standort! Doch deshalb nicht allein. Sondern weil eine Erzählung zu einseitig und entmutigend ausfiele, die sich darauf beschränkte, nur jene drei Männer mitzucharakterisieren, deren Untaten auch Zasadas Leben auslöschten und sogar geeignet sind, von der Betrachtung der Geschichte überhaupt abzuschrecken! Sollte doch kein Erzähler die Szene verlassen wie der Kranke aus Braunau, der überall nichts hinterließ als verbrannte Erde …

Die Frage, wofür leben Menschen, wenn Menschen wie Hitler, Göring und Goebbels die Macht haben, einen Kontinent in ein Schlachthaus zu verwandeln und Millionen Lebende in erbärmlich Sterbende, darf nie das letzte Wort sein. Zwar hilft die Sonne, die über einem Leichenfeld aufgeht, den Umgebrachten nichts mehr. Doch ist es den Weiterlebenden eine Ermutigung, zu sehen, wie die Nacht der Tyrannei durch die Entschlossenheit, List, Intelligenz und Unbeugsamkeit der anfangs so viel Schwächeren, ja fast Wehrlosen schließlich überstanden wurde. Ohne zu wissen, daß der Hitler-Clique *endlich doch* Menschen, die zehn Jahre vor ihr gewarnt haben (wie Churchill), gegenüberstanden und sie schließlich dorthin zu verlocken vermochten, wo diese Clique mit vereinten Kräften von aber Millionen Namenlosen besiegt werden konnte: hätte jede Geschichte-Schreibung nur mehr die traurige Funktion eines geistlähmenden Nekrologs. Daß sie aber auch im 20. Jahrhundert noch ein Heldenlied, ein Heldenlied *auch* neben dem Trauergesang, sein kann, daran zu erinnern, macht Erzählungen aus dem Kriege erst erträglich.

Liedern aber ist eigentümlich, sogar *Volks*-Liedern, von Einzelnen zu künden, denn Einzelne allein sind sichtbar; auch will jeder von uns als Einzelner gesehen werden, das ist ein Menschenrecht. Die Politiker lieben das nicht: sie lieben die Volks-*Versammlungen,* die kontrollierbarer und verführbarer sind als Einzelne. Der Wiener Arzt Schnitzler hat schon im ersten der bisherigen Weltkriege diagnostiziert: »Der alte Kunstgriff der Politik, vom einzelnen abzusehen, mit Massen zu rechnen, im Gegensatz zum Künstler, der die Masse in die einzelnen auflöst.« Nun wird von bürgerlichen nicht anders als von marxistischen Gelehrten gern die Auffassung verbreitet, der Einzelne sei allenfalls noch wirksam als Katalysator eines allgemeinen Willens: die ihn nach vorn stießen, bestimmten auch seine Stoß-Richtung! Ernst Robert Curtius schrieb: »Man übersieht, daß ein Mann niemals durch seine persönlichen Eigenschaften sozial wirksam wird, sondern durch die soziale Energie, welche die Masse in ihm niederlegt. Seine persönlichen Talente sind nur der Anlaß dafür, daß sich der soziale Dynamismus in ihm kondensiert.« Nun ist es wahr, daß es die britische *Labour Party* gewesen ist, die dem König und den Konservativen in der Notstunde, als Hitler auf Paris lospanzerte, den zehn Jahre lang von den Konservativen jedem Amt ferngehaltenen Churchill als Premierminister aufzwang; ihn allein nominierte Labour als jenen Konservativen, mit dem sie zu koalieren bereit seien. Warum aber erwählten sie dazu *diesen* Erz-Tory? »Seine persönlichen Talente«, sagt fast verächtlich Curtius, »sind nur der Anlaß«. Doch genau sie sind es, die ihn schwer ersetzlich machen! Sonst hätte ja Labour auch den von König und Konservativen empfohlenen Lord Halifax zum Noah der Nation – Noah heißt: Mann der Ruhe! – in der Sintflut des Jahres 1940 wählen können. Und wenn die marxistischen Gelehrten schreiben, nicht die Person des Steuermanns sei entscheidend, sondern die gesellschaftlichen »Bedingtheiten« seien es, die ihn auf die Brücke stellten: so ist daran natürlich wahr, daß aber Millionen Wähler ebensoviel wie er selber dazu beigetragen haben, daß *er* – und nicht ein anderer – Steuermann wurde und damit Schicksal für Unzählige in seinem Kommandobereich. Doch wie er das Steuer führt, das ist von seinem Verstand und Charakter ebensosehr abhängig wie von den Umständen. Wer einwendet, die Person sei doch austauschbar, der lege sich zum Beispiel die Frage vor, ob die stalinschen Schauprozesse auch dann stattgefunden hätten, wäre Lenin alt geworden ...

Aufschlußreich ist ja auch, verräterisch ist, daß Menschen, deren Ja oder Nein nachweislich Kriege entfachte oder verhinderte, ganz besonders bestrebt sind – sofern sie Gewissen haben –, die Rolle für belanglos zu erklären, die sie spielten. Bismarck sagte dem Reichstag und beteuerte diese Selbstbeschwichtigung privat und öffentlich immer wieder in nahezu den gleichen Worten: »Mein Einfluß auf die Ereignisse, die mich getragen haben, wird zwar wesentlich überschätzt. Aber doch wird mir gewiß keiner zumuten, Geschichte zu machen. Das, meine Herren, könnte ich selbst in Gemeinschaft mit Ihnen nicht. Die Geschichte können wir nicht machen, sondern nur abwarten, daß sie sich vollzieht.«

Eine groteske Ausrede; noch Bismarck schleppte schwer an seinem Gewissen. Bekanntlich hat er dem Generalstab verboten, solange er im Amte sei, über einen Krieg gegen Rußland auch nur zu diskutieren – verboten mit der klassischen Begründung, daß Deutschland einen solchen Krieg, selbst im unwahrscheinlichen Fall eines vollständigen Gelingens, »immer nur vor sich, nie hinter sich haben könnte«! Auch verwies er auf die Kriegskrüppel, die durch die Wilhelmstraße hinkten und hinaufzeigen würden zu seinem Fenster, um zu fluchen, *ihm* hätten sie dafür zu danken …

Und so ist das ja auch. Völlig sachlich kündigte Churchill am 3. 3. 40 an, neun Tage, bevor Hitler Truppen nach Skandinavien einschiffte, fünf Wochen, bevor er Frankreich überrannte: »Jeden Augenblick kann eine Lawine von Stahl und Feuer auf diese neutralen Länder losgelassen werden; die Entscheidung ist einem einzigen Menschen überlassen, den das irregeleitete deutsche Volk zu seiner unauslöschlichen Schande wie eine Gottheit verehrt.«

Diese Tatsache – und das war eine – wird in keiner Weise erträglicher, wenn man Hegels vielzitierte Platitüde für ebenso wahr hält: »Regierungen sind die Segel, das Volk ist der Wind.« Denn Wind wie Segel dürfen nicht vergessen lassen, daß es endlich doch sehr wenige sind, wenn nicht nur *einer*, der den Segler steuert … Doch diesem *einen* in Deutschland stand mindestens *einer* auch in Großbritannien gegenüber, der den Segler auf Kurs hielt, auf *Kriegskurs*, unbeirrbar, zum Heil der Zivilisation. Und obgleich sogar in Churchills Kabinett einzelne saßen, die nach der Flucht des britischen Expeditionskorps vom Strand bei Dünkirchen es für nützlich hielten, mit Hitler wenigstens zu sprechen über Frieden: hat Churchill sich nicht einen Lidschlag lang dazu bereitgefunden, sondern diese Bereitschaft als eine ebenso unblutige wie furchtbare Waffe nur *vorgetäuscht* … So wie Churchill ein Jahr später nur für dummes Geschwätz hielt, worüber amerikanische wie britische Generäle Wetten abgeschlossen, ob nämlich das soeben von Hitler überfallene Rußland den Deutschen nur acht Wochen oder gar drei Monate standzuhalten vermöchte ... Es war eben *kein* Zufall, daß nicht der Bücher- und Juden-Verbrenner Hitler siegte, sondern ein Intellektueller, der die Franzosen in ihrer tiefsten Not, am 21. 10. 40, nicht nur sarkastisch zu trösten vermochte: »Wir warten auf die Invasion. Die Fische warten auch« – sondern auch noch mit detaillierter Geschichte-Kenntnis: »Denkt daran, wie Napoleon vor einer seiner Schlachten sagte: ›Dieselben Preußen, die heute so prahlerisch tun, waren uns bei Jena dreifach an Zahl überlegen und bei Montmirail neunfach‹ ... Gedenkt der Worte, die der große Franzose Thiers nach dem Jahre 1870 über Frankreichs Zukunft und das, was kommen sollte, aussprach: ›Immer daran denken, nie davon sprechen‹.« Kein Zufall auch, daß der eingefleischte Anti-Kommunist in England, Churchill, der erste, ja der einzige Politiker der Insel war – eben der erste und einzige, weil der geniale –, der schon am 1. 10. 39, als soeben die Rote Armee noch als Verbündete Hitlers Ostpolen besetzt hatte, dem Kreml öffentlich für diesen Schritt volles Verständnis entgegenbrachte, in der Voraussicht, Stalin als Verbündeten von morgen, weil von Hitler überfallen, demnächst umarmen zu können: »Rußland hat eine kaltblütige Politik verfolgt, die seinen eigenen Interessen dient. Wir hätten gewünscht, daß die russischen Armeen auf ihrer gegenwärtigen Linie als Freunde und Alliierte Polens stünden, anstatt als Eindringlinge. Aber daß die russischen Armeen auf dieser Linie stehen, war offensichtlich für Rußlands Sicherung gegen die Nazigefahr notwendig. Jedenfalls, auf dieser Linie stehen sie, und so ist eine östliche Front geschaffen worden ... Es kann nicht in Rußlands Interesse ... liegen, daß Deutschland sich an den Küsten des Schwarzen Meeres festsetze, oder daß es die Balkanstaaten überrenne und die slawischen Völker Südosteuropas unterwerfe ...«

Kein Mensch außer diesem *einen* sprach damals öffentlich von dieser Gefahr; Stalin hatte mit Hitler einen Nichtangriffspakt. Zwei Jahre später, als Hitler den Vertrag – wie fast jeden anderen – zerrissen hatte, sagte Churchill am Tage des Überfalls den Russen durchs Radio: »Ich hatte Stalin klar und präzise gewarnt ... Ich kann nur hoffen, daß diese Warnung nicht ungehört verhallte ... Niemand war ein folgerichtigerer Gegner des Kommunismus als ich in den letzten fünfundzwanzig Jahren. Ich nehme kein Wort von dem zurück, was ich darüber gesagt habe. Aber dies alles verblaßt vor dem Schauspiel, das sich nun abspielt ... Ich sehe die russischen Soldaten an der Schwelle ihres Landes stehen, das ihre Väter seit urdenklichen Zeiten bebaut haben. Ich sehe sie ihre Heimstätten schützen, in denen Mütter und Frauen beten – es gibt Zeiten, in denen jeder betet –, für die Sicherheit ihrer Lieben, für die Heimkehr des Ernährers, des Kämpfers und Verteidigers. Ich sehe die zehntausend Dörfer Rußlands, in denen die Existenzmittel dem Boden so hart abgerungen wurden, in denen aber noch immer die urspünglichsten Freuden des Menschen herrschen, in denen Mädchen lachen und Kinder spielen. Über sie hinweg sehe ich die Nazi-Kriegsmaschine ihren scheußlichen Angriff vortragen mit ihren säbelrasselnden, Hakken zusammenschlagenden, stutzerhaften preußischen Offizieren, ihren geschickten Fachleuten, die eben erst ein Dutzend Länder eingeschüchtert und in Fesseln gelegt haben. Und ich sehe auch die stumpfe, gedrillte, fügsame, rohe Masse der Hunnensoldateska daherkommen wie ein Schwarm wimmelnder Heuschrecken ... Hinter all diesem Gefunkel, hinter all diesem Sturm sehe ich die kleine Gruppe schurkischer Menschen, die diese Sturzflut von Schrecken planen, organisieren und auslösen ... Doch nun muß ich den Entschluß der Regierung Seiner Majestät bekanntgeben ... aber können Sie daran zweifeln, wie unsere Politik sein wird? Wir haben nur eine Absicht, wir haben nur ein einziges, unverrückbares Ziel. Wir sind entschlossen, Hitler und jede Spur des Naziregimes zu vernichten. Und davon wird uns nichts abhalten – nichts. Wir werden niemals mit Hitler oder irgendeinem aus seiner Bande verhandeln oder unterhalten. Wir werden ihn bekämpfen zu Lande, wir werden ihn bekämpfen zur See, wir werden ihn in der Luft bekämpfen, bis wir mit Gottes Hilfe die Erde von seinem Schatten befreit haben.

Jeder Mensch und jeder Staat, der gegen das Nazitum kämpft, wird unsere Hilfe haben. Jeder Mensch und jeder Staat, der mit Hitler marschiert, ist unser Feind.«

Zynismus, zu sagen, ein Mensch wie dieser sei »austauschbar« und stehe an *seinem* Platz nur zufällig. Der Einzelne, der zu dieser Schicksalstunde in der Downing Street amtierte, hatte auch als Historiker der »Weltkrise 1911–18« fast allein den Opfergang zweier russischer Armeen bei Tannenberg zur Rettung Frankreichs 1914 als eine vom Westen nie abgezahlte Schuld anerkannt …

Und wie der Pole Stasiek Zasada jener Einzelne ist, der für alle Namenlosen hier einsteht, die in Deutschland »seine« Geschichte durchlebten und erlitten – so sei jetzt der Brite Churchill als jener Einzelne angeschaut, der am souveränsten 1940 dem Geist des Odysseus in seiner Person eine Wiedergeburt, eine zeitgemäße Verkörperung gab. Dreimal hat Churchill in nur sechs Monaten gegen Hitler eine List ausgespielt, deren jede einzelne würdig ist des Einfalls, das hölzerne Pferd den Trojanern als vermeintliche Beute vor das Stadttor zu stellen.

Damals war Churchill 66 Jahre alt und auf der Höhe seines schon viereinhalb Jahrzehnte lang »öffentlich« geführten Journalisten-, Autoren- und Politikerlebens, das neunzig Jahre währte; daß er dann mit dem Satz starb: »Es ist alles so langweilig«, charakterisiert ihn ebenso wie seine Bemerkung aus mittleren Jahren, die seine zahllosen innenpolitischen Feinde immer gegen ihn zitiert haben, um die Aggressionslust dieses schließlich doch zum Retter gewordenen Kriegers zu beweisen: »Ich mag's, wenn Dinge passieren, und wenn sie nicht passieren, sorg ich dafür, daß sie passieren.« Doch zu »beweisen« war dieser Kriegstrieb in Churchill deshalb nicht, weil er ihn niemals verbarg, auch in Friedenszeiten nicht, die er gequält und verächtlich »den milden Himmel des Friedens und der Banalitäten« nannte. »Bis dann der verdammte Friede kam«, sagte er als sehr alter Mann über das Jahr 1918 zu seinem Arzt.

Als er mit zweiundsiebzig beschloß, die Opposition im Lande zu führen, ein Jahr nach dem Hitler-Krieg, kündigte er seinem Arzt das mit den Worten an: »Vor kurzem war ich bereit, in Anmut zu sterben. Jetzt … werde ich sie zum Duell fordern. Ich werde ihnen die Eingeweide herausreißen. Ich bin sehr gut in Form.« Und noch acht Jahre später notierte der Arzt über den achtzigjährigen wieder amtierenden – Premierminister, der inzwischen *drei* (!) Schlaganfälle überstanden hatte, nach einer Unterhausdebatte: »Sogar jetzt noch … da die Nation über die Parteigrenzen hinweg zu ihm als dem weisen alten Staatsmann aufsehen möchte ... findet er Geschmack daran, sich im Unterhaus herumzuprügeln. Er liebt einen handfesten Streit ... und genießt jede Minute dieses Austausches von Grobheiten. Kurz gesagt, er ist im Grunde immer noch der rothaarige Gnom, der allen eine lange Nase macht, die des Weges kommen.«

Die erste der kriegsentscheidenden Listen, die ihm einfielen in jenem halben Jahr, das den Tiefpunkt der militärischen Schwäche – und den Höhepunkt der moralischen Stärke – Englands im Hitlerkrieg kennzeichnet, kostete die Briten keinen Tropfen Blut: sie gaukelte Hitler und seiner ebenso bornierten Generalität nach der Besetzung Frankreichs und dem unverhofften Entkommen des britischen Expeditionsheeres vom Kontinent vor, England sei kapitulationsbereit – es warte nur eine wenige Wochen dauernde Anstandsfrist ab zwischen seiner Flucht vom Strand bei Dünkirchen und der Einleitung von Friedensverhandlungen, um das Gesicht nicht zu verlieren. Hitler, dem Churchill systematisch über seine Botschaften in den damals neutralen Ländern: USA, Schweden, Spanien, Schweiz – dieses Gerücht, vorgeblich das größte Staatsgeheimnis Englands, servieren ließ, glaubte es aufs Wort. Er *wollte* es glauben, weil er eine Invasion Großbritanniens nie in seine Pläne einkalkuliert hatte, da sie zu gefährlich schien im Hinblick auf die kleine deutsche Flotte, die zudem bei der Invasion Skandinaviens im April schon stark angeschlagen worden war.

So gewann die Insel, die nicht eine Minute zu Gesprächen über Frieden bereit war, genau das, was sie damals nötiger brauchte als Brot: Zeit, sich zur Abwehr einer Nazi-Invasion zu bewaffnen!

Denn die 224585 Mann des britischen Expeditionsheeres, die sich Anfang Juni 1940 aus Dünkirchen nach England zu retten begannen, brachten nur einhunderttausend Verbündete mit, Franzosen, Polen, Belgier, Holländer – aber gar keine Waffen! Zwar besaß England die stärkste Flotte der Welt. Doch konnte sie erst im Ärmelkanal kämpfen, wenn Hitlers Luftwaffe ausgeschaltet wäre: die jedoch die damals stärkste der Welt war! Englands Heer war fast waffenlos. Die britischen Jäger, die deutsche Truppen-Transportflugzeuge bei einer Invasion hätten abschießen müssen, waren im Frankreichfeldzug zum größeren Teil abgeschossen oder am Boden zerstört worden. Am Strand bei Dover, verteilt auf sieben Kilometer Breite, standen ganze drei Panzerabwehrgeschütze und jedes »besaß« nur sechs Schuß Munition.

Es war Englands schwächste Stunde in seiner langen Geschichte. Wie Churchill Hitler hinhielt, bis der sie verpaßt hatte, diese Stunde der Ohnmacht, das hat 1967, als Churchill schon zwei Jahre tot war, Laurence Thompson in einer Studie enthüllt, deren Titel das Schicksalsjahr ist: »1940«. Und was Thompson auch 1967 noch nicht wußte, das belegen die noch ungedruckten Tagebücher von Goebbels aus dem Jahr 1940: daß Hitler tatsächlich gierig die Köder fraß, die Churchill ihm zur Einschläferung hinlegte; daß der Braunauer nicht eine Stunde lang Verdacht schöpfte, hat zwei Ursachen: er hatte wie jedermann, dem niemand zu widersprechen wagt, die Fähigkeit, zu glauben, was er glauben *wollte,* bis zur Vollkommenheit ausgebildet; zweitens: Churchills List war ebenso simpel wie genial und, da keine materielle Voraussetzung mit ihr verknüpft war, absolut unüberprüfbar.

Hitler, der mehrfach sagte, neben der Rheinlandbesetzung sei die Norwegen-Invasion das von ihm meistgefürchtete Unternehmen gewesen, da er wie fast alle Befehlshaber großer Landheere kein Verhältnis zum Seekrieg fand, äußerte noch Ende April 1940 zu Goebbels, die empfindlichen Verluste seiner Kriegsflotte in Norwegen seien zu verschmerzen, da er in diesem Krieg der Marine keine bedeutende Aufgabe mehr zu stellen habe. Er rechnete eben niemals damit, in Großbritannien landen zu müssen. Die Schnelligkeit der Überwindung Frankreichs überraschte ihn dann nicht weniger als die ganze Welt. Als er im Juni am Kanal stand, »entdeckte« er, daß er nicht einmal Konstruktionspläne für Landungsboote besaß – so daß seine ganze Hoffnung nunmehr die Illusion war, England werde kampflos »einlenken«; ein erstaunlicher Trugschluß! Wie ratlos er war, für seine »arbeitslose«, millionenstarke Heeresmacht jetzt keine Beschäftigung zu wissen, verrät sein irrationaler, keineswegs aus Übermut, sondern aus der Angst, anders auch mit England nicht fertig zu werden, geborener Einfall vom 31. Juli 1940, nach Moskau zu marschieren.

Doch acht unersetzliche Wochen hatte er dann seit Beginn der britischen Flucht aus Frankreich am 2. Juni schon tatenlos verloren dank der gezielten Falschmeldungen, die ihm Churchill durch diplomatische Kanäle zugehen ließ – zum erstenmal am 7. 6., als der Unterstaatssekretär des Foreign Office dem schwedischen Botschafter Prytz sagte: »Vernunft und nicht Tollkühnheit« würden die Haltung der Downing Street bestimmen; in Genf schlug wenige Tage später ein Agent des britischen Generalkonsulats einem Agenten des deutschen Konsulats erste Friedensgespräche vor; in Madrid täuschte der britische Botschafter persönlich dem Schwager und Außenminister Francos, dessen betont hitlerfreundliche Haltung berüchtigt war, Friedensbereitschaft vor – alles wurde als strengst vertraulich bezeichnet, in der Gewißheit daß es *deshalb* sofort an Hitler weitergeschwätzt werde, was auch der Fall war! In Washington sagte Botschafter Lord Lothian sogar, sein Land habe »den Krieg verloren, es soll zahlen«; und in Bern wurde der britische Botschafter angewiesen, mit einem deutschen Prinzen, der dem Auswärtigen Amt ebenso nahestand wie der SS-Führung, Geheimgespräche, von denen Hitler wußte, über Frieden zu führen; Hitler lechzte geradezu nach der Realisierung seines Lebens-Traumes: von England einen Blanko-Scheck zu bekommen, aus Osteuropa eine deutsche Strafkolonie machen zu dürfen! Und glaubte jede einzelne dieser gezielten »Indiskretionen« der britischen Diplomaten, die in ihren Gesprächen oft so taten, als dürfe nicht einmal die Downing Street Wind davon bekommen, wie weit sie in ihren Zugeständnissen an die Deutschen zu gehen für vernünftig hielten. Churchill verrechnete sich nicht: es vergingen sechs volle Wochen, bis Hitler sich aufraffte und seinen Urwunsch, mit England kampflos zum Verständigungsfrieden zu gelangen, endlich aufgab und Befehl erteilte, am 16. 7. 40 »eine Landungsoperation gegen England vorzubereiten« ... Nichts ist so erstaunlich im ganzen Krieg wie dieses Datum: daß er zuvor eine Invasion nicht einmal »vorbereiten« ließ! Seine Rat- und Planlosigkeit wird auch charakterisiert an diesem Tag durch seine Äußerung zum Generalstabschef Halder, der das in sein Journal schrieb: »Irgend etwas ist in London geschehen. Die Engländer waren schon ganz down, nun sind sie wieder aufgerichtet.«

Doch noch immer hegte er sinnloserweise die Hoffnung, England falle um. Erst am 19. 7. »fand endlich die lang vorbereitete Reichstagssitzung statt. Immer wieder war sie verschoben worden, um der inneren Entwicklung in England Zeit zu geben«, notierte Hitlers Staatssekretär des Auswärtigen, Weizsäcker, am 23. August. »Der Führer, der mit England sich im Guten einigen möchte, fragt sich immer, worauf eigentlich Churchill baut, wenn er den Krieg fortsetzt ... In Wirklichkeit ist der Churchillsche Widerstand keine logische, sondern eine psychologische Frage. Churchill hat sich festgelegt, er kann nicht anders ... Seine Äußerung steht noch aus. Es liegt nur ein seltsamer Friedensfühler des brit. Botschafters in Washington vor ...«

Churchills Dusche war besonders kalt. Er antwortete nicht einmal selber auf Hitlers arrogant formuliertes Friedensangebot, sondern ließ ausgerechnet durch jenen Briten »eine sehr fromme, aber sehr deutliche Absage an uns in Radio« sprechen, wie Weizsäcker schließt, der den Deutschen von allen Kabinetts-Mitgliedern Churchills das friedenswilligste zu sein schien: durch den Außenminister Halifax, den Churchill »Holyfox« nannte, heiliger Fuchs, und vermutlich *deshalb* dazu ausersehen hatte, seit Anfang Juni durch unverbindliche Friedens-»Angebote« via Neutrale in Berliner Illusionisten – und das waren sie ausnahmslos, ob Nazis oder nicht –, die »solidesten« Hoffnungen auf einen britischen Ohnmachtsanfall zu erwecken ...

Da Hitler nun wieder, obgleich Herr über Polen, Skandinavien und Frankreich, ebenso ratlos durch Englands Haltung geworden war wie am 3. September 1939, als England, um Polen zu retten, ihm wider Erwarten den Krieg erklärte und er zu seinem Außenminister sagte: »Was nun?« – fiel ihm nichts anderes ein als der Überfall auf den befreundeten Stalin, ein Wahnsinnsakt, den er scheinbar rational bemäntelte, auch vor sich selber, indem er zwei Wochen später zu General Halder sagte: »Rußland, ein Faktor, auf den England am meisten setzt ... Ist aber Rußland zerschlagen, dann ist Englands letzte Hoffnung getilgt.«

Unfaßbar, in welchem Unmaß er zu verdrängen vermochte, daß immerhin die USA auch noch existierten! Und übrigens kein Wort davon an diesem 31. 7. 40, daß er sich von dem absolut vertragstreuen Stalin bedroht fühle ...

Churchills zweite List kostete Blut, sogar von Zivilisten: die Ablockung der deutschen Kampfflugzeuge von den britischen Jagdflughäfen auf – London! Um die britische Luftüberlegenheit zu retten, die allein eine Invasion Hitlers verhindern konnte, hielt Churchill als Köder die Hauptstadt hin, von der er wußte und das im Unterhaus auch sagte, sie sei mit den Mitteln des Bombenkrieges, über die das Jahr 1940 erst verfügte, nur anzuschlagen, doch nicht zerstörbar. Hitlers Generale, versteht sich, wußten auch das nicht: sie müssen die Achtmillionen-Gemeinde verwechselt haben mit dem Marktflecken Guernica in Spanien, wo Deutschlands Legion Condor 98 Menschen totbombte, was das Entsetzen der Zivilisierten erregte, doch den Briten auch zeigte, daß Kampfflugzeuge, wie die Deutschen sie nur statt Langstreckenbomber gebaut hatten – sie glaubten, allein eine taktische Luftwaffe zur Unterstützung des Heeres zu benötigen –, nicht Weltstädte »ausradieren« könnten.

Daß Churchill Görings Flugzeuge weglistete von Marshall Dowdings Jagdflughäfen und ihnen London hinhielt, das dürfte in Zukunft einmal ebenso beurteilt werden wie das Opfer Moskaus 1812: Stendhal, der mit Napoleon bis in den Kreml marschiert war, nannte die Verbrennung ihrer Stadt durch die Russen, um die Grande Armee obdachlos zu machen, die bedeutendste moralische Tat des 19. Jahrhunderts! Churchills Entschluß, London »zum Verdun der deutschen Luftwaffe« zu machen, wie der deutsche Oberst Wodarg schon am 4. Oktober zu Goebbels sagte, wird ebenso bewertet werden, denn er allein rettete vermutlich die britischen Jagdflieger, Radarstationen und Flugzeugfabriken ... also die Mittel, eine Invasion abzuwehren.

Churchills List beweist, daß ein großer Krieger nur sein kann, wer ein ebenso bedeutender Psychologe ist. Churchill hatte in seinem Meisterwerk: »Weltkrise 1911–18« geschrieben: »... waren diese Deutschen von allen Feinden der Welt die gefährlichsten, wenn sie ihre eigenen Pläne verfolgten, aber sie waren auch am leichtesten aus der Fassung zu bringen, wenn sie gezwungen wurden, sich nach den Plänen ihres Gegners zu richten. Den Deutschen Muße zur Entfaltung ihrer ungeheuren, geduldigen, exakt ausgearbeiteten Anschläge, zum Treffen ihrer langsamen, gründlichen, unendlich weitblickenden Vorbereitungen zu lassen, hieß eine schreckliche Gefahr heraufbeschwören. Sie aus der Bahn zu stoßen, sie in ihrem eifrigen Planen zu verwirren, ihr Selbstvertrauen zu brechen, ihren Unternehmungsgeist zu dämpfen, die Anstalten, die sie trafen, mit unerwarteten Taten über den Haufen zu werfen: das war sicherlich nicht nur der Weg zum Ruhm, es war auch das Gebot der Klugheit.«

Damit hatte man sie schon am 9. September 1914 an der Marne um den Sieg in der truppenreichsten Landschlacht aller Zeiten geprellt.

Doch Hitler hatte diesen beispiellosen Erfahrungsbericht Churchills aus dem Ersten Weltkrieg nicht gelesen, hatte nicht für nötig gehalten, sich diese auch für 1940 noch höchst aufschlußreiche Kriegsfibel seines Gegners zum Studium übersetzen zu lassen – habent sua fata libelli! Doch Bücher *machen* auch Schicksale, nicht zuletzt jene, die einer *nicht* liest: bis ins Jahr 43 hinein hatte der deutsche Amokläufer keine Ahnung, welches militärische Genie ihm in London trotzte! So konnte ihm nicht einmal der Gedanke kommen, daß Churchill seine kriegstechnisch so völlig unzulänglichen, kaum Gebäude demolierenden, fast gar keine Menschen tötenden sieben Bombenangriffe zwischen dem 25. August und dem 7. September 1940 auf Berlin nur deshalb startete, weil er mit diesen provokativen Nadelstich-Operationen etwas anderes erreichen wollte, als das, was er offensichtlich 1940 damit noch gar nicht erreichen *konnte:* eine ernst zu nehmende Zerstörung Berlins!

(Vom März 43 bis Kriegsende machte er Berlin dann zur meistgebombten Stadt der Geschichte: 363 Luftangriffe mit über 45 000 Tonnen Bomben, dem sechseinhalbfachen Gewicht des Eiffelturms, wurden von 18 468 Bombern der Briten und Amerikaner nach Berlin getragen, wie der Chef der Feuerwehr im Kriege, General Rumpf, und wie Werner Girbig, der Historiker der achten amerikanischen Bomberflotte, die im Kriege fast 44 000 Männer in Europa verlor, errechnet haben; doch nicht fünfzigtausend Berliner, wie noch diese beiden Chronisten annahmen, sollen ihr Leben unter Bomben verloren haben, sondern weniger als dreißigtausend, wie Olaf Groehler aufgrund erhalten gebliebener Schadens- und Verlustmeldungen im Berliner Stadtarchiv herausfand, der auch die Zahl der in Hamburg in nur vier Tagen Ende Juli, Anfang August 1943 Getöteten mit wenigstens 35 000 und höchstens 41 800 einschätzt; daß in Dresden eine Viertelmillion Menschen umgebracht worden sein sollen, wie aus dem Tagesbefehl Nr. 47 des Obersten der Schutzpolizei, Grosse, vom 22. März 45 hervorzugehen scheint, wird jetzt allgemein als eine Fälschung bezeichnet; immerhin aber hat die Witwe dieses »Chefs des Stabes beim Befehlshaber der Ordnungspolizei«, Frau Eva Grosse, gegenüber dem Briten David Irving noch am 10. Juli 1965 in München auf der Echtheit dieser Bilanz ihres Mannes bestanden; für immer wird ungeklärt bleiben, wie viele Menschen in Dresden umkamen. Ein ehemaliger Bürgermeister der Nachkriegszeit, Weidauer, sprach von »nur« 35 000 Toten, so auch 1977 ein Chronist der Tragödie, Göt Bergander, der zur Tatzeit dort als Schuljunge »Flakhelfer« war. Auch ist offenbar die Zahl der in Berlin nach Bombardements Vermißten nie mehr herauszufinden.)

Churchill hatte schon 1935 geschrieben, jedes feindliche Flugzeug, das man auf offene Städte locke, werde nur widerwillig der Front entzogen werden; und in schockierender Ehrlichkeit kündigte er im voraus seinem Volk an, was er für nötig hielt! Virginia Woolf schrieb am 20. Mai 1940 in ihr Tagebuch: »Gestern abend forderte Churchill uns auf, wenn wir bombardiert werden, uns zu sagen, daß wir wenigstens für diesmal das Feuer von den Soldaten auf uns abziehen.« So kam es. Und Churchill schrieb noch im März 44 an Stalin, die fabelhafte Haltung der Londoner 1940 ermutigte ihn, zur Entlastung seiner Invasions-Armeen, bevor er die nach Frankreich übersetze, von neuem die Deutschen zu verlocken, ihre Flugzeuge abzuziehen zur Bombardierung Londons. Von all dem ahnte Hitler nichts; er faselte von »offenen« Städten, von Genfer Konvention – und meinte damit: offen für seine Infanterie, offen für seine Panzer, offen für seine Genickschuß-Spezialeinheiten und offen für seine Juden-Vergaser-Verbände, die er seinen Kampftruppen auf dem Fuß folgen ließ! Churchill war nicht gesonnen, diesen »langgehegten« Plänen die Erfüllung zu gönnen, sondern sprach sich stets vor dem Krieg dagegen aus, daß Großbritannien einem internationalen Luftkriegs-Recht beitrete zum Schutze der Städte vor Fliegerangriffen, das auch Hitler propagierte: wußte Churchill doch, daß seine Insel ohne nennenswerte Heeresmacht gegen das deutsche Heer nur durch Luftangriffe und auf See antreten konnte! Doch da Hitler ja nicht England als Feind eingeplant, sondern vielmehr die Illusion bis zum Kriegsbeginn gehegt hatte, die Briten würden ihm »freie Hand« in Osteuropa lassen, obgleich Churchill schon 1936 dem deutschen Botschafter Ribbentrop das »Versprechen« gab, England lasse wieder »die ganze Welt« gegen Deutschland aufmarschieren, wenn Hitler über den Osten herfalle. So hatte er sich von seinem zum General ernannten Flieger-Playboy Udet einreden lassen, keine Bomber bauen zu müssen, sondern nur zur Unterstützung des Heeres eine taktische Luftwaffe, wie seine »Stukas« – die er dann auch prompt nach acht Tagen als zu langsam aus der Schlacht um England herausziehen mußte, obgleich sie ein Drittel der Bomber ausmachten, die er hatte in die begonnene Entscheidungs-Schlacht werfen können. Doch diese Luftschlacht wäre ohne Churchills List von England nicht durchzuhalten gewesen, denn so heldenmütig die Jäger der Royal Air Force auch kämpften – nie in der Geschichte hatten bisher so viele so wenigen für so vieles zu danken, sagte Churchill nach dem Sieg –, Görings zahlenmäßige Überlegenheit war zu furchtbar: er vermochte zwischen dem 24. 8. und dem 6. 9. durchschnittlich tausend Maschinen täglich auf England losbrechen zu lassen, und da sie strenge Anweisung hatten, nur militärische Ziele zu bomben, so wurden in diesen Tagen 466 britische Jäger abgeschossen oder zerstört, während die Deutschen »nur« 385 Flugzeuge einbüßten, davon 214 Jäger. Churchill beobachtete, daß »die Waagschale zuungunsten des Jägerkommandos ausgeschlagen« war …

Und Churchill wußte, im Gegensatz zu Hitler, daß die Battle of Britain die Entscheidungs-Schlacht nicht nur dieses Krieges wurde, sondern die der ganzen westlichen Zivilisation. Dennoch hatte Churchill – beispiellos – die Nerven, zu warten, bis sein Gegner ihm die Handhabe bot, jene langgehegte List gegen ihn auszuspielen, die England retten sollte. Denn Churchill war keineswegs nur – wie einmal sein Arzt schrieb – der »Elefantenbulle, der alles niedertrampelte, was sich ihm in den Weg stellte«, sondern er konnte, wenn nötig, ein höchst besonnener, abwartender Jäger sein. Worauf wartete er, während Tag für Tag seine

Jagdflugzeuge fürchterlichere Verluste hinnehmen mußten? Churchill wartete, um auch noch Hitler vor aller Welt bloßzustellen, anzuschwärzen als denjenigen, der zuerst London traf, bevor Churchill sich zum erstenmal an Berlin vergriff, auf das was kommen *mußte*: daß ein deutsches Flugzeug abirrte von einem militärischen Ziel – auf ein ziviles. Denn die Deutschen bombten bereits in Londoner Außenbezirken Industrie, Benzinlager, Flughäfen, hatten aber in über fünfzig Angriffstagen nur vierzehnhundert Personen totgebombt, also eindeutig militärische Ziele angegriffen. Endlich aber irrten einige (oder eine) ihrer Maschinen ab und töteten *versehentlich* neun Londoner. Neun. Darauf hatte Churchill gewartet. In der nächsten Nacht warf er 22 Tonnen Bomben auf Berlin – weniger als nichts, aber es ging ihm ja auch gar nicht um eine Zerstörung, zu der er damals noch unfähig war, sondern in exakter Einschätzung des Charakters seines sich schon als Sieger aufblähenden Gegners um dessen Herausforderung. (Ein sehr bedeutendes Nebenergebnis der Berlinangriffe 1940 war allerdings, daß nunmehr weder die neutralen Spanier noch die Russen mehr glaubten, daß die Deutschen bereits den Krieg gewonnen hätten.) Auch Churchill hatte beim ersten Angriff nur zehn Berliner zu töten vermocht, doch die Eitelkeit Hitlers, der soeben, nach seinem Einzug in Paris über blumenbesäte Straßen, heimgekehrt war in die Reichskanzlei, war ebenso ungeheuer getroffen wie der Seelenfrieden der Reichshauptstädter, die seit 1806, als Napoleon durchs Brandenburger Tor eingeritten war, keinen Feind mehr hatten erblicken müssen. Und Churchill kam wieder, denn wie sehr seine List glückte, merkte er schon am nächsten Tag, als Goebbels fassungslos drucken ließ: »Englische Luftpiraten über Berlin!«

Noch siebenmal mußte Churchill nachts über die »Reichshauptstadt« kommen, dann, endlich, am 7. September, hatte er den Braunauer dort, wohin er ihn hatte verlocken wollen: über London – und weg von Dowdings Jagdflughäfen. Denn Hitler hatte am 4. September wutspuckend einer im Sportpalast ihm erwartungsheiß zukreischenden Menge »versprochen«, wenn »Herr Churchill … seine Erfindung der Nachtflugangriffe, weil seine Luftwaffe bei Tage nicht über deutsches Land fliegen kann«, – nicht einstellen werde; wenn Churchill »diesen Unfug« nicht sofort unterlasse, dann werde er, Hitler, die britischen Städte »ausradieren« …

Nicht eine Sekunde – so wenig wie bei Churchills drittem Streich, der Hitler nach Belgrad verlockte – kam dem Rasenden der Verdacht, Churchill überliste ihn. Der ebenso genarrte Göring merkte ebenso nicht nur nichts – sondern konnte sich und Hitler in stringenter Konsequenz seiner hervorragendsten Eigenschaft: der Eitelkeit, einreden, diese neue, ihnen vom Gegner »aufgezwungene« Strategie, die Hauptstadt des Feindes zu bomben – bringe sie nur schneller zum Ziel, zur Kapitulation Englands. Ja, die Terrorisierung der Londoner durch Nacht-Bombardements mache gar die Landung in Großbritannien überflüssig … Städte-Brände, bei Nacht fotografiert, wirkten denn auch viel spektakulärer, machten einen unverhältnismäßig größeren Propaganda-Effekt als schwierig zu fotografierende Angriffe auf Jagdflughäfen. Nicht einen Moment ahnten Göring und seine Generalität, daß Churchill mit seinen Berlinflügen etwas anderes im Schilde führte, als das, was er offensichtlich ja doch mit ihnen nicht fertigbrachte, obgleich er noch 29mal im Jahre 1940 angriff: eine wirksame Zerstörung Berlins. »Racheblind« warf Göring alle seine Macht auf London – in zwei Nächten hatte er 824 Menschen dort umgebracht.

Der britische Colonel Winterbotham, der zuerst 1974 über Polens Auslieferung der deutschen Chiffriermaschine Enigma an England berichtet hat, und der nahezu alle entscheidenden deutschen Funksprüche dank dieser Enigma schon ab Herbst 1940 mitzulesen vermochte und sie täglich bis 1945 dem Premierminister aushändigte, schrieb über diesen 7. 9. 1940: »Das war Görings schwerster Fehler! Hätte er seine Angriffe auf unsere Flugplätze in Südengland noch 14 Tage durchgehalten, dann hätte er unsere restlichen Jagdflugzeuge wahrscheinlich ausgeschaltet. Am 5. September … befahl er jedoch … die Londoner Docks anzugreifen … Wollte er nur für einen Angriff britischer Bomber auf Berlin Rache nehmen, der die Versprechungen des Reichsmarschalls, kein britisches Flugzeug werde jemals die deutsche Hauptstadt erreichen, Lügen gestraft hatte? … Strategisch gesehen, beging er jedenfalls einen gewaltigen Fehler …

Die deutschen Angriffe auf die Londoner Docks hatten die letzten Jagdflugzeuge der RAF vor der Vernichtung bewahrt.

… Am 7. September … kam der erste jener ›Blitz‹-Angriffe, die sich eindeutig gegen die Zivilbevölkerung richteten. Am 9. September … fingen wir wieder einen Funkspruch ab, der einen Angriff von über 200 Bombern gegen London … anordnete … Görings Befehle, die Angriffe auf britische Flughäfen abzubrechen und statt dessen London anzugreifen«, verstärkten den Eindruck, Hitler habe auf die Invasion verzichtet. Wieder einmal war der neunte September – der Tag des Marne-»Wunders« 1914 – das Datum der epochemachenden deutschen Niederlage auch im zweiten der Weltkriege. Denn Görings Kampfflugzeuge konnten, mit sehr wenigen Ausnahmen, den Ring der frühzeitig alarmierten britischen Jäger nicht durchbrechen und nicht bis London vordringen. Nachts kamen sie wieder. Nun kamen einige mehr durch. Doch dann verhing der Himmel sich für eine Woche. Und erst Sonntag der fünfzehnte ist das Datum des Verendens aller deutschen Hoffnungen auf eine Invasion. Die Briten wußten, daß wegen der einbrechenden Herbststürme im Kanal dieser Tag – denn heute kam Göring bei Tageslicht – der letzte Test war, ob noch 1940 ein Transport der Invasionstruppen über See ermöglicht werden könne, weil die britischen Jäger ausgeschaltet seien, mit denen Marshall Dowding bisher so listig, so geheimnisvoll haushälterisch umgegangen war; er setzte sie sparsam ein, nie alle; nie durfte einer seiner Jäger einen deutschen Jäger angreifen, sondern nur deutsche Bomber … Heute aber warf er sie alle ohne Ausnahme den Deutschen entgegen – und Görings Flieger ohne Jagdschutz flohen, ebenso überrascht wie entsetzt. Winterbotham schreibt: »Göring, den dieser Mißerfolg offenbar rasend gemacht hatte, befahl einen sofortigen zweiten Angriff. Sein Funkspruch wurde … von uns sofort entschlüsselt … die Geschwindigkeit sollte diesmal Geschichte machen: Unsere Jagdflugzeuge wurden … rechtzeitig wieder in die Luft gebracht, um die zweite deutsche Angriffswelle zu stellen. Auch diesmal ließen die Deutschen ihre Bomben zerstreut fallen und ergriffen die Flucht.«

Zwei Tage später entschlüsselten die Briten den enthüllenden Befehl aus Berlin an die in Holland stationierten Luftlandeverbände, die Verlade-Einrichtungen abzubauen, die für die Luftbrücke nach Großbritannien errichtet worden waren. Churchill »verlas mit strahlendem Gesicht Görings entschlüsselten Funkspruch, der ... das Ende von ›Seelöwe‹ bedeutete, zumindest für das Jahr 1940«. Seelöwe war Hitlers Geheimwort für die Invasion Englands.

Nun Churchills dritte List in diesem Krisenhalbjahr: im Dezember 40 hatte er durch entschlüsselte Funksprüche die Gewißheit, daß der »Mann da drüben« Anfang Mai über Rußland herfallen werde. Churchill, der sofort, doch vergebens Stalin informierte (Stalin hielt das für eine britische Provokation!), war eher beunruhigt als erleichtert durch diese Ablenkung. Denn wenn den Deutschen in Rußland im kommenden Sommer ebenso ein Blitzkrieg glückte wie im vergangenen Sommer in Frankreich, dann könnten sie den Krieg gewinnen! Also war es nötig, Hitlers Terminplan umzustoßen – und seinen Überfall auf Rußland so weit in den Sommer hineinzuverschieben, daß Hitlers Armeen noch kämpfend in den Winter hineingerieten wie jene Napoleons, der auch erst Ende Juni marschiert war!

Churchill telefonierte mit Roosevelt – ein volles Jahr vor dem Eintritt der USA in den Zweiten Weltkrieg. Und beide Herren wurden sich rasch darüber einig, daß »nur eine Schweinerei auf dem Balkan«, die sie organisieren müßten, Hitler weglocken konnte von seinem Angriffstermin: einen brennenden Balkan an seiner rechten Flanke würde er zuerst löschen müssen, ehe er Richtung Moskau losbrechen könnte!

Churchill ist für nichts anderes so hart verspottet worden während des Krieges wie für seine angeblich so kraß »mißglückten Balkan-Abenteuer«, über deren wahre Motive er selbstverständlich keine Silbe sagen durfte.

Erst 1976, elf Jahre nach Churchills Tod, hat William Stephenson, der kanadische Business-Millionär, enthüllt, daß er mit dem Amerikaner William J. Donovan, dem späteren General und Gründer der Urzelle der CIA, 1941 den Balkan in Brand gesteckt hat, um Hitler zum Amoklauf nach Athen und Belgrad zu verlocken und ihn dadurch zu zwingen, seinen Überfall auf Rußland um nie mehr einzuholende sechs Wochen zu verschieben!

Wer war Stephenson?

Noch bevor Churchill als neuernannter Premierminister am 10. Mai 40 Zeit gefunden hatte, aus der Admiralität umzuziehen in die Downing Street, empfing er Stephenson, um ihn zur »Koordinierung der britischen und amerikanischen Geheimdienstarbeit« nach New York zu verabschieden. Als der Krieg dem Ende zuging, erhielt dieser Kanadier als erster (oder einziger?) Ausländer vom Präsidenten die höchste amerikanische zivile Dekorierung; der FBI-Chef schrieb ihm, daß »Ihr Beitrag zum Endsieg der Verbündeten als einer der bedeutendsten gewürdigt werden wird, wenn man eines Tages über diese Dinge sprechen kann«, und Churchill empfahl ihn dem König mit den Worten zum Ritterschlag: »Dieser Mann liegt mir am Herzen« ... Er hat ihn dann in den zwölf Bänden seiner Memoiren nicht erwähnt: die Leistungen der Geheimdienste haben zu oft die eigenen erst ermöglicht, als daß Generale und Staatsmänner Lust hätten, auf sie hinzuweisen!

Daher die Vorschriften über Geheimhaltung – besonders in England – zuweilen ohne jeden praktischen Nutzen ein Menschenalter und länger, ja ad infinitum Gültigkeit haben: das militärische Establishment teilt auf der Insel wie überall seinen Ruhm zu ungern mit dem der »unteren Sphäre« ... Zuweilen glückt es einem Geheimdienstler noch, das zu rächen: Colonel Winterbotham nennt den Marschall Montgomery, der Winterbothams (und der Polen!) Entschlüsselung des deutschen Code ausnahmslos *alle* seine Siege über Rommel und in der Normandie verdankt, nur verächtlich; den höchsten Soldaten Englands, Feldmarschall Lord Alanbrooke, dem Winterbotham fünf Jahre lang täglich die deutschen Geheimnachrichten zutrug, erwähnt er überhaupt nie in seinen »Aktion Ultra«-Memoiren ...

Auch hat Kim Philby, Rußlands Meisterspion in Whitehall, in seinen Memoiren »My Silent War« bestätigt, wenn auch ironisch, da er zu Recht nicht die Auslöser eines Volksaufstands für entscheidender hält als das Volk, das dann den Aufruhr auf die Straße trägt – Philby hat überliefert, daß SOE (Special Operations Executive), jene Abteilung des Secret Service, der er 1940/41 angehört hat, in Belgrad dabei war: »Der jugoslawischen Revolution im April, auf die sich das SOE etwas zugute tat (unsere Leute waren dort gewesen, und: post hoc, propter hoc; hinterher war es deswegen!), folgte prompt die Invasion Jugoslawiens und die Besetzung Griechenlands.«

Es ist ein Prozeß von unerhörtem Interesse, diese alliierte Kriegslist, das erste geschichte-machende Ergebnis der Freundschaft Roosevelts mit Churchill, in ihren Auswirkungen auf den ahnungslosen Hitler und seine ebenso dumme deutsche Generalität Tag für Tag zu verfolgen im noch unveröffentlichten Tagebuch von Joseph Goebbels, das auch Stephenson noch nicht zugänglich war, als er seinen Bericht fünfunddreißig Jahre nach den Ereignissen schrieb. Diese Ereignisse haben zwar vermutlich Moskau vor einer Besetzung durch Guderians Panzer geschützt, mußten jedoch auch bezahlt werden mit weit über zehntausend Belgrader Zivilisten, die auf Befehl Hitlers Ostern 1941 ohne Kriegserklärung totgebombt worden sind ... Die Briten waren am 7. März 41 in Piräus gelandet aufgrund abgefangener deutscher Nachrichten, daß Hitler in Griechenland einfallen wolle, um den Italienern erstens in Nordafrika, zweitens in Griechenland selber beizustehen, das sie ohne seine Kenntnis und gegen seine Intentionen am 28. Oktober 1940 überfallen hatten und wo sie fast pausenlos geschlagen wurden.

Hitler, der – wegen des ihm fehlenden Öls – Rumänien, das er wie Bulgarien zu seinem Vasallen gemacht hatte, nie aufgeben konnte, mußte die Briten aus Athen wieder vertreiben, ehe er gegen Moskau aufbrechen konnte, wollte er nicht riskieren, mit offener Flanke zu kämpfen und das rumänische Öl zu verlieren, ehe er das kaukasische erobert hatte. Doch seine Ablockung nach Griechenland hin schien Churchill nicht ausreichend zu sein, um Deutschlands menschenreichen Armeen die Verschiebung des Angriffstermins gegen Rußland mit Sicherheit aufzuzwingen. Also zog er auch noch Jugoslawien in den Krieg, das soeben in Wien den Drei-Mächte-Pakt mit Hitler unterzeichnete und von ihm um freien Durchmarsch nach Griechenland für Teile der 2. deutschen Armee (Generaloberst v. Weichs) ersucht wurde. Denn die britischen Chancen, Griechenland gegen die Deutschen zu verteidigen, wenn es nicht nur aus Richtung Rumänien-Bulgarien (Feldmarschall Lists Armee), sondern auch noch von Jugoslawien aus besetzt würde, waren null. Fast niemand in England begriff, warum Churchill überhaupt versuchte, dort zu kämpfen, seit die jugoslawische Regierung des Prinzregenten Paul mit Ministerpräsident Cvetkovič den Pakt mit Berlin geschlossen hatte. Doch Eden und Donovan veranlaßten den jugoslawischen Luftwaffengeneral Simovič als demonstrative Protesterklärung gegen das Bündnis mit Berlin die Regierung zu stürzen, den Kronprinzen Peter für volljährig zu erklären, zum König auszurufen und den großen Volksaufstand in Belgrad losbrechen zu lassen: damit hatten die Jugoslawen das Bündnis mit Hitler zerrissen, der typischerweise seinen Racheakt, Bombardement und Besetzung, »Unternehmen Strafe« nannte ...

Die Brutalität dieser »Strafe« wurde die gefühlsmäßige Basis, um in diesem Lande bald den von Tito geführten Partisanenkrieg aufzuhetzen, der mehr deutsche Divisionen jahrelang gefesselt hat als jeder andere Guerilla-Krieg in Europa ... Und der so meisterhaft geführt wurde, daß Hitler mehrfach vor den Ohren seiner Generale sagte, er wünschte, daß auch nur einer von ihnen das Format Titos habe, den er einen »Mordskerl« nannte, ein Lob, das er sonst nur noch für Stalin fand.

Nichts ist aufregender im Tagebuch von Goebbels nachzulesen, der täglich jetzt bei Hitler sitzt, als die Tatsache, daß Hitler zwar nicht eine Sekunde im unklaren darüber ist, daß Roosevelt und Churchill es sind, die in Belgrad gegen seine »freien Durchmarsch«-Pläne nach Griechenland den großen Volksaufstand organisieren; daß aber dennoch auch hier Hitler nicht einen Moment erwägt, daß der Volksaufstand nur ein Mittel ist, kein Selbstzweck: das Mittel, Hitlers Terminplan zum Einfall in Rußland zu durchkreuzen, um ihn damit in die verhängnisvollste Falle tappen zu lassen, die ihm während des ganzen Krieges von Churchill hingestellt wurde.

Hitler verschiebt den Beginn seines risikoreichsten Feldzugs, *obwohl er weiß* und das oft genug betont, er darf nicht in den Winter geraten! Denn er ist durchaus gedanklich mit der Vernichtung Napoleons durch den Winter beschäftigt – dennoch aber kommt es dazu, daß er erst am 22. Juni marschiert, am selben Tag, an dem 1812 Napoleon seine Proklamation an die – ebenfalls – größte Armee erlassen hatte, die je in Europa zu einem Überfall aufmarschiert war: ein wahrhaft fataler, ja grauenerregender Zufall!

Auch weiß Hitler genau und beredet das täglich mit Goebbels, daß der britische Außenminister und der Amerikaner Donovan sich seit Wochen als Brandstifter auf dem Balkan herumtreiben, um ein Großfeuer dort zu entfachen – dennoch läßt sich Hitler nicht »ungestraft« provozieren. Er startet denn auch sein »Unternehmen Strafe« ... ohne die geringste Ahnung, *wer* hier bestraft werden wird! Wieder ein Beleg für die furchtbare Entdeckung, daß der Verstand nichts vermag, wo das Gefühl dominiert: das Gefühl sagt Hitler, er, der Sieger auf dem Kontinent, dürfe »ungestraft« nicht beleidigt werden – denn die Studenten nicht nur, sondern überhaupt weite Teile der Belgrader Bevölkerung rotten sich demonstrativ zusammen gegen den in Wien unterzeichneten Pakt mit Hitler. Goebbels notiert:

»Der Führer sieht etwas angegriffen aus. Der Fall Jugoslawien ergrimmt ihn sehr ... In den USA gibt man nun auch offiziell zu, daß Roosevelt ein wenig der Belgrader Operettenrevolution nachgeholfen habe ... Churchill triumphiert in seiner Rede über Jugoslawien. Der Führer ist empört.«

Goebbels notiert am 29. März:

»Belgrad große Demonstrationen gegen uns. London und Washington erklären sich solidarisch.«

Oder, am 1. April: »Dahinter stecken Engländer und Juden ... Eden wieder in Athen. Der reisende Kriegsverwickler.« Oder, am 2. April: »Eden in Belgrad. Er will natürlich Krieg ... Belgrad dementiert die Anwesenheit Edens, fügt hinzu, er sei nicht eingeladen ... Judenjungenangst.«

Ein Oberbefehlshaber Hitlers liefert in diesen Tagen das »Bon«-mot: »Herr Feldmarschall, wenn Jugoslawien keinen Widerstand leistet: wie lange brauchen Sie dann, es zu besetzen?«

Antwort: »24 Stunden!«

Frage: »Und wenn die Jugoslawen Widerstand leisten?«

Antwort: »Zwölf Stunden!«

Erstaunte Frage: »Wieso?«

Antwort: »Dann fallen die Begrüßungsreden weg.«

Der Fisch stank an jeder Gräte, an jeder Schuppe. Größenwahn war in Deutschland zur Volksseuche geworden. Nicht einige Gedenkminuten lang fällt diesen »Marschall« der Verdacht an, und auch offenbar keinen einzigen der anderen ach so intelligenten deutschen Generale, die alle nach dem Kriege versuchen werden, »den böhmischen Gefreiten« Hitler allein haftbar zu machen für die »verlorenen Siege«: daß jede einzelne dieser britisch-amerikanischen Herausforderungen mit genialer Psychologie abgestimmt ist auf den Wutschäumer in der Reichskanzlei.

Nichts von allem ahnen die Deutschen! Der Veitstanz der Verrücktheit hat Goebbels wieder erfaßt, sobald er hinschreiben kann, daß zum orthodoxen Osterfest, samstagfrüh, die Belgrader durch die Flieger Löhrs – immerhin wird wenigstens Löhr, als einziger Bombardeur des Zweiten Weltkrieges, dafür aufgehängt werden am Untatort – ohne Kriegserklärung in den Betten ermordet werden.

Am 3. April notierte Weizsäcker: »... ein Jammer, daß wir unsere Kräfte auf dem Balkan verschwenden müssen ... Die Südostfront in Europa ist ein Geschenk an England.« Und notierte am 5. April: »Der jugoslawische Gesandte hat sich im Laufe des 4. und am Vormittag des 5. April 1941 dreimal bei mir zu einer Besprechung angesagt. Auf Weisung des Herrn Reichsaußenministers habe ich mich stets verleugnen lassen.« Doch deutet der jugoslawische Militärattaché Oberst Vauhnik in seinen Memoiren an – Buenos Aires, 1967 –, daß Weizsäcker aus Menschlichkeit eine Warnung an ihn habe ergehen lassen; Weizsäcker war selber erst am 29. 3. informiert worden, daß Hitler Belgrad – das zur offenen Stadt erklärt worden war – ohne Kriegserklärung zerbomben werde ... Goebbels frohlockt: »Dieser Saisonstaat wird die Provokation des Reiches mit seiner Existenz bezahlen.« Am 5. April notiert er: »Samstag soll nun in aller Frühe der Angriff auf Jugoslawien und Griechenland beginnen ... Jugoslawien wird ... aufgelöst. Italien bekommt die Küste, Bulgarien Mazedonien und unsere Ostmarkgaue die früheren österreichischen Provinzen ... Belgrad versucht krampfhaft abzuwiegeln und ergeht sich in weinerlichen Loyalitätserklärungen.«

Immerhin, der doch wesentlich intelligentere Hitler muß dann – fünf Tage vor seinem Überfall auf Rußland – eingestehen, was Goebbels notiert: »Der Feldzug in Griechenland hat unser Material stark mitgenommen, deshalb dauert die Sache etwas länger.« Die Sache, das heißt: »Unser Aufmarsch gegen Rußland.« Daß die verlorenen Monate nie mehr einzuholen sind, daß Hitler nun genau das tun *muß*, was er mit Sorgfalt hatte vermeiden wollen, so spät im Sommer wie Napoleon die russische Grenze zu überschreiten, diesen Gedanken verdrängt er; seinem Goebbels, versteht sich, kommt der gar nicht, dieser Gedanke: daß Hitler nun nicht mehr nach seinem, sondern nach Churchills Terminplan marschiert – in den Winter!

Drei Listen – drei Schlachten. Die moderne Schulbuch-Auffassung leugnet bekanntlich, daß – wie Churchill 1935 schrieb – »Schlachten die wichtigsten Meilensteine in der Weltgeschichte« seien. Sie leugnet das aus dem sehr ehrenwerten, sehr menschlichen Empfinden, daß nichts, was uns derart verhaßt ist wie der Krieg, das erste Wort zu sagen habe in der Zivilisation, die ja aufhört, eine zu sein, wo Krieg beginnt. Je verhaßter uns der Krieg ist, desto natürlicher ist es, ihm *nicht* zuzugestehen, daß *er* das Gesicht der Welt, der Menschen, ja auch nur die Landkarten so tiefgreifend verändert habe, wie nichts anderes. Und doch ist das wahr: große Schlachten »verändern in Wahrheit den gesamten Lauf der Ereignisse und schaffen in Heeren und Völkern völlig neue Wertmaßstäbe, neue Stimmungen und Anschauungen, neue Atmosphären, denen sie sich anpassen müssen«. Wer das bezweifelt, was Churchill hier in seiner Geschichte des Herzogs von Marlborough schrieb, und was auch Plato schon wußte, als er feststellte, sogar die musischen Ordnungen änderten sich nur mit den staatlichen – der frage sich, welche Wertmaßstäbe, Stimmungen, Anschauungen, Ländergrenzen heute wohl in Europa anzutreffen seien, wäre der Zweite Weltkrieg mit der Besetzung Londons durch Hitler beendet worden – statt mit der Eroberung Berlins durch die Rote Armee!

9 »Heimat, deine Sterne«

»O armer Erich Knauf! Zwanzig Jahre kannte ich ihn. Setzer in der ›Plauener Volkszeitung‹ … bevor er Redakteur, Verlagsleiter und Schriftsteller wurde. Ein Mann aus dem Volke … Dabei fällt mir ein anderer Mann ein … jener Lump, der Abend für Abend fein säuberlich eintrug, was Knauf und E. O. Plauen, der Zeichner, gesagt hatten. Der dann hinging und die beiden an den Strick lieferte. Der, ehe die zwei davon wußten, über ›die ja nun bald frei werdenden Zimmer‹ im Haus disponierte. Was macht denn dieser Herr Schulz, damals Hauptmann der Reserve im OKW? Dieser Verleger von Zeitschriften, die sich mit ›Körperkultur‹ befaßten, um auf Glanzpapier Nacktfotos abbilden zu können? Hat Herr Hauptmann das letzte Kriegsjahr gesund und munter überstanden?«

Erich Kästner, 1946

»Ein Hemd hat sie dem Polacken geschenkt und sogar einen Schlips!« sagte Maria. Ihre puppenstubenkleine Wohnung, auch so aufgeräumt, doch farblos karg, lag im gleichen Häuschen wie Paulines Gemüse- und Blumenlädchen und Küche und Schlafstuben, also in Hörnähe.

Ihr Mann konterte unwirsch: »Ein Hemd geschenkt – das beweist gar nichts! Melchiors haben ihm sogar einen ganzen Anzug gegeben.« Das schränkte seine Frau ein: »Nur einen gebrauchten. Und du kannst doch Melchiors nicht vergleichen mit unsrer Nachbarin! Melchior ist der Arbeitgeber des Polen, der Pole wohnt bei denen und ißt sogar mit ihnen am Küchentisch.« Sie wiederholte mit Nachdruck: »Am Familientisch, obwohl das ja streng verboten ist!« Marias Aufmerksamkeit für alles Verbotene, wenn andere sich erdreisteten, das zu tun, war so alt wie sie selbst. Dieses schnüffelnde Interesse: was hatte er sich schon anhören müssen über Marias Freundinnen und Nachbarn! Langweilte ihn das sonst, fing es nunmehr an, ihn wütend zu machen … Er sagte: »Wenn die Leute selber in der Küche essen – soll dann ihr Fremdarbeiter im Schweinestall essen? Oder sollen sie ihm extra servieren, in der guten Stube!«

Sein Ton war so, daß sie vorsichtig erwiderte: »Ich sage ja nur – und es ist nun mal verboten!«

Dies zu wiederholen, war charakteristisch für sie. Er sagte, jetzt unverhüllt verächtlich: »Bist du nie auf die Idee gekommen, daß es heutzutage Verbote gibt, die – verboten werden müßten!«

Sie schwieg, doch ihr Gesicht antwortete ihm, daß *der* Gedanke ihr nie gekommen sei. Er dachte, ohne das zu sagen: wie merkwürdig, daß so viel Gerissenheit vereinbar ist mit der hündischen Lust, zu parieren. Als Kind konnte ich Katzen nicht ausstehen, ich liebte Hunde, heute ist es umgekehrt, weil keine Katze sich abrichten läßt, aber jeder Volksgenosse auf den Pfiff gehorcht wie ein Hund. Er hätte das seiner Frau gern gesagt, dann ließ er es sein, wozu im Urlaub, in einem so kurzen, Probleme erörtern.

Ach, als hätte jemals er darüber entschieden, was in dieser Ehe beredet wurde! Zwar lag Maria noch so besänftigt, wie sie nur einige Stunden nach dem Akt war, unter seiner Hand – doch die Falte über der Nasenwurzel deutete bereits wieder auf ihre Grübelei; und da ihre Hartnackigkeit jeder männlichen Energie spottete – doch energisch war er nur, wenn er arbeitete –, so war sie nicht eine Minute in Versuchung, seiner Bitte nachzugeben und das ihn anwidernde Thema fallenzulassen. Ihr einziges Zugeständnis war, daß sie einen Umweg machte, »zum Laden« der Nachbarin, den sie haben wollte und den sie kriegen würde – immer hatte sie bekommen, was sie wollte –, zurückzufinden. »Der geht immer besser, weil Obst und Gemüse ja schon fast das letzte sind, das es noch ohne Lebensmittelkarten zu kaufen gibt! Und Blumen führt die nun auch schon, obwohl gar nicht sicher ist, daß die dafür die Konzession hat, es darf ja nicht jeder Gemüsehändler auch Blumen führen! Aber bei Blumen sind die Preise amtlich nicht festgelegt wie bei Kartoffeln oder Äpfeln. Da ist was zu verdienen!«

Er sagte, ohne zu wissen, warum er sich darauf einließ: »Wer kauft hier auf dem Dorf schon Blumen, jeder hat selber welche im Garten.«

Sie lachte, ohne amüsiert zu sein: »Ja – *du* kaufst mir natürlich keine Blumen, aber Blumen werden gekauft!« Und dann küßte sie ihn über den Augen und sagte so sanft, weil seine Hand noch da war, wo allein darüber entschieden wurde, wie sanft oder wie böse Maria jeweils war: »Laß nur, du mußt mir keine Blumen kaufen, du hast mir ja so viel mitgebracht und hast vor allem dich selber hergebracht und *ihn*!« Das betonte sie mit zärtlicher Ironie und mit »Nachdruck« und für einige Atemzüge hielt sie sogar den Mund und ließ ihn hoffen, sie habe den Laden vergessen. Während dieses Schweigens war es ihm zu bitter, wieder daran zu denken, wie sie vorgestern, kaum daß er eine Stunde zu Hause gewesen war, schon gewehklagt hatte, verdammt leichtsinnig seien sie soeben gewesen und nun habe sie's womöglich »erwischt«. Die redet von einem Kind wie andere von einem Schuß – der Gedanke, *ich* könnte grade deshalb ein Kind wollen, weil ich demnächst vermutlich von den Fischen im Kanal gefressen werde, sofern ich nicht in meiner He III verbrenne oder mir auf dem Londoner Pflaster, weil mein Fallschirm verklemmt ist, den Schädel in den Brustkasten ramme, kommt ihr gar nicht. Sie sagte: »Neulich hat die nebenan zehn Zentner Pfirsiche an einem Tage verkauft und so blöd war sie auch noch, damit zu prahlen, das hat die mir selber erzählt, zehn Zentner an einem Tag! Und weißt du, wer ihr die Kisten in den Laden geschleppt hat – der Pole! Alle vollen Kisten in den Laden, spät abends alle leeren Kisten aus dem Laden!«

Ihr Mann hörte das erleichtert, weil er nun sagen konnte: »Was wirfst du der Frau dann eigentlich vor? Sie hat ja damit eine amtliche Begründung, warum soll eine Gemüsehändlerin, deren Mann eingezogen ist, sich abends nicht von einem Kriegsgefangenen aushelfen lassen!«

Seine Frau höhnte: »Abends ›aushelfen‹ lassen! – haben wir ja gehört, zwischen eins und zwei heute nacht und waren doch selber eigentlich müde genug zum Schlafen, wo der ihr aushilft! Und ihr Mann ist so ein anständiger Mensch und schickt ihr jede Woche – ich sehe das doch – ein Paket, halb so groß wie ein Klavier! Und wäre die Hure da überhaupt zu dem Laden gekommen ohne ihren guten Mann? Ihm – nicht ihr hat man den Laden verpachtet, ich werde mich erkundigen, auf wen der Mietvertrag ausgeschrieben ist!«

Trostlos sagte er und nahm die Hand weg und holte Zigaretten vom Nachttisch: »Was geht dich das an, ob der Laden …«

Und mechanisch knipste er den kleinen »Volksempfänger« an, wie amtlich das Radio hieß, das seit Jahren zu staatlich subventioniertem »Billigpreis« mit Propagandaaufwand verkauft wurde, denn jeder Volksgenosse sollte den Führer und – was noch wichtiger war – die für den Führer so geschickt ausgesuchte Begleitmusik in die gute Stube übertragen bekommen oder auch in die Küche, und tatsächlich hatte dieser Apparat so lange über dem Küchensofa gehangen, bis Maria allein in ihrem Schlafzimmer war und sich deshalb wenigstens das Radio auf den Nachttisch ihres eingezogenen Mannes gestellt hatte. Sie fauchte mehr als sie redete: »Ja, das sieht dir ganz ähnlich, daß du nicht drauf kommst, mir einen Laden zu besorgen! Ein Kind willst du, schön. Aber frag dich erst, wovon ich leben soll mit dem Kind, wenn dir – kann doch sein: was zustößt! Die Küche ist hinterm Laden, ich bräuchte nicht aus dem Haus, um Geld zu verdienen, das wäre ideal, auch wenn ich ein Kleines hätte!«

Er rauchte und sah zur Decke, es dauerte einige Zeit, bis er sagen konnte: »Ich hab nichts dagegen, daß du ein Geschäft aufmachst, wenn sich eins findet, das wir pachten können. Ich hab aber keine Lust, eine Frau zu haben, die ihr Geschäft einem Mord verdankt! Du weißt wie ich, der Pole wird umgebracht, wenn wir ihn melden – und sie? Konzentrationslager kriegt die Frau mindestens, weil sie das gemacht hat – was vielleicht auch ihr Mann macht, so wie fast alle Soldaten das tun: Ehebruch mit einer Ausländerin.«

Sie war erbittert: »Ja, wenn du das aus Erfahrung sagst! Du schläfst wohl auch in Frankreich herum?« Doch sie erwartete gar keine Antwort auf diesen berechtigten Vorwurf, es war ihr gleich; ihr Interesse hatte nur noch *einen* Zielpunkt. Er lenkte ab: er nahm ihren Gedanken auf – und der war ja verdammt naheliegend –, daß er fallen werde. Er sagte nüchtern: »Wenn ich falle, dann kriegst du eine Rente, die dich besser und sicherer versorgt als so ein verdammter Laden. Was du verdienen würdest in dem lächerlichen Lädchen, das zögen sie dir noch ab von der Witwenrente! Und mit dem Kind – ich glaub's nicht, daß es vorgestern …«

Sie fuhr ihm in den Satz: »Aber du willst eins! Meinetwegen: Und ich will einen Laden – ich hab keine Lust, daß sie mich als

Kinderlose einziehen in die Munitionsfabrik. Ich müßte um fünfe aufstehen und mit dem Rad ins Wehrethal, um sechs fangen die an, die haben auch Nachtschicht!«

Er dachte, während sie auf ihn einredete, immer das gleiche: sie ist zum Kotzen ... Und er – nein: *es* ... irgend etwas Unbenennbares in seiner Tiefe – sträubte sich, lehnte sich auf gegen die Tatsache, verheiratet zu sein, »gegen« diese Nackte da neben sich, die entschlossen war, tatsächlich über eine Leiche zu gehen! Als Maria ihn am Dienstag von der Bahn abholte und schon auf dem kurzen Heimweg redete von dem, was sie nachts nebenan hörte, da hatte er sich noch das Funkeln in ihren Augen mit der Bosheit der Ausgehungerten erklärt; sie waren ins Bett gefallen und seitdem kaum mehr herausgekommen aus dem Bett, es sei denn, weil er sich einige Male auf ihr Drängen hatte ausgehfein machen müssen, da sie ihn mit Wonne vorzeigte; doch weil sie den Neid der Alleinschläferin nun hinter sich hatte und Sattsein auch den Bösesten freundlicher stimmt, so hatte er sich einzureden vermocht, sie lasse davon ab, gegen die Nachbarin zu hetzen. Wie blöd von ihm! Er mußte sich etwas Plausibles, das gegen die Annexionsgelüste seiner Frau ins Treffen zu führen war, einfallen lassen – oder diese ahnungslose Gemüsehändlerin nebenan vögelte sich mit ihrem Polen um Kopf und Hals! Aber kaum, daß er sich das gesagt hatte, wußte er schon, daß Maria herumquasseln würde im Dorf auch dann, wenn sie überhaupt keinen andern Zweck damit verbinden konnte als die beiden da hinter der Wand in eine Tragödie hineinzuquatschen. Sie war erstaunlich lange still gewesen, während sie Marzipan aus Brest kaute, jetzt sagte sie: »Du bist immer nur gegen alles, Schatz – aber hast denn du was Besseres zu bieten als so einen Laden! Was kannst du denn schon heimschicken aus Frankreich? Und die sprechen jetzt auch dauernd im Radio davon, daß die deutsche Frau berufstätig zu sein hat, ich sage dir, wenn ich nicht an ein Geschäft kommen kann, bin ich reif für die Munitionsfabrik!«

Er konnte einfach nicht länger liegenbleiben neben dieser ... dieser: er überlegte, wie er jemanden nennen würde, der wie Maria dächte, aber nicht seine Frau sei! Er warf die Decke beiseite und stieg aus dem Bett und stellte sich, noch immer rauchend, vors Fenster. »Man sieht dich von der Straße«, sagte sie, »die

Gardine ist so dünne.« Er trat zurück, und sie war sanft vor Genugtuung, ihn zu haben, und sie sah ihn sehr gern, er hatte noch immer den kleinen harten, fettlosen Hintern eines Jünglings; ihre Angst, die sie noch nach der Hochzeit lange nicht losgeworden war, diesen schönen Mann zu verlieren, war nicht mehr. Tatsächlich hatte sie lange nicht begreifen können, daß ihr, der weniger als mittelmäßig Aussehenden, es geglückt war, diesen Jungen einzufangen, um den alle Mädchen sogar noch in Lörrach sie beneidet hatten. Und nun war er Unteroffizier geworden, und diese verfrühte Beförderung war der Tatsache zu danken – die aber Maria ohne Mühe verdrängte –, daß er zuweilen binnen vierundzwanzig Stunden *dreimal* nach London fliegen mußte, weil die Briten, was Maria nicht ahnte, so viele Deutsche herunterholten ...

Er brachte nun, mit Überwindung, den Einfall an, der vielleicht helfen würde, ihre Habgier nach dem Laden zurückzudrängen, er sagte und war froh, daß er ihr dabei den Rücken zuwandte, denn Lügen war nicht seine Stärke: »Liebling – mit einem Laden, das ist schon deshalb kein guter Plan, weil ich überlege, ob ich mich auf Offiziersschule melden soll.«

Sie hörte auf zu kauen, sie stützte sich sofort auf ihre Ellenbogen und rief: »Überlegen? – wie kannst du überlegen, natürlich sollst du Offizier werden! Wenn ich das der Erika spreche« – ihrer Schwester –, »dann platzt die vor Neid!«

Er sagte trocken: »Das ist natürlich ein Argument!«

Sie war nicht zu halten vor Begeisterung, sie war schon aus dem Bett und umarmte und küßte ihn und dann fragte sie: »Ja – geht denn das überhaupt, du warst doch nur Volksschüler, kann denn ein Volksschüler Offizier ...«

Nun kam er doch zu Wort, er hatte sie abgedrängt: »Wenn du mich dauernd unterbrichst«, sagte er ungetarnt gereizt, »kann ich's dir nicht erklären, geh doch wieder unter die Decke – also: Fronteinsätze, ich glaube, fünfundzwanzig, und so viele habe ich längst, berechtigen ohne Vorprüfung zum Besuch der Offiziersschule. Aber Ladenpächter oder wenn die Frau einen Gemüseladen hat – ich weiß nicht, ich glaube, das entspricht nicht den gesellschaftlichen Anforderungen an eine Offiziersfrau!« Er hatte keine Ahnung, ob das noch so war. Er wußte nur, daß sein

Vater und sein Onkel einmal davon geredet hatten, beim Kommiß nichts geworden zu sein im Ersten Weltkrieg, weil sie Verkäufer und Handwerker waren. »Gewiß, der Führer kommt ja auch von unten und wir bei der Luftwaffe«, dachte er jetzt laut, »haben sowieso viel weniger Adlige unter den Offizieren als das Heer! Und ich würde mich schon gern melden auf Schule, nicht aus Ehrgeiz, sondern um einige Monate Ruhe zu haben!« Das war sein wahres Argument: so viel verstand er auch von Statistik, um sich auszurechnen, daß er bereits mehr Glück gehabt hatte als im Durchschnitt die Royal Air Force zuließ. Er schwieg, bedrückt. Sie sagte mit einer so echten Neugier wie nicht der Krieg, wie jedoch seine Karriere sie hervorrufen konnte: »Wunderbar wäre das, auf der Schule kann dir nichts passieren und kann ich dich besuchen ... du erzählst mir überhaupt nichts, ich hatte keine Ahnung, daß du noch Offizier wirst!«

Noch gereizter hielt er dagegen: »Ich ›werde‹ nicht Offizier – ich werde: *vielleicht* Offizier!«

Sie lachte: »Du ewiger Pessimist, denkst du, ich hätte Angst, du könntest durch die Prüfungen fallen?«

Nun lachte auch er, doch schroff: »Durch die Prüfungen fallen nicht, nein. Aber vom Himmel – denn noch bin ich ja nicht aus der Scheiße raus!«

Sie bat: »Komm wieder ins Bett«, denn sie war jetzt so verliebt in ihn, als dürfte sie sich bereits mit Frau Leutnant anreden lassen, »und dann erzähl mir doch endlich mal, wie's eigentlich zugeht bei euch, du erzählst nie davon – plötzlich erschreckst du einen dann durch den Ausdruck ›Scheiße‹! Es ist wohl doch viel schlimmer als du mich bisher merken ließest? Komm doch –« Aber er kam nicht, er ging vor dem Doppelbett auf dem marmelade-roten Kitschläufer auf und ab und betonte, denn längst ärgerte er sich über seine Dummheit, in ihrer Gegenwart den englischen Rundfunk abgehört zu haben; ihre Habgier nach dem Laden hatte ihm wieder verdeutlicht, wie gefährlich sie immer gewesen war: »Du hast doch nun selber dreimal mitgehört, was soll ich noch erzählen!«

Wie ein Kind fragte sie: »Ja willst du damit sagen, die Engländer sprechen die Wahrheit! Ich dachte –«

»Die Wahrheit liegt in der Mitte, mindestens, was die Abschuß-Zahlen betrifft, deshalb hab ich überhaupt London angestellt. Wenn ich schon nicht dabei bin in diesen Tagen, verstehst du, Maria, dann will ich wenigstens hören, wie viele von meinen Kameraden runtergeholt wurden. Wenn die Tommies zweiundzwanzig angeben und wir sagen sieben, dann rechne ich mir aus, daß wir vierzehn verloren haben, vierzehn Maschinen sind eine Menge!«

Sie: »Kommen die denn immer um, die abgeschossen werden?«

Er: »Nö – nö, manchmal kommen mehr von denen, die mit dem Schirm ausgestiegen sind, lebend unten an als von denen, die noch auf dem Heimathorst eine Notlandung probieren. Die kann gefährlicher sein, weil die Vögel oft brennen.« Er schwieg, sie schwieg. Nun hatte sie Angst um ihn und sagte: »Kannst du die nicht beschleunigen, deine Versetzung auf Offiziersschule?« Ihre Frage rührte an seine Pilotenangst, die so stark in seinem Halbbewußtsein war, daß er noch gar nicht die »Stimmungsmusik« wahrnahm, die der Volksempfänger, der eigentlich Volks-*Ein*-Fänger heißen müßte, ziemlich laut ins Zimmerchen trug – ohne aber hier und jetzt der Funktion gewachsen zu sein, die Zeitsorgen in seinen Hörern abzutäuben.

Er sagte und legte sich nun wieder ins Bett, denn er suchte hastig Ablenkung, aber nun redeten sie erst einmal, und nichts konnte die Liebe derart niederhalten, obgleich sie sofort zu ihm hinrückte und ihn küßte: »Das fliegende Personal wird knapp, es kann passieren, daß wir abends um acht, um elf und um zwei rübergeschickt werden. Deshalb glaub ich nicht, daß die mitten in der Schlacht welche von uns zum Lehrgang abkommandieren.«

Sie fragte: »Wie lange dauert denn so eine Schlacht, ich dachte immer, eine Schlacht, die dauert eine halbe Woche oder ... so!« Sie sah ihn so ängstlich an, jetzt plötzlich, daß er sie umhalste und, um ihre Augen nicht zu sehen, auf seine Brust drückte. Und sagte: »Das weiß keiner, Liebling, wie lange die dauert. Gegen eine so große Stadt wie London, daran hat neulich ein Kamerad erinnert, aber das bekam ihm nicht, haben wir Deutschen überhaupt erst einmal gekämpft, 1871 gegen Paris: und auch damals hat's verdammt viel länger gedauert, als Bismarck voraussah.«

Sie hob den Kopf, ihm ins Gesicht zu sehen; seine Art zu reden füllte sie mit Angst an, obgleich er so zu tun versuchte, als spreche er über das Wetter; doch ein bißchen tat es ihm sogar wohl, daß sie offenbar für ihn fürchtete. Sie sagte: »Was soll das heißen, ›aber das bekam ihm nicht‹, dem Kamerad?«

Er sagte schockierend einfach: »Na ja – weil sie ihn natürlich erschossen haben!« Da sie sprachlos war, setzte er hinzu, als begründe das die Erschießung: »Er hat auch nicht Paris, das wir ja einundsiebzig schließlich doch genommen haben, und neulich wieder, mit London verglichen – sondern er hat gesagt, London wird zum Verdun der Luftwaffe. Verdun war im Ersten Weltkrieg die Festung, an der mehr Menschen von beiden Seiten fielen als irgendwo sonst – und wir Deutschen haben es nie genommen.« Er setzte hinzu, weil er für gut hielt, sie merken zu lassen, wohin Denunziation führt: »Ein Kamerad hat ihn verpfiffen – und dann haben zehn andere ihn erschießen dürfen, sie haben sich freiwillig dazu gemeldet! Es melden sich bei Erschießungen von Kameraden übrigens stets mehr Freiwillige als gebraucht werden!«

Sie sagte nichts, aber gewirkt hatte, was er sie wissen ließ, denn sie stand auf mit der Bemerkung: »Gut, daß du was Scharfes zu trinken mitgebracht hast« – und er sah ihr nach, wie sie ins Nebenzimmer ging; ihr Rücken war entschieden ihre attraktivste Seite, vorn war sie katzenmager, auch sah ihr Po lustig aus. Es war gut, daß sie endlich wiederkam, sie hatte in der Küche noch den Cognac aufgemacht, denn nun verlangte ihn nach Ablenkung. Er hatte auch nötig, Dieter Bracke zu vergessen, den sie totgeschossen hatten, weil er nicht nur gesagt hatte, London werde das Verdun der Luftwaffe; er hatte auch noch den Chef nachgemacht, wie der, im Auge das Monokel, in den arschfeisten Wangen das Kaviarbrötchen, zu Goebbels gesagt hatte, fast schreiend vor Triumph: »In vierzehn Tagen ist in London jedes Leben ausgelöscht … Ausgelöscht, die ersticken in der eigenen Scheiße!«

Goebbels, mit großen braunen Augen, die Begeisterungsglanz verstrahlten, hatte dem schwäbelnden Feldmarschall doch mit merklicher Skepsis zugehört, und diese Skepsis hatte sie alle, die da in Sperrles Palast-Hauptquartier in Deauville als Kellner anläßlich des Ministerbesuchs Dienst machen mußten, sympathisch beeindruckt; Goebbels, obgleich auch uniformiert, wirkte einfach bescheidener als der viermal so breite, soeben zum Marschall ernannte »Monokel-Schwabe«, wie Dieter Bracke Sperrle getauft hatte. Exakt wie den Schwaben Sperrle – hatte Bracke auch den Rheinländer Goebbels imitiert, seinen jaulenden Heulton. Und hatte mit einer Abortbürste demonstriert, wie Sperrle aus einem seidegefütterten Lackkasten die Feiertags-Ausgabe des Marschallstabes, den er sonst nicht trug, herausnahm, um damit zu dem Flugzeug zu gehen, dem dann Göring und Goebbels entklettert waren. Goebbels hatte einmal gesagt: »Aber Herr Sperrle, wir dürfen uns doch nicht derart übertriebene Vorstellungen machen! Gewiß müssen diese Bombardements furchtbar sein, aber ein Weltreich stürzt noch nicht zusammen, weil ein paar Ladies im Hyde-Park ihre Notdurft verrichten!« Denn der Marschall hatte, bevor sie Kaviar und Champagner reichen mußten, Luftaufnahmen gezeigt und einen Agentenbericht zitiert, demzufolge Londons Kanalisation und Wasserversorgung demoliert seien und die Menschen bereits die Parks düngten. Während Maria zwei Wassergläser halbvoll Cognac schenkte und er ihr die Decke aufhielt, damit sie wieder ins Bett käme, fragte sie: »Wann war denn das? – und müßt ihr das oft, einen Kameraden erschießen!«

Er trank in einem Zug aus; während sie ihm wieder einschenkte, schon im Bett, sagte er bitter: »Hör uff davon, jetzt – ich sagte dir doch: von müssen ist keine Rede, es drängen sich immer Freunde, mehr als gebraucht werden, zu Kameraden-Erschießungen!« Obgleich er sie bat, nicht davon zu reden – redete er davon: »Das war kurz nachdem ich dir die Fotos vom Goebbels-Besuch geschickt habe, aus Berlin, wohin ich die Ministermaschine damals auf dem Rückflug zu eskortieren hatte – sechzig Maschinen haben den kleinen Kerl heimgeleitet, aber der ist doch mehr, glaub ich, als nur eine Groß-Schnauze ... kommt vielleicht von seinem Hinken, daß der nicht so optimistenstramm durch die Welt marschiert wie unsere Herren Generale und wie der Dicke!« Sie wußte, er meinte Göring. Auch von dessen Besuchen hatte er Fotos heimgesandt, und mit Bewunderung hatte sie ihm geschrieben: »Wen du jetzt alles mit eigenen

Augen da siehst!« Doch dieser Begeisterungsausruf hatte in ihm kein Echo gefunden. Göring trug zum erstenmal die lohengrinweiße Lederuniform des Reichsmarschalls, zu dem er nach dem Sieg über Frankreich ernannt worden war. Sperrle, ebenso wie Göring den Bauch vorgewölbt wie ein Flitzebogen, »schritt« an Görings Seite, ob sie nun die Angetretenen »abschritten« oder ob sie im Atlantik badeten, zwei sogenannte Joviale, die in Wahrheit brutal um ihren Ruf kämpften – auf Kosten »ihrer« über England grausam dezimierten Flugzeugbesatzungen. Und wie wenig hatte zu Görings siegesfestlicher Gewandung – weißes Cape, weinrotlederne Stiefel – der gereizte Ernst gepaßt, mit dem er sie andonnerte: daß schließlich doch auch er alle Sorgen »seiner« Besatzungen kenne, da er selber in soundso vielen Einsätzen während des Ersten Weltkrieges mit Engländern im Gefecht Pilot gegen Pilot gewesen sei. Das stimmte; und doch, es war eben diesmal kein Gefecht Pilot gegen Pilot mehr – es war jetzt, als sollten sie mit Flammenwerfern den Atlantik entzünden! Denn wer je über London gewesen war und gesehen hatte, an wie wenigen Stellen bis jetzt dieser Ozean von Stadt erst brannte, der konnte gar nicht im Zweifel darüber sein, daß London zu ihrem Verdun werde! Und Dieter lag jetzt irgendwo ohne Grabstein, ohne Holzkreuz … Die Eltern! Er dachte: Was denken die Eltern eines Erschossenen, der im Recht war! Schämen die sich ihres Sohnes? Widerlich. Wahrscheinlich schämen die sich, widerlich. Und schleichen an der Wand lang und müssen begründen vor Volksgenossen, warum sie keine Todesanzeige im Heimatblättchen, die jedem Gefallenen zusteht, aufgeben durften. Und war im Recht der Dieter – und wurde doch verscharrt wie einer, der Kameraden beklaut hat …

Doch noch elementarer hatte ihn die Tatsache berührt, die er schon dreimal nicht hatte verdauen können: daß sich stets zur Erschießung von Kameraden mehr Freiwillige meldeten als man brauchte! »Hanoi, a sonem Erlebnis muß ma sich doch a'chemaol g'stellt habe!« hatte ein Kamerad ihm erklärt. Und da hatte er das Maul gehalten, aber sich im stillen gefragt: warum mußt du eigentlich, als Schreinergeselle, du Arschloch, dich dem »Erlebnis« einmal gestellt haben, einen Zimmer-Kumpel mit umzulegen?

»So sind die Menschen«, war eine Redensart seines Großvaters gewesen.

Und drei Schritte vom Fenster, sah er, vom Bett aus, in der Lörracher Straße Frauen mit Taschen voller Obst und Gemüse aus dem Laden kommen, den zu pachten Maria beschlossen hatte, obgleich, nein: weil sie wußte, daß sie mindestens einen ans Messer liefern müßte, das zu erreichen!

»So sind die Menschen!« – er entsann sich genau und zum erstenmal seit Jahren, wann sein Großvater das im Hinblick auf Maria gesagt hatte. Der Eisenbahner hatte den Enkel gebeten, ihm zu helfen, Stangenbohnen zu ernten, sie waren allein im Garten, er war auf Urlaub; und da hatte er dem Alten anvertraut, was er nie auch nur seinen Geschwistern oder Eltern eingestanden hätte, ja längst schon sich selber nicht mehr zugab: wie Maria ihn hineingezwungen hatte in die Ehe. Geheiratet hätte er sie sowieso; ihr jedoch war es sicherer gewesen, ihm zu erzählen, ihre Eltern seien verreist – und das waren sie tatsächlich. Doch als er nachts einmal hinaus mußte, war da ganz »zufällig« Marias Bruder in SS-Uniform auf Urlaub gekommen, und der ertappte ihn dann auf »nackter« Tat und höhnte bedrohlich: »Oho – man geht bereits auf Stube bei meiner Schwester!« – und dann waren sie rascher verheiratet, als man einen Garten umgräbt!

»Ja, Junge – so sind die Menschen!« Er dachte diesem Satz nach, als könne er auch dem alten Mann noch nachsehen, der ihm nichts anderes als Warnung hatte hinterlassen können, und Großvater war nun auch tot, und den Schwager fraßen bereits die Würmer an der Maas – wie mich bald die Fische, dachte er wieder, erbeutet von Melancholie: lustig, im Bett, so lange man's tut, aber hinterher ist man verflucht stimmungsanfällig! Und noch etwas ist man – doch er war zu müde, dem länger nachzusinnen; er meinte seine immer zu große, jetzt aber überwältigende Neigung, zu beschwichtigen, nachgiebig bis blöd zu sein, zu friedlich für diese Frau, die jetzt kandierte Früchte aus Antwerpen lutschte. Sie hatte ihm die glatten, schönen Schultern zugewendet, jetzt sah sie sich plötzlich um, bevor er noch die Augen wieder schließen konnte. Und strahlte: »Ach, du bist wach – ich dachte doch, du bist eingenickt!« Und sofort griff sie zu, und nachgiebig wie immer war er froh, durch ihre Hitze, ihre

Haut, die so gut roch, und durch ihr Haar abgelenkt zu werden von ihrem Gesicht und von den unguten Gedanken, die ihn feindselig aufbrachten gegen sie und auch gegen sich, weil er sich doch verachtete dafür, daß die feste Glätte ihres Körpers und sicherlich auch seine Angst vor dem Tod und seine Sehnsucht, nichts denken zu müssen – ihn wieder zu ihrem gehorsamen Knecht machten. »Wie du schon wieder da bist!« lachte sie anerkennend – und weil es ihm unerträglich wurde, wie sehr er sich verachtete, so gab er sich den Rest, indem er ihr half, auf ihn zu klettern. Doch stärker als sie – war das Ende des Urlaubs vor seinen Augen, eine fürchterliche Bedrohung, so daß er abwehrend murmelte: »Laß uns noch zu meinen Eltern gehen, morgen um diese Zeit bin ich sowieso schon wieder weg –«

»Ist das ein Grund, jetzt aufzustehen?« fragte sie belustigt und meinte: abzusitzen und beherrschte ihn wie die Reiterin ihr Pferd, und er konnte nur in ratloser Wut denken, aber parierte doch wie stets: das ist nun die gleiche Frau, diese sanfteste und zärtlichste Mitgenossin, ein gutes Wort für sie, zerfließend wie beflissen, die buchstäblich auf *Mord* sinnt, sobald sie zurückkehrt zu ihrem bißchen Verstand und wieder *eines* Gedankens fähig ist! Und daß ich Waschlappen ihr immer nachgebe ... Doch in dieser Sekunde wurde ihm bewußt, daß Maria jetzt zum erstenmal, von der Raserei der überstürzten Umarmung nach seiner Heimkehr abgesehen, sich nicht vorsah. Weil sie mich nun schon als Offizier sieht, nur deshalb, darf ich ihr ein Kind machen, nun also doch! Doch dagegen bäumte er sich auf. »Versprich mir«, sagte er, »daß du die zwei da nebenan nicht anzeigst, hörst du!« Und aus ihm sprach jetzt gradezu Angst, von dieser Frau ein Kind zu bekommen.

»Red jetzt nicht!« seufzte sie vertieft – »weiter, mach weiter, du!« Doch er war noch bei Verstand, er warf sie ab und ließ sie roh liegen und sie schrie: »Was hast du, bist du wahnsinnig!« – und er stieß hervor: »Ich hab dir doch eben erzählt, wohin das führt, wenn Kameraden gegen Kameraden aussagen, versprich mir erst ...«

Sie haßte ihn, gekränkt wie noch nie, und er erschrak, wie sie über ihn herfiel mit den Worten: »Und deshalb hörst du mitten drin auf, du Idiot – ›Kameraden‹! Ist der dein Kamerad, dieser dreckige Polacke, der einem deutschen Soldaten die Frau wegnimmt? Und hältst du mich für so doof, zur Polente zu rennen und eine Anzeige zu machen, daß *mein* Name in die Akten käme? Ha« – und sie lachte, wie Hyänen bellen –, »ich brauche doch bloß der Frieda König zu sprechen, was nachts da nebenan los ist: dann läuft alles von selber seinen Gang!«

Er sagte sich mit Grausen: der Wille einer Frau bricht Felsen – einer tollwütigen. Doch tollwütig war sie keineswegs; listig war sie, unfehlbar berechnend. Jetzt lag sie in sich zusammengerollt in der Abwehrhaltung eines Igels, wortlos vor Haß. Auch er schwieg, bis es draußen dunkelte, dann sagte er ohne Überzeugung: »Die Frieda König ist die Schwester vom Melchior, der mir selber sagte, wie froh er ist, diesen fleißigen, zuverlässigen Gefangenen zu haben, der sogar Deutsch versteht – was wird schon die König drauf geben, ob der Pole nachts allein schläft, wenn er nur bei Tage für ihren Bruder die Kohlen schleppt! Und abgesehen davon: die König ist keine, die denunziert!«

Maria fuhr herum, und wie sie ihn ansah, dachte er: von der kein Kind zu kriegen – das ist jeden Krach wert! Sie hatte ihn genommen im Gefühl, er werde bald Leutnant sein und wer weiß was noch werden – also liebte sie ihn heftiger als je, sie schmolz wie im Akt bei dem bloßen Gedanken, eine Offiziersfrau zu sein, und nur deshalb hatte sie sich auch bewußt zum erstenmal nicht vorgesehen! Doch dann mußte er anfangen zu quatschen von diesem Polacken – aus war es nun und sie war weiß um die Nase, so tief beleidigt hatte er sie, so haßte sie ihn – genauer: so haßte sie diese Geschichte, die sie auseinanderbrachte, nicht zum erstenmal, aber nun sogar schon, während sie einander hatten! Deshalb sagte sie jetzt so ungerührt, daß er sich fragte, wieso der Teufel immer als Mann dargestellt wird: »Als ob die Frieda König, die schließlich im Dorf die erste Frau in der Partei ist als Frauenschaftsleiterin, sich's überhaupt erlauben dürfte, eine solche Meldung von mir einfach untern Tisch fallen zu lassen! Die wird sich hüten – was ... bist du eingeschlafen?«

Längst war er, die Augen auf dem Unterarm, weit von ihr abgerückt. Er hoffte, sie werde ihn für schlafend halten – und tatsächlich stand sie auf, nahm ihren Morgenrock und ging, das Abendbrot zu richten. Er wußte nun: die ist geblieben, was sie immer war, eine Erpresserin. Und ich, was ich immer war, ein schwacher Idiot – der sogar überm Vögeln vergessen konnte, wie gefährlich sie ist und in ihrer Gegenwart London hörte, worauf die Todesstrafe steht! Die wird denunzieren, die braucht dazu nicht einmal ihre Lust nach dem Laden! Und er fragte sich, warum er heimgekommen sei, anstatt die vier Tage Urlaub in Antwerpen zu verbringen: er sah die schwere, blonde, nicht mehr junge, doch sehr schöne Belgierin vor sich, wie sie aus der Wanne stieg, die Frau eines Gefangenen, die er sich dort mit einem Kameraden – nun, mit nur einem vielleicht nicht – bei Kurzurlauben teilte. Sie hatte ihren Preis, und doch, gemessen an seiner Frau: was war die für ein anständiger Mensch! Und er fragte sich, ob er nicht die Nachbarin warnen müsse. Der Volksempfänger übertrug jetzt eines der meistgespielten und gesungenen Lieder der Epoche: »Heimat, deine Sterne« – und die Melodie zwang sich auch ihm als angenehm auf; doch so legitim Heimweh ist, jetzt empfand er den Text als Hohn und dachte verächtlich erbittert: »Was muß das für einer sein, der so was reimt!«

Was hätte er gesagt, doch nur zu sich gesagt, bestimmt nicht auch zu seiner Frau – würde er geahnt haben, daß der Autor dieses Liedes, Erich Knauf, demnächst nicht anders als Dieter Bracke, nicht anders als Stasiek Zasada denunziert werde: Bracke hatten sie erschossen, Knauf würden sie, weil er in einem Treppenhaus gesagt hatte, Deutschland verliere den Krieg, enthaupten; der mit Knauf denunzierte Zeichner der »Vater und Sohn«-Serie: E. O. Plauen würde sich in der Zelle aufhängen, um nicht geköpft zu werden, und der Pole Zasada …

Doch da rief Maria: »Schläfst du noch?« Und er hatte Lust, so zu tun – doch schon rief er gehorsam, ehelich wie militärisch abgerichtet: »Ja, Liebling – oder gibt es schon Abendbrot?« Und da rief sie: »Gleich!« – und kaum hatte sie das gerufen, da hörte er, wie es auf dem Gasherd anfing zu zischen und zu bruzzeln, und er mußte grinsen und sich fragen: ob es irgendwo auf der Welt wohl eine Frau gäbe, die bei Tage hinterher nicht Eier in die Pfanne schlägt!

10 Reist man auf Recherche …

»Die Gerichte hatten vielfach unbedeutende Fälle abzuurteilen, wie das Essen am gemeinsamen Tisch, das Anbieten einer Zigarette und Feuer, erste Hilfe bei Verletzungen oder das Gewähren von Wasser, schmerzstillenden Mitteln und dergleichen. Sehr häufig entwickeln sich aber – und hierin liegt die Gefahr straflosen Duldens kleiner Gefälligkeiten – aus zunächst gänzlich harmlos scheinenden Freundlichkeiten sehr schnell Liebesbeziehungen. Die sehr große Zahl hier erfaßter Fälle von Geschlechtsverkehr beginnt zunächst mit harmlosen und an und für sich kaum strafwürdigen Anknüpfungen.«

Der Chef der Sicherheitspolizei und des SD,
Berlin, Prinz Albrecht Str. 8 am 13. 12. 1943

Reist man auf Recherche, soll man stets allein fahren, wenn man eine Frau sprechen muß; denn die sagte einem nichts, käme man mit einem weiblichen Wesen. Recherchiert man dagegen bei einem Mann oder einer Familie – sollte man nie ohne Frau fahren, besser noch mit Kind und Frau. Die verhelfen einem sehr zum zwanglosen Eintritt. Kommt man mit Kind – kommt es nicht vor, niemals, daß einem die Türe vor der Nase wie einem unerwünschten Waschmaschinen-Verkäufer zugeschlagen wird, bevor man noch seine Fragen loswerden konnte. Ein Kind als Türöffner vorzuschieben – das ist schon fast so verwerflich wie eine Frau als Kugelfang vor sich hergehen zu lassen, aber zu seinem Vergnügen hat ja Balzac das Bekenntnis nicht abgelegt: wie der Dieb in der Nacht müsse der Autor sich seiner Stoffe bemächtigen! Wenn sogar dieser große Franzose nicht immer »fein« sein konnte – wie sollte dann erst unsereiner hoffen dürfen, als Alleinlaufender auf diesem Bauernhof auch nur bis zur Anknüpfung des sehr umwegigen, aber doch notwendigen Einleitungs-Gesprächs zu kommen! Wir besuchten einen Pferdezüchter und Reitstall-Inhaber, weil dessen Vater, der Polizist Arthur Stackmann – im Kriege auch der Führer der SA hier im Dorfe –, heute seinen Alterssitz auf diesem Hof am Walde hat. Ein Kind kann Fragen stellen, die einem überhaupt gestatten, das Grundstück auch dann zu betreten, wenn der Gesuchte tatsächlich oder angeblich nicht daheim ist. Das ist wichtig, weil zuweilen Angehörige derer, die man sprechen muß, viel mehr über ihn erzählen, als er selber sagen würde – sofern sie ihn nicht einfach warnen, daß man da war! Auch das kann passieren und einem jeden direkten Zugang verschließen; den öffne man sich dann indirekt durch Gespräche mit Freunden eines allzu redescheuen Zeugen; Mitmenschen, die man redselig machen kann, findet man immer – und dann wende man sich an den Zugenähten telefonisch, als wolle man nur überprüfen, ob wahr ist, was Komplicen über ihn aussagten: das öffnet stets den Mund, der bisher verschlossen war! Denn es kommt nicht vor, ausnahmslos nicht, daß ein Komplice eine Aussage über einen anderen macht, die der nicht ergänzen, abstreiten, ausschmücken oder – rächen will: indem er stets mehr sagt, in Rechtfertigungs-Hitze, als er vorhatte. Mehr sagt auch über sich selber …

»Du hast mich schön reingelegt, Thuri!« sagte von der französischen Anklagebank herunter Josef Zinngruber zum abgehenden Zeugen Arthur Stackmann; als der im Freiburger Prozeß zuerst bei seinen Aussagen über den ehemaligen Ortsgruppenleiter einen geradezu antifaschistisch-guten Menschen aus ihm machen wollte – dann aber vom Vorsitzenden des Gerichts seine eidesstattliche Erklärung vorgelesen bekam, die er selber, Ortspolizist Stackmann, gleich nach Kriegsende in französischer Gefangenschaft über Zinngruber niedergeschrieben hatte, um ihn darin mit vielen Beispielen aus dem Brombacher Alltag als einen gemeingefährlichen Nazi in den Jahren des Hitlerkrieges zu charakterisieren … Wir fuhren abends zu dem sehr stattlichen, oberhalb Brombachs in einen schönen Schwarzwald-Berghang hineingebauten Hof mit großer neuer Reithalle für die über zwanzig, Stackmanns meist nicht gehörenden, doch bei ihnen stehenden Pferde. Es roch betörend nach nassen Wiesen, die wie Himmel und Felder schon zwetschgenblau waren im Vorabendlicht; der Wald war schon schwarz – auf der Heimfahrt würden wir nicht mehr wie noch soeben den Steinbruch zu sehen bekommen … Die hingeschmiegten Bergwiesen haben weibliche Formen, frauliche Frische in der Abendkühle – ja noch die Farben eines weiten Futtermais-Feldes vor einem kaltweißen Kalkfels und das späte Licht in einer jetzt düster-dunklen Blutbuche genügen schon, wiederum in mir – wie so oft – Bedauern darüber auszulösen, daß es nicht genug sagt, zum Beispiel dieses Landschaftsbild in Worten zu malen oder wenigstens zu zeichnen, sondern daß wir als Vertriebene aus der Natur, was ja nur ein modernes Wort für Paradies ist, eben diesen Steinbruch da unten, den Holunder fast überwachsen hat, gar nicht mehr ansehen können, ohne zu denken, was in ihm Menschen mit einem Menschen angestellt haben. Andere vor mir haben das ebenso heftig bedauert, ja sogar ihr Bedauern – wie ich jetzt – ausgesprochen inmitten ihrer Erzählung; so in der »Kartause von Parma«:

»Politik in einem literarischen Werk ist wie ein Pistolenknall mitten in einem Konzert, sie wirkt roh und plump, und doch kann man ihr seine Aufmerksamkeit unmöglich versagen. Wir müssen leider von recht häßlichen Dingen reden, die wir aus mehreren Gründen lieber beschwiegen hätten. Aber wir sind genötigt, Ereignisse zu berühren, die hierher gehören und nicht unerwähnt bleiben dürfen.«

Wir fuhren so spät, weil Landwirte abends eher zu erreichen sind als am Tage.

Mein Jüngster, nachdem wir uns überzeugt haben, daß der nervöse Hund, ein kranker Bernhardiner, an der Kette liegt, geht in den Stall, so forsch, als sei er hier zu Hause, und offenbar macht das den Eindruck, als kämen wir, ihn für Reitstunden anzumelden. Das Gespräch erschöpft sich natürlich rasch, da wir von Pferden noch weniger verstehen als die Sonntagsreiter, denen sie meist gehören; ich frage mich, wieso zwei Söhne eines Polizisten einen derart eindrucksvoll nach Gut aussehenden Hof erwerben konnten – denn offenbar hat keiner ihn von seiner Frau in die Ehe mitbekommen, weil er dann ja nicht zwei Brüdern gemeinsam gehörte. Ich finde das auch heraus. Nun, wie zu erwarten war: »Vater Staat« zahlt den Bauern zwar nicht alles, hilft ihnen jedoch wie keinem anderen Berufsstand mit fast zinslosen Krediten so großzügig, wie das alle Regierungen vor und nach den Nazis und diese ganz besonders getan haben, daher auch fast alle Landwirte der Hitleritis erlegen waren; wes' Brot ich eß, des' Lied ich sing!

Angenehm zu hören, wie heute das Reiten keineswegs nur

von »Herren« mehr gepflegt wird, sondern vom Volk: Krankenschwestern, Sekretärinnen, zuweilen gemeinsam mit einer Kollegin, haben bei Stackmanns ihr eigenes Pferd stehen, um es abends eine Stunde zu reiten, sonntags auch länger. »Ich komme«, sage ich endlich unvermittelt, »um Ihren Vater nach der Geschichte des Polen zu fragen – und Sie natürlich auch. Sie waren doch sicher auch da unten dabei«; ich deute in Richtung des Steinbruchs.

»Ich war ja erst zwölf«, sagt der Mann, ohne eine Sekunde im Zweifel zu sein, welche Geschichte ich meine, obgleich doch immerhin sechsunddreißig Jahre seither ins Land gingen. »Kinder durften nicht zusehen – ja, das war sehr schlimm!« fügt er an: weil nämlich »wegen dieser Schweinerei«, wie er noch mehrfach sagen wird, »unser Vadder drei Jahre von den Franzosen eingesperrt worden ist, obwohl er überhaupt nichts damit zu tun hatte – er hat nur müssen die Kriegsgefangenen, die hier in der Umgebung in Lagern waren oder auf den Bauernhöfen als Arbeiter, in den Steinbruch führen, damit daß die das sehen sollten, also den Toten, nicht die Hinrichtung«.

Das stimmt, denn einer dieser damals von Stackmann dorthin geführten Polen, der bei Kriegsende die Tochter seiner deutschen Wirtsleute geheiratet hat und deshalb in Brombach blieb, statt nach Polen heimzukehren, hat mir gestern ebenfalls erzählt, Stackmann habe sie, die Gefangenen, erst hinausgeführt, als der Kamerad schon hing.

»Vadder« können wir erst morgen mittag befragen, denn er kränkelt, daher er schon zu Bett ging. Ich sage, er sei doch wohl kaum wegen der Polen-Geschichte nach dem Ende Hitlers eingelocht – sondern automatisch wie jeder SA-Führer und Polizei-Wachtmeister verhaftet worden von der Besatzungsmacht. Das gibt der Sohn zu: »Ja, die haben ja alle Polizisten weggeholt und unser Vadder kam auch nur als Zeuge in den Prozeß, den die Franzosen gegen den Ortsgruppenleiter Zinngruber angestrengt haben.« Das weiß ich von Zinngruber selbst, auch aus den Akten, die der mir gab. Da der Polizist bei Kriegsende »ohne Bezüge« drei Jahre lang eingesperrt war und der damals sehr kümmerliche landwirtschaftliche ... »Betrieb« kann man gar nicht sagen, da seine paar Felder Frau und Söhne in diesen Jahren nicht zu ernähren vermochten, so haben seine Jungen bei Bauern um wenig Essen und Geld schuften müssen – »und seitdem bin ich nie mehr gesund geworden«, sagt heute dieser Sohn, der in der Tat erschreckend krank aussieht, auch um viele Jahre älter als er ist ... Man muß den Leuten Gelegenheit geben, ihre eigenen Schicksale in die Recherchen für eine solche Erzählung einzubringen, um sie überhaupt, diese sehr widerwillig darüber Sprechenden, zum Erzählen zu verlocken. Es hat da keinen Sinn, zu kontern, zu korrigieren, Maßstäbe zurechtzurücken, wo ja die Leute durchaus ihre eigenen nicht nur haben, unverrückbar feste, sondern sie auch darstellen wollen im Gespräch. Würde man einwenden, daß immerhin diese zwei Söhne – den zweiten bekam ich noch nicht zu sehen – ihren Vater nur drei Jahre vermißt haben, statt ihn nunmehr schon dreißig Jahre vermissen zu müssen wie andere Deutsche ihrer Jahrgänge ihren Vater vermissen, weil Vater Stackmann als scharfer Nazi zu Hause bleiben durfte, statt von Hitler auf irgendeinem seiner Schlachtfelder untergerodet zu werden, so brächte man sich nur um die Chance, weitere Studien im Gespräch zu machen. Wieder nur sehr umwegig bringe ich den Bauern – wir reden ja noch immer in seiner angenehm riechenden Reithalle – zu der Geschichte zurück, für die ich Details sammele. Endlich sagt er, »eine Schweinerei« sei das überhaupt gewesen – nicht nur, daß »Vadder« später von den Franzosen geholt wurde. »Fanden denn die Leute im Dorfe das vernünftig, einen wegen Ehebruch aufzuhängen?« frage ich. Nein – sehr überzeugend und wiederholt bringt er vor, die weitaus meisten – aber man habe ja nicht darüber sprechen sollen, obgleich alle und noch lange sehr aufgeregt darüber geredet hätten – seien dagegen gewesen, den Polen aufzuhängen. Es erleichtert mich, das zu hören. Doch ich habe zu früh aufgeatmet, denn Stackmann setzt hinzu, und seine übergroßen Augen – Augen in einem frühverfallenen, fast skelettmageren Gesicht – leuchten auf, aus der Tiefe befeuert, als er das sagt: »Wenn Sie mich fragen, *beide* hätten aufgehängt gehört, wieso denn die Frau nicht, die war doch mehr schuld als er, die war ja älter und verheiratet!«

Am anderen Mittag bin ich wieder draußen bei den Pferdebauern, um – wie die das abwehrend nennen – ihren Vater »auszunehmen«. Der kommt klein, krumm, zögernd, Mitte Siebzig, mißtrauisch, aber nicht ablehnend, in Arbeitskleidung und Gummistiefeln über den gepflegten Hof. Ich habe Glück: es war gestern abend zu spät, als daß der Sohn seinen Vater noch hätte vorwarnen können – und heute früh sprach er ihn auch noch nicht. So ist es eine Überraschung für den alten Mann, daß ich mich berufen kann auf ein langes Gespräch, das ich am Vorabend mit seinem Sohn über »den Polen da unten« hatte: auch dieser Greis weiß sofort, von welchem Polen ich rede. Seine kalten, glasgrauen Augen werden noch kleiner, aber ausweichen kann er kaum, da ja sein Sohn … diesen Sohn schiebe ich nun ein bißchen infam dauernd vor im Gespräch; so kann der Vater nicht mehr grundsätzlich entkommen, sondern nur korrigierend und kommentierend ergänzen oder auch bestreiten, was der Sohn und was Zinngruber, der »Ortsgruppenleiter«, mir erzählten. Es hat den alten Mann zuhörbereit gemacht, daß es ein Komplice und Vorgesetzter aus Hitlers Zeiten war, der mich auch auf ihn hinwies. Ob ich »von einer Zeitung« sei? Es scheint so, er glaubt mir, daß ich Deutscher bin – doch diese Frage beunruhigt ihn ungemein, da mein Begleiter absolut nicht aussieht wie ein Deutscher: ein Medizinstudent aus Basel, der mich auf seiner Vespa herbrachte, aber schweizerisch sieht er auch nicht aus. »Kommen Sie aus Polen?« forscht Stackmann; die Beunruhigung ist körperlich spürbar, die er gegenüber dem schwarzhaarigen Riesen empfindet, der in seinem Armylook aussieht wie ein Partisanenleutnant Titos und dem es, wie so oft, auch jetzt beikommt, seine angeborene Gutmütigkeit durch ein sich verfinsterndes Gesicht zu tarnen, als er Stackmanns Verwirrung auf den Höhepunkt treibt, weil er in reinstem baslerisch-alemannischem Dialekt Auskunft gibt: »Nei, i bi Schwyzer, i läb siit sächzäh Johre z'Basel, frihener han'i z'Züri glebt.«

Stackmann hat vor Entsetzen die Pfeife aus dem Mund genommen, und so wie er mich jetzt ansieht, gibt es keinen Zweifel, welcher Gedanke da nistet in seinem Hirn unter dem schmutzigen Hut: »Das sind Zeiten, in denen sogar Spione schon alemannisch schwätzen!« So ergänze ich, um endlich mit dem Mann weiterzukommen, denn mir fiel ein, daß auch meine Frau gestern abend von Stackmanns Sohn mißbilligend nach ihrer Herkunft befragt wurde: »Er ist mein Schwager, seine Eltern kamen aus Jugoslawien.«

Das hält der ausgediente »Kriminoaler«, wie man unten im Dorf Stackmanns Beruf nennt, auch für keine hinreichende Entschuldigung. Immerhin befreit ihn das jedoch von seiner Befürchtung, aus Polen sei hier jemand aufgetaucht, um Fragen zu stellen. (Mir wurde erst da wieder deutlich, wie unauslotbar tief die Abneigung gegen Menschen aus der Fremde in den Kleinbürgern haust; schon neulich, als zum zweitenmal in der Schweiz an einem Wahlsonntag darüber abgestimmt wurde, ob jährlich zwölf Prozent jener Konjunkturkulis, die da jahrelang gearbeitet haben, hinausgeworfen werden sollen, bestätigte sich erneut, was die Marxisten so ungern hören: daß es die Arbeiter sind, nicht die Wohlhabenden, die keinen Funken Mitgefühl, Sympathie, internationale Solidarität gegenüber armen Ausländern empfinden! Denn obgleich es in der glücklichen Schweiz fast keine Arbeitslosen gibt – stimmten bis zu neunzig und mehr Prozent in den Arbeiter- und Kleinrentner-Wohnvierteln gegen die Fremden, die nur deshalb – aber bei weitem nicht alle – dennoch bleiben dürfen, weil in den Wohnquartieren des Mittelstands und besonders der Reichen höchstens fünfzehn Prozent das Abschieben in deren Heimat auf dem Wahlzettel verlangten! Gewiß: es sind die Reichen, nicht die Arbeiter, die an der Mitarbeit der Fremden verdienen – doch schließlich sind es die Arbeiter, die es den Fremden verdanken, daß jede Dreckarbeit jetzt von denen, nicht mehr von ihnen gemacht werden muß!)

Stackmanns Reaktion auf diesen Slawen, der mich zu ihm gefahren hat, offenbart die Tiefe der Kluft, ja des Widerwillens, die selbst heute noch, im Zeitalter des Auslands-Tourismus, überall den Eingeborenen von den Fremden trennt. Wie erst muß dieser Widerwille ins Brutale, ins Herrschsüchtige gesteigert gewesen sein im Krieg, als Gesetze jeden Stackmann, sofern er nur ein Deutscher war, nicht einmal ein Nazi, mit Macht-»Befugnissen« über rechtlos herbeigetriebene Angehörige jener Völker ausstatteten, die Hitler unter seinen Stiefeln hatte!

Aber daß nun mein Schwager alle seine Fragen im Basel-Wiesenthal-Dialekt stellt, wird endlich sogar hilfreich, denn auch Stackmann spricht ihn und spricht ihn so untermischt mit Bauernplatt, daß ich zuweilen Mühe habe – ich spreche nur hessisches Bäurisch –, ihn zu verstehen.

Stasiek Zasadas Tragödie regt noch heute den ausgedienten Nazi-Polizisten auf, denn sie erinnert ihn – und nur deshalb regt sie ihn auf – an eine scharfgeführte Auseinandersetzung mit dem Lörracher Gestapochef Karl Mayer. Mayer, den ich nicht mehr befragen kann, weil er sich bei der Besetzung Lörrachs durch die Franzosen mit einem Gestapo-Kollegen auf dem Lörracher Friedhof erschossen haben soll, verhaftete den Polen mittags am 30. April 1941 und nahm ihn mit nach Lörrach. Doch kam Mayer alsbald nach Brombach zurück, um drohend Stackmann vorzuhalten, der habe versäumt, von Zasada unterschreiben zu lassen, daß auch er wie alle anderen polnischen Gefangenen, ehe sie zur Arbeit auf die einzelnen Gehöfte entlassen wurden, darauf hingewiesen worden sei, man werde ihn aufhängen, wenn er mit einer Deutschen schlafe.

»Das kann übel ausgehen für dich!« habe Mayer Stackmann angedroht. Und wie der das heute erzählt, verwandelt es ihn: alles Karge, Zurückhaltende ist weg – er spricht mit Temperament, ja mit erneut aufsteigendem Ärger. Jetzt noch gekränkt, daß Karl Mayer vor fast vierzig Jahren – »ich hab ihm gesprochen, wie red'ste denn mit mir, du bist nicht mein Vorgesetzter« – den Aussagen dieses Polen auch nur eine Minute geglaubt und es für möglich gehalten hat, er, Stackmann, habe es versäumt, auch von diesem Polen sich schriftlich bestätigen zu lassen, daß er mit Androhung der Todesstrafe zur Kenntnis genommen habe, er dürfe mit keiner Deutschen schlafen! Und Stackmann sagt nicht nur, er macht es sogar vor – wie er Mayer auf dem Brombacher Rathaus die Mappe hinwarf auf den Tisch, damit der selber sich die Unterschrift Zasadas heraussuche aus der Unterschriften-Sammlung der Polen, die ausnahmslos unterschrieben hatten, sie seien gewarnt worden. Stackmann hat sich erregt. Er kommt noch lange davon nicht los – um so weniger, als er zugeben muß, daß Karl Mayer ein sonst so vernünftiger und sehr tüchtiger Kollege gewesen sei! Ausgerechnet der aber hielt Stackmann des schlimmsten für fähig, was überhaupt jemand ihm anhängen kann: einer Unordnung! Als habe er nicht die Unterschriften jedes einzelnen der Polen sauber abgeheftet gehabt! Er hatte den

Polen vorher eine Rede gehalten; er hatte auf der Treppe des Brombacher Rathauses gestanden, die Gefangenen unter sich, und ihnen gesagt, sie würden aufgehängt, wenn sie … »Und was glauben Sie, da haben welche gelacht. Da gibt's nichts zu lachen, hab ich gerufen – ja, und da gab's auch nichts zu lachen. Ein Jahr später standen sie alle wieder da, an der gleichen Stelle – und haben gewartet, bis daß ich sie hinführte, wo der eine hing, der nicht mehr da stand … und der ein Jahr vorher wahrscheinlich auch gelacht hat …«

Stackmanns Genugtuung ist heute unverkennbar: daß erstens Ordnung war in seinen Polizei-Papieren; und daß zweitens Polen, die über eine deutsche Verordnung gelacht hatten, so furchtbar belehrt worden waren, daß man nicht zu lachen hat über einen Polizisten! »Da haben die nicht mehr gelacht«, faßt er zusammen, im Innersten beruhigt, daß die Weltordnung ein solches Lachen über ihn nicht ungesühnt gelassen hat. Im übrigen habe er viel getan für die Polen; er hat immer wieder dafür gesorgt und darum auch mit Lörracher Ämtern gekämpft, daß »die gutes Schuhwerk hatten«! Auch immer »ordentliche Kleidung«, denn die liefen ja frei herum im Dorf; bis abends um neun, wenn sie eingeschlossen wurden oder sich auf ihren Zimmern bei den Bauern aufzuhalten hatten, sollten sie »ordentlich« aussehen …

Wir stehen zu dritt auf dem Hof seiner Söhne. Jetzt aber rennt laut rufend eine rote, runde Frau herbei, sie schreit fast und schon von weitem: »Hier wird nicht spijeniert bei unsn Opa!« Es ist die Schwiegertochter, die uns vom Stall aus gesehen und die »bis obenhin satt hat, dauernd mit diesen alten Schweinereien« wieder behelligt zu werden. »Das war damals schlimm genug!« Ich sage, sie sei doch viel zu jung, um davon etwas wissen zu können – sie lacht: so jung nun auch wieder nicht, was ich denn dächte, wie jung sie sei! Ihren Mann – den kranken Sohn – habe das damals unheilbar gemacht, daß der Opa jahrelang von den Franzosen eingesperrt worden war. Und wozu überhaupt heute »diese Geschichte aufwärmen – ich meine, der hat ja gewußt, was ihm blüht, warum hat der sich denn eingelassen mit der Frau, also die Frau war ja noch schlimmer als er, weil die älter war!«

Doch diese alte Geschichte – »wofür soll denn das gut sein,

die aufzuwärmen, guckt doch mal lieber, was alles heute passiert mit den Terroristen, die gehörten einen Kopp kürzer gemacht und aufgehängt ...«

Mein Schwager gibt zu bedenken, aufhängen werde schwierig, wenn der Kopf schon ab sei. Doch der Volksmund ist da nicht kleinlich. Stackmann wehrt die Heftigkeit seiner Schwiegertochter ab, denn längst führt er das Gespräch mit uns nicht mehr ohne gedächtnisselige Genugtuung. Ist es doch eine Erinnerung an seine große Zeit! An Jahre, da viele stramm standen, wenn sie ihn kommen sahen, und den Arm hochrissen. Obgleich das mit der Geschichte des Polen nichts zu tun hat, erwähnt er oft, daß er keineswegs nur der führende Polizist der Gemeinde war, sondern auch ihr führender SA-Chef ...

Das Problem: Junge Männer, die zehn Stunden und länger arbeiten im Dunstkreis von Frauen, deren Männer man zur Armee zwangsrekrutiert hat, in den Häusern dieser Frauen jahrelang mit denen einzuschließen – doch sie aufzuhängen, wenn sie diese Frauen anfassen oder angefaßt werden von denen, sieht Stackmann durchaus, wenn man es ihm heute vorhält. Sagt auch, sicher ehrlich, daß keiner die Natur mit der Mistgabel austreiben kann und doch käme ihm, wäre er selber auch gänzlich unbeteiligt gewesen an diesem Staat und nicht einer seiner strikten Durchführer auf der Basis, niemals der Gedanke, das Unrecht sei bei diesem Staat – nicht: bei den Eingesperrten gewesen! Denn schließlich hat ja der Staat »denen vorher gesprochen, was ihnen passiert, wenn die sich drüber wegsetzen über so 'ne Verordnung«. Da die Erhängung angedroht war – war sie auch gesetzlich. Wie aber könnte etwas Unrecht sein, wenn es gesetzlich ist? Daß damals die Gesetze *von* Verbrechern, nicht gegen Verbrecher gemacht wurden, das könnte dieser sein Leben lang zum Beamten Abgerichtete nicht einmal *nach*denken, wenn man es ihm *vor*spräche ...

Auch die Schwiegertochter wird ruhiger, als sie hört, der Altbürgermeister und Ortsgruppenleiter habe uns geraten, zu Stackmann zu gehen, weil Stackmann, wie ich gleich versichere, ja *nicht* – im Gegensatz zu Zinngruber – verwickelt gewesen sei in die Erhängung Zasadas. »Das muß aber auch gesprochen werden, wenn sie das in der Zeitung schreiben, daß unse Opa gar nichts damit zu tun hatte; der hat doch nur müssen absperren am Steinbruch –«

Er dementiert entschieden: »Das habe ich nicht, ich hatte an dem Tag Wichtigeres zu tun, ich mußte von allerwärts –«

Und wieder erzählte er, alle Polen von weit und breit, auch Franzosen, die als Gefangene in der Umgebung saßen, seien frühmorgens nach Brombach marschiert, um dann von ihm an dem Gehängten vorbeigeführt zu werden.

Ich sage, als sei damit auch moralisch gerechtfertigt, daß Hunderte von Schaulustigen ringsum auf den Hängen und Rainen standen: »Abzusperren war das ja gar nicht, man sieht doch von allen vier Seiten hinein in den Steinbruch.« Das besänftigt, als hätte ich irgendeine entscheidende, entschuldigende Aussage vorgebracht. Die Stunde der Hinrichtung, morgens gegen elf, war Tage vorher oder am Vortage – das fand ich nicht heraus – im Ort bekanntgemacht worden. Die Frau, unsere Putzfrau, die mir zuerst erzählt hat davon, sagte, Zasada habe zuletzt »Mutter!« gerufen. Stackmann will davon nichts gehört haben, auch damals nicht. Doch andere Frauen bestätigen mir diese Aussage. »Frauen«, beharrt Stackmann, »waren da gar nicht dabei.«

Wenn er das weiß, dann war er dabei.

Warum ich denn ausgerechnet nach Brombach komme, fragt nun auch er: »Solche Geschichten sind doch allerwärts passiert, in Grenzach auch und in Wehrethal …« Ich gebe zu, davon gehört zu haben: daß dort eine Munitionsfabrik war, in der Russen und Polen gearbeitet – und zuweilen mit einer Deutschen geschlafen hätten und aufgehängt worden seien …

Augenzeugen, Ohrenzeugen haben mir davon berichtet. Und ein Historiker auch: Olaf Groehler trug einige Zahlen zusammen, die erhellen, daß die Neigung vieler Deutschen, mit »Untermenschen« zu verkehren, ihnen auch durch Terror nicht auszureden war: wurden noch 1940 nur 1216 Urteile gegen »Reichsdeutsche« gefällt, wegen »verbotenen Umgangs« mit Kriegsgefangenen oder Zwangsarbeitern, so schon ein Jahr später 4345 Urteile, 1942 gar 7974 bereits und im ersten Halbjahr des Jahres 1943 schon 4530. Noch höher als die Zahl der Verurteilungen war die der Verhaftungen: vom Juni bis Ende Dezember 1941 sperrten die Deutschen 2031 Deutsche deswegen ein, von Mai bis August 1942 sogar 4962 und in den ersten neun Monaten des Jahres 1943 – für die zwei letzten Kriegsjahre fehlen die Unterlagen der Gestapo und des Justizministeriums zu diesem »Komplex« – wurden gar 15 410 »Reichsdeutsche« eingesperrt, die mit ausländischen Arbeitskräften privat verkehrt hatten …

Nennt man Zahlen, die belegen, daß andere an anderen Orten gleichzeitig gleiches getan haben, so wirkt das ungemein beruhigend. Schon sein eigener Hinweis auf Nachbardörfer, in denen geschah, was auch in Brombach geschehen ist, hat Stackmann so sehr beruhigt, als sei es überhaupt nicht geschehen in Brombach. Was »allerwärts« vorkam, demnach Norm war – kann ja nicht falsch gewesen sein für einen normalen Mitläufer, der deshalb mitlief (oder auch ein wenig voran), weil das normal war … Und so läßt er uns denn mit Händedruck ziehen, als hätten wir ihm einen Korb Kirschen abgekauft. Wir danken. Doch wie er da steht, als wir wieder zu unserer Vespa gehen – sehe ich unvermittelt, wie ich mich umdrehe und auf ihn zurückblicke, seine große Ähnlichkeit mit dem Polizisten, der vor fast vierzig Jahren den Polen angedroht hat: wer wegsähe, wer sich etwa erdreiste, nicht hinzuschauen auf den gehängten Kameraden – der werde daneben gehängt!

11 Zwei Piloten, zwei Marschälle

> »Generaloberst Kluck ... glaubte ... der Warnung nicht, daß sich französische Truppen vor seiner Flanke sammelten ... Da er annahm, daß die deutschen Armeen allseitig im siegreichen Vorgehen seien – die Deutschen hatten die Gewohnheit, ihren eigenen Kommuniqués Glauben zu schenken –, kam ihm gar nicht der Gedanke, daß der Feind noch Kräfte freihaben könne, um seine Flanke zu bedrohen.«
>
> *Barbara W. Tuchman: »August 1914«*

Hitlers Krieg war noch keinen Monat alt, doch britische Blenheim-Bomber flogen nachts schon vereinzelt nach Deutschland – da wurde der erst fünfundzwanzigjährige Staffelkapitän einer Nachtjagdstaffel ins Berliner Luftfahrtministerium beordert, um an einer Besprechung über die Verbesserung der Nachtjagd teilzunehmen. Dieser Johannes Steinhoff (später in Bonn einer der Chefs der Nachkriegs-Bundeswehr) hat 1969, pensioniert als hochdekorierter und schwer verwundet gewesener General, berichtet, wie Hitlers Luftwaffen-Chef Göring diese Besprechung geleitet hat. Steinhoff war deren jüngster Teilnehmer, eingeladen nur deshalb, weil er als einziger in diesem Kreis neue Fronterfahrungen mitbrachte, während die anderen wenigen Anwesenden, außer den Stenografen ausnahmslos Generale oder Generalstäbler, nicht mehr im Zweiten, sondern allenfalls im Ersten Weltkrieg gekämpft hatten. »Das Konferenzzimmer ... legte Zeugnis ab von der Vorliebe des Marschalls für Eichenholz, deftiges Leder und imposante Dimensionen des Mobiliars«, schreibt Steinhoff. »Die helle Holztäfelung reichte bis zur Decke, von der ein gewaltiger Lüster in Form eines Wagenrads herabhing. Die eichene Tafel war von Stühlen umstanden, deren Sitz und Lehne mit hellem Rindleder gepolstert waren, und am Kopfende des Tisches ragte eine besondere Spezies von einem Stuhl heraus, der wahrhaft germanische Ausmaße hatte. Das war der Platz Görings. Ein Paneel der Holztäfelung öffnete sich, und er trat ein. Er trug eine weiße Uniform, und während er sich in dem riesigen Armstuhl zurechtsetzte, zündete er sich eine von den langen Virginia-Zigarren an, wie sie in Österreich geraucht werden.

Dann begann er zu reden. Er sprach ... über das Versagen der Nachtjäger und der Flak. Damals gab es noch keine Funkmeßgeräte, weder für uns noch für die Flak ... Es sei blamabel, daß die Blenheims ungehindert über dem Reich spazierenflögen, meinte er. Er redete sich richtig in Zorn hinein, und plötzlich war er bei den Luftkämpfen in Flandern (1917) und der großen Zeit ... unter dem Freiherrn von Richthofen. Er hob die Hände und zeigte die Taktik des Angriffs von unten ... Seine Sprache war plastisch ... Aber allmählich kam in mir ein Gefühl bitterer Enttäuschung auf ... Dieser Mann hat keine Vorstellung vom heutigen Luftkrieg, ging es mir durch den Kopf. Er lebt in der Vergangenheit und kennt seine Luftwaffe nicht.«

Vielleicht, da Göring selber noch nicht alt, sondern erst 46 war, vermutlich auch, weil er sich einbildete, nach Berlin deshalb als sehr junger Mann beordert worden zu sein, weil er hier im Kreise der einzige war, der im Zweiten Weltkrieg gekämpft hatte, dachte Steinhoff, ein Wort der Korrektur, der Ernüchterung anbringen zu sollen. Das war seine letzte Illusion. Er berichtet: »Der Drang, ihn zu unterbrechen und etwas aus der Praxis zu erzählen, wurde übermächtig. Als er kurz pausierte, um die Virginia wieder anzuzünden, hob ich den Finger. Im gleichen Augenblick aber erschrak ich, denn die Gesichter der Generale, die sich mir wie auf Kommando zuwandten, drückten deutlich Kritik ob meiner Keckheit aus ... Göring hob die Virginia gegen mich, was eine Worterteilung bedeutete. Ich stand auf und begann zu sprechen ... wie schwierig es sei, den Feind aufzuspüren, der mit guten Navigationsmitteln bei schlechtem Wetter und in großen Höhen einflog ... Wir aber hätten keine Möglichkeit zur Navigation im Wetter und könnten damit unsere Aufgabe nicht erfüllen. Was wir brauchten, seien bessere Navigationsmittel in unseren Flugzeugen und neue Methoden, den Gegner bei Dunkelheit zunächst einmal zu orten. Ich sprach knapp und, wie ich meinte, überzeugend. Es war ja auch ganz klar, und wenn jemand wußte, wie die Nachtjagd damals gemacht werden mußte, war schließlich ich es.

Als Göring die Virginia aus dem Mund nahm, um den wohlgesetzten Fluß meiner Rede zu unterbrechen, standen in seinem Gesicht keine Zeichen des Zornes, eher der Belustigung. ›Setzen

Sie sich‹, sagte er wie zu einem Primaner, ›setzen Sie sich auf Ihren kleinen Popo, junger Mann. Sie müssen noch viel Erfahrung sammeln, ehe Sie hier mitreden können.‹

Damit wandte er sich an einen General seines Führungsstabes und beachtete mich nicht mehr.«

Das ist eine ebenso traurige wie deutsche Geschichte, die belegt, wie schon 1939 jene Gruppe deutscher Staatsbürger, der die Hauptschuld an der Massakrierung Europas durch Hitler zufällt, die Generale, sich entsetzte, wenn ein Frontoffizier ein Wort der Kritik vorbrachte gegen einen jener Obernazis – Göring –, denen diese Generale nach Hitlers verlorenem Krieg alle Schuld sogar auf militärischem Sektor zuzuschieben versuchten. Und sogar Udet hatte dem jungen Steinhoff zugehört! Udet trug den hochdekorativen Titel eines Generalluftzeugmeisters und hat sich alsbald erschossen wegen seiner Fehlplanungen deutscher Flugzeuge, zum Beispiel dem Mangel an Bombern …

Marias Mann, der Flugzeugführer, hat, bevor ihn dann eine Spitfire herunterholte, noch zweimal an der Kanalküste den Reichsmarschall Hermann Göring gesehen. Beim letztenmal sagte er zu einem Kameraden: »Der Dicke kommt gar nicht nach Frankreich, um die Front zu besuchen, sondern –« Der noch aggressivere Kamerad unterbrach ihn: »Die Front? – die Front ist ja auch nicht in Frankreich! Göring besucht höchstens uns Rückkehrer von der Front, solange unsereiner noch zurückkehrt –«

Marias Mann beendete seinen Satz:«- der kommt, um Gemälde und Antiquitäten zu stehlen. Unglaublich, aber ich weiß genau, daß es eigens dafür jetzt einen sogenannten ›Einsatzstab Göring‹ gibt!«

Beide hatten nötig, Wut abzulassen, ehe sie einschlafen konnten an diesem frühen Herbstabend 1940, an dem zum erstenmal nahezu fünfzig deutsche Maschinen nicht aus London heimgekehrt waren, sogar nur vom ersten, vom Spätnachmittag-Einsatz.

Wie viele genau fehlten, das war selbst von den Flugzeugbesatzungen nicht auszukundschaften, denn die Einsätze wurden von verschiedenen Horsten gestartet … Marias Mann fügte hinzu mit Blick auf Göring, der hundert Meter entfernt bei

Sperrle stand; einglasverzerrt schrie ihm der etwas ins Ohr, denn noch immer landeten dröhnend und jaulend nachzüglernde Maschinen: »Muß denn der Dicke, um Gemälde auszusuchen, zu blauen Breecheshosen bordeauxrote Stiefel und goldene Anschnallsporen tragen?«

Der Freund sagte kein bißchen amüsiert: »Nun gönn ihm doch die goldenen Sporen! Er hat ja noch keinen einzigen Orden, den er an seinen Stiefeln befestigen könnte.« Marias Mann lachte, aber gequält: »Sporen eines Luftmarschalls: das Pferd möcht ich nicht sein, das *den* schleppen muß!«

Im Wegschlendern, der Unterkunft zu – ihr Weggehen hatte wenigstens für sie etwas Demonstratives; die meisten blieben, um den hohen Herren zuzuschauen, die ja nicht oft so nahe zu sehen waren –, sagte der Kamerad: »Wir sind aber zweie von den Pferden, die ihn schleppen müssen oder seine Equipage ziehen: bis zur Siegesparade am Trafalgar Square!«

»Und du siehst genauso aus, als würdest du glauben, was du sagst!« schloß Marias Mann, ohne die Spur eines Lächelns. Er ging rascher und fügte noch an: »Ich muß jetzt duschen – meinen Angstschweiß wegduschen und schlafen.«

Nur notgedrungen reflektierte er; nur dann, wenn er nichts tun konnte, als seine Erschöpfung wahrnehmen, ohne schon wahrzunehmen, daß ihr Ent-Täuschung mehr als die körperliche Anstrengung zugrunde lag. Was sollten diese Angriffe, denen sie aufgeopfert wurden, ohne daß die am Kriegsverlauf – so viel war ihm und jedem klar, der mit rüberflog – etwas ändern konnten! Gewiß, England hat eine erschreckende Flotte, Skandinavien hatte überhaupt keine gehabt – und dennoch: was würde es genutzt haben, Kopenhagen und Oslo zu bomben? Man mußte landen dort, um die Länder zu kriegen, und wenn man nicht landen konnte in England, und danach begann es auszusehen, dann mußte man sich etwas anderes einfallen lassen, aber doch nicht das, was sie da dreimal täglich-nächtlich versuchten: Bomben in ein Häusermeer zu schmeißen, das zweieinhalbmal so viele Bewohner hatte wie Berlin! Was sollte das?

Auch wenn Not und Angst ihn zwangen, nachzudenken, konnte er Gedanken nur an Einzelheiten heften, die direkt sein Leben bestimmten. Denn vom Allgemeinen wußte er nicht nur nichts, er lehnte auch ab, sich darauf einzulassen, weil er ein zu solider, sachbezogener Handwerker war, um sich nur quatschend zu beschäftigen mit Dingen, von denen er nichts verstand. Das konnte er sich aber nur leisten, solange er denen vertraute, die für ihn dachten. Doch jetzt: was dachten die zwei Dicken da am Rande der Piste, Göring und Sperrle? Wie sie zu ihnen redeten, wenn sie Ansprachen hielten, Tagesbefehle herausposaunten, das ließ darauf schließen, daß ihr Zweckoptimismus nicht auf Unkenntnis, sondern auf Wegsehen gegründet war ... Sind diese zwei sogenannte »Männer, die Geschichte machen«? Oder nur solche, mit denen man sie macht? dachte er hilflos. Er hatte nie seit seinen Volksschülertagen ein Buch gelesen, das Geschichte auch nur berührt hätte. Und da er aus einer Eisenbahner-Familie stammte, beide Großväter waren Lokführer gewesen, so konnte er plötzlich den unaussprechlich ketzerischen Gedanken nicht länger unterdrücken: Lokführer müssen gelernt haben, was sie arbeiten; auch ich mußte als Schlosser lernen, womit ich mein Brot verdienen sollte in Friedenszeiten: wo lernt eigentlich ein Politiker, ein Stratege? Die zwei mit den lächerlichen Marschallstäben da an der Piste, der eine war Jagdflieger vor zwanzig Jahren, der andere Heeresoffizier: woher könnten die wissen, wie man eine Acht- bis Zehn-Millionen-Einwohner-Stadt zur Kapitulation zwingt? Wo erlernen überhaupt Politiker die Fachgebiete, denen sie als Minister vorstehen? Minister – ist der einzige Job, zu dem man keine Vorbildung braucht; doch würde das einer laut sagen, er würde geköpft! Ich weiß doch, ungefähr jedenfalls, wie hoch der Schwund an Maschinen und wie gering der Nachschub ist – zwar nicht an Flugzeugen, doch an ausgebildeten Besatzungen. Und schon allein deshalb weiß ich, unsere Offensive gegen London *kann* zum Ziel nicht führen! Und da ich das weiß wie jeder, der mitfliegt, so weiß das natürlich längst auch Göring; und *der* würde doch nicht erschossen, wenn er dem Führer das sagte! Aber würde denn jeder erschossen – zum Beispiel Sperrle –, der Göring fragen würde, warum er das Hitler nicht sagt? Bestimmt nicht ... Sperrle riskierte also buchstäblich nichts, wenn er empfehlen würde, eine Schlacht abzubrechen, die nicht gewonnen werden kann?

Er starrte zur Decke; dann suchte er gewaltsam an seine

Freundin in Antwerpen zu denken, um schlafen zu können – er *mußte* jetzt einschlafen, denn in sechs Stunden sollte er ja wieder nach London!

Der arme Soldat: zwei Tage später fraßen bereits Fische im Kanal an seiner halbverkohlten Leiche … Er war glücklicherweise aber gefallen, bevor er die Absurdität seines Hingeopfertwerdens völlig durchschaut hatte. Immerhin, eine Ahnung davon hatte ihn bereits angekrankt! Natürlich hatte er nie den Namen Hegel gehört: das wenigstens war ihm erspart geblieben, beschwerte doch dieser staatsgetreue »Philosoph« – Freund der Weisheit heißt das, doch Hegel war nur ein Freund der Macht – die Namenlosen mit der sie entwürdigenden Einsicht, daß erst die führenden Repräsentanten einer Epoche ihren Untertanen und Mitläufern verdeutlichen, was die Zeit will und was deshalb auch die Zeitgenossen zu wollen haben. Und was die sogar – und das ist so entsetzlich – dann auch wirklich wollen in ihrer mitreißenden, weil mitgerissenen Mehrheit! Und daß sie ihre Gehorsamlust genießen, als täten sie aus freiem Willen, was sie nur, ohne das zu ahnen, einem anderen zu willen tun, der sie dabei umbringen wird! Sich das vorzustellen, da es leider ja nicht zu leugnen ist: daß Millionen deutscher Soldaten, die dann umkamen, nur deshalb irgendwo hinwollten, weil Hitler dorthin wollte! Und daß sehr viele dieser Soldaten ohne Hitlers Willen, den er auf sie übertrug, selber keinen gehabt hätten; und daß er seinen Willen keineswegs im Zwangsverfahren auf die weitaus meisten – auf manche schon, auf einzelne – übertrug, sondern durch Appelle an ihre Gehorsamslust! Sehr böse, doch wahr, hat Hegel formuliert: »Wer das *denkt,* was die anderen nur *sind,* ist ihre Macht.«

Nun hoffe keiner, Gebildete, sogar historisch Erfahrene seien weniger anfällig für die Orgasmen politischer Veitstänze: sie unterscheiden sich von hirnlosen Mitschreiern nur durch ihr Bedürfnis, sich intellektuell zu begründen, warum sie mitmachen! Hegel und Beethoven im Taumel des Enthusiasmus für Bonaparte sind eindrucksvolle Zeugen, daß Mitläuferschaft an keine Klasse, an keinen Bildungsgrad gebunden ist … Hölderlin hat sich nicht geniert, Napoleon schriftlich den »Herrlichsten« zu nennen. Und selbst Heines göttliche Ironie setzte völlig aus, wenn er Napoleon besang – noch *nach* Erhalt der Nachrichten, was er seinen Soldaten in Rußland angetan hatte; Heine war als Jude durch Dankbarkeit so geblendet, daß er, der Blick für das Elend der schlesischen Weber hatte, den Zwangsrekrutierten der »Grande Armée« das Mitgefühl versagte, welches er ihrem Mörder in Reimen darbrachte. München zum Beispiel – wie Heine wußte – hatte nur 50000 Einwohner in jenem Jahr 1812, als dort die »prächtigste Armee, die Bayern jemals gehabt, am Fenster des Königs vorbeidefilierte« – in ihre Vernichtung: 27500 Mann marschierten oder ritten an diesem erst von Napoleon zum König erhöhten Kurfürsten vorbei, ihrem russischen Leichenfeld entgegen; 5200 Mann wurden als Verstärkung nachgesandt. 28700 Mann, die München verlassen hatten, kamen um, nicht mitgerechnet die Soldaten der Danziger bayerischen Garnison – ein Infanterieregiment und eine Batterie –, die nahezu alle ebenfalls in Rußland krepierten. Von den Offizieren, die als Gefangene von den Russen ernährt wurden und später sogar entlassen, kamen nur etwa dreißig Prozent um, wie der Historiker Hümmert nicht ohne Ironie festhält. Als hätten sie das geahnt, waren die Offiziere beim Auszug begeisterungsblöde, obgleich für Bayern überhaupt keine Interessen mitsprachen, abgesehen von der »Notwendigkeit« seines neuen »Königs«-Hauses, sich für diese Standeserhöhung erkenntlich zu erweisen. Das geschah ohne Maßstab: Bayern, das nie einen Konflikt mit Rußland gehabt hatte, gab seine gesamte aktive Armee zum Rußlandabenteuer des Korsen her und behielt nur eine Nationalgarde daheim; das kleine Ländchen, dem so wohl war, daß es 1811 den Bau seines Nationaltheaters begonnen hatte, lieferte dem Korsen nur 1300 Soldaten weniger aus als die Großmacht Österreich, deren Kaiser zudem Schwiegervater Napoleons war; die Preußen gaben dem Franzosen nur 20000 Mann mit, die ihn bei erster Gelegenheit unter York wieder verließen. Prinz Bariatinsky, bevollmächtigter Minister des russischen beim bayerischen Hof, sagte denn auch exakt die Tragödie voraus – was übrigens beweist, daß der Plan, wie die Invasionsarmeen zugrunde gerichtet werden müßten, nicht allein von Kutusow stammt. Der 1822 als Direktor aller Gemäldegalerien Bayerns verstorbene Christian Mannlich hat in seinen Memoiren die Warnung des

Russen überliefert – und wir hier überliefern sie, weil sie nahezu wörtlich und ebenso vergebens hundertneunundzwanzig Jahre später Hitlers Moskau-Botschafter Graf Schulenburg an den Mann gerichtet hat, den seine Angst, einen napoleonischen Winter zu erleben, dennoch nicht davon zurückreißen konnte, in diesen Winter hineinzumarschieren …

Bariatinsky 1811 bei einem Diner zu Mannlich: »Ich bedauere aufrichtig Ihren Sohn Karl und Sie selbst, mein guter Mannlich. Ganz Europa rüstet sich zu einem Kriege gegen uns; allerorts verbündet man sich, um uns zu zwingen, einen schändlichen Vertrag einzugehen. Wir sehen dem Gewitter festen Fußes entgegen, ohne jede Anmaßung. Aber wir werden unseren Feinden zeigen, was ein Volk vermag, das sich aus dem Zustande der Wildheit allmählich zur Kultur emporzuarbeiten beginnt, noch Religion und Sitten hat, den Luxus noch nicht kennt, sein Vaterland liebt und alles für die Wahrung seiner heiligsten Güter opfert. Wenn der Feind erfolgreich in unser Land vordringen wird, so wird man alles vor ihm in Asche legen, ihm dadurch seine Beute entziehen und ihn am Rauben und Niederbrennen, wie es sein Brauch ist, verhindern. Städte und Dörfer wird er verödet finden, ohne Hilfe und Führer sein und unaufhörlich belästigt durch unsere zahllosen Reiterschwärme, die ihm die Zufuhr an Lebensmitteln abschneiden werden. Unbesiegbare Verbündete stehen uns zur Seite: Napoleons unkluge Anmaßung, der Hunger und die Kälte. Nur wenige der vieltausendköpfigen Armee, die gegen uns auszieht, werden ohne ein bleibendes Denkzeichen an das törichtste Unterfangen des Ehrgeizes ihr Vaterland wiedersehen.« Mannlich fügt hinzu, düstere Vorahnungen hätten ihn eingeschüchtert, jedoch sein Sohn habe ebensowenig wie seine Kameraden den Augenblick des Abmarsches erwarten können: »Sie brannten vor Verlangen, Rußland zu sehen.«

Das bestätigt die vom Kriegsarchiv gedruckte Geschichte des Bayerischen Heeres: »… zog die Armee, insbesondere das Offizierskorps, keineswegs ungern in den neuen Krieg, von dem man sich wie in den vorigen eine Befriedigung des militärischen Ehrgeizes und Tatendurstes erwartete. Als daher am 25. Februar das Ersuchen Napoleons um sofortige Erstellung der Marschbereitschaft in München einlief, wurde der hierdurch ausgelöste Beginn der Mobilmachung von der Armee mit Jubel und Freude begrüßt.« So war das auch 1914 in allen dann kriegführenden Ländern; doch 1939 war das in keinem Lande so – zu jung noch war die Erinnerung an Verdun.

Insofern ist Hegels Beobachtung: »Regierungen sind die Segel, das Volk ist der Wind« zeitgebunden wie jede andere auch: vor dem Schlachtensieg über Frankreich, der in nur sechs Wochen 1940 erzielt wurde, war das deutsche Volk kein Wind für die Hitlerclique, deren Segel zu schwellen. Dann allerdings doch – bis zum Beginn des Katzenjammers, nach Stalingrad.

Da war Marias Mann, der Flugzeugführer, schon zwei Jahre »vermißt«. Zeitweise hatte er auch zu den Millionen gezählt – zu seinem Glück –, die ihre Gehorsamslust genossen, als täten sie freiwillig, was nur der Wille Hitlers und folglich der Görings und folglich der von aber Millionen ihrer Untertanen gewesen war. Zu seinem Glück: sagten wir, weil es dem Mann nicht nur nichts geholfen hätte, würde er auch noch begriffen haben, für wessen Wahnsinn er auf London gehetzt wurde, um daran zu sterben, nachdem er Londoner – wer weiß, wie viele – durch seine Bomben umgebracht hatte. Sondern weil ihm Erkenntnis auch noch sein so schnell abgerissenes Leben verelendet hätte: wie hätte er noch sein Flugzeug besteigen können – und *mußte* es doch, wollte er nicht erschossen werden –, würde er geahnt haben, daß bereits seit vollen vier Wochen, seit dem 17. 9., als Hitler seine Landungsträume beerdigt hatte, die Deutschen nur deshalb in Flügen nach Großbritannien noch hingeopfert wurden, um den Abzug der Wehrmacht aus Frankreich nach Osten zu tarnen, ihre Umgruppierung zur Vorbereitung der Invasion Rußlands? Und was wußte dieser Flugzeugführer von Göring, dessen fürchterliche Popularität noch 1943 sogar die ironischen Berliner dazu aufstachelte, ihm kumpelhaft zuzujubeln, als er sich zum letztenmal getraute, im offenen Wagen durch die von ihm verschuldeten Trümmer zerbombter Straßen zu fahren? Manche riefen auch »Meyer!«, ohne daß einer sie aufgriff oder das auch nur als Beleidigung empfand – nein: es war die Solidarität mit dem geschlagenen Gangster auch noch in diesem Zuruf; bekanntlich hat Göring bei Kriegsbeginn angegeben, er lasse sich Meyer taufen, wenn auch nur ein einziges feindliches Bomberflugzeug es fertigbringe, eine deutsche Stadt anzugreifen. Warum jubeln Menschen selbst jenen zu, die längst aus jeder Familie eines Volkes – von den Familien sogenannter »feindlicher« Nachbarvölker gar nicht zu reden – einen oder mehrere abkommandiert haben in den Tod? »Wenn ich mir die Geschichte der europäischen Völker vergegenwärtige, so finde ich kein Beispiel, daß eine ehrliche und hingebende Pflege des friedlichen Gedeihens der Völker für das Gefühl der letzteren eine stärkere Anziehungskraft gehabt hätte als kriegerischer Ruhm, gewonnene Schlachten und Eroberungen selbst widerstrebender Landstriche«, schrieb einer, der selber drei Kriege geführt und zwei davon verschuldet hat, Bismarck. Und fügte fast verächtlich, jedenfalls staunend hinzu: »Karl XII. hat seine Schweden eigensinnig dem Niedergange ihrer Machtstellung entgegengeführt, und dennoch findet man sein Bild in den schwedischen Bauernhäusern als Symbol des schwedischen Ruhmes häufiger als das Gustav Adolfs ... Ludwig XIV. und Napoleon, deren Kriege die Nation ruinierten und mit wenig Erfolg abschlossen, sind der Stolz der Franzosen geblieben.«

Was Bismarck mit Widerwillen feststellte, hat Hegel bejaht, obgleich er natürlich wußte, daß »seit dem Jahre 1793 (bis 1812) mehr als drei Millionen Franzosen unter die Fahnen gerufen und die Mehrzahl davon im Kriege umgekommen« war; und daß zuletzt die zwangsrekrutierten Franzosen so lange in Ketten aneinandergefesselt hatten marschieren müssen, bis sie vom französischen Boden entfernt waren: dann »durften« sie entkettet aufs Hackbrett, aufs Schlachtfeld, einfach deshalb, weil im Ausland diese Unglücklichen derart verhaßt waren, allein aufgrund ihrer französischen Staatsbürgerschaft, daß niemand ihnen bei Fahnenflucht Unterschlupf gewährt hätte.

Hegel schwärmte in einem Brief 1806, also immerhin noch in Unkenntnis, daß sechs Jahre später Napoleon »seine« Große Armee in russischem Schnee im Stich und zugrunde gehen ließ: »Den Kaiser, dieser Weltseele, sah ich durch die Stadt zum Rekognoszieren hinausreiten; es ist in der Tat eine wunderbare Empfindung, ein solches Individuum zu sehen, das hier auf einen Punkt konzentriert, auf einem Pferde sitzend, über die Welt übergreift und sie beherrscht.«

Was einem »Philosophen«, nur da es wirklich so war, auch schon »vernünftig« erschien! Dazu paßt, daß dieser Mann, der selber natürlich nie eine Kugel pfeifen hörte, wenn er Volk schrieb, weil das Wort Menschen-Material noch nicht erfunden war, dieses Wort verächtlich in Anführungsstriche setzte: »Das ›Volk‹ ist der Teil des Staates, der nicht weiß, was er will.«

So dachte auch Hitler und ging mit ihm um, mit diesem Teil, als habe er bei Hegel studiert, was man damit machen dürfe.

Die kaum artikulierte Befürchtung von Marias Mann, Göring habe keine Ahnung, wie England zu besiegen sei, da er das »nirgends gelernt hatte«, wie der sichere handwerkliche Instinkt diesem Schlosser einflüsterte: sie drängt die Frage wieder nach vorn, wieso Göring überhaupt dahin gelangt war, Schicksal für Millionen spielen, Befehle an Hunderttausende ausgeben zu dürfen, deren Opfer Ungezählte wurden! Fünf Jahre, nachdem die Jäger der Royal Air Force aus diesem pompösen, nur 47jährigen Ballon an der Seite Hitlers die Luft herausgeschossen hatten, vereint mit der List und der Hartnackigkeit Winston Churchills, dessen Reden 1940 – im Sinne Hegels – für die Londoner artikuliert hatten, was die zu wollen hätten und was sie daher auch tatsächlich wollten und was mit ihnen die ganze Welt außerhalb des faschistischen Zuchthauses wollte, nämlich Widerstand um jeden Preis gegen Hitler –, fünf Jahre später besuchten, getrennt voneinander, zwei amerikanische Psychiater den Angeklagten Göring in seiner Nürnberger Zelle. Sie besuchten ihn oft, monatelang. Und stellten ihm beide die Frage, warum er 1922 in Hitlers Partei, anstatt in eine andere, eingetreten sei. Die Antwort war verblüffend simpel. Die Banalität noch nicht einmal des Bösen, sondern nur der Karriere-Sucht, zu der jedermann das Recht hat, war Görings einziger Wegweiser gewesen! Bevor er sich Hitler zugesellte, war Göring einer der sehr wenigen überlebenden Jagdflieger des Ersten Weltkrieges, die des Kaisers höchsten Orden, den Pour le Mérite, erlangt hatten; Göring war berühmt als letzter Kommandeur des legendären Jagdgeschwaders Richthofen. Das brachte ihm in der Republik nur eine sehr kümmerliche Rente ein; es gab ja auch keinen Grund, einem Fünfundzwanzigjährigen die Pflicht abzunehmen, sein Brot selber zu verdienen, was jedoch in diesen Jahren bei großer Arbeitslosigkeit schwierig war für einen aus der Armee Entlassenen, der nichts außer Soldatsein gelernt hatte. So hat Überzeugungskraft, was Göring in der Zelle dem amerikanischen Arzt Dr. Kelley, der ihn übrigens für den intelligentesten der inhaftierten Ausrottungs-Komplicen hielt, als Grund für seine Anhängerschaft an Hitler angab: »Ich wollte dazu beitragen, daß die Republik vernichtet wurde, und hoffte dabei, vielleicht der Herrscher des neuen Reiches zu werden. Hören Sie, die Sache spielte sich folgendermaßen ab. Um diese Zeit gab es fünfzig Organisationen von Frontkämpfern – nennen Sie die Parteien – in Deutschland. Sie liebten die Regierung nicht. Sie liebten den Friedensvertrag von Versailles nicht. Sie liebten den Frieden nicht – einen Frieden, in dem es für sie keine Arbeit, kein Essen, keine Schuhe gab. Ich wußte, daß der Sturz der Regierung durch diese unzufriedenen Männer bewerkstelligt werden würde. Ich schaute mir daher ihre Parteien an, um festzustellen, welche von ihnen Erfolg versprach. Nachdem ich jede geprüft hatte, entschloß ich mich, der nationalsozialistischen Partei beizutreten. Sie war klein – und das bedeutete, daß ich dort bald ein großer Mann sein konnte.« Und dem Psychiater Gilbert erzählte Göring, auch schon in der Zelle, einem wie lächerlichen Zufall: nämlich einem Rendezvous – es zuzuschreiben sei, daß er 1919 seinen Vorsatz, der Freimaurerloge beizutreten, nicht habe verwirklichen können: »Dann säße ich heute nicht hier!« sagte der Verurteilte zu Recht; denn niemand, der je Freimaurer war, wurde in Hitlers Partei aufgenommen ... Und doch wurde Göring neben Hitler der meistschuldige der Massenmörder des Dritten Reiches, denn Göring ist es gewesen, der am 31. 7. 41 an Heydrich den Befehl zur »Endlösung« gab, die in die Wege geleitet wurde durch die Deportation aller Juden auch Mittel- und Westeuropas nach geheimzuhaltenden »Zielen« im Osten; denn die begonnene und dann wegen des Protestes der Kirchen und der Bevölkerung abgebrochene Tötung der Geisteskranken hatte die Nazis belehrt, daß im dichtbesiedelten Westeuropa die Mordmaschine nicht geheim arbeiten könne; und daß sie überhaupt geheim nur arbeiten könne, wenn die Familien und Gemeinden als ganzes ins Nichts abtransportiert würden – ohne jeden zurückbleibenden Angehörigen, der Nachforschungen anstellen würde ... Die Tötung der in Rußland geborenen Juden hatte bereits einen Monat zuvor begonnen, durch jene Einsatzgruppen der SS und Polizei, die den deutschen Heeresgruppen beigegeben waren als eigens dazu geschaffene Mordkommandos.

Die entsetzliche *Beiläufigkeit,* mit der Göring an Hitler geriet und so zahlreiche »Sachgebiete erledigte«, weil er sie nicht beherrschte und nichts konnte als das, was er im Ersten Weltkrieg als Jagdflieger hervorragend geleistet hatte, ist charakteristisch auch für diesen furchtbarsten seiner Befehle. Denn Göring war kein Antisemit! Seine Mutter – was er wußte – war viele Jahre die Geliebte eines Juden gewesen und noch 1934 konnte Göring im Berliner Schauspielhaus einer Jüdin, deren Erscheinen auf der Bühne vom Pöbel – weil sie Jüdin war – mit Pfeifen »begrüßt« wurde, derart demonstrativ aus seiner Loge Beifall spenden, daß Wedekinds Witwe, die dem zusah, schrieb: »Göring war damals noch kein Antisemit!« Nein, nur war er der Bedenkenloseste neben Hitler.

Doch Hitler – eine Feststellung, keine Entschuldigung – war ein Kranker. Er hatte, im Gegensatz zu Göring, »Motive«, wenn auch irrsinnige, für seinen Haß auf Juden. Göring jedoch, der die Juden töten ließ, um seinem Führer zu gehorchen – und zweifellos hat Hitler diesen Befehl an Heydrich deshalb durch Göring erteilen lassen, *weil* er wußte, Göring sei kein Antisemit –, hatte keinen Haß auf Juden, sondern nur die Lust, erstens Hitler zu imponieren durch hundertprozentige Verwendbarkeit, zweitens möglichst viele Kunstwerke aus jüdischem Besitz in seinen persönlichen hinüber zu »arisieren«. Göring empfand nicht einmal jenen Haß aus verschmähter Liebe gegen bestimmte Juden, den Goebbels gegen jüdische Redakteure verspürte, die seine eingesandten Manuskripte ungedruckt zurückgeschickt hatten, so daß Goebbels später die jüdischen Pressehäuser »Rotationssynagogen« schimpfte ...

Da Göring neben Goebbels der eitelste aller Nazis war, so hat er nicht einmal das Format gehabt, wenigstens seinem Besucher Joseph Goebbels einzugestehen, daß er die Battle of Britain verloren habe, obgleich wir unterstellen, daß am 20. Oktober – vier Wochen, nachdem Hitler bereits Konsequenzen aus dem Verlust dieser Schlacht angeordnet hatte – sogar Göring gemerkt haben muß, er habe sie verloren ... Sicher, freilich, ist nicht, daß er fähig war, das wenigstens sich selber einzugestehen. Belegt dagegen ist, daß er es Goebbels nicht andeutete, als er ihn am 20. 10. als Gast in Sperrles Hauptquartier mitnahm. Ausgeprägter noch als ihre Lust, zu lügen, sogar dort, wo sie unter sich waren, war ihre Großschnauzigkeit, die pausenlose Angeberei, weil sie selber die ersten Opfer ihres Siegerwahns gewesen sind. *Daß* jedoch Joseph Goebbels noch am 20. Oktober ahnungslos zu Göring flog, ist wiederum ein fast unglaublicher Beleg für seine Fähigkeit, nur das zu sehen, was er sehen *wollte* – und in sich selber zuerst und am radikalsten jeden Zweifel auszumerzen. Denn Goebbels war informiert worden! Sein Tagebuch ist der Beweis, daß er bereits zwei Wochen zuvor, am 4. 10., durch seinen Verbindungsoffizier in der Luftwaffe die ganze brutale Wahrheit ins Gesicht gesagt bekam – die aber Goebbels, noch immer siegesbesoffen, gar nicht in ihrem Ernst, ihrer Endgültigkeit durchschaute, obwohl dieser Oberst Wodarg sogar London mit Verdun, der Soldaten-Hölle des Ersten Weltkrieges, verglich: »Wodarg berichtete mir von einem ... Kraftverfall in der gegen London eingesetzten Luftwaffe. Sie kommt sich vor, als kämpfe sie gegen Verdun. Die Leute sind allzu stark in Anspruch genommen. Sie kommen kaum zur Ruhe. Zwar fügen sie dem Feind furchtbare Schäden zu, aber wir kommen auch nicht ganz heil davon. Man muß etwas für diese Jungens tuen. Die Stimmung im Lande ist uneinheitlich. Man hofft immer noch auf eine baldige Beendigung des Krieges. Es ist schwer, das Publikum vom Gegenteil zu überzeugen ...«

Wir kommen auch nicht ganz heil davon: derart verharmlosender Wendungen schämt Goebbels sich nicht, obwohl ihm Wodarg, der damals sogenannte »I c des Luftwaffenführungsstabes«, da er sogar den Mut hat, vor Goebbels London mit Verdun zu vergleichen, zweifellos auch berichtete, daß Görings Luftwaffe niederschmetternde Verluste hat. Doch Goebbels will nur hören, was ihn stärkt in seiner »blinden Gläubigkeit« gegenüber dem obersten der Kriminellen in der Reichskanzlei, den er in diesen Tagen täglich für viele Stunden besucht. Der feige Höfling Goebbels würde niemals wagen, seinen Hitler auf das neue Verdun anzusprechen. Und als habe Wodarg gar nicht mit ihm geredet, notiert Goebbels zwei Wochen später – nachdem er sogar Gelegenheit hatte, selbst Piloten zu befragen, die Göring – in voller Kenntnis der verlorenen Schlacht – noch immer nach Großbritannien trieb: »20. Oktober … Gestern: mit Göring gegessen … Flug nach Deauville. Drüben die englische Küste. Ein herrliches Wetter. Jäger und Zerstörer brausen über uns weg. Sperrle erwartet uns. Großer Vortrag über die Lage im Luftkrieg. Ein ganz kompliziertes Uhrwerk, aber mit deutscher Gründlichkeit durchgearbeitet. Man kann nur Respekt davor haben. Göring hat seinen Laden in Schuß. Sperrle ist ein Mordskerl. Und seine Leute, na, fabelhaft. Nach 3stündigem Besuch Heimflug Paris. Abschied von Göring. Er ist ganz besonders nett. Wir scheiden als Freunde … Abends in einem kleinen Lokal, wo französische Chansons gesungen werden. Sehr nett und charmant. Diese Stadt ist eine große Gefahr, besonders für unpolitische Deutsche.«

Keine Silbe von dem, woran Goebbels angeblich sich später »erinnerte«, als er im Juli 44 gegenüber seinem Referenten Wilfred von Oven den Reichsmarschall Göring zum Hauptsündenbock für den Verlust des Krieges ernannte: »Ich flog damals zu den Horsten unserer Kampfflieger in Frankreich. Ich saß mit den Kommandeuren und Flugzeugführern bei langen Gesprächen in ihren Kasinos … Das Kaminfeuer flackerte und zuckte über Gesichter, die man in ihrem Ernst und ihrer Reife nicht für die von Zwanzigjährigen gehalten hätte. Niemand sprach hier in dem naßforschen Ton des Herrn Sperrle … Jeder dachte an die gefallenen Kameraden, die vielleicht gestern und vorgestern noch hier zwischen ihnen gesessen hatten … Eine Art Hölderlin-Stimmung lag über ihnen. Sie sprachen vom Opfer für das Vaterland und grübelten über den Sinn des Heldentodes … Ich flog zurück nach Berlin, voller Sorgen und Bedenken.«

Diese ergreifende Geschichte, die er sich und seinem Referenten 1944 auftischt, ist bezeichnend, weil sie kein wahres Wort enthält: Goebbels machte nie diesen zweiten Besuch an der Battle of Britain-Front! Und sie ist noch bezeichnender deshalb, weil offenbar Goebbels diese Geschichte sich selbst geglaubt hat: wieder ein Beleg, daß Stimmungen faktenverändernde Kraft in unserem Gedächtnis haben. Zeugen (diese Folgerung muß man daraus ziehen) sind noch unverläßlicher als – allzu leicht herstellbare – Zeugnisse! Und was die Hoffnung, Vergangenes berichten oder gar aufhellen zu können, vollends als eitel entlarvt, das ist die unleugbare subjektive *Ehrlichkeit* der Zeugen-Aussagen: nicht nur Goebbels glaubte, was er hier darstellte, in dem Augenblick des Darstellens! Die vier Jahre lange Enttäuschung des Ministers über Görings Luftwaffe hatte in ihm die Gewißheit aufkommen lassen, bereits vor vier Jahren gesehen und gesagt zu haben, was er 1944 annahm: daß Luftmarschall Sperrle und Göring geräuschvolle Angeber seien, die durch persönliches Versagen die Battle of Britain verloren hätten. 1944 »erinnert« sich Goebbels: »Sperrle hatte sich in dem vornehmsten Palast des internationalen Modebades niedergelassen und sich mit allem Luxus umgeben ... Ich kam mit den denkbar schlechtesten Eindrücken von diesem Besuch in Deauville nach Berlin zurück. Das Gift des Wohllebens und der Überheblichkeit hatte sich schon tief in den Körper unserer Luftwaffe eingefressen ... In diesen Tagen kam Oberst Wodarg ... zu mir. Sein Gesicht lag in besorgten Falten. Er hatte nichts mehr von der sonstigen unbekümmerten Keßheit unserer Luftwaffenoffiziere. ›Herr Reichsminister‹, sagte er, ›London wird unser Verdun in der Luft.‹«

Interessant, wie sich im Gedächtnis des Ministers zunächst der Warnruf des Obersten Wodarg *hinter den* Besuch bei der Luftflotte Sperrle schiebt – während doch das Tagebuch belegt, daß Goebbels bereits vierzehn Tage *vor* seiner Reise zu Sperrle durch Wodarg vom »Verdun in der Luft« gehört hat, jedoch begeisterungslustig, wie er meist war, unkritisch hingerissen, die Warnung des Obersten völlig über dem Siegesgequatsche Görings und Sperrles vergaß, weil er sie vergessen *wollte*! Denn Goebbels war bis wenige Tage bevor er seine sechs Kinder mit vergiftetem Pudding und Spritzen umbrachte, um dann seine Frau und sich von der SS erschießen zu lassen, der am leichtesten zu Berauschende aller Deutschen: er glaubte, was er glauben wollte, allerdings nur solange er es redete, in einem Unmaß, das es fast verbietet, ihn einen Lügner zu nennen – obgleich er der geschickteste der Schwindler neben Hitler war … so geschickt, daß diese Geschicklichkeit auch seinen eigenen Verstand vollkommen übertölpelt hatte.

12 Nachtgespräch

»Angriffe gegen den Führer und führende Persönlichkeiten erfolgen in so vorsichtiger Form, daß man nie zupacken kann. Ich selbst habe von meinem Schlafzimmer aus folgende Äußerungen Vorübergehender gehört: ›... wie kann aber auch ein Gefreiter eine Millionenarmee führen.‹ Der Stimme nach war es ein mir bekannter Intellektueller, aber ich konnte bei der Dunkelheit nicht sehen und auch nicht nachgehen, weil ich schon ausgezogen im Bett lag. Ferner hörte ich an einem anderen Abend: ›Jetzt haben wirs wieder, er hält alles, was er versprochen hat, Arbeit und Brot.‹ Das war nach Verkündigung der Fleischherabsetzung. Auch diese Stimme kam mir als die eines ehemaligen Rotfront-Funktionärs bekannt vor.«

Aus: »Weltanschaulicher Bericht des Schulungsleiters der Ortsgruppe Feucht, Kreis Nürnberg«, 11. 6. 1943

»Herbert war eben wach!« flüsterte Pauline – fast setzte Stasieks Herz aus vor Schreck. Denn erst als er sie hörte, sah er sie; trotz ihres hellen Nachthemds und des Mondes, der ein verdrücktes Gesicht hatte, wie zerbleut, hob ihre Gestalt im nachtschwarzen Hof sich kaum ab vom weißen Türpfosten, an dem sie fröstelnd und fast noch schlafend ihn abfing, damit er nicht eintrete: sie hatte sonst ihm nie geöffnet, sondern einfach die Türe zum Höfchen nicht abgeschlossen, und nie hatte sie gehört, daß er kam; und so lange dauerte es stets, zwar nicht, bis er sie wachgeküßt hatte, aber doch bis sie »da« war, daß er sie einmal belustigt fragte: schlafen denn alle Frauen so tief wie Bären im Winter?

»Der Bär bist du!« hatte sie gemurmelt, als sie endlich murmeln konnte. »Genauso große Tatzen hast du und so leise bist du auch und auch so rasch und jäh, wenn du zupackst. Und so schwer bist du auch wie ein Bär!«

Erschreckt hatte er geflüstert: »Ich bin dir zu schwer?« Und sie hatte ihn schon mit allen vieren festhalten müssen, daß er auf ihr liegenblieb, was sie sehr liebte. Denn er war von ängstlicher Rücksichtnahme: er konnte ihr nie etwas schenken; er wußte, daß er ihr fast nicht helfen konnte, die Skrupel niederzuhalten, daß sie ihren Mann betrog – jede Woche kam ein Paket; und diese Pakete waren ihr Streitpunkt: sie fand nichts dabei, fand es vielmehr selbstverständlich, ihm zu essen anzubieten auch von dem, was ihr Mann aus Holland heimschickte und was so viel schmackhafter war als alles, das es hier zu kaufen gab – er aber nahm das nicht. Schroff verletzt sagte sie – und ihre ungewohnte Ironie machte ihn lange stumm: »Jaa, die Frau kann man ja nehmen von ihm, aber nicht drei Bissen Delfter Honigkuchen!«

Jetzt hockte er vor ihr und zog ihr seine Schuhe an, denn sie war barfuß. Doch eine Jacke, sie zu wärmen, konnte er ihr nicht geben, trug er doch, wenn er zu ihr schlich, nie mehr als Hemd und Hose und Schuhe – aber sie brauchte auch die Jacke nicht, sie fröstelte nicht, weil es nebelnaß war, nachts um eins, sondern weil sie fast noch schlief. »Das Kind muß geträumt haben, ich wurde wach, weil es weinte«, erklärte sie flüsternd, »aber er war gleich wieder weg!« Also hätten sie ins Bett gehen können wie sonst – und doch spürte er, daß es ihr widerstrebte, zurückzugehen ins Haus. Sie sagte, als werfe sie sich vor, daran schuld zu sein, und wer wußte, ob sie's nicht war: »Was hat der Junge geträumt, daß er so aufweinte?« Stasiek erwiderte und zuckte lachend mit den Schultern: »Ich hab als Kind im Schlaf Pferde mehr gefürchtet als Märchenhexen. Ich weiß genau, daß mein Vater einmal an mein Bett kommte, weil mich im Traum Pferde panikten. Und nun bin ich Kohlenkutscher! Komm –« Er hatte, während sie redeten, mit seinen mächtigen Armen, ihn zu wärmen, fast ihren ganzen Rücken bedeckt, doch war sie noch immer bettheiß. Und nun hob er sie in den Kniekehlen auf, ihre Schulter sank in seinen rechten Arm und er trug sie die sieben Schritte, die schon ausreichten, das ganze Höfchen zu überqueren, unter den einzigen Baum, der dort stand, einen dürftigen, vom Zementboden des Hofes eingeengten Birnenbaum, und er setzte sich mit ihr auf einen Gartenstuhl und massierte ihre Waden, weil die kalt wurden und weil sie so handlich waren.

»Es geht nicht mehr, Stani«, sagte sie schwach und sehr leise, lag aber so mit geöffnetem Mund an seinem kurzen, starken Hals, als wolle sie endgültig da bleiben. Er schwieg, er wußte ja, was jetzt kam – und das war kein Streitgrund zwischen ihnen, bedrückte ihn jedoch, sooft er an sie dachte: sie ließ ihn spüren, daß sie nicht wollte, daß er kam! Daß sie nur zu schwach war, nein zu sagen, weil er in seinem Alleinsein und seiner Triebqual ihr leid tat. Frei von dieser Bedrückung war er nur in den vierzig oder sechzig Minuten, in denen geschah, weshalb er kam – denn das geschah so, daß er sich nicht vorwerfen mußte, sie gebe sich ihm aus Mitleid, aus Mütterlichkeit! In dieser Stunde war problematisch nur, daß Wände Ohren haben: die mickerige Nachbarin mit den knopfrunden Augen, die hart und schwarz wie Pistolenläufe waren, und deren Mann bei der Luftwaffe und auch weg war, wohnte nicht Haus an Haus, sondern Wohnung an Wohnung mit Pauline! Und Pauline, die so langsam wach wurde – wurde laut in der Lust. Und hörte natürlich die eigenen Schreie nicht. Und trotz des Kissens, in das er sie hineinschreien ließ, wenn sie ihren Jubel nicht in seinen Brusthaaren verbiß, war das schließlich nichts weniger als lebensgefährlich! Und war doch die zentrale Beglückung auch für ihn, diese Gewißheit, daß sie ihn genauso wild genoß, wie er sie … daß er keineswegs der Junge war, der ihr Sohn sein könnte, dem sie sich gab! Doch bedrückt heute wie bisher nie, flüsterte jetzt Pauline: »Nebenan die – die war gestern abend im Laden, dabei hatte sie schon morgens alles geholt, was sie brauchte; hat doch nur wollen schnüffeln …« Stani sagte: »Ja, ich hab sie gesehen.« Pauline erwiderte ungeduldig: »Sag ich doch. Die kam nur deshalb gegen sechse, weil sie *dich* sehen wollte bei mir. Und wie die *dich* ansah, mit Phosphor uff der Pupille: die ginge sofort mit dir ins Bett, die *lechzt* nach Mann. Und du bist ja auch so stark – die spürt das genau.« Pauline, wie sie das sagte, hielt ihn fest, als wolle sie ihn zurückreißen vor der Nachbarin.

»Darf sie doch! – darf mich doch sehen, ist doch erlaubt, daß ich dir die Kisten schleppe. Wie könntest du denn Kartoffelsäcke tragen und …«

Pauline sagte: »Sie hat aber auch gesprochen, das ist ja schön, daß Sie s'abends nicht alleine sind, kann der Pole denn gut deutsch? Ich hab barsch gesagt, der Pole wird ja um neune bei Melchiors eingeschlossen! Aber sie hat's nicht können lassen, dann noch zu sprechen: Soo – wußte gar nicht, daß die Melchiors so strenge sind mit ihren zwei Polen. Ich hab gesprochen, die sind nicht streng, das ist nur Vorschrift. Du mußt aber gar nicht dran zweifeln, daß die uns gehört hat!« Er schwieg, angesteckt von ihrer Angst. Dann meinte er: »Polnisch hab ich nie gesprochen, ich –«

Pauline lächelte schwach: »Was weißt du, was wissen wir – was wir reden dabei!«

Nun lächelte auch er und sagte, selber wenig überzeugt: »Vielleicht hat sie ... dich gehört mit einem Mann, sicher, ja. Aber sie weiß nicht, daß ich der bin!«

»Wer sonst, wer denn sonst!« sagte sie. »Hier ist doch weit und breit kein Mannsbild, mit dem unsereins im Bett gehört werden könnte ... ich bin jetzt ruhiger als im Zimmer, weil nun zwischen uns und diesem gefährlichen Biest auch noch die Hausmauer ist, trotzdem dürfen wir nur flüstern.«

Er hatte sie noch immer auf den Oberschenkeln sitzen, jetzt fragte er: »Frierst du?« und sie sagte: »Noch nicht –« und er hob sie hoch und setzte sie auf den Stuhl und ging barfuß, bis sie ihn nicht mehr sah, absichernd im Höfchen herum, ging auch zurück an die Mauer, die er zu überklettern hatte, wenn er von Melchiors Hof herüberstieg; er war nun überzeugt, daß niemand hinter dieser Mauer stand, hatte das auch gar nicht befürchtet. Als er wieder zu ihr kam, hatte sie seine Schuhe aus – aber ihre Füße hochgezogen auf den Stuhl, ihre Arme umschlossen ihre Knie, sie fror. Während er Hemd und Hose auszog und ein Kissen daraus machte, sagte er: »Steh mal auf« – und legte es auf den Stuhl, und er schob ihr auch noch seine wärmenden Tatzen, die groß wie Bauernbrotscheiben waren, unter den Hintern, der jetzt so kalt war wie vorher ihre Waden, die nun, als er vor ihr kniete und sie mit dem Mund nahm, über seinen Schultern hingen. Sie hatte nur seinen Haarschopf, um ihre Hände zu beschäftigen, die nach seinem ganzen wunderbaren jungen Körper Verlangen hatten – weil sie seinen ganzen Körper vor allem auch als die große Decke brauchte, die Schutz gab wenigstens vor den immer stärker werdenden Versuchungen, zurückzuflüchten in die liebelose, aber stallsichere Gesetzlichkeit. Seine durch Dankbarkeit für das, was sie ihm gab und damit riskierte zur Liebe gewordene Gier riß sie mit – aber immer erst dann, wenn er sie schon da hatte, wo die »Vernunft auf der Weide graste«, wie er das einmal genannt hatte.

Doch heute glückte ihm das überhaupt nicht. Ja, sein Zungenspiel steigerte nur ihre Nervosität zu einem nie dagewesenen Gereiztsein. Zentnerschwer lag ihr Angst auf – ungeduldig herrschte sie ihn leise an: »Laß – ich kann heut nicht! Ich kann nicht, Stani. Steh auf! Ich hab dir doch das Schlimmste noch gar nicht gesagt!« Und sie wiederholte: »Steh auf!« Und stand selber auch auf, und er setzte sich auf den Stuhl und nahm sie auf seine Knie, und sie sagte ihm fast ins Ohr: »Als du rübergingst, Abendbrot essen – merkte ich schon, die Elsbeth will noch was reden mit mir, was gegen dich! So was merkt man doch, sie hat nur gewartet, bis daß du fort warst!«

Stani unterbrach: »Heute war das?«

Pauline: »Ja doch – sie war doch schon gekommen, bevor du weg bist. Und dann sagte sie, ich müßte sofort, am besten nächsten Sonntag schon, meinen Mann besuchen! Ich sagte dir ja, der ist jetzt nach Deutschland versetzt, der ist in Bayern und bewacht da – ich weiß nicht, eine Flugzeugfabrik, glaub ich, wo auch Gefangene arbeiten. Aber dann kam's, die Elsbeth sah mich an, als hätt ich *ihr* Haus angesteckt, und sagte: ›Mach, daß du bei deinen Mann kommst, damit das Dorf hier wieder merkt, daß du nicht mit dem Stani verheiratet bist – denn das spricht 'n jeder!‹

Und da hab ich's ihr zugegeben. Und das war natürlich furchtbar idiotisch!«

Sie schwieg, er schwieg.

Endlich sagte sie kläglich: »Verraten tut die uns nie; hätte ich gelogen, das hätte ihr nur mehr Wut gemacht gegen mich!«

Er fragte: »Wut? – Was geht die das an, wieso: Wut?«

Sie lachte, aber so, als werde ihr schmerzlich ein Verband abgerissen: »Frauen, das verstehst du nicht, so sind Frauen: weil sie selber das nicht hat ... Stani, und noch was: es tut mir leid, dir das sprechen zu müssen – ich bin zwar sicher, daß heut nichts mehr passieren kann, aber gar nicht sicher, daß es nicht vor vierzehn Tagen passiert ist! Wahrscheinlich ist es mein ganz großes Glück, daß ich jetzt meinen Mann besuchen kann. Ich führe vor Angst am liebsten schon morgen! Doch so weit ist es noch nicht, daß ich einfach zu ihm fahren darf und das Geschäft und ...«

Er drückte ihr Gesicht an seinen Hals, er flüsterte: »Du mußt vor einem Kind nicht Angst haben, ich bin ganz sicher, daß nichts ist.«

Und nun redeten sie wieder, was sie seit drei Nächten schon oft erörtert hatten, er so ruhig, sie wieder ebenso gereizt, wie sie schon gestern nacht seine Beschwichtigungen zurückgewiesen hatte: »Du hast gut reden, du könntest noch abhauen, aber ich: wo sollt ich hinlaufen von zwei Kindern weg, weil ich ein drittes aufgeschnappt habe! Neulich im Laden, als ich sogar eine Kundin hatte, sah ich am hellen Tage zum Greifen deutlich die Rosi Lindner an ihrem Dachbalken vor mir hängen – ich war plötzlich fertig, verstehst du das nicht!«

Er sagte: »Ich versteh dich gut! Aber daß du heut wieder wie gestern so nervös bist ohne Grund, hast du gestern selber mir gesagt, ist auch ein Zeichen, für daß – daß jetzt deine Periode kommt. Du hast doch gesagt, daß immer du dann so – so aggressorisch bist!«

Sie wiederholte: »Wie sagst du: ›ohne Grund‹? – hab ich dir nicht eben gesagt, daß nun die Elsbeth mein Geständnis hat! Ich hab ihr gesagt, nur zweimal wär's passiert und vor Wochen – und alles lange vorbei, aber sie hat mir kein Wort geglaubt, ich war auch so – so: ich weiß gar nicht! Ich sah's doch kommen, dies Gespräch, aber dann – dann, verstehst du: saß ich plötzlich sozusagen mit einem ganz nackerten Gesicht vor ihr, ich wußte bisher überhaupt nicht, daß es das gibt – das Gefühl, ein nacktes Gesicht zu haben, einfach wehrlos! Wie kommst du darauf, hab ich erst fragen wollen ... das konnt ich schon gar nicht mehr fragen. Ich war so geschlagen von ihrer Behauptung, im ganzen Dorfe würde davon getuschelt –«

Stani sagte: »Das sicher ist unwahr! Wenn Dorf redet – wieso dann nicht absperrt Melchior meine Tür? Zieht nicht raus Schlüssel von Haustür nachts? Und wieso nicht sie, die Frau Chefin, spricht dann mich an auf dich! Arme Pauline« – er sagte »arme«, um verbergen zu können, daß er meinte: blöde, dumme. »Die Elsbeth hat nur Verdacht be ... besessen, sonst nichts. Und hat einfach versucht, nur einfach versucht, zu finden, ob was ist. Und du – oh, warum: bist du ihr in die Fallen – gefallen? Nur *versucht* hat sie! Nicht gewußt!« Und erbittert dachte er: wie dumm sie ist!

Sie spürte, was sie ihm angetan hatte; bisher hatte sie nur gewußt, wie es jetzt um *sie* stand. Sie streichelte ihn und küßte, was sie am liebsten küßte: den Hals, dort, wo er überging in die Schultern. Als wolle sie ihn ablenken, scherzte sie milde: »Sitzt man mit einem Mann, nimmt der auch die rechte Hand, wie jetzt du, um zu streicheln. Im Liegen nie – nie. Wie kommt das?« Sie lachte leise, er verstand sie noch nicht. So wiederholte sie – und dann lächelte auch er, fragend, zustimmend, ohne das erklären zu können: »Wie kommt's, daß alle Männer links liegen und links lieben, immer mit der Linken?«

Sie lachten, auch er wollte sie ablenken, er fragte, hatte das schon früher einmal gefragt: »Brüste – das Wort kenne ich. Doch sonst, warum du nie Worte hast für – hier und hier … bei mir und –«

Sie fragte: »Tut denn ihr das in Polen? – wir nicht, weil die so roh sind, im Deutschen, die Worte dafür, macht man damit keine Worte, jedenfalls Frauen tun das nicht, die Männer schon.« Sie lächelte, dann sagte sie ihm ins Ohr: »Man muß nicht alles mit – *Worten* in den Mund nehmen! *Anfassen* ist besser als ansprechen!« Und sie tat seine Hand hin und dann ihre. Und bald glitt sie an ihm herunter, ihr Mund strich über ihn, sie wollte ihn trösten, um auch selber wenigstens für Minuten zu verdrängen, was sie ihm und sich angetan hatte mit ihrem idiotischen Geständnis, das ja in Wahrheit ganz furchtbar war, ein noch unübersehbares Verhängnis; gegen das – wenn überhaupt – nur eines half: nie mehr zusammenzukommen, immer zu wissen, daß sie fortan keine Minute mehr sicher sein konnten! Und dieser Rückweg war ihnen verwehrt – er *konnte* nicht begangen werden! Denn jetzt begann Pauline wie zuvor er das Spiel begonnen hatte, jetzt waren seine Hände in ihrem Haar, bis er die vor ihm Hockende in den Achseln faßte und aufhob. Und wie sie flüsterte: »Das brauchst du heute nicht – das einzige, wovor wir *heute* noch sicher sind«, da er sich ein Präservativ hatte nehmen wollen, wußten sie beide, daß sie es nie mehr fertigbrächten, beieinander zu hausen, ohne sich wie bisher auch zu haben. Und schon wie auf der Flucht einer ins Dunkle springt, weil er springen muß – so verzweifelt nahm sie ihn jetzt und hob, wie sie sich pfählte, ihr Hemd über die Brüste hoch und drückte ihm die rechte in den

Mund. »Langsam, ganz langsam«, war alles, was sie noch sagen konnte, aber die Angst hatte jetzt die Wirkung, sie schlagschnell in die Wildheit zu versetzen, die vielleicht durch Todesfurcht gesteigert war. Und er brauchte die ganze Kraft seiner Arme, sie, die sich zurückbäumen wollte, im Rücken, im Genick zu fassen, um ihr Gesicht, ihren Mund auf seinen Hals zu drücken und ihre Schreie abzufangen – fast hätte er das versäumt. Denn die Gewißheit, sie heute wenigstens nicht mehr schwängern zu können, hatte auch ihn heftiger berauscht, als er sonst war; und wer weiß, ob nicht auch ihn schon Verfolgungs-Angst blinder zu ihr drängte, um nicht in sein Bewußtsein eindringen zu lassen, daß es genau dieser Drang war, der ihn umbringen *müßte* ... Sie jagte so schnell und so oft durch das Ziel, daß er noch nicht ejakuliert hatte, als er die Erschöpfte kaum noch auf sich festhalten konnte – es war, als sei sie abgestürzt in brunnentiefe Entrükkung, ja schon in Schlaf, als er sie ins Haus tragen mußte, weil übergangslos Morgengrauen-Kälte kam.

Die Tür war so schmal und niedrig, daß er Pauline auf die Füße stellen mußte; zu zweit wären sie nicht hindurchgekommen – »Guck nach Herbert!« flüsterte er, doch ging er selber, denn sie fiel wie erschlagen, und blieb da liegen, auf die Küchencouch. Ohne im Finstern anzuecken, sah er im Schlafzimmer, daß beide Kinder schliefen – und er nahm Paulines Bettdecke, und als er zu ihr zurückkehrte, sagte er: »Ich kann dich noch wärmen, du wirst schneller ohne Hemd warm.« Er hatte Schwierigkeiten, es der in sich Zusammengekauerten auszuziehen, dann deckte er sie doppelt zu, erst mit sich, von Stirn an Stirn bis Zehen an Zehen, dann mit ihrer Decke, die für sie beide zu kurz war. Heftig begehrte er sie jetzt, die schon mehr schlafend als noch zu ihm drängend, völlig ausgekältet, vor allem mit winterkaltem Hintern, den er in den Händen hielt, unter seiner wie immer warmen, nie abkühlenden Haut halbtot lag – um sich dann sanft an ihr wiederzubeleben – ...

»Klappstulle« hatte sie das einmal genannt, ein Ausdruck ihres Mannes; »Löffelstellung«, wenn sie – wie Löffel im Besteckkasten – mit dem Rücken an seiner Brust lag, um sich wärmen zu lassen, was bei ihr wie bei allen Frauen am langsamsten warm wurde, die Backen, die sie auch jetzt, da sie die Einschlafstellung bezog, in seine wieder erhitzten Lenden drängte. Plötzlich fuhr sie auf, jäh von der Angst – einer sehr berechtigten – erbeutet: »Du schläfst doch nicht auch ein – ich schlafe schon!« Und sie sank wieder hin, und er bat flüsternd: »Nicht gleich!«, und obwohl sie doch schon fast weg war – half sie ihm jetzt, der hinter ihr liegen blieb, hinein – zuerst ohne Lust, nur um seinetwillen, denn wieder ergriff sie die Angst, daß er überhaupt noch geblieben war. Doch seine Freude, sein Atem in ihrem Nacken, seine Hände um ihre Brüste, wie er hinter ihr lag, waren so ansteckend, wie die stromruhige Stetigkeit seiner beherrschten, hinauszögernden und immer weiter und länger hinauszögernden Stöße, daß sie erneut und wieder rascher als er verrückt wurde vor Spannung erst – dann in der Entspannung.

Und dann war er doch unverzeihlicher-, tölpelhafterweise sofort nach ihr eingeschlafen, und es war schon hell genug, um gesehen zu werden, wenn überhaupt auf die Hofseite jemand geblickt hätte: eine Warnung, dieses grade noch glückliche Aufwachen um halb vier! Nur anderthalb Stunden später, und es wäre unmöglich gewesen, noch heimzukommen, ohne von einem der Melchiors oder von beiden gesehen zu werden.

13 Krankenblatt II: Heinrich Müllers Schnellbrief

> »Auslieferung asozialer Elemente aus dem Strafvollzug an den Reichsführer SS zur Vernichtung durch Arbeit. Es werden restlos ausgeliefert die Sicherungsverwahrten, Juden, Zigeuner, Russen und Ukrainer, Polen über 3 Jahre Strafe, Tschechen oder Deutsche über 8 Jahre Strafe … Der von mir geplanten Regelung der vom Führer angeordneten Prügelstrafe stimmt Reichsführer SS in vollem Umfange zu.«
>
> *Notiz des Justizministers Dr. Thierack über eine Besprechung mit Himmler am 18. 9. 1942.*

Bei langausgestrecktem rechten Arm – »aufgehobene Rechte«, spottete Werner Finck – die Leute, die amtlich Volksgenossen genannt wurden, mit »Heil Hitler« zu »begrüßen«, das war, solange Hitler regierte, den Deutschen zur »Ehrenpflicht« gemacht. Und hieß: der deutsche Gruß. Als im Kriege den berühmtesten Münchner Irrenarzt, Geheimrat Bumke, sein Sohn einmal ironisch so ansprach: »Heil Hitler« – sagte der Vater resigniert: »Das denkst du dir so einfach, mein Junge!«

Bumke schrieb, Hitler sei viel zu schlau gewesen, jemals einen Psychiater in seiner Nähe zu dulden. Und Bumkes Kollege, der Tübinger Konstitutionstypologe Ernst Kretschmer, meinte: »Es ist eine eigene Sache mit den Psychopathen: in normalen Zeiten behandeln wir sie, in politisch aufgeregten regieren sie uns.« Sie regieren – muß man diese weitere Folgerung nicht ziehen? – bis die Zeiten, die nie normal sind, sondern jeweils nur auf andere Weise irre, gottlob sehr oft auf harmlose, »politisch aufgeregte« geworden sind, zuletzt dann mörderische werden …

Ob nicht die Zeitalter sich allein darin unterscheiden, daß ihr Geist, der nie zu haben sein wird, ohne die ihm zugehörige Geistes-*Krankheit,* in moralisch und gedanklich unterschiedlichen »Herren« behirnt ist? (Diese Herrscher können natürlich auch Damen sein wie Cleopatra, Jeanne d'Arc, Katharina, die Frauen Perón, Mao, Gandhi.)

Was die mit sehr, sehr wenigen ihrer Komplicen denken, sei es »von Natur«, sei es, weil einige Bücher, die so obskur sein können wie Fibeln des Antisemitismus, doch auch so bedeutsam wie das Kommunistische Manifest, es ihnen vorgedacht haben, das wird unabhängig von seiner Qualität zum Kollektiv-»Denken« einfach deshalb, weil es von denen gedacht wird, die auch die Macht haben zu seiner Verbreitung; und zur Austilgung des Denkens anderer. Ein moderner Diktator muß ja nicht das Parlament abschaffen, wie noch der ziemlich altmodische Hitler es für nötig hielt – es genügt heute, das Parlament zu zwingen, Zeitungen zu lesen. Denn natürlich wird er zuerst die Besitzer der Zeitungen in seinen Besitz bringen und die Fernseh-Tagesschauen. Die Staatsrechtler besoldet er ja ohnehin und gewinnt sie vollends für sich, wenn er den namhaftesten sagt, sie seien Philosophen.

Daß dank ihres Macht-Instruments der »Geist der Herren« zum Geist des Zeitalters wird, hat zu dem Fehlschluß geführt, nicht nur dieses Gedachte würde, wie es leider tatsächlich der Fall ist, im Volk zum »Anliegen«, zum Ziel, zum Wunsch der meisten – sondern das Denken selber sei auch die Beschäftigung der Mehrzahl, der Gesellschaft. Im Glück, solange es bergauf geht, schmeichelt diese Auffassung der Menge – und am schnellsten gewinnt sie der, der sie glauben machen kann, er denke und wolle nichts anderes als alle jene, die ihn wählen sollen. Doch im Unglück, auf den Trümmern des Vaterlands oder des ganzen Erdteils, wird diese Auffassung enthüllt als die bösartigste Verleumdung der Mehrheit, die doch gar nicht gefragt worden ist, ob sie mit anrichten wollte, was sie tatsächlich mit angerichtet hat auf dem Marsch in den Abgrund! Bezweifelt das einer, er müßte behaupten, der Gangster-Clan auf der Nürnberger Anklagebank sei nicht schuldiger gewesen als die Millionen, die für ihn marschieren mußten unter der Androhung, sonst erschossen zu werden. (Daß freiwillig zweifellos viel *mehr* für Hitler marschiert sind als unter Zwang, belegt nur die seuchenhafte Ansteckungskraft, die im Denken derer steckt, die allein auch die Macht haben, *ihr* Denken zu verbreiten; denn Macht, sofern sie auch Erfolg hat, genügt schon an sich als Sexappeal, um hörig zu machen – und zwar den einzelnen ebenso wie die Menge. Auch sollte ja jeder, der verächtlich von »Masse« redet, nie vergessen, daß immer einer mehr zu ihr gehört als jeder glaubt!)

Vermutlich – doch wer könnte das messen – sind alle Zeitalter *quantitativ* im gleichen Maß irrwitzig. Nur gibt es *qualitativ* weltenweite Unterschiede! So mörderischen Geisteskrankheiten wie Faschismus und Gegenreformation, die beide die Inquisition praktizierten, den Mord an Andersdenkenden oder Andersrassigen – können vergleichsweise völlig harmlose Geisteskrankheiten folgen, die dann ein Zeitalter bewegen und beherrschen. Zum Beispiel dreißig Jahre nach Hitlers Tod der Wahn, es erhöhe die »Lebensqualität«, wenn ein Gesunder mit sechzig oder fünfundfünfzig pensioniert werde, während er zumeist – wie jeder Arzt weiß – daran stirbt. Oder der Wahn, man stoße – und das habe außer der Arbeitsplatz-Beschaffung, die anders billiger zu haben wäre, noch einen einzigen weiteren guten Zweck – mit Raketen in den Weltraum vor; während man ja nur den Raum unseres Sonnensystems erreicht und völlig sinnloserweise Planeten, auf denen nichts wachsen kann, weil da kein Sauerstoff ist!

Das *moralische* Problem, das aus dieser bedrückenden Einsicht erwächst, Faschismus und »Weltraum«-Fahrt – so wie vor hundert Jahren Kolonialismus und »Seegeltung-Weltgeltungs«-Wahnparolen, oder vor fünfzig Jahren das kriegstreibende »Volk ohne Raum«-Geschwätz seien epochebestimmende Geisteskrankheiten von epidemischer Weitwirkung, ist nicht lösbar. Nimmt man sie aber an, diese Einsicht, daß Ideen, die ganze Zeitalter aufmarschieren ließen, zuerst zu Versammlungen, dann zu Paraden, dann in den Tod, Geistes-*Krankheiten* sind: wieso sind dann die Mitläufer solcher Ideen-Trompeter nicht auch nur Kranke – sondern Schuldige? Sind sie es? Oder führt diese Einsicht nicht notwendig zur weitestgehenden Freisprechung des Individuums von Mitschuld dort, wo schon die folgende Generation durchschaut, daß dieses Individuum nicht gesund war zum Zeitpunkt seiner Mittäterschaft; sondern miterkrankt war an der herrschenden Geisteskrankheit seiner Epoche und entmündigt durch diese Seuche, wie die Mehrzahl seiner Zeitgenossen? »Du sollst der Menge nicht folgen zum Bösen«, ist der aktuellste Rat der Bibel an Menschen des 20. Jahrhunderts, die wir ohne Ausnahme Medien-Geschädigte sind, – wie aber, wenn die Menge wie wir Einzelnen in ihr gar nicht mehr unterscheiden können, wo das Böse anfängt, was es ist?

Ärzte, Juristen, Rathaus-Insassen, Polizisten aus Brombach bei Lörrach, Waldarbeiter, die einen Galgen für einen GV-»Schuldigen« erbauen: hätten die acht Jahre nach Beginn der Überflutung ihrer Herzen und Hirne durch Hitlers Gesetze sich noch jene Einsichten in das, was gut, was böse sei, erhalten können, die ihnen einst Eltern, Schule, Kirche oder einfach die Natur eingepflanzt hatten? Und würden sie dem Zeitgeist widerstanden haben – wie hätten sie leben, ihre Familien ernähren können, da doch Verweigerung des Rechtes, den Beruf auszuüben, noch das harmloseste gewesen wäre, was man ihnen bei Widerspruch angetan hätte; ja, da sie doch vermutlich eingesperrt, vielleicht hingerichtet worden wären! Wie überhaupt sollte damals einer leben, ohne Komplice jener Verbrecher zu werden, mit denen der Staat identisch war? Und deren Haftung für das Unglück, das ein Zeitalter in die Tiefe riß, nicht geringer wird, wenn wir diesen Verbrechern zugestehen, daß sie nicht nur die wegweisenden Bazillenträger der Epoche waren, sondern selber die zuerst – und am schwersten an diesen Bazillen Erkrankten! Mit einem Wort: daß auch sie irrsinnig gewesen sind, konkret gesprochen: ideenblind, ideenblöd – so wie die mitreißenden Täter früherer Jahrhunderte nicht normal waren, wenn sie ihre Zeitgenossen glauben machten – weil sie zweifellos es selber auch glaubten –, »Hexen«-Verfolgung sei nötig; oder Kinderarbeit in Bergwerken sei natürlich ...

Am 5. Juli 1941 ließ Heinrich Himmler, der Reichsführer der SS und Deutschen Polizei im Reichsministerium des Inneren, durch seinen obersten Chef der Geheimen Staatspolizei, Heinrich Müller, den »Schnellbrief S IV D 2 c 4883/40 g – 196 aussenden, der zum erstenmal sogar einem Polen die Chance eröffnete, zu überleben, wenn er dabei entdeckt worden war, daß er eine Deutsche liebte. Müller ordnete an: »Betrifft Sonderbehandlung der im Reich eingesetzten polnischen Zivilarbeiter und Kriegsgefangenen.« (Sonderbehandlung, wie gesagt, hieß stets: Tötung; es wurden demnach nicht nur Kriegsgefangene, sondern auch Zivilisten aus dem Ausland, die zur Arbeit ins Reich gekommen waren, erhängt, wenn sie mit Deutschen schliefen.) Müller schrieb jetzt: »In zahlreichen Fällen wurde festgestellt, daß polnische Zivilarbeiter, die wegen unerlaubten Geschlechtsverkehrs zur Sonderbehandlung vorgeschlagen worden sind, nordischen Rasseneinschlag aufweisen, gut aussehen und charakterlich sehr günstig beurteilt werden. Derartige Personen eignen sich unter Umständen für eine Eindeutschung. Reichsführer SS hat daher zugleich in seiner Eigenschaft als Reichskommissar für die Festigung deutschen Volkstums angeordnet, daß polnische Zivilarbeiter und Kriegsgefangene, die Geschlechtsverkehr mit deutschen Frauen und Mädchen unterhalten oder sonstige unsittliche Handlungen an ihnen begangen haben, in Zukunft vor Einreichung des Sonderbehandlungs-Vorschlages auf ihre Eindeutschungsfähigkeit hin zu überprüfen sind ... Um eine gleichmäßige Behandlung zu gewährleisten, werden in Zukunft rassische Beurteilungen in Fällen, die evtl. zu einer Sonderbehandlung führen können, grundsätzlich von den Führern im Rasse- und Siedlungswesen bei den Höheren SS- und Polizeiführern bzw. den Referenten des Rasse- und Siedlungshauptamtes-SS bei den Ergänzungsstellen der Waffen-SS durchgeführt. Amtsärztliche rassische Gutachten sind daher in der Regel nicht mehr einzuholen (Ausnahme s. folgenden Absatz). Vielmehr leiten die Staatspolizei-Leitstellen nach Abschluß der Ermittlungen die Vorgänge mit allen erforderlichen Unterlagen (Lichtbilder, und zwar Kopfbild von vorn, Kopfbild von der Seite, Bild in ganzer Größe sowie charakterliche Beurteilung) beschleunigt dem Höheren SS- und Polizei-Führer zu, der in seiner Eigenschaft als Beauftragter des Reichskommissars für die Festigung deutschen Volkstums die Vornahme der rassischen Untersuchung und die Prüfung auf Eindeutschungsfähigkeit veranlaßt.

Bei längerer Abwesenheit des RuS-Führers bzw. des Referenten bei der Ergänzungsstelle der Waffen-SS tritt, um größere Verzögerungen in der Bearbeitung der Vorgänge zu vermeiden, folgendes Verfahren in Kraft: der Höhere SS- und Polizeiführer unterrichtet sämtliche Staatspolizei-Leitstellen seines Bereiches, daß für die Zeit der Abwesenheit des Rasseprüfers in Sonderbehandlungsfällen – entsprechend dem bisherigen Verfahren – rassische Beurteilungen des zuständigen Amtsarztes einzuholen sind. Die amtsärztlichen Gutachten müssen enthalten:

1. Rassenbestimmung
2. Angaben über Körperhöhe (ohne Schuhe)

3. Angaben über Körperbau-Typ
4. Beschreibung der hervorstechendsten Merkmale
5. Angaben über Haut-, Augen- und Haarfarbe.

Die amtsärztlichen rassischen Beurteilungen sind von den Stapostellen mit den übrigen Unterlagen unverzüglich dem Höheren SS- und Polizeiführer zuzuleiten. Dieser holt unter Beifügung des rassischen Gutachtens und der Lichtbilder die Schlußentscheidung des RuS-Hauptamtes ein.

Wird die Eindeutschungsfähigkeit anerkannt, berichtet die Staatspolizeistelle unter Beifügung der üblichen Unterlagen – außer den Lichtbildern des Exekutionsortes – dem Reichssicherheitshauptamt, das über die weitere Behandlung entscheidet. In den meisten Fällen wird die Einweisung in ein KZ-Lager-Stufe I – für kürzere Zeit als ausreichende Sühne anzusehen sein.

Kommt eine Eindeutschung nicht in Betracht, so ist wie üblich Sonderbehandlungsvorschlag unter Beifügung der vorgesehenen Unterlagen einschließlich des vom RuS-Führer gefertigten rassischen Gutachtens vorzulegen.

Bei Bearbeitung von Sonderbehandlungsfällen ist seitens der Stapostellen außerdem folgendes zu beachten:

1. In den Sonderbehandlungsvorschlägen ist stets zum Ausdruck zu bringen, ob und ggf. wann der betreffende Pole *amtlich* darüber belehrt worden ist, daß polnischen Zivilarbeitern der Geschlechtsverkehr mit deutschen Frauen und Mädchen unter *Androhung der Todesstrafe* verboten ist.
2. Reichsführer-SS hat sich auch in Fällen von Geschlechtsverkehr oder unsittlichem Verhalten polnischer Zivilarbeiter gegenüber deutschen Frauen und Mädchen, die voraussichtlich nicht zu einer Sonderbehandlung führen werden (nicht belehrte Polen, Personen, deren Volkszugehörigkeit zweifelhaft ist, Polen unter 18 Jahren, die mit erheblich älteren deutschen Frauen verkehrt haben und von diesen offensichtlich verführt worden sind), die endgültige Entscheidung vorbehalten.
   Auch in diesen Fällen ist daher die Stellungnahme des Höheren SS- und Polizeiführers einzuholen und sind die üblichen Unterlagen vorzulegen.
3. Lichtbilder der beteiligten deutschen Frauen sind in jedem Falle, d. h. auch dann, wenn diese ein Verschulden nicht trifft (Notzucht), einzureichen.

4. Die unverzüglich nach erfolgter Exekution durch FS. zu erstattende Vollzugsmeldung (s. Runderlaß vom 10. 12. 40 – S IV D 2a – 3382/40 – zu 3f der Durchführungsbestimmungen), die unmittelbar dem Reichsführer-SS vorgelegt wird, hat in Zukunft folgende Angaben zu enthalten:
   a) Name, Geburtsort und -datum des Delinquenten
   b) Datum und Ort der Exekution
   c) Vollziehung durch polnische Zivilarbeiter oder in Schutzhaft befindliche Polen
   d) Angabe über die Vorbeiführung der in der Umgebung eingesetzten Zivilpolen an der Richtstätte
   e) Vermerk über die Aufnahme der Exekution durch die Bevölkerung

   (Angaben zu Ziffern d) und e) nur bei Exekutionen außerhalb des Lagers).
5. Von exekutierten Polen hinterlassene Gegenstände, Kleidungsstücke und dergl. sind arbeitsmäßig bewährten polnischen Zivilarbeitern ohne Angabe der Herkunft zu überlassen, Geldbeträge und Wertgegenstände jedoch der NSV. oder dem DRK. zu überweisen.

Abschließend weise ich nochmals darauf hin, daß alle Ermittlungen in Sonderbehandlungsangelegenheiten mit möglichster Beschleunigung durchzuführen sind.

Im Auftrage: gez. Müller

Beglaubigt: Bambowsky. Kanzleiangestellte.«

Gestapo-Chef Heinrich Müller, der übrigens niemals gefunden wurde; »sein« Grab, mit einem Marmorstein gekennzeichnet, den Kinder und Enkel »unserem lieben Vati und Opa« auf einem Westberliner Friedhof hingestellt hatten, war leer, als man es endlich öffnete – Müller konnte seinen Brief nur schreiben, weil der Rassenwahn die Nation in corpore als Geisteskrankheit bereits erfaßt hatte. Und zwar die »Wissenschaftler«, Juristen also und Ärzte nicht anders – ja, die sogar viel früher und nachhaltiger, stinkt doch, wie gesagt, am Kopf der Fisch zuerst – als den Kohlenträger und Kutscher, die sich zwar nicht verhehlen konnten, die gleiche Arbeit verrichten zu müssen wie der Pole Stasiek Zasada; die sich aber immerhin sagen durften (und es sich von

Amts wegen sagen *mußten*), daß sie diese Arbeit doch als Deutsche tun dürften, nicht nur wie der Pole als Angehöriger einer »minderen Rasse« …

Plötzlich jedoch wurde dieser Pole durch Müllers Brief vom 5. 7. 41 mit der Chance ausgerüstet, ebenbürtiger deutscher Bürger werden zu dürfen, weil er verbotenerweise mit einer Deutschen geschlafen hatte; während er bis zum 4. Juli 41 in *jedem* Fall für genau das, was allein ihm nun diese Chance, Deutscher werden zu dürfen, einräumte, nämlich Beischlaf bei einer Deutschen, – gehängt worden wäre! Nichts anderes konnte ein Pole tun, um Deutscher zu werden; er konnte nicht etwa einen Einbürgerungsantrag stellen; er konnte allein das dafür tun, was soeben noch unbedingt und ab 5. Juli zumeist, aber nicht mehr ausnahmslos mit Erhängen gestraft wurde, wenn er »aufsteigen« wollte ins Volk der Herrenrasse! Und ob er das durfte – oder ob er gehängt wurde: darüber entschieden künftig Ärzte. Nicht ganz allein entschieden das die Ärzte, aber grundlegend; was mitentschied, war die Frage, ob der Pole vor dem 5. Juli 41 – und das allein wurde für den blonden »arischen« Zasada die Todesursache – amtlich darüber belehrt worden war, daß man ihn hängen werde, wenn er mit einer Deutschen schlafe; und wenn er – Ordnung, Ordnung über alles – unterschrieben hatte, darüber amtlich belehrt worden zu sein. Dann half ein noch so nordisch-arisches Aussehen und Wohlverhalten ihm nichts, dann wurde das größte Geschenk, das nach eigenem Maßstab der Führer Deutschlands einem gestern noch als Untermensch und Slawe verachteten Polen machen konnte, die »Eindeutschung« – umgewandelt in die Schmach, öffentlich erwürgt zu werden, wozu auch hohe Heeresoffiziere noch Beihilfe leisteten; sie mußten nämlich einen Kriegsgefangenen, damit er gehängt werden könne, erst aus dem Militär »entlassen«, das heißt: aus dem Lager – und ihn »überstellen« an die Gestapo …

Nun: dieses von Amts wegen verordnete Vorgehen, das von Zehn-, im Laufe des Krieges vermutlich von Hunderttausenden deutscher Ärzte, Offiziere, Juristen, Standesbeamten, Rathaus-Leerläufern, Sekretärinnen, Arzthelferinnen, Parteibonzen, Polizisten praktiziert wurde, deren keiner im klinischen Sinne seinen Volksgenossen als unnormal erschien, wurde deshalb nicht durchschaut als Geisteskrankheit, weil es nicht von einem oder einzelnen, sondern von personenreichen Bevölkerungsgruppen durchge-»führt« wurde: allein deshalb erschien es allen Beteiligten als ein Vorgang der Normalität. Hätte ein einzelner sich angeschickt, zu verlangen, daß man dergleichen tue, man hätte ihn ausgelacht oder eingelocht als den Irrsinnigen, der er ja war – es sei denn, er wäre der Führer gewesen und hätte das verlangt. Und der hat das ja verlangt! Grundsätzlich *er.* Im Detail auch noch sein Himmler, sein Heydrich und sehr, sehr wenige andere Einzelne.

Was ein unkontrolliert machtvoller Kranker oder drei, deren »Geistes«-Verwandtschaft sie zu den intimsten Mitkomplicen dieses einen gemacht hat, sich einfallen läßt: das muß nur als Befehl einem großen Personenkreis aufgenötigt werden, dann wird es erstens nicht diskutiert; wird zweitens – nach einiger Zeit – als gesund, als vernünftig, ja als nützlich empfunden und von diesem Personenkreis wiederum an unüberschaubar zahllose Unterlinge weiterbefohlen und von denen auch ausgeführt. Woraus zu folgern ist, daß vielleicht nicht Psychopathen die stärksten Persönlichkeiten sind, doch sind sie *die* wohl zumeist *auch;* daß sie aber in politischen Krisen die alle überragende Fähigkeit haben, zur Macht zu gelangen ... woraus alles weitere schon folgt ... aufhaltsam nur noch durch Mord. (Berühmt, ja gesellschaftsfähig wurde im 19. Jahrhundert Graf Münsters Definition des Zarentums: »Absolutismus, gemildert durch Mord.«)

Es sind also nur zwei Voraussetzungen erforderlich, um Irrsinn als Norm erscheinen zu lassen: erstens, daß ihn das Kollektiv praktiziert – nicht nur der einzelne, der ihn anordnete. Zweitens, daß er amtlich verordnet wurde und seine Durchführer sogar – für seine Durchführung – pensionsberechtigt macht. Dann »denken« alle ihn, diesen Irrsinn. Sobald er gesetzlich als Norm verankert wurde, ist er ein Kollektiv-Phänomen – zuweilen auch umgekehrt: weil er das bereits ist, wird er gesetzlich noch verankert.

Heinrich Müllers »Schnellbrief« belegt abermals die Genauigkeit der These Nietzsches, von der wir ausgingen und zu der wir notgedrängt wieder zurückkehren: daß Irrsinn bei einzelnen selten, doch in Völkern und Zeitaltern die Regel ist. Und da

Gegner Eigenschaften austauschen, da Kriege sie – wenn auch in Grenzen – einander ähnlich machen, zum Beispiel schon in der Wahl der Waffen, denn anders wäre eine Verteidigung gar nicht denkbar, so hat die Geisteskrankheit, die Hitlers Krieg so unvergleichlich grausamer ausarten ließ als noch den ersten der Weltkriege, auch logischerweise übergegriffen ins Lager seines Gegners. In London äußerte sie sich nicht in Rassenwahn, sondern in dem Wahn, »in diesem Kriege würden große Truppenmassen gar nicht in Erscheinung treten«, wie Churchill am 10. Januar 1941 zu Harry Hopkins sagte, Roosevelts bedeutendstem Emissär.

Würde England, hatte der Premierminister noch hinzugefügt, mit amerikanischer Hilfe »die Luftüberlegenheit erringen, dann wäre Deutschland mit all seinen Armeen erledigt«.

(Churchill ließ dann – nur *ein* Beispiel – binnen einer Nacht in einer Stadt, in Kassel, über zweihundertfünfzig Kinder umbringen, die ein einziger Arzt, Dr. Paul Melchior, in seiner Patientenkartei verzeichnet hatte: nahezu ausnahmslos *alle* Kinder, die bis zum Oktober 1943 in der Kasseler Altstadt gelebt hatten, wurden verbrannt, von Trümmern erschlagen oder erstickten.)

Unfaßbar, daß ein von Natur humaner Mensch wie Churchill noch jahrelang, *nachdem* er erstens selber über große Landheere verfügte und zweitens gesehen hatte, daß *sie,* nicht aber Bombardierung von Wohnzentren kriegsentscheidend waren, mit wachsender Wut und Wucht weiterbombte, eigene Piloten in Scharen dabei aufopferte und den Nazis fast nichts anderes damit zufügte als die Möglichkeit, Brotkarten solcher Bevölkerungsgruppen einzusparen, die nicht mitkämpften.

Unfaßbar, daß ein Genie, dessen eigene »große Truppenmassen« wenige Jahre später vom Rande der Vernichtung in Nordafrika bis zur Elbe marschieren sollten, diesen Unfug im Winter seiner tiefsten Verzweiflung tatsächlich sich selber einzureden vermochte – weil dieser Glaube sein einziges Kraftreservoir war in den Monaten, als England ohne Verbündete dastand und Hitlers riesigen Landheeren nichts entgegenzustellen wußte als die Hoffnung auf eine große Bomberwaffe! Deren Oberbefehlshaber hatte am 9. Juli 41 von Generalmajor Bottomley einen Befehl erhalten, der ein gleiches Ausmaß von Geisteskrankheit signalisiert wie der zwei Tage zuvor von Heinrich Müller versandte Schnellbrief: »Ich bin beauftragt, Ihnen mitzuteilen, daß eine eingehende Untersuchung der gegenwärtigen politischen, wirtschaftlichen und militärischen Lage des Feindes gezeigt hat, daß der Kampfgeist der Zivilbevölkerung und das Verkehrsnetz die anfälligsten Punkte in seiner Rüstung sind.«

Das hatte Professor Lindemann, der spätere Lord Cherwell, dem Premierminister eingeredet. Lindemann hatte, indem er »wissenschaftliche« Gutachten erstellte, die Churchills letzte Hoffnung zu diesem Zeitpunkt *bestärkten,* erstens erreicht, daß Churchill nur noch Lindemann als wissenschaftlichen Berater der Regierung anhörte, während er »Gegner des Flächenbombardements aus dem Zimmer wies«; und so hochbedeutende und um Englands Rettung und Luftverteidigung 1940 verdiente Männer wie Henry Tiszard als wissenschaftliche Berater entließ, weil sie gegen Lindemanns Zivilistenbombardierungs-Wahn einzuschreiten versucht hatten. Das überliefert der Chronist C. P. Snow aus intimster Kenntnis Whitehalls; Snow berichtet, wie der »schwache, aber gerade noch wahrnehmbare Geruch einer Hexenjagd« eine Atmosphäre in Whitehall und in der britischen Presse schuf, die »hysterischer war, als es sonst im offiziellen Leben Englands üblich ist«. Und Lindemann hatte Churchill weiszumachen vermocht, daß binnen achtzehn Monaten – vom März 42 bis Mitte 43 – ein Drittel sämtlicher Deutscher obdachlos und damit kapitulationsbereit zu bomben seien, vorausgesetzt, ihre Innenstädte, nicht aber deutsche Industrie seien das Angriffsziel! Ergebnis: 56000 britische, über 40000 amerikanische Bombersoldaten zahlten diese »Strategie«, die nichts war als ein Irrglaube, mit dem Leben. Und der britische Bomberchef Harris – von seinen Piloten Butcher genannt – ging als der »größte« Städte- und Städter-Verbrenner in die Geschichte ein, selbst wenn man unterstellt, daß sein schmutziger Ruhm nicht »beruht« auf den Leichen einer Dreiviertelmillion kontinentaler Zivilisten – Harris bombte ja keineswegs nur *deutsche* Wohnzentren –, sondern daß »nur« eine halbe Million ihm zum Opfer fielen: was niemals mehr errechenbar ist; so wenig je zu klären sein wird, wir sagten das schon, ob Oberst Grosses Bericht über 250000 Tote in Dresden wahr ist oder gefälscht … Damals jedenfalls, im Februar 1945, waren zwar nicht Churchills Piloten auf das Niveau von SS-Killern herabgesunken, denn immerhin brachten sie sich selbst in höchste Lebensgefahr, wenn sie Non-Kombattanten verbrannten, während SS-Männer sich *deshalb, weil sie das taten,* vor der Front drücken durften. Churchill jedoch war zu diesem Zeitpunkt – nur zu diesem – auf Hitlers Niveau heruntergekommen, denn er forderte, den Endsieg schon im Griff, als das Elend der deutschen Ostflüchtlinge in London bekanntgeworden war, diesen »Deutschen beim Rückzug aus Breslau das Fell zu gerben«; und sein Privatsekretär beobachtete, daß die Schreckensnachrichten vom Dresdner Feuersturm den Premierminister ganz ungerührt ließen ... Doch daß vier Jahre zuvor Lindemann und durch ihn Churchill sich überhaupt zu dem Wahn hatten hinreißen lassen, Bombardierung demoralisiere jene Zivilisten, die sie nicht tötete; während doch Hitlers Angriffe auf England den beiden Männern soeben vor Augen geführt hatten, daß im Gegenteil Terrorangriffe erst den Zivilisten fanatisierten: bleibt irrational. Abgesehen davon, daß natürlich kein einziger deutscher Zivilist hätte mitentscheiden können, ob Hitler seinen Krieg weiterführe. Churchills wie Hitlers Terrorangriffe führten zu nichts als einer bedeutenden Verlängerung des Krieges, weil höchstspezialisierte Elitetruppen, die Bomberbesatzungen, nicht an den Fronten eingesetzt wurden, sondern ganz vorwiegend dort, wo sie den Verlauf der Schlachten nicht beeinflußten.

14 Elisabethenkrankenhaus Lörrach

Geheime Staatspolizei
Staatspolizeileitstelle Stettin
B.-Nr. II E 1–3015/41

Stettin, den 16. Januar 1942

An den Herrn Polizeipräsidenten in Stettin

Betrifft: Exekution des Polen Stanislaus KRAWCZYK, geb am 25. 7. 1921 in Posen.
Vorgang: Ohne. Anlagen: Keine.
Auf Befehl des Reichsführers SS und Chefs der Deutschen Polizei ist der Pole Stanislaus KRAWCZYK wegen Geschlechtsverkehrs mit der RD. Arbeiterin Käte LINK zu erhängen. Die Exekution findet am Montag, den 19. 1. 1942, um 8.30 Uhr, im Schießstand des Bredower Schießparks in Stettin (jetzt Polenlager), statt. Ich gebe davon Kenntnis.

i. V. Dr. Nedwed

Das Telefon läutete in der Kohlenhandlung Melchior. Der vielbeschäftigte Hausherr, glücklicherweise grade schon zu alt, um noch militärpflichtig zu sein, doch das konnte noch kommen, rief seiner Frau zu: »Nimm ab!«

Er war nicht nur als Landwirt, der zudem den Totenwagen der Gemeinde kutschierte, und als Kohlen- und Brennholz-Händler überfordert, weil er mit seinen Gespannen nicht nur die Kohlen vom Bahnhof auf seinen Hof, sondern auch noch Holz aus dem Wald herunterzubringen hatte ins Dorf; er hatte außerdem das Pech, daß einer seiner zwei polnischen Arbeiter seit fast vierzehn Tagen im Lörracher Krankenhaus bettlägerte, und zwar ausgerechnet Zasada, der Deutsch konnte; denn Popilarczek, der zweite seiner Polen, sprach kein Deutsch – sprach fast überhaupt nichts mehr, seit vor Monaten seine Mutter aus Lublin ihm geschrieben hatte, seine Frau schlafe daheim mit einem deutschen Besatzer … Daß aber ausgerechnet Zasada mit der eitrigen Angina ins Krankenhaus eingeliefert worden war, weil Frau Melchior die Kammer, die er sich mit Popilarczek teilte, nicht heizen konnte, es gab keinen Ofen da oben – war deshalb so nachteilig, weil Zasada, wenn er den Brombachern Kohlen vors Haus fuhr und in den Keller trug, nicht nur gleich kassieren, sondern auch die Bezugsscheine mit heimbringen konnte ins Geschäft; seit diesem zweiten Kriegswinter gab es zum erstenmal auch für Kohlen, sogar für Brennholz Bezugsscheine, so wie es seit Kriegsbeginn Lebensmittelmarken gab. Und Zasada, weil er Deutsch sprach, wußte genau, was er den Leuten von ihren Bezugsscheinen abzuschneiden hatte für die halben oder ganzen Zentner Kohlen oder auch mehr, wenn er Läden, Büros und Handwerker belieferte ... Wo hatte der sich nur diese schwere Erkältung mit Fieber geholt: warm angezogen war er doch, sooft er auf dem Kutschbock saß oder auch im Wald arbeitete? Melchior, während er am Tisch mit ausgebreiteten alten Zeitungen saß, auf die er – wie die Vorschrift verlangte – die von den Bezugsscheinen abgeschnittenen Marken für Kohlen aufklebte, eine ihm verhaßte Beschäftigung, die nichts einbrachte, die er zumeist auch von der Frau und von Zasada erledigen ließ, hörte, wie am Telefon seine Frau sagte: »Das müssen Sie dem Chef schon selber sprechen, Herr Dokter! Moment, bitte, ich hol 'nen! Komm –« sagte sie so heftig zu ihrem Mann, daß der erschrocken aufstand. Sie hielt ihm den Hörer hin und sah verängstigt aus, als sie murmelte: »Der Dokter Griesbrecht, großes Geschwätze da im Krankenhaus!« Melchior sagte: »Melchior, hier – Heil Hitler, Herr Dokter!«

Der antwortete, ohne guten Tag zu sagen oder wenigstens vorschriftsmäßig den Führer zu grüßen, barsch und rasch: »Da haben Sie mit Ihrem Polen mir eine schöne Laus in'en Pelz gesetzt, Herr Melchior!« Der versuchte zu fragen, wie es Zasada gehe, doch der Chefarzt fuhr fort und ihn an: »Wie's ihm geht, wie's ihm geht! Fragen Sie lieber, wie's mir ergehen wird, wenn sich erst außerhalb des Krankenhauses auch noch rumspricht, was in meinem Haus schon jeder weiß: daß der Polacke, den ich ja gar nicht in'nen gleichen Krankensaal mit deutschen Volksgenossen hätte legen dürfen, weisungsgemäß, dafür kann ich vor den Volksgerichtshof gestellt werden – daß der Kerl da besucht wird von einer deutschen Frau, die ihn vor versammelter Belegschaft abküßt! – Was? Woher soll ich wissen, was das für ein Frauenzimmer war – jedenfalls ist sie noch kaum draußen gewesen, übrigens mit einem Koffer, den sie in der Pförtnerstube gelassen hatte, da erzählten zwei Patienten der Schwester, sie hätten zusehen müssen, wie diese Frau mit unserem Polen da im Nebenbett rumgeknutscht hätte. Wo gibt's denn so was! Und die Schwester meldet das natürlich sofort der Oberschwester – die dem Unterarzt und der meiner Oberärztin und die mir! – Und nun sagen Sie mir bitte: wer war diese Frau? Wie! – Wissen Sie nicht? Wie? Ach was, der Pole sagt das doch nicht, der sagt, er weiß nicht, wie die Frau heißt! Er hätte mal Kohlen zu ihr hingekutschert, was weiß ich! Ich habe Ihnen das jetzt jedenfalls gemeldet, amtlich gemeldet, Sie haben als der Arbeitgeber des Polen die Aufsichtspflicht, Melchior. Nehmen Sie das nicht auf die leichte Schulter – was reden Sie da! Der Mann könnte nichts dazu, wenn ihn jemand im Spital besucht? – Es geht nicht um den Besuch, obgleich, wie Ihnen bekannt sein dürfte, überhaupt deutsche Volksgenossen mit Gefangenen und mit Zivilarbeitern außerdienstlichen Umgang nicht pflegen dürfen, wie Ihnen, wiederhole ich, bekannt sein dürfte .... Geht doch gar nicht um einen Krankenbesuch! Ich bin kein Unmensch, habe auch gar kein Personal übrig, das ich abstellen könnte, damit es Wache an Betten von Ausländern hält, ich bitte Sie! Aber die zweie da hätten geküßt wie im Schlafzimmer – jaja, haha, zugegeben, ein Schlafzimmer ist das ja auch, aber Melchior, wir kommen doch beide in Deibels Küche, gar nicht zu reden von dem Polen, der ja sonst ein proprer Junge ist! Meine Nonnen hier, ich habe meist braune Schwestern, habe aber auch einige Nonnen – die lieben ihn ja alle, weil er einen Rosenkranz überm Bett hat, jedenfalls ist das ihre amtliche Begründung für die sehr simple Tatsache, daß da endlich mal wieder ein junger Mann mit nicht kaputtgeschossenen Gliedern im Bett liegt, er ist so beliebt, wie alles, was verboten ist! Aber genau deshalb ist ja jetzt die Aufregung so groß: weil noch die Eifersucht dazukommt! Von den Nonnen hat doch jede sich einreden können, der Polacke sei wie drober der Herr *ihr* heimlicher Bräutigam! Doch jetzt kommt da mit Koffer und Geschenken eine resolute Person an, als sei sie die Legitime: das macht schon Ärger. Und ich will keinen Ärger ... ist ja auch Ostern wieder gesund, der Mann, aber ich habe es Ihnen gemeldet unter Zeugen, ist mir egal, was Sie daraus machen, wie? Ja – will ich ja gar nicht so genau wissen, ob Sie den Mann nachts einschließen, er könnte ja auch am Tage so mancher ausgehungerten Kriegerfrau, wenn er ihr sowieso schon ins Haus kommt, dieser stramme Sackträger, mit Eierbriketts, auch die eigenen Eier mal hinhalten, wer will denn das nachprüfen! Doch so verrückt zu sein, daß sie den Mann in einem Schlafsaal mit elf Betten vornimmt, vor den Augen von anderen Männern, von denen ja keineswegs jeder von einer Frau besucht wird … nun, Herr Melchior, die Pflicht ruft, leben Sie wohl, Heil Hitler, und bitte knöppen Sie sich den Mann vor und stellen Sie ihn hart zur Rede, ich kann das hier im Saal vor zwanzig Ohren schlecht machen, ich bin ja auch keineswegs seine Aufsichtsperson, die sind Sie, sein Arbeitgeber, also Heil Hitler!«

Melchior sah seine Frau an, sie war informiert durch das Vorgespräch, mehr noch durch seine wenigen Zwischenreden, der Arzt hatte ohne Komma und Atem geschwätzt. Jetzt sagte er nur: »Eine Sache, was! – mit Koffer eine, eine Frau mit Koffer wär's gewesen, hat er gesprochen.«

Frau Melchior, erschrocken, sagte ohne eine Sekunde im Zweifel zu sein und zeigte zu Paulines Laden hin: »Dann war's drüben die, die ist ja heute weg, mit Koffer, die ist doch nach Bayern, um ihren Mann zu besuchen, so? Sieh da – geküßt hat die ihn, das hätte ich von der nicht gedacht, wo die so einen guten Mann hat!«

Melchior tat das ab, nahm es jetzt leichter: »Ein Abschiedskuß – finde es eigentlich richtig, daß die mal nach ihm sieht im Krankenhaus, hätten wir auch können tun!«

Seine Frau fuhr ihn an: »Soll ich hingehen und ihn auch küssen!« Er sagte, wieder abwertend: »Küssen? – wird so doll mit der Küsserei nicht gewesen sein, wenn er 'ne eitrige Halsentzündung hat …«

Seine Frau war härter in ihren Anschauungen, nicht was den Polen, doch was ihre Nachbarin betraf: »Wenn die ihn schon da im Krankensaal vor den Leuten küßt, was wird sie dann erst mit ihm machen, wenn sie ihn drüben allein abends hat?«

Nun war er verärgert und ließ es an ihr aus: »Quatsch doch nicht: ›allein‹ – die ist ja ihr Lebtag nicht allein mit ihm, bis daß der's abends hier zum Essen kommt, ist erstens die Schnittgens bei ihr, die ihr die Bücher führt, und sind zweitens ihre Kinder wach, der Junge läuft schon umher – soll der den zweien die Lampe halten?« Seine Frau sah ihn an, als wolle sie sagen: du warst auch schon heller – und einfallsreicher, als du hinter mir her warst! Laut sagte sie, aber erst, als er schon wieder mit dem schlechten braunen, riechenden Leim, den es jetzt zu kaufen gab, die Abschnitte der Kohlen-Bezugsscheine auf die Zeitung klebte und dann addierte: »Wieso hast du eigentlich gesprochen zum Dr. Griesbrecht, du tät'st den Stani 's nachts einschließen? Wir schließen die Haustür ab, ja. Aber hast du jemals den Schlüssel abgezogen oder Stanis Zimmer abgeschlossen?«

Er drehte sich grantig herum auf seinem Stuhl und fragte: »Sein Zimmer abgeschlossen? Wie käme ich denn dazu! Sollen die zweie da oben gegen die Wand pinkeln, wenn sie nachts raus müssen? Hör jetzt uff, Frau, ich hab genug davon, der Mann ist Eins A als Arbeiter und mit den Pferden erst recht, meinst du, ich will den verlieren durch irgendein dummes Geschwätz? Seh ja schon jetzt, wie er uns fehlt – und fehlt erst zehn Tage!«

Sie schenkte ihm wie nur selten um diese Zeit einen Steinhäger ein zu dem Fettkriemenbrot, das sie ihm geschmiert hatte, und sagte versöhnlich: »Du tust so, als wollte ich, daß wir ihn verlieren – ich meine ja nur. Und gefährlich genug ist das auch. Muß die ihn denn da vor allen Leuten küssen, die ist ja verrückt geworden, die Frau!«

Er hob die Hand, wieder abwertend: »Wenn's wahr ist, ja.« Doch das war eine so dumme Bemerkung, daß er sich genierte und hinzusetzte: »Natürlich ist es wahr – die können ja nicht da im Spitalsaal das einfach erfinden, daß unsre Nachbarin hinkommt mit einem Koffer, wenn du sagst, die ist heute weg zu ihrem Mann mit Koffer: dann war das die! Ich spreche mit meiner Schwester, die soll sich die Schnittgens mal vorknöppen, ob die was gehört hat.«

Nicht ohne Bosheit sagte Frau Melchior: »Gehört? – zum Hören wohnt ja die zu weit weg. Da frag ich mal lieber die Maria Buschel – ob die nichts gehört hat. Jedenfalls soll der sich in acht nehmen, der Stani – das kann ein teurer Spaß werden, wenn erst die Leute reden! Und für uns auch. Du hast, spricht der Griesbrecht, die Aufsichtspflicht!«

Der Mann sagte schulterzuckend, doch keineswegs unbeeindruckt: »Aufsichtspflicht – bei Nacht? Soll ich einen anbinden, der von 's morgens um halb sechse bis abends um sieben schuftet? Bei Nacht soll die Partei mich am Arsch lecken. Ich bin ringegangen in die Partei« – er sagte Bachdei –, »damit daß sie mich in Frieden läßt. Aber nicht, daß ich den Spitzel meiner Leute mache!«

15 Wen Gott verderben will …

»Der Führer sagt: ›Und haben wir gesiegt, wer fragt uns nach der Methode. Wir haben sowieso so viel auf dem Kerbholz, daß wir siegen müssen, weil sonst unser ganzes Volk, wir an der Spitze mit allem, was uns lieb ist, ausradiert werden. Also ans Werk!‹«

Goebbels: Tagebuch, am 16. Juni 1941

Der Heißhunger der Kleinbürgerin Maria – doch soziologisch war sie im Wortsinn eine Proletarierin: eine Person, die nichts besitzt – nach dem von ihrer Nachbarin gepachteten Gemüseladen, signalisiert auf der untersten Gesellschaftsstufe die Vorbildkraft jener Annexionsgier, die auf oberster Sprosse den Führer des Deutschen Reiches nach der unerwartet raschen Niederlage Frankreichs so hirnleer gemacht hat wie im Märchen vom Fischer un sine Fru die Erfüllung ihres ersten Wunsches des Fischers Weib …

Hitler hatte im ersten der Weltkriege vier Jahre als Frontsoldat erlebt, daß Frankreich unbesiegbar war; als er selber ein Vierteljahrhundert später sich zur Offensive entschloß, rechnete er damit, eine Million Soldaten zu verlieren, sagte jedoch, was Weizsäcker hörte: »Aber die anderen auch. Und die können sich das nicht leisten.«

Nun hatte er in dem sechs Wochen kurzen Feldzug nur fünf Prozent der einkalkulierten Verluste (27 074 Gefallene, 18 384 Vermißte). Er sagte im geheimhaltenden Mitarbeiter-Kreis, er werde den Franzosen nicht einmal Burgund wiedergeben, auch Belgien und Holland beschloß er für ewig einzudeutschen. Goebbels notierte am 7. Juli 40 in sein Journal: »Der Führer hat erlaubt, daß die französische Flotte bewaffnet bleibt. Wenn wir wollten, könnten wir die Franzosen jetzt ganz gewinnen. Aber wir wollen nicht. Wir wollen und müssen sie beerben.« Goebbels, das hörigste aller Parteimitglieder, gab hier nicht seine Meinung wieder, sondern die seines Führers. Teilte auch dessen Angst, England zeige sich kompromißbereit, bevor es »beerbt« worden sei, denn schon am 23. 6. hatte er notiert: »Churchill wird hoffentlich nicht noch im letzten Augenblick nachgeben.« Kein halbes Jahr sollte vergehen, bis er samt seinem Hitler nichts so sehnsüchtig – und vergebens! – herbeiwünschte wie die Nachgiebigkeit Churchills ... der die Entscheidungsschlacht schon gewonnen hatte, die Battle of Britain.

Und Hitlers Maß-Losigkeit im Sommer 40 drückte sich konsequenterweise auch in der hervorragendsten seiner Eigenschaften aus, in seiner Grausamkeit. Vier Wochen nach seinem – scheinbar – triumphalsten Tag, dem der Rückkehr aus Paris nach Berlin, ordnete er an, was am 5. August 40 im »Schnellbrief B Nr. 3642/40g – IV A 1c« der »Chef der Sicherheitspolizei und des SD«, Reinhard Heydrich, an zehn verschiedene *Sorten* von Polizei- und SS- und SD-Dienst-Stellen weitergeben mußte: »Insbesondere weise ich darauf hin, daß gemäß Befehl des Führers kriegsgefangene Franzosen, Engländer und Belgier bei Geschlechtsverkehr mit deutschen Frauen und Mädchen genauso mit dem Tode zu bestrafen sind wie die polnischen Kriegsgefangenen.«

Daß Hitler nunmehr seine Verfolgungs-Sucht wegen »GV« auch auf Gefangene aus Westeuropa übertrug, obgleich er immer wieder – und sicher aufrichtig – beteuerte, als wie tragisch er seinen Krieg gegen die »rassisch gleichwertigen« britischen sogenannten »Brüder« empfinde, legt die Vermutung nahe, daß der Kranke tatsächlich »aus dem wahnsinnigen Zwang eines rachsüchtigen Impotenten heraus« gehandelt hat, wie Carl J. Burckhardt, der Autor des »Richelieu« und letzte Völkerbundkommissar von Danzig, der Hitler persönlich beobachten konnte, in seinem Göring-Streiflicht schrieb. Hitlers Haß auf das Geschlechtliche drückte sich auch aus in seiner Anweisung, homosexuelle SS-Männer nicht mehr ins Konzentrationslager zu bringen, sondern hinzurichten. Daß Hitler, wenn er stillhielt, um sich fotografieren zu lassen, fast immer seine Hände über den Pudenda faltete, als müsse er sie verdecken, gab dem Volksmund – speziell den darob beunruhigten Frauen – den lebensgefährlichen Witz ein: »Unser geliebter Führer verdeckt den einzigen Arbeitslosen!« Wie dem auch sei: für kein anderes »Verbrechen«, doch ausgerechnet für Geschlechtsverkehr, wollte Hitler bereits 1940 sogar Engländer, Belgier und Franzosen gehängt wissen – während für die von ihm sogenannten slawischen Untermenschen die Todesstrafe fast die übliche von Anbeginn war, für zahllose »Delikte«. Und es war sein Siegesrausch allein, der diesen Verfolger-Trieb, mochte der auch als sein Ur-Verlangen längst in ihm geschlummert haben, nunmehr freisetzte. Die Tagebücher seines Propagandaministers belegen – Goebbels schrieb sie bis zum 8. Juli 1941 mit eigener Hand, faßte sich also kürzer; dann diktierte er sie, zuweilen dreißig Maschinenseiten pro Tag –, daß Hitler erst mit seinem Einzug in Paris die letzten Hemmungen abgestreift hat.

Realitätsblinde Mordsucht – dieser Urtrieb im Braunauer und in der Handvoll seiner intimsten Helfershelfer war zu verwirklichen nur, weil die Verachtung von Geist und Vernunft, die Schmähung der Intellektuellen in Deutschland eine so lange Tradition hat. Zwar haben die Deutschen niemals einen Krieg verloren, den Intellektuelle führten: Friedrich von Preußen und alle entscheidenden Persönlichkeiten des Befreiungskrieges außer Blücher waren ebenso brillante Intellektuelle wie Bismarck und Moltke – doch Ludendorff und Hindenburg, die Verlierer des Ersten Weltkrieges, waren keine mehr, sondern bedeutende, doch auf das Militärische beschränkte Strategen, ebenso wie jene Generale, die Hitler um sich ertrug: man lese seines Jodls brutale und dumme Empfehlungen, durch Terrorisierung der Londoner mit Görings Fliegern Churchill kapitulationsbereit zu stimmen ... Dagegen hat Hitler einen bedeutenden Intellektuellen in der Generalität, Manstein, nie länger als wenige Stunden in seiner Nähe geduldet; außer dem Architekten Speer hat er von allen Intellektuellen allein Goebbels um sich ertragen – und vermutlich nur deshalb, weil dieser Intellektuelle jener seiner Parteigenossen war, der vor allen der absolut rückgratlose gewesen ist: auf Zehntausenden von Tagebuch-Seiten gibt es nicht *einen* Beleg, daß dieses wahrhaft niedrige Lebewesen an Hitlers Seite ihm *einmal* hart widersprochen habe, sooft er auch anderer, wesentlich gemäßigterer und klügerer Meinung war.

Die deprimierende Reduzierung eines Intellektuellen zum Propagandisten alles dessen, was er für falsch, lächerlich, gefährlich, unsinnig hielt – zum Beispiel Hitlers Antisemitismus oder seinen Zweifrontenkrieg oder den Krieg überhaupt –, ist vermutlich an keinem vorübergehend hochgestellten Menschen der Geschichte so ablesbar wie an der Dienerseele des Journalschreibers Goebbels. Der hat in seinem frühesten Tagebuch wie in seinem letzten, in seinem Roman, im Gespräch, in seinen unzähligen Artikeln immer wieder mit einem solchen Haß vom Intellekt und von Intellektuellen gesprochen, wie nur Selbsthaß ihn produzieren kann; so wie ja die wahrhaft mörderischen Antisemiten jene waren, die sich – zu Recht oder nicht – verdächtigt glaubten, jüdisches Blut zu haben: Hitler und Heydrich, auch der Polenfrank. Und es ist belegt, daß Adolf Eichmann in der SS zuweilen seines sogenannten »jüdischen« Aussehens wegen verspottet wurde. Hat man – wie Goebbels – keinen Grund zu dieser Selbstverdächtigung, so muß die *Dankbarkeit,* die einer jemandem schuldet, dazu herhalten, den Haß auf ihn zum Siedepunkt zu treiben: das Ehepaar Goebbels hat Juden mehr zu danken gehabt als jedem anderen, außer seinem Führer. (Frau Goebbels wurde durch einen Juden Friedländer, der ihre Mutter geheiratet und Magda, die nicht von ihm stammte, adoptiert hat, davor bewahrt, als uneheliche Tochter eines Dienstmädchens heranzuwachsen; Friedländer, ein begüterter Kaufmann, ließ ihr eine prinzessinnenhafte Erziehung angedeihen. Ein Jude hat Goebbels finanziell geholfen, als er studierte; sein Doktorvater war ein Aristokrat jüdischer Herkunft; der Jude Gundolf der von ihm meistverehrte Lehrer; bis zum Vorabend seiner Abreise nach Berlin, wohin er von Hitler als Gauleiter berufen war, ist Goebbels jahrelang mit einer Halbjüdin verlobt gewesen, die ihm auch finanziell stets beistand.) Doch in sich selber konnte Goebbels nicht die Juden hassen, sondern den Intellekt: weil der ihn so oft daran gehindert hatte, seinem von der Kirche schon dem Meßdiener eingedrillten Verlangen nach »blinder Gläubigkeit« nachzugeben! Sein Verstand sagte ihm, der Krieg sei ein furchtbares Risiko, und wie gern lebte doch Goebbels als Freund schöner Schauspielerinnen und Landschlösser-sammelnder Minister! Doch Hitler befahl zu marschieren: also propagierte Goebbels den Krieg. Sein Verstand warnte ihn, die deportierten Juden auch noch zu vergasen, doch da Hitler das anordnete (und sich das in zwei Gesprächen von Goebbels auch nicht ausreden ließ), so redete der sich ein, unter vier Ohren mit

Göring, der auch Angst davor hatte, am 2. März 43: »Vor allem in der Judenfrage sind wir ja derart festgelegt, daß es für uns gar kein Entrinnen mehr gibt. Und das ist auch gut so. Eine Bewegung, ein Volk, die die Brücken hinter sich abgebrochen haben, kämpfen erfahrungsgemäß viel vorbehaltloser als die, die noch eine Rückzugsmöglichkeit besitzen.« Sein Verstand warnte ihn vor dem Zweifrontenkrieg; dankbar notierte er mehrfach, der Führer sage, zum Glück brauche er keinen zu führen. Doch als Hitler aus Angst vor nassen Füßen abließ von Plänen, in England zu landen – hielt auch Goebbels es für gut, über die Sowjet-Union herzufallen und kaufte geräuschvoll rote Fahnen ein, um die Vorbereitungen zu tarnen und der Welt weiszumachen, Berlin rüste zu einem Staatsbesuch Stalins …

Dahin kommt, wer den Verstand denunziert. Goebbels schrieb: »In mir empört sich alles gegen die Intelligenz.« Oder: »In der deutschen Seele liegt eine tiefe Sehnsucht nach Erlösung vom Geiste.« Oder: »Der Intellekt ist eine Gefahr für die Bildung des Charakters.« Oder: »Wir Deutschen denken zu viel; das hat uns den Instinkt für die Politik genommen. Der Intellekt hat unser Volk vergiftet.«

Erst von dem Augenblick an, als Goebbels Jude gleichzusetzen begann mit Intellektueller, war sein Haß auf die Juden mordbereit geworden! Daß er, der in der Pubertät seinen Anschluß an den christlichen Glauben eingebüßt hatte – und daher ablehnte, Priester zu werden –, aus der fürchterlichen geistigen und materiellen Isolation in seinem Eltern-Reihenhäuschen, worin er bettelarm und jahrelang erwerbslos nach dem Studium untergekrochen war: endlich wieder Anschluß, Halt, Gehalt, Geltung fände, dem galt verständlicherweise sein stärkster Trieb! Doch sein Intellekt drohte, ihn daran zu hindern, Anschluß zu suchen und zu finden bei einer Meute von vorwiegend kinnlastigen Mikrozephalen, bei den Nazis, die Geist schlechthin mit »jüdischem Geist« gleichsetzten in *dem* Maß, in dem er ihnen selber abging. Seine helle Stirn, seine Formulierungskraft – sie haben Goebbels, und daher sein Haß darauf, in den Augen der Hitlerleute schlimmer verkrüppelt als sein Klumpfuß. Und sein Geist und die Gemeinheit des Schicksals, ihn zum einzigen unter aber Millionen von Hinterhermarschierern zu machen, der nicht wie alle anderen Stiefel dazu anziehen konnte, diese parteiwidrige Mitgift – sie hat Goebbels sich selber erst mühsam verzeihen können in *dem* Augenblick, als Hitler ihn rehabilitierte durch seinen Lobspruch, Goebbels sei der einzige seiner Redner, dem er zuhören könne ohne einzuschlafen …

Wie alt in der deutschen Geistesgeschichte ist dieser Haß auf den Geist!

Erst die Nazis mußten die blamabelste Katastrophe nicht nur der deutschen Geschichte herbei-»führen«, um die (möglicherweise schon wieder vergessene) Belehrung zu hinterlassen, daß sogar Kriege verliert, wer den Geist verschmäht. Bedrückend für jeden Deutschen, die Landesüblichkeit dieses Hasses auf die Vernunft, die selbst einen linken Geistträger wie den alten Mehring, den namhaftesten Intellektuellen der SPD, noch 1917 schreiben ließ: seine Vernunft habe Lessing – wie zuvor schon Voltaire – daran gehindert, ein Dichter zu sein, so wie ihre Leidenschaft für das Politische Zola und Gutzkow daran gehindert habe … Erst als sich praktisch, berechenbar, auf dem Schlachtfeld die Folgen einstellten – zum Beispiel der Tatsache, daß die Erbauer der Atombombe, die vor 1933 zumeist in Berlin und Göttingen gewohnt hatten, aus Haß auf den Geist ins Lager der Gegner vertrieben worden waren: drängte sogar in Deutschland der Verdacht obenauf, man solle Leute nicht schon deshalb vergasen, weil sie mehr Gehirn haben als die Polizei erlaubt … In der Bundesrepublik ist das Mißverhältnis der Parteien zu den Autoren von allen Äußerungen der Parteien wieder ihre deutscheste … Wie Dr. Goebbels 1941 die Juden »Flöhe« nannte, so nennt 1978 Dr. h. c. Franz J. Strauß Redakteure und einen Autor, die sich einer gerichtlichen Klage durch den baden-württembergischen Ministerpräsidenten Filbinger erwehren, »Ratten und Schmeißfliegen«.

Realitäts-Verachtung dort, wo die Wirklichkeit ihrem Machtwahn Schranken vorsetzte, das war jedoch *jene* Verhaltensweise der Naziführer, von der alle anderen beherrscht wurden oder abgeleitet waren. Da sie zu Kriegsanfang durch spektakuläre Siege Recht behielten, sogar gegen eigene Zweifel; da sie außenstehende Zweifler sowieso köpfen ließen als »Defaitisten«, so löste ihr Siegerwahn Annexionsgelüste aus noch im simpelsten Volksgenossen, der Knecht auf einem Bauernhof nur noch war in der festen Zuversicht, nach Kriegsende vom Führer einen riesigen Erbhof in der Ukraine geschenkt zu bekommen; so wie Kellner sich schon als reiche Kantinenwirte in einer deutschen Kaserne zwischen Narvik und Kairo sahen ... Der Fisch stank an den Flossen nunmehr ebenso widerlich wie am Kopf.

Die in zahllosen Wochenschauen erhaltenen Dokumente der chauvinistischen Orgasmen, die Hitler auslöste, wo immer er sich »seinem« Volk zeigte, sind unübersehbare Belege dafür, daß die Hitleritis zu einer Geisteskrankheit ausgewachsen war, die nahezu keinen verschonte.

Hitlers Annexions-Appetit wuchs ins vollends Lächerliche unmittelbar vor Ausbruch seiner folgenreichsten Unternehmungen außer der Vergasung der Juden: vor den und während der ersten Wochen seiner Feldzüge gegen Polen, Skandinavien, Frankreich, Jugoslawien und Rußland. Goebbels war der alles mitschreibende Hampelmann, ein nur noch mitleiderregender, der seine angeborene Klugheit selber beseitigt hatte, um nicht widersprechen zu müssen, zu Füßen seines Herrn und Nachbarn in der Reichskanzlei, den er jetzt täglich sprach, da Hitler jede dieser geschichte-machenden Lawinen von Berlin aus lostrat. Bezeichnender, weil verallgemeinernd, als viele sehr ähnliche Goebbels-Notizen ist diese vom 9. 7. 40: »Der Führer hat große Pläne mit Norwegen. Neben Drontheim eine große deutsche Stadt, wahrscheinlich Nordstern ... Von dort Autobahn bis Klagenfurt durch. Eine Verbindung quer durch das germanische Reich. Dabei haben die Könige nichts mehr zu suchen. Der norwegische König, die holländische Königin, und auch der belgische König werden ihre Throne nicht wieder zurückbekommen ... Der Führer ordnet an, daß Franks Bereich Polen nun nur noch schlicht und einfach ›Generalgouvernement‹ genannt wird. Wir müssen für jeden abhängigen oder einverleibten Staat einen neuen Begriff oder einen neuen Namen prägen. Die Freiheit, sich im Namen zu unterscheiden, wollen wir den kleinen Völkern lassen. Das wird ein germanisches Reich ohne Grenzen ... In Frankreich wurstelt man an einem autoritären Regime herum ... Dieses Land ist als Großmacht offenbar zum Untergang bestimmt. Und das ist gut so. Wir müssen Platz haben ...«

Wenige Wochen zuvor hatte er noch notiert: »Heute früh um 5 Uhr 15 werden Norwegen und Dänemark ... besetzt ... Verhalten die Könige sich honett, können sie bleiben. Aber die beiden Länder geben wir nie wieder heraus.«

Am nächsten Tag, da der Überfall geglückt und die zu spät aufgewachte britische Home Fleet, die blödsinnigerweise Hitlers Kriegsmarine ungeschoren an sich hatte vorüberdampfen lassen, total übertölpelt ist, notiert Goebbels einmal – *einmal* und nie wieder: »Mir grauet vor der Götter Neide.«

Dann jedoch, als auch Frankreich niederzerpanzert ist, fürchtet Goebbels selbst die Götter nicht mehr – was seine völlige Erblindung zur Folge hat; alle seine Bedenken überlebten nie ein Gespräch mit Hitler, der sie ihm ausredete. Nie hat sein Verstand seinen Glauben an Hitler kontrolliert – sondern umgekehrt hat Goebbels den Intellekt wie die Intellektuellen gehaßt, *weil* sie den Glauben durch Zweifel schwächten! Nur konsequent, daß er Menschen köpfen ließ, die zweifelten am Siege Hitlers – so wie ja seine maßgebende Lehrerin, die »allein seligmachende« Kirche, wie sie sich selber nennt, Zweifler als Ketzer verbrannt hat, solange sie die Macht dazu hatte. So klug er von Natur gewesen ist, er war kein Intellektueller, sondern ein Gläubiger: einer, der nicht glaubte, was er dachte – sondern dachte, was er glauben wollte. Er hat unzählige Male sich auch dazu bekannt: »Wir haben gelernt«, sagte er und polemisierte ohne Scham damit gegen Bismarcks vernünftige Maxime, »daß Politik nicht mehr die Kunst des Möglichen ist, wir glauben an das Wunder, an das Unmögliche und Unerreichbare. Für uns ist die Politik das Wunder des Unmöglichen. Uns kümmert die Kunst der gegebenen Möglichkeiten einen Dreck!«

Frohlockte Goebbels noch einige Monate zuvor – im Tagebuch –, daß sein Führer nicht wie einst der Kaiser einen Zweifrontenkrieg zu führen habe, da Stalin ein so gehorsamer Rohstofflieferant sei: als er dann weiß, Hitler wird, gegen jedes frühere Kalkül, doch herfallen über die Russen, ist auch Goebbels dank dessen Planen und Reden sofort hirnlos vor Begeisterung und wüstesten Expansions-Orgasmen, ein wahnwitziges Rumpelstilzchen, das in Hochstimmung schreiend um das Feuer hinkt, das der Braunauer in seiner Vorstellung nun auch in Rußland entfachen wird! Das ist die Zeit, da Goebbels sogar einmal – einmal und nie wieder! – eine andere Meinung ausspricht als sein Führer. Denn da Hitler prophezeit, Rußland werde dem deutschen Angriff vier Monate widerstehen, widerspricht ihm Goebbels: nein, nur acht Wochen werde Rußland standhalten! Noch fünf Tage, bevor die Wehrmacht aufbricht, sagte Hitler zu Goebbels: »Moskau will sich aus dem Kriege heraushalten, bis Europa ermüdet und ausgeblutet ist. Dann möchte Stalin handeln.« (Sobald Hitler sieht, im Winter, daß er den Krieg verlieren wird, propagiert er dann die Behauptung, dem Überfall Stalins nur zuvorgekommen zu sein ...) Doch am 16. Juni sagt er zu Goebbels: »Unsere Aktion ist so vorbereitet ... daß ein Mißlingen glatt ausgeschlossen ist.« Hitler sagt auch an diesem Tag, die Russen »haben etwa 180–200 Divisionen zur Verfügung, vielleicht auch etwas weniger, jedenfalls ungefähr soviel wie wir«. Goebbels setzt in seinem Journal hinzu: »Ich schätze die Kampfkraft der Russen sehr niedrig ein, noch niedriger als der Führer. Wenn eine Aktion sicher war und ist, dann diese. Wir müssen auch Rußland angreifen, um Menschen freizubekommen. Ein ungeschlagenes Rußland zwingt uns dauernd 150 Divisionen auf, deren Menschen wir dringend für unsere Kriegswirtschaft brauchen ...«

Er spricht, vermutlich zu Recht, vom »größten Aufmarsch der Weltgeschichte ... 160 komplette Divisionen, 3000 km lange Front«. Und setzt hinzu, doch wohl nicht ganz zu Recht: »Der Bolschewismus wird wie ein Kartenhaus zusammenbrechen. Wir stehen vor einem Siegeszug ohnegleichen.«

Goebbels hatte sich in den Monaten und Wochen zuvor immer wieder mit Hitler darüber lustig gemacht, daß Stalin sich pausenlos bemühte, Berlin seiner Loyalität zu versichern. Goebbels zeigt im Tagebuch Stalin als tragische Figur, die nichts so sehr ersehnt wie die Beibehaltung des Friedens mit dem seit seinem Frankreichfeldzug von aller Welt für unschlagbar gehaltenen Hitler.

So steht das auch bei Weizsäcker, der ebenso fest wie Hitler überzeugt ist, Stalin werde nicht gegen Deutschland marschieren und noch vier Tage vor dem Anfang vom Ende (vom Ende Deutschlands) festhält: »Daß den Russen an diesem Krieg nichts liegt, würde ich noch dann glauben, wenn Stalin nicht gestern auf dem offenen Bahnhof unseren Botschafter umarmt hätte mit den Worten: ›Wir müssen Freunde bleiben‹.«

Noch furchtbarer ist Weizsäckers Eintragung vier Tage später, seine letzte vor dem Überschreiten der russischen Grenze: »Die einzige heute hier herrschende politische Sorge ist, Stalin könne durch eine Geste des Entgegenkommens uns in letzter Stunde noch das Konzept verderben. Der russische Botschafter meldete sich nun heute bei mir an. Es war ein Aufatmen bei den entscheidenden Stellen, als ich berichten konnte, Dekanosow habe nur kleine laufende Sachen in unbefangen heiterer Laune vorgebracht: Andernfalls wäre man nämlich mit den geheizten Sonderzügen davongefahren.«

Lähmend wirkt auf den Leser, wie dann selbst dieser bisher unbeirrbar gegen das Rußland-Abenteuer mit Denkschriften opponierende Staatssekretär in *dem* Moment umfällt, in dem »die Nemesis an der Arbeit« ist, wie er sich einredet, »um 25jährige Schuld des kommunistischen Wütens zu sühnen«. So wenig wie Goebbels kratzt ihn eine Ahnung an, gegen *wen* heute die Nemesis angetreten ist! Alle seine so fundiert gewesenen Zweifel sind dahin, schon am zweiten Tag der deutschen Invasion; illusionsdumm wie ein Nazi kommentiert er jetzt Churchills Versprechen vom Vortag, Hitler zu vernichten, mit genau *dem* Argument, das er zuvor seit Monaten als nicht stichhaltig zu Recht verworfen hatte: »Die offenbar sehr schnellen Erfolge gegen die Russen werden in England diesem Extremismus Abbruch tun. Unser nächstes Ziel muß der Ausgleich mit England am Abschluß des Russenkrieges bleiben.«

Wie »man«, ob Hitler-hörig oder Hitler-geschädigt, ob Deutscher oder Ausländer, in Berlin »dachte« über das allen absolut sicher scheinende, nahe bevorstehende Ende der Roten Armee, wird drastisch deutlich durch die Worte, die im August der Nuntius Seiner Heiligkeit zu Weizsäcker sagte: »Wer jetzt von Frieden spricht, ist ein Stalinist« … obgleich Weizsäcker im August auch festhält, daß es »Offiziere gibt, die das Entweichen der Russen aus dem Dnjepr-Bogen ein zweites Dünkirchen nennen«.

In der Nacht, in der er mit dem Morgengrauen in Rußland

einfiel, hatte Hitler noch zu Goebbels gesagt: »Seit Juli vorigen Jahres« habe er »daran gearbeitet« – eine Bemerkung, die noch heute aktuell ist, da immer wieder Hitlers Überfall von jenen, die ihn rechtfertigen wollen, erklärt wird aus einem Zwang, Stalin zuvorkommen zu müssen! Zahllos sind die Belege, die auch Goebbels liefert, daß diese These absurd ist: Hitler hat niemals daran geglaubt, von Stalin überfallen zu werden, sondern hat mit dieser angeblichen Sorge erst operiert, als er sah, daß er verloren war und seinen wahnwitzigen Schritt »rechtfertigen« müsse ... Ja, er hatte bedauernd gesagt, Stalin sei leider strategisch zu schlau, ihm je den Gefallen zu tun, offensiv zu werden gegen das Reich! Noch am 16. Juli haben Hitler und Goebbels ihren Spaß bei dem Gedanken, wie jede Verlautbarung des Kremls »eine Ausgeburt der Angst« sei: »Stalin zittert vor den kommenden Dingen.«

Das dürfte auch erklären, warum Stalin immer wieder und aufs schroffste alle Warnungen der Briten zurückwies, obgleich Churchill ihm *dreimal* den Tag des deutschen Überfalls exakt voraussagte! Churchill nennt rückblickend die Russen »die meistüberlistetsten Stümper« des Krieges, was ihr Verhalten im Frühjahr 41 betreffe: wegblicken, um nicht Hitler kommen sehen zu müssen! Doch das war ungerecht. Stalin wußte, es sei im Interesse der Roten Armee, Hitler mindestens hinzuhalten. Natürlich war er nicht ahnungslos, sogar die Deutschen erfuhren zuweilen, daß Churchill die Russen warnte – vierundachtzig anglo-amerikanische Warnungen an Rußland nennt der Herausgeber der Tagebücher Weizsäckers, Hill; deren ausführlichere Darstellung findet sich in den Werken von Weinberg und Whaley. Am 13. 3. 41 zum Beispiel konnte Weizsäcker notieren: »Der englische Botschafter in Moskau, Cripps, hat in den letzten Tagen ... im russischen Außenministerium gesagt, Hitler wolle gegen Rußland vorgehen, um im Westen die eroberten Kanalgebiete preisgebend sich mit England zu vergleichen, dafür aber sich im Osten schadlos halten ...«

Übrigens ist deshalb das Tagebuch Weizsäckers eine so viel deprimierendere Lektüre als das Journal des von seinem Führer besessenen Propagandaministers, weil Weizsäcker ebenso intelligent gegen den Krieg überhaupt wie später gegen den Rußlandfeldzug gekämpft hatte – sich dann aber doch, »erfolgsgetragen« wie alle, umstimmen ließ, wenigstens vorübergehend, und allen Ernstes *den* Mann als Werkzeug der Nemesis bezeichnen konnte, dessen (von Weizsäcker 1938 vorausgesehener) Krieg für den Staatssekretär gleichbedeutend war mit Finis Germaniae. Und nicht nur, weil es verdeutlicht, wie Weizsäcker, sondern wie überhaupt die Intelligenz in Berlin zugunsten Hitlers während seiner Siege auf dem Schlachtfeld eine Sinnes- und Geistesänderung durchgemacht hat, übrigens moralisch völlig wertfrei, mit keinem Blick für dessen beispiellose Verbrechen und Vertragsbrüche, ist Weizsäckers Tagebuch eine so aufregende Lektüre. Man muß schon das Journal des entlassenen und nach dem 20. 7. 44 aufgehängten Botschafters von Hassell »dagegen« lesen, um nicht irre zu werden an der Zuversicht, daß immer *doch* einige wenige – freilich solche, die dann meist ermordet werden – in politischen Krisen Verstand und Moral bewahren ... Als Weizsäcker selber noch hartnäckig höchst intelligente Argumente gegen Hitlers Plan, Rußland kaputtzumachen, vertrat, hielt er fest, daß er führende Militärs vergebens zu immunisieren versuchte. Weizsäcker, der in Denkschriften gewarnt hatte – »England in Rußland schlagen, das ist doch kein Programm« –, und der für nützlich hielt, den Rohstoff-Lieferanten Stalin zum Bundesgenossen zu machen, um »England durch Rußland ... noch auf eine andere Art zu treffen«, belegt durch sein Tagebuch, daß sogar jene deutschen Generale, die er für die klügsten hielt – Halder und Geyer, der auch als ehemaliger Militärattaché in London die Welt außerhalb des Kontinents kennengelernt hatte –, daß sogar jene, die keine Nazis waren, den Marsch nach Moskau für »reizvoll« hielten und für so bequem, daß er in wenigen Wochen von der momentan arbeitslosen deutschen Wehrmacht zu schaffen sei. Daß (und zu wem) Weizsäcker sich unermüdlich gegen den Überfall auf Rußland aussprach, zeigt erst das Unmaß von Verblendung, das in seiner Berliner Umgebung die Hirne selbst der militärischen Fachleute vernebelt hatte: »Derjenige deutsche Offizier (H. Geyer), dessen Urteil mir wichtiger ist als das jedes anderen, sagt mir, er würde den Krieg gegen Rußland im Frühjahr, am liebsten im Juni führen ... Militärisch sei der Krieg leicht bis Moskau vorzutragen, bis zum Ural schon ziemlich schwer. Es sei aber nötig, diesen Krieg zu führen, da andere Mittel versagten. Weder in der Luft noch von See aus würden wir mit England fertig.« Weizsäcker blieb bei seiner Meinung: »England würde diese Wendung als Zweifel am Erfolg des deutsch-britischen Duells bewerten ... Rußland hat uns im Herbst ... seine Aspirationen auf die transkaukasischen Ölgebiete und seine Absicht auf die Dardanellen amtlich mitgeteilt ... Schon das erste Mal sprach Rußland von politischen und militärischen Maßnahmen gegen die Türkei ... Das ist ein Offensiv-Bündnisangebot. Darauf einzugehen und Rußland gegen die Meerengen sowie gegen die Gebiete südlich Batum/Baku in der Richtung auf den Persischen Golf anzusetzen, wäre für England ein empfindlicherer Schlag als der Versuch, das russische Territorium in unser Kriegssystem zwangsweise einzubauen.«

Von Moral nicht zu reden, sogar alle praktische Vernunft hatte abgedankt im »Reich«; der seit Generationen landesübliche Haß auf den Intellekt, der sogar die Literaturgeschichte dieses romantischen Volkes geprägt hatte – und der mit Hitler nicht abstarb –, hatte den totalen Sieg davongetragen. Und die Unvernunft fand *lustig,* was sie anrichtete. Noch als der Krieg schon mehrere Stunden im Gange ist, am Sonntag, dem 21. 6. 41, notiert Goebbels ironisch, was ihm Hitler am Vortag erzählt hatte: »Molotow hat um einen Besuch in Berlin gebeten, ist aber abgeblitzt worden. Naive Zumutung.«

Und dann hält er fest in seinem Journal, wie die Nacht der Entscheidung zu Ende gegangen war: »Es ist ½ 3 Uhr nachts. Der Führer ist sehr ernst. Er will noch ein paar Stunden schlafen. Das ist auch das Beste, was er jetzt tuen kann.« (Goebbels schreibt stets: tuen.) »Ich gehe ins Amt hinüber ... Meine Mitarbeiter ins Bild gesetzt. Maßlose Verblüffung auf der ganzen Linie«; – die Angst vor einem Überfall durch die Russen kann also bei den Berliner Herren nicht so groß gewesen sein, wie sie nach dem Kriege vorgaben! Ihr Minister fährt fort: »3.30 Uhr. Nun donnern die Geschütze. Gott segne unsere Waffen! Draußen auf dem Wilhelmsplatz ist alles still und leer. Berlin schläft, das Reich schläft ...« Doch Goebbels kann nicht schlafen, so notiert er. Und notiert auch *einen* Satz, den man ganz ähnlich im Herodot schon gelesen hat, als einem König orakelt wird, er werde, wenn er die Griechen überfalle, ein großes Reich zerstören, aber der verblendete Xerxes begreift nicht, daß damit gesagt war: dein eigenes! Goebbels schreibt: »Ich gehe ruhelos im Zimmer auf und ab. Der Atem der Geschichte ist hörbar, wunderbare Zeit, in der ein neues Reich geboren wird.«

Er ahnt nicht, daß sein Tagebuch der negative Kommentar zu den ältesten Parabeln der Weltliteratur ist, zum Herodot, zum Alten Testament, zu den griechischen Tragikern. Da Gott ihn verderben wollte, war Goebbels blind dafür, daß seine richtige Eingebung, mit dieser Stunde werde »ein neues Reich geboren«, so gemeint war wie der Orakelspruch, den König Xerxes vor seinem Überfall auf Griechenland empfangen hatte. Denn alle Mahnrufe an den Menschen, die zuerst ausgesprochen sind in diesen frühesten Gesetzesbüchern der Gesittung: daß Sturm erntet, wer Wind sät; und daß der Herr mit Blindheit schlägt, wen er verderben will; und daß niemand sich vor seinem Tode glücklich preisen dürfe; und daß der Tag deines Sieges »schon dein Ende zeugt« (König Oedipus) – sie alle wurden von Joseph Goebbels speziell am Vorabend der Überfälle Deutschlands auf seine Nachbarstaaten in einer derart hohnlachend dummen, Gott und Mensch verachtenden Weise in den Wind geschlagen mit beinahe jeder einzelnen Eintragung in sein Journal, daß die entsetzliche Todesstunde des Verfassers mit seinen sechs unschuldigen Kindern (und seiner sehr mitschuldigen Frau) einen fast religiös stimmt – so furchtbar folgerichtig ist sie!

16 Lörrach, Gestapo-Gefängnis

»Im Zuge der Judenevakuierung ging am 29. Nov. ein Sonderzug mit 1001 Juden und neun Kindern nach Riga ab. Vermutlich aus Furcht vor der bevorstehenden Evakuierung haben drei Jüdinnen Selbstmord verübt …
In der Nacht vom 15. auf den 16. November wurde vor dem Rathaus in Windsbach, Landkreis Ansbach, zum Protest gegen die einzige im Landkreis noch vorhandene jüdische Person, die Ehefrau des Uhrmachers Reuter, ein Galgen mit der Aufschrift: ›Für die Jüdin‹ aufgestellt.«

Monatsbericht des Regierungspräsidenten von Ober- und Mittelfranken, vom 7. 12. 1941

Länger als vorgesehen sollte es dauern, bis man Pauline aus dem Lörracher Gestapo-Gefängnis ins Frauen-Konzentrationslager Ravensbrück »überstellte«. Erstens mußte ein Transport per Bahn und mit Begleitpersonal so viele Frauen »erfassen«, daß er lohnte. Zweitens stand noch nicht fest, für wie lange Pauline ins KZ komme und auf welche »Stufe« im Lager – der härteste Strafbereich zielte auf »Vernichtung durch Arbeit«. Pauline würde mit Sicherheit der leichtesten Art der »Sühneleistung« zugeführt werden, also dem Straßenbau. Ihr Fall war ja so eindeutig und unkompliziert, daß sie einem Richter gar nicht vorgeführt worden war, selbstverständlich auch keinen Anwalt brauchte. Daß man sie nicht längst abgeschoben hatte nach Ravensbrück, verdankte sie der Tatsache – wenn man »verdanken« sagen kann, denn je später sie deportiert wurde, je später käme sie zurück –, daß neuerdings, genau gesagt: seit dem 5. 7. 41 für den Polen Zasada mit Gestapo-Chef Heinrich Müllers Schnellbrief S IV D 2c 4883/40g – 196 eine Chance gegeben war, nicht aufgehängt zu werden, sondern »eingedeutscht«. Würde aber Zasada eingedeutscht, so käme er selber nur für ein halbes Jahr in ein KZ, leichteste Sühne-Leistungs-Stufe, und Pauline würde gar nicht ins KZ gebracht, sondern für nur ein halbes Jahr ins Gefängnis.

Zwar bezog sich Himmlers Geheimerlaß, den Müller »ausgefertigt« und unterschrieben hatte, auf polnische Zivilarbeiter, während ja Paulines Geliebter Kriegsgefangener gewesen war; da jedoch mit der gänzlichen Auflösung des polnischen Staates durch Hitler auch alle polnischen gefangenen Soldaten in Zivilarbeiter »umgestuft« worden waren, so rechnete sich Herr Karl Mayer für Zasada eine solide Chance aus, »unter diesen Erlaß zu fallen«, wie er als Beamter sagte; und was ins Deutsche übersetzt heißen sollte: gerettet zu werden! Mayer war gradezu vergnügt, Pauline und Zasada diese seine eigene Hoffnung vermitteln zu dürfen. Denn wenn er auch den Befehl, einen »GV-Schuldigen« zu hängen, nicht einmal mit sich selber diskutierte – so war es ihm doch ausgesprochen ekelhaft, eine solche Hinrichtung wie befohlen öffentlich durchführen zu lassen, schätzte er doch deren »Popularitätsgrad« instinktsicher sehr niedrig ein.

Weil Mayer nicht einmal davor sicher war, beim nächsten Krach in seiner Wohnküche sogar von der eigenen Familie als »Henker« angesehen zu werden, wenn er hier in der Heimat einen Rassenschänder zum Galgen führte, so war sein Wunsch, dem zu entgehen, derart mächtig, daß er nicht eine Sekunde daran zweifelte, schon das »arische« Aussehen und die charakterlichen Merkmale könnten diesen Blonden deshalb retten, weil Zasada zudem mit der schwer überprüfbaren und kaum zu widerlegenden Behauptung um sein Leben kämpfte, seine Mutter in Lodz, das jetzt Lietzmannstadt hieß, stamme von Deutschen ab.

Mayer hatte sich also beeilt, den Polen nackt und angekleidet von vorn, von hinten und von beiden Seiten fotografieren zu lassen und diese Fotos mit einem hervorragenden Führungszeugnis, das auch die große Zufriedenheit der Familie Melchior mit ihrem Kutscher und Kohlenträger Zasada zum Ausdruck brachte, nach Freiburg zu senden; er wußte, daß nunmehr der Reichsführer Himmler persönlich und einige Ärzte über Weiterleben oder Erhängtwerden Zasadas entschieden.

Mayer sagte das auch zu Pauline, die er – sie tat ihm leid – nach Lektüre des Erlasses auf dem Gefängnishof davon unterrichtet hatte; und er hatte eine weitere gute Nachricht für sie: daß nämlich ihr Ehemann, der sofort nach ihrer Verhaftung Sonderurlaub erhalten und ihre Kinder von Paulines Eltern abgeholt und zu seiner Schwester nach Lörrach in Pflege gegeben hatte, Briefe und Eingaben schrieb, die keinen anderen Zweck verfolgten als Paulines Freilassung.

Mayer konnte noch nicht voraussehen, daß zwei Jahre später in Berliner SD-Berichten »zur Inlandlage«, so in jenem vom 15. 11. 43, den Ehemännern insgesamt eine geradezu staatsgefährdende Toleranz bescheinigt werden mußte: »Kennzeichnend ... ist es schließlich noch, daß die *Ehemänner* der angeklagten oder verurteilten Frauen meist energisch *für ihre Frauen eintreten.* Sie verzeihen ihnen den geschlechtlichen Umgang, der nur eine unvermeidbare Folge der langen Abwesenheit der Männer sei. Sie hätten mit ihren Frauen glücklich zusammengelebt und würden dies später auch wieder tun. Außerdem könne der Hof, die Werkstatt, der Laden und die Kinder die Frau und Mutter nicht entbehren. Die Ehemänner werden deshalb regelmäßig bei Stapo, Staatsanwaltschaft, Gericht, Fürsorgeoffizier und anderen Stellen vorstellig und bitten, von einer Bestrafung der Frau abzusehen oder ihr einen Gnadenerweis zu erteilen. Dies geschieht in diesen Fällen auch in großzügiger Weise durch das Justizministerium.«

»Daß Sie entlassen werden, das ist natürlich unmöglich«, sagte Mayer zu Pauline. »Selbstredend kommen Sie in ein Konzentrationslager, um zu sühnen; oder wenn Zasada eingedeutscht wird, kommen Sie ins Gefängnis. Doch die sehr günstige Beurteilung durch Ihren Mann und die Tatsache, daß er Ihnen sofort verziehen hat und das immer wieder beteuert, teilweise in Briefen an alle möglichen Leute, zu denen er kaum befugt ist, – das alles wird dazu beitragen, daß Sie in zwei oder vier Jahren so oder so wieder draußen sind ... vielleicht früher!«

Pauline, mit Tränen in den Augen, wollte beantragen, ihre Kinder zu ihren Eltern zu geben: »Meine Schwägerin haßt mich, wie soll sie meine Kinder lieben?« fragte sie Mayer. Der empfahl, sich zurückzuhalten. Er überlegte. Und sagte dann: »Ihr Mann hat das Gesuch eingereicht, Sie besuchen zu dürfen. Sprechen Sie mit ihm, wenn er kommt! Daß er, nicht Sie, beantragt, die Kinder von seiner Schwester wegzuholen und zu Ihren Eltern zu bringen. Die haben doch einen Bauernhof? Aus Gründen, soll er schreiben, einer gesünderen Erziehung ... noch besser«, fügte er an: »... einer gesünderen und volkspolitisch vorbildlichen Erziehung auf einem deutschen Erbbauernhof.«

Er hatte eine dieser Formeln, die damals zum Stil gehörten wie bei Männern der zündholzkurze Haarschnitt – und jede Epoche bevorzugt solche Formeln und Fimmel, die schon die nächste nicht mehr versteht –, auswendig hergesagt, gutmeinend; hatte aber auch entdeckt, daß Pauline sich dieses Wörtergespann schon deshalb nicht merken konnte, weil es ihr fremd war. So fügte er hinzu: »Sagen Sie Ihrem Mann, er soll zu mir ins Büro kommen, wenn er das Gesuch aufsetzt, ich helfe ihm, den amtlichen Ton zu finden, und vielleicht befürworte ich es noch durch einen Zusatz ...« Mayer hatte Pauline im Gefängnishof aufgesucht, während sie mit anderen weiblichen Inhaftierten den täglichen »Bärentanz« abkreiste. Denn der ängstliche Gesetzestreue wollte vermeiden, daß jemals Untergebene ihm nachsagen könnten, mit einer jungen Frau in deren Zelle gewesen zu sein: »Damit ich gedeckt bin«, sagte sich Mayer, wieder mit einer dieser vorgefügten, vorgefundenen Formeln, auf die seine ganze Existenz als Gestapo-Beamter, aber auch als Familienvater sich abziehen ließ. Denn ihm war bekannt, daß irgendwo im Osten ein Kollege zu einem Strafbataillon der Wehrmacht eingezogen worden war – und das hieß bei 80 von 100 Soldaten Abkommandierung in den Tod –, weil er sich eine Untersuchungsgefangene gefügig gemacht hatte. Daß Mayer überhaupt beim Anblick Paulines an diesen verschollenen Eingezogenen dachte, das hatte zwei Ursachen: erstens fürchtete er nichts so sehr, und er dachte deshalb immer daran, wie seine »Abstellung« von der Gestapo in die Armee oder die Waffen-SS; denn so sehr er den Führer liebte: diese Liebe basierte nicht zuletzt auf der Tatsache, daß er ihr verdankte, nicht wie jene seiner Jahrgänger, die keine hervorragenden Nazis waren, zum Dienst mit der Waffe eingezogen worden zu sein. In Lörrach war Mayer sicher, daß immer dann, wenn er zur Waffe griff, sein Gegenüber ein Unbewaffneter war, anders als an der Front; besser einen Menschen wie diese Pauline verhaften – als feindliche Soldaten aus einem Haus »herausräuchern« müssen! Zweitens aber dachte Mayer beim Blick auf Pauline deshalb so oft an den »straffällig« gewordenen Gestapo-Kumpanen, weil diese Gemüsehändlerin von sechsunddreißig

Jahren ihm in Gedanken bis unter die Bettdecke kam, so mächtig war ihre erotisierende Ausstrahlung, ein Sog, daß selbst dieser sackartige Gefängniskittel, der ihre Figur mehr vereinheitlichen sollte als verdeutlichen, der Frau nichts nehmen konnte von dem, was Mayer mit kleinbürgerlicher Verwegenheit als »eine Sünde wert sein« umschrieb. Nie hätte Mayer artikulieren können, warum Pauline ihm derartig einheizte, daß er überdrüssig wurde, wenn er abends in sein Schlafzimmer kam. Seine Sympathie mit dieser »Ehrvergessenen«, die gegen das »gesunde Volksempfinden verstoßen« hatte, wie das amtlich lautete, schwächte ihn im Dienst – ja mehr: er übertrug sie, paradox, sogar auf den vorläufig zum Tode Verurteilten, der das »gekriegt« oder sich genommen hatte, was sein Hinrichter sich nur erträumte. Seit aus Berlin der Schnellbrief da war, der einen Ausweg zeigte, zwar keine Slawen, aber doch germanisch Aussehende aus nichtrussischen Ländern nach GV mit einer Reichsdeutschen vor dem Strang zu bewahren – auf Russen traf der Erlaß nicht zu –: kam ihm Paulines Ehrvergessenheit fast so entschuldbar vor wie Ehebruch mit einem deutschen Staatsbürger. »Eine Tracht Prügel von ihrem Mann tät's auch«, sagte Mayer sogar einmal zu seiner Frau, als er räsonierte – weil er dabei an sich selber dachte, obgleich er sich leider nichts vorzuwerfen hatte –, GV mit Fremdvölkischen werde zu brutal bestraft. Im Amt hätte er das nie gesagt. Er sagte auch sich selbst nicht, daß der Anblick des schönen Polen, der bis zu Mayers Lektüre des Schnellbriefes ihm nur »verdammt männlich« vorgekommen war, doch nunmehr »schon beinahe wie ein Deutscher«, ihn seelisch so verwüstete, daß er diesen Gefangenen beneidete um die Dreistigkeit, mit der sich der nachts – die Todesstrafe vor Augen – zur Geliebten geschlichen hatte.

Mayer sprach öfter als ein Anlaß dazu war mit Pauline; er suchte sie so sehr, daß er sich mehrfach eingestand: »Gut, wenn die endlich im KZ verschwindet!« Von dem Sichtbaren, was Mayer benennen konnte, wäre er allein nicht so beeindruckt gewesen; andere Frauen im Badischen, Bergbauern-Töchter wie Pauline, brachten ja von Natur die gleiche Mitgift herunter ins Wiesenthal: schwarzbraune Haselnußfarben, wie es im Liede hieß, vor allem aber »Stattlichkeit«, die dem halslos-untersetzten

Mayer, dem seine Kameraden zuweilen mit respektvoller Ironie eine große Ähnlichkeit mit des Führers Sekretär, Reichsleiter Martin Bormann, nachsagten, besonders imponierte, seit er sogar dienstlich zu spüren bekam, daß sie ihm selber abging, da er nicht eindrucksvoller gebaut war als ein Bürostempel! Das war sein Kummer; immerhin schützte ihn das jetzt auch vor der Einberufung in die Waffen-SS, die körperlich so rassischen Verschnitt wie Mayer nicht einmal beim Troß anstellte! Paulines Bewegungen, ihre bäuerlich starken Flanken und breiten Schultern, deren Männlichkeit ausgeglichen wurde durch Brüste, die selbst ein Zuchthauskittel nicht um ihre harte Greifbarkeit betrügen konnte; ihre Schwerarbeit gewohnten runden, tabakbraunen Arme und Beine – natürlich trug sie ihre Beine so nackt wie ihren starken Nacken –, ja noch (oder zuerst) ihr Geruch, denn die Gefangenen durften nur zweimal in der Woche duschen, vorschriftsgemäß sogar nur einmal, doch Mayer war für gehobene Hygiene und hatte unwidersprochen diesen seinen vorsätzlichen Verstoß gegen eine amtliche Anordnung seiner vorgesetzten Dienststelle auch schriftlich begründet, eine Zivilcourage, auf die er stolz war. Paulines Körper setzte ihm schon genug zu; mehr aber noch die Tragik, die sie jetzt verschönte, sensibilisierte. Und für die Mayer keine Worte gefunden hätte, würde er Worte dafür gesucht haben, was er jedoch als »überspannt« sich selbst »untersagte«. Daß sie oft weinte in ihrer Zelle, wenn sie an Zasada dachte, hatte ihre Augen nicht entzünden, ihrer Haut nichts anhaben können. Eindrucksvoll teilte sich dem Gestapobullen auch Paulines Schweigen mit, das sie ängstlich einhielt, sobald er den Polen vor ihr erwähnte. Sie wollte vor Mayer nicht losheulen – und das wäre geschehen, hätte sie sich ein Wort über Zasada gestattet! Denn ihr Selbstvorwurf, den Jungen »auf dem Gewissen zu haben« – das sagte sie sich täglich, vor allem nächtlich –, mordete sie fast; zwar hatte Mayer ihr versprochen – und wie alle Gefangenen konnte Pauline sich Hoffnungen einreden auch da, wo es nichts oder wenig zu hoffen gab –, vorerst werde dem Polen nichts geschehen. Dienstlich ausgedrückt: »Meine Eingabe läuft« – nämlich das Gesuch, den Blonden einzudeutschen, statt hinzurichten …

So traf es auch Mayer wie ein Tritt in den Bauch, als er auf anderthalb Zeilen, ganz unvorbereitet, per Post die »Begründung« bekam, warum er Zasada zum nächstmöglichen Termin – das hieß: morgen – zu hängen habe: weil Zasada »belehrt« worden sei, GV werde mit dem Strang »geahndet«.

Mayer las die dürren Worte dreimal – dann sprang er auf, daß beinahe sein Stuhl umkippte, und lief, was er fast niemals tat, mit dem Befehl zum obersten seiner Unterlinge. »Nun guck dir diesen Blödsinn an, Gustl!« sagte er so aufgebracht, daß er nicht einmal schreien konnte; denn schreien ohne wütend zu sein – einfach der langen Gänge, des weiten Hofes, des hohen Treppenhauses wegen – war bei ihm amtsüblich. Die Nachricht brachte derart seinen ausgeprägtesten, den Ordnungssinn, zum Einsturz, daß er fast philosophisch wurde darüber: »Was hat denn die ganze Eindeutschungs-Aktion für einen Sinn, wenn wir überhaupt keinen einzigen Polen haben, der *nicht* über die Folgen von GV belehrt worden ist, willst du mir das einmal sprechen, Gustl?«

Tatsächlich war *jeder* Pole und hatte das unterschreiben müssen, »amtlich darüber belehrt worden«, was ihm geschähe bei aufgedecktem GV. »Dieser Befehl, das sage ich dir, der läßt mich allmählich überhaupt daran zweifeln, daß die noch wissen da oben, was sie anordnen!«

Das war ein furchtbares Wort der Kritik. Mayer erschrak sehr, als es ihm entwischt war. Er sah sich, Gustls Bürotüre hatte er in der Aufregung offengelassen, nach dem Flur um, doch sie waren allein. »Himmler hat ja recht, der Pole ist belehrt worden – aber er hatte auch recht, als er sagte, wer so eindeutschungsfähig ist, der sollte einer nützlichen Arbeit zugeführt werden statt gehängt!«

Gustl sagte: »Wenn du das genau nimmst – dann hängen wir den Mann nicht mehr deshalb, weil er GV gemacht hat, sondern weil er die Belehrung übertrat.« Er grinste: »Wie soll aber einer GV machen, ohne die Belehrung zu übertreten?« Und er setzte hinzu, denn Mayer schwieg, weil er schon daran dachte, daß ihm nicht erspart bleibe, eine Hinrichtung anzuordnen: »Das heißt: ehemalige Kriegsgefangene werden nach wie vor ohne Ausnahme nach GV gehängt – denn unter denen ist keiner *nicht* belehrt worden! Davonkommen können also nur Zivilarbeiter, die erst so kürzlich hergekommen sind ins Reich, daß sie noch gar nicht belehrt wurden. Du mußt in Berlin hinweisen auf diesen Salat, Karl!«

Mayer sagte aufgebracht: »Du willst mich hier wohl loswerden, daß du mir einen solchen Ratschlag gibst, wie? *Ich* bin doch nicht verrückt und melde, daß unsere zwei Heinriche da oben, Müller und Himmler, nicht mehr wissen, was sie wollen! Aber *verrückt* ist das wahrhaftig: Polen also, die seit zwei Jahren schon da sind, als Kriegsgefangene, *die* müssen an den Galgen, obgleich sie wie unserer hier seit zwei vollen Jahren prima ihre Pflicht bei uns tun. Wer aber gestern kam – der darf heute als Pole nicht nur eine Deutsche umlegen, sondern kriegt dafür noch einen deutschen Paß! ... also ich sage dir, Gustl, wenn *das* nicht Wahnsinn ist!«

Gustl schwieg, weil er weniger aufgeregt war als Mayer und daher besser denken – nämlich auch die letzte Schlußfolgerung dieser Auslegung des Himmlerschen Gnaden-Erlasses noch ziehen konnte: »Sogar noch verrückter ist das, Karl. Nicht nur wird ein Pole, der seit Jahren hier schafft, gehängt – und ein anderer, weil er erst gestern kam und auch eine Deutsche beschlief, statt gehängt – noch beschenkt, haha, das reimt sich sogar! Beschenkt mit einem Paß. Sondern: *nur wenn der neue Pole tut,* was den alten an den Galgen bringt, GV – nur dann wird er beschenkt mit der Eindeutschung. Das ist ja noch schlimmer als eine Verrücktheit. Das ist eine Unordnung!«

Daß der machtvolle Geisteskranke, der Reichsführer SS und Chef der Deutschen Polizei als ehemaliger Lehrer die Übertretung einer Belehrung mit dem Strang bestrafte, jedoch das Delikt selber, vor dem die Belehrung hatte warnen sollen, *belohnte,* als die einzige Voraussetzung für Polen, einen deutschen Paß zu erhalten, schien sogar diesen beiden im Rahmen der Normalität, als die sie ihren Dienst ansahen, derart abnorm, daß sie sich am hellen Vormittag aus der Amtsflasche einen Korn genehmigten.

17 Drei Zigaretten

> »Die Erhängung ist durch Schutzhäftlinge, bei fremdvölkischen Arbeitern durch Angehörige möglichst der gleichen Volksgruppe, zu vollziehen. Die Schutzhäftlinge erhalten für den Vollzug je 3 Zigaretten.«
>
> *Der Reichsführer SS*
> *und Chef der Deutschen Polizei –*
> *S IV D 2–450/42 g – 81 – v. 6. 1. 1943*

Herr Karl Mayer, der stellvertretende Chef der Geheimen Staatspolizei in Lörrach, ließ sich die Zelle des Polen Victorowicz aufschließen. Der hatte zugegeben, er trage die Schuhe, die einem entflohenen Landsmann elf Tage vor dessen Flucht vom Bürgermeisteramt in Steinen zugeteilt und noch nicht einmal gänzlich durch Ratenzahlungen abverdient worden waren. Mayer hatte vor fünf Wochen Victorowicz vom Acker weg, auf dem er Mist verteilte, verhaftet, um ihm die Mitwisserschaft an den Fluchtplänen des Polen nachzuweisen. Doch war Victorowicz nicht zu »überführen« gewesen; er hatte nur zugegeben, sein Arbeitskamerad, mit dem er beim gleichen Bauern gearbeitet und das Zimmer geteilt hatte, habe einmal droben im Inzlinger Wald beim Holzabfahren die Grenze zur Schweiz genauer angesehen, um festzustellen, sie sei von beiden Seiten unüberwindlich bewacht. Der Entflohene, so war die Aussage des Victorowicz, sei vermutlich nach Polen aufgebrochen, trübsinnig vor Heimweh; oder gar bei Weil in den Rhein gegangen. Warum sonst sollte er diese Schuhe, seine einzigen brauchbaren, zurückgelassen haben? Victorowicz sprach ängstlich bis begriffsstutzig, fragte zu oft, als habe er nicht genau verstanden – und das alles gab Mayer das Gefühl, der Pole sei informierter und intelligenter als er zeige ... Die Schuhe waren aus jüdischem in den Besitz des Staates übergegangen, bevor sie dem Polen verkauft worden waren. Mayer konnte sie beschlagnahmen, mußte aber Victorowicz laufenlassen, denn eine strafbare Handlung war ihm nicht nachzuweisen.

Aus Berlin war mehrfach gemahnt worden, nicht zu vergessen, daß die Polen im Reich arbeiten, nicht jedoch in Gefängnissen faulenzen sollten … Anderseits widerstrebte es dem Ordnungssinn Mayers, einen freizulassen, wenn auch an der Kette, der wegen des unausgeräumten Verdachts der strafbaren Handlung der Mitwisserschaft von Flucht-Vorbereitungen ergriffen worden war; und der sogar Schuhe eigenmächtig angezogen hatte, die einem anderen Polen aus dem konfiszierten Besitz sonderbehandelter Juden vom Deutschen Reich zur Arbeitsleistung ausgehändigt und von ihm noch nicht ganz abgezahlt worden waren …

Während Mayer sich noch sagte, daß natürlich die »Rück-Überführung« dieser Schuhe in den Besitz des Deutschen Reiches erhebliche Schreibereien mit sich bringe, denn die Schuhe konnten ja nicht einfach im Lörracher Gestapo-Büro magaziniert werden, sondern waren wegen eines erneuten Weiterverkaufs an einen anderen fremdvölkischen Arbeiter zu überprüfen, und es war ein Bericht nötig, der ihre Herkunft aus dem Besitz des Entflohenen und die Empfehlung, was weiterhin mit den Schuhen geschehen sollte, enthalten müßte – während dieser Überlegungen des immer besorgten Mannes nahm Victorowicz in der Zelle militärische Haltung an, wie vorgeschrieben. Denn er hatte Schlüssel gehört.

Mayer war so vertieft in seine Erwägungen, daß er beim Eintritt den Strammstehenden mit: »Heil Hitler!« ansprach, eine Unmöglichkeit; selbstverständlich war die Anwendung des deutschen Grußes gegenüber Fremdvölkischen untersagt – so wie den Fremdvölkischen untersagt war, mit »Heil Hitler« zu grüßen; Häftlingen gegenüber war dieser Gruß schlimmer als absurd, er beleidigte den Führer. »Guten Morgen, Herr Kommissar«, antwortete in Demut Victorowicz. Mayer war zufrieden, der Mann hatte eine gute, eine fast schon deutsche Haltung, die Zelle war tadellos aufgeräumt, trotz des Schnitzmessers und seiner Abfälle. Denn da bei Victorowicz wegen der Harmlosigkeit seines Vergehens Selbstmordgefahr nicht bestanden hatte, ließ Mayer, der ihn einmal gefragt hatte, was er gern tue, ein Schnitzmesser und Lindenholz in die Zelle bringen, und Victorowicz hatte dankbar angeboten, für Frau Mayer einen Handspiegel mit Rosen und Blattwerk zu schnitzen; der lag nun da, fast fertig. Mayer hob ihn hoch, sagte: »Rühren!«, und da Victorowicz das nicht verstand, übersetzte er: »Stehen Sie bequem!«, und dann hielt er den noch spiegellosen Holzrahmen vor sich hin, als könne man schon hineinblicken, und bemerkte hochachtungsvoll: »Der wird aber *sehr* schön, Victorowicz! Machen Sie mir den auch fertig dafür gibt's eine Flasche Schnaps –, wenn ich Sie morgen mittag laufenlasse?« Mayer wußte, daß er einem Fremdvölkischen Schnaps nicht geben durfte, immerhin war dieser Mann hier schon ein Künstler als Schnitzer, und Mayers Korrektheit im Umgang mit Untergebenen, mehr noch, im Umgang mit Gefangenen, verbot es ihm, den Spiegel umsonst anzunehmen. Und Schnaps – Mayer bekam ihn legal aus Parteibeständen – bot mindestens keine Fluchthilfe, wie Geld das getan hätte …

Auch trank privat Mayer keinen Schnaps, sondern nur im Dienst, wie das erlaubt war, bei verschärften Vernehmungen – das hieß: wenn Aussagen aus Gefangenen herauszuprügeln waren; oder, wie morgen früh, bei Hinrichtungen. Dieser Dienstschnaps wurde aus der Amtskasse bezahlt, darüber gab es Verordnungen.

Victorowicz sah mit aufleuchtenden Augen, denn die Haft setzte ihm sehr zu, und in Erwartung weiterer Anordnungen Mayer gehorsam ins Gesicht und beeilte sich zu versichern, auch in Freiheit – er sagte tatsächlich »Freiheit« und niemand hätte seine Ironie aufgespürt – werde er den Spiegel fertigschnitzen. Victorowicz hatte sich als »Lehrer« ausgegeben, sprach nie annähernd so flüssig Deutsch, wie er konnte, und mimte den passionierten Landarbeiter, weil er gehört hatte, daß sämtliche Oberschulen und Gymnasien in Polen ebenso geschlossen waren seit Kriegsende wie die Universitäten; und weil er wußte, daß die Universitätsprofessoren als erste mit unbekanntem Ziel von den Okkupanten verschleppt worden waren: keine Frage, daß die Deutschen, die zuerst die Hochschullehrer und dann erst die Juden verhaftet hatten, mit dieser Reihenfolge verdeutlichten, in welcher Gruppe sie ihre Todfeinde sahen – und »die sind wir ja auch«, dachte Victorowicz mit grimmiger Genugtuung. Er war noch kein Dozent, sondern hatte als Gymnasiallehrer an einer Habilitationsschrift gearbeitet, bis er eingezogen worden war. Sein Thema: »Das letzte Jahr. Vom 11. 11. 1917 bis zum 11. 11. 1918«. Auf den Tag genau ein Jahr vor der Kapitulation des kaiserlichen Deutschlands hatte Ludendorff in Mons den Plan zur letzten Offensive entwickelt, die den Zusammenbruch der deutschen Front in Frankreich eingeleitet hat. Und dieser letzte Tag des kaiserlichen Deutschlands war der erste Tag des republikanischen Polens, war Polens Gründungstag.

Doch Victorowicz, der anderthalb Jahre lang auch in Berlin studiert hatte, bis zum Herbst 1938, und Deutsch fast so gut konnte wie Französisch, hätte sich eher die Zunge abgebissen als Mayer merken zu lassen, daß er eine nahezu erotische Sehnsucht nach Lektüre hatte; so hatte er nur nach dem Schnitzmesser verlangt ... Mayer sollte ihn für bestenfalls so gebildet halten, wie er selbst war.

Victorowicz wartete auf den Moment, in dem er einen Zivilanzug stehlen konnte, um darin bis Straßburg zu gelangen, Fahrgeld hatte er schon; und von Straßburg käme er weiter bis in den von Hitler noch unbesetzten Teil Frankreichs ...

Mayer nahm noch einmal den Spiegel zur Hand – dann war er entschlossen genug, sagen zu können, was er sagen mußte, und er sagte es so langsam, weil er annahm, sonst verstände der Pole ihn nicht. »Um elf Uhr morgen früh sind Sie draußen, frei – lediglich müssen Sie morgen um acht Ihrem Zellennachbarn und Landsmann Zasada einen letzten Dienst erweisen.« Ein Zögern, Victorowicz blickte gebannt, aber ganz ahnungslos zu ihm hin, und so beiläufig wie er konnte sagte Mayer, weil er tarnen wollte, wie aufregend er selber fand, was er sagen mußte: »Sie müssen Zasada morgen früh aufhängen!«

Er sah an Victorowicz vorbei, legte das Schnitzwerk auf den Tisch und bereitete sich vor, auf das Erwartete. Es dauerte einige Atemzüge länger, bis es kam – fast unhörbar: »Ich? – warum ich, Herr Kommissar. Bitte, lieber – hängen Sie lieber mich als fordern, daß ich ...« So nüchtern, daß die Drohung darin unterging, sagte Mayer: »Wir Deutschen hängen keinen Polen, was muten Sie uns zu, Victorowicz! Eure Leute verführen hier deutsche Kriegerfrauen, und wir sollen noch die Dreckarbeit damit haben? Ich dürfte gar keinen Polen – oder auch Franzosen oder Engländer aufhängen. Den letzten Dienst, das ist eine Anordnung von höchster Stelle, soll immer ein Landsmann einem Ausländer erweisen!«

Weil Mayer so lange und mit zunehmender Vertraulichkeit, ja freundlich zu Victorowicz geredet hatte, gab der sich der Hoffnung hin, ihn erweichen zu können: »Bitte nicht mich dazu nehmen, Herr Kommissar – ich sterbe, wenn ich das tun soll.« Und laut, fast schreiend: »Ich *kann* das nicht tun, ich will das nicht – ich bin ...« Er stammelte jetzt, er empfand es als unaussprechbar peinlich, zu sagen, was er sagen mußte, spürte aber, daß peinlich oder nicht gar keine Kategorie mehr war angesichts des Ungeheuerlichen, was Mayer von ihm forderte; leise fügte er an: »Ich bin fromm, ich bin – sicher, Gott wird mir nie vergeben diesen Mord. Und ich bin schwach – ich fiele um, wenn ich einen aufhängen soll, der –«

Mayer änderte seinen Ton, er sagte barsch: »Sie waren Soldat! Haben Sie nicht geschossen auf Deutsche, wieso fallen Sie um, wenn –« Victorowicz wagte, ihm ins Wort zu fallen, es brach einfach aus ihm heraus: »Auf Feinde mit Waffen habe ich geschossen – nie – nie auf Unbewaffnete. Nie! Hängen Sie mich – ich hänge keinen!« Er wandte sich ab. Er hatte das nicht weinerlich, sondern fest gesagt, endgültig. Sein Trotz weckte Mayers Trotz. Der sagte nun ebenso: »Ich kann Sie nicht hängen, wenn Sie meinen Befehl verweigern, ich müßte Sie in ein Konzentrationslager verschicken, in dem Sie vermutlich gehängt würden, aber nicht von einem Deutschen, sondern von einem Polen. Sie würden also durch Ihre Befehlsverweigerung nur zwei anderen Kameraden zumuten zu tun, was Sie selbst nicht tun wollen. Finden Sie das anständig? Einem, der morgen Zasada hängte, einem, der demnächst Sie hängt. Was soll das?«

Victorowicz zuckte mit der Schulter, Mayer wies auf seinen Schemel. Victorowicz, in dem erst langsam das Entsetzen Schwäche auslöste, nahm Platz. Da aber Mayer stehenblieb, wuchs noch seine Überlegenheit; Mayer konnte nicht herausfinden, wie ernst dem Polen seine Weigerung war. Er fuhr fort: »Daß Soldaten Kameraden hinrichten müssen – ist völlig normal, in allen Armeen der Welt! Haben Sie nie mitgemacht in einem Erschießungspeloton?« Er mußte seine Frage neu formulieren, Victorowicz hatte, bleich und bleicher und feucht im Gesicht, nicht zu folgen vermocht. Nun antwortete er: »Ich war nie dabei, als ein Kamerad erschossen wurde.«

Mayer sagte: »Hättet ihr Polen öfter einen Polen an die Wand gestellt, würdet ihr sicher länger als nur achtzehn Tage gegen uns Deutsche gekämpft haben!« Das war so verächtlich gesagt, daß Victorowicz ebenso hervorbringen konnte: »Wir Polen haben nicht verloren, weil uns Mut fehlte. Panzer fehlten uns und Stukas! Und Alliierte, die versprochen hatten, im Westen anzugreifen!«

Mayer hatte ihm eine Zigarette gegeben, rauchte auch selbst, saß auf dem Tisch. Freundlich sagte er: »Sie sind einen Kopf größer als der Delinquent, der auch groß ist. Und sind gutmütig. Deshalb habe ich Sie gewählt: Sie werden ihn nicht quälen. Wenn der kleiner ist, der ihm die Schlinge um den Hals legt, dann kann's passieren, daß die nicht richtig sitzt, unters Kinn rutscht – dann stirbt der langsam. Das will ich nicht.«

Victorowicz stierte auf seine Zigarette, um nicht zu sehen, was Mayer aus der Uniformtasche gezogen hatte: einen Strick, der aber eher nur ein dicker Bindfaden war. Und einen schwarzen Sack, nicht größer als ein Einkaufsbeutel. »Den stülpen Sie ihm über'n Kopp – so!« Das hatte er so rasch gesagt, daß Victorowicz nicht einmal abwehren konnte, als Mayer ihm jetzt die Kapuze überzog, sie auch gleich wieder wegnahm, auf den Tisch legte und nun die Schlinge knüpfte, mit einer Gewandtheit, als verschnüre er wie alle Tage ein Paket. »Gucken Sie doch!« fuhr Mayer ihn wütend an, denn Victorowicz sah demonstrativ weg. »Nein – ich tue das nicht!«

Mayer stand auf und sagte, als sei alles widerspruchslos verabredet: »Sie müssen die Schlinge nicht knüpfen, die hängt schon da, wenn Sie mit Zasada den kleinen Pferdewagen besteigen, der unterm Galgen einfach weggefahren wird, sobald Sie dem Verurteilten die Schlinge angelegt haben – hier«, und er zeigte an seinem eigenen Hals und Genick die »Stelle«, auf die es ankam; dann zeigte er sie noch einmal am Hals des noch immer vor ihm sitzenden Victorowicz. Der murmelte dumpf und wiederholte es noch zweimal: »Ich tu das nicht. Ich tu das nicht.« Und um seine Weigerung zu erhärten, wagte er sogar die Hand Mayers, die an seinem Kragen, Adamsapfel und Genick herumfummelte, ohne daß Victorowicz im geringsten begriff, worauf es ankam, mit seiner Hand wegzuschieben, aufzustehen und die Zigarette auszudrücken, so gierig er sie auch angeraucht hatte.

Mayer klopfte dreimal mit der Faust gegen die Tür, er hatte sich mit Victorowicz einschließen lassen; sofort wurde geöffnet. Doch Mayer ging noch nicht, er sagte: »Sie sind ja ein Schnitzkünstler, und ich bin geduldig. Trotzdem werden Sie tun, was getan werden *muß*! Und zwar deshalb werden Sie das tun, weil Sie Zasada darum bitten wird. Sie haben mit ihm zeitweise geredet, ich ließ das auch zu, obgleich das verboten ist. Ihr zwei versteht euch, nehme ich an. Dieser finstere, schmutzige Hühnerdieb, der da drüben sitzt und nur Polnisch versteht und immer nach Katzenkotze riecht und ein Gesicht hat wie ein Kinderschänder, der würde ja nur zu gern Zasada aufhängen, aber der ist um zwei Köppe kleiner und würde ihn quälen. Tun Sie's, Victorowicz, einen freundlicheren Henker als Sie kann sich doch kein Mensch wünschen. Ich lasse Sie reden mit Zasada!«

Damit ging er hinaus. Victorowicz hatte unter dem Fenstergitter an der Wand gelehnt, mußte sich nun rasch über den Kübel beugen, weil er glaubte, erbrechen zu müssen, aber er würgte nur, es würgte ihn – es kam nichts, es war die Hysterie, die Panik. Bevor er noch selbst auf den erlösenden Einfall kam, sich mit seinem Schnitzmesser aus der Welt zu schaffen oder wenigstens so zu verwunden, daß seine Handgelenke morgen früh zu nichts taugen würden, kam Mayer auf diesen Gedanken, er ließ aufschließen, die zwei Messer aus der Zelle herausnehmen – und Zasada, der Handschellen trug und Sträflingskleidung, zu Victorowicz hineinstoßen.

18 Vergittert

»In den ausgesprochen katholischen Gebieten des Abschnittbereiches (Oberpfalz, Niederbayern, ein Teil von Oberfranken) wirkt die Tatsache, daß ein Großteil der Russen ebenfalls katholisch ist, im Sinne einer Verwischung der Grenzen zwischen dem deutschen und dem fremden Blut ... Wie weit die Urteilslosigkeit von Katholiken gegenüber dem Russen geht, zeigt ein Fall, der sich am 7. 6. 1942 in Bamberg ereignete. Dort nahmen an der Fronleichnamsprozession ca. 40 russische Zivilarbeiter und Zivilarbeiterinnen teil. Der Lagerführer selbst ging an der Spitze mit. Die Russen sind ungefähr 100 m mit der Prozession gelaufen und wollten anschließend im Dom der Messe beiwohnen. Erst durch das Eingreifen der Kripo wurden die Russen vom Zug abgedrängt und der Lagerleiter in Polizeihaft genommen. Aus der an der Prozession teilnehmenden Bevölkerung heraus hat sich kein Finger gerührt, die Russen zu entfernen ... Wie ... schon angeführt, genügt für die gut katholische Bevölkerung schon die Tatsache, daß der Russe ebenfalls katholisch und fromm ist, um in ihm den ›Auchmenschen‹ zu sehen.«

Bericht des SD-Abschnitts Bayreuth vom 20. 7. 1942

Föhn, der die Farben vertieft und kräftigt und sie dennoch durchsichtiger macht als sie im Weinlesemonat Oktober schon sind, erweckt im achtzig Jahre alten Lörracher Gefängnis den Eindruck, der Weinberg Tüllinger Hügel sei noch näher – zum Riechen nahe seien die Trauben und ihr Laub und die blauen Zwetschgenbäume auch und die gelbgesprenkelten Birkenblätter und der silberpappelfarbene flache rasche Fluß, in dem – genau vor einem Jahr – zuerst Pauline den Freund sah, wie er, nur mit einem Schurz bekleidet und ohne Sattel, Melchiors Pferde in die Schwemme ritt. Das hatte sie damals unbewußt betroffen gemacht, der schöne nackte Junge da als Reiter! Heute sah sie den Hügel, schon halb leergeerntet, genau wie vor einem Jahr – und fühlte, ohne das denken zu können: die Erde ist nicht beeindruckt von uns Menschen, wir sind nichts für sie – und trösten könnte sie uns ja nur, wenn wir sie mindestens greifen dürften! Sonst wird uns ihre herrliche Gleichgültigkeit zur Qual – wie mir jetzt, da ich sie, die Natur, in niemandem und in nichts mehr berühren darf, nicht in meinen Kindern, nicht in einem Mann, nicht einmal auf einem Waldweg oder auch nur in einem Stück Rasen hinter dem Haus. Ihr Anblick allein steigert das Verlustgefühl. Und sie erinnerte sich einer Frau, die nach fast sechzigjähriger Ehe, als ihr Mann kremiert worden war, gesagt hatte: »Das Schlimmste ist, daß man nicht mitstirbt« …

Daß Pauline selber auch saß, in Erwartung ihres »Abschubs« in ein Konzentrationslager, von dem sie allerdings irgendeine Vorstellung sich nicht machen konnte, war eine große seelische Hilfe für sie in den Torturen ihrer Selbstanklage, Stani »hierhergebracht« zu haben. Hierher, so hieß die behutsame Umschreibung, die sie benötigte, um zu verdrängen, was sie für Momente doch zu fürchten begann.

Doch war dieses noch herkömmlich wirkende altmodische Gefängnis wenig geeignet, die ohnehin sehr enge Phantasie Paulines in Gefahr zu bringen, sich bis zu der Vorstellung voranzutasten, in diesem Hause könnte man Menschen totmachen … es sei denn: spontan. Daß bei den Vernehmungen einer totgeprügelt würde, das hielt sie, nach allem, was sie hörte, sehr wohl für möglich. Aber eine Hinrichtung? So daß ihr guttat, sich einreden zu können, Mayer habe ihr versprochen, ihr zu sagen, wenn Stani nicht mehr hier sei … hier, das hieß, irgendwo weitab in einem anderen Flügel des gleichen Gebäudes. Hat man nichts mehr zu hoffen – doch das wußte sie nicht –, gibt es fast nichts, woran Hoffnung sich nicht anklammert. Auch das wußte sie nicht.

Eine Möglichkeit, zum Geliebten einen Kassiber hinzuschmuggeln, hätte sich vermutlich ergeben, aber sie hütete sich. Denn Pauline würde nichts riskiert haben, was zu einer – wie sie sich einredete – »Strafverschärfung« führen könnte; daß Stasiek gehängt werde, war ihr so unvorstellbar, daß sie durchaus fürchtete, seine Haftstrafe, die einzige, die sie für möglich halten konnte, zu verlängern, wenn sie wieder Verbindung mit ihm suchte. Das verbot sie sich auch deshalb, weil nichts anderes als die Briefe, die sie ihm aus Bayern über die Schnittgens hatte zustellen wollen, zum Todesurteil geführt hatten: die einzigen Beweise, die in die Hände der »Justiz«-Verbrecher geraten waren ...

So blieb ihr gar nichts anderes übrig, als sich einzureden: »Das können die nicht tun!« – nämlich den Jungen aufhängen; der »Junge«, nicht der Mann war es, der ihr die Qualen der Selbstvorwürfe zufügte. Dem Jungen, auch das sagte sie sich, hatte sie nachgegeben; das war nicht wahr ... Doch so erschien ihr nun, was »passiert« war. Daß durchaus der Mann sie hingerissen – nachdem, gewiß, erst der Junge ihr Gefühl, ihre Mütterlichkeit beansprucht hatte für sich: es war zu schwer, sich das einzugestehen – nachdem die spontane Bereitschaft ihres Mannes, zu verzeihen, später wieder mit ihr zu leben, sie beschämte! Doch daß »ein Junge« ihretwegen dahingeraten war, nun unter dem Galgen zu stehen, das ließ Pauline zuweilen nachts hochschrecken von ihrer Pritsche und zwang sie, stundenlang in der Zelle herumzugehen, mit den Fäusten gegen die Wand zu schlagen, ja mit der Stirn dagegen zu stoßen. »Mir bricht das Herz« – diese dumme Redensart, von der sie geglaubt hätte, würde sie je daran gedacht haben, sie sei nichts als das: eine Redensart; nunmehr wurde ihr durch Stiche, durch Verkrampfung unter der linken Brust deutlich, daß diese Worte durchaus eine körperliche, eine Atemnot und Todesangst einschockende Ursache hatten: Ihr war dann, als zerbreche eine klammernde Faust ihr Herz. Und sie wünschte es so! Denn daß ihr Mann sich anständig verhielt, gab ihr die Gewißheit, er werde – sollte sie sterben, wie sie es ersehnte – die Kinder zu ihren Eltern bringen, was er ihr bereits in einem Brief versprochen hatte ... nur mußte er diese Zusage auch einlösen können, bevor er nach Rußland kam! Tobte doch der Feldzug nunmehr schon fast vier Monate: so lange hatte keiner bisher gedauert, nicht der gegen Polen, nicht der gegen Dänemark–Norwegen, nicht der gegen Frankreich, nicht der auf dem Balkan! Es war undenkbar für Pauline, daß Hitler seinen Krieg verlieren könne; und obgleich sie ihn samt seiner Partei zum Teufel wünschte: wer wußte, ob die den Stani nicht erst recht ermordeten, wenn sie an der Front geschlagen würden! Und ob dann nicht auch noch ihr Mann mit ihnen untergehen müßte ...

Wie wenig der Einzelne weiß, gar voraussieht von dem, was

endlich auch der Maschinerie zustößt, die ihn zerstößt! Wie wenig freilich es ihm hülfe, dem Einzelnen, wenn er das wüßte ... Was – würde sie das geahnt haben – hätte Pauline anfangen können mit diesem Trost; und war das überhaupt einer? Denn wie von ihr geahnt: auch ihr Mann sollte auf Nimmerwiedersehen verschwinden im russischen Feldzug ... Und wenn morgen früh, und das ahnte sie auch noch nicht, ihr »Junge« zum Galgen geführt wurde: Gab es auch nur die geringste Tröstung über dieses Verbrechen in der Tatsache, daß auf den Tag genau fünf Jahre später, am 16. Oktober 1946, wenigstens einige sehr wenige der Oberbanditen, die diesen Polen nebst sechs Millionen anderer Polen zwar nicht auf dem Gewissen hatten; denn ihr Gewissen war rein, sie hatten es ja niemals benutzt – aber doch auf dem Schuldkonto: in Nürnberg den Gang zum Galgen gehen mußten?

Zehn Tage zuvor, am 5. Oktober, hatte ein Offizier, Oberstarzt Dr. Benn im Oberkommando der Wehrmacht aus der Berliner Bendlerstraße in einem Privatbrief, riskant genug, einem Freund die napoleonische Katastrophe der Wehrmacht in Rußland vorausgesagt, sogar ohne schon einkalkulieren zu können, daß diese sanft warmen Oktobertage die reizbunte böse Täuschung waren, die nichts weniger ankündigte als den kältesten Winter seit einem Jahrhundert! So dämonisch hineinlockend in die sich dann jäh mit Todeskälte auftuenden Winterabgründe war diese Täuschung, daß die Generalität Hitlers, keineswegs intelligenter als ihr Arbeitgeber, buchstäblich darüber vergessen konnte, ihre Soldaten, das heißt: ihre Opfer – wenigstens mit warmer Kleidung zu schützen! Die ungewohnt warmen Wellen von Herbstlicht und Herbstluft hatte den »Strategen« den Verstand narkotisiert. Doch Benn schrieb damals: »Was den Osten angeht, so ist trotz der großen Siege nichts erreicht, was uns dem Frieden näherbrächte, sondern im Gegenteil. Daß man das strategische Ziel: Petersburg–Moskau–Rostow nicht nach vier Wochen, wie der Generalstab dachte, sondern erst nach 5 Monaten im günstigsten Fall erreichen wird, ist nicht so wichtig. Wichtig ist, daß es gar kein politisches Resultat hat und daß die Opfer bei uns nahezu unausgleichbar sind ... Wenn die Russen 12 Millionen Soldaten hatten, so haben sie, selbst wenn unsere Zahlen stimmen, noch immer etwa 7 Millionen. Von unseren 3 Millionen vom 22. VI. 41 wird *eine* außer Gefecht gebracht sein, einschließlich des Materials. Ersatz ist kaum mehr vorhanden ... 1942: das Jahr der Entscheidung. Ich vermute: im Sinne Spenglers. Der 3. Band seines Hauptwerks wird nicht in Papier erscheinen, sondern als Schlachtfeld und Generalstabskarte ....«

Daß ein deutscher Offizier einen solchen Brief schrieb, der durchaus – bei Zensur – für die Guillotine »gereicht« hätte, belegt auf das ermutigendste, daß es Köpfe genug gab, die noch nicht von der nationalen Paranoia erfaßt worden waren. Auch für Benn war dieser Herbst von Wehmut weckender Wärme und Erntefülle: »Wie lebt es sich in diesem schönen Herbst bei Ihnen? Sicher viel Äpfel an den Zweigen und viele Georginen in den Gärten.«

Lörrach strahlte in weißweinhellem Oktoberlicht, doch kalt war es geworden über Nacht. »Die Sonne täuscht«, sagte Pauline zu der anderen Inhaftierten, mit der sie – beide schon in gestreiften Haftuniformen – die steinerne Gefängnistreppe im Bürotrakt des ersten Stockwerks zu schrubben hatten. Sie waren ohne Aufsicht. Wohin auch, von hier aus, hätten sie entkommen können! Eine wußte von der anderen, was sie hergebracht hatte; beide warteten sie auf ihre »Überstellung«, wie das amtlich hieß, als »Schutzhäftlinge« ins Konzentrationslager. Im Gegensatz zu Pauline war die andere einem Sondergericht vorgeführt worden – und hatte das unvorhersehbare Glück gehabt, dem Fallbeil in Freiburg zu entgehen, weil ihre Denunziantin, übrigens auch die irrtümlich für eine sogenannte »beste« Freundin gehaltene, zwar glaubwürdig gemacht hatte, daß die Angeklagte den englischen Rundfunk abhörte; nicht aber auch noch dem Gericht hatte belegen können, daß die Denunzierte Nachrichten aus England weitererzählt habe, und nur die Weitergabe von Meldungen aus dem feindlichen Lager wurde mit Köpfen bestraft; das Abhören mit unbefristeter KZ-Haft; zuweilen auch – wenn der Richter absolut kein Nazi war, doch solche Richter waren meist als Soldaten an der Front – hatte ein Angeklagter das Glück, vor dem Zugriff der SS dadurch gerettet zu werden, daß er eine lange Zuchthaus-Strafe erhielt ...

Die Frau war im Gleichgewicht, ja mehr – sie freute sich des

Lebens. Hatte doch ihr Freiburger Pflichtverteidiger ihr vor Verhandlungsbeginn wenig Hoffnung gelassen, daß sie noch woanders hingeraten könne als in die Anatomie der Universität. Und sie hatte ja keine Ahnung, wie es zuging in einem Konzentrationslager ... Sie hatte eben zu Pauline gesagt: »Hast du etwas schlafen können?« – da ließ sie den Schrubber fallen, griff Pauline am Arm und rief, sie zum Fenster ziehend: »Die Männer! Ist deiner dabei?«

Pauline konnte nicht sprechen. Doch wie sie schwieg und zitternd mit ungeschickten Griffen das Fenster zum Hof aufzureißen versuchte, was nicht ging – das bestätigte ihrer Leidensfreundin, daß dort unten auch der Pole im Kreise geführt wurde; zum letztenmal, was er noch nicht wußte: morgen um diese Zeit streifte sich in Freiburg Professor Dr. Soundso bereits die Gummihandschuhe über, um Zasada die Eingeweide herauszuschneiden, ein Routine-Vorgang, ehe die ausgenommene Leiche in die Wanne mit Formalin gelegt wurde.

Pauline schrie: »Stani!« Sie sah ihn zum erstenmal, seit einem halben Jahr. Die Tränen schossen ihr in die Augen, aber nicht deshalb übersah sie, daß dieses vergitterte Flurfenster einen blockierten Griff hatte; doch ihre Gefährtin sah das. Und ohne zu reden, während Pauline vergebens – denn der Hof war groß und der Pole an der gegenüberliegenden Mauer – an die Scheibe schlug, sprang sie auf die Fensterbank und öffnete knapp zur Hälfte, nur das war möglich, durch das Gitter greifend, das schmale Oberfenster über dem Querbalken des Fensterkreuzes. Sogleich war sie wieder unten und half Pauline auf die Fensterbank. Ohne Vorsicht, ohne Angst um ihn oder sich, bedenkenfrei – schrie sein Name noch zweimal aus Pauline heraus, dann hatte er gehört, sie gesehen! Und er lief aus der Reihe über den Hof und durch die Reihe und stand unter dem Fenster – und da erst sah Pauline, daß Stasiek Handschellen trug; sie wußte nicht, daß sie zum Tode Verurteilten angelegt wurden, nicht nur bevor man die auf den Hof führte ... und sah auch nicht, in diesem Augenblick, denn nur ein Augenblick blieb ihnen, daß Stasiek der *einzige* Mann war, da im Kreis, der gefesselt ging ... Sie wollte sprechen, er auch. Und konnten es beide nicht. Dann – endlich – rief sie hinunter: »Vergib mir –

bitte, vergib mir! Stani –« Und mehr konnte sie nicht herausbringen.

Ob er sie nicht hörte oder das Wort nicht kannte: er verstand sie nicht, aber daß es hell wurde auf seinem Gesicht, von innen, das sah sie durch die Tränenwand. »Vergib«: Nie hatte sie das zu einem Menschen gesagt, nie auch nur zu Gott, denn zuweilen betete sie, die Katholikin. Jetzt aber hatte sich ohne ihr Zutun dieses pathetische Wort von ihr gelöst – als das einzige, was ausdrücken konnte, annähernd, wie abgründig sie sich in seiner Schuld fühlte, ein Gefühl, stärker als jedes, das sie bisher überhaupt je verspürt hatte.

Schon hatte der packpapiergraue Wärter, ein Magenkranker, die Verfolgung des aus der Reihe Gelaufenen eröffnet; hatte auch durch Gestikulieren offenbar noch Fenstergucker aus den Büros auf die Disziplinlosigkeit Paulines hingewiesen. Er schrie, was nicht sehr kräftig kam, wie er da hinter Zasadas Rücken auf den Polen zulief: »Zurück, zurück – gehen Sie zurück, Zasada!«

Der wendete sich kaum nach dem Schreienden um, er strahlte Pauline an, als sei irgend etwas positiv entschieden, dann erlosch das Licht von innen, das sein Gesicht hell gemacht hatte, und die gefesselten Hände unter das vorgereckte Kinn gehoben, rief er herauf: »Ich muß – gehenkt!«

Sie schrie, ebenso hoffend wie verzweifelt: »Das können sie nicht tun!«

Da war schon der Wärter bei ihm. Er riß ihn am Ärmel – ganz vergeblich. Der noch immer stabile, wenn auch vor Ausgehungertsein hohlnackige, kittelgrau erblaßte großäugige Pole sah nicht einmal zu ihm hin, stieß ihn weniger weg als daß er ihn nur wegschüttelte; und rief: »Für dich sterbe ich gern!«

Noch immer sah er herauf, Pauline aber sackte zusammen, die Freundin fing sie auf, sonst wäre sie die Fensterbank herabgestürzt; und schon kamen zwei Gefängnisbeamte aus verschiedenen Türen auf den Flur gerannt, das Geschrei des Hofaufsehers hatte sie dazu veranlaßt ... und während oben auf dem Gang die Büttel, einer in Zivil, sich beruhigten, indem sie automatisch das übliche Geschwätz losließen, Branchen-Nörgelei nur, wie: nicht befugt und strengstens verboten und strafverschärfend und Dunkelhaft ... das zeitlos untilgbare Aufseher-Rotwelsch aller

Zonen und Zeiten, lag Pauline mehr als sie stand in der Fensternische. Und die Freundin hielt sie und beide sahen, daß unten über den Hof, flankiert von zwei Wärtern, der Pole weggeführt wurde, nicht zurück in seine Reihe, sondern – und jeder der zwei Bullen hatte ihn mit der Linken überm Ellenbogen gegriffen – ins Kellergeschoß der gegenüberliegenden Häuserwand. Zasada sah nicht zurück. Auf dem Hof die Kreisziehenden sahen hinauf zu den Frauen, so daß der eine der zwei oben Herbeigelaufenen sich zwischen die Frauen und das Fenster stellte und sie anherrschte: »Zurück – sofort zurück an die Arbeit!«

Doch merkwürdigerweise ließen sie Pauline in Ruhe, als sie zurücktrat an die Treppe und sich, Gesicht in den rechten Unterarm gepreßt, ohne Schrubber und Eimer wieder anzurühren, auf die oberste Stufe setzte.

Sie ahnte noch nicht, warum die zwei »Pflichtlinge« Mayers dieses Ausmaß *pflichtwidriger* Nachsicht gerade *heute* mit ihr hatten.

19 Kein Abschiedsbrief

»Die Verständigung der Angehörigen erfolgt grundsätzlich erst nach Durchführung der Exekution … Wohnen die Angehörigen des Exekutierten nicht im Reichsgebiet oder handelt es sich um in den eingegliederten Ostgebieten wohnende Polen, übernimmt das RSHA (Reichssicherheitshauptamt) die evtl. erforderliche Verständigung. Bei Ostarbeitern unterrichtet die zuständige Staatspolizei-leitstelle das Arbeitsamt mit dem Hinweis, daß den Angehörigen die Todesursache nicht bekanntzugeben ist.«

Der Reichsführer SS und Chef der Deutschen Polizei – S IV D 2 – 450/42 g - 81 - v. 6. 1. 1943

Wegen des Spiegels, den er für Frau Mayer zu schnitzen versprochen hatte, war Victorowicz eine Vergünstigung zuteil geworden: Er hatte bald nach seiner Einlieferung dem Lörracher Gestapo-Chef die Bitte vorgetragen, seine Armbanduhr in der Haft tragen zu dürfen – und Mayer hatte nach einem mißtrauischen Blick zugestimmt; aus dem Magazin war die Uhr zehn Minuten später dem Untersuchungsgefangenen vorschriftswidrig gegen Quittung mit Durchschlag zurückgegeben worden. Und gestern nachmittag, als Zasada in die Zelle seines Henkers gestoßen worden war, erwies die Uhr sich als ein sehr großes Geschenk; doch je weiter nun die Nacht in den nebelweiß heranschwimmenden Tag überging, je rascher schienen die Zeiger zu laufen. Wünschte Zasada sich momentweise auch, der Sekunden- sei der Stundenzeiger, so klemmte ihm Minuten später genau dieser Verdacht – daß die Stunden ihm wegliefen wie Sekunden – den Atem ab. Zum erstenmal im Leben – also zum letztenmal – hatte er Atemschmerzen, etwas Abklammerndes in der Brust: der körperliche Ausdruck seiner Angst …

Dreizehn Stunden waren nun Henker und zu Hängender im gleichen Verlies. Es war vier Uhr. Beide hatten sie schlafen können – sogar ziemlich lange; nur eine List des älteren und schwächeren Victorowicz hatte Zasada das Kostbarste geschenkt, was ihm zuteil werden konnte, Schlaf … nämlich die simple List, sich schlafend zu stellen, und das so intensiv, bis er eingeschlafen war. Und dies wiederum hatte Zasada die Freiheit gegeben, sich unbeobachtet zu glauben und alsbald auch unbeobachtet zu sein – und natürlich zu tun, bis zum endlich sogar ihn einschläfernden Erschöpftsein, was allein ihm auch die Todesangst-Verkrampfungen mit wegejakulieren und ihn hinaussteigern konnte aus der Zellen-Sphäre … zu dem einen Mädchen hin, das er zu Hause hatte lieben dürfen; und zu der Frau in Deutschland, die jetzt in einer Zelle lag wie er, weil er sie geliebt hatte. Zasada sagte sich, ängstlich bemüht, dabei zu bleiben: Weil er sie geliebt habe, sei Pauline eingesperrt … während ja wahrer gewesen wäre, sich zu sagen: weil sie mir blöderweise Briefe geschrieben hat … denn ohne die Post – doch wozu, das zu Ende denken! Kommt doch alle Qual des Menschen nur daher, daß er die Dinge zu Ende denkt. Wozu!

Esther in Lodz: Wozu die Möglichkeit … die Wahrscheinlichkeit? – sich ausmalen, daß sie mit Deutschen schlief, denn sie arbeitete ja, um satt zu essen zu haben und ihren Eltern noch gestohlenes Essen heimbringen zu können, auf einer deutschen Kommandantur … und warum eigentlich dürfte oder sollte sie nicht, da ja auch er mit einer Deutschen … Auf dem Trittbrett in den Tod war das Nationale überhaupt keine Kategorie mehr, jedenfalls keine für einen anständigen Menschen. War es doch jene, die allem den Untergang brachte, den Menschen wie den Ländern – ja, ganzen Zeitaltern … Die Deutschen würden ihn morden, doch ein Deutscher auch hatte ihm den Wink gegeben, in die Schweiz zu fliehen, eine Deutsche ihn geliebt … die nationale war *die* unheilbringende, gesichtsverwischende, numerierende Einsortierung der einzelnen, wozu ihr einen Blick schenken, auch noch zuletzt!

Und doch: Nationalitätenwahn hatte ihn schließlich hierher gebracht, erst in den Krieg, dann in die Gefangenschaft, dann in diese Zelle, also ließ ja der Gedanke daran sich gar nicht umgehen! Ja, schlimmer: Schob man ihn weg als unerheblich, dann wurde vollends grauenhaft, daß er sich ein Opfer dessen nennen mußte, was so völlig sinnlos war! Also mußte er sich umgekehrt das Nationalgefühl sogar wieder aufbauen als eine – da er an Gott nicht glaubte – letzte, höchste Instanz, als *den* Anker, an dem er seine morgen in den Tod abtreibende Existenz noch festmachen konnte, wenigstens für Stunden! Sich zu sagen, daß er hier zwecklos verunglücke, mochte gerade deshalb das Entsetzlichste sein, weil es – stimmte!

Doch kam es für Zasada und für jeden in seiner Situation nicht mehr darauf an, sich einzureden, was stimmte, sondern was nützte, ihm nämlich half, auf den Füßen zu bleiben bis sie – in der Luft baumelten, die Füße. Sein Instinkt riet ihm dazu, ohne daß er das durchdachte. Triebsicher spürte er, daß nur ein großer, ein überpersönlicher, ein gefühlsgeladener *Gedanke* ihm die Standfestigkeit geben konnte, die er brauchte, wenn er nicht morgen jämmerlich wirken, Schadenfreude bei seinen Mördern erregen wollte. Und dieser Gedanke konnte nur Patriotismus sein, da keine Religion ihn hielt, auch keine Ideologie: schülerhafte Neigungen zum Kommunismus waren ihm 1939 weggeätzt worden durch die schauerliche Meldung, Stalin habe mit Hitler einen Plan ausgeheckt, Polen unter sich aufzuteilen!

So konnte nur noch Liebe zur Heimat ihn jetzt gedanklich ablenken von dem, was ihn morgen erwartete – und konnte auch das unerträgliche Gefühls-Vakuum mit Sinnvollem beleben, mit einem Gefühl, das größer war als seine Person, die in wenigen Stunden zunichte gemacht würde. Dieses Gefühl war *Rachsucht*! Und es wuchs über ihn hinaus und riß ihn mit und hoch – um so mehr, als er wußte, er selber könne sie nicht mehr befriedigen, andere müßten das tun für ihn, Landsleute, Alliierte. Und wie er das dachte, war er bei ihnen, in ihrer Gemeinschaft, und litt weniger unter seinem Vereinzeltsein ... Haß, der ein Ziel weiß, ist Rachsucht, und der Haß, den er empfand, zunächst nur dumpf und lähmend, jetzt aber wild und zielgerichtet, war aufgebrochen mit der gestern empfangenen Nachricht, nicht einmal das Recht zu einem Abschiedsbrief zu haben! Er hatte das zuerst nicht geglaubt. Das hatte er sogar Deutschen nicht zugetraut ... Ja, er hatte an der Verlegenheit, mit der Mayer ihm zum zweitenmal seine Bitte, doch den Eltern wenigstens noch einmal schreiben zu dürfen, ablehnte - *gesehen,* wie unverständlich selbst für diesen deutschen Bullen die Anordnung war. Aber es gab ihn, Himmlers Befehl, »Fremdvölkische« aus dem Osten dürften Abschiedsbriefe nicht nur nicht schreiben, sondern deren Angehörigen sei nichts mitzuteilen, nicht einmal der Tod des Ermordeten ... Die würden das schon erfahren oder auch nicht ... Kameraden würden das bestimmt irgendwann zu Hause berichten. (Hier wußte keiner, daß zum Beispiel die Essener Kruppwerke einfachheitshalber die eingehende und die abgehende Post ihrer »Fremdvölkischen« aus dem Osten meist verbrannten.)

In Zasada hatte rasch die Wut über die Ablehnung seiner Bitte so sehr die Oberhand bekommen, daß sie die Verzweiflung minderte. Und vielleicht war es nur die Einsicht Mayers, derartig unmenschlich dürften selbst Deutsche nicht sein, so siegreich sie auch gen Osten vorwärtsstürmten, die ihm den Gnadenakt abgenötigt hatte, dem Verlorenen in der letzten Nacht einen sympathischen Zellengenossen zu geben. Daß *der* es sei, der morgen früh Zasada hängen sollte, das war in der Tat nun bei weitem für die zwei auf so grauenhafte Weise Zwangsverbrüderten so wichtig nicht mehr wie die Beruhigung, die von der Zusage des Landsmannes ausging, den Eltern Zasadas zu schreiben.

Zasada hatte viel Kraft gebraucht – daß er sie brauchte, gab sie erst ihm selber –, seinen Henker zu trösten, denn von beiden war Victorowicz gestern und bis in den späten Abend der ungleich Verzweifeltere gewesen. »Ich kann auch nicht weiterleben, wenn du's nicht selber machst«, hatte er Zasada angebettelt, mit Augen, in denen der Irrsinn zuckte ... und ganz ernst war es ihm, als er sich wie eine Rettung ausmalte, daß er selber, da er ja im Gegensatz zu Zasada nicht gefesselt war, sich in dem Moment, wo sie auf dem Pferdewagen ständen, der dann wegfahren sollte unter ihren Füßen, die für Zasada bestimmte Schlinge umlege und abspringe vom Wagen ... Zasada hatte ihm klargemacht, wie kindisch das sei: »Die lassen mich da stehen, vielleicht eine Stunde, bis sie einen anderen Polen geholt haben, der's tun muß, wovor du dich gedrückt hast – in den Selbstmord!«

Victorowicz hatte geschrien: »Gedrückt – in den Tod? Drücke ich mich, wenn ich mit dir sterbe!«

Zasada: »Ja. Nichts anderes. Und abgesehen davon, selbst wenn ich dir's ersparen wollte, indem ich's selber machte – wie könnte ich das? Die fesseln mir doch, wie schon so oft, die Hände auf dem Rücken.«

Ihr dumpfes Aufeinanderstarren, auch Voneinanderwegsehen hatte schließlich ein Ende gefunden in dem Moment, in dem Zasada eine seiner Holzsandalen – Verurteilte hatten keine anderen Schuhe – genommen und damit auf den Boden geklopft und gesagt hatte: »Nur wer lebt – kann auch mich rächen, hau ab hier, wie nah ist es nach Frankreich! Und von dort nach England kommst du bestimmt – o Gott: warum hab ich das nicht probiert!« Mit diesen Worten war wieder Leben zurückgekehrt in Victorowicz; Zasada hatte keine Ahnung gehabt, wie genau dieser Plan in dem Todeskameraden schon längst innerlich Realität geworden war ... Victorowicz hatte ihm gesagt, er müsse nicht mit den Holzsandalen auf den Steinboden schlagen, unmöglich könne in dieser Zelle an den nacktglatten Zementwänden ein Abhörgerät sein, er habe hier tausendmal »geflöht« ... Und tatsächlich war die Abhörtechnik des Jahres 1941 noch bei weitem nicht so raffiniert wie nur wenige Jahre später, als keine Mauer mehr vor ihr sicher und es keineswegs mehr nötig war, wie noch damals, auch in *dem* Raum, in welchem belauscht werden sollte, ein Mikrophon zu installieren.

Die Wut, nicht den Eltern schreiben zu dürfen; die Bitte an Victorowicz, es für ihn zu tun, dies war der Anfang ihres Gesprächs gewesen und damit der Ablenkung von dem, was Victorowicz tun mußte, bevor er den Brief schrieb ... Und mit der Einsicht, tatsächlich für diesen Verlorenen noch anderes tun zu können, noch *vieles,* war der »heilige Geist des Widerstandes«, wie er das nannte, in diesen Polen gefahren, war ihm der Trotz zurückgekommen, der immer in ihm gewesen war bis zum Befehl Mayers, einen Landsmann zu hängen.

Die Nacht ist die Mutter der Gedanken – die Rabenmutter! Denn Gedanken, die einen bei Nacht anfallen, diese Gedanken sind keine guten. Doch am alptraumschwersten sind jene im leichenlaken-weißen Morgennebel ... Victorowicz hatte einmal gehört, vielleicht aus einem Krankenhaus, doch er wußte nicht mehr, woher – daß die frühesten Morgenstunden die körperliche und seelische Krisis bringen. Er dachte, als er sicher war, wider Erwarten doch einschlafen zu können, daß es unverantwortlich sei, zu schlafen, wenn vielleicht oder vermutlich der Freund es nicht fertigbringe – ihn dann allein zu lassen! Er wird Fragen stellen, die ich zwar nicht beantworten kann, weil ich selber nichts weiß von dem, wovon Priester reden – aber reden müßte ich doch mit ihm. *Einen* Satz möchte ich ihm doch mitgeben können, aber ich habe nicht einmal die geringste »Unterlage«, um ihn auch nur anzuschwindeln – ein Armutszeugnis. Wahr ist nur dies: da wir von den sogenannten *letzten* Dingen nichts wissen, so können wir auch nicht ausschließen, daß sie *erste* Dinge sind! Denn da wir nichts wußten vom Leben, bevor wir lebten; da wir nichts von ihm wußten und es sich *doch* als Realität erwies, so können wir logischerweise auch vom Tode, von dem wir ja ebensowenig wissen, bevor wir tot sind, nicht ausschließen, daß er genauso ein *Anfang* ist, wie das Leben sich als ein Anfang herausstellte!

Das sagte er zu Stani, als der ohne Übergang, doch hatte Victorowicz bemerkt, wie »es« gearbeitet hatte in ihm, plötzlich fragte: »Du – bleibt etwas nach dem Tode?«

Victorowicz zögerte nicht, da er das aufrichtig versichern konnte, zu antworten, was er da bedacht hatte. Und hinzuzufügen: »Daß wir nichts vom Tode wissen (ebensowenig wie wir vom Leben wußten, bevor wir da waren) – spricht doch keineswegs dagegen, sondern spricht eher dafür, daß auch er eine neue Form der Existenz für uns bereit hält. Dasein oder Fortsein, das sind ja nur irdisch-örtliche Aspekte unserer Existenz: daß die sich nicht *gleichen* – sagt noch keineswegs, daß die nicht *sind.*«

Zasada wandte ein, das eher abwehrend als einen zu billigen Trost: »Kann sein, ja. Kann auch nicht sein. Doch woher willst du wissen, daß nicht nur ausgedacht ist, was du da eben gesagt hast?«

Victorowicz antwortete ruhig, frei von Überredungseifer, weil er dessen gewiß war, *wenigstens* dessen: »Ich leite das als sicher ab aus dem unumstößlichen Gesetz von der Erhaltung der Energie. Denn der stärkste aller Energie-Träger ist der Geist: also *kann nicht sein,* daß nicht auch der Geist bleibt, wenn sogar von der Materie belegt ist, als sicher, daß sie sich nur wandelt, aber nicht vergeht.«

Zasada schwieg; seine Frage, was bleibt?, war anders gemeint gewesen: persönlicher. Aber schon während Victorowicz gesprochen hatte, war Zasada geniert, die Frage gestellt zu haben, denn sogleich hatte er sich sagen müssen: wie komme ich dazu, woher nehme ich die Anmaßung, zu wünschen, daß *von mir* etwas bleibt – während doch seit nun zwei Jahren europäischer Krieg ist und täglich Hunderte, zuweilen Zehntausende hingemäht werden … wie morgen ich. So schien es ihm ehrlicher, abzuwerten, was Victorowicz über den Geist als den stärksten aller Energie-Träger gesagt hatte: »Ist nicht die Sexualität der stärkste Motor in uns? Und die ist doch nun ganz gewiß untrennbar vom Körper und wird also mit ihm sterben!«

Victorowicz fragte zurück: »Wieso die Sexualität – nein! Denn die Menschen, die noch zu jung sind, um von ihr getrieben zu werden, die Kinder – und die Menschen, die so alt sind, daß sie nicht mehr vom Eros bestimmt werden oder doch kaum noch – entwickeln doch auch in höchstem Maße schon oder noch Energie. Und die kommt ihnen vom Geist!«

Victorowicz hatte gespürt, wenn er Zasada zum Zuhören bringen könne, dann werde auch dessen Seele ruhiger. Und er hatte sich gehütet, viel mehr vom Elternhaus Zasadas aus ihm herauszufragen als das, was nötig war, den Eltern zu schreiben. Vor nichts anderem war er fortan so sehr auf der Hut, wie vor einem Hingleiten des Gesprächs zum Elternhaus des Verlorenen … Merkwürdigerweise war es ein Märchen, allerdings ein höchst realistisches und ganz und gar zeitgemäßes, mit dem Victorowicz das neben der Todesangst stärkste Gefühl in Zasada, die Rachsucht – am tiefsten zu befriedigen vermochte und woraus beiden eine Kraft zuwuchs, die fast so elementar war wie ihre Wut über die Niedrigkeit, dem Verurteilten den Abschiedsbrief zu verweigern. Es war das Märchen vom Fischer un sine Fru …

20 Durchführer des Führers: Beispiele

»Erst der Nationalsozialismus schuf die geistigen Voraussetzungen für einen wirksamen Neubau des deutschen Rechts. Das Reichsstrafgesetzbuch ist seiner Abstammung nach ein typisches Kind des 19. Jahrhunderts, und die Ideen jener Zeit haben es entscheidend beeinflußt: Der Gesetzgeber war in erster Linie bemüht, das (nicht nur) liberale Ideal der Rechtssicherheit zu verwirklichen ... Diesem Zustand wird das neue Strafrecht ein Ende bereiten und eine radikale Änderung des bisher Geltenden bewirken.«

Hans Karl Filbinger, 1935

»Die Tat des Verurteilten (unerlaubte Entfernung) wäre normalerweise mit dem Tode oder hoher Zuchthausstrafe geahndet worden. 6 Monate Gefängnis sind als ungewöhnlich milde Strafe zu betrachten.«

Filbinger in britischer Gefangenschaft am 6. 9. 1945

Der achtzigjährige Altbürgermeister und ehemalige Ortsgruppenleiter der NSDAP in Brombach, Herr Josef Zinngruber, der wesentlich jünger wirkt, empfängt mich in seinem zweistöckigen Beton-Neubau, den sein Sohn, der Architekt, für ihn in den sechziger Jahren an der Schopfheimerstraße errichtet hat, mit Eifer. Er sagt sogar, daß er sich durch diese Erzählung jenen Freispruch erhofft, den französische Gerichte in erster und zweiter Instanz ihm verweigert haben: Sie verurteilten ihn wegen Anzeige des Polen und Paulines zu fünf Jahren Gefängnis, von denen ihm eins geschenkt wurde, auf dem Gnadenwege ... Zinngruber leiht mir die Gerichts-Urteile und (aussortierte) Akten für eine Fotokopie. Meine goldene Armbanduhr, die ich ihm da lasse, verbürgt ihm die Rückgabe.

Zinngrubers Frau, gelähmt durch Schlaganfall, ist mißtrauisch, fragt sofort nach der Herkunft meiner Frau, die dunkel aussieht wie eine Bündnerin. So redet meine Frau Baseldütsch, was Frau Zinngruber rasch besänftigt. Doch klagt sie unter Tränen – Schlagflußgelähmte weinen ja leicht –, daß nun wieder diese »Schweinerei« (offenbar im Dorfe das gängige Wort für die Hinrichtung) besprochen werden solle!

Doch über die Hinrichtung sagt Zinngruber – der als einziger nicht ableugnet, auch nicht ableugnen *kann,* dabeigestanden zu haben –, darüber sagt er nur, was offenbart, wie er noch heute denkt: »Es war eine Schweinerei – und ich habe mich geweigert«, er wird noch lebhafter, als er ohnehin schon spricht, und er spricht immer mit erstaunlichem, aus Rechtfertigungstrieb befeuertem Temperament, dieser Achtzigjährige, und wiederholt: »– mich strikte geweigert, meine Uniform dazu anzuziehen; schließlich, nicht wahr, ist die Uniform ein Ehrenkleid, und ich habe gesagt zum Mayer, ich werde die nicht beflecken damit, ich komme in Zivil!« (Würde ich einwenden, daß eine Nazi-Uniform kein Ehrenkleid, sondern ein närrisches Verbrecher-Kostüm war, so brächte ich mich um jede Chance, Erkundigungen einzuziehen.) So sage ich nur lahm: »Mayer war doch als Gestapo-Beamter gar nicht Ihr Vorgesetzter, Herr Zinngruber, Sie konnten doch anziehen, was Sie wollten, da Sie ohnehin der Höchstgestellte am Tatort waren!« Nein, sagt er – nicht er, sondern der Kreisleiter Professor Rudolf Allgeier aus Lörrach, sei der Höchstgestellte gewesen. Allgeier habe übrigens ein Gnadengesuch für den Polen eingereicht, das Himmler persönlich verworfen habe. (Auf seinen Kreisleiter, der ihn vor dem französischen Gericht vergebens herauszuhauen versucht hat, läßt der Ortsgruppenleiter nichts kommen!)

Mit Mayer habe er auch um den Tatort gestritten: Im Dorfe, oben neben dem in Ehren altgewordenen Gasthaus »Zum Waldhorn« stehen drei noch heute wunderschöne Linden, dort habe Mayer den Polen hängen wollen. »Nun stellen Sie sich vor«, ruft Zinngruber, »mitten im Dorfe, unter Bäumen, wo die Schulkinder Lieder singen sollen – da wäre womöglich heute eine Tafel für den Polen und jeder könnte da nachlesen, was für eine Schweinerei hier passiert ist – nein, habe ich zum Mayer gesagt, das verbiete ich, das kommt nicht in Frage, henkt ihn sonstwo auf, aber nicht dort! Und ich habe mich durchgesetzt.«

Das begeistert ihn noch jetzt. Vorsichtig frage ich: »Aber dann mußten Sie eigens einen Galgen bauen lassen, denn im Steinbruch stand ja kein Baum!«

Diese Frage beschattet sein Gesicht; schnell erwidert er: »Ich nicht – damit hatte ich nichts zu tun.« (Dieser Satz: »Damit hatte ich nichts zu tun«, ist der zweifellos am häufigsten gebrauchte von allen, die nach Hitlers Tod auf deutsch gesprochen wurden.) Ich will den alten Mann nicht gegen mich aufbringen. So erspare ich uns, ihn zu fragen, warum er mit so ehrlichen Augen mich belügt. Denn er selber gab als Bürgermeister seinem Gemeindeförster Klages und dem Bauern Matzke, der als Waldarbeiter (nicht identisch mit dem Ortsbauernführer Hermann Matzke) die Gemeindesteuern, die sein Hof nicht erwirtschaften konnte, jährlich abzuverdienen hatte wie alle Kleinbauern, den Auftrag, mit Holz aus dem Gemeinde-Wald den Galgen zu errichten. Das hat Förster Klages mir erzählt und Bauer Matzke bestätigt. Andere Brombacher erinnern sich noch heute mit einer so greulichen Empfindung, wie sonst Geschehnisse aus dem Kriege sie nicht in ihnen auslösen, daß diese zwei Männer durch das schokkierte Dorf, in dem angeschlagen war, morgen werde der Pole gehängt, abends in den Steinbruch gingen, um für den anderen Vormittag dort den Galgen zu zimmern. Wann hört man schon (das geschah in Hörweite mancher Bewohner), daß ein Galgen errichtet wird von zwei sonst gesunden Mitbürgern, die jedermann kennt. Matzke bewirtschaftet heute mit seinem Sohne einen modernen, sehr stattlichen Aussiedler-Hof, Klages verzehrt seine Pension als Förster. (Sein Sohn ist der Nachfolger als Förster.) Meine Frage, ob das für ihn nicht »schwierig« gewesen sei, einen Galgen zu errichten, beantwortete der pensionierte Förster, irritiert durch die Dummheit meiner Frage: »Schwierig? – Kann doch jedes Kind! Hier ein Pfahl, da ein Pfahl – und drüber ein Balken!« Und er zeigte rasch, als mache er das täglich, mit der Linken, mit der Rechten, wie rasch das ging: kein Problem, keine Hemmung – er war Nazi, sagen Brombacher. Und seine Frau: »Womöglich gut gewesen, daß du so lange in russischer Gefangenschaft warst, sonst hätten dich die Franzosen bei Kriegsende wegen dem Polen vielleicht auch noch geholt!« Er stimmt zu. Auch meine Frage – ich spüre: das äußerste dessen, was ich fragen darf, wenn das Gespräch überhaupt weitergehen soll: »Konnten Sie Zinngruber nicht sagen, als Förster brauche ich das nicht zu tun, einen Galgen zu zimmern?«, irritiert Klages wieder; Schulterzucken, dann: »*Einer* mußte's tun!«

In Frankreich, wendet er ein, seien auch große »Schweinereien« passiert: wegen Beischlafs mit Deutschen – so habe er gehört – seien dort nach dem Kriege viele Französinnen ermordet oder mit geschorenem Haar durch die Straßen geschleift und eingesperrt worden. »Ja«, sage ich, »diese Geschichte des Polen interessiert mich nicht etwa deshalb, weil ich dem Irrtum aufsäße, sie hätte nicht auch in Frankreich passieren können; mögt ihr vor eurer Türe kehren, wir kehren vor unsrer.« (In Frankreich wurden wegen wirklicher und angeblicher Kollaboration mit den Deutschen laut François Mitterrand, dem Minister der ehemaligen Frontkämpfer, der das am 16. Juni 1946 bekanntgab, 133 000 Franzosen von Franzosen nach der Befreiung getötet, die weitaus meisten von ihnen massakriert ohne Gerichtsverfahren, wie schon aus der Formulierung dieser Kriegsopfer-Statistik hervorgeht: »Zivile Opfer [verschiedene Ursachen] und Zivile Opfer [Akten noch anzulegen]«. Vergleichszahl: »nur« 92 233 Franzosen kamen 1939–1940 als Frontkämpfer um. Der »Figaro« vom 1. 1. 1946 schätzt die Zahl der damals Verhafteten auf ungefähr eine Million, auf »ein Zehntel der in den besten Jahren stehenden französischen Bevölkerung«. Der Befreiungsrausch war zum Blutrausch geworden. [Zitiert nach Paul Sérant, »Die politischen Säuberungen in Westeuropa«.]

»Säuberungen« ist ein mit äußerster Vorsicht und melancholischer Ironie zu – vermeidendes Wort … schon deshalb, weil es eine der meistbevorzugten Vokabeln Nazi-Deutschlands war. Die schon von einem antiken Historiker beklagte Einsicht, daß »Gegner Eigenschaften austauschen«, hier fand sie einen neuen, wiederum entsetzlichen Beleg. Die Zahl der Getöteten sagt noch nichts über die »Dunkelziffer« der Vermißten und der »nur« Gequälten, die zuweilen doch überlebten. Sérant schreibt: »Manchmal wurden die Opfer vor ihrer Hinrichtung durch die Straßen geführt und der Mob bespuckte und schlug sie. Mit diesen Straßenszenen wollten die Verantwortlichen die Bevölkerung beeindrucken. Frauen, die verdächtig waren, in Beziehungen zu Deutschen gestanden zu haben, wurden öffentlich die Haare geschoren, manchmal auch völlig entkleidet, und mit Hakenkreuzen aus Teer oder Mennige bemalt. Es kam sogar vor, daß angebliche ›Patrioten‹ die Unglücklichen vergewaltigten. Diese Vorfälle waren so empörend, daß der Lyriker Paul Eluard, selbst Kommunist und Anhänger einer gnadenlosen Säuberung, in der Zeitschrift ›Lettres Françaises‹ heftig dagegen protestierte.

Die Verantwortlichen dieser Untaten wußten, daß sie straflos ausgehen würden. Die Staatsgewalt war restlos aufgelöst. Vom Präfekten bis hinab zum einfachen Polizisten lief jeder Staatsbeamte Gefahr, verhaftet zu werden. Macht hatten nur diejenigen, die sich ihrer bemächtigten. Sie konnten ohne Gefahr willkürlich jeden nach eigenem Gutdünken verhaften. Die Behörden mußten, um diese Zeit zu überstehen, Macht vor Recht gehen lassen, denn sie standen selbst unter strengster Kontrolle. Die Angehörigen des Maquis bildeten ihre eigene Polizei, richteten Gefängnisse ein und legten Internierungslager an, gegen die niemand zu protestieren wagte.«

Zwanzig Jahre später, 1964, wurde dieser Befreiungsrausch der Franzosen von Historikern nüchterner analysiert – vielleicht zu nüchtern? Denn ein Forschungsbericht von Marcel Baudot, La Répression de la Collaboration et l'éruption in dem Buch »La Libération de la France«, sagt aus, daß nur 126000 Franzosen bis zum 28. April 1945 als Kollaborateure verhaftet worden seien; freilich gingen die Verhaftungen weiter; und daß diesem Bericht zufolge »wild« nur 9000 Kollaborateure oder angebliche getötet worden seien von Angehörigen der Résistance, sagt noch nichts aus über jene, die durch »ordentliche« Gerichte umgebracht worden sind ...)

Brombachs Ortsgruppenleiter und Bürgermeister Zinngruber, der heute betont, daß er sich geweigert habe, für den Lörracher Gestapo-Oberling Mayer Terroristen anzuwerben, die Pauline – wie Mayer vorgeschlagen habe – mit geschorenem Haar durchs Dorf geführt hätten, und Mayer selber gab dann dieses Vorhaben auf, – Zinngruber war wegen Denunziation des Polen und Paulines von den Franzosen verurteilt worden, obgleich er behauptete – und das noch heute behauptet –, gar nicht in Brombach, sondern auf einem Schulungskurs für Nazi-Kleinbonzen gewesen zu sein, als Ostern 1941 die Tragödie über die beiden hereinbrach. Noch vor Gericht bestand er darauf, der von ihm besuchte Schulungskurs habe einige Tage länger gedauert als das Gericht für erwiesen hielt, so daß *er* die Anzeige in Lörrach gar nicht habe erstatten können; Jahre später erst ereilte ihn das Pech, daß ausgerechnet ein Mann, der durch Beschimpfungen in der Nachkriegszeit in eine Neo-Nazi-Ecke abgedrängt und verfolgt worden war, nämlich Oberst Remer, der am 20. Juli 1944 mit seinem Wachbataillon Großdeutschland die Verschwörer gegen Hitler in der Berliner Bendlerstraße ausgehoben hatte – Zinngrubers Aussage als falsch entlarvte und damit dessen ganze Verteidigung zum Einsturz brachte. Remer, zufällig Nachkriegs-Parteifreund des Sohnes einer jener Frauen, denen der Ortsgruppenleiter die Schuld für seine Verurteilung durch die Franzosen hatte anlasten wollen, brachte den ehemaligen Schulungsleiter, auf dessen falscher Datenangabe Zinngrubers Verteidigung beruht hatte, endlich dazu, die Wahrheit einzugestehen: daß tatsächlich doch zur Tatzeit 1941 der Ortsgruppenleiter bereits wieder in seinen Amtsbereich Brombach zurückgekehrt war, als die Denunziation von Stani und Pauline bei der Lörracher Gestapo erfolgte.

Zinngrubers Haft würde bis zum 30. Juni 1952 gedauert haben, hätten nicht die Franzosen ihm am 13. Juli 51 ein Jahr geschenkt. So konnte er schon am 1. Mai 1952 bei der Staatsanwaltschaft in Lörrach die Personen anzeigen, deren angeblich falschbeschworenen Aussagen – Meineide nach Zinngrubers Behauptung noch heute! – er seine Verurteilung verdankt. Er schrieb: »Die gegen mich durchgeführte Anklage lautete: ›Denunziation eines polnischen Arbeiters und einer deutschen Frau bei der Gestapo‹ ... Ich fühle mich im Sinne der Anklage nicht schuldig und betrachte das gegen mich gefällte Urteil als Unrecht, weil es sich auf Belastungszeugen stützt, die deutsche Staatsangehörige sind und wissentlich und vorsätzlich unter Eid falsche Aussagen gemacht haben.«

Zinngruber nannte fünf Personen und fuhr fort: »Von diesen Zeugen waren die Frauen König und Schnittgens vor dem Gericht Erster Instanz Mitangeklagte, wurden jedoch von diesem Gericht freigesprochen und machten vor der Berufungsverhandlung ihre Aussagen ebenfalls unter Eid ... Da alle Zeugen deutsche Staatsangehörige sind und m. W. nach deutschem Recht und Gesetz ihre Handlungsweise, deren Folgen meine Freiheitsentziehung verbunden mit materiellem Schaden war, einen Verstoß gegen die Menschlichkeit darstellt, bitte ich die deutsche Staatsanwaltschaft, eine Strafverfolgung zu veranlassen.«

Doch das Justizministerium Baden-Württemberg teilte am 9. Februar 1953 mit, auf Anweisung des französischen Regierungskommissars: »Die Zuständigkeit der deutschen Justiz in dieser Angelegenheit ist nicht gegeben ...«

Bewegt und unentwegt erzählt nun Zinngruber, allein die Meineide hätten ihn hinter Riegel gebracht; kein Seufzer anläßlich der – von ihm niemals erwähnten – Tatsache, die das Gericht in beiden Instanzen als erwiesen annahm, daß immerhin er es gewesen ist, der bei der Lörracher Gestapo den Polen und seine Geliebte angezeigt hat.

Auch verschweigt er, schon im Mai 1941 die Brombacher Ortsfrauenschaftsleiterin abgesetzt zu haben, »denn Frau König sei dieses Amtes nicht mehr würdig infolge ihres Verhaltens im Falle des Polen Stanislaus und der Frau Krop, da sie von der Sache gewußt, ihm aber nicht genügende Meldung erstattet habe. Tatsache ist, daß Frau König als Frauenschaftsleiterin abgesetzt wurde und Hauptlehrerin Rösch die Frauenschaft übernahm«, wie es am 6. Januar 1949 der Oberlehrer a. D. Gottlieb Wagner an Eidesstatt aussagte, um vor dem Gericht der französischen Besatzungsmacht Frau König zu entlasten, die Zinngruber – um sich selber herauszuhelfen – mit zwei anderen Frauen als die Hauptschuldige an der Denunziation des Polen bei der Lörracher Gestapo bezeichnet hatte. Das Gericht, das seinen »Verdacht ..., daß der Beschuldigte ganz oder teilweise die Wahrheit *zu verbergen sucht«* auch auf »weitere durch Zeugen bestätigte Denunziationen« stützte, berief sich nicht zuletzt auf einen Pastor Fetzner, »der selbst Opfer einer Denunziation wurde«. (Wie die miteinander verschwägerten und miteinander wohnenden Familien Melchior und König die Polen behandelt haben, wird deutlich durch die Tatsache, daß der mit Zasada bei Melchiors das Zimmer teilende Popilarczek nach Kriegsende die Franzosen um Erlaubnis bat, in Brombach bleiben zu dürfen. Er ging nicht nach Polen zurück, sondern blieb freiwillig als Arbeiter bei Melchiors und Königs, bis er dort dreißig Jahre später an Krebs starb.)

Zinngruber muß zugute gehalten werden, daß die Unvorsichtigkeit Paulines, als sie den Freund sogar im Krankenhaus besuchte, zwar nicht die Katastrophe unvermeidbar gemacht hat, aber doch das Gerede im Dorf; und dieses Gerede, es führte zur Mitwisserschaft vieler; und diese Mitwisserschaft machte Lust und Angst; und veranlaßte eine der Mitangeklagten Zinngrubers, die von ihm einen Monat später abgesetzte Frauenschaftsleiterin König, sich mit dem Gendarmen Regenhardt darüber zu unterhalten, was sie tun könne, Zinngrubers Vorwurf, sie habe das Verhältnis Zasadas mit Pauline nicht angezeigt, zu entkräften. Regenhardt beriet sich mit ihr, schwieg aber über Frau Königs Gespräch mit ihm, bis der Pole schon verhaftet war.

Auch Zinngruber, ohne Frage, hätte damals etwas riskiert, würde er über das Dorfgeschwätz hinweggehört haben, anstatt es in Lörrach zu melden; doch muß man wissen, daß er es fertigbrachte, eine Einwohnerin seines Dorfes, mit der er sich von Kindheit an duzte, aus seiner Amtsstube hinauszuweisen, als sie »Guten Tag« beim Eintreten gesagt hatte – um ihr aufzuerlegen, erneut anzuklopfen und dann mit dem üblichen »Heil Hitler!« einzutreten, damit man noch heute ermessen kann, daß er ein krankhafter Nazi war! So daß es müßig ist, zu erwägen, ob der Pole nicht noch lebte und Pauline um zwei Jahre KZ-Zwangsarbeit in Ravensbrück herumgekommen wäre, hätte Zinngruber ihnen nur gedroht, er müsse sie anzeigen, wenn ihr Verhältnis andauere; es gab Ortsgruppenleiter in Deutschland, die ihnen Denunzierte verwarnt – und die Denunziation in den Papierkorb geworfen haben: Es war eben keineswegs jeder ein Nazi, der Hitlers biergelbes Hemd trug! Sehr viele Parteimitglieder waren wesentlich anständigere, politisch harmlosere Leute als sehr viele, die nicht in der Partei waren, sich aber doch als Nazis in der Wehrmacht oder Wirtschaft, Medizin, Justiz oder in Handwerker-Vereinen und Arbeiter-Verbänden austobten …

Max König, der damals vierzehnjährige Sohn der Frauenschaftsleiterin, der Stani zur Flucht riet, als Paulines Besuch im Krankenhaus Gerüchte und Gerede gemacht hatte, sagt heute: »Bestimmt hätte Zinngruber den Stani retten können.«

Zinngruber, *weil* er ein gefürchteter Dorftyrann war, hätte zweifellos sein Kompetenz-Gehabe hochbauschen und sich spreizen können – da er sich ohnehin bei jeder Gelegenheit uniformiert spreizte – als »zuständig«, was er nicht war, auch noch für Paulines Verstoß gegen die Anordnung, außerdienstlich nicht mit Ausländern zu verkehren … Denn daß Pauline mit Stasiek schlief, konnte keiner der Herumredner beweisen; bewiesen haben das erst Briefe, die deshalb von der Gestapo gefunden wurden, weil Zinngruber Mayer aus Lörrach herbeitelefoniert hat. Dem händigte Paulines Mitarbeiterin im Laden, die von der naiven Pauline auch noch als Freundin angesehen worden war, doch führte sie nur die Bücher, einen Brief oder zwei aus, die Pauline aus Bayern an sie gesandt hatte mit der Bitte, sie Stasiek zu geben, der »natürlich« keine Post von einer Deutschen empfangen durfte … Im Urteil gegen Zinngruber steht als Kommentar seines Verteidigers zu Punkt 31: »Durch diese bestätigte Übergabe von Briefen an die Gestapo hat Frau Schnittgens dieser den klaren Beweis eines tatsächlich bestehenden Verhältnisses gegeben. Selbst wenn Zinngruber der Gestapo am 28. 4. Anzeige erstattet hätte, hätte die für die Verurteilung nötigen Beweise einzig und allein Frau Schnittgens der Gestapo geliefert.« Es war aber – nach Aussage der Hauswirtin der Frau Schnittgens – Zinngruber, der die Gestapo zu ihr schickte, um die Briefe abzuholen; anderseits hat Frau Schnittgens im Dorf erzählt, als postillion d'amour für Pauline fungieren zu sollen, sich also offensichtlich darüber beklagt!

Im Urteil des »Tribunal de Première Instance du Pays de Bade à Fribourg« vom 29. März 1949 steht zu lesen, daß »um den 12. April 1941 Zasada in einer Klinik Aufnahme fand, wo er den Besuch von Frau Krop erhielt. Dieser Besuch rief im Dorf Gerüchte hervor; daß Frau Krop am 15. April für einige Tage verreiste … und Frau Schnittgens beauftragte, Zasada den Brief zu übergeben, den sie auf dem Eßzimmerbüffet zurückgelassen habe und Zasada auch die Briefe zukommen zu lassen, die sie ihm während ihrer Abwesenheit zu senden gedachte … daß Frau Schnittgens zugibt, einen oder zwei Briefe an Zasada weitergeleitet zu haben sowie einen Brief, den sie noch bei sich hatte, dem Gestapobeamten ausgehändigt zu haben; daß Frau Krop daufhin von Mayer verhört wurde, der ihr 3 von ihr geschriebene Briefe vorhielt.« Das Gericht kam dann endlich zu der »Erwägung, daß in bezug auf Frau Schnittgens feststeht, daß diese Briefe, die sie von Frau Krop zur Weitergabe an Zasada erhielt, Frau W. anvertraute; daß sie der Gestapo einen oder mehrere Briefe übergab, die dann von dem Gestapobeamten Frau Krop wieder vorgelegt wurden; daß diese Aussagen über bestimmte Punkte Abweichungen aufweisen, die zu Zweifel über die Aufrichtigkeit Anlaß geben; daß jedoch die einzige von ihr zugegebene Tatsache, daß sie bei ihrem Verhör durch den Gestapobeamten diesem mindestens einen Brief übergeben habe, ungenügend ist, um ihrer Handlung den Charakter der Spontaneität zu geben, der die gerichtliche Begründung des Vergehens oder Verbrechens der Denunziation bildet. Folgedessen besteht Veranlassung, sie freizusprechen.«

Frau Schnittgens, heute eine ganz abnorm guterhaltene, sehr selbstbewußte Frau Mitte Sechzig, sagte gradzu erstaunt auf meine Bemerkung, ich komme aus Brombach zu ihr, ich besuchte sie im Lörracher Krankenhaus: »Aus Brombach? – da brauchen Sie doch gar nicht zu fragen, da wohnen doch nur Nazis!«

Daß sie die ihr anvertrauten Briefe – sie glaubte 1977, es seien zwei gewesen, und das hatte sie 1949 auch vor dem französischen Gericht noch angenommen – Mayer ausgeliefert hat, erklärte sie mit verständlicher Angst, betonte aber zweimal, was merkwürdigerweise wörtlich ebenso auch Pauline zu mir gesagt hat: »Mayer, der war in Ordnung!« (Pauline ging soweit, zu sagen, es habe sie beruhigt, so oft Mayer sie im Gefängnis angesprochen habe, weil auch er offenbar bis zuletzt für unmöglich hielt, daß Stani umgebracht werde.) Frau Schnittgens sagte kein Wort davon, ebensowenig wie Pauline, daß sie diese Briefe in einen Postkasten hätte werfen sollen. Das wäre auch albern gewesen, da ja per Post die Briefe auch aus Bayern hätten nach Brombach gelangen können – doch wußte natürlich jedermann damals, daß ein Pole nicht Post aus Deutschland empfangen dürfe. Auch gab es keinen Grund für Frau Schnittgens, sie dem Polen nicht direkt auszuhändigen, da ja der ebenfalls in dem Gemüseladen aushalf und sehr oft mit ihr sprach und um sie war …

Es ist zweifellos richtig, daß Frau Schnittgens die Gefahr, in die Pauline den Freund und sich gebracht hat, früher als die offenbar »Liebeblinde« erkannt – und Pauline gedrängt hat, in

Bayern ihren eingezogenen Mann zu besuchen, der dort Kriegsgefangene zu bewachen hatte.

Frau Schnittgens ließ mir, als der erste Vorabdruck aus dieser Erzählung erschien, der dann dazu führte, daß der damals noch amtierende Ministerpräsident Filbinger mich verklagte, durch ihren Anwalt eine Korrektur zukommen, die lückenlos gedruckt werden soll: Fast vier Jahrzehnte überfordern jedes Gedächtnis; vier Tage tun das schon. Ihr Anwalt schrieb am 12. Juli 1978: »Sie verpflichten sich, entweder die Beteiligung meiner Mandantin an der genannten Affäre zu verschweigen, oder aber nur im Sinne der obigen Berichtigung und damit den Tatsachen entsprechend wiederzugeben …

1. Frau Schnittgens war nicht die Freundin der Frau Krop. Meine Mandantin hatte zu Frau Krop rein geschäftliche Beziehungen, indem sie für deren Einzelhandelsgeschäft (Gemischtwaren) die Buchhaltung machte; Frau Schnittgens ist von Beruf Buchhalterin. Persönliche Beziehungen gab es nicht …
   Frau Schnittgens erfuhr von dem unglücklichen Verhältnis der Frau Krop, weil das ganze Dorf darüber redete. Sie erkannte sofort die Gefahr, in der sich der Pole und seine Geliebte befanden. Meine Mandantin drängte deshalb darauf, Frau Krop solle ihren Mann in Bayern besuchen; sie hoffte, auf diese Weise Schaden abwenden zu können. Als Frau Krop tatsächlich fuhr, wickelte Frau Schnittgens das Geschäft ab.
2. Frau Schnittgens kam in den Besitz eines einzigen Briefes, den Frau Krop an ihren Liebhaber geschrieben hat. Der Brief kam mit geschäftlicher Post verschlossen und frankiert bei Frau Schnittgens an; im Begleitschreiben bat Frau Krop, den Brief in den nächsten Briefkasten zu werfen. Meine Mandantin tat das aber nicht; sie hielt die Weitergabe für gefährlich. Sie bewahrte den Brief daher auf, um ihn der Absenderin nach deren Rückkehr zurückzugeben.
3. Es ist richtig, daß Frau Schnittgens den Brief einem Gestapo-Beamten aushändigte. Das geschah aber nicht freiwillig: Unglücklicherweise erzählte Frau Schnittgens im engen Bekanntenkreis von dem Brief. Auf heute nicht mehr nachvollziehbarem Wege muß diese Kenntnis dann an die Gestapo

weitergegeben worden sein. Diese war aber ohnedies schon auf den Fall aufmerksam geworden, Brombach und Lörrach brodelten und alles redete. Die Behörden brauchten offenbar nur noch einen schlüssigen Beweis. Man lud daher Frau Schnittgens zur Vernehmung vor. Als diese nicht erschien, begab sich Herr Mayer direkt zu meiner Mandantin und nötigte sie zur Herausgabe des Briefes, den diese auf einem Schrank versteckt hatte. Freiwillig hätte Frau Schnittgens den Brief nicht herausgegeben …

Frau Schnittgens hatte bereits in der Vergangenheit erheblich unter der unglückseligen Kriegsgeschichte zu leiden. Die französische Besatzungsmacht untersuchte die Verstrickung meiner Mandantin in den Fall des Polen nach Kriegsende; Frau Schnittgens wurde als Denunziantin angeklagt. In der 3. Hauptverhandlung am 29. 3. 49 sprach das Militärgericht in Freiburg endlich meine Mandantin von dem erhobenen Vorwurf frei.«

Interessant ist, wie ausnahmslos alle Darstellungen, auch wenn die sich wie hier durch Frau Schnittgens' Anwalt zweifellos um Objektivität bemühen, sogar dann – ja: gerade dann – unvermeidlicherweise zu Akzentverschiebungen, zu Gewichtsverlagerungen führen. Zum Beispiel der Satz: »Man lud daher Frau Schnittgens zur Vernehmung vor. Als diese nicht erschien …«

Da muß nun jeder Leser denken, »Widerstand gegen die Staatsgewalt« habe diese Zeugin sogar gegenüber dem Lörracher Gestapo-Chef sich erdreistet. In Wahrheit wußte das Dorf, Frau Schnittgens sei hochschwanger. So kam vom Rathaus ein Anruf, ob sie herüberkommen könne – oder ob Mayer zu ihr kommen solle. Nur dank dieses Anrufs konnte ja die Hauswirtin der Frau Schnittgens – Frau Schnittgens hatte kein Telefon – sich später daran erinnern und aussagen, Zinngruber sei es gewesen, der Mayers Kommen, um die Briefe Paulines abzuholen, telefonisch bei ihr angekündigt habe. Warum Frau Schnittgens die Briefe (oder *den* Brief, wenn es einer war) nicht verbrannte, um Mayer dann zu sagen: sie habe das längst getan, weil sie wisse – was jeder Deutsche wußte –, daß kein »Volksgenosse« mit Polen korrespondieren dürfe: das mag sie sich heute selber fragen …

Auch dies muß überliefert werden: Ein ehemaliger Feldwebel der Wehrmacht, Alfred Betting, der den Eintritt in die Armee bei

Kriegsbeginn als seine Rettung vor den Nazis ansah, denn Betting war seit 1933 als Zimmermann oft arbeitslos, da er als ehemaliger Vorsitzender der Brombacher Kommunistischen Partei Berufsverbot hatte, auch verhaftet, auch geschlagen worden war – Betting sagt dem Ortsgruppenleiter etwas nach, das einer Auszeichnung gleichkommt: Zinngruber habe verhindert, daß Bettings Tochter das Gymnasium verlassen mußte, als ihr Vater »dank« des fast dauernden Berufsverbots das Schulgeld nicht mehr aufbringen konnte! Zinngruber habe das Schulgeld durch die Gemeindekasse bezahlt und gesagt, das Kind dürfe nicht dafür büßen, daß sein Vater Kommunist sei ... Von Mayer dagegen, der »nit gesprochen hat wie mir«, also kein Lörracher war, ist Betting ins Gesicht geschlagen worden, als er – von zwei berittenen Gendarmen abgeführt, zwischen deren Pferden er, gefesselt mit seinen Unterarmen an die Unterarme seiner berittenen Abführer – nach Lörrach mitlaufen mußte, ins Gefängnis. Betting sagt über die auch für Brombach »zuständig« gewesenen Lörracher Gestapobullen: »Man hat sie nit kennt, die Vögel!« Es waren aus der Fremde dorthin Versetzte.

Sitzt man heute an Zinngrubers Tisch, und der Greis sieht ebenso sympathisch aus, wie er auf Fotos in Nazi-Uniform ungut, ja radikal gefährlich aussah, läßt sich aus seinem Gesicht buchstäblich gar nichts ablesen über sein Verhalten vor vierzig Jahren! Erklärt Zinngrubers Herkunft seine Härte?

Seine Treue gegenüber seinem Brotherrn erklärt sie allemal, denn ohne Hitler hatte er es sechsunddreißig Jahre lang zu gar nichts gebracht. Wie es im Urteil der Franzosen heißt: »In Basel als Sohn eines unbekannten Vaters und der Zinngruber, Crescentia am 7. 1. 1897 geboren«, war dieser arme Sohn eines Dienstmädchens nichts geworden als »Magaziner« – doch Hitlers Machtergreifung machte ihn zum Ortsgruppenleiter und Bürgermeister, alsbald mit Pensionsberechtigung.

Bisher in durchaus dienendem »Stande« und ohne Hoffnung, das abändern zu können, wurde er nunmehr *die* Respektsperson der Ortschaft in seiner Doppelfunktion. Wer dem hätte widerstehen können, der werfe den ersten Stein! Karriere-Sucht ist zweifellos ja auch heute das beherrschende Motiv bei der Wahl der Partei, der sich einer verschreibt – und schuld daran ist nicht das Individuum, sondern eine Republik, die es dazu kommen ließ, daß ihre begehrenswertesten Pfründe überhaupt nicht mehr zu erlangen sind, ohne daß der Bewerber sich die Tarnkappe einer politischen Gesinnung überstreift ... selbst wenn er nach getaner Arbeit nichts weiter wünschte als Blumen zu gießen! Diese Zwangspolitisierung auch jener Staatsbürger, die das nicht eigentlich wollen, ist staatlich verordnete Heuchelei, für die allein haftbar der Staat ist, aber nicht der Heuchler. Wenn in einem Krankenhaus dem Leichenwäscher, dem Chefarzt, dem Buchhalter die Erwerbung des »richtigen« Parteibuches zur Voraussetzung seiner Berufsausübung gemacht wird, darf eine Partei, ja der Staat Loyalität von den in eine politische Gesinnung Zwangsrekrutierten nicht verlangen. Trifft das sogar schon zu auf weitgehend liberalisierte, demokratisierte Zeitläufte: wie viel problematischer wird dann für »Nachgeborene« die Beurteilung der Motive und Zwänge, die Menschen in einer Diktatur von Hitlerscher Perfektion zu Mit- oder auch Voran-Läufern gemacht haben! Wer nicht selber im feuchtkalten Schatten solcher Zuchthaus-Mauern, »betreut« von Spitzeln und Abhörern, lebt und arbeitet, der kann eine Geschichte aus der Diktatur wie diese nur erzählen, indem er allen noch Lebenden, die in ihren Ablauf verstrickt waren, ebenso die Nennung ihrer Familiennamen erspart wie deren Angehörigen. Die Namen schon Umgekommener wie die des Polen Stasiek Zasada sind unverändert, dagegen käme es einer Sippenhaft gleich, etwa den Namen des Ortsgruppenleiters unverändert weiterzugeben oder gar den jener Frau, die Pauline ins Vertrauen zog, weil sie so naiv war, sie für ihre Freundin zu halten ... Alle diese Familiennamen zu ändern, das ist die einzige Form der »Amnestie«, die Spätergeborene, denen selber bisher die politisch-moralischen Zerreißproben der Eltern- und Großeltern-Generation erspart geblieben sind, für die zeitgenössisch Verunglückten von gestern erlassen können ...

Diese Amnestie – altgriechisch: das Vergessen – ist unangebracht dort, wo es sich um Figuren der Zeitgeschichte handelt, etwa um Hans Karl Filbinger, der noch als Ministerpräsident des Ländchens Baden-Württemberg 1978 für »rechtens« hielt, was er als Marinerichter Hitlers mit deutschen Soldaten angestellt hat – sogar noch in britischer Kriegsgefangenschaft; so wenn er dort wiederholt schriftlich gab, sogar im September 1945 noch, also über fünf Monate nach Hitlers Selbstmord: daß ein Matrose zwei Tage nach Hitlers Tode zu seiner norwegischen Frau heimgegangen sei, »wäre normalerweise mit dem Tode oder mit hoher Zuchthausstrafe geahndet worden. 6 Monate Gefängnis sind als ungewöhnlich milde Strafe zu betrachten.« Filbinger (der hier verschweigt, daß der Unteroffizier dafür auch noch degradiert worden war) gehört zu jenen kontinuierlich dasselbe denkenden Menschen, die ihre geistige und sittliche Unfähigkeit, Folgerungen aus historischen Ereignissen zu ziehen, vermutlich mit Konservatismus verwechseln. Bismarck sagte: »Der muß ein Esel sein, der mit sechzig noch die gleiche Meinung hat wie mit dreißig.« Filbinger, der schon als Student rechts mit Recht gleichsetzte und deshalb das liberale Strafgesetzbuch der Bismarck-Ära vom Jahre 1871 einer »radikalen Änderung« unterzogen haben wollte, weil »erst der Nationalsozialismus die geistigen Voraussetzungen für einen wirksamen Neubau des deutschen Rechts schuf«, forderte schon 1935, nicht mehr nur Taten seien zu bestrafen, sondern bereits »Gesinnungsverfall«! Im Kriege hieß das dann »Wehrkraftzersetzung« oder »Defaitismus« und kostete vielen Tausenden deutscher Soldaten das Leben; das genügte Filbinger nicht: Noch als der Krieg endlich zu Ende war – allerdings nicht zu Ende für jene deutschen Soldaten, die in britischer Gefangenschaft einem Filbinger ausgeliefert waren –, verurteilte Filbinger wegen »Gesinnungsverfall« einen Unteroffiziersanwärter, der sich das Hakenkreuz von der Uniform entfernt und geweigert hatte, weiterhin herumkommandiert zu werden, zu sechs Monaten Gefängnis! Und verschwieg in seiner Urteils-»Begründung«, daß jener Kompanie-Chef, gegen den der Unteroffiziersanwärter und ehemalige Hitlerjugend-Führer, der während seiner mehrjährigen Soldatenzeit nicht ein einziges Mal disziplinarisch bestraft worden war, »Nazihunde« geschrien hatte, – diesem Soldaten die Pistole mit der Drohung, ihn wie einen Hund zu schießen, an die Schläfe gehalten hatte! Filbinger nahm mit seinem Urteil Partei für diesen »Nazihund«, der verdiente Soldaten noch in Gefangenschaft mit ihrer Ermordung bedrohte!

Dazu paßt, daß Filbinger wiederum drei Jahrzehnte später in seinem Ländlein Baden-Württemberg »Untersagung der Berufsausübung«, die er selber als radikaler Student öffentlich ins NS-Strafgesetzbuch aufzunehmen gefordert hatte, gegen radikal linke Studenten verhängen ließ – bis auch dieser Terror ihm nicht mehr ausreichte: endlich wurden auch in »seinem« Lande junge Menschen nicht nur mehr an der Berufs*ausübung* gehindert, wenn ihre Gesinnung Filbinger und seinen Unterlingen grundgesetzwidrig schien, sondern bereits an der Berufs*ausbildung* ...

Sind Menschen Nazi nicht viel mehr von Natur als von Partei und von Gesetz? Ob der Nazi nicht das Minderwertige ist, das in jedem einzelnen von uns steckt, zu allen Zeiten, in allen Zonen, nur dank der persönlichen und auch der gesellschaftlichen Maßstäbe individuell und graduell unterschiedlich stark freigesetzt oder untengehalten: das in allen Epochen wiederkehrende, zuweilen herrschende, zuweilen beherrschte Tier aus der Tiefe? Wie viele waren radikale Nazis längst, bevor Hitler zur Welt kam; wie viele sind es geblieben und geworden, seit Hitlers Tod! Sie finden sich auch heute wieder – international – in Familien, Büros, Schulzimmern, an Arbeitsplätzen, an Richter- und Operationstischen, in Zellen und außerhalb ... Diese Menschen mußten keineswegs, obgleich sie das zuweilen getan haben, in Hitlers Partei eintreten, um sich mit allen üblen Instinkten als Nazis auszutoben. So waren zum Beispiel die meisten jener deutschen Militärrichter, die mindestens sechzehntausend deutsche Soldaten für Hitler umbrachten, *keine* Mitglieder der Nazi-Partei! Die meisten Parteimitglieder waren harmlose Mitläufer – gemessen an den rabiaten Nazis in Armee und Wirtschaft und KZ-Wachmannschaften, die nie PG's waren. Nur *einer* der etwa zwanzig Heeres-Marschälle, die auf Hitlers Wunsch Europa massakriert und vermutlich für immer zum hilflosen Fußball der Supermächte erniedrigt haben, obgleich diese Marschälle die einzige Gruppe in Deutschland bildeten, die Hitler hätte beseitigen können, nur *einer* von denen, Reichenau, war Parteimitglied, während alle anderen sich als Anti-Nazis aufspielten schon zu der Zeit, als sie für die Nazis die ihnen anvertrauten Männer und Jünglinge verheizten!

So verstanden ist die Bemerkung des CDU-Politikers Blüm

in der Diskussion um die Militärrichter-Karriere Filbingers in Hitlers Kriegsmarine: »Das KZ stand schließlich nur so lange wie die Front hielt«, absolut sachlich – obgleich sie einen derartigen Wutschrei in der Öffentlichkeit auslöste, daß bereits dieser Aufschrei belegt, wie genau sie die Wahrheit traf. Unsachlich und beleidigend allerdings war Blüms – so nicht gemeinte – Aussage: »Ob einer im KZ Hitler gedient hat oder an der Front, macht in meinen Augen nur einen graduellen Unterschied« – nein, das macht den *unvergleichlich* qualitativen! Denn der Mörder im KZ war *zuerst* deshalb dort, um sein eigenes Leben vor der Front zu schützen und sich im Sinne Hitlers da zu bewähren, wo er nur Wehrlose zu ermorden brauchte. Insofern ist es auch abwegig, Bomberpiloten, die Wehrlose bombten, moralisch mit KZ-Schergen auf eine Stufe zu stellen, denn auch die Bomberpiloten setzten ihr Leben ein, und zwar in jener Waffengattung der Alliierten, die mehr tote Soldaten zu beklagen hatte, als die meisten anderen ... Dagegen müssen jene deutschen Militärrichter, die geholfen haben, für Hitler sechzehntausend deutsche Soldaten umzubringen, nicht mitgezählt die vermutlich ebenso vielen Soldaten, die durch Einweisung in Strafkompanien zum Tod auf Zeit verurteilt worden waren, sich durchaus gefallen lassen, der Tötung Wehrloser angeklagt zu werden, sind doch tatsächlich die Soldaten in weitaus den meisten Fällen durch Kriegsumstände vor Militärrichter geraten, nicht aber durch eigene, persönliche Schuld; auch waren diese Soldaten dann in einem solchen Unmaß wehrlos vor ihren Militärrichtern, daß in vielen Fällen ihre Tötung Mord gewesen ist – verübt ausnahmslos von Deutschen, die persönlich ohne Risiko töteten, ja mehr: nur so lange sie als Richter tätig waren – selber sicher waren davor, an der Front das Schicksal jener Deutschen teilen zu müssen, die sie dann aburteilten.

Das Geschrei um Blüm, das die Lebenslüge einer ganzen Generation – artikulierte kann man nicht sagen, eben weil es Geschrei war, aber laut machte: brachte jedoch auch den offenen Brief eines Oberleutnants der Bundeswehr ans Licht, der sich durch die hierzulande fast einmalige Zivilcourage auszeichnete, das noch immer meisttabuierte Problem des Hitlerkrieges angegangen zu haben: »Hier (durch Blüm) wird deutlich, daß alle, die im Kriege 1939–45 dem NS-Staat dienten, sich für einen Unrechtsstaat eingesetzt haben. Diese Einsicht ... muß am Anfang des neuen besseren Weges stehen.«

Erstaunlich für Nichtdeutsche ist allein, daß noch 33 Jahre nach Hitlers Tod »Einsicht« genannt wird, was nur eine barbarische Banalität ist: daß dem »Verbrecherstaat« (Jaspers) niemand dienen konnte, ohne mitschuldig zu werden; daß niemand ihn verteidigen konnte, ohne seine Dauer – und damit den Bestand der KZ wie das »Arbeiten« der Guillotinen und Erschießungspelotons – zu verlängern. Wie recht Blüm hatte, das wird ihm bescheinigt durch einen Satz im Protokoll jener Wannsee-Konferenz vom 20. Januar 42, die unter dem Vorsitz von Heydrich dem Spediteur zu den Gaskammern, Adolf Eichmann, die Richtlinien gab, die Juden der »Endlösung« zuzuführen: »Im Zuge der praktischen Durchführung der Endlösung wird Europa von Westen nach Osten durchgekämmt ... Der Beginn der einzelnen größeren Evakuierungsaktionen wird weitgehend von der militärischen Entwicklung abhängig sein.«

Selbstverständlich: solange die Wehrmacht Narvik und Kreta nicht erobert hatte, konnte man dort für die Gaskammer niemanden einfangen. Als die Wehrmacht Sofia und Marseille nicht mehr »verteidigen« konnte (verteidigen für Hitler – für niemanden sonst!) – konnte man auch keinen mehr von dort nach Auschwitz bringen, dessen Krematorien erst (und *allein* deshalb) gesprengt wurden, weil die Rote Armee auf Hörnähe herangerückt war! Wer das leugnet, kann sich nur dann dem Vorwurf entziehen, ein vorsätzlicher Lügner zu sein, wenn er im klinischen Sinne ein Idiot ist.

Hitlers ausgedienter Rüstungsminister Speer schrieb in sein Tagebuch, während er die zwanzigjährige Haftstrafe bei den Alliierten absaß: »Alles kann ich mir vielleicht verzeihen: Sein Architekt gewesen zu sein, das läßt sich vertreten; daß ich als sein Rüstungsminister tätig war, dafür könnte ich mich rechtfertigen. Es ist auch eine Position denkbar, von der aus sich die Beschäftigung von Millionen Kriegsgefangenen oder Zwangsarbeitern in der Industrie verteidigen läßt ... Aber schlechterdings ohne Schutz stehe ich da, wenn ein Name wie der von Eichmann fällt. Niemals werde ich darüber hinwegkommen, an führender Stelle einem Regime gedient zu haben, dessen eigentliche Energie auf die Menschenausrottung gerichtet war.«

Es gab keine Fronten zwischen Parteimitgliedern und anderen Deutschen, sondern zwischen Nazis und anständigen Menschen: Sogar einige jener »Sonderrichter« an den eigens zur Aburteilung politischer Delikte geschaffenen, mit Recht äußerst gefürchteten »Sondergerichten« waren so menschlich und so wenig nazihaft, daß Verteidiger der Angeklagten sie bitten konnten, dem »Schuldigen« eine so hohe Zuchthaus-Strafe aufzuerlegen, daß er gesichert blieb vor seiner Einweisung in ein Konzentrationslager! An diese Banalitäten – denn sogar das Böseste wird banal, wo es gesetzlich wird – muß erinnern, wer diese Geschichte auch jenen erzählen will, die heute erst zwanzig sind. Die wissen das alles nicht mehr, wie ja auch der Erzähler selber, ja die Zeugen, die damals Mitbetroffenen sogar vieles nicht mehr wissen. Womit wir wieder angekommen sind bei der Urproblematik allen Erzählens!

Um die Menschen selber zu verstehen, die damals handelten: daß einer Parteimitglied Hitlers wurde, um studieren oder an der Autobahn schaufeln oder praktizieren oder als Vertreter reisen oder ein Pferd reiten zu dürfen – hat ihn so wenig schon zum Nazi gemacht, wie später seine Einberufung in die Armee ihn zum Kriegsverbrecher machte. Niemand kann vom schlichten Bürger einer Epoche verlangen, daß er die Qualitäten zum Märtyrer besitzt. Wenn der Mann, der England 1918 zum Siege führte, Lloyd George, auf den Obersalzberg reiste, um Hitler zu besuchen und öffentlich zu preisen – darf niemand es Bäcker Schulze verübeln, daß er Hitler glaubensdumm zujubelte: wie hätte er auch nur ahnen können, daß Glaube in der Politik immer Dummheit ist?

Die Redensart, daß man die Großen laufenlasse – die Kleinen aber hänge, sie traf nicht zu, denn auch Zinngruber bekam alsbald seine volle Pension. Immerhin traf seine Gefängnisstrafe ihn hart. Filbingers »Arbeit« als Hitlers Marine-Richter wurde so wenig wie die jedes anderen Militärrichters, die in corpore doch schließlich auf eine »Strecke« von sechzehntausend deutschen Soldatenleichen zurückblicken dürfen – jemals auch nur untersucht, bevor man Filbinger zum Ministerpräsidenten jener Provinz machte, in der Brombach liegt.

Wurde dagegen einer nach dem Kriege von den Alliierten gesucht, die sich für Verbrechen an Deutschen so gut wie gar nicht interessiert haben, sondern nur für Verbrechen an ihren Landsleuten, womit sie freilich schon Arbeit genug hatten, so konnte es ihm ergehen, wie es Josef Zinngruber erging, zuweilen sogar schlimmer ... Läßt sich nicht eine Kontinuität der Rechtsauffassung und Denkweise auch aus vier Jahrzehnten der Biographie Filbingers ablesen? 1935 zuerst forderte er Bestrafung sogar von »Gesinnungsverfall«, 1978 zuletzt war er als einer der Radikalenerlasser einer der emsigsten Gesinnungsschnüffler jenes jämmerlichen Rests der Nation, der von ihr übriggeblieben war nach Hitlers Krieg; auch die in der BRD landesübliche Vortäuschung und Selbsttäuschung, jeder habe nur seine Pflicht getan, so heftig er auch half, das Vaterland zu vernichten: Sie bescherten nicht nur allen Zinngrubers Pension, die ihren Opfern meist vorenthalten wurde, sondern – grotesk! – sie bescherte sie ihnen *früher*, als sie die bekommen hätten, wären sie nicht so radikale Nazis gewesen, daß die Alliierten sie aus dem Amte jagten! Zinngruber bekam nicht, wie jedermann es ihm gönnte, vom 65. Lebensjahr an eine Rente oder Pension. Sondern er bekam sie schon viele Jahre früher als andere, die arbeiten müssen, bis sie 65 oder krank sind.

Aber das versteht sich in einem Staat, der sich selber einen »freiheitlich-demokratischen Rechtsstaat« nennt, der jedoch nicht zufällig, *sondern gesetzlich* den Opfern der Nazis niemals auch nur annähernd so viel Pension bezahlt, wie jenen, die Opfer aus ihnen gemacht haben; in sehr vielen Fällen zahlt die BRD überhaupt keine Renten an Opfer der Nazis – »selbstverständlich« hat denn auch Pauline, obgleich sie ihre Existenz als Ladenpächterin ebenso durch die KZ-Zeit verlor wie ihre Freiheit, nie eine Mark dafür erhalten. Als jenes Kapitel dieser Erzählung erschien, für das Filbinger dann den Autor verklagte, schrieb ein Anwalt aus Baden-Baden erbittert belustigt über die Naivität des Autors: »Ich könnte Ihnen den Namen einer deutschen Frau angeben, die ein Verhältnis mit einem polnischen Akademiker mit zweieinhalb Jahren Auschwitz büßen mußte. Ich habe sie bis zum BGH vertreten, aber Sie können in jedem Kommentar zum Wiedergutmachungsrecht nachlesen, daß in Fällen dieser Art der ›arischen‹ Frau auch nicht die geringste Wiedergutmachung zusteht … Noch ein Wort zu den sogenannten KZ-Prozessen: Es war der größte Fehler … zu glauben, es sei möglich trotz aller in der deutschen Strafprozeßordnung vorhandenen Fallgruben und Fußangeln vor deutschen Juristen der Wahrheit zum Siege zu verhelfen … Würden Sie glauben, daß Tausenden von KZ-Überlebenden von deutschen Gerichten messerscharf nachgewiesen wird, daß ihre körperlichen und seelischen Schäden *nicht* auf den KZ-Aufenthalt zurückzuführen sind?«

Exakt »paßt« dazu, daß einer der Justizminister Hitlers in den schlimmsten Terrorjahren, also im Krieg, Herr Dr. Franz Schlegelberger, zwar 1947 von den Alliierten zu lebenslänglicher Haft verurteilt wurde, doch ab 1951 frei war und im Genuß von monatlich DM 2894,08 Pension: ein Betrag, der damals Spitzengehältern entsprach! Freigekommen war Schlegelberger 1951, weil er angeblich wegen Kranksein haftunfähig war – doch starb er mit 94 Jahren erst fast zwanzig Jahre später! Schlegelberger unterhielt sich am 22. Juni 1941 mit Himmler, worüber er notierte: »… erklärte der Reichsführer es für untragbar, daß einem Polen die bürgerlichen Ehrenrechte aberkannt würden. Er sehe sehr wohl ein, daß die Gerichte zu einem Ausspruch dieser Art nach dem geltenden Recht unter Umständen genötigt seien. Er müsse indessen einen solchen Ausspruch deshalb beanstanden, weil in ihm die Anerkennung liege, daß die Polen im Grundsatze bürgerliche Ehrenrechte besäßen. Ich habe ihm erwidert, ich hielte die Bedenken für begründet; es handele sich hier im wesentlichen um eine Frage der Fassung. Es werde nicht schwerfallen, insoweit Abhilfe zu schaffen. Die Aussprache endete mit der Erklärung des Reichsführers, er habe nur den Wunsch, mit der Justiz in Frieden zur Erreichung des gemeinsamen Zieles zusammenzuarbeiten. Ich erwiderte darauf, daß auch die Justiz ihrerseits durchaus diesen Wunsch habe und ich habe in diesem Zusammenhang die Bitte an den Reichsführer gerichtet, mich zu unterrichten, falls er etwa Urteile der Gerichte von seinem Standpunkt aus nicht für befriedigend erachte.«

21 Vom Fischer un sine Fru

Der geistige Mensch ist beinahe
ebensosehr auf Wahrheiten aus, die
ihm wehe tun, wie die Esel nach Wahrheiten
lechzen, die ihnen schmeicheln.
Thomas Mann

Victorowicz sah dem Verurteilten an, daß nichts anderes ihn derart schwächte und dem Weinen zutrieb wie Gespräche über sein Zuhause – also waren die strikt zu ersetzen durch Inhalte, die ebenso Zasadas Gefühl beschäftigten, aber auf Überpersönliches hinlenkten. Das konnte nur die Heimat sein und deren Befreiung von den deutschen Okkupanten, doch schon das bloße Wort: ›Heimat‹ vermied Victorowicz, als zu gefühlsbeladen. »Vaterland« zu sagen, das hätte ihn geniert, als zu pathetisch. Polen war das angemessene Wort.

Denn dem gradzu vulkanischen Haß-Ausbruch Zasadas, als er Victorowicz erzählte, die Deutschen hätten ihm die Bitte um einen Abschiedsbrief abgeschlagen, mußte eine Richtung gegeben werden, die sinnvoll war oder wenigstens schien ... Victorowicz sah an Zasada, daß Haß dumpf macht, Hoffnung auf seine Befriedigung aber belebt! Und da auch er wochenlang zur Stummheit verurteilt gewesen war, so erzählte er jetzt drängend und eindringend dem Verlorenen, daß ihrer beider Rache-Durst so sicher gestillt werde, wie das Märchen vom Fischer un sine Fru wahr sei ...

»Denn weißt du, Stani«, sagte Victorowicz, »ein solches Märchen pflanzt sich nur deshalb durch alle Zeiten und Breiten fort, weil es immer wieder in der politischen Gegenwart irgendwo eine Entsprechung findet, durch Ereignisse, die in ihm schon vor- und abgebildet sind wie die Wasserzeichen in großen Geldscheinen ... Und zeitlos ist auch diese Eigentümlichkeit: daß jene, die selber in der Gegenwart als Fischer un sine Fru so handeln wie in Urzeiten dieses Paar, von allen Menschen die unfähigsten sind, sich und was sie anrichten, in dem Märchen wiederzuerkennen. Kannst du zuhören?«

Der Verurteilte lächelte und sagte resigniert: »Was sonst sollte ich noch können?« Da lächelte auch Victorowicz, aber anders. Rasch fuhr er fort: »Du wirst gerächt, apokalyptisch wirst du und wird Polen gerächt werden: so sicher wie das Märchen vom Fischer un sine Fru die Geschichte der Deutschen in unserem Jahrhundert abbildet! Glaube mir – genau dies ist mein Thema, ich phantasiere nicht, und ich kenne die Deutschen ganz gut auch persönlich, ich lebte vom Frühjahr 1936 bis wenige Wochen vor Kriegsausbruch in Berlin. Um eine Professur in Krakau zu kriegen, arbeitete ich an meinem Buch über die 365 Tage vom 11. 11. 1917 bis zum 11. 11. 1918 ...«

Zasada unterbrach ihn: »Weil der 11. November 18 der Gründungstag Polens ist?«

Victorowicz lächelte: »Ja, das ist er *auch.*« Melancholisch ergänzte er: »Schulfrei! Und ist ja übrigens auch alle Jahre der erste Faschingstag in vielen Ländern, der 11. 11. Aber bei den Deutschen war es der letzte Tag des Kaiserreichs, das am 11. 11. 1918 kapitulieren mußte. Und weil dieses Jahr bis hin zum ersten Tag einer Republik Polen jahrelang mein Thema war, so ergaben sich auch mit vielen Deutschen, die ich darüber interviewen mußte, von pensionierten kaiserlichen Generalen bis zu Matrosen, die damals gemeutert hatten, und bis zu Nazis und zu ehemaligen Republikanern, die Hitler aus ihren Ämtern gejagt hatte, immer wieder Gespräche .. . Doch wenn ich mich bei manchen vorwitzig getraute, auf das Märchen vom Fischer un sine Fru anzuspielen, verstand das keiner, obgleich ein betrunkener Blinder sehen kann, daß ihr Eroberungs-Marsch 1918 durch das gar nicht mehr gegen sie kämpfende Rußland, wozu die Deutschen noch fünfzig Divisionen nach Osten abstellten, sie in Frankreich vielleicht um den Sieg – bestimmt aber überhaupt um den Frieden ohne Kriegsverlust geprellt hatte ... merkwürdig!«

Er schwieg. Zasada fragte: »Und wieso haben der Fischer und sein Weib auch schon in anderen Zeiten ihre Ebenbilder gefunden?«

Lebhafter, weil erleichtert, den Verlorenen mit dieser realistischen Parabel wenigstens für eine Viertelstunde ablenken zu können, sagte Victorowicz: »Nun – Frankreichs Geschichte im neunzehnten Jahrhundert ist dir, wie jedem Polen, ebenso geläufig wie unsre eigene. Und so wie heute im zwanzigsten Jahrhundert die Deutschen eben jetzt schon zum zweitenmal (und bestimmt zum letztenmal!) dieses Märchen blutig durchexerzieren, so haben im neunzehnten Jahrhundert die beiden Napoleons das gleiche Ende gefunden wie der Fischer. Offenbar – so ernst gemeint wie in der Bibel das Wort: Offenbarung – offenbar war doch Napoleons letzte Station: St. Helena – eine exakte Entsprechung der letzten Hütte des Fischerpaars, das sich, weil es Gott und Göttin hatte werden wollen, selber um seinen Palast geprellt hat. Und ebenso offenbar war des dritten Napoleon Kriegserklärung an Bismarck nach zwanzig wunderbar erfolggesättigten Regierungsjahren die genaue Entsprechung der gottvergessenen Vermessenheit des Fischer-Weibes.

Denn der entnervte Kaiser – er schwächte sich, nicht mehr jung, an zu vielen Schönen und litt grausam an Blasensteinen und starb bald daran – hatte große Angst vor diesem letzten Schritt. Doch die Kaiserin, früher instinktsicher, war jetzt entstellt in ihrem spanischen Stolz und quälte – wie im Märchen – ihr gehorsames Männchen, bis das endlich gegen bessere Einsicht den Krieg wegen nichts ausschrie und sich und sein Reich so unerklärbar von der Klippe stürzte, wie nur Lemminge das tun … Und statt in den Tuilerien zu sterben – starb sie, die als Regentin mitgeschrien hatte: ›A Berlin!‹ im Exil mit vierundneunzig, fünfzig Jahre hatte sie ihren Sturz betrauern müssen, den sie nicht weniger sinnlos mitherbeigeführt hat als das Fischer-Weib.«

Victorowicz lachte auf: »Die Deutschen, wie du weißt, leben von der Eitelkeit, gründlicher zu sein als andere. Doch würde genügen, wenn sie sich sagten, sie seien nur schwerer belehrbar. Lernt doch nur der Dumme aus Erfahrung, der Kluge aber aus der Erfahrung der anderen; doch die Deutschen lernten nicht nur nichts aus den Erfahrungen der zwei Napoleons, sondern auch aus ihrer eigenen lernten sie nichts im ersten der Weltkriege, dessen Kopie der zweite ist, sogar exakt im Ablauf von Einzelheiten – erstaunlich! Denn wie sie vor einem Jahr die Luftschlacht um England erstens verloren haben; zweitens nicht wahrhaben wollen, daß dies im Westen die Entscheidungsschlacht war, genauso haben sie am neunten September 1914 erstens mit der Schlacht an der Marne den Plan aufgeben müssen, auf dem ihr ganzer Krieg basierte; haben zweitens das entweder nicht gemerkt oder sich nicht eingestanden.«

Zasada sagte: »Sprichst du von dem, was in unserem Schulbuch das ›Wunder an der Marne‹ hieß?« Victorowicz nickte erleichtert; Zasada erinnerte sich sogar: »Die Pariser Taxis hätten die Schlacht entschieden, ist das ein Witz?«

Victorowicz nahm das auf: »Der Befehlshaber von Paris hat jedenfalls eine Schlacht an der Marne als die entscheidende Chance für Frankreich zuerst erkannt und eröffnet – und auch mit fünfzehnhundert Taxis noch sechstausend Mann an die Front gebracht; die haben natürlich nichts entschieden. Doch durch die Taxis erinnerst du daran, daß die Deutschen – das ist nicht zu glauben, aber wahr! – ganz einfach vergessen hatten, *vergessen,* obgleich sie diesen Plan seit zehn Jahren bis ins Detail ausheckten, wenigstens jene ihrer Armeen auf Lastautos zu setzen, die den weitesten Bogen zur Umfassung des Feindes schlagen und deshalb durch ganz Belgien erst hindurchhetzen mußten, um in Frankreich eindringen und die Franzosen im Rücken packen zu können. Längst gab es schon Lastautos! Doch die Deutschen kamen nur deshalb bereits zu Tode erschöpft (viele ihrer Pferde starben an Entkräftung) dort an, wo erst die Schlacht beginnen sollte, an der Marne, weil ihnen der simpelste aller Gedanken nicht gekommen war: ihre Truppen auf Lastautos durch Belgien zu bringen, um Zeit und um Menschen- und Tierkraft zu sparen!«

Zasada widersprach so entschieden, daß sein Erzähler spüren konnte, wie sehr er Anteil nahm, also von sich selber und was ihm bevorstand, wenigstens momentan befreit war: »Aber das *kann* doch nicht sein, daß sie nicht daran dachten, was sie Fußtruppen und Pferden mit einer Hetzjagd durch Belgien zumuteten!«

Victorowicz ergänzte: »Glaub mir – so unglaublich das ist: sie haben nicht *gedacht,* so viel sie auch denken, an Lastautos! Zugegeben, *daß* sie nicht daran dachten, hat weniger mit ihrem Kopf zu tun als mit dem deutschen Charakter, der sie dazu ausstattet, die Wirklichkeit immer so zu sehen, wie sie wünschen, daß sie sei.

Die Deutschen wünschten seit 1905, im Krieg solle Belgien ihnen freien Durchmarsch gewähren, ja mehr, die belgischen Eisenbahnen zur Verfügung stellen zum Transport ihrer glanzvollen Armeen in den Rücken der Franzosen. Und weil die Deutschen wünschten und damit Planspiele traumtanzten, die Belgier würden ihnen die Eisenbahn überlassen – so hielten sie das auch schon für möglich, ja, für selbstverständlich! Das ging so weit, daß der deutsche Kaiser, also Wilhelm der Letzte, mehrere Jahre vor Kriegsbeginn dem König der Belgier seinen Aufmarschplan erzählte, so sehr verwechselte er seinen Wunschtraum mit der Realität. Und obwohl der Kaiser sich durch den Belgier die schroffste Absage einhandelte, ja die bestimmteste Zusicherung, Belgien werde *nicht* kampflos zuschauen, wie Deutschland es als Korridor gegen Frankreich benutze, glaubten die Generale, die Belgier würden das doch erlauben!

Prompt hat dann, als Krieg war, Belgien zuerst seine Eisenbahnen so gründlich zerstört, daß keine einzige deutsche Division auf ihr transportiert werden konnte zur Marne. Glaub mir, die Deutschen bauen auf Wünsche mehr als auf Fakten. Und weil das nicht nur einzelne Deutsche tun – sondern weil das ein Defekt ihres Volkscharakters ist, so haben sie prompt ein Vierteljahrhundert später ganz genauso gehandelt, als hätten sie niemals die Erfahrung von 1914 schon bezahlt mit einem verlorenen Krieg! Sie sind nämlich 1939 auch nur deshalb über uns Polen hergefallen, weil sie einfach nicht glauben *wollten,* was doch die Briten ihnen und der Welt sogar schriftlich versichert hatten: daß England den Deutschen den Krieg erklären werde, wenn Hitler auf Warschau marschiere! Und da die Deutschen das nicht glauben *wollten,* so glaubten sie auch nicht daran. Und ebenso hat schon 1914 Englands Kriegs-Eintritt sie nur deshalb völlig überrascht, weil es nicht in ihr damaliges Konzept paßte zu glauben, was ihnen immer wieder versichert worden war: daß England bestimmt marschieren werde, wenn Deutschland die Neutralität Belgiens verletze! Daß auch die Briten dann an der Seite der Franzosen kämpfen würden, das wußte die Welt seit 1907. Auch die Deutschen wußten das – doch da sie das nicht wünschten, so ›kalkulierten‹ sie, bis zwei Tage nach ihrer Kriegserklärung an Rußland und Frankreich, daß die Engländer *doch* die Franzosen und Russen und Belgier im Stich lassen würden.«

Er sah Zasada schweigend an; dann, ehe eine Pause entstehen konnte, fuhr er fort: »An ihrer zweiten Fehlkalkulation, die zum Verlust der Marne-Schlacht führte, hat Größenwahn den bedeutendsten Anteil, nämlich an ihrem Entschluß, die Engländer, sofern die doch gegen sie marschieren würden, nicht daran zu hindern, in Frankreich zu landen! Ausdrücklich erklärte vor dem Krieg 1914 der deutsche Oberbefehlshaber, die Flotte – nun immerhin die zweitstärkste der Welt – solle nichts unternehmen, um britische Truppentransporter im Ärmelkanal anzugreifen. Es sei sogar von Vorteil, diese allenfalls hundertsechzigtausend Engländer im gleichen Sensen-Schlag, der die Franzosen umfassen und wegmähen sollte, mitzuvernichten. Doch diese Engländer waren es, die ohne viel kämpfen zu müssen (sie verloren dabei zweitausend Mann), die größte aller Schlachten entschieden: Sie marschierten als Keil zwischen die erste und zweite deutsche Armee – und erzeugten jene Panik im kaiserlichen Hauptquartier, die zum Rückzug-Signal führte!

Doch soll nie vergessen werden, obgleich viele Bücher kaum davon reden, was sehr schofel ist, daß es in allervorderster Linie schon damals die *Russen* gewesen sind, deren Opfergang bei Tannenberg Europa vor Wilhelm von Deutschland gerettet hat! Die Russen hielten Wort gegen bessere Einsicht: Sie marschierten, nur weil sie vertragstreu bleiben wollten, um die Franzosen zu entlasten, so früh mit zwei Armeen in Ostpreußen ein, wie sie im Hinblick auf die Langsamkeit der Mobilmachung ihrer Gesamtstreitkräfte nicht eigentlich verantworten konnten. Von allen westlichen Historikern hat auch hier Churchill das beinah als einziger und jedenfalls am dankbarsten anerkannt: daß ohne die Russen Frankreich besiegt worden wäre, schon 1914.

Jetzt aber, Stani, noch ein ganz sicherer Trost, eine wahre Verheißung: Die Deutschen begriffen nicht nur nicht, daß sie mit der Schlacht an der Marne den Krieg schon verloren hatten, obgleich ihr Generalstabschef das weinend dem Kaiser gemeldet haben soll und jedenfalls heimgeschickt wurde. Sondern ihr Kanzler, der von allen führenden Männern im Reich bei weitem noch als der bescheidenste galt, zählte in einer geheimen Denkschrift genau an diesem neunten September, dem Tag ihrer größten militärischen Niederlage, als das geringste aller Kriegsziele die Einverleibung Belgiens, der französischen Erzbecken Longwy-Briey und bedeutendere Teile der französischen Atlantik-Küste auf, bis zu der die Deutschen im ganzen Krieg aber niemals vordringen konnten.

Denkst du nun, die verlorene Schlacht habe diese Landforderungen revidiert – so irrst du: noch 1916 hatte dieser Kanzler die gleichen Vorstellungen; andere wollten viel größere Gebiete auch der westlichen Feinde nach dem Sieg behalten! Der Kaiser begriff immerhin, daß es an der Marne ›nicht gutgegangen‹ war. Er redete nicht mehr davon, die von Belgien und Frankreich zu annektierenden Gebiete seien ›frei von Menschen‹, das heißt: von Einheimischen zu machen, die umgesiedelt werden sollten, und mit deutschen Soldatenfamilien zu besiedeln! Doch noch zwei Jahre später, 1916, wurden alle geheimen Gespräche mit dem noch neutralen Washington über die Vermittlung eines Kompromißfriedens deshalb zunichte gemacht, weil die Deutschen Belgien nicht wieder herausgeben – und weil sie Polen von Rußland abreißen und mit einem deutschen Fürsten zum Königreich machen wollten! Sie waren nicht größenwahnsinnig im Überschwange des Sieges: da ist es jeder! Sondern vier Jahre lang, während zwei Millionen ihrer Soldaten starben, vierhunderttausend deutsche Zivilisten an der britischen Blockade verhungerten, sämtliche ihrer Kolonien längst erobert waren vom Feind, wichen sie jedem Gespräch über einen Frieden auf der Grundlage der Vorkriegsgrenzen aus, weil sie ein Gebiet zu annektieren hofften, das nahezu ebenso groß war wie ihr – schon geschlagenes – Reich bei Kriegsbeginn … Stani«, schloß jetzt Victorowicz und strahlte ihn an und das Feuer in seinen Augen kam ihm aus der tiefsten Gewißheit: »Ist so viel Wahnsinn nicht eine ungeheure Verheißung auch für uns heute? Und das Allermerkwürdigste: Sie sahen auch nach der totalen Niederlage 1918 keineswegs, daß nichts in der historischen Wirklichkeit des 20. Jahrhunderts so genau, so fotografisch exakt an den Fischer un sine Fru und deren Verbannung in ihre armselige Hütte erinnerte – wie die Verbannung des letzten Berliner Kaiserpaars ins holländische Haus Doorn und in einen Park, dessen Kleinheit sich zur Größe des vom Kaiser verlorenen Reiches verhielt wie ein Eierbecher voll Wasser zur Nordsee. Keiner sah das Wiederauferstehen dieser Märchenfiguren in ihrem Kaiserpaar! Und doch entsprach auch dies exakt dem Märchen: Gier, Landgier allein, nichts anderes, hatte den Kaiser um seinen Thron gebracht ... Landgier eines so grotesken Unmaßes, daß allein deren Maßlosigkeit schon Beweis genug ist, daß die Deutschen 1918 bereits ebenso geisteskrank waren wie heute. Nur waren sie damals, das ist entscheidend, keine Massenmörder. Gewiß, jeder Krieg führt zu Verbrechen; doch bleibt ein Unterschied, ob Krieg zu Verbrechern macht oder ob Verbrecher Krieg machen! Doch in ihrer Landgier waren die Deutschen bereits vor fünfundzwanzig, vor dreißig Jahren schon ebenso gemütskrank wie heute; so ohne jeden Blick für das Mögliche waren sie schon damals – obgleich doch ihr Bismarck ihnen zur Warnung gesagt hatte: Politik sei die Kunst des Möglichen –, daß diese Maßstablosigkeit 1917 für die Alliierten ebenso die Gewißheit enthielt, die Deutschen *könnten* nicht siegen, wie heute für uns ... Geisteskranke, glaube es mir!«

Zasada sah ihn an, und Zweifel war noch immer in seinen Augen, als er leise einwandte: »Ein Geisteskranker – kann doch schließlich sehr gefährlich sein!« Victorowicz beruhigte: »Nicht wenn *er* so krank ist, daß er nicht einmal mehr die Wärter wahrnimmt, die bereitstehen, ihm die Zwangsjacke überzuziehen. So weit aber war es nach dreieinhalb Jahren Krieg 1918 gekommen, als die Deutschen Lenin in einem plombierten Zug aus Zürich nach Petersburg gebracht hatten, damit er Rußland durch Ausrufung der Revolution – der Zar war längst gestürzt – endgültig aus dem Bündnis mit den Westmächten und aus dem Krieg gegen Deutschland hinausboxe. Kaum hatte der Kaiser Rußland am Boden gesehen – flammte seine Territorialgier von neuem auf und in nie gekanntem Unmaß. Franzosen, Briten, die nun auch schon fast zwei Millionen Tote beklagten, bekriegten mit letztmöglicher Verbitterung und in der Gewißheit, binnen weniger Monate kämen die bereits in den Krieg eingetretenen Amerikaner ihnen in Frankreich zu Hilfe, den Kaiser! Dennoch fetzte sich Deutschland genau in diesem Vierteljahr, in dem es den totalen Sieg mit verzweifelten Offensiven auch noch in Frankreich zu erringen versuchte, von dem durch Krieg und Bürgerkrieg fast schon erwürgten Rußland, das gegen Deutschland gar nicht mehr kämpfte, ein riesiges Ost-Imperium ab: das weitaus größte Stück Erde, das je ein Herrscher Europas einem seiner Nachbarn genommen hat! (Napoleon nahm ebensoviel, doch nicht von *einem.*) Im Frühjahr 1918 noch wollten die Deutschen den Russen abreißen, erstens den Zugang zur Ostsee, zweitens zum Schwarzen Meer, drittens die ganze Ukraine, viertens Russisch-Polen, fünftens Finnland, sechstens die Baltischen Provinzen. In Zahlen: über siebzig Prozent der Kohle und der Schwerindustrie und mehr als ein Viertel des russischen Vorkriegsterritoriums! Um diesen Witz zum Aberwitz zu steigern, mußt du wissen: Sie hatten dieses Imperium noch gar nicht, die Deutschen, als sie am 3. März 1918 die Russen zwangen, im sogenannten Friedensdiktat von Brest-Litowsk die Abtretung zu unterschreiben! Sie hatten es nicht, sondern benötigten mehr als eine Million Soldaten, um sich diese wehrlos vor ihnen liegenden Ländereien zusammenzugaunern! Und genau an diesem Gaunerstreich sind sie nur acht Monate später verendet, mit ihrer dadurch ausgelösten totalen Kapitulation in Frankreich. Gegen ihre Dummheit half selbst ihre legendäre Tapferkeit nichts … Stell dir das vor: Am 3. März ihre Wahnidee, noch bis zur Krim zu marschieren, was sie auch getan haben, da sie ja im Osten keinen Gegner mehr hatten – doch genau zur gleichen Zeit, in den fünf Wochen vom 21. März bis 30. April verlieren sie gegen Briten und Franzosen bei der letzten, ihnen möglichen Offensive 14 Prozent ihrer im Westen stehenden Soldaten, dreihundertfünfzigtausend Mann! Die Engländer verloren dreihunderttausend, standen, wie das hieß, ›mit dem Rücken zur Wand‹; der französische spottete über den britischen Befehlshaber, da stehe der Mann, der in aller Kürze in offenem Felde kapitulieren müsse! Der Engländer sagte später, nur ein halbes Dutzend deutscher Divisionen mehr und der Sieg der Deutschen, da ja die Amerikaner noch nicht in Frankreich eingetroffen waren, sei denkbar gewesen. Doch dieses halbe Dutzend hatten die Deutschen nicht, weil sie *fünfzig* im Osten damit vergeudeten, zum Beispiel Rostow und die Krim noch zu besetzen und in Finnland die Voraussetzung zu schaffen, einen Prinzen von Hessen – Hessen ist eines der kleinen deutschen Gouvernements – zum König in Helsinki auszurufen: sie sind nicht normal! Und werden deshalb auch diesmal geschlagen, sei ganz beruhigt …«

Übernächtig, konnte Zasada seine Zweifel nicht untenhalten. Er sagte: »Ich glaube dir diese Geschichte – doch ich verstehe sie nicht: die kleinen Leute hierzulande, bei denen ich arbeiten mußte, die sind nicht unvernünftiger als meine Eltern! Wieso dann die deutsche Führung?« Victorowicz überlegte nicht lange: »Die kleinen Leute, was können sie tun gegen die Berliner Landräuber und Raubmörder, die ja auch ihnen die Söhne, die Gatten, die Brüder umbringen! Und daß sie die Geschichte verstehen, das erwarte ich nicht – auch ich verstehe sie nicht. Der Verstand hat nichts zu melden, wo das Gefühl vorherrscht! Und du wirst keinen Geschlagenen finden, fast ebenso selten auch einen Sieger, in dem nicht jede Erörterung gefühlsgelenkt ist …«

Zasada sagte zweifelnd: »Und sollten auch studierte Leute – du zum Beispiel – ebensowenig vom Verstand und ebensosehr vom Gefühl gelenkt werden?«

Victorowicz nickte ohne Zögern: »Natürlich! Der Intellektuelle findet nur geistreichere und gefährlichere Formulierungen, um sich und anderen vom Verstand her zu begründen, was das Gefühl ihm zu tun und sogar zu denken eingibt. Ihr Gefühl verwehrte es den Deutschen – allen Deutschen, glaube ich –, 1918 nach vier heroischen Weltkriegsjahren, in denen sie, auch märchenhaft, dem ganzen Erdkreis widerstanden hatten, die Niederlage auf dem Schlachtfeld sich selber und jenen, von denen sie besiegt worden waren, einzugestehen. Und da ihr Gefühl, ihr Nationalgefühl nein sagte zu dieser Niederlage, so lieferte ihr Verstand dem Gefühl das Rüstzeug, sich einzureden, daß sie eigentlich nicht besiegt worden seien, jedenfalls nicht auf dem Schlachtfeld, sondern zum Beispiel – sie fanden nämlich viele sogenannte ›Gründe‹ durch einen inneren Gegner, den es aber nie gegeben hatte … Oder durch die Juden, obwohl für Kaiserdeutschland zwölftausend Juden 1914–18 gefallen waren. Und nach zehn Jahren glaubten sie sich schon selber jedes Wort und hielten gar nicht mehr für möglich, daß sie 1918 geschlagen worden seien! Und zwanzig Jahre nach 1918, zu der Zeit, als ich in Berlin studierte, spürte jedermann, daß zwar nicht die Deutschen, aber die führende Hitlerclique einfach nicht leben konnte, ohne sich vorzugaukeln, 1918 sei es nicht mit rechten Dingen zugegangen ... und daß sie wieder marschieren würden. Doch dieses Irrationale, das die Deutschen beherrscht, es wird uns alle vor ihnen retten – nicht anders als 1918, als sie mit einer Million Soldaten querweltein durch Rußland bis in den Kaukasus marschierten, während sie gleichzeitig – *gleichzeitig:* das zeigt den Verblendungs-Wahn – noch rasch im Westen die Briten ins Meer werfen und Paris nehmen wollten, ehe die Amerikaner eingetroffen waren! Und deshalb, Stani, ist es ganz sicher, daß sie den Krieg verlieren wie 1918. Doch wenn damals nur ihr Kaiser dank ihres Größenwahns Holzfäller in Holland wurde – diesmal verlieren die Deutschen mit dem Krieg nicht nur ihre Herrscher, sondern ihre Armee, ihren Staat, alles, wie zuletzt der Fischer un sine Fru ...«

Jetzt dachte Victorowicz: Wir haben noch eine Zigarette. Und griff schon nach ihr. Doch dann ließ er sie im Rock, denn noch war ja der Freund beschäftigt, er brauchte diese letzte Zigarette nicht jetzt – sondern wenn man ihn holte. Zasada war in der Tat beeindruckt durch die Sicherheit, mit der Victorowicz ihm den Untergang ihres Todfeindes verhieß. Doch war er nicht überzeugt, daß der Verlauf des ersten den des zweiten Weltkrieges vorausschauen lasse. Das wandte er ein. Und fragte, belustigt durch dieses Detail: »Was willst du damit sagen: ihr Kaiser sei Holzfäller geworden? Eine Redensart?«

Victorowicz hatte Licht in den Augen, sie blitzten amüsiert: »Nein! Das könnte doch niemand erfinden als die Realität. Der Mann fällte Bäume, um überhaupt in dem Wald gegenüber dem Park, in dem er wohnte, ein Vierteljahrhundert lang, ein bißchen Bewegung zu haben – und doch war er früher so oft unterwegs gewesen, daß die Berliner gewitzelt hatten: I. R. hinter dem Namen Wilhelm, das heiße nicht Imperator Rex, das heiße: Immer auf Reisen ... Das Schicksal findet stets unsere Achillesferse! Nun hatte er keine andere Bewegung mehr als Holzhacken; selbst zum Reiten fehlte ihm der Platz ... Er ist ja erst vor vier Monaten gestorben, ich las das in einer Nazi-Zeitung, sechs abfällige Zeilen. Churchill, den er zweimal vor 1914 zu Kaiser-Manövern eingeladen hatte, schrieb, als ich anfing zu studieren, einen Aufsatz: ›Die deutsche Pracht‹, in dem er eher herzlich, kaum ironisch seinen Gastgeber im Glanze der Krone beschrieb; um dann zu schließen, keiner der Millionen Kriegskrüppel habe 1918 ein so furchtbares Los gezogen wie dieser einst oberste Kriegsherr: zwanzig Jahre von Selbstvorwürfen zerquält in einem goldenen Käfig zu sitzen und Holz hacken zu müssen, wenn er noch etwas tun wollte … Der Onkel des Kaisers, König Edward von England, der 1910 starb, hatte alles vorausgesehen und seinen Neffen den ›glänzendsten Fehlschlag der Weltgeschichte‹ genannt, the most brilliant failure in history. Selbst die Anfänge dieses Herrschers – wie gleichen sie denen des Fischers im Märchen: Er hat ein Haus, das Bismarck ihm mit der immer wiederholten Ermahnung hinterließ, es nicht auf Kosten der Nachbarn zu vergrößern – vor allem: nie durch eine Seemacht, die erstens Deutschland nicht brauche als Inhaber des größten Landheeres seit Napoleon; und die zweitens England, den einstigen Verbündeten Deutschlands gegen Frankreich, im 18. und 19. Jahrhundert und nächsten Verwandten des Kaisers, herausfordern werde …

Churchills Sohn hat 1938 den Kaiser noch einmal im holländischen Park-Gefängnis besucht und darüber in der ›Times‹ berichtet. Der Achtzigjährige sagte, er habe nun zwanzig Jahre lang alle Geschichtsbücher gelesen, es gäbe nur *eine* Wahrheit: Umkommt, wer Land raubt, auf dem er nicht selber geboren ist!

Deshalb mußt du nicht fürchten, Stani«, schloß Victorowicz, »die Deutschen seien vielleicht doch Realisten, die eben nur beim *ersten* Griff nach der Alleinherrschaft in Europa falsch kalkuliert hätten – nein! Die kalkulieren überhaupt nicht, das beweist, welche maßlos weiten Ländereien sie ganz zuletzt, bis in den September 1918 hinein (Anfang November war der Kaiser dann geflohen) – noch annektieren wollten. Auch von den Westmächten! (Immerhin hatte ja der deutsche Kaiser den Franzosen den Krieg erklärt – nicht umgekehrt.) So wollten die Deutschen, die ein Ost-Imperium gewonnen hatten so groß wie Frankreich, nicht etwa den Franzosen wenigstens das Gebiet lassen, was bei Beginn des Krieges französisch gewesen war – nein: wie 1914, so als hätten sie nie an der Marne umkehren müssen, wollten die Deutschen von den Franzosen Kanalhäfen haben, Erzbecken, wollten Belgien behalten und erörterten schriftlich, ob sie vom britischen Kolonialreich nur bedeutende Teile Inner-Afrikas oder auch noch Teile Ägyptens zu fordern hätten. Mit drei Worten: Sie waren verrückt! Und deshalb, Stani, so sicher zwei mal zwei vier gibt, verlieren die Deutschen auch diesen Krieg. Hitlers Entschluß, auf Moskau zu marschieren, mit den zwei Todfeinden Churchill und Roosevelt im Rücken und mit Fronten, schon jetzt so zerfasert und überdehnt von Narvik bis Tripolis, von Kreta bis zu den Pyrenäen, daß seine Armeen sich verdünnisieren und zerlaufen werden wie die fünf Eimer Wasser, die du draußen über den Gefängnishof schüttest … Kranke, Stani, die so krank sind, können einen Krieg nicht gewinnen – nie! So viel Unfug in der Geschichte nachweisbar auch Realität wurde: nicht Unfug in diesen Dimensionen, glaube mir! Und deshalb wird Polen größer aus diesem Krieg hervorgehen als es eintrat in ihn. Und Deutschland wird besetzt bleiben, bis es nicht mehr ist, was es war und nie wieder werden wird – oder bis es gar nicht mehr ist.«

22 Gedanken eines Amtsarztes

»Die Rede des Führers am 15. ds. hat großen Eindruck hinterlassen. Ganz besonders wird die unbeschränkte Siegeszuversicht, die aus jedem Wort sprach, hervorgehoben … Ganz besonders gefiel der Satz, daß uns die Bolschewisten nie mehr schlagen werden, nachdem dies in diesem Winter nicht gelungen war, und daß sie aber in den nächsten Monaten geschlagen werden … ›Der Führer sagt so etwas nicht, wenn er nicht sicher ist‹, sagte ein hiesiger Amtsgerichtsrat. Ein Bauer meinte: ›Hast as ghört, gestern hat as eana wieda gsagt, da Führa, jetzt derfans nacha bald zammpacka.‹ Aus vielen ähnlichen Aussprüchen ist zu entnehmen, daß gerade dieser Satz am meisten beachtet wird. Auch Frauen fiel dieser Satz auf.«

Bericht der SD-Außenstelle Berchtesgarden v. 31.3. 1942

Zasada bewahrte sich eine verkrampfte Beherrschung bis zu dem Moment, als er seinen Sarg erblickte – ohne zu wissen, daß er nicht beerdigt werde. Der Sarg, dünnes, ungestrichenes Tannenholz, wurde erst im Gefängnishof abgeliefert, drei Minuten nach acht, als plangemäß die Kolonne zur Hinrichtung sich schon hätte »in Marsch setzen« sollen, wie der blödsinnige terminus technicus lautete; denn entweder man sitzt oder man marschiert.

Karl Mayers Nervosität ließ nach, und er kam in Stimmung, als er den hinkenden, weil kriegsverwundeten Schreinergesellen, der mit einem Pferdewagen den Sarg ablieferte, anherrschen konnte: »Sagen Sie Ihrem Chef, ich kann meine Särge künftig auch bei der Konkurrenz kaufen, wenn er nicht pünktlich …« Er verzichtete darauf, den Satz zu beenden, ihm war eingefallen, daß er ja künftig keinen Sarg mehr zu kaufen brauche, denn Zasadas Sarg würde immer aufs neue belegt werden, sobald er heute mittag aus der Freiburger Anatomie leer zurückkäme … Bei Serien-Erhängungen aber war der Verschleiß von Särgen ohnehin verboten: Mehr als drei Hingerichtete wurden grundsätzlich sarglos beerdigt oder sie wurden verbrannt … Während ein Hilfspolizist – ein Zivilist, der zur Polizei für die Kriegszeit eingezogen war – dem Schreiner half, den Sarg vom Pferdewagen auf das Lastauto zu tragen, schrie Mayer über den Hof: »Den Delinquenten in Marsch setzen!« Er sah auf die Uhr: unerhört, diese Unpünktlichkeit; denn wie alle eingefleischten Anhänger totalitärer Regime lebte Mayer nach dem Goethe-Wort – ohne zu wissen, daß es von Goethe ist –, er könne leichter eine Ungerechtigkeit ertragen als eine Unordnung.

Zasada, mit Handschellen an zwei Polizisten gekettet, wartete schon am Fuß der Treppe hinter der Tür zum Hof, die halb offen gestanden hatte; nun kamen sie ... Mayer vermied es hinzusehen. Er vertiefte sich in die Überlegung, wie er die Kosten für den Sarg verbuchen solle; hatte er ihn bisher als den bedeutendsten Unkostenfaktor für die Veranstaltung des heutigen Tages ganz einfach in die Abrechnung: Hinrichtung Zasada eintragen wollen – so war ihm jetzt ein Problem daraus entstanden, weil ja dieser Sarg nicht wie andere Unkosten abzuschreiben war, sondern vielmehr als Inventar ohne nennenswerte Benützungs-Schäden in den Besitz der Gestapo-Dienststelle Lörrach überging und von ihr noch tausend Jahre lang benutzt werden konnte; demnach wäre es unkorrekt gewesen, ihn mit der heutigen Hinrichtung bereits total abzuschreiben. Mayer war sich klar darüber, daß von seinen unzulänglichen Untergebenen ihm kein Vorschlag zur Lösung dieser buchhalterisch heiklen Frage eingereicht werden würde, so daß er selber sie seiner vorgesetzten Dienststelle zur Erledigung überantworten müßte. Diesen Brief, dachte er, diktiere ich heute nachmittag. Ein Hüsteln, das keine Erkältung, sondern Irritation als Ursache hatte, ließ ihn auf seinen Nebenmann aufmerksam werden, den Kreis-Amtsarzt.

Der hatte jetzt ein Gefühl, als habe er zwei Tage nicht gegessen. Gereizt fragte er: »Wer ist denn der vierte, der da in Sträflingskleidern?« Mayer sagte, ohne hinzusehen: »Der Henker ist das, ein Pole – war ein hartes Stück Arbeit, den soweit zu bringen!« Er verschwieg, mit welcher Androhung er Victorowicz erpreßt hatte. Der Arzt sagte: »Ob der das kann! Was kriegt er dafür?« Mayer antwortete, schon heiser und hastiger, denn die Gruppe kam näher: »Reichsführer Himmler selber hat genehmigt, einem Polen, der einen Landsmann aufhängt, dafür drei

Zigaretten zu bewilligen. Ich hab ihm die drei schon gestern geben lassen – was ich gar nicht durfte. Und gebe ihm, wenn er's hinter sich hat, noch mal dreie.« Man hörte nun schon die Schuhe auf dem Kies und von jenseits der Mauer Klappern von Milchkannen auf einem rasch fahrenden Pferdefuhrwerk. Jetzt war ein solches Gereiztsein in dem Arzt, weil er keinen Vorwand sich hatte einfallen lassen, heute einen anderen hierher zu schikken, daß er sich vorwurfsvoll Luft machte, indem er Mayer fast anherrschte: »Ein Pole ist doch katholisch – wo haben Sie denn seinen Priester?«

Mayer sagte und sah den Arzt dicht vor ihn tretend an, weil er sein Opfer nicht ansehen mochte, das auf Hörnähe herankam: »Polnische Pfarrer haben wir keine, deutsche dürfen nicht mit, Befehl von oben!« – »Von oben kaum!« sagte anzüglich der Arzt und wies gen Himmel; weil er sich hundeelend fühlte, war ihm dieses dürftige Witzchen entglitten. Mayer hatte es auch nötig, seine Erregung irgendwo loszulassen; er war nicht zynisch – doch kam ihm jetzt aus Bereichen, aus denen ihm sonst nie etwas kam, der Zynismus: »Er hat ohne den Segen seiner Kirche die deutsche Frau beschlafen – so muß er auch sterben ohne ihren Segen.«

Der sechzigjährige Arzt schwieg, angewidert. Und wie jedermann den Mund hält, wenn ein Toter aus dem Haus geschafft wird. Zasada, herangeführt, entdeckte in diesem Augenblick auf dem Lastwagen seinen – Sarg! Der Junge, denn er sah jünger aus als zwanzig, hatte bisher Haftfarbe gehabt. Nun, lidschlagschnell, wurde sein Gesicht papierweiß. Mit dem Sarg wurde seine Tötung zum erstenmal für ihn faßbar; sogar im Wortsinn – denn die zwei behelmten Büttel, zwecklos, doch automatisch vor Mayer und dem Arzt stehengeblieben, wurden jetzt durch eine sehr ungeduldige Kopfbewegung Mayers, der auch mundlos geworden war beim Blick Zasadas auf den Sarg, veranlaßt, den Wagen rasch zu beklettern, was Schwierigkeiten machte, eben weil sie aneinandergefesselt waren; und weil vielleicht, doch das war nicht zu sehen, der zur Ermordung Bestimmte schwach geworden war in den Knien. Oben jedoch setzten sich die zwei Polizisten auf den Sarg. Die Selbstverständlichkeit, mit der das geschah, als stände wie auf den LKWs der Wehrmacht da eine Bank, machte deutlich, daß die Seele dieser zwei Staatsdiener nicht empfindsamer war als ihr feister Arsch in der breiten Breecheshose, die in Stiefeln steckte. Sie blickten noch zu ihrem Opfer, zerrten nicht grade an den Handschellen – waren jedoch verwundert, daß nicht auch Zasada sich auf seinen Sarg setzte; der würde schon sitzen – wenn erst der Wagen anfuhr!

Der Hilfspolizist schloß die Klappe. Victorowicz war im Dunkeln unter der Plane unsichtbar geworden, er zündete die letzte der drei Zigaretten an, die ihm Mayer aus vorschriftswidriger Menschlichkeit bereits vor Erfüllung seines Auftrags hatte aushändigen lassen, und wollte diese Zigarette Zasada in den Mund stecken; Zasada berührte mit seinen Unterschenkeln den Sarg, stand aber noch – obwohl diese sich abgequälte Standhaftigkeit fast den Rest seiner Kraft aufzehrte. Er schaute weg ins Dunkel des Wagens, weg von Mayer, vom Arzt, von seinen zwei Bütteln – denn er schämte sich, weil er weinen mußte. Er wußte nicht, wie ihm das half, dieses lautlose Weinen; daß er es ihm vermutlich verdankte, alsbald vor den Schau-»Lustigen« Ruhe vortäuschen zu können … zeitweise.

»Herr Doktor«, sagte Mayer eilfertig, erleichtert, den Delinquenten nicht mehr vor Augen zu haben, »wir können Benzin für einen Wagen sparen, fahren Sie doch in meinem mit!« Den Arzt bedrückte seit Minuten die Frage, die er jetzt an den Mann richtete, der schräg vor ihm, zwar in Zivil, aber auch in Stiefeln und Breecheshosen, tatsächlich eine Volksausgabe des Reichsleiters Bormann, zu seinem Wagen ging: »Herr Mayer – Sie tragen ja sowieso meist Zivil, aber sagen Sie …« Er blieb stehen, Mayer auch, ihm zugewandt: »Hoffentlich haben Sie trotzdem eine Pistole dabei?« Mayer war so verwundert, als habe der Arzt gefragt, ob er seine Augenbraue mithabe. »Immer – immer!« sagte er und entblößte seinen dicken Goldzahn. »Warum fragen Sie?« Endlich, nach dem Einsteigen, sagte der Arzt: »Für den Fall, daß ein Gnadenschuß nötig wird!«

Mayer sah ihn erschrocken an, damit hatte er nicht gerechnet. Weil er unsicher war, sagte er forscher als sonst: »Der hat eben zu hängen, bis er tot ist!« Der Arzt wandte ein: »Wenn die Wehrmacht einen Fahnenflüchtigen erschießt, hat der Feuer befehlende Offizier den Gnadenschuß zu geben! Und ich habe die stärksten Bedenken, ob dieser Gefangene seine Sache versteht – der wirkt ja jetzt schon wie ein nasses Handtuch!« Mayer steuerte selbst, man hörte noch, wie hinter ihnen der schwere Lastwagen angelassen wurde. Mayer fühlte sich durch den Arzt bis ins Innerste verunsichert, endlich antwortete er: »Ich bin nicht befugt zu einem Gnadenschuß. Mein Befehl lautet eindeutig: Die Sonderbehandlung erfolgt durch den Strang!«

Den Arzt riß die wachsende Nervosität zu einem Schulterzucken hin, als er unwirsch sagte: »Hängen muß man eben können!« Mayer sah ihn verständnisvoll an; keineswegs hatte er Verdacht, daß der Arzt aus unerlaubter Schlappheit gegenüber dem Polen solche Worte machte: Der wollte einfach als ordentlicher Deutscher, daß es »ordentlich« zuging. Noch ratloser und daher sich noch fester an seinen Befehl anklammernd, sagte Mayer: »Auch betreffs der Auswahl des Henkers bin ich weisungsgebunden: Ich *darf* es gar nicht selber tun, obgleich's mir leichter fiele, als zuzugucken, wie ein Dilettant den Delinquenten erwürgt statt erhängt. Reichsführer Himmler hat ausdrücklich Brutalitäten bei Sonderbehandlung verboten. Aber ein Deutscher darf es nun einmal nicht machen!«

Doch der Arzt glaubte nun einen Ausweg zu sehen: »Wenn der Reichsführer Brutalitäten verbietet, Sturmführer, dann sind Sie berechtigt zum Gnadenschuß.« Mayer fuhr nicht schnell, um den Lastwagen nicht abzuhängen; sie waren jetzt schon dicht vor Brombach, als eine Marschkolonne sichtbar wurde: die in Lörrach arbeitenden Gefangenen und ausländischen Zivilarbeiter, die an den Tatort geführt wurden, um zwar nicht die Hinrichtung anzusehen – das war verboten; offenbar fürchtete man rebellierende Worte des Delinquenten an seine Landsleute: sondern um den Erhängten betrachten zu müssen, zur »Abschrekkung« ... Bevor Arzt und Gestapo-Chef die Kolonne kommentierten oder auch nur überholt hatten, sagte Mayer: »Sie bringen mich in eine Zwickmühle, Herr Dokter. Woher wollen Sie wissen, daß ich befugt bin zum Gnadenschuß? Eine Sonderbehandlung, die weisungsgemäß durch Strang erfolgen soll, kann nicht durch einen Schuß zum guten Ende gebracht werden. Dazu bin ich doch gar nicht befugt!« Er sagte ohne ein Gran Ironie: zum guten Ende ... Und wollte nunmehr das Thema, da es ihm zusetzte, verscheuchen. Doch fügte der Arzt noch mit kräftiger Stimme an: »Ich fühle mich keineswegs verpflichtet, einer Brutalität zuzuschauen – ich bin überhaupt nur verpflichtet, das halte ich fest, den Tod zu bescheinigen, nicht der Hinrichtung beizuwohnen. Wenn dem Mann – unwillkürlich sah ich vorhin auf seinen Nacken – der Strick unters Kinn rutscht, und der ist ja kräftig, der Junge, einen Nacken hat der wie ein zweijähriger Stier, dann werdet Ihr ihn lange zappeln sehen ...« Mayer antwortete rasch: »Gut, daß Sie mich darauf bringen, ich muß ihm die Füße zusammenbinden, wenn er auf dem Wagen steht ...« Der Arzt schwieg; wenn der neben ihm nichts weiter fürchtete als den Anblick hin und her schlagender Füße, dann war es hoffnungslos. In Mayer hatte die Bemerkung des Arztes wieder die Buchhalter-Seele getroffen; er dachte: Klug von mir, heute früh Anweisung zu geben, der Polacke solle seine eigenen Kleider anziehen: dann haben die in Freiburg und nicht ich den Schmutz, denn einem Erhängten geht's ja unten ab, und was die Anatomie tun wird mit den verschissenen Lumpen, das ist meine Sorge nicht mehr – ich werde denen weisungsgemäß schreiben, Kleider von Hingerichteten seien anderen Fremdarbeitern ohne Herkunftsvermerk kostenlos auszuhändigen, und damit hab ich's hinter mir. Hätte ich dagegen dem Mann die Zuchthauskluft gelassen, die er weisungsgemäß ja auch jetzt tragen müßte, dann könnte ich mir den Kopf zerbrechen, ob und wie ich die aus der Anatomie wiederkriege, denn Zuchthausjacke und Hose sind inventarisiert in unsrer Kleiderkammer. Während nach den Zivilkleidern des Polen, die gar nicht registriert sind in Lörrach, kein Prüfungsbeamter fahnden wird ...

Er lenkte nun den Wagen an der langen Kolonne fast militärisch marschierender Gefangener und Fremdarbeiter vorüber; zweihundert gingen dahin, den Erhängten gezeigt zu kriegen; gut dreihundert Gefangene würden noch aus anderen Dörfern und Fabriken heranmarschieren. Die meisten waren Polen. Der Arzt fragte: »Sind denn auch schon Russen dazwischen? Franzosen, wie ich sehe, oder Belgier eine Menge.« Mayer gab Auskunft: »Auch sieben Engländer, aber Russen haben wir noch keine. Hoffentlich wird Moskau jetzt rasch genommen, denn es wird kalt.« Dem Arzt, da er sich ärgerte über Mayer, machte es eine sarkastische Genugtuung zu sagen: »Wenn wir Moskau genommen haben, dann haben wir vielleicht noch keine Unterkünfte; es gibt Beispiele, daß die Russen Moskau verbrennen, sobald Besatzung in der Stadt liegt.« Mayer empfand es nun doch als taktlos, daß der Arzt – wenn auch nur indirekt – den größten Feldherrn aller Zeiten mit einem verglich, der als Geschlagener verendet war. Um das heimzuzahlen – heute war der Tag der Eroberung von Odessa –, sagte er verbindlich, aber unnachgiebig: »Übrigens muß ich Sie korrigieren, Herr Dokter, Sie sind durchaus verpflichtet, der Exekution selber beizuwohnen, da ich nachweislich einen SS-Arzt nicht zur Verfügung habe. Die Ärzte, die hier in der SS sind – machen entweder Dienst in Lazaretten oder in Konzentrationslagern ...«

Der grauweiße Mediziner sagte resigniert bis beschwichtigend: »So – na, ich bin ja da, ich drücke mich ja nicht. Sagen Sie, Engländer sind auch schon zwischen den Gefangenen hier ... was wird denn aus denen, wenn die tun, was der Pole gemacht hat?« Mayer zögerte, sagte dann zur Selbstberuhigung: »Öffentlich wurde der Erlaß nicht bekanntgemacht, doch er ist nicht geheim: Wir haben im August vorigen Jahres, kaum daß der Frankreichfeldzug gewonnen war, von Heydrich einen Schnellbrief gekriegt, wonach es ausdrücklich der persönliche Wunsch des Führers ist, auch Briten, Franzosen und Belgier hinzurichten, wenn die mit einer Deutschen geschlafen haben. Merkwürdigerweise ist in diesem Schnellbrief«, und er stockte, hatte aber dann rasch das Datum in seinem Karteikastenhirn parat, »er ist vom 5. 8. 40, nicht auch von Holländern die Rede! Ob man die vergessen hat? Ich kann nur hoffen, daß ich's nie mit einem Holländer zu tun kriege, man weiß nämlich nie, wie die da oben das auffassen, wenn man gar zu zimperlich ist und rückfragt!« Er sagte: »rückfrägt.«

Seine einzige Sorge! dachte der Arzt. Und fügte laut an: »Stand denn dieser Pole vor dem Sondergericht in Freiburg oder wo?« Mayer belehrte ihn: »Wir haben zu schlechte Erfahrungen mit Sondergerichten gemacht: Die jungen Richter sind an der Front und die alten haben, auch wenn sie sonst tadellos funktionieren und verdiente PG's sind, doch oft noch zu bürgerlich schlappe Vorstellungen, so daß der Reichsführer vom Führer die

Erlaubnis erwirkt hat, die Justiz bei GV einfach zu übergehen, jedenfalls im Regelfall. Die erwischten Frauen brauchen ohnehin vor kein Gericht, weil ja mindestens ein Jahr KZ für die auch in den harmlosen Fällen, Austausch von Zärtlichkeiten ohne GV, schon 39 angeordnet wurde.«

Er hielt. Die Prominenz von Brombach, doch keineswegs nur Parteimitglieder, erwarteten mit Ortsgruppenleiter und Bürgermeister Josef Zinngruber am Ortseingang den Vollstrecker. Zinngruber, in Zivil, aber gleichwohl in Schaftstiefeln, grüßte mit »langem« Arm, wie man das nannte: »Heil Hitler, Sturmführer! Melde Ortsgruppe Brombach zur Hinrichtung bereit!«

»Heil Hitler, Herr Ortsgruppenleiter!« dankte Mayer, der ausgestiegen war, während der Arzt im Wagen blieb. Zinngrubers widersinnige Meldung, Brombach sei bereit zur Hinrichtung, obgleich ja nicht das Dorf hingerichtet werden sollte – legte in Mayers sehr gut aufgeräumtem Unterbewußtsein ein Juden-Dorf in Polen frei, das buchstäblich hingerichtet worden war: Männer ab vierzehn erschossen, Frauen und Kinder deportiert, Häuser niedergebrannt. Doch verging ihm diese grausige Erinnerung, weil er rasch den strammstehenden Unterlingen Zinngrubers die Hände drückte, um nach jedem Händedruck wie ein Hampelmann den langgestreckten rechten Arm hochzureißen – rasch zurücktretend, da auch der von ihm Gegrüßte hackenschlagend den rechten Arm hochriß: Die Außerordentlichkeit des Anlasses stimmte alle Anwesenden pathetisch, ja feiertäglich, was wiederum die deutsche Angewohnheit, sich bei jeder Gelegenheit (und in jeder Verlegenheit) Hände zu drücken, verstärkte. Auch die nicht in Uniform erschienen waren, trugen Schaftstiefel zu Breecheshosen, zwei auch Wickelgamaschen – alle eine kleinbürgerlich jägerartige Kleidung oder Chauffeurskluft, keiner Hut, fast jeder Mütze; zwei hielten derbe Spazierstöcke; Treiber laufen so herum oder kleine Jagdpächter ... und eine Treibjagd kam in der Tat ja heute zu Ende. Ob es den einzelnen wohl war im Gemüte, denn alle hatten Gemüt – ist nicht zu ermitteln. Die breit feixende Freude, mit der ein Polizist aus dem Nachbardorf später erzählte, ja sogar vormachte, wie der Delinquent sich am Galgen zu Tode gequält hat, war vermutlich nicht repräsentativ. Der kluge Zinngruber, wenn man klug einen nennen kann, der auf Hitler gesetzt hatte, doch jener Hitler, mit dem Zinngruber sich Ende der zwanziger Jahre verbündet hatte, war ja der von 1941 nicht mehr – der Ortsgruppenleiter spürte vielleicht schon heute, daß nicht populär war, was er im Dorfe hatte anschlagen lassen: daß Zasada gehängt werde. Denn der Pole war beliebt bei den Frauen als ein männlich schöner, immer hilfsbereiter Kohlenlieferant; auch murmelte man jetzt, er stamme ab von »besseren Leuten«, wie man das formulierte. Hatte er doch im März noch für Max König, den vierzehnjährigen Sohn der Ortsfrauenschaftsführerin und Neffen des Kohlenhändlers Melchior, als Geschenk zur Konfirmation aus dem elterlichen Geschäft in Lodz eine Fahrradbereifung schicken lassen; das machte gewaltigen Eindruck in Brombach, wo kein Mensch ohne einen Bezugsschein mehr Fahrradschläuche zu kaufen bekam ... und wo natürlich jeder von jedem alles wußte. Frauen erinnerten sich später (oder redeten sich das ein, wer weiß das), sie hätten geweint am Tage der Hinrichtung. Belegt ist, daß die Nonnen des Elisabethenkrankenhauses zu Lörrach, die zehn Tage lang den an eitriger Angina erkrankten Polen gepflegt hatten, am Vormittag des 16. Oktober ihre Patienten nicht betreuten: denn sie lagen in der Kapelle des Spitals auf den Knien und beteten für den Katholiken unterm Galgen ...

Mayer sagte rasch und leise zu den Versammelten, doch nun sichtbar nervös: »Einen Bindfaden, einen kurzen Strick, schon mit Schlinge muß ich haben –« Zinngruber verstand ihn nicht, auch er war nervös geworden, ja ängstlich durch den herangefahrenen Laster: »Kurz? – wieso soll der kurz sein, der Strick? Lang ist der und der hängt doch schon seit gestern abend am Galgen!« Zuckend jetzt vor Hast, antwortete Mayer, zuerst mit den Händen, als wolle er etwas zeigen, doch zeigte er nichts: »Nicht für den Hals, kein Strick für den Hals – für die Füße!« Und er verdeutlichte im falschen Deutsch: »Für die Füße zusammen zubinden!« Nichts aber wäre hier auf der Straße und in diesem Augenblick schwieriger aufzutreiben gewesen – ganz ratlos sah Zinngruber ihn an, dann andere; jetzt stieß einer hervor, ungeduldig, weil er auch schon grau geworden war vor der Untat, die er gestern noch unbedingt hatte mitmachen wollen, doch jetzt nur noch mitmachte, weil er nicht mehr davonlaufen konnte, eine übrigens exemplarische Einstellung sehr vieler Nazis zu sehr vielem, was sie anrichteten: »Wer soll denn jetzt einen Strick bei sich haben, hier uff offener Straße! – nehmt meinen Gürtel, ich brauch'en nit!«

Und schon zog er seinen Lederriemen aus den Schlaufen der armeegrauen Jagdjacke, und Mayer schrie: »Alle in Marsch setzen!« – und nahm den Gürtel und stieg in seinen Wagen und andere in andere und einer »ordnete« an: »Treffpunkt Rathaus-Platz« – und nun fuhren sie los. Und vermutlich war keiner dabei, der nicht sein Dabeisein für einen »Dienst am Vaterland« ansah, so wie wenige Monate später, als sie hier in Baden wie überall im Reich die seit Jahren entrechteten Judenfamilien wegwaggonierten in einen noch schauerlicheren Tod.

»Für die Füße«, sagte Mayer zum Amtsarzt, als er den Wagen anließ, und legte den Riemen seines Mordkomplicen auf den Schoß. Der Arzt ließ nicht locker, er hatte keinen Anlaß, Furcht vor Mayer zu haben, da er als Parteimitglied und Funktionär der Ärztekammer und Inhaber einer glänzenden Praxis und eines rassereinen Stammbaumes von den Nazis nichts zu fürchten hatte als das, was sie dann jedem Landsmann zufügten: die Vernichtung des deutschen Reiches; der Arzt sagte eindringlich: »Bedenken Sie, daß dieser Staat mit Göring als Reichsjägermeister eine ausgesprochen anständige Einstellung zum Tier hat und daß ein Gnadenschuß schließlich sogar jedem Tier zusteht.« Mayer spürte nichts von der hinterlistigen Ironie, sondern sah ihn mit Besorgnis an. »Das ist ja völlig richtig, Herr Dokter – aber trotzdem, ich kann nur hoffen, unser Henker ist kein Stümper. Denn woher soll ich die Befugnis nehmen zu einem Gnadenschuß! Seit es durch Reichsverordnung sowieso ausnahmslos verboten ist – mit Zuchthaus wird das geahndet –, deutsches Wild in Schlingen zu töten, gibt's ja sozusagen gar keinen Präzedenzfall mehr für Töten von Tieren durch Schlinge. Würde nun der Pole nicht durch Schlinge getötet, sondern durch Erschießen wie das deutsche Wild – dann wäre es ja klar, daß man sozusagen so lange schießen dürfte, bis daß er tot wäre. Doch so? Die erklären mich glatt für verrückt, wenn ich wegen einer solchen Lappalie Berlin anrufe!« Er hatte heftig betroffen von diesen Überlegungen rasch gesprochen, nun setzte er, da des

Arztes Zustimmung ausblieb, wieder unsicherer hinzu: »Obwohl ich nicht sagen wollte, das sei auch für den Polen eine Lappalie, der hat eben Pech, der Junge! Der ist ja, genaugenommen, ein prächtiger Bursche, solche Rekruten suchen die ja als Nachwuchs für die Leibstandarte SS! Er hat auch immer beteuert, seit er selber für möglich hielt, daß er liquidiert würde, er habe eine deutsche Mutter ...«

Rasch, als habe er Hoffnung, noch etwas abwenden zu können, fiel ihm der Arzt ins Gerede: »Dann dürfen Sie ihn doch nicht aufhängen, weil er mit einer Deutschen schlief, Mayer!«

Das Vertrauliche, das er durch Weglassung von Titel oder »Herr« dem Gespräch gab, berührte Mayer gradezu väterlich; er sagte, sich leidenschaftlich rechtfertigend: »Ich – *ich* – hänge den nicht, ich habe gemeldet, der behaupte, von mutterseits deutscher Abstammung zu sein. Doch Freiburg hat mir gesagt, das sei ohne Belang, denn als Volksdeutscher müßte er schon längst hängen, weil er gekämpft habe in der polnischen Armee! Ich konnte machen, was ich wollte. Der Mann war verloren von dem Augenblick an, als mir die Frau, die in dem Gemüseladen die Geliebte des Polen vertreten hat, die Briefe aushändigte ... hätte doch das Weib die mal in 'nen Ofen geworfen!«

Der Arzt fragte: »Kenne ich diese Frau?«

Mayer sagte: »Elsbeth Schnittgens, eine propre Person!«

Und nun mußten sie halten: Der Platz vor dem Rathaus war überfüllt mit versammelten Kriegsgefangenen, aus Brombach und anderen Ortschaften. Der Arzt dachte: Feige wird man als Gefangener, hier zweihundert – und zweihundert im Anmarsch. Die könnten den Kameraden doch raushauen und dann mit ihm ab durch den Wald in die Schweiz. Das gäbe Tote – doch, wer weiß, vielleicht nur unter den Bewachern, wenn die vierhundert herfallen über die sieben oder neun und denen die Schießeisen wegnähmen – denn mehr sind es nicht, hier der Kerl neben mir und vielleicht Zinngruber und bestimmt die Polizisten, die fünfe: Sonst hat doch keiner eine Pistole! Und wenn die Gefangenen die Autos schnappen – wie lang bräuchten sie bis über die grüne Grenze: zehn Minuten! Und wissen doch genau, da sie überall arbeiten, daß keine Garnison ist weit und breit ... wären sie erst mal drüben, wer weiß, die Schweiz liefert einzelne aus, auch deutsche Deserteure. Aber ob sie drei-, vierhundert Mann zurückschickte, wenn ein internationales Geschrei verbunden wäre damit: ich glaube nicht, daß sie das riskierten, die Eidgenossen! Und der Arzt, am wildesten und doch auch am lähmendsten empört über sich, daß er heute mitmachte, war in einer Stimmung wie nie mehr, seit er seine kurzen Jungenhosen ausgezogen hatte, und sah mit jenem Wissen, das es dem Menschen verwehrt, noch gesprächig zu sein, auf die Straßenrand-Steher mit ihren empfindungsvoll traurigen Kuhaugen; Hohn und Lust, einem Mord zuzusehen, fand er in keinem Blick – sondern eine Trauer, die ihn anwiderte in ihrer würdelosen Schlachtvieh-Mentalität. Keiner der vierhundert Gefangenen außer dem einen, der gehängt wird, ist gefesselt, keine Bewacher reihum – und doch ist keiner, obgleich sie alle satt zu essen haben, der nicht ebenso lammfromm hinguckt wie die Brombacher ... und wie – wie ich, der Herr Amtsarzt, der jedes Frühjahr, jeden Herbst die Achtzehnjährigen streng mustert und frontverwendungsfähig schreibt, abschreibt als Kanonenfutter: Was ist doch der Mensch für ein Schwein. Und welches Glück für jeden, daß jeder eins ist! Und nun halt dein Maul und steig mit aus, damit du nicht wahnsinnig wirst ... frische Luft, frische Luft und die Hoffnung, daß doch noch hier irgend etwas passiert, was einen wenigstens andeutungsweise wieder merken läßt, daß Menschen und Rindvieh nicht identisch sind ... Wie sicher, wie fürchterlich sicher fühlen wir Deutschen uns, daß wir zwei Kilometer neben der Schweiz nicht einmal die Gefangenen bewachen dort, wo wir ihnen zumuten, zur Ermordung eines Kameraden zu marschieren – wenn dieser Strom nie kentert; wenn das nie auf uns zurückschlägt, dann ist auch das Alte Testament nur ein Schundroman.

Das dachte der Arzt, aber da stand schon an seiner Autotüre der Ortsgruppenleiter und öffnete mit bürgerlichen Manieren dem Älteren den Schlag, und wie er ausstieg, sagte der Mediziner: »Danke, danke Ihnen, Herr Ortsgruppenleiter – Heil Hitler!«

23 Polens Rache: Die Sphinx

> Zum 21. Jahrestag des Waffenstillstandes veröffentlichte die Warschauer Regierung die endgültigen Zahlen über die Verluste während des Zweiten Weltkriegs. Mehr als sechs Millionen Polen, darunter 3,2 Millionen Juden, verloren ihr Leben. Nur ein Zehntel aller Opfer, etwa 640 000 Personen, wurde im Kampf getötet, darunter 120 000 Soldaten. Mit 220 Toten auf 1000 Einwohner erlitt Polen die schwersten Verluste.
>
> *Mai 1966*

Enigma hieß Rätsel bei den Griechen des Altertums. Enigma nannten die Deutschen jene Code-Maschine, die 1938 in die Serienproduktion ging, weil sie – ein kompliziertes System elektrisch angetriebener Zylinder, die alle Buchstaben des Alphabets trugen – dazu bestimmt war, während des ganzen Zweiten Weltkrieges die Befehle Hitlers, seiner Generale und Admirale an ihre Armeen und Schiffe und deren Antworten an die Hauptquartiere zu chiffrieren. »Hitler, der seinen Marschällen und mir«, schrieb dreißig Jahre später, 1976, sein abgewrackter Rüstungsminister Speer, »immer wieder in lehrhaften Wendungen erklärte, daß wir in diesem Krieg den besten Geheim-Code hätten, den Menschen überhaupt erfinden könnten«, wußte so wenig wie jeder andere Deutsche, daß zwei *Polen* bereits 1938 eine solche Maschine für ihren und für den britischen Geheimdienst in der deutschen Fabrik gestohlen hatten. Und daß polnische und britische Mathematiker das Rätsel der »Rätsel«-Maschine bis Ende Februar 1940 nahezu aufzulösen vermochten. Noch einmal steigerten die Deutschen, zwischen 1940 und 42, die Kombinationsmöglichkeiten ihrer Code-Maschine, doch der britische Mathematiker Knox lüftete auch dieses Geheimnis. Nach Hitlers Invasion Norwegens war es den Briten geglückt, aus einem vor der norwegischen Küste abgeschossenen deutschen Flugzeug eine weitere Enigma-Chiffriermaschine mit allen Codes zu bergen. Im Frankreichfeldzug hatten sie alsbald ähnlich wertvolles Material aus einem zu weit vorgestoßenen deutschen Panzer-Nachrichten-Wagen erbeutet; am 8. 5. 41

zwangen Briten mit Wasserbomben U 110, das einen Konvoi südlich Grönlands angegriffen hatte, unbeschädigt zum Auftauchen, enterten das Boot – was sie bis 1958 geheimhielten – und holten »die völlig intakte, unbeschädigte Schlüsselmaschine mit allen dazugehörigen Unterlagen und vielen anderen Geheimdokumenten heraus«, wie Patrick Beesly schreibt, Chronist des Geheimdienstes der britischen Admiralität, dem er als Offizier zur Tatzeit angehörte. Daß von 39 000 deutschen U-Bootfahrern 27 212 gefallen sind, verdanken sie vorwiegend dem Vertrauen, das ihr Chef Dönitz in Enigma setzte – unbelehrbar noch dreißig Jahre nach Kriegsende: »Noch im Jahre 1973 lehnte Dönitz ab, öffentlich zuzugeben, daß … die meisten seiner Schlüssel vier Kriegsjahre lang ständig und umfassend entziffert worden waren« (Beesly). Diesem seinem Wahnwitz entsprang auch sein Befehl an die Boote, täglich ihre Position genau heimzufunken – so wie das den Briten bereits entkommene Schlachtschiff Bismarck dem Schwatztrieb seines Admirals Lütjens die Vernichtung verdankte: »Kemp notierte die Peilung eines deutschen Funkspruchs, der auf der Frequenz für große Kriegsschiffe gefunkt worden war. Weniger als eine Stunde danach wurde ein weiterer, langer Funkspruch aufgefangen. Also hatte der deutsche Admiral nicht erkannt, daß er zu guter Letzt seine Verfolger abgeschüttelt hatte, und da er annahm, seine Position, sein Kurs und seine Geschwindigkeit müßten dem Feind bekannt sein, entschloß er sich, Einzelheiten über das Gefecht mit der ›Hood‹ … seinen nunmehr bedenklichen Brennstoffmangel sowie den Entschluß, schnellstens Frankreich anzulaufen, mitzuteilen. Von all diesen Dingen hatten wir natürlich keine Ahnung. Für Denning und Kemp (Geheimdienstoffiziere), die schleunigst in die Admiralität geeilt waren, war das Ganze unerklärlich. Welche zwingenden Umstände konnten die Deutschen veranlaßt haben, ihre Position preiszugeben? Sollten sie nicht gemerkt haben, daß wir die Fühlung verloren hatten und nicht im geringsten ahnen konnten, welchen Weg sie einschlagen würden? … es war die meisterliche Auswertung der Peilungen ihrer langen Funksprüche, die es in elfter Stunde möglich machte, die ›Bismarck‹ erneut abzufangen und zu vernichten« (Beesly).

Daß die Vernichtungen selber dann wie eh und immer zu ertragen oder zu erkämpfen sind vom Namenlosen aller Fronten und Waffengattungen, wenn auch Geheimdienstler erst einmal die Chancen zu Untergang oder Sieg geschaffen haben, daran muß erneut erinnert werden; wer die so spät (1974) ruchbar gewordenen Triumphe der Polen und Briten über den Nazi-Code heutzutage als Leser amüsiert verfolgt, als ein von Geschichte – noch – Ungeschorener; der erste Chronist Winterbotham hat auch zuerst darauf hingewiesen, indem er die Frage aufwarf, wieso trotz des Mitlesens der schwerstwiegenden Militär-Geheimnisse Hitlerdeutschland die Alliierten dennoch fünf Jahre benötigten, Hitlers »Festung Europa« zu stürmen. Winterbothams Antwort: die Deutschen waren ebenso stark wie tapfer. Und: nicht schon das Vorauswissen eines Angriffs wehrt ihn ab, sondern der namenlose Krieger. Wie das zugeht, selbst dann zugeht, wenn bis ins Detail dank der Entschlüsselung gegnerischer Funksprüche bekannt ist, wo und womit der Feind sich verteidigt, das erhellt – neben ungezählten ähnlichen Berichten – dieser *eine* Satz aus einer Chronik Montgomerys, obwohl der Brite genauestens vor der Schlacht über Rommels Minenfelder und Kräfte informiert worden war durch »Ultra«: »Mit 132 Panzerwagen eröffnete die 9. Brigade die Schlacht: als sie die Infanterie passierte, hatte sich die Zahl der Panzer auf 94 verringert, und als ihr Auftrag erfüllt war, besaß sie nur noch 19.«

Und wer zählt die Rotarmisten, die in Panzern und auf ihnen bei Kursk den letzten Versuch Hitlers, in Rußland die Initiative in der zahlenstärksten Panzerschlacht des Krieges zurückzugewinnen, in den entscheidenden Durchbruch der Roten Armee Richtung Deutschland umwandelten, aber doch diesen Sieg mit ihrem Leben bezahlen mußten, obgleich die Briten dank »Ultra« dem Kreml die genaue Stunde und Pläne und Stärke der Angreifer hatten vorausmelden können? Der Historiker Olaf Groehler warnte denn auch, »eine neue Dolchstoßlegende in die Welt zu setzen, als hätten die dunklen Mächte des Geheimdienstes den Ausgang des Krieges entschieden« – den sie freilich *mit*entschieden haben; und er betonte, wie schon die Briten Beesly und Lewin (»Ultra Goes to War«) und wie viele deutsche Militärs, die durch Winterbothams Buch tief gekränkt wurden als die schlechten Verlierer, die sie sind, und wie der Atlantikschlacht-

Historiker Rohwer: »Wer sich im Nachrichtenwesen einer Armee auch nur einigermaßen auskennt, dem ist bekannt, daß der überwiegende Teil des Nachrichtenverkehrs über Fernschreiben abgewickelt wird, im Gegensatz zum Funk also nicht zu brechen ist; und die Erfahrung des Zweiten Weltkriegs bestätigt, daß es keiner Armee gelang, jeden benutzten Schlüssel absolut zu sichern. So war zum Beispiel die deutsche Führung etwa in Nordafrika in der Lage, laufend den taktischen Funkverkehr der britischen 8. Armee oder die Berichte des US-Militärattachés in Kairo nach Washington mitzulesen.« Das ist ebenso unbestreitbar wie die von Beesly detailreich belegten Vorsichtsmaßregeln der deutschen Marine, deren System schlüsselsicherer war als das von Heer und Luftwaffe, auch als das der Briten, aber »jede Macht, einschließlich der Neutralen, wie z. B. die Schweden, brachte es gelegentlich zuwege, Meldungen anderer Staaten zu entziffern«. Die deutsche Post konnte durch Anzapfung eines Atlantikkabels zuweilen Hitler Telefongespräche im Wortlaut auf den Tisch legen, die Churchill mit Roosevelt geführt hatte. Die Marine benutzte nicht wie Heer und Luftwaffe eine Enigma mit nur vier, sondern eine mit sieben Walzen, dank derer sie viel öfter Einstellungsänderungen vornehmen konnte, die dann den Briten erneut langwierige Entzifferungsprobleme aufgaben, deren Ergebnisse oft zu spät kamen, um der Front bei der Vernichtung der U-Boote noch helfen zu können.

Dennoch bleibt es eine kriegsentscheidende Tat allerersten Ranges der *Polen,* daß »von Ende Mai 1941 an nicht ein Tag verging, ohne daß das Operational Intelligence Centre der britischen Admiralität manchmal wenige, manchmal sehr viele entzifferte … deutsche Funksignale verschiedenster Provenienz erhielt« (Beesly). Und so auch Luftwaffe und Heer der Briten. Auch Beesly faßt zusammen, was Winterbotham noch ohne Angabe auch nur eines einzigen polnischen Namens berichten durfte: »Anscheinend hat der polnische Nachrichtendienst 1928 als erster das deutsche Schlüsselsystem erkannt. Ende 1932 / Anfang 1933 war es den Polen gelungen, die Maschine der Reichswehr nachzubauen. Möglicherweise konnten sie auch einen Teil des militärischen deutschen Funkverkehrs entziffern. Auch die Franzosen hatten mit Hilfe eines temporär in der Chiffrierstelle des deutschen Generalstabs, später im Forschungsamt der Luftwaffe beschäftigten Agenten einige Erkenntnisse gesammelt. Wie weit man, wenn überhaupt, britischerseits vorangekommen war, ist unbekannt, aber allem Anschein nach kamen die Engländer erstmals einen Schritt weiter, als Commander Alistair Denniston, der Leiter der G. C. & C. S., und sein französischer Kollege, Hauptmann Braquenie, am 24. und 25. Juli 1939 mit dem Leiter des polnischen Entzifferungsdienstes, Oberst Langer, in Warschau zusammentrafen. Von dieser Reise brachten sie, gerade im rechten Augenblick, zwei der polnischen Enigma-Maschinen mit; ein Geschenk, das so viel wert war wie das im Jahre 1914 erbeutete Signalbuch der ›Magdeburg‹ und für das Großbritannien den Polen unermeßlichen Dank schuldet. Sowenig Chamberlains Polengarantie dem unglücklichen Land selbst zu helfen vermochte, Großbritannien jedenfalls verhalf sie zu einem Geschenk von größtem Wert. Zwar bedeutete der Besitz der Maschine nicht, daß die Briten oder die Franzosen sofort imstande waren, die deutschen Funksignale mitzulesen. Um das zu können, mußten sie über die jeweils gültigen Schlüssel oder Einstellungen Bescheid wissen, und diese wechselten immer häufiger. Auch war der im Frieden anfallende Funkverkehr zu gering, als daß die Entzifferer viel damit hätten anfangen können. Nach dem Zusammenbruch Polens im September 1939 gelang es jedoch einigen polnischen Entzifferungsspezialisten, nach Frankreich zu entkommen, und Ende Oktober schafften sie es gemeinsam mit den Franzosen, teilweise in deutsche Schlüsselkreise einzudringen ...«

Bis Anfang 1942 flossen die Informationen langsam, aber stetig, dann allerdings erlangten die zuletzt von 10000 (meist Frauen) bedienten Dechiffriermaschinen in England die »vollständige Herrschaft über den deutschen Funkverkehr«. (Auch im Frieden arbeitet diese Abteilung noch mit immerhin 1856 Angestellten im Entzifferungsamt Chelten, laut ›Times‹ vom 17. 3. 77.)

Dank ihrer lasen Churchill, Roosevelt und die alliierten Stabschefs Hitlers Befehle sehr oft noch in der Stunde, in der sie ergangen waren ... Ohne Übertreibung: Dieser Diebstahl – im Kriege dann Polens Rache an allem, was Hitler-Deutschland ihm antun konnte, und das war viel! – hat für die Alliierten ihre fürchterliche Unterlegenheit mindestens so lange ausgeglichen, bis Hitler nach seiner Niederlage vor Moskau auch noch den USA den Krieg erklärte, rätselhafterweise ohne Japans Zusage, dafür auch die Sowjet-Union anzugreifen …

Zwar ist Polen – daran kann man nicht oft genug erinnern – jener Staat, der mehr Menschen im Hitlerkrieg verloren hat als jeder andere; und diese Tatsache wird nicht aufgewogen, denn Leben ist mehr als nur Land, durch die Entschädigung des polnischen Staates mit deutschen Provinzen für jene Gebiete, die er an die Russen abtreten mußte, weil die Rote Armee es gewesen ist, in erster Linie, die schließlich Hitlers Wehrmacht verschrottet und aus Polen vertrieben hat. Doch *Polen* waren es auch, und daher hat dieses Kapitel einen Standort in dieser Erzählung, welche schon 1938 mit ihrer Entdeckung und Entwendung von Hitlers Verschlüsselungs-Apparat den zweifellos unblutigsten und folgenreichsten Sieg im Zweiten Weltkrieg als ihre Mitgift einbrachten in die Große Koalition! Unzählige: Mathematiker, Generale, Staatsmänner, vor allem aber die von ihnen Regierten auf Schlachtfeldern und in Wohnzentren wurden zu Nutznießern dieser Maschine, ja sehr viele überlebten ihretwegen allein.

Dieses Mitbringsel der Polen nach England hat vielleicht nicht, wie manche alliierte Generale – zum Beispiel Eisenhower – sagten, den Krieg entschieden; doch mag es überhaupt ermöglicht haben, daß England in jenem Jahr, in dem es allein stand – Sommer 40 bis Sommer 41 –, den Krieg weiterführen konnte.

Polen hat damit auch an der Entscheidungs-Schlacht dieses Jahres, der Battle of Britain, einen so hohen Anteil – und das geben seit 1974 auch die Briten zu – wie die Engländer selber; nicht nur deshalb, weil in Dowdings Jagdstaffeln viele Polen als Piloten mitkämpften und fielen, sondern weil sämtliche entscheidenden deutschen Angriffs-Befehle von den Briten vorher entschlüsselt werden konnten dank der polnischen Großtat.

Sie durfte auf Anordnung der britischen Zensur bis zum Jahre 1974 nirgendwo erwähnt werden; selbst Churchill widmet ihr in seinen zwölf Bänden über den Zweiten Weltkrieg keinen Buchstaben.

Nach Niederlagen sucht man den »Spion«. So bildeten die

Deutschen, mit denen die Briten fünf Jahre lang – ihr Geniestreich – dank der Polen Blinde Kuh hatten spielen können, sich später ein, im Hauptquartier habe ein Verräter gesessen; die Schweizer verbuchten stolz nach dem Krieg die Tatsache, daß die Briten in Luzern einen Umschlagplatz für jene Auswahl aus Enigma-Informationen eingerichtet hatten, die sie den Russen weitergeben wollten – denn keinem Russen vertrauten sie an, Enigma erbeutet zu haben –, als eine eigene, eine schweizerische Leistung, die wesentlich geholfen habe, den Krieg zu entscheiden! Und doch war jede »Schweizer« Nachricht allein der Tatsache zu verdanken, daß polnische Geheimdienst-Mathematiker in der Berliner Maschinenfabrik SW 35, Steglitzer Str. 2, die Enigma des Ingenieurs Scherbius entdeckt und den Briten ausgeliefert hatten, zwei Polen, die bis heute nicht genannt werden, obgleich sie Weltgeschichte inkommensurablen Ausmaßes gemacht haben.

Dieser Diebstahl muß so raffiniert vonstatten gegangen sein, daß er den Bestohlenen überhaupt nicht auffiel: wie sonst wäre zu erklären, daß sie keine Konsequenz daraus zogen? Möglich allerdings, daß die für Sicherheit verantwortlichen Deutschen in der Fabrik sich deshalb gescheut haben, Meldung zu machen, weil sie Angst hatten, barbarisch bestraft zu werden.

Wie das auch war: Der erste Chronist von Enigma und der Auswertung dieser Maschine durch die Alliierten, der Brite Colonel Frederick Winterbotham, hat dreißig Jahre darum gekämpft, von der britischen Regierung die Erlaubnis zu erwirken, den Bericht über die von ihm während des ganzen Hitlerkrieges geleitete Abteilung des Geheimdienstes schreiben zu dürfen – doch auch dann erhielt er keinen Zugang zu den Regierungsarchiven, in denen seine eigenen Akten aus den Kriegsjahren gestapelt sind. Es ist wenig bekannt, daß jeder Engländer, der über politische und militärische Ereignisse des letzten halben Jahrhunderts schreibt, verpflichtet ist, sein Manuskript vor der Drucklegung Ihrer Majestät Geheimem Kabinettsamt einzureichen, das sehr oft dieses Manuskript um das Wertvollste beschneidet und die Geschichte-Schreibung der Geschichte-Fälschung auf eine Weise annähert, die offensichtlich den britischen Intellektuellen überhaupt nicht problematisch ist. Wie sonst wäre zu erklären, daß sie – unbegreiflich für jeden, der kein Engländer ist – sich auch noch befleißigen in ihren Büchern, mit Eifer ihr Wohlverhalten gegenüber dem Zensor, ihre Artigkeit zugunsten des Staates auf Kosten der Wahrheit bei jeder Gelegenheit zu unterstreichen – so Beesly gleich dreimal in seinem Standardwerk, das Tonnen der bisher gedruckten Seekriegs-Literatur makuliert. Beesly, der einmal seelenruhig anläßlich Roskills »War at Sea« hinschreibt: »... aber das durfte Roskill zu der Zeit, als er sein Buch schrieb, nicht sagen«, spricht respektfromm hinsichtlich der Entschlüsselungs-Abteilung des Zweiten Weltkrieges, er könne von der nur erzählen »unter Beachtung der immer noch geltenden Sicherheitsauflagen« und schließt sein Vorwort mit den Musterschüler-Beteuerungen: »Das gesamte Manuskript wurde dem britischen Verteidigungsministerium vorgelegt, um zu gewährleisten, daß keine Verstöße gegen das Sicherheitsgesetz darin enthalten seien.«

Nun gibt es echte Geheimhaltungsgründe und vorgeschobene. Was die Aktion Ultra betrifft, so sind es – da es aktuelle nicht mehr sein können – nur vorgeschobene. Der wahre Grund: in Chauvinismus ausgearteter Nationalstolz, der einfach nicht zuläßt, den Polen zuzugestehen, was sie mit der Eroberung von Enigma für den Sieg der Alliierten geleistet haben! (In Winterbothams Buch kommen Hunderte von britischen, amerikanischen und französischen Namen vor, aber kein einziger polnischer!) Doch dürfte dies nur *ein* Motiv der Regierung sein, Winterbothams Bericht lediglich so lückenhaft zuzulassen; der zweite Grund: die ganze Wahrheit über Enigma würde enthüllen, was die alliierten Militärs ihrer eigenen Strategie und wieviel sie dieser Maschine verdankten; und würde beantworten – eine entscheidende Frage, auf die aber Winterbotham mit keiner Silbe eingehen darf –, welche aus Enigma erbeuteten Nachrichten die Briten ihren russischen Waffenbrüdern weitergegeben haben via Luzern und welche sie den Russen unterschlugen ... ein zu heikles Thema, um jemals erörtert werden zu können! Denn die Verbitterung der Russen, daß ihnen die Briten nur jene deutschen Geheimnisse zugänglich machen wollten, die sie für sie »ausgewählt« hatten, keineswegs aber alle, würde möglicherweise die große Dankbarkeit vergessen lassen, die immerhin die

Russen den Briten *auch* schulden. Zum Beispiel haben sie doch vor der Panzerschlacht von Kursk, diesem letzten deutschen Versuch, August 1943, noch einmal in Rußland offensiv zu werden – sämtliche deutschen Pläne von den Briten zugespielt bekommen; so daß denn diese panzerreichste Schlacht des ganzen Krieges von den Deutschen auch katastrophal verloren wurde …

Auch bedrückt es Colonel Winterbotham – er sagte das noch Ostern 1978 –, daß er allein die Nutznießer dieses bedeutsamsten Beitrags der Polen zum Sieg der Alliierten in seinem Bericht nennen darf, die westalliierte Generalität und Staatsführung, jedoch keinen der Polen, die heute meist als sehr alte Herren deshalb den Mund halten müssen, weil sie ihn in Großbritannien nur aufmachen dürfen, um als Pensionäre ihr bescheidenes britisches Gnadenbrot zu essen …

Wenig bekannt ist ja überhaupt, wie viele polnische Soldaten in der britischen Armee, nicht nur auch als Jägerpiloten in der Battle of Britain gekämpft haben, sondern in Afrika und bei Monte Cassino und im Bomberkommando, in dem allein tausend Polen über Deutschland den Tod fanden. Doch mit der Auslieferung von Enigma an die Briten haben die Polen wahrlich abgezahlt, was England für die Erhaltung und Wiederherstellung eines polnischen Staates geleistet hat … Eine polnische Ballade darf nicht verschweigen, daß die Entwendung dieser Maschine durch Polen den Alliierten erst ermöglicht hat, mindestens außerhalb der Sowjet-Union, wie Winterbotham überzeugend nachweist, ihre Entscheidungsschlachten ausnahmslos in voller Kenntnis der Pläne ihres deutschen Gegners zu führen. Das wird nicht zuletzt dadurch bewiesen, daß die für die Alliierten katastrophal, weil *überraschend* gekommene letzte Offensive Hitlers, die Ardennen-Schlacht, als einzige *deshalb* überraschend kam, weil Hitler seine Befehle nicht durch Enigma »verschlüsselt« funken ließ, sondern sie der Truppe auf altmodische Weise durch Kuriere und Kradmelder übermittelte …

24 Steinbruch

»Der verantwortliche Dienststellenleiter hat nach pflichtgemäßem Ermessen zu entscheiden, ob die Leiche dem nächsten Krematorium zur Verbrennung zu überweisen oder der nächsten Universitätsklinik (Anatomie) zur Verfügung zu stellen ist. Falls die Überführung der Leiche in das nächste Krematorium oder die nächste Anatomie nur unter großem Benzinverbrauch möglich ist, bestehen gegen die Beerdigung auf einem Judenfriedhof oder in der Selbstmörderecke eines großen Friedhofes keine Bedenken. Die entstehenden Kosten trägt die Geheime Staatspolizei.«

Der Reichsführer SS und Chef der Deutschen Polizei – S IV D 2 – 450/42 g - 81 – v. 6. 1. 1943

Zasada fragte – sicherlich schon zum fünftenmal – seinen Henker: »Du wirst die Adresse behalten? – sag sie noch mal!«

Und Victorowicz wiederholte sie ihm. Und dann nahm er ihm die Zigarette aus dem Mund, und Zasada, den das lautlose Weinen beim Schock, als er seinen Sarg entdeckte, wesentlich ruhiger gemacht hatte, stieß den Rauch aus und Victorowicz steckte ihm wieder die Zigarette in den Mund, und die beiden Büttel, an deren Händen Zasadas Hände festgemacht waren, tolerierten diese Unvorschriftsmäßigkeit durch Wegsehen. Und Zasada bat, was er auch schon oft erbeten hatte, Victorowicz solle gleich heute schreiben, damit die Eltern es nicht früher von anderer Seite hörten. »Sag ihnen, daß es mein Kummer war, daß ich nicht selber an sie schreiben durfte«, fügte er hinzu – aber das brachte ihn in Gefahr, wieder zu weinen, und so schwieg er, obgleich ihm noch etwas einfiel zum Brief, den Victorowicz für ihn schreiben sollte. Die beiden hatten sich ausgedacht, daß Victorowicz ihnen schrieb, ihr Sohn sei erschossen worden wegen seiner Liebe zu einer Deutschen und sei sofort tot gewesen, und er lasse sie bitten, sich zu trösten, womit er selber sich auch zu trösten vermocht habe: Daß er nämlich im Gegensatz zu so vielen seiner Kriegskameraden, die wie er von der Schulbank weg zur Front gekommen seien, doch noch vor seinem Tode die Liebe, eine sehr große Liebe, kennengelernt habe. »Und vergiß ja nicht«, fügte jetzt Zasada eindringend hinzu, »ihnen zu schreiben, daß sie dir auf keinen Fall, auf keinen Fall, hörst du – deine Nachricht beantworten sollen. Denn was meine Eltern über die deutschen Schweine schreiben würden, die mich jetzt ermorden, das kann ja nur so ausfallen, daß erstens sie und zweitens du auch noch aufgehängt werden!« Er schwieg nur kurz, dann setzte er aufgeregt hinzu: »Quatsch – du darfst ihnen nicht einmal deinen Namen leserlich schreiben, schreib ihnen, du würdest sie zu Hause besuchen, sobald der Krieg vorbei ist, aber schreib ihnen um Gottes willen deinen Namen nicht – denn meine Mutter wird mehr wissen wollen, sie wird bestimmt sich nicht beherrschen können, sondern dir schreiben. Und dann seid ihr alle drei dran ...«

Victorowicz faßte ihn, auch das hatte er oft getan, begütigend am Oberarm, und Zasada brachte noch hervor: »So dankbar wie ich dir – ist noch keiner seinem Henker gewesen, stell dir vor, ich stände jetzt allein hier mit diesen zwei stumpfsinnigen Polizeischweinen!« Victorowicz spürte, daß Sprechen die Angst unterhalte. So sagte er: »Danken – *mir?* Wenn ich dir wenigstens *ein* Wort von dem sagen könnte, was dir ein Priester mitgeben würde! Aber davon weiß ich nichts –« Zasada war damit tatsächlich abgelenkt, er sagte aufsässig: »Priester? – der wäre mir nur als Landsmann willkommen, aber sonst? Was sollte er mir sagen! Meinen einzigen Trost, obgleich ich mit dem Leben dafür zahle, die Nächte mit Pauline – müßte ein Priester mir wegreden. Nein, wie gut, daß keiner mitgehen darf. Denn die Macht, die er vertritt – wenn das denn eine ist: was tut die denn, uns dort zu helfen, wo wir sie brauchen, auf der Erde? Ich dachte, wenn ich überhaupt denken konnte außer an Flucht, als es zu spät war dafür: Unfair wie das Schicksal! Wär's nicht so traurig – zum Lachen wär's, mit welcher Konsequenz das Schicksal (oder was man so nennt) mich verblendet hat, mit höchster Umsicht ... alles falsch zu entscheiden von dem ersten Verhör an. Und warum? nur damit ich hängen soll für das, was andere ...« Er überlegte, lächelte dann, sagte: »... was andere wahrhaftig preiswerter kriegen: eine schöne Frau!« Dumpf sagte er noch einmal: »Unfair wie das Schicksal!« Nur jetzt keine heikle Pause aufkommen lassen, dachte sein freundlicher Henker; so setzte er rasch dagegen

– und aus tiefster Überzeugung: »Hör auf, dir vorzuhalten, daß du für irgend etwas ›zahlst‹. Was soll das heißen! Für was, verdammt, solltest du *zahlen*?»

Zasada sagte: »Ich habe Pauline ins Konzentrationslager gebracht!«

Fast wütend antwortete Victorowicz: »Und wohin bringt sie dich mit ihrem idiotischen Briefeschreiben? Ihr seid quitt, die Deutschen können nicht auch noch ihre Frauen umbringen, die mit Gefangenen schlafen – sie wird's überleben!« Zasada sagte: »Die Deutschen können. Die können ermorden, so viele sie wollen. In der Judenstadt Lodz, schrieb meine Mutter, gibt es keinen einzigen Juden mehr – meinst du, die seien *umgesiedelt* worden? Daß ich keinen von diesen Deutschen mitnehme, das verbittert mich noch stärker als –« Er schwieg, das hielt Victorowicz für riskant, daher er drängend fragte: »Als was – was verbittert dich?« Gequält sagte der Verlorene: »Als meine Dummheit! Daß ich *alles* falsch berechnet habe seit dem ersten Verhör! Als ich abgeführt wurde, da war ich noch nicht gefesselt: auf Melchiors Hof weg und die Scheune hoch und aus einem Fenster ins Nachbargrundstück, wo ich, aber doch nicht die Bullen, jedes Brett kenne! Natürlich hätten die geschossen! Na – und? Selbst wenn sie getroffen hätten – aber ich glaube, die hätten nicht …« Victorowicz widersprach: »Das haben wir doch alles mehrfach – wie soll ich sagen: nachgerechnet. Du hast ganz richtig gehandelt: erstens dachtest du, der Frau zu schaden, wenn du fliehen würdest …« Zasada lachte: »Ja – eben *das* war ja schon ein Irrtum, es hilft Pauline gar nichts, daß ich blieb!« Victorowicz: »Das weißt du jetzt, das *konntest* du nicht wissen. Außerdem hätten die Schweizer dich ausgeliefert.«

Victorowicz sah jetzt die marschierenden Gefangenen, an denen sie vorbeifuhren – und er sagte betroffener noch, als durch das, was er tun sollte, denn auch bei ihm hatte ein Verdrängungsmechanismus sich einzuspielen begonnen, er dachte nicht mehr an das Entsetzlichste: »Guck – da, Mensch! Jetzt machen die *Deutschen* einen Fehler! – einen *größeren* als du je gemacht hast!« Und als müsse er noch einmal sich überzeugen, daß die zwei Büttel, die auf dem Sarg saßen, tatsächlich keines seiner Worte verstanden, zögerte er, sicherte ab mit Blicken auf die behelmten dumpfblöden Untertanen, ehe er hinzufügte: »Die Kumpel sollen dem Schauspiel beiwohnen – nur haben die deutschen Idioten vergessen, sie scharf genug zu bewachen, so nah der Grenze ... guck doch, zähl doch: weit über hundert, ach über zweihundert und – *zwei* alte Gendarmen! Stani – die schlagen dir eine Schneise, die nehmen dich den Mördern weg!«

Die Marschierenden waren überholt, der Freund sah ihn an, er atmete heftiger. Und lächelte. Und sagte, ohne das zu meinen: »Das gibt's doch nur im Kino. Das kommt nicht vor!« Doch wie er das sagte – spürte Victorowicz, daß Hoffnung in dem Verurteilten aufflammte, eine starke, immer noch wachsende Hoffnung. Nie hatte Victorowicz Berührung gehabt mit einem Menschen in so auswegloser Situation wie ihrer: so wußten sie beide nicht, daß Hoffnung sich – wie bei den Krebserkrankten – freiwächst von allen Kontrollen durch die Realität in *dem* Maß, in dem das Ende unausweichlicher wird ... Und hätten sie das gewußt, sie hätten, eben weil sie so verloren waren, aus dieser Einsicht keinen Schluß auf sich selber gezogen. Victorowicz erörterte schon Einzelheiten: »Die müssen dich ja vorher losmachen von diesen zwei Bullen hier ... und Autos stehen auch genug da rum!«

Zasada wehrte die Hoffnung ab, da sie zu stark in ihm aufstand: »Wie viele willst du meinetwegen opfern ... und vielleicht umsonst! Das kann man nicht verlangen, du!«

Victorowicz widersprach: »Denkst du, darüber wird zuerst abgestimmt! Guck, da sind ja noch mehr von uns, da stehen ja noch mal so viele! Die ranmarschieren, sind ja ein halbes Tausend! Du wirst doch nicht glauben, die glotzen uns an wie die Schafe, wenn ich dir einen Strick um den Hals –«

Jetzt konnte *er* nicht weiterreden. Und der Wagen hielt. Sie waren an Paulines – geschlossenem – Laden vorübergefahren, ohne ihn dank der Plane zu sehen, so wenig sie die Kohlenhandlung Melchior im Vorbeifahren gesehen hatten. Doch nun waren sie mitten im Dorf und vielleicht – dachten sie – hielt der Wagen, weil die Menge ihm den Weg versperrte. »Wo soll es sein?« fragte Zasada – wieder, wie beim ersten Blick auf seinen Sarg, war beim Halten des Lasters alles Blut aus seinem Gesicht gewichen. Victorowicz, der wie er jedes Haus in Brombach kannte, sagte:

»Hier nicht – es kann nicht mitten im Ort sein; die Gefangenen, die zugucken sollen, sind auch noch nicht alle da ...«

Damit hatte er ihre letzte Illusion ausgesprochen. Daß die zwei Büttel noch immer sitzen blieben auf dem Sarg, nur heftiger miteinander redeten, während sie aus dem Wagen herausschauten, sprach auch dafür, daß sie noch nicht beim Galgen angekommen waren. Das Halten des Wagens begann Zasada, da sie ja unter der Plane nicht sehen konnten, was vor dem Auto geschah, jetzt so zu schwächen, daß ihm Schweiß auf die Stirn trat. Er suchte wegzudenken von sich, angestrengt bemüht, dem Platt der zwei Polizisten zuzuhören, weil er sich hütete, die Befürchtung in sich hochzulassen, der Todesort sei doch schon erreicht. Er dachte, hatte oft in den letzten Wochen daran gedacht: Die hängen mich an einem Ast der großen Bäume vor dem Gasthaus! Und die standen nur wenige Meter weit weg. Jetzt hörte er, weil er unbedingt hinhören wollte, obgleich die zwei Polizisten ihr Alemannisch noch barbarischer herauskauderwelschten als Pauline es selbst im Zorn geredet hatte: »Gardinegeld, au Kohlegeld kriegsch net zohlt, wenn du versetscht wirscht ins besetschte G'biet, sonscht hascht aber nur un nur Vorteil dervo, g'waltigi Vorteil!«

Der andere stimmte zu, er hatte gehört, was Kameraden heimschicken konnten, die nach Holland versetzt worden waren, und zählte es neidgelb auf: Pelzmäntel und goldene Uhren standen offenbar obenan in der Werteskala, denn dreimal erwähnte er sie. Der andere hatte Erfahrungsberichte aus Polen, Pelze konnte man auch dort auftreiben, doch von goldenen Uhren hatte er nichts gehört, aber ausgleichsweise von Naturalien: »Von dr Bahn muesch eine kenne, hernoch kanscht heimschicken so viel du willscht, gonze Schweinshälftene; allerdings habbe se in Pole jede Woche au nachts z'due mit sone Sach wie heit wir, un net nur Mannsbilder habbe se dort hinzerichte, allerdings dr Fritz Jacob hot mer net g'sagt, daß die in Pole uffghengt werde, ich glaub, die werde meist erschosse, er hat nur g'sproche, exekutiert wird jedi Wuche un nachts hebbe sie oft Razzia ...«

Der andere befand, das sei »koin Vergnüge«, wußte aber: »Dös zahlt sich aus für die – mer spricht, wer länger als fünf Johr

Dienscht macht im Oschte, kriegt umsonscht en anständien Buurehof als Erbhof in Eijedum un dr Pol, wo bisher dr Hof g'hört hot, der isch dann dr Knecht von deme Duetsche, wo ihn übernomme hot – hanoi warum halte die hier so ane Ewigkeit?« Er stand auf und sah hinaus, Zasada mußte ihm wegen der Handschelle folgen, aufstehen mußte auch der zweite Polizist, der sich jetzt beklagte: »Ausg'rechnet heit, mei Erna ischt beim Zahnarzt un hot mir ufftrache, Donnerschtag sinn nämlich mir dran, beim Metzger die Wurschtbrüh zu hole und uffsetze, denn wer weiß, wie long se z'warte hot beim Selzer, Eiter links im Unnerkiefer.« Die zwei setzten sich wieder, der eine sagte: »Ich häng dös an, wenn uns die Mittachspaus verkürzt wird wege dere dreckige Sach heit – guck die Leut an, was se for G'sichter mach: bubbelär isses net, Karl, was mer da dun – also wann's mi frogsch, die Frau g'hört neben dem uffg'hängt oder keins von beiden!«

Karl erwiderte, es machte ihn sympathisch: »Ich hob die ja guet kennt, en Glück, daß net ii als G'fongener im Nebehuus ohne Weibsbilder ei'gsperrt g'wese bi – un hätt mit dere ze dun g'hobt wie dr Pol hier, der ihr doch immer g'holfe hot's obens – *üe*«, betonte er, »hätt's a bei der versucht, Pfeffer hot die g'habt!«

Da er eineinhalb Jahre mit Alemannen zu Tisch gesessen und gearbeitet hatte, war ihr Platt Zasada zwar nicht nachsprechbar, aber verständlich geworden, – und es hatte ihm geholfen, sich auf das Geschwätz zu konzentrieren, vieles hatte er mitgekriegt. Er hatte Selbstkenntnis und Blick auf sich genug, um zu spüren: Es kam nur noch darauf an, Minuten oder eine Viertelstunde stehenbleiben zu können – nicht umzufallen, seinen Mördern keine Schwäche zur feixenden Genugtuung zu zeigen. Und obgleich der Verlorene das sah in aller Klarheit – umwölkte doch wahnwitzig wieder Hoffnung seinen Geist, der Gedanke an Befreiung durch seine heranmarschierenden Landsleute und die gefangenen Franzosen, die auch mitkamen. Er hatte, als er sich in der Zelle wochenlang mit dem Niederkämpfen seines Lebenswillens abmühte, keine andere Einsicht so hilfreich sich immer erneut eingeredet wie den ganz einfachen Gedanken: Wärst du bei Kowno nicht in die Schulter, sondern in den Kopf geschossen worden – du säßest zwar heute nicht in der Todeszelle, doch du lägst irgendwo von Vögeln angefressen, oder längst untergepflügt oder vielleicht auch in einem Grab: Nun finde dich ab – zwei volle Jahre wurden dir zugelegt, anderthalb davon, bis sie dich verhafteten, waren so glücklich wie Kriegsjahre sein können: nicht an der Front, humane Behandlung, leichte Arbeit und eine Frau, die dir außer einem Kind alles gab, was Frauen überhaupt geben können. Von der Welt hast du nichts gesehen, fast nichts – einmal bei Gdansk die Ostsee, acht Tage. Doch was sonst könnte dir das Leben noch zulegen? Nichts, was du nicht hattest – und wärst du sogar alt geworden!

Diesen vereinfachenden Trost versuchte er abzuschirmen gegen alle Einwände – ängstlich dachte er weg, sobald ihn etwa die zerrende Sehnsucht nach seiner Mutter und nach Lodz anfiel. Ja – endlich fühlte er sich stark genug und Herr über seine sonst wankend gewordene Stimme, zu Victorowicz noch zu sagen, was ihm lange schon eingefallen war, damit der es an seine Mutter schreibe, was jedoch Zasada bisher auszusprechen sich nicht zugetraut hatte, aus Angst, es nicht in Ruhe sagen zu können. Jetzt brachte er schnell heraus: »Schreib meiner Mutter, ich sei ohne Angst gewesen, seit ich mir gesagt hätte: kein Schmerz, den man mir zufügen wird – kann auch nur annähernd so groß sein wie die Schmerzen waren, die meine Mutter bei meiner Geburt hatte.«

Ein Ruck – der Wagen fuhr an, er war herausgerissen aus dem Mechanismus, mit dem diese formelfest gewordenen, weil tausendmal sich eingeredeten Beruhigungsgedanken ihn stets wieder aufrichteten, sobald sein Geist über die Angst – das heißt: über seinen Körper siegte. Doch der Körper war sehr stark! Die Haft, dort das miserabel Gekochte, die zunehmende Angst, sie hatten ihn kaum erst geschwächt: seine mit und von Pauline genossene herrliche Vitalität, sein Eros, der nichts wollte und verstand als Leben – sie wurden aktiviert durch die Todesangst, sie lehnten sich auf und drangsalierten den Jungen; er fühlte die Kraft in sich, mit bloßen Fäusten, wären die Handgelenke sogar aneinander gefesselt, die zwei Büttel bewußtlos zu schlagen – doch so, wie seine zwei Arme, voneinander getrennt, an zwei verschiedene Schergen gekettet waren: gab es keine Hoffnung, nicht die geringste, auf die eigene Wucht und Wut. Hoffnung war nur noch in seinem Blick auf die versammelten, gut vierhundert ungefesselten Landsleute. Die würden doch nicht ruhig bleiben, wenn man ihn –

Doch nun fuhr der Wagen aus dem Dorf heraus. Die schmale Gasse, den Feldweg, in den sie mündete: Viele hundertmal war er mit Melchiors zwei Pferden diesen Weg ins Holz oder zu den Wiesenhängen kutschiert, singend oft oder pfeifend; jetzt kam, gleich links, der Steinbruch, dann nach wenigen hundert Metern bergan fing bereits der Wald an – *der* Wald, der schon die Freiheit war, denn der hörte nicht mehr in Deutschland auf, sondern war zu einem verwachsen mit dem Grenzwald der Schweiz! Wieso – Zasada sah Victorowicz an – fuhr der Laster diesen Pfad zur Freiheit hinan? Zasada fragte: »Wohin?« – irrsinnig hoffend. Da hielt schon der Wagen; sein Halten am Steinbruch war die Antwort!

Mayer, blaß wie das Opfer, so nervös, daß seine Befehle Schreie wurden, öffnete, sich zu beschäftigen, mit eigenen Händen die Klappe. Die Polizisten waren aufgestanden vom Sarg. Jetzt – da drei Aneinandergekettete nur auf Verabredung springen können – wollten sie in die Hocke gehen, wollten auf ihren Hintern herunterrutschen, doch Zasada sprang im Stehen ab. Und sprang weit. Der links an ihn Gekettete, mitgerissen wie der andere, der taumelnd auf seine Füße kam, stürzte beinhart auf die Knie, dann sogar aufs Gesicht; Mayer hob ihn auf, der Bulle hatte aufgeschrien vor Schreck und Schmerz. Er rieb sich ein Knie, sah Zasada an, als sei der noch zu »bestrafen« auch dafür und drohte hilflos: »Idiot, du gottverdammter Idiotenpolacke!«

Mayer entfesselte den Lädierten schon von Zasada, dann den rechts Angeketteten. Er ließ Zasadas Hände nicht aus den seinen, sondern schloß sie sofort auf dessen Rücken zusammen. Der Delinquent, dessen Augen so groß wurden wie sein Gesicht klein, eingefallen – wendete wild den Kopf nach allen Seiten: Er suchte seine Landsleute, die – nicht da waren! Denn der Befehl lautete wohlweislich, sie seien der Exekution fernzuhalten, doch dann an dem Gehängten vorbeizuführen ... Mörder, allein seine Mörder und deren Mitmacher und Gesinnungsgesellen umstellten ihn. Und oben auf den Hängen, den abfallenden Wiesen, da nur der Zugang zum Steinbruch, doch nicht die Sicht in ihn abzusperren war, standen Hunderte von Bewohnern Brombachs, Lörrachs, der Nachbardörfer: Schmeißfliegen, die sich um eine Kloake versammeln. Kein Nazi hatte sie dazu aufgefordert, sondern die angeborene, doch zur Untätigkeit – und wenn sie nicht in den Kriegen gewesen waren, sogar zu lebenslänglicher Untätigkeit verdammte Mordlust hatte sie zu Schau-»Lustigen« gemacht … Auch gingen manche mit, das darf nicht bezweifelt werden, wie sie mitgehen zu Beerdigungen: aus Anteilnahme, die sich anders nicht artikulieren durfte als durch Dabeisein. Und sie waren innerlich aufgerissen von Mitgefühl – einige, sehr wenige sogar gelähmt durch die Gewißheit, hierfür, hierfür auch werde ihr Land bezahlen müssen …

Mayer schrie in den Lastwagen hinein: »Auf was warten Sie?« – da sprang auch Victorowicz ab. Nur schnell jetzt, wollte er denken – doch konnte es nicht, Mayer mußte ihn am Arm nehmen und mitziehen, so wie jetzt der Bulle rechts von Zasada, der nicht gestürzt war – der Hingeschlagene blieb, sich krümmend, zurück –, den Verurteilten mitziehen mußte die ersten Schritte in Richtung des Galgens, unter dem das kleine Pferdewägelchen des »Säugummi« stand – wie die Brombacher den Schweinefütterer Paul Alker nannten, der zwar ihr Mitbewohner war, doch Schweizer Bürger, geboren zu Wettikon, 1892. Herbefohlen heute von Zinngruber, weil ihm Alkers Wagen, mit dem der in Dorf und Umgebung die Küchen- und Felder-Reste als Futter für seine Säue einsammelte, die angemessene Plattform schien für einen Aufzuhängenden, unter dessen Füßen dann der Wagen mit hühott wegzufahren sei, blickte der kleine, halslose rund- und rotköpfige Alker mit einer Gutmütigkeit, die nicht einmal der Schreck hatte aus seinem Gesicht scheuchen können, auf den Polen, der auch *sein* Opfer war … kein Zweifel: Er wußte nicht, was er tat – nur, was er tun sollte; denn das hatte man ihm beredt eingeschärft. Zasada, weiß wie seine Augäpfel, hielt sich fest an dem einen einzigen Gedanken, den er zum Herrn über alle und über sich gemacht hatte – und der ihn bis jetzt nicht im Stich ließ: zeig deine Angst nicht!

Da er sich umblickte nach Victorowicz, eilte der sich, an Zasadas Seite zu kommen. Doch Mayer und einer der Bullen flankierten ihn. Er senkte den Blick, der schon die Schlinge gesehen hatte, die vom Galgen – der war wie eine Teppichstange von Klages und Matzke gezimmert – herabhing über Alkers Wägelchen und seinem kümmerlichen Pferd. So ging Stasiek Zasada seine letzten Schritte hinein in den Kreis seiner Mörder, deren jeder einzelne außer Zinngruber – nach Jahrzehnten leugnete, am Tatort gewesen zu sein. Denn Feigheit war der stärkste Motor ihrer Aggressionen.

Mayer hielt Zasada, der schneller ging, je näher er dem Galgen kam, am Rade des Wagens zurück, es galt noch, die vorgeschriebene Formalität zu »erledigen«. Ein Urteil existierte nicht, jedoch gab es einen vom Reichsführer Himmler persönlich für GV-»Täter« formulierten Richtspruch. Da Mayer nervös war und Zasada der erste, den er hinzurichten hatte, las Mayer die wenigen Worte von einem Zettel, den er suchen mußte: Die Aufregung hatte ihn vergessen lassen, in welche seiner Rocktaschen er ihn gesteckt hatte: Endlich las er vor: »Der Delinquent Stasiek Zasada hat wegen Geschlechtsverkehrs mit einer ehrvergessenen Deutschen sein Leben verwirkt. Zum Schutze von Volk und Reich ist er vom Leben zum Tode zu befördern. Das Urteil werde vollstreckt.« Das Entsetzen hatte einen Umstehenden bei dem Wort »befördern« lachen gemacht, er unterdrückte es mühsam; Roheit war nicht in seinem Lachen, es war ihm auch bei der Beisetzung seiner Mutter aufgestoßen. Er hatte wie alle in diesem Kreis sich nicht klargemacht – zu Hause, im Ehebett, als er gestern abend seiner Frau die Wichtigkeit seiner Anwesenheit erläuterte-, wie nah, wie komplicenhaft er sich heute hier verwikkelte in einen gemeinen Mord. Mit ihm vermieden die andern, das spitz und naß gewordene Gesicht des Polens anzusehen, der jetzt dem nahezu gelähmten Victorowicz etwas sagte, offenbar einen Zuspruch – und dann vor ihm auf die umgestülpte Bütte trat, die als Treppe auf Alkers Wägelchen diente.

Der Arzt hielt für möglich, daß der »Henker« früher das Bewußtsein verlöre als Zasada. So drängte er an Mayer heran und bedeutete ihm, mit auf den Wagen zu steigen. Das war gut, denn Mayer hatte nun doch vergessen, Zasada die Füße zusammenzubinden – und er brauchte länger dazu, als jeder vermutete, als mancher es aushielt, ohne sich wegzuwenden. Auch sonst ging nichts nach Plan: Schon die Schlinge hing zu hoch, Victorowicz fummelte an ihr herum, endlich brachte Mayer sie auf die passende Länge. Doch obgleich er voraussah, daß die Bedenken des Arztes über die Unfähigkeit dieses »Henkers« nur zu berechtigt waren – siegte der Beamte in ihm, er nahm nicht Victorowicz ab, wozu der hier war. Und so führte es dahin, wohin es führen mußte – und vermutlich auch führen sollte, da der Sadist Himmler persönlich den Einfall gehabt hatte, die Exekution nicht durch einen Henker, sondern jeweils durch einen zufällig vorhandenen Landsmann des Opfers ausführen zu lassen: zu einer barbarischen Abwürgerei ... Der Strick saß nicht, wo er sein mußte, um das Genick zu zerbrechen; er war zu kurz, als daß die Fallhöhe vom Wagen herab ausgereicht hätte, den tierstarken Nacken des jungen Mannes, unter dem auch noch mit unpassender Gemächlichkeit Alkers Wägelchen davonzog, so anzureißen, so hart und so ruckartig, daß ihm das Rückgrat gebrochen wurde. Und weil Zasada nicht sterben konnte, lange nicht – so schrie es aus ihm heraus, der gefaßt gewesen war bis zum letzten Moment. Er schrie: »Mutter!«

Er schrie es mehrfach.

Der Fotograf, »weisungsgemäß« erschienen, hatte Zeit genug, einen neuen Film einzulegen.

Da die Durchführer niemals zu fürchten brauchten, je verantworten zu müssen, was sie da angerichtet hatten, so schämten sie sich wenigstens dafür, es nicht einmal vorschriftsmäßig gekonnt zu haben. So furchtbar war selbst für sie, was und wie sie es taten, daß sie übereinstimmend behaupteten, vergessen zu haben, wie es dabei zugegangen sei – denn so wenig konnten sie das jemals vergessen. Nur die Frau des Ortsgruppenleiters, da sie nicht zugeschaut hatte, vermochte über diese »Schweinerei« zu reden. »Unser Vadder«, erinnerte sie sich noch nach sechsunddreißig Jahren, während der Ortsgruppenleiter, nun achtzig, verschämt unter sich sah, »hat hinnerher zwölf Tage nichts können ze Mittag essen.«

Sieben Siebenzeiler

Totensonntag · Etsi omnes ego non!
Hat's noch Zweck?
Menschen zeit*weise* · Adressen
Uns aneinander binden · Notgedrungen

Totensonntag

Generation der Eltern: Wie ein Wald geschlagen.
Asche, Erde alle. Lieder – die verklungen?
Schöngeredet! Lieder *bleiben*. Willst nicht sagen
– weg. Weg! Seifenblasen, die zersprungen.
Nie am Bett, wo du Schlaf und Liebe tankst,
auch am Bett der Freundin – ausbedungen,
nie ein Bild von Toten: Endeangst.

Etsi omnes ego non!

Deutsch: »Selbst wenn alle – ich nicht!«
– ein Bekenntnis der Antike, unbekannt von
wem, doch zeitlos gültig sein Gewicht:
Denn »Nein!« sagen, wenn Mut dazu gehört,
bleibt auch dir nicht immer erspart,
dort, wo alle Welt auf nur *eine* Fahne schwört
– hirnlos böse um *einen* geschart.

An Hans Saner

Hat's noch Zweck?

Zweifelst wieder am Schreibtisch beim Räumen:
Wirst du überhaupt vermissen, was weg?
So beim Kofferpacken: Was wirst du versäumen,
workaholic, fährst du nicht nach Athen?
Nein – *verbiete* dir, so zu fragen:
Nimm noch wichtig, die Akropolis endlich zu sehn!
Stirbst früher, erlaubst du dir, schon zu entsagen.

Menschen zeit*weise*

– dem Lieben zeit*lebens* treu,
macht die Daseins-Reise
zwar stets aufregend neu …
Doch wählt niemand
freiwillig das zuletzt Ruinöse
zum Lebens-Spruchband
– noch definiert es so böse.

Adressen

– handklein das Ringbuch, keine zehn Jahre,
daß ich sie eintrug: Wie viele tot, vergessen
sogar manches Gesicht! Dennoch bewahre
ich sie auf. Ihre Namen nicht aufheben,
ginge mir an die Nerven,
ja, absurd, den Toten ans Leben.
Sie streichen – wäre wie Brot wegwerfen.

Uns aneinander binden

– braucht's diese Kette nicht, auch nicht
Dich zu schmücken … Doch was sonst finden
für meine Dankschuld bis zum Jüngsten Gericht?
Nicht Weißgold trägt die ab um Deinen Hals …
Doch ist schön auf Haut und Kleid.
Bleib bei mir! Gibst warm vor dem Eis des Alls.
Sei da im letzten Augen-Blick! Ist bald so weit.

An Ursel

Notgedrungen

– schönt Benn: »Nicht zu deuten … Lebenswege«,
da *fünf* (!) gefallen sind als fast noch Jungen
aus seiner Familie: Jetzt nur noch Beispiele, »Belege«
zur Statistik: Drei Brüder, ein Vetter, Neffe – gezwungen
zu marschieren. Warum, für wen, wohin?
Wie Tiere Fleisch verschlingen – so verschlungen
von ihrem Staat. Spurenlos, folgenlos. Ein Sinn?

»… drei meiner Brüder fielen auf dem Schlachtfeld … mein Vetter … fiel in der Somme-Schlacht, sein einziger Sohn im letzten Kriege … Meine Frau kam 1945 im unmittelbaren Zusammenhang mit den Kriegshandlungen um.«

Gottfried Benn: »Ausdruckswelt«

Geschichte

Die Tötung Maillols · Verbarium 2000
1918: Der Tod singt · Lemminge
»Der Antritt des neuen Jahrhunderts«

Die Tötung Maillols

»... erfuhr ich eine Nachricht, die mich tief verstimmte: daß nämlich Maillol, der Barlach sehr schätzte, von seinen Landsleuten erschlagen worden sei. Zu den Gedanken, die mir die Zeit erhellten, gehörte auch jener, daß dieser alte, gütige Meister unter uns weilte, in seiner südlichen Bergeinsamkeit unter Marmor und Rosen sich mit einem Stück Brot und einem Schluck Wein begnügend und gerechte Maße entwerfend wie ein archaischer Gott. Mit diesem hätten sie den letzten Griechen ermordet, der unter ihnen war.«

Ernst Jünger, Kirchhorst, am 13. Juli 1945

»Maillol haben sie getötet, Despiau verbannten sie – beide haben uns noch einmal ein Stück Griechenwelt in unserer Sprache geschenkt.«

Max Rychner an den Schweizer Botschafter
in Paris: C. J. Burckhardt, am 25. Januar 1946

»Auto-Unfall« 1944 gibt Frankreich in Lexika
als Todesursache des Dreiundachtzigjährigen an.
Vertuscht, was in Banyuls-sur-Mer geschah:
Die Résistance ermordete Maillol! Leugnet. *Kann*
doch nicht ihre Grande Nation mit Blutflecken
des größten Meisters seit Rodin bespritzen ...

Befreiungsrausch: Auch Picasso muß sich verstecken,
zwei Wochen anonym im befreiten Paris absitzen,
da sie selbst den Spanier als »Kollaborateur« bedrohn.
Maillol fährt ins Gefängnis, denn eingesperrt
wegen »Kollaboration« ist an Vaters Statt sein Sohn.
Rückfahrt: Résistance-Sadisten stoppen den Wagen.

»Kollaborateur« Maillol wird herausgezerrt,
die Kinnlade ihm eingeschlagen ...
Überlebt nur Tage. Kann nicht sprechen. Lallen.
»Schuld?« Kultivierten in Hitlers Besatzer-Armee
hat sein Werk wie das Picassos, Despiaus gefallen:
Besuchten Maillol – nicht zu hindern – im Atelier.

Dank an Jacques Vecker für seine Recherchen am Untatort.

Verbarium 2000

Für Dietrich Simon, der ›Verbarium‹ prägte!

»Ein zu weites Feld«: Rückblick am Jahrtausendende
– doch Inventur zur Jahrhundertwende.

Versammelt zwei Dutzend der Wörter, die es kreiert:
Woran, wenn nicht an Worten, erkennte

Die Nachwelt aus diesem Jahrhundert
»Der Menschheit große Gegenstände«?

– wie Schiller sang, als Anno 1800 eingeläutet.
»Große«? Technik? Künste? Auch. Doch nennte

Niemand sie zuerst, der die Medaille münzte
für Weltkriege und jene Menschen-Brände

Die mehr Zivilisten kremiert als je zuvor.
Fünf Millionen im Holocaust. Bomberverbände,

Die Hitlers Krematorien verschont, verbrannten
siebenhunderttausend deutsche Städter. Wer fände

In einem früheren Säkulum so gigantische
Asche-, auch Schädel-Berge? Verdun! Ende

Für fast zwei Millionen Franzosen, Briten, Deutsche,
für mehr Soldaten, als irgendwo auf *einem* Gelände.

Somme, 1. 7. 16: Trauertag Englands. An *einem*
60 000 tot, verwundet, gefangen. Transzendente

Aspekte – kämen gegen solche Statistiken auf?
Gott sähe *passiv* zu? Ganze Bücherwände

Christlicher Dogmatik sind makuliert seit Nagasaki:
Vivisektion schon Kapitulationsbereiter! Legende,

Gegen Japan verwende Amerika auch die zweite Bombe
– nein: Rußland zu warnen! Japan hob schon die Hände.

Titanic: 1500 schockieren, weil am Eisberg,
nicht durch Krieg ertrunken. Doch gibt's Dokumente

Über *sechzehntausend* Flüchtlinge, tottorpediert
am *selben* Tag in der Ostsee? Wer kennte

Nur die Schiffsnamen? Versenkt 1945 vom russischen
U.-13, konstruiert in Kiel! Geschichte: Wer verstände

Was Goethe: »Das Absurdeste, was es gibt« genannt?
Und unergründlich auch das ursprünglich Intelligente

Sobald realisiert: Mörderisch macht! 100 000 000 Opfer
im Livre Noir du Communisme – ohne Monumente!

Denn jedem Genocid folgt sein Memocid.
Dann – *aller* Geschichte lähmendes Ende ...

1918: Der Tod singt

Vergöttern Völker die »Helden«-Posen
Namhafter, die zum Kriege reizten
– wissen sie von den Namenlosen,
Zwangsrekrutierten, wie Koks Verheizten

Nicht einmal die Zahlen
– die Zahl ihrer Toten!
Vermetzgert von Generalen
für »heroische« Zoten

Im Namen derer
durch den Fleischwolf gedreht,
die der Pfarrer, der Lehrer
noch im Schulgebet

Verherrlichen als Patrioten
– wagt niemand zu sagen:
deren Opfer, die Toten,
um die Bräute, Eltern, Kinder klagen

Seien Schafe gewesen:
statt die zu erschießen,
als deren – Spesen
sie sich abbuchen ließen …

»Herren«, der Front ferngeblieben,
kalkulierten, als nützliche Idioten
würden in der Bilanz »abgeschrieben«:
Diese zehnmal neunhunderttausend Toten!

Lemminge

»Was ein Volk am häufigsten zur Teilnahme an einem Krieg treibt, ist nicht Politik oder Eigennutz, sondern das Gefühl; und wenn ein solcher Konflikt entstünde, würden die Engländer gefühlsmäßig so heftig Partei ergreifen, daß sie keine Neutralität duldeten.«

Der britische Außenminister Grey 1906
zum deutschen Botschafter Metternich

Die Briten, die Deutschen – noch neunzehnhundert
als *die* zwei Weltmächte verhaßt, weil bewundert:
folgten ökologisch-blind dem Zwang

sich zu ruinieren, denn ihr Drang,
Ideale, »Glauben«, Volksvermögen, Blut
(jedes ihrer Schiffe »ruht«

längst als Schrott, meist ohne Kampf vertan)
an die Flotten zu vergeuden, war vom Wahn
gegenseitiger Bedrohung angeheizt.

Die war gar nicht möglich, doch gereizt
schuf der Wahn zum Schluß die Möglichkeiten,
Kieler Woche, Cowes-Regatten zu Konflikten auszuweiten.

König Edward, Neffe Wilhelm – ständig eingeladen;
ehenaher Überdruß, Eifersucht bei Schiffsparaden …
Dreadnoughts, Feuerkraft, Tonnagen eskalieren.

Technische Triumphe – so verlieren,
dank Ententen, Angst sich und Vernunft auf beiden Fronten,
bis ein Krieg doch allen, die sich sonnten

Dort im Treibhaus vierzigjähriger Friedenszeit
die gefürchtete Erlösung schien: »Zum Streit«,
steht in ›Troilus‹, »reizt allzu langer Frieden«.

Churchill, siebzigjährig, resümiert: »Vermieden
werden konnte dieser Krieg von vierzehn nicht.«
Ist der *Wunsch* nur casus belli, bricht

Sich der Todestrieb, im Glück nicht zu entladen,
Bahn zum Mord in Aggressionskaskaden.
Nicht die Vorteil-Sucht, nein: die Natur

Der Gerüsteten, sie stellt die Uhr
auf die Stunde, da die Bombe explodiert!
Ratio, selbst Gelegenheit verführt

Nur sehr selten, weil aus gleichen »Gründen«
Kriege oft jahrzehntelang nicht zünden.
Erst der Angriffs-*Trieb* schlägt Völker blind:

Zuzuschlagen; kaum zu rechnen, wer gewinnt.
Hybris? – Erkrankung des Geistes ohne Schuld?
Strategem diese Flotten: nur Katapult

Zwei Weltmächte um die Macht zu bringen?
Wer verhängt das – Verhängnis? Wer läßt mißlingen,
was noch jede Großmacht erstrebte:

Expandierend zu *dauern* – und nie überlebte?

»Der Antritt des neuen Jahrhunderts«

Meinem verehrten Lehrer in Deutsch und Geschichte:
Dr. Josef Müller-Fleißen in großer Dankbarkeit!

– als einzige Gewißheit bringt er
die zuvor nie erkannte Einsicht:
Da für alle auf Erden nie mehr
Arbeit genug ist, wird Staatspflicht,

Den Verteilerkampf, der mörderisch wird,
immer erneut zu schlichten.
Wer auf Goodwill der Menschen hofft: Irrt!
Völker wie Einzelne verzichten

Nie freiwillig auf Marktanteil – *wollen* Kriege,
einst aus Landgier, jetzt um Arbeit, um Märkte.
Wirtschaft, Technik lösten Militär ab, das Siege
nicht mehr erhofft: Die Atombombe stärkte

Alle Gegner gleichrangig in der Welt …
Doch Krieg hat's im Leib, *will* das Individuum;
hat sich bösartiger als in früheren erst dargestellt
im verflossenen zwanzigsten Säkulum:

Tötete sonst für Freiheit, Glaube, Raumgewinn
– im zwanzigsten absolut inhuman
aus purer Mordlust: Holocaust, Hiroshima – Sinn
und Zweck fehlten beiden! Nur weil freie Bahn

Für die Urlust zum Mord war. Denn wie wehrlos
waren die Juden! Die Japaner schon besiegt.
Doch haben Deutsche und Amerikaner ehrlos,
wie einen, der längst am Boden liegt,

In Auschwitz, Nagasaki Nonkombattanten,
nie gezählte, »zwecklos« vergast, verstrahlt;
wie Briten Städter mit Phosphor verbrannten:
Hitlers Krieg haben mehr Zivile als Soldaten bezahlt.

Schiller bewundert 1800 den »ungehemmten Lauf«
zum Südpol; 2019 soll's die Marslandung geben:
Kosten, Vernunft halten Raumfahrtwahn nicht auf,
obgleich jeder weiß: Wo kein Sauerstoff – kein Leben.

Fraß der Mittelstand längst die Tante-Emma-Läden,
rauben nun Konzerne *ihm* den Besitz: »Kleinen Leuten«.
Weil den Fusionierern *geistige* Schäden,
sie ruinieren damit auch *Bürgerkultur*: Nichts bedeuten.

Abschied nehmen heißt's an des Jahrhunderts Schwelle
auch von seiner Literatur, die wir geliebt;
uns Zeitgenossen der Dichter unentbehrliche Quelle
ihre Bücher – sind die meist spurlos schon weggesiebt:

Denn wer liest noch, der Computer spielt
und allenfalls für Musik via Walkman noch offen?
Bleibt, was bisher Geist, Musen ihr Überstehen erhielt?
Einiges. Das darf, das *muß*, wer lebt – *hoffen*!

Wie ein General seinen Sohn tötete

Wie ein General seinen Sohn tötete hat der Zürcher Felix Müller seine Chronik einer amerikanischen Familie schweizerischer Herkunft überschrieben; das Selbstbewußtsein, ja die Eitelkeit dieser sich als »Dynastie« fühlenden Sippe gehen so weit, dem jeweils Ältesten jeder Generation – wie die Auto-Fords – den gleichen Vornamen: Elmo – zu geben; was es dann nötig macht, vom Großvater zum Enkel wie einst regierende Fürsten dem Vornamen die römische Zahl hinzuzufügen: der Admiral, einst der höchste Marine-Offizier der USA, dank der »Erfolge« in Vietnam und Kambodscha, nennt sich schon Elmo II., weil offenbar sein Vater oder Großvater Elmo I. war. Seinen Sohn, den er in Vietnam – wie zwölftausend noch heute hinvegetierende GI-Veteranen, zwölftausend, die noch *leben*; wie viele es insgesamt waren, das hat kein Mensch gezählt –, seinen Sohn, den der Vater mit Agent Orange besprühen ließ, was den Jungen verkrüppelt und schließlich getötet hat, nannte Elmo II. folglich Elmo III. Und dessen nun – wegen Agent Orange – blödes Söhnchen taufte die stolze Sippe: Elmo IV.

Diese Eitelkeit zu erwähnen, so furchtbar die Familie auch heimgesucht wurde vom Schicksal – von Schuld kann man nicht sprechen, da dem Admiral geglaubt werden muß, er habe Agent Orange für harmlos gehalten, habe gedacht, es entlaube nur die Wälder Vietnams, vernichte »nur« die Ernten, verwunde aber nicht die Menschen –, diese Eitelkeit mag den Vorzug haben, dem jetzt alten Admiral überleben zu helfen und sich vormachen zu können, er selber sei gänzlich schuldlos an der Tatsache, daß sein Sohn durch Agent Orange an Krebs erkrankte und starb, nachdem er den – durch Agent Orange blöden – Enkel gezeugt hat: Wer über gewissen Wahrheiten, hat Lessing geschrieben, den Verstand nicht verlieret, der *hat* keinen zu verlieren. Und die Wahrheit, die dieser Elmo Zumwalt II. sich eingestehen müßte – schützte ihn davor nicht die Eitelkeit –, ist in der Tat entsetzlich. Und tötend …

Es gesteht sie sich *nicht* ein: Chronist Felix Müller ist ein sehr zuverlässiger Mann, und da er mit Tonband sein Gespräch beim

Admiral a. D. aufnahm, so ist das die Garantie, daß Elmo II. die Opfer seines Befehls unter der vietnamesischen Zivilbevölkerung – das können Hunderttausende, ja gar Millionen sein, die da in ihren Dörfern zwischen den entlaubten Wäldern Krüppel wurden – nicht ein einziges Mal erwähnt hat; nicht ein einziges Mal!

Im Gegenteil. Er versichert sogar, heute *wieder* die Wälder entlauben zu lassen, müßte er noch einmal dort kämpfen. Er hat nie davon gehört, daß ein Genie wie Churchill, als man ihm nahelegte, im Krieg gegen Japan auch im Dschungel zu kämpfen, nur sagte: »Bin ich ein Idiot? – man steigt doch nicht ins Wasser, um einen Hai zu töten!«

Also keine Silbe der Einsicht, gar der Reue bei Elmo II. So wenig ein Wort über seine Lippen kam, daß er im Pentagon oder im Weißen Haus eintreten werde für jene seiner Kameraden: die – wie gesagt – mindestens zwölftausend noch lebenden amerikanischen GIs, die ebenso wie sein leiblicher Sohn »dank« seines Befehls ruiniert worden sind, zuerst körperlich – und nunmehr, dank der Gesellschafts-»Ordnung« in Gottes eigenem Lande, auch noch materiell ruiniert werden. Denn der Staat zahlt ihnen *nicht* die Arztkosten, um die Folgen von Agent Orange behandeln zu lassen. »Vater« Staat weigert sich anzuerkennen, daß diese seine ausgedienten Krieger Agent-Orange-Opfer sind … und obgleich Elmo II. selber überhaupt nicht bezweifelt – wie könnte er auch –, daß diese GIs ebenso wie sein Sohn an Agent Orange sterben, tut er nichts für sie. *Er* hat ja seine enorme Admirals-Pension … Mit einem Satz: Er ist ein Schwein.

Zwar Zeitgenosse der Nürnberger Prozesse, in denen doch immerhin – wenn auch viel zu wenige – Militärs aufgehängt worden sind, die verbrecherische Befehle gegeben haben, kommt diesem Elmo II. überhaupt nicht der Gedanke – er hätte ihn sonst doch geäußert in dem sehr gründliche Gespräch –, daß auch er zum Kriegsverbrecher wurde, keineswegs »nur« an den Vietnamesen, sondern auch an zwölf Bataillonen eigener, amerikanischer Soldaten.

Interessant: Elmo II. scheint der erste hohe Offizier zu sein, der lieber als ausgemachter Dummkopf in die Nachwelt abgeht, als sich nachsagen zu lassen und sich selber einzugestehen, daß er ein Krimineller ist.

Meist ist es umgekehrt: die weitaus meisten, die zum Beispiel dem Hitler nachgelaufen sind und dessen Befehle widerspruchslos ausgeführt haben, lassen sich lieber kriminell nennen als dumm. Wer nicht als einzelner, sondern im Schutzverband mit anderen, zum Beispiel in einer Armee, Verbrechen begeht – hat offenbar das Gefühl, die seien keine, sondern nur Kavaliers-Delikte. Tatsächlich läßt sich jeder Kriegsverbrecher von seinem Sohn lieber so nennen als – Dummkopf.

Bei Elmo II. ist das vermutlich nur deshalb umgekehrt, weil auch *sein* Sohn und *sein* Enkel Opfer seines Befehls sind: das erlaubt ihm nicht, daheim noch stolz zu sein und sich kriminell nennen zu lassen wie andere Kriegsverbrecher. Das *kann* er nur mit Dummheit »entschuldigen« …

Vom Fischer un siner Fru

Köchel-Verzeichnis 545
Schweigen in God's Own Country
Wilhelmstraße oder Vom Fischer un siner Fru
Weltall-Allein · Rush-hour · An Bord

Köchel-Verzeichnis 545

»Laßt meinen Sohn Geschichte studieren,
das ist die wahre Philosophie!«
Napoleon

Menschen, Fakten aufzählen,
Philosoph? Nein: Aus Analogien,
die nur sparsam auszuwählen,
– Schlüsse ziehen!

Unnütz, Ereignisse addieren;
die bleiben beziehungslos allein.
Erst sie parallelisieren,
erhellt zwar auch nicht das Sein:

Die zwei Urfragen: Wer schuf warum
die Schöpfung? Doch zeigt Tat-Mechanismen,
zeigt in Aktion den hominem politicum.
Wie gleicht, was er macht, seinen Aneurysmen!

Philosophiere nie ohne Frau, ohne Musik …
Mozarts ›Leichte‹ (La facilità KV 545) legt auf.
Selten Nabelschau! Richtet den Blick
statt in euch – in den Weltverlauf.

Schweigen in God's Own Country

»Die Indianer hatten ihre Familien bei sich ... Ihr Elend war schon alt, und sie wußten, daß es kein Entrinnen gab ... sie haben kein Land mehr ... die Sprache geht zugrunde; und alle ihre Spuren verschwinden. Außer in der Erinnerung einiger amerikanischer Altertumsforscher und einiger europäischer Gelehrter hat ihre Nation aufgehört zu existieren.«

Alexis de Tocqueville:
»De la démocratie en Amérique«, 1835/40

Ein Jahrhundert großer Epik in den USA:
Von Moby Dick, 1850 – bis Der alte Mann
und das Meer ... Nie aber sah,
wer alle Erzähler überblicken kann,
einen Chronisten des Genozids,
der die Indianer ausgerottet ...
Seine Raubmörder nennt Amerika – Witz,
der zynisch der Opfer spottet –

»Siedler«! Verlogen wie »Endlösung«
statt Vergasen ... Wurde je sonst auf Erden
ein Volk seines ganzen Kontinents beraubt?
Spurlos vertilgt. Wie seine Herden
nie mehr zählbar: acht Millionen Menschen?
In Epochen, als Wien und Madrid
vierzig-, dann hunderttausend hatten!
An Gewissensbissen litt

God's Own Country nie, das wie Ratten
durch Farmer die Besitzer gekillt:
Mord um Land – Schnee von gestern ...
Wovon niemand spricht; wovon nie ein Bild
je in den Western,
die *daher*: Alte Familien kamen mit Trecks,
haben ausnahmslos Leichen im Keller,
populär wie nur Dollars, Bier und Sex.

An Fritz J. Raddatz mit Dank nach nun schon
vierzigjähriger Zusammenarbeit.

Wilhelmstraße oder Vom Fischer un siner Fru

»Der Irrsinn ist bei den einzelnen etwas Seltenes – aber bei Gruppen, Parteien, Völkern und Zeiten die Regel!«

Nietzsche

»Die deutschen Welteroberungen geraten mal so, mal anders; zugrunde liegt unwandelbar eine lächerliche Verkennung von Mensch und Ding.«

Heinrich Mann

Von Wilhelms, von Hitlers
Machtstraße blieb
so viel wie Wasser
in einem Sieb.
Planziel: Tausendjährige Dauer
aller Bauten, Eroberungen.
Doch die Nemesis auf der Lauer
– verschlungen

Nach zwölf Jahren
Deutschland als Ungetüm
– einziger Trost:
Staatspower-Undauer synonym.
Die Alleinherrschaft
hier erträumt:
Partei, SS, Wehrmacht
weggebombt, abgeräumt.

Wo einst Reichs-Kanzleien,
Gestapokeller, Hotels mit fünf Sternen,
Auswärtiges Amt, Botschaften, Palais
heute – Wohnkasernen.
Plattenbauten wie allerorten,
überfüllt mit Massengehäusen …
Weltgeistbilanz! Nachbarmorden
folgt die Quittung: Nazi-Preußen

Wie im Alten Testament
»hinweggenommen von seinen Stätten«
Herrscher wie Residenz.
Hier schloß man Wetten:
Moskau, wie im Vorjahr Paris,
binnen sechs Wochen zu besetzen!
Den Kontinent von Narvik zur Adria,
vom Ural bis Biarritz zu vernetzen

Durch »die Straße des Führers,
die Reichsautobahn«.
Die Ukraine: deutsche Erbhöfe …
Ein Volk, *ein* Staat, *ein* – Größenwahn.
Wenigen fällt 1940 als Irrsinn auf,
alle »Artfremden« zu verbrennen.
Beim Endsieg Berlin: Hauptstadt Europas
Germania zu nennen.

Ab Kochstraße bis Brandenburger Tor
übersteht – links – unbeschädigt
ein Gebäude: Görings Luftfahrtamt.
Rechts zwei; beschädigt. Sonst erledigt
jedes Haus – jedes – der Wilhelmstraße.
Weg! Nichts übrig als auf Trümmern Gras.
Über den jungen Wilhelm den Letzten
sagte hier Bismarck: »Kein Augenmaß.«

Der Kaiser baut Schlachtschiffe
– ausgerechnet Queens Enkelsohn!
Gegen seine Mutter-Insel. *Warum*?
Verliert Land und Thron
durch das »große Amphibium«,
wie Churchill England beschreibt;
ein Vierteljahrhundert, ehe Hitler
in der Wilhelmstraße sich entleibt.

»Unsre Zukunft liegt auf dem Wasser!«
drohte der Lahmarmige … Schadenfroh
lachte Gott: Deutsche Matrosen, gefangen,
versenken selbst ihre Flotte in Scapa Flow.
Ihrem Kaiser bleibt statt des Palasts
– eine Kate wie dem Fischer un siner Fru.
Den »Ertrag« des Griffs zur Weltmacht
decken Leichen und – Schweigen zu.

Für Erich Fischer!
ICE Berlin–Basel, am 13. XII. 97

Weltall-Allein

»Wir wissen nicht im entferntesten, was gespielt wird, universal gesehen, wer oder was wir überhaupt sind, woher, wohin … Ein Spiel des Äon, ein Spiel der Parzen.«
Gottfried Benn: ›Zum Thema Geschichte‹

Warum bin ich? Woher, wann, wo?
Widerhaken, Kinderfragen, unerlaubt.
»Menschheit«: Längst hat Prediger Salomo
sie des Größenwahns beraubt

Einer höheren Instanz
Vorsatz, Planung, Ziel zu sein.
Keines Gottes Resonanz
hat sie je getäuscht: Allein

Im All mit der atmenden Natur,
wie ein Tier nur Teil von ihr,
auch der Mensch: Keine Spur
bleibt von Gräsern, Hunden – mir.

Rush-hour

Nie zur »Blauen Stunde«
– zu hohes Risiko!
Nicht gegen Abend – um zwölf
vermutet man dich im Büro.

Tarn dich! Komm mittags
zur Stunde des Pan.
Spielte die Sonne,
wenn wir's getan

Auf deiner Haut,
war ich hinterher nie
– wie abends meist –
der Melancholie

Ausgeliefert,
erbittert allein,
wissend, mußt nachts
»in Familie« sein …

Unsre Rush-hour,
wie wir's chiffriert,
bumerangt als *Aus!*-Trauer
– stiert

die Wand mich an
nach dem ersten Schlaf,
wenn die Hand, dich suchend,
ins Leere traf.

Kürze der Rush-hour
– Signet der Frist,
die allenfalls
mir übrig ist.

An Bord

»Das kopernikanische System ... der stärkste Stoß, den die Weltanschauung des Menschen überhaupt jemals erhalten habe.
die Erde sei dadurch ... nur noch ›Provinz‹, statt Haupt- und Mittelpunkt.«

Albert Einstein am 14. 6. 1927
zu Harry Graf Kessler

»... geradezu ontologische Leere, die über allen Unterhaltungen liegt ... Gespräche, Diskussionen ... in der Tiefe ist ruhelos das andere, das uns machte, das wir aber nicht sehen.«

Gottfried Benn: ›Probleme der Lyrik‹, 1951

»Der letzte Satz wurde zur Legende vom Philosophen Wittgenstein: ›Wovon man nicht sprechen kann, darüber muß man schweigen‹ ... Dennoch ... wenn alle umfassenden Antworten keinen Sinn haben – müssen deshalb auch die Fragen sinnlos sein?«

Ludwig Marcuse: ›Provisorische Philosophie‹;
März 1966

Bugspritzer, Wind, Wolken, Wellen:
Wie Heine, Nietzsche die besungen,
hat deutschen Intellektuellen
deren Sicht aufgezwungen,
samt der Banalität: Genauso verweht
es aus Zeit, Blick, Ort den Menschen auch!
Drängt sich auf an Bord. An der Reling geht

Dein Sinnen vom Kielwasser, Zigarettenrauch
zwanghaft nach innen, zur Frage: Was soll's?
Allangst, pubertär? Schwimmt als Insel
der Planet *zufällig* wie im Wasser Holz
im Äthermeer? Bis er wie ein Blutgerinnsel
abgeht, einfach »aufhört«? Die Erde im All
keine nennenswerte? Wer bist dann du?

Die Schöpfung: ein Betriebsunfall?
Geschichte: Ein *Gott* sähe passiv dem Killen zu?
Der Mensch: Produkt nur vergessener Pillen?
Religion: Allein *Angst* Ursprung der Gottesdroge?
Sinngebung im Geschehen: Selbstbetrug?
Wer *gar nichts weiß*, nennt sich Ontologe!
Nicht verstehen – überstehen sei dir genug.

Buch fürs Jahr

Kalender-Notizen einer 365-Tage-Tournee
Zum 6. August: Ende einer Liebe
Zum 12. September: Beim großen Pan:
Mit Jünger in Lascaux

I

»*Wie* lange wirst du unterwegs sein! – ein ganzes Jahr?«

Tiefer als die Mitteilung selber schockierte mich, daß sie noch dazu lachte! Die Musikerin hatte mir soeben angekündigt, sie gehe mit ihrem Orchester auf eine Tournee um die Welt. Sie hatte geübt, nun legte sie doch Geige und Bogen beiseite, weil sie sah, mit Worten allein könne sie mich nicht trösten; sie nahm mich in die Arme, um zu sagen: »Mehrmals – immer wieder kommen wir zwischendurch doch zurück nach Basel!«

Trostlos entgegnete ich: »Mehrmals – wird selten genug sein; wer fährt schon von Melbourne oder São Paulo ›zwischendurch‹ mal in die Schweiz!« Und während ich das noch sagte – stand mein Entschluß fest, sie zu begleiten, obgleich ich doch kein Musiker bin: Ich würde meiner Redaktion nahelegen – wie sonst sollte ich meine Mitfahrt finanzieren! –, mich bei diesem sehr berühmten Orchester sozusagen als Korrespondent zu akkreditieren. Nicht um über die Konzerte zu schreiben – wie rasch würde das stereotyp, welcher Leser in Hamburg will wissen, wie Beethovens Fünfte am Donnerstag in Peking ankam –, sondern um über Großstädte in fünf Kontinenten zu berichten … Wie aber brachte ich die *Freundin* dazu, diesen Vorschlag zu machen? Denn lieber würde ich mir die Zunge abbeißen, als ihn selber vorzubringen: Sie durfte nicht das Gefühl haben – Gefühl? Es war ja ein Faktum! –, ich käme als ihre Aufsichtsperson mit … »Bin beruhigt«, sagte ich so sarkastisch wie möglich, »daß dir's überhaupt nichts ausmacht, ein volles Jahr von mir getrennt zu sein!«

Und ich zitierte: »Hast ein Reh du lieb vor andern, laß es nicht *alleine* grasen!« Und betonte, sie anblickend wie ein Mörder: *alleine!* Sie lächelte, nicht mehr wie die Freundin, sondern wie eine (nicht ganz verläßliche) Komplizin. Und begann die Eichendorff-Verse aufzusagen, die Thomas Mann zu seinen fünf Lieblingsgedichten gezählt hatte. Sie waren – noch nicht lange her – von zentraler Bedeutung in unserer … sagen wir nicht: Liebesgeschichte, sondern in der Geschichte unseres Zusammenlebens. ›Zwielicht‹ heißt das Gedicht: sehr passend wieder einmal, es war achtzehn Uhr, Ende Mai … in einer Stunde würde sie in die Oper fahren, wo vermutlich nicht nur der Dirigent sie erwartete … ›Zwielicht‹:

Dämmrung will die Flügel spreiten,
Schaurig rühren sich die Bäume,
Wolken ziehn wie schwere Träume –
Was will dieses Graun bedeuten?

Hast ein Reh du lieb vor andern,
Laß es nicht alleine grasen,
Jäger ziehn im Wald und blasen,
Stimmen hin und wider wandern.

Auch sie hatte *alleine* betont; auch sie mich dabei angesehen, als stehe ich vor dem Offenbarungseid. Und sie fuhr fort:

Hast du einen Freund hinieden,
Trau ihm nicht zu dieser Stunde,
Freundlich wohl mit Aug' und Munde,
Sinnt er Krieg im tück'schen Frieden.

Nun küßte sie mich, sagte mit Blick zur Uhr: »Noch Zeit!« Und streifte mir den Rock ab und lockerte meinen Schlips – und zog sich aus und beendete den Eichendorff:

Was heut müde gehet unter,
Hebt sich morgen neugeboren.
Manches bleibt in Nacht verloren –
Hüte dich, bleib wach und munter!

»Hüte *mich*!« murmelte sie. Und schwieg. Und drängte uns, nun in Angst, zum Liegen. Sie hatte meinen Entschluß erraten, sie wiederholte: »Hüte *mich*!« Ich küßte ihre Augen und sagte nur: »*Wie?* – aus dreitausend Meilen Entferntsein?« Endlich seufzte sie: »Dann fahr mit – du *mußt* mitfahren!« Jetzt erst recht vergaß ich nicht, daß so viel Schönheit immer auch »zwielichtig« ist.

Nie sollte sie mir vorhalten können, ich hätte mich aufgenötigt. So gab ich mich ganz und gar überrascht: »*Du* kommst auf Ideen! – wie könnte ich mitkommen?«

Doch hatte sie immer gewußt, wie Geschäft und Liebe zu vereinbaren sind – ja, hatte das eine fast zur Voraussetzung des anderen gemacht, zuweilen. Jetzt auch. Gebieterisch, wie sie mich nahm, sagte sie:

»Freizügig sein war immer die einzige positive Kehrseite deines häufigen Fortseins ... Reisen *ist* bei Journalisten, die keine Redakteure sind, der Beruf, bei anderen nur das Vergnügen.«

Ja, da berührte sie eine der Absurditäten meiner Existenz: Daß ich nie gern gereist und doch Journalist geworden war, denn, wie Bismarck richtig formulierte: »Ein Zeitungsschreiber ist ein Mann, der seinen Beruf verfehlt hat!« Fast jeder, wahrhaftig, hat »eigentlich«, wie wir alle sagen, etwas anderes werden wollen. Ich klagte noch, dann ging die Liebe über uns hin: »Du weißt, ich hasse Reisen, ich bin doch immer lieber schon dort *gewesen,* wo ich erst hin sollte!«

Doch natürlich würde ich – der Schwächere, der Ältere gibt nach – ihr folgen, wohin immer sie wollte. Ich spürte, sie über mir, ihr dankbar: so intensiv lebt nur, wen die dunklen Wogen in der flutharten Brandung vor Sylt umwerfen, wenn er im Norden der Insel, am Kliff, noch im Abendlicht badet; elementar, also nie ganz ungefährlich ... Und ich dachte *nicht,* weil das zu selbstverständlich ist: Ein Jahr – sehr, sehr lang, ein Jahr – dürfen sich nicht trennen, die sich lieben. Eine Tournee ... nein, das wollte ich mir denn doch nicht ausmalen ... im gleichen Hotel da, im Bus, im Flugzeug, in der Bahn, auf Schiffen mit ... Unmöglich! Und wie ehrlich war's von ihr, nun zum drittenmal und in Panik und Lust zu sagen: »Hüte *mich*!« Sie hatte es ja genau *so* viel schwerer als andere, wie sie schöner war: kupferschimmernd, mir fiel ein, irgendwo in den ›Blumen des Bösen‹ wird der Leib der Geliebten so genannt. Ja. Und wie sooft dachte ich hinterher: Könnte ich sie zeichnen. Wo Sexualität nicht von ihr ablenkt – lenkt sie stärker zur Kunst hin als alles andere.

»Du mußt auch *mich* hüten«, gab ich zu: »Je älter, je schlechter kann man allein sein!« Sie lachte. »Je älter – je schlechter überhaupt! Keineswegs nur was das Alleinsein betrifft. Natürlich nehme ich dich mit schon seinetwegen!« sagte sie mit zärtlichem Griff so lustig wie lasziv.

Denn notgedrungen – Partner, die sich lange haben, sind das immer nur notgedrungen – waren wir ziemlich ehrlich miteinander. Beflügeln tut das ja nie, aber nötig ist es, wenn es trotzdem weitergehen soll. Obwohl »es« passiert ist. Und man den Abschiedsbrief geschickt hat, der dann doch keiner wurde. Ihm – meinem Brief, nachdem ich ihren erhalten – hatte ich diese Eichendorff-Mahnung beigelegt, die seither »unser« Gedicht war: Laß es nicht alleine grasen ... Mein Vorschlag war gewesen, endlich einmal Tacheles zu reden ... Sie wies ihn zurück – auch in Gedichtform; das Motto hatte sie beschrieben als eine Naturnotwendigkeit, der sich *grundsätzlich* entziehen zu wollen bedeute, daß man aufs Leben selber verzichte: »Es kommt doch darauf an, was die zweie *machen* aus der Dazwischenkunft des / der Dritten!«

Sie schrieb:

Tacheles reden? – lieber nicht!

»Nichts ist bedeutender in jedem Zustande
als die Dazwischenkunft eines Dritten.«
Goethe

Bist mir ja trotzdem treu
– ich trotzdem dir!
Zärtliche Scheu
verwehrt, daß wir,
die nicht gleich Schwänen
eine / einen nur lieben,
frühmorgens erwähnen,
wo wir abends geblieben.

Auskunft nicht erbeten:
Worte – Dynamit!
Wozu Tacheles reden,
ob wir zu viert, zu dritt?

Nimmst du dich ihm
– nimmst du auch mich?
Kann denn im Team
nicht Treue sich
realisieren wie zu zweit?

Liebe wird Lüge – monogam.
Treu aus Zwang nur, unter Eid?
Liebe, die so unduldsam,
wäre *sie* denn ideal?
Gradlinig statt zu mäandern?
Selbst der Kelch beim Abendmahl
muß durch die Gemeinde wandern.

Aus dem »Paradies« befreien,
glückt nur, spielt die Schlange mit.
Und sie tut es! Weil zu zweien
immer der / die Dritte – tritt.

II

Basel, das Dreiländereck Schweiz, Frankreich, Deutschland, wird halbiert durch den Rhein, der von dort – entsprungen am Sankt Gotthard – die langen, breiten, schweren Lastkähne noch 999 Kilometer weit bis Rotterdam trägt. Das hat jeder in der Schule gelernt. Doch daß die einstige Römerresidenz Basilea, später Hochburg der Humanisten, dann der Bankiers und Pharmazeuten, kürzlich zum zweitenmal durch ein Erdbeben untergegangen – man baut wieder auf –, um die Mitte des 20. Jahrhunderts eines der gesuchtesten Orchester der Welt besaß, das ist rasch vergessen worden, obgleich diese Musiker in beinahe allen Metropolen des Planeten zu Gastspielen eingeladen waren. Da ich also mit mußte, ist en passant dieses Reise-Journal entstanden: 365 Kalendernotizen, für jeden Tag des Jahres eine; nur wenige sind hier schon verbucht …

Als noch die Berliner Philharmoniker ihrem Dirigenten Karajan verwehren wollten – doch vergebens –, auch nur *eine* Frau mitspielen zu lassen, eine heute nicht mehr begreifliche Intoleranz, da waren längst im Basler Orchestergraben die Damen in der Mehrzahl. Zum Glück dieses Buches! Hielt doch Stendhal fest, es sei stets vorteilhaft für einen Roman, wenn dessen Handlung eine Frau bestimme. Dies ist kein Roman. Diese hier versammelten Texte haben fast so viele Urheber, wie das Jahr Tage hat; fast. Keineswegs haben nur die Mitglieder des Orchesters beigetragen. Und die 365 Kalendernotizen, von denen wir hier erst einige zurechtgefeilt haben, diese Notizen sind auch nicht nur – doch fast nur – an jenen Orten geschrieben oder auf Band gesprochen worden, in denen die Basler musiziert haben. Diese Philharmoniker waren übrigens bei weitem nicht alle gebürtige Schweizer; das dreisprachige Ländchen hat in seinen guten Zeiten immer auch Fremde mitwirken lassen. Sagte früher der Volksmund: »Mit dem ist es nicht weit her«, so meinte er selbstkritisch: Der ist auch nur von hier! Dagegen helfen Reisen und Ausländer; und Ausländer sind wir alle – fast überall.

Einige dieser Kalendernotizen sind Jahrtausende, viele sind Jahrhunderte alt; neu ist an ihnen, daß sie hier versammelt wurden. Daß Frauen mehr als Männer dabei mitgewirkt haben, war vielleicht unbewußt eine Vorsichtsmaßnahme: Männer allein als Beiträger hätten womöglich das Buch entarten lassen zu einem für Gelehrte. Man erinnere sich des Mißtrauens der Königin Margarete von Navarra, die anfangs des fünfzehnten Jahrhunderts bei der Zusammenstellung ihres ›Heptameron‹ ausdrücklich untersagt hat, daß auch Gelehrte unter den Beiträgern sein dürften … Frauen, hatte sie vermutlich beobachtet, und beobachtete auch ich, spezialisieren sich selten so ausschließlich – nämlich das Leben ausschließend – und bleiben ihm daher in Alltag und Allnacht viel enger verbunden sogar dann, wenn sie Männer übertreffen an Gelehrsamkeit.

Auf Reisen sind Frauen in ihrem Element; Männer meist nur in Geschäften. Frauen sind »wunderfizzig«, wie die Alemannen statt »neugierig« sagen, durchweg – Männer nur im Hinblick auf ihr immer eingeschränktes Spezialgebiet. Der weiblichen Reiselust, die sogar (merke ich an mir) grauhaarige Seßhafte ansteckt, kommt entgegen die immer neue Umgebung; selten nur gastieren die Symphoniker mehrere Tage im gleichen Konzertsaal. Jeden Vormittag im Bus oder Flugzeug, auf dem Schiff oder im Zug verlangen einige Orchestermitglieder zu hören (und heftig zu kritisieren), was am gestrigen Spätnachmittag zwischen 16 Uhr 30 und 19 Uhr aufgeschrieben wurde oder auf Band gesprochen; sehr oft habe ich nur weitererzählt, ja wörtlich zitiert, was sie, meine Mitreisenden, mir zutrugen an Kalendernotizen. Und nicht allein die Musikerinnen und Musiker, auch ein Kapitän, ein Konsul, ein Zimmermädchen und Telefonistinnen in unseren Hotels, eine Botschafterin, ein »Jäger«, der offenbar auch Menschen schoß, die Verkäuferin in Los Angeles, bei der ich einen neuen Koffer erstanden habe.

Übrigens ergreift der Wille eines Buches, zu entstehen – ein durchaus eigener, nicht nur an den Autor gebundener Wille –, über auf die ganze Umgebung und zieht jene an, die dazu helfen können. Gemeinsame Arbeit ist die inspirierteste: von wem inspiriert, fragen wir uns oft! (Und ist auch die Intimität schaffende schlechthin. Welche Partner zu Hause, fragte neulich jemand resigniert, haben eine Chance gegen Partner im Beruf?) So sind es die langweiligsten Geschichten gewiß nicht, die ich von Kolleginnen und Kollegen nur deshalb zu hören bekam, weil ich versicherte, sie so aufzuschreiben, daß nie ein Leser jene Menschen herausfände, die sie mir anvertraut haben. Verschwiegener als Beichtvater und Arzt zusammen muß sein, wer schreibt: sonst erfährt er nur, was kaum des Nacherzählens wert ist …

Also ist auch dieses Buch »das eines Kollektivwesens«, wie sogar Goethe sein Gesamtwerk gegenüber Soret nennen mußte: »Was bin ich selbst? Was habe ich getan? Ich habe alles, was ich gesehen, gehört, beobachtet habe, gesammelt und verwertet. Meine Werke haben von tausend verschiedenen Personen Nahrung gezogen; Unwissende und Weise, geistvolle Männer und Dummköpfe, die Kindheit, das Reifealter, das Greisenalter, alle kamen und boten mir ihre Gedanken und Fähigkeiten an, ihre Hoffnungen, ihre Art zu sein; ich habe oft geerntet, wo andere gesät hatten. Mein Werk ist das eines Kollektivwesens.«

III

Da ich an einem 6. August – Jahrestag der Hiroshima-Tragödie – diese Reinschrift beginne, so setze ich an den Anfang die Liebesgeschichte, genauer: das Ende der Liebesgeschichte einer Engländerin, die als schon betagte Geigerin diese Tournee benutzt hat, noch einmal die Welt zu umreisen. Warum eine Liebesgeschichte anläßlich des Abwurfs der ersten Atombombe?

Ich mache mit ihrem Bericht, wie sie ihn mir auf meine Bitte teils aus ihrem Kriegstagebuch gab, teils unterwegs aufschrieb, jetzt hier, ohne Zusatz, ohne Streichung, den Anfang:

Zum 6. August: Ende einer Liebe

»Das Feuer war die erste Entdeckung der Menschheit; dies ist die zweite!« So charakterisierte vorgestern Winston Churchill den ersten Atombombenversuch der Amerikaner, als er – 23. 7. 1945 – meinem Chef davon berichtete. Dann komplimentierten die beiden mich aus dem Zimmer, weil sie offensichtlich noch Geheimeres besprechen wollten als Einzelheiten über die soeben erfundene Atombombe.

Was kann es geben an noch Geheimerem?

Nur eines: ob man diese apokalyptische Waffe den schon besiegten Japanern tatsächlich noch antun soll oder nicht ... Denn wir wissen seit vierzehn Tagen durch abgefangene und entschlüsselte Telegramme: Japan will sich ergeben. So reichte der Feldmarschall mir seinen Schlüsselbund: »Leutnant, bitte – holen Sie aus dem Safe jetzt gleich für den Premierminister die Kopien der Telegramme – mit denen die Amerikaner ihren Präsidenten hier von den japanischen Friedensfühlern informiert haben! Danke –«

Ich war schon an der Türe, da rief Lord Alanbrooke: »Drei sind es, höchstens fünf.« Ich sagte: »Es sind fünf, Sir – sofort!«

Damit ließ ich sie allein, den Premierminister und seinen Empire-Generalstabschef, den ranghöchsten Soldaten Großbritanniens, dessen einziger – weiblicher – Ordonnanz-Offizier ich bin, jedenfalls hier auf der Potsdamer Konferenz. Ich bin schon vier Kriegsjahre lang Sir, dann Lord Alanbrookes Sekretärin in der Uniform des weiblichen Heereshilfskorps.

Diesen Safe nehmen wir aus London zu jeder Konferenz mit, weil wir nie wissen, ob wir im Ausland – sei's in der Festung Quebec, sei's in Jalta auf der Krim – eine sichere Ablage zur Verfügung haben. Der jetzige Tagungsort ist Schloß Cäcilienhof bei Potsdam: bis vor vier Monaten – als er vor den Russen flüchtete, die dann Berlin stürmten – der Wohnsitz des deutschen Kronprinzen, der 1918 wie sein Vater hat abdanken müssen ... Neben dem Feldmarschall Lord Alanbrooke haben nur Oberst Boyle und ich je einen Schlüssel zu diesem Safe, der nicht größer ist als ein kleiner Eisschrank; keiner von uns dreien kann ohne den Schlüssel des anderen öffnen. Das allein schon bedingt eine Intimität des Zusammenseins, wie sie noch enger nur bei siamesischen Zwillingen nötig ist. Mich störte das nie. Denn zu märchenhaft interessant ist als Beobachtungsposten die Stellung, in die vor fünf Jahren der Kriegsbeginn mich zwangsverpflichtet hat. Aber ebendeshalb geschieht es so sensationell *selten,* daß ich noch aus dem Raum geschickt werde, wenn *top secret*-Sachen beredet werden. Hat doch Churchill so sehr das Gefühl, ich gehörte dazu – schon weil mein Chef oft verlangt, daß ich mitstenografiere, was ihm der Premierminister aufträgt –, daß ich das kaum je erlebte. Churchill, wenn er zu meinem Chef kommt oder der mich mitnimmt zu ihm, gibt auch mir stets die Hand. (Generale tun das nie; monströs arrogant ist Montgomery, der auch niemals mit einem der ihm unterstellten Generale essen würde.)

Heute aber ging es nicht um eine taktische Frage wie sonst fast immer. Heute geht es um eine moralische ersten Ranges: Darf man einem geschlagenen Volk, das sich bemüht, zu kapitulieren, noch eine Bombe antun, die angeblich schon ausreicht, allein eine ganze Großstadt auszulöschen? Und von der man weiß, sie einzusetzen ist nicht mehr nötig gegen *die,* die von ihr massakriert werden. Sondern nötig könnte sie werden, um unseren Verbündeten, den Russen, zu demonstrieren, daß wir mit der neuen – eine Bombe auch gegen *sie* haben; auch sie in Schach zu halten!

Mit ihrem Marschall Stalin, der noch vor einer halben Stunde mit dem Präsidenten der USA und unserem Premierminister seine Nachtischzigarre dreißig Meter vor meinem Fenster geraucht hat – denn der Zigarettenraucher Stalin, der mir gestern auf eine Menukarte sein Autogramm gab, hat sich hier von Churchill einige Riesenzigarren schenken lassen, und er raucht einen ganzen Abend lang an einer einzigen dieser Zigarren –, mit Stalin also sind die Russen jetzt zur Bedrohung des Kontinents geworden. Wo immer die Rote Armee einmarschiert – Polen, Rumänien, Bulgarien, Ungarn, Tschechoslowakei, Österreich –, verbieten sie freie Wahlen, um die kommunistische Diktatur zu errichten.

Die Japaner sind am Ende. Ihr Botschafter in Schweden sagte vor vierzehn Tagen bereits dem Grafen Bernadotte, sein Kaiser verlange von seiner Regierung, zu kapitulieren. Auch der japanische Botschafter in Moskau ist angewiesen, den Kreml um Vermittlung der Kapitulation zu bitten, denn mit Russen und Schweden haben die Japaner noch keinen Krieg. Im März, in einer einzigen Nacht, haben die Amerikaner über hunderttausend Tokioer verbrannt: Die Phosphorbomben verwandeln die Holzhäuserstadtteile in Krematorien, deren Temperaturen die Hitze bei üblichen Verbrennungsprozessen weit übertreffen ... Und Großbritannien gab vor vier Jahren den Amerikanern die Anregung zum Bau der Atombombe und hat volles Mitspracherecht bei der Entscheidung, ob sie noch eingesetzt werden solle. Denn wir wissen ja nun: Eine Invasion der japanischen Mutterinseln, die grausam viel britisches und amerikanisches Blut gekostet hätte, ist nicht mehr nötig – Tokio *ist* bereits auf die Knie gezwungen!

Das Entscheidende: Diese neue Waffe kann eingesetzt werden nur dann, wenn man sie zur *Mord*-Waffe macht; eine Bombe, die gänzlich ungeeignet ist, auf eine Panzerdivision, eine Rüstungsfabrik oder ein Schlachtschiff geworfen zu werden – dafür ist sie zu gigantisch! Sie kann nur eingesetzt werden gegen Großstädter, also gegen Unbewaffnete, vorwiegend gegen Frauen, Kinder, Greise – denn wehrfähige Japaner leben nicht in den Städten: Die wehrfähigen sind an den Fronten! ... Ebendeshalb hoffe ich noch, das Gewissen verwehrt es uns, sie abzuwerfen.

Fünfundvierzig Jahre später, fast siebzig Jahre alt, beende ich diesen Bericht, den ich damals nicht abschließen konnte: Hätte jemand gelesen in Potsdam, was ich da getan habe, ich wäre nicht »nur« unehrenhaft aus der Armee entlassen, sondern vermutlich für dreißig Jahre wegen Geheimnisverrats und Sabotage eingelocht worden; möglicherweise sogar hingerichtet …

Ich informierte nämlich meinen Geliebten, einen der damals profiliertesten Journalisten, der für ›New York Times‹ mitgereist war auf die Potsdamer Konferenz, und wollte ihn zwingen, an die große Glocke zu hängen, an die Weltöffentlichkeit, erstens, daß Japan bereits kapitulationsbereit sei; zweitens, daß dennoch England und die USA sich entschließen würden, ihm die Atombombe anzutun, nur um sie auch noch an Lebenden auszuprobieren; und vor allem: um die Russen einzuschüchtern!

Daß sogar *zwei* Bomben noch auf Japan abgeworfen werden würden, denn Nagasaki wurde ja – und *das* war nazihaft – ebenso weggemacht wie einige Tage vorher Hiroshima, hätte ich selbst uns nicht zugetraut!

Daß ich erst nach Jahrzehnten diesen Bericht fortsetze – hat immerhin den Vorteil, daß jedermann sich überzeugen kann, ich sei nicht hysterisch gewesen: Denn längst liegen nun gedruckt die Tagebücher meines Chefs vor, des Feldmarschalls Viscount Alanbrooke. Im zweiten Band ›Triumph In The West, 1943–1946‹ – kann man nachlesen, notiert von ihm in Potsdam am 23. Juli 45: »Um 13.30 Uhr zum Mittagessen beim PM [Premierminister]. Er hatte die amerikanischen Berichte über die Ergebnisse der soeben in den Staaten mit dem neuen Sprengkörper angestellten geheimen Versuche gelesen und alle die kleinen amerikanischen Übertreibungen mit eingesogen. Infolgedessen war er ganz hingerissen. Es sei nun nicht mehr notwendig, daß die Russen in den Krieg gegen Japan einträten; der neue Sprengkörper allein würde genügen, die Sache zu schaffen. Außerdem hätten wir jetzt etwas in der Hand, das das Gleichgewicht mit den Russen wiederherstelle. Das Geheimnis dieses Sprengkörpers und die Macht, ihn zu benutzen, werde auch das seit der deutschen Niederlage ins Treiben geratene diplomatische Kräfteverhältnis völlig verändern. Jetzt hätten wir einen neuen Trumpf, der unsere Position wiederherstellen werde. (Das Kinn vorgereckt und mit finsterm Blick:) Jetzt könnten wir sagen: ›Wenn Ihr darauf beharrt, dieses oder jenes zu tun, nun gut … Und wo bleiben dann die Russen!‹«

Noch furchtbarer, daß Alanbrooke später ergänzte: »Es ist interessant, Winstons Reaktion und meine Gegenreaktion auf die Nachricht über die Atombombe zu vergleichen. Winston hatte ihre künftige Bedeutung für das internationale Kräfteverhältnis viel richtiger erkannt als ich. Was mich aber beunruhigte, war, daß er sich mit seiner üblichen Begeisterung für jedes Neue durch die allerersten und ziemlich dürftigen Berichte über die erste Atomexplosion hinreißen ließ. Er sah sich bereits in der Lage, alle russischen Industrie- und Bevölkerungszentren austilgen zu können, ohne eines der damit verbundenen Probleme, wie die Lieferung der Bombe, die Produktion der Bomben, die Möglichkeit, daß die Russen ebenfalls solche Bomben besaßen, usw. in Betracht zu ziehen. Sofort hatte er sich selbst als den alleinigen Besitzer dieser Bomben vorgestellt, der sie abwerfen konnte, wo er wollte, und somit allmächtig und imstande war, Stalin zu diktieren!«

Also während sie täglich – nächtlich mit den Russen tafelten, die soeben mit vierzigmal mehr Todesopfern als Großbritannien, »der faschistischen Bestie das Rückgrat gebrochen« hatten, wie Stalin das ausdrückte – bereits Churchills und auch Alanbrookes Erwägung, sie mit Atombomben zu überfallen! Daß Stalin angesichts solcher »Freunde« es für gut hielt, einen Cordon sanitaire aus lauter kommunistischen Pufferstaaten zwischen sich und den Alleinbesitzern der Atombombe zu errichten: Wer könnte ihm das übelnehmen?

Daß die Tagebücher Alanbrookes keine Silbe enthalten über die japanischen Geheimversuche, sich uns zu ergeben, ist »logisch«! Denn alles, was nicht genehm ist, wird gestrichen; sogar Churchill hatte nicht das Privileg, seine Geschichte des Zweiten Weltkrieges zu veröffentlichen, bevor er Ihrer Majestät Geheimem Kabinetts-Amt die Manuskripte zur Zensur eingereicht hatte. Ausländer ahnen nicht, wie scharf bei uns die Geschichte-Schreibung gefilzt wird. Im Grunde war alles über den Zweiten Weltkrieg bis dreißig Jahre nach Kriegsende nur gefälscht bis halbwahr, bevor der französische Oberst Bertrand, den sie nicht an die Kette der Zensur legen konnten, die Wahrheit über Turings Geniestreich in London veröffentlichte: Daß dieses achtundzwanzigjährige Genie der Mathematik und Physik die ›Enigma‹ geknackt hat, die supergeheime Chiffriermaschine von Hitlers Wehrmacht, was natürlich den Verlauf aller Schlachten des Hitlerkrieges wesentlich zum Schaden der Deutschen mitbestimmt hat.

Auch ich hatte das, was hier vorging, dokumentieren wollen, schon während es passierte und während ich vergebens versuchte, meinen Freund zu überreden, es der Weltöffentlichkeit zu sagen! Doch erst an Toms Reaktion: »Glatter Landesverrat, wozu du mich da anstiften willst!« – merkte ich, wie töricht es sei, Schriftliches darüber festzuhalten, was mich ja ausliefern würde, käme es zu einer Untersuchung.

Es kam nie dazu, weil Tom – kniff! Aber nicht nur aus Geheimhaltungsgründen hatte ich 1945 nichts aufschreiben können über diesen von mir verlorenen Kampf mit dem Mann, den ich liebte – und nicht mehr lieben konnte, als ich entdecken mußte, er sei ein Feigling. Sondern auch, weil ich vermutlich überm Schreiben nachgiebig geworden wäre: Schreiben objektiviert, rückt von uns ab, was uns aufregt und erschüttert hat. Wer darstellt, der kann schon wieder mit Gelassenheit sprechen von dem, was ihn noch kurz zuvor zum Schreien oder Schweigen gebracht hat. Das wollte ich nicht: nachgeben. Ich mußte mir ein bißchen künstlich die *Verachtung* für meinen Freund bewahren – weil ich sonst *mich* verachtet hätte, weiterhin mit ihm zu schlafen; er hatte sich als Feigling und – noch weniger zu entschuldigen – als zynischer Egoist erwiesen! (Denn wer kann dafür, daß er feige ist!)

Diesen Augenblick der Wahrheit vergesse ich nie, Ende Juli, stehende, stechende Hitze, windlos, im parkgroßen Garten jener Villa in Babelsberg, aus der wir Nazis hinausgeworfen hatten, um dort unsere Wohnquartiere aufzumachen. »Gehen wir spazieren«, sagte ich, amtlich wie wir alle davon informiert, daß die Russen natürlich unsre sämtlichen Räume mit Wanzen bestückt hatten, von denen gewiß unser Sicherheitsdienst nur einige hundert hatte entfernen können … Selbstverständlich gaben unsre

Verbündeten an, nicht sie, sondern die Deutschen hätten das noch getan – die müßten also ihre eigenen Villen mit Abhörgeräten verunsichert haben ... absurd! Ein Teich war da, von Soldaten, die vor uns hier gehaust hatten, längst mit Handgranaten leer-»gefischt«! Eine Gartenrotschwänzchen-Familie nistete, bedroht von Katzen, an einer Balkonmauer, die in meiner Lieblingsfarbe leuchtete: Clematis, dunkelblau-lila wie Königskerzen. Eifrig wie unsre Versorgungsbomber, die tief Tempelhof anflogen, um unseren Truppen Proviant zu bringen, flogen die Rotschwänzchen-Eltern zu einem Holunderbusch und brachten ihren eben Ausgeschlüpften Nahrung ... »So paradiesisch also haben wir's!« sagte ich zu Tom. »Kein einziger Alliierter hat mehr irgendeinen Zweifel, daß die Japaner ganz bald, vielleicht diese Woche noch, die Waffen strecken: Du *mußt* es tun!« Wieder sagte er zärtlich und heftig zugleich: »Du bist verrückt: wir würden beide wegen Landesverrat für den Rest unsrer Tage eingebuchtet!«

Und abermals, wie schon gestern abend, erklärte ich überzeugend – doch er tat, als überzeuge ihn das keineswegs –, daß niemand *mir* beweisen könne, ihn unterrichtet zu haben. Er aber, keine Militärperson, erfülle doch nur seine Journalistenpflicht, wenn er öffentlich mache, wozu kein Militär aufgrund seines Eides die Berechtigung habe: daß aus einem grauenvoll inhumanen Automatismus heraus diese Bombe noch eingesetzt werden solle, obgleich der Krieg gewonnen war! Und daß sie eingesetzt werde gegen ein Volk, das immerhin kein einziges englisches oder amerikanisches Bevölkerungszentrum je gebombt hatte! »Ja, weil sie's nicht *konnten*!« rief Tom höhnisch: »Weil die Japaner weder Raketen noch Bomber haben, mit denen sie auch nur Australien geschweige denn England oder Amerika verwüsten könnten: hör auf, Lis!« Er schrie jetzt fast, wir waren ja auch allein im Park: »Hör auf mit deinen Wehklagen über ein verdammt blutrünstiges Pack, das Zehntausende unsrer armen Gefangenen ermordet hat, sofern es überhaupt Gefangene machte! Und das schon 1937 – so wie Hitler Guernica – Shanghai bombardiert hat!«

So ruhig mir's noch möglich war, antwortete ich: »Hängt die auf, die Verbrechen angeordnet haben! Aber verbrennt nicht ein

Volk, das so unschuldig an diesen Verbrechen ist wie unseres am Einsatz der Atombombe! Die Städter Japans – weiß Gott – haben hundertfach ›bezahlt‹, durch die amerikanischen Bombenangriffe, für das, was seine Generale angestellt haben – aber immerhin auch nicht angestellt haben mit amerikanischen *Zivilisten*! Wozu Krieg führen, wenn man moralisch ebenso verwerflich dabei wird wie der, der ihn angezettelt hat?« Lakonisch, schulterzuckend zitierte Tom aus der Antike: »›Gegner tauschen Eigenschaften aus‹: ist unvermeidbar!«

Ich: »Gegner – ja. Doch Zivilisten sind keine! Ihr Amerikaner wollt die Bombe sogar auf solche Städter werfen, die selber gar nicht gemeint sind – sondern nur euer Mittel zu dem Zweck, die Russen einzuschüchtern! Eine Bombe, die mit Recht gebaut wurde gegen ein Volk, das ein ganzes Volk in Europa vergast hat: gegen die Deutschen. Die selber auch an dieser Bombe so lange gebaut haben, bis sie dachten, sie sei nicht zu bauen. Nun aber wollt ihr sie, da die Deutschen kapituliert haben, abwerfen auf Menschen, deren keiner – kein einziger – irgendwie mitschuldig ist an den ausschweifenden Mordorgien, die in einem anderen Kontinent begangen wurden ... Du mußt das verhindern, Tom, weil du das kannst! Morgen auf der Titelseite der ›New York Times‹ deine Meldung, obgleich nachweislich Tokio bereit sei, die Waffen niederzulegen, bereite man den Abwurf der Atombombe vor – und der Aufschrei der Empörung aller Zivilisten verhindert, daß man sie wirklich abwerfen kann! Du hast nicht viel Zeit: in der ersten Augustwoche soll's passieren! Und deine sehr faule Ausrede, *meinetwegen* schweigen zu müssen, weil man auf mich als deine Informantin komme, glaubst du selber keine Minute! Mindestens schon fünfundzwanzig Personen hier in Potsdam wissen bereits davon, ein Dutzend Amerikaner, ein halbes Dutzend oder zehn Briten und natürlich auch Russen ... die jeden Rülpser von uns abhören, wenn sie auch so tun, als ahnten sie gar nicht, was wir im Schilde führen: Niemand kann beweisen, woher du weißt, was du schreibst. Aber *schreib's*: Du rettest hunderttausend Zivilisten vor dem sicheren Tod! Vermutlich viel mehr als hunderttausend ...«

Er reagierte wie der Steingarten um uns: überhaupt nicht. Feigheit verhärtet – hatte ich bisher nicht gewußt. Ich sagte: »Wer sich – du mußt hier Schicksal spielen, *einmal* in deinem Leben: wer sich einem solchen Auftrag entzieht, kann sich selbst nie mehr achten! Wie lebt man, wie lebst du, Tom, ohne Selbstachtung – wenn schon an meiner Achtung dir gar nichts gelegen ist?« Ich schlug noch vor: »Flieg heim über Paris, geh auch dort zu den Botschaftern, sprich auch mit Franzosen, die zum grenzenlosen Haß von de Gaulle – ein Haß, den ich gut verstehe – nicht eingeladen wurden, an der Potsdamer Siegerkonferenz teilzunehmen. Vielleicht gibt de Gaulle dir im Zorn ein Interview ... beweise irgendwer, daß nicht sogar *er* in seiner verständlichen Wut bei dir ausgepackt hat. Die Franzosen haben einen erstklassigen Geheimdienst!« Kläglich hatte er sich ein neues »Argument«, das keins war, einfallen lassen: Kluge sind ja nie einfallsreicher, als wenn sie Unrecht verteidigen: »Ist dir denn kein Problem, ob ein Journalist – ich bin schließlich nur ein Journalist – buchstäblich übern Kopf seines Präsidenten hinweg, Geschichte machen darf? Denn um nichts weniger geht es ja hier: um Weltgeschichte!«

Verächtlich – mehr schon gegen ihn als Menschen als gegen das, was er noch vorbrachte, sagte ich: »Städter eines geschlagenen Volkes massakrieren – ist nicht Geschichte. Die Bombe entscheidet ja nicht mehr, ob die Japaner kapitulieren. Aber wer hindert dich, noch in diesem Augenblick wieder in den Cäcilienhof zu fahren, in einer Konferenzpinkelpause den Präsidenten abzufangen und zu fragen? Truman kennt dich doch seit acht Jahren ... der kann ja nicht einfach an dir vorbeigehen, du bist ja nicht nur hier als Tom Soundso, sondern als Repräsentant der ›New York Times‹?« Er sah mich, weil überzeugt, an wie ertappt. Also aggressiv. Und murmelte: »Ich tu's nicht!« Ich sagte: »Oh – Tom: dann laß dich bei mir nie mehr blicken, du bist ja feige. Das hatte ich nicht gewußt!«

Aber er kam wie jede Nacht.

Es war leicht gewesen, es so einzurichten – wir hatten Übung, denn er reiste seit anderthalb Jahren mit zu den entscheidenden Konferenzen –, daß wir im gleichen Haus unsere Zimmer bekamen. Immer kam er. Bei mir zu schlafen war ihm sicher schon wichtiger als mit mir zu schlafen; ich liebte ihn, wir würden heiraten, sobald er geschieden sei, nach dem Krieg, wenn seine beiden Söhne – wenigstens sie – zu ihrer Mutter, die er dann verlassen würde, heimkehren könnten. »Ich sagte doch, laß dich nicht mehr blicken!« rief ich, kaum daß er angeklopft hatte.

»Wenn das dein Ernst war«, rief er, so laut das möglich war, auf dem Flur, »dann mach auf, weil ich zur Sache was zu sagen habe, das dich heilen wird von deinem Irrsinn!«

Auch heute hatte ich mich nackt hingelegt, Potsdam glühte. Das mißverstand er – aber so widerwillig versteifte ich mich, daß er doch gleich begriff, es sei sinnlos, »beilegen« – im Wortsinn – zu wollen, was uns trennte seit heute spätnachmittag. »Du weißt von unserem Ultimatum?« fragte er.

»Hier kein Wort, ich ziehe mich an«, sagte ich. Und wieder gingen wir in den Park, in dem man hätte lesen können: Vollmond. Wir gingen schnell bis außerhalb des Hauses, ja der Bäume, denn auch sie würden wanzenbestückt sein ... In England jedenfalls hatten wir wunderbare Resultate damit erzielt, daß wir Abhörgeräte in den Blumenrabatten versteckt hatten, die unsere Camps mit hohen gefangenen Offizieren der Deutschen verschönten. Nur so hatten wir davon erfahren, daß Wernher von Braun auf der Insel Usedom seine Peenemünder Raketen gegen uns baute; deutsche Generale hatten im Garten ihren Kummer darüber ausgetauscht, daß noch immer Hitlers Raketen nicht London vandalisierten! ... Wir hatten nichts, überhaupt nichts davon gewußt. Unsre Bomber haben dann um fast ein Jahr die Fertigstellung der ersten Hunnen-Raketen verzögert, wodurch allein noch die Invasion in der Normandie am 6. Juni vorigen Jahres möglich geworden war ...

Aus dem Park hinauszugehen in das von Russen besetzte Potsdam, das schien uns bei Nacht ein bißchen zu riskant, vielleicht würden betrunkene Soldaten auf uns schießen. So gingen wir – ich zog die Schuhe wieder aus – über den noch warmen, fellweich gepflegten Rasen der einstigen Nazi-Residenz. Tom sagte: »Das mag deinen moralischen Hochmut gegenüber dem ›Feigling‹ dämpfen: Es kam sogar schon um elf durchs Radio – daß unsre und deine Regierung das japanische Volk ultimativ aufgefordert haben, sich zu ergeben! Und Hunderttausende von Flugblättern informieren die Japaner über ein Dutzend Städte, die weggebombt werden in den nächsten zehn Tagen, wenn sie weiterkämpfen. Also muß ich nicht ...«

»Mußt du doch!« schrie ich. »Du weißt wie ich, dieses Ultimatum – sie wollen es in den nächsten Tagen wiederholen! – ist ebenso wie die Flugblätter Heuchelei, ihr Alibi vor der Nachwelt; sie werden beide, Truman wie Churchill, es in ihren Memoiren abdrucken, aber: Mit keiner Silbe wird erwähnt auf diesen durchaus irreführenden Flugblättern, daß wir eine *neue* Waffe ohne Vergleich haben. Man führt die Japsen irre, man redet so, als gehe der bisher übliche Bombenkrieg weiter. Man spricht mit keinem Wort von der neuen Bombe. Und noch schlimmer die Aufforderung, sie sollten die Waffen strecken. Jeder einzelne Japaner, der das täte, würde umgelegt von seinen eigenen Leuten! Wie soll denn einer …« Und ich beschwor ihn, er müsse *handeln*!

Aber er tat nur, was Männer stets versuchen, wenn eine Frau sie moralisch an die Wand stellt – sie versuchen, uns weich zu fikken. Das ist ihre Antwort, die einzige meist, die sie finden, wenn wir sie ethisch und seelisch depotenziert haben, was allerdings sehr leicht ist, weil sie ja fast immer Angst haben und deshalb Betrüger werden: Angst, einzubüßen an den Bequemlichkeiten, die sie ihren Frauen, Geliebten, Karrieren, Chefs, Untergebenen verdanken! Ich hatte ihn lange geliebt, berauscht erst, befreundet dann, ja die Freundschaft war mir sogar mehr wert als anfangs der Rausch. Und sie hatte ja – so ist das bei allen, vermute ich – auch »das« perfektioniert: mit ihm schlafen, war das vollkommene Glück, sofern's das gibt auf Erden. Und hier nun war ein Garten Eden, mochte ringsum Europa vom Hitlerkrieg zerschlagen sein und hungern und flüchten – *wir* waren die Sieger! Wir hatten Schutz und Freiheit und zu essen und keine Angst mehr um Angehörige, denn der Krieg war aus. Und ich wußte auch, wie ungerecht ich gewesen war, ihn gestern abend und mehrfach heute einen Feigling zu nennen. Immerhin hatte er doch Journalist erst werden dürfen, seit er am Strand von Nordafrika mit seinem Panzer auf eine deutsche Mine gefahren und schwer verwundet worden war … einziger Überlebender aus dem Tank! Ich fragte ihn nun, statt einfach und einfallslos »Feigling« zu wiederholen: »Männer: wie kommt's, daß ihr als Zivilisten nichts riskiert, aber in Uniform todesmutig ins Gefecht geht?« Er lächelte schief: »Todesmutig? – wieso? Der Soldat *muß* – der Journalist aber keineswegs. Hätte ich aus meinem Panzer aussteigen und weglaufen sollen, um als Deserteur erschossen zu werden? Mutig ist man freiwillig, *wenn* man's ist. Ich war es nie.«

Noch einmal versuchte ich, ihn bei seiner Menschlichkeit zu »packen«. Ich sagte, was ich da eben an paradiesischen Empfindungen gehabt hatte: »Wir zwei kamen so gut weg ... und auch zwei meiner Brüder überlebten wie du Verwundungen. Keiner deiner beiden Söhne, weil sie noch zu jung waren, kam lange genug an die Front, um zu fallen, Mein Vater kam heim. *Ich* habe überhaupt nie einen Schuß gehört ... und nun sind wir in diesem Schloß, beinahe ist das ein Schloß, und können jede Nacht im gleichen Bett sein ... denk mal, wie dir, wie mir zumute sein wird, wenn nächste Woche die Nachricht kommt, wir hätten hunderttausend Nonkombattanten umgebracht. Du aber und ich: wir müssen uns dann sagen, vielleicht hätten wir eine solche Niedertracht abwenden können ... nicht nur von den Opfern, auch von *unseren* Völkern. Wozu werden sie jetzt noch beschmutzt mit einer solchen Untat! Wie ruhmreich war ihr Krieg, denn was wäre Ruhm, wenn nicht das Verdienst, *die* k.o. geschlagen zu haben, die Auschwitz angestellt hatten! Nun aber am Ende dann doch diese gigantische Vivisektion an Zivilisten einer ganzen großen Stadt! Tom: das verpflichtet uns doch, was wir wissen!«

Wenn je ein Mensch mit Engelszungen hat reden können – so ich in dieser Nacht da auf dem nun angenehm morgenfeucht werdenden Rasen in Babelsberg. Wir lagen. Es wurde rot am Himmel. Er sagte unwillig: »Mach nicht ein Gesicht wie eine Todesanzeige!« Ich sagte und dann eine Stunde lang kein Wort mehr: »Wieso *nicht*? Es ist ja der Tod, ich kann dich nicht mehr lieben!«

Längst hatte er sich ausgezogen, mir seine Kleider als Kissen unter den Kopf gelegt – und auch ich, was hatte ich schon an da im Gras: Slip und Rock und Bluse. Und war auch wieder, sogar heftiger als üblich, weil ich ja nun *wußte*, für uns beide könne nichts mehr sein wie vorher, wenn er sich so verächtlich entzöge – war wieder ganz eins mit ihm, eben weil ich spürte, wie er für immer von mir weggedriftet war in dieser Nacht, da ich ihm so unverzeihlich meine Verachtung gezeigt hatte. Ein Ziehen, ein Stechen in Bauch und Brust – nie hatte ich so sehr gespürt, daß Liebe körperlich weh tun kann, Liebe, wenn sie wegebbt. Er versuchte mich zu nehmen – doch wie ich mich entzog, das konnte nur endgültig sein. Auch wie ich ihn dann nackt einfach da liegen ließ und ging – ihm weit voraus –, nicht abwartend, bis er angezogen war. Ich hatte noch gesagt, nach dem sehr langen Verstummen: »Wissen, was da kommt, zufällig zwei zu sein von höchstens hundert Menschen, die *das* wissen, aber doch gar nichts anzufangen mit diesem Wissen, das eine furchtbare Verpflichtung ist ... fahrlässig zugucken, wie ein völlig zweckloser Massenmord an hunderttausend Zivilisten vorbereitet wird ... die schlimmste Sorte von Mord: einer ohne jeden Affekt! Wie willst du damit leben, Tom, daß du so versagt hast? Leb, wie du kannst – nicht mit mir ...« Reden konnte ich nicht weiter, geschlafen hätte ich zuletzt dann doch mit ihm – hätte er's noch versucht. Geschlafen, um die mich zerreißende Trostlosigkeit zu überrennen. Aber *das* hätte sogar noch rückwirkend alles kaputtgemacht, wenn's uns zuletzt grade gut genug gewesen wäre, zu verdrängen, wie feige wir sind, wie egoistisch. Wir haben's nie mehr miteinander gemacht.«

Als wir in Toronto musizierten, brachte jemand David Irvings Bericht im ›Observer‹, den Nachweis, daß seit dem 13. Juli 1945 die Briten und Amerikaner bereits gewußt haben – und Stalin am Konferenztisch zu Potsdam hat dem Präsidenten Truman und dem Premierminister Attlee das ausdrücklich bestätigt –, daß die Japaner über Rußland, über Schweden, über Spanien – Länder, die mit ihnen keinen Krieg hatten – sich verzweifelt bemüht haben, zu kapitulieren. Doch die unbarmherzigen Sieger in London und Washington stellten sich taub: sie wollten zuerst die Atombombe, die sie soeben fertig konstruiert hatten, noch an zwei Großstädten »ausprobieren«. An dieser Vivisektion der Zivilisten von Hiroshima und Nagasaki verendeten nicht »nur« – samt atomar Verstrahlten – mehr als dreihunderttausend Zivilisten, sondern auch die Liebe dieser Geigerin zu einem der berühmten Journalisten der Kriegszeit.

Zum 12. September: Beim großen Pan: Mit Jünger in Lascaux

»In unserer Unterhaltung ist einiges aufgetaucht ... u. a. ›Verfeinerung‹ – lebt darin nicht auch der alte Entwicklungs- u. Fortschrittsgedanke, der doch eigentlich etwas Unreales in sich trägt, waren nicht die Hersteller der Höhlenzeichnungen in Altamira auch schon verfeinert – sind wir verfeinerter? Taucht das nicht alles nur immer wieder auf unabhängig von der geschichtlichen Lage?«

Benn an Rychner, Zürich 29. III. 53

I

Ende Januar 1995 bejubelte die Weltpresse, am 18. Dezember 1994 hätten drei französische Archäologen bei Vallon-Pont-d'Arc die bisher reichste steinzeitliche Tierbild-Galerie – siebzehn – bis zwanzigtausend Jahre alt – in einem Kalkhöhlen-System von mehreren hundert Metern Länge entdeckt: Dreihundert Tiere »von großer Frische, wenngleich nicht ganz so voluminös und schwungvoll wie die 1940 in Lascaux in der Dordogne aufgefundenen«. Ich suchte die Notizen meiner Reise mit Ernst Jünger nach Lascaux hervor, weil ich mich nicht erinnern konnte, 1990 unter den dortigen Wandbildern auch Löwen gesehen zu haben ... Ja, ich hatte, damals erstaunt, weder Menschen noch andere *Raub*-tiere in Lascaux zu erblicken, das sogar in einem Gedicht zu deuten versucht, für das mir Jünger am 30. 6. 1990 aus Wilflingen dankte: offenbar, wie ich jetzt seinem neuen Tagebuch entnehme, mit meinen ketzerischen Gedanken einverstanden. Auf den vielen, oft auch farbig reproduzierten Abbildern in Zeitungen und Fernsehen der nunmehr an der Ardèche entdeckten Spätsteinzeit-Malerei habe ich auch noch keinen Löwen gesehen. Doch werden Höhlenlöwen mit aufgezählt; so in der NZZ:

»Zu sehen sind neben teilweise komplexen abstrakten Zeichen und Handabdrücken naturalistisch dargestellte Mammuts, Pferde, Rentiere, zahlreiche Höhlenbären, Riesenhirsche (Megaceros), Wollnashörner, Höhlenlöwen, Steinböcke, Auerstiere, Wisente, eine Eule sowie noch unidentifizierte Tiere. Besonders auffallend sind dabei ein Bär und ein Katzentier, beide teilweise gefleckt, was neue Aufschlüsse über das Aussehen von Tieren geben könnte, die bisher nur durch ihre Knochenreste bekannt waren. Alle Darstellungen sind hervorragend erhalten, abgesehen von gelegentlichen Kalkablagerungen durch Sickerwasser. Gefunden wurden auch zahlreiche Spuren menschlicher Aktivitäten.«

Ich hatte damals, vor fünf Jahren, die schriftlosen, menschenleeren, keine Raubtiere zeigenden Wandmalereien vor Augen, polemisch geschrieben: »Am Anfang war das *Bild*!«

Wenn heute auf diesen angeblich fünf Jahrtausende älteren Malereien, in der Höhle Combe d'Arc, etwa dreißig Kilometer von Montélimar entfernt, nun doch Panther und Höhlenlöwen, also Raubtiere sichtbar wurden, so bleibt dennoch beunruhigend die Frage: Wieso keine Menschen? Künstler von Rang haben diese Tiere in rotem Ocker oder Schwarz an die Wände gemalt; es verbietet sich also der Gedanke, dieser oder diese Meister der Malerei seien nicht auch fähig gewesen, ihresgleichen zu malen: *Menschen.* Warum haben sie ebenso wie in Lascaux darauf verzichtet, Menschen oder ihre Gottesvorstellung ins Bild zu setzen? Also bleiben auch hier die *Fragen,* die ich in Lascaux gestellt hatte; und die dann auch Ernst Jünger in seinem Journal umkreist, das im Februar 1995, vier Wochen vor dem hundertsten Geburtstag Jüngers am 29. März erschienen ist ...

Am Anfang war das *Bild*: Fragen in Lascaux

»Hier muß doch ein Schatz sein!«
Vier Kinder entdeckten 1940 die Höhle,
nach fünfzehn Jahrtausenden:
Die Wiege der Weltkunst!

Doch Krieg tobt, Hitler zerstiefelt,
zerpanzert Europa, besetzte Paris:
auch Kinder verbrennen durch Phosphor,
werden in Polen vergast.

Weil Menschen *das* tun: Ist deshalb
Auf den ersten Bildern kein – Mensch?
Kein Tier, das Fleisch frißt?
Keine Spur einer Gott-Vorstellung?

Trotzdem vereinnahmt der Dorf-Abbé
sogleich die Stätte gottfreier Schönheit
als Kultraum: »Capella Sixtina
der Archäologen«! – Als habe der Eros

Des frühesten genialen homo ludens,
verachtend Menschen wie Götter
– er hätte auch sie sonst gestaltet:
anderem gehuldigt als – Tieren!

»Höherem«, so der Abbé, als der Natur?
Brauchten Menschen in der Natur – Gott?
Spät erst, Verbrecher geworden, erfanden
sie aus Angst Sündenböcke – die Götter!

II

Übrigens ist nur ziemlich umwegig ins Departement Dordogne-Périgord Noir zu gelangen: Wir fliegen bis Bordeaux, dort werden wir von Jüngers Verleger in einem Siebensitzer-Renault abgeholt; noch zweieinhalb Autostunden südöstlich von Montignac, dem Städtchen mit Mammutbäumen, das seit dem so sensationellen wie ergreifenden Fund 1940 einen Bindestrich hinter den Ortsnamen schreibt und sich stolz Montignac-Lascaux nennt.

Täglich finden tausend Besucher, in Hochsommer-Monaten sogar zweitausend an jedem Tag den langen Weg zur Wiege der Weltkunst, die hier am 12. September 1940 von vier spielenden

Knaben entdeckt worden ist. Die Jungen wußten nur von einer Sage: In dieser Höhle beginne ein Gang, der zur sechs Kilometer entfernten Burg über Montignac führe, ja ein »Schatz« sogar sei hier zu heben.

Zu »heben« war nicht, was die Kinder fanden, jedoch freizulegen: die schönsten, die künstlerisch geglücktesten Tiergemälde, fünfzehntausend Jahre alt, wohlkonserviert, die jemals an Steinwände gemalt worden sind. Aufregender noch als an den Ursprung aller Kunst rühren sie an das Selbst- und Weltverständnis der Urzeitmenschen: Warum hat dieser geniale Künstler, durchaus schon im Besitze der zeichnerischen Fähigkeiten Franz Marcs – denn an keinen anderen Meister erinnern die Tiere auf den Felswänden in ihrer radikalen »Modernität« so eindrücklich wie an die des 1916 in Frankreich Gefallenen –, warum hat dieser erste, uns nun »bekannte« Schöpfer großer Malerei keinen einzigen *Menschen* dargestellt? (Das eine, vergleichsweise so naive, vor einem Wisent am Boden liegende »Strich-Männchen« mit erigiertem Glied kann nicht von dem Meister sein, der diese Tiere malte!) Doch vor allem: Warum hat der höchst bedeutende Maler nicht die geringste Spur einer Gottes-Vorstellung an den Wänden hinterlassen, wenn denn diese Felsenhöhle ein Kultraum gewesen sein soll, wie sofort nach der Entdeckung behauptet worden war? Der Dorf-Abbé hatte sogleich geschwärmt: »Sixtinische Kapelle der Archäologie.« Vielleicht war aber am Anfang nicht Gott oder das Wort – sondern das Bild?

Jedenfalls: Bis Archäologen einen anderen »Anfang« jener menschlichen Schöpfungskraft, die hinausgeht über die Befriedigung der Notdurft Essen und Trinken, nachweisen, bezeichnet dieses Wunderwerk von Lascaux den Anbeginn des Geistes. Und dieses früheste uns bekannte Schöpfertum war offenbar – tatsächlich: eine Offenbarung – nicht kultisch interessiert, sondern künstlerisch bemüht.

Doch »bemüht« klingt nach Anstrengung, während diese Zeichnungen Souveränität, ja Leichtigkeit beweisen; sogar den Grundsatz der »modernen« Ästhetik bereits: Zeichnen heißt – Weglassen!

Unvorstellbar, daß die Persönlichkeit, die diese Tierkompositionen erschaffen hat (die hier einander sogar jagenden Tiere sind ja keineswegs »nur« abgemalt, was schon erstaunlich genug wäre, fünfzehn Jahrtausende vor der Erfindung der fotografischen »Moment«-Aufnahme), unvorstellbar, daß dieser Maler nicht auch fähig gewesen wäre, Menschen und Götter ins Bild zu setzen, hätten die ihn und seine Mitmenschen beschäftigt. Und wäre tatsächlich diese Kunst-Halle auch als Kirche geschaffen worden, als »Haus des Herrn«, es machte doch die Frage unabweisbar, gerade deswegen, weil wir sie uns nie mehr stellen: ob tatsächlich der homo religiosus älter ist als der homo ludens.

Nun aber wird entgegnet: Die Wisente, die Büffel und Hirsche *waren* ja Gottheiten für die, die sie jagten und aßen!

Doch erstens können wir das nicht wissen. Vielleicht waren Bäume ihre Götter oder Flüsse oder Blitze? *Essen* denn Menschen ihre Götter? Wir wissen *nichts*! Und warum fehlen Raubtiere, wären Tiere *doch*, da allein sie hier gemalt wurden, Götter gewesen? Hier in diesem Land gibt es auch Wölfe, doch auf keinem der Bilder! Unser Freund Albert Hofmann trug ins Gästebuch ein: »Sie brauchten kein LSD, um ihre Visionen zu realisieren!« Ja, deshalb nicht, weil es keine Visionen *sind*!

Eher denkt man vor diesen Tier-Friesen an Fontanes so auftrumpfende wie starre Behauptung: »Der Realismus *ist* die Kunst!« Was denkt der – hier ziemlich schweigsame – Ernst Jünger, der vom französischen Kulturminister persönlich den Einlaß-Brief in die Höhle als Geschenk zu seinem 95. Geburtstag bekam? (Die tausend anderen Besucher pro Tag dürfen seit 1963 nur in das nebenan liegende Museum: in eine von Japanern vollendet nachgeformte, fotografisch exakte Kopie dieser Wiege der Kunst.)

Wird nicht tatsächlich vor diesen frühesten Malereien, die schon so meisterlich die Tiere, soweit die Pflanzenfresser sind – doch nur sie! –, darstellen, höchst fragwürdig, ob Menschen Götter schon gekannt haben, bevor sie auch für Raubtiere einen Blick erübrigten, weil sie selber vielleicht in der Frühzeit noch keine geworden waren? Wo der Mensch nicht böser ist als die Pflanzenfresser: Wozu bräuchte er da – Gott? Wir fahren durch rote Mohnfelder, wie ich sie in so überschwenglicher Fülle erstmals hier in Lascaux sehe. Jünger bittet zu halten. Leicht, ja behende wie ein Jüngling über den Wiesenweg gehend, nimmt er, der ja noch keine Brille besitzt, rasch die Lupe aus dem Revers-Täschchen, betrachtet einen Käfer, ehe er ihn wegnimmt von dem weißen Wildrosenstrauch und in ein Fläschchen steckt.

Seine Frau sagt: »Der Kuckuck!« – tatsächlich ruft er lange vom Waldrand her, es ist bald zwölf Uhr mittags –, und so muß ich denken, denn das ist seine Stunde: *der große Pan!* Hofmann fragt Jünger, ob er schätzen könne, wie weit der Kuckuck entfernt sei. »Nein – aber weit: der hat eine kräftige Stimme!« Mich beruhigt, daß er noch lange ruft …

Seit ich kürzlich Jüngers neuestes Philosophikum: ›Die Schere‹ las, weiß ich, daß er innerlich, als er es schrieb, schon unterwegs war nach Lascaux. Umkreist und vertieft er doch gleich in seinen zwei ersten Aphorismen, und dann noch oft, was seit dem Höhlenfund evident ist: »Die Bilder sind das Urgestein der Kulte; sie leben länger als die Götter.« Wenn Jünger hinzusetzt: »… zu deren Ehren sie errichtet worden sind«, so zweifelt er selber, und das macht ihn so faszinierend: Immer erneut in Frage zu stellen, was er schreibt und denkt –, er zweifelt das selbst wieder an: »Religionen sind mehr oder weniger gelungene Kunstwerke … Ob dieser Trieb zur Kunst dem religiösen vorausgeht oder ihm folgt, ist müßig zu fragen, beide sind untrennbar verbunden.«

Das glaube ich nicht!

In Lascaux jedenfalls hat ein großer Künstler geschaffen, was – vielleicht, doch wer weiß das! – sich später dann der religiöse Kult zunutze gemacht hat. Aber daß dieser früheste Maler auch religiös motiviert war, als er schuf: dafür fehlt jeder Beleg.

III

Doch auch Jünger spricht dann von der »Kathedrale« der Steinzeitkunst, obgleich er ebenso ironisch aufnimmt, wie ich ihm zitiere, daß der Dorf-Abbé sofort 1940 nach der Entdeckung – »die Kirche hat einen großen Magen« – diese Steinzeit-Galerie als »Cappella Sixtina der Archäologie« für seine römische Firma vereinnahmen wollte. »Muß ich aufschreiben!« antwortete mir Jünger. Und tat's. Doch Jünger schrieb diesen Abbé-Spruch nur als Kuriosität auf, wie jetzt im Tagebuch nachzulesen ist; denn wie zitiert, hatte er ja längst durchschaut, daß die Bilder älter sind als die Religion.

Albert Hofmann, der in seinem Buch: ›LSD – mein Sorgenkind‹ seine Experimente auch mit Jünger beschreibt, der in ›Annäherungen‹ ebenfalls davon berichtet; Hofmann, auch schon über achtzig, aber frisch und beweglich, wie einst als erstrangiger Chemiker, hält den Moment mit der Kamera fest, als Jünger sich amüsiert den Annexionsversuch des Abbé notiert … (Jünger sagte einmal: »Unbegreiflich, daß Hofmann den Nobelpreis nicht bekam!«)

Jetzt lesen wir im Tagebuch, Montignac, 22. Mai 1990, über Lascaux: »… wir wurde gebeten, möglichst wenig zu sprechen und die Wände nicht zu berühren – natürlich war auch Rauchen und Knipsen untersagt. Die Blitzlichter soll den Bildern besonders abträglich sein. Damit bestätigt sich die entmythisierende Kraft der Photographie bis in die Moleküle; jede Aufnahme ist auch eine Abnahme.

Als wir wieder ans Licht kamen, sagte Albert Hofmann – er muß es wissen: ›Die brauchten kein LSD.‹ Rolf Hochhuth zitierte den Abbé Breuil: ›Die Sixtinische Kapelle der Prähistorie‹. Mein erster Blick fiel auf einen Schäferhund, der draußen angebunden war – er hatte ein Steinzeitprofil.«

Als Jünger im Winter 94/95 seine Notizbücher druckreif machte, also zum Tagebuch für die Öffentlichkeit stilisierte, das zum hundertsten Geburtstag erscheinen soll, weist er Deutungen der Höhlenbilder dann zurück, wenn die ebenfalls, wie der Abbé, Religion als Hintergrund dieser Malereien erfinden wollen; er zitiert Georges Bataille: »Was wissen wir von diesen Menschen, die uns nur diese ungreifbaren Schatten, diese Zeichen ohne Hintergrund überlieferten: Fast nichts.«

Und Jünger folgert: »Dem möchte ich zustimmen. Der Hintergrund, den wir vermissen, ist vor allem das Kultische. Wir fragen: wie hieltet ihrs mit der Religion? Wir würden keine Antwort darauf erhalten, weil ihnen Religion nicht nötig war. Die Welt war heilig, doch ohne Religion. Insofern vermissen wir einen Hintergrund, der nicht vorhanden war …

Das unterscheidet jene Bilder von anderen, die wir als Seefahrer entdeckt haben, so den aztekischen. Dort wimmelt es von Göttern, auch solchen, die in Tiergestalt auftreten …

In Lascaux war das überflüssig; das Tier war heiliger als der Mensch und präsent. Es stand sowohl dem Ursprung näher als auch der Ewigen Stadt.«

Jünger läßt den Deuter Bataille –. »das Beste, was ich über Lascaux gelesen habe« – nur dort gelten, wo er in dieser Höhle die Wiege der Kunst sieht: »Ihr Ursprung ist mehr als (nur) sakralen Charakters.«

Das Wörtchen »nur« habe ich eingefügt. Jünger glaubt: »Es gab noch keine Entfernung zwischen dem Kunstwerk und dem Gebet. Daher auch oft der Eindruck, daß dem Maler die Hand geführt wurde. Brauchte er überhaupt Licht?«

Ich frage: betete er denn schon?

Ich bezweifle überhaupt, daß diese ungeheuer *als Kunst* beeindruckenden Malereien – Mythos sind. Sie sind Kunst! So daß auch Jünger Folgerung beim Verbot, dort zu fotografieren, mir zu weit geht, zu gewollt tiefsinnig ist: »… die entmythisierende Kraft der Photographie.« Wieso? Jünger sagte selbst, da war keine Religion. Doch kann er, skeptisch gegen die Generation seines Vaters – wie Söhne immer –, an Technik gar nicht denken, die für die Jahrgänger seines Vaters mindestens bis zum Untergang der ›Titanic‹ identisch war mit Fortschrittsglaube, ohne auch die verhängnisvolle, ja katastrophale Kehrseite der Technik zu fürchten. Daher seine Schlußfolgerung gegen die Fotografie, die doch nun wirklich die harmloseste aller Techniken ist, der menschenfreundlichste sogar: »Jede Aufnahme ist auch eine Abnahme« …

Nein, ich propagiere da eher mit Jacob Burckhardt, als er während des siebziger Krieges die Falschmeldung vom Brand des Louvre entsetzt Nietzsche überbrachte: Es sei Pflicht, soviel wie möglich an Kunst wenigsten fotografiert festzuhalten, da die Kriege …

IV

Jünger wird hier in Frankreich gefeiert wie kein anderer Sterblicher seit de Gaulle. In Montpellier nennt der Bürgermeister am 26. Mai 1990, anläßlich eines Empfangs, den sein Verleger gibt, den deutschen Dichter »den Riesen des Jahrhunderts«. Der Bürgermeister preist, wie sehr Jünger »das Französische auf eine wunderbare Weise beherrscht, obgleich es nicht die Sprache seines Landes ist«. Jüngers Verleger Lagarde sagt in seiner Rede: »Es gibt Lektüren, die unser Verhalten verändern, die uns Zugang geben zu Dingen, die man nie vermuten würde. Es gibt Literaturen, die unser Blickfeld ausweiten, die geradezu eine physische Auswirkung haben«; weil Jünger ihn faszinierte, habe er ihn 1976 in einem »einfachen Brief« gebeten, ihn fotografieren zu dürfen. »Jünger unendlich gefeiert in der ganzen Welt, ich völlig unbekannt. Doch postwendend schlug er mir einen Termin vor« ...

Ja, der Charme des bald Hundertjährigen, den man sich unmöglich mit einem Sparzierstock vorstellen könnte, ist sogstark. Uns Männer, auch schon alt, *beschämt* es geradezu, einen Angehörigen der Generation unserer längst gestorbenen Väter derart präsent zu sehen! Und die Frauen, die ihn wenig lesen, abgeschreckt durch das Gerede derer, die ihn nicht kennen, Jünger sei vor allem Militär-Autor –, die Damen schmelzen einfach hin, wenn sie nur eine halbe Stunde mit ihm im gleichen Raum sind, wie oft habe ich das beobachtet! Zu sagen, er habe Charisma, ist zu unpräzise, auch zu wenig – es ist denen nicht zu vermitteln, die es nicht selber gesehen haben, daß der 1895 Geborene genau *das* noch hat, was man – ungern – Sex-Appeal nennt; und was in diesem Ausmaß, von allen Männern, die ich je erlebte, allein Curd Jürgens noch gehabt hat, der letzte deutsche Weltstar (Sohn einer französischen Mutter). Jünger, vom Vater Norddeutscher, hatte eine Münchnerin, katholisch, als Mutter – das Süddeutsche ist ebenso stark in diesem homo ludens wie das Preußische; übrigens ist sein Humor, der sich in hohen Jahren steigerte und in vielen neuen Aphorismen manifestiert, ohne einen Hauch von Postdamer Offizierskasino-Schnoddrigkeit ... Nicht herauszufinden, worauf Jüngers Kraft gründet, spirituell wie in seiner Escheinung – ein kürzlich pensionierter Ballettmeister –, alle Anwesenden in den Sog seines Fluidums zu ziehen. Nicht zuletzt auch in der Heiterkeit, die ihn so gern lachen macht. Und ohne Frage auch in der »Äußerlichkeit« – aber in Wahrheit ist das ja einmalig, ein Phänomen –, daß er noch mit hundert ohne Brille schreibt, mit achtundneunzig noch keine Brille je besessen hat … Sowenig wie einen Ersatzzahn. Auch kein Hörgerät noch mit achtundneunzig besaß; erst jetzt trägt er eins, doch unsichtbar unter seinem schönen vollen weißen Haarschopf.

Auch Jüngers Güte, sein Mitgefühl werden oft übersehen – noch jetzt im neuen Tagebuch sagt er, Armut sei eines der großen Themen, eine der großen Aufgaben des Dichters: Sie zu *zeigen*, wenn auch nicht »soziologisch« die Abhilfevorschläge mitzuliefern. Als wir Bundesdeutsche den Ossis vorrechneten, wie teuer sie uns Wessis kämen, sagte Jünger öffentlich: »Die Wiedervereinigung Deutschlands ist ein großer Fortschritt zum Vereinten Europa – vor allem, wenn sie in dieser Hinsicht begriffen wird. Enttäuschungen konnten nicht ausbleiben; doch wenn ein Bruder vor der Tür steht und anklopft, empfängt man ihn mit offenen Armen, ohne zu fragen, was es kostet, und rechnet nicht kleinlich mit ihm ab.« Und was den Umgang mit ihm als Person wie mit seinen Büchern so hoch über allen Alltagsquatsch hinaushebt, das ist Jüngers Maxime, die er sich selber ins Tagebuch als Vorschrift eintrug: »Im übrigen bloß Scherereien – Hauptsache, daß sich nichts auf die Prosa überträgt.« Am fernsten liegt ihm, Geld zu erwähnen. Auf meine Frage, ob es – denn ein Bestseller war nur sein erste Buch ›In Stahlgewittern‹, doch das ist vor fünfundsiebzig Jahren erschienen –, ob es zur Zeit der Ausbildung zweier Söhne bei Jünger üppig oder karg zugegangen sei, sagte er: »Eher karg!« Nun hat aber doch die Familie noch Vater Dr. Jüngers Apotheke in Ostberlin, enteignet seit 1950, zurückerhalten … Noch in Jüngers Geburtsstadt Heidelberg – als Jünger vier war, zogen sie nach Hannover – hat Jüngers Vater als Assistent des damals führenden Chemikers Victor Meyer bei der Entdeckung von Cumarin mitgewirkt, dem Hemmstoff bei Blutgerinnung; und als pflanzlicher Duftstoff zur Parfümherstellung gesucht. Ernst Jüngers Preislied auf Süskinds Roman ›Das Parfüm‹, den er zu den bleibenden unserer Jahre zählt, ist von des Dichters Herkunft aus der Naturwissenschaft gar nicht zu trennen …

Was ihm die Herzen seiner Besucher, seiner Zuhörer zuträgt, ist vor allem das humorgesättigte Ambiente, das immer ist, wo er spricht. Oder notiert, so der Aphorismus: »Manche Weine behalten den Kellergeschmack und werden zudem sauer – so die Achtundsechziger.« Und der autobiographische: »Er entwickelt kein System, sondern geht durch Systeme hindurch bis ans versiegelte Tor.« Jüngers Fähigkeit zum Aphorismus – »keiner sollte länger sein als drei Zeilen«, warnte er – hat sich mit den Jahren herauskristallisiert.

Natürlich ist er total bescheiden, kommt gar nicht auf die Idee, Ernst Jünger zu sein! Oder etwa eigenen Verdiensten zuzuschreiben, daß er so oft um Haaresbreite davonkam; so als er auf Sardinien wie in Liberia beinahe ertrunken wäre – in Afrika retteten ihn die hingestreckten Hände seines Sohnes Alexander und Albert Hofmanns, als ihn in der Brandung die Kraft verließ. Und er notierte in Parabat am 22. April 1986, also mit einundneunzig: »Unruhige Nacht. Gewitter – das Morgenbad im See war erfrischender. Gedanke: wie viel mögen hier schon ertrunken sein? Darüber gibt es keine Statistik, wohl aber eine Buchführung.

Nach Mitternacht weckte mich eine Dankeswelle für Eltern, Lehrer, Kameraden, Nachbarn, unbekannte Freunde, ohne deren Hilfe ich nie mein Alter erreicht hätte. Meine Knochen würden in der Sahara bleichen, in einem Granattrichter modern; ich würde in Lagern oder Zuchthäusern verschmachtet sein. Wer weiß, wer für mich eintrat, wo um Köpfe gehandelt wurde, wer für mich Akten fälschte oder verschwinden ließ. Man sagt: ›Freunde in der Not gehen hundert auf ein Lot.‹ Aber einer genügt; ich habe gute Erfahrungen. Ob bei leichten Havarien, ob in schweren Katastrophen – es war immer einer da. Das kann kein Zufall sein.«

Daß er mit Balzac – wie Benn gern zitierte – der Meinung ist, ja in der Gewißheit lebt: »Es gibt Existenzen, in die greift der Zufall *nicht* ein«, ließ den Hundertjährigen auf der Basler Käfermesse im Oktober 1994 auch zu mir sagen: »Daß im

Schöpfer ein Künstler am Werke ist, steht außer Zweifel!« Ich hatte geschwärmt, wie unendlich viele Blaus in einem einzigen Schmetterlingsflügel vom Amazonas, bei wechselndem Licht, aufleuchten.

Am Tage nach seinem Besuch der überwältigenden Höhlenmalereien von Lascaux traf er in Toulouse noch Freunde, denen er sagte – was ja nunmehr im Dezember vorigen Jahres zum Ereignis wurde durch die Auffindung sensationell bedeutender Tierbilder-Friese in der Höhle Combe d'Arc bei Montélimar –:

»Das subterrane Netz im Umkreis der Pyrenäen ist nur zum Teil vermessen, und unter den bekannten Galerien befinden sich noch tiefere, in die sich nicht einmal unsere prähistorischen Vorfahren gewagt haben. In Rouffignac stieg eine Gruppe von zwölf Forschern in das Geäder ein, und einer fehlte, als sie herauskamen. Zum Glück fand man ihn nach drei Tagen wieder auf.

Auch die Zeiträume, mit denen wir seit kurzem die Vorgeschichte datieren, sind beängstigend. Wenn wir erfahren, daß in diesen Klüften längst vor den Menschen Höhlenbären sechzigtausend Jahr lang ihr Wesen trieben, erschreckt uns die Einsamkeit.«

In der Grotte von Niaux, als jeder eine Stablaterne in die Hand bekam, denn die Begehung war schwierig, empfand Jünger »die unterirdische Beängstigung« …

Schließen wir mit einer Anekdote, die das unwahrscheinliche *Autoren-Glück* abermals belegt, das diesen Dichter – und *keinen anderen*; oder wer wüßte von einem, dem dieses Glück seit nunmehr *einundachtzig* (!) Jahren schon die Treue hält –, seit seinem neunzehnten Lebensjahr begleitet, seit er 1914 die Notizen zu seinem ersten Buch begonnen hat. Kein Einzelereignis der Epoche, die literarisch für immer auch mit dem Namen Ernst Jünger identifiziert werden wird, hat ihn so oft, so nachhaltig beschäftigt wie der Untergang der ›*Titanic*‹!

In dieser Katastrophe – nicht im Ersten Weltkrieg – sah Jünger immer das Signal zum Beginn des titanische Zeitalters, in das wir nach seinen gründlichen Prognosen eingetreten sind; so wenn er am 20 Juli 1987 notiert:

»Noch zu Lilienthal. Der uralte Wunschtraum wurde erfüllt, sobald die titanische Energie ausreichte. Der Bogen wurde im

Hirn als dem Instrument des Willens gespannt. Dem folgte das Flugzeug als Pfeil. Die reine Energie fächerte sich aus in Handel und Wandel, Krieg und Vergnügen, Sport und Wissenschaft, ohne Rücksicht auf Ökonomie und Unfälle – doch mit der Sucht nach stets wachsender Beschleunigung auf jedem Gebiet.«

Nun Jüngers Autoren-Glück. Er hatte noch mit achtundneunzig notiert: allein das Scheitern der ›Titanic‹ an ihrem Eisberg sei in unserem Zeitalter »ein prophetisches Zeichen, wie es deren sonst nur im Mythos gibt«. Und hatte das Glück – wer sonst –, noch am 25. Mai 1990 einen Überlebenden, vielleicht den letzten, wer weiß, der ›Titanic‹ zu treffen! Einen Professor Navratil, der 1912 erst vier Jahre alt war, sich aber »genau des Augenblickes erinnert, in dem er am Rettungsboot von seinem Vater zum Abschied umarmt wurde.

Seine Gesichte fügt dem großen Unglück eine besondere Note ein. Seine Eltern lagen in Scheidung, und der Vater wollte sich nicht von den beiden Söhnen trennen – eben dem, der jetzt neben mir saß, und dessen jüngerem Bruder; daher entführte er sie und löste Billetts für die Passage nach Kanada.

Damals gab es, wie der ›Fall Crippen‹ beweist, schon Funksprüche. Es lag daher nahe, daß der Vater, um nicht schon bei der Landung verhaftet zu werden, sich unter falschem Namen in die Passagierliste einschrieb. Hätte man nicht seine Leiche, die neben Hunderten im Meer trieb, aus dem Wasser geborgen, und mit ihr die echten Papiere, wären die Söhne wohl für immer anonym geblieben – so aber konnten sie zu Mutter zurückkehren.«

Daß Geschichten wie diese, deren man Tausende im Werk Jüngers findet, Menschen beschäftigen werden, solange Menschen lesen, nicht nur Deutsch, garantiert vielem, was Jünger schrieb, die unschätzbare Dauer.

Unter meinen Jünger-Papieren fand ich neulich auch noch eine seit dreizehn Jahren vergilbende Zeitung mit den Albernheiten, die ausgerechnet die *Grünen* als Partei losgelassen haben, als der siebenundachtzigjährige Jünger den Goethepreis erhielt. Seit dem Tode des Lyrikers Friedrich Schnack, in dessen Gesamtwerk so sehr die Natur das Zentrum bildet, daß der Leser vor lauter Bäumen fast keine Menschen mehr sieht –, *ist* kein anderer auf Erden so sehr *der* Dichter der Grünen wie Ernst

Jünger! Daß aber die Grünen Purzelbäume der Raserei gegen die Preisverleihung an Jünger veranstalteten, bezeichnet einmal mehr, wie trostlos ungebildet die Meute unserer Parlamentarier ist, wie fern sie allem Kulturellen steht in so »gewaltiger« Mehrheit, daß niemand das Dutzend Leser unter ihnen überhaupt wahrnimmt: Noch nie ist es einem Untertan der Bonner geglückt – in fünfundvierzig Jahren nicht –, ein Foto zu entdecken, auf dem ein profilierter Bonner mit einem Buch in der Hand erwischt worden wäre! (Außer mit seinen Memoiren.) Die Grünen *gegen* Jünger: Das kennzeichnet sie als ebenso niveaulos wie die Ostzonen-Kommunisten, die 1947 das Geburtshaus Bismarcks bis zu Türschwelle abgerissen haben, jenes Politikers, dessen höchste Aufmerksamkeit zeitlebens der »Pflege unserer Freundschaft mit *Rußland*« galt.

Mich läßt die Frage nicht mehr los, da ich in der Pubertät, also geistig noch völlig wehrlos – durch den Vater meines Schulfreundes Hanno –, Spenglers Untergangs-Diagnosen in die Hände fiel: Ist das Mirakel zu deuten, daß den frühesten Pferde-Darstellungen bis zur Identität die letzten, ebenso genialen gleichen, die unsre abendländische Kunst hervorgebracht hat, die des 1916 vor Verdun gefallenen Franz Marc, der diese Pferde in der Wiege der Kunst nicht gekannt haben *kann*? Der Kreis schließt sich! Mit Marc endet, auch mit seinen Motiven, die Kunst des Abendlandes, wie sie mit diesen Pferden begonnen hat – analog.

Jünger liebt es, plötzlich vom Tisch aufzustehen und sich seitab einem Beet, einem langen, tief abfallenden Wiesenhang, einem Waldstück zuzuwenden, von wo er meist ein Blatt, eine Blüte oder einen Käfer mitbringt. Sieht man ihn sicher, rasch, elastisch dorthin weggehen, so fallen einem zwar nicht die Worte ein, die Gorki beim Anblick Tolstois, wenn der alleine stand, notierte: Er glaube ja keinesfalls an Gott, doch ungefähr wie Tolstoi müsse der Gott aussehen. Sondern man denkt, die Kunde aus Hellas, die das erste Jahrhundert unserer Zeitrechnung so betroffen gemacht hat, als ein Seemann sie nach Rom brachte: »Der große Pan ist *tot*!« –, müsse eine Falschmeldung gewesen sein.

Wer gar nichts weiß

Aus was entstanden? · Lear im Bett
Werden Ideen Religionen …
Spät · Zielspruch · März

Aus was entstanden?

»Eigentlich ist Nietzsche in diesem Zusammenhang von einem rührenden deutschen Positivismus … Geradezu lächerlich … Ganz spät erst tauchte bei ihm der Nihilismus auf, dem er dann nicht mehr gewachsen war.«

Gottfried Benn am 22. 11. 37

Benn, in Briefen, dann im Essay
– kam zu dem Schluß,
alle Schöpferischen der weißen Rasse
produzierten aus dem zwingenden Muß:

»… ihren Nihilismus zu verdecken,
keiner glaubte an irgendwas«!
Kunst – Ersatzhandlung? Bezwecken,
den Müll im Innern abzutragen? Aderlaß:

Durch Flucht ins Tun das Nichts zu tarnen?
»Nur das Unzulängliche ist produktiv«:
Ob sich Goethes abgründiger Satz
schon auf die selbe Einsicht berief?

Lear im Bett

»Ein alter Mann ist stets ein König Lear!«
Goethe: ›Zahme Xenien‹

Tageslicht! – nimm's Schwergewicht:
wach aus Grabesangst zu sein – mir ab.
Alter, das mich narrt – meine Gegenwart.
Schlaf schwemmt mich zum Hoffnungslosen-Kap.
Doch schluckte auch Zola – ein Trost,
an jedem Vormittag erst seine Kröte.
»Ein alter Mann ist stets ein König Lear«
– klagt sogar Goethe … Nimm mir
die Last der Vorahnungen, Frühlichtröte!

Werden Ideen Religionen …

»Wer in einem Religionskrieg fällt,
kommt in die Hölle.«
Wilhelm Raabe

»Gottes willige Vollstrecker … In der Bischofstadt Bamberg wurden in einem einzigen Jahr sechshundert Frauen als Hexen hingerichtet, im rheinischen Siegburg zweihundert, im hessischen Fulda in drei Jahren zweihundertfünf.«
›Der Spiegel‹, am 1. Juni 1998

Zu welchem Wahnwitz Glaube sich versteigt
und hält oft abertausend Jahre!
Erdteile, die vor Mythen sich verneigt:
Nichts interessiert sie weniger als das Wahre
– als die Vernunft, dort, wo sie glauben *wollen*!

Credo quia absurdum est: Patristik. Wozu?
Was, außer Krieg, trug sie den Völkern ein?
Buddha, Jesus: Wie wird der Spleen – Tabu,
die hätten einer Jungfer Sohn zu sein?
Athena stamme aus dem Kopf des Zeus?

Mütter »befleckt«, weil sie normal empfingen?
Menschen, woher ihr Enthusiasmus für Ideen,
die nur bezwecken, andere umzubringen?
Ehrwürdig, die Kirchen, Staaten widerstehn,
den Feuertod vor Augen: »Hexen«, Ketzer …

Später, die ausgelöscht durch Diktaturen:
»Verräter« in Lagern, Hungerbunkern, Todeszellen.
Mehrheiten, die ihren Führern Treue schwuren,
als »Auserwählte« deren Mordgesellen:
Was fühlen die, pensioniert, Urenkel auf den Knien?

Schlagworte – Totschläger: Volk ohne Raum.
Herrenrasse. Seegeltung-Weltgeltung. Paradies
der Klassenlosen … Am nächsten Baum
kann hängen, wer nicht mitsingt. Im Verlies
verlocht, wer nicht die Zunge hält im Zaum.

Immer nur *Einzelne*, die denken, sagen.
Deshalb erregen sie des Volkes Wut,
das dogmendumm stets lyncht, die lachen, wagen
statt wie es selbst den Hut vor Geßlers Hut
zu ziehn auf hoher Stange dort am Markt.

Spät

Zum 23. 9. 2000!

Zu keinem Wagnis mehr jung!
Zubiß, Schwung
nur noch dank deiner Schönheit,
Geduld, Güte, die meine Endzeit

Noch liebend mitschleppen,
sie schützend vor Selbstironie.
Seit sie wegebben:
Mein Tun, mein Hiersein – wie

Unmögliches du möglich machst:
Mit einem *Depressiven* leben!
Tolerant bleibst, Dunkles hell lachst.
Doch dir nichts zu geben

Außer wenn Nahsein, Gier
uns ineinander verleibt,
sonst nur zu nehmen von dir,
zu nehmen, dies Gefühl bleibt.

Zielspruch

Meinen Söhnen

»Wer ein Warum zum Leben hat
– erträgt fast jedes Wie.«
Ein Höchstmaß Kraft wie Megawatt
schenkt diese Einsicht, die
Nietzsche, mutlos oft, bis er sie fand,
beflügelt, auszuhalten die Kritik.
Geist seines Werks ist Widerstand.
Gelassenheit schafft Überblick.
Und nur ein *Ziel* gibt Energie,
das Klarheit, Willen, Eros eint.
Mit ihm versagst du *seelisch* nie.
Ja, überstehst auf Dauer deinen Feind!

März

Forsythien – postgelbes Signal:
Der Frühling ist da!
Aggressiv das Licht, firnblauer Stahl,
doch die Frau auf dem Rad heute sah

– ihr Rock flog ihr übers Knie –
schon bunt aus wie Wiesen im Mai.
Nicht jung, doch verjüngt auch sie,
als ob sie kummerlos sei.

Als ob nicht Grübeln: »Hirnen im März?
Schnee von gestern!« sie abgeschlafft.
So wie mich, den's friedhofwärts
zieht … zur Totenbruderschaft.

Warum sind, die uns verließen,
erst seit's blüht, so *furchtbar* fort?
Nein, nicht heute Gräber gießen …
Flieh doch, psychisch ausgedorrt

Von Gedanken an die Särge,
zu der Frau da auf dem Rad!
Sei vergeßlich. Treulos – berge
dich in *ihr*! Nicht junge Saat

Nur ein Mensch – nicht Tiere, Blüten,
auch der Fluß nicht, an dem Enten
ausgeschlüpft; die Schwäne brüten:
Kann das Down noch von dir wenden.

Julia oder Der Weg zur Macht

Familienkriege

Ein Kaiser überlebt vier Kronprinzen

Die verfälschende Zeit

Reisezeit – Lesezeit

Mommsen und andere Machos

»Unsittlichkeit« – Vorwand: Verwandte lebenslänglich zu verbannen

Aurora Dreckliese und Adelheid Mommsen

»Freigeist« Nietzsche: Mundwerk der Konvention

Wie »golden« war das Augusteische Zeitalter?

Ovid, der zuviel wußte …

»Julia oder Der Weg zur Macht«

Tiberius vernichtet die Witwe des Germanicus

»Große« überwältigen noch ihre Chronisten

Projektionen: Werturteile entnimmt jeder *seiner* Zeit

Eine Biographin sieht tiefer als Biographen

Golo Mann rehabilitiert Tacitus und dessen Frauenbildnisse

Die Rächerinnen Livia und Agrippina

Eheliche Infiltration als Weg zur Macht

Wie alles anfing: Cäsars Testament wird gefälscht

»Sobald die Frauen anfangen, uns Männern gleichgestellt zu werden, sind sie uns auch schon überlegen.«

Cato der Ältere, 195 v. Chr.

»Zur gleichen Zeit fand Julia den Tod, die Enkelin des Augustus, die dieser, als des Ehebruchs überführt, verurteilt und auf die Insel Trimerus, nicht weit von der apulischen Küste, verbannt hatte. Dort hielt sie zwanzig Jahre in der Verbannung aus, auf die Unterstützung durch Livia angewiesen, die ihre Stiefkinder zuerst durch geheime Machenschaften aus dem Glück ins Verderben stürzte, dann aber ihr Mitleid mit den Unglücklichen offen zur Schau zu stellen pflegte.«

Tacitus, etwa 110–120 n. Chr.

»Ich bedaure stets, daß unserer besseren Hälfte des menschlichen Geschlechts nicht mehr Einfluß auf die politischen Verhältnisse gestattet ist.«

Otto von Bismarck, 1895

»Um die Frauen zu kennen, muß man sie als Schwiegermütter erlebt haben.«

Otto Flake, 1960

»Schon in Sallusts ›Catilina‹ spielten römische Damen gesellschaftliche, politische Schlüsselrollen; weitere Fortschritte noch geschahen unter den Claudiern … Mit im Zentrum stehen jederzeit die Frauen, Geliebten, Witwen, Mütter der Cäsaren; Archetypen insgesamt. Livia, die ewige Stiefmutter, den Blick auf ihren großen Hätschelhans, den Tiberius, gerichtet, ohne Liebe und Gnade für ihre Stiefkinder, die waren Julier; nach des Sohnes Machtergreifung diskret aus dem Hintergrund wirkend, majestätisch-sittenstreng zugleich und erzpolitisch und von unergründlicher Tücke.«

Golo Mann, 1976

»Die vollkommene Niedertracht kommt nur vor, wo eine Frau gegen eine Frau agiert.«

Martin Walser, 1993

Familienkriege

Fast immer betrügen alte Männer, wenn sie spät junge Frauen geheiratet haben, ihre Kinder aus früheren Ehen ums Erbe; oft auch noch deren Mütter. Ausnahmen bestätigen nur – so selten sind sie – die Regel. Je größer das Erbe – je häufiger der Betrug. Daß zahllose Töchter und Söhne der Inhaber bedeutender Firmen später Vater oder Stiefgeschwister verklagen müssen, beweist, daß unter der Sonne nichts Neues geschieht. Denn so alt wie die Bibel und wie jedes andere Geschichtsbuch ist diese Erfahrung: Ging es vor Zeiten um die Vererbung ganzer Königreiche, so heute um bürgerliche Vermögen – ob das nun Fabriken sind oder Bauerngärten oder nur Bilder und Möbel. Auch übergehen oft sogar jene Väter ihre Kinder, die später mit Frauen verheiratet sind, die ihnen keinen Erben geboren haben. So Kaiser Augustus. Livia, von der wir hier erzählen werden, hat als seine dritte Frau kein Kind geboren, jedoch alle seine Nachkommen entrechtet, um *ihren*, nicht von Augustus, sondern aus ihrer ersten Ehe stammenden Sohn Tiberius auf den Thron zu bringen. Und Augustus sah dem zu ... ja, half ihr dabei!

Vermutlich ist die tiefste Ursache der Unmoral des Alten eine erotische. Kam die oft viel jüngere Partnerin bei ihrem alten Mann im Bett nicht mehr auf ihre Kosten – um so mehr dann bei seinen Konten. Und selbst dort, wo die Frau an Sexualität nicht mehr interessiert ist, was oft ihr Mann verschuldet, nimmt das ihm nicht das Gefühl, ihr zu wenig geboten zu haben. Entschlossene Frauen beugen vor, wenn Gefahr besteht, daß ihre Kinder zugunsten jüngerer Halbgeschwister entrechtet werden: So hat Olympias, die Mutter Alexanders des Großen, ihre Nachfolgerin und deren Sohn ermordet. Ja, vermutlich hat sie sogar auch schon den Mörder zu König Philipp gesandt, der sie wegen dieser sehr viel Jüngeren sitzengelassen hatte.

Gemordet wird heute nicht mehr oder nur spurlos. Heute wird enterbt, indem man – weil Enterben ungesetzlich ist und anfechtbar – wertvolle Konzerne so beizeiten verkauft, daß man den Erlös der zweiten oder dritten Partnerin ausliefern kann oder auch deren Kindern, was mit Bargeld, Gold und Aktien viel unauffälliger zu handhaben ist als mit Boden und Bauten. Stirbt dann der Alte, finden Kinder und Frauen aus früheren Verbindungen meist nur noch einen Korb Äpfel anstelle des Obstgartens vor, der ihnen zugestanden hätte ... So häufig das ist und so gleich im Endergebnis, so unterschiedlich sind die Wege und Umwege, dieses Unrecht zu praktizieren. Freilich darf darüber nicht vergessen werden, wie oft auch – umgekehrt – eine frühere Gattin und ihre Kinder eine späte, letzte Geliebte oder Ehefrau ihres von ihnen geschiedenen Mannes oder ihres Vaters ruchlos entrechten! So daß dann vielleicht jene Partnerin, die zuletzt vorwiegend nur noch die Pflegerin eines Alten an seinem jahrelangen Krankenlager war, nichts mehr erbt, sondern einem unversorgten Alter schon deshalb entgegenbangen muß, weil sie während ihrer späten Jahre nicht mehr berufstätig war, sondern erst die Freundin, dann aber die Diakonisse eines von seiner Familie verlassenen Mannes, um den sich seine Kinder nicht mehr kümmerten, weil sie sein Erbe schon an sich gerissen hatten ...

Wir erzählen, wie entsetzlich einer schuldlos geschiedenen Frau und ihrer Tochter und deren fünf Kindern mitgespielt wurde von ihrer Nachfolgerin, die sogar zur Schwiegermutter der Tochter dieser »ausgeschiedenen« Vorgängerin geworden war und so auch zur Stiefgroßmutter der fünf Enkel.

Daß Livia – so hieß diese mörderische Erbschleicherin, die sechsundachtzig wurde – vor zweitausend Jahren als dritte Ehefrau ihres Mannes seine Erben aus zweiter Ehe, die mit ihr nicht blutsverwandt waren, ums Recht brachte, sogar ums Leben, manche auch »nur« – lebenslänglich – um ihre Freiheit, das nimmt dieser Erzählung nichts von ihrem Heutewert. Denn die Natur des Menschen *bleibt*! Und ist stärker als seine gesellschaftlichen, an die Zeit gebundenen und mit den Zeiten stromab gehenden Sitten und Einrichtungen. Der Trieb, sich anzueignen, was anderen gehört – ist jetzt nicht schwächer ausgeprägt als damals. Und nicht nur lernt man Ehepartner und sogar eigene Kinder bekanntlich erst während der Scheidung kennen und Geschwister erst beim Erben, sondern Menschen überhaupt erst im Krieg. Krieg ist aber immer – auch wenn kein Schuß fällt, sondern zum Beispiel geheiratet wird. Krieg zwar nicht ausschließlich. Und nicht stets obenauf, aber dann doch mindestens unten im Gefühlshaushalt. Ob nun – harmlose, zeitlose Vorfälle – nur ein sehr geliebter Sohn sich endgültig vom sehr geliebten Vater abnabelt oder eine Tochter ihrer Mutter aus dem Wege geht: Krieg als die Kehrseite der Harmonie lehrt sie uns als solche erst schätzen.

Niemand hat Lust – daher das auch niemand kann –, sich die Namen von Verwandten zu merken, die nicht die seinen sind. Wir stellen deshalb nur jene Gestalten aus den zwei sich einander zerfleischenden Familien, den Juliern und den Claudiern, vor, die man kennen muß, will man erfahren, was in den achtundfünfzig Jahren von 23 v. Chr. bis 36 n. Chr. im Hause des ersten und des zweiten römischen Kaisers, des Augustus und seines Stiefsohnes und Nachfolgers Tiberius, passiert ist; übrigens zur andauernden Mahnung, Monarchien nicht nachzutrauern.

Denn wenn auch die Ermordung amerikanischer Präsidenten viel häufiger zum Wechsel im Weißen Haus geführt hat, als Morde an Zaren in Petersburg den Regierungswechsel ausgelöst haben, so ist in der Demokratie doch stets nur *einer* »Kronprinz«, also Vizepräsident. Nur einer kann fest damit rechnen, Nachfolger des Ermordeten zu werden. Während in Dynastien, fällt der Erbprinz aus, zahllose Familienmitglieder von Geburt eine Anwartschaft auf den Thron haben. Da außerdem der Monarch nicht wie der Präsident nur wenige Jahre seinen Nachfolgern im Wege ist, sondern solange er lebt: ist natürlich auch die Neigung derer, die nach der Krone greifen, ihm die Lebenszeit abzukürzen, viel ausgeprägter. Auch hassen Verwandte, sobald Rangfragen da sind, viel leidenschaftlicher einander, als Fremde einander verabscheuen … Andererseits haben konstitutionelle Monarchien einen sehr bedeutenden Vorteil für das Volk: Könige, die nicht vom Parlament gewählt werden und nicht nur wie Präsidenten zehn Jahre regieren dürfen, sind von den Parteien unabhängiger – während ein Präsident, will er gewählt werden, durchaus den Parteien nach dem Munde reden muß, sogar noch während seiner ersten Amtsperiode, weil er eine zweite sonst gar nicht erreicht. Es ist aber immer von Vorteil für jeden Staat, wenn zwischen seinem Volk und jenen, die es beherrschen, also den Parlamentariern, aus denen auch die Regierung sich zusammensetzt, noch eine dritte Institution existiert, die in ihrer Dauer vom Parlament nicht beschnitten werden kann. Allein *sie* kann folglich riskieren, zugunsten des mundtoten Volkes, gegen dessen Beherrscher: Regierung und Parlament – noch eine andere, eine oppositionelle Meinung öffentlich geltend zu machen. Ob ein *Monarch* nur eine schwache Persönlichkeit ist, hängt nicht vom Regierungschef ab, der es aber durchaus in der Hand hat, aus einem Schwächling – dann wird er von ihm in Ruhe gelassen – einen Präsidenten zu machen … Demokratie ist nur, wo – wie in der Schweiz – das Volk auch in Einzelfragen das Referendum erzwingen kann. In Deutschland, wo Volksabstimmungen überhaupt nicht erlaubt sind, ist schon deshalb keine Demokratie, sondern Parteienherrschaft …

Ein Kaiser überlebt vier Kronprinzen; als er stirbt, wird der fünfte enthauptet

Kaiser Augustus hat noch im gleichen Jahr, in dem seine zweite Frau ihm das einzige Kind zur Welt brachte, Julia, das er aus drei Ehen gehabt hat, diese vorbildliche Mutter seiner Tochter verstoßen, um wenige Wochen später Livia zu heiraten, die im sechsten Monat schwanger war – ob bereits von Augustus, ob noch von ihrem ersten Ehemann, weiß keiner. Dem hatte sie jedenfalls ihren ersten Sohn: Tiberius – geboren. *Ihn* zum Nachfolger des Augustus zu machen, durch Beseitigung Julias und der fünf Kaiser-Enkel: war denn auch ein halbes Jahrhundert lang das Bestreben dieser Livia. Und führte zum Ziel. Tiberius wurde 14 n. Chr. Kaiser und brachte im selben Jahr die Augustus-Tochter Julia um, die sogar einmal mit ihm zwangsverheiratet war, und ermordete auch noch deren letzten von drei Söhnen, der bereits seit sieben Jahren wegen »Unsittlichkeit und Aufsässigkeit« verbannt war. So wie die älteste Schwester dieser drei Jungen, die ebenfalls wie ihre Mutter Julia hieß, wegen »Ehebruch« schon seit sechs Jahren verbannt war und noch vierzehn Jahre bis zu ihrem Tode verbannt bleiben sollte, nach Hinrichtung ihres Ehemannes als Verschwörer. Und auch noch deren Schwester, das letzte in Rom lebende Kind des einzigen Kaiserkindes Julia: Agrippina I. – war bereits in Ungnade bei Tiberius und wurde alsbald mit ihrem ältesten Sohn lebenslänglich verbannt. Ihr Ältester starb zwei Jahre später den Hungertod, nur fünfundzwanzig Jahre »alt«; sein dann auch noch verbannter Bruder Drusus III. starb ihn zwei Jahre später, ebenfalls erst fünfundzwanzig. Den Hungertod der Mutter dieser beiden Verhungerten nannten Historiker dann einen »freiwilligen«, obgleich diese bedeutende Enkeltochter des Augustus sich derart gegen ihre Deportation aus Rom zur Wehr setzte, körperlich, daß ihr dabei ein Auge ausgeschlagen wurde … Diese drei in der Verbannung Verhungerten waren die Witwe und die ältesten Söhne des mit vierunddreißig Jahren im Orient vergifteten Germanicus gewesen, des populärsten Soldaten Roms, nach Cäsar und Agrippa, dem Schwiegervater des Germanicus. Der selbst noch gesagt hat, er sei vergiftet worden ... Daß ganz Rom davon überzeugt war – keineswegs nur Germanicus selber und seine Witwe –, dieser zu seiner Zeit beliebteste Feldherr Roms sei das Giftmord-Opfer des Kaisers Tiberius und seiner Mutter Livia, belegt die Tatsache, daß diese zwei nicht riskieren konnten, dem Staatsakt der Beisetzung der Asche des Germanicus beizuwohnen: sie mußten fürchten, das Volk von Rom sei nicht zu bändigen und werde sie lynchen ...

Was wir untersuchen wollen: Warum Historiker, speziell deutsche, speziell jene des 19. Jahrhunderts – Mommsen-Epigonen allesamt –, mit Leidenschaft Partei für jene Giftmischerin Livia und ihren Ältesten: den Thron-Usurpator Tiberius – ergreifen und sie von den Mordanklagen – ohne jeden Beweis – freisprechen, die ausnahmslos alle Zeitgenossen und antiken Historiker, die wir heute noch kennen, gegen Livia und ihren Ältesten gerichtet haben. Richten *mußten*! Weil in der Tat dies einzigartig ist in der gesamten Weltgeschichte: daß einem Kaiser *fünf* Kronprinzen sterben, damit der von ihm gehaßte Stiefsohn Nachfolger werden kann! Starb Germanicus – der sechste dezidierte Kronprinz – »erst« vier Jahre nach dem Tode des Augustus, so waren schon zu Lebzeiten dem Kaiser seine zwei Schwiegersöhne Marcellus (mit neunzehn Jahren!) und Agrippa mit einundfünfzig und seine zwei Enkel, Lucius und Caius, binnen achtzehn Monaten, vierundzwanzig und zweiundzwanzig Jahre »alt«, gestorben. Während der dritte und letzte vom Nachfolger Tiberius enthauptet wurde, bevor der neue Kaiser bekanntzugeben wagte, der alte sei tot. Und obwohl es – wie gesagt – keine anderen Herrscherfamilien irgendwo gegeben hat, seit die Welt sich dreht, in der dem Monarchen sechs Kronprinzen wegsterben – alle bis auf einen als Jünglinge, vier zu seinen Lebzeiten, der fünfte wenige Tage nach dem Tode dieses kaiserlichen Großvaters – *nachweislich* durch Enthauptung: beharren doch deutsche Nachschreiber der antiken Historiker darauf, es besser zu wissen als jene vor zweitausend Jahren, die Verleumder gewesen seien: Was sehr schwierig für die gewesen wäre! Unterstanden doch diese antiken Chronisten der Kontrolle, teilweise sogar jener Zeitgenossen, die noch Mithandelnde der Ereignisse gewesen waren, die sie in ihren Büchern schildern. Oder aber der Kontrolle anderer, heute verschollener römischer Historiker. Daß die zweitausend Jahre näher *dem* gewesen sind, was sie darstellen, kann das Rudel deutscher Mommsen-Nachschreiber in seiner pontifikalen Hochnasigkeit nicht beirren ... Wir untersuchen, *warum* sie zum Beispiel die Kaiserin Livia und ihren Ältesten, den Tiberius, so tugendhaft schildern, wie einer im 19. Jahrhundert hat sein müssen, wenn seine Biographie von den Schullehrern der Queen Victoria-Epoche für tauglich befunden werden sollte, sogar für »die reifere Jugend bearbeitet« zu werden, wie das in solche Bücher hineingedruckt wurde. Warum die Historiker zum Beispiel den »so feinen Menschen« Tiberius gar mit Friedrich dem Großen vergleichen (Mommsen), obwohl er den vorletzten Urenkel, ein Kind, seines Vorgängers Augustus derartigen Hungerqualen unterwirft, daß der Fünfundzwanzigjährige, der sich nichts anderes hat zuschulden kommen lassen, als von Geburt ein potentieller Thronprätendent zu sein, daß er zuletzt seine Matratze »ißt«! Da das aber eine »Sudelei« ist, die sich nicht »gehört« in den Augen der glückverdummten Nachwelt: erwähnen die meisten, die seit 1800 n. Chr. über Tiberius schreiben, dies nicht einmal ...

Nicht nur Historiker – jedermann ist *anders* albern, vermutlich jedoch bei weitem nicht so sehr als Individuum wie als Zeitgenosse. Die unentbehrliche Einsicht Nietzsches: »Der Irrsinn ist bei Individuen etwas höchst Seltenes, aber in Völkern und Zeitaltern ist er *die Regel*!« – unterströmt unsere ganze Erzählung wie eine ebenfalls unentbehrliche Kloake eine Stadt und stinkt uns immer erneut dort an, wo neue Abwässer nicht nur des augusteischen Hof- und Familienlebens, sondern auch der »Geistes«-Haltung seiner neunzehnhundert Jahre später schreibenden Chronisten dieser Kloake zugeführt werden ... So müssen wir noch oft an diese Grundeinsicht Nietzsches erinnern; ja, sie liegt wie ein Wasserzeichen hier unter allen Zeilen.

Die verfälschende Zeit

Ein unlösbares Problem des Erzählers ist die Zeit: Logischer-, aber doch absurderweise vergeht sie auch in der Chronik um so rascher, je spannender der Chronist erzählt. Doch hier – er kann das nicht ändern – beginnt unvermeidbar die Fälschung. Denn rapportiert er so rasch, faktenreich, kurz und kurzweilig zum Beispiel das Wegräumen der Augustus-Nachkommen aus der Erbfolge durch Livia und ihren Sohn Tiberius: so *muß* der durchaus irreführende Eindruck entstehen, Livias nahezu fünfzigjährige Regierungszeit – mindestens die Familienpolitik unterstand *ihr*, nicht ihrem Ehemann Augustus – sei ein einziges dämonisches Mantel- und Degenstück gewesen, der dramatische Ablauf einander Jahr auf Jahr folgender Beseitigungen potentieller Thronanwärter.

Nein – Livia hatte und nahm sich viel Zeit. Nur einmal nicht: als die zwei ältesten Söhne Julias, die vom Großvater Augustus wie vom römischen Volk vergötterten Enkel Caius und Lucius, binnen achtzehn Monaten »starben« ... Sonst aber gab es in diesen Jahrzehnten – Livia lebte von 58 v. Chr. bis 29 n. Chr. – auch innerhalb der Kaiserfamilie lange währende paradiesische Friedens-Oasen: So pilgerte einst Augustus mit diesen Enkeln nach Troja, von wo die Julier, die Kaiserfamilie – der bei Vergil in Auftrag gegebenen Legendenverklärung zufolge –, durch ihren Ahnherrn Äneas nach Italien gekommen waren. Und es gab in der Reichshauptstadt jede Woche mindestens ein Fest, einen Aufzug, gab ungetrübte Jahre des glanzvollsten gesellschaftlichen Lebens ... Vergleichbar, will man vergleichen, was aber doch wenig erhellt, mit dem Hofleben etwa der Kaiserin Eugenie und Napoleons III. in jenem Paris, das soeben Haussmann neu erschuf. Und vergleichbar dem Berlin Wilhelms des Letzten, das soeben Max Reinhardt, Richard Strauss und Max Liebermann zu einer Metropole auch der Kunst machten; Metropole der Wissenschaft war Berlin schon seit den Humboldts gewesen ...

Livia hatte ja Zeit. Und scheint das gespürt zu haben. Zeit genug (die ihr Chronist *nicht* hat), ihre Schachzüge, den Tiberius zu inthronisieren, so umsichtig vorzubereiten, daß es niemandem auffiel in den Jahrzehnten, während deren sie wirkte als Mörderin. Niemandem auffiel, wie verdächtig, ja endlich: wie *skandalös* häufig der Tod wieder einen Kerngesunden holte aus der Augustus-Nachkommenschaft. Zeitgenossen kommen da über Argwohn – ein Schelm, der Böses dabei denkt; ein Narr, der es *nicht* tut – nicht hinaus. Erst im nachhinein, erst im Rückblick auf die *ganze* »Strecke« ihrer Opfer an den Thronstufen ihres Mannes, endlich auch ihres zum Thron drängenden und »natürlich« hingelangten Sohnes wird die – wiederholen wir – »aller Statistik Hohn sprechende Häufung von termingerechten Todesfällen« so auffallend, daß endlich keine Illusion mehr erlaubt ist: Hier lag durch die Unmöglichkeit, eine andere, plausible und amtlich anzugebende Begründung für die Beseitigungen der Frauen Julia I., Julia II. und Agrippina zu finden, eine Parallel-Aktion vor. Doch nur wer alt wurde in Rom, nur der konnte das durchschauen. Wer *sehr* alt wurde – wie wenige wurden das damals! –, der durchschaute auch noch, daß später den *Enkeln* der Kaisertochter Julia – wiederum aus der Unmöglichkeit, andere »Gründe« öffentlich angeben zu *können* –, daß auch denen noch eine Parallel-Aktion zu ihrer Beseitigung widerfuhr: Wie ihren Müttern Julia II. oder Agrippina I. oder wie ihrem Onkel Agrippa Postumus – 12 v. Chr., im Todesjahr seines Vaters Agrippa geboren –, widerfuhr auch ihnen, aus Rom beseitigt oder dort eingekerkert zu werden wegen »Unsittlichkeit« oder – Postumus – »schlechten Charakters«. Die immer gleiche, die wahre »Schuld« dieser Nachkommen der ersten Julia konnte amtlich ja nie eingestanden werden, weil jeder Römer gesagt hätte: Die Kaisertochter, die Kaiserenkel, die Kaiserurenkel haben doch *recht*! Daß sie nämlich zum Thron drängten als Legitime – als Todfeinde des Tiberius und der Livia schon von Geburt. Allemal »Hochverräter« … Da sie *geborene* Thronprätendenten waren – waren sie auch schon geborene Todfeinde der Usurpatoren Livia und Tiberius. Doch, wie gesagt: Nur Altwerdende, nur Altgewordene durchschauten diese Beseitigungs-Aktionen als Parallel-Fälle. Dauerten sie doch von 23 v. Chr., als Julias erster Mann: ihr Vetter ersten Grades (Sohn der Kaiserschwester), der erst neunzehnjährige Publikumsliebling und

Kronprinz Marcellus II., »plötzlich« starb – bis mindestens ins Jahr 36 n. Chr., als Aemilia Lepida zum Selbstmord wegen »Ehebruchs« gezwungen wird, Urenkelin des Augustus, deren Vater – Mann Julias II. – als Verschwörer hingerichtet worden ist in jenem Jahr 8 n. Chr., als seine Frau wegen »Ehebruchs« lebenslänglich verbannt wurde, wie – mit der gleichen »Begründung« – schon zehn Jahre zuvor deren Mutter Julia I.

Von 23 vor bis 36 nach der Zeitenwende – diese neunundfünfzig Jahre sind aber das Wirkungsfeld dreier Generationen, zieht man die Jahre des Kindseins und des nicht mehr öffentlich tätigen Alters ab! Wer konnte da auch nur – wie dann die später Geborenen mit *einem* Blick – als Zeitgenosse (Zeitgenosse von *wem*: von denen, die als Twens schon zu Zeiten des Augustus starben – oder Zeitgenosse jener Twens, die Livia erst am Abend ihres Lebens ihrem Sohn Tiberius zur Ermordung überlassen hatte, wie die noch immer zweifellos auf den Thron, der ja *ihnen* auch zukam, versessenen Urenkelinnen des Augustus?) –, wer konnte bereits als Zeitgenosse, wie Spätere, die *ganze* Mordstrecke überschauen und die Folge-»Richtigkeit« in ihr überblicken und die Einfallslosigkeit, den Getöteten oder Eingezwingerten immer nur dies *eine* Delikt anzuhängen: Unsittlichkeit; bei Verheirateten: Ehebruch? Denn jede *politische* Tat der Augustus-Nachkommen hätte den Beifall nicht nur des Senats – der den Tiberius haßte –, sondern mehr noch den der Aristokratie und des ganzen Volkes gehabt, die den Legitimen mehr als gewogen waren …

Doch eben dies: daß die Jahre, die Jahrzehnte, endlich der Gedächtnisschwund, der individuelle wie der kollektive, alles verharmlosen, sofern sie es nicht sogar tilgen, indem sie jene tilgen, die noch davon wußten; eben dies, daß so die Zeit zum stärksten Verbündeten derer wird, die Unrecht getan haben, sofern nur diese selbst alles Unrecht überleben – eben dies kann kein Erzähler vermitteln, einfach deshalb nicht, weil *ihm* diese Zeit dazu fehlt. (Zeit ist durch nichts zu ersetzen.)

Diese stillschweigend verändernde Kraft der Zeit, neutralisierend, ja scheinbar objektivierend: als »normative Kraft des Faktischen« beschönigt, eine große Macht, wenn nicht die größte innerhalb der menschlichen Dinge: sie hat in seinem Tacitus-Essay auch Golo Mann bedrängt, bedrückt: »Die Gangart verlangsamt sich noch im ersten Kapitel, mehr im zweiten; vom rasenden Galopp kann man nicht direkt zum Schritt übergehen. Kapitel zwei bis fünf – tacitaeische Kapitel haben etwa zwanzig Zeilen – geben die Exposition, eine Zeichnung der Herrschaft und Herrschaftsbasis des Augustus. Die Basis ist eine überwiegend negative: Roms große republikanische Familien sind durch die Bürgerkriege, die Proskriptionen vernichtet worden, zumal die Besten, Kühnsten ihrer Vertreter; feige war, was übrigblieb. Der Tradition der Nobiles fühlt Tacitus sich verbunden; nur augenblicksweise, eigentlich im Widerspruch zu sich selber, ist er gerecht genug, um zu sehen, daß in ihrem Zeichen vieles verfehlt worden war … Der einzige festigt seine Macht mit voraussehender Klugheit; so viele Jahre lang, daß, wie sein Leben zur Neige geht, die allermeisten sich an einen anderen Stand der Dinge gar nicht mehr erinnern können: … wer war noch übrig, der die Republik gesehen hätte? Indem es nun mit dem alten Herrn zu Ende geht, wird in Rom geredet; für ihn, gegen ihn, für, gegen seine Verwandten, seine möglichen Nachfolger, meist gegen sie, wie die Leute so sind. Tacitus hat geringe Achtung vor dem Hauptstadtgerede, ohnmächtigem Ersatz der untergegangenen Freiheit; aber berichten tut er immer wieder darüber, es interessiert ihn, es gehört zum Bild. Während noch geredet wird, stirbt Augustus.

Die alte Kaiserin Livia hat den Palast, die Straßen ringsumher genauestens isoliert, läßt durch die Ärzte ermutigende Bulletins herausgeben, bis beides mit einem Schlag gesichert ist, der Tod des alten, die Ankunft des neuen Herrn. Der Ausdruck ist *rerum potiri*, Machtergreifung im Palast. Hier geht die Exposition unmerklich in das Eigentliche über, in die Chronik, und zwar mit den Worten: das erste Verbrechen des neuen Principats. Damit fängt es an: mit der Ermordung des jungen Agrippa Postumus …«

Tacitus selber schon war als Autor bekümmert, wehrlos zu sein gegen die Macht der Zeit, die jede Chronik entstellt, ja verzerrt, ohne daß der Chronist dagegen anzuschreiben vermöchte … Manfred Fuhrmann hat in seinem Essay, der die ›Annalen‹ einleitet, zitiert aus der Einleitung, die Tacitus seiner Biographie des Schwiegervaters Agricola schrieb – ein so schmales Werk, das Jacob Burckhardt, eben dieser Knappheit wegen neben sich auf den Schreibtisch zu legen jedermann empfiehlt, der ebenfalls eine Biographie zu schreiben habe. Fuhrmann über die Einleitung zu ›Agricola‹: »Tacitus befaßt sich dort mit der Geschichtsschreibung überhaupt: Sie war unter Domitian unmöglich, da seine Herrschaft das freie Wort unmöglich machte. So erklärt sich, daß Tacitus so lange geschwiegen hatte, daß er erst in fortgeschrittenem Alter von seinem schriftstellerischen Talent Gebrauch machte, nachdem unter den Adoptivkaisern die Freiheit des Wortes wiederhergestellt worden war. Tacitus bemerkt allerdings hierzu, daß die Wiederherstellung der äußeren Bedingungen nicht sogleich die der inneren verbürge: Die lange Tyrannei habe eine allgemeine Dumpfheit und Gleichgültigkeit erzeugt. ›Sind wir nicht‹, ruft er an dieser Stelle aus, ›wenn in fünfzehn Jahren, einem bedeutenden Zeitraum des Menschenlebens, viele durch Zufälle und die Tüchtigsten durch das Wüten des Kaisers ihren Untergang gefunden haben, nur noch wenige und haben wir nicht sozusagen sowohl andere als auch uns selbst überlebt, da so viele Jahre mitten aus unserem Dasein herausgerissen worden sind, die uns in Schweigsamkeit, wenn wir junge Männer waren, zum Greisenalter, wenn Greise, nahezu bis an die Schwelle des Todes gebracht haben?‹«

Und wie wenige nur dieser so beklagenswert wenigen, die übrig geblieben, doch nun alt geworden waren, ehe sie überhaupt beginnen konnten, zu schreiben, waren auch fähig zu schreiben und fanden dazu Zeugen oder gar noch Schriftdokumente! Was Fuhrmann hier aufdeckt im Vorwort zu dem frühesten Werk des schon nicht mehr jungen Tacitus, zeigt, wie nötig die Empfehlung Burckhardts war, die Klassiker immer neu zu lesen, weil z. B. im Thukydides eine Quelle ersten Ranges stecken könne, die als solche erst heute wir zu erkennen fähig seien! Diese Entdeckung im ›Agricola‹ durch Fuhrmann enthüllt, daß bereits Tacitus die Zeit als übermächtige Widersacherin der Wahrheit gefürchtet hat. Denn da so viele »durch Zufälle und die Tüchtigsten durch das Wüten des Kaisers« untergegangen waren: wie viele Zeugen dann auch, wie viele unersetzliche Dokumente?

Wenn sich nun einer auch noch vorgenommen hat, wie ich hier, die Liquidierung der Augustus-Nachkommen im Zusammenhang zum erstenmal zu seinem einzigen Thema zu machen – wie könnte ausgerechnet *der* dann die scheinbare und nicht nur scheinbare, denn es gab auch Jahre genug, in denen nichts passierte, was dem Tiberius wieder einmal einen Augustus-Sproß aus dem Wege geräumt hätte –, wie könnte der die *Normalität* im Alltag der Livia-Regierungszeit darstellen? Daß er's nicht kann, erweckt den durchaus falschen Eindruck, am laufenden Bande habe diese Tückische gewütet. Nein, das brauchte sie nicht – sie hatte ja Zeit. Und da die Normalität, die immer *auch* in diesen Jahrzehnten das Leben Roms, auch des Hofes, bestimmt hat, nicht darzustellen ist, so *muß* die Häufung der Untaten, wie der Chronist sie *zusammenrafft* und wie sie ja keineswegs der jahrzehntelangen Zeit adäquat ist, die Livia tatsächlich benötigte, ihren Sohn zu inthronisieren, so muß diese »unrealistische« Raffung einen fälschenden, ja die Untaten unglaubhaft machenden, also sie verklärenden, entschuldigenden Eindruck erwecken: den, der Erzähler sei paranoid, da er vor lauter Toten keine Lebenden mehr sähe, vor lauter Mord-Jahren die Friedens-Epoche nicht mehr –, die doch im Erleben der Untertanen die Augustus-Jahrzehnte tatsächlich gewesen waren! Denn den meisten Untertanen der Livia mußten die Augustus-Jahre absolut normal erscheinen, schon wegen der politischen und sozialen Friedlichkeit dieses Zeitalters. Und genau deshalb kann der Erzähler – wer immer das sein mag, wie immer er's darstellt – die nur scheinbare (was aber nur den Hof betrifft; nicht auch das Leben der Namenlosen, die normal lebten) Normalität dieser Epoche nicht zeigen, wenn wie hier nicht die Pax Romana sein Thema ist, sondern der Verwandtenmord. Der erfolgte damals nahezu unauffällig, erstens, weil er mit höchster Ökonomie verteilt war auf achtundfünfzig (!) Jahre; zweitens, weil Zeitgenossen, während sie über das – ihnen durchaus schon verdächtige – Sterben *wieder* eines kaiserlichen Familienmitglieds zwar debattieren, doch noch gar nicht voraussehen *können* – was wir Späteren dann mit *einem* rückschauenden Blick übersehen und addieren: daß noch so viele, den früh gehegten Verdacht *bestätigende* Parallel-

Morde folgen werden, weit mehr, als sogar einem Idioten noch als »Normalfälle« einzureden sind ...

Doch die Zeit ist amoralisch, ja tückisch. Es liegt in ihrer Macht, eine historische Aktion wie diese Throneroberung für Tiberius nicht nur – wenn sie über Jahrzehnte hinaus in Einzelaktionen verteilt wird – als »normal« erscheinen zu lassen, sondern sie geradezu dem Vergessen zu überantworten! Denn wer – ein Beispiel – *lebte*, noch, der schon vom Selbstmord oder der Verbannung oder der Hinrichtung der Freunde Julias I. gewußt hat, etwa des Sempronius Gracchus, eines Nachkommen des legendär-volkstümlichen Revolutionärs? Oder ihres Vetters, Neffe ihres Vaters, des Marc Anton-Sohnes, der, vom Kaiser Augustus adoptiert, als Halbbruder der Julia im Hause des Augustus aufgewachsen war? Vielleicht war er Julias, der zweifachen Witwe und von Tiberius Geschiedenen, Geliebter gewesen. Gewiß aber ihr Mitverschworener, da er – so Kornemann – »dem Kaiser gar nach dem Leben getrachtet« habe. Ihm nach dem Leben getrachtet, um dessen zweimal verwitwete Tochter zu beschlafen? Das gab es nie irgendwo auf der Welt! Nein, um dieser geliebten Frau zu sichern, was *ihr* – nicht aber dem Livia-Sohn Tiberius – legitimerweise zustand: den Thron ... Wer wußte nach Jahrzehnten denn noch, daß diese beiden Mitverschwörer der Kaisertochter – offiziell konnte man von Verschwörung doch nicht sprechen – wegen »Unsittlichkeit« umgekommen waren! Ebenso wie zehn Jahre später der Ehemann der ältesten Enkeltochter des Augustus, die Julia hieß wie ihre Mutter Julia? Sie alle waren nicht »unsittlicher« als alle anderen damals, heute, immer – sondern waren verzweifelte Zuschauer und Opfer der von Livia initiierten totalen Ausrottung des ganzen Hauses der Kaisertochter! Der Mutter Julia »Unsittlichkeit«, die ihre lebenslängliche Verbannung ausgelöst hatte, war schon zehn Jahre her, als ihre Tochter Julia ebenfalls »wegen Unsittlichkeit« lebenslänglich verbannt wurde, obgleich nicht Seneca allein sagte, es sei eine Verschwörung gegen Großvater Augustus gewesen – so wie der ältere Plinius von einer »vatermörderischen« Verschwörung der Tochter Julia mit dem Sohne Marc Antons gegen Augustus gesprochen hatte: Unwiderleglich! Denn warum – hätten die zwei Julias nur herumgeschlafen – die Hinrichtung ihrer Freunde, ja (bei der jüngeren) ihres Ehemanns? Strafen für Ehebruch hat es viele gegeben in der Geschichte. Aber Hinrichtung des Ehemanns – weil seine Frau Liebhaber hat? Es ist zu idiotisch, was die Propagandisten des Hofes, die sich vermutlich *auch* Historiker genannt haben, was die sich an Absurditäten einfallen ließen, nur um vor Senat und Volk zu verschweigen, daß die Nachkommen des Augustus ihr Recht auf dessen Thron der Julier mit Gewalt sich endlich erkämpfen wollten, da sie längst in der Gewißheit lebten, ermordet zu werden – wie es dann ja tatsächlich auch geschehen ist –, würde der Claudier Tiberius Kaiser. Vergeblich alle. Da niemand der Livia gewachsen war, weder an Einfluß auf Augustus – schlief doch nur sie allein fünfzig Jahre in seinem Zimmer – noch an Tücke ... Welche Zeitgenossen hatten so lange zu leben, daß sie noch hätten bezeugen können, wie hier einfallslos, ja schematisch, da genauso wie vor achtunddreißig Jahren ihrer Großmutter Julia I., genauso wie vor achtundzwanzig Jahren ihrer Mutter Julia II. und ihrem »deshalb« hingerichteten Vater Aemilius Paullus, sogar noch der Tochter Julias II.: der Aemilia Lepida – 36 n. Chr. »Ehebruch« vorgehalten wurde, der sie zum Selbstmord zwang, sofern sie nicht anders umgebracht worden ist, etwa durch »freiwilliges Verhungern« wie ihre Vettern Nero I. und Drusus III. Und wie deren Mutter, Aemilia Lepidas Tante: Agrippina I., die allen ehrwürdig gewesene Witwe des Germanicus, die deutsche Historiker ein »hysterisches Weib« schimpfen (Kornemann), da sie ihren Mörder und den ihrer drei Söhne: Tiberius – eines Tages vergebens bat – zehn Jahre nach dem Tode ihres Mannes –, sich wieder verheiraten zu dürfen ... Natürlich einen Politiker, der dann auch im Hungerverlies qualvoll verendet: sicher nicht, weil er – vielleicht – mit der Witwe des Germanicus geschlafen, sondern, berühmter Senator, sich zur Verteidigung ihrer angestammten Rechte vor Tiberius ermannt hatte. Wie er sich Tiberius bereits zum Todfeind gemacht hatte, während der erstmals als Kaiser zum Senat sprach ... Wir werden später zitieren, wie Golo Mann das erzählt hat.

Einfallslos lautete drei Generationen lang – welcher Zeitgenosse kann, wie später die Nachwelt mit *einem* Blick, drei Generationen überblicken –, lautete gegen Julia und ihre Mitverschworenen ebenso wie gegen Julias Tochter Julia und ihren Mitverschworenen und wie in der dritten Generation: bei den Kindern Agrippinas – die Anklage immer gleich: »Unsittlichkeit«. Denn daß hier *Verschwörer* wirkten, die den ihnen zustehenden Thron des Vaters, des Großvaters, des Urgroßvaters Augustus erlangen wollten, anstatt tatenlos zuzusehen, wie ihr Mörder Tiberius ihn erben werde: das konnte weder dem Volk noch dem Senat eingestanden werden, deren Sympathie, ja Liebe doch nicht Livia und Tiberius gehörten, sondern den legitimen Thronprätendenten! Die Zeit selber – eine unbezwingliche Gegnerin des authentischen Erzählens – verfälscht das Geschehene. Und der Erzähler ist ohnmächtig dagegen.

Reisezeit – Lesezeit

Zur körperlichen Erholung stellt die geistige sich nur dann ein, läuft dem Ortswechsel auch ein Zeitwechsel parallel. Also kein Buch mitnehmen, das die Gegenwart berührt, denn das stets Aktuelle leert uns so aus, als sähen wir immer nur die Tagesschau – Ausflugsreisen in die Alte Welt sind die sicherste Gewähr, sich von der Neuen zu erholen: Im Kielwasser des 8 n. Chr. aus Rom ans Schwarze Meer verbannten Ovid überlasse ich mich ganz den fünf rororo-Bändchen, die eine Frau schrieb, den Monographien Ciceros, des Augustus, Vergils, Ovids und der Sappho.

Marion Giebel liefert mir die ablenkendste Unterhaltung auf dem Wege – zu Schiff, versteht sich – nach Samothrake und Konstanza, ins Donau-Delta. So schmal sind ihre reich bebilderten Taschenbücher, daß man sich nicht einmal mit einem Jackett »belasten« muß, nimmt man eins mit zu Streifzügen ins Fremde: es paßt in die Hosentasche.

Als ich Marion Giebel fragte, warum sie, immerhin schon fünfzig, noch keine Professur habe, gibt sie die völlig unzeitgemäß-sympathische, nämlich an Karriere so gänzlich uninteressierte Antwort, die wahre Passion für die Alte Welt verrät: »Ach, da hätte ich mich doch zwischen Griechen und Römern entscheiden müssen, wäre ich auf einen Lehrstuhl ausgewesen, aber Sappho steht mir ja nicht weniger nah als Ovid!« Eine Antwort, die geradezu herausfordert, dieser gründlichen Wissenschaftlerin endlich einen Lehrstuhl anzubieten. Doch unser Universitätsbetrieb … Ja, hätte Frau Giebel wenigstens ein Parteibuch, damit sie Professoren *ernennen* könnte, als Kulturministerin!

Wie neu und bedeutend erschließen ihre vier Römer-Biographien einem doch jene Epoche, die *allen* Menschen, international, interessanter ist als die meisten anderen Zeitalter. Warum? Weil die Antike, auch die Perikles-Zeit, hell wie ihr Mittelmeer-Himmel, uns mindestens im Augusteischen Jahrhundert so anlockend-vertraut ist wie heute Deutschen nur noch Bismarcks und Fontanes Jahre und wie den Briten die der Queen Victoria und des Königs Edward und der ›Titanic‹ und wie den Franzosen jene der Impressionisten und Maupassants und des (ihm verhaßten!) Eiffelturms und wie den Russen ihre Puschkin- bis Tschechow-Jahrzehnte. Dogmendunkle Epochen dagegen sind uns nie vertraut. Wildfremd, ja abstoßend sind schon uns heute – wie erst in zweihundert Jahren! – die von religiösem Fanatismus geschlagenen Hexenverbrenner-Zeitläufte. Wer empfände in einer Kirche, einer Moschee, einer Synagoge, was die Antike uns schenkt? Und was Hofmannsthal in die Maxime faßte: »Der Geist entfaltet seine größte Kraft corps à corps mit dem Sinnlichen.« Ja, nur dort *erholt* er sich. Und nur, wo er auf die Weide geschickt wird, fällt ihm etwas ein …

Daß eine Frau über vier Repräsentanten des Augusteischen Zeitalters schrieb, macht ihre Monographien hellsichtiger, intim-kenntnisreicher, als habe die wie ein Dutzend andere »nur« ein Mann verfaßt. Warum? Eine Frau, die schon oft hier genannte Livia, ist es gewesen, die so nachwirkend wie später keine mehr, wie nicht einmal Katharina die Große – ihrem ganzen Zeitalter seine Zukunft bestimmt hat, durch gewaltsame Abänderung der natürlichen Erbfolge. Hat Katharina von Rußland durch Beseitigung ihres Mannes den Zarenthron an sich gerissen, aber doch nur zu ihren Gunsten und zu denen des Sohnes ihres ermordeten Gatten – so hat Livia als dritte Frau des Augustus wahrscheinlich drei Generationen der Erben ihres Mannes die legitime Anwartschaft auf den Thron geraubt, weil die nicht *ihre* leiblichen Nachkommen waren!

Kaspar Hauser-Tragödien in einer Häufung wie sonst in keiner anderen Herrscher-Familie. Tragödien wie Goethes ›Natürliche Tochter‹, aber in einer Totalität, die es schlechthin *verbietet*, »Zufälle« beim Ausfall der legitimen Erben auch nur noch für möglich zu halten. Auch dem Arglosesten wird verwehrt, von Zufall noch zu sprechen seit der Ermordung des dritten und letzten männlichen Augustus-Enkels. Zudem muß die *gleichzeitige* Ermordung seiner Mutter – der einzigen Kaisertochter Julia – durch Livia und ihren Sohn: zum *Maßstab* des ganzen Frevels genommen werden. Grausamkeit, die an la Bruyères Erfahrungssatz denken läßt: »Les femmes sont extrèmes; elles sont meilleures ou pires que les hommes« …

Mommsen und andere Machos

Oktober 1992. Ein Fund ersten Ranges wird veröffentlicht, neunzig Jahre nach Mommsens Tod: die gültige Vorlesungsmitschrift der von Mommsen selber niemals geschriebenen ›Römischen Kaisergeschichte‹! Der Berliner Ordinarius für Alte Geschichte Alexander Demandt hat mit seiner Gattin, Lateinlehrerin am Altsprachlichen Gymnasium Zehlendorf, endlich das Manuskript publiziert, das Sebastian und Paul Hensel 1882 bis 1886 in den Vorlesungen Mommsens an der Berliner Friedrich Wilhelm-Universität stenographiert hatten. Zwei Männer, die Nachkommen Moses Mendelssohns waren: Ihr Vater und Großvater, der Hofmaler Wilhelm Hensel, hatte Felix Mendelssohn Bartholdys Schwester Fanny geheiratet, Sebastian war 1830 geboren, sein Sohn Paul 1860. Ein in dieser Familie ebenfalls eingeheirateter Nürnberger Antiquar Kistner, der 1974 gestorben ist, bewahrte die Vorlesungsmitschriften auf, von denen auch Wilamowitz Kenntnis hatte, der Schwiegersohn Mommsens. Der jedoch bekämpfte geradezu alle Bemühungen – es waren schon früher andere Mitschriften eines Italieners, auch deutscher Mommsen-Hörer, der Familie angeboten worden –, den fehlenden vierten Band der Römischen Geschichte zusammenzustükken. Erst Alexander Demandt, der die Hensel-Mitschriften 1980 von Kistners Erben gekauft hat, erfaßte ihren vollen Wert: Sie waren, verglichen mit den Stenogrammen anderer Mommsen-Hörer aus den Jahren 1863 bis 1886, die komplette, auch zuverlässigste Mitschrift. Und so schenkten er und seine Gattin endlich der Nachwelt den schon von Mommsens Mitwelt stets leidenschaftlich, doch vergebens dem Meister abgeforderten vierten Band jenes berühmtesten Wissenschafts-Epos der Bismarck-Zeit, dank dessen Mommsen 1902 den Nobelpreis für Literatur zum erstenmal nach Deutschland brachte. (Seltsam, daß die beiden einzigen Autoren, die als Historiker den Nobelpreis erhielten, am 30. November Geburtstag hatten: Mommsen und Churchill.) Wir erfahren durch Demandt, daß der Brite Toynbee neben Gibbon, seinem Landsmann, Mommsen als den größten Historiker überhaupt bezeichnete und daß wiederum

Mommsen das Werk Gibbons »für das bedeutendste, das je über römische Geschichte geschrieben wurde« gehalten hat.

Zuweilen verging Mommsen sogar *deshalb* die Lust, die Kaiserzeit darzustellen, er empfand Gibbon als übermächtig ... Und gewiß hat das Jahrhundert, das seit Mommsen nunmehr stromab gegangen und das gekennzeichnet ist durch eine ganze Riege erstklassiger Nacherzähler der antiken römischen Historiker; und viele dieser Nacherzähler waren direkt aus Mommsens Hörerschaft hervorgegangen –, gewiß hat dieses Jahrhundert die Überlieferung wie die Resultate aus späteren Funden so gründlich aufgearbeitet, daß sensationell *neue* Fakten und Aspekte nun aus diesem endlich vorliegenden Band nicht herausgelesen werden können. Nötig war seine Publizierung dennoch. Und keineswegs nur aus Pietät.

Schon 1884 schrieb ein Zeitgenosse an Mommsen: »Die Welt interessiert sich vielleicht weniger für die ›Römischen Kaiser‹ als für Ihre Auffassung derselben.« Wir heute, da schon längst kein international berühmter deutscher Autor mehr lebt – der letzte war Thomas Mann –, können uns ja schlechterdings nicht vorstellen, wie in allen Ländern Europas, auch in Asien und in den USA, Mommsen gefeiert wurde; allein Emile Zola hatte um 1900 noch ähnlichen Ruhm. Und tatsächlich ist für uns auch heute an Mommsen noch interessanter als an jedem Historiker sonst, wie weit er seine zuweilen höchst bedeutend gewordenen Schüler beeinflußt hat: Man denke nur an Otto Seeck, der die sechs Bände ›Geschichte des Untergangs der antiken Welt‹ schrieb und damit 1912 der Haupt-Veranlasser für Oswald Spenglers ›Untergang des Abendlandes‹ wurde. Denn die Mommsen-Schüler in allen Ländern prägten wohl weitergehend als andere Historiker wiederum ihre Schüler und haben, sicher oft verhängnisvoll, Mommsens Neigung »vererbt«, die Alexander Demandt kritisch so umschreibt: »In Mommsens Geschichtsbild dominiert das Politische, sein Interesse für das Zivilisatorische, Kulturelle und Religiöse steht zurück. Eine Darstellung der Pax Romana fehlt. Er schildert nur das mehrfach so genannte – Kriegstheater. Erstaunlich ist, welches Gewicht Mommsen auf die Finanzen legt. In kaum vorstellbarer Weise plagt er die Studenten mit Geldpolitik und Steuerwesen

… Militär und Architektur werden unter der Rubrik Einnahmen und Ausgaben abgehandelt, deren Vorrang pragmatisch herausgestellt wird. Aus dem perfektionierten Steuerwesen erklärt sich Mommsens positive Wertung der spätrömischen Bürokratie … Die ›Historia Augusta‹, von der Mommsen (früher) schrieb, daß diese Biographien die ›elendsten Sudeleien sind, die wir aus dem Altertum haben‹, wird ausgiebig als Quelle herangezogen.«

Diese Einschränkung der Bedeutung seines Fundes ist dem Herausgeber Demandt um so höher anzurechnen, als er auch noch mutig hinzusetzt, sein Mommsen-Band werde »wohl nur das wissenschaftsgeschichtlich interessierte Publikum erreichen«. Anzunehmen. Aber doch wird in der deutschen Geistesgeschichte die Frage nie mehr zur Ruhe kommen: Warum verzichtete Mommsen auf seine schriftliche Festlegung der Kaiserzeit-Chronik?

Denn fast noch mit siebzig redete Mommsen sich derart leidenschaftlich in die Kaiserzeit hinein, daß er so viel Feuer unter seiner stadtberühmten weißen Mähne selber ironisierte und zu Ludwig Curtius bemerkte, es gäbe »nichts Leichtsinnigeres auf der Welt als das Kolleglesen«. Und Sebastian Hensel erzählt: »Ich hatte meinen Platz ganz vorn am Katheder, so daß ich … sein ausdrucksvolles Gesicht genau sehen konnte. Wenn er … über einen großen Kaisersünder Gericht hielt, dann war der Eindruck manchmal ein dämonischer und ganz überwältigender. Manchmal ließ er sich wohl auch durch sein Temperament hinreißen, und er sagte mehr und ging weiter, als er gewollt hatte. So einmal, als er sich in Rage über Konstantin den Großen hineinredete und den Armen so zerpflückte, daß kein gutes Haar an ihm blieb. Die nächste Stunde kam er dann noch einmal auf ihn zurück und setzte ihm an Stelle des ausgerissenen Schopfes ein dürftiges Perückchen kärglichen Lobes wieder auf. Immerhin ist mir Mommsens und Treitschkes durch Haß und Liebe mitunter getrübtes Urteil tausendmal lieber als Rankes kühle, farblose sogenannte Unparteilichkeit.«

Gewiß glaubt schon längst kein Ernstzunehmender mehr an die Möglichkeit, sine ira et studio zu schreiben. Was uns aber doch, wenn wir Mommsens Kaisergeschichte lesen, schockiert, das ist seine – auf Eduard Meyer, auf Birt und besonders grotesk auf Kornemann übertragene – Selbstgewißheit, die antiken Überlieferungen objektiv scheiden zu können in »Sudeleien«, die er auch mit seinem Schwiegersohn »Hofklatsch« nennt – und in seriöse Quellen. Im Biedermeier aufgewachsen, ist auch Mommsen total immun erstens gegen die Anfechtungen, jemals für wahr zu halten, was antike Chronisten aus der Gegend »unter der Gürtellinie« eines zuweilen mörderischen Familienlebens berichten. So insbesondere, wenn zum Beispiel alternde Männer ihre Kinder aus früheren Verbindungen, auch deren Mütter, um Recht und Leben bringen, zugunsten ihrer Kinder und/oder Frau aus späteren Ehen. Was Frauen zustößt an Verbrechen, interessiert den Macho Mommsen noch weniger, wenn eine Frau es ist, die diese Verbrechen Frauen antut; so hier Livia, die dritte Gattin des Kaisers Augustus.

Da, was Livia getan hat, sich »nicht gehört« – nichts wußte man im Biedermeier und Victorianischen Zeitalter genauer als das, was sich »nicht gehört« –, so will auch Geheimrat Mommsen aus Charlottenburg dergleichen nicht gehört haben … »Sudeleien«! Zweitens ist Mommsen völlig immun gegen die Selbstverdächtigung, ein Kind der sittlichen Auffassungen seiner Epoche sei – wie jeder Sterbliche – sogar *er*! Jacob Burckhardt hingegen wußte: »Das Wahre und Gute ist mannigfach zeitlich gefärbt und bedingt; auch z. B. das Gewissen ist zeitlich bedingt; aber die Hingebung, zumal die mit Gefahren und Opfern verbundene an das zeitlich bedingt Wahre und Gute ist etwas unbedingt Herrliches. Das Schöne freilich könnte über die Zeiten und ihren Wechsel erhaben sein, bildet überhaupt eine Welt für sich. Homer und Phidias sind noch schön, während das Wahre und Gute jener Zeit nicht mehr ganz das unserige ist.« Da in Mommsens 19. Jahrhundert sogar die Beseitigung Kaspar Hausers nur Gerücht blieb, so war es folglich auch für Mommsen ausgeschlossen, daß ein Kronprinz anders enden könne als so natürlich wie sein Zeitgenosse, der preußische Friedrich III.: etwa durch Kehlkopfkrebs. Livias Morde, ausnahmslos von allen antiken Historikern mindestens insinuiert – nachweisbar ist eben Gift damals nicht gewesen – Mommsen erwähnt sie meist gar nicht oder hält sie für »Klatsch«. Und sagt sogar: »Der Klatsch ersetzte die Teilnahme an der Politik, die dem römischen Bürger entzogen war!« Absurd.

Daß Autoren, die immerhin – was heutige Historiker stets außer acht lassen, wenn sie diese antiken der »Sudelei« bezichtigen –, die immerhin den geschilderten Ereignissen zweitausend Jahre *näher* waren und deshalb von ihren zeitgenössischen Kollegen, die ebenfalls darüber geschrieben hatten, aber heute verschollen sind, und überhaupt von Zeitgenossen noch weitgehend *kontrolliert* waren in ihren Aussagen über die Kaiserfamilie, daß die sich hüten mußten, Quatsch zu erfinden, sich viel stärker davor hüten mußten als jeder, der zweitausend Jahre später über diese selben Vorkommnisse schreibt – dieser Verdacht liegt Mommsen äonenfern. Ebenso wie der Verdacht ihm fernliegt, ein Tacitus, ein Cassius Dio könnten vom gleichen Ehrgeiz beseelt gewesen sein wie später er selber: die *Wahrheit* zu schreiben. Nichts als die Wahrheit – anstatt durch Klatsch ihre Lebenswerke zu diskreditieren! Nein, Mommsen, weil zufällig *er* das Glück hatte, zu leben, als Giftmord nicht mehr Usus, da nachweisbar geworden war, hält ihn auch in der Antike für undenkbar. Es ist aber so, wie Oswald Spengler 1934 vertraulich sagte – eine damals auch gänzlich *neue* Einsicht, die erst Hitler in Mitteleuropa wieder hat aufleben lassen, mit seiner Röhm-Mordnacht: Jetzt komme eine Zeit, in der man den Tacitus aus eigener Anschauung verstehen könne! Burckhardt – im Gegensatz zu Mommsen – hat solche Neo-Barbareien mit Angst vorausgeahnt und hat von der Gefahr für Autoren gesprochen, in zu friedlichen Zeiten Illusionen über *alle* Zeiten zu hegen. Mommsen sah davon weg. Und wenn Mord absolut nachweisbar war, so an Cäsars einzigem Sohn Caesarion oder an den Urenkeln des Augustus, an zweien der drei Prinzen, die Agrippina dem Germanicus geboren hatte: so schweigt Mommsen nahezu oder völlig. Und spürt nicht, wie amoralisch dieses Verschweigen der Morde zugunsten seiner »Helden« ist.

Ja, Mommsen *entschuldigt* sich, wenn er, unbewußter Macho wie alle seine Historie schreibenden Zeitgenossen, aber doch *noch* machohafter als sie, auch die *beispiellos* entrechteten *weiblichen* Nachkommen des Augustus erwähnt: »Man muß sich in diese häuslichen Details mengen; sie haben politischen Einfluß gehabt.« Mommsen will sagen: Daher sogar ich leider genötigt war, als Aurora Dreckliese davon Notiz zu nehmen. »Aurora Dreckliese läßt grüßen«, sagte Mommsen, sooft seine zwölf Kinder, die ihn – von sechzehn – überlebt haben, etwas erwähnten, was sich nicht gehörte. Zum Beispiel etwas, das in der Zeitung stand: »Verboten, streng verboten war uns nur eins – die Zeitung. Von Politik hörten wir bei Tisch mehr, als uns lieb war, und das übrige, Unglücksfälle, Gerichtsverhandlungen, all das, was für die Jugend nichts ist als Sensation, verwarf der Vater für die Kinder gänzlich«, schreibt Adelheid Mommsen in ihren Erinnerungen. Nun stelle man sich vor, wie die Kaiserbiographien auf einen Menschen gewirkt haben, der es fertigbrachte, noch in Fontanes Zeit, Kindern die Zeitungen »streng« zu verbieten! Und im Testament festzusetzen, seine Töchter dürften niemals ihr bescheidenes finanzielles Erbe selber verwalten – das müßten Männer, sozusagen als lebenslängliche Vormünder, für die Töchter tun ... Diese aggressive Beschränktheit läßt das Genie Mommsen gar nicht auf die Idee kommen, erzählenswert seien die Tragödien der Julia und ihrer Nachkommen auch um ihrer selbst willen – keineswegs nur, weil sie politische Folgen hatten oder Folgen der Politik waren! Wer so denkt – weiß aber auch von Politik nur, was die Oberfläche kräuselt, also das Offizielle, weil allein Sichtbare: das Harmlose; das sogar von der Polizei Erlaubte; das Regierungsamtliche. Dazu paßt, daß Mommsen – obgleich doch Liberaler – der erste war, der es fertigbrachte, in einer Geschichte des Augustus dessen früheste und menschlich abgründigste Untat: die Ermordung des Caesarion – nicht einmal zu erwähnen! Immerhin hatte doch Cäsar, der Vater dieses Sohnes der Kleopatra, den Großneffen Octavian im Testament erst *ermächtigt*, Augustus zu werden! Anderthalb Generationen später als Mommsen ist dann der Mommsen-Musterschüler Kornemann (Jahrgang 1868) moralisch dorthin verkommen, zu schreiben – wie schon erwähnt –, der sohnlose Augustus habe »reinen Tisch gemacht«, als er diesen Sohn seines Wohltäters abstechen ließ, statt den Jungen als Nachfolger zu adoptieren, da er selber keinen Sohn hatte. Ja, Kornemann spricht auch vom »sohnlos gebliebenen Mann« – und so dann überhaupt deutsche Historiker, beispielsweise noch im Januar 1994 der Archäologe

Ludwig Budde aus Münster –, wenn er von Cäsar redet: War doch der Sohn, den Kleopatra ihm geboren hatte, erstens unehelich; zweitens von einer »Orientalin«, also minderwertig in den Augen des Breslauer Geheimrats … folglich Cäsar »sohnlos«! Daß Kleopatra die vielleicht geistvollste Frau ihres Zeitalters war: sagt zwar Kornemann, *zählt* aber für ihn nicht. Er dachte offenbar in der Hitlerzeit, als er das schrieb, wie sein junger Kollege Gerhard Ritter, der damals sogar schriftlich von »rassisch minderwertigen Völkern« sprach!

Wenn Bismarck, der Mommsen einmal wegen Beleidigung angezeigt hat, den großen Gelehrten verhöhnte: Ob denn eine römische Geschichte wahr sein könne, die einer geschrieben hat, der so wenig die eigene Epoche verstehe wie Mommsen – so ist jedenfalls richtig daran, daß der einstige Achtundvierziger Mommsen von Vorurteilen und »sittlichen« Voreingenommenheiten besessen war, die fast das Ausmaß seiner vielen Vorzüge hatten. Das passiert Genies nicht ausnahmsweise, sondern in der Regel. Diesem Eigensinn verdanken sie vermutlich die Einseitigkeit – Einseitigkeit ist Konzentration auf die ureigene Aufgabe –, die sie genial macht. Das Übersehen der Frauen-Tragödien im kaiserlichen Rom durch Mommsen ist der penetranten »Sittsamkeit« der Spießerepoche, die man Viktorianisches Zeitalter nennt, zuzuschreiben. Denn Julia wie ihre Töchter Julia und Agrippina *mußten* außereheliche Verbindungen mit Politikern eingehen, wollten sie zurückerobern, was sie buchstäblich benötigten wie die Luft zum Atmen: die Macht! Allein deshalb nämlich, weil sie die Macht nicht zurückgewannen, die ihnen Livia: die Stiefmutter oder Schwiegermutter oder Stiefgroßmutter, geraubt hatte – wurden sie ohne Ausnahme aufs grausamste liquidiert durch die Mächtigen; sie samt ihren Kindern. Mommsen – was sein Werk mehr zum Spiegel der Zeit reduziert, in der es geschrieben wurde, als daß es Spiegel wäre der Zeit, die es schildern wollte – sah davon weg, weil er in antiken Chroniken als »Sudelei« und »Klatsch« grundsätzlich alles *das* ignorierte – aber nur das, sonst benutzte er diese selben Historiker als seriös –, was dem Sittengefühl seiner eigenen Epoche, also Mommsens wilhelminischer und paternalistischer Autoritätsauffassung ein Ekel war. Wer noch 1880 Heranwachsenden in

Berlin das Zeitunglesen verboten hat – war vor Abscheu blind und *konnte* nur für Lügen halten, wenn zum Beispiel der Historiker Cassius Dio, etwa einhundertvierzig Jahre nach dem Tode des Augustus geboren, über dessen Ende schrieb: »... so wurde Augustus krank und starb. Livia traf einiger Verdacht im Zusammenhang mit seinem Tod, da er heimlich zu Agrippa Postumus auf die Insel Planasia gefahren war und sich mit ihm anscheinend völlig ausgesöhnt hatte. Sie fürchtete, so sagt man, Augustus werde ihn zurückbringen und ihm die Herrschaft übergeben. Daher beschmierte sie einige Feigen, die noch an den Bäumen waren und die Augustus mit eigener Hand zu pflücken pflegte. Dann aß sie von denen, die nicht vergiftet waren, und bot ihm die anderen an. Ob nun aus diesem Grunde – *ob es so war oder nicht*, er wurde jedenfalls krank und starb.«

Daß immerhin auch Tacitus, auch Plinius der Ältere und andere nicht an ein natürliches Ende des Augustus glaubten, weil es so *termingerecht* anläßlich seines Versuchs erfolgte, seinen letzten noch lebenden Enkelsohn – von dreien – hinter dem Rücken Livias und ihres Sohnes Tiberius aus der Verbannung nach Rom in den Bannkreis der Macht und unter seine – des Kaisers – eigene Augen zurückzuholen, um nicht seinem verhaßten Stiefsohn Tiberius den Thron zu vererben, sondern dem Enkel: das kann Mommsen – so voreingenommen ist er – nicht daran hindern, die gradezu verlogen naive Frage zu stellen: »Was konnte Livia da für ein Interesse haben?« Warum fragte er statt dessen nicht das Nächstliegende: Was den Herrn der Welt, den Augustus, gezwungen hat, *hinter dem Rücken* (!) der Herrin der Welt, seiner Frau, seinen einzigen noch nicht – wie dessen zwei Brüder – weit vorzeitig »gestorbenen« männlichen Enkel zu besuchen? Ein Großvater besucht seinen Enkel: warum heimlich? Wie ein Dieb in der Nacht: warum? Mommsen stellt diese Frage bewußt und vorsätzlich deshalb nicht – und folgsam stellt sie deshalb auch keiner seiner oft so berühmt gewordenen Schüler –, weil deren Bedeutung *allein* ausreichte, Augustus als Gefangenen seiner fürchterlichen Gebieterin Livia zu charakterisieren, als *komisch* wehrloses Ehemännchen ...

Diese Frage Mommsens, welches Interesse Livia am vorzeitigen Tode der männlichen Kaiser-Nachkommen und an den lebenslänglichen Verbannungen ausnahmslos (!) *aller* weiblichen Augustus-Großkinder gehabt haben könnte, ist um so unmoralischer, da er selber – wiederholt – von der Zurücksetzung des Tiberius, des Sohnes der Livia, der nicht vom Kaiser abstammte, durch Augustus spricht, so wie *alle* Historiker darin übereinstimmen. Keiner, der nicht die ursprüngliche (und ja auch nur natürliche) Vater- und Großvater-Neigung des Kaisers zu seinem einzigen Kind: Julia und deren fünf Kindern betont, die alle *nicht* von Livia abstammten. Und von denen nachweislich drei (!) ein Ende mit Schrecken fanden, nach dem Tode des Augustus. Während ihre zwei älteren Brüder in Jünglingsjahren binnen achtzehn Monaten »starben«, noch zu Lebzeiten ihres Großvaters Augustus. Ja, Mommsen stellt seine Frage, obwohl er auch geschrieben hat, nur wenige Zeilen später: »Augustus ... wollte Julia ... zur Kaiserin Roms machen.« Und das hätte Livia, die Kaiserin, deren – wir wiederholen: nicht vom Kaiser abstammender – Sohn Tiberius ständig durch Zurücksetzung gedemütigt wurde, *nicht* »interessieren« sollen? Wenn ihre Todfeindin: Stieftochter, zeitweise auch Schwiegertochter Julia – Kaiserin geworden wäre? Und den Thronprätendenten Tiberius habe nicht interessiert, wenn Julia an seiner Statt den Thron geerbt hätte?

Denn noch rascher, als er der Nation mitteilen muß, ihr Kaiser sei gestorben, läßt ja der neue Herr: Tiberius, wie gesagt, Julias dritten und letzten Sohn köpfen; jenen Enkel, dem soeben noch Großvater Augustus heimlich auf der Verbannungs-Insel den Besuch gemacht und zweifellos die Rückkehr nach Rom versprochen hat. Dieser Sechsundzwanzigjährige, auch schon »wegen Unsittlichkeit« seit sieben Jahren verbannt auf die Insel Planasia, muß Mutter Julias I. letzte Hoffnung gewesen sein – nachdem in ihrem Verbannungsjahr vor nunmehr schon sechzehn (!) Jahren der eine und nur achtzehn Monate später der zweite ihrer ältesten Söhne, populär wie Julia, keiner über vierundzwanzig Jahre, »gestorben« sind: vermutlich nur deshalb und an Livias Gift, weil sie Herz und Thron des Kaisers näherstanden als alle anderen ... von ihm bereits zur Nachfolge bestimmt, seit ihr Vater Agrippa, sehr berühmt als Sieger der Entscheidungsschlacht von Actium, »plötzlich« mit einundfünfzig gestorben war: Julias zweiter Mann! So plötzlich gestorben wie einst, schon mit neunzehn, ihr erster Mann, Marcellus, der auch Neffe des Augustus gewesen war: Man geniert sich für jene Historiker, die den Arglosen spielen, wenn sie nicht umhinkönnen, diese *Serie* von Todesfällen der Nächsten Julias zur Kenntnis zu nehmen – dann aber wie Mommsen »Sudelei« oder »Hofklatsch« nennen, was das Volk von Rom, auch die Aristokratie und die Historiker Roms für Mordanschläge der Livia gehalten haben ...

Wir haben uns hier deshalb wiederholt, um die schon erwähnten Fakten ihren Deutungen – sofern Mommsen überhaupt geruhte, diese »Sudeleien« zur Kenntnis zu nehmen – gegenüberzustellen. Also, um den großen Mann mit den Scheuklappen seiner spießig-verklemmten Lebenszeit zu zeigen; sie ließen Mommsen und seinen Schwiegersohn, um nur die beiden Weltbekannten unter den deutschen Historikern und Philologen ihrer beider Zeitalter zu nennen, derart einseitig in die Geschichte blicken, daß beide aus offenbar »sittlichen Gründen« – warum sonst – Caesarions Ermordung einfach unterschlugen, weil sie ihren Lesern Augustus nicht so »befleckt« zumuten wollten. (Wilamowitz hielt seinen Augustus-Vortrag am 12. 3. 1915.)

Doch diese gradezu naturwidrige Lust Mommsens, die Frauenschicksale zu unterschlagen, obgleich doch Livias Familienpolitik die Weltpolitik maßgebend mitbestimmte, diese sonst unbegreiflichen Unterschlagungen Mommsens sind allein erklärlich aus seinem Machotrieb, Frauen überhaupt in der Politik nicht »zuzulassen«. Er brachte es fertig, am 24. 3. 1881 in einer seiner Kaiser-Geburtstagsreden zu sagen, obgleich die höchst gebildete Schwiegertochter dieses hier gefeierten Berliner Kaisers: die Tochter der Queen Victoria vermutlich zwischen seinen Hörerinnen saß: »Es hat wohl Staaten gegeben ... welche ebensowohl von Frauen regiert werden können wie von Männern. Dies gilt von dem unsrigen nicht; er würde, erstarkt wie er ist, vorübergehend einen solchen Zustand zu ertragen vermögen, aber geworden ist er durch das Gegenteil davon und immer würde derselbe als seiner Natur zuwider empfunden werden«.

Abgesehen von Mommsens chauvinistisch Bochedeutscher

Taktlosigkeit dieser Narretei, denn schließlich war ja nun das Herrscherhaus Berlins aufs engste verwandt mit der Londoner Herrscherin, dem weitaus erfolgreichsten gekrönten Haupt des Jahrhunderts, damals auf der Höhe seines weltumfassenden Wirkens; abgesehen von der auch politisch so stumpfsinnigen Ignorierung der Queen Victoria als seiner machtvollsten Zeitgenossin: Beleuchtet diese Denunziation weiblicher Herrscher durch Mommsen, für wie »unpassend« er es gehalten haben muß, daß Augustus seiner Tochter zur Kaiserin Roms hatte machen wollen, obgleich doch auch die Antike das zeitgenössisch noch relevante Vorbild einer sehr bedeutenden Frau auf dem Thron gehabt hatte ... bis Augustus Kleopatra in den Selbstmord trieb ... vermutlich durch seinen Meuchelmord an ihrem und Cäsars Sohn. So eingefleischt borniert Mommsens Abneigung gegen Frauen in der Politik war –, wie könnte ihn da auch nur die leiseste Ahnung vom Unglück der beiden Julias gestreift haben! Wie grotesk wird in dieser Rede ruchbar, daß er unterstellt, allein männliche Herrscher könnten von jeher »ein eigenes und persönliches Verhältnis zu ihren Untertanen gehabt« haben; Mommsen hat offenbar nicht wahrhaben wollen, daher seine Angst, Deutsche würden weibliche Herrscherinnen immer als ihrer »Natur zuwider« empfinden, wie im 18. Jahrhundert die britischen, russischen und österreichischen Soldaten *gerade* für ihre weiblichen Herrscherinnen leidenschaftlich durchs Feuer gegangen sind! Und doch muß Mommsen gewußt haben, wie sehr die Truppen des Germanicus besonders durch dessen Gattin Agrippina, weil die mit im Felde war, als Kämpfer aufgeheizt wurden. Muß auch gewußt haben, daß die Queen schlechthin England verkörperte als die im Empire meistbeliebte Frau. Dennoch ließ er diesen Unfug los, als wolle er geradezu Schopenhauers Beobachtung bestätigen, daß wir gegen besseres Denken und Wissen nicht sagen, was uns der Verstand eingibt, sondern unser Gefühl: Mommsens Gefühl war gegen Frauen – ergo kamen sie ihm nicht in Betracht als Politikerinnen ...

Übrigens war dies auch die fatale Rede, in der er Kriegshetze betrieb, als persönlich so sehr Verschonter, daß ihm nicht einmal mehr möglich schien, was dann passierte: daß sein Enkel Wilamowitz fiel in dem vom Opa ersehnten Krieg. Nur zehn Jahre nach dem so verlustreichen Krieg 1870/71 »illustrierte« Mommsen seine Kriegslust mit diesem obszönen Bild: »richtig … daß diese Zustände nicht von Geschlecht zu Geschlecht dauern können, sondern die Krise mit solcher Notwendigkeit in sich tragen wie der Mutterleib das empfangene Kind: der ewige Friede ist unter allen Umständen nicht bloß ein Traum, den heute auch Kant nicht träumen würde, sondern nicht einmal zu wünschen«. Die Krise des Mutterleibes, Mommsen meinte wohl: die Geburt des Kindes, mit einer zum Kriege drängenden Krise zu vergleichen: So kranke Bilder konnten einen sonst großen Autor wohl nur in jenem friedlichen 19. Jahrhundert entstellen, in dem ein Mensch über achtzig werden konnte, ohne je einen Kriegstoten gesehen zu haben.

»Unsittlichkeit« – Vorwand: Verwandte lebenslänglich zu verbannen

Niemand könnte die Bücher zählen, die im Laufe der Jahrhunderte den Kampf der Julier gegen die Claudier und den schließlich erfolgreichen Vernichtungskrieg der Claudier gegen die Julier mitbehandelt haben. Doch hat kein Autor bisher, außer dem Briten Robert Ranke-Graves, der die Autobiographie des Livia-Enkels Kaiser Claudius fingierte, die Liquidierung der Augustus-Erben im Zusammenhang und über drei Generationen zum zentralen Thema einer Untersuchung gemacht. Und hat noch keiner die Beseitigung der Erben des Augustus – wir sagen nicht: Nachkommen, sondern Erben, weil wir zu denen nicht nur die Blutsverwandten rechnen, sondern auch die Angeheirateten, zum Beispiel Ehemänner seiner Tochter und seiner Enkeltochter Julia –, hat noch niemand aufgezeigt, daß diese Vernichtung der Erben in drei Parallel-Aktionen verlief, um einen Begriff aus Musils ›Mann ohne Eigenschaften‹ aufzunehmen. Nach dem immer gleichen Muster, das allein gestattete, die Ausschaltung der Familienmitglieder unter Umgehung des Senats ins Werk zu setzen: Denn Verbannung aus *politischen* Gründen hätte sogar der Kaiser vor den Senatoren rechtfertigen müssen. Doch Verstoßung wegen Ehebruch oder Unsittlichkeit konnte ein Familienvater, ein Gatte, ein Großvater ohne öffentliches Gerichtsverfahren erzwingen; ohne einen Untersuchungsausschuß zu bemühen! Senat wie Gerichte aber hätten ausnahmslos das »Vergehen« der Angehörigen des Kaiserhauses als *völlig legitim* bewertet. Es war nicht »Ehebruch«. Die Kaisertochter, zweimal Witwe, war gar nicht mehr verheiratet, sondern es war ihr Griff nach dem Thron, nach der Nachfolge des Augustus. Dieser Griff sollte des Kaisers einziges Kind: Julia, und ihre Mitverschworenen vor den Usurpatoren Livia und Tiberius schützen. Sollte dann Julias fünf Kinder, von denen *nachweislich* drei, vermutlich aber alle fünf, der Stiefgroßmutter Livia zum Opfer fielen, retten; dann *deren* Kinder, die – bis auf einen: Caligula – im Kerker oder in der Verbannung starben, meist die schlimmste aller Todesarten: Hungers ... Opfer allesamt des Tiberius, des Nachfolgers – aber nicht Nachkommen – ihres Urgroßvaters Augustus.

Exemplarisch ist, wie der Mommsen-Schüler und Marburger Ordinarius Geheimrat Theodor Birt – obgleich von den deutschen Althistorikern seiner Generation (1852–1933) noch der skeptischste – in einem seiner letzten Bücher 1928 schreibt: »Livia, Tibers Mutter, stand als Anklägerin vor Augustus.« Sie war nun gewiß, als Mutter jenes dritten Ehemannes, die unobjektivste aller Anklägerinnen dieser Stieftochter, Schwiegertochter und Rivalin, als potentielle Kaiserin Julia ... Birt hatte zuvor erzählt, wie die erst siebenundzwanzigjährige Julia, fünffache Mutter, schon zum zweitenmal Witwe wurde – ihr zweiter Mann: Agrippa, war der Nächste zum Thron gewesen, als Sieger auf See, Admiral des Augustus, in der Entscheidungsschlacht von Actium. Und als einziger Schwiegersohn des Kaisers. Warum starb er, erst einundfünfzig, dieser Populäre, an dem vorbei Tiberius, Livias Sohn, nie zum Thron gelangt wäre? Aber der sogar erst neunzehnjährige erste Ehemann der Julia, Neffe des Kaisers, war auch nach zwei Ehejahren »einfach so« gestorben. Nun endlich konnte Livia durchsetzen, daß ihr Sohn die Kaisertochter zur Frau bekam und deren fünf Kindern zum Stiefvater wurde ... Julia, zwangsverheiratet in ihrer dritten Ehe mit Tiberius, konnte sich nur wieder befreien von ihm, indem sie ihn bei ihrem Vater, dem Kaiser, der Impotenz bezichtigte: Wofür dann Tiberius, sobald er Nachfolger ihres Vaters geworden war, in seinem ersten Regierungsjahr sie verhungern ließ in ihrer Verbannung, nachdem er ihren dritten und letzten Sohn hatte köpfen lassen ...

Birts »Begründung« der lebenslänglichen Verbannung Julias: »Livia, Tibers Mutter, stand als Anklägerin vor Augustus. Es ließ sich nichts mehr vertuschen. In den Sommernächten machte Julia das Forum selbst, den großen Prunkbau der Rednerbühne, zum Schauplatz der Unzucht. Der Kaiser mußte jetzt alles an die Öffentlichkeit zerren, Richter sein über sein einziges Kind. Die ganze römische Gesellschaft war in den Prozeß verstrickt. Einer ihrer Kavaliere, Antonius, hatte gar dem Kaiser nach dem Leben getrachtet. Es war dies der Sohn jenes Marc Anton, mit dem

Augustus einst um die Weltherrschaft gefochten. Der junge Mensch tötete sich selbst; auch Julias Kammerzofe Phoebe erhängte sich. ›Wie viel lieber wäre ich Phoebes Vater!‹ ächzte Augustus, von Schande überwältigt; denn die Zofe fand den rechten Ausgang, seine Tochter fand ihn nicht. Julia wurde auf einen der schauerlich öden Inselfelsen im Golf von Gaëta zu einem Leben bei Wasser und Brot verbannt, und sie ist nie begnadigt worden.«

»Einer ihrer Kavaliere hatte dem Kaiser nach dem Leben getrachtet« – um mit der von ihrem Ehemann Tiberius seit Jahren verlassenen (der hatte sich nach Rhodos zurückgezogen) Julia *schlafen* zu können? Der Sohn des Marc Anton wollte seinem Adoptivvater und Großonkel »nach dem Leben trachten« – wegen »Ehebruch« eines Unverheirateten mit einer Unverheirateten? Wann hat seit Erschaffung der Welt einer den Vater einer Siebenunddreißigjährigen ermordet, um mit seiner Tochter zu schlafen? Es ist zu blöde! Er trachtete Augustus – wenn überhaupt – nach dem Leben, weil er ein hochpolitischer Verschwörer mit Blick war, der die von ihm wie von ganz Rom vergötterte Kaisertochter – zur Kaiserin machen wollte; so wie Mommsen sagt: »Augustus wollte Julia zur Kaiserin Roms machen« – was aber nur über die Leiche der Kaiser-Gattin Livia zu machen gewesen wäre! Also nie und nimmer von Augustus zu machen war. Ob nun Julias Mitverschworene auch ihre Mitschläfer gewesen waren – vermutlich – oder nicht: mit ihrer Tötung jedenfalls und mit des einzigen Kaiserkindes lebenslänglicher Haft und ihrem Hungertod *hat das gar nichts zu tun*! Auch hängen Zofen sich selten auf, weil ihre zweimal verwitwete und von ihrem dritten Gatten verlassene Herrin »Ehebruch« begeht. Der »Ehebruch« Julias und der »Ehebruch« ihrer Tochter Julia – zehn Jahre später – als »Begründung« nicht allein für *beider* lebenslängliche Verbannungen und ihren Hungertod, sondern auch noch für die Hinrichtung des Ehemannes der zweiten Julia? Absurd. Dies aber der Nachwelt als Wahrheit verkauft zu haben: war der genialste, weil am längsten in die Nachwelt wirkende Propaganda-Trick, der in der Geschichte je einer Frau, eben der Livia, geglückt ist …

Wie hätte aber – mit welcher »Begründung« sonst – Augustus dem Senat, dem Volk mitteilen sollen, er habe die überaus populäre Julia verbannt? Hätte er sagen *können*: weil sie sich verschworen hatte, *ihre* Söhne (oder sich) zum Erben meines Thrones zu machen?

Da bis heute die Mär von Historikern nicht nur der Generation Guglielmo Ferreros (Jahrgang 1871), sondern auch noch Golo Manns (Jahrgang 1909), ja sogar von ihm selbst, tradiert wird, Kaiserenkelin Julia sei wegen »Ehebruch« lebenslänglich ausgesetzt worden: So muß man folgern, daß Historiker leichtfertiger als andere Leute voneinander abschreiben. Denn welchem ist bis heute der nächstliegende Gedanke gekommen, daß ja Kaiser Augustus *unmöglich* vor dem Senat zugeben konnte, sein einziges Kind – wie zehn Jahre später ebenso deren Tochter, deren Mann sogar offiziell als Verschwörer hingerichtet wurde – habe Verschwörung auf Verschwörung, schließlich aus legitimer Verzweiflung eine vatermörderische (laut Plinius) angezettelt, um ihre entsetzliche Stief- und zuletzt auch noch Schwiegermutter Livia daran zu hindern, Tiberius anstelle eines *ihrer* fünf Kinder – die, wie gesagt, ausnahmslos umkamen – zum Nachfolger des Kaisers zu machen? Und »Ehebruch« und »Unsittlichkeit« waren dann auch zwei weitere Generationen lang die regierungsamtliche Anklage gegen die Erben des Augustus und sogar noch gegen alle jene Männer – Feldherren, Senatoren, den erwähnten Stiefsohn und Neffen des Kaisers, auch Gatten von Enkelinnen des Augustus –, die liquidiert wurden, weil sie allesamt in Verschwörungen zur Rückkehr von Juliern an die Macht verwickelt waren: Legitime gegen jene zwei illegitimen Thronprätendenten Livia und Tiberius, in deren Augen die Julier und ihre Mitverschworenen nichts waren als verbrecherische Hochverräter … Sie fielen allesamt dem Erwürger – Hinrichtungen erfolgten meist durch qualvolles langsames Erwürgen – oder der lebenslänglichen Verbannung oder (und!) dem Hungertod deshalb zum Opfer, weil sie ein einziges Ziel hatten: zu verhindern, daß anstelle eines Juliers der Claudier Tiberius zur Macht komme – der »so feine Mensch«, wie Mommsenschüler Kornemann die Bestie nennt, die Urenkel seines Vorgängers – nur weil sie kaiserliche Prinzen waren, fast Kinder noch – zuletzt im Hungerkäfig ihre Matratze zu »essen« zwang …

Erst ein Jahr vor dem Tode des »tragischen Tiberius«, wie Geheimrat Kornemann ihn auch nennt – Mommsen gar vergleicht das Vieh mit Friedrich dem Großen – ist die Ausmordung der Julier durch Tiberius deshalb beendet, weil es außer Caligula keine nichtverbannten mehr gibt ... Tiberius hat natürlich gewußt – ebenso wie jener Richard Nixon wußte, daß er allein dank der termingerechten Ermordung der beiden Brüder Kennedy ins Weiße Haus gelangt ist –, daß er niemals den Thron erobert hätte, würde nicht Livia, seine Mutter, die mit siebenundachtzig Jahren nur acht Jahre vor ihm starb, alle männlichen Augustus-Erben: drei Enkelsöhne, zwei Schwiegersöhne und sogar die Männer der zwei Enkelinnen – aus dem Wege geräumt und ihre Frauen verbannt haben aus Rom ... Da wundern Historiker sich, daß Tiberius nicht einmal zur Totenfeier für seine verstorbene Mutter ging – man hüte sich vor jedem, der einem dankbar sein muß: Allein diese Mutter hatte ihm ja den Weg zum Thron freigemordet! Wundern sich auch, die Historiker, daß dieser Kaiser dann umdüstert, rachsüchtig, übellaunig auf seinem allein dank Giftmorden erlangten Thron regiert hat ... Neros Erzieher Seneca, zeitweise auch »wegen Ehebruch« mit einer Nachkomme des Augustus verbannt, zwei Menschenalter später, hat gesagt, daß die Augusteischen Ehegesetze stets der beliebteste Vorwand waren, politisch Mißliebige aus Rom zu verbannen. Sogar der katholisch-bigotte spanische Arzt und Tiberius-Biograph Marañón, der noch in den dreißiger Jahren des zwanzigsten Jahrhunderts Kaisertochter Julia und deren Tochter stets »die Sünderin« nennt – kann sich endlich beim Rückblick auf die Morde, die Tiberius noch nach vierzehnjähriger Verbannung (!) an Liebhabern der Kaisertochter vollstrecken läßt, nicht länger vormachen, die seien *keine* politischen Verschwörer gewesen. Vom Ehemann der zweiten Julia wurde das ja nicht einmal in der Antike geleugnet: Aemilius Paullus sei als Verschwörer hingerichtet worden, im gleichen Jahr, als der Großvater Julias II. und Ovid verbannt habe. Also, obgleich der Spanier Julia »die Sünderin« nennt, die er in einer Kapitelüberschrift sogar einmal als »Julia die Wahnsinnige« denunziert, kann er dann endlich doch nicht umhin, zu argwöhnen, nicht Ehebruch – sondern Hochverrat, also ihr Griff nach des Vaters, des Großvaters Thron habe die beiden Julias vernichtet: »Julias Lebensnachspiel war furchtbar. Wie es auch um ihre Sünden gestanden haben mag – wir haben sie nicht verhehlt –, die kalte Verdammung, die ihres Vaters Strenge über sie verhängte, widerstrebt uns; und der Gedanke drängt sich auf, ob nicht im Recht ist, wer zur Erklärung der väterlichen Wut – abgesehen von Julias lockerem Lebenswandel – auf andere, vielleicht politische Motive schließt. Nach Plinius hegte Julia ›vatermörderische Absichten‹ (48, 7). Das scheint kaum glaublich; aber nur so läßt sich die unbezähmbare Wut des Kaisers begreifen. Sueton sagt, Augustus habe zuerst daran gedacht, sie umzubringen (63, 13); aber letzten Endes begnügte er sich damit, die Ehebrecherin nach der Insel Pandataria zu verbannen (2 v. Chr.), wohin ihr Scribonia, die menschlich und edel gesinnte Mutter, tapfer nachfolgte …

Jede Bequemlichkeit wurde Julia versagt; so auch der Weingenuß und – was für sie die härteste Strafe sein mußte – jeder Umgang mit Männern, ja sogar mit ihren Sklaven. Fünf Jahre später siedelte sie von der Insel nach Rhegium über, wo sie kurz nach der Ermordung ihres jüngstgeborenen Sohnes, des Agrippa Postumus, im Jahre 14 n. Chr. starb. Schon nach einiger Zeit litt sie unter einem heftigen Magenübel, vielleicht dem Rückstand ihrer vielen durchschwärmten Nächte, ohne daß ihr der von ihren Ärzten empfohlene Kräuterabsud Erleichterung verschafft hätte.«

(Daß »Magenübel« Folgen von »Ehebruch« einer seit Jahren gar nicht mehr Verheirateten sein könnte: Hat dieser Spanier zweifellos als der einzige Arzt, der je gelebt hat, für möglich gehalten!) Der so fromme wie bösartige Frauen-Verleumder fährt fort: »Während der endlosen Stunden ihres Exils mag sie auf ihr Leben zurückgeblickt haben, wie gewöhnlich Verbannte darauf zurückblicken, als sei es gar nicht ihr eigenes Leben, das wundersame Leben jener Julia, der die ganze Welt zu Füßen gelegen hatte. Vor allem mag sie jenes Tages gedacht haben, als sie in das sagenumwobene Jerusalem eingezogen war, an der Seite ihres Gemahls Agrippa, des besten römischen Generals. Und mit jener Klarsicht, die uns in Stunden des Unglücks das Schicksal begreifen läßt, mag sie innegeworden sein, daß alles im Leben ohne Sinn und zugleich folgerichtig ist: die Apotheose und die Verfolgung, die als Pole des Schicksalsbogens, der unser Dasein regiert, in Gottes Einsicht beschlossen sind, die menschliche Logik nicht zu durchdringen vermag. Das einzige vielleicht, was sie durchaus nicht begriff, mag der unauslöschliche Haß ihres Vaters gewesen sein, der ihr nicht nur die Vergebung abschlug, sondern über das Grab hinaus seiner Rache frönte. Denn er verbot, sie und ihre Tochter, die nicht minder in Fleischessünde verstrickte Julia II., im kaiserlichen Mausoleum beizusetzen (63, 22).«

Wir bringen diesen quälenden Unsinn ungekürzt, weil er verdeutlicht, daß dieser Biograph, der in Franco-Spanien so klerikal dachte, wie sich das »gehörte«, auch hier nicht über die Traumata seiner Kindheit hinwegkommt: Hat er soeben noch selber sich sagen müssen, nur Politik – nicht: Ehebruch, könne diese total maßlosen Strafen über Julia verhängt haben – so ist er wenige Zeilen später wieder beim lieben Christengott und der »Fleischessünde«. Er fragt nicht einmal, wieso ausgerechnet ein lebenslänglich-stadtbekannter Ehebrecher wie Augustus – der Senat wagte, ihn öffentlich auszulachen, als er seine Eheschutz-Gesetze einbrachte –, dieses einzige, von ihm bis zu diesem »Sündenfall« vergötterte Kind, die schon zweimal Verwitwete, dann von ihrem dritten Mann Tiberius Verlassene, *umbringen* wollte! Ja, dann lebenslänglich – und Augustus lebte noch sechzehn Jahre, ohne Julia zu begnadigen – aus Rom verbannte: wegen »Ehebruch«? Das fragt der Spanier nicht einmal. Und doch schließt er die Fakten an, die abermals beweisen, daß »Ehebruch« nur der Vorwand gewesen sein *kann* für Julias Verbannung und für die Ermordung eines Mitverbannten noch nach *vierzehn* Jahren. Auch verschweigt er, wo er davon spricht, Tiberius habe das Exil verschärft, daß ja Julia noch im selben Jahr wie Augustus starb; ermordet wurde. Oder durch Selbstmord endete, aus Entsetzen über die Ermordung des letzten ihrer drei Söhne, vermutlich mit ihrer Mutter Scribonia, die ja zu ihr ins Exil gegangen war. Der Spanier: »So hart erwies sich dieser ihr Vater, der als Augustus in der Geschichte eine Spur halbgöttlichen Ruhms hinterlassen sollte. Tiberius, der gedemütigte, von Ressentiment erfüllte Gatte, der jedes edlen Aufschwungs unfähig war, hämmerte am kalt gewordenen Eisen der Grausamkeit fort. Als Augustus tot war, verschärfte er das strenge Exil Julias; er befahl ihr Hausarrest und beraubte sie ihres knappen Eigenvermögens, das Augustus ihr belassen hatte (63, 23).

Den Liebhaber Gracchus, der seit vierzehn Jahren in einem Felsennest Nordafrikas gefangensaß, befahl er zu töten.

Gracchus, der bei der Landung der Soldaten an den Strand gelaufen war, da er glaubte – der stete Traum des Verbannten –, es seien Freunde, die zu seiner Befreiung kämen, Gracchus, da er der Wahrheit inne wurde, rüstete sich tapfer zum Sterben; und als er noch an seine Frau geschrieben hatte, bot er den Henkern gelassen das Haupt dar (64, 11), überzeugt, sein Blut werde auf immer jenen Tiberius beflecken, dem wohl zu den senilen Vergehen auf Capri die Tauglichkeit mangelte, aber nicht zu kalter, zähblütig geheckter Rache an Menschen, die ihn gekränkt hatten.«

Sogar Tiberius hätte Gracchus, den schon vierzehn Jahre Verbannten, nicht mehr wegen »Ehebruch« ermordet. Sondern ermordete ihn selbstverständlich deshalb, weil dieser mit Julia verschworen gewesene *sie* hatte auf den Thron bringen wollen, auf dem jetzt absolut rechtswidrig Tiberius saß.

Aurora Dreckliese und Adelheid Mommsen

Mommsen hat mit der ihn ein halbes Jahrhundert überdauernden Durchschlagskraft des *Genies* die »Denk«-Weise noch der Schüler seiner Schüler bestimmt. In Anführungsstrichen deshalb, weil deren viele gar nicht dachten, sondern auswendig aufsagten, was der geniale Lehrer ihnen eingebleut hatte, wie besonders aufdringlich deutlich wird, wenn man jetzt Mommsens Kaisergeschichte liest. So ist es überaus folgenreich gewesen, wie zuerst *er* die Augustus-Kaiserhof-Kabalen gelehrt hat. Diese Lehre ist mindestens so sehr das Resultat seiner Lebensanschauung – nein, viel, viel mehr! – wie ein Ergebnis der antiken Überlieferungen. Da leistet denn Tochter Adelheids Erinnerungsbuch ans Elternhaus unschätzbare Aufklärung: Das persönliche Regiment von Hausvater Mommsen hat in seiner erschlagenden Autorität selbstverständlich nicht nur auf seine Kinder – von insgesamt sechzehn Kindern überlebten sechs Söhne und sechs Töchter die Eltern – abgefärbt, sondern noch stärker auf das, was er schrieb. Speziell über Frauen schrieb. Speziell über so »unsittliche« wie Kaisertochter Julia und deren Töchter – obgleich zum Beispiel Tacitus es anders gewußt hat, was aber Mommsen keinerlei Eindruck gemacht hat, da erst *er* – nicht aber schon Tacitus – gewußt habe, was sich gehört. Zum Beispiel den Kindern, die ungefragt nicht den Mund aufmachen dürfen am Mittagstisch, niemals einen Nachtisch abzugeben, obgleich der Vater – vor den Augen der immer Hungrigen! – einen ißt. Und sie abends noch mit vierzehn abzufüttern mit der ewig gleichen verhaßten Milchsuppe, zu der sie nur dann noch ein zweites Stück Trockenbrot erhalten, wenn sie auch – was sie nicht wollen, aber müssen – noch einen zweiten Teller Milchsuppe hinunterwürgen! »Manches Mal hieß es in der Schule: Mommsens haben nie Fettflecke in Heften und Büchern. Wir dachten wohl, hätten wir doch! – gaben aber weiter keine Erklärung. Unsere trockene Schrippe, die noch dazu meist auf dem fünf Minuten währenden Schulweg aufgezehrt wurde, konnte freilich keine Fettflecke machen ... Daß allerlei auf den Tisch kam, was nur für die Eltern oder den Vater bestimmt war, erregte nicht einmal das Erstaunen und blieb auch so, als wir die Kinderschuhe ausgetragen hatten.«

Das widerlich Puritanische sogar noch in der Ernährung der Kinder, die Gutes nur auf Vaters Teller zu sehen bekamen – es ist keine Marginalie, sondern weist ins Zentrum der Denkweise dieses Pastorensohnes. »Freitisch für junge Theologen«, nannte Heine Mädchen ohne Brust. So hat Mommsen durch seine Brille auch die Frauen um Augustus betrachtet. Auch die – wie er sagte – »ziemlich gemeine« Liebe zwischen Äneas und Dido. So auch den – laut Goethe – größten Lyriker der Antike, Ovid: »Daß die unmoralischsten die besten seiner Sachen sind«. So daß auch Mommsen überlieferungsfromm auf den Schwindel um die angebliche »Unsittlichkeit« der zwei Julias hereinfällt: Ein so unmoralischer Dichter wie Ovid kann nur dank dieser Unmoral mit der ebenso unmoralischen Kaiser-Enkelin verbunden gewesen sein: »Charakteristisch ist die Katastrophe des Dichters in Verbindung mit der der Julia ...« Mommsen fügt hochnasig hinzu: »Nur die Hetärenpoesie, die amores und ars amandi sind lesbar. Und das ist doch ein sehr untergeordnetes Genre ... Sonst ist die Poesie Ovids nichts weiter als Reimerei. Er war imstande, über alles fließend zu dichten, aber ohne jeden poetischen Gehalt.« Herausgeber Demandt muß korrigieren, wenn Mommsen verächtlich von Ovids »Reimerei« spricht: »Genauer ›Versemacherei‹, der Reim ist nachantik.«

Die Notwendigkeit, Mommsen hier zu korrigieren, spricht sehr für dessen Desinteresse an Dichtung. Vermutlich deshalb, weil einst Mommsen selber als Lyriker begonnen hat ... Wie bezeichnend, daß er »Ode« statt »Drama« sagt, wenn er von Ovids ›Medea‹ spricht: »Sein gefeiertestes Werk, die ›Medea‹, kennen wir nicht. Man kann sich dem Gedanken nicht verschließen, daß diese Ode daraus entstand, daß Ovid nicht mehr in den republikanischen Traditionen lebte. Die Welt wurde leerer.«

Nichts charakterisiert Mommsens Abneigung gegen Künstler – wie gesagt: Die gesamte Architektur, schreibt Demandt, hakte Mommsen unter Staatsfinanzen ab – nichts anderes charakterisiert sie so sehr wie seine wegwerfend verächtlichen, voller sachlicher Irrtümer steckenden Zeilen über Ovid, den von Goethe höchstgestellten Lyriker der Alten Welt.

Ausgerechnet an der einzigen Stelle, an der Mommsen einen antiken Überlieferer: Plinius, wenigstens einmal anhört, der geschrieben hat, auch politische, nicht nur »unsittliche« Gründe hätten die lebenslängliche Verbannung der Kaisertochter ausgelöst, übergeht Mommsen diese profunde Aussage, die allein das sonst Unerklärliche erklärt, nämlich den wahnsinnigen Haß des Kaisers auf sein Kind, wiederum deshalb, weil Mommsen blind wird, wo er »Untaten« wittert, die gegen sein wilhelminisches Sittlichkeitsgefühl verstoßen. Und nicht nur hängt er Ovid also »Reimerei … ohne jeden poetischen Gehalt« an – dem Dichter der ›Metamorphosen‹!, die ein Gipfelwerk sind wie Dantes ›Göttliche Komödie‹ –, sondern verwechselt auch noch, so wie er das *Drama* ›Medea‹ als *Ode* ausgibt, die Mutter Julia I. mit deren Tochter Julia: »2. v. Chr. wurde dem Senat angezeigt, daß der Kaiser seine Tochter wegen Verstoßes gegen die guten Sitten auf die Insel Pandateria (Ventotene) verbannt habe. Mehr hat die Welt nie erfahren, aber höchstwahrscheinlich war die Anklage ganz richtig. Julias Benehmen war nicht mehr zu konnivieren. Charakteristisch ist, daß der Livia keine Erwähnung geschieht. Augustus erfuhr den Skandal auf dem Wege des Polizeirapports, es gab nächtliche Gelage mit öffentlicher Prostitution auf dem Forum. Eine große Anzahl von Teilnehmern wurde am Leben gestraft, andere verbannt, so Ovid. Es sollen auch politische Elemente mitgewirkt haben (consilia parricidae), darauf deutet die Teilnahme des Julius Antonius, des Sohnes des Triumvirn.«

Es ist unglaublich und in seiner Fahrlässigkeit so gar nicht bezeichnend für die Gründlichkeit Mommsens sonst – daß er dort, wo erotisch »Anstößiges« zur Sprache kommt, sei es »die Prostitution« der Kaisertochter, sei es der Dichter der »Ars Amandi« –, daß Mommsen nicht nur die unersetzliche Aussage des Plinius fast übergeht, die ja allein auch erklärt, warum der Kaiser seine gar nicht mehr verheiratete Tochter für ewig (wegen Ehebruchs!) verbannte, sondern daß Mommsen auch noch Ovids Verbannung um volle *zehn Jahre* aus Desinteresse vorverlegt: Denn nicht mit der Kaisertochter, sondern mit der Enkelin wurde ja Ovid gleichzeitig verbannt – also nicht zwei *vor*, sondern erst acht *nach* Christus.

Aber »Familienklatsch« oder »häusliche Details« interessierten nun einmal den großen Mann in Berlin nicht – und so hat er sich nie gefragt, ob denn wirklich ein Ehemann der Kaiser-Enkelin Julia II. hingerichtet worden sein könnte, nur weil dessen Frau herumgeschlafen hat. Mommsens ausdrückliche Feststellung, Augustus würde gut daran getan haben, die ›Äneis‹ – »ein ziemlich gemeines erotisches Motiv« – zu verbrennen, wie der sterbende Vergil geplant hatte; Mommsens ausdrückliche Versicherung – noch viel absurder –, allein »die Hetärenpoesie, die amores und ars amandi, sind lesbar. Und das ist doch ein sehr untergeordnetes Genre« – die ›Metamorphosen‹ offenbar nicht –, sind dermaßen unter seinem Niveau, daß nur der *eine* Schluß zulässig ist: Mommsen, als Jüngling Storms Freund und Lyriker, habe Vergil und Ovid *beneidet*. So sagte Gottfried Benn in seinem Vortrag ›Probleme der Lyrik‹, es sähe so aus, »als möchten auch die Philosophen von heute in ihrem Grunde dichten ... das Bewußstein erträgt im Augenblick nur etwas, das in Bruchstücken denkt ... dies leise Erdbeben fühlen die Philosophen ... im Grunde möchten sie dichten – alles möchte dichten«. Mommsen hat es in seiner Jugend probiert; zurückblieb eine feindselige Abneigung gegen Kunst. Er sagte öffentlich am 22. 3. 1875: »Ja, man wird anerkennen müssen, daß ... das Einfachste und Nächste im ganzen genommen auch immer das Rechte und Beste ist.« Was kann er wohl bei diesem Credo ersehnt haben? Einen Schrebergarten? Und fuhr fort: »... Die Kunst ist, wie die Perle, ein Wunderwerk nicht minder wie eine Krankheit; das praktische Leben ist die Gesundheit.« Während er dies in Berlin an Kaisers Geburtstag sagte, malten dort der Jüngling Liebermann seine ›Gänserupferinnen‹, der sechzigjährige Menzel sein ›Eisenwalzwerk‹: Deren Kunst eine »Krankheit«? Nein, krank war Mommsen; so ist dem Herausgeber des Briefwechsels Mommsen-Jahn, Lothar Wickert, die Freundschaft der zwei Briefpartner – Mommsen hielt Jahn 1868 sogar die Grabrede – deshalb ein Rätsel, weil »die Musik, die in Jahns ... Arbeit einen so breiten Raum einnimmt« – Jahn schrieb die grundlegenden

Mozart- und Beethoven-Biographien –, Mommsen »nicht nur gleichgültig ist, sie ist ihm ein Greuel, er will von ihr nichts hören noch wissen, die Mozartbiographie … nimmt er nur deshalb zur Hand, weil er ein Stück Zeitgeschichte darin zu finden hofft«. Und da das Naturell der Frauen »der Kunst so nah verwandt« ist: Wie soll da der berühmte Gelehrte, der mit so beißender Verachtung zu Jahn über Musik spricht wie zu seinen Studenten über Vergil und Ovid, die beiden römischen Julia – die sehr enge Beziehungen zu den Dichtern pflegten – auch nur entfernt verstanden haben?

Wie Mommsen über Ovid spricht, wie abfällig – man vergleiche das mit dem, was Jacob Burckhardts Studenten über dessen Haltung zu Ovid berichteten. Burckhardt, ein Mensch mit Phantasie – Phantasie hat, wer vom Leid des Einzelnen in der Geschichte ergreifbar ist –, Mommsen aber ein Hegel-kalter Registrator, der die penetrante Bürgerlich- und Friedlichkeit seines eigenen Säkulums da in Berlin phantasielos verabsolutierte, ohne das geringste Gespür dafür, wie sehr er einfach deshalb privilegiert, weil er ein Mensch des 19. Jahrhunderts war, dessen Kriege nur selten auch den Zivilisten peinigten, wenigstens in Westeuropa. Folglich ist Mommsen – sein menschliches und geistiges Defizit im Vergleich mit Burckhardt – ohne Mitgefühl für das Individuum in solchen Epochen, in denen ein Krieg oder Hungersnot oder ein Einfall barbarischer Horden oder Thronrivalität im alttestamentlichen Sinne »den Menschen wegnimmt von seiner Stätte«. Burckhardt jedoch vermochte nicht weiterzusprechen, so vibrierte seine Stimme, erwähnte er Ovid in Tomi: Tränen kamen ihm dann – und so sprach er über ihn, daß auch Hörer sein Gerührtsein ansteckte.

Erstaunlich ist es keineswegs, daß Mommsen auch der Meinung war, Augustus würde gut daran getan haben, den Wunsch des sterbenden Vergil zu erfüllen, die ›Äneis‹ zu verbrennen: »Es ist ein trauriges Geschäft, den modernen Epiker Vergil mit Homer zu vergleichen … Vergil suchte ›Ilias‹ und ›Odyssee‹ zusammenzuschweißen und fügte ein ziemlich gemeines erotisches Motiv hinzu: die Liebe zwischen Aneas und Dido, in Anlehnung an die Sage von Medea. In der zweiten Hälfte ist es ihm ähnlich gegangen. Da tritt an die Stelle des Haus und Hof besitzenden Hektor der eifersüchtige Liebhaber Turnus. Bei der modernen Umgestaltung sind die anderen großartigen Motive der republikanischen Sage weggelassen, alles ist auf das Mittelmaß des Zeitalters zurückgedrückt. Nur wenn Vergil das neue Kaisertum feiert, bricht ein wärmerer Ton durch. Seine Selbstkritik in dem Wunsch, das Gedicht zu verbrennen, war vollständig berechtigt. Wenn das Werk gleichwohl Erfolg hatte, beruht das auf mehreren Gründen. Der erste liegt in der Politik. Auf das Ansuchen des Augustus entstanden, drückt es die synkretistische Richtung der Zeit, die Koalition zwischen Römern und Griechen aus. Denn die Karthager werden ja durchweg als Griechen, wie auch in den homerischen Epen behandelt. Ebenso willkommen war die Verherrlichung der Monarchie. Augustus lehnte sich geistig an die sieben römischen Könige an. Drittens die Verherrlichung des julischen Hauses in dessen Ahnherrn Äneas, das ist vielleicht das wichtigste.«

Was kann Mommsen gemeint haben, wenn er – extrem spießig sogar für das Wilhelminische Zeitalter, als Fontane seine Ehebruch-Romane schrieb, die keinen empörten – dem Vergil ankreidet, »die Liebe zwischen Äneas und Dido« sei ein »ziemlich gemeines erotisches Motiv«? So »gemein«, daß Augustus gut daran getan hätte, die ›Äneis‹ zu verbrennen? Und wer so denkt – sollte Julia verstanden haben?

Mommsen hat zweifellos, wenn es um Frauen ging, sie auch noch durch die Brille seiner Frau abtaxiert, der von ihm angebeteten sechzehnfachen Mutter, von der Adelheid Mommsen, mehr vertuschend als beschreibend, folgende Groteske überliefert: »Sie war bis in ihr Alter von einer rührenden, mädchenhaften Schüchternheit, die es ihr unmöglich machte, über seelische Erlebnisse zu reden. Das konnte sie ebensowenig wie über gewisse körperliche Dinge. Als die Geburt eines Enkelkindes bevorstand« – das Kind jener Tochter Mommsens, die Wilamowitz geheiratet hatte; die fünf übrigen Töchter blieben als alte Jungfern sitzen, kein Wunder bei dieser seelisch verkrüppelnden Erziehung –, »dem die Jüngste von uns hätte Mutter sein können, haben wir ihr gesagt, sie dürfe nun wirklich davon reden, wir glaubten nicht mehr an den Klapperstorch. Ich möchte diesen für meine Mutter so charakteristischen Zug in ihrem Bilde nicht missen, obwohl die heranwachsenden Töchter durch diese Eigenart in manche peinliche Situation gekommen sind«, setzt Tochter Adelheid hinzu. Das Normale totschweigen, wenn es Dinge streifte, die sich »nicht gehören«, obgleich sie die erfreuliche Schwangerschaft einer gut verheirateten Tochter betreffen, war dermaßen ausgeprägt in Mommsens Haus, daß er von Sueton zwar Angaben über Steuern und Kriege seiner Geschichte einfügt aber den Sittenschilderer total übergeht. Die grundmauerfeste Zuversicht aller Epiker des 19. Jahrhunderts, sie brächten das Unmögliche fertig, nämlich: »nur zu sagen, wie es eigentlich gewesen« –, basiert allemal auf des Jünglings Ranke hochfliegender Illusion und Hoffnung, das sei möglich!

Diese Illusion des vierundzwanzigjährigen (!) Ranke, völlig souverän den Stoff zu beherrschen und zu überschauen: Mommsen muß noch mit achtzig von ihr beschwingt, ja beschwipst gewesen sein. Erstaunlich! – keine Minute von Zweifeln an der Allmacht seiner Übersicht ist er angekränkelt gewesen. Bis ins Grab muß Mommsen immun gewesen sein gegen die von Carl Jacob Burckhardt in seinen ›Gedanken über Karl V.‹ formulierte Einsicht: »Aus der geschichtlichen Darstellung sind der Darstellende und sein Zeitalter reiner zu erkennen als der Dargestellte.«

Ein Historiker, der *das* nicht ahnt, merkt folglich auch nicht, daß er ans Verhalten der Frauen des Augusteischen Hofes die Maßstäbe anlegt, nach denen er seine Töchter »erzogen« hat. Seelisch hingemacht, wäre der exaktere Ausdruck: War doch die Erwähnung von Geld ebenso »unschicklich« wie Zärtlichkeiten: »Zärtlichkeiten waren geradezu verpönt. Gab der Vater bei ganz besonderen Anlässen einer Tochter einen Kuß auf die Stirn, so war das ein Ereignis, das tiefen Eindruck hinterließ. Und bei der Mutter war es nicht anders. Schon erwachsen, entschloß ich mich eines Tages, in das Arbeitszimmer meines Vaters zu gehen. Da hatte man sonst nur mit einem Schulzeugnis in der Hand gestanden, das waren peinliche Erinnerungen. So war mir doch etwas beklommen zumute.« Ja, fragt sich der Leser – was wollte denn Adelheid um Gottes willen von ihrem Vater, daß sie wagte, sein Studio zu betreten? Ach, sie wollte keinen Kuß – nur bitten, Lehrerin werden zu dürfen! »Immerhin klopfte mir das Herz gewaltig, als ich in das Zimmer trat und meine Bitte vortrug.« Und Adelheids Überraschung war groß, als Mommsen sofort zustimmte, denn »er sei nicht imstande, seine fünf unverheirateten Töchter sicherzustellen«. Diese Sorge hat ihm erst der Nobelpreis abgenommen, ein Jahr vor seinem Tode.

Nun stelle man sich vor, dieser Mann mit seinem Mädchen- und Frauenbild soll Julia, das strahlend glückliche, vom Volk bejubelte einzige Kind des Kaisers Augustus schildern, das, erst vierzehn, schon verheiratet wird mit ihrem geliebten Vetter – der dann aber nach nur zwei Jahren mysteriös und pünktlich stirbt, mit neunzehn! So mysteriös und pünktlich wie Agrippa, ihr zweiter Mann und Vater ihrer fünf Kinder, von denen die zwei ersten – bis dahin kerngesunde Prinzen, Reiter, Soldaten – binnen achtzehn Monaten sterben, die drei anderen dann *nachweislich* als Verbannte eines gewaltsamen Todes ... Wie Julia selbst. Und wie ihre Mutter.

Allein das Frauenbild Mommsens und seine tickhaft »sitten«-hörigen Verbote an Töchter, Zeitungen zu lesen oder selber ihr bißchen Geld zu verwalten – Zeitunglesen war auch seinen Söhnen verboten –, machen ja annähernd erklärlich, warum er die Damen am Hofe des Augustus 1880 n. Chr. für herumschlafende »Huren« hielt, und – in seinen Augen – nichts gerechtfertigter sein konnte als Ovids lebenslängliche Verbannung im Zusammenhang mit der von Julias Tochter Julia. Und folglich kam auch Mommsen gar nicht der Verdacht, dieser blutige Kolportage-Roman: daß dem Kaiser Augustus fünf Thronfolger sterben – seine Tochter, die er als Thronfolgerin ins Auge gefaßt hat, laut Mommsen, noch nicht einmal mitgezählt –, *habe eine andere als die regierungsamtliche Erklärung*. Jeder Erzähler stände unglaubhafter da als Karl May, der das erfände – doch Mommsen und folglich die Herde seiner Mitschreiber drei Generationen lang nehmen als wahr an, was Livia und Tiberius den Thron-Rivalen an »Unsittlichem« anhängen ... Julia auf ewig zu verbannen, wie gerechtfertigt! Hatte sie doch als Witwe oder Geschiedene dennoch mit Männern geschlafen! Sogar »ausschweifend«; und zwar nach dem »Zeugnis« ihrer Stiefmutter Livia, der Mörderin von Julia, von Julias Mutter, Männern, Kindern, Enkeln. Livia, die selber im sechsten Monat den Ehemann – offiziell, durch eine Hochzeit! – gewechselt und später – nach dem Vorbild dieser, ihrer eigenen Niederträchtigkeit – auch ihren Sohn Tiberius gezwungen hatte – öffentlich –, seine schwangere Frau sitzenzulassen, um aus Karrieregründen die soeben zum zweitenmal – mit erst siebenundzwanzig – Witwe gewordene Kaisertochter zu ehelichen ... Worüber der im Hinblick auf Frauen ach so sittenstrenge Mommsen kein Wort der Kritik, ja auch nur der Ironie verliert ...

Alexander Demandt hat die schon erwähnte Frage, warum Mommsen darauf verzichtet hat, seine Kaiserzeit-Vorlesung auch als Buch zu schreiben, überzeugend beantwortet durch seinen Fund des Protokolls einer Berliner Schulkonferenz aus dem Jahre 1900: Der Theologe Harnack hatte gefordert, auch der Darstellung der römischen Kaiser im Schulunterricht breiteren Raum zu gewähren. Doch Mommsen widersprach leidenschaftlich, weil er zu viel Unsittliches in den nun einmal nicht außer acht zu lassenden »Sudeleien« der Überlieferung, in ihrem »Hofklatsch« sah, als daß den Schulkindern des Wilhelminischen Deutschlands dergleichen vorgesetzt werden dürfe: »Allgemein ist der Unterricht auf diesem Gebiete teils unausführbar, teils gefährlich, weil die Überlieferung zu sehr in Hofklatsch und schlimmeren Dingen besteht ... halte ich einer fruchtbaren Behandlung in der Schule nicht für fähig ... Wenn jeder Lehrer mit dem Ingenium auszustatten wäre, das dazu gehört, um diesen unter der Schale elender Hofgeschichten sich verbergenden Kern herauszuschälen, dann ginge es freilich. Ich beschäftige mich, seit ich denken kann, mit dieser Zeit. Mir ist es nicht gelungen, diesen Kern vorzulegen, und ich würde mir, wenn ich Lehrer wäre, die Aufgabe, Kaisergeschichte im allgemeinen zu lesen, verbitten.« Mommsen hatte also noch am Rande des Grabes Angst, als »Aurora Dreckliese« in die Nachwelt abzugehen, würde er aus den Quellen der Antike über die Kaiserfamilie berichten! Er wies dem Historiographen die Verpflichtung zu, das »Totengericht« abzuhalten als »politische Pädagogik« im »Dienst der nationalliberalen Propaganda ... cum ira et studio ...« Und so brachte Mommsen es nicht über sich, beraten von seinem noch spießigeren Schwiegersohn Wilamowitz, eine Epoche »freizugeben« für die Jugend, die ohne die »Sudeleien« als ihre Hauptquelle nun einmal nicht darzustellen war ...

Bismarcks höhnische Frage, was Mommsen von Rom begriffen haben könne, da er doch die Geschichte seiner eigenen Lebenszeit nicht begreife – erhielt durch Schwiegersohn Wilamowitz bald nach Kriegsbeginn 1914 noch ein ironisches Licht aufgesetzt, als der am 9. Oktober im Wilmersdorfer Bismarck-Gymnasium Kriegserinnerungen an 1870 zum besten gab und erzählte: »... da kamen Offiziere und verkündeten uns, Napoleon sei gefangen. Wir waren nicht so ungläubig wie Theodor Mommsen, der seinem Sohn, als er diese Nachricht brachte, eine gewaltige Ohrfeige gab, weil der Junge sich etwas hatte aufbinden lassen ...« Gleich eine »gewaltige Ohrfeige« – weil der Sohn eine Historie berichtet, die man nicht fassen kann? Die aber trotzdem wahr ist?

Wenn also der große Mommsen nach der Devise schrieb, daß nicht sein kann, was nicht sein darf – wundert man sich dann über die kleinen Leute im Lande und im Geiste? Nichts ist doch charakteristischer für die deutsche Gelehrtenrepublik, in der sich niemand mehr lächerlich machen kann, nach den wutschäumenden Verrissen, die sogar Männer wie Wilamowitz gegen die aus dem Nachlaß Burckhardts vom Neffen Oeri publizierte ›Griechische Kulturgeschichte‹ geschrieben haben –, nichts ist so typisch für deutsche Gelehrte wir ihre Besserwisserei gegenüber den Aussagen der antiken Historiker über Livia. So im ›Kleinen Pauly‹: »Wenn sie auch Tiberius emporbringen wollte, waren Gerüchte, sie sei am Schicksal des Agrippa Postumus (Tac. ann. 1,3,4. 6,3), ja sogar am Tod des Augustus (Tac. ann. 1,5,1) schuld, unsinnig. L. setzte die Gebeine des Gatten in seinem Mausoleum bei.« Fabelhaft, dieser Gegenbeweis: Livia kann Augustus nicht ermordet haben, denn sie setzte seine Gebeine im Mausoleum bei. Zu deutsch: Der Führer hat Rommel keinesfalls gezwungen, Gift zu nehmen, denn er schenkte ihm ein Staatsbegräbnis! Muß man hinzufügen, daß der Verfasser des Livia-Kapitels, der Wiener Professor Hanslik – nomen est omen –, nicht eine einzige Quelle nennt, die ihn berechtigen könnte, Tacitus als Verleumder hinzustellen? Nein – »man« hatte sich in der Mommsen-Schule geeinigt, Livia unter Denkmalschutz zu stellen, und deshalb machen die Schülerschülerschüler Mommsens das heute noch: Mit vierzehn konfirmiert, mit dreißig konformiert! Und so wird eben auch dieser Hanslik, als sei er Kornemann, zwar dem Tacitus ehrenrührig am Zeuge flicken, wenn es um Livia geht, keineswegs aber dort, wo Tacitus deren Enkeltochter beschreibt, die als Tochter des ersten Drusus, Schwiegertochter des Tiberius, den zweiten Drusus, ihren Mann, ermordet haben soll, nur um mit Kanzler Seian zu schlafen – einziges »Zeugnis«: Die Aussage ausgerechnet der von Seian zugunsten dieser Enkelin der Livia sitzengelassenen Ehefrau: ohne jede Einschränkung von Hanslik aus Tacitus berichtet; auch aus Cassius Dio, der überliefert, diese Ehebrecherin sei im Jahre 31 Hungers gestorben ...

Gelogen ist also, laut Hanslik und sämtlichen anderen Kornemann-Epigonen, alles, was Tacitus, was überhaupt die antiken Chronisten über Livia schreiben; absolut seriös jedoch, was diese gleichen Autoren über deren Enkelin als Ehebrecherin und Giftgeberin erzählen, und sei's auch nach dem »Zeugnis« der von ihr betrogenen und ihretwegen verstoßenen Rivalin ...

Deutsche Historiker stellen dergleichen Behauptungen auf, ohne jeden Beleg – als sei es ihr einziges Bestreben, Burckhardts Verdikt, die Geschichte sei keine Wissenschaft, zu untermauern. Nach Gutdünken fällen sie ihre Urteile ... und in der Neuzeit hatten sie sich nun einmal darauf geeinigt, Livia als ehrenwert hinzustellen ...

»Freigeist« Nietzsche: Mundwerk der Konvention

Wer Familie Mommsens Angst vor Aurora Dreckliese für ganz aus dem Rahmen der damals üblichen fallende Heuchelei hält, der lese, was der sogar noch eine volle Generation jüngere Nietzsche für »sittliche« Auffassungen hatte! Sitte war identisch mit Wegschweigen alles Sexuellen ... Wenn Mommsen seinen zwölf Kindern das Zeitunglesen »streng« verboten hat: Dieser Wahnwitz kann nur seiner Angst entsprungen sein, in Gerichts- oder Duell-Berichten oder in Reportagen aus der Medizin oder Tierwelt komme *Erotisches* zur Sprache!

Sogar Fontane, doch ein wahrhaft Liberaler, hat damals nicht gewagt, eine einzige erotische Szene in seine abertausend Seiten umfassenden Ehebruch-Romane einzuarbeiten, ja riskierte nicht, seine Effi Briest mit einem »nur« bürgerlichen Liebhaber zu zeigen, wie das der Wahrheit entsprochen hätte. Nein, ein Major *von* Crampas mußte es wenigstens sein – nicht der in der Wirklichkeit vom General von Ardenne im Duell erschossene Amtsrichter Hartwig. Und Fontane riskierte in einem *einzigen* seiner 5850 erhaltenen Briefe seine bis 1849 geborenen zwei unehelichen Kinder zu erwähnen, die er vor vier ehelichen hatte: »... vorausgesetzt, daß Du für die Erzeugnisse meines penis nur halb so viel Interesse hast wie für die meiner Feder ...« Aber Fontane mäkelte, aus verständlichem Poetenneid, Storms Gedichte seien »zu erotisch«.

Der Meistgelesene der Epoche, Charles Dickens, kam fast um im Dunstkreis dieser viktorianischen »Anständigkeit«, die nicht nur seine entscheidende Liebesgeschichte mit Ellen Ternan – eine absolute »Unmöglichkeit« im damaligen London – tatsächlich unmöglich machte, sondern ihn auch als erzählerisches Genie reduzierte auf die terroristischen »Sitten«-Gesetze des Zeitalters. Sogenannte »Hintergrundgerüchte« über seine gescheiterte Ehe zwangen ihn, in seinen Büchern besonders wohlanständig-harmlos zu bleiben. Frankreichs überzeitlich bedeutender Kritiker Hippolyte Taine rügte zu Recht 1856: »Dickens ist, wie alle englischen Romanschriftsteller, hoffnungslos schicklich (›respektabel‹ im englischen Wortsinne). Er und seine Kollegen schreiben nach einem Rezept: ›Sei anständig. Alle deine Romane müssen so sein, daß sie von jungen Mädchen gelesen werden können.‹« Das hat noch zwei Generationen später den Erzähler Galsworthy bis zum Ersticken eingeengt und seine Bücher teilweise so zeitabhängig gemacht. Daß er als Verheirateter noch eine Geliebte hatte, machte den späteren Nobelpreisträger geradezu erpreßbar ...

Nicht Mommsen allein also war »schicklich sittenfest«. Und ganz irrig wäre, anzunehmen, Mommsen habe dem Zeitgeist »pariert«. Nein – er war viel zu stolz, irgendwem zu parieren. Dieser Zeitgeist war in ihm, war der seine! Mommsen hätte nie gehorcht – er vertrat, was er selber als natürlich empfand ...

Anders die Maler Böcklin und Cézanne, deren schaudervolle – in Bildern zu sehen, wie schaudervoll! – Hausdrachen ihnen »untersagt« haben, eine andere Frau als sie nackt zu malen! »Das ist die Tragik meines Lebens«, beklagte wahrhaft kläglich Böcklin seine Gefügigkeit, »ich kann das nicht geben, was ich will ...« Hat man irgendwo eine häßlich verkrüppeltere, auch anatomisch total falsche, ausgerenkte Leda gesehen als jene Cézannes (Philadelphia, Sammlung Barnes)? Wie kommt das? Nun, auf Befehl seiner Gattin mußte sich Cézanne auch in der jahrelangen Mühsal, seine Badenden zu malen, mit einem nackten *männlichen* »Modell«, einem invaliden Soldaten, begnügen; und tatsächlich ist ihm ja auch auf keiner seiner zahllosen Variationen der ›Badenden‹ eine Frau geglückt, mit der auch nur der anspruchsloseste Betrachter der Gemälde gern baden ginge. Jene Römerin, die Böcklin heiratete, brachte sogar Meisterwerke wie ›Odysseus bei Kalypso‹ um jeden Charme. Er durfte stets nur die durch viele Wochenbetten aus der Form geratene Matrone malen, als die schon eine Figur hatte wie ein Zentner nasse Wellpappe. So hat denn Böcklin auch das Allertraurigste gesagt (zu Floerke, der Böcklins Gespräche publiziert hat), was überhaupt je ein Mann über Unbefriedigtsein aussprach: »Wir leben so wenig ... Wie kleiden uns unsre Vorurteile und Kunstfremdheit, unsere Prüderie ... Menschliche Formen, von Weibern gar, sehen wir höchstens mal bei Verkehrsunfällen. Wenn sie selber auch bei dieser pflichtschuldigen Geheimniskrämerei trocken und sehnsüchtig verblühen ... Die Frau, na, im Grunde hat doch keine ein ernsthaftes, echtes Interesse.« Als er einmal Beine eines Ballettmädchens gemalt hatte – auf ›Des Hirten Klage‹ –, teilte Böcklin das einem Gesprächspartner (Fleiner) als »tiefes Geheimnis« mit; der spricht dann als kleinstkarierter Spießer davon, Böcklin habe seiner Gattin »wohl gelegentlich ein Schnippchen geschlagen«: das dumpf-borniert prüde 19. Jahrhundert ist nirgendwo sonst wie in des Meisters Ängstlichkeit vor seiner in ihrem Verklemmtsein sicher nicht abnormen, sondern typischen Frau kenntlich. Logisch, daß dann jedem, der damals schrieb, die Augustus-Tochter nur eine Hure war, der »man« ohne einen Funken Mitgefühl noch einmal ebenso die Würde nahm wie ihr Vater, der sie nicht von Männern, sondern von Eunuchen bewachen ließ ... Daß Böcklin nicht Knaben-, sondern Mädchen-Beine gemalt hatte, durfte seine Frau »nie erfahren«! Traurig zum Totlachen, aber so »fühlte« die Mommsenzeit. Und Mommsen war einer ihrer ausgeprägtesten Repräsentanten, was vermutlich zur Folge hat: auch als *Opfer* der Denkweise dieser Epoche signifikanter als nur ihre gewöhnlichen Mitläufer ... Wie Böcklin, wie Nietzsche, der wenige Monate, bevor er überschnappte, schrieb: »Sie haben nichts davon gemerkt, daß ich, seit zehn Jahren, eine Art Gewissensrat für deutsche Musiker bin, daß ich an allen möglichen Stellen wieder die artistische Rechtschaffenheit, den vornehmen Geschmack, den tiefsten Haß gegen die ekelhafte Sexualität der Wagnerschen Musik angepflanzt habe?« (An Malwida von Meysenbug, 20. 10. 1888.)

Wobei freilich zu datieren bleibt – das könnten allenfalls Psychiater –, *wann* einer den Verstand verloren hat, der bereits fünf Jahre, bevor er erkennbar zum klinischen Fall geworden war, mit vierzig, schriftlich gab: »... werde ich mit dem Bewußtsein sterben, daß künftige Jahrtausende auf meinen Namen ihre höchsten Gelübde tun.« Sogar Benn, für den doch – »nach Nietzsche Spengler« – Nietzsche immer der Faszinierendste nach Goethe blieb, schreibt an Oelze: »Mir wird sehr deutlich, eine wie peinliche u. lächerliche Figur er hätte werden müssen, wenn er auch nur einen einzigen Teilstrich unter dem Niveau geblieben wäre, das er tatsächlich allerdings erreicht hat. Diese unaufhörlichen Hinweise auf sich selbst u. seine einmalige historische Bedeutung sind ja durchaus unerträglich.« Benns: »Was aber bleibt, stiftet der Eros«, ahnte zwar auch Nietzsche, doch nie im Hinblick auf *sich* und *seine* Epoche, sondern allein hinsichtlich der Vergangenheit: »Plato sagt mit einer Unschuld, zu der man Grieche sein muß und nicht ›Christ‹, daß es gar keine platonische Philosophie geben würde, wenn es nicht so schöne Jünglinge in Athen gäbe: deren Anblick sei es erst, was die Seele des Philosophen in einen erotischen Taumel versetze und ihr keine Ruhe lasse, bis sie den Samen aller hohen Dinge in ein so schönes Erdreich hinabgesenkt habe ... Was wuchs zuletzt aus dieser philosophischen Erotik Platos heraus? Eine neue Kunstform des griechischen Agon, die Dialektik. – Ich erinnere noch, gegen Schopenhauer und zu Ehren Platos, daran, daß auch die ganze höhere Kultur und Literatur des klassischen Frankreichs auf dem Boden des geschlechtlichen Interesses aufgewachsen ist. Man darf überall bei ihr die Galanterie, die Sinne, den Geschlechts-Wettbewerb, das ›Weib‹ suchen –, man wird nie umsonst suchen ...«

Zurück zu Nietzsches »tiefstem Haß« gegen – ›Tristan‹! An ihm wird so offenkundig, wie alle »dachten«, daß wir Dokumente aus Nietzsches Leben heranziehen. Denn die Unterschlagung oder Verzerrung der Frauen-Schicksale an den Höfen von Augustus und Tiberius durch Mommsen und, weil er der »gewaltige«, richtungweisende Überchef noch seiner Schüler Schüler blieb, auch durch diese noch, ist nun einmal so interessant, empörend und bedrückend – abermalige Ermordung durch die Nachwelt! – wie nur das traurige Los der augusteischen Frauen und ihrer Kinder selber, die entweder bereits der Tücke Livias zum Opfer fielen. Oder später dann dem Selbsthaß ihres Sohnes Tiberius, der ja keinen Tag während seiner Kaiserzeit – denn hat einer schon kein Gewissen, so doch Gedächtnis – frei gewesen sein *kann* von der Einsicht, nur auf dem Thron zu sitzen, weil er einer Mörderin, seiner Mutter, es verdankte, jene potentiellen Rivalinnen und Rivalen noch ermorden zu können, die nicht schon Livias Gift oder Verbannungs-Urteile ereilt hatten ... Verbannungen, die sie ihrem Leibtrottel Augustus abgepreßt hatte, obgleich an dessen sehr zärtlicher Liebe zum einzigen

Kind, zu Tochter Julia, und ihren fünf Kindern nicht zu zweifeln ist …

Frauen, *weil sie Frauen waren*, derart in der Geschichteschreibung ins Unrecht zu setzen – *das* war allein dem 19. Jahrhundert vorbehalten: Ergebnis des »Sitten«-Miefs der heuchlerischen Victoria-Zeit; die Queen, zwei Jahre jünger als Mommsen, regierte vierundsechzig Jahre. Jedes Jahrhundert hat seinen spezifischen Geist und die ihm entsprechende Geisteskrankheit, gemäß der tiefsten, absolut unentbehrlichen, daher immer zu wiederholenden Einsicht Nietzsches: »Der Irrsinn ist bei einzelnen etwas höchst Seltenes, doch in Völkern und Zeitaltern *ist er die Regel*!« Und ist um so gefährlicher, muß ergänzt werden, als der von diesem Irrsinn Befallene in genau *dem* Ausmaß nichts von ihm ahnt, in dem er von ihm befallen ist – wie ja auch der Dumme, je dümmer er ist, je weniger davon spürt … Wenn ein Fünfundzwanzigjähriger schriftlich gibt, wie Nietzsche: »Nun vergleiche die scheußlich-gierige Geschlechtsliebe mit der Freundschaft« – dann ist er mindestens in eroticis krank – und damit auch sein Geist, der davon untrennbar ist, sofern er nicht sogar mindestens in der Jugend davon entscheidend gesteuert wird. Und Nietzsche war siedend empört und beleidigt (bei Hofmiller nachzulesen), als er erfuhr, daß Wagner zu einem Arzt so lapidar wie sachlich bemerkt hatte, Nietzsches ewige Wehleidigkeit wegen seiner unerträglichen Kopfschmerzen sei das natürliche Ergebnis seiner Fraulosigkeit, also seines exzessiven Onanierens.

Wie anders als die »sittenbewußten Victorianer« hätte ein großer Dichter wie Benn, der den Frauen natürlich begegnet ist, die Tragödie Julias und ihrer Töchter berichtet! Obgleich dieser 1886 geborene Arzt Kind desselben Jahrhunderts war wie der 1844 geborene Nietzsche und der 1817 geborene Mommsen.

Denn man muß ja befürchten, daß Nietzsche sogar den Pennäler-Witz: »Wenn du zum Weibe gehst, vergiß die Peitsche nicht!«, den er doch als Erwachsener in Satz gab, ernst gemeint hat. Wagner schrieb an Nietzsche, der mit neununddreißig – Freud läßt grüßen –, sich »hundertmal gesagt hat, daß das wesentliche Genesungsmittel in den letzten drei Jahren die Enthaltsamkeit von *allem* Verkehre war«; Wagner schrieb schon neun

Jahre zuvor, dem Dreißigjährigen: »Ihr Brief hat uns wieder viel Bekümmernis über Sie gegeben. Meine Frau wird Ihnen dieser Tage ausführlicher schreiben ... Unter anderem fand ich, daß ich einen solchen männlichen Umgang, wie Sie ihn in Basel für die Abendstunden haben, in meinem Leben nicht hatte: seid Ihr alle Hypochonder, dann ist's allerdings nicht viel wert. Nun scheinen aber den jungen Herren Frauen zu fehlen: da heißt es dann allerdings ... woher nehmen und nicht stehlen? Indes, man könnte ja auch einmal in der Not stehlen? Ich meinte, Sie müßten heiraten oder eine Oper komponieren; eines würde Ihnen so gut und schlimm wie das andere helfen. Das Heiraten halte ich aber für besser ... Ach, Gott! heiraten Sie eine reiche Frau! Warum muß nur Gersdorff gerade eine Mannsperson sein!«

Wagner resignierte angesichts der – wie er das mehrfach nannte – »psychischen Krämpfe« des Freundes: Sie waren unheilbar. Und Wagners Ratschläge schon deshalb – oder deshalb besonders – untauglich, weil sie von *ihm* kamen, dem Nietzsche mit existentiellem Neid gegenüberstand. Was hätten seine Ratschläge auch vermocht? Da doch Nietzsche sogar seinen engsten Freunden, wenn die sich, wie es normal war, einem Mädchen zuwandten, schon überheblich ironisch zusetzte: »Nicht wahr, wir ... bleiben uns treu, mögen nun Hunderte von Meilensteinen oder auch Weiber dazwischentreten ... Du wirst unserer Teeabende in Basel gedenken.« Der noch nicht Fünfunddreißigjährige: »*Verbirg* meinen Aufenthaltsort vor jedermann, namentlich vor jeder Frau!« Und entzieht sich den Heiratsplänen, die Mutter und Schwester für ihn hegen, mit so hochmütig ängstlichen Wendungen – das geht zusammen, wie: »Nein, nichts von Heiraten! – Aber Du denkst auch mehr an einen guten Kameraden ... Meinst Du wirklich, daß eine solche Emanzipierte mit ihrer flötengegangenen Weiblichkeit ein guter Kamerad oder als Ehegattin überhaupt nur erträglich sein könnte? ... Viel Geist bei einer Frau ist für mich immer noch sehr wenig, und meistens ist dieser ›Geist‹, von dem sich nur oberflächliche Männer düpieren lassen, nichts als die lächerlichste Anmaßung. Nichts ermüdender als solche geistreiche Gans, die nicht einmal weiß, wie langweilig sie ist ... Nein, sicherlich eine Frau fehlt mir nicht, eher schon eine junge lustige Tochter, für die ich ein Gegenstand der Verehrung und Fürsorge wäre. Das beste aber wäre, ich hätte mein altes gutes Lama wieder: Eine Schwester ist für einen Philosophen eine sehr wohltätige Einrichtung ...«

Daß eine solche Lebensform Nietzsches Zeitgenossen nicht einmal verdächtig war und daß selbst normal lebende Väter wie Mommsen überhaupt kein Verständnis, nicht einen Funken Mitgefühl für die auf dem Wege zur Macht barbarisch vernichteten Frauen um Augustus aufbrachten: bedingen einander. Daß aber den Frauen als Persönlichkeiten gar der Politik – und wären sie wie Kaiserkinder abhängig davon gewesen, Politik zu machen, um nicht ermordet zu werden – ein *Eigenleben* zustehe, erst in ihrer Zeit, dann durch die Historiker: dem 19. Jahrhundert fiel das nicht ein – wohl aber dem 18. Jahrhundert. Daß den Frauen die gleiche Ausführlichkeit in der Darstellung ihrer oft so tragischen Lebensläufe zustehe: diese Vorstellung war den Geschichtsschreibern ausgerechnet – was unverständlich ist – der Queen Victoria-Jahrzehnte wildfremd. Bücher wie das über die römischen Kaiserinnen von Stahr (19. Jahrhundert) waren sehr selten. Wie sehr Frauen im Wortsinne »nicht in Betracht« kamen, wird auch deutlich am Verhalten des österreichischen Kaisers Franz Joseph, der von 1848 bis 1916 regiert hat: obwohl im Bewußtsein, die bedeutendste Herrscherpersönlichkeit seiner Familie sei Maria-Theresia gewesen, kommt ihm, der ein homme à femmes ist, überhaupt nicht der Gedanke, als seine beiden Kronprinzen umgekommen waren, 1889 sein Sohn, 1914 sein – ihm verhaßter – Neffe: den Thron seiner Enkeltochter zu sichern, die bereits dreiunddreißig war, als Franz Joseph starb! Er hätte – bei zwei natürlichen Gelegenheiten – ebenso seine Enkeltochter als Thronfolgerin einsetzen können, wie sein Ahne einst seiner Tochter Maria-Theresia die Herrschaft zuschob. Sie regierte vierzig Jahre und rettete ihren Staat vor Friedrich dem Großen. Auch Rußland war in der Zeit Maria-Theresias durch Frauen – Anna, Elisabeth, Katharina – erfolgreich regiert worden; England zuvor ebenfalls durch eine Frau, die es mit Schottland vereinigte, durch Anna Stuart. Erst mit dem »sittlichen« Mief des wieder christlichen Biedermeiers, das Neo-Gotik baute – die Klassik, das 18. Jahrhundert war so viel freier wie kirchenferner gewesen –, wurden die Frauen so schroff auf die drei K zurückverwiesen: auf Küche, Kindbett und Kirche, daß auch den Historikern nicht einmal mehr der Gedanke kam, eine Kaisertochter wie Julia in Rom und wie ausnahmslos alle ihre Töchter seien nicht – wie das regierungsamtlich verfälscht wurde – wegen »Ehebruch« lebenslänglich verbannt worden, sondern als – höchst legitime – politisch aktive Thronprätendentinnen, die nur selbstverständlich fanden, daß noch kürzlich eine Frau: Kleopatra – ein Reich regiert hatte …

Und wie viel von Nietzsches »tiefstem Haß« auf Wagners Sexualität mag auch noch kreiert worden sein durch den so verständlichen Neid, mit dem Nietzsche auf den dreißig Jahre Älteren als »Inhaber« der herrlichen Cosima blickte, während ihm zweimal Heiratsanträge abgeschlagen worden waren – woraus er, wie der Fuchs über Trauben redend, aus Selbstschutz den Witz machte: »Ein verheirateter Philosoph gehört in die Komödie.«

Nietzsches Verdammung der »ekelhaften Sexualität« Wagners oder von dessen Musik – dasselbe – ist nicht zu trennen von seiner widernatürlichen Partnerlosigkeit. Und dieses Unbefriedigtsein konnte ihm wiederum keine Gelassenheit bei der Beurteilung der Künste seiner Epoche gewähren … Gelassenheit, die Grundtugend jeder Kritik: wie sollte ein immer aufgeheizt Unbefriedigter ihrer fähig sein? Kommt noch hinzu, daß Nietzsches Neid – immerhin komponierte auch er! – aus seinem höchst ausgeprägten Sinn für Rangfragen erklärlich wird: Er ahnte, selber eine Jahrhundertgestalt als Lyriker, als Aphoristiker und als Sprachschöpfer der produktivste zwischen Heine und den Brüdern Mann, wie *zweitrangig* alles war, was er über Wagner schrieb. Denn Nietzsche war noch ganz frei von dem erst durch A. Kerr und E. R. Curtius in den Gral der deutschen Philologie gesetzten Spleen, die Kritik eines Werkes, allemal doch nur das Resultat, der Ableger eines Werkes, *könne* auf dessen Höhe sein! Mithin Lessings ›Hamburgische Dramaturgie‹ auf der Höhe von ›Minna‹ oder ›Nathan‹. Grotesk. ›Carmen‹ und ›Parsifal‹ *sind*, ob Nietzsche sie wahrnahm oder nicht. Nötig, an diese Banalität zu erinnern in einer Epoche, die Interpreten, ja auch Kritiker eines Werkes meist höher entschädigt als den, der es schuf … Und die verdrängt, daß der Schöpfer der berühmtesten aller Opern, daß Bizet buchstäblich *gestorben* ist, erst siebenunddreißigjährig, an den Kritiken, die ›Carmen‹ liquidiert haben ... Bizet erlag durch die Lektüre der Kritiken dem, was wir heute einen Herzinfarkt nennen. Wagners Robustheit und die seiner Opern ließen ihn Nietzsche ebenso überleben, wie Bruckner den Hanslik überlebt hat. Was zuletzt Nietzsche mit geradezu *mörderischem* Haß gegen Wagner auflud. Von diesem Haß, mehr als von allem anderen, hat er *gezehrt*. Dazu paßt, daß Nietzsche mit zunehmendem Alter, in seinem Verhältnis zu Wagner: mit wachsender Wut – immer häufiger bedauert, daß er nicht einmal mehr mit Wagner verglichen werden könne: »Ich hatte so lange nach dem Menschen gesucht, der höher war als ich und der mich wirklich übersah ... Jetzt darf ich mich nicht einmal mehr mit Wagner vergleichen – ich gehöre einem anderen Rang an«, schrieb er am 3. 2. 1882. Ein Jahr später seufzt er erlöst auf, Wagner ist weg: »Ich war einige Tage heftig krank und machte meinen Wirten Besorgnisse. Es geht nun wieder, und ich glaube sogar, daß der Tod Wagners die wesentlichste Erleichterung war, die mir jetzt geschafft werden konnte ... Im letzten Sommer empfand ich, daß er mir alle die Menschen weggenommen hatte, auf welche in Deutschland zu wirken überhaupt Sinn haben kann.«

Wenn schon Wagners »ekelhafte Sexualität« sich nicht »gehörte«, so hat Nietzsche erst recht den Bürgerschreck Nummer eins im damaligen Europa mit geiferndem Haß beschrieben: Zola! War dem Fünfundzwanzigjährigen schon die »scheußlich-gierige Geschlechtsliebe« ein Greuel – so versteht sich, daß er *den*, »der nicht Ruhe gibt, bevor er nicht einen vollen Nachttopf beschrieben« hat, mit der »Moral« einer altjüngferlichen Gouvernante verfolgte, das heißt verleumdete, den todesmutigen Eisbrecher für den Realismus, der so gefährdet lebte wie nur sein Landsmann Courbet. Nietzsche schämte sich nicht, zeitlebens so amoralisch, wie er sich an Strauss vergangen hat, und *gesellschaftlich* so borniert wie normiert – im Geistigen sind das Synonyme – *den* Franzosen zu attackieren, der mit demselben Mut für Dreyfus stritt, mit dem Voltaire in *seinem* Jahrhundert zur Errettung von »Ketzern« vor dem Scheiterhaufen sein Leben riskiert hatte ... Nietzsche schrieb, weil Zola schrieb, was sich nicht gehörte, über »Gorgon-Zola«. Und schrieb: »Zola oder die Lust zu stinken«! Er buhlte mit solchen Denunziationen schamlos um den Beifall aller Spießer, denen Zola *das* Ärgernis schlechthin im damaligen Geistesleben war ... jener Zola, der dann durch vorsätzliche Herbeiführung einer Kohlengas-Vergiftung von Antisemiten im Bunde mit dem Generalstab im Schlaf ermordet wurde.

P. S.: Daß Queen Victoria einem langen Zeitalter ihren Namen gab, verbietet dennoch die Schlußfolgerung, diese Frau selbst habe so unsouverän prüde und heuchlerfromm gelebt, wie »sich das gehörte«. Im Gegenteil: »Eine Königin kritisiert man nicht!« sagte sie schroff, als der Premierminister Palmerston andeutete, alle Welt nehme Anstoß am Zusammenleben der Queen mit ihrem Kammerdiener Brown, der nach dem Tode des Prinzgemahls sein Bett im Vorraum des Schlafzimmers der mit 41 Witwe gewordenen aufstellte und 34 Jahre lang keinen Tag fern von ihr Urlaub machte; sie stellte Büsten von ihm in den Park, die Sohn Edward VII. demolieren ließ. Als Brown, den jede kontinentale Herrscherfamilie kannte, weil sie natürlich auch mit ihm reiste, gestorben war, nahm sie als Geliebten bis zu ihrem Tode einen Inderjungen, jünger als ihre Enkel. Ihrer nach Berlin verheirateten Tochter, der Mutter Wilhelms des Letzten, schrieb sie, als deren Vater noch lebte: »... heilige Stunden der Nacht, wenn die Welt nur uns gehört und ich fest umschlungen in seinen Armen liege«. Bei Festen tanzte sie, was der Hof »unmöglich« fand, auch mit Stallknechten und Köchen. Als ein Frauen-Club ihre Unterzeichnung eines Anti-Alkoholiker-Aufrufs wollte, lehnte sie ab: auch sie selber trinke doch lieber Whisky als Milch ... Kleinen Leuten entgehen die Albernheiten einer Epoche, daher sie gar nicht merken, wie sehr sie die mitmachen, ja als Vorschriften befolgen; bedeutende Menschen entgehen ihnen, den Albernheiten.

Wie »golden« war das Augusteische Zeitalter?

Es wird erstaunlich aufgeschönt von Geschichtsschreibern, wie das geistige Leben unter Augustus gewesen sei, weil der Kaiser nachweislich jene Autoren liebte und förderte, die angepaßt oder kaiserpreisend wie Horaz schrieben oder auch unpolitisch wie Ovid – außer in seiner ›Medea‹. Oder die gar Politik wie Vergil in ihren Werken nach so fernen Zeiten wie denen des Äneas ausgesiedelt hatten. Wie aber Augustus, auch Tiberius, mit Autoren umsprangen, die sich erdreisteten, Politik *ihrer* Gegenwart auf die Bühne oder in Geschichtsbücher zu bringen, das erzählt uns jener von Jacob Burckhardt hochgeschätzte Ludwig Friedländer, geboren 1824, der in Königsberg zwischen 1862 und 1871 seine in alle Kultursprachen übersetzte ›Sittengeschichte Roms‹ schrieb: »Der allgemeine Friede nach der Schlacht bei Actium und das Absterben des politischen Lebens seit der Alleinherrschaft des Augustus verschlossen die beiden Gebiete fast ganz, auf denen sich die geistige Kraft des römischen Volkes während so vieler Jahrhunderte aufs reichste und kräftigste entfaltet hatte. Ein Masse von Talent, Kraft und Regsamkeit, die durch diese Revolution aus ihrer natürlichen Bahn gedrängt war, warf sich nun auf die Literatur. Aber selbst hier standen die Felder, die in der Republik am glücklichsten angebaut worden waren, nur teilweise offen: die Redefreiheit war verkümmert, die Geschichtsschreibung bis zu der Zeit Nervas und Trajans, die das ›seltene Glück‹ brachte, ›daß man denken durfte, was man wollte, und sagen, was man dachte‹, gefahrvoll, und dies bereits unter der toleranten Regierung des Augustus. Titus Labienus, einer der letzten Republikaner und unversöhnlicher Gegner der neuen Zustände, überschlug, als er seine Geschichte der neuesten Zeit öffentlich vorlas, große Stücke mit den Worten: ›Dies wird man nach meinem Tode lesen.‹ Dennoch wurde über sein Werk das bisher unerhörte Urteil der Verbrennung ausgesprochen: Er wollte dessen Untergang nicht überleben; wie einen lebendigen Toten ließ er sich in das Begräbnis seiner Ahnen bringen und dort einschließen. Elf Jahre nach Augustus' Tode wurde Cremutius Cordus angeklagt, weil er in seinen Jahrbüchern Brutus und

Cassius die letzten Römer genannt hatte, er kam der sicheren Verurteilung durch freiwilligen Hungertod zuvor; auch seine Bücher wurden verbrannt. In solchen Zeiten bot die Poesie den friedlichen Geistern, die einen idealen Inhalt für ihr Leben suchten und der Wirklichkeit zu entfliehen strebten, ein doppelt willkommenes Asyl. Völlig sicher war freilich auch dieses nicht, die ›Gemüter der Mächtigen‹ waren leicht gereizt, zuweilen schon durch die Wahl der Stoffe und durch scheinbare oder wirkliche Beziehungen einzelner Stellen auf die Gegenwart. So brachte unter Tiberius dem Letzten des erlauchten Geschlechts der Scaurer seine Tragödie ›Atreus‹ den Tod, in der besonders der Vers: ›Der Herrscher Torheit muß man tragen mit Geduld‹ strafwürdig erschien. Doch solche Gefahren drohten natürlich den Dichtern, die wirklich die Absicht hatten, sie zu vermeiden, nur in den allerseltensten Fällen und konnten den poetischen Neigungen dieses Zeitalters keinen Eintrag tun. Ausdrücklich heißt es in dem Dialoge des Tacitus, daß der Beschäftigung mit der Poesie zur Rechtfertigung hauptsächlich diene, daß sie weniger der Gefahr, Anstoß zu geben, ausgesetzt sei als die der Redner. So füllte die Poesie vor allem die große Leere aus, die der Untergang der Republik in dem Leben Roms zurückließ, und es lag in nichts weniger als in der Wandelbarkeit der menschlichen Neigungen, wie es Horaz in seiner Epistel an Augustus darstellt, daß das früher auf so ganz andre Zwecke gerichtete römische Volk nun allein von dem Eifer der Schriftstellerei glühte, daß Söhne und strenge Väter ihre Stirn mit Laub umkränzten und Gelehrte und Ungelehrte überall Gedichte schrieben.«

Zwecklose, unpolitische, nicht gesellschaftskritische »Dichtung« als verächtliche Ersatzhandlung ist nirgendwo eindringlicher beschrieben worden als hier von Friedländer. Reimerei als Blödelei. Sozial verantwortlich wie Kreuzworträtsel.

Friedländer fährt fort: »Die Pflege, die Augustus und die ihm zunächst stehenden Großen, wie Messalla und vor allen Mäcenas, der neu erblühenden Poesie angedeihen ließen und an der sich auch die Frauen des kaiserlichen Hauses beteiligten, ist mit Recht sprichwörtlich geworden. Noch folgenreicher als die Gunst dieser Kreise, denen sich auch der frondierende Asinius Pollio anschloß, wirkte wohl ihr Beispiel. Augustus stand auf der Höhe der damaligen Bildung; sein Interesse an der Literatur war ein aufrichtiges, und er bekundete es nicht bloß durch Beförderung und Unterstützung der Dichter und Schriftsteller, sondern, was mehr war, durch die lebhafte Teilnahme an ihrem Schaffen, die er an den Tag legte; ›wohlwollend und geduldig‹ hörte er ihre Vorlesungen an. Ihm verdankte das vierte Buch der Horazischen Oden seine Entstehung, Vergils Äneide ihre Erhaltung, an ihn durfte Horaz die Epistel richten, in der er die alte und neue Poesie gegeneinander hielt. Aber auch an eigenen Versuchen ließ es Augustus nicht fehlen ... Ein größeres Gedicht in Hexametern existierte von ihm über Sizilien und eine kleine Sammlung von Sinngedichten, die er im Bade auszudenken pflegte.«

Also Literaturförderung um den Preis staatlichen Wohlverhaltens, wie noch unter jeder Diktatur. Und daß Tiberius immerhin einen Dramatiker zum Tode verurteilt hat für den doch ungemein harmlosen Satz aus ›Atreus‹: »Der Herrscher Torheit muß man tragen mit Geduld« – paßt wie angegossen zu der Tatsache, daß auch Tiberius sich als Dichter versuchte, indem er alles mied, was zur Gegenwart einen Bezug hatte. Friedländer überliefert: »Tiberius, der die zur allgemeinen Bildung erforderlichen Studien mit dem größten Eifer trieb, war ein Bewunderer der Alexandriner und hatte eine besondere Liebhaberei für die mythologische Gelehrsamkeit, mit der sie ihre Werke zu putzen pflegten; in seinen griechischen Gedichten ahmte er Euphorion, Rhianus und Parthenius nach; er verfaßte ein lyrisches Gedicht in lateinischer Sprache: Klagen über den Tod des Lucius Cäsar – ein Ereignis, das den damals dreiundvierzigjährigen Mann dem Thron um einen großen Schritt näher brachte; auch gab es von ihm Gedichte leichtfertigen Inhalts. Schwerlich hätte eine so groß angelegte und auf die größten Zwecke gerichtete Natur wie die des Tiberius sich zu poetischem Dilettantismus herbeigelassen, wenn nicht sein Streben, sich die damalige Bildung im weitesten Umfange anzueignen, beinahe mit Notwendigkeit darauf geführt hätte.«

Den Tiberius ausgerechnet dort so zu preisen und zu sprechen über seine »so groß angelegte und auf die größten Zwecke gerichtete Natur«, wo man die Ausmerzung eines Dramatikers durch ihn, ja noch dessen *physische* »Liquidierung« zu berichten hat – die geistige würde doch »genügt« haben, die Vernichtung seines Textes –, das zeigt erschreckend, wie unsere Historiker im 19. Jahrhundert Verstöße von Herrschern gegen Kunst als Kavaliersdelikte herunterspielten ... Die Vernichtung gar von Frauen, wie man nicht bei Friedländer, aber doch bei nahezu allen seinen Zeitgenossen liest, scheint sie noch weniger beeindruckt zu haben: überhaupt nicht den genialen Mommsen. Anders ist ja der hohe Stellenwert, den er und das Rudel seiner Nachschreiber diesen ersten zwei römischen Kaisern zuerkennen, gar nicht erklärbar ...

Exemplarisch für das Augusteische Zeitalter sind Leben und Werk des Horaz, den Augustus zu seinem persönlichen Sekretär ernennen wollte. Der Dichter hat sich jedoch dieser – vermutlich – als höchste Ehrung, jedenfalls als obersten Vertrauensbeweis gedachten Wahl durch den Kaiser entzogen, seine Arbeit als Autor nicht nur vorschützend. Doch sein Aufstieg vom Anhänger der Todfeinde des Augustus zu dessen, neben Vergil, berühmtestem und bemühtestem Hofpoeten und Preislied-Schreiber ist der Beleg, daß Wohlverhalten – also der Verzicht, kritisch-politisch zu dichten – die Voraussetzung war, in Rom Karriere zu machen. Schriftsteller hatten den Erwartungen des tonangebenden Günstlings zu entsprechen, denen des Mäcenas.

Zwischen Goethes Verdikt über Horaz: »Sein poetisches Talent ... ohne alle eigentliche Poesie, besonders in den Oden« – und Nietzsches Bewunderung: »Bis heute habe ich an keinem Dichter dasselbe artistische Entzücken gehabt ... In gewissen Sprachen ist das, was hier erreicht ist, nicht einmal zu *wollen*« – schwankt das Bild dieses Kaiser-Günstlings in der deutschen Geistesgeschichte. Schwankt aber nicht in den Augen seines Biographen des Jahres 1993: Eckard Lefèvre, Jahrgang 1935, Professor für klassische Philologie in Freiburg.

So weist zwar der Biograph Enzensbergers verächtliche Wendung: mit Vergil und Horaz beginne die »Geschichte der Poesie als politischer Affirmation in allem Ernst« – als Mißverständnis zurück. Doch was dann Lefèvre – immer zweisprachig, übersetzt von den deutschen Autoren meist des 18. Jahrhunderts – an Belegen zitiert, das *bestätigt* Enzensbergers Urteil. Und weist auch das sarkastische Gedicht, in dem auf ganzen zehn Zeilen Heiner Müller vor 1966 die Wendehals-Existenz des immer angepaßten Horaz charakterisiert hat, als nur zu wahr aus:

»Der Arrivierte mit dem Haß auf sein Startloch.
Unter Brutus ist er Demokrat
Tod dem Tyrannen und mir auch ein
Landgut
Pazifist bei Philippi, der skandiert den Boden
Dann lernt er seine Lektion (er auch), wechselt
Die Laufbahn *schwamm drüber Augustus.* Das
Landgut
Schenkt Mäcen ihm für einen Platz in den Oden
Acht Spiegel im Schlafzimmer und kein Wort
mehr von Brutus
Er macht seinen Weg in die Chrestomathien
Aere perennius Liebling der Philologen.«

Viele Plätze kriegte er da, der Mäcenas, der Chef der augusteischen Reichsschrifttumskammer! Es ist dem Direktor des Freiburger Seminars für klassische Philologie hoch anzurechnen, daß er trotz seiner kritiklosen Verehrung des Horaz alle jene zu Worte kommen läßt, die diesen Dichter kennzeichnen als einen, der noch beflissener als die Poeten sogar der Nazis ihrem Führer: »dem Augustus in den Hintern kriecht« (Friedrich Engels an Karl Marx). Als Werk der Philologie ist das Buch Lefèvres nicht zu übertreffen. Doch als Biographie des Horaz ist es nur zu lesen, wenn man – wie hier vorgemacht – auch Ludwig Friedländers ›Sittengeschichte Roms‹ aus den siebziger Jahren des vorigen Jahrhunderts dazunimmt. Offensichtlich ist Lefèvre zugestoßen, was gerade den gründlichen Biographen fast regelmäßig passiert: von ihren »Helden« übermannt zu werden, ja sie endlich zu lieben, was so lange nützlich ist, wie Liebe nicht in Kritiklosigkeit ausartet. Warum erfahren wir deshalb nichts über die Aufnahme des – wie Lefèvre das richtig benennt: »am meisten inkriminierten Wortes des gesamten Horaz« bei seiner Mitwelt? Gemeint ist die Zeile »Dulce et decorum est pro patria mori«: Süß und ehrenvoll sei es, für das Vaterland zu sterben.

Zwar hören wir, was Brecht schon in einem seiner Schüleraufsätze über diesen Satz ausgerechnet im Ersten Weltkrieg schrieb, als dieses fürchterliche Schreibtisch-Täter-Wort (Reich-Ranicki) in keiner Aula-Feier fehlte; so wie während des Hitlerkrieges der fast gleichlautende amoralische Schwachsinn Hölderlins: »Dir ist, Liebes, keiner zu viel gefallen« von jedem Reichs-Festredner zitiert wurde. Hölderlin hatte es wie der Kriegsverherrlicher Hegel, sein Freund, fertiggebracht, sich der Zwangsrekrutierung durch Napoleon zu entziehen – während ein großer Dichter, der als freiwilliger Krieger vierzehnmal verwundet worden ist: Ernst Jünger, niemals so Obszönes geschrieben hätte. Gottfried Benn, Oberstarzt in Hitlers Wehrmacht, überliefert, daß »in der gesamten politischen Propaganda der letzten Jahre ›Dir ist, Liebes, keiner zu viel gefallen‹ ... das am häufigsten gebrauchte Zitat« gewesen ist.

Doch wir hätten gern gewußt, was die *Zeitgenossen* des Überläufers Horaz von ihm gedacht haben, ob sie nun seinen Ehrenmal-Spruch gekannt haben oder nicht. *Gibt* es kein Zeugnis? Dann hätten wir auch dies gern von Lefèvre erfahren, weil das ganze schlimme Ausmaß der Diktatur des Augustus damit gekennzeichnet wäre. Es ist ja sehr unwahrscheinlich angesichts des Berühmtseins des Horaz schon in seiner Mitwelt, die bereits seine Büste in Schulen aufstellte, daß ihm sein Überlaufen, vom besiegten Brutus zum Sieger Octavian nach der Schlacht von Philippi im Jahre 42, nicht hämisch vorgehalten worden ist – wozu freilich wir heute nicht das geringste Recht haben, da wir selber nie ähnlichen Gewissenskonflikten ausgesetzt waren wie dieser oberste Star aller Schulmeister-Dichtung. Horaz hatte – bevor er so berühmt war, sogar ablehnen zu können, Privatsekretär des Kaisers zu werden – in seiner Jugend keine Wahl, seinen Staatsschreiberjob im Schatzamt anzunehmen oder nicht; hatte auch die Wahl nicht, *was* er dichten wollte. Mit Preisliedern auf die Republik, für die er einst in die Schlacht gezogen war, wäre Horaz nicht »nur« verhungert; er wäre für sie hingerichtet worden.

Ovid, der zuviel wußte …

Dokumentiert ist alles seit zweitausend Jahren, soweit das noch möglich war – doch erst eine Frau mußte kommen, um endlich einer Frau: der Kaiserin Livia, diese von ihr ganz zweifellos gespielte Rolle auch zuzuschreiben! Sozusagen geschlechtsneutral-objektiv. Wir werden Marion Giebels Nachweise, daß politische, nicht: »sittliche« Ursachen zur Verbannung oder/und Tötung führten; und daß nicht nur *eine* Verschwörung der Tochter, der Enkeltöchter, sondern mehrere gegen den vor Livia willenlosen Augustus riskiert wurden, am Ende noch einmal im Zusammenhang behandeln. So wie wir den Essay dieses total verschollenen Zimmermanns, der nicht einmal in einem Gelehrten-Lexikon steht, über die Ursachen der Verbannung des Ovid um die Belege aus Ovids ›Briefen aus der Verbannung‹ und aus seinen ›Liedern der Trauer‹ hier erweitern …

Denn Zimmermann hat 1932 im ›Rheinischen Museum‹ mit einer Detailkenntnis wie keiner vor ihm – jedenfalls wie keiner, den man noch kennt – die ›Ursachen von Ovids Verbannung‹ als eindeutig *politische* offengelegt! Während den Historikern des 19. Jahrhunderts der Blick dafür verstellt war: Sie starrten allemal wie hypnotisiert auf das, was sie in ihrer Epoche, die das Wort »nackt« in keinem einzigen deutschen Gedicht zuließ, mehr als alles andere aufregte: auf »sittliche Verfehlungen« der verbannten Frauen … Sie sahen nicht, diese Historiker, daß *allein* sogenannte »sittliche Verfehlungen« überhaupt hatten zur Sprache gebracht werden *können* von Kaiser und Hof, um diese Frauen aus Rom, dem Tatort ihrer Verschwörungen zu verbannen, ja um sie schließlich zu töten durch Verbannung und Hunger …

Der Vorwurf: »Ehebruch« als Mittel, Hochgestellte aus Rom zu verbannen, war als der politisch nicht relevante, seit den Ehegesetzen des Augustus der beliebteste, weil unauffälligste und am schwersten abzuleugnende. Denn wie beweist man zweien, Ehen gebrochen zu haben? Wer war je Zeuge? Ebendeshalb ist dieser Vorwurf auch noch zur Regierungszeit des Augustus-Urenkels Caligula so beliebt gewesen, daß er als Vorwand diente,

Agrippina II. und Julia Livilla zu verbannen. (Diese Livilla darf nicht verwechselt werden mit der Tochter des ersten Drusus, die angeblich ein Verhältnis mit dem Tiberius-Kanzler Seianus gehabt und deshalb ihren Gatten, den einzigen Sohn des Tiberius: Drusus II. vergiftet haben soll, wofür sie zum Hungertod verurteilt worden ist.)

Caligulas Nachfolger Claudius holte sofort nach seiner Thronbesteigung die zwei Schwestern Agrippina II. und Julia Livilla aus der Verbannung zurück – sie waren als Töchter des Germanicus seine Nichten – und heiratete später diese Agrippina. Doch zuvor war auf Verlangen seiner Frau: Messalina die Julia Livilla zum zweitenmal verbannt worden; wegen angeblichen Ehebruchs mit Seneca … Messalina hatte sie bei Claudius des Ehebruchs bezichtigt, weil sie mit deren Gatten M. Vinitius schlafen wollte, was der ihr verweigerte, so daß er unter irgendeinem herbeigesuchten Vorwand hingerichtet wurde …

Senecas dänischer Biograph, der Philosoph Villy Sørensen, kommentiert: »Seneca und Julia Livilla wurden der gemeinsamen Unzucht angeklagt und auf zwei verschiedene Inseln verbannt, Seneca nach Korsika.

Die Sittengesetze des Augustus, die verschiedene Formen des nichtehelichen sexuellen Umgangs kriminalisierten und auf diese Weise eine Hebung der gesellschaftlichen Moral bezweckten, wurden bald zum Werkzeug privater Rachegelüste. Wollte man zwei treffen, dann war es bequem, wenn man dies auf einen Streich erledigen konnte, indem man behauptete, die beiden hätten etwas miteinander. Doch wären ein Mitglied des kaiserlichen Geschlechts und ein führender Mann nicht wegen Unzucht verurteilt worden, wenn sie nicht aus anderen Gründen in Ungnade gefallen wären. Cassius Dio erwähnt, daß noch andere Anklagepunkte vorgelegen hätten, sagt aber nicht, welcher Art sie waren. Die Anklagen waren wahrscheinlich nur Vorwände für Messalina, die es auch schaffte, daß ein anderes Mitglied der kaiserlichen Familie verbannt und getötet wurde.«

Sørensen hätte noch erwähnen sollen, wie leicht Verbannung allein aus angeblich *sexuellen* Gründen zu bewerkstelligen war: Ehemann oder Vater konnten sie Frauen antun, ohne einem Gericht Einzelheiten bekanntgeben zu müssen …

Zurück um zwei Menschenalter, aus der Claudius-Zeit ins Jahr 8 n. Chr.: War Ovid Mitwisser nur *einer* solchen Verschwörung? Wahrscheinlich wußte er als Intimus der Kaiserfamilie von vielen! Haben doch diese beiden ersten Julias, Tochter und Enkelin des Augustus, zuletzt auch ihre Tochter oder Schwester Agrippina I. noch, *andauernd* und in vielen Verschwörungen mit Hilfe ihrer Männer oder Geliebten versucht, ihre wahrhaft tierisch egoistische Stief- und Schwiegermutter, auch Stiefgroßmutter Livia daran zu hindern: *ihren* Sohn, der nicht mit ihnen blutsverwandt war, zu inthronisieren! Diese Frauen – ausnahmslos – haben das aus *Notwehr* getan und fanden – auch ausnahmslos – ein Ende mit Schrecken ... Wie ihre Söhne oder Brüder oder Ehemänner: alle potentielle Thronprätendenten ...

Doch fast immer haben die männlichen Historiker als Kavaliere Livia idealisiert. Bis zur Lächerlichkeit nicht nur verharmlost, sondern – speziell Kornemann und Ferrero – idealisiert. Sie hätten das derart mitleidlos und unbedenklich fälschend nicht getan – muß man vermuten, denn über männliche Opfer, außer über Caesarion, das unglücklichste, unschuldigste, setzten sie sich nicht so wohlgemut hinweg –, wären nicht die beklagenswertesten Opfer dieser Frau – Frauen gewesen. (Die Ermordung der Urenkel, der von Agrippina geborenen blutjungen Prinzen, Söhne des Germanicus: liegt nicht mehr Livia zur Last, sondern erst ihrem Sohn.) Ja, sie haben, diese biedermeierlich-viktorianisch, kurz: »sittlich« erblindeten Historiker aus Mommsens »Aurora Dreckliese«-Schule, die antiken Geschichtsschreiber, sogar den Tacitus, als Verleumder ausgeschrien – so Kornemann und Ferrero –, wenn die gewagt hatten, zu insinuieren, Volk und Adel Roms hätten instinktiv das Zutreffende gewittert, als sie flüsterten, das termingerechte Sterben *ausnahmslos aller* potentiellen Thronprätendenten in der Kaiserfamilie sei Livias »Politik«; so wie später Tiberius *nachweislich* – er war eben nie so intelligent wie seine Mutter, der *nichts* nachzuweisen ist – Agrippina samt Kindern und Freunden beseitigt hat – restlos bis auf Caligula! Ebenso sei Ovid keineswegs verbannt worden, weil urplötzlich seine ›Liebeskunst‹, bereits acht Jahre schon das meistgelesene Buch Roms, den Kaiser Augustus vergrämt habe – sondern verstimmt hat Seine Majestät: der »Erhabener« angeredet wurde, Ovids Drama der Kindermörderin (Medea), von dem seltsamerweise keine Zeile mehr existiert. Seltsamerweise? Allerdings: ist doch sonst das Gesamtwerk dieses Lieblings-Dichters der Römer nahezu komplett erhalten! Rom aber tuschelte – und irgendwann muß sogar Augustus das vernommen haben –, in der Kindertöterin Medea habe Ovid die Kaiserin Livia gezeichnet. Ovid, der alles wußte als Intimus der Kaisertochter, auch der beiden Kaiser-Enkelinnen Julia II. und Agrippina I. … Was hat denn Ovid wohl noch »gesehen«, wie dunkel überliefert wird, so daß er vom Kaiser nur gerettet werden konnte, indem der ihn durch Verbannung ans Schwarze Meer der Rachsucht der Livia entzog?

Ovid hat zweifellos gewußt, daß der selig vertrottelte Kaiser von der jüngeren Julia, ebenso wie von ihrer Schwester Agrippina, moralisch und politisch – zuweilen sind das wie hier Synonyme – *bearbeitet* wurde, ihre Mutter und wenn nicht *sie*, dann doch wenigstens ihren dritten Bruder – die beiden anderen sind die termingerecht binnen achtzehn Monaten »Gestorbenen« – aus der Verbannung nach Rom zurückzuholen, damit dieser Agrippa Postumus seines Großvaters Thron, wenn nicht allein, so doch mit dessen (vom Kaiser verabscheuten) Stiefsohn Tiberius gemeinsam erbe … Wozu sich, unmittelbar vor seinem Tode, endlich Augustus auch bestimmen ließ: Zwar nicht mehr durch Ovid und Julia, die Jüngere, da beide bereits nun auch schon seit sechs Jahren in der Verbannung schmachteten – vielleicht aber doch durch sein Gewissen. Und ganz gewiß durch jene Enkelin, die allein noch in Rom leben durfte – durch die für ihre Energie und Entschlossenheit berühmte Gattin des Germanicus: Agrippina, die zweifellos den Kaiser unter Druck setzte, endlich ihrer Mutter Julia und ihren Geschwistern Julia und Postumus mit der Rehabilitierung die Heimkehr zu gestatten. Denn Augustus benutzte eine Dienstreise in Abwesenheit seiner wahrhaft mörderischen Frau, um diesen letzten seiner drei männlichen Enkel heimlich zu treffen und ihm die Rückkehr nach Rom und die Mitregentschaft zu versprechen. Endlich, ganz kurz vor seinem – vermutlich *dadurch* selbstverschuldeten – Ende reiste also Augustus zu seinem schon mit neunzehn, vor sieben Jahren, verbannten letzten (von dreien) Enkelsohn: heimlich deshalb, weil er nun Livia doch durchschaute. Denn warum sonst hinter ihrem Rücken? Ein Freund Ovids, der – als einziger (!) – den Monarchen begleiten durfte, vertraute seiner Frau an (was ihn das Leben kostete), der alte Mann habe weinend dem verbannten Enkel Postumus seinen Kummer über die Macht der Livia geklagt. Doch statt den Jungen gleich mitzubringen nach Rom – starb termingemäß auch der Kaiser! So daß dessen Nachfolger Tiberius – das muß man dreimal lesen, um es für möglich zu halten – auch diesen letzten Enkel noch so prompt enthaupten konnte, daß erst, als Postumus tot war, auch dem Volk von Rom Seiner Majestät Augustus Ableben bekanntgegeben wurde vom neuen Kaiser: Livias Sohn!

Addiert man alle »Zufälle«, die des Kaisers Augustus Leibeserben, Schwiegersöhne und Gatten auch der Enkelinnen und sogar noch Urenkelinnen so beizeiten fortgeräumt haben, daß Livias Sohn Tiberius Alleinherrscher werden konnte: Dann kann man kaum mehr jenem Sallust-Kommentator Rudolf Chr. W. Zimmermann Verfolgungswahn unterstellen, der (mit Tacitus und Cassius Dio) zu dem Resultat kam: *»Wahrscheinlich durch Livias Gift«* sei sogar Kaiser Augustus gestorben! Und zwar so rasch, nachdem er seinem letzten Enkel die Rückkehr und Rehabilitierung heimlich versprochen habe, daß er sein Versprechen nicht mehr wahr machen konnte. Ist dies nur *ein* Indiz, das zweite ist: Daß tatsächlich Nachfolger Tiberius den Enkel – wir sagten das schon – totmachen ließ, früher noch, als die Welt erfuhr, dessen Großvater sei gestorben (es gibt deutsche Historiker, die diesen dritten Sohn der Julia und des Siegers von Actium: Agrippa Postumus und letzten noch lebenden männlichen Augustus-Enkel als »schwachsinnig« denunzieren. Aber mußte Tiberius einen weitab verbannten »Schwachsinnigen« als Rivalen um den Thron so fürchten, daß er sich genötigt sah, ihn zu enthaupten?). Tacitus ist ja nicht die einzige Quelle für Zimmermanns Vermutung, sogar Augustus noch sei von Livia vergiftet worden ... Zimmermann schreibt über ›Die Ursachen von Ovids Verbannung‹: »... daß Tiberius die von August beabsichtigte Begnadigung Ovids nicht vollzog, ließ erkennen, daß auch Tiber seinen Haß auf den Dichter geworfen haben mußte. Das Verbindungsglied zwischen August und Tiber konnte aber nur die Kaiserin Livia gewesen sein, so daß wir die Schlußfolgerung zu ziehen berechtigt sind, Ovid müsse einen die Livia und dadurch ihren Sohn Tiber sowie den Augustus selbst kompromittierenden Vorgang gesehen haben. Das ist das einzige, was sich nach den Gesetzen der historischen Kritik mit Sicherheit sagen läßt. Über dem Ereignis selbst schwebt ein unaufhellbares Dunkel. Nur wenige Gelehrte haben Livia mit in den Kreis ihrer Betrachtung über Ovids Verbannung gezogen und sind zu dementsprechenden Ergebnissen gelangt. Eine gänzlich verschollene, aber sinnreiche Hypothese (von Lenz, 1794) ist, Ovids Trauerspiel ›Medea‹ sei von einem der Livia feindlichen Kreise in Gegenwart des nichtsahnenden Dichters zu einem Angriff auf die Kaiserin mißbraucht worden, die wie Medea ihre nächsten Verwandten verfolgte und ermorden ließ. Nachdem dies August entdeckt, habe er Ovid als Urheber des Stückes relegiert ... Um bei diesem schwierigsten Punkte in Ovids Leben auch nur etwas Wahrscheinliches auszumitteln, muß man zweierlei ins Auge fassen: die Strafe und Ovids zurückhaltende, dunkle Äußerungen. Die Art, wie Augustus von sich aus, ohne Einverständnis mit dem Senat, das Strafurteil fällte, war neu; sonst wurde entweder durch Senatsbeschluß oder gesetzlichen Spruch des ordentlichen Richters die Verbannung zuerkannt. Der Kaiser mußte also seine Gründe haben, eine öffentliche Untersuchung in diesem Falle zu vermeiden, weshalb er die einfache Form der Landesverweisung wählte. Das findet aber nur dann eine Erklärung, wenn dabei Dinge zur Sprache gekommen wären, die Augusts Ansehen beim Volke beeinträchtigt hätten oder ihm sonst irgendwie peinlich gewesen wären. Den Lebenswandel seiner Tochter Julia hatte er vor dem Senat zur Sprache gebracht und auch aus dem Ehebruch seiner Enkelin kein Geheimnis gemacht. Hierbei kann Ovids Vergehen nicht gesucht werden ... Meines Erachtens ist das, was Ovid gesehen hat, ganz anderer Art gewesen, als man es meist denkt. Ovid scheint nicht Mitwisser eines den August und seine Familie beschimpfenden unzüchtigen Auftritts, sondern zufällig und gegen seinen Willen aus Unvorsichtigkeit Zeuge einer politischen Intrige geworden und in sie hineingezogen worden zu sein.

Mit Zurückweisung jeder positiven Verschuldung erläutert

Ovid den *error*, der seine Verweisung veranlaßte, dahin, daß er absichtslos eine verbrecherische Handlung mit angesehen habe« (Trist. III. 5, 43):

> Schließlich hab' ich auch einigen Grund, auf
> Rettung zu hoffen:
> nicht durch blutige Tat hab' ich die Strafe
> verwirkt.
> Nicht erstrebte ich, alles zugrunde zu richten:
> des Kaisers
> Haupt hab' ich nicht bedroht, das ja das Haupt
> einer Welt;
> nie hab' ich Schlimmes gesagt, noch führt' ich
> prahlende Reden,
> auch nicht im Rausche sind mir gottlose Reden
> entschlüpft:
> ahnungslos hab' ich Frevel gesehn, drum duld'
> ich die Strafe,
> und daß ich Augen gehabt, das ist mein ganzes
> Vergehn;
> freilich vermag ich nicht ganz zu verteidigen
> meine Verfehlung;
> aber der Irrtum hat auch Anteil an meinem
> Vergehn.

Wann hätte je ein großer Dichter, auch noch dann, wenn er um seine eigene Befreiung aus lebenslänglicher Verbannung kämpfte, sich derart allgemein, im Wortsinne: *nichts*-sagend ausgedrückt wie hier Ovid? Er *mußte* natürlich derart verschlüsselt sprechen, weil es ja *das* Top-Secret-Geheimnis der Kaiserfamilie war, das hier nur vertuschend erwähnt werden durfte. Denn selbstverständlich hätte Ovid sich den Rest gegeben, wäre aus seinen Episteln vom Schwarzen Meer herauszulesen gewesen – er konnte ja nicht ahnen, wer alles seine Post zensieren würde, bevor Augustus sie bekam –, *was* zu seiner Verbannung geführt hat. Nämlich: Kenntnis eines Verbrechens von Enkeltochter und ihrem (dann hingerichteten) Ehemann gegen die Majestät; mindestens die Androhung dieses Gewaltaktes, hole er nicht Julias

Mutter Julia und deren letzten Sohn Agrippa Postumus endlich zurück aus der Haft der Verbannung, um *sie* – nicht: Tiberius – zum Nachfolger zu bestimmen! Allein dieses oberste aller Staatsgeheimnisse erklärt, warum Ovid nie über vage Andeutungen hinausgeht ... Wäre es *nicht* um diese Tat gegangen, so hätte Ovid weder vom »Haupt des Kaisers« sprechen können – ja, es ging um dessen Kopf! –, noch vom Bestreben anderer, »alles zugrunde zu richten«, was offenbar Julia, die Kaiser-Enkelin, und ihre Mitverschworenen in Kauf genommen hätten, um Julier statt Claudier als Nachfolger des Großvaters durchzusetzen in Notwehr.

»Unzüchtiges« kann es gewiß nicht gewesen sein, was Ovid der Verbannung aussetzte, wie von Lessing bis Golo Mann ausnahmslos alle Historiker den antiken Verleumdern der kaiserlichen Damen unüberprüft nachgeredet haben, denn was immer an »Unzucht« menschenmöglich ist: Es gibt keine, durch die »das Haupt des Kaisers bedroht« worden *sein kann*! Mithin: Allein *Politisches* muß es gewesen sein, wenn Ovid für nötig hält, in seinen Bittgesuchen, nach Rom zurückkehren zu dürfen, *eigens zu versichern*, nicht »das Haupt des Kaisers bedroht« zu haben oder an dessen Bedrohung beteiligt gewesen zu sein! Was also *kann* nur vorgelegen haben? Hochverrat: Bemühungen, den Kaiser zu *zwingen*, seinen noch nicht »gestorbenen« dritten Enkel, den im Vorjahr wegen »Unzucht« aus Rom in die Verbannung beseitigten jüngsten Enkel Postumus – von Julia erst nach dem Tode seines Vaters Agrippa geboren –, nach Rom zurückzubringen. Zweifellos nicht nur als Begnadigten, sondern – an Tiberius vorbei – als Mitregenten. Denn hätte nicht massivster politischer Druck gegen den Kaiser dahintergestanden: warum hätte dann Augustus den Ehemann seiner Enkelin Julia anläßlich ihrer und Ovids Verbannung *hinrichten* lassen? Und dieser Aemilius Paullus war der einzige der Kaiserfamilie, den je Augustus hinrichten ließ ... (Auch wäre dies der einzige, seit es Menschen auf der Welt gibt, bekannte Fall, daß ein Ehemann deshalb hingerichtet wurde, weil seine Frau, die Enkelin des Kaisers, ihn als Ehebrecherin betrogen hat: Die unwahrscheinliche Albernheit dieser ganzen Konstruktion: Julia II. sei »wegen Ehebruchs« verbannt worden, liegt hier offen zutage!)

Ovid schreibt selbst, wie schwierig es für ihn ist, in seinen Gnadengesuchen die Tat nicht offen beim Namen nennen zu können, die ihm die Ungnade eintrug; er dichtet (III 6, 27):

Leicht und gefahrlos ist's nicht, von dem
traurigen Zufall zu sprechen,
der mich Schlimmes zu sehn, Schlimmes zu
wissen gelehrt:
schrickt mein Sinn doch zurück wie vor eigenen
Wunden vor jener
Zeit, und gedenkt er daran, spür' ich aufs neue
den Schmerz
und was auch immer so tief mich mit Scham
vermag zu erfüllen,
werde in Dunkel gehüllt, werde begraben
in Nacht!

Ovid, wie meist jene, die um vorzeitige Entlassung bitten, verfehlt auch nicht, dem Kaiser zu versichern, er werde absolut schweigen – so mußten alle aus Hitlers KZ Entlassene (viele waren das zu keiner Zeit) an Eides Statt schriftlich geben, niemals zu sprechen über das, was sie in einem KZ gesehen, getan ... Die abstrakte Sprache, mit der hier Ovid verständlich allein zu denen spricht, die ohnehin wußten, was er damit bezeichnete, war notwendig, wollte er Augustus überzeugen, der könne sich darauf verlassen, daß auch der zur Heimkehr Begnadigte niemals sagen werde, warum er verbannt worden war.

Offen sprechen kann Ovid allein über das, was *offiziell* Augustus als Verbannungsgrund angegeben hatte:

Da zwei Frevel, Gedicht und Verirrung
zugrunde mich richten,
sei meines zweiten Vergehns Fehltritt in
Schweigen gehüllt:
denn ich bin es nicht wert, dich erneut zu
verwunden, o Kaiser;
ist es doch mehr als zuviel, wenn man dich
einmal betrübt.

Bleibt das andre: ich werde beschuldigt, durch
schändliche Dichtung
schamlosen Ehebruchs Lehrer geworden zu sein.

Dies der öffentlich vom Kaiser bekanntgemachte *Vorwand* für die Verbannung: Erotisches, heute wie früher, ist allemal harmloser als Politisches ... »Die angebliche, wie stets als Vorwand so nützlich und plausibel erscheinende Ursache seines Sturzes war allgemein bekannt« (IV 10, 99f.):

Meines Verderbens Grund ist allzu bekannt
einem jeden;
darum brauch' ich ihn nicht selbst zu
verkündigen noch.

Zimmermann fährt fort: »Aber was Ovid *eigentlich* gesehen hatte, war zweifellos ein Geheimnis wie *noch* jetzt. Denn wenn der Dichter in Rücksicht auf den Kaiser es *vor dem Publikum* nicht nennen darf, so liegt darin der Beweis, daß dieses von dem Gesehenen selbst nichts wußte ... Ovid mußte befürchten, Augusts Zorn noch mehr zu erregen, wenn er das Gesehene vor das Publikum brachte.

Auch dieser Umstand widerlegt die Juliahypothese. Ferner dürften Äußerungen wie, daß es nicht sicher sei, die Schuld zu nennen (III 6, 33), im Zusammenhalt mit Ovids Furcht gesehen werden, auf der Reise nach Tomi infolge von geheimen Befehlen Augusts ermordet zu werden« (I 1, 74ff.):

Nichts will ich also berichten als dies: daß ich
fehlte
und keine Belohnung erstrebt, als ich den
Fehltritt beging,
daß man als Torheit nur bezeichnen darf mein
Vergehen,
wenn meine Untat du recht zu benennen
gedenkst.

Zwar ich erinnere mich, daß gütige Mächte
da droben wohnen; ich fürchte jedoch
Gottheiten, die mich gestraft.

Diese Zeilen deuten an – was über *Andeutungen* hinausging, hätte ihn den Kopf kosten können –, »daß ihm zu verstehen gegeben war, falls er nicht schweige, würde man Mittel wissen, ihn zum Schweigen zu bringen. Deshalb beschränkt er sich darauf, nur zu sagen, er habe etwas gesehen, was, gesehen zu haben, er verwünschen müsse, ohne sich auf eine weitere Schilderung des Vorkommnisses einzulassen. Da er seine Schuld vor dem Publikum nicht nennen darf, kann er sie auch nicht widerlegen. Dagegen verteidigt er seine *Ars*, welche den anderen Anklagepunkt bildete, damit er wenigstens hinsichtlich dieses seines Lieblingswerkes gerechtfertigt erschien.« Das war harmlos: Die ›Liebeskunst‹ durfte Ovid deshalb verteidigen, weil sie die offizielle Begründung seiner Verbannung gewesen war.

»Als Hypothese, was August Veranlassung bot, gegen den Dichter einzuschreiten, möchte ich folgendes aufstellen: Ovid war ahnungslos in einen Kreis von Personen, die wohl zu seinen Freunden zählten, geraten, der die Befreiung des letzten rechtmäßigen Nachkommen Augusts, Agrippa Postumus, aus der Verbannung betrieb, in die ihn Livias Ränke 7 n. Chr. gebracht hatten. Das war keine Verschwörung gegen August oder auf Umwälzung der bestehenden Regierungsform gerichtet, konnte aber Livias ehrgeizigen Plänen mit Tiberius sehr gefährlich werden und mußte den Kaiser selbst kompromittieren, der Agrippa Postumus hatte verbannen lassen, obwohl der keines Verbrechens überwiesen werden konnte. Ovid wurde zufällig hineingezogen, ohne daß man ihm etwas Näheres mitteilte, und als er später ahnen mochte, daß hier ein gefährliches Spiel getrieben werde, verstanden es die Gefährten, seine Bedenken mit dem Hinweis zu zerstreuen, August, der stets so sehr bemüht war, seinen leiblichen Nachkommen (von der Julia) die Nachfolge zu verschaffen, werde darüber gewiß nicht ungehalten sein. Dies geglaubt zu haben, war Ovids *error.* Als er ihn erkannt hatte, wagte er aus Unentschlossenheit und Furcht nicht, sich zurückzuziehen oder gar eine Anzeige zu machen. Wie konnte er letzteres auch, ohne damit Freundschaft zu verraten! Später klagt er seine Schweigsamkeit an und wirft sich Dummheit vor (IV, 4, 35; III, 6, 11; I 2, 98):

Aber es war kein Betrug, das glaub mir: bei all
meinem Handeln,
außer dem letzten, gebührt Schutz meinem
Wandel und Tun.
Auch diese Schuld, mein Verderben, du wirst sie
Verbrechen nicht nennen,
wäre die Kette dir erst all meines Unglücks
bekannt.
Furcht oder Irrtum hat mir geschadet, und eher
noch Irrtum;
ach – von meinem Geschick sei mir zu schweigen
erlaubt!

... dir nur hab' ich erzählt, was ich je an
Geheimnissen hatte,
ausgenommen nur das, was mich ins Unglück
gestürzt ...

... wißt ihr ja doch: meine Schuld war keine
frevelnde Tat.
Vielmehr, wenn ihr es wißt, wenn meine
Verirrung mich fortriß,
wenn nur töricht mein Sinn, nimmer
verbrecherisch war ...

Er mußte sich sagen, daß, wenn die Verbindung von anderwärts her aufgedeckt wurde, auch sein Name in den Augen des Kaisers gebrandmarkt war. Durch seine fortgesetzte Teilnahme an dieser Bewegung, die er eigentlich weder wollte noch förderte, wurde der Dichter Zuschauer bei all den Handlungen, welche seine Gefährten für ihre Pläne unternahmen. Dabei ist vor allem an die Beschaffung wichtiger Papiere zu denken, die einwandfrei Livias Intrigen gegen die Personen bewiesen, die zwischen Tiberius und der Thronnachfolge standen: Gaius und Lucius Caesar, endlich Agrippa, so daß Ovid Mitwisser eines Staatsgeheimnisses wurde, das August ohne Zweifel vor jedem verborgen wissen wollte. Doch die Verbindung ward entdeckt und der Kaiser, der bereits gegen Ovid wegen seiner *Ars* eingenommen war, sprach seine Relegation ohne nähere Untersuchung aus.«

Nein, nicht vor acht Jahren durch »Ars«, sondern jetzt durch »Medea« hatte Ovid Livia tödlich beleidigt! Und daß Zimmermann von Papieren spricht, ist so komisch wie deutsch: nur Deutsche, wenn sie putschen wollen, legen »Papiere« darüber an – was nach dem Attentat vom 20. 7. 44 auf Hitler viele Mitverschworene an den Galgen gebracht hat; andere Völker schreiben nicht, sondern handeln …

»… Möglich ist aber auch, daß Ovid von anderen in die Sache verwickelten Personen bei August verleumdet wurde.

Jedenfalls läßt *Pont.* II 7, 54 auf einen Vorgang außerhalb Roms schließen.

> Manchen half es im Unheil, wenn sie persönlich
> erschienen;
> mich, der ich fern war, warf nieder der wütende
> Sturm.

Zu beachten sind auch Ovids Klagen über vornehme Freunde, die nur zu schaden wüßten, ferner, daß gerade damals Agrippa (Postumus) von Surrentum nach Planasia gebracht war (III 4, 3):

> Wenn du irgend dem Freunde noch glaubst, der
> so vieles erfahren,
> lebe für dich und weit halte vom Ruhm dich
> entfernt!
> Lebe für dich, so sehr du nur kannst! Die
> Mächtigen meide!
> Leicht, bei des Mächtigsten Zorn, trifft dich der
> wütende Blitz.
> Denn wenn die Großen uns auch alleine zu
> nützen vermögen,
> nütze nur er lieber nicht: schädigen kann er gar
> viel.

Jedenfalls hütete sich August, eine öffentliche Untersuchung in diesem Falle anzustellen, welche Dinge zur Sprache hätte bringen müssen, die seiner Familie nicht zur Ehre gereicht hätten. Politisch klug ging er der Sache nicht weiter nach, vielleicht auf Veranlassung der Livia, die eine Untersuchung am meisten fürchten mußte ...«

Zimmermann hat über seiner Detektiv-Arbeit, weil die sich legitim ganz aus den Klagen Ovids vom Schwarzen Meer speist, *das* vergessen, was in allen Begnadigungs-Gesuchen deshalb vom Dichter nicht erwähnt werden durfte, weil es als der – geheime, nicht offizielle – Grund seiner Verbannung spurlos bis zum letzten Buchstaben hatte vernichtet werden müssen als einziges aller Werke Ovids: eben das Drama »Medea«, womit er »des beleidigten Kaisers Zorn« erregte; der indessen »meint, die Schuld fordere nicht meinen Tod«. Was sonst, wenn nicht »Medea« hätte Ovid mit der Zeile umschrieben – denn Mitwisserschaft ist ja nichts den Musen Geweihtes –, mit der Zeile: »Also stürzt das den Musen Geweihte dahin«?

Zimmermann ergänzt: »Ovid selbst spricht offenbar über die Ursache seiner Entfernung je nach seiner augenblicklichen Gemütsstimmung bald so, bald anders. So nennt er (*Trist.* II 122) das, was sein Unglück herbeiführte, ein Verbrechen, und kein geringes, so daß er noch die Milde preisen müsse, mit der gegen ihn verfahren sei (I 2, 61), während er an anderer Stelle seine Strafe viel zu hart findet (IV, 4, 44, V 10, 5):

Also stürzt das den Musen Geweihte dahin:
 durch ein einz'ges
doch nicht geringes Vergehn ist es gesunken, das
 Haus;
aber es sank doch so, daß es, wenn des
 beleidigten Kaisers
Zorn vergeht mit der Zeit, aufzuerstehen
 vermag;
ist doch bei dem Vollzug einer Strafe so groß
 seine Milde,
daß sie gelinder sich stets, als wir befürchteten,
 zeigt.

Und dieses Leben, das gnädig der Zorn mir des Kaisers vergönnt hat,
laßt's ans befohlene Ziel tragen mich heillosen Mann!
Wollt ihr mich strafen für das, was ich damals begangen, so meint doch
selbst mein Richter, die Schuld fordere nicht meinen Tod.

Also, bin ich mit Recht auch bestraft, so lag bei dem Fehltritt
jegliche Untat doch, jegliche Absicht mir fern.
Und das weiß auch der Gott: er hat mir das Leben gelassen,
zog mein Vermögen nicht ein: keinem gehört es als mir.
Diese Verbannung selbst, erlebe ich's nur, wird er einstmals,
falls mit der Zeit sich sein Zorn sänftigt, beenden gewiß.
Heut aber bitt' ich ihn nur, mich anderswohin zu versetzen,
wenn dieser Wunsch ihm nicht allzu vermessen erscheint.
Nur einen Ort der Verbannung, um weniges näher und milder,
wünscht' ich, der nicht so nah liegt dem barbarischen Feind,
und so groß ist Augustus' Milde, daß er mir dieses,
wenn ihn jemand für mich bäte, gewährte vielleicht.

Still steht, glaubt man, die Zeit, so träge nur schreitet sie vorwärts
und mit so langsamem Schritt wandelt das Jahr seinen Weg.

Weder verkürzt mir die Sonne des Sommers die
Nächte um etwas,
noch hat der Winter den Tag weniger lang mir
gemacht:
wahrlich, es hat sich in mir die Natur der Dinge
verändert,
dehnt mit dem Kummer zugleich jegliches andre
mir aus.
Oder durchmißt die gemeinsame Zeit die
gewohnte Bewegung?
Ward meine eigene Zeit nur um so reicher an Qual,
da mich das Meer mit dem Lügennamen
»das Gastliche« festhält
und der skythischen See wahrlich verrufener
Strand?
Zahllose Stämme ringsum bedrohn uns mit
wütenden Kriegen,
denen es schimpflich erscheint, sich nicht zu
nähren vom Raub.
Sicher ist draußen nichts: der Hügel sogar wird
von schwachen
Mauern verteidigt und sonst nur durch die Lage
des Orts.
Wenn man's am wenigsten denkt, ist der Feind,
gleich Schwärmen von Vögeln,
da, und noch eh man's gewahrt, treibt er die
Beute hinweg.
Tödliche Pfeile finden wir oft auf den Straßen:
sie fliegen
uns bei geschlossenem Tor über die Mauern herein.
Selten nur wagt drum jemand, das Land zu
bebauen …

»In den Augen der Römer stand August wegen der erteilten Strafe (angeblich, offiziell wegen »Unsittlichkeit« in ›Ars amandi‹, die seit acht Jahren auf dem Markt waren, unbehelligt als *der* bestseller!) gerechtfertigt da. Aber über die eigentliche Verwicklung blieb man im unklaren, wie es auch der Kaiser wollte. Als ihn nach Jahren das Verfahren gegen seinen einzigen ihm noch übrigen Enkel Agrippa reute, weshalb er ihn ohne Wissen der Livia besuchte und Hoffnung in ihm erweckte, aus dem Exil zurückgerufen zu werden, trug er sich hinsichtlich Ovids mit demselben Gedanken (*Pont*. IV 6, 9 f.), der ja ohnehin nicht müde geworden war, zu versichern, daß er, was ihm auch zur Last gelegt werde, dennoch absichtslos gefehlt habe«.

Maximus, Zierde des Fabierhauses, du warest entschlossen,
zu des Erhabenen Macht flehend, zu sprechen für mich.
Vor deinem Bittgang starbst du, und ich bin, glaub' ich, der Anlaß
deines Todes, und das, Maximus, bin ich nicht wert.
Schon hab' ich Furcht, meine Rettung noch irgendwem zu empfehlen;
untergegangen mit dir ist auch die Hilfe nun selbst.
Eben begann Augustus vergessene Schuld zu verzeihen,
als er der Erde zugleich und meiner Hoffnung entschwand.

Ovid, so weitab von allem, was in Rom geschah, hat also geglaubt – und sich das vorgeworfen –, sein Freund Fabius Maximus sei umgebracht worden, weil er für ihn die Begnadigung erbeten habe. Nein! Er wurde ermordet, weil er seiner Frau, der Cousine des Augustus, weitergetratscht hatte, daß er als einziger Augustus zu dessen Enkel Postumus begleitet und Zeuge war, Augustus wolle den Legitimen zum Nachfolger. (Von allen Sterblichen sind Zeugen die am schnellsten Sterblichen.)

Zimmermann schließt: »Aber der Tod übereilte den Kaiser, wahrscheinlich durch Livias Gift, und Agrippa wurde, um jede Gefahr für Tibers Nachfolge zu beseitigen, gleich nach dessen Regierungsantritt getötet. Ovid aber, da er dem rechtmäßigen Erben Agrippa angehangen hatte, mußte an dem Orte seiner

Verbannung in der Dobrudscha ausharren, nachdem Livia ihre Pläne mit Tiberius erreicht hatte und diesen zum Alleinherrscher erhoben sah, bis auch ihn der Tod ihren und ihres Sohnes Verfolgungen entzog.«

Rätselhaft, daß Zimmermann die eigentlich *schrecklichste* Folge des Besuchs, den der zuletzt die Livia – seine lebenslängliche Bewacherin – zweifellos hassende Augustus seinem verstoßenen Enkel heimlich noch gemacht hat, nur als Fußnote bringt, obgleich doch diese Folge das grellste und entlarvendste Licht auf die Gesamtsituation wirft: »Wie sehr Livia und ihr Sohn Ovid abhold sein mußten, weil er dem rechtmäßigen Erben Agrippa angehangen hatte, läßt sich daraus ermessen, daß es Augusts einzigem Begleiter auf der Reise nach Planasia, Fabius Maximus, das Leben kostete, weil er des Kaisers Klagen über die ihm abgezwungene Verstoßung des Agrippa gehört und darüber zu seiner Gattin nicht geschwiegen hatte, durch die es Livia und Tiber erfuhren.«

Diese Gattin, die den Mund nicht halten konnte (Plinius der Ältere belegt das ebenfalls), war, wie gesagt, die Cousine des Augustus! Zimmermann hat auch das nicht von irgendeinem schreibenden Panikmacher übernommen, sondern von – Tacitus! Der übrigens auch versichert, unmöglich sei, daß Augustus seinen Enkel Postumus ohne Gerichtsverfahren zu ermorden, dem Tiberius noch aufgetragen habe: Tacitus sagt, leibliche Nachkommen habe Augustus nie getötet – ja: sogar die ihm »nach dem Leben trachteten«, nicht, wie Julia I. Oder auch wie deren Tochter Julia II. Warum sonst Ovids Zeile: Nie habe *er*, Freund Julias II., »das Haupt des Kaisers bedroht«?

Und damit dies alles bei der Verbannung des Ovid *nicht* zur Sprache komme, hat Augustus sie nicht als seine Forderung vor den Senat gebracht, sondern persönlich durchgeführt, statt das Gerichten und dem Senat zu überlassen, die Fragen gestellt, Rechtfertigungen, ja – unvermeidbar – Öffentlichkeit zugelassen hätten ...

Hätte Ovid in der Verbannung Hoffnung hegen *können*, ein Selbstbildnis würde nicht jede Aussicht auf Begnadigung zur Rückkehr vernichtet haben, er hätte vielleicht gedacht – aber es gewiß anders geschrieben:

Ovid in Tomi

Der Himmel eine Last, dezemberschwer.
Wolken von Weißgold, nur in kargen Streifen,
lichten, was austerngrau verhängt ist.
»Zu«, geschlossen wie das Außen, so mein Innen.

Das Meer, oft jadegrün – heute ein Phalanx-Schild,
brandungslos, nomen est omen: schwarz.
So abweisend, so undurchdringlich,
als könne nie ein Schiffsbug es zerteilen …

Das höhnt mir jeden Fluchtgedanken weg
– wohin auch, Bürger eines Weltstaats?
Kein Trost, daß auch der Herr der Welt
der Herrin lebenslänglicher Gefangner.

Zum Schutz vor *ihr* verbannte er mich mondweit.
Wie bleibst du auf den Füßen, Erhabener,
ertappst du dich, daß du aus Angst nicht ißt,
bevor die Kaiserin aus gleicher Schüssel aß?

Du *komischer* Monarch, der heute schon
– an welchem Hofe hat's das je gegeben? –,
vier Prinzen überlebt hat, die »gestorben«
an ihrem Recht, dein Thronfolger zu sein!

Wer lacht, dem fröstelt's im Genick, daß du
›Medea‹ für die Schaubühne verbietest,
weil dir die Mörderin im Staatstheater spiegelt,
wie Livia zu Hause mit dir umspringt …

»Julia oder Der Weg zur Macht«

Nie könnte ich glauben, gar glaubhaft *machen*, Ovid habe am Schwarzen Meer in der Illusion gelebt – hat er gewiß nicht –, seine ehrliche Autobiographie, die untrennbar war von den Mord- und Verbannungs-Geschichten des Augusteischen, Liviaischen Hofes, erreiche jemals die Nachwelt! Wie hätte das sein können? Die Aussichten waren geringer, als daß eine Flaschenpost, in Tomi ins Wasser geworfen, jemals Rom erreiche … Ach, nein: wenn seine Briefe vom Schwarzen Meer nach Rom, wo ja Ovids Frau und Kind vergebens auf ihn warteten, ein Jahr brauchten, um anzukommen – wie könnte Ovid dann gehofft haben, seine Lebenschronik überlebe ihn dort – wo er ja bewacht war – auch nur einen Tag? Oder Livia und ihr Sohn, sollte der neue Kaiser angeordnet haben, Papiere des Verstorbenen ihnen nach Rom zu bringen, würden die Lektüre nicht zum Vorwand nehmen, erstens die Angehörigen des Ovid zu ruinieren (denn Augustus hatte immerhin darauf verzichtet, den Dichter auch noch durch Konfiskation seines Vermögens zu bestrafen); zweitens diese Papiere zu vernichten? Schon in seinem Reisebewacher bei seiner Abschiebung zum Schwarzen Meer hatte der Dichter seinen Mörder vermutet …

Würde ich mir aber vormachen können, Ovid habe dennoch eine Chronik geschrieben, ich versuchte – wie Ranke-Graves die des Claudius, wie Marguerite Yourcenar die des Hadrian, wie Thornton Wilder Briefe Cäsars – diese Autobiographie des Verbannten zu fingieren. Und finge an, wie folgt:

»Julia oder der Weg zur Macht« – würde ich das Drama nennen, das ich schriebe, hätte es auch nur die geringste Chance, je das Licht der Welt zu erblicken – wenigstens als Manuskript. So vermessen, gar seine Inszenierung zu erhoffen, wäre ich ja auch dann nie gewesen, würden nicht sämtliche Exemplare meiner ›Medea‹ auf Allerhöchsten Befehl vernichtet worden sein in Rom und folglich auch in allen anderen Ländern, die sich Rom tributpflichtig gemacht hat, sofern noch Tribute aus unterworfenen Provinzen zu erhalten sind, weil die nicht bis zum letzten,

der Hände hatte, von uns ausgemordet wurden wie Karthago und wie weite Landstriche Galliens. Und welches Land wäre nicht unterworfen von Rom – außer Germanien, wo noch niemand lesen kann, so daß auch dorthin kein Manuskript ausgelagert werden könnte in der Hoffnung, es erreiche jemals die Nachwelt! Was würden die analphabetischen Blonden des Nordens mit beschriebenem Papier sonst anfangen als Feuer oder sich abwischen, sofern es weicher ist als Laub oder Leinen?

Versteckter als in meiner ›Medea‹, deren letztes Exemplar durch mich selber dem Kaiser ausgehändigt wurde, der es vor meinen Augen verbrannt hat, mit dem Satz, der mich frösteln machte im Genick: »Die vorletzte Gnade, mein Lieber, die Ich dir erweisen *kann*!« Er betonte *kann* – versteckter konnte ich ihm unmöglich das Treiben der Kaiserin darstellen: Medea sticht immerhin selber die Kinder ab – was ja Livia niemals getan hat. Sie gab (oder ließ geben) – Gift. Auf meine Frage an Seine Majestät: »Erhabener: was ist, wenn dies die vorletzte, die letzte Gnade, auf die ich hoffen darf?«, kam das Todesurteil auf Zeit: »Ich verbanne dich ans Schwarze Meer, weil du in Rom keine Chance hättest – keine –, der Rache der Kaiserin zu entgehen: für die Ich übrigens volles Verständnis habe! Du weißt, der du dich im Gegensatz zu Mir unters Volk mischen kannst, daß die ganze Stadt hohnlachend getuschelt hat, mit der Kindesmörderin habest du nicht Medea – sondern die Kaiserin gezeichnet.«

Ich widersprach, wie er wollte, wie er erwartete – obgleich er mir freilich keine Silbe glaubte. Er ging so weit zu sagen: »Ein Glück, daß Ich gebildet genug bin, zu wissen, erstens: die Dauer der Throne ist auf Poesie gegründet; also holte ich Horaz, dich und Vergil an Meinen Hof. Und daß Ich – zweitens – Meinen Namen in der Nachwelt nicht auf ewig beflecken will, indem Ich Mir nachsagen ließe, *den* Liebeslyriker Roms hingerichtet zu haben. Ja, man könnte, würde Ich dich töten, sogar absurderweise daraus schließen, Wir hätten, die Kaiserin und Ich, deine idiotischen Anspielungen ernst genommen: Du lebst noch, weil genau diesen Vorwurf die Kaiserin fürchtet!«

Allen Mut zusammennehmend – nein: Mut war das gar nicht, sondern Fatalismus, angesichts des mich ohnehin abtötenden Verbannungs-Urteils –, sagte ich: »Majestät, laß mich töten. Das geht schneller, das ist die wahre Erlösung, gemessen an Deiner Unbarmherzigkeit, mich ins Donau-Delta zu verbannen!« Ich weinte, ohne mich dessen zu schämen. So log ich auch überzeugender, als ich hinzufügte: »Du weißt, wie ich, Erhabener, daß Jahre, bevor mein ›Medea‹-Drama geschrieben war, das unerhörte Mitleid der Nation mit Dir –«

Er wollte donnern, aber das klang komisch bei seiner Kastratenstimme: »Will ein Kaiser – *Mitleid*? Ich lasse dich auspeitschen!«

Ich: »Mitleid, meinte ich, weil Dir außer Agrippa Postumus alle männlichen Nachkommen starben … sogar zwei Schwiegersöhne, was wäre unedel daran?«

Ich hatte ja sagen wollen – hütete mich dann, aus Angst, er lasse mir auf der Stelle den Kopf abschlagen –, ich hatte natürlich sagen wollen: Dieses Mitleid, das ja echt ist – sei durchwachsen mit der Verachtung aller Römer, weil er nicht wahrhaben *wolle*, daß es nicht »mit rechten Dingen« – neutraler, furchtsamer ist das nicht auszudrücken – zugegangen sein *könne*, wenn einem Monarchen vier (!) Kronprinzen vorwegsterben … Und nun »starb« inzwischen auch der fünfte: Germanicus! Und damit hat die Kaiserin es ja auch geschafft, daß Tiberius Kaiser wird … vielleicht sogar schon, bevor Augustus kalt ist; allen Ernstes wurde von »Mitregentschaft« schon gesprochen.

Ich weiß keinen Menschen, dem ich auch nur diese Blätter anvertrauen könnte. Das heißt: Sie werden noch rascher verbrannt sein als meine Leiche – wenn nicht gar meine Leiche das Produkt dieser Blätter wird! Aber ich schiebe sie dennoch hier in eine Buchrolle, weil ich die Schuftigkeit nicht aufbringe, sie Berenike zur Aufbewahrung zu geben; denn sollte mein Diener ein Spitzel sein – daß wir's zuweilen miteinander machen, beim Zeus: wer hielte Ficken noch für eine Garantie, den Freund nicht zu verraten? Und wenn er der Kaiserin diese Blätter nach Rom brächte, schenkte sie diesem Sklaven, was ich nicht darf, *mindestens* die Freiheit. Sollte Mark der Spitzel sein, würde ohnehin auch Berenike, schon jetzt, erst recht nach meinem Tode überwacht; und der Haussuchung unterworfen. Oh, der Hohn in Rom, ahnte man – sicherlich ahnt man's nicht, sondern *weiß*: daß ich meine ehemalige Putzfrau beschlafe, ja *liebe*, während man sich erzählt, ich hätte die Enkelin des Kaisers umgelegt und vegetierte deshalb vierzehn Tage- und Nächte-Reisen weit von Rom, verbannt! Dieses höchst schmeichelhafte Gerücht schafft mir Respekt sogar hier.

Warum aber lebe ich noch – da ich nicht schreiben *darf*, was allein ich schreiben muß? *Müßte!* Ganz einfach: dank Berenike. Was mich hält, ist ihre Schönheit! Die allein auch mich abhält, Trinker zu werden. Zum Beispiel heute mittag – sie kommt ja jeden Mittag, ganz in Weiß, von oben bis unten. Sie ist viel stärker geworden, seit sie mir endlich glaubt – doch wie lange hat's gedauert, sie davon zu überzeugen –, daß ihre Schwere mich erotisiert. Die tritt nur nackt zutage, denn das tief hinabreichende, fast bis in die Kniekehlen lange, sehr weit geschnittene Hemd – weiß wie ihre lange Hose – verschlankt Hüften und Hintern. Daß ihre Oberschenkel so lang sind, macht noch das Kolossale, wenn nicht schlank, so doch fest. Hart, basalten, kalt ihre säulenschweren Oberschenkel, was mich stärker erotisiert als selbst ihr Zentrum, das hadesschwarz ist und üppig groß wie das Akanthus-Blatt eines Obelisken … Ich notierte, obgleich Berenike mehr Slawin ist als Italienerin:

La Méditerranée

Glück? Deine Gegenwart!
Atmender Basalt.
Dein Barock: fettlos, hart,
deine Haut wie kalt

Im Zentrum Lava, erweckt
durch Esprit.
Libido – Intellekt:
deine Symphonie.

Nur in dir, urmusikalisch
sind Stirn und Damm:
Animus – animalisch
vom selben Stamm.

Liebst mich nicht?
Liebe steckt an …
Wille zerbricht
Quarz: kein Mann

Kann dich umarmen,
doch dann von dir los.
Wohin – erbarmen
sich nicht dein Schoß

Dein Geist –, wo schriebe
ich adresselos hin?
Ich bin, weil ich liebe:
dein Sein – mein Sinn.

Mir ist es schon eine armselige Vorstellung, mit einer Frau zu Tisch zu liegen, die nicht oder kaum mitißt. Abgesehen davon, daß mich's abstößt, mit einer ins Bett zu gehen, die angetrunken ist – wie alle sind, die auf leeren Magen trinken. Der Wein, der hier wächst, ist nicht harmlos …

Nicht allein, um Berenike zu huldigen, schreibe ich noch Gedichte wie ›Wettspiel‹. (Viel lieber zeichnete ich sie, schon weil Zeichnen weit weniger Anstoß erregt als Schreiben; aber Akte zeichnen, das kann ich nun einmal nicht.) Sondern ich schreibe auch – kein Tag ohne Schreiben –, weil ich schreiben *muß*. Nur in den Stunden des Schreibens und des Liebens kann ich mein Elend verdrängen – beides hilft mir, nachts einigermaßen noch zu schlafen. Doch so harmlose Gedichte wie dies – schreibe ich tatsächlich nur, weil Politisches, was allein mich noch fasziniert, ich nicht mehr schreiben darf – wie übrigens alle, seit Ende der Republik. Also: Liebe als Surrogat für Unproduktive. Und als eine der Macht nicht verdächtige Fingerübung, so wie meine Musikerfreunde in der Reichshauptstadt täglich stundenlang üben … Artistik und Musik, sofern sie Zeitkritik »aussparen«, als das den Tyrannen garantiert Unanstößige! Wo politische Dichtung notwendig ist, da wird sie verboten; wo sie erlaubt wird, in liberalen Epochen, da wird sie harmlos … harmlos wie alle Liebesgedichte.

Wettspiel

Ist *sie's*, die verführt,
sitzt sie meist obenauf.
Ihn reitend nur spürt
sie, wie den Verlauf:
Rhythmus, Tiefe *sie* bestimmt.

Lachend hat sie ihn genommen,
rasch, damit nicht er sie nimmt.
Dem Orgasmus zu entkommen,
bis schon Sperma in ihr schwimmt:
dank dieser List regiert sie ihn.

Spottend, da er hörig ist:
Wolltest *diese* Brüste fliehen?
Er: Deren Wucht deine Macht bemißt.
Sie: Die, lieg' ich unten, unterliegt.
Und nur dann, lockt dich mein Po:

Wenn ich's tierisch will, obsiegt!
Stimmt. Strecken auch Tiere so
den Hintern hin, beugen den Nacken:
kniet sie vor »ihm«, Stirn im Laken
– blonder Flaum über ihren Backen

Kann er nicht hinzusehen wagen!
Wegsehn muß er, leckt er den Flaum,
damit er nicht schnell ejakuliert.
So göttlich trat Venus aus dem Schaum
wilder Wogen! Dankbar massiert

Er ihr mit Sperma Stirn, Hals, Flanken.
Ozeans Tochter: Gischt-Ejakulat!
Mannbeherrschend. Männer danken
Frauen: Der Schöpfung stärkste Tat
– in den Ursprung heimzukehren:

Im Grundwasser der Frauen haust
unsre Herkunft aus den Meeren;
Secretum vaginalis: Meerboden-Duft.
Wie in Muscheln das Meer noch saust,
Meer auch im Salzgehalt der Luft.

Harmlos werde aber ich wie jeder, der nicht mehr schreiben darf, was er muß! Ja, schlimmer: Wird man nicht mehr gehört, verliert man sogar die Sprache noch, in der man sich einst mitteilen durfte. Entzug der Öffentlichkeit ist für den Autor wie für die Pflanze der Entzug des Wassers. Der Atem des Publikums, das nur dumme Dichter unterschätzen, ist für den Produktiven ein Pneuma. Selbst ein derart harmloses Gedicht, das ich vorige Woche hier schrieb, als ich auf einer Gartenmauer das fast graue, sehr klein geratene, sehr kümmerliche Efeu erblickte, gilt heute in Rom, da es die Republik preist, als Hochverrat:

Römische Gartenmauer

Efeu im Süden:
seine Blätter auf Mauern
spotten der müden,
die nordöstlich versauern.

Doppelt so groß,
trotz Glut wie betaut.
Kühl ihr Glanz, flecklos
wie deine Haut.

Üppig, nie trocken
auf heißesten Steinen:
naß wie deine Locken
zwischen den Beinen.

Efeu – ganzjährig atmender Pneu:
Nie welkendes Republik-Symbol!
Wäre wie du noch zäh, stark, treu
Roms – ach, entmanntes Kapitol …

Efeu-Ranken:
kein Mensch wird so alt!
Wie deine Flanken:
festester Halt.

Mütterlich umschlingend,
worauf sie blühn,
väterlich durchdringend
– androgyn.

Ein geradezu erotischer Stau – denn woraus man zeugt, daraus man schreibt – bedrängt mich hier täglich, nächtlich, doch niemals abzureagieren: Mein Trieb, die Biographie des Horaz zu schreiben – weiß Zeus, nicht um dieses Hofpoeten willen, sondern um an seinem Leben darzustellen, wie mit der Vernichtung der Republik durch Augustus auch die geistige Freiheit – viel einschneidender als die nur so genannte bürgerliche – abgedrosselt worden ist. So daß genau so einer wie Horaz obenaufkam! Man kann aber nicht schreiben, ohne eine Spur von Hoffnung, daß es je das Licht der Öffentlichkeit erblickt – und sei's in hundert Jahren. Ich habe diese Spur von Hoffnung nicht. Ja, schriebe ich doch – gefährdete jede Zeile meine Witwe, mein Kind. Und auch Berenike noch, die für die beiden das Manuskript aufbewahrt hätte.

Ich werfe Horaz nicht vor – wer wäre ich, ihn zu richten, der im persönlichen Umgang wohlwollend war und so unintrigant wie nur jene, die an der Spitze sind, obgleich die Popularität meiner Liebesgedichte ihm mehr und mehr zu schaffen machte –, also ich halte ihm nicht vor, daß er als einstiger Mitläufer der Republik-Verteidiger – zum Kaiser übergelaufen ist. Das mußte er – wollte er überleben. Und Überlebenwollen ist im Bürgerkrieg *das* elementare Menschenrecht. Wo das eben notierte Wortgespann: Republik-Verteidiger nicht nur Ungnade nach sich zöge, sondern vermutlich das Todesurteil – wir haben Beispiele, daß Autoren enthauptet oder erwürgt wurden, weil sie Brutus als anständigen Menschen schilderten –, da kann man auch vom Dichter nicht stärkere Bürgertugenden einfordern als von allen anderen. Aber ich verzeihe Horaz nicht, daß er als Geschlagener

und deshalb Übergelaufener – die Geschlagenen schmäht. Daß er mit einem der widerlichsten Gedichte, die je geschrieben wurden, die Annexion Ägyptens, die Ausrottung der dortigen Oberschicht, die uns Römern niemals das Geringste zuleide getan hat, preist und jene Untat des Kaisers verschweigt, die alle anderen – Fluch der bösen Tat – nach sich zog: die Ermordung Caesarions, des einzigen Sohnes *des* Mannes, der Augustus zum Kaiser gemacht hat: Cäsars ... Und das ist gekonnt: Wie Horaz diesem Preislied auf unsere Kriegsverbrechen einen Anschein von Objektivität dadurch gibt, daß er immerhin die Mutter des ermordeten Siebzehnjährigen – den der Senat auf Antrag des Antonius dem Augustus zur Adoption empfohlen hatte, da ja Augustus selber keinen Sohn zustande brachte –, daß er Kleopatra nicht auch noch satanisiert, sondern als bedeutende Frau zeichnet. *Die* Königin, die nichts getan hat, als das Land zu verteidigen, das ihre Familie seit sieben Generationen beherrscht hat; die Königin, die dem Cäsar den Sohn zur Welt brachte, den er sich stets sehnlichst gewünscht hat – wird immerhin von Horaz dafür gelobt (ein Lob ist meist unverschämter als ein Tadel!), daß sie sich nicht zur Lust des Schaupöbels im Triumphzug durch Rom schleifen ließ wie Thusnelda und ihr Söhnchen, die Angehörigen des vom eigenen Volk ermordeten Cheruskers, des Arminius, der uns endlich lehrte, daß selbst Rom nicht risikofrei nach Gutdünken auf Landraub aussein kann ... Diese Germanen – was für ein verächtliches Gesindel: Denn wie sollten dort in den absolut unzugänglichen Urwäldern des Nordens Witwe und Söhnchen des Arminius durch Römer auffindbar gewesen sein – wären sie nicht von ihren Nächsten unseren Legionären *ausgeliefert* worden?

Macht man sich die Pein, die Kleopatra-Ode abzuschreiben (daß ich hier diesem widerlichen Geschäft mich unterwerfe, beweist, daß noch immer Illusion in mir aufflammt, zuweilen, was ich schriebe, könnten doch in fernen Jahrzehnten auch andere noch lesen), so liefert man den Beweis mit, von der siebenten Zeile bis zur fünfzehnten, daß Horaz hier kein Dichter ist, sondern ein verlogener Propagandist und Geschichtsfälscher. Denn:

»... bereitete Wut der Königin
dem Kapitol Ruin, dem Reiche Untergang.
Mit einem Heere schändlich Verstümmelter
hoffte die Rasende alles,
berauscht vom schmeichelnden Glück.
Aber daß kaum ein Schiff den Flammen entronnen,
beschränkte ihren sinnlosen Stolz:
die Bilder des Schreckens, vom Mareotischen Weine
erzeuget,
wandelte Cäsar bald in wahren Schrecken um.
Von Italien aus verfolgte er schnell rudernd
die Fliehende (so verfolgt der Habicht
die zitternde Taube, so der Jäger den Hasen
in Hämoniens beschneiten Tälern),
daß er in Ketten schmiedete
das furchtbare Ungeheuer!«

Nur, daß Horaz nicht auch noch der wahrhaft Venusgleichen eine Hasenscharte angedichtet hat! Ich habe sie nicht mehr gekannt, ich wurde geboren in jenem Jahr, als mit dem Meuchelmord an Cicero, den er bis dahin »Vater« genannt hat – auch öffentlich! –, Augustus der Zwanzigjährige die Maske fallen ließ. Im Vorjahr war die Königin – niemand in Rom hat sie je anders genannt – fluchtartig nach Ägypten heimgefahren, als Cäsar ermordet worden war. Aber ich habe hundert Bildnisse von ihr gesehen, sicherlich hundert ihrer Briefe gelesen, zweifellos weit mehr als hundert Personen befragt, die sie in der Reichshauptstadt sowohl wie zu Hause in ihrer Residenz gesprochen haben oder Zeugen ihres Wirkens wurden. Ihr Rang war so unvergleichlich, daß sogar alle Römerinnen – wann sonst erkennen Frauen von Rang Frauen von Rang an! – jene *eine* Persönlichkeit in ihr respektierten, der es zukomme, Mutter von Cäsars Sohn zu sein! Wie sie schrieb, sprach und lachte – das hatte schon fast das Niveau auch ihrer weiblichen Reize. Und so wenig dem Horaz je eine Zeile geglückt ist, die einen Hauch von Erotik versprüht, so wenig Verstand und Diplomatenkunst gesteht er ausgerechnet jener Herrscherin zu, die als erster von Rom unterworfener Souverän es dahin brachte, durch den Eroberer *nicht* –

und nicht durch irgendeinen, sondern durch Julius Cäsar –, nicht entrechtet zu werden, enteignet, sondern gefestigt auf ihrem Thron! Wenn das nicht Souveränität ist! Aber blöde denunzierend, ignorierend hängt Horaz ihr die Albernheit an, in »Wut« – wer wäre kühler, maßvoller, berechnender gewesen als die Ägypterin! – in Wut und »rasend« und in »sinnlosem Stolz ... dem Kapitol Ruin, dem Reiche Untergang bereitet« zu haben!

Wie hätte sie können? Warum hätte sie sollen? Verheiratet mit Antonius, dem von Augustus ausgegrenzten, in Ägypten kaltgestellten Mitregenten, den zu fürchten allerdings der Zwanzigjährige allen Grund hatte, dieser höchst unpopuläre Heimtücker und Meuchelmörder, der nie in einer Schlacht gewesen war! Dagegen Antonius: Populär wie kein anderer, geliebt vom römischen Volk, als Kriegs- und Frauen-Held; geliebt als Prinzgemahl ihrer Königin, der Mutter schon zweier seiner Kinder auch von den Ägyptern: Wie hätte die Königin sich seinem Wunsch, seinem Recht, seiner Pflicht, sich Roms zu erwehren ... erwehren sollen? Sie *mußte* seinen Truppen, die in Ägypten standen, die ihren zuführen, sie *mußte* mit ihm Ägypten verteidigen gegen Augustus. Ihre Tragik: daß Antonius, der Schlachtengott, kein Seemann war. Daß er in Agrippa dem strategischen Genie sogar zur See begegnete und vernichtet wurde ... und diesen Admiral von Actium, nichts ist typischer für Horaz den Schleimer, den Schmeichler, nennt sein Propagandasong nicht einmal! Nein, Augustus – schon ihn Cäsar zu nennen, was für eine Frechheit angesichts des einen, unwiederbringlichen Cäsars! –, nein, Augustus soll die Entscheidungsschlacht gewonnen haben, während er »natürlich« überhaupt nicht anwesend war, sondern zu Hause saß, in Rom ... Wie beschreibt dieser verächtlichste aller Hofpoeten den Etappenhelden Augustus? Immerhin, er behauptet nicht, der sei am Tatort gewesen, sondern sagt: »Von Italien aus verfolgte er« ... ja, er setzte, wie tapfer! – einer total Besiegten nach, der Held!, nachdem (der ebenfalls von Livia später ermordete) Agrippa für ihn die Schlacht gewonnen hatte. Doch warum ruderte er den Flüchtenden hinterher? Horaz:

»Daß er in Ketten schmiede
das furchtbare Ungeheuer!«

Eine aller ihrer Schiffe, eine ihres Reiches Beraubte – »ein furchtbares Ungeheuer«? Keine Wahrheit ohne Gerechtigkeit. Und ohne Wahrheit verkommt jede Dichtung zum Werbetext für den, der den Poeten gekauft hat: Horaz – der Inbegriff des Käuflichen! Er hat das gespürt, ja vielleicht wurde er nicht alt, weil er sich geschämt hat. So wollte er einmal halbwegs anständig sein: wenigstens anläßlich dieser Besiegten, der die Götter hoffentlich erspart haben, zuzusehen, wie ihr und Cäsars Sohn schweinisch abgestochen wurde: ein total schuldloser Siebzehnjähriger, dem nichts, aber auch gar nichts vorzuhalten war, als daß ihn Julius Cäsar mit Kleopatra gezeugt hatte! Versteht sich, daß auch Horaz diesen Jungen nicht nennt, da er – ungeschriebenes, doch von allen in Todesfurcht respektiertes Gesetz – von niemandem jemals genannt werden darf in Rom. Das Schweigen, das um diese Untat waltet – wird länger anhalten, als das Mausoleum stehen wird, das Augustus in Stein und Erz sich erbauen ließ ... Lassen wir auch dem Mitläufer, dem Hofdichter, dem letztlich doch auch nur *armen Hund* Horaz Gerechtigkeit zuteil werden, indem wir neben seine unentschuldbaren Kleopatra-Verleumdungen die Zeilen noch setzen, mit denen er zuletzt manches wiedergutmachte, was er dieser bedeutendsten Frau unsres Jahrhunderts zugefügt hat:

»Aber die Königin
suchte rühmlichen Tod und erbebte nicht weibisch
dem Schwerte, suchte nicht auf schneller Flotte
Schutz am entlegenen Gestade.

Sie wagte es, mit heiterem Angesicht,
die gesunkene Königsstadt wiederzusehen.
Mutig ergriff sie die wilden Schlangen,
sich zu füllen mit ihrem tötenden Gifte.

Größer noch, weil sie den Tod erwählte,
gönnte sie nicht libumischen Schiffen die Ehre,
grausam von ihnen, nicht Königin mehr,
zum glänzenden Triumphe getragen zu werden:
kein niederes Weib.«

Überlese ich diese Zeilen – so reicht's mir schon, über Horaz zu schreiben! Mein Vorsatz war ohnehin nur begründet in der Absicht, anhand dieses exemplarischen Mitläufers die Mitläuferei überhaupt im Augusteischen Zeitalter darzustellen. Aber ich bin dessen nicht ganz sicher: Nicht gedacht soll seiner werden, nicht im Buche, nicht im Liede! – wäre *das* nicht angemessen? Hat er doch Zeilen verfaßt – der selber geflohen ist in der Schlacht und nur dank der Niederlage der Republikaner nicht hingerichtet wurde, weil er floh –, hat er dennoch Verse geschrieben, wie: »Dir ist, Liebes, keiner zu viel gefallen!«

Er meinte das Vaterland, das jeden verraten hat, der es als Republikaner und als Republik verteidigte! Irgendwo, ich lerne ja seine Niederträchtigkeiten nicht auswendig, nur das Kleopatra-Gedicht hatte ich zufällig im Gepäck nach Tomi, irgendwo schrieb er auch: »Süß und ehrenvoll« sei es, fürs Vaterland – und so weiter. Schon gibt es allein in Rom mehrere Schulen, in denen eine Horaz-Büste steht. Das geschieht ihm recht ... Nie vergesse ich, wie Julia, die Tochter Julias und des Agrippa, und wie Agrippina, diese wundervolle Römerin – wie die zwei Schwestern Horaz verachtet haben, obgleich sie zuweilen den Großvater ehrten: solange sie bezweifeln konnten, daß die Entsetzliche an seiner Seite nicht nur ihren Vater Agrippa ermordet hatte, sondern schon dessen neunzehnjährigen (!) Vorgänger Marcellus im Ehebett ihrer Mutter. Der verzweifelte Versuch Julias II., dem Kaiser die Wahrheit zu sagen über Livias Machenschaften zugunsten des Tiberius, dieser mutige Versuch zur Auflehnung, für den ihr Mann hingerichtet wurde – immerhin fürchtete der Kaiser die Wahrheit so sehr, daß er den Gatten seiner einst sehr von ihm geliebten Enkeltochter köpfen ließ! –, dieser Versuch hat auch mich hierher in die Verbannung gebracht, zum Todesurteil auf Zeit. Ich komme sicher nach Rom niemals zurück, es sei denn, Agrippa Postumus folge doch noch, als letzter, noch nicht ermordeter, als heute »nur« verbannter Enkelsohn auf den Thron. Wie aber könnte das geschehen, ohne zuvor Livia und Tiberius zu beseitigen? Und wer sollte *das* zuwege bringen!

So – und hiermit habe ich, gegen jede Vernunft, gegen jeden Vorsatz schon wieder hingeschrieben – was ich nur und sofort verbrennen kann. Denn jede Zeile reichte zum Todesurteil, machte man sich noch an mir die Hände schmutzig … und den Ehrenschild, den das Kaiserhaus in der Nachwelt zu haben hofft: wozu mich töten, da ich am Schwarzen Meer »lebe«?

Verbrenne ich gehorsam dies – mag dieser Gehorsam wenigstens dazu führen, daß nicht mein Gedicht an Agrippina, die heroische, verbrannt werden wird; vorausgesetzt, ich schreibe nicht »Agrippina« darüber! Wie gehorsam, wie berechnend ich doch bin! Hündisch. Woher also nahm ich das Recht, Horaz abzuurteilen? Er hatte immer Angst und suchte die Versorgung, als er dichtete, wie der Hof es verlangte. Ich habe immer Angst, hier sterben zu müssen, wo sich die Wölfe gute Nacht sagen, nie mehr Kind und Frau und Rom zu sehen –, und ich bedichtete, schenkte Augustus mir dafür die Rückkehr, sogar noch seinen Arsch! Also tue ich gut daran, auch deshalb, weil ich nicht besser bin als er, zu verbrennen, was ich über Horaz schrieb. Mein Agrippina-Gedicht bewahre ich auf, was auch nur Zweck hat, wenn ich alles Politische verbrenne, sonst wird es gleichfalls verbrannt:

Römerin

Roma gleich Amor
rückwärts gelesen.
Wie hier der Marmor
herrlich dein Wesen

Festhält, doch freilegt
– Römerin
Stein, doch bewegt:
so im doppelten Sinn

Du Jahrtausende alt,
doch Morgentau-jung!
Deine Gestalt
– Verkörperung

Unendlicher Reihen
verschollener Ahnen.
Du lebst, als seien
die abgetanen

Generationen,
als Staub verweht:
Legionäre, Amazonen
erstanden, konkret!

Musik deines Schritts:
wie sie verheißt
deine Tiefe im Witz
– wohin es uns reißt

In Orgasmen elementar!
Die Gracchen ein Becken
wie deines gebar.
Schweigen. Verdecken

Daß ich … gehst weg?
bald nicht mehr lebe.
Ohne dich – ohne Zweck:
ich nur Stock ohne Rebe.

Deine Umbrahaut leuchtet
Romlicht-umgleißt.
Deine Augen feuchtet,
was du … weißt.

Tiberius vernichtet die Witwe des Germanicus, ihre Söhne und Freunde

Die Ermordung des letzten der drei Kaiserenkel, bevor Tiberius dem Volk bekanntgab, Augustus sei gestorben, war die erste Maßnahme des neuen Herrschers – so berühmt wie die nächsten Sätze des Tacitus: »In Rom aber drängten sich alle in die Sklaverei: Konsuln, Senatoren, Ritter. Je höher der Rang, desto größer Heuchelei und Hast, wohlkomponiert die Mienen, damit sie weder Vergnügen über das Ende des alten noch gar Kummer über den Beginn des neuen Regimes ausdrückten, Tränen also und Freude, Klagen und Schmeicheleien in der rechten Mischung.«

Golo Mann kommentiert und führt auch jenen Senator Asinius Gallus ein, der uns hier beschäftigen wird: »Auf neudeutsch würde man hier von ›Mehrzweckgesichtern‹ sprechen; nur daß die tacitäischen Römer die ausgepichteren Schauspieler sind. Auch der neue Princeps spielt vorzügliches Theater. Er tut so, als gäbe es die Republik noch, als wollte er die Nachfolge gar nicht. Das sei zuviel für einen einzelnen Menschen, nur der Geist des göttlichen Augustus sei solcher Last gewachsen gewesen. Später, im Senat, und wie nebenbei: *einen* Zweig der Regierung zu übernehmen sei er bereit. Darauf der Senator Asinius Gallus: ›Darf ich, Cäsar, dich fragen, von welchem Teil der Republik du willst, daß er dir übertragen werde?‹ Der Fürst schweigt einen Moment, er muß sich sammeln, auf die Frage war er nicht vorbereitet: Es zieme ihm nicht, irgendeine Aufgabe entweder auszuwählen oder abzulehnen, da er doch am liebsten von aller Verantwortung befreit wäre ... Kurze Reden sind bei Tacitus meistens indirekt wiedergegeben. Desto frappanter wirken die direkten, wie hier die vorlaute Frage des Gallus, die ihm der noch maskierte Tyrann natürlich nie vergessen wird (Ann. I 12).«

Wie vernichtete Tiberius dann diesen Senator und jene Witwe Agrippina I., die zeitweise sogar seine Stieftochter gewesen ist, als er nämlich mit ihrer Mutter Julia verheiratet gewesen war? Wir lassen das durch den spanischen Arzt Gregorio Marañón deshalb erzählen, weil er als festverwurzelter Katholik noch in den zwanziger Jahren des 20. Jahrhunderts die geradezu wüsten Beschimpfungen vieler Historiker gegen die Mutter der Agrippina: Kaisertochter Julia – wegen ihres angeblich »sittenwidrigen Lebens« mitmacht, ja *deshalb* ein Kapitel ›Julia die Wahnsinnige‹ nennt: was gewiß Wahnsinn ist! Und weil wir folglich durch diesen Spanier wieder einmal die beschämende – doch vielleicht nie zu vermeidende – Bestätigung erhalten, daß er, wie wir allesamt, eher von Geist und Ungeist (einer ist ohne den anderen nie zu haben) *seiner* Epoche infiziert – als fähig ist, historischen Gestalten und Ereignissen aus dem Denken und Fühlen *ihrer* Lebensjahre gerecht zu werden; ein Problem, das den Erzähler nicht weniger verunsichern sollte als das unlösbare, das – wie erörtert – die Zeit ihm auferlegt. Nein, Sittenwidrigkeit konnte der ach so sittenfeste Spanier, so gern er seinen »Helden« Tiberius auch freigesprochen hätte vom Mord an Agrippina I. und ihren Söhnen Nero I. (nicht der berüchtigte) und Drusus III., der ebenfalls so sittenfesten Tochter Julias nicht anhängen. So wenig anhängen – wie Tiberius diese Germanicus-Witwe vor dem jetzt hündisch parierenden Senat als »unsittlich« verleumden konnte. (Ihren Söhnen Nero und Drusus hing freilich Tiberius, um sie dem Hungertod auszusetzen, ebenso »Sittenwidrigkeit« an, wie einst Livia und folglich Augustus Julia I. und Julia II. mit diesem Vorwurf, einer Verleumdung, vernichtet hatten, um nicht die Verschwörungen zugeben zu müssen.)

Der Spanier erzählt 1939 vom Ende der Agrippina: Die Gattin, dann Witwe des Germanicus war ein »überaus interessanter Frauentyp, ein Mensch, der seine Umgebung beständig in Atem hielt, obendrein eine gebärtüchtige Mutter, denn trotz ihres kurzen Ehelebens hatte sie neun Kinder, von denen sechs am Leben blieben: Nero I., Drusus III., Caligula, Agrippina II., Drusilla und Julia Livilla …

Das Verhalten der Agrippina an der Seite ihres Gatten, mit dem sie im Jahr 15 n. Chr. am Feldzug in Germanien teilnahm, gibt uns ein vollkommenes Bild ihres Charakters. Tacitus führt uns vor Augen, wie sie in die kriegerischen Händel zuweilen tätig eingriff, zum Beispiel, daß sie einmal die Soldaten, die vor einem gemutmaßten Angriff der Barbaren in Panik gerieten, an der Zerstörung einer Rheinbrücke hinderte. ›An solchen Tagen der Verstörung erfüllte diese wackere Frau die Obliegenheiten eines Generals.‹ Sie stellte sich am Kopf der Brücke auf und richtete an die vorbeiziehenden Legionen lobende, dankbare und anspornende Worte. ›Ihre *Macht* beim Heer war *größer* als die seiner Anführer …‹

Die Volkstümlichkeit, die Agrippina auf Grund solchen Verhaltens und solcher Heldentaten erwarb, war ungeheuer; sie hätte Germanicus, ihren Gatten, in eine lächerliche Situation gebracht, wenn dieser nicht die außerordentliche Popularität seines Vaters, Drusus' I., geerbt hätte. Das Volk vergötterte beide Ehegatten mit gleicher Liebe. Sie galten in Rom als Muster der Vollkommenheit und ehelicher Gemeinschaft. … Agrippinas stürmisches Temperament war ungeheuer aufgereizt durch die feste Überzeugung, Germanicus sei auf Geheiß des Tiberius vergiftet worden. … Germanicus war in der Überzeugung gestorben (mit erst 34 Jahren!), man habe ihn getötet, und seine Witwe behielt diese Überzeugung bei. … Von diesem Zeitpunkt an wurde denn auch Agrippina zur ständigen und immer brennenderen Sorge des Tiberius … durch die theatralischen Treuekundgebungen, die das Volk der Witwe erwies, als sie mit der Asche ihres Gatten italienischen Boden betrat. …

Außerdem mußte er wohl oder übel mit den Kindern der Agrippina als Erbfolgern rechnen … Deshalb tat er seine Enkel – Zwillinge – mit den zwei älteren Söhnen des Germanicus, Nero und Drusus, zusammen, führte sie den Senatoren vor und beschwor diese im Namen der Götter und des Vaterlandes, sie zu warten und zu bilden … Daß er die feindliche Familie zum erstenmal unter seine Fittiche nahm, entsprang gewiß nicht zum kleinsten Teil seiner Furcht, der öffentlichen Meinung schlankweg Trotz zu bieten, zumal bei dieser die Partei der Agrippina in so hoher Gunst stand. Und es ist weiterhin nicht ausgeschlossen, daß in jenen Jahren Agrippina von Livia protegiert wurde. Tacitus sagt allerdings …: daß die beiden Frauen nie miteinander befreundet waren. ›Livia‹ – schreibt er – ›bewies Agrippina gegenüber ganz die Haltung einer Stiefmutter, und ebensowenig wußte sich Agrippina zu beherrschen. … Des erbarmungslosen Kampfes müde, verbündete sich Agrippina mit Asinius Gallus, dem verwitweten Gatten der Vipsania, in der Absicht, nach sieben Jahren musterhafter Witwenschaft die Ehe mit ihm einzugehen (26 n. Chr.). ... Eines Tages rief die Witwe des Germanicus, die untröstlich schien, unterm Vorwand echter oder vorgeblicher Krankheit Tiberius zu sich und bat ihn rundheraus um Erlaubnis für ihren neuen Ehebund. ›Eine noch junge Frau‹, sagte sie zu ihm (sie war 39 Jahre alt), ›die sich nichts vorzuwerfen hat, kann außerhalb der Ehe keinen Trost finden.‹ Der schlaue Tiberius erriet jedoch die politische Absicht des Plans und schlug der Witwe den Trost, um den sie ihn anging, schlankweg ab. Außerdem mußte ihn natürlich verletzen, daß der angestrebte Gatte sein Nebenbuhler von jeher war ... Agrippina wurde auf die Insel Pandateria verschickt, dieselbe, deren Boden ihre Mutter Jahre zuvor mit den Tränen der Landesverwiesenen benetzt hatte. Ihren Sohn Nero I. setzte man auf der Insel Pontia fest! Beide starben kurze Zeit danach: Nero im Jahr 31 n. Chr. und Agrippina im Jahr 33 n. Chr. Im selben Jahr starb auch der in Rom eingekerkerte Bruder des Nero, Drusus III., nach drei Jahren tödlichen Hinsiechens. Seine Hungerqual stieg endlich auf einen derartigen Grad, daß er in den letzten Tagen die Wolle seiner Decken verschlang. In diesem Meer von Blut trieb als einzig Überlebender Caligula, er, der im Gang der Ereignisse Kaiser werden sollte. Wahrscheinlich blieb er vor gleichem Untergang bewahrt, weil seine Großmutter Antonia sich für ihn verwendete ...

Von diesen drei männlichen Nachkommen des Germanicus und der Agrippina war Nero der Liebling seiner Mutter wegen seines klugen und bescheidenen Wesens. Deshalb war er auch ihr Mitstreiter im Kampf gegen den Kaiser. Tiberius' Anklage vor dem Senat lautete auf ›schändliche Liebschaften und Verletzung der sittlichen Scham‹, vielleicht Homosexualität; doch muß man die Äußerung des ressentimenterfüllten Kaisers mit Zurückhaltung aufnehmen, denn im Grunde war er eifersüchtig auf die Popularität des jungen Fürsten. Diese Volkstümlichkeit war, wie bereits gesagt, unermeßlich. Als Nero vor dem Senat im Namen der Städte Asiens eine Rede hielt, ›empfanden alle in ihren Herzen eine gelinde Rührung‹, weil alle in dem Redner seinen Vater Germanicus zu sehen glaubten, an den er durch sein edles und würdiges Auftreten gemahnte. Und wie immer in solchen Fällen wuchs mit der Verfolgung die Popularität. Am Tage, als Nero und Agrippina vorm Senat angeklagt wurden, führte die aufgestörte Menge ihre Bilder im Umzug durch die Straßen, ihnen zujubelnd und nach Sühne schreiend. Ohne es zu wissen, stießen sie die Gefeierten damit erst recht in den Tod ... Drusus III., der zweitälteste Bruder, war von sehr leidenschaftlichem Charakter. ... zum Schluß wurde auch er von Tiberius beseitigt und in den Kerker des kaiserlichen Palastes gesperrt; wie es hieß, auf Anstiften seiner eigenen Frau, der Aemilia Lepida, die später, des Ehebruchs mit einem Sklaven angeklagt, den Tod finden sollte. Dort starb er nach drei Jahren Haft den Hungertod.«

Soweit der Spanier. Muß man noch hinzufügen, daß Aemilia Lepida – Cousine der gemordeten Nero und Drusus, Tochter Julias II., schon ihren Vater verloren hatte, weil er – was man ausnahmsweise sogar zugab – als *Verschwörer* gegen Augustus hingerichtet worden war? Und ebenso vernichtete Tiberius die Freunde Agrippinas und ihrer Söhne, Männer, die schon sehr enge Mitkämpfer ihres Mannes, des Germanicus, gewesen waren, zum Beispiel den hochverdienten General Silius, der dem Henker nur entging, weil er sich tötete; und den Ritter Titius Sabinus, dessen Prozeß – er wurde erwürgt – deshalb so empörend wirkte, weil er in einem Privathaus Kritik an Tiberius geübt und dort einem »Belauscher« zum Opfer gefallen war.

Doch der – hier eingangs erwähnte – Asinius Gallus hatte gewagt, Agrippina heiraten zu wollen: Ein Witwer seit sechs Jahren will eine Frau, die seit sieben Jahren Witwe ist, heiraten, eine Neununddreißigjährige, von der dann noch nach zwei Jahrtausenden der Biograph des Tiberius, eben der spanische Arzt Marañón, glaubt ausdrücklich versichern zu müssen, diese Witwe, dieser Witwer hätten nach seiner Auffassung nicht »schamlos« bereits koitiert, bevor der Erhabene Tiberius ihnen die Einwilligung zur Heirat ausgeschlagen habe: Was gar nichts über das alte Rom sagt, sehr viel aber über diesen Spanier und seine – obgleich er Psychiater ist – verklemmte Einstellung zum Leben. Und damit auch zur Geschichte. Und der selber solche »Probleme« erörtert, wagt es, Sueton einen »Topfgucker« zu nennen! Denn warum stellt er nicht *die* Frage, wieso ein Sadist auf dem Kaiserthron der Witwe des berühmtesten Feldherrn seiner Epoche, die seine Stieftochter war, die Heiratserlaubnis verweigert? Sondern stellt die abstruse Frage, ob diese Agrippina und ihr Freund, der sie heiraten will, »es« miteinander schon tun, bevor sie noch gezwungen sind, Tiberius zu fragen, ob sie's »dürfen«? Wieder einmal der Nachweis, wie sehr Carl J. Burckhardt im Recht ist mit seiner Bemerkung, mehr als über ferne Zeiten und entfernte Gestalten sage jeder Historiker – unfreiwillig – über *seine* Zeit und Person aus ... Dieser Spanier, für den Agrippina das »Mannweib« war und ihre Mutter Julia »die Wahnsinnige« – *war* wahnsinnig in den Auffassungen *seines* Katholizismus des Jahres 1939, der nun einmal Geschlechtsverkehr Unverheirateter zu den Todsünden zählt ... Schon vierzig Jahre nach Erscheinen seiner im Sachlichen so ausgezeichneten Tiberius-Biographie stellte derart alberne Erörterungen keiner mehr an; doch diesem Spanier entwerteten sie weitgehend seine Verhaltensforschung über Gestalten des kaiserlichen Roms ...

Auch würde Marañón diesem Senator, der Agrippina heiraten will – und diesen Wunsch mit dem Henkerstod bezahlt, nach dreijähriger Einzelhaft –, nicht anhängen, er sei »Rivale« des Tiberius bei dessen Frau Vipsania gewesen. Wahr ist: Tiberius hat sich, kaum daß die Kaisertochter Julia zum zweitenmal Witwe geworden war, von Vipsama, die hochschwanger war, scheiden lassen, obgleich sie die einzige gewesen sein soll, die er je geliebt hat, um seine Karriere-Heirat mit Julia zu vollziehen: zweifellos unter Zwang, den Livia, seine Mutter, auf Augustus, den Vater der Julia, ausgeübt hat, um Tiberius die Thronfolge zu sichern. Aber unmöglich kann ein Biograph daraus »folgern«, jener Asinius Gallus, der die verlassene – schmachvoll von Tiberius sitzengelassene – Vipsania dann geheiratet hat und mit ihr lebte bis zu ihrem Tode (20 n. Chr.), also immerhin mehr als dreißig Jahre, habe sie »als Nebenbuhler«, »als Rivale« dem Tiberius ausgespannt. Nein: Tiberius war so charakterschwach, sich auf Drängen seiner Mutter, die wiederum den Kaiser in diese Richtung gedrängt hatte, von der geliebten Frau – obgleich er ihr nachweinte – scheiden zu lassen: Aus keinem anderen Motiv als der Machtgier! Aber diesem spanischen Biographen sind Worte wie »Sünde« und »Verbrechen« näherliegend, wenn er vom Liebesleben selbst ungebundener Witwen oder Geschiedener schreibt, als wenn er berichtet, wie Jünglinge so schauerlich dem Tode durch Verhungern ausgesetzt werden, daß sie zuletzt ihre Matratze essen – Jungen, die nichts anderes »verschuldet« haben, als potentielle Thronanwärter zu sein, als Urenkel des Augustus! Auch nennt Marañón das Kapitel »Das Volk und die Sünderin« – womit er die abgöttisch von den Römern geliebte erste Julia meint, auf die er ahistorisch den von ihm so hochgeschätzten christlichen Sünderinnen-Begriff aus dem Leben der biblischen Magdalena überträgt. »Bestrafung des Liebhabers« nennt er ein anderes Kapitel – weil eben alles *Fleischliche* ihm der Inbegriff des Kriminellen, »Sündhaften« ist: so daß ihm *deshalb* das Nächstliegende so fern liegt, nämlich mit Plinius zuzugeben oder wenigstens anzunehmen, daß Julia mit ihren Liebhabern auch als verschworene Thronprätendentin gesprochen und gelebt hat; wenn auch nicht für sich, so doch für ihre Kinder oder ihre hochpolitischen Schwiegersöhne Germanicus und Aemilius Paullus den Thron des Vaters beanspruchend. Nur natürlich. Die Namen der Freunde der Julia wie später die der zwei Julia-Töchter Julia und Agrippina belegen allein schon, daß diese Männer: Politiker, Generale, Senatoren – im Hinblick auf das *einzige* politische Ziel dieser drei so *entsetzlich entrechteten* Damen ausgewählt waren: Sie zurückzubringen an die Macht, die ihnen Livia und Tiberius geraubt hatten ... Die Macht, von der diese eminent gescheiten Frauen wußten, sie bringe sie um samt ihren Kindern – brächten nicht beizeiten Freunde sie zurück an die Macht. Beizeiten, das hieß: solange noch Vater oder Großvater Augustus regierte. Später, für Agrippina, hieß das: solange noch Germanicus lebte, ihr Mann; dann: solange noch der Tiberius-Feind Asinius Gallus lebte, ihr Freund. Tatsächlich kamen sie, Agrippina und ihre Kinder, bis auf eines, alle um, sobald diese Helfer umgekommen waren oder inhaftiert ...

Allein schon die *Unverhältnismäßigkeit* dieser Strafen »für Ehebruch« belegt, daß in Wahrheit hier Verschwörer ausgerottet wurden, nicht »Ehebrecher«, die sie meist schon deshalb nicht hatten sein können, weil Julias Ehe mit Tiberius und die ihrer Tochter Agrippina mit Germanicus seit Jahren nicht mehr bestand und weil auch die Männer, mit denen sie – vielleicht! – schliefen, nicht oder nicht mehr verheiratet waren zur »Tatzeit«

... Doch eben weil im Hinblick aufs Erotische der Biograph aus Spanien in den Vorstellungen einer bigotten Schwiegermutter der Queen-Victoria-Epoche schreibt – schreibt er auch, der Mann, der die schmählich von Tiberius sitzengelassene Vipsama geheiratet hat und dem Kind des Tiberius ein freundlicher Stiefvater geworden war, sei der »Nebenbuhler« des Tiberius gewesen: »Die Haft war furchtbar streng. Im Gefängnis hatte er niemanden zu seiner Bedienung. Nur ein Sklave kam zu ihm, der darauf achten mußte, daß er nicht durch Verhungern seinem Leben ein Ende machte; und die Kost war wohlweislich so beschaffen, ›daß sie ihn am Sterben hinderte, ohne im geringsten zu munden‹. Erst drei Jahre später erbarmte sich Tiberius seines Opfers, indem er ihm wenigstens freiwillig zu sterben erlaubte. Andere sagen, ein Henker hätte ihn hingerichtet. Auch ein gewisser Sinacus starb um dieselbe Zeit von Henkershand, nur weil er ein Freund des Gallus war.

Das Lebensschicksal des Tiberius wollte es, daß auch die Liebe zu Vipsama, dieses lauterste Gefühl seiner Seele, sich in eine Quelle unversöhnlichen Ressentiments verwandelte. Damals war die Geliebte schon an dreizehn Jahre tot, aber in seiner Erinnerung lebte sie hartnäckig fort; und samt der Erinnerung die Rachsucht dem Manne gegenüber, der seine einzige Liebesmöglichkeit vernichtet hatte.«

So der Spanier noch 1939. Doch die Wahrheit war: Nicht der Mann, der die von Tiberius ehrenrührig Sitzengelassene geheiratet hatte, hatte »die einzige Liebesmöglichkeit« des Tiberius vernichtet – sondern Livia, indem sie den Sohn zwang, sich scheiden zu lassen, um des Kaisers Erbtochter Julia zu heiraten ... Auch wollte Livia dem Tiberius das gleiche Odium anhängen, das ihr selber anhing: War sie als Hochschwangere aus ihrem Ehebett in das des Augustus entlaufen – zwang sie jetzt den Sohn, aus dem Bett seiner hochschwangeren Frau in das der noch stillenden Julia I. umzusteigen, die soeben Agrippa Postumus geboren hatte, schon als Witwe Agrippas ... Jenes ihrer Kinder, das dann Tiberius enthaupten ließ, als dessen Großvater Augustus »gestorben« war, das heißt: vermutlich von Livia vergiftet.

Wenn Tacitus über das Ende der Agrippina und die Ermordung ihrer Söhne – nur Caligula kommt davon – resümiert:

»Von Revolten und Verschwörungen war keine Rede« – so ist das der einzige Satz, den ich dem verehrten Klassiker *nicht* glaube. (Es sei denn, dieser Satz sei ironisch-wörtlich gemeint: denn »keine Rede« war allerdings von Verschwörungen; da hingerichtet worden wäre, wer über sie geredet hätte.)

Wir wissen ja von einer ganzen Reihe von Männern – einer hat ausdrücklich zugunsten des Lieblingssohnes der Agrippina, Neros, einen Putsch vorbereitet –, daß sie barbarisch inhaftiert und getötet wurden! Wieso, wenn nicht mindestens Opposition vorlag? Zugegeben, eine Opposition ist in den Augen normaler Herrscher noch keine Revolte. Aber normal war nun Tiberius gewiß nicht: was belegt wird durch die raffinierten Freuden, mit denen er sich ausgesucht qualvolle Todesarten für seine politischen Widersacher ausgedacht hatte. So wie Hitler die Verschwörer des 20. 7. 44 ja nicht hängen ließ, sondern in Klaviersaiten *erdrosseln* …

»Große« überwältigen noch ihre Chronisten: der Löwe-Effekt

Hier ist eine Minute des Innehaltens nötig, um der Frage nachzusinnen: Woran liegt es, daß Biographen, Historiker – sogar einer ersten Ranges: Mommsen –, übrigens auch Romanciers und Dramatiker immer wieder überwältigt werden durch jene, die sie darstellen? Auch durch monströs Mordbesessene. Menschlich von ihnen angerührt werden, sogar dann, wenn sie über Tiberius oder Hitler oder Robespierre schreiben? Warum? Es ist nachweislich so.

Daß Löwen als Rudelführer alle Artgenossen töten, die »ihre« Löwin vom Vorgänger empfing; vorsichtshalber sogar den ersten Wurf noch totbeißen, ja auffressen, den die Löwin zur Welt brachte, als sie schon *diesem*, ihrem neuen Gebieter folgsam war – dieser Abstammungsterror und groteske Gendünkel hat niemals Menschen veranlaßt, auf den Löwen als ihr Vorbild, ja Ideal zu verzichten. Im Gegenteil: Wie der Löwe das tut, imitieren ihn »Herrenmenschen«! Und das stolzeste Volk der Neuzeit, das britische, das einzige auch, das niemals einen Krieg verloren hat, preist den Löwen als sein nationales Symbol. So löwe-»artig« vertilgte Augustus den Caesarion. So Tiberius jene leiblichen Nachkommen des Vorgängers, die Livia aus Zeitgründen – gut Ding will Weile haben, Serienmord auch – ihm noch übriggelassen hatte ... Stärke, Macht, ja äußerste Brutalität machen keineswegs nur angst, sondern erotisieren, ja überwältigen auch geistig bis zur völligen Kritiklosigkeit. Warum? Weil doch wir Menschen dem Tier näherstehen als allen unseren Idealen von Humanität? Zu lesen, zu wissen, daß Tiberius mit einer Niedrigkeit, für die dann tatsächlich erst zu Robespierres und Hitlers Zeiten wieder Parallelen da sind, völlig unschuldige Kinder kaltblütig ermordet, nämlich im Hungerturm, Twens, deren ganzes Vergehen es ist: Prinzen zu sein, also Thronanwärter. Oder eine Dreizehn- oder Vierzehnjährige »darf« nicht hingerichtet werden, weil das Gesetz verbietet, Nichtdeflorierte zu töten. Doch ist dieses Kind die Tochter des bereits hingerichteten

Kanzlers des Tiberius – jenes Seianus, der vermutlich Hochverratsabsichten gehegt hatte. So muß der Henker die Ahnungslose, die überhaupt nicht weiß, warum sie in Haft ist, erst schänden, ehe er sie – wie schon ihren Bruder – erwürgen »darf«. Dazu paßt, daß der Bluthund Tiberius sofort nach dem Tode des Augustus die Haft für dessen Tochter Julia, mit der er doch immerhin einst ein Kind gezeugt hat, so verschärfte, vermutlich auch für deren Mutter Scribonia, daß sie ganz schnell starben. Und dann sofort nach dem Tode des Augustus auch noch Männer köpfen ließ, deren einziges »Verschulden« es gewesen war – angeblich, also offiziell, regierungsamtlich –, sechzehn Jahre zuvor die Witwe und von Tiberius geschiedene Julia beschlafen zu haben – was sie inzwischen seit sechzehn Jahren in schärfster Haft schon gebüßt hatten! Nein: ohne den Hinweis auf die ekelhafte Mordlust Hitlers ist das nicht zu verdeutlichen. Mir selber – ich muß es gestehen – geht der Blick für die Wahrheit zuweilen dort verloren, wo das Schauerliche an einer Figur derart überwiegt, daß die Frage nicht zu verdrängen ist: Warum schreibe ich über sie? Wir suchen dann Positives auch dort, wo nichts aufzufinden ist, weil wir anders vor uns selber nicht rechtfertigen können, über solche Menschen zu schreiben, anstatt Heinrich Heines Verordnung zu befolgen:

»Nicht gedacht soll ihrer werden,
nicht im Buche, nicht im Liede …«

Zugegeben: nur wegen ihrer Opfer schreibt man ja notgedrungen – sonst würden die Opfer noch rascher vergessen – auch über ihre Mörder …

Um Agrippina zu entmachten, anhanglos zu machen, hat »natürlich« Tiberius auch noch zwei höchst bewährte Feldherren, die mit Germanicus im Felde gestanden und nach dessen Tod dessen Witwe Agrippina weiterhin verehrt hatten: Silius und Sabinus – hinrichten lassen oder zum Selbstmord gezwungen. Und unklar ist, ob der Mann, der gewagt hatte, Agrippina nach sieben Witwen-Jahren heiraten zu wollen, erdrosselt wurde oder Tiberius ihm die »Gnade« gewährte, sich nach dreijähriger Haft das Leben zu nehmen. Sogar noch Sinacus wurde geköpft, weil er ein

Freund dieses Asinius Gallus gewesen war … Das heißt: Er *kann* nur ein Mitverschworener gewesen sein; nicht aber der Freund eines »Liebhabers« … Absurd. Auch die zwei Feldherren an der Seite des Germanicus *können* schlechterdings nicht deshalb hingerichtet worden sein, weil sie dessen Witwe »freundschaftlich« verbunden geblieben waren – wäre nicht diese Freundschaft eine Verschwörung gewesen, wenn auch vielleicht nur eine in der Einbildung des mit stalinschem Mißtrauen »gesegneten« Tiberius: Wer seinen Thron allein der pathologischen Mordsucht seiner Mutter verdankt, *muß* ja in jedem Legitimen, ja noch in den Urenkeln des Kaisers Verschwörer wittern – unter anderem auch deshalb, weil die vermutlich tatsächlich mindestens potentielle nicht nur sind, sondern *sein müssen*!

Wenn der Biograph Marañón dort vom Volk spricht, wo es sich leidenschaftlich an Augustus wendet, um ihn zu bitten, die enthusiastisch geliebte – vom Volke geliebte – Kaisertochter Julia nach Rom zurückkehren zu lassen aus der Inselhaft; wenn der Spanier das erzählt, schimpft er das Volk Plebs oder Pöbel. Immerhin sagt er, des Kaisers Antwort auf diese Bitten – wiederholt vorgebrachte Bitten, so beliebt war Julia – habe gelautet, eher käme Feuer mit Wasser zusammen als Julia wieder nach Rom. Worauf die Menschen Fackeln in den Tiber warfen, das Wunder erhoffend, Feuer und Wasser »kämen zueinander«! Auch weiß man (Sueton), daß Augustus sein einziges Kind: diese fünffache Mutter, zuerst *töten* wollte, als Livia ihm hinterbracht hatte, die von ihrem Mann seit vier Jahren verlassene Julia schlafe herum. Nimmt man dann die verbürgte Äußerung des Plinius: »vatermörderisch« sei Julia gesinnt gewesen; liest man damit im Zusammenhang die Namen ihrer Freunde und Liebhaber: Hocharistokraten, Politiker, dann bezweifelt man nicht, daß diese bedeutende, kluge Frau eine politische Verschwörerin war, beseelt von dem einen – vollkommen legitimen – Trieb, ihre Kinder, die Kaiserenkel oder deren Männer, zur Macht zu bringen, notfalls mit Gewalt gegen Livia und Tiberius. Das war 2 v. Chr. 7 und 8 n. Chr. werden dann ihr jüngster Sohn und ihre Tochter Julia verbannt – lebenslänglich. 21 Jahre später wird Agrippina verbannt. Wie sehr diese drei Frauen im Recht waren, nicht nur mit den Thronansprüchen, die sie für ihre Kinder durchzusetzen versuchten, sondern ebenso mit ihrer Gewißheit, *ermordet* zu werden samt ihren Kindern – Verbannung ist auch Mord, wo sie zum Verhungern führt oder »wegen Ehebruch« lebenslänglich ausgedehnt wird –; ermordet zu werden, sobald ihr Vater oder Großvater Augustus – ermordet worden sei: lehren die Tatsachen! Schauderhaft wie diese Geschichten selber sind später auch die Ergebenheits-Adressen an Augustus oder Tiberius, die noch nach zweitausend Jahren Historiker auf Kosten der geopferten Familienmitglieder dieser zwei Männer an sie beide richten; obgleich doch die Geschichtsschreiber der Alten Welt keine Illusion über das Mörderische der zwei Monarchen zulassen ... Und wie wird das alles aufgeschönt zugunsten gerade der schauerlichsten Figur um Agrippina, zugunsten des Tiberius, von einem hervorragend berühmten Althistoriker: Geheimrat Professor Dr. Kornemann, 1868–1946, Ordinarius in Breslau und München? Wie hat der das an seine Studenten weitergegeben? *Ein* Beispiel, was jedoch wiederum fast nichts über das von Kornemann Dargestellte aussagt, über die Agrippina-Tragödie. Von der ihrer Kinder kann deshalb hier nicht die Rede sein, weil *solche* Opfer: die bemitleidenswertesten seines »tragischen« Helden Tiberius – von Kornemann einfach unterschlagen werden in seinem Essay über die »Tragik« des Mannes, dessen langes Wartenmüssen auf den Thron er im Ernst mit den Wartejahren Edwards VII. vergleicht, dieses *liberalsten* aller Herrscher ... ein solches Beispiel, weil es nichts Wahres – *nichts!* – über Agrippina und Tiberius aussagt, aber höchst Fragwürdiges über Kornemann als Repräsentanten einer auf Männertaten fixierten Historiographie, ist eine Warnung an jeden einzelnen, der schreibt: So können selbst parteilos-integre Historiker, die sich aufrichtig in keines Mächtigen Dienst wissen – Kornemann war integer –, sondern ganz allein in dem der Wahrheit, noch nach Jahrtausenden von jenen Gewaltmenschen übermannt, korrumpiert, zum Lügen gebracht werden, die schon zu ihren Lebzeiten die Chronisten *ihrer* Epoche gezwungen haben, Propaganda zugunsten derer an der Macht zu schreiben. Ein ewig verunsicherndes Mysterium ... Macht verblendet keineswegs nur den, der sie hat – sondern (vielleicht sogar mehr!) auch den, der sie anschaut; nicht nur ihren Inhaber, sondern auch ihren

Chronisten. Ja, sogar die von ihr Unterworfenen, Versklavten; unter ihr Leidenden: so schändlich wie – leider – menschlich!

So Kornemann in seinem Tiberius-Essay über die lähmend traurig entrechtete Witwe des Germanicus, die Tochter der Julia und Agrippas, des Siegers von Actium, die Enkelin des Augustus: »Schlimm, schließlich unerträglich war das Verhältnis (des neuen Kaisers Tiberius) zu Agrippina, Germanicus' Witwe – die sich der Herkunft aus dem himmlischen Blute des Divus Augustus rühmte und den Claudier in ihrer Verbitterung über die angebliche Ermordung ihres Mannes tief verachtete. Dabei war sie ein hysterisches Weib. Obwohl sie schon Ende der Dreißiger war, bat sie eines Tages Tiberius um einen neuen Gemahl, worüber dieser sprachlos war. Nach Verweigerung ihrer Bitte behauptete sie, Tiberius trachte ihr nach dem Leben, was sie bei einem Diner dadurch zum Ausdruck brachte, daß sie keine Speisen anrührte, gleichsam als ob sie vergiftet seien ...«

Über die Ermordung durch Hungertod ihrer Söhne Nero I. und Drusus III. durch Tiberius – wie gesagt: keine Zeile ... Wer oben las, wie man diese Frau aus Rom, dann aus dem Leben beseitigt hat – das ihr ausgeschlagene Auge, als sie weggeführt wurde, sagt alles, wenn auch bei weitem noch nicht genug über die Grausamkeit der Ermordung ihrer Söhne, der Söhne des Germanicus –, der kann diese armselig herzlosen, weil phantasielosen, jede Gerechtigkeit verhöhnenden Zeilen des Herrn Geheimrats aus Breslau und München nur mit Ekel lesen. Es ist derselbe Professor, der Kinder »Mischlinge« schimpft – er schrieb das in der Nazi-Zeit –, wenn sie gezeugt worden sind von den Römern Julius Cäsar oder Mark Antonius mit der ägyptischen Königin Kleopatra. Angesteckt von Hitlers Rasse-Paranoia. Und Kornemann bringt dann sogar fertig, die ruchloseste Untat überhaupt des Augustus: die Ermordung des siebzehnjährigen Sohnes des Cäsars und der Kleopatra und die total zwecklose Vernichtung des ägyptischen Reiches dieser Königin – als »reinen Tisch machen« zu beschreiben: »Eine für eine Frau außergewöhnliche Energie, verbunden mit großer Klugheit, unersättlicher Herrschsucht und unerbittlicher Härte« – bei Männern findet Kornemann dergleichen Unarten nicht erwähnenswert –, »daneben eine im Dienste der Politik benutzte Sinnlichkeit hatte Kleopatra dem Traum ihres Lebens, mit Hilfe des Ostherrschers Antonius noch einmal im Stil der ersten großen Ptolemäer ein hellenistisches Großreich als Königin zu regieren, sehr nahe gebracht. An Octavian (dem späteren Augustus) fand sie einen Gegenspieler, dem sie nicht mehr gewachsen war. Dieser machte reinen Tisch. Caesarion wurde getötet, Ägypten auf Grund einer selbstherrlich gegebenen Ordnung« – Kornemann nennt wie jeder Nazi das »Ordnung«, was Unterwerfung mit Ausrottung war – »des nun allein herrschenden Siegers unter völliger Ausschaltung des Senates römische Provinz. Der Senator Q. Ovinius, der die Stelle eines Intendanten bei Kleopatras Woll- und Teppichwebereien bekleidet hatte, wurde hingerichtet« … ja, wieso auch nicht, hatte doch der Mann Webereien geleitet! Also: hinrichten. Selbstverständlich. Was sonst! »Reinen Tisch machen«: So nennt Kornemann den widerlichen Meuchelmord an Caesarion, dem einzigen Sohn dessen, der den Mörder durch sein Testament an die Macht gebracht hatte. Es ist unerträglich!

Was soll man überhaupt noch einem Historiker *glauben*, der es wie Kornemann fertigbringt, Cäsar schriftlich einen »sohnlos gebliebenen Mann« zu nennen? Statt festzuhalten – oder hat Geschichteschreibung Humanität nicht als Maßstab; und wenn nicht: welchen sonst? –, daß Augustus als der Meuchelmörder Ciceros und Caesarions in höherem Sinne: sofern es einen religiösen noch gibt – schon selber auf sich herabzog, was das Schicksal ihm noch bereiten sollte durch Beseitigung aller *seiner* Leibeserben (außer Caligula und Nero) aus der Thronfolge durch Livia und Tiberius.

Die Übermacht des Zeitgeistes ist erschreckend – wenn der Geist einer Zeit erschreckend ist; sie kann auch, diese Macht, beglückend sein, wie ein Vergleich zwischen Wilamowitz und Kornemann erhellt. Nur zwanzig Jahre früher als Kornemann geboren, ist Wilamowitz noch von der Humanität der Goethezeit geprägt. Zwar keineswegs dort, wo er über sein Wilhelminisches Zeitalter, dort aber, wo er über die Antike schreibt, ist er noch immun gegen den erst mit der Renaissance-Verhimmelung, »dank« Autoren wie Gobineau, epidemisch aufgekommenen Kniefall vor der Gewalt, aus dem das faschistische »Denken«

hervorging, das sogar einen alten Herrn wie Kornemann entstellt. Kornemanns Vokabular 1943, auf dem Höhepunkt der Nazi-Zeit, als er seinen Essayband mit bereits fünfundsiebzig Jahren veröffentlicht, seine Formulierungen wie »reinen Tisch machen« für die Ermordung des Sohnes Cäsars mit der Kleopatra, obschon er die Königin doch im gleichen Buch die »geistvollste Frau ihrer Zeit« nennt; Wendungen wie »Ordnung«, um die so brutale wie zwecklose Vernichtung des ägyptischen Reiches zu kennzeichnen, das niemals den Römern Böses anzutun fähig war: dokumentieren, wie wehrlos in Geist und Herz der von Natur ursprünglich völlig harmlos gewesene Zeitgenosse Kornemann gegen die Ideologie der Hitlerjahre schon geworden ist, nur ein Jahrzehnt nach dem Einzug des Österreichers in Bismarcks Reichskanzlei. Dagegen entwarf noch zwanzig Jahre zuvor, im Kriegsjahr 1915, der von Hitler nicht mehr infizierte Wilamowitz ein Bild des Staates der Kleopatra und seiner Behandlung durch einen vergleichsweise (verglichen mit Augustus) humanen Römer wie Julius Cäsar, das dieser bedeutenden Herrscherin – in der siebten Generation – und ihrem gegen Rom immer ohnmächtigen Staat völlig gerecht wurde. So erfreulich zu lesen, daß wir diesen verschollenen Text schon seiner Schönheit wegen hier ausgraben. Ästhetische Schönheit ist übrigens nicht zu erzielen – ein Trost – ohne Sinn für historische Gerechtigkeit. Wilamowitz: »Als Cäsar den Pompejus bei Pharsalos besiegt hatte, ist er nach Ägypten gegangen und hat dort so lange verweilt, daß sich seine Gegner in Afrika zu bedrohlicher Stärke wieder sammeln konnten. Er ging nicht einmal direkt nach Rom zurück, sondern sicherte erst Kleinasien gegen den Versuch, das Reich des Mithradates wiederaufzurichten. Ägypten war, wenn auch tatsächlich von Rom abhängig, doch das einzige souveräne Königtum, das noch bestand, unter einer legitimen Dynastie, die seit mehr als dritthalb Jahrhunderten auf dem Throne saß. Alexandrien war die erste Stadt der Welt, die Hilfsmittel des Reiches trotz aller Mißwirtschaft unerschöpflich. Cäsar hat in Alexandrien schwere Kämpfe zu bestehen gehabt; er hat der Königin Kleopatra ihren Thron nur befestigt; sie hat ihm einen Sohn geboren und hat diesen nach dem Vater Caesarion nennen dürfen. Sie war in Rom anwesend, als Cäsar drei Jahre später ermordet ward; Cicero redet von ihr einfach als von der Königin. Sie verließ Rom erst, als die Verhältnisse sich ganz verwirrten, schuf eine Flotte und hielt sich klug zurück, bis Antonius als Herr des Ostens sicher dastand. Da wußte sie ihn an sich zu ziehen und hat ihn später geheiratet. So liegt es. Seine Stellung war die eines Prinzgemahls. Denn Königin blieb sie und ernannte Caesarion zum Mitregenten, das heißt Nachfolger. Den Kindern, die sie dem Antonius gebar, ließ sie von ihm Provinzen schenken. Zur Sicherung des Ostens führte er den von Cäsar geplanten Partherkrieg. Kleopatra hatte gar keine Neigung, Italien anzugreifen; aber das römische Heer des Antonius drängte doch immer dahin. Erzwungen ward die unvermeidliche Entscheidung durch den jungen Cäsar, den späteren Augustus. Ob der große Cäsar vorgehabt hat, durch eine Heirat mit Kleopatra seiner Königsherrschaft über den Osten Legitimität zu verschaffen, stehe dahin, Weltherrscher, König, Nachfolger Alexanders, hat er sicher werden wollen. Die Konsequenz wäre die Gräzisierung, Orientalisierung des Westens gewesen. Den Senat, den Augustus zum Mitregenten machte, hatte Cäsar herabgewürdigt und mit offener Mißachtung behandelt. Ob er Rom als Hauptstadt aufgeben wollte? Sehr möglich, denn der Gedanke ist noch nach Actium erwogen worden. Antonius versuchte Cäsars Wege zu gehn; aber ihm war Kleopatra geistig überlegen, die Sie nicht nach Shakespeare beurteilen dürfen, sondern nach Horaz, der sie widerwillig bewundert, und nach Augustus, der seinen Triumph über sie gefeiert hat, und nicht den Monat seiner Geburt und seines Sieges bei Actium, sondern den der Eroberung von Alexandrien auf seinen Namen August genannt hat.«

Da Wilamowitz dies in einem Festvortrag zu Ehren des Augustus gesagt hat – verliert auch er kein Wort über dessen Urverbrechen: die Ermordung des Caesarion. Und keines über das Problem – für einen Historiker oder Philologen des imperialistischen Zeitalters war das überhaupt kein Problem: was Rom berechtigt haben sollte, das ihm geistig und kulturell unendlich überlegene ägyptische Reich sich einzuverleiben, allein deshalb, weil Ägypten sich dessen nicht hatte erwehren können …

Projektionen: Werturteile entnimmt jeder *seiner* Zeit

Mommsen, der den lähmenden und alle einschüchternden, da tödlichen geistigen Terror der Augustus- und Tiberius-Jahre nahezu unterschlägt, obgleich doch belegt ist, daß zuweilen Historiker und Dramatiker *hingerichtet* (!) wurden, nach Vernichtung ihrer Texte: Mommsen sagt mit dümmlicher Ironie, der »bösartige Klatsch«, der Livia »für alle Unglücke und Todesfälle des kaiserlichen Hauses verantwortlich ... machte, steigerte sich von Jahrhundert zu Jahrhundert«. Allerdings. Denn erstens wurden ja über die schon bekannten Historiker hinaus keine weiteren entdeckt, die über Livia geschrieben hätten; und die bekannten hatten nun einmal ausnahmslos vernichtend über sie geschrieben. Und zweitens wurde ja noch stets zu Zeiten einer Tyrannei nichts über sie veröffentlicht, sondern erst später. Ihr Kopf stand eben auch antiken Autoren höher als die Wahrheit ... Eine Vorstellung, die in gradezu *sagenhaft* liberalen Zeitläuften wie der Bismarckepoche einem Historiker offenbar unfaßbar war, wenn er sich, artig wie Mommsen, auf über zweitausend Jahre zurückliegende Ereignisse beschränkte. Ob aber ein ehemaliger achtundvierziger Revolutionär, der »den Ludergeruch« an sich hatte, den die Damen und Herren im Berliner Schloß an diesen Revolutionären noch »rochen«, als die alt und harmlos und karrierebeflissen geworden waren, ob ein alter Revolutionär in Wilhelminischer Zeit je Professor wie Mommsen geworden wäre, würde er über die *eigene* Epoche geschrieben haben? Sicher nicht! Ludwig Feuerbach, der »als Linker natürlich« nie einen Lehrstuhl bekam, wäre verhungert, hätte er nicht in eine Porzellanfabrik eingeheiratet; Kinkel bekam seinen Lehrstuhl nur im freien Zürich. Und der Brandstifter Richard Wagner hätte vermutlich nie eine Oper zur Uraufführung gebracht, würde die ein Sujet aus seinem eigenen 19. Jahrhundert behandelt haben ... gar aus seiner Jugend, als er steckbrieflich verfolgt wurde.

Listig und karrierebesessen, wie er war, stellte Wagner *sein* Vorhaben: die Oper – ganz frei von der eigenen Epoche, deren

Darstellung er egoistisch – mit allen unsagbaren Risiken – allein dem Drama aufhalste: »Wenn es die heutige Aufgabe des dramatischen Dichters ist, die materiellen Interessen unserer Zeit vom moralischen Standpunkte aus zu läutern und zu vergeistigen«, schrieb Wagner mit einunddreißig, und exakter und programmatisch-notwendiger ist tatsächlich die Verantwortung des Dramatikers gegenüber seinen Mitmenschen seit Schillers Definition der ›Schaubühne als moralische Anstalt‹ nie mehr gekennzeichnet worden –, »so ist es dem Opern-›Dichter‹ und -Komponisten überlassen, die ganze heilige Poesie, wie sie uns aus den Sagen und Geschichten der Vorzeit anweht, in dem ganzen ihr eigenen Dufte hervorzuzaubern ... Zu meiner nächsten Oper habe ich die schöne und so eigentümliche Sage von Tannhäuser gewählt!«

Ja, *so* kann man leben, koexistieren mit den Mächtigen: indem man sie verschont mit jeder Darstellung *ihrer* Epoche! Indem man – konsequent die Beamtenlaufbahn, den Lehrstuhl anzielend oder das eigene Festspielhaus – strikt nur die Geschichte vergangener Jahrtausende, nur Sagen des Mythos oder versunkener Jahrhunderte als Thema anfaßt. Die beflissensten, intolerantesten aller Staatsbüttel sind stets die kulturellen: Intendanten, Pressemächtige und jene Ministeriums-Gelehrten, die über Annahme oder Ablehnung eines Dramas oder die Berufung auf Lehrstühle entscheiden.

Warum sollte ein Theater-Intendant, der, ebenso wie früher den Fürsten, heute den Parteien aus der Hand fraß oder frißt, da die nicht nur über die Höhe seiner Subventionen, sondern auch über die Verlängerung seines Vertrags entscheiden: sich mißliebig machen durch Förderung eines gesellschaftskritischen Autors? Warum sollte ein Ministeriums-Gelehrter einem Professor einen Lehrstuhl geben, wenn dessen Berufung an höherer Stelle Unwillen erregt? So wie man doch auch von Maecenas schon weiß, daß er als kultureller Berater dem Kaiser Augustus ausschließlich solche Poeten zur Förderung empfohlen hat, die garantiert nichts Gegenwärtiges gestalteten, sondern Mythisch-Sagenhaftes oder das »zeitlose« Landleben: Vergil, Horaz, Properz. Weiß man, wie Augustus, wie dann erst recht Tiberius mit Autoren umsprang, die *ihre* Zeit geschildert haben: so kann man schwerlich dem Gajus Maecenas verübeln, daß er nicht *die* zu begönnern wagte ... Es sei denn, sie hätten artig wie Horaz Zeitgeschichte ausschließlich als Preislieder auf den Herrscher verstanden ...

1942 notierte Hans Carossa als Präsident von Hitlers Reichsschrifttumskammer in Weimar – also im Schatten des KZ Buchenwald, was er freilich nicht erwähnte: »Die Hölle kann einer nicht schildern, solange er noch in ihr wohnt.« Die Zeit des Augustus war die Hölle zwar für nur wenige – immerhin aber doch für die Gegner des Kaisers. Die Epoche des Tiberius war durchaus die Hölle für die noch nicht getöteten Nachkommen des Augustus. Und – wir lasen das bei Friedländer – für Künstler, die nicht Gefälliges reimten wie der Kaiser selber, sondern Zeitkritik in auch nur der zaghaftesten Form versuchten: Mommsen erwähnt das nicht einmal!

Doch klar, unbestechlich beschrieb das in seinem 19. Jahrhundert Ludwig Friedländer. Für andere deutsche Historiker aber war das Erlebnis der Hitlerjahre nötig, um ihnen wieder die Augen zu öffnen für das, was Diktatoren mit solchen Künstlern anstellen, die ihnen nicht nach dem Munde reimen, nicht ihnen Gefälliges malen. Erst jene Historiker-Generation, die etwa neunzig Jahre später als Mommsen zur Welt kam, demnach jung war, aber schon erwachsen, als Hitler in die Reichskanzlei einzog –, wird die deprimierende Naivität der Mommsen-Jahre: aus den Erfahrungen der Bismarckschen Rechtsstaatlichkeit den Schluß zu ziehen, Recht und Staat seien nahezu identisch – überwunden haben, durch schmerzliche persönliche Erfahrungen mit dem Staat als Bestie. So Golo Mann, der 1976 in einem nie zu vergessenden Tacitus-Essay auch *den* Opfern – Frauen und Künstlern – der Tiberius-Jahre jene Ehrfurcht erweist, von der bei Mommsen und der Mommsen-frommen Herde seiner Schüler, Geheimräte allesamt auf Deutschlands Lehrstühlen, keine Spur zu finden ist: »Der Historiker Cremutius Cordus hat, unter Tiberius, ein Werk veröffentlicht, in dem die Mörder Cäsars, Brutus und Cassius, als die letzten Römer gepriesen werden. Aus dem bloßen Geist eines Buches, aus Interpretationen längst versunkener Zusammenhänge ein Verbrechen zu machen, ist immer noch etwas Neues, Unerhörtes. Es geschieht, der Prozeß findet vor dem Senat statt; und die finsteren Blicke, die Tiberius auf den Verteidiger wirft, lassen schon das Ende erraten. Die Rede des Angeklagten ist frei und stolz. Das Gesetz der beleidigten Majestät treffe ihn nicht, er habe weder über den lebenden Fürsten noch über dessen Vater geschrieben. So schrieb der große Titus Livius über Pompejus, den Feind Cäsars, und pries ihn, derart, daß Augustus ihn scherzend einen Pompejaner nannte, und blieb doch sein Freund. So schrieb Cicero seine Apologie des toten Cato, und Cäsar der Diktator strafte ihn nur dadurch, daß er ihn mit einer Gegenschrift beehrte. Die Dichter, Bibaculus, Catullus, durften ihren Spott treiben, ohne daß Cäsar und Augustus sich darum gekümmert hätten. Und er nun? ›Jedem gibt die Nachwelt das Seine; ist mein Urteil besiegelt, so werden jene nicht fehlen, die nicht nur Brutus und Cassius im Gedächtnis behalten werden, sondern auch mich.‹ Worauf er den Senat verläßt und seinem Leben durch Nahrungsverweigerung ein Ende setzt, *vitam abstinentia finivit* (Ann. IV 34 f.).«

Wie fern – gemessen an Golo Mann – Mommsen der Tragik von Künstlern sogar dann gestanden hat, wenn ausschließlich politische Ursachen sie herbeigeführt haben, so bei Petronius, den Mommsen sogar den begabtesten aller Dichter Roms nennt, ja mit Cervantes vergleicht – es wird deutlich, wenn man den halben Satz, den Mommsen für den Untergang des Petronius erübrigt: »... der in der pisonischen Verschwörung mit unterging« – wenn man diese nur sieben Wörter vergleicht mit der Schilderung des Endes des genialen Satirikers bei Golo Mann, der eben, selber ein Dichter, auch besser als Mommsen wußte, *was* aus dem Tacitus herauszuholen ist! Und Mann gesteht endlich Tacitus das Höchste zu: daß er schon vor neunzehnhundert Jahren vermocht hat, aus dem menschlichen Gewimmel Urtypen herauszufinden und sie erstmals für allemal darzustellen: »*Archetypen*:

Wie treu Petronius sich blieb, erfahren wir aus dem Porträt, welches Tacitus dem Sterbebericht voranstellt: das Porträt des ewigen Dandys. Das mußte einmal und zum ersten Mal gemacht werden. Denn ihm verging der Tag im Schlaf, die Nacht in gesellschaftlichen Verpflichtungen und Freuden des Lebens; wenn andere ihre Arbeit, ihn aber seine Faulheit zum Ruhm trug, so unterschied er sich doch von den gewöhnlichen Verschwendern und ihren Ausschweifungen durch die hohe Kunst seines Luxus. So sei er in Neros Tafelrunde zum Herrn der Mode, *elegantiae arbiter*, geworden und habe der Kaiser nur, was Petronius billigte, für wahre Feinheit und Wollust gehalten. Dem widerspricht nicht eigentlich, daß Petronius, wenn er sich schon einem hohen Staatsamt anbequemte, überaus arbeitsam und energisch sein konnte, um bald ins Reich der Laster oder ihres Scheines, *vitiorum imitatio*, zurückzukehren. Noch ein anderes war diesem merkwürdigen Manne eigen. Tacitus ringt nach dem rechten Ausdruck, um es zu beschreiben. ›Seine Worte und Taten hatten etwas Freies und gleichsam sich selber Verachtendes, was als Zeichen der Bescheidenheit gerne akzeptiert wurde.‹ … *quandam sui neglegentiam* – diese noch etwas ungeschickte, neue Formel prägte der Schriftsteller, weil er das Wort, das wir hier gebrauchen würden, nämlich ›Zynismus‹, nicht hatte. Die Zyniker waren eine Philosophenschule, als solche bekannt, der Name für Weiteres nicht brauchbar. Das Porträt des Petronius ist ein Akt der Geburt, schwierig als solcher; es wird ein Archetyp geschaffen, später ohne viel Mühe nachzubilden.

Solche Archetypen gibt es mehrere und muß sie geben. Wenn Tacitus spät war und spät sich fühlte, verglichen mit den Griechen, auch noch mit Sallust, mit Livius, so war er doch früh als der Schilderer einer modernen Gesellschaft; so daß er in Worte fassen mußte, was es vorher, seines Wissens, nie gegeben hatte.«

Für Mommsen dagegen scheint der römische Bahnbrecher der psychologisch fundierten Geschichtsschreibung nichts gewesen zu sein als der Verwalter eines Steinbruchs, als Mommsens Daten- und Fußnotenlieferant, ein Vorsammler! (Noch dazu von derart ruchlosen Geschichten, daß man die nicht einmal, wie das zur Mommsenzeit genannt wurde, »für die reifere Jugend bearbeiten« könne.)

Während Golo Mann erhellt, daß der – so sagt er – »Dramatiker«, der die ›Annalen‹ und die ›Historie‹ schrieb, so absolut seriös gearbeitet hat: »Er erfindet nichts« – daß es unerlaubt ist, seine Texte mit Fragezeichen zu ironisieren. Erstens deshalb, wir sagten das schon, weil ja Tacitus noch der Kontrolle der Mitbetroffenen unterstand, wenn er Zeitgeschichte schrieb; zweitens der Kontrolle heute verschollener, damals aber doch von seinen Lesern zum Vergleich herangezogener Historiker der Antike, die Golo Mann auch erwähnt.

Aber Mommsen treibt seine Verachtung des Tacitus so weit, daß er – ohne jeden Beleg aus der Antike für diesen *absurden* Vergleich – den Mörder der Enkel und Urenkel seines Vorgängers mit Friedrich dem Großen vergleicht: »Er hat viel Ähnlichkeit mit Friedrich dem Großen«, so resümiert Mommsen, wenn er seine Schlußsätze über Tiberius spricht – was Erschreckendes über Mommsen aussagt, aber fast nichts über den Tyrannen auf Capri. Es sagt aus, daß Mommsen keinen Sinn für Dichtung, kaum für Kultur, ja keinen für Freiheit hatte. *Den* Monarchen, der Voltaire nach Potsdam holte und den »Hohenfriedberger« komponierte – mit jenem vergleichen, der einen Dramatiker wegen des überaus harmlosen Satzes köpft: »Der Herrscher Torheit muß man tragen mit Geduld«? Beschämend! Denn ganz unmöglich ist es auch, daß Mommsen, wenn er die Literatur unter Tiberius aburteilt, nicht aus der Sucht nach Selbstverteidigung schrieb. *Er* hatte ja seinen Frieden gemacht mit dem deutschen Kaiserreich. Er wurde zu Hofbällen eingeladen. Der Respekt vor Mommsens Genie verbietet es ganz einfach, zu unterstellen, er habe *nicht* durchschaut, daß die deprimierende Harmlosigkeit der Literatur der Tiberius-Epoche nur der Tatsache zu danken ist, daß jedermann – allesamt Epigonen des Höflings Horaz – »dichten« mußte wie der Tyrann auf Capri selber, wie Tiberius: friedliche Reimereien, fern von jeglichem Bezug auf die Zeit, während Ovid verbannt blieb. Mommsen urteilt: »Was die Literatur angeht … es war eine trübe Zeit. Die Singvögel schweigen, wenn ein Gewitter am Himmel steht. Es gibt die Gedichte des alternden Ovid, sonst ist die Produktion unbedeutend. Velleius Paterculus war allerdings ein geistreicher Mann, Valerius Maximus ist ganz untergeordnet, beide zeichnen sich durch elende Adulation und jämmerlichsten Servilismus aus, das ist charakteristisch für die ganze Zeit. Die bleierne Angst, die auf der Welt lag.« – Zwischenfrage: *Wer* macht angst, wenn nicht der Herrscher? Der, den Mommsen mit Friedrich vergleicht, obwohl der geschrieben hatte: »Jeder soll nach *seiner* Façon selig werden«? – die »bleierne Angst tritt uns überall entgegen. Charakteristisch ist dafür der ältere Seneca in seinem rhetorischen Werk ... Ohne wahre Anmut, ohne jeden juristischen Blick wurden über ein Nichts, ein Leeres, Redeblumen gemacht. ›Sand ohne Kalk‹, sagte Kaiser Gaius (Caligula) zu der elenden Interesselosigkeit dieser Zeit.«

Liest man dann, was Golo Mann, keineswegs aber Mommsen empört: daß zu Neros Zeiten Literaten umgebracht wurden auf kaiserlichen Befehl, wie kann dann Mommsen schreiben: »An poetischen Schriftstellern fehlt es nicht, aber es ist mit einer einzigen Ausnahme kein annehmbares Werk darunter. Das Trauerspiel ist durch Seneca (den Jüngeren, den Kanzler Neros) vertreten. Nero selbst liebte es ja; aber die Tragödien entbehren jedes neuen Momentes, es sind die alten griechischen Stoffe in sehr geschickten Versen, aber ohne Empfindung ... Von der Komödie ist nicht die Rede; das Lachen verging Neros Zeitgenossen ... Die eigentliche Signatur dieser Zeit ist die Langweiligkeit ...« Petronius allein wird von Mommsen als großer Dichter anerkannt, doch auch er wird wie Seneca vom Kaiser zum Selbstmord gezwungen. Wie kann dann Mommsen den Seneca dafür verurteilen, daß er sich – wie Mommsen selber, wie Wagner, diese beiden Achtundvierziger – allein solchen Stoffen zuwandte, die keinen Herrscher mehr erzürnten, weil sie entlegenste Epochen oder Mythen traktierten? Ist es denkbar, daß Mommsen so völlig unangekränkelt, wie er sich im Werk gab, von der Ahnung war, er selber sei (mit Bismarck) nur an die Spitze aller nichtmilitärischen Ruhmträger Berlins gelangt, weil er jede Kritik an Preußen-Deutschland für sich behielt? Daß Mommsen dies nicht durchschaut hat: der international angesehenste deutsche Schriftsteller und Wissenschaftler der Bismarckjahre nur geworden zu sein um den Preis seines strikten Verzichtes, die eigene Epoche darzustellen oder auch nur einen ihrer Teilaspekte – diese Vorstellung verbietet leider der Respekt vor Mommsens Genie und die Kenntnis seines – erst 1948 publizierten – Testaments. (»Ich wünschte ein Bürger zu sein«, doch die Bismarckzeit habe ihm verwehrt, als »animal politicus« zu wirken!)

Eine Biographin sieht tiefer als Biographen

Kein Zufall, daß es eine Frau ist, kein Biograph, sondern eine Biographin, die *nicht* auf die Propaganda des Hofes hereinfällt, Tochter, Enkelinnen, Urenkelinnen von Augustus – allesamt Verschwörerinnen – seien aus »sittlichen« statt aus politischen »Gründen« verbannt oder (und) getötet worden.

Und da eine Frau die Urheberin dieser Verbrechen gewesen ist; da Frauen mehr als Männer diesen Verbrechen erlegen sind – kommt auch einer Frau als Chronistin das letzte Wort zu: Monika Giebel, die in ihren Augustus- und Ovid-Biographien eindeutig zu dem Schluß kommt: Grund für die lebenslängliche Verbannung des Ovid war seine (ihm vielleicht unerwünscht gewesene) Kenntnis der politischen Verschwörung, die Julia die Jüngere, nicht anders als einst ihre Mutter, nicht anders als dann ihre Schwester, mit ihrem (dafür hingerichteten) Ehemann zur Rückgewinnung ihrer angestammten Erbansprüche angestrengt hat. Lebenslänglich für Kenntnis einer Vorbereitung zum Hochverrat? Allerdings. Und nur deshalb die Todesstrafe nicht, weil Ovid Roms berühmtester Poet und Augustus, der noch dazu den wahren Grund dem Senat nicht nennen *konnte*, kein Hitler war – dessen Gerichtshöfe schon die Kenntnis eines »Verbrechens« bei »Nichtanzeige« mit Enthauptung oder Strangulierung bestraft haben … Glückverdummte Zeiten, die in relativ bürgerlichen Bahnen ablaufen, so in Mitteleuropa das 19. Jahrhundert oder die Jahrzehnte seit Hitlers Tod, lassen sogar Geschichtskenner rasch glückverdummt die Abgründe historisch aufgewühlter Zeitläufte vergessen.

Marion Giebel erzählt: »Man hörte von Trinkgelagen auf dem Forum, die einen catilinarischen Charakter hatten, und es wurden mehrere junge Patrizier als Julias Liebhaber namhaft gemacht. Augustus konnte nicht länger die Augen verschließen. Julia mußte nach dem Gesetz ihres Vaters, der lex Julia gegen Ehebruch, angeklagt werden. Dieses Gesetz sah vor, daß der Gatte oder, wenn dieser – wie Tiberius – nicht da war, der Vater die Anklage erhob. Augustus war maßlos in seinem Zorn und seiner Verbitterung. Er drang darauf, daß die ganze Härte des

Gesetzes angewendet wurde. Julias Liebhaber wurden mit Tod oder Verbannung bestraft, sie selbst im Jahre 2 v. Chr. auf eine einsame Insel verbannt und dort – sechzehn Jahre – in strenger Haft gehalten. Obwohl sogar das Volk mehrmals für sie bat, blieb Augustus unerbittlich. Schon Seneca hat hinter dem Skandalprozeß die Umrisse einer Verschwörung gesehen, an deren Spitze Julius Antonius stand, der Sohn des Triumvirn. Als Pflegesohn der Livia gehörte er zum julischen Hause und war von Augustus bis zum Konsulat erhoben worden. Jetzt wurde er zum Tode verurteilt. Julia aber war nicht nur eine schöne, lebenslustige Frau, sie war als Gemahlin Agrippas »Vizekönigin« des Ostens gewesen und möglicherweise nicht damit zufrieden, keine Rolle mehr auf der politischen Bühne zu spielen, seit ihr Gatte Tiberius sich im selbstgewählten Exil befand. Augustus hatte die Erziehung ihrer Söhne ganz in die eigene Hand genommen und sie dem Einfluß ihrer Mutter entzogen. Man wird Julia nicht unterstellen, daß sie ihren Vater zu töten gedachte, sie wollte vielleicht Druck auf ihn ausüben, um einen ›Regentschaftsrat‹ (Syme) für ihre Söhne einzurichten und sich ein Mitspracherecht zu verschaffen ...«

Daß in dem sonst so ausgezeichnet dokumentierten Zeitalter ausgerechnet jener genaue – das heißt: unbestreitbare Hinweis *fehlt* auf die Verschwörung der einzigen Kaisertochter und ihres Liebhabers, der ja nicht nur der Sohn des berühmten Marc Anton war, sondern ihr Stiefbruder, weil Augustus den Jungen nach dem Tode seines Gegners Marc Anton als Pflegesohn ins Haus genommen hatte: *ist der Beweis ex silentio!* Der Beweis, daß es eine *politische* Verschwörung war. (Geradezu absurd der Gedanke, der pausenlos im Ehebruch lebende Augustus habe »wegen Ehebruch« seinen Pflegesohn hingerichtet – der entzog sich dem Erwürgtwerden durch Selbstmord; und habe wegen Ehebruchs seine mit Tiberius gar nicht mehr verheiratete einzige Tochter lebenslänglich verbannt! Man weiß, wie sehr er Julia geliebt hat – bis sie sich, wie Plinius überliefert, »vatermörderisch« betätigte!) Sonst wäre dieser weltgeschichtlich immerhin einmalige Skandal *dokumentiert* ... Er *durfte* nicht dokumentiert werden, weil Augustus dem Senat die Wahrheit nicht sagen *konnte.* Denn der Senat hätte wie das Volk Julia und ihren Söhnen recht gegeben.

Wie Livia gewütet hat unter den Juliern – allein ihr Mann war ahnungslos! Als Ehemann neben der frigiden Livia eine Katastrophe, war er bis zuletzt, als er sich endlich aufgemacht hat, seinen letzten Enkel aus der Verbannung zurückzuholen nach Rom, ahnungslos ... wie bekanntlich *in der Regel* Ehepartner die einzigen in ihrer Umgebung sind, die auch von den jahrelangen Ehebrüchen der mit ihnen Verheirateten nichts wissen.

Soweit Julia I.

Nun Marion Giebels Zusammenfassung der Verbannungsgründe für Julia II. und ihren Freund Ovid: »Julia die Jüngere ließ sich vom Schicksal ihrer Mutter nicht abschrecken. Auch sie wurde wegen lasterhaften Lebenswandels und Ehebruchs verurteilt und lebenslänglich auf eine einsame Insel verbannt. Vermutlich war, wie bei der Mutter Julia, eine Verschwörung der eigentliche Grund für diese harte Strafe. Die Hintergründe sind dunkel, aber der Führer der Verschwörung scheint der adelsstolze Lucius Aemilius Paullus, Julias Gatte, gewesen zu sein«, da er hingerichtet wurde: wegen »Ehebruch« seiner Frau? Absurd ... »Es handelt sich bei den Verschwörern wieder um Männer altadliger Familien, die verlockt wurden, das Amt des Ersten Bürgers anzustreben. ›Glaubst du, daß nur ich zwischen dir und dem Prinzipat stehe? Dann wäre Rom wahrhaftig arm dran. Ich bin das Haupt, gegen das die adlige Jugend ihre Dolche schärft.‹ So soll Augustus zu Lucius Cinna gesagt haben, der wegen eines Mordanschlags auf ihn verhaftet worden war.

Im gleichen Jahr wie Julia traf auch den Dichter Ovid der Bannstrahl. Sein Exilort war das unwirtliche Tomi (heute Constanza) an der Schwarzmeerküste. In erschütternden Worten fleht der Verbannte um wenigstens ein Grab in der Heimat. Immer wieder vergegenwärtigte er sich die letzte Stunde daheim in Rom:

›Tritt mir von jener Nacht das traurige Bild vor
    die Augen,
Welche als letzte mir schien in der römischen Stadt,
Ruf' ich die Nacht mir zurück, da ich vieles mir
    Liebe verlassen,
Gleitet noch jetzt eine Trän' aus dem Auge herab.‹

(Übers. von J. W. v Goethe)«

Ovid war dermaßen verzweifelt, daß er seine ›Metamorphosen‹ verbrannte, ein Werk, so bedeutend wie Faust‹! Nur weil bereits Abschriften existierten – existiert es noch ... Marion Giebel zitiert auch, wie zärtlich der Kaiser seinen Enkeln schrieb, was allein schon beweist, daß nicht *er*, wie einige deutsche »Historiker« ihm anhängen, die Hinrichtung des jüngsten und letzten Bruders dieser Prinzen angeordnet haben kann: »Zu dem Kummer des Augustus über die Kinderlosigkeit seiner Ehe kam die Scham und Verzweiflung über das Schicksal der beiden Julien. Längere Zeit mied Augustus jede Gesellschaft ... Bei den Enkeln deutet manches darauf hin, daß Julias Kinder eher verwöhnte Prinzen waren als die römischen Jünglinge von altem Schrot und Korn, wie sie dem Ideal des Großvaters entsprachen. Er überwachte ihre Erziehung bis ins kleinste, er, der Alternde, wartete ungeduldig darauf, daß sie heranwuchsen. Zwar ließ er sie vorzeitig Ämter und Ehrenstellen bekleiden, setzte aber jeweils hinzu: *Aber nur, wenn sie es verdienen!* Einen Brief des Augustus an Gaius, den älteren der Adoptivsöhne, vom 23. September 1 n. Chr., hat uns der Literarhistoriker Gellius überliefert: ›Sei gegrüßt, mein lieber Gaius, mein Augenstern, nach dem ich weiß Gott immer Sehnsucht habe, wenn er nicht da ist. An solch besonderen Tagen wie heute halten meine Augen allenthalben Ausschau nach meinem Gaius, und ich hoffe, Du hast, wo Du auch gewesen bist, munter und wohlauf meinen 64. Geburtstag gefeiert. Wie Du siehst, bin ich glücklich über das kritische Jahr aller älteren Leute, das 63., hinübergekommen. Ich bitte aber die Götter, den Rest meiner Tage, soviel mir noch bleibt, im glücklichsten Zustand des Staates verleben zu dürfen, während Ihr *(Gaius und Lucius)* wohlauf seid und tüchtige Männer werdet, die einst meinen Posten übernehmen können.‹«

Nein, sie starben hintereinander weg, binnen achtzehn Monaten ... Wie sehr *nötig* der Kaiser es gehabt hat, seiner Tochter und seiner Enkelin Julia als Grund für ihre Beseitigung aus dem Zentrum der Politik, aus Rom: »Ehebruch« anzuhängen – wird nirgendwo so deutlich wie in dem Schweigen, das um den Verbannungsgrund Ovids waltet: *Carmen* – der *eine* der beiden *offiziellen* Gründe – ist so herbeigeholt und abstrus, daß man »error« als zweiten hinzuerfinden mußte. Eben nur deshalb, weil man von der politischen Verschwörung, dem einzigen wahren Grund, nicht sprechen durfte ...

Carmen: Ovids populärstes Buch, die Liebeskunst, war Bestseller bereits seit acht Jahren. Grotesk, daß auch Historiker Liebeslieder, die seit acht Jahren auf dem Buchmarkt waren, als Verbannungsgrund annahmen.

Error: Zeuge der Verschwörungspläne gewesen zu sein ... wird immer wieder vom verbannten Dichter so getarnt umschrieben, weil eben eine Verschwörung das *einzige* war, was nicht bekanntwerden durfte. Über jeden anderen »Grund« – warum hätte Ovid *nicht* über ihn sprechen sollen in seinen trostlosen Episteln, in denen er vergebens die Begnadigung zur Heimkehr erfleht hat? Doch Augustus konnte ihn ebensowenig begnadigen wie seine Enkeltochter, wie zuvor seine Tochter: Hochverräter, die *legitime* Erbansprüche haben – blutmäßige –, diese Thronprätendenten und ihre Mitwisser: sind die einzigen, die nicht begnadigt werden können, weil ihrerseits *sie* diese Erbansprüche nicht fallenlassen können ... So wie Friedrich der Große, als sein Vater ihn zwingen wollte, auf seinen Thronanspruch zugunsten des Bruders Heinrich zu verzichten, den Alten fast zu Purzelbäumen der Wut brachte durch die Antwort: »Nur wenn Eure Majestät mich für unehelich geboren erklären ...«

Marion Giebel hat aus den Episteln Ovids ebenso wie Zimmermann belegt, daß der Dichter keine Möglichkeit hatte, gegenüber Seiner Majestät in seinen Begnadigungs-Gesuchen die Wahrheit über das dunkle, nichtssagende Wort »error« zu schreiben. Auch ist die Verbannung erfolgt »kraft kaiserlichen Edikts«: Angeblich wählte der Kaiser die mildere Form, um dem Dichter, der ja seine geliebte Frau in Rom zurücklassen mußte, nicht das Vermögen einziehen zu müssen – in Wahrheit hatte nur so Augustus die Möglichkeit, den Mitwisser abzuschieben aus Rom, ohne daß er vor dem Senat über die Gründe der Abschiebung Rechenschaft ablegen mußte, auch vor keinem Gericht. So blieb geheim, daß Ovid in eine Verschwörung der Enkelin Julia verwickelt war – vermutlich nicht als Mitrebell, sondern als Mitwisser.

Aber genau über dies – und *allein* über dies: durfte Ovid nicht sprechen. Marion Giebel: »Es war etwas geschehen, das für Augustus so schmerzlich und peinlich war, daß man nicht darüber reden darf.«

Der Ehebruch der Kaiser-Enkelin Julia kann deshalb nicht gemeint sein – ganz unabhängig von der Frage: hat er stattgefunden, oder war er eine Erfindung des Augustus, um die Enkelin verbannen zu können –, denn dieser Ehebruch war ja öffentlich sogar diskutiert worden beim Verbannungsurteil gegen Julia. Hätte folglich auch statt des dunklen, im Wortsinne nichtssagenden »error« in Ovids Gnadengesuchen erwähnt werden dürfen, wäre er einer der zwei Gründe für die Verbannung gewesen ... Marion Giebel überzeugt, wenn sie folgert und schließt: »Von der jüngeren Julia hören wir, daß sie ein überaus prächtiges Haus besaß, das ihr Großvater nach ihrem Sturz bis auf die Grundmauern niederreißen ließ. Zwangsläufig hegte sie Ressentiments gegen Augustus ... Man hat vermutet, daß Julia im Jahre 8 n. Chr. – nachdem ihre Brüder Gaius und Lucius in jugendlichem Alter gestorben waren – die Position der Julier stärken wollte, indem sie ihren verbannten, im Vorjahr zu verschärfter Haft verurteilten Bruder Agrippa Postumus zurückzuführen suchte. Sie hatte neben ihrem Mann, L. Aemilius Paullus, dem Angehörigen einer vornehmen Familie, viele Freunde und Sympathisanten. Einer von diesen war D. Silanus: Er wurde als ihr Liebhaber angeklagt, nicht als ihr Verschwörer, denn sonst hätte Augustus den Fall vor ein Senatsgericht bringen müssen, was in jener unruhigen Zeit nicht opportun schien. Eine Ehebruchsaffäre in der eigenen Familie konnte Augustus selbst aburteilen, und Julias Rolle mußte dabei nicht näher beleuchtet werden.

In diesen Fall war Ovid wohl verstrickt: Es war mehr als ein Liebesbacchanal, das ihm die Verbannung eintrug. Freilich betonte er, daß er nie die Waffen gegen das Haupt des Princeps zückte – es war also kein gewaltsamer Umsturz oder ein Angriff auf das Leben des Princeps geplant. Vermutlich wollte Julia ihrem Großvater nur beweisen, daß er sich in seinem Urteil über ihren Bruder irrte, daß dessen feindselige Gefühle gegen ihn und Livia nur die Folge seiner Zurücksetzung waren. Der Plan, den Verbannten, der unter strenger militärischer Bewachung lebte, zu befreien und nach Rom zu bringen, war freilich, nach den

Buchstaben des Gesetzes und in den Augen des Princeps, eine hochverräterische Tat.

Welchen Anhaltspunkt gibt es nun, daß Julia den Herrscher durch mehr als ein sittenloses Verhalten verletzte, und gibt es einen Hinweis auf eine Verbindung Ovids mit dem Geschick des Agrippa Postumus? Für das erstere spricht eine Bemerkung bei Sueton, der spätere Kaiser Claudius habe seine Verlobung mit der Tochter Julias gelöst … weil ihre Eltern Augustus beleidigt oder gekränkt hatten bzw. ihm zu nahe getreten waren: ihre Eltern, also auch der Gatte, dem man bei dem Ehebruch seiner Frau nur stillschweigende Duldung hätte vorwerfen können (was man aber z. B. Tiberius, dem Gemahl der älteren Julia, niemals zum Vorwurf gemacht hatte, geschweige, daß man darin eine offensio gegenüber Augustus gesehen hätte). Zu beachten ist auch, daß nicht nur die Augustus-Tochter und die Enkelin unter dem Vorwurf des Ehebruchs verbannt wurden, sondern auch die beiden Nichten der jüngeren Julia – unter Caligula und Claudius –, eine davon gleich zweimal. Beim zweitenmal beschuldigte man den Philosophen Seneca ehebrecherischer Beziehungen zu ihr und sandte ihn gleichfalls ins Exil, während es bei der ersten Verbannung jener Julia Livilla zu einer regelrechten Säuberungsaktion kam. Soviel Laszivität, verbunden mit soviel Unvorsichtigkeit, wirkt unglaubwürdig …

War Ovid also damals Mitwisser bei einer Verschwörung (die von den Anstiftern freilich eher als Familienangelegenheit angesehen wurde), und geriet er wie Actaeon nur zufällig in ein verhängnisvolles Geschehen hinein und mußte dafür büßen? … Es bleibt zu fragen, warum Ovid immer wieder seiner Muse Schuld gibt an seinem Schicksal. Sein Talent sei es, das ihn ins Verderben gestürzt habe, so sagt er des öfteren und meint damit offenbar nicht den Inhalt der *Liebeskunst*, sondern seine eigene Geisteshaltung.«

Nein, hier ist der einzige Punkt, an dem ich Frau Giebel widersprechen möchte: Nicht seine »Geisteshaltung« meinte Ovid, wenn er klagt, neben dem »error« habe sein Talent ihm die Verbannung eingebrockt. Sondern er meinte – ›Medea‹, das Drama der Kindesmörderin, von dem keine Zeile erhalten blieb, weil ganz Rom raunte, der Dichter habe Livia gemeint.

Wir haben bereits berichtet, daß Fabius Maximus mit seinem Leben dafür büßte, daß er – gegen den Befehl des Kaisers: unbedingt zu schweigen – seiner Gattin *doch* erzählt hat, wie der alte Mann sich mit seinem letzten Enkel versöhnte. Was ich erst von Frau Giebel gelernt habe: daß die Gattin des Mannes, der mit seinem Leben bezahlte, seiner Frau ein Geheimnis des kaiserlichen Hauses anvertraut zu haben – die Cousine des Augustus gewesen ist. Unbegreiflich, daß sie Livia noch getraut hat: da sie doch wissen mußte, daß endlich nicht einmal mehr Augustus seiner Frau traute – denn es gibt keinen anderen Grund, warum er diese Reise zum letzten noch nicht beseitigten, sondern »nur« verbannten Enkel, *hinter Livias Rücken machte* (!), was schwierig genug für den Kaiser zu arrangieren gewesen sein dürfte, da ja Livia ihn fünfzig Jahre lang nicht einmal nachts aus den Augen ließ, sondern sein Schlafzimmer teilte.

Geben wir Marion Giebel das Schlußwort: »Jahr auf Jahr vergeht, Ovids Haar wird weiß, es kommt keine Botschaft. Zweifel quälen ihn, ob sich seine Frau, seine Freunde genügend für ihn einsetzen. Wie er sich im Bilde des Odysseus sieht, so verpflichtet er seine Frau auf die Rolle der unerschütterlich treuen Penelope, die ihrem Gatten Haus und Hof wahrt. Er spricht sie niemals mit ihrem Namen an: wir wissen, daß sie eine Tochter aus früherer Ehe hatte und daß sie mit Marcia, einer Cousine des Augustus, eng vertraut war, der Gattin von Ovids Freund Fabius Maximus. Marcia war befreundet mit Livia.«

Golo Mann rehabilitiert Tacitus und dessen Frauenbildnisse

Einen »Verleumder der Menschennatur« nannte Voltaire den Tacitus – die Aufklärung dachte zu optimistisch vom Menschen, um den Raubtier-Dschungel ertragen zu können, als den Tacitus die römischen Kaiserhöfe darstellt. Voltaire diskutierte das auch mit Friedrich dem Großen in Sanssouci: Tiberius schien ihnen von Tacitus zu schuftig gezeichnet. Doch ist Tiberius, der den letzten Enkel seines Vorgängers ermordet und dessen beide Neffen Nero I. und Drusus III. – also zwei Urenkel des Augustus – dem Hungertod auslieferte, als sie noch Knaben waren – sogar von Tacitus noch schonend porträtiert worden. Und spätestens seit Hitler und Stalin ist in Europa auch die scharfe Verurteilung des Tacitus durch Napoleon – in seinem Erfurter Gespräch mit Goethe – als illusorisch erwiesen. Tacitus hat einige Römer als Inhaber der Macht – natürlich *nur* solche, nicht etwa alle – so gezeichnet, wie sie tatsächlich gewesen sein dürften: ausnahmsweise anständige Menschen, doch in der Regel Bestien.

(Auch Friedrich der Große verabscheute Tacitus, weil er mit Voltaire übereinstimmte, der Römer habe Tiberius verzeichnet – so böse Herrscher könne es nicht gegeben haben: Was es besonders lächerlich macht, daß Mommsen »seinen« Tiberius mit Friedrich II. verglich!)

Wer sich wundert, daß von Tacitus, einem der meistgerühmten Autoren der Antike, kein Porträt überliefert ist – der unterschätzt noch immer die Bilderstürmer-Wut, ja den ausschweifenden, noch heute ekelerregenden Haß des frühen Christentums gegenüber allem Kulturellen der »Heiden«. Machiavelli kommentiert: Fast nichts entging ihrer Vernichtungslust! Allein deshalb, sagt er, und Wilamowitz bestätigt das, weil die Christen keine andere Sprache hatten als Latein – ließen sie einige kümmerliche Sprachdokumente der Antike unverbrannt! Und wenn Nietzsche mit sich überschlagender Stimme das Christentum »den einzigen unauslöschlichen Schandfleck der Menschheit« genannt hat: hier sah er die Begründung. Tatsächlich hat nur »eine einzige Handschrift aus der Karolingerzeit – Fragment auch sie – die Geschichtswerke des Tacitus der Nachwelt erhalten« (Stackelberg).

Da Tacitus seit der Aufklärung – wie aufgeklärt war sie, wenn sie ihrem nur ausgedachten, durch keine historischen Tiefenforschungen belegten, allein vom Mode-Optimismus ihrer Epoche bestimmten Menschenbild die Überlieferung, die Fakten des Tacitus opferte? –, da Tacitus bis zur Spenglerbemerkung bei Beginn der Hitlermorde 1934 zweihundert Jahre lang als »voreingenommen« verdächtigt wurde, ist es geradezu *nötig*, seine völlige Rehabilitierung 1976 durch Golo Mann hier zu überliefern.

Golo Mann, zwei Generationen jünger als Nietzsche und Wilamowitz, drei jünger als Mommsen, würde sich erstens nie erlaubt haben, den Tacitus respektlos als Lügner immer dann abzutun, wenn dessen Erzählung, speziell im Hinblick auf Frauen, Tun und Lassen berührt, was sich heute »nicht gehört«. Der 1909 geborene Mitbetroffene der Hitlerzeit schreibt über Tacitus in der Einsicht, daß ein Mann der Antike, der den Ereignissen fast noch als Zeitgenosse nahestand, jedenfalls von Zeitgenossen kontrolliert wurde, die diese Ereignisse auch noch *aus vielen anderen* – uns heute nicht mehr zugänglichen Quellen kannten, sogar noch Mitwirkende an diesen Ereignissen oder Angehörige solcher Mitwirkenden gekannt haben; daß also ein Autor, der zwei Jahrtausende vor uns lebte: eher als Heutige gewußt haben wird, was im Rom des Tiberius möglich war. Golo Mann überzeugt, wenn er überzeugt ist: »Gelegentlich des Agrippina-Nero-Romans geschieht es, daß der Historiker uns für einmal seine Methode auseinandersetzt. Wo seine Quellen übereinstimmen, folgt er ihnen. Wo sie nicht übereinstimmen, stellt er, was sie aussagen, nebeneinander, ohne sich willkürlich zu entscheiden (Ann. XIII 20). Seine Quellen, das sind Schriftsteller, die vor ihm von dem Gegenstand gehandelt haben und deren Texte wir nicht haben: Fabius Rusticus, Cluvius Rufus und wie sie hießen. Es sind die römischen Archive, vor allem das Senats-Archiv, die *Acta Diurna*. Es sind überlebende Zeugen, von denen er sich erzählen ließ, zumal es sich ja um Zeitgeschichte handelt. Freilich, auf diesem wie auf so vielen anderen Gebieten können wir heute mehr und sind stolz darauf; ein ›die meisten sagen‹ oder ›einige behaupten‹ gilt uns nicht als Quelle. Indessen gibt es wenigstens *ein* Beispiel für die Genauigkeit des Tacitus, dort, wo Augenzeugen ihm zur Verfügung stehen. Es sind die beiden unsterblichen Briefe des jüngeren Plinius über den Untergang von Pompeji. Da war Plinius dabei; sein berühmter Onkel kam um in seiner Nähe. Dem Freunde beschreibt er, auf dessen Bitte, was er erlebte: den Tag, der dunkel wurde, nicht wie die Nacht, sondern wie ein geschlossenes Zimmer in der Nacht, die Menschenmassen inmitten des Weltuntergangs. Tacitus, in seinen Historien beim Jahre 79 angelangt, brauchte die Anschauung. Wie er nun benutzte, auskostete, steigerte, was der authentische Zeuge ihm bot, das können wir, nach seinen Schilderungen von Stadtbränden, Zirkuskatastrophen, Greueln des Krieges einigermaßen uns vorstellen; das Pompeji-Buch ist verloren.

Er erfindet nichts. Gerüchte, die ihm implausibel erscheinen, übrigens durch keinen ernsten Autor belegt seien, verwirft er energisch.«

Wahrheit also, nicht zu bezweifelnde Authentizität, die sich nicht nur sehr wohl verträgt damit, sondern sogar die Voraussetzung dafür ist, daß Golo Mann von »den Personen seiner Dramen« spricht, wenn er die Chroniken des Tacitus charakterisiert. Auch bezeichnet Golo Mann einzelne Tragödien innerhalb der Annalen mehrmals als »Romane«, ohne im geringsten die sogenannte »dichterische Freiheit« – die es in Wahrheit *auch gar nicht gibt*, wo Wahrheit der Geschichte auf dem Spiel steht und überliefert und gestaltet werden soll – für Tacitus in Anspruch zu nehmen.

Golo Mann wird endlich genau dort dem Tacitus als bedeutendem Gesellschaftschronisten gerecht, wo der sittenfixierte Mommsen samt seinen Ablegern nur dessen »Sudeleien« und »Klatsch« verächtlich übergangen, ignoriert hatte: »Die Emanzipation der Frau ist, nicht rechtlich, aber moralisch, nahezu vollendet. Schon in Sallusts ›Catilina‹ spielen römische Damen gesellschaftliche, politische Schlüsselrollen; weitere Fortschritte noch geschahen unter den Claudiern. Die römische Kommunität, ehedem durchaus eine von Männern, hat sich verdoppelt. Dem trägt Tacitus Rechnung, ohne eigens darüber zu expektorieren; es versteht sich von selbst. Die *faits divers*, mit denen er seine Jahresberichte bestreitet, wenn Besseres, Schlimmeres nicht vorgefallen ist, die Intrigen und Skandale der Hauptstadt schließen unvermeidlich beide Geschlechter ein …

Mit im Zentrum stehen jederzeit die Frauen, Geliebten, Witwen, Mütter der Cäsaren; Archetypen insgesamt. Livia, die ewige Stiefmutter, den Blick auf ihren großen Hätschelhans, den Tiberius, gerichtet, ohne Liebe und Gnade für ihre Stiefkinder, die wahren Julier; nach des Sohnes Machtergreifung diskret aus dem Hintergrunde wirkend, majestätisch-sittenstreng zugleich und erzpolitisch und von unergründlicher Tücke. Messalina, des Claudius erste Frau, ist, was uns ihr mythisch gewordener Name sagt, die dem Fleisch ganz Untertane, die ewige Nymphomanin, woran sie zugrunde geht.«

Golo Mann schrieb dies zwar anderthalb Jahrzehnte, bevor die Mitschriften von Mommsens nun fast einhundert Jahre alter Kaisergeschichte-Vorlesung ans Licht kamen. Doch da ja längst erschienen war, was die Schüler Mommsens und deren Schüler dem Meister aus der Kaisergeschichte in ihren zahllosen Büchern immer wieder nacherzählt hatten, Mommsen-fromm, das heißt: strikte ebenso wegsehend wie ihr Ziehvater von allem, woran nur Aurora Dreckliese Gefallen gefunden hätte, aber kein sittenfester Ordinarius des Wilhelminischen Zeitalters und noch der Hitlerjahre: So kann Golo Mann nur aus übergroßer Höflichkeit vermieden haben, denen ironische Wischer zu verpassen für ihre amoralische Unterschlagung der römischen Frauen!

Während des Jahrhunderts von Hegels Berliner Antritts-Vorlesung 1818 bis Hitlers Tod 1945 ist niemals den repräsentativen Historikern klargeworden: Im deutschen Raum allemal Nacharbeiter Mommsens und Vorarbeiter jener neuen Historiker-Generation, die nicht mehr länger Bachofen verachtete (auch Burckhardts Exemplar des ›Mutterrechts‹ fand Kaegi unaufgeschnitten im Nachlaß), sondern die auch Freud schon gelesen hatte – ist ihnen allen nie klargeworden, daß schließlich doch die Geschichte auch des Mannes zur guten oder schlimmeren Hälfte *zu Hause* gemacht wird; nämlich von den Gebieterinnen fast *aller* Männer: ihrer Frau, Mutter, ihren Töchtern!

Wie konnte man, ein Beispiel: des Tiberius Geschichte schreiben – ohne ihn in erster Linie als Kreatur Livias zu sehen? Ihn auch nicht zu sehen als Produkt seiner von ihm verabscheuten, geschiedenen und schließlich – durch ihn – dem Hungertode, der schlimmsten aller Sterbearten, überantworteten Gattin Julia? Und was könnte sich geändert haben seit der Frage jenes Atheners, vor bald dreitausend Jahren, warum man den Frauen das Wahlrecht geben solle, da die ja doch die Politik schon bestimmt hätten, wenn ihr Männlein die Wohnung verlasse, um aufs Amt zu gehen? Eine Feststellung, die allzu frauenfreundlich übersieht, wie oft – leider – eine Frau die Meinung eines Mannes übernimmt, nur weil er ihr als Mann imponiert. Aber da mit sehr wenigen Ausnahmen – Burckhardt – die Historiker verheiratet waren, so ist es schlechterdings nicht möglich, daß sie alle nicht gewußt haben sollen, was sie am eigenen Leibe, am eigenen Geiste täglich nächtlich erneut erfuhren: Wie sehr die Frauen, aktiv wie passiv, die gute (oder verhängnisreiche) Hälfte auch des politischen Lebens regierten!

Erst Golo Mann und Christian Meier (›Cäsar‹) und Manfred Fuhrmann (›Cicero‹) sind da wieder ganz unvoreingenommen. Ja, Mann scheut sich nicht, zuzugeben, was die Generationen Mommsens und seines Schwiegersohnes Wilamowitz zwar auch gewußt, aber mit Ekel von sich geschüttelt haben: »Ich zweifle nicht, daß alles so war, denn nur die Wirklichkeit konnte es erfinden, nicht der Volksmund, nicht die Poeten, die hier keinesfalls im Spiel waren.« Das ist so wichtig, daß wir es zweimal wiedergeben. Und vor allem: Golo Mann käme wie die Machos, die das Jahrhundert 1830 bis 1930 in der Geschichtsschreibung allein bestimmten – Deutschland hatte damals nur eine einzige Frau, die Geschichte schrieb, aber keine römische: Ricarda Huch –, gar nicht auf die abstruse Idee, sich wie Mommsen »entschuldigen« zu müssen, wenn er die Dramen, die Tragödien auch der Frauen ebenso selbstverständlich *um ihrer selbst willen* beschrieb wie die der Männer! Nicht nur – so Mommsen – »weil sie politische Folgen« hatten …

Die Rächerinnen Livia und Agrippina

Darf man annehmen, daß dort, wo der Weg zur Macht über Leichen geht – nur selten Machtlust allein schon ausreicht, diesen Weg zu beschreiten? Daß dann zur Lust an der Macht noch ein weiteres Gefühl als Motor hinzutreten muß, Menschen anzuheizen, daß sie morden, um zu herrschen? Sollte Rachsucht ein spezifisch *weibliches* Gefühl und Kampfmotiv sein – Weltgeschichte wie Familiengeschichten sprechen dafür –, so haben doch die Frauen, steckt Kriemhilde auch in jeder, immerhin den Männern meist vorzuhalten: Ihr schlagt zu – wir nur zurück!

Nietzsche sagte, jedermann schätze »den gering, der zur Rache weder das Vermögen noch den guten Willen hat –, gleichgültig, ob Mann oder Weib. Würde uns ein Weib festhalten (oder wie man sagt ›fesseln‹) können, dem wir nicht zutrauten, daß es unter Umständen den Dolch (irgend eine Art von Dolch) gegen uns gut zu handhaben wüßte? – oder gegen sich: was in einem bestimmten Falle die empfindlichere Rache wäre (die chinesische Rache).« In so gearteten Frauen verehrte Nietzsche die, wie er schrieb: »*Herinnen der Herren*. – Eine tiefe mächtige Altstimme, wie man sie bisweilen im Theater hört, zieht uns plötzlich den Vorhang vor Möglichkeiten auf, an die wir für gewöhnlich nicht glauben: wir glauben mit einem Male daran, daß es irgendwo in der Welt Frauen mit hohen, heldenhaften, königlichen Seelen geben könne, fähig und bereit zu grandiosen Entgegnungen, Entschließungen und Aufopferungen, fähig und bereit zur Herrschaft über Männer, weil in ihnen das Beste vom Manne, über das Geschlecht hinaus, zum leibhaften Ideal geworden ist. Zwar sollen solche Stimmen nach der Absicht des Theaters gerade nicht diesen Begriff vom Weibe geben: gewöhnlich sollen sie den idealen männlichen Liebhaber, zum Beispiel einen Romeo, darstellen; aber, nach meiner Erfahrung zu urteilen, verrechnet sich dabei das Theater und der Musiker, der von einer solchen Stimme solche Wirkungen erwartet, ganz regelmäßig. Man glaubt nicht an diese Liebhaber: diese Stimmen enthalten immer noch die Farbe des Mütterlichen und Hausfrauenhaften, und gerade dann am meisten, wenn Liebe in ihrem Klange ist.«

Welcher Historiker hat gefragt oder sich auch nur gewundert, warum offenbar Kaiser Augustus der einzige Erwachsene war in Rom, der erst in den letzten *Tagen* seines langen Lebens endlich das Mißtrauen aller gegen Kaiserin Livia geteilt hat, was das immer termingerechte Sterben der Augustus-Erben betrifft? Schließlich starb ja keiner, dessen Tod nicht direkt Livias »großem Hätschelhans, dem Tiberius« den Weg zum Thron erleichtert, ja überhaupt erst ermöglicht hat! So viele Autoren – so viele Projektionen auch. Erstaunlich aber doch, daß unseres Wissens kein einziger bisher auch nur festgestellt hat, wie absonderlich, ja krankhaft Augustus gewesen sein müßte – das war er gewiß nicht –, wenn er ohne Grund seine einzige Reise zum letzten seiner Enkelsöhne, dem verbannten Postumus, die der bis dahin kerngesunde Kaiser typischerweise nur um Tage, höchstens eine Woche überlebt hat, hinter dem Rücken der Kaiserin und mit nur *einem* Begleiter glaubte machen zu müssen? Einem Begleiter, der daran starb, daß er seiner Frau, der Cousine des Augustus und Freundin der Livia, davon berichtete! Und daß Augustus, der Herr der Welt, seiner Herrin nicht sagen durfte, er besuche seinen letzten lebenden Enkel: sagt doch alles! Er wußte, der Enkel werde sterben an Großvaters Besuch, was ja tatsächlich sofort nach des Kaisers Tod durch Enthauptung des Enkels geschehen ist.

Zurück zur Ausgangsfrage: Daß Rachetrieb zur Machtsucht hinzukam, war das »nötig«, um dem fünfzigjährigen Kampf der Livia zur Ausrottung der Julier durch sie und ihren Sohn Tiberius den Sprit zu geben? Ja! Livia rächte an den Erben des Augustus ihren Vater, auch ihren ersten Ehemann, den Vater des Tiberius. Und sie rächte die vernichtete Republik, zu deren stolzesten, unbeugsamsten Repräsentanten diese beiden Männer, ja ihre Familien, ihre Ahnen gehört hatten ... Ihr Mann war ihr Vetter.

Dazu muß man wissen, was Kornemann, was auch Ferrero als Erklärung beitragen: Livia wie später ihre Urenkelin Agrippina II. hatten nicht allein sich selber im Blick, als sie der Befriedigung ihrer Rachsucht lebten, sondern sie rächten die Morde, die Schmach, die man ihren Sippen zugefügt hatte. Sie zu rächen konnte – nach der uns heute nicht mehr nachvollziehbaren Auffassung von der Würde, ja »Größe« ihrer Familien – allein ihrem Leben noch Sinn geben. Hören wir zunächst Kornemann, wenn der erläutert, wieso Livia und ihr Sohn Tiberius im maßlosen Aristokraten- und Republikaner-Stolz aller Claudier auf die »plebejischen« Octavier-Julier – die Familie des Augustus – herabblickten, auf jene Familie, die durch Vernichtung der Republik sich zur Kaiser-Sippschaft emporkömmlingshaft aufgeschwungen hatte: »Die römische Geschichte ist die Geschichte einzelner großer Geschlechter. Es gibt kein zweites Volk auf Erden, dessen Geschichte familienmäßig so gebunden ist wie das römische. Der Octavier Augustus und der Claudier Tiberius, die Erben des Juliers Cäsar, repräsentieren zwei Welten. Die Octavier waren ein obskures plebejisches Geschlecht von außerhalb Roms stammend, nämlich aus Velitrae (Velletri) ... Italische Provinzluft weht uns von C. Octavius entgegen. Im Gegensatz dazu stammt Tiberius aus einem der alten Fürstengeschlechter der Republik ... Der Octavier ist freier, skrupelloser, schneller zupackend, gegenüber Neuem aufgeschlossener und, wo er Altes bewahrt, mehr ländlich-italisch gebunden. Der stadtrömische Claudier dagegen ist traditionsbeschwert ... Sein Vater war strammer Republikaner und als Feind Octavians in die Kämpfe des Konsuls L. Antonius im Jahre 41 verwickelt, die sich schließlich im festen Perusia (Perugia) konzentrierten (bellum Perusinum). Bei dem Fall der unglücklichen Stadt war er im Anfang des Jahres 40 entkommen und eilte mit Frau und Kind über Sizilien, den Herrschaftsbereich des Sextus Pompeius, in das Machtgebiet des Marcus Antonius nach Osten, wo die Familie in Sparta eine erste Zuflucht fand ... Nach Beseitigung der vorübergehenden Spannung zwischen den Triumvirn Octavian und M. Antonius und nach dem Einzug beider in Rom am Ende des Jahres 40 konnte auch Tiberius Claudius Nero, der Vater des späteren Kaisers Tiberius, dorthin zurückkehren. Hier lernte Octavian Livia kennen und lieben. Die Verbindung beider wurde sofort vollzogen, obwohl die bisherige Frau seines ehemaligen Gegners im sechsten Monat schwanger war und erst im Hause des neuen Gemahls ihren zweiten Sohn, Drusus, gebar.«

Dazu muß man wissen, daß der künftige Augustus, als er noch Octavian hieß, nicht *irgendein* Eroberer war, der ausnahmsweise – wie so viele – zum Kriegsverbrecher wird, sondern ein moralisch impotenter Killer. Soeben hat er Cicero, den er bis dahin »Vater« nannte und der ihm den entscheidenden Rat gegeben hatte, auf Rom zu marschieren, gerichtslos abstechen lassen wie ein Schwein, hat Ciceros Kopf und Hände auf Stangen spießen und am Kapitol ausstellen lassen. Und in das Ehebett *dieses* Augustus soll die eingefleischte Republikanerin Livia auf Rat ihres von Augustus – wie sie und ihr Söhnchen Tiberius – zur Flucht ausgerechnet aus Perugia gezwungenen Ehemannes als Schwangere im sechsten Monat, umgestiegen sein – aus Liebe? Nein, selbstverständlich als Rächerin! Denn gerade in Perugia, das er sich von Agrippa hatte erobern lassen – Augustus selber war ja kein Soldat –, hatte er gewütet wie Hitler in Lidice und Oradour, wie britische Bomber in Dresden. Hören wir den Mommsen-Schüler Birt: »Wir stehen im Jahre 43. Sobald die Umstände es ermöglichen, bricht Octavian mit Cicero und dem Senat, zieht mit seinem Heer rasch nach Rom und erzwingt dort, zwanzigjährig, seine Wahl zum Konsul. Dann macht er seinen Ausgleich mit Antonius und Lepidus, und es entsteht das Triumvirat des Jahres 43, das den Senat unterjocht und entmündigt und sich selbst offiziell und amtlich als Reichsregierung auftut. Und sogleich beginnen auch die Proskriptionen in Rom, die große Abschlachtung der reichen Leute, auf die man die Soldaten losließ. Trotz gegenteiliger Zeugnisse glaube ich, daß der kaltsinnige Octavian dies politische Raubmordsystem zuerst ersann. Jedenfalls war er der konsequenteste Henker. Antonius war durch Bitten leicht zu rühren; Octavian duldete keine Ausnahme. Er ließ sogar den Vormund seiner Kindheit, Toranius, unbegnadigt. Es schien ihn nicht zu rühren, wenn täglich bei ihm in Säcken die Köpfe der Geflüchteten eintrafen. Als alles vorbei war, sprach Lepidus im Senat sein Bedauern über das Geschehene aus; Octavian sagte dagegen kühl: ›Jetzt wird ein Ende gemacht, aber ich behalte mir das Weitere vor.‹ Es ist wenig erfreulich, an einzelne Szenen zu erinnern. Octavian hält eine Ansprache in einer Militärversammlung; ein Ritter mit Namen Pinarius ist anwesend und schreibt seine Worte nach; sogleich läßt er ihn als Spion niederstoßen. Ein Prätor Gallius (Prätor, also der zeitweilige Obergerichtspräsident) macht bei ihm Besuch und hat eine Schreibtafel unter dem Gewand. Octavian wartet, bis er wieder gegangen, dann läßt er ihm nachsetzen und unter der Anklage, er habe ein Messer unter dem Gewand getragen, durch Soldaten von seinem Richterstuhl herunterreißen und foltern; Gallius gesteht nicht und blendet sich selbst vor Verzweiflung. Danach wird er hingerichtet oder kommt sonst irgendwie um …«

Und so hatte der Junge Livias Vater und jene Mitkämpfer von Livias Mann behandelt, die nicht entkommen waren: »Herzlos war sein Verfahren auch jetzt. Den vornehmen Leuten, die bei Philippi für Brutus und Cassius gekämpft hatten, ging er ans Leben. Einer flehte: ›Gönne mir nach dem Tode wenigstens ein ehrliches Begräbnis!‹ Octavian erwidert: ›Dafür laß nur die Raubvögel sorgen.‹ Von zwei Männern, die Vater und Sohn waren, will er einen schonen, aber so, daß sie darüber unter sich losen sollen, wer am Leben bleibt. Der Vater wird darauf hingerichtet, der Sohn tötet sich selber.

Jetzt fielen ihm das Land Italien und die undankbare Aufgabe zu, die vielen entlassenen Soldaten in Italien zu versorgen. Selbst von den Veteranen des gemordeten Julius Cäsar waren noch Tausende unversorgt. Den gegebenen Versprechungen gemäß mußte Octavian daselbst über 300000 Hektar Land durch Enteignung für sie frei machen. Und das geschah im Jahre 41 wirklich auf das rücksichtsloseste. Für das Militär geschah alles, die übrige Bevölkerung mußte dafür sich opfern. Bei Venusia in Süditalien so gut wie bei Cremona und an der Etsch geschahen die Landvermessungen, und Dichter wie Horaz, Vergil und Properz sagen uns, daß sie dabei kurzerhand ihre väterliche Landstelle ohne allen Schadenersatz verloren haben; auch das Vieh, auch die Ackerknechte gingen mit an den neuen Besitzer über. Alle Deputationen der Landleute, die um Schonung flehten, nützten nichts …

Augustus selber wäre dieser Verhältnisse nie Herr geworden. Aber er fand einen Helfer, der hier zum erstenmal in die Geschichte eintritt: das ist Agrippa, Vipsanius Agrippa, ein Mann geringer Abkunft, aber sein Jugendfreund. In dem gleichaltrigen Agrippa fand der unschlagfertige Stubenmensch Octavian die eiserne Faust und das kraftvolle sichere Feldherrngenie, das ihn von jetzt an von Sieg zu Sieg führte. Lucius Antonius hatte sich in der herrlichen umbrischen Bergfeste Perugia festgesetzt, Perugia, das von seinem hohen Berge nach Florenz zu in die wundervolle toskanische Ebene blickt. Agrippa schloß den Gegner dort ein, verhinderte jeden Entsatz. Der Hunger kam. Die Stadt fiel.

Octavian war mit einemmal Herr in Italien geworden. Es war das Jahr 40. Aber er wollte ein Beispiel statuieren, daran man noch in Jahrhunderten zurückdenken sollte: Die Stadt Perugia wurde nicht nur eingeäschert und vollständig zerstört, sondern alle Zivilpersonen besseren Standes mußten über die Klinge springen: ein abscheuliches Blutbad. Man erzählt: Dreihundert von ihnen ließ Octavian nach Rom schleppen und dort am Altar des Julius Cäsar, den man inzwischen zum Gott erhoben, hinschlachten, und zwar an dem verhängnisvollen Gedenktag, den Iden des März. Aus diesen Tagen stammt des Octavian unerbittliches, eiskaltes Wort *moriendum est:* ›sterben sollt ihr‹.

Wut, Haß und Ingrimm zuckt durch ganz Italien. Was wollte dieser junge Tyrann, der noch nichts für das Land getan und seiner Zwingherrschaft ein Blutopfer nach dem anderen brachte?«

Und *den* habe, *unmittelbar nach diesen Verbrechen gegen die Ihren*, Livia geheiratet – ohne *natürlich* – »natürlich« im Wortsinn, denn von Natur sind Frauen die Stärkeren; die Männer sind, wo sie es sind, nur von Amtes wegen stärker – ohne diese zwei Ziele anzupeilen: Rache für die besiegten Ihren, die Republikaner, am Mordbrenner von Perugia. Zweitens Vernichtung der Erben des Siegers Augustus, damit *ihr* Sohn Tiberius den Thron erhalte! Livia hat diesem ihrem Twentraum – schon mit neunzehn stieg sie im sechsten Monat (!) aus ihrem ersten Ehebett ins zweite, in das des Mörders ihres Vaters und aller freien Republikaner – von 38 v. bis 29 n. Chr. gedient, also achtundsechzig Jahre! Und als sie starb – war sie am Ziel. Die letzte lebende Enkelin des Augustus: Agrippina I., deren Schwester Julia II. im Vorjahr nach zwanzigjähriger Verbannung (»wegen Ehebruch« lebenslänglich verbannt) verendet war in Haft – wurde nun *auch noch* lebenslänglich von Livias Sohn aus Rom verbannt, mit ihrem Ältesten: Nero I., der zwei Jahre später den Hungertod starb. So wie abermals zwei Jahre später sein ebenfalls verbannter Bruder Drusus III. Hungers sterben sollte. Und wie beider Mutter im selben Jahr 33 n. Chr. »freiwillig« verhungerte ... Deren Tochter war dann Agrippina II., die ebenso handeln wird wie hier ihre Urgroßmutter Livia ...

Übrigens ist die Herzlosigkeit Livias gegenüber den Nachkommen ihres zweiten Sohnes Drusus – wenn man sie mißt an Livias unermüdlichem Gefühlseinsatz für ihren, allen so unsympathischen Ältesten Tiberius – der überzeugendste Beleg, daß Drusus nicht mehr von Livias erstem Mann, dem Republikaner, stammte, sondern schon vom verhaßten zweiten, von Augustus. Den zu vernichten ihr nicht einmal unmoralisches, sondern im Gegenteil: sehr begreifliches Ziel gewesen war, seit sie mit sechzehn den durch Augustus erzwungenen Selbstmord ihres Vaters miterleben mußte. Unmoralisch war, daß sie – doch so ist das fast immer – ihre Rache nicht am Mörder vollstreckte, sondern an dessen einzigem Kind Julia und an deren fünf Kindern und noch an fünf – von sechs – Kindeskindeskindern, gemäß jenem schauerlichen Gesetz der Geschichte, das Goethe zu seinem ergreifendsten Gedicht, dem ›Lied der Parzen‹, inspiriert hat:

Es fürchte die Götter
das Menschengeschlecht,
sie halten die Herrschaft
in ewigen Händen
und können sie brauchen,
wie's ihnen gefällt.

Der fürchte sie doppelt,
den je sie erheben!
Auf Klippen und Wolken
sind Stühle bereitet
um goldene Tische.
Erhebet ein Zwist sich,
so stürzen die Gäste
geschmäht und geschändet
in nächtliche Tiefen
und harren vergebens,
im Finstern gebunden,

gerechten Gerichts.
...
Es wenden die Herrscher
ihr segnendes Auge
von ganzen Geschlechtern
und meiden, im Enkel
die ehmals geliebten
still redenden Züge
des Ahnherrn zu sehn.

Welchen Enkeln, Urenkeln, Ururenkeln des Augustus – abgesehen von *einem*, von Kaiser Caligula – ist dies *nicht* widerfahren? Und zwar – da so viele Hungers sterben mußten – auf die ausgesucht grausamste Weise? Schon Drusus I., drei Monate nach Livias Scheidung von ihrem ersten und der Hochzeit mit ihrem zweiten Mann geboren – Scheidung und Hochzeit lösten *sofort* einander ab, Rom witzelte, Octavians neue Frau bekomme »ein Dreimonatskind« –, war vermutlich kein Claudier mehr, also vom Vater her kein Aristokrat in Livias adelsstolzem Blick, sondern »nur« ein Julier, nur der Abkömmling von Bankiers, ja von Geldwechslern, Seilern ... Woher man das wissen will? Dank der Bereitschaft von Livias Ehemann, dem besiegten stolzen Römer – Besiegte sind bekanntlich noch stolzer als Sieger –, diese unmögliche Hochzeit mitzufeiern: So sarkastisch *kann* ein Mann nicht zuschauen, wie seine Frau im sechsten Monat ins Bett eines »Nebenbuhlers« umsteigt – es sei denn, er weiß, sie hat sich vorsätzlich und weil dem ein Plan, eine List zugrunde liegen, während ihrer Ehe von diesem Twen schwängern lassen!

Doch sollte nicht die fünfzigjährige Ehe – sofern sie miteinander schliefen, was Ranke-Graves, Plinius folgend, bestreitet – allmählich doch Livias Rachedurst durch Sinneslust in Zuneigung verwandelt haben? Das wäre normal gewesen, ja. Normal aber war diese Ehe nicht. Selbst Kornemann, für den Livia eine keusche Heilige ist, arglos wie ein Säugling, schuldlos wie ein Rehkitz, so wie Tiberius, dieser »so feine Mensch«, »tragisch« – selbst Kornemann räumt die bei Plinius erwähnte (*»dissociatio corporum«*) körperliche Antipathie zwischen Livia und Augustus ein. Man ist aber gar nicht nur auf Vermutungen angewiesen, denn nicht bestritten wird, daß Augustus seine erste Frau nach kurzer »Verheiratung« ihrem Vater mit dem Eid (!) zurückgab, sie sei noch Jungfrau. Er habe sie als Ehemann niemals angerührt. Was sicher sehr viel fragwürdiger ist als die Tatsache, daß Augustus – damals total abnorm – aus drei Ehen nur *ein* Kind hatte: Julia ... und vermutlich – den ersten Drusus.

Livia, die laut Tacitus vermutlich auch Augustus vergiftet hat – durch noch am Baum mit Gift bestrichene Feigen, vermutet Cassius Dio –, hat zweifellos die Macht im gleichen Maß geliebt, in dem sie ihre Kaiserinnenrolle neben Augustus nur benutzte, seine Erben zu beseitigen und *ihren* Sohn Tiberius zu inthronisieren; was ohne die Ehe mit Augustus nie möglich gewesen wäre. So nahm sie in Kauf, daß Augustus, der offenbar in mittleren und späteren Jahren Angst vor reifen Frauen hatte – warum sonst mutete er Livia zu, ihm junge Mädchen zuzukuppeln –, sie nicht mehr als Frau genommen hat. Birt schreibt, Sueton folgend: »Er war Ehebrecher von Beruf. Seine ersten beiden Ehen löste er früh wieder auf. Übrigens erhalten wir eine regelrechte Leporelloliste von außerehelichen Beziehungen: Tertulla, Terentilla, Rufilla, Salvia und wie sie heißen. Zu seiner Rechtfertigung wurde vorgebracht, er habe bei diesen Damen nur die politischen Ansichten ihrer Gatten auskundschaften wollen. Aber auch die Ehe seines nützlichsten Freundes, des Mäcenas, hat er durch Liebeleien unglücklich gemacht, und als Octavian längst mit seiner Livia intim verheiratet war, mußte Livia selbst ihm junge Personen zuführen, um sein Abwechslungsbedürfnis zu befriedigen. Ein wirkliches seelisches Interesse, ein Herzenserlebnis lag nirgends vor.

Livia selbst war anerkanntermaßen ein Stern ersten Grades in der Frauenwelt, bei der Hochzeit zwanzigjährig, dazu überlegen geschäftsklug wie wenige ihres Geschlechts, so daß Octavian sie sich zur Mitherrscherin, Beraterin und gleichsam zum Geschäftsteilhaber heranzog. Großen Anstoß aber gab die Hochzeit selbst ...« Freud läßt grüßen, wenn Birt schreibt, daß Augustus »mit seiner Livia intim verheiratet« war. Eigens erwähnen, daß Verheiratete »intim« waren? Waren sie es denn *nicht*? Wie Plinius und Ranke-Graves vermuten?

Sueton hat überliefert: »Seine Liebschaften mit verheirateten

Frauen stellen selbst seine Freunde nicht in Abrede; allerdings fügen sie zur Entschuldigung hinzu, hier sei nicht Wollust, sondern kluge Politik als Motiv im Spiele gewesen, um so leichter die Anschläge seiner Gegner durch ihre Frauen auszukundschaften. Marcus Antonius wirft ihm außer der überhasteten Verheiratung mit Livia auch noch die Geschichte mit der Frau eines ehemaligen Konsuls vor; diese habe er in Gegenwart ihres Gatten aus dem Speisesaal ins Schlafzimmer geführt und darauf mit geröteten Ohrläppchen und in Unordnung gebrachter Frisur wieder zur Tafel zurückgebracht. Scribonia aber sei deshalb verstoßen worden, weil sie ihren Unwillen über den maßlosen Einfluß der ›Mätresse‹ zu heftig geäußert hätte. Seine Freunde hätte er, so wird ihm weiter vorgeworfen, als Kuppler benutzt. Sie mußten in seinem Auftrage verheiratete Frauen und erwachsene Jungfrauen zu diesem Zwecke nackt in Augenschein nehmen, gleich als kauften sie diese beim Sklavenhändler Toranius. Auch schreibt ihm Antonius einmal in einem vertraulichen Brief, als er ihm noch nicht völlig entfremdet oder gar sein erklärter Feind war: ›Was hat zu deiner Sinnesänderung geführt? Etwa, weil ich bei der Königin schlafe? Sie ist meine Frau. Habe ich denn erst jetzt damit angefangen, vielmehr nicht schon vor neun Jahren? Und du selbst, schläfst du nur bei der Drusilla? Ich wette auf dein Leben, daß du, wenn du diesen Brief liest, bereits Tertulla oder Terentilla oder Rufilla oder Salvia Titisenia oder alle zusammen gehabt hast. Kommt es den überhaupt darauf an; wo und bei welcher man seine Lust befriedigt?‹

In den Netzen der Frauenliebe blieb Augustus sein Leben lang verstrickt; er war – auch noch in späteren Jahren, wie die Rede geht – auf junge Mädchen ganz versessen, die er von überall her, sogar durch Vermittlung seiner eigenen Frau, sich zu verschaffen wußte.«

Wenn wahr ist, daß Augustus ihr zugemutet hat, ihm frische Twens und Teenager zuzukuppeln, muß Livia sich mit wutmildernder Verachtung gesagt haben: »Erigiere! – ich regiere.« Wie viele Frauen in mittleren Jahren, die um ihrer Macht willen so tun, als wüßten sie nicht, daß ihre Männlein eine Freundin haben, denken so!

Wir würden diesen Augustus-Affären keine Zeile widmen,

fänden wir es nicht so unbeschreiblich lächerlich – ebenso lächerlich, wie der Senat die Ehe-Schutzgesetze ausgerechnet des Augustus gefunden hat –, daß ausgerechnet die Kupplerin Livia, die in aller Öffentlichkeit spektakulärer als jede Frau mit Augustus die Ehe gebrochen hat, als sie – im sechsten Monat! – den Mörder ihres Vaters und zahlloser seiner republikanischen Gesinnungsfreunde und Mitkämpfer heiratete: daß ausgerechnet *sie* die ihr verhaßte Kaisertochter und potentielle Rivalin (als Kaiserin) des »Ehebruchs« bezichtigte! Sogar Felix Staehelin (1872–1951), ebenso im Banne des Augustus wie fast alle seiner Generation, sagt, Julia habe Hochverrat gegen ihren Vater begangen. Selbstverständlich! Da der permanent im Ehebruch lebende Kaiser sie nicht »nur« töten wollte, sondern sogar Julias Palast, berühmt wegen seiner Kunstsammlungen, bis auf die Grundmauern hat abreißen lassen … wegen »Ehebruch«? Er, der Berufs-Ehebrecher? Absurd.

Von allen mir bekannten Biographen im zwanzigsten Jahrhundert hat allein der Spanier Gregorio Marañón – vermutlich, weil er Psychiater war – die *Rache* als Lebens-Antrieb und Lebens-Ziel der Republikanerin Livia und auch ihres Sohnes Tiberius instinktsicher ins Zentrum seiner Psychogramme dieser zwei Personen gestellt. Doch, wir sagten das schon, festgelegt auf den Kleinbürgerkatholizismus und den artigen Ministranten-Horizont seiner Herkunft und Jugend, vermochte auch dieser Spanier in Julia nicht die um ihr und ihrer Kinder Leben zitternde Verschwörerin zu erkennen, die voraussah – kein Kunststück! –, sie werde samt ihren Kindern und Enkeln umgebracht, sobald ihr Vater gestorben sei. Sondern der Spanier sah in der Schönen und so beispiellos Populären »die Sünderin«: Dies im Ernst eine seiner Kapitelüberschriften, wenn er von Julia handelt … Über die Rächerin Livia aber sagte er hellsichtig wie über ihren Sohn, den Rächer Tiberius: »Am Grunde liegen Kindheitskomplexe, die wirre und getrübte Empfindungen hervorbrachten; sie sind es, die das eigentliche Gewebe dieses Verhältnisses bilden; mit ihnen verschlingen sich unbezähmbarer Haß und Ehrgeiz politischen und sippenhaften Charakters. Livia war für Tiberius stets die Mutter, die im moralischen Sinne die Ehe gebrochen hatte, die vom eigenen Herd geflohen war und das ehrwürdige Alter des Vaters umdüstert hatte: Augustus war der Stiefvater, doppelt hassenswert, weil er den edlen Greis gekränkt und erniedrigt hatte, bevor er ihm die Frau weggenommen. Tiberius vergaß es nie. Sein puritanisches und selbstbeherrschtes Wesen erweckt den Anschein, als habe er sich dem kaiserlichen Ansehen und der Autorität der Eltern unterworfen. Aber unter der zur Schau getragenen Ehrfurcht schwärt seine Leidenschaft.

Die Geschichte dieser Leidenschaft – in Wahrheit die psychologische Achse der Prinzipate des Augustus und des Tiberius – ist recht eigentlich die Geschichte des Kampfes der Claudier gegen die Julier …

Die Mutter, Livia, dem Augustus ehelich angetraut, hegte ihr Leben hindurch die Rachsucht ihrer Sippe gegen das Haus des Gatten, der die Claudier bis kurz vor seiner Hochzeit verfolgt hatte. Wie die Weibchen gewisser Insekten eroberte sie Augustus und machte ihn zu ihrem Gatten, um ihn zu besiegen. Vielleicht achtete sie in ihrer Gefühlskälte Augustus als Mensch, weil solche Achtung sich mit Sippenhaß vertragen kann. Aber offensichtlich war ihr ganzes Dasein eine titanische Aufbietung ihres weiblichen Willens, das Schicksal der Ihren, der Claudier, an den fabelhaften Siegeswagen der kaiserlichen Macht zu knüpfen. In diesem Spiel war sie Verbündete ihres Sohnes Tiberius, obwohl ein Abgrund von Triebleidenschaft zwischen ihnen lag. Der Familienehrgeiz, der sie mit ihrem Sohn verband, schied sie jedenfalls von Augustus …

Der große Kampf zwischen Claudiern und Juliern entspann sich dumpf und unversöhnlich im Dämmer der puritanischen Heimstatt. Als Augustus starb, hatten die Claudier mit der Machterhebung des Tiberius gesiegt. Aber der Kampf zwischen Tiberius, der stets seiner ehrgeizigen Mutter als Werkzeug diente, und dem letzten Zweig der Julier, verkörpert in Germanicus und seiner Frau Agrippina I., dauerte fort. Als Livia und Tiberius gestorben waren, stieg der letzte und kümmerliche Sproß der Julier zur Herrschaft auf: Caligula.«

Gewiß ist uns klar, daß die seitenlange Einbeziehung früherer Autoren, gerade auch der fragwürdigen, auch der vorurteilsverblendeten, die Form der Erzählung sprengt. Auch gefährdet. Andererseits: Man kann – versucht man ehrlich zu schreiben –

heute nicht mehr so tun, als wolle man seinen Lesern wie Frühere noch weismachen, man *selber* habe recherchiert, was an Interessantem von uns aber doch nur *überliefert* wird. »Weitergeben mag zuletzt der Sinn des Lebens sein«, schrieb mein Lehrer Otto Flake mit achtzig.

Nachzutragen bleibt: Wir haben das unlösbare Problem der nie zu erzielenden Objektivität nur zur Sprache gebracht in der resignierten Einsicht, selbstverständlich ebenso vorurteilsbelastet zu sein, dank der »Ideen« *unserer* Zeit, wie alle Vorgänger es durch die Spleens *ihrer* Epochen gewesen sind. Objektivität ist bei Gott allein. Schreiben heißt zuerst: sich vergewissern wollen – was ja niemand nötig hätte, der seines Gegenstandes gewiß wäre ...

Gewiß ist nur – und ist das erst heute, da immerhin unsere Epoche erstmals Frauen nicht mehr aus »sittlichen« oder religiösen Gründen anders abtaxiert als Männer: gewiß ist, daß die Geschichte kaum ein so deprimierendes Beispiel kennt, daß eine *Frau* den Frauen und ihren Gatten derart fürchterlich mitgespielt hat wie Kaiserin Livia den weiblichen Nachkommen des Augustus, ja dann auch deren Enkelsöhnen und Enkelinnen noch. Und ihr Werkzeug Tiberius wütete *mehrfach* so »männlich«, das heißt: bestialisch wie *einmal* Theoderich, der nicht nur den ihm heldenhaft unterlegenen Odoaker zu einem Gastmahl einlud, um ihn dort von eigener Hand abzustechen, sondern auch noch dessen Witwe und siebenjährigen Sohn in einem Turmverlies dem Hungertode überantwortet hat ...

Livia dürfte eine jener Frauen gewesen sein, die im 20. Jahrhundert Ministerpräsidentinnen geworden wären. Oder im achtzehnten eine Katharina. Oder im Orient *ihrer* Zeit eine Kleopatra. (Womit ich nicht etwa diese zwei vergleichsweise tadelsfreien Herrscherinnen mit der vielfachen Giftgeberin Livia vergleichen will.) Was sie dem verachteten Augustus durch Beseitigung seiner Erben antat, jahrzehntelang, kann sie moralisch deshalb nicht tiefergehend irritiert haben, weil ihre Untaten nur Reaktionen waren: *Er* zuerst hatte *sie* und ihresgleichen: freie Römer, staatsgetreue Republikaner, verfolgt mit einer Mordlust, für die es in der Geschichte Roms viele Nachahmer, jedoch kein einziges Vorbild gab. Kein Römer vor Augustus hat so viele Römer ermordet, die nicht nur total schuldlos waren, sondern im Gegenteil: patriotisch die Republik verteidigt hatten, die Augustus dann liquidierte. Ohne Gerichtsverfahren ermordet! *Dessen* Nachkommen vom Thron auszuschließen – welche Skrupel hätte Livia verspüren sollen bei der Einlösung ihres Gelübdes? Denn allein mit einem solchen Versprechen kann sie ihren ersten Ehemann dazu bewogen haben, die Dreimonatskind-Komödie heimlich einzufädeln, um sie dann sogar – vollendete Tarnung der Infiltration – öffentlich als Hochzeitsgast mitzuspielen. Nur mit Livias Versprechen, *seinen* Sohn Tiberius zur Macht zu bringen.

Und welche Skrupel hätte Livias Urenkelin Agrippina II. verspüren sollen, nach der Ermordung ihrer Eltern und ihrer Brüder Nero I. und Drusus III. im Hungerturm durch Livia und Tiberius, genau nach diesem »Muster«: Infiltration durch Einheirat, den Claudius und seinen Sohn Britannicus zu ermorden, damit *ihr* Sohn Nero den Thron erlange, ein Nachkomme des Augustus?

Wie der »Verkehr« zwischen den Ehe spielenden Livia und Augustus aussah, hat Birt so grotesk wie sachlich antiken Chronisten nacherzählt: »Nichts ist bezeichnender, als daß dieser große Römer keine Rede hielt, die er nicht wörtlich vorher festgelegt hatte. Ja, sogar auf die wichtigeren Gespräche mit Livia, der Kaiserin, seiner Frau Gemahlin, bereitete er sich stets schriftlich vor und hielt das Konzept, wenn das Gespräch vor sich ging, in der Hand. Ebenso pedantisch war er mit seinen Briefen: Er datierte jeden Brief genau, und zwar nicht nur mit Angabe des Tages, sondern auch der Stunde, in der er aufgesetzt war.

So erklärt sich die so beispiellos merkwürdige Veränderung in Octavians Auftreten: anfangs der grausame Henker der reichen Leute, ist er hernach der mildeste Friedensfürst. Es war nicht eigentlich eine Entwicklung seines Charakters; es war ein Systemwechsel.«

Da rätseln die Leute noch zweitausend Jahre nach dem Tode des Augustus, warum er als Sterbender von der »Komödie« seines Lebens sprach! Auf dem letzten Lager, doch auch hier so »plötzlich und unerwartet«, wie es in Todesanzeigen heißt, seinem Ende ausgesetzt, durchschaute er endlich sich und sie! Sich als ihren Hampelmann. Zwar Alleinherrscher der Welt wie nur ein Mensch nach ihm noch: die Queen Victoria – doch nicht einmal *so* frei, seinen letzten Enkelsohn besuchen zu dürfen, ohne daß ihn und den Jungen und seinen Reisebegleiter diese Reise das Leben kostete … Fürwahr eine Komödie!

Eheliche Infiltration als Weg zur Macht

Dies ist die Urform aller Infiltration: daß Besiegte ihre Ehefrauen und Töchter aus politischem Kalkül – wie im Falle Livias – dem Sieger hinhalten, um ihn endlich doch noch lahmzulegen. Aber die Entschlossenheit dazu geht zweifellos von den Frauen selber aus; kein Mann kann das von einer erzwingen, die das nicht will und dazu von Natur nicht ausgeprägt die Gaben hat und folglich auch die Lust; das würde ja auch gar nichts bringen, eine Frau dazu anzustiften, die das nicht selbst passioniert mitspielt. Marie-Louise von Habsburg, fast noch ein Kind, war kaum aus ihrer Kutsche, in der sie Napoleon entgegengereist war, umgestiegen in die seine – sie kannten einander bis dahin nur durch Bilder –, als sie sich bereits während der Weiterfahrt nach Paris deflorieren ließ.

Es sind natürlich immer ausgesucht *schöne* Landestöchter, die ausersehen werden, einen Sieger umzulegen, um ihn umzustimmen. Livia galt als *die* Schönheit der Republik, als sie Octavian, der sich noch nicht Augustus nannte, mit einer Schläue besiegte, die ihm erlaubte, *sich* als Sieger zu fühlen ... (Nur dumme Frauen bringen sich um den Ertrag ihrer Einsätze, indem sie das Männlein ihre Überlegenheit fühlen lassen.)

Die *ganz* bedeutenden Aktivistinnen, so Livias Urenkelin Agrippina II. (Schwester des ermordeten, Mutter des später berüchtigten Nero, der dann sie ermordete), haben gar keinen Mann mehr – nur noch Söhne –, wenn sie beschließen, für den Sohn und für sich den Weg zur Macht zu beschreiten. Sie war noch so schön wie klug, als sie beschloß, ihren fast sechzigjährigen Onkel Kaiser Claudius zu heiraten, der soeben seine Gattin Messalina hatte hinrichten müssen, weil sie hinter seinem Rükken sich mit einem ihrer Liebhaber hatte *trauen* lassen! Da heiratete Agrippina den Witwer, um ihren Sohn Nero anstelle des Kronprinzen Britannicus auf den Thron zu setzen, was sie »natürlich« ebenso erreicht hat, wie Livia Tiberius inthronisieren konnte. Wir erzählen das noch ...

Um den Sieger maßvoll zu stimmen, hielt also sogar der stolzeste Monarch der Welt, Franz I., der Kaiser von Österreich, seine Tochter dem Emporkömmling Napoleon als Ehefrau hin, so wie die Polen ihm die Gräfin Walewska anboten; und so wie Cavour die Gräfin Castiglione dem dritten Napoleon »zusandte«, der bis dahin die Einigung Italiens verhindert hatte. Die Castiglione sei die »Inhaberin« der schönsten Brüste des Zeitalters gewesen: klassische Entwaffnungs-Rituale. Auch um Sieger zu ermorden, werden Landestöchter aufgeboten: So durch die Juden, als die schönste Witwe Israels, Judith, den Holofernes als Beischläferin enthaupten mußte; und wie die Ukrainerin Jelena Masanik als sehr schöne Witwe dem Minsker Generalkommissar Hitlers in Weißrußland 1943 eine britische Mine in die Matratze schmuggelte, die ihn zerriß.

Doch öfter noch als Ehemänner ihre Frauen – benutzen besiegte Väter schöne Töchter, sie jenen Mächtigen ins Bett zu legen, die eines späten Tages am *Erbe* ihres Überwinders rächen können, daß der sie um Thron und Land brachte. So jener Däne, den 1864 der König von Preußen, an der Hand seines Bismarcks, um »sein« Land brachte, um Schleswig-Holstein: Er verheiratete seine berühmt schönen Mädchen mit den zwei stärksten Herrschern der Welt, dem Zaren und dem König von England – und aus dieser Familien-Verbindung ging direkt die große Koalition hervor, die fünfzig Jahre später – was ist ein halbes Jahrhundert im Leben der Völker! –, die 1914/18 den Enkel des Landräubers von 1864: Wilhelm den Letzten von Deutschland, um Thron und Reich brachte …

Ferrero, Jahrgang 1871, erklärt das Umsteigen der seit sechs Monaten schwangeren Livia aus dem Bett ihres besiegten Mannes in das des Siegers: »Nach unserem Gefühl erweckt ein solches Vorgehen den Eindruck eines schamlosen Zynismus; und man ist geneigt, eine Frau, die sich zu einem solchen gemeinen Tauschhandel hergibt, der Leichtfertigkeit und Sittenlosigkeit zu zeihen.« Schließlich ist ja Livia zu dem Mann übergelaufen, der ihren Vater als unbeugsamen Republikaner vor die »Wahl« – das ist keine Wahl – gestellt hat, sich umzubringen oder dem Erwürger anheimzufallen. (Livias Vater mußte sich in sein Schwert stürzen.) *Diesen* Octavian heiratet *sie*, schwanger im sechsten

Monat, offiziell von jenem Ehemann, der dann als Trauzeuge dabeisitzt! So etwas wie diese Überläuferei *gibt es nicht*! Es sei denn in der Komödie. Oder aus politischem Kalkül. Wie hier.

Aufschlußreich, wie Ferrero dann eingesteht, daß Geschichtsschreibung keineswegs, wie noch heute die meisten glauben, eine objektive Wissenschaft ist, sondern eine sehr subjektive: eine von Herkommen, ja Stimmungen der Historiker ganz und gar abhängige Sache der Interpretation, die Ereignisse heute so, doch morgen ganz anders auffaßt und darstellt. Pure »Ermessens-Fragen«, sprich: Willkür – heute so, morgen ganz anders: »... ich selbst habe mich in meinem Buch ›Größe und Niedergang Roms‹ zu der Ansicht bekannt, daß die Eile, mit der die Sache sich abspielte, wenigstens nicht auf politische Beweggründe zurückzuführen ist, sondern auf die leidenschaftliche Zuneigung, die die ausnehmend schöne Livia dem jungen Triumvirn eingeflößt hatte. Nach reiflicherer Überlegung des Falles bin ich jedoch zu der Überzeugung gelangt, daß diese berühmte Eheschließung, die auf die Geschichte Roms einen so großen Einfluß ausüben sollte, einer anderen Erklärung bedarf: Wir müssen vor allem die Frage aufwerfen: Wer war Livia, und wer war Octavianus? Sie war von Geburt ein Claudier ... vereinigte sich in Livia die Quintessenz des römischen Hochadels: In den großen Revolutionen nach dem Tode Cäsars war Livias Vater im Jahre 43 von den Triumvirn auf die Proskriptionsliste gesetzt worden, hatte auf Seite des Brutus und Cassius gekämpft und nach der Schlacht bei Philippi den Tod von eigner Hand gefunden. Im Jahre 40, nach dem perusinischen Kriege und nur zwei Jahre vor Livias Vermählung mit Octavianus hatte sie mit ihrem Gatten Tiberius Claudius Nero aus Furcht vor der Rache Octavians aus Italien flüchten müssen.

Und wer war auf der andern Seite dieser Octavianus? Ein Emporkömmling, sein Großvater war ein reicher Wucherer in Veliträ, dem heutigen Velletri, gewesen, ein Mann, der sich mit allerhand Finanzgeschäften befaßte. Erst seinem Vater war dank den Reichtümern, die jenes Finanzgenie, Octavians Großvater, erworben, die Aufnahme in die römische Nobilität geglückt. Er hatte eine Schwester Cäsars geehelicht und war, obwohl er jung starb, Senator und Prätor geworden. Octavianus war also, wie man heutzutage sagen würde, der Abkömmling eines frisch geadelten reichen Bourgeois. Obwohl Cäsar mit seiner Adoption ihm seinen Namen gegeben hatte, den einer alten Patrizierfamilie, kannte man doch allgemein die bescheidene Herkunft des Octavianus und das Gewerbe, dem sein Großvater obgelegen hatte …

Es findet sich also eine ungezwungene Erklärung dafür, daß der künftige Augustus i. J. 38 so sehr auf die rasche Vermählung mit Livia drängte, ohne daß man der Annahme bedarf, sie habe seine Leidenschaft besonders entflammt. Die Zeiten waren wildbewegt, niemand konnte die Zukunft wahrsagen; die Stellung des jugendlichen Triumvirn aber, der durch die Gunst der Umstände an die Spitze eines revolutionären Direktoriums erhoben worden war, war die schwächste innerhalb dieses Triumvirats einmal wegen seiner Jugend und des geringeren Ansehens bei den Soldaten, dann aber vor allem wegen seiner niederen Herkunft. Besonders Antonius, der bewährte Heerführer, der Sproß einer Familie von echtem, altem Adel, besaß eine weit größere Popularität beim Heer. Durch die Heirat mit Livia erschloß sich Augustus den Zugang zur alten Aristokratie. Aber welche Gründe mögen Livia dazu bestimmt haben, auf die Heirat einzugehen? Aus einer Stelle bei Velleius Paterculus möchte man schließen, daß derjenige, welcher den Plan dieser so berühmt gewordenen Heirat entwarf, niemand anders war als jener erste Gemahl Livias, Tiberius Claudius Nero, selbst, der durch diese Heirat den jüngsten der drei Führer der neuen Regierung zur altaristokratischen Partei herüberzuziehen suchte. Mit Livia hielt in das Haus des Octavianus der alte römische Geschlechteradel seinen Einzug, der nach seiner Niederlage bei Philippi durch das Ansehen und die Klugheit einer Frau den Posten neu zu erobern hoffen durfte, den er mit den Waffen nicht hatte behaupten können.

Diese ihre Mission führte aber Livia ihr ganzes Leben hindurch mit ruhiger Beharrlichkeit … Sie wechselte den Gatten ohne Sträuben, obwohl ihre Verheiratung mit Octavianus fünf Jahre nach den Proskriptionen stattfand und die Blutgerichte, die er über ihre Verwandten und Freunde verhängt, also noch in frischester Erinnerung standen …«

Gewiß ist allein: Daß Livia sich niemals in diese Situation begeben hätte, als Hochschwangere ihren Ehemann zugunsten des stadtbekannten Ehebrechers Octavian sitzenzulassen, würde sie damit nicht neben der Lust zur Macht auch noch das Ziel verfolgt haben, Rache zu nehmen an den Erben des Mörders ihres Vaters, indem sie *dessen* Enkel Tiberius an den Enkeln des Kaisers vorbei den Weg zum Thron freimacht … freimordet. Ohne eine solche Absprache mit ihrem Gatten – hätte der mindestens die Posse nicht mitgespielt, bei der Hochzeit Livias mit dem Mörder ihres Vaters und ihrer Parteifreunde dabeizusitzen.

Und ebenso handelt, mordet ihre Urenkelin. Wie Golo Mann die Untat Agrippinas II. exakt umschreibt, so ist es: Die zweite Agrippina leistet für ihren Sohn Nero genau das, was ihre Urgroßmutter Livia für Tiberius getan hat: »Über die Adoption verhilft sie ihm zur Nachfolge.« Jedenfalls: Agrippina II. hat die gleichen – man muß zugeben: verständlichen, obwohl mörderischen Motive wie ihre Urgroßmutter Livia: Rache für unbeschreibliche Serien-Morde an den Ihren! Sie hatte, Tochter der Augustus-Enkelin Agrippina I. und des Livia-Enkels Germanicus, die Vernichtung ihrer Eltern und vermutlich aller Geschwister ihrer Mutter und auch der zwei ersten Ehemänner ihrer Großmutter: Marcellus und Agrippa – Agrippa war der Großvater Agrippas II. –, damit Tiberius zur Macht gelange, miterlitten. Sie war dann selber von ihrem Bruder: Kaiser Caligula, dem einzigen der drei Söhne ihrer Eltern, der ein normales Alter erreicht hatte – zwei andere Brüder: Nero und Drusus waren die als Knaben durch Tiberius dem Hunger Ausgelieferten –, verbannt und von dessen Nachfolger: ihrem Onkel und späteren Gatten (und späteren Opfer) Kaiser Claudius wie ihre Schwestern Drusilla und Julia Livilla und andere Verbannte zur Rückkehr begnadigt worden. Als sie nunmehr sich bewarb, mit Hilfe des »Finanzministers« Pallas, anstelle der hingerichteten Messalina Kaiserin zu werden, hat zweifellos nicht Liebe: zu ihrem fünfundzwanzig Jahre älteren Onkel, Bruder ihres Vaters Germanicus, sie zu dieser Heirat bewogen, sondern ihr Sippentrieb, endlich an den Claudiern vorbei wieder einen Julier zur Macht zu bringen: Nero, ihren jetzt zwölfjährigen Sohn, der dann tatsächlich mit siebzehn Kaiser wurde – nachdem sie, seine Mutter, seinem Stiefvater Pilze zu essen gegeben hatte, die durch die kundigen Hände der berühmten Giftmischerin Lucusta gegangen waren …

Der Basler Burckhardt-Schüler Felix Staehelin hat ungefähr im gleichen Jahr – ohne daß die beiden voneinander gewußt haben werden – wie der Brite Robert von Ranke-Graves eine überzeugende Rehabilitierung des angeblich halb närrisch gewesenen Kaisers Claudius geschrieben (Aula-Vortrag am 29. 11. 1932).

Wir betonen durch ein unterhaltsames Zitat auch deshalb, wie erfolgreich Kaiser Claudius und seine zwei berühmten Minister – einst Sklaven in seinem Gesinde, dann Freigelassene – das Imperium geleitet haben, um abermals *das Problem der Zeit* wenigstens nicht verschwiegen zu haben in dieser Mord- und Mörderinnen-Erzählung. Über den Schauergeschichten darf nie vergessen werden, daß sie sich zuletzt über mehr als ein Jahrhundert erstreckten und nur dank dieser klugen *»Verteilung«* möglich waren. Über ein ganzes Jahrhundert hin, das in den Augen der Untertanen ein so ungewohnt friedliches war, daß überhaupt erst vor diesem Hintergrund verständlich wird, wieso noch jemand bei Hofe ein Pilzgericht zu essen, ein Glas Wein zu trinken wagte: Die Zeit, die lange, für das gegnerlose Weltreich und seine Herrscher und deren Untertanen so segensvolle, weil kriegfreie Zeit, hatte, tückisch und täuschend, wie sie ist, schon wieder in Vergessenheit gebracht, daß der Witwer Claudius, jetzt achtundfünfzig, im Jahre 49 n. Chr., sich mit seiner dreiunddreißigjährigen Nichte Agrippina II. immerhin die Urenkelin jener Livia ehelich zuzog, über die in Rom die Spatzen von den Dächern gepfiffen hatten – allerdings nur die Spatzen, kein Mensch hätte das gewagt –, daß sie durch Gift Weltgeschichte gemacht habe. Und was hätte der kluge Claudius – selbst ein passionierter Historiker, von dem »dank« der Vernichtungslust der Christen keine Zeile erhalten ist, gegen Agrippinas Urgroßmutter – offiziell – einwenden können, da sie doch auch *seine* Großmutter gewesen war? Nein, es waren normale, aufbauende, den Glanz des Imperiums und Imperators, der mit der Eroberung Südenglands ein bedeutender »Mehrer des Reiches« war, wie das später hieß, weit ausstrahlende Jahre! Staehelin schreibt und spielt dabei die riesigen Landerweiterungen des Imperiums durch gerade diesen Kaiser Claudius unbegreiflicherweise maßstablos herab – sie waren so bedeutend wie die durch Julius Cäsar: »Claudius war vom besten Willen beseelt, die eingerissenen Mißstände zu beseitigen. Den Anklagen wegen Majestätsbeleidigung, nachgerade einem äußerst ergiebigen Betätigungsfeld für gewissenlose Streber und erpresserische Denunzianten, gebot er entschieden Einhalt. Ebenso hat er den zur Mode gewordenen Unfug, den Kaiser zum Erben einzusetzen, verboten, sofern noch Verwandte des Testierenden am Leben waren. Aufs Ganze besehen, erlebte das römische Reich unter ihm ohne jeden Zweifel eine Periode glücklicher, gedeihlicher Entwicklung. Die Ruhe im Innern wurde nur ein einziges Mal getrübt durch einen im Keim erstickten Aufstandsversuch des Statthalters von Dalmatien. Die Kriegsführung nach außen beschränkte sich auf das unumgängliche Maß; es wurde da und dort an den Grenzen gekämpft: in Britannien, Südrußland, Nordafrika, Armenien und am Rhein. Auch einige neue Provinzen wurden dem Reiche hinzugefügt, so die beiden Mauretanien (das heutige Marokko und ein großer Teil von Algerien), dann Britannien, Lycien, Judäa (nach König Agrippas Tode) und Thracien. Fast all das lag noch durchaus im Bereiche dessen, was Augustus und Tiberius als den wünschenswerten und nicht zu überschreitenden Umfang des Reichs ins Auge gefaßt hatten. Nur eine Ausnahme verdient hervorgehoben zu werden: der südliche Teil der Insel Britannien, auf der seit dem großen Julius Cäsar kein römischer Krieger mehr sich hatte blicken lassen, wurde über jenes Programm hinaus im J. 43 für immer dem Reiche einverleibt …

… Wenn wir fragen, wer unter Claudius den Regierungsapparat tatsächlich handhabte, so kann die Antwort nur lauten: weder der Kaiser, der mit seinem Namen alle Verfügungen deckte, noch der Senat noch auch der mittlere Beamtenstand der sogenannten römischen Ritter, sondern so gut wie ausschließlich das kaiserliche Gesinde, die ursprünglich unfreien, dann freigelassenen Bedienten des Hofes. Sie waren es, die im Namen des Kaisers die einzelnen Ressort-Ministerien selbstherrlich verwalteten; obenan zwei hochbegabte Männer: der Kanzler Narcissus und neben ihm der Schatzmeister Pallas, ein Bruder des aus der

Apostelgeschichte bekannten Procurators von Judaea, Antonius Felix. Nun ist es gar nicht zu bestreiten, daß diese Leute nebenbei gewaltige Summen in ihren eigenen Taschen verschwinden ließen. Und doch ist ihre Verwaltung im ganzen für das Reich ein wahrer Segen gewesen; Mommsen rechnet sie unter ›die weitsichtigsten und folgerichtigsten Regierungen‹, die Rom gesehen hat. Diese Freigelassenen haben, schon aus Selbsterhaltungstrieb, tatsächlich für den gemeinen Nutzen gewirkt und ihn zielbewußt gefördert; sie haben die Finanzen des Reichs wieder in Ordnung gebracht und außerdem noch die nötigen Mittel zu gewaltigen, für die Ewigkeit berechneten Bauwerken herauszuwirtschaften verstanden. Die Stadt Rom erhielt drei neue Zuleitungen frischen Trinkwassers, deren mächtige Bogenreihen noch heute weithin der Campagna das Gepräge geben. Der geregelten Brotversorgung der Hauptstadt diente die Gründung eines neuen Hafens an der Tibermündung bei Ostia. Auch für die Besserung der Verkehrsverhältnisse hat diese Regierung viel getan. Der Kaiser bemühte sich, die Städte des Reichs von den schweren Fron- und Fahrdienstleistungen zu befreien; in einem Edikt beschwert er sich darüber, daß die ›Nichtsnutzigkeit der Menschen‹ ihn dieses Ziel noch nicht habe erreichen lassen. Man könnte versucht sein, aus einem andern, merkwürdigen Edikt des Claudius, das in Italien das Reisen nur zu Fuß oder in Sänften gestattete, zu Wagen oder zu Pferd jedoch verbot, auf eher verkehrsfeindliche persönliche Neigungen des Kaisers zu schließen. Andrerseits hat er sich aber doch auf den Meilenstein-Inschriften selber des Baus der großen Heerstraße über die Ostalpen (auf der Linie Reschenscheideck-Fernpaß) ausdrücklich gerühmt und dabei hervorgehoben, daß er hier den Spuren seines Vaters Drusus folge …

Gleichzeitig mit dieser Heerstraße ist im J. 47 auch eine zweite im Westen über den großen St. Bernhard geführt worden …

Der Ruhe und Ordnung tat es weder in Italien noch in den Provinzen Eintrag, daß sich unterdessen am Hofe die skandalösesten Vorgänge abgespielt haben. Die Schuld daran trug während der ersten Regierungsjahre vorwiegend die lebenslustige und ausschweifende Kaiserin Messalina. Daß sie ihren ahnungslosen Gatten jahraus, jahrein betrog, war noch das mindeste. Sie hatte auch eine große Zahl kaum verhüllter Justizmorde auf dem Gewissen: die Beseitigung von Männern, die sich ihr versagten, von Frauen, die ihre Eifersucht erregten, von Besitzern prächtiger Gärten, nach denen sie gelüstete. Das alles war freilich grauenvoll, aber es berührte lediglich die Spitzen der hauptstädtischen Gesellschaft; in die Regierung hat sich Messalina niemals eingemischt. Schließlich allerdings drohte ihr wüstes Treiben geradezu hochverräterischen Charakter anzunehmen: als sie nämlich hinter dem Rücken des Claudius sich mit dem schönen Gaius Silius unter Wahrung aller Formen der kirchlichen Trauung vermählte. Aber auch jetzt bedurfte es der unerschrockenen Energie des Freigelassenen Narcissus, um dem Kaiser über die ihm drohende Lebensgefahr die Augen zu öffnen und ihm die Erlaubnis zu schärfstem Eingreifen abzuringen. Messalina und ihr Buhle wurden hingerichtet. Alsbald erhob sich nun aber das Problem einer neuen Frauenwahl, denn Claudius konnte nicht unvermählt bleiben. Von den Freigelassenen suchte der eine dieser, der andere jener Kandidatur zum Erfolg zu verhelfen. Schließlich siegte der Schatzmeister Pallas mit der von ihm vorgeschlagenen Agrippina. Und mit dem Einzug dieser damals 33jährigen Frau in den Palast des 58jährigen Kaisers beginnt im J. 49 die zweite, für Claudius verhängnisvolle Periode seiner Regierungszeit. Agrippina war die leibliche Nichte des Kaisers, die Schwester seines Vorgängers Gaius (Caligula), das einzige noch lebende von den neun Kindern des Prinzen Germanicus, überhaupt neben Claudius und seinen Kindern das letzte noch vorhandene Glied der Dynastie. So vertrat sie schon ganz anders gewichtige dynastische Ansprüche als ihre Vorgängerin Messalina. Sie hat denn auch von Anfang an eine Art Mitherrschaft beansprucht und dies durch eine Neuerung im Hofzeremoniell zum Ausdruck gebracht, indem bei feierlichen Staatsaktionen, Huldigungen unterworfener Fürsten, Gesandtenempfängen, kaiserlichen Gerichtssitzungen sie, von ihren Hofdamen umgeben auf einem besonderen Throne sitzend, teilnahm.

Sie brachte aus einer früheren Ehe einen Sohn in den Kaiserpalast mit, den damals elfjährigen Lucius Domitius. Diesem Sohne nun, und zwar ihm allein, den Weg auf den Thron zu bahnen war der Endzweck all ihres Trachtens. Mit unheimlicher Folgerichtigkeit, vor keinem Verbrechen zurückschreckend, hat sie ihn von Stufe zu Stufe gehoben. Zunächst wurde Domitius mit der Kaisertochter Octavia verlobt, ein früheres Verlöbnis der Prinzessin gewaltsam gelöst und der bedauernswerte bisherige Bräutigam durch schändliche Verdächtigungen in den Selbstmord getrieben. Es folgte die Adoption des Stiefsohnes durch den Kaiser, und von diesem Augenblick an hieß der neue Prinz nicht mehr Lucius Domitius, sondern Nero Claudius (Drusus) Germanicus Cäsar; er ist unter seinem Vornamen Nero eine der am übelsten berüchtigten Figuren der Weltgeschichte geworden. Dem leiblichen Sohn des Claudius, dem Britannicus, war Nero seit seiner Adoption rechtlich gleichgestellt; tatsächlich verlieh ihm sein um drei Jahre höheres Alter eben doch den Vorrang. Bald darauf erhielt Nero die Männertoga, und schon mit 16 Jahren wurde der Stief- und Adoptivsohn auch zum kaiserlichen Schwiegersohn, indem im J. 53 seine Vermählung mit Octavia vollzogen wurde. Noch immer gab es jedoch am Hofe eine Partei, die die Absichten der Kaiserin durchschaute und ihr gegenüber die Sache des mehr und mehr beiseite geschobenen echten Kaisersohns Britannicus vertrat. An ihrer Spitze stand der Kanzler Narcissus. Mit Besorgnis sah Agrippina dem Augenblick entgegen, wo auch der jüngere Prinz die Männertoga bekommen sollte. Vielleicht nicht mit Unrecht befürchtete sie, daß ihre Gegner bei dieser Gelegenheit einen Staatsstreich gegen sie und Nero ins Werk setzen würden. Eile tat not, und um jeder Möglichkeit zuvorzukommen, benutzte sie eine Badereise des Narcissus, um in seiner Abwesenheit den alten Kaiser am 13. Oktober 54 ins Jenseits zu befördern. Es halfen ihr dabei eine berufsmäßige Giftmischerin Lucusta, und, als dies nicht genügte, der griechische Leibarzt Gaius Stertinius Xenophon aus Kos. Nun meinte Agrippina das Ziel ihres Strebens erreicht zu haben. In der Tat: Keine Hand regte sich mehr für Britannicus; niemand verwehrte Nero den Griff nach der Krone, und bald genug ließ der neue Herrscher, den die Schmeichler als aufsteigenden Sonnengott bejubelten, den verhaßten ehemaligen Nebenbuhler durch Gift aus dem Wege räumen. Sein nächstes Opfer aber war die eigene Mutter Agrippina, deren

Herrschsucht ihm selber gefährlich zu werden drohte: Mit dem furchtbarsten aller Verbrechen, dem Muttermord, lohnte er die verbrecherischen Taten, durch die sie ihm zur Herrschaft verholfen. Erst nachher sind von ihm noch die letzten Schritte getan worden zur vollständigen Ausrottung des claudischen Hauses, indem auch die unglückliche Octavia, Neros Gattin, und schließlich deren ältere Schwester Antonia beseitigt wurden.«

Felix Staehelin hat diese Zusammenfassung seiner Quellen: Tacitus, Sueton und Cassius Dio »erleichtert« um die – meist – schauerlichen »Einzelheiten« dieser Mörderin- und Mörder-Chronik.

Was unbegreiflich bleibt: Wie wahllos im 19. wie im 20. Jahrhundert aberhundert Nachschreiber des Tacitus, des Sueton, des Cassius Dio ihre Sympathien verteilten, während sie doch gleichzeitig vorgeben (weil sie das selber glaubten), »objektiv« zu sein: Livia wird von ihnen unter Mißachtung der drei genannten Kronzeugen aus dem Rom des ersten Jahrhunderts – wir haben fast nur noch diese drei – reingewaschen, fast so oft sie die Fürchterliche erwähnen. Doch Livias Urenkelin Agrippina II. wird niemals weniger schwarz von ihnen gezeichnet als von den drei antiken, ihr beinahe noch zeitgenössisch nahestehenden Historikern!

Und doch hat diese zweite Agrippina ihrer Urgroßmutter Livia moralisch immerhin voraus, daß sie in ihrer Jugend nicht »nur« den plötzlichen, so absolut termingemäßen Gift-Tod ihres Vaters Germanicus verkraften mußte, wie einst Livia die Ermordung ihres Vaters durch Augustus – den sie so schnell danach heiratete! Sondern Agrippina II. leitete – menschlich auch sehr verständlich – zweitens und drittens und viertens noch aus dem Hungertod ihrer Mutter Agrippina I. und ihrer zwei Brüder Nero I. und Drusus III. – drei sadistische Morde, von denen sogar der vor Tiberius in Ehrfurcht kniende Kornemann die Bestie von Capri nicht freisprechen kann – ihr Recht zur Rache ab! Zweifellos auch überzeugt, ihr Großvater Drusus I. – *der* war das »Dreimonatskind« der Livia – sei schon nicht mehr vom ersten Mann ihrer Urgroßmutter gewesen, dem Claudier. Sondern schon von dem, in dessen Bett Livia, seit sechs Monaten schwanger, umgestiegen ist, sobald er – Augustus – aus diesem Bett seine vorbildliche zweite Frau Scribonia, nur vier Monate, nachdem die ihm sein einziges Kind: Julia, geboren hatte, ohne jeden Grund verstieß. Überliefert ist, daß Germanicus sich nicht als Claudier, sondern immer als Julier, also als Augustus-Nachkomme gefühlt habe: vermutlich *weil* er es war! (Warum sonst hätte Augustus den Tiberius, der doch selber einen Sohn hatte, gezwungen, den Germanicus zu adoptieren, würde Augustus ihn nicht für seinen Enkel gehalten haben, dem er die Thronfolge sichern wollte?) Was wissen wir, was in der Familie so überliefert wurde? Nichts wissen wir! Wieso sollte dann die Germanicus-Tochter Agrippina II., deren Mutter sowieso als Julias Tochter eine Augustus-Enkelin war, *anders* gefühlt haben?

Aus dem Sadismus Livias und des Tiberius leitete Agrippina II. ihren mit so fürchterlicher Konsequenz zielgenau ausgelebten Trieb ab, endlich mit ihrem Sohn Nero – benannt nach ihrem verhungerten Bruder Nero I. – wieder einen Julier zu inthronisieren. Folgerichtig. Sofern Rache Recht sein könnte – was sie freilich schon deshalb hier nicht sein kann, da sie sich ja auch wieder an den völlig schuldlosen Nachkommen austobte, obgleich diese Schuldlosen allerdings das, was sie ihren mörderischen Vorfahren verdanken, noch als Besitz innehatten: eben die Macht, wie Kaiser Claudius. Oder den Anspruch auf die Macht, den dessen Sohn Kronprinz Britannicus hatte …

Wer schon so viel erzählt hat wie ich – ist längst dort, wo er sich als Dieb und Hochstapler vorkommt, wenn er mit eigenen Worten noch einmal aufbaut und weitergibt, auch abwandelt, was andere vor ihm berichtet haben; zuweilen gar berichtet haben in klassischer Kürze und Authentizität, schon weil sie dem Dargestellten zeitlich viel näher standen. Zum Beispiel Tacitus.

Denn wenn Jacob Burckhardt wiederholt darauf hinwies, klassische Texte müßten deshalb immer erneut gelesen werden, weil zum Beispiel im Thukydides eine Wahrheit ersten Ranges stehen könne, die erst der heutigen Generation sich als solche offenbare, so hat er doch schwerlich damit erlauben wollen, diese uralten Texte einfach nachzuerzählen, wie das ja die weitaus meisten unserer Historiker tun. Um überhaupt sich von anderen zu unterscheiden, bringen sie dann *neue* Deutungen – oft nur angeblich – aufgrund angeblich neuer Forschungen in ihren Essays. Es gibt aber für diese Epoche gar keine neuen, *kann* keine geben, bevor nicht *neue* Quellen aufgefunden werden. Denn was wir uns zu selten klarmachen: Nie ist umfangreiche Geschichteschreibung volle zweitausend Jahre nach den von ihr geschilderten Ereignissen auf derart *wenige* dokumentarische Zeugnisse der Tatzeit gestützt worden. Tacitus und Cassius Dio sind deshalb die bei weitem meistausgebeuteten Chronisten, weil es neben ihnen und Sueton fast keine dieser Epoche mehr gibt ... So vehement auch in aller Welt das Interesse gerade am Augusteischen Zeitalter ist. (Von welcher Epoche sonst wüßten wir, daß zum Beispiel Voltaire und Friedrich leidenschaftlich diskutierten, ob deren Chronisten ihre Herrscher seriös gezeichnet haben?)

Doch sogar der Schwiegersohn Mommsens, Wilamowitz, tut, als wisse er Neues über diese Zeit, wenn er abfällig sagt, am 12. 3. 1915: »Mommsen hat die letzten Jahrhunderte vor Christo als Römische Geschichte geschrieben; er konnte nicht anders. Aber das liegt zwei Menschenalter zurück. Jetzt können, also müssen wir sie als Geschichte der ganzen Welt begreifen und einschätzen.« Mißt man diesen anmaßenden Satz an Mommsens nun gedruckter Kaisergeschichte – so sieht man, daß die Kritik am übermächtigen Lehrer und Schwiegervater nur der – menschlich verständlichen – Unterscheidungslust der Söhne-Generation gegenüber genialen Vorgängern entspringt. Auch bei Kornemann ist bloße Besserwisserei, was er an dem ihn zeitlebens überschattenden Mommsen mäkelt: »Mommsen hatte bei Cäsar zu hoch gegriffen und hatte den Weg zu Octavian nicht mehr gefunden ...« Ja, diese Verbitterung kommt davon, wenn eine Generation von der vorangegangenen mehr oder weniger nur abschreibt – als habe die Generation Thomas Manns Storms ›Schimmelreiter‹ abermals und »besser« erzählen wollen! Grotesk, wenn dann dergleichen Kopisten-Arbeiten als Wissenschaft und Forschung ausgegeben werden. Doppelt grotesk anläßlich dieser Zeitalter des Cäsars, des Tiberius, da ja deren *legitime* Chronisten – das sind allemal nur die frühesten, also fast zeitgenössische, die noch selber Zeugen befragen und Quellen sichern und ausbeuten konnten –, wenn die Frühen in nur noch so geringer Anzahl wie hier überliefert sind! In der Tat gab es niemals in der ganzen Geschichte der Wissenschaft so wenige Autoren, die so viele Nacherzähler gehabt haben; keine Chronik der ganzen Welt ist öfter abermals und abermals erzählt worden als die des Tacitus und des Sueton – einfach deshalb, weil das Augusteische und das ihm vorangehende und ihm folgende Zeitalter stärker die ganze Menschheit, seit sie geschichtsbewußt lebt, fasziniert haben als alle anderen Epochen ... als, merkwürdigerweise, sogar die Zeitalter des Perikles oder des Michelangelo.

Wie kämen aber wir uns vor, würden wir alte Berichte von erstrangiger Prägnanz und Faktentreue hier nicht als Fotokopie mit Schere und Klebestreifen den Lesern zugänglich machen – sondern sie »nacherzählen«, wie das sogar Leute tun, die sich gleichwohl als selbständige Wissenschaftler aufspielen: Stellen sie zuweilen sogar frisch und produktiv Überliefertes in Frage – wie *sie* bereits bestens Erzähltes, ohne einfach abzuschreiben, abermals weitergeben: wird ihnen absurderweise nie problematisch! Leuchtende Ausnahme: jener Zürcher Georg Schoeck, der ›Zeitgenosse Cicero‹ geschaffen – wir können nicht sagen: geschrieben – hat, weil er nämlich aus der Tatsache, daß vermutlich Ciceros Leben neben dem Mark Aurels das bestdokumentierte der Antike ist, dessen Biographie ausschließlich anhand authentischer Dokumente zusammenstückte. Schoeck hatte sogar den unter Wissenschaftlern so seltenen Mut, zuzugeben, ein Werk der Belletristik: Thornton Wilders ›Iden des März‹ habe ihn zu dieser Machart angeregt: Was der amerikanische Dichter mit fingierten, von ihm samt und sonders erfundenen Cäsar-»Dokumenten« geleistet hat – leistete Schoeck mit historisch unanfechtbaren Äußerungen Ciceros und dessen Zeitgenossen: womit er ein streng wissenschaftlich fundiertes Drama geschaffen hat, dessen hohe Qualität es schlechthin verbietet, dem noch ein erdichtetes hinzuzufügen ...

Hier noch einmal Tacitus – um ihn zu ehren, ihm zu danken! Tacitus: »... in besonderer Angst schwebte Agrippina, da sie sich wegen einer Äußerung des Claudius fürchtete, die er in Trunkenheit hatte fallenlassen: Vom Schicksal sei ihm bestimmt, die Schandtaten seiner Frauen zu ertragen und sie dann zu bestrafen. Sie beschloß daher, beschleunigt zu handeln [...]

Agrippina, die zum Giftmord schon längst entschlossen war, mußte die gebotene Gelegenheit rasch ergreifen und über die Art des Giftes Überlegungen anstellen: Es durfte nicht durch eine plötzliche und unmittelbare Wirkung das Verbrechen verraten werden; falls sie ein langsam wirkendes, zehrendes Gift wählte, so war aber zu befürchten, daß sich Claudius, wenn er sich dem Tod nahe fühlte und die Heimtücke durchschaute, in Liebe seines Sohnes erinnerte.

Sie entschloß sich zu einem ganz ausgesuchten Mittel, das den Verstand verwirren und den Tod noch hinauszögern sollte. Ausersehen wurde eine Meisterin in diesem Fach namens Lucusta, die erst kürzlich wegen Giftmischerei verurteilt worden war, andererseits lange als Werkzeug des Herrscherhauses diente. Durch dieses Weibes Erfindungsreichtum wurde das Gift hergestellt, und darzureichen hatte es einer der Eunuchen, Halotus, der gewöhnlich die Speisen auftrug und sie kostend prüfte.

Und so sehr wurden alle diese Vorgänge in der Folge bekannt, daß Geschichtsschreiber jener Zeit berichten konnten, in ein schmackhaftes Pilzgericht sei das Gift eingeträufelt worden, aber man habe eine Wirkung des Mittels nicht sofort bemerkt, aus Unachtsamkeit oder infolge der Trunkenheit des Claudius; zugleich schien ihm ein Durchfall geholfen zu haben. Daher erschrak Agrippina, und weil das Äußerste zu befürchten war, machte sie sich ohne Rücksicht auf eine mögliche Verdächtigung durch Anwesende das bereits zuvor hergestellte Einverständnis des Arztes Xenophon zunutze. Dieser habe dem Kaiser, so glaubt man, als wolle er ihm die Anstrengung beim Erbrechen erleichtern, eine mit schnell wirkendem Gift bestrichene Feder in den Schlund eingeführt; er wußte wohl, daß größte Verbrechen einzuleiten mit Gefahr verbunden sei, sie zu vollenden aber mit Belohnung.

Berufen wurde inzwischen der Senat, und Konsuln und Priester brachten Gelübde für das Leben des Princeps dar, als man ihn, der schon entseelt war, noch mit Tüchern und Umschlägen zudeckte, während alles, was für die Sicherung der Herrschaft Neros notwendig sein konnte, eingeleitet wurde. Das erste war, daß Agrippina, als wenn sie, vom Schmerz überwältigt, Trost suche, Britannicus in ihre Arme schloß, ihn das wahre Ebenbild des Vaters nannte und mit allerlei Vorwänden hinderte, das Schlafzimmer zu verlassen. [...]

Dann, am Mittwoch des 13. Oktober, werden plötzlich die Tore des Palatiums geöffnet, und in Begleitung des Burrus tritt Nero heraus zu der Kohorte, die nach militärischer Sitte den Wachdienst versieht. Dort wird er auf einen Hinweis des Präfekten mit Heilrufen empfangen und in eine Sänfte gesetzt. Gezögert hätten einige, sagt man, indem sie sich umsahen und fragten, wo Britannicus sei: dann aber, als niemand ein abweichendes Verhalten veranlaßte, folgten sie dem Beispiel, das ihnen geboten wurde. Nero wurde in die Kaserne getragen und, nachdem er eine der Lage angemessene Rede gehalten und ein Geschenk nach dem Vorbild der väterlichen Freigebigkeit versprochen hatte, als Imperator begrüßt.

Der Willensäußerung der Soldaten folgten Beschlüsse des Senats, und man zögerte auch in den Provinzen nicht. Göttliche Ehren wurden für Claudius beschlossen und ein feierliches Leichenbegräbnis gerade wie beim göttlichen Augustus abgehalten, wobei Agrippina mit ihrer Urgroßmutter Livia an äußerer Pracht wetteiferte. Das Testament jedoch wurde nicht verlesen, damit nicht die Bevorzugung des Stiefsohnes gegenüber dem Sohn als Unrecht und Gehässigkeit im Volk Unruhe hervorrufe.

In Unruhe geriet Nero durch die Nähe des Tages, an dem Britannicus das 14. Lebensjahr vollendete; er überdachte bei sich bald die heftige Art seiner Mutter, bald dessen eigene natürliche Veranlagung, wie man sie bei einer an sich unbedeutenden Probe kürzlich kennengelernt habe, mit der er sich jedoch habe weithin Beliebtheit verschaffen wollen.

Als am Fest der Saturnalien seine Altersgenossen unter anderer Kurzweil auch einen König mit dem Würfel erlosten, war das Los auf Nero gefallen. So trug er den übrigen auf, Verschiedenes zu tun, was sie nicht in Verlegenheit bringen konnte: dann hieß er Britannicus aufstehen, in die Mitte treten und irgendein Lied anstimmen, in der Hoffnung, zum Gespött werde sich damit der Knabe machen, der auch Gesellschaften, auf denen es nüchtern zuging, nicht kannte, geschweige denn Trinkgelage. Doch jener begann mit großer Selbstsicherheit ein Lied, in dem darauf angespielt wurde, daß er verdrängt sei vom väterlichen Thron und der höchsten Machtstellung. Dadurch wurde das Mitleid geweckt, und zwar noch offenkundiger, weil die Ausgelassenheit jede Verstellung aufgehoben hatte.

Nero verstand die Anfeindung und steigerte sich weiter in seinen Haß hinein; und angesichts der Drohungen Agrippinas mußte er, weil kein Verbrechen vorlag und er den Befehl zur Ermordung des Bruders nicht offen zu geben wagte, heimlich zu Werke gehen und ließ ein Gift herstellen unter Mithilfe von Pollio Iulius, dem Tribunen einer Prätorianerkohorte. [...]

Es bestand die Sitte, daß die Fürstenkinder mit den übrigen gleichaltrigen Adeligen sitzend aßen im Angesicht ihrer Verwandten an einem eigenen, sparsamer gedeckten Tisch. Da dort auch Britannicus speiste und ein Ausgewählter von den Dienern seine Speisen und Getränke vorzukosten pflegte, ersann man, um nicht von dem Brauch abgehen zu müssen oder durch beider Tod das Verbrechen zu verraten, folgende List: Ein noch ungiftiger und sehr warmer, vorgekosteter Trank wurde Britannicus gereicht; dann, weil er ihn als zu heiß zurückwies, goß man in kaltem Wasser das Gift zu, das derart alle seine Glieder durchdrang, daß es ihm zugleich Stimme und Atem benahm. Panische Angst ergriff die ringsum Sitzenden, sie liefen in ihrer Ahnungslosigkeit auseinander: doch diejenigen, denen tiefere Einsicht gegeben war, blieben wie angewurzelt sitzen, die Augen auf Nero gerichtet. Dieser behielt seine bequeme Lage bei und erklärte, als ob er von nichts wisse, etwas ganz Gewöhnliches sei dies, ein Anfall von Epilepsie, von der Britannicus seit frühester Jugend heimgesucht werde, und es würden allmählich Blick und Empfindung wiederkehren.

Doch Agrippina war ein solcher Schrecken, eine solche Bestürzung anzusehen, so sehr sie dies zu unterdrücken suchte, daß feststand, sie habe ebenso wenig davon gewußt wie Octavia, die Schwester des Britannicus: freilich erkannte sie, daß ihr der letzte Rückhalt entrissen und die Probe für den Muttermord geliefert sei. [...]

Nero vermied es, unter vier Augen mit seiner Mutter zusammenzukommen, und wenn sie sich in ihren Park oder auf ihre Güter in Tusculum oder Antium zurückzog, lobte er sie, weil sie sich Ruhe verschaffe. Da er sie schließlich, wo auch immer sie sich aufhalten mochte, als äußerst lästig empfand, beschloß er, sie zu beseitigen, wobei er nur soviel noch überlegte, ob mit Gift oder mit dem Dolch oder auf welche andere gewaltsame Weise.

Für das beste hielt er zunächst Gift. Aber wenn es ihr an der Tafel des Princeps gegeben werden sollte, konnte man es nicht auf einen Zufall zurückführen, da schon Britannicus ein solches Ende gefunden hatte; und der Versuch, ihre Diener zu gewinnen, schien schwierig bei einer Frau, die aus Erfahrung mit Verbrechen vor Anschlägen stets auf der Hut war; auch hatte sie durch vorbeugende Einnahme von Gegenmitteln ihren Körper unempfindlich gemacht.

Ermordung mit dem Dolch – wie das geheimzuhalten wäre, konnte niemand ausfindig machen, auch daß einer, der für eine so abscheuliche Tat ausgewählt sei, den Auftrag ablehnte, mußte er befürchten. Da stellte der Freigelassene Anicetus sein Erfindungsgabe zur Verfügung; er war Befehlshaber der Flotte bei Misenum, hatte Nero als Knaben erzogen und war aufgrund seiner Haßgefühle, die auf Gegenseitigkeit beruhten, mit Agrippina verfeindet.

Nun legte er dar, daß man ein Schiff bauen könne, von dem ein Teil, auf hoher See durch eine Vorrichtung losgelöst, die Ahnungslose ins Wasser fallen lasse: nichts schaffe so sehr die Voraussetzungen für Zufälle wie das Meer; und wenn sie durch Schiffbruch umgekommen sei, wer werde dann so ungerecht sein, einem Verbrechen zuzuschreiben, was Wind und Fluten verschuldet hätten? [...]

Das Schiff war noch nicht weit gefahren, und zwei aus dem Kreis der Vertrauten waren bei Agrippina als Begleiter, von denen Crepereius Gallus in der Nähe des Steuerruders stand, während Acerronia über die Füße der Ruhenden gebeugt voller Freude von der Reue des Sohnes und der Wiederherstellung des freundschaftlichen Einvernehmens mit der Mutter sprach: da stürzte auf ein verabredetes Zeichen das mit viel Blei beschwerte Dach der Kabine herab; erdrückt wurde Crepereius und starb auf der Stelle, Agrippina und Acerronia dagegen wurden durch die hervorstehenden Seitenwände des Ruhebetts geschützt, die zu stark waren, als daß sie der Belastung nachgegeben hätten. Auch das Auseinanderbrechen des Schiffes folgte nicht, da alles durcheinandergeriet und sehr viele, die keine Ahnung hatten, den Eingeweihten im Wege waren. Jetzt schien es den Rudernden geboten, ihr Gewicht auf eine Seite zu verlegen und so das Schiff kentern zu lassen; aber einerseits gab es bei ihnen selbst keine einmütige Bereitschaft zu rascher Tat, andererseits stemmte sich ein Teil dagegen und ermöglichte einen sanfteren Sturz ins Meer.

Doch Acerronia, die in ihrer Arglosigkeit schrie, sie sei Agrippina und man solle doch der Mutter des Princeps zur Hilfe kommen, wurde mit Stangen, Rudern und was der Zufall sonst noch an Schiffsgeräten bot, erschlagen. Agrippina, die sich ruhig verhielt und daher weniger beachtet wurde – eine Wunde empfing sie dennoch an der Schulter –, gelangte schwimmend, dann mit Hilfe entgegenkommender Barken zum Lucriner Golf und wurde in ihr Landhaus gebracht.

Dort überlegte sie: Darum also habe man sie mit einem heuchlerischen Brief herbeigeholt und mit besonderer Auszeichnung behandelt; und in der Nähe der Küste, nicht von Stürmen getrieben, nicht auf Klippen gestoßen, sei das Schiff mit seinem Verdeck wie ein Baugerüst auf festem Boden zusammengestürzt. Sie bedachte auch Acerronias Ermordung, sah auf ihre eigene Wunde und erkannte, daß es nur ein Mittel gegen einen heimtückischen Anschlag gebe, ihn nicht zur Kenntnis zu nehmen. So schickte sie ihren Freigelassenen Agermus ab, der ihrem Sohn mitteilen sollte, durch die Gnade der Götter und ihm zum Glück sei sie einem schweren Unfall entronnen. [...]

Indes wurde Nero, der auf Nachrichten über die vollzogene Schandtat wartete, gemeldet, Agrippina sei mit einer geringfügigen Verwundung davongekommen, andererseits in einem Maße in Gefahr geraten, daß über den Anstifter kein Zweifel bestehen könne. Jetzt geriet er vor Angst außer sich und rief beschwörend, im nächsten Augenblick werde sie erscheinen, um Rache zu nehmen, ob sie nun die Sklaven bewaffnen oder die Soldaten aufhetzen, ob sie sich an Senat oder Volk wenden würde, um ihm den Schiffbruch und die Verwundung der erschlagenen Freunde anzulasten: wo gebe es dagegen Hilfe für ihn?

Es sei denn, Burrus und Seneca könnten etwas erfinden, diese hatte er sofort holen lassen, wobei ungewiß blieb, ob sie auch schon vorher etwas wußten. Daher verharrten beide lange Zeit in Schweigen, um nicht erfolglos von Weiterem abraten zu müssen, oder vielleicht glaubten sie wirklich, die Entwicklung habe einen solchen Tiefpunkt erreicht, daß Nero, wenn man Agrippina nicht zuvorkomme, ein Kind des Todes sei.

Dann bewies Seneca insofern mehr Entschlossenheit, als er sich nach Burrus umsah und wissen wollte, ob man nicht den Soldaten den Mord befehlen könne. Jener antwortete, die Prätorianer seien dem ganzen Kaiserhaus verpflichtet und würden in der Erinnerung an Germanicus keine Schreckenstat gegen seine Tochter wagen: vollbringen solle Anicetus, was er versprochen habe.

Der fordert ohne jedes Zögern die Leitung des Verbrechens. Auf diese Äußerung hin bekennt Nero offen, erst an diesem Tage werde ihm die Herrschaft wirklich verliehen, und der ihm dieses große Geschenk mache, sei ein Freigelassener: gehen solle er in Eile und Leute mitnehmen, die bereitwilligst seine Befehle ausführten.

Er selbst setzt, als er hört, von Agrippina geschickt sei Agermus als Bote gekommen, seinerseits eine Komödie des Verbrechens in Szene und wirft ihm, während er seinen Auftrag ausrichtet, sein Schwert zwischen die Füße. Dann läßt er ihn, als sei er auf frischer Tat ertappt, in Fesseln legen, um vorgeben zu können, die Mutter habe die Ermordung des Princeps beabsichtigt und sich aus Scham über die Entdeckung der Untat selbst den Tod gegeben. […]

Anicetus umstellte die Villa mit einer Postenkette, ließ das Tor aufbrechen und die ihm entgegentretenden Sklaven fortschleppen, bis er an die Tür des Schlafgemachs vordrang; dort standen nur wenige, die übrigen waren vor Schrecken über die Eindringlinge wie gelähmt. Im Schlafzimmer befand sich nur ein schwaches Licht und eine einzige Dienerin, während Agrippina mehr und mehr in Angst geriet, weil niemand von ihrem Sohn kam, auch Agermus nicht: anders sehe eine erfreuliche Entwicklung aus; jetzt nur Einsamkeit und plötzlicher Lärm und Anzeichen schlimmsten Unheils.

Als dann auch die Magd davonlief, rief sie: ›Auch du verläßt mich!‹ und erblickte, sich umschauend, Anicetus, der von dem Trierarchen Herculeius und dem Flottenzenturio Obaritus begleitet war: Ja, wenn er gekommen sei, um nach ihr zu sehen, solle er melden, sie habe sich erholt, wenn aber, um ein Verbrechen auszuführen – von ihrem Sohn glaube sie nichts Böses; nicht befohlen sei der Muttermord! Da umstellten die Mörder das Bett, und zunächst schlug ihr der Trierarch mit einem Knüppel auf den Kopf. Als der Zenturio das Schwert zum Todesstoß zückte, hielt sie im ihren Schoß entgegen und schrie: ›Den Leib triff!‹ Unter vielen Wunden verblutete sie.«

Soweit Tacitus.

Angeblich ist ihr, bevor sie vermocht hatte, Nero zum Kaiser zu machen, die Ermordung durch ihren Sohn vorausgesagt worden durch Orakelpriester. Sie habe geantwortet: »Mag er töten – wenn er nur herrscht!«

Wie alles anfing: Cäsars Testament wird gefälscht

Ernst Jüngers belustigende Entdeckung, in mittleren Jahren würden wir Autoren zu Langweilern, die Professoren aber zu Stänkerern, erwähnt nicht, daß die Streitlust der Gelehrten sich meist an der Spitzfindigkeit der Epigonen entzündet. Immerhin erfrischt sie oft durch einen polemischen Ton, entsprechend der Tiefe ihres Gekränktseins durch einen bedeutenden Vorgänger – so wenn Eduard Meyer und Ernst Kornemann verbissen an ihrem Übervater Mommsen herumstänkern. Sie *müssen* das, um »wenigstens ein wenig« aus dessen sie verschluckendem Schlagschatten herauszutreten und selber überhaupt noch sichtbar zu sein. In fünfzig Jahren kennt sie kein Mensch mehr, daher die Wut ihrer Ohnmacht.

Die wächst proportional, je geringer – wie hier zur Cäsar-Zeit – die Zahl jener *originalen* Chronisten ist, denen nichts Neues hinzufügen kann, wer sie zum aberhundertsten Male nacherzählt, um nicht zu sagen: nur abschreibt. Dagegen einem Ranke, als der die Geschichte der Päpste, einem Burckhardt, der das Zeitalter Konstantins, einem Fest, der den Staatsstreich des 20. 7. 44 beschrieb – ja noch kein Tacitus, kein Cassius Dio und kein noch fast Gegenwärtiger wie Mommsen ihren Stoff schon vorweggenommen und einmal für allemal in klassischer Prägnanz bereits gestaltet hatten … Doch immer nur ein bißchen besserwissend das gleiche beschreiben zu wollen, was Giganten, mehrere, vor ihm auch schon berichtet hatten, das muß den, der sich dessen unterfängt, noch grämlicher machen als den, der das lesen soll … Nicht allein den Mimen und Regisseuren »flicht die Nachwelt keine Kränze«, sondern auch denen nicht, die nur schreiben und malen, um die Originalen angeblich zu »verbessern«: Kolumbus konnte es nur *einen* geben, so viele Spätere auch exaktere Karten seiner Route nach Amerika noch gezeichnet haben …

Tatsächlich *neue* Fakten und Wege finden ja – wenn sie so instinktlos sind, *dieselben* Themen zu beackern wie das ihnen vorangegangene Genie – niemals die Jünger eines Großen, seine »Anhänger«, selbst wenn sie gegen ihn aufmucken. Denn wie schon das Wort sagt: Anhänger bestimmen nie Richtung und Tempo; und Zugmaschinen sind sie nicht, bevor sie nicht eigene Stoffe gefunden haben. Erst die dritte, mehr noch die vierte Generation, die einem Bahnbrecher wie Mommsen thematisch folgt, hat nicht mehr dessen Brille auf. So wie jedermann, der Familienfotos vergleicht, auf den ersten Blick gewahr wird, daß er den Urgroßeltern viel ähnlicher sieht als den Großeltern oder gar den Eltern; so wie uns auch in Kunst, Architektur, ja »Sitte« und Geschmack das, was Urgroßeltern machten, wieder mehr anspricht als das, was die Generation der Eltern malte, schrieb, dachte, fühlte und bekämpfte. So ist die Machtergreifung des (noch Octavian heißenden) Jünglings Augustus, seine – laut Mommsens Irrtum – angebliche Adoption, nicht schon durch Mommsens Schüler und deren Schüler der Fälschung des Cäsar-Testaments vom 13. 9. 45 v. Chr. zugeschrieben worden – sondern erst von ungefähr hundert Jahre nach Mommsen Geborenen: von Walter Schmitthenner, Jahrgang 1916. Und von Herbert Rosendorfer, Jahrgang 1934. Ein Jahrhundert, im Durchschnitt, liegt zwischen unserer Geburt und der unserer vier Urgroßväter. (Die Urgroßmütter sind meist nur achtzig bis neunzig Jahre älter als wir.) Beide, Schmitthenner und Rosendorfer, haben 1952 und 1989 ›Octavian und das Testament Cäsars‹ im Hinblick auf ›Die angebliche Adoption des Augustus durch Cäsar‹ mit einer Schärfe durchröntgt, zu der noch keiner der Mommsen-Mitläufer fähig war; denn, wie gesagt, anders als den Urenkeln vererben die Großen den Kindern, oft auch noch den Enkeln, nicht nur ihre Bücher, sondern – verhängnisvoll – sogar noch ihre Brillen …

Hat Cäsar Augustus adoptiert – wie das seit Mommsen niemand mehr bezweifelte? Laien wie dem hier Schreibenden war stets fragwürdig, erstens, daß ein Mann, der sich – wie Napoleon zuerst geheim, dann öffentlich darauf versessen, eine Dynastie zu gründen – sehnlichst einen leiblichen Sohn wünscht; daß der, wenn er dann endlich einen hat: nicht diesen Sohn zum Nachfolger einsetzt, sondern den Enkel seiner Schwester. Und war zweitens *das* Fragwürdigste überhaupt auch in dieser Erzählung:

daß der – angeblich – zum Adoptivsohn Cäsars ernannte Großneffe, sobald er des sechzehnjährigen Sohnes seines Großonkels und Wohltäters Cäsar habhaft wird – des Sohnes einer Königin und schon ihr Mitregent –, daß er den nicht adoptiert, da er zudem selber als Gründer einer Dynastie keinen Sohn hat: sondern daß er diesen Jungen gerichtslos absticht wie ein Schwein! Was ja nun zweifellos siedende Empörung gerade auch bei all denen – voraussehbar! – erregen mußte, für die der angeblich von Cäsar adoptierte Augustus oder Octavian zu kämpfen vorgab: für jene nämlich, die den ermordeten Cäsar rächen wollten, seine engsten Verbündeten. Vor deren Augen ermordet er Cäsars Sohn, den logischerweise sein Stiefvater Antonius längst dem Senat als künftigen Nachfolger des von Senatoren abgestochenen Cäsars empfohlen hatte!

Warum hat der erst Einunddreißigjährige – so königlich von Cäsar im Testament am 13. September 45 Beschenkte – dessen einzigen Sohn als Sechzehnjährigen totgemacht?

»Einfach so« beginge selbst ein Ungeheuer – damals *war* Octavian eines – keine solche Ungeheuerlichkeit. Er hat den Jungen ermordet, der nach Cäsars Wunsch bereits den Vater-Namen im Diminutivum trug –, weil der Großneffe wußte und das also fürchten mußte, dieser Sohn sei der legitime Nachfolger Cäsars. Und er selber, Octavian, habe sich allein deshalb durch einen usurpatorischen Trick, als angeblich von Cäsar »adoptiert«, dem unwissenden Volk anpreisen können, weil Cäsar in diesem Testament, das er erst ein halbes Jahr vor seinem Tode bei den Vestalinnen auf dem Forum hinterlegt hat, seinen Sohn Caesarion nicht adoptieren konnte. Warum nicht? Weil »es, summa summarum, eine testamentarische Adoption nach römischem Recht nicht gegeben hat«. Das ist die Schlußfolgerung des Juristen Herbert Rosendorfer, der 1989 vor der Akademie der Wissenschaften und Literatur zu Mainz ›Die angebliche Adoption des Augustus durch Cäsar‹ mit zahllosen Belegen als eine der weitestwirkenden Geschichtsfälschungen entlarvte. Rosendorfer hat damit als Jurist vertieft und ergänzt, was bereits 1952 Walter Schmitthenner als Historiker herausgefunden und – in zweiter Auflage – 1972 bei C. H. Beck in München abermals publiziert hat: Daß nämlich Mommsen keineswegs pflichtgemäß auch als Detektiv den ›Octavian und das Testament Cäsars‹ untersucht, sondern überlieferungsfromm bei zwei antiken Autoren: Appianos und Nikolaos Damaskenos, deren Legende von der Adoption des späteren Augustus durch Großonkel Cäsar einfach abgeschrieben hat … Rosendorfer, der zwar juristenexakt schreibt, doch als Satiriker auch nicht ohne jene »göttliche Bosheit«, die laut Nietzsche Prosa allein noch erfrischend macht, stellt endlich wieder einmal ins Zentrum, was eigentlich jedermann weiß, doch fast niemand, wenn er aus der Antike liest, mehr berücksichtigt: »Alle diese Berichte sind, worauf die ganze Augustus-Biographik stets hinzuweisen vermeidet, samt und sonders nicht zeitgenössisch … Appianos, um 100 nach Christus geboren, schrieb … nach 165, also knapp 200 Jahre nach den Iden des März. Freilich erscheint uns aus der Perspektive von 2000 Jahren der Abstand unwesentlich, aber dennoch müssen wir uns quellenkritisch vor Augen halten, daß Appianos kein Zeitgenosse der von ihm hier geschilderten Ereignisse war. Es ist ungefähr so, als ob ein heutiger Historiker sich unterfangen wollte, über den Siebenjährigen Krieg als Zeitgenosse zu berichten. Außerdem war Appianos Grieche und mit dem römischen Recht nicht vertraut. Dennoch beruht niemandes Geringeren als Mommsens Theorie von der testamentarischen Adoption hauptsächlich auf Appianos, und Mommsens Theorie – inzwischen eine unanfechtbare Burg und von Interpretation zur Quelle geworden – wird nun für die Richtigkeit von Appianos' Bericht ins Feld geführt.«

Was aber spricht »für die Richtigkeit« der wahrhaft sensationellen Schlußfolgerung des Juristen Rosendorfer, der ja sogar erst 2000 Jahre nach den Iden des März schreibt: daß es erstens »summa summarum, eine testamentarische Adoption nach römischem Recht nicht gegeben« hat? Und daß zweitens auch die »herkömmliche Weise«, auf die nach Cassius Dio eine Adoption zu vollziehen war – und deren drei Stufen Rosendorfer minutiös beschreibt –, deshalb nicht *per Testament* vollzogen werden konnte, weil sie »ausgeschlossen, wenn einer der Beteiligten schon tot war«.

Machen wir uns aber Rosendorfers Skepsis zu eigen gegenüber den Chronisten, die wie Cassius Dio erst 250 und wie Sueton erst 150 Jahre nach den Iden des März geschrieben haben;

oder die wie Plutarch erst 100 Jahre nach Cäsars Ermordung (und fernab als Grieche) geboren wurden: So müssen wir selbstverständlich eine noch radikalere Skepsis gegenüber den Forschungen an den Tag legen, die einen erst *heute* Schreibenden, der sogar erst 2000 Jahre nach den Iden des März über sie berichtet, zu dem Resultat gelangen ließen, Adoption via Testament habe es in Rom nie gegeben …

Wieso aber vertrauen wir dennoch diesen Autoren der Gegenwart? Obgleich doch Schmitthenner wie Rosendorfer logischerweise ebenso viele Quellen weniger haben als einst die Berichterstatter der Antike hatten – wie die heutigen an Jahrhunderten noch weiter entfernt von den Ereignissen über diese berichten. Wieso glauben wir hier dennoch Heutigen, doch nicht Gestrigen, wenn die Heutigen sagen, keiner habe durch Testament im alten Rom jemanden adoptieren *können*? Ganz einfach: wir müssen das deshalb glauben, weil Cäsar natürlich seinen Sohn Caesarion im Testament vom 13. 9. 45 – da war Caesarion schon zwei Jahre – adoptiert hätte, wäre das juristisch möglich gewesen. Daß er das nicht getan hat – *ist der Beweis*, daß er es nicht tun *konnte*.

Zweitens: Hätten Gesetze Adoptionen durch das Testament erlaubt – hätte Cäsar es nicht nötig gehabt, dem Senat mit der zweifellos unpopulärsten seiner Forderungen zu kommen: ihm mehrere Ehefrauen zu erlauben, wie man das bisher nur im Orient kannte! Denn natürlich hat Cäsar nicht an einen so nahen Tod geglaubt, sondern in Respektierung des aufreizend »pikanten« Ärgernisses, die Königin samt seinem Sohn schon bei sich in Rom wohnen zu haben – vermutlich auch zu deren Sicherheit wohnten sie in Rom –, es schlau vermieden, sich schon jetzt von Calpurnia scheiden zu lassen, was von jedermann bereits als Vorsatz gewertet worden wäre, Kleopatra zu heiraten. Daß er aber seine Ehefrau nicht einmal *nennt*, geschweige denn bedenkt im Testament vom 13. 9. 45 – beweist auch, daß er geglaubt hat, dieses Testament, mit dem er ja laut Rosendorfer nur sein Privatgeld den drei Großneffen vererbte, aber keine Macht- und Ämterbefugnisse, trete erst in Kraft, wenn er Kleopatra geheiratet und ihren gemeinsamen Sohn zum Kronprinzen gemacht habe. Wer will daran zweifeln, daß sein Begehren, dem Senat das Diadem abzutrotzen – wenigstens, wenn er im Ausland sei –, als der Anfang seiner Dynastie-Gründung gemeint war?

Doch noch einmal zur Frage, warum der Jurist Mommsen – denn andere Quellen als er haben ja auch Schmitthenner und Rosendorfer nicht –, warum er so leichtfertig (im Wortsinne) dem Propaganda-Gerede der Augustus-Hörigen aufgesessen ist und an dessen Adoption geglaubt hat?

Antwort: Es hat dies – dies *auch* – Mommsens Aurora Dreckliese-Komplex verschuldet. Denn einem Unehelichen, einem Halborientalen, also einem »Mischling«, wie dann in der Nazi-Zeit der Mommsen-Musterschüler Geheimrat Kornemann den Caesarion schimpft – kann ja in den Augen sittenfester Deutscher Cäsar unmöglich den Thron vererbt haben wollen, den zu errichten – was selbst Mommsen nicht bestreitet – des Diktators Ziel, »aufs innigste zu wünschen« gewesen ist … Denn in der Epoche der Queen Victoria, deren moralischer rocher de bronze Geheimrat Mommsen war, seit er gänzlich verdrängt hatte, daß er einst als achtundvierziger Revolutionär begonnen … »gehörte« es sich nun einmal nicht – und ist ja auch zu Mommsens Lebzeiten Gott sei Dank in keiner der ach so sittenfest (wenigstens äußerlich) lebenden Fürstenfamilien Europas »passiert«, daß ein vorehelich Geborener irgendwo einen Thron bestiegen hätte, geschweige denn mit einer Orientalin gezeugt worden wäre … Daß solche »moralischen« Einstellungen, exakter: Entstellungen auch die Geschichteschreibung mehr zur unfreiwilligen Selbstkarikatur der nachgeborenen Chronisten machen als zur Chronik dessen, was die vorgeben und sich einbilden, darzustellen: hat Mommsen in seinem imperialen Selbstbewußtsein nicht einmal *geahnt.*

Und noch vier Generationen später auch Walter Schmitthenner nicht, wenn er nämlich den Caesarion ein »Halbblut« nennt. Zwar das schauerliche Wort in je einen An- und Ausführungsstrich setzt, dann aber doch dieses Kind Kleopatras so »einstuft«, als sei er Mommsen oder gar Kornemann, indem auch er Caesarions Unehelichkeit, mehr aber noch dessen Blut als Unmöglichkeit auf dem Wege zur Nachfolge Cäsars ansah … Wie die Weimarer des »sittlich« so terroristischen Biedermeiers Goethes Freundin und vorehelich geborenen Sohn ignorierten; mit

Ausnahme der geistvollen Mutter Schopenhauers, die es »wagte«, die arme Christiane wenigstens dann einzuladen, als Exzellenz die endlich geheiratet hatte. »Wem Goethe seinen Namen gegeben hat«, entschuldigte sich die witzige Frau bei ihren quälend und bösartig verspießerten Weimarer Mitbürgern, »dem darf ich doch wohl eine Tasse Tee geben?«

Doch blieb Johanna Schopenhauer die einzige Dame Weimars, da als Nichtadlige selber oft genug zurückgesetzt, die »mit dieser Person« – sogar als die bereits Frau von Goethe hieß – zuweilen ein paar Worte wechselte. Und diese gleiche beispiellose Verachtung, ja totale Ignorierung ist noch bis zum Ende des 19. Jahrhunderts in Mommsen, als dem Reichshohepriester aller Spießer, gegenüber dem unglücklichen Caesarion, wenn der Geheimrat dessen Ermordung nicht einmal *erwähnt*! Und überhaupt ihn nur einmal erwähnt, mit folgender Nichtswürdigkeit: »Dann wurde der Osten als Großkönigtum über Ägypten und die anderen Länder an Kleopatra übertragen mit dem Caesarion als Mitregenten – widerliche Verhandlungen. Caesarion war ein ›echter‹ Sohn Cäsars, also der eigentliche Rivale des Octavianus« …

Warum schrieb hier Mommsen nicht: ein leiblicher Sohn Cäsars, da er doch sogar dessen einziger – nachgewiesener – war? Warum denunzierte er »echter« auch noch durch Anführungsstriche? Weil sogar Mommsen – und was brandmarkte die Denkweise des 19. Jahrhunderts deutlicher als eine nur engstirnig zentraleuropäische – wie horizontlose und daher dünkeldumme Kleinbürger einem unehelichen Sohn selbst noch die Echtheit aberkennen wollte; alle Rechte sowieso. Immerhin ist es ein sehr großes, wenn auch sicher unfreiwilliges Zugeständnis, daß Mommsen den Caesarion den »eigentlichen Rivalen des Octavianus« nennt. Hätte der Großneffe das nicht ebenso gesehen und damit gesehen, daß er selber ein Schwindler war als Testamentsfälscher: Er hätte Caesarion nie ermordet …

Schmitthenner und Rosendorfer, die endlich und gründlich die Frage abhandeln, ob Cäsar den Großneffen, den er mit zweien von dessen Vettern am 13. 9. 45 zum Haupterben einsetzte, ob er den auch noch adoptiert habe, verneinen entschieden aus vielen Gründen.

Schmitthenner schreibt beispielsweise auch zu dem Detail, ob mit dem Erbe im Testament, das ja seit Cäsars Zeiten kein Mensch mehr auffinden konnte – kein einziger Autor außer Cicero hat es je gesehen, nicht einmal Abschriften –, ob also auch die Erblichkeit des Imperatornamens und der Oberpriesterwürde damit verbunden gewesen sei, die sich Cäsar vom Senat dekretieren ließ, um die Stellung seines Nachfolgers zu sichern: »Der Beschluß über die Erblichkeit der Stellung Cäsars als *pontifex maximus* – mit dem Zusatz, daß sie auch für einen adoptierten Sohn gelte – wird von Cassius Dio im Zuge jener letzten Ehrungen berichtet, deren Ungewöhnlichkeit dann mit zur Katastrophe beitrug. Strack und H. Andersen haben darauf hingewiesen, daß die Kapitel Cass. Dio 44, 4–7 in einer historiographischen Tradition stehen, die Wirkliches, Geplantes und – wird man hinzufügen müssen – in verleumderischer Absicht Unterschobenes häuft, um den zum Mord führenden Haß zu motivieren.

Die dem Verleihungsbeschluß über die Erblichkeit des Imperatornamens bei Cass. Dio (43, 44, 3) entsprechende Notiz Suetons (Caes. 76, 1), wo nur von der Gültigkeit für die Person Cäsars die Rede ist, gehört bei Sueton auch zur Reihe der das Verhängnis auslösenden Ursachen. Bei Cassius Dio ist es zwar eine der Ehrungen nach dem spanischen Sieg, aber Cassius Dio fügt das Moment der Erblichkeit mit dem kennzeichnenden Zusatz an, daß dies der Gipfel der Schmeichelei gewesen sei. Er rückt so selbst seine Mitteilung in den Bereich jener zweifelhaften, sich übersteigernden Ehrenbeschlüsse.

Mommsen hat in beiden Fällen die Zutat der Erblichkeit als eine spätere Fiktion des Augustus aufgefaßt, mit der dieser seine eigene Stellung habe stärken wollen … Aber sollte man trotzdem auf der Ansicht beharren, daß Cäsar die Verleihung der Würden nicht nur für sich, sondern auch für einen leiblichen Sohn gewünscht habe, so fehlt doch ein Anhalt dafür, daß er – im Hinblick auf den Inhalt des Testaments – bei den Senatsbeschlüssen auch einen Adoptivsohn berücksichtigt haben wollte.«

Schmitthenner sagt unverblümt: »Daß das, was wir so insgesamt erfahren, nur ein dürftiger Auszug aller seiner letztwilligen Verfügungen ist, liegt auf der Hand. Der mächtigste Mann des

Staates, auf dem Höhepunkt seiner Laufbahn, Besitzer eines ungeheuren Vermögens, hatte mehr zu testieren.«

Und Schmitthenner erläutert seine – in der Augustus-Geschichteschreibung – wahrhaft epochemachende Entdeckung, daß nämlich die Großneffen nur Ersatz-Erben waren für den Fall, »daß Cäsar kein leiblicher Sohn nachgeboren« werde: »In die Sprache der römischen Testamente übertragen heißt das, daß die drei Vettern entweder als Miterben des *postumus filius* eingesetzt waren und ihnen im Falle seines Ausbleibens dessen Erbteil, ihrer jeweiligen Quote entsprechend, zugewachsen wäre – dies ist die umständlichere und seltenere Form – oder daß C. Octavius, L. Pinarius und Q. Pedius ihrerseits dem *postumus filius* substituiert, also bereits Ersatzerben gewesen sind ... Für Antonius als Vormund eines *postumus filius* ist die gleiche Diostelle der einzige Beleg.« Daher Mark Antonius später noch Cäsars Sohn von Kleopatra dem Senat offiziell ans Herz legte, womit er – vermutlich – den Haß des jungen Augustus stärker als durch alles andere hervorgerufen hat ... Und auch dessen als Notwehr empfundenen Trieb, diesen Rivalen Caesarion als den wahren Erben bei erster Gelegenheit zu killen. (Da hatte den Jungen Mark Antonius, sein vorbildlicher Stiefvater als Cäsars Freund, bereits in der Hauptstadt seiner Gattin Kleopatra als »König der Könige« inthronisiert.) Schmitthenner fährt fort: »Es war alter zivilrechtlicher Grundsatz, daß die Geburt eines *postumus filius* die Ungültigkeit des ganzen Testaments zur Folge hatte. Seit der späten Republik bestand die Möglichkeit, ihn vorsorglich im Testament zu berücksichtigen, um das Ungültigwerden des Testaments zu verhindern ... Cäsar hat von dieser Möglichkeit Gebrauch gemacht ... Die Folgerung, die daraus gezogen werden muß, ist aber die, daß die Erbeinsetzung der C. Octavius, L. Pinarius und Q. Pedius, so wie sie uns überliefert ist und wie sie dann in Kraft trat, nur eine bedingte gewesen ist, nämlich unter der Bedingung, daß Cäsar kein leiblicher Sohn nachgeboren wurde.«

Cäsars Sohn, den Schmitthenner: Kaisarion schreibt, war zwei Jahre alt, und sein Vater *wußte*, warum es völlig unmöglich für ihn gewesen wäre, ihn schon jetzt als Nachfolger namentlich zu bezeichnen: Cäsar, fünfundfünfzig, als er am 13. 9. 45 sein Testament diktierte, konnte sich – kein Prophet – ja auch sagen, dazu habe er noch Zeit. Daß er gefährdet war, hat er zweifellos gewußt – warum sonst fühlte er sich nur sicher bei seinen Soldaten im Felde? Aber daß er so *rasch* ermordet werde, wie hätte er das wissen können? Daß er an keinen anderen Sohn dachte als an den der Königin, als er einem die erste Stelle im Testament freihielt: ist selbstverständlich. Schmitthenner untersucht, wieso aus der Überlieferung herausgefälscht wurde, daß Cäsar dem Großneffen diese erste Stelle nie hatte einräumen wollen: »Wie konnte dieser Umstand gänzlich aus der Überlieferung verschwinden? Schreibtechnisch ist der Unterschied zwischen dieser Einsetzungsformel und einer, wie sie der dann beim Erbfall eingetretenen Wirklichkeit entspräche, nur gering. Man brauchte nur die wenigen den *postumus filius* betreffenden Worte wegzulassen und konnte nach der *praefatio* sofort mit ›C. Octavius …‹ fortfahren … Octavian hatte, als er die Erbschaft durch öffentliche Erklärung antrat, das geringste Interesse an der Erwähnung des *postumus*.«

Dieses »Verhalten« der Quellen, schreibt Schmitthenner – er will sagen: das Weglassen der postumus filius-Erwähnung, ist kein Zufall: »Octavian muß ihre Darstellung auch gelenkt haben. Ihm war die Einsetzung eines *postumus* peinlich. Diese Bedingung, unter der sein Erbe-Sein im Testament gestanden hatte, machte offenbar, daß eher der Zufall als die Absicht des Testators ihn zur Erbschaft gerufen hatte … Gewöhnung und ›Propaganda‹ erklären das Verschwinden eines Umstands aus der Überlieferung, der als bloße Möglichkeit nur für einen kurzen geschichtlichen Augenblick vernehmbar gewesen war. Gibt es innerhalb der publizistischen Auseinandersetzungen jener Jahre, die uns freilich nur trümmerhaft überkommen sind, gar keine Spur mehr? Vielleicht doch. Die Berichte des Cassius Dio über jene Senatsbeschlüsse, seien sie Wirklichkeit oder Gerede, in denen Cäsar die Vererblichkeit gewisser Ehren dekretiert war, könnten mit der Erbeinsetzung des *postumus* in Verbindung gebracht werden. Der berüchtigte Antrag des Helvius Cinna, dem Diktator Vielweiberei gesetzlich zu erlauben, wurde von der modernen Forschung auch damit verknüpft. Diese Stimmen einer erregten Zeit, … konnten sich bestätigt fühlen in der Erwähnung des vergeblich erwarteten Leibeserben.«

Schmitthenner urteilt dann leider konventionell-untertänig, wenn er sich darüber lustig macht, daß Eduard Meyer im gründlichsten aller Bücher über ›Cäsars Monarchie‹ diesen Antrag, Cäsar Vielweiberei zu gestatten, mit dem Satz kommentiert, von seiner Gattin Calpurnia »freilich konnte er einen Nachkommen nicht mehr erwarten ... So ließ Cäsar ein Gesetz entwerfen ...« Schmitthenner gibt zwar zu: »Nichts erfahren wir darüber, ob Cäsar in seinem Testament die Gattin Calpurnia ... irgendwie bedachte« ..., kreidet jedoch Meyer dann gradezu hohndumm an: »Das Testament und sein Verfasser hatte weder zur Zeit der Abfassung noch des Wirksamwerdens einen anderen Leibeserben im Auge haben können als den, den Calpurnia gebären würde.«

Absurd: Hier urteilt Schmitthenner, als schreibe er nicht über Cäsar, sondern über einen Durchschnittsbürger, der erst zum Rechtsanwalt läuft, um zu fragen, ob er den Rubikon überschreiten dürfe ... Schmitthenner traut Cäsar nicht zu, daß er sich, sobald das *politisch*, propagandistisch opportun gewesen wäre, von seiner Gattin – auch von *dieser* – wegen Kinderlosigkeit habe scheiden lassen, um sofort das zu tun, was kurz darauf Mark Anton ja tatsächlich getan hat: Kleopatra heiraten und mit Caesarion, seinem Stiefsohn, auch jene Kinder zu Erben, ja zu Königen machen, die Kleopatra *ihm* zur Welt brachte!

Genau dies bestätigt auch Eduard Meyer, wenn er sagt, daß Sueton Cäsars Antrag an den Senat, ihm mehrere Gattinnen zu gestatten, überhaupt nicht begriffen habe, da Sueton dieses amtliche Begehren mit Cäsars »Ausschweifungen« in Verbindung bringt: Tatsächlich mußte ja Cäsar die Frauen nicht *heiraten*, die er stets in Scharen verführt hat. Da der so anstößige Antrag noch »unmöglicher« gewesen wäre, hat Cäsar ihn nicht selber, sondern durch Helvius Cinna einbringen lassen, den bald darauf das Volk zerrissen hat bei Cäsars Leichenfeier, weil es sein Opfer irrtümlich für einen der Mörder Cäsars hielt! Eduard Meyer sagt unwiderleglich, so medioker auch Schmitthenner das zurückweist, weil er sogar wissen will, Cäsar habe nicht einmal *gedacht* (!) an diese durch Meyer aufgezeigte Begründung: »Von Calpurnia freilich konnte er einen Nachkommen nicht mehr erwarten; aber den Weg wiesen auch hier die makedonisch-hellenistischen

Monarchien, in denen der König oft genug mehrere Gemahlinnen und dann aus seinen Söhnen einen als Nachfolger bestimmt hatte. So ließ er ein Gesetz entwerfen, das ihm gestattete, beliebig viele Frauen zum Zweck der Kinderzeugung heimzuführen ... Wenn das bewilligt war, stand ihm frei, auch Kleopatra zu seiner Gemahlin zu erheben und seinen Sohn von ihr durch ein Gesetz legitimieren zu lassen. (In seinem Testament vom 13. 9. 45 hatte er ihn selbstverständlich unter dem bisherigen Recht nicht berücksichtigen können.) Das ist der Weg, den nachher in Nachahmung Cäsars Antonius gegangen ist, der Kleopatra neben Octavia zu seiner rechtmäßigen Gattin erhob ... Antonius hat denn auch Caesarion als Sohn Cäsars anerkannt. Ebendarum konnte Octavian ihn nicht dulden; während er die Kinder der Kleopatra von Antonius aufzog, ja halbwegs als Mitglieder seiner Familie behandelte, hat er den Knaben, der ihm als Rivale und berechtigterer Erbe Cäsars entgegengestellt wurde, umbringen lassen, als er in seine Hände fiel« ...

Das ist so stichhaltig wie Schmitthenners Hohn ob dieser Schlußfolgerung Meyers inferior. Wenn er vom Durchschnitt auf Cäsar schließt, vergleicht Schmitthenner den Hutmacher mit dem lieben Gott! Meyer hatte zuvor in Übereinstimmung mit allen Cäsar-Kennern noch einmal daran erinnert: »Die direkte Anknüpfung an Alexander hatte Cäsar seit langem ins Auge gefaßt. Es ist nicht nur ein Liebesverhältnis gewesen, das Cäsar im Jahre 48 mit Kleopatra angeknüpft hat – das hätte schwerlich jahrelang vorgehalten –: sondern die Königin war die letzte Erbin Alexanders und das ägyptische zugleich das letzte, wenigstens dem Namen nach noch selbständige Königreich der Kulturwelt. So hatte die Verbindung mit ihr eine weit höhere Bedeutung; und ebendarum ließ Cäsar sie im Jahre 46, nachdem sie ihm einen Sohn geboren hatte, nach Rom kommen, wies ihr eine Wohnung in seinen Gärten jenseits des Tiber an und stellte ihre Statue im Tempel der Venus Genetrix neben dem Kultbild der Göttin auf. Seine ganze Regierung hindurch ist sie in Rom geblieben ... Zum Wesen der Monarchie gehört die Erblichkeit, ... der Gedanke daran hat Cäsar sehr ernstlich beschäftigt. Daran, seinen Sohn von Kleopatra zu legitimieren, konnte er einstweilen nicht denken, wenn er auch aus seiner Vaterschaft keinen Hehl machte.«

Natürlich hat Cäsar wie *jeder* Gründer einer Dynastie gewußt, er könne unmöglich eine Mitbürgerin, die »nicht weit her«, die »nur« eine Römerin war, eine Frau »nur ihresgleichen«, zur Königin Roms erheben – sondern allenfalls eine bereits schon *von Geburt an* sogenannte »königlichen Geblüts«! Welche sonst hätte das sein können außer Kleopatra? Doch Cäsar wußte, was später Napoleon ihm nachgemacht hat: Er müsse die unerhörte Provokation gegenüber seinen Mitbürgern, *seinen* Sohn über sie zum König zu erheben, wenigstens dadurch mildern; daß er nicht *irgendeinen* seiner unehelichen Söhne, die er vermutlich mit Römerinnen hatte, zum Monarchen mache, sondern den Sohn wenigstens einer Königin; und zwar *dieser*, da Kleopatra ebenso dem damals ältesten, ehrwürdigsten Königshaus entstammte wie zur Napoleon-Zeit Marie Louise von Habsburg. Napoleon konnte aus gleichem Grunde nicht einmal daran denken, etwa seinem Sohn, den er von der Walewska gehabt hat – da die nur eine Gräfin war, aber keine Angehörige eines regierenden Hauses –, seine Krone zu vermachen, sondern allenfalls einem Sohn, der wenigstens von Mutterseite schon »kaiserliches Blut« hatte. *Daher* seine Scheidung von Josephine, die so sicher voraussehbar war wie die Cäsars von seiner Frau, hätte er länger gelebt … oder nicht mehrere Frauen heiraten dürfen.

Eduard Meyer, der ja schrieb, bevor Schmitthenner und Rosendorfer ihre sehr bedeutende Entdeckung machten, daß Adoptionen via Testament in Rom gar nie möglich waren, schreibt also auch von Mommsen ab – obgleich er sonst kein gutes Haar an ihm läßt: »Ein Mensch wie Mommsens Cäsar hat überhaupt niemals existiert … ein Schemen ohne Fleisch und Blut«; und er kopiert aus Mommsen dessen Falschmeldung, Octavian sei vom Großonkel adoptiert worden. Doch dann schränkt er überzeugend ein: »Die fundamentale Verschiedenheit der Charaktere läßt es fraglich erscheinen, ob Cäsar für Octavius große Zuneigung empfunden und ihn innerlich als den geeigneten Nachfolger betrachtet hat.« Gewiß nicht.

Cäsar hat vermutlich deshalb den Großneffen und dessen Vettern finanziell so königlich im Testament bedacht, um ihre Zuneigung zu erkaufen für den Fall, er sterbe, bevor er Caesarion legitimieren *könne*; denn erst nach seiner Abreise zur Armee (geplant für den Tag nach seiner Ermordung) sollte beim Senat das Gesuch eingereicht werden, ihm mehrere Ehegattinnen zu erlauben. Er hoffte wohl, für den Fall seines Todes würden dann diese Großneffen für Caesarion eintreten: Hätte Cäsar nicht eine so hohe Meinung vom Charakter des Octavians gehabt – warum hätte er dann *ihn* so abnorm im Testament beschenkt? Und wie hätte Cäsar vermuten können, ausgerechnet der ihm so sehr verpflichtete Blutsverwandte würde dann zum Meuchelmörder am einzigen Sohn seines Wohltäters? Daß einst gar eine Rivalität um den Thron zwischen Octavian und Caesarion zu dessen Ermordung führen könne: Konnte Cäsar schon deshalb nie vermuten, weil er ja – was wir nun durch Schmitthenner endlich erfahren haben – den Großneffen niemals zum Erben auch seiner Macht ausersehen hatte, da er an dessen Adoption schon deshalb gar nie gedacht haben kann, weil sie im Testament nicht möglich war. *Daß* er daran nie dachte, ist belegt durch die Tatsache, daß er von Gesetzes wegen den Großneffen ja zu Lebzeiten ohne weiteres hätte adoptieren *können*! Daß Cäsar das nicht getan hat – beweist, daß er's nicht *wollte* ... Warum sonst nicht?

Aber auch Schmitthenner, obgleich Hitler schon tot war, als er seine aufregenden, ja umstürzenden Forscherfunde machte; und er nie so weit geht, wie Kornemann den Caesarion einen »Mischling« zu schimpfen und folglich Cäsar einen »sohnlosen Mann«; auch Schmitthenner glaubt noch, sogar Cäsar könne nicht sein ›Halbblut‹ im Blick gehabt haben, wenn er beim Abfassen des Testaments seinen Leibeserben zum Haupterben machte, sondern nur ein Kind, das Calpurnia ihm ... nun bereits seit vielen Jahren schon *nicht* gebären konnte!

Hätte nicht Octavian in Caesarion sogar seinen – wie Mommsen ihn nennt – »eigentlichen Rivalen« ebenso zu fürchten gehabt wie später Tiberius den Augustus-Enkel: Agrippa Postumus, den Birt »schwachsinnig« nennt und Kornemann »geistig minderwertig«, womit sie nur beweisen, daß sie unglaubhafte Autoren sind, denn immerhin hatte Augustus diesen Enkel adoptiert für die Nachfolge, was er kaum mit einem »Schwachsinnigen« gemacht hätte – warum dann die Meuchelmorde? Wenn ein ›Halbblut‹ nicht thronfähig ist und der letzte der drei Enkelsöhne des Augustus »schwachsinnig«: wozu dann die Eile, sie zu »liquidieren«?

Natürlich hat Augustus, als er noch Octavian war, keine Stunde vergessen können, daß Cäsar Mittel und Autorität genug gehabt hätte, Kleopatra zu heiraten und ihren Sohn zu seinem Kronprinzen zu machen: Cäsar war aber einfach zu intelligent gewesen, das überstürzt zu tun, weil er ja sogar aus propagandistischen Gründen mit der Panik-Parole verfolgt wurde – pure Erfindung seiner Verleumder –, er wolle Rom einst als Hauptstadt aufgeben und die Residenz »seiner« Königin zur Residenz des Imperiums machen! Warum hätte er sollen? Jedenfalls hielt Cäsar den Augenblick noch nicht für gekommen, sich scheiden zu lassen und Kleopatra zu heiraten, damit er endlich seinen Kronprinzen habe. Denn warum sonst seine so umständlichen und den Großneffen herabsetzenden Vorsorgen im Testament für den *filius postumus*, da Cäsar doch *wußte*, Calpurnia könne diesen Sohn nicht mehr zur Welt bringen? Und warum, hätte er die Scheidung von Calpurnia nicht längst beschlossen gehabt, die von Schmitthenner *erstaunt* zur Kenntnis genommene Auslassung dieser Gattin im Testament? Das ist ja völlig unmöglich, diese Nichterwähnung der Ehefrau im Testament, ohne daß man voraussetzt, Cäsar habe die Wirksamkeit dieses Testaments vom 13. 9. 45 *nicht* erst für einen Zeitpunkt erwartet, zu dem er von Calpurnia schon geschieden war. Schmitthenner erzählt detailgenau von den gradezu ängstlichen Vorsorgen des Octavian, als er schon Erbe geworden war, auch noch »voll« als der Sohn – nicht nur als der Erbe – anerkannt zu werden: Was Mark Antonius zweifellos nicht nur deshalb hintertrieb, weil das die Macht des zwanzigjährigen Erbschleichers und geborenen Heimtükkers und Killers – Perugia! – ins Maßstablose steigerte, denn Octavian war ein Nichts ohne den Namen Cäsar. Sondern auch das Wissen um das nordafrikanische ›Halbblut‹, wie Rassenbewußte zweitausend Jahre nach seiner Geburt Cäsars Söhnchen schimpfen, wird den Cäsar-treuen Mark Anton, da ja auch er sich nicht schämte, der Orientalin Kinder zu machen, veranlaßt haben, in Rom die Machtsucht und Nachfolge-Gier des – nur als Jüngling – so bedeutenden und vor Ehrgeiz entstellten Großneffen zu hintertreiben: Wer immer noch glaubt, Cäsar habe sich nicht für stärker gehalten als alle römischen Verordnungen und Gesetze zusammen – wenn auch nicht für *so* stark wie die öffentliche Meinung –, um also noch zu Lebzeiten den Caesarion legitimieren zu können durch Heirat der Kleopatra, der frage doch einmal: Warum Cäsar dann Octavian nicht zu Lebzeiten adoptiert hat? Er adoptierte ihn nicht, weil er Caesarion zum Nachfolger ausersah. Als Lebender hat Cäsar wie Bismarck »Gott gefürchtet, aber sonst nichts in der Welt«. Doch war er vorausschauend genug, daß er wußte, er müsse für den Fall, bei einem zu baldigen Tode, den Caesarion noch nicht legitimiert zu haben, seinen Großneffen an sich binden und zur Dankbarkeit verpflichten durch das Riesen-Vermögen, damit der willens sei, die Hand über den noch schutzlosen, jetzt erst Zweijährigen zu halten ... Vermutlich hat Cäsar mündlich sogar die Zusage der Großneffen gehabt, sich seines Kindes schützend anzunehmen; ganz ohne Gegenleistung beschenkt keiner, der selber einen Sohn hat, so bedeutend Großneffen im Testament ... Wie hätte Cäsar ahnen können, daß ein Julier *mörderisch* an dem Kind sich vergehen werde? Man hüte sich vor jedem, der einem dankbar sein muß ... Da eine Adoption per Testament die Gesetze Roms ausschlossen, wollte nicht Cäsar von vornherein sein Testament ungültig machen, würde er dennoch im Testament das gesetzlich Verbotene angeordnet haben: daß man Caesarion im nachhinein als von ihm adoptiert betrachte. Daß er vorgehabt haben *muß*, die Königin zu heiraten, belegt die Tatsache, daß er sie sofort nach Geburt seines Sohnes aufforderte, ihre Residenz zu verlassen und für immer nach Rom zu ziehen. Für immer? Ja, erst nach seiner Ermordung reisten Kleopatra und Caesarion nach Alexandrien zurück ...

Zweifellos hat Cäsar testen wollen, ob die Römer in ihrer Mitte eine Königin dulden. Wilamowitz bestätigt, daß sie voll anerkannt war, indem er erzählt, Cicero habe nicht einmal mehr ihren Namen gebraucht, sondern einfach von »der Königin« gesprochen ... Sie gehörte dazu. Schon *das* entlarvt das Gerücht als Verleumdung: Cäsar habe Rom zugunsten Alexandrias als Hauptstadt aufgeben wollen. Er hatte, der geniale Dompteur, im Gegenteil die Römer schon dazu abgerichtet, eine Queen in ihrer Mitte nicht nur zu tolerieren, sondern sicher sogar zu lieben. Denn Gekrönte waren meist und überall weitaus populärer als nur republikanische Herrscher … wie sehr bald sich auch an Julia und den anderen Familienmitgliedern des Kaiserhauses, die stürmisch vom römischen Volk geliebt wurden, beweisen sollte.

Man geniert sich für Schmitthenners so subalterne Sicht ausgerechnet auf Cäsar – »Größe ist, was wir selber nicht sind«, definierte Jacob Burckhardt –, wenn er gleichsam unterstellt, der würde *irgendwen* gefragt haben, ob er seinen Sohn, doch »nur« ein Halbblut, legitimieren »dürfe«. Wie souverän, verglichen mit Schmitthenners Kleinbürgerblick, sieht das Wilamowitz, wenn er über die Senatssitzung, in der Cäsar abgestochen wurde, schreibt: »Die Griechen haben Cäsar immer als ersten Kaiser geführt oder besser als König, das heißt absoluten Monarchen, was er auch war. In der Senatssitzung, in der er ermordet ward, sollte er das Recht erhalten, außerhalb Italiens das Diadem zu tragen, vielleicht auch den Königstitel zu führen. Er wollte gegen Persien ziehen, in allem ein neuer Alexander … Den Senat hatte Cäsar herabgewürdigt und mit offener Mißachtung behandelt« … Und dieser *Eine*, unterstellt Schmitthenner, weil er von uns Normalverbrauchten auf diesen radikalsten aller Normalverbraucher schließt –, dieser Cäsar würde *gefragt* haben, ob er seine Frau wegschicken – seine erste wäre das ja nicht gewesen – und die Königin heiraten und ihren Sohn ebenso zum Mitregenten machen »dürfe«, wie sie selber, Kleopatra, dann Cäsars Sohn zu ihrem Mitregenten ernannt hat, bevor der Heimtücker Augustus den Jungen meuchelte? Schmitthenner, der zwar wiederholt zugibt, daß sogar er von Cäsars zweifellos umfangreich gewesenem Testament nur spärlichste Bruchstücke kennt, will dann aber doch *wissen*, daß »die Beziehung Cäsars zu Kleopatra unter dem Gesichtswinkel des römischen Rechts ohne jedes Interesse war; der Charakter des Cäsar-Testaments ist insgesamt zu römisch familiengebunden«. Schmitthenner hält also für möglich – »du gleichst dem Geist, den du begreifst« –, ausgerechnet Cäsar habe seine Beziehung – wiederum: ausgerechnet – zu *der* Frau, die ja auch nicht gerade irgendeine war!, sondern die einzige, die sich die Römer als ihre Königin hätten von Cäsar aufoktroyieren lassen; habe seine Beziehung zur Mutter des ersehnten Sohnes »unter dem Gesichtswinkel des römischen Rechts« betrachtet?

Jenes Rechts, das Cäsar nur noch unter *dem* einen Gesichtswinkel sah: Wie er es brechen könne, um Monarch zu werden …

Aber Schmitthenner bringt es sogar fertig, einen der sehr wenigen Chronisten des Cäsar-Testaments *dann* für seriös auszugeben, wenn dieser Nikolaos von Damaskus, Hauslehrer der Kinder, die Kleopatra später mit Antonius hatte und ungefähr Jahrgänger des Augustus –, wenn der (als einziger) aus Cäsars Testament überliefert, daß er seine Nichte: die Mutter Octavians gebeten habe, ihm das Begräbnis auszurichten. Das ist schicklich, sittenfest, unanstößig. Also wird das hingenommen als wahr von Schmitthenner. Wenn aber dann der gleiche Chronist Nikolaos im gleichen Text überliefert, auch von Cäsars Sohn mit Kleopatra sei im Testament die Rede, dann verwirft Schmitthenner das als »aus vielen Gründen unmöglich« … »Für die Zeit, in der das Testament abgefaßt wurde, sind die betreffenden Gerüchte nicht überliefert; die Diskussion um Kaisarion gehört überhaupt einer zehn Jahre späteren, politisch veränderten Situation an.«

Diese Behauptung ist der Gipfel der Komik: Weil aus antiken Quellen, von denen Schmitthenner selber sagt, daß sie gerade auch in einem so entscheidenden Punkt wie Cäsars Testament vor allem *Lücken* aufweisen, nicht auch noch Gerede und Gerüchte um Cäsars Sohn ablesbar sind – zu folgern, diese Gerüchte, dieses Gerede habe es vor 2000 Jahren nicht gegeben! Das Gegenteil wird wahr sein: Die Chronisten waren sich zu gut, auch noch aufzuschreiben, worüber alle Welt quatschte – »natürlich« wie über nichts anderes so häufig: über Cäsars Sohn mit der Königin … Welcher weltblinde Mangel an Psychologie, für möglich zu halten, diese weitaus pikanteste Einzelheit aus dem Leben des damals weitaus bekanntesten Menschen sei nicht *ständig* im Munde der Leute gewesen … Bedenkt man, wie sogar heute alle Welt von jedem Seitensprung im Hause Windsor berichtet, und das ist ja nun immerhin nicht vergleichbar mit dem Hause Cäsars in Rom, dann ist diese »positivistische« Behauptung Schmitthenners, sogar noch zu wissen, worüber Römer sich das Maul *nicht* verrissen haben, von einem gradezu deprimierenden »Wissenschaftsaberglauben« (Jaspers). Und von einer Ahnungslosigkeit in menschlichen Beziehungen, wie sie in *diesem* Ausmaß an Weltfremdheit nur einem pontifikalen Gelehrten-Wahn entspringen konnte ... Dies alles, wie schon erwähnt, nachdem Schmitthenner selber heftig beklagt, wie dürftig alle Quellen sind, die Cäsars so umfangreich gewesenes Testament betreffen ...

Quod non est in actis, non est in mundo? (Was nicht in den Akten ist, ist nicht auf der Welt?) Wie kann ein Historiker das noch glauben? Oder das entsprechende: Quod non legitur, non creditur: Was nicht gelesen wird, wird nicht geglaubt: Für Juristen mag das verbindlich sein, aber auch für jemanden, der die Volksstimmung anhand von Hauptstadt-Klatsch, der zweitausend Jahre zurückliegt, erforschen will? Das *muß* ja keiner. Wenn er dann aber wie Schmitthenner forsch die Behauptung hinschreibt – »forsch« darf einer nur reden, der erforscht hat: »betreffende Gerüchte« seien nicht überliefert –, dann sollte er mindestens in Rechnung stellen, daß es ja gradezu in der Natur eines Gerüchts liegt, *nicht* überliefert zu werden! Welcher Historiker schreibt Gerüchte auf? Doch daraus zu folgern, es gäbe keine? »Verba volant, scripta manent«, so sagten die Römer: Gesprochene Worte fliegen davon, geschriebene bleiben.

Der Eine, der die Erblichkeit seines Imperator-Titels und Vielweiberei – genau nämlich aus *dem* Grund (aus welchem sonst?), einen unehelichen Sohn als ehelichen anerkannt zu bekommen – vom Senat ertrotzen wollte; ferner ertrotzen wollte, wenigstens außerhalb Italiens schon König zu sein, immerhin ein Anfang –, *dieser* Mann soll sein Testament unter dem ängstlich obrigkeits-zahmen »Gesichtswinkel des römischen Rechts« diktiert haben?

Ja, wenn Cäsar unsereiner gewesen wäre! Dieser Römer, der sich nur an einer einzigen seiner zahllosen Land-Eroberungen nicht als Kriegsverbrecher vergriffen, sondern im Gegenteil sogar das Reich seiner Königin noch erweitert hat um Cypern; nicht einmal – pfui Teufel – bedenkend, daß doch Kleopatra Orientalin und also sein Sohn ein ›Halbblut‹ sei, habe an eine *andere* Frau, einen *anderen* Sohn auch nur gedacht, als er sein Testament schrieb? Da ja nicht einmal Augustus von jenem ausgeprägten Rassenfeingefühl beseelt war wie deutsche Professoren? Augustus fand bekanntlich nichts dabei, die Tochter des Römers

Mark Antonius und der Kleopatra: Selene, im Jahre 20 mit Iuba II. von Mauretanien, also mit einem Schwarzen zu verheiraten ... Absurd also zu denken, Cäsars Sohn, der »Mischling« (Kornemann) sei deshalb in den Augen des Octavian als nicht adoptions- oder regierungsfähig beseitigt worden. Daß er ermordet werden »mußte«, beweist geradezu, daß er im Gegenteil potentiell durchaus *der* Rivale des nur sechzehn Jahre älteren Großneffen seines Vaters: der *wahre* Imperator Roms war, von Mutterseite der ehrwürdigsten Dynastie der damaligen Welt entsprossen ... Während Augustus sich noch nachsagen lassen mußte, Enkel eines Geldwechslers zu sein: Was nicht zuletzt seinen Trieb aktiviert haben wird, Sondergesetze zu bemühen, um nicht »nur« als Erbe, um auch als Sohn des *»göttlichen«* Cäsars zu gelten: Octavius divi filius ... Überkompensieren ist so anstrengend, daß niemand sich dafür abzappelt, der das nicht nötig hat ...

Von kecker Genialität jedenfalls war der »Kunstgriff Octavians«, wie mit viel Nachsicht, immerhin ironisch, Schmitthenner die Fälschungen des Testaments – Auslassungen sind die raffiniertesten – nennt. Schmitthenner weist – absolut überzeugend – die Einwände Mommsens zurück, dem offenbar doch immerhin schon vorgehalten worden war, bei der von ihm erfundenen angeblichen Adoption des Jünglings durch Cäsar bleibe Skepsis geboten. Mommsen hatte offenbar eingewandt, von einer Anfechtung dieser durch Octavian behaupteten Adoption sei nichts bekannt ... Sollte Mommsen so argumentiert haben, so wäre das frecher als erlaubt, denn er wußte, wohin ein Römer gebracht worden wäre – aufs Schafott –, der *das* gewagt hätte: die göttliche Abkunft Cäsars und Octavians zu bestreiten. Schmitthenner erzählt: »›Vater‹ hieß er den Toten jedenfalls schon im November 44, als er sich in einer öffentlichen Rede verschwur: ›So wahr als mir des Vaters Ehrenstellung zu erreichen verstattet ist‹. Erst allmählich erkannte das Publikum, worauf Octavian hinauswollte. Für die meisten war es dann zu spät ... Widerstand blieb nicht aus: Die Schmähungen, gegen die Cicero den Octavian in seinen Philippiken verteidigte ... waren um so verletzender, als der Spott über seine natürliche Abstammung die von ihm angestrebte »adoptive« rundweg unbeachtet ließ. Des Antonius berühmtes Wort vom Knaben, der alles nur dem Namen verdanke (Cic. 13. Phil. 11, 24), darf ganz wörtlich verstanden werden. Da Octavian ... wünschte, sein Sohnestum durch eine förmliche Adoption bekräftigt zu haben, strebte er nach einer *lex curiata* ... Wir wissen nicht, mit welcher Begründung er die ungewöhnliche Anwendung in seinem Fall ... forderte. Solange die staatliche Apparatur nicht in seiner Hand war, gelang es ihm nicht, sie durchzusetzen ... Daß er erst dann nach seinem Willen verfahren konnte, als das Recht zugleich mit der Macht in ihm vereinigt war, löst Mommsens Beweisgrund für ... das Ausbleiben der Anfechtung durchaus auf. In den ›Gesetzen‹, die mit der *lex Titia* vom 27. November 43 v. Chr. die Schrecken der Triumviratszeit eröffneten, ging die Einzelheit der *lex curiata* bald unter. Das in göttliche Sphären erhobene Sohnesverhältnis zum *divus Iulius* hatte sie nicht mehr nötig ... Die Affäre mit Kaisarion gewinnt noch mehr Hintergrund, wenn man bedenkt, daß das illegitime ›Halbblut‹ so ... in näherer Beziehung zu Cäsar stehend scheinen konnte als sein nur mit Schwierigkeiten legitimierter ›Sohn‹ ... In den dahin zielenden Ausführungen des Antonius, die von Cass. Dio (49, 41, 2) ihm in den Mund gelegt werden, steckt ein geschichtlicher Kern (vgl. Cass. Dio 50, 3, 5).«

Noch einige Schlußfolgerungen über die Machtergreifung des noch nicht Neunzehnjährigen, zu denen Schmitthenner durch seine gründliche Quellen-Lektüre gelangte: »Octavian nannte sich sofort und nur: Cäsar.« Er hatte die Nachricht von dessen Ermordung fern von Rom erhalten, im – heutigen – südlichen Albanien; Cassius Dio: »... und als wäre es einzig zum Zweck der Erbschaftsannahme, ... betrat er Rom ... und machte sich dem Antonius gefällig ...; trotzdem litt er ... von ihm ... Unrecht. Denn wie ihn dieser auch sonst ... schädigte, so war er die *lex curiata* – die man eingebracht und gemäß deren seine Adoption in Cäsars (Familie) geschehen mußte – selbst nur scheinbar bemüht einzubringen, ließ sie aber mittels einiger Volkstribunen verhindern, damit (Oktavian), als noch nicht sein gesetzlich gewordener Sohn, nicht mit (Cäsars) Vermögen etwas unternehmen könne und auch sonst ohne größere Macht sei.«

Octavians erste Reaktion auf die Nachricht vom Attentat, faßt Schmitthenner zusammen: »Sowie er, von Appollonia herübersegelnd, in Lupiae, einem kleinen Ort landeinwärts, Näheres über die Ereignisse in Rom erfahren und auch schon eine Abschrift des Testaments erhalten hatte und in der nur wenige Meilen entfernten Garnison von Brundisium (Brindisi) die Soldaten seines ›Vaters‹ nicht weniger bereitwillig fand, ihm zur Verfügung zu stehen, als die Truppen in Epirus es gewesen waren, entschloß er sich zum völligen Namenswechsel … Es war ganz singulär und gegen allen Brauch, soweit ihn Forschung festgestellt hat, daß er seinen neuen Namen ohne jeden an die frühere Familienzugehörigkeit erinnernden Zusatz trug. Das Bewußtsein dieser Ungewöhnlichkeit kann ihm nicht gefehlt haben … Octavian, der sich von jetzt an *Cäsar* und nicht anders und nichts dazu nennt, ist die Tragweite seines Verhaltens nicht entgangen. Er wollte es so.«

Und Schmitthenner findet bereits bei Plutarch den Beleg, wie sehr schon antike Autoren nicht umhin konnten, den völlig »modern« wirkenden Propagandisten in eigener Sache in dem immer kränklichen, gleichwohl so hübschen Knaben mit sarkastischem Widerwillen zu bewundern: Als »Anfang seiner Demagogie«, drückt bereits Plutarch das aus, habe der Achtzehnjährige sich »den Namen Cäsars zugelegt«. Wie kommt die unkriegerische Advokaten-Natur des genial frechen Erbschleichers – Staatsstreich im Anwaltsbüro – bei dieser Hochstapelei geradezu lustig zum Vorschein! Und auch der Heuchler in bereits jesuitischer Perfektion, denn Schmitthenner belegt, daß der spätere Augustus seiner Aneignung des Namens Cäsar, obgleich das hier »kein sakralrechtliches Erfordernis war«, durch eine kultische Handlung auch noch die *religiöse Weihe* zu verleihen suchte: wie ja ausgerechnet Heiratsschwindler besonders hartnackig auf ihrer *kirchlichen* Trauung bestehen! Octavian vergöttlichte Cäsar, um sich sofort, selbst auf Münzen, als Gottes Sohn bezeichnen zu können: Gaius Julius Caesar divi filius!

»Octavian hat vom ersten Tag an alle Erinnerung seines vormaligen Namens unterdrückt … Cäsar hätte, nicht gehindert durch seine Würde als Pontifex Maximus, seinen Großneffen adoptieren … können. Der Diktator hat von dieser Möglichkeit keinen Gebrauch gemacht.«

Es bleibt also Schmitthenners Geniestreich, entdeckt zu haben: »... daß Cäsars Testament mit der Erbeinsetzung eines nachgeborenen Sohnes begann. Soviel Ungewißheit mit der ›testamentarischen Adoption‹ Octavians verbunden sein mag, zweifelsfrei ist, daß er nicht der an erster Stelle von Cäsar eingesetzte Erbe ist.«

Schmitthenner hat damit 1952 als erster Geschichteschreiber verständlich gemacht, was sonst auch für alle Verhaltensforscher ewig ein Rätsel geblieben wäre: *warum* Octavian glaubte, sich mit der widerlichsten seiner Untaten, die man exakter eine Tiertat nennte, besudeln zu müssen: mit der Abschlachtung von Cäsars Sohn – dem Schlimmsten an Undank, was die alte Welt kennt.

Herbst – letzter?

Weh dem, der übrig

»Wenn zwei Menschen sich lieben, kann es kein Happy-End geben, denn einer wird sterben und den andern einsam zurücklassen.«

Ernest Hemingway

Trauer-Anzeige in der F.A.Z.
Statt Bibelwort ein Satz von Hemingway.
Tod riß den Partner aus dem Bett.
Kein Lied, kein Grabspruch, kein Essay

Sagen so gültig, was – wer übrig – fühlt.
›Farewell to Arms‹ sagt's, ein Roman.
Enthüllt, fast unterkühlt
als Wahn

Für Liebe *gäb's* ein Happy-End:
bleibt einer doch zurück vom Paar!
Je einsamer, wenn's Sterben trennt,
– je inniger ihr Eins-Sein war.

Mit den Füßen voran

Nekropolis jetzt, wo dein Vaterhaus.
Meidest du's, *weil's* die Familie vereinte,
seit es Großvater erworben?

»Zeit«: Feindes Wort, Synonym für *Aus*!
hier, wo man schon den Bruder beweinte,
der noch vor den Eltern gestorben.

Meidest dein Zuhause, weil alle begraben,
bei denen du Kind warst. Gäb's einen Code
... anzusprechen, die verwesen!

Alleingang zu Gräbern; Krächzen der Raben.
Schön das Vogelbeerenrot.
Nebel, Nässe, Wind – wie Besen

Laub harsch in den Straßen fegen
– fegt dich leer dein Stimmungstief.
Vorahnung, man trage bald

– kamst bisher du ihretwegen,
weil's dich zu den Gräbern rief –,
dich zum letzten Aufenthalt

Bei den Großeltern – Füße voran.
Vertraut jeder Name, den Grabsteine nennen,
doch im Städtchen – dein Grundgefühl:

Sehen fast nur noch Fremde dich an!
Kein »Empfang«, abgebaut die »Antennen«.
Dir dringt in jedes Molekül:

Abreisen! Vergebliche Liebesmüh ...
die Heimat wiederzuerkennen.
Nie mehr Recherche du temps perdu!

Ghasel vom Glück

»Das Ghasel, ursprünglich arabisch, ... hat nur einen Reim, dem die beiden ersten Zeilen sich fügen, von da ab jede zweite Zeile«.

Golo Mann

Das Glück – ein Schmetterling
trägt keinen Ehering.

Dem fliegt es weg, gewiß,
der glaubte, daß er's fing ...

Weg wie Schmidts Katze, sagen Berliner
– lautloser als ein Seufzer verging.

Kein Haustier ist's und keins im Zoo.
Nie zu halten, kein Reimwort auf: Zwing!

Entzieht sich ironisch dem Status quo.
Wer's aus Gottes Hand empfing,

Seine Schillerfarben, den Flügelstaub
– »faßte«, wie unfaßbar gering

Seine Dauer ohne Seßhaftigkeit.
Wer mit ihm prahlte, dem zerging

Rascher als Eis im Mund zergeht
das Sichersein, das ihn umfing.

»Schmetter« – der deutsche Vokativ –
wie brutal für Schmetterling!

Ein Unterschied zu Butterfly
wie: »schrei!« zu – sing.

»Schmetter« – man denkt an Blasmusik,
nicht an der Schöpfung verletzlichstes Ding.

Launisch wie die verwöhnteste Frau,
daß noch jedem die Zunge raushing,

Den es zur Steilwand des Hoffens verlockt.
Dort ließ es ihn stehn und sagte: Spring!

Nur Narren versuchen's, zu domestizieren;
auf seine Treue gib keinen Pfifferling!

Jedem Vergleich mit zähmbaren Tieren
spottet's wie der Ring dem – Nasenring.

Und der Mensch, im Guten, im Bösen
– was er an Taten auch beging

Ob Glück ihn erhob, ob's ihn verließ:
abhängig *bleibt* er sein Unterling.

Nächstenliebe

»Roll selig hin durch diese Zeit!
Ihr Elend sei dir fremd und weit! …
Mitleid soll Sünde für dich sein!
Nur ein Gebot gilt dir: sei rein!«
Nietzsche, Sternen-Moral

»… das Thema ›Nietzsche‹ in meinen Gesprächen mit Burckhardt … wie er von ihm abgerückt sei, ›als er den Kampf gegen das Mitleid eröffnete‹. (Hier stehe ich für den Wortlaut.) ›Ich meine, er habe es noch brauchen können‹, fügte er bei.«
Heinrich Wölfflin am 14. April 1938

»Wir sollten alle miteinander Mitleiden haben.«
Goethe

Nietzsches Weltbild – verlogener Widerhall
seiner Biographie: Der hohndumm Mitleid abgelehnt,
sogar die Tötung »unwerten Lebens« verlangt

Ist *selbst* ab fünfundvierzig schon Pflegefall
seiner Mutter und Schwester, ein langes Jahrzehnt.
Als Jüngling bereits Rentner, weil dauernd erkrankt …

Unfreiwillig lehrt er: Die für Lebendes sorgen,
ob für Menschen, für ein Tier
oder nur einen Garten

Brauchen ihren Sinn nicht von Gott zu borgen,
müssen nicht grübeln, wozu sie hier …
Wo Hilfsbedürftige auf uns warten

Rechtfertigt unsre Existenz ihr Zweck:
Fürsorgetrieb – Religionsersatz!
Hat auch metaphysisch unser Denken ein Leck

– nimm deinen Wirkungsplatz
inmitten sozial Verunglückter ein
oder bei Sterbenden und Kranken …

Habt Mitleid! Sonst bleibt – zentraler Satz
der Ethik – verächtlich euer Sein:
kein Gedenken verdient, wem nichts zu danken.

Lilien

Sag's nicht – Schreckwort: »hinterblieben«
– seit die Eltern nicht mehr sind!
Bist von dort ja längst vertrieben,
wo du sorglos warst als Kind.

Wo du spieltest mit den Schwestern:
Omas Gärten-Paradies …
Gegenwärtig noch wie gestern,
doch wie lange schon verstieß

Dich aus ihm, auch deine Brüder,
das Geschick, das früher, später
– seit auch Vater starb, der Hüter –
Enkeln *raubt*, was wie die Väter

Auch noch Vater weitergab:
Stammhäuser der zwei Familien.
Pflanzt auf eures Vaters Grab
weiße Lilien.

Herbst – letzter?

»Das ist der Herbst, aber er bricht uns nicht das Herz,
uns brach das Bewußtsein – und das ist mehr.«
Gottfried Benn an Oelze, Berlin 13. 8. 1939

Der Herbst so wie immer
– doch ich nicht mehr.
Ein Gedanke, ein mir schlimmer,
seit der Koffer so schwer:

Daß diese Tournee
meine letzte gewesen.
Übertrieben, zu sagen, mein Herz tue weh.
Doch es mahnt … Wo ich vorgelesen

Hat zwar Spaß der Jungen
mich angesteckt,
meine Depression auch bezwungen,
ja Größenwahn produktiv noch geweckt.

Doch gleiche ich der Kuh, dem Pferd,
eben durchs Eisenbahnfenster gesehen,
denen ewiger Regen zu liegen verwehrt,
die kaputt auf verpfützter Weide stehen

Als spürten auch sie: Das letzte Jahr!
Weiß ich bewußter als die auf vier Beinen,
wozu ich auf Erden vorhanden war?
Kummer? Ja um *den* Menschen, den einen,

Der leiden wird, mich zu verlieren …
Absurd: Ausgerechnet den mach' ich weinen!
Doch wozu war ich da? Wie den Tieren
fehlt mir der Sinn: ich sehe keinen.

… Sicher schon ein Frevel, so zu fragen.
Man fragt ja auch nicht; man wird gefragt.
Daß uns nicht *einer* auf dem Sterbe-Laken
im Abdriften sagen konnte: Es tagt!

Geschiedene: Lustspiel-Notizen

»Zweemal jeschieden: schlimm wie viermal ausjebombt.«
Meine Berliner Zugehfrau, 1992

»Die Ehe macht mündig ... wenn ich heirate, heirate ich als Mann von Lebensart, d. h. ich lasse Madame ihrer Wege gehen und tue meinerseits, was mir gefällt. Und es lebe die Freiheit!«
Kronprinz Friedrich von Preußen an Minister Grumkow, Februar 1731

Fast alle Gesetze seien Synthesen des Unmöglichen, zum Beispiel das Institut der Ehe.
Goethe zu F. v. Müller am 19. 10. 1823

»Auf Wunsch der Witwe Brigitte Seebacher-Brandt wird die frühere Ehefrau Willy Brandts, Rut, nicht zum Staatsakt für ihren geschiedenen Mann eingeladen. Das Paar war 33 Jahre lang verheiratet und hat drei Söhne. Die Beerdigung soll nach dem Staatsakt im ›engsten Familienkreis‹ auf dem Waldfriedhof in Zehlendorf stattfinden.«
›Die Welt‹ am 14. 10. 1992

»Und dann legte er los: ›Wer die richtige Frau nimmt, der verspielt die Chance der Erfahrung. Wer ›seinen‹ Beruf findet, der bleibt nur bei sich selbst. Wer nur auf Klaviaturen spielt, die ihm nach Maß gearbeitet sind, dessen Finger lernen nicht mehr ... Denn nur, was *nicht* paßt, nur, was *nicht* für Sie gemacht ist ... nur das *Falsche* ist das Richtige!‹
Er sah nicht ironisch dabei aus.«
Günther Anders, Tagebuch, 1941

»Denn wie ich eine Vorliebe für die Schlesier überhaupt habe, so speziell für den schlesischen Adel. Er ist gewiß, nach bestimmten Seiten hin, sehr anfechtbar, aber grade diese Anfechtbarkeit macht ihn interessant und mir auch sympathisch. Es sind keine Tugendmeier, was mir immer wohltut. Ich war nie ein Lebemann, aber ich freue mich, wenn andere leben. Männlein wie Fräulein. Der natürliche Mensch will leben, will weder fromm noch keusch noch sittlich sein, lauter Kunstprodukte von einem gewissen, aber immer zweifelhaft bleibenden Wert, weil es an Echtheit und Natürlichkeit fehlt. Dies Natürliche hat es mir seit lange angetan, ich lege nur *dar*auf Gewicht, fühle mich nur *da*durch angezogen, und dies ist wohl der Grund, warum meine Frauengestalten alle einen Knacks weghaben. Gerade dadurch sind sie mir lieb, ich verliebe mich in sie, nicht um ihrer Tugenden, sondern um ihrer Menschlichkeiten, d. h. um ihrer Schwächen und Sünden willen. Sehr viel gilt mir auch die Ehrlichkeit, der man bei den Magdalenen mehr begegnet als bei den Genoveven. Dies alles, um Cécile und Effi ein wenig zu erklären.«

Theodor Fontane am 10. Oktober 1895

»*München* – Bei Trennungen ergreifen fast immer Frauen die Initiative. In 75 Prozent der Fälle tun sie den ersten Schritt. So eine Umfrage mit 3500 Frauen und Männern für die Zeitschrift ›Elle‹. Bei Frauen bis 30 stehen Untreue und Unehrlichkeit an erster Stelle. Frauen über 30 verlassen ihre Männer eher wegen deren Gefühlskälte und erotischer Einfallslosigkeit. Auf Platz drei und vier der Trennungsgründe aller Befragten rangierten Egoismus und Intoleranz des Partners. Unattraktives Äußeres ihres Gesponses ist für Männer ein Grund zur Trennung, nicht aber für Frauen.«

›Abendzeitung‹, 17./18. Februar 1996

»›Notizen!‹ rief sie, ›oh, die müssen Sie lesen! Das ist immer das amüsanteste; man kann daraus viel besser erkennen, was der Verfasser sagen wollte, als er es später schreiben kann.‹«

André Gide, Paludes, 1895

Ehe zu dritt

Links wie rechts der Autobahn von Weimar nach Westen – vierzig Kilometer vor Eisenach – stehen zwei Burgen, längst Ruinen, und am Horizont türmt sich eine dritte auf, die sechshundert Jahre und länger von Grafen von Gleichen behaust wurde. Hundertzwanzig Jahre, bevor auch die freiherrliche Nebenlinie 1947 ausgestorben ist, hat noch Schillers Tochter in diese Familie eingeheiratet, deren Enkel – Verfasser einer zwölfbändigen Kulturgeschichte – dann lächerlicherweise deshalb um 1920 Gefängnis bekam, weil er nach Verlust seines Geldes in der Inflation eine Maus in einem hochversicherten Postpäckchen an einen Juwelier versandt hatte, in der Erwartung, das arme Tier werde sich durch das Papier hindurch in die Freiheit fressen – also das Loch in der Verpackung dann vortäuschen, ein schier unbezahlbar kostbarer Edelstein sei angeblich auf dem Transport verlorengegangen: Demnach die Versicherungssumme fällig! Doch die Maus kam *erstickt* bei dem Juwelier an …

Diese blamable Albernheit, über die schon Thomas Manns Doktor Faustus Tränen gelacht hat, und eine *Ehe zu dritt* haben allein bewirkt, daß wir heute, wenn wir durch Thüringen reisen – Autobahnabfahrt Wandersleben / Mühlberg –, an diese sonst ganz und gar vergessenen Familien von Gleichen erinnert werden. Und da es in Deutschland kaum eine bessere Küche gibt als die Thüringer, sollten wir in Erfurt Mittag essen, um anschließend im Dom die beiden Frauen – in Stein – anzusehen, die *gleichzeitig* mit *einem* und demselben Mann verheiratet waren, der da in Lebensgröße auf der wunderbar gemeißelten gotischen Grabplatte zwischen ihnen ruht; sofern man für möglich hält, ausgerechnet liegend *könne* ein Mann zwischen zwei Frauen in einer Dreier-Ehe je zur Ruhe gekommen sein. Nun ja, vielleicht im Tode …

So hat denn auch Bismarcks Feldmarschall Moltke, der als noch junger Mann den Drei-Personen-Sarkophag besichtigt hat, seiner Frau am 10. 9. 1843 aus Erfurt geschrieben: »Bis vor wenigen Jahren zeigte man auf dem Gleichen eine dreischläfrige Bettstelle, und im Dom steht der Ritter zwischen den beiden Frauen, die sich indes etwas verdrüßlich anzusehen scheinen.«

Begreiflich. Denn leichter als mit nur einer / einem – wird es ja mit zweien auch noch nie jemand gehabt haben. Vielleicht aber doch, weil möglicherweise Rivalinnen wie Rivalen ihre Aggressionen untereinander verbrauchen und somit jenen Menschen, um den sie rivalisieren, damit verschonen, ja ihn verwöhnen. Dem kann aber nur auf den Grund gehen, wer es selber ausprobiert ... Gerüchteweise verlautet, *nur ohne deren Wissen* könne jemand mit zwei Partnerinnen oder Partnern leben; oder dem Rivalisierungsstreß nur entgehen, indem er / sie heimlich zu einer / einem dritten fliehe.

Je häufiger, je heimlicher Ehen zu dritt in der Gegenwart gelebt werden, je eingefleischter noch heute die Einbildung derer, die in sie eingespannt sind, besonders liberal, ja modern zu sein: Nur weil wir im sogenannten christlichen Abendland vergessen haben, daß in alttestamentlichen Zeiten gar kein Aufhebens davon gemacht wurde. Im europäischen Mittelalter allerdings war die – offiziell sanktionierte – Ehe zu dritt sensationell einmalig. Wir wissen nur von dieser *einen.* So hat diese Ehe des Grafen Ernst von Gleichen ein halbes Jahrtausend lang auch Dichter beschäftigt; auch Goethe, als er ›Stella‹ schrieb ...

Ernst von Gleichen hatte sich notgedrungen beim Papst die Erlaubnis geholt, eine zweite Frau heiraten zu dürfen, weil diese zweite, die Melechsala hieß, ihn einst aus türkischer Gefangenschaft, ja aus Sklaverei befreit hatte. Graf von Gleichen nämlich, 1228 Kreuzritter, war in Palästina als Sklave verkauft worden, bis diese Türkin, Tochter seines »Besitzers«, sich in ihn verliebte und ihm (und sich!) die Flucht ermöglichte – zweifellos gegen das Versprechen, er werde sie heiraten. In Venedig angekommen, »erfuhr« der Graf, wie er seiner Geliebten weismachte, daß seine Ehefrau doch noch am Leben sei – ritt mit der Türkin nach Rom, warf sich dem Papst zu Füßen, der die Heidin taufte und das Paar traute. Endlich nach Thüringen heimgekehrt, wurde Ernst von seiner ersten Gattin – einer geborenen Gräfin Käfernburg oder Orlamünde – so verständnisvoll empfangen, daß eine Ehe zu dritt möglich wurde.

Zwar haben Historiker – meist pathologische Besserwisser,

die alles abstreiten, was nicht schriftlich überliefert ist; schon gibt es einen, der sogar abstreitet, daß Hitler Auschwitz angeordnet hat, weil kein Papier von Hitlers Hand darüber existiert –, zwar haben sie diese Geschichte als nur »legendär« bezeichnet. Jedoch das Vorhandensein des Grabes der drei im Dom zu Erfurt können selbst sie nicht leugnen!

Mondrakete und Demokraten

– zwei Wörter mit den gleichen Buchstaben. Die Frau, die das herausfand, blickt mit den Augen und der Formulierungslust der geborenen Satirikerin auf Menschen und Szenen. Wenn man ihr aber sagt: »Schreiben Sie das auf«, lacht sie einen aus. Sie ist belesen weit über das normale Maß, immer scharf auch auf Nachrichten; übrigens auch ein bedenkenswertes Wort: Nachricht*er* sind bekanntlich – Henker! Doch diese Frau ist absolut lustlos, selber zu schreiben, obgleich sie als Maturandin mit dem Gedanken spielte, Journalistin zu werden.

Wie kommt's, daß sie einen auslacht, schlägt man ihr vor zu schreiben? Undenkbar, vermute ich, bei einem Mann; jeder Mann würde einen so ausgeprägten *Trieb* doch ausleben. Nicht aber diese (und andere) Frauen. Warum? Katia Mann, Enkelin der berühmten Frauenrechtlerin Hedwig Dohm, die viele Bücher schrieb, sagte auf die Bitte ihrer Familie, sie möge schreiben, wenigstens ihre Memoiren: »In dieser Familie muß es einen Menschen geben, der *nicht* schreibt!« Ihr Mann, ihr Schwager Heinrich, ihre drei Söhne, ihre drei Töchter schriftstellerten. Sie war begabt dazu – doch ohne Lust. Warum? Als ich zur Witwe von Karl Jaspers sagte, die sechzig Jahre lang intensiv und schriftlich an der Arbeit ihres Mannes teilgenommen hatte, warum sie nicht endlich das Buch über ihn als Menschen schreibe, lachte sie mich aus, verstand mich überhaupt nicht. »Hat *er* nicht genug geschrieben?«

Wie kommt das? Heute ist es gefährlich für einen Mann, solche Fragen aufzuwerfen – und auch nur zu fragen, warum

Frauen das nicht sich selber fragen! Als Macho wird beschimpft, wer zwar zugibt, daß Frauen vermutlich das generell intelligentere Geschlecht sind, – doch wer sich die Bemerkung erlaubt, daß ihr Trieb zu selten ausgelebt wird, Kunst und Wissenschaft zu *machen*! Konnten Frauen sich früher damit herausreden, man habe sie immer unterdrückt – doch Jungen wurden oft gezwungen, Geldverdienerberufe auszuüben, auf die sie keine Lust hatten, während alle sogenannten »höheren Töchter« freigestellt waren vom Streß, Geld verdienen zu müssen, und also durchaus hätten malen oder dichten können, wie es ja auch viele getan haben –, *heute* können Frauen nicht mehr sagen, man lasse sie nicht zu in Universitäten und »Männer«-Berufen: Schon 1872 machte in Florenz die erste Frau ihren Doktor med.

Warum aber – ist das *von Natur aus so*? – gibt es noch heute fast keine Komponistinnen, Malerinnen, Autorinnen? Warum erzählen Mädchen selber noch immer den Witz: »Wenn ich mit achtundzwanzig meinen Doktor noch nicht habe, muß ich – ihn selber machen!«

Monogame sind treulos

»Rückfälle sind keine Vorfälle.«
Gottfried Benn an F. W. Oelze, 1935

Du ziehst den Strich?
Hast ausgesiebt,
die früher dich,
die du geliebt?

Nein! Sei doch treu
statt monogam:
zählt nur, wer *neu*
als Partner kam?

Dann war's nicht viel,
wenn's nicht auch bliebe!
Dann war's nur Spiel
– doch keine Liebe.

Arm in Arm

der heilige Vater und die militantesten aller Emanzen: Bis zur persönlichen Verleumdung schreien sie gemeinsam gegen jene Ärztinnen und Ärzte an, die der humanen Auffassung sind, es gehöre zum Selbstbestimmungsrecht jeder Frau, allein darüber zu entscheiden, ob sie ein Kind bekomme. Und notfalls, wenn dieser legitime Wunsch auf nur natürlichem Wege nicht zu erfüllen ist, lieber ein Retortenbaby will oder eines aus der Leihmutter als gar keines. Warum sollte sie kein Kind haben, obwohl Mediziner ihr heute den Wunsch erfüllen können? Das Zetern des Vatikans und jener »Emanzipierten« – in Anführungsstrichen deshalb, weil keine humane, aufgeschlossene Frau einer anderen Vorschriften macht, auf welchem Weg die zu einem Kind kommen »darf« – ist so albern und reaktionär, als würde man Ärzten auch dann in den Arm fallen, wenn sie eine Prothese machen oder eine Krebsoperation. Tatsächlich ist es ja so sehr lange noch nicht her, daß die alleinseligmachende Kirche mit Terror und Scheiterhaufen gegen jene Mediziner vorging, die Leichen sezierten, um an ihnen zu lernen, wie Lebenden zu helfen sei. Jetzt ist die Kirche wieder dorthin zurückgekehrt, zu ihrem so absurden wie menschenfeindlichen Aberglauben, ein Kranker sei von Gott krank gemacht worden und darein habe der Mensch sich »zu schicken«. Es ist barbarisch und schöpfungsfeindlich, einer Frau, seit Mediziner das können, nicht zu einem Kind zu verhelfen, wenn sie ein Kind will. Und wer selber *eigene* Kinder hat, dem fehlt jedes Recht zu entscheiden, wer ein Kind wolle, solle »sich gefälligst in einem Waisenhaus bedienen«! Abgesehen davon, daß Ehepaare, die ein Kind adoptieren möchten, sich die miserabelsten Scherereien seitens der blöden Behörden auf den Hals laden. Nichts charakterisiert die Gewissenlosigkeit des Vatikans genauer als einerseits sein Verbot der Pille, anderseits sein Verbot an Mediziner, Frauen zu einem Kind zu verhelfen: Die Ärmsten der Armen in Lateinamerika haben – »gottgefällig« – jedes Jahr schwanger zu werden; Wohlhabende der Industriegesellschaft jedoch, denen nichts fehlt als ein Kind, verstoßen angeblich gegen Gott, wenn sie einen Arzt bemühen: völlig pervers, diese Denkweise der römischen Herren, die noch dazu von Liebe und Ehe nur so viel verstehen *dürfen* wie Taubstumme von Volksliedern.

Auch ist unbefleckte Empfängnis – diesmal nicht in Anführungsstriche zu setzen, da sie wörtlich gemeint und sachlich – im Gegensatz zu der im Neuen Testament – überprüfbar ist. Unbefleckte Empfängnis, beim Wort genommen, ist genau jener Vorgang, der zu Retorten-Babys und zu Leihmüttern führt. Und der nunmehr von Parteien, Kirchen, Gewerkschaften, Ärztekammern, Jugendämtern und sogar von Gesetzgebern auf eine Weise bekämpft wird, daß nur noch von *Verhältnisblödsinn* gesprochen werden kann. Verhältnisblödsinn ist, wenn man kein Wort mehr darüber verliert, daß zum Beispiel in jedem einzelnen deutschen Bundesland fünfzehn- bis zwanzigtausend Babys pro Jahr abgetrieben werden – sich aber entrüstet über die – weltweit – fünftausend (nur fünftausend auf dem ganzen Planeten!) »künstlich erzeugten« Kinder! Gipfel der Absurdität: Ein Schweizer Kinderpsychiater namens Matter, Großrat von Basel-Land, bringt die insgesamt fünfzig in der Schweiz so erzeugten Kinder ins Gespräch anläßlich seiner Sorge, daß die fünf Milliarden Bewohner dieser Erde sich in nur zwanzig Jahren auf zehn Milliarden verdoppelt haben werden! Dieser Arzt schlägt vor, kinderlosen Paaren auch deshalb ein Retortenbaby oder eines aus einer Ammenmutter strikt zu verbieten, damit die Bevölkerungsexplosion abgebaut wird! Er fordert im Ernst bei nur fünfzig so gezeugten Schweizerkindern: »Global denken – lokal handeln.« Wer solchen Verhältnisblödsinn auch noch propagiert, führt sich auf wie einer jener – nicht wenigen – Psychiater, die als Patienten ihres Fachs ihre Laufbahn begonnen haben. Viele scheinen das für eine sogar notwendige Voraussetzung anzusehen – während es in der Justiz offenbar seltener ist, daß ein Gefängnisdirektor als früherer Insasse einer Strafanstalt seine Karriere antritt.

Polizisten-Scheidungen

Eine Richterin erzählte von einem Polizisten, dem der Richter das Verbot auferlegte, wieder zu heiraten, ich hatte nicht gewußt, daß es überhaupt möglich ist, einem Menschen vor Gericht die Wiederverheiratung zu verbieten. Er hatte die soundsovielte Frau aus seiner Wohnung »herausmißhandelt«. Die Richterin erzählte, öfter als anderen Berufstätigen breche den Polizisten ihr Weltbild, ihre »Fassung« zusammen, wenn ihnen der Richter sage, sie hätten ihre Frau selbst dann nicht schlagen dürfen, wenn die Frau über sie *gelacht* habe. »An sich weiß sogar ein Polizist«, sagte die Richterin, »daß er seine Frau nicht prügeln darf.«

Doch ist er meist außerstande, einen Richter für einen ehrlichen Mann zu halten, wenn der behauptet, sogar eine Frau, die über ihren Mann *gelacht* habe, dürfe man nicht schlagen! Die »Mannes-Würde« muß ungeheuer verletzlich sein bei solchen Zeitgenossen, die einen Beruf erwählen, der ihnen nicht nur erlaubt, sondern vorschreibt, immer auf einer Backe eine Pistolentasche zu tragen, die so groß ist wie ein Lendenschurz. Schauerlich, daß neulich ein Statistiker herausfand, der Lieblingsberuf zahlloser Schuljungen sei – Polizist!

Wider die heilige Kuh Zweierbeziehung

Die Ehe kann deshalb nicht die ideale Lebensform sein, weil gerade die Partner einer *guten* Ehe, die ein Leben lang gehalten hat, fast mitsterben vor Einsamkeit, wenn einer von ihnen gestorben ist. Warum wird aus der Zweierbeziehung eine solche heilige Kuh gemacht? Der Alleinbesitzer-Anspruch an den Körper des Ehepartners ist ohnehin widernatürliche Heuchelei, sonst wäre Ehebruch nicht so häufig wie die Ehe. Warum tun sich nicht vier oder sechs zusammen, die dann später, in den Jahren, in denen Menschen sterben, ihr eigenes Altersheim bilden, dessen Kopfzahl sie dadurch ergänzen, daß sie allein Zurückgebliebene in ihre Gemeinschaft aufnehmen? Die Zweierbeziehung ist jedenfalls die durch den Tod verletzbarste von allen. Und die – auf die Dauer – erotisch unbefriedigendste; sonst würde nicht fast regelmäßig aus ihr ausgebrochen. Doch wird nicht nur von Zynikern behauptet, wer mit *zweien* lebe – gleich, ob Mann, ob Frau – werde derart schikaniert, daß er (oder sie) ausreißen müsse zu einem (oder einer) Dritten.

»Ausspannen«

beobachtete ein zweiundvierzigjähriger Arzt, kinderlos, geschieden, also auch materiell attraktiv, sei offenbar das Hobby vieler Frauen. »Komme ich irgendwo allein hin – bin ich keiner interessant. Komme ich mit einer Frau, geht's los ... ganz offensichtlich will dann eine, auch mehr als eine eventuell, mich jener ausspannen, mit der ich gekommen bin. Unmöglich, daß es denen *um mich geht* – nein, sich eine andere als Rivalin aufzubauen, *das* ist ihre Lust!« Dem entspricht die Erfahrung, daß nur jene Männer, die Berufskollegen beurteilen, das heißt: aburteilen - *noch* dümmer reden als Frauen über Frauen! Und dem entspricht auch, daß jene Agathe, die demnächst – nach ihren zwei Ehen – die zentrale Leidenschaft ihres ganzen Lebens mit ihrem Bruder Ulrich erleben wird, mit dem »Mann ohne Eigenschaften«, wie Robert Musil ihn nennt in seinem Roman, daß Agathe einmal zu ihrem Bruder und Geliebten sagt: »Abneigung bei nahem Beisammensein gibt es besonders bei Frauen. Ich habe mich nie an Frauen gewöhnen können!«

Ja, deren Mangel an Solidarität untereinander hat es überhaupt nur den Männern ermöglicht, sie so zu mißhandeln und das so lange zu tun, daß »Emanzipation« als Programm zur Lebensparole wenigstens *der* Frauen wurde, die keinen Mann haben und von keinem gehabt werden und verständlicherweise deshalb Männer allesamt verabscheuen. Übrigens ist diese Abneigung der Agathe gegen Frauen keine konventionelle, sondern genetisch bedingt. Denn nicht anders als diese österreichische

Aristokratin des Jahres 1913 hat vierzig Jahre später der erste schwarze Weltstar der Geschichte, die Tänzerin Josephine Baker gesagt: »Ich bin zum Star der Girls geworden, was die übrigen Mädchen fuchsteufelswild macht. Sie bezeichnen mich als Halbaffen und versäumen keine Gelegenheit, mir eins auszuwischen, so daß ich mich schließlich nicht mehr in ihrer Garderobe schminke, sondern draußen, meistens auf der Toilette. Dort habe ich wenigstens meine Ruhe! Und als eine von ihnen mir beim Hinauslaufen auf die Bühne ein Bein stellt, fälsche ich instinktiv meinen Sturzflug in einen komischen Effekt um, der meinen Erfolg verdreifacht. In Zukunft wird sie es bleiben lassen.«

»Ausspannen« scheint derart überhand zu nehmen, daß Zeitungen davor warnen, so neulich die ›Berliner Morgenpost‹: »Achtung Liebes- und Ehepaare! Der beste Freund oder die beste Freundin können zur ganz großen Gefahr werden. Als alte Jugendfreunde werden sie vorgestellt und verlieben sich prompt dann in den Liebespartner.« Beispiele macht das Blatt an Namhaften fest: »James-Bond-Darsteller Roger Moore ist der besten Freundin seiner Frau in die Liebesfalle gelaufen, nachdem die ihren Mann verloren hatte … Formel-I-Weltmeister Schumacher hat sich um die Herzensdame seines Freundes gekümmert; die hatten regelmäßig Streit. Schumacher, als Schiedsrichter gerufen, war der schnelle Tröster, als das Paar sich nach einem Krach trennte.« Nun läßt er sich scheiden, um die Freundes-Braut zu heiraten. Tennisspieler Soundso hatte »mit großen Augen die Verlobte seines Jugendfreundes kennengelernt – die auch große Augen machte und bald dem Bräutigam gestand: ich habe mich verliebt« …

Komödien sind das allenfalls für Zuschauer, nie für die Betroffenen. Doch das war immer so – ja, man darf folgern: Komödienfiguren von Rang sind *ausschließlich solche*, die, was ihnen geschieht oder was sie tun, oft auch tun *müssen*, keineswegs komisch finden *können*, sondern unendlich dabei leiden! Schließlich hat die bedeutendste Lustspiel-Figur, die wir Deutsche haben, der Schuster Wilhelm Voigt, bekannt als ›Hauptmann von Köpenick‹, fast alle seine sogenannten besten Jahre im Zuchthaus abgesessen – für Nichtigkeiten. Und Dorfrichter Adam ist ein bedauernswerter Schwerverkrüppelter, der fast den Schädel zertrümmert kriegt mit dem Krug, nur weil er endlich einmal an ein Mädchen will … Verallgemeinern darf man das nicht, doch sehr häufig ist der Anreiz für einen Mann, dem Freund die Gefährtin auszuspannen – ein Wort, das nicht zufällig so nahe mit Gefahr verwandt ist –, dessen beruflicher Erfolg, der den seinen überstrahlt. Und sehr häufig vertreiben Frauen die Gefährtin eines Mannes, weil sie jünger und schöner ist als sie selbst. Rivalität unter Männern ist berufsbedingt; unter Frauen geschlechtsspezifisch. Eros wird harmloser in dem Maß, in dem er zivilisierter wird. Niemand hat das brutaler und erfahrungsreicher konstatiert als der langjährige Berliner Facharzt für Haut und Geschlechtskrankheiten Dr. med. Gottfried Benn; er schreibt am 5. 3. 49 an seinen Verleger Erich Reiss nach New York: »Den Sonderteil Ihres Briefes haben meine Frau und ich mit lebhafter Anteilnahme studiert. Liebe und Ehe! Ein seltsames Kapitel. Daß Sie bei Ihrer Erfahrung nicht wissen, was los ist, begreife ich nicht. Die Ehe ist doch eine Institution zur Lähmung des Geschlechtstriebes, also eine christliche Einrichtung, Abraham und Odysseus litten nicht an ihr. Für den Mann gibt es doch nur die Illegalität, die Unzucht, den Orgasmus, alles, was nach Bindung aussieht, ist doch gegen seine Natur. Eine Banalität! Hamsun sagt: es gibt nur eine Liebe –: die gestohlene, – er hat recht. In der Ehe gibt es Wirtschaftsfragen, Essensfragen, Geselliges, »gemeinschaftliche Interessen« – alles Torpedierungen des Sexus. Die menschliche Bindung an die Gattin lähmt das Gemeine, Niedrige, Kriminelle, das jedem echten Koitus für den Mann zugrundeliegt, er wird impotent, aber diese Impotenz in der Ehe ist *eine Ovation für die Ehepartnerin als Mensch.* … Ich rede ganz im Ernst und spreche aus meiner ärztlichen Erfahrung, die ja in Hunderte von Ehen sieht. Trotz dieser Tatsachen würde ich doch zu den medikamentösen Hilfen greifen: Kalk, Vitamin E, Testoviron u. Hypophysenpräparate –, damit Sie die Ovation für Ihre Gattin nicht übertreiben.«

Gemischtes Doppel

Als Szenarium einer – vielleicht – so betitelten Komödie: Clarissa spürt zum drittenmal, daß »es beißt« – sie hat also beim Akt etwas aufgelesen, ohne wissen zu können, ob beim Ehemann, ob beim Liebhaber. Das sie mehr seelisch bedrohende als körperlich spürbare Brennen ist nach einer Woche vorbei. Dennoch ging sie – zum zweitenmal schon – wegen dieses nun bereits zum drittenmal aufgetretenen Brennens zu ihrem Arzt, der sofort die Harmlosigkeit konstatiert, aber doch einen Abstrich macht, den er ans histologische Institut einschickt, das eine Kultur anlegt. Der Befund nach zehn Tagen: Das harmlose Beißen an der Vagina war nur das äußerliche Signal für eine Immunschwäche, die allein durch den Akt übertragen worden sein kann – und die ungefährlich ist, wenn man sie mit vier radikalen Kapseln, auf einmal zu schlucken beim Abendessen ohne Alkohol, bekämpft. »Wenn Sie das nicht machen, meine liebe Frau Soundso, dann kommen Sie in einem Jahr spätestens als Patientin zu mir, dann wird es ernst!« Und da er Clarissa schon lange kennt, fügt er hinzu: »Ihr Leben geht mich nichts an, aber Ihre Gesundheit – und auch die Ihres Mannes, obgleich der ja nicht mein Patient war, bisher!« Sie denkt hinzu: Und auch *Ihr* Patient niemals werden darf …

Acht Tage später hat Clarissa bereits beim Anruf der Sprechstundenhilfe, sie möge (wegen des Ergebnisses der Untersuchung im histologischen Institut) bei ihrem Arzt vorbeikommen, an Tonfall und Ironie der Telefonierenden gemerkt, daß »es« gefunkt hat. Am Gesicht der Sprechstundenhilfe liest sie den Rest ab: Daß die nun weiß, Clarissa »geht fremd«! Der Arzt sagt ganz unverblümt: »Wenn es sein *muß* – aber warum machen Sie das! Ich kenne Sie so lange, daß ich Ihnen das doch sagen darf, als alter Mann – obwohl, wiederhole ich, Ihr Lebenswandel mich ja gar nichts angeht, aber eben doch Ihre Gesundheit. Und die ist erheblich gefährdet in spätestens einem Jahr, wenn Sie Ihren Mann und den - *anderen* nicht dazu bringen, diese Kapseln zu schlucken, die Sie zu einem nassen Lumpen machen für

24 Stunden, so sehr räumen die auf in Ihrem Inneren. Aber dann ist es vorbei« ... Clarissa sagt: »Danke – aber das wird schwer werden, meinem Mann, der garantiert keine Freundin hat« ... Der Arzt kontert: »Garantieren kann das keiner« ... Dieser Einwurf erleichtert Clarissa ein wenig; es ist ihr nun weniger peinlich, erwischt worden zu sein – und nur deshalb hat der fuchsige Mediziner, der ja nicht will, daß sie beim nächstenmal zu einem Konkurrenten läuft, das auch gesagt. Sie schließt: »Ja, nun – Herr Doktor, vielen, vielen Dank, ich werde es schon schaffen, meinem Mann zuzumuten, jetzt zum drittenmal dies verdammte Zeug zu schlucken, das einen ja wirklich für den ganzen nächsten Tag auf die Matte haut!«

Natürlich hilft ihr der Arzt, den plausiblen »Grund« zu formulieren, warum angeblich das Ehepaar diese vier Tabletten Fasgyn 500 – Trichomonadizid zur Eindosisbehandlung, hergestellt in der Pharmazeutischen Fabrik Pfizer in Zürich – abermals schlucken muß: Seife, die unverträglich ist, ja ein Klodeckel in der Firma, in der er oder sie arbeiten, können das Brennen – das er ja nie gespürt hat – ausgelöst haben, das in Wahrheit allein im Akt seine Ursache haben *kann;* aber von der sich anbahnenden Krankheit in ihrem Inneren hatte sie natürlich ihrem Mann kein Wort gesagt – sondern allein vom »Brennen« an den Schamlippen ...

Das Gemischte Doppel ist nun das Gerüst, die Szenenfolge der Gesellschafts-Komödie. Komisch ist nur das, bekanntlich, was durch eine ganz intime Nähe zum Lebensgefährlichen gekennzeichnet ist: Dorfrichter Adams Drohung, Eves Geliebten als Söldner in fremde Kontinente deportieren zu lassen, ist ebenso ernst – wie des Hauptmanns von Köpenick Verzweiflung, keine Aufenthaltsgenehmigung und folglich keine Arbeit zu bekommen und keine Arbeit zu kriegen, weil er keine Aufenthaltsgenehmigung »beibringen« kann.

So ist auch das Gemischte Doppel das spaßige Karussell am Rande von Katastrophen. Fliegt ihr Ehebruch auf – wäre das für Clarissa existentiell vernichtend, denn ihr Mann hat eine königliche Pension als Gerichtspräsident zu erwarten und folglich auch sie ein gesichertes Alter, während ihr Liebhaber, der ihr Fahrlehrer war – spät hat sie Autofahren gelernt –, beruflich ein

Nichtsnutz ist, aber – wie die meisten Nichtsnutze – verheiratet mit einer tüchtigen Frau, die ihn ausgezeichnet ernährt ... Denn Männer, die selber Berufs-Nieten sind, heiraten oft reich; so zynisch wie faul sagen sie sich: »An einem armen Vater ist keiner schuld; doch einen armen Schwiegervater zieht nur ein Esel sich zu.« Die Schwierigkeit auch für ihn, seine Gattin zu überzeugen, daß sie diese Kapseln nehmen muß, kompliziert diese Posse nicht unerheblich.

Das ästhetisch Befriedigende, daß diese Komödie das technisch simpelste Gerüst hat – kein deus ex machina ist nötig, keine krampfhafte Konstruktion, die ja immer unkünstlerisch ist, kolportagehaft. (Abschreckendstes Beispiel Stendhals ›Kartause von Parma‹, deren letztes Viertel das Ganze zerstört wegen Überspannung der immer weniger glaubhaften Handlung: »Wunderliches Werk von wenig Sinn, die Kenntnis Italiens ausgenommen; zu romantisch«, notierte Thomas Mann 1953.)

Hier ganz einfach und komisch – angefangen bei der Schwierigkeit, dieses rezeptpflichtige Medikament immer in doppelter Dosis aus der Apotheke kriegen zu müssen: Es nutzt ja keinem, wenn er die je vier Kapseln nur zweimal, nämlich für sich und den Gatten (oder die Gattin) verschrieben bekommt. Wem die Kapseln verschrieben werden – dessen Ehebruchs-Partner muß sie ja immer *auch* nicht nur für sich, sondern für alle, mit denen er (oder sie) schläft, bekommen, sonst ist die Krankheit gleich wieder da ... Und da ja nur höchst selten jemand, der mit jemandem schläft, der verheiratet ist, ausschließlich mit diesem *einen* Menschen Beziehungen hat – denn was machen ein Liebhaber, eine Liebhaberin an Wochenenden, wenn die Verheirateten, mit denen sie schlafen, nie wegkönnen vom Ehepartner –, so ist der Ausdehnung dieser Szenenfolge von Natur keine Grenze gesetzt. Die Schlußpointe versteht sich von selbst, ist sozusagen eine Natur-Notwendigkeit: Daß Clarissas Mann, der Gerichtspräsident – da er eine wundervolle Sekretärin hat –, seiner Frau eines Abends mit den gleichen Worten, mit denen ein halbes Jahr zuvor *sie* ihn bitten mußte, zum Abendessen heute keinen Alkohol zu trinken, die vier Kapseln auf den Tisch legt, die sich mit Alkohol nicht vertragen. Gemischtes Doppel könnte irreführen, denn das können nur vier spielen. Hier spielen aber – wie viele mit?

»Ich bin sehr für die Polygamie!«

sagte mir am Telefon der neunundneunzigjährige Ernst Jünger soeben, am 8. Februar 1994. »Es ist eine Unverschämtheit, typisch amerikanisch, daß die Amerikaner ihren Mormonen die Polygamie verboten haben … vor allem käme sie doch den emanzipierten Frauen zugute, wenn die nicht mehr öfter als sie wollen mit einem schlafen müssen, weil der gefälligst auch noch zu anderen gehen kann.« Ich antwortete, ich sei deshalb auch dafür, weil gerade in sehr guten Ehen – wir hatten von Gertrud und Karl Jaspers gesprochen, die 61 Jahre miteinander gehaust hatten, bis er an ihrem neunzigsten Geburtstag gestorben war, 86 Jahre alt – weil gerade in guten Ehen der übriggebliebene Partner vor Melancholie fast eingeht, wenn der andere gestorben ist … Dann sprach ich Jünger auf seinen so menschlichen Essay über ›Philemon und Baucis‹ an. Er sagte: »Ja, den hab ich geschrieben zum Gedenken an ein Ehepaar, das mit dem gleichen Flugzeug abgestürzt ist … gibt ihn gar nicht mehr, diesen Essay, muß ihn mal neu auflegen lassen.«

Hodenbruch

kann eine nicht unkomplizierte Operation nötig machen. In Basel sagte ein Türke, seit vielen Jahren als Maurer geschätzt von seinem »Herr Cheeef«, wie der Gastarbeiter den Schweizer anspricht, er müsse deshalb für zwei, vielleicht drei Wochen ins Spital. Natürlich läßt der Türke diese Operation in der Schweiz vornehmen, wo er ja bestens versichert ist durch seine hohen Krankenkassen-Beiträge. Die »Frau Cheeefin« mahnt ihren Mann, nicht zu vergessen, am Wochenende den fleißigen Arbeiter im Krankenhaus mit einer guten Flasche Rotwein zu besuchen. An der Pforte wird ihm gesagt: Zimmer 312. Dort im Bett aber liegt nicht »sein«, sondern ein anderer, ihm fremder Türke: Ein Freund aus der Heimat des in Basel bereits »niedergelassenen« Gastarbeiters! Ein Underdog aus der Gegend des ehemaligen Troja, der nie fähig gewesen wäre, die mörderisch hohen Krankenhaus- und Operations-Kosten, ja nicht einmal den einweisenden Arzt zu bezahlen. Das hat nun alles aufgrund der Papiere und des Mitglied-Ausweises des Gastarbeiters die Basler Krankenkasse übernommen ... Dabei bleibt es auch, der Chef wird seinen Maurer nicht verpfeifen; denn gibt's ein Arztgeheimnis, so auch eines für Spitalbesucher. Immerhin, als sich nach knapp drei Wochen der »Operierte« schwarzbraungebrannt, denn er hat einen herrlichen Badeurlaub am Schwarzen Meer hinter sich, zurückmeldet zum Mauern, sagt der sparsame Schweizer: »Ihren Urlaub haben Sie natürlich nun schon gehabt! Reden wir nicht darüber.« Das sagt sich der Türke auch, sagen sich alle drei: Der Maurer, der ganz unbesorgt reisen konnte, nicht nur deshalb, weil kein Mensch von einem im Krankenhaus den Paß sehen will, sondern weil ein in Basel Operierter auch nicht nach seiner Frau in Troja sehen wird. Der Unternehmer spart Urlaubsgeld. Und der vom Leistenbruch Geheilte erspart es sich, argwöhnisch der Frage nachzuhängen, ob so viel Uneigennützigkeit seines Vetters dritten Grades auch mit der Tatsache eine Berührung haben könnte, daß der Landsmann – der ohne seine in Basel kellnernde Frau in Urlaub gefahren ist – Ferien dort machte, wo zwar seine Eltern wohnen, aber auch die Frau des Operierten, die einst das schönste Mädchen war im Dorf ...

Theissen, der Gynäkologe,

sagte mir, deprimierender als seine Verurteilung zu zweieinhalb Jahren Gefängnis – sechs hatte der Staatsanwalt beantragt, gegen die ›nur‹ zweieinhalb Jahre hat er Berufung eingelegt – bedrükkender als das Urteil sei das Schweigen seiner ärztlichen Kollegen, die ihm zu Hunderten im stillen, doch niemals öffentlich ihre Sympathie bekundet hätten. Zahllose ließen ihn wissen, daß sie genau wie er handelten, gehandelt haben. Doch öffentlich stand nicht einmal die Ärztekammer, die ja nicht wie eine Einzelperson juristisch belangt werden könnte, zu diesem Arzt aus Memmingen, der natürlich nach zweieinhalb Jahren Haft auch dann vernichtet wäre, wenn man ihm nicht obendrein die Approbation aberkennen wollte.

Über alles Medizinische hinaus eine Warnung an uns alle, an jeden einzelnen, der im Gebiet der BRD lebt: die Beschlagnahmung der Patientinnen-Kartei Theissens, die erfolgte, als habe es nie eine ärztliche Schweigepflicht gegeben. Die Justiz – und folglich auch deren Hure, die Presse – hat diese Kartei ausgebeutet ohne jede Rücksicht auf die Frauen, deren Krankengeschichte sie enthält. Eine Ehe wurde geschieden, weil der Ehemann durch die Auswertung dieser Kartei und eine polizeiliche Vorladung seiner Frau herausgefunden hat, daß das abgetriebene Kind nicht von ihm gewesen sein kann ... Dies alles wird jetzt dem angeklagten Theissen aufgelastet, der selber so anständig geblieben ist, auch in höchster Not die Schweigepflicht noch zu achten. Er hätte viele Frauen als Zeuginnen für sich vor Gericht ziehen können – jene nämlich, denen er es ausgeredet hatte, ihr Kind abzutreiben. Theissen verzichtete auf diese Zeuginnen, nachdem er vor Gericht erleben mußte – er hatte das nie für möglich gehalten, sonst hätte er keine Kartei angelegt –, daß die Namen von Frauen öffentlich verlesen wurden, an denen er eine Abtreibung vorgenommen hatte. So kam er zu dem Schluß, es könnten Kinder unglücklich werden, erführen sie, daß ihre Mütter sie hätten abtreiben wollen. Aus Menschlichkeit verzichtete er darauf, diese Frauen in den Zeugenstand rufen zu lassen, obwohl sie angeboten hatten zu bezeugen, daß er nur in Notfällen abgetrieben habe. Weh dir, daß du ein Deutscher bist – in keinem anderen Lande Europas hätte sich die Justiz so hart an solch einem Arzt vergriffen wie im CSU-Staat Bayern.

Oh, arme Männer

Wenn das die Emanzen erfahren: Fernsehen belehrte mich, daß Blatthühner – vielleicht so genannt, ich weiß das nicht, weil sie sogar auf Blättern von Wasserpflanzen gehen oder doch über sie hinhuschen können, denn ihre Schwimmhäute oder Zehen (oder sagt man Krallen?) sind sehr breit –, daß also Blatthühner ihre Eier nicht selber ausbrüten, sondern das Brutgeschäft *den Hähnen* überlassen! Sobald die Hühner die befruchteten Eier gelegt haben, lassen sie ihr Gelege im Stich und laufen zu einem anderen Hahn, sich besteigen zu lassen. Die zurückgelassenen Eier aber müssen von ihrem verlassenen Hahn ausgebrütet werden, der dann sogar mit umsichtiger Intelligenz die hell weiß leuchtenden Innenseiten der an sich gut getarnten Eierschalen auf die großen Blätter ebenfalls leuchtendweißer Seerosen trägt, um so die Blicke der Raubvögel irrezuführen: Die sollen nicht entdecken, daß hier Eier gelegt wurden, damit sie nicht die Küken vertilgen! Eine wütende Emanze – ach, wütend sind ja fast alle! – würde als Justizministerin zweifellos die Brutpflege der Blatthähne als Anregung nehmen, auch den menschlichen Männchen gesetzlich die Wickelkindobhut als Fürsorge-Pflicht aufzuzwingen. Schon Simone de Beauvoir, die mehr zur Befreiung der Frauen im 20. Jahrhundert geleistet hat als jede andere, seufzte: »Wehe den Männern, die einst vor einem weiblichen Richter stehen müssen!« Was uns natürlich daran erinnert, wie fürchterlich Männer als Richter wehrlosen Frauen zugesetzt haben, speziell als Priester den »Hexen« … Allein in Spanien hat die alleinseligmachende Kirche Jesu Christi fünfmal so viele Frauen verbrannt, wie zu Beginn des 16. Jahrhunderts Barcelona oder Rom, Antwerpen oder London oder Köln Einwohner zählten! Bis zu Beginn des 17. Jahrhunderts zählten noch Städte wie Hamburg oder Wien oder Prag nur 40 000 bis 60 000 Einwohner – aber mehr als eine Million europäischer Frauen endeten insgesamt auf dem Scheiterhaufen … eine sogar Auschwitz in den »Schatten« stellende Mordaktion, gemessen an der damaligen Bevölkerungszahl … (nachzulesen: ›Bevölkerungsgeschichte Europas‹, Serie Piper, Band 19, hg. von Knut Borchardt).

»Natürlich« waren die Hexenverbrenner ausschließlich Männer – wie überhaupt die weitaus meisten Kriegsverbrecher. Doch leider – wie neulich Helga Schubert in ihrer unersetzlichen Dokumentation: ›Judasfrauen‹ belegt hat, waren weitaus die meisten, die in der Nazi-Zeit einen Mitbürger durch Denunziation an den Galgen oder unters Fallbeil brachten, Frauen, Nachbarinnen, Arbeitskolleginnen, häufig auch sogenannte »beste Freundinnen« …

Judith und Holofernes

Mit diesem Begriff charakterisierte ein politischer Kommentator des NDR die dramatische Mordgeschichte, die das State Department veranlaßt hat, Nora Astorga, der stellvertretenden Außenministerin von Nicaragua, das Agrément als Botschafterin in Washington zu verweigern. Diese sehr schöne dreißigjährige Witwe (wie die biblische Judith), Mutter von vier Kindern –, also nicht Jungfrau, wie bei Hebbel groteskerweise, bei dem sie dennoch Witwe ist –, hatte im März 1978 in Managua, während der Kämpfe gegen den Diktator Somoza, dessen General Reynaldo Perez Vega, der auch in Diensten der CIA stand, in ihr Schlafzimmer gelockt und von vier dort Versteckten umbringen lassen. »Wir wollen diese Mörderin hier nicht – ihr Kommen ist einfach unangebracht«, so der inoffizielle Kommentar eines Beamten des US-Außenministeriums. Wo es ernst wird, da werden Mythen gegenwärtig.

Gold im Staubsauger

aufzubewahren wie eine Londonerin das aus Angst vor Dieben getan hat, ist einfallsreich. Doch der Tochter ebenso zu mißtrauen wie Einbrechern? Die »entsorgte« den längst defekten

Staubsauger als Sperrmüll, wo er glücklicherweise aufgegriffen und zum Trödler gebracht wurde. Ein Rentner, der ihn für fast nichts auf dem Flohmarkt kaufte, um etwas reparieren zu können, also seiner Langeweile zu entgehen, fand in ihm Schmuck im Wert von siebentausend Pfund, fahndete nach der Hausfrau, die ihn im Staubsauger versteckt hatte und bekam – verächtlich schäbig – einhundert Pfund Finderlohn.

Eine Baslerin bekam nichts zurück, als ihre Schwiegertochter die Preziosen – Schmuck dreier Generationen sehr Wohlhabender – mit der Tiefkühltruhe der Alten kostenpflichtig als »Sondermüll entsorgen« ließ. Durch Ausfall des Aggregats war die Tiefkühltruhe während einer wochenlangen Reise der Besitzerin ausgefallen, die Wohnung stank bestialisch nach Verwesendem, als die Frau des Sohnes wenige Tage vor der Heimkehr der Schwiegermutter das auch noch sommerlich stickige Haus aufschloß, um zu lüften – und sofort eine neue Truhe bringen ließ.

Es wird gesagt, der wahre Grund, statt im Banksafe *daheim* den Schmuck aufzubewahren, sei die Sucht, das Kostbarste immer in Griffnähe zu haben – wenn der Partner im Bett nicht mehr da ist, dann um so mehr das Gold. Uns hier interessiert: warum Versteckende sogar der Tochter, der Schwiegertochter nicht sagen, im Staubsauger, in der Tiefkühltruhe seien Diamanten? Würden sie vermuten, es klauten auch die Damen, brächten die Alten die Preziosen doch in den Safe der Bank. Auch würden sie zweifellos nach ihrem Tode gern den Schmuck in Händen der Enkel wissen, was ja auch gefährdet ist durchs Verstecken dort, wo Enkel noch weniger ihn vermuten als Schwiegertöchter. Mithin: Diese Geheimniskrämerei vor Tochter oder Schwiegertochter ist irrational, absurd – das heißt: durch keine Konvention bedingt, sondern generisch-hormonell. Adrenalin-Stöße beim Anblick der Frauen haben offenbar das bißchen Gehirn der Mutter oder Schwiegermutter überschwemmt. Wie zeitlos das ist – man kann's nachlesen in den Memoiren eines erzgescheiten Arztes, der von Jacob Burckhardt auf seinen Spaziergängen zu badischen Landgasthöfen als Begleiter bevorzugt worden ist. Dieser 1815 geborene Eduard Kaiser, der achtundachtzig wurde – warum schreiben nie auch Ärztinnen Memoiren? Wie gern würde ich sie lesen –, hat so freimütig in seinen ›Lebenserinnerungen eines Markgräflers‹ auch über das lebenslängliche Mißverhältnis seiner Mutter und seiner Stiefschwiegermutter zu Schwestern, Nichten, Schwägerinnen, Enkelinnen, der Braut und Schwiegertochter berichtet, wie das nur einer riskiert, der die Drucklegung seines Buches erst für einen Zeitpunkt anordnet, wenn alle Erwähnten und er selber längst tot sind. Kaiser – seine Jugendjahre hat Flake als Exposition für seinen ›Fortunat‹ benutzt – heiratete 1837, mit zweiundzwanzig, schon junger Arzt; so rasch ging das damals. Was hat sich nun geändert in den hundertsechzig Jahren seither? Berufstätigkeit und Pille haben die Frauen weitgehend mündig gemacht, ja befreit. Und auch das ›dicht bei dicht im gleichen Hause wohnen‹, im Familien-»Verband«, das in erster Linie die Dauerreibungen mit den Angehörigen unvermeidbar gemacht hat – ist glücklich überwunden. Dennoch ist erschreckend und leider zeitlos, da naturgemäß, nicht konventionell, wie die blutjunge Pfarrerstochter, die der Arzt als Frau heimbrachte, nicht nur von seiner Mutter, sondern auch von ihrem Vater, einem starren Hierarchen, behandelt wurde, der völlig in den Fingern seiner viel jüngeren zweiten Frau war. Kaisers unfreiwillig erlebtes, sarkastisch notiertes Lustspiel-Szenarium:

»Was die Hochzeitsgaben betrifft, so erhielten wir ein ganzes Magazin von Leuchtern, die wir in einer Reihe von Jahren immer wieder zu ähnlichen Geschenken los zu werden suchten. Die Aussteuer meiner Frau bestand fast ausschließlich in den Überbleibseln der Aussteuer ihrer verstorbenen Mutter, die diese 20 Jahre vorher in die Ehe gebracht hatte …

Eine noch jüngere Stiefmutter mit aufblühender, eigener Tochter wird allezeit ihre gefeierte Stieftochter als Konkurrentin ansehen, und meine Frau fühlte stets einige Befriedigung, ihre Familie nun in dem neuen, souveränen, eigenen Reich zu empfangen.

Eine weit anhaltendere und störendere Eifersucht entwickelte sich jedoch zeitig in meiner Frau gegen meine Mutter. Schwiegersöhne und Schwiegermütter vertragen sich meist leidlich und öfter vortrefflich, Schwiegertöchter und Schwiegerväter desgleichen, allein Schwiegertöchter und Schwiegermütter sehr selten und meist nur zum Schein, denn zwischen letztere drängt sich immer die Machtfrage, die Frage der Herrschaft. Und zwar nicht nur der Herrschaft und Macht im Hause, sondern vor allem der Herrschaft über den jungen Ehemann selbst. Der eigenen Mutter wird ohnehin durch die junge Frau ihr langjähriger treuer Verehrer und Untertan entwendet und sie kann sich nur selten zum Glauben entschließen, daß die Frau den Sohn wahrhaft beglücke. Umgekehrt findet die junge Frau, daß die Liebe der Schwiegermutter zum Sohn eine Art Raub an ihr begehe und jede Kundgebung der Schwiegermutter über Küche, Haushalt, Kleider, Mägde, Kinderpflege, wenn sie nicht ausdrücklich abverlangt ist, wird von der Schwiegertochter als Tyrannei, als Attentat oder Kränkung aufgenommen.

Die Zeit, geduldiges Wesen, Hilfsbedürftigkeit oder schwere Katastrophen ändern vieles zum Bessern, doch bis es soweit gekommen, hat stets der Mann alles auszuhalten, was dem Finger zwischen Türe und Angel begegnet. Mit Gründen, mit den besten Gründen der Welt, ist sicher keiner Frau beizukommen; Gründe und Beweise wirken nie auf die Frau. Will man nicht zur rauhen Diktatur greifen, so muß man in der Diskussion der Frau entweder Recht oder gar keine Antwort geben; eine Frau verachtet alle und jede Beweise.

Mit meinem Vater dagegen war Albertine stets vertraulich und später bildete sich zwischen beiden ein lustiges, kleines Kommanditverhältnis aus. Wenn ich früh ausging, besuchte er sie, plauderte ein Stündchen bei ihr, ließ sich ein Gläschen Likör oder einen guten Bissen von ihr auftragen und pumpte ab und zu einige Gulden Taschengeld bei ihr. Da meine Mutter ohne Pardon jeden Abend und Morgen seine Börse kontrollierte, so eröffnete meine Frau ihm einen Kredit bei sich, und beide freuten sich, meine Mutter in Kompagnie überlisten zu können.

... Mit der Gleichgültigkeit gegen die Kochkunst der Frau ist ein ähnliches Risiko für den Mann gegeben, wie mit seiner Achtlosigkeit auf ihre Toilette. Ein Mann der zu träg oder zu plump ist, um ein Auge oder ein Wort für eine Locke, eine Schleife, einen Schuh oder eine Mantille zu haben, der sehe sich wohl vor, statt des versäumten Wortes nicht unverhofft einen Notschrei ausstoßen zu müssen. Eine Frau will täglich beachtet, bewundert und erworben sein ...

... Meine Mutter empfing ihre Enkelin in der Einfahrt meines Hauses und ihr Willkomm' lautete wunderlich genug: »Ach, Herr Jesus Maidli, wie wüst bist Du für das viele Geld geworden!« Wuchs und Gang ausgenommen war das Mädchen in der Tat nicht besonders hübsch geworden, sondern nur ausdrucksvoll und interessant. Die große Schönheit der Mutter ist über sie hinweg voltigiert.

Meine Mutter, die nun den Backfisch in die Lehre und Mache nahm, stieß sich beständig daran, daß ihre Großtochter gar nichts könne, weder kochen noch Bohnen setzen, weder bügeln noch Möbel polieren, weder Kissen lüften noch Bettfedern putzen, weder Brod backen noch ein schönes Garn spinnen.

Daß das Hauswesen eben jetzt erst an die Reihe kommen sollte, fiel der eifrigen Frau nicht ein und daß die Hauswirtschaft von der Mutter und im Elternhaus, nicht aber im Pensionat gelehrt werden müsse, das ging ihr nicht in den Kopf. Um ihre gute Stimme auszubilden, hatte ich meine Tochter zu Fräulein Rohn an der Mannheimer Oper in die Singstunde getan. Diese Fahrten in die Singstunde nach Mannheim kosteten Geld und ich verkaufte meine alte Kuh aus dem Stalle, um meine junge Nachtigall daraus zu bestreiten. Meiner Mutter kam das überzwerch, sie meinte: ›Es wäre gescheiter, wir hätten die Kuh behalten und das Mädchen hätte melken gelernt als singen, singen kann ich, ohne daß ich Geld dafür weggeworfen hätte.‹

Kam aber die Tochter zum Kochen in die Küche oder wollte sie putzen und scheuern, anfeuern oder bügeln helfen, so trieb die Großmutter sie doch wieder fort und sagte: ›Geh mir aus den Füßen, du kannst doch nichts, ich mach es lieber allein.‹«

Undenkbar, daß so unausstehlich, so gehässig eine Großmutter einen Enkel*sohn* mißhandelt; undenkbar, daß ein Großvater seine Enkel*tochter* derart schikaniert hätte.

»Das findet man zum öfteren auch bei den Müttern, daß sie ihre Töchter von dem wirtschaftlichen Schauplatz treiben, als ob sie sonst in der herangezogenen Ersatzmännin einen Nachfolger erhielten, der sie selbst entbehrlich macht oder verdunkelt, denn die Herrschaft im Hause ist der Grundgedanke einer jeden Frau; das führt bisweilen so weit, daß die Frau auch das Kleinste und Geringste lernt und sich aneignet, um nur dadurch ihren Mägden gegenüber souverän zu bleiben oder daß sie sich in alle schlimmen Gewohnheiten ihres Mannes fügt und denselben sogar Vorschub leistet, bloß um durch dieselben ihn in ihre Hand zu bekommen und ihm unentbehrlich zu werden …

… Nach dem Tode der Mutter hatten unsere fünf Kinder, worunter drei verheiratete, den gesamten Nachlaß unserer Eltern zu verteilen … Meine Anspielung auf die miterbenden drei Frauen hingegen formuliert Eilebeute im Faust mit seinem Spruche: ›Die Frau ist grimmig, wenn sie greift.‹«

»… dieses Mädchen ist Dir weit voraus«

schrieb aus Bordeaux 1850 Richard Wagner seinem Freund Uhlig. Und fügte die Frage an: »Und woher? Durch ihre Geburt, weil sie ein Weib ist. Sie ist als *Mensch geboren* – Du und jeder Mann wird heutzutage als Philister geboren, und langsam und mühevoll gelangen wir Ärmsten erst dazu, Menschen zu werden.«

Woran mag das liegen? Ich vermute an der Strapazierung der meisten Männer durch ihre Berufspflichten. Denn das Menschliche lebt sich, weit mehr als in jedem Beruf, im Privaten aus. Und den Frauen, selbst wenn sie noch so berufstüchtig sind, steht meist das Privat-Intime obenan; es sei denn, sie haben keines … Dann entarten sie ebenso durch den Beruf wie wir Männer … In einem anderen Brief kommt Wagner, ohne es direkt auszusprechen, zu einem ähnlichen Schluß: »Mit Frauenherzen ist es meiner Kunst immer noch ganz gutgegangen, und das kommt doch wahrscheinlich daher, daß bei aller herrschenden Gemeinheit es den Frauen immer noch am schwierigsten fällt, ihre Seelen so gründlich verledern zu lassen, als dies unserer staatsbürgerlichen Männerwelt zu so voller Genüge gelungen ist.«

Auch dieser Satz erklärt beinahe das Berufsleben, das öffentliche, zur Ursache des »Verlederns« der Männer. Ich verdanke beide Zitate Joachim Kaisers unentbehrlichem Buch ›Leben mit Wagner‹.

Frauen die Politik mitbestimmt haben, desto machtvoller dürfte stets ihr Einfluß gewesen sein; jedenfalls ist es so kindisch wie komisch zu vermuten, erst mit dem Frauen-*Wahl*recht hätten die Frauen begonnen, Politik mitzugestalten! Wenn auch die barbarische Vorliebe der Frauen gerade für erdrückend autoritäre Männer in der Politik – so für Hitler und für Adenauer, obgleich kein Mensch Adenauer mit Hitler vergleichen darf – den SPD-Professor Carlo Schmidt einst zu dem verzweifelten Seufzer veranlaßt hat: »Das Frauen-Stimmrecht hat die SPD ruiniert!«

Denkt man doch auch an die Frage des Aristoteles, warum Frauen *öffentlich* mitreden sollten über Politik – da sie in Bett und Küche ja doch ihren Männern vorschrieben, was die auf dem Rathaus zu tun hätten:

Wo Frauen etwas bewirken in der Politik, verdanken sie das seltener ihrer oft überlegenen Intelligenz als ihrer ausgeprägteren Begeisterungsfähigkeit. Positiven Zielen zugewandt: ihrem Idealismus, Negativen – ihrem Fanatismus.

Franzosen und Briten

Staatspräsident Mitterrand, dessen einsamer Rang unter Politikern für mich schon ablesbar war an der Tatsache, daß er per Helikopter ins württembergische Dörfchen Wilflingen flog, um Ernst Jünger zum 90. Geburtstag zu gratulieren – seit 1827 der König von Bayern nach Weimar gefahren war, um Goethe zu gratulieren, hatte kein fremdes Staatsoberhaupt einem deutschen Dichter je eine solche Aufmerksamkeit erwiesen –, der Franzose hat den Briten einen ebenso lustigen wie souveränen Denkzettel verpaßt. ›The Times‹ hat ihn gefragt, was er dazu sage, daß alle Jahre in England ein sogenannter Spitzenpolitiker wegen Besuchs einer Prostituierten zurücktreten müsse. Mitterrand: »Würden Franzosen sich für Frauengeschichten ihrer

Politiker interessieren, könnte ich bei der Auswahl meiner Minister allenfalls auf vierzig garantiert Homosexuelle zurückgreifen.«

Selbst die immer feingesittete ›Neue Zürcher Zeitung‹, die stets genau weiß, was »sich gehört«, ist diesmal verstimmt über dieses Ausmaß britischer Heuchelei. Sie schreibt: »Sicher ist, daß Archer *Erpressern* in die Hände fiel. Sie verhalfen nicht nur sich selber zu Geld, sondern boten zusätzlich dem britischen Zeitungsleser Anlaß, sich wieder einmal jener moralischen Entrüstung hingeben zu können, die neben Rindsbraten und Yorkshirepudding zu seinen bevorzugten Sonntagsvergnügungen gehören.«

Lustig ist das Resultat einer Überlegung, warum Labourabgeordnete meist in *finanzielle*, konservative aber in *sexuelle* Affären, verstrickt sind: Die Labours, witzeln die Briten, müssen sich erst das Geld besorgen, mit dem sie dann eine Prostituierte bezahlen können. Daß ein Skandalblatt wie die Sonntagszeitung ›News of the World‹ auf *fünf* riesig aufgemachten Seiten mit kleinbürgerlichem Moralisierungseifer von diesem »Skandal« berichtet, der ja allein in England – sonst nirgendwo auf der Welt mehr – als solcher empfunden wird, verwundert nicht. Doch auch die ›Times‹, mit einem großen Foto des sympathischen Politikerehepaars unter ihrer Titelzeile, bringt diese Albernheiten im Zentrum der ersten und der zweiten Seite! Lustig ist auch, daß dieser bisher zweite Mann – nach dem ersten »Mann« Thatcher – in der Konservativen Partei momentan am Fernsehen mit einer Serie sehr viel Geld verdient, die nach einem seiner Romane geschrieben worden ist. Inhalt dieses Romans: Ein ehrgeiziger Politiker wird von einer Prostituierten erpreßt!

Wie liberal waren doch die Zeiten, als der fünfundachtzigjährige Kanzler Adenauer die dämliche Denunziation, sein Außenminister sei schwul, mit dem Satz abschmetterte: »So? Bei mir hat er's noch nich versucht, und wat andere sich von Herrn von Brentano jefallen lassen, dat interessiert mich nich!«

Walter Stürm

der populärste Schweizer, ist wieder »draußen«: Zum siebten Male ist der jetzt Sechsundvierzigjährige aus einer Strafanstalt entflohen. Er war 1971 in Zürich zu achteinhalb Jahren Zuchthaus verurteilt worden, »wegen Raubes und anderer Delikte«. Die vier Fotos, einmal der bartlose Stürm, dreimal mit so verschiedenen Bärten, daß seine Identität tatsächlich schwer unter dem Gesichtshaar auszumachen ist, zeigen einen sympathischen, unfanatisch dreinblickenden Mann, der zweifellos fast immer, wenn er »bei Frauen klingelt«, Versteck finden dürfte – Versteck in der vollen Bedeutung des Wortes, wie mir klar wird, als in meinem Eisenbahnabteil neulich die Rede auf den Ausbrecher kommt. Freilich ist er enorm gehemmt durch den Schweizer Dialekt, der ihn in Österreich und Deutschland sofort als Eidgenossen verrät. Aber er spricht auch andere Sprachen ... Eine Wahl war ihm nicht geblieben; zwar hatte er die 1971 über ihn verhängte Strafe, die er durch einen selbstgenehmigten achtjährigen »Urlaub« unterbrochen hatte, fast schon abgesessen, doch warten andere schweizerische Kantone mit langjährigen Zuchthausstrafen auf ihn. Daher es einigermaßen gekünstelt klingt, wenn sein vorerst letzter ›Herbergsvater‹ nunmehr der Presse erklärt: »Ich bin enttäuscht ... ich hatte Stürm für vertragsfähig gehalten!« Frauen hier im Zugabteil haben noch weitaus geringere Hemmungen als Männer, für Stürm einzutreten. Ich denke an Goethes Notiz: »Alle Gesetze sind von Alten und Männern gemacht. Junge und Weiber wollen die Ausnahme, Alte die Regel.« Ungefähr gleichzeitig hält es eine mittelalterliche, schöne Frau für angebracht – ich kenne sie keineswegs näher –, mir zu erzählen, sie wohnt in Deutschland, nahe der Schweizer Grenze, daß sie bei Einkäufen in Basel und Zürich, »wo man ja viel besser einkauft«, stets ihren Kursverlust durch Ladendiebstähle ausgleicht. Und daß sie keineswegs so männerfromm ist – zahmen Hunden sagt man nach, sie seien »geflügelfromm« –, sich nur mit ihrem eigenen zu begnügen. Warum erzählt sie mir das? Weil Frauen, die geistig selbständige Persönlichkeiten sind, ganz offenbar – ich erlebe diese Geständnissucht nicht zum erstenmal – Wert darauf legen, im Sinne dieser Goethe-Einsicht *nicht* für obrigkeitsdumm und angepaßt und unterwürfig der Männerwelt gehalten zu werden. Wenn Walter Stürm sich an Frauen hält – werden auch die ihn halten gegen jene, die da »Haltet ihn!« schreien … Stürm hat niemals gegen Menschen Gewalt angewendet. Sachen rauben, wenn die nicht Armen gehören, ist aber in den Augen der meisten nur ein Kavaliersdelikt. Bankraub dagegen, der mit keiner Morddrohung verbunden war, ist im Hochkapitalismus so populär, wie mit Recht in der ›Dreigroschenoper‹ gefragt wird: »Was ist der Einbruch in eine Bank – gemessen an der Gründung einer Bank?«

Daß Eros und Thanatos

– die Götter der Liebe und des Todes – Zwillingsbrüder sind, hat Thomas Mann als Erklärung dafür gedient, daß *junge* Menschen sich so viel intensiver mit dem Tode beschäftigen als alte; da sie intensiver *lieben*, kreisen ihre Gedanken häufiger um den Tod. Alte verdrängen ihn, verständlicherweise. Neulich wurde an seinem 75. Geburtstag ein großer deutscher Epiker im Fernsehen gefragt, ob er am Lebensabend das Gefühl habe, »erfolgreich« gewesen zu sein nicht nur als Dichter, sondern überhaupt als Mensch. Wie plötzlich verstört sagte er: O nein, erotisch habe er doch sicher nicht genug bekommen, zu viel versäumt. So hat – einmal – auch Bismarck mit achtzig sich geäußert. Auch deshalb offenbar bedrückt: Es muß einen Zusammenhang geben, über den wir nichts Genaues wissen, zwischen der Bereitschaft, sich mit dem Tode abzufinden, und der Gewißheit, genug körperliche Liebe gegeben und empfangen zu haben. Lebenssatt – wie es heißt – ist offenbar nur, wer liebessatt ist. Somerset Maugham, ein erfahrener Erotiker auch insofern, als er, homosexuell, es doch mit der Ehe versucht hat, erfolglos natürlich – »ich hielt mich für neunzig Prozent normal und zehn Prozent homosexuell, bis ich entdeckte, es sei umgekehrt« –, schildert in einem Roman auch zwei Hochbetagte, die deshalb angesichts des Todes seelisch im Gleichgewicht sind, gefaßt, weil sie beide – so die Deutung des Dichters – viel geliebt haben.

Nie zuvor wurde die enge Verbundenheit von Eros und Thanatos, Liebe und Tod, so eindrucksvoll ins Bild gesetzt, so überzeugend als bedeutendes Thema auch der Kunst anschaulich wie durch Isolde Ohlbaums wundervollen Fotoband »Denn alle Lust will Ewigkeit«, erotische Skulpturen auf europäischen Friedhöfen. Ein so überraschendes wie schönes Buch könnte schon als Argument genügen, die Behörden in der barbarisch-banausischen BRD daran zu hindern – was sie seit Jahren mit Eifer und mit Haß auf alles Überlieferte tun –, unsere Friedhöfe radikal »kunstrein« zu machen, indem sie sämtliche alten Grabsteine vernichten. Während früher jede Familie ein Grab immer wieder kaufen konnte, um auch Enkel und Urenkel dort beizusetzen, wo schon die Ahnen beerdigt worden sind, wodurch man ja automatisch die alten Grabsteine erhalten hat, ist das heute verboten. Es werden nicht nur die Gräber zerstört, sondern auch die Grabmäler. Wie nannte Mitscherlich diese spezifisch deutsche Eigenschaft? ›Die Unfähigkeit zu trauern‹. Isolde Ohlbaums Fotoband wird bereichert durch Totengedichte vieler Nationen. Und er legt uns die Frage nahe, ob die Fortsetzung des Aktes durch unsere mit der Polaroid-Kamera aufgekommene Lust, ihn im Bild ›festzuhalten‹, ihm Dauer zu geben, wie illusorisch auch immer es mit ›Dauer‹ bestellt sein mag, nicht auch aus Todesangst geschieht. Zwar ist ein Foto nicht die ›Ewigkeit‹, die alle Lust will – aber zu beruhigen scheint es uns vorübergehend doch, daß mehr von den Höhepunkten des Lebens bleibt als ein verwüstetes Bett. Ohne Angst vor der Vergänglichkeit wäre schwerlich ein Bild gemalt, fotografiert worden. Als jemand das äußerte, widersprach eine Frau: Abzubilden, sei's einen Leib, sei's einen Baum, steigere einfach die Lust, ihn anzusehen, anzufassen. Mit Todesangst habe das gar nichts zu tun … Wer wüßte es?

»Einfach abhauen« – nicht einfach

I.

Als Sonntag früh, am 21. Januar 1996, mein Zug Basel–Berlin vor Freiburg auf offener Strecke hielt, hatte sich – wieder einmal – ein Mensch vor ihn auf die Schienen geworfen: Neunhundert verschwinden jährlich so in Deutschland aus dem Leben:

Was man nicht in die Zeitung setzt, weil man – wie bei der Veröffentlichung von Morden an Taxi-Fahrern – den Imitations-Effekt fürchten muß... Weitaus die meisten werfen sich um Weihnachten vor eine Lok. Und zwanzig (!) Berliner verschwinden *täglich* – meist nicht in den Tod, Gott sei Dank! Am 23. November 1995 meldete das Wochenblatt ›Hallo Berlin‹, der »Leiter der zentralen Vermißtenstelle des Landeskriminalamtes«, Erster Hauptkommissar Knobel, habe gewarnt: »Im vergangenen Jahr gab es in Berlin 7385 Vermißte, davon waren 2890 Erwachsene, 2827 Jugendliche (14 bis 17 Jahre) und 1668 Kinder ... Die Gründe sind vielfältig. Mit dem Mauerfall brach auch ein System der Reglementierung und Überwachung zusammen. Viele Einrichtungen der Jugend-Arbeit brachen weg und wurden nicht kompensiert. Leistungsdruck, auch Unzufriedenheit und sozialer Abstieg sind weitere Gründe für den Anstieg der Vermißtenstatistik. Die Leute sehen keinen Ausweg mehr, und mancher versucht, den Problemen einfach davonzulaufen ...

Bei Kindern sind die Ursachen meist Abenteuerlust, Angst vor Strafe oder Mißhandlungen oder Vernachlässigung. Jugendliche haben zumeist Diskrepanzen mit dem Elternhaus, Schwierigkeiten in der Schule oder im Beruf, mitunter erste Beziehungskonflikte. Bei mehrfach vermißten Jugendlichen werden die Zeiträume ihrer ›Ausflüge‹ immer größer, die Abstände immer kürzer. Sie kennen sich dann aus in der Szene.

Bei Erwachsenen liegen die Ursachen häufig in Problemen am Arbeitsplatz. Aber auch Eheprobleme oder Überfordertsein können Auslöser einer Flucht sein. Ältere Menschen sind oft krankheitsbedingt hilflos und ohne Orientierung.

Als vermißt gilt, wer seinen gewohnten Lebensbereich, sprich

Familie, Freunde, Arbeitsstelle oder Schule verlassen hat. Bei Erwachsenen müssen auch Anzeichen von Hilflosigkeit vorliegen oder der Verdacht auf eine Selbsttötung, einen Unglücksfall oder eine Straftat.«

Wann stellen Sie die Suche nach einem Vermißten ein, fragte der Interviewer. Der Hauptkommissar: »Die Aufklärungsrate in den ersten zehn Tagen liegt bei 95 %. Für die übrigen gilt: Vermißten-Anzeigen werden dreißig Jahre offengehalten. Ständig haben wir 380 bis 400 offene Vorgänge ausschließlich der Langzeitvermißten, also Personen, die länger als drei Jahre verschwunden sind. Das waren Ende 1994 noch 84 Personen.«

Reporter Michael Kahle fragte, was die Polizei unternehme, werde ein Vermißter gefunden. Herr Knobel antwortete: »Vermißtsein an sich ist keine Straftat. Wir prüfen, ob der Vermißte Opfer einer Straftat wurde oder selbst eine begangen hat und ›getürmt‹ ist. Sollte dies zutreffen, was nur sehr selten der Fall ist, leiten wir die Vermißtenanzeige an die entsprechenden Dienststellen weiter. Ansonsten werden Kinder nach ihrem Auffinden in Verwahrung genommen und dann die Erziehungsberechtigten benachrichtigt. Bei Erwachsenen erfolgt eine Überprüfung zur Person. Suchende werden informiert, daß der Gesuchte wohlauf ist, erfahren jedoch nur mit Zustimmung des Gesuchten dessen Aufenthaltsort. Danach werden die polizeilichen Maßnahmen eingestellt.«

II.

Warum diese Statistik inmitten von Lustspielnotizen unter dem Sammeltitel: ›Geschiedene‹? Weil die sehr hohe »Aufklärungsrate« erstens überhaupt nur die Aufarbeitung dieser – sonst ja tragischen – Fälle als *Komödie* rechtfertigt. Und weil zweitens bei jenen, die in jahrelanger Partnerschaft leben, offenbar die Sehnsucht, auszubrechen, unendlich viel größer ist als noch die Kraft, das fertigzubringen. Sie sind längst zu »fertig«, das noch durchzuhalten – kehren also um. Womit keineswegs signalisiert ist, ihr Trieb, fortzulaufen, sei damit auskuriert: Im Gegenteil wird er stärker, fiebriger geworden sein, krebsfördernder wie alles seelisch gewaltsam Unterdrückte, weil's nicht klappte, ihm nachzugeben. Also bleiben sie daheim, gehen aber – nun regelmäßig – »in den Untergrund«, gehen fremd auf Stunden … Dachten sie, verschwinden zu können, bis sie merkten, sie könnten's *nicht* oder nur, um kläglich umzukehren, was war wohl der Auslöser für diese Einbildung? Sie müssen sich zum Beispiel eingebildet haben, die Scheidungskosten zu sparen, wenn sie einfach fortlaufen; vor allem aber in Panik, daher unüberlegt. Panik vor den Scheidungsscherereien. Hoffnung, denen krachlos zu entkommen.

Öfter noch als Frauen, hörten wir, gehen Männer den Ihren verloren – vermutlich nur deshalb, weil Frauen als die größeren Realisten *wissen*, sie können's doch nicht; also sich und ihren Familien den Umweg über diesen dann sowieso scheiternden Versuch ersparen und *gleich* tun, was sie wirklich auch können: Fremdgehen. Oder den Job wechseln … Oder eine erwachsene Tochter aus dem Hause setzen. Oder die Schwiegermutter.

Die Wendungen, mit denen der Ausbruchsversuch begonnen wird, sind um so wirkungsvoller, je banaler sie sich anhören. Etwa: »Ich hol uns Zigaretten.« Oder: »Wird heute später, nach der Sauna: wir feiern noch den Vierzigsten vom Peter!« Oder: »Der Hund war heute abend noch nicht draußen.«

Der Hund jault dann, nur scheinbar so verloren, wie sein »Frauchen« oder Herr es wirklich ist, auf der Treppe. Die Tage, bis heimkehrt, wer wegging, sind zweifellos für Daheimgebliebene sehr viel unerträglicher als für Fortgelaufene. Denn nur wer weglief, ahnt, wie kurzatmig seine Wut zum Aufbruch ist … Nur er hat keine Angst, den von ihm Sitzengelassenen sei »etwas« zugestoßen.

Auflehnung gegen unsere Umwelt, die uns veradministrativt, ist in *jedem*! Könnten Autofahrer ebenso wenig Abwechslung in ihre Route, ihr Tempo bringen oder Beifahrer einladen wie Straßenbahnlenker – »es ist verboten, mit dem Fahrer zu sprechen« –, so wäre die Zahl der Durchgegangenen noch viel höher. Das Auto ernährt nicht nur die Nation – jeder fünfte lebt von Autofabriken oder deren Zulieferer-Firmen –, sondern baut noch mehr Aggressionen ab als sogar Sport. Und zweifellos viel mehr als Geschlechtstrieb.

Wenn zwanzig Berliner pro Tag abhauen – wie viele *mehr* tun es allein deshalb *nicht*, weil ihre Seelenlähmung, durch Gewohnheit bereits endgültig, sie längst derart abgewrackt hat, daß sie nicht einmal mehr spielen können mit dem Gedanken an Aufruhr durch Aufbruch? Mit diesem Gedanken zu *spielen* wird in vorgerückten Jahren triebhafter sein als noch die Onanie.

Die Ohnmacht in *allen* Bürgerinnen und Bürgern, vermanagt worden zu sein sogar im Familienverbund, wurde alsbald sogar wortlos, Besonders dort, wo »Gebundene« – was für ein wahres Wort! – ungefragt fusioniert worden sind mit Leuten oder materiellen Belastungen: Mit Schwiegereltern zum Beispiel oder mißlingenden oder adoptierten Kindern oder dem ihnen aufgezwungenen Kauf eines unrentablen, da viel zu selten benutzten Sommerhauses oder Bootes, die sie nicht wollten, ohne aber ihren Unwillen auch nur zeigen zu dürfen; so wenig wie in der Firma: Wem Gott ein Amt schenkt – schenkt er auch Kollegen! Fluchtlust ist auch in vielen, weil sie sich zu Hause erbittert ausgestoßen fühlen durch eine gegen sie errichtete Koalition von Mutter nebst Sohn oder Vater nebst Tochter ... Die Radikalität zur Freiheit, auch das Geld dazu, sich als Verheirateter mit Kind eine eigene Wohnung zu nehmen wie Gottfried Benn in den zwanziger Jahren, bringt fast niemand auf; noch weniger bringen – wie Benn – ihren Partner dazu, dem zuzustimmen.

Die hier zwar belegte und dennoch ganz unglaubhaft hohe Zahl tatsächlich – mindestens kurzfristig – Untergetauchter, man muß schon sagen: Entflohener, müßte natürlich ergänzt werden durch die noch weit höhere Zahl derer, hier bereits beschrieben, die längst zu entkräftet wurden im Zivilisationskäfig, psychisch noch radikaler als materiell, denaturiert, weil domestiziert, um noch ausbrechen zu *können.* Sie schaffen es nicht mehr, schon deshalb nicht, weil Daheimbleiben, sogar in der Tretmühle der Erwerbszappelei, auch bedeutende *Bequemlichkeiten* schenkt, auf die nach Jahren ein Mensch so wenig mehr verzichten kann und will wie auf Zentralheizung, aufs Auto, auf Katze, Kind und selbst den Partner als Brötchen- und Mineralwasser-Holer und Kuscheltier.

Auch ist das Wegtauchen bis zum gänzlichen Verschwinden materiell zu schwierig, ohne mit den Gesetzen zu kollidieren, denn Freiheitsdrang, wenn ihm nachgegeben wird, kriminalisiert jeden in unserer polizeilich überwachten Gesellschafts-»Ordnung«, die dem einzelnen den *Sinn* seines Mittuns vorenthält. Doch einen Zweck – wenn schon keinen Sinn – hat sein Mittun durchaus: Dem Erwerbstrip nicht nur genügen zu müssen, sondern das zu können, ja sogar zu dürfen, gemäß Schillers so wahrer wie absolut nihilistischer Einsicht, Arbeit gebe unserem Leben seinen »alleinigen Wert«! Wahrhaftig, denn Beschäftigungstherapie bis zum Tode ist nicht nur die einzig denkbare Sinngebung für Völker, sondern auch für Individuen.

Da Verzicht aufs alltäglich denn doch noch Geliebte – obgleich enervierend Gewohnte – nur noch Unverbrauchten, also sehr wenigen möglich ist; andererseits aber der Befreiungstrieb – hinweg aus dem nur Gewohnten, Ewiggleichen –, nicht zu unterdrücken in – »Dunkelziffer« – *sehr* vielen, so kam vermutlich die damals vierzigjährige verheiratete Abgeordnete der Grünen, Frau Waltraud Schoppe, zu der Aussage im Bundestag: »Jede zweite Ehefrau will oder muß fremdgehen.«

Vermutlich weil »einfach abhauen« – keineswegs einfach ist. Sondern sehr großer Energie bedarf. Da ist es leichter, heimlich bei Tage für eine »blaue Stunde« zu verschwinden. Und wieder heimzukommen, »als ob sie«, wie Wilhelm Busch das nannte, »von nichts nichts wüßten«.

In der gleichen Geschichte, in der Goethe von einer »guten treuen Gattin« doch auch sagt: »Sie fühlte sich glücklich, daß sie ungehindert eine lebhafte Sinnlichkeit heiter beschäftigen durfte. Einen Hausfreund konnte sie nicht entbehren, und Lustbarkeit und Zerstreuungen geben ihr allein die Federkraft zu häuslichen Tugenden« – in dieser Erzählung behauptet der Autor: »Eine wahre Geschichte ist ohne Exaggeration selten erzählenswert.« Exaggeration heißt: Übertreibung.

Hier unsere Geschichte spricht aber für das Gegenteil: Wir haben nicht über-, wir haben untertrieben, nämlich auf zumeist ganz undramatische Beweggründe das Verschwinden so vieler Menschen zurückgeführt. Ob *das* nicht realistisch ist? Ob nicht in Wahrheit etwas so Triviales, aber ganz Natürliches wie Überdruß, Langeweile, Abwechslungs-Trieb *die* menschlich allgemein verbindlichen Hauptgründe für stundenweises Verschwinden so vieler sind, die in Bindungen seufzen; auch dies ein

Ersatzwort für: Fesseln ... Der angeblich ach so sittenfest moralgebundene Schiller schrieb – sehr wenig bekannt – das intimste Ehebruch-Gedicht vor Benns, des notorischen Ehebrechers: ›Blaue Stunde‹. Goethe beobachtete Schillers Abhängigkeit von Frauen: »Es ist kaum begreiflich, allein Schiller war dem Einfluß von Frauen unterworfen wie andere auch, und wenn er in diesem Fall so fehlen konnte, so geschah es mehr aus solchen Einwirkungen als aus seiner eigenen Natur.« Was hatte Schiller hier getan? Er hatte – tatsächlich unglaublich – am Schluß seines ›Tell‹, wie Eckermann beanstandete, »seinen Helden durch das unedle Benehmen gegen den flüchtigen Herzog von Schwaben so herabsinken lassen«. Schiller hatte, allzu »edel«, sprich: selbstgerecht und pharisäer-dumm den Flüchtenden als Mörder verteufelt, während »sein« Tell soeben selbst einen Meuchelmord begangen hatte. Und *das*, überliefert Goethe, hat der sonst so instinktsichere Politiker Schiller auf Geheiß von Frauen getan. So ist es wohl nur logisch, zu folgern, daß er auch sein intimstes, sein *wahrstes* Gedicht: ›Das Geheimnis‹ seinem Gebundensein an eine Frau abgewonnen hat – ein *solches* Gedicht kann niemand sich ausdenken, er muß es *erlebt* haben! Schiller besaß zur Zeit, als er's schrieb, ein Pferd – das muß man wissen, wie sonst hätte ein Bürger von Jena weit draußen im Walde eine Frau treffen können! –, mit dem er, halsbrecherisch wild im Sattel, wie beobachtet wurde, Ausritte gemacht hat, immer allein ...

Wer kennt Schillers Geheimnis? Hier also wenigstens sein Gedicht, das er so nannte:

Sie konnte mir kein Wörtchen sagen,
  Zu viele Lauscher waren wach,
Den Blick nur durft ich schüchtern fragen,
  Und wohl verstand ich, was er sprach.
Leis komm ich her in deine Stille,
  Du schön belaubtes Buchenzelt,
Verbirg in deiner grünen Hülle
  Die Liebenden dem Aug der Welt.

Von ferne mit verworrnem Sausen
   Arbeitet der geschäftge Tag,
Und durch der Stimmen hohles Brausen
   Erkenn ich schwerer Hämmer Schlag.
So sauer ringt die kargen Lose
   Der Mensch dem harten Himmel ab,
Doch leicht erworben, aus dem Schoße
   Der Götter fällt das Glück herab.

Daß ja die Menschen nie es hören,
   Wie treue Lieb uns still beglückt!
Sie können nur die Freude stören,
   Weil Freude nie sie selbst entzückt.
Die Welt wird nie das Glück erlauben,
   Als Beute wird es nur gehascht,
Entwenden mußt dus oder rauben,
   Eh dich die Mißgunst überrascht.

Leis auf den Zehen kommts geschlichen,
   Die Stille liebt es und die Nacht,
Mit schnellen Füßen ists entwichen,
   Wo des Verräters Auge wacht.
O schlinge dich, du sanfte Quelle,
   Ein breiter Strom um uns herum,
Und drohend mit empörter Welle
   Verteidige dies Heiligtum!

Auferstehung?

Hommage à Gottfried Benn anläßlich seines
40. Todestages am 7. Juli 1996

Auferstehung? · Am Preßlufthammer
Brief an eine Illegale · Konfirmationsanzug
»Nur Welle und Spiel«?
»Wir zehn kleinen Negerlein«
Philemon und Baucis sehen Nachrichten
Mayas – ewig aussichtslose
Löffelstellung im Herbst
Wirtschafts-›Ordnung‹ · Frauen und ›Helden‹
Arbeitslose · Los desastres de la guerra

Auferstehung?

»Herrn Oelze. Jene Stunde … wird keine Schrecken haben, seien Sie beruhigt, wir werden nicht fallen, wir werden steigen – Ihr Be.«

Benns letzter Brief am 16. 6. 1956

Wunsch-»Denken« selbst bei Gottfried Benn?
»Sah« er in dieser Schluß-Vision das Wahre?
Doch wie wahr *sind* Visionen, wenn
sogar ein Arzt nicht ahnt, daß schon die Bahre

Die ihn ins Eisfach trägt, vor seiner Tür?
»Malignes liegt nicht vor« schrieb er in Briefen
– trotz mörderischer Schmerzen! Kein Gespür,
daß Krebs ihn längst zerfraß … In Tiefen

Verankert seit den Kindheitsträumen
– Pfarrersohn – noch sein Jenseits-Rausch!
Aufbruch der Tod zu unbekannten Räumen?
Kein Ende? Nur von hier nach »da« der Tausch?

Der Schritt durch ein Portal? – ach, endogenen,
nicht objektiven Gründen abgewonnen:
Schemen an Wänden, Sphären-Kantilenen.
»Erschaut«, »gehört« – in nichts zerronnen.

Früh schrieb Benn einer Dänin, einer toten,
ihn leite ihre Hand: »Die wird mich nicht berühren,
das läßt der Raum nicht zu«; doch sei sie aufgeboten
– auch *ihn* dorthin zu führen

»Von da nie eine Kunde« uns Menschen je erreicht …
Kein Zweifel: Nicht geglaubt nur – *gesehen*
hat Benn sterbend – sein Abgang war dann leicht –
Gefährten und sich selber, verendend, auferstehen:

Drei Wochen vor dem Tode, dem Freund auf einer Karte
nur zwanzig Abschiedsworte vom Bett, diktiert der Frau
– kam das von *höherer* Warte?
Kann Sterben inspirieren? Zu *wahrer* Überschau?

Nun wußte Benn, er werde bald begraben,
doch schrieb: Nicht fallen – steigen!
»Jene Stunde wird keine Schrecken haben«.
Schrieb nicht mehr. Schwieg. Dies Schweigen

– nahm es zurück an Zuversicht,
was er noch Mitte Juni Freund Oelze wissen ließ?
Benn starb am 7. Juli. Ob dieses Schweigen nicht
– drei Wochen! – Entzug der Hoffnung hieß?

Am Preßlufthammer

»… ein alter Kellner, schuftend … er möchte wohl ein anderer sein. Ein anderer konnte er nicht werden.«

Benn, Alter Kellner, am 20. 10. 1938

Bist rasch vorbei
– ihm aber dröhnt
sein Preßlufthammer Stunden, Stunden
im Bauch, Herz, Hirn.
Wie wird entlöhnt,
wer so geschunden?

Vom Knie zur Stirn
mit dreißig – Schäden.
Rückgrat, Sack, Gehör kaputt.
Ist's Aufsichtsräten
bekannt, wie Schutt
dank Computer-Daten

Statt mit Preßlufthammer
durch Automaten
zu räumen sei:
Des »Proleten« Jammer
bei Zerstörung auf Raten
– keinen Wirtschafts-Hai

Hat er je bewegt.
Auf Bank-, auf Multi-Thronen
die Oberschicht
»pflegt« zu betonen,
die Inhumanes englisch spricht:
Outplacement für liquidieren …

Wenn Manager Landsleute feuern:
sie »freizustellen«; »auszusanieren«!
Billiger, Kulis heuern
im Süden, im Osten
oder in Asien produzieren
zu halben Kosten.

Arbeitgeber-Lakaien
nennen emphatisch
im Parlament
Bund, Länder, Parteien
freiheitlich-demokratisch
– wenn neunzig Prozent

Des Budgets Mittelstand
und Plebejer zahlen.
Die sind – dafür bekannt,
verachtet in Boß-Zentralen,
nie den Aufstand zu proben –,
der Finanz-Darwinisten Ideal:

Die »Herren« ewig oben,
Alleineigner am Kapital!
Underdogs ewig unten: Am Bau verschlissen
in Stahlküchen, Gruben,
ausgepreßt, weggeschmissen
wie Zahnpasta-Tuben.

Brief an eine Illegale

»Chère Madame, ich sitze wieder über Ihrem Buch ... Gestern entzückte mich von neuem Ihr Kapitel XIII. Wie schnell das geht, wie reizend, wie sicher! Nicht allerdings kann ich Ihnen verzeihen, daß M. noch am gleichen Abend ... A. die Sache erzählt. Rücksicht scheint mir wesentlich gentleman-liker als Wahrheit; dieser Beichtzwang des Mannes ist auf jeden Fall inferior, Zeichen schwacher Männer. Daher meine alte Maxime: ›Gute Regie ist besser als Treue!‹«

Gottfried Benn an Thea Sternheim. 5. VI. 1952

»Regie, nicht: Treue!«
war Benns Maxime.
Lust aufs Neue
das Legitime.

Anruf riskant,
Brief auch verrückt.
Hab' mich ermannt,
hoffe, es glückt

Zur Maschinenschrift:
Verrät nicht, wer's schrieb,
nicht, wen's betrifft.
Doch ertappt, sei so lieb

Daß Du nicht weinst!
Daß Du nicht leidest
– sondern wie einst
forsch beeidest:

»Kenne keinen Rivalen!«
Sei tief gekränkt.
Wer in Ehen, banalen,
so eingezwängt

Lerne spurlos wandern
in Stadt-Labyrinthen.
Sich durchzumäandern,
nie aufzufinden …

Mut! Jahre narrten
wir die Leute.
Willst jetzt warten,
– die nie bereute?

Komm wieder zur Sache!
Polizeilich melden,
unsre Bude? Ich lache!
Wie wir uns verstellten

Mußt Du nicht bangen,
wir sind durchtrieben
– neu anzufangen.
Was sonst ist geblieben?

Auch wir bald vergangen
wie die Zeiten, die Toten.
So wüst mein Verlangen
– schon weil's »verboten«.

Es *darf* nicht mißlingen,
Dich mittags zu sehen.
Nur vom Wege springen,
rettet die Ehen.

P. S. Denk an Effi Briest;
    keine Katastrophen:
    Was Du hier liest,
    sofort in den Ofen!

Konfirmationsanzug

»*Selbstmord* ist mein Spezialthema. Im Krieg im Oberkommando der Wehrmacht hatte ich zu bearbeiten die Selbstmorde aller 3 Wehrmachtsteile … Ich untersuchte etwa 1000 bis 1500 Fälle. (Das O.K.W. war sehr überrascht.)«

Gottfried Benn am 25. VI. 1954 an Hans Paeschke

Linkisch, kein Turner, Brillenträger
– das hatte die Armee noch hingenommen.
Doch wurde er zum Ärgernis-Erreger

– erschoß sich, um den Schindern zu entkommen,
seit er so frei wie ehrlich »eingestanden«,
er wolle Theologe werden!

Ich trug den Anzug dieses Konfirmanden,
als seine Eltern dann sein Zimmer leerten,
um Ausgebombten Platz zu machen.

Werner Eduard Sauer hieß der Nachbar.
Als »Himmelskomiker« ihn totzulachen,
sein Name schon, wie meiner, war belachbar:

Wie *das* Kasernenhof-Sadisten amüsierte!
Achtzehn, der »Schütze Arsch« – und Lesen
ihm lieber, als er »Jawoll!« schrie, exerzierte.

»Am deutschen Wesen soll die Welt genesen«
was Werners Mitrekruten längst begriffen:
Er nahm's nicht an; obgleich sie ihn so quälten

Auch seelisch noch, die ihn zum Wrack geschliffen,
bis er Soldaten – nie gezählten
in Hitlers Krieg – nachfolgte in den Suizid!

Zeitwidrig religiös. Sagt das auch mutig noch.
Einziger Sohn, geliebt, der mit den Eltern litt
– die stets zur Kirche sich bekannt …

Und hat den Alten aus Verzweiflung *doch*
Selbstmord, wozu ihm Christentum das Recht bestritt
– wie Messer in ihr Herz gerannt.

»Nur Welle und Spiel«?

»Die in den beiden vorhergehenden Reden zugrunde gelegte Auffassung vom Naturcharakter der Geschichte hätte keinen Sinn und keine Begründung, wenn sie nicht den Menschen als Wesen der Natur umschlösse«.

Gottfried Benn, Der neue Staat und die Intellektuellen, 1933

»Wir wissen nicht im entferntesten, was gespielt wird, universal gesehen, wer oder was wir überhaupt sind, woher und wohin ... Ein Spiel des Äon, ein Spiel der Parzen und der Träume!«

Gottfried Benn, Zum Thema Geschichte, 1942/43

»Gibt es für solche Leute einen anderen Sieg als zum Schluß zu sagen: Rings nur Welle und Spiel ...? Nein, solche Leute sehen sich nicht um«.

Gottfried Benn am 18. X. 1951 an Alexander Lernet-Holenia

Graffito auf einer Brücke beim Autobahnbau:
»Du steckst nicht in einem – du *bist* der Stau!«

So schrieb Jacob Burckhardt in den ›Fragmenten‹:
Wir möchten, daß wir die Welle kennten,

Auf der wir treiben im Ozean;
»allein wir sind diese Welle selbst«: Der Wahn

Einer »Wissenschaft« der Weltgeschichte
war beruhigend, doch kurz! Rasch ward zunichte

Die Illusion der Objektivität:
Woher er kam, der Mensch, wohin er geht

Mit Ahnen, Kindern, seinem Volk, auch allein:
Kein Kompaß zeigt's. Er irrt querweltein.

Was Menschen leiden, tilgt – wie Feuer Schnee –
den Zynismus jeder Theodizee.

Wellen, Wolken, Pflanzen, Tiere, Luft, Licht
und »natürlich« auch Menschen, wieso *nicht*?

– sind nur das Einatmen, Ausatmen der Natur,
Die macht sie, treibt sie *ihren* Rhythmen nach, *ihrer* Uhr.

Sie wischt den Satz weg, auf den Pfeiler gesprayt
– wie den, der ihn schreibt, liest, als Stau dort steht.

Menschenwerk, Menschen selber – ohne Spur …
Wessen Verschwinden wird zur Zäsur?

Grund? Keiner! »Jenseits von Sieg und Niederlagen«
verschwinden wir wie die Brücken, die uns getragen.

Undauer als Gesetz – da selbst Gott verschied.
Die Erde wird Wüste. Ende vom Lied.

Wozu unser Sein, hat es Zweck oder Ziel:
Wer kennt den Impuls zur Welle als – Spiel?

»Wir zehn kleinen Negerlein«

»Odysseus gewann Hekuba als Preis ... Es ist schade, daß die genauen Worte von Hekubas Schmähungen gegen Odysseus und seine unehrenhaften Kameraden, die die wahren Gefühle Homers ausgedrückt haben müssen, nicht erhalten sind«

Robert von Ranke-Graves, Griechische Mythologie

»Als Beispiel dieser Generation erwähne ich meine eigene Familie: drei meiner Brüder fielen auf dem Schlachtfeld, ein vierter wurde zweimal schwer verwundet, die Übriggebliebenen wurden total bombengeschädigt, verloren alles. Mein Vetter ersten Grades, der Schriftsteller Joachim Benn, fiel in der Somme-Schlacht, sein einziger Sohn im letzten Kriege, von diesem Zweig der Familie ist nichts mehr übrig. Ich selbst war folgende Jahre ohne Unterbrechung als Arzt im Krieg: 1914 bis 1918, 1939 bis 1944. Meine Frau kam 1945 in unmittelbarem Zusammenhang mit den Kriegshandlungen um. Dieser Überblick wird ungefähr der Durchschnitt dessen sein, was eine etwas umfangreichere deutsche Familie der ersten Hälfte des zwanzigsten Jahrhunderts an äußeren Schicksalen erlebte. Da blieb nicht viel Muße, diese Zeit im Sinne Hegels in Begriffe zu fassen.«

Gottfried Benn, Ausdruckswelt, 1949

– so nannten sich die Schmidts;
und fragten: »Wird wer übrig sein,
führt Hitlers Aberwitz
zum Krieg? Fällt er in Polen ein!«

Schmidts wohnten, wo die Werra fließt,
in Mitteldeutschland, Hessen.
Man hofft, so lange niemand schießt.
Werra ist Stammwort – war vergessen:

Für Guerre, Guerra, War, für Krieg ...
Als dann, September 39
im Radio der Kriegs-Erklärer schwieg,
schwiegen auch Schmidts. Nun *weiß* ich

Dachte die Großmutter – nicht zu ertragen:
Mein Sohn wie die drei Enkel fallen!
Beneidenswert, nicht zu beklagen:
Bomben töten *vor* ihren Kindern, Enkeln allen

»Hekuba«: Die Mutter der Tochter und der Söhne!
Erfährt so nicht, versenkt durch U-Boot werde
ihr Schwiegersohn vor Dover; seine schöne
Witwe mit Zwillingen im Haff … Pferde

Schleifen meinen Mann tot; war schon achtzig,
sie gehen ihm durch, beim Langholzfahren.
Sein Knecht im Krieg; nur deshalb macht sich
mein Alter hin in Urgroßvater-Jahren.

Doch ich allein – infam – werd' übrig sein.
Kindisch! Daher kein Hungerstreik trotz Trauer
um neun der einst zehn kleinen Negerlein.
Neun Fotos machten mir Entsetzens-Schauer

Wüßt' ich noch meinen, ihren Namen …
Meschugge. Unfähig zu beweinen, da zu sein
für – niemanden, da sie nicht wiederkamen:
Neun von zehn kleinen Negerlein.

Philemon und Baucis sehen Nachrichten

»Lyrik mit Statistik« …
Gottfried Benn an Paul Hindemith, am 14. VI. 1931

Mirakel: Jahrzehnte her, daß er in sie vernarrt
– doch ihm nur unentbehrlicher, die Frau!
Noch immer Aura um sie, Lachen, Gegenwart.

Ihr Flair berührt ihn – kaum die Tagesschau,
wo die noch pokern: Wer wird Präsident?
Vom Fernsehn – sonst von keinem ernstgenommen.

Banken Rekordgewinne … Zwölf Prozent
schon arbeitslos … Verschwommen
im Winternebel, der nicht steigt, nicht fällt.

Neu »Aus-Sanierte«. Tote Werksgelände …
Er: »Nach Süden ziehn!«. Sie: »Kein Geld
kriegt, wer nicht stempelt, Schlange stände!«

Der Bildschirm tönt: Die Parlaments-Banausen.
Er sagt: »Bei *denen* stimmt die Dividende!«
Sie seufzt: »Ach, Totensonntag, drin wie draußen!«

Das Ausland, immerhin, lenkt ab.
Im Bild Detroit, die Auto-Messe.
›Das Weiße Haus bringt Hersteller auf Trab‹:

So jubelt in Amerika die Presse.
Der Präsident verbietet Einfuhr-Zölle:
»Freihandel stärkt die Konkurrenz!

Entwerft doch selber bessere Modelle,
statt euch zu fürchten vor Mercedes-Benz!«
So Bush. Tatsächlich ist Europa abgeschlagen:

General Motors, Chrysler, Ford
liefern siebzig von hundert zugelaßnen Wagen,
der Rest, fast ganz, japanischer Import …

Er spürt: Nur in mir selber alles krisengrau,
wenn *sie* nicht bei dir ist, du sie nicht siehst,
wär' sie nicht *da*! Kontinuierlich sie, die Frau!

Zu zweit sind wir unschlagbar – liest
du aus ihren Augen, Gesten, der Gestalt.
Woher, wohin du bangst und denkst und fliehst:

Sie gibt dir, was du ihr gibst: Halt!

Mayas – ewig aussichtslose

»... leiden u. sterben nach dem unbekannten, tödlichen Gesetz. *Wann* ist gleich, *wo* auch, in jedem Lager, zu Tode gepeitscht, durch welche Kugel immer. Oft sehe ich die Märtyrer des Mittelalters vor mir, an Bäume gebunden, von Pfeilen zerstört. Namenloses Gelittenhaben, vergessene Qualen, längst verwehte letzte Schreie. Welche Opfer nimmt dieser Schöpfer an, welche große Gestalt muß er haben, dieser Gott, der sich nicht enthüllt.«

Gottfried Benn an F. W. Oelze, am 17. V. 1936

»Mexiko ... Sowohl die Eroberung durch Cortez wie die neuerlichen Revolutionen. Es ist wohl das Grausamste der modernen Geschichte.«

Gottfried Benn an F. W. Oelze, am 14. 11. 1938

»Es ist völlig unerfindlich, warum die Natur die Aasgeier und Hyänen verließ und am sechsten Schöpfungstag nicht weiter in Schakalen machte, sondern das Antlitz schuf, über das Tränen rannen und das sich erhob. Und es ward ausgeworfen der große Drache –: Dschingis-Khan, der sieben Millionen mordete, die Spanier in Mexiko, unsere ›Genesungsbewegung‹ im Osten –«

Gottfried Benn, Zum Thema Geschichte, 1942/43

Chiapas 1994: Aufstand der Indio-Rebellen
in Mexikos ärmstem Bundesstaat.
Daß ihnen selbst die Bauern sich gesellen,
belegt: Verzweiflung erst trieb sie zur Tat.

Den Mayas hat der Missionar
nichts als das Kreuz gebracht vom Christentum.
Mit Leichen düngt der Invasions-Barbar
des heimatlichen Spaniens Wirtschaftsboom.

Tilgt Tempel, Götter, Künste, Wissen. Raubt Herden
Länder, Städte, Gold; hat Mexiko entrechtet
seit 1524 ... Die Ausgezehrten,
noch seelisch leergeblutet wie geschächtet

Benötigen zweihundert Jahre zum Versuch,
zu rebellieren, 1712. Die Aussichtslosen
(Aufruhr, umsonst, auch 1862 / 1917) nennt *kein* Buch:
Selbst von Historikern verstoßen …

Wer glückbegünstigt lebt – gedenke ihrer!
Auch wegradierter Weltstädte wie Uxmal.
Beweisen doch die ewigen Verlierer:
Gott gibt's hier nicht. Macht ist das Schicksal.

Löffelstellung im Herbst

»Wir sehn ihn im ersten Akt in den Räumen seiner Wohnung mit einer schwerkranken Frau, die Wohnung wird gepfändet, die Möbel fortgeschleppt, sein letzter Besitz zerstört. Gibt es keine Hilfe, fragt er sich, können die Öffentlichkeit und ihre Organe so gegen den Armen verfahren –, ja er ist wehrlos.
Also die Wohnung wird gepfändet, die Frau stirbt, allein bleibt Rönne in der leeren Wohnung zurück und stellt sich und der Welt nun die Frage: was ist das für eine Welt, was für eine Menschheit, was für ein Staat, der den Schuldlosen so zugrunde richtet, den Armen so leiden und sterben läßt, welches sind seine Werte, die er dagegengibt, welches seine Legitimation vor den Maßstäben des letzten Menschlichen, das wir in uns fühlen?
Die Prüfung unserer Kultur, unsrer Öffentlichkeit, unsrer seelischen Gesinnung wird der Inhalt der weiteren Akte sein.«

Gottfried Benn an Paul Hindemith, am 29. V. 1932.

Die Kormorane sind zurück aus Norden.
Die Stare starten schon in Pulks nach Süden.
Aus Grün ist Grau, aus Plänen – nichts geworden.
Sackgasse-Panik. Letzte Mythen:

So »freie« Marktwirtschaft, dahin wie die Fabrik!
Kein Vorwand mehr, die Ärmel hochzukrempeln.
Ausgedünnt wie sein Garten sein Genick.
Treff bei den Anglern, nach dem Stempeln.

Entlassene passiv. Nur *eine* aktiviert durch Frust:
»Legt den doch um, der uns den Job genommen!«
Wo Kinder fast erwachsen – mußt
du's machen, eh' die aus der Schule kommen …

Wahr! Angst macht noch bettfällig ein Ehepaar.
Sex gibt selbst Arbeitslosen Kurzzeit-Energie
und gratis Glanz der Haut, dem Haar.
Sie frozzeln: Wir zwei – zwei Löffel im Etui:

Zwar keine Stellung, aber Löffelstellung! Alt
ist nur die Ehe – nicht das Paar, sagt sie.
Und preßt den Po, wie Füße »eisig« kalt
zum Schlafen in sein Zentrum. Er sein Knie

in ihre Kniekehle … Ihn steifen
hernach die sanften Finger ihrer Linken,
wie seine die noch trocknen Lippen greifen.
Besser, meint sie, als schon bei Tage trinken!

Wirtschafts-›Ordnung‹

»Wenn der Landarbeiter kein Land, kein Pferd und keine Sense besitzt, wenn der Schuster kein Haus und keine Ahle hat, so heißt das ebensoviel, daß irgend jemand sie all dieser für sie notwendigen Dinge beraubt hat, nicht aber, daß es Landarbeiter ohne Pflug und Schuhmacher ohne Handwerkszeug geben kann … Der Nationalökonom … gleicht jenem Zoologen, der eine Anzahl von Zeisigen mit beschnittenen Flügeln in Käfigen mit Wassernäpfen gesehen hat und daraus den Schluß zieht, daß die beschnittenen Flügel, die Käfige und Wassernäpfe die drei natürlichen Lebensbedingungen dieser Vögel seien. In der Lage dieser Zeisige befinden sich die Arbeiter ohne Grund und ohne Produktionsmittel, und die Tatsache, daß sie nach Millionen zählen, berechtigt die Wissenschaft noch nicht, diese Lage als eine natürliche zu betrachten und aus dem zufälligen Tatbestand ein allgemein gültiges Produktionsgesetz abzuleiten … Geld ist das erste und vorzüglichste Mittel der Unterjochung des Menschen … geronnene Gewalt.«

Graf Leo Tolstoi, Was ist Geld, 1890

»Der Mensch ist zwar unheilig genug, aber die *Menschheit* in seiner Person muß ihm heilig sein. In der ganzen Schöpfung kann alles, was man will, und worüber man etwas vermag, auch *bloß als Mittel* gebraucht werden; nur der Mensch und mit ihm jedes vernünftige Geschöpf ist *Zweck an sich selbst.* Er ist nämlich das Subject des moralischen Gesetzes, welches heilig ist, vermöge der Autonomie seiner Freiheit … also dieses niemals bloß als Mittel, sondern zugleich selbst als Zweck zu gebrauchen.«

Kant, Kritik der praktischen Vernunft,
1. Teil, 1. Buch, 3. Hauptstück, 1784

Verboten hat das Grundgesetz von Kant,
daß man Menschen nur als Mittel benutzt,
die – ohnmächtig zum Freisein, zum Widerstand
wie Vögel, denen die Flügel gestutzt –,
zum Beispiel fünfzig Jahre mauern, mauern, mauern
– doch trotzdem keine Steine miterwerben,
die sie als Werte überdauern:
Vermögen – Witwen, Kinder zu vererben!

Denn die in Kälte, in Hitze auf Baugerüsten:
Hörige alle, Ausländer zumeist
– wie du und ich, wie jeder müßten
auch sie, worum man sie bescheißt,
vom Kapital: Bau, Boden *mit*besitzen,
damit – auf Zeit – sie unabhängig wären!
Doch ist verordnet: Die beim Schuften schwitzen
– daß die sich von der Hand zum Mund ernähren.

Zwar gibt man dem »Proleten« wie anderen Arbeitstieren,
Kühen, die milchen, Hühnern, die legen,
auch kräftig zu essen, läßt ihn nicht frieren
– doch gibt ihm nichts von *dem*, weswegen
er fünfzig Jahre lang arbeiten ging:
»Durfte« Häuser zwar mauern, doch keins miterwerben.
– tanzt nur für Nahrung auch der Bär doch am Nasenring.
So besitzlos er anfing – hat er zu sterben!

Frauen und ›Helden‹

»Der Mann lebt auf Verlust, Frigidität, Vereinsamung der Zentren – wie sagte doch die blonde Aufbauheroine, als sie mich definitiv verließ: ›hier erhebt sich Wahrung von Naturzwecken gegen Erkenntnismonomanes … (Frau stärker, mythenumwehter, trostreicher als der Mann = Nihilist).«

Gottfried Benn, Fragment eines Singspiels, nach 1931

Das höchste Ruhmesblatt der Frauen
wie in der Bibel – in der Dichtung:

Konnte ein Mann auf eine bauen,
stürzte er nie in seine Vernichtung!

Ödipus, Hiob, Orest, Hamlet, Faust, Lear:
So lange Frauen deren Dasein teilen

Sind die nicht wehrlos. Erst wenn Frauen ihr
Leben nicht mehr schenken, seines zu heilen

Vor allem auch geistig –, verfällt der Gier
des »Helden«, sich zur Macht hochzuseilen:

Dies sein Zentraltrieb – jeder Mann!
Erbeutet von Geschäften, Verbrechen, Ideologie.

Da die Frau sogar Schwermut bezähmen kann,
überwand sie selbst jene Versuchung, die

Buddha, Jesus um Maß und Vernunft gebracht,
auch Mohammed: Religionen zu stiften!

Was geerdet heißt: Absolutismus entfacht,
die Seelen der Völker zu vergiften.

»Niemand kommt zum Vater denn durch mich«:
Kein Parteiprogramm sonst war so intolerant!

Welche *Frau* hätte je in Hybris *sich*
zu Gott die Schlüsselgewalt zuerkannt?

Arbeitslose

»Der Text der Oper gruppiert sich um eine männliche Hauptfigur … von Beruf wird er eine der vielen abgebauten und entwurzelten Existenzen dieser Übergangszeit sein … und muß die ganzen Maßnahmen der Gesetze der Wirtschaftsordnung, des Staates über sich ergehen lassen … Nirgends Hilfe und kapitallos dem Untergang geweiht … alle Gesetze schuf die Macht, alle Rechte nimmt sie sich allein, der Arme muß zugrunde gehen und keiner sieht ihm auch nur nach.«

Gottfried Benn an Paul Hindemith, am 29. V. 1932

»Das unternehmerische Durchschnittseinkommen in den USA wird derzeit mit dem 149fachen der Arbeiterbezahlung angegeben … es ist völlig eindeutig, daß die Nettobezüge der amerikanischen Arbeiter / Angestellten in den letzten fünf Jahren erheblich gesunken sind, während sich die Einnahmen der höheren Manager und der selbständigen Unternehmer in für deutsche Verhältnisse unvorstellbare Höhen entwickelt haben … Dieselbe Entwicklung im Vereinigten Königreich: Unternehmenchefs, die mit Rationalisierung und Entlassungen ihre Betriebe gut am Markt halten, werden durch Verdoppelung und Verdreifachung ihrer Einkünfte belohnt.«

Johannes Groß, ›Capital‹, Februar 1995

Die Frau, die noch vier Stunden putzen geht,
bemüht freundlich, doch verächtlich zum Mann,
der zwar nach Arbeit Schlange steht,
doch keine – und nie mehr! – finden kann:

»Depressiv verpennt hocken wir mutlos im Loch.
Wer Arbeit hat – hat das nie gefühlt!
Hier arbeitet nur *einer* noch:
Unser Eisschrank, der's Bier dir kühlt …«

Er lacht verzerrt: »Die kürzen noch die Rente.
Dann ›findet selbst kein Bier mehr statt‹ …
Europa zählt zur Jahrtausendwende
mehr Stempler als Spanien Einwohner hat!«

Los desastres de la guerra

»Geschichte ist die Begründung von Massenmorden.«
Gottfried Benn, Vorstudie zu ›Weinhaus Wolf‹, 1936

Unterschrieb Goya ein Kriegsgreuel-Blatt,
Soldateska, die schändete, mordete, raubte:
»Man wundert sich, daß Gott uns geschaffen hat!«
– uns wundert nur noch, daß Goya das glaubte.

Halt's Maul, guck fern

»Halt's Maul, guck fern«
Titelschutz-Anzeige im
Buchhändler-Börsenblatt für eine
tagtäglich überall gespielte, aber noch
ungeschriebene Familienposse.

Intercity Hamburg–Basel. Wehgeschrei vor dem Einlaufen in Freiburg: Ein Ehepaar entdeckt, daß ein – natürlich unauffindbarer – Witzbold den Koffer dieser Leute, der im Gepäckständer an der gläsernen Eingangstür zum Großraumwaggon abgestellt war, mit einem Fahrradschloß (Stahldraht mit Plastiküberzug) an den stählernen Gepäckständer angeschlossen hat! Ich lese, aber da der Lärm, mit dem der rotbemützte Stationsvorsteher herbeigeschrien wird, der natürlich auch keine Zange bei sich hat, um den Koffer loszu»beißen«, vermuten läßt, da sei mindestens ein Kind aus dem Zug gestürzt, gehe ich an den »Tatort« … Inzwischen schreit der Rotbemützte nach einem Eisenbahner mit Zange. Ich sage begütigend: »Immer noch besser, als sei Ihr Koffer gestohlen worden!« – das ist unbestreitbar, bringt mich aber in Verdacht – das spüre ich –, *der* gewesen zu sein, der das Verbrechen begangen hat. Und warum setzt mich das dem Verdacht aus? Ich überlege es später – und weiß es nun: Weil mein Gesicht vermutlich zu schlecht getarnt hat, daß ich innerlich lachen mußte über diese Untat, die ja auch mir hätte zustoßen können. Warum also mußte ich lachen? Das ist eine heikle Frage: ich fühle mich sonst ganz frei von der Neigung zur Schadenfreude – und Schaden ist ja auch gar keiner entstanden, sondern nur sieben Minuten Verspätung. Es wird die uns allen im tiefsten eingefleischte Abneigung gegen die bürgerliche Ordnung sein, deren Nutznießer wir zwar alle Tage sind, die uns aber doch anödet, auf die Nerven fällt, ja aggressiv macht. In jedem rebelliert zuweilen, je zivilisierter er sich geben muß in seiner Gesellschaft, der unterdrückte Anarchist.

Das *Weib,* der *Feminismus,* die *Männlichkeit* – so klagte der fließend Deutsch (nebst vier anderen Sprachen, denn er war Geheimdienst-Chef) sprechende amerikanische Botschafter in Bonn: sei zu viel des Irrationalismus! Wie solle denn, wie könne auch nur ein Ausländer eine Sprache erlernen, die dermaßen antilogisch sei? Der Mann sagte das, um seine Angst – eine höchst berechtigte, wie leider wir Deutschen im 20. Jahrhundert die Welt gelehrt haben – vor dem Irrationalismus auch der deutschen *Politik* auszudrücken … Der deutsche Volksmund selber fand schon stets beunruhigend, daß wir sagen: *der* Milchmann, aber: *die* Eierfrau. Auch sagen wir: wohnhaft, doch mit Wohnung sollte ja Haft nichts zu tun haben! Wohnend in … würde genügen.

Auch seßhaft: wie schön wäre das, erinnerte nicht die zweite Silbe an jene, die dazu *gezwungen* sind. Ich schlage vor, sagte ich, aber meine Frau fiel mir ins Wort: »Müßt ihr Deutschen gleich *schlagen*, wenn ihr was vorhabt?« Es ist überlegenswert, warum wir selbst Friedlichstes oft so aggressiv umschreiben, zum Beispiel: Es »herrscht« gutes Wetter. Oder zu einem sagen, den wir mögen: Ich habe Ihren Werdegang »verfolgt«! An unseren Wörtern sind wir zu erkennen, keineswegs, wie es heißt: an unseren Früchten. Denn wer von uns trägt schon Früchte! »Öffentlicher Personen-Nahverkehr«: wo dieses Wortgespann amtlichen Charakter hat, da ist Volk wie Obrigkeit ohne Ironie gegenüber der Sprache!

Komödien-Notizen lohnen aufgeschrieben zu werden nur dann, wenn sie Situationen festhalten, die – kaum zugespitzt – auch übertragbar wären in Tragödien: Sonst sind sie zu harmlos. Eifersucht, die zuschlägt, ist komisch nur so lange, wie es bei blauen Flecken bleibt oder bei ausgeschlagenen Zähnen; jedoch die Situation, die dazu führte, darf *an sich* keine harmlosere gewesen sein als jene in ›Othello‹ – »hast du schon zur Nacht gebetet, Desdemona?« –, die eine irrtümlich Verdächtigte das Leben kostet. »Lustig« war die Empfehlung eines Bruders an seine eifersüchtige Schwester nur deshalb (weil sie *nicht* befolgt wurde: »Schick der doch noch zweimal Rosen im Namen deines Mannes!« – nämlich der Freundin eines *mörderisch* – im Wortsinne – eifersüchtigen Sizilianers, der in Düsseldorf Amok laufen wollte), weil ein Geschäftspartner dieser Freundin Blumen geschickt hatte. Der Sizilianer schrie der Frau des Blumenspenders am Telefon derartige Morddrohungen gegen ihren Mann zu, daß endlich auch sie eifersüchtig wurde … bis sie sich sagen ließ, ihr Mann sei kaum so blöde, seinen Namen dazuzuschreiben, wenn er einer mit einem Sizilianer zusammenhausenden Deutschen Blumen sende, würde er nicht ein »reines« Gewissen, nämlich einen nur geschäftlichen Grund dazu gehabt haben! Doch der Rat an sich, dem Schreihals noch zweimal Blumen für seine Freundin in die Wohnung zu senden, hätte durchaus einen Mord auslösen können ...

Ordnungstrieb scheint in Kleinbürgern, wenn ihre Brunftzeit sich dem Ende nähert, an Stelle *aller* Triebe zu treten. Einer wäre, dieses Triebes wegen, an mir fast gestorben vor Aufregung, die ihn dem Schlaganfall nahebrachte: Ich parkte mein Velo, ein verschrammtes Damenrad, direkt neben dem schimmelweißen Rolls-Royce des Herrn von Karajan am Intendanteneingang zum Salzburger Festspielhaus, als dort mein Hemingway-Monolog ›Tod eines Jägers‹ durch Curd Jürgens uraufgeführt wurde. Bisher war an dieser Pforte allein der Wagen des Herrn von Karajan abgestellt worden ... Der Portier, gerade noch geistesgegenwärtig genug, mich *nicht* zu ohrfeigen, wußte nicht in seinem Entsetzen, ob er argumentieren solle, hier dürfe überhaupt kein Mensch parken – denn sogar Herr von Karajan ist doch auch einer, ein Mensch – oder nur dieser eine dürfe hier parken: das hätte aber der Portier nicht »nachweisen« können, und was nicht schriftlich angeordnet ist, das glaubt er »natürlich« selber nicht ... Es dauerte so lange wie die Ouvertüre zu ›Tristan‹, bis der Mann von seinesgleichen besänftigt, ja gezähmt worden war und in die Pförtnerloge zurückgeleitet werden konnte, ohne sich an mir oder wenigstens meinem Fahrrad vergriffen zu haben. Er schrie und tobte, weil ich das Rad so angeschlossen hatte, daß er es nicht davontragen konnte: er zeterte wie Rumpelstilzchen, wenn es das Feuer umkreist, ehe es sich dann an beiden Füßen packt und in der Mitte selber durchreißt. Freund MacDonald als Zeuge sah seine historische Erfahrung bestätigt, daß jene Tyrannen die entsetzlichsten sind, die dem Kleinbürgertum entstammen, so Stalin, Hitler, Ulbricht – während jene, die nicht bereits als Kinder im »ordentlichen« Käfig eines Kleinbürgerhaushaltes oder (wie Stalin) eines Priesterseminars verkrüppelt worden sind, so Lenin oder Fidel Castro oder Franco oder Friedrich der Große, vergleichsweise human und großzügig werden – wenigstens verglichen mit zu Staatschefs aufgestiegenen Kleinbürgern.

Die Brücke über den Bosporus, die älteste der noch immer strahlend schönen Eisenbrücken, gebaut schon im letzten Drittel des 19. Jahrhunderts, hat bekanntlich vor zwanzig Jahren ein türkischer »Abrißunternehmer« einem amerikanischen Milliardär gegen sehr hohe *Voraus*-Zahlung verkauft. Als der Amerikaner, der seine Heimat mit dieser berühmten Eisenkonstruktion schmücken wollte, anreiste mit dem vielköpfigen Technikerteam, das die Brücke abbauen und nach den USA schaffen sollte – entging er mit knapper Not dem Irrenhaus: Die türkischen Richter argumentierten, entweder sei er verrückt, daß er versucht habe, die Brücke abzubauen, die er für sein Eigentum hielt – was er ja mit Brief und Siegel »belegen« konnte –, dann müsse er auch einsitzen im Irrenhaus. Oder er sei *nicht* verrückt – dann müsse er ins Zuchthaus wegen Diebstahls eines nationalen Status-Symbols. Von dem Türken, der ihm die Brücke »verkauft« hatte: wurde nie wieder eine Spur gesichtet …

Nach dem Beispiel dieses Türken hat neulich der hochgestellte Berliner Bauamt-Funktionär gehandelt – er bekam vier Jahre –, als er eine Straße erfand, für die er im Laufe der Jahre Laternen, Ahornbäume, »Begrünung« und Kanalreparaturen der Stadtkasse Berlin in Rechnung stellte: es hatte sich gelohnt, offenbar, Rechnungsformulare der »Lieferanten« zu drucken, denn immerhin konnten neben einem Sportwagen und einem sehr stattlichen Zweifamilienhaus noch 1,8 Millionen DM auf einem Konto sichergestellt werden, die ihm jene Straße eingebracht hatte, die nur in seiner Phantasie existierte. Merke: Wer ähnliches vorhat, soll nicht erzählen, diesen superteuren Sportwagen hätten »reiche Verwandte« ihm geschenkt. Wer ein bißchen von Familien versteht, der weiß, daß Freigebigkeit von Verwandten – solange die noch leben, jedenfalls – ihre Grenze hat. Auch muß einer, der Straßen und ähnliches erfindet, *den* kennen, der ihn im Amte vertritt, wenn er Urlaub macht: während sich dieser Berliner in einem fremden Kontinent sonnte, versuchte sein Vertreter die Straße zu finden …

»Besitzen Sie denn keinen Schirm?« fragte ich den angeblich weltfremden Professor. »Nie einen gehabt«, sagte er und ging raschen Schritts, weil es nun doch sehr stark regnete, über den

Marktplatz ins ›Mövenpick‹. Aber nicht um zu speisen, sondern um der Garderobefrau zu sagen: »Ach bitte – mein Schirm! Haben Sie meinen Schirm gefunden, vorgestern – nein, Mittwoch muß ich den schon vergessen haben.« Und bevor noch die Frau fragen konnte, wie sein Schirm aussähe – was auch eine sehr dämliche Frage wäre, denn alle Herrenschirme, soweit sie keine ›Knirpse‹ sind, gleichen einander wie Eier –, brachte sie einen Arm voller stehengelassener Schirme an, während der Professor den »seinen«, also *alle* Schirme, beschrieb: »Schwarzer Griff, noch fast neu – ich glaube ohne ... oder doch mit: weiß nicht mehr ... das Futteral, das ihn zusammenhält ... ja, danke: dieser! Ja, das ist er schon ...« Und er hatte immerhin den Anstand, der Frau eine – bescheidene – Münze hinzuschieben. Im Hinausgehen sagte er: »Funktioniert immer – ist viel zuverlässiger als das blöde Sprichwort, sofern sich das auf eine Ehefrau bezieht, man kaufe doch auch keine Kuh, um Milch zu trinken. Das ist ein Unfug!« erklärte er nachdrücklich. Er wird es wissen: Er ist Junggeselle ...

Nie intim werden – ein guter Rat – mit jemandem, der Haustiere liebt: Was bleibt für dich, wenn der 95 Prozent seiner Zuneigung an Katzen, Hunde, Pferde vergibt? Da sind doch Leute, die nur Auto- oder Garderobefans sind, umgänglicher ... Am zärtlichsten auch zu Mitmenschen sind passionierte Pflanzenzüchter. Allerdings ist der Liebe zu einem *Hund* auch die lustigste Ehegeschichte zu danken, von der ich je gehört habe: Zweimal war das Paar vor dem Scheidungsrichter – um dann doch auf die Scheidung zu verzichten, solange ihr Hund lebte; denn der Richter hatte nicht vermocht – wie hätte er das auch gekonnt –, zu entscheiden, ob der Hund dem Manne oder der Frau bei der Scheidung als Eigentum zugesprochen werden solle ... So tierlieb sind natürlich nur Kinderlose.

Juristen und Ärzte. Einen Richter darf man nur anlügen, aber nie auslachen, das weiß jedermann! Wie schwierig aber mit Ärzten zu reden, die *immer* recht haben! Jeder Patient schaut zu ihnen auf: Aus ihrem Munde erfährt er das Todesurteil oder seine Freilassung auf Zeit; eines Tages dann liegt der Patient auf dem

Rücken, drei in Kitteln, so weiß und »anheimelnd« wie die Weltraumkälte, umstehen sein Bett, reden in einem Vokabular, von dem der Betroffene zehn Prozent versteht – *jene* zehn, die gelogen sind: ob *das* erklärt, diese Macht, warum es so schwer ist, mit Ärzten zu diskutieren, sofern die einen überhaupt zu Wort kommen lassen?

Niveau. Fragt ein Kind, was relativ heiße, läßt sich antworten: Ein Haar in der Suppe sei relativ viel – ein Haar auf dem Kopf sei relativ wenig. Als der Zehnjährige seinen fünf Jahre älteren Bruder weiter fragte: was verhältnismäßig sei, bekam er die Antwort: Daß die Luise abends immer zum Georg geht, ist verhältnismäßig. Und was, fragte der jüngere Bruder, ist unverhältnismäßig. Der ältere macht den fast obszön gefälschten Dialekt einer Frau Bomächl genannten – in dieser Familie so genannten, aber gar nicht existierenden – Frau nach, die gesagt habe: »Ein Unglick hoab i schon bausenlos, am Mittwoch hoab ich erscht mein' Mann verloren – un nu verlier ich noch am Freitag mein' Klo-Schüssel!« Das sei unverhältnismäßig. Endlich fragte der Jüngere: »Und was ist Niveau?«

Antwort des Bruders: »Was unser Papa nicht hat – das ist Niveau!« Dieser Papa hatte vor einigen Jahren ungefähr so wie Frau Bomächl redend dem älteren diese Wörter erklärt. Dieser Papa war – ich.

Die zwei hier nicht näher zu Bezeichnenden – die eine sehr große Menge – immer wieder erworbenen – »Schwarz-Geldes« weiß waschen mußten, erzählten der Steuer-Verwaltung, sie hätten's auf der Spielbank »gemacht«. Da das ein *sehr* alter Hut ist, weigerte sich die Steuer, ihnen das Märchen zu glauben – obwohl sie fleißig bemüht waren, sich nachweislich in berühmten Spielkasinos immer wieder sehen zu lassen ... Sie gaben der Steuer an, gemeinsam zu gehen, dann aber getrennt zu setzen – und sich jedesmal brüderlich in Gewinn oder Verlust zu teilen. Noch immer glaubte ihnen die Steuer nicht – bis sie auf den Einfall kamen, gegeneinander zu prozessieren: A. behauptete, B. habe nicht brüderlich mit ihm geteilt – ein ganz und gar nicht zu durchschauender, zu beurteilender Rechtsstreit. Es kam ja auch gar nicht darauf an, wer vom Gericht, mit dem hier Blindekuh gespielt wurde, recht bekam. Es kam darauf an, daß endlich die Steuer den zweien glaubte, sie hätten das Geld aus der Spielbank. Und sie glaubt es nun …

Noch einen Landarzt gut gekannt zu haben, der *geritten* ist zu seinen Patienten; und der wie viele *geborene* Erzähler sich beharrlich weigerte, auch nur *ein* Wort aufzuschreiben, so bildkräftig er auch sprach: »Damals hatte ich – vom Pfluge weggekauft – ein Pferd, das ging übern Graben, als wenn man einen fahren läßt« –, das verbindet einen stärker mit den Großeltern-Zeiten als nur Bücher. Dr. med. Philipp – Philippos heißt bei den Griechen: Der Pferdefreund –, Philipp Huschenbett hieß der mir Unvergeßliche. Was immer er an Erlebnissen mir sechzig Jahre Jüngerem zum besten gab: Ich habe nie wieder die Fähigkeit so ausgeprägt gesehen wie bei diesem Arzt, so lakonisch wie lapidar in je *einem* Satz das Berichtete von Krankenbetten, Schlachtfeldern, Pferdeställen und Berliner Universitätsjahren zusammenzuraffen: Früh notierte ich, zuweilen, was er in oft aphoristischer Zuspitzung ganz krampflos in seine Monologe – denn was hätte ich als Twen schon beisteuern können zum Gespräch – hineinorganisiert hat, ganz unkünstlich, im small talk: »Die Schweizer Armee ist die mutigste der Welt – die einzige, die riskiert, sogar Verheirateten das Gewehr mit heimzugeben!«

Als einmal gespenstweiß seine siebenundachtzigjährige – älter als er – Gebieterin, unwirsch die Türe einen Spalt öffnend, ihn anherrschte, wann er zum Abendessen komme, denn ich als junger Mann hatte keine Manieren und blieb immer viel zu lange bei ihm, da entschuldigte er sich bei mir, fast verlegen: »Heirate und werde zahm!« So will ich aus seinen Merksätzen einige auswählen, die er zum Thema Weib und Mann gesagt hat. So über eine junge Frau, die sich einem Lumpen ausgeliefert hat. »Ihr war nicht zu raten – Ratschläge, die unsre Vorlieben *bestätigen*, sind die einzigen, die wir befolgen!« Und da sie ihn erfolgreich um viel Geld angebettelt hatte: »So habe ich wieder einen Feind mehr: Man hüte sich vor jedem, der einem dankbar sein muß!« Über den schon erwähnten Lump, der diese Frau um alles gebracht hatte: »Einer jener Fabelhaften, die nie im Leben etwas anderes erworben haben als den Führerschein und diese Frau!« Und fast bedrückt ergänzte er: »Habe mehrfach Männer gesehen, die zeitlebens nichts gewinnen konnten als eine Frau: dann aber immer eine extrem Schöne, nun aber gänzlich Verarmte.« Ihr Mann hatte stets jede Arbeit abgewiesen mit dem Satz: »Die stinkt mir einfach!« Huschenbett: »Das Geld seiner Frau stank ihm nie. Doch erst einmal ›nein‹ sagen zu allem: damit kommt einer weit, hilft ihm eine Frau. Er hat stets alles bestritten, nur niemals seinen Lebensunterhalt!« Er sagte: »Armut ist die Ouvertüre zur Gemeinheit.« Arme behandelt dieser Mediziner stets gratis: »An den Armen lernen die Zahnarztstudenten.« An Verarmte auch sein Rat: »Wenn nichts in der Tasche, dann wenigstens einen Hut aufhaben!« Wirklich ist man ja so angesehen wie angezogen. Über Eigenbrötler: »Wer nicht unter die Leute geht, soll sich nicht einbilden, die redeten so wenig über ihn, wie sie über ihn wissen!« Und er fragte: »Wer geschieden wurde, empfiehlt das immer auch andern: Warum empfiehlt, außer Eltern, kein Verheirateter, zu heiraten?« Über einen, der Unglück mit einer Frau gehabt: »Der hat sich Witz gekauft – er sollte *reisen*! Überm Meer, hinterm Berge wohnen immer auch Menschen!« Einer miserablen Hausfrau sagte er nach: »Die fragt den Gast, ob sie ihm ein Huhn schlachten soll!« Über Ellenbogen-Karrieristen: »Schafe, die andere stoßen, haben den vollsten Bauch.« Über eine Geschiedene auf Mannjagd: »Alte Scheunen brennen nicht nur am raschesten – das ist klar –, sondern am längsten!«

Über Treuebrecher: »Frauen werden fast nie erwischt, Männer fast immer.« Über einen vermeintlichen Freund, der sich nie wieder blicken ließ, nachdem er ihm tausend Mark geborgt hatte: »Gut angelegtes Geld!«

Und endlich – resignierend, natürlich: »Alles hat zwei Seiten, doch das Schönste nur zwei – Rückseiten.«

Touristen

Lichttherapie · Urlaubsbrief
Baumgruppen im Hochsommer
Hoffen · À trois · Alternder Mann
Kleiner Trost

Lichttherapie

Wilde Kirschen blüten*weiß*; ihre Leuchtkraft
dank der Wärme schon machtvoller Sonne Mitte April!
Weiß vor dir der regenreine Mittelstreifen
der Autobahn. *Weiß*blitzend vergehender Schnee
noch auf steilschroffem Westabhang.

Frühe Rapsflächen, grell postgelb. Ihre Frische feucht
vom nahen Fluß hinter karg belaubten Stämmen;
schwarze Buchenrinde glänzt wie gewaschenes Eisen.
Spargelfelder, foliengeschützt: Wellenstrukturen.
Zinkhell wie an Stränden bei Ebbe hinterbliebene

Blitzlicht*weiße* Wasserlachen, die dich blenden.
Die Zeiger, zurückgestellt Ende März, verlängern
den Tag, was die Psyche belichtet auch dir,
abwehrt um eine Stunde – Lichttherapie –
den Angriff der Abendschatten.

Urlaubsbrief

»Ein Monat in Wien und vierzehn Tage in München et voilà tout … wenn man bald siebenundsechzig ist, haben diese einsamen Aufenthalte in der Ferne schon fast etwas Bedenkliches.«

Jacob Burckhardt, 19. 12. 1884

»Ein Gedicht – gewissermaßen ein Kuß,
den man der Welt gibt, doch aus bloßen Küssen
werden keine Kinder«: So ein Goethe-Aphorismus.
Will dir deshalb mit Schoko-Nüssen

Mein Gedicht zum Geschenk aufwerten,
meinen Eid: Niemand mehr kann
mich von dir wegzerren, nicht mit zehn Pferden!
Tags sehe ich Kunst. Schön. Aber – dann?

Wenn ich allein ins Hotelbett muß?
War schon essen, doch erst zwanzig nach acht.
Allein schmeckt nicht mal so eine Nuß;
hab' ein Pfund für dich heute zur Post gebracht.

Daß zur Heimkehr auch mein Beschützertrieb mahnt,
ist Dauerangst aus historischem Überblick.
Der Mensch – was ist er, daß er plant!
Gleichnis seines Scheiterns – die Titanic.

Doch ignoriert als Signal, was wird:
Für den Eisberg als Symbol war die Menschheit blind
– die nur zwei Jahre später in den Weltkrieg geirrt,
stolz wie auf neue Stiefel ein Kind.

Burckhardt, der meist früher als gewollt rückkehrte
– obgleich der Arme auch daheim alleine schlief,
klagt, wie's in der Fremde bedenklich werde,
schon früh in manchem Reisebrief.

Baumgruppen im Hochsommer

Für David, den Freund, zum 28. August 1999!

Zweiundzwanzig Uhr.
Flüssiges Weißgold im Schattenblau:
Die Sonne als Buntmetall-Gießerei.
Regenschwangere Wolken, augengrau.
Blitzhell ihre Ränder, schmelzendes Blei.

Abendangst …
wie's Wasser wegreißt, der sogschnelle Strom.
Schlafen die Vögel? In den Zweigen kein Ton.
Jede Baumgruppe riesig, ein natürlicher Dom.
Empfindung, die hätten Wächterfunktion.

Spenden *Gelassenheit* wie kein Text.
Spotten in ihrer Würde, ihrer Dauer
der Menschen und allem, was sonst noch wächst.
Bannen die Vergänglichkeits-Schauer,
unter denen du Wunden und Partner leckst.

Bäume sind unsre Ahnen, meinten die Indianer
– wie Bismark. Die Vorstellung steckst
auch du nicht weg, bald begraben zu werden …
Sein Wunsch: Tote in Wipfeln und Ästen zu betten,
daß Wind und Vögel uns verzehrten.

Baumdome, jetzt nur noch Silhouetten
– entnimm ihrer Ruhe,
wie sehr wir uns überschätzten …
Sind nicht, die du anhast, die Schuhe
schon deine – letzten?

Hoffen

»Niemals Verluste diskutieren!«
Ernest Hemingway

Diesen Herbst nimm hin nur als Farbe,
nicht in dein Grundgefühl.
Ignoriere wie eine Narbe,
woran dein Kalkül
gescheitert, du vergebens geglaubt …

Trink trotzdem Most, mach eine Fahrt!
Fällt's Bäume, wenn Sturm sie entlaubt?

Blieb, was mißlang, dir – erspart?
Nicht nötig, daß du die Inventur
schönst, die Wahrheit färbst:
Hoffe nur
auf nächsten Herbst.

Dank an Heinz Punknus

À trois

Du im Tessin, ich weiß: Nicht allein!
Ich in Berlin – wie verächtlich klein
Eifersucht macht. Bin seelisch entgleist,
seit meinem Verdacht, *wer* mit dir verreist.
Wie ich mich schäme, daß ich dich verhört …
Wenn ich nachsehen käme? Wer lügt, der schwört.

Kein Dreier hat uns je entzweit, ’s war lässig!
Doch ihr nun zu zweit, Neid macht mich gehässig.
Nur weil er Geld hat, selbst für die teure Schweiz,
habe ich die Welt satt, ja reime bereits,
zahle ’s euch heim mit dem Binnenreim:
Barscheck – auf euren Verrat an unserm Dreieck.

Alternder Mann

»Wird man nicht mehr gehört, verliert man sogar die Sprache noch, in der man sich einst mitteilen konnte.«

Martin Beheim-Schwarzbach

Il Vecchio nennt sie dich, seit du Brandy:
Vecchia Romagna – öfter trinkst als fickst.
Hast nur aus Isolationsangst dein Handy
– telefonierst statt arbeitest … Blickst

Du notgedrungen auf dich beim Rasieren,
braucht Mut, sich nackt zu sehen im Bad,
ermahnst du dich: Tu was! Nicht reflektieren.
Redest dir zwar zu: Fährst mit siebzig noch Rad

– doch lernst den Computer nicht mehr: zu dumm!
Bildest dir ein, nur dein Gedächtnis sei senil.
Und daß du was vorhaben müßtest auch heute – um
zu verdrängen: Wirst deiner Umwelt zu viel …

Schöner als neunundsechzig werden – es machen.
Treppauf wird schon ein Kasten Bier dir schwer.
Willst noch mitarbeiten? Der Jugend zum Lachen,
daß du's nicht lassen kannst! Lauf ihr nicht hinterher.

Oft wach durch Frühnebel, das Herz wie eingezwängt.
Cognac entkrampft's rascher als Kapseln Nitroglyzerin.
Denkst bemüht alles weg, was dich bedrängt.
Spürst schon die Lebensebbe dich mit sich ziehn.

Wer wünschte, daß du noch mitspielst?
Bemühst dich vergebens – niemand will,
daß du wie Junge Neues anzielst.
Wärst gern noch dabei. Man will's nicht. Sei still.

Kleiner Trost

An Martin Hochhuth, den Schulfreund, der mir bis Untersekunda weiterhalf.

Die Landschaft, die uns als Kind besessen:
Für immer prägt sie unsern Schönheitssinn.
Was wir in der Jugend am liebsten gegessen:
Zu dieser Küche – immer! – lockt es uns hin.

Sogar die Autobahn in die Heimat,
altmodisch schmal, so kurven- wie hügelreich,
nicht wie geteert, wie organisch;
nicht wie Asphalt – wie Adern weich

Schmiegt sie Fluren, Wäldern sich an,
längst vereinnahmt durch die Natur, die *doch*
machtvoller bleibt, als was Menschen bauen!
Wie sie die Luft heilt, so tröstlich auch noch

Vieles, was Technik, Chemie versauen
– die ganze Arten vertilgt haben, weggedüngt.
Doch Mohn, Lerchen, Störche, schon totgesagt,
sind aufgelebt! Flora, Fauna, wie verjüngt.

Der Dieb

Der Dieb erzählte ohne Phrase, ohne Emotion, karg und anschaulich, wie meist Menschen der Tat sprechen. »Warum vertrauen Sie mir das an?« frage ich. – »Weil das vielleicht auch zu unserer Zeit gehört, ich aber kann nicht schreiben – und Sie werden ja klug genug sein, keinen Informanten preiszugeben!« Da ich nicke, beginnt er: »In der Pubertät, wie Sie wissen, kriegt man die entscheidenden seelischen Verwundungen: Ich habe diese Gesellschaft von früh auf gehaßt, weil meine Mutter von ihr deklassiert worden ist, denn da mein Vater nicht als aktiver, sondern ›nur‹ als Reserveoffizier gefallen ist, bekam meine Mutter schändlicherweise keine Pension. Sie wurde samt mir und zwei Schwestern mit einer derart niederträchtigen Rente abgefertigt, daß sie – die als sogenannte höhere Tochter, wie damals üblich, keinen Beruf erlernt hatte – sich irgendwo als Hilfskraft verschleißen mußte. Also Klassenunterschiede selbst bei gefallenen Offizieren: nicht mit mir! Bei der Währungsreform waren immerhin noch fast hunderttausend Mark auf Sparbüchern: Die wurden von dieser ach so sozialen BRD ebenso brutal abgewertet wie bei solchen Familien, die zum Beispiel neben ihren Sparbüchern noch die Kruppwerke besaßen oder landkreisgroße Rittergüter oder Fabriken. Ich begriff die Welt nicht mehr: Einer Kriegerwitwe wurde der letzte Besitz, diese Konten, ebenso auf sieben Prozent abgewertet wie einem Multimillionär, der neben dem Geld auf der Bank noch ein Industrieimperium besaß. Am Grab der früh verkümmerten Mutter schwor ich: Solchen Spielregeln beuge ich mich nie! Denn wenn es schlimmere Staaten auch auf deutschem Boden gegeben hat – einen so *verächtlichen* Staat wie diese BRD gab es niemals, der Ministern ›ohne Geschäftsbereich‹ wie diesem de Maizière aus der DDR 1990 im Monat zweiunddreißigtausend Deutsche Mark zahlt, aber Kriegerwitwen und Müttern gefallener Söhne noch immer nur um tausend oder neunhundert Mark Rente! Da ich einen Beerdigungsanzug des Vetters geborgt hatte, sah ich so seriös aus, daß ich keinen Verdacht erregte, als ich mit einem nagelneuen Rennrad, soeben am Bahnhof ›gefunden‹ – wir sprechen von Fundsachen, nicht von Diebstählen –, bei einem Velo- und Mofahändler vorfuhr und es ›in Zahlung‹ gab gegen ein Mofa, das neu genug war, es sofort im anderen Stadtteil gegen einen gebrauchten schweren Brummer umzutauschen, das heißt, in Zahlung zu geben. Daß ich dieses stolze starke Ding überhaupt schon fahren durfte, verdankte ich des älteren Vetters Personalausweis, den ich in seinem Jackett gefunden hatte und ihm als verloren meldete – übrigens ohne Skrupel: Seine Mutter hatte von den Großeltern das wertbeständige Haus geerbt, während meine arme Mutter nur Bargeld geerbt hatte, das dann dieser miese Staat ihr entwendete bei der Währungsreform, wie er seinen Gründungsschwindel nannte. Ich lebe seither *stets* auch auf den Namen des mir ähnlichen Vetters, der natürlich nicht identisch mit meinem Namen ist ... so habe ich den Paß auch eines kinderreichen Kirchenrates mit Doktortitel. Ich kann allen Ihren Lesern nur wärmstens empfehlen, sich in einer anderen Großstadt noch einen anderen Namen zuzulegen, das ist so preiswert und kann unendlich nützlich sein ... Vettern und Cousinen, die einem gleichen, hat doch beinahe jeder Mensch; und es *muß* ja nicht ein Verwandter sein – bei mir bot sich das an. Und ich hasse alle Komplikationen ...

Wie ich das leichte neue für das schwere gebrauchte Motorrad in Zahlung gegeben habe, so kam ich bald über einen verschrammten Volkswagen zu einem Porsche und alsbald zu einem Mercedes, der Mädchen heftiger anmacht als ein Heiratsantrag: denn *den* glaubte mir damals doch keine mit meinem Fallenstellergesicht, aber einen Mercedes ›glaubt man‹, sobald man drin sitzt. Der Status macht Statur. Die Schwestern halfen sehr, die Firma aufzubauen – und ich bin ja wirklich auch nur dieses eine Mal vor den Kadi gekommen und wurde *freigesprochen*: aber zum Entsetzen des Richters! Er wußte einfach nicht, was er gegen mich machen solle – denn strafbar ist diese Ratenzahlungs-Komödie nicht, sie ist aber auch nicht ›rechtens‹. Hilflosigkeit bei Richtern ist aber noch gefährlicher, als über sie zu lachen: Ich mache das nie wieder! Herrlich, die Justiz in Verlegenheit zu bringen, ohne daß sie zuschnappen kann. Herrlich, aber auch riskant: Ich habe ein Grauen vorm Sitzenmüssen, und daß es niemals dazu kam – und niemals dazu kommen wird, wie ich

Ihnen beim Augenlicht meiner Kinder schwöre –, verdanke ich der Mitarbeit erst der Schwestern, dann auch anderer verläßlicher Partnerinnen. Denn Frauen sind das ›in der natürlichen Diplomatie generell intelligentere Geschlecht‹, wie der Vater des Bundespräsidenten Weizsäcker in seinen Memoiren schreibt. Natürlich, eine Schwester zuerst, die ich als Lehrling in einem Schlüsselservice plazierte, hat mir erspart, jemals im Leben – Ehrenwort – einbrechen zu müssen: Ich habe, wie sich das gehört, immer *aufgeschlossen*, da sie wußte, in welche Haustüre welcher Sicherheitsschlüssel – alle numeriert – paßt. Deshalb konnte ja der Richter mich nicht in Verlegenheit bringen: Ich war überhaupt niemals so primitiv, Schlösser zu knacken. Zog ich ab mit der Beute, machte ich ein Fenster auf, damit nie einer dachte, ich hätte aufgeschlossen. So hatte ich meine Raten bezahlt. Die andere Schwester arbeitete beim Onkel, der in einer Landeshauptstadt das Kunstinstitut leitet, das die auch in Privatbesitz befindlichen Gemälde, Graphiken, Plastiken – die im staatlichen Besitz sowieso, aber Museen meiden wir meist wegen der Sicherheitsvorkehrungen – inventarisiert, auch amtlich schätzt. Und diese zuweilen doch erstklassige Kunst brachte ich in meiner Jugend dank des damals ganz groß aufblühenden Tourismus ins Ausland: Ich fing in Bussen als Fremdenführer an und habe als Reiseleiter mit Herz und Hand speziell bei Damenbetreuungen keine unerheblichen Zugewinne gemacht. Doch wissen Sie: Mit nahender Reife, wenn man eine Familie gründen will, dann *muß* man Beamter werden. Denn das Glück des geistigen Menschen – ich male – beginnt damit, einen Job zu haben, der ihn freistellt vom Streß, Gewinn machen zu müssen. Also geht man auf ein Amt, wo man dem Staat nur Unkosten verursacht, auch nicht viel verdient – aber doch eine vorzeigbare Existenz hat; den Gewinn macht man dann mit Vergabe von Staatsaufträgen. *Ein* Prozent, wenn Sie ein Hallenbad in Auftrag geben, ist schon nicht nichts. Und eins ist das Minimum. Wirklich *leben* kann man freilich nur im Urlaub oder nachts – denn am Tage darf man halt nicht zeigen, wie weit man's gebracht hat: Solche Tölpel wie jene in Frankfurt am Main – hier steht's heute in der FAZ, deshalb kam ich drauf, Ihnen zu erzählen, daß nicht jeder so dumm ist wie diese Frankfurter Beamten –, solche Tölpel, die als Beamte dann plötzlich die teuersten Wagen fahren oder Häuser kaufen – das tue ich ja auch, aber doch nur vier Wochen im Jahr in der Fremde –, die fliegen natürlich auf. Ich habe das auch nie wie der Frankfurter mit dem Gartenbauamt der Stadt gemacht, denn da fällt allenfalls wie bei diesem hier Genannten in langen Jahren eine Dreiviertelmillion ab. Nein, ich bin natürlich dort, wo Straßenbau, Brücken und dergleichen vergeben werden ... schließen Sie nicht aus der Tatsache, daß ich *hier* aussteige, auf meinen Wohnsitz.«

Ich sagte, ich sei kein Denunziant, wolle aber doch wissen, warum er mir seine Lebensgeschichte anvertraut habe! »Ach, wissen Sie«, sagte er, schon in Hut und Mantel, und nahm die Standardausrüstung der Schweizer Bankprokuristen, das schmale Handköfferchen in teuerstem Chevreau-Leder, farblich abgestimmt auf das Leder seiner Handschuhe, »jeder Mann hat doch das ganz natürliche Bedürfnis, beruflich anerkannt zu werden; wir Männer suchen die *berufliche* – die Frauen die auf ihrer Erscheinung beruhende Anerkennung. Und wann trifft man im Intercity schon mal einen Schriftsteller allein im Abteil – ich wollte nicht, daß gerade Sie mich nur für den Amtstrottel halten, der ich laut Paß bin: Obersenatsrat – dank eines Parteibuches – in einem Ministerium. Entschuldigen Sie meine Eitelkeit – Falschspieler ertragen es am wenigsten, *immer* falsch eingeschätzt zu werden. Guten Tag!«

Ich, weil ich das hoffe, antwortete: »Auf Wiedersehen!«

Verhältnisse

Liebe · Macho · Akt
Nachdem

Liebe

– warum machen, müssen,
wollen wir's:
Wie leben ohne auch
das Unbewußte des Tiers?

Urmotiv
– Todesangst,
daß ich mit dir schlief,
du mich verlangst?

Ob sie doch
ins Zentrum trifft:
›Jenseits des Lustprinzips‹
– Freuds späte Schrift?

Wiederholen des Akts:
Lebenslängliches Muß
– aus Schlußfurcht nur,
aus Weltverdruß?

Nein: *Freude* das Agens,
weil sie auch schenkt
– wegzufegen,
was man denkt!

Nur deine Quelle
mit dem Mund aufzutun
– befreit die Stirn
läßt den Quälgeist ruhn.

Mache Licht, doch Lektüre
hilft mir nicht. Schon vier
– als ich spüre:
Nimmst mich dir!

Einsturz der Zeitmauer,
als seist du nicht fort:
Aufhob die Phantasie
Tag und Ort …

Zwar die Betthälfte leer
– trotzdem du da!
Sturmgleich der
Eroica.

An Esther

Macho

Für alle Damen, so lange ich Student,
bleibe ich nur ein Durchlauferhitzer.
Wie viele, bei Gott, ich auch bepennt
keine schon als ihr Dauer-Besitzer.

Die einst um meine Hand anhält,
die muß drei Gaben
(reich bin ich selber, pfeife auf Geld
– doch *diese* Mitgift verlange ich)
drei Gaben muß sie haben,
dann kriegt sie mich:

Erstens, damit's mir immer schmeckt
– klar – sei sie als Köchin perfekt.
Zweitens muß sie wie eine Queen
die Blicke meiner Bosse auf sich ziehn.
Drittens verlange ich als höchste Qualität:
Daß sie's wie hundert Huren im Bett versteht.

Nach zwanzig Jahren trifft den »alten Herrn«
beim Stiftungsfest sein kühler Intimus,
der vorsichtshalber Junggeselle blieb …
Der wittert, ahnt – und nur zu gern
sieht er den Freund, gelähmt vor Überdruß:
»Hat sich's bewährt, dein Gattenwahl-Prinzip?«

»Ach«, seufzt der runde, kahle Staatsanwalt,
»sie hat zwar die drei Gaben, meine Frau
– nur lassen sie mich kalt, denn schau:
Sie hat sie nie in jenen Räumen,
in denen wir sie uns erträumen:
Zugegeben, zu Zeiten *ist* sie eine Queen:

Doch in der Küche, wenn sie kochen sollte!
Und was so jung so reizvoll an ihr schien:
Die Hurenschärfe, die ich wollte,
die zeigt sie im Salon, auf Matineen.
Doch Köchin, sicher, Köchin ist sie auch:
Die Kleider gibt es gar nicht, die ihr stehn

– bei ihrem Hintern, ihrem Bauch!
Nackt müßtest du sie sehn:
So weiß wie ein Baiser.
Und fett.
Köchin – o weh:
ist sie im Bett!

Ein Paravent: Seine Frau hat mitgehört.
Gab er so an, fragt sie, schon als Student?
Ach, ja, daß mir – wie ihm! – nichts steht: Das stört.
Ich wünschte auch, er wäre noch potent …

Akt

An Ursel

Hast dein Handy vergessen! Bin entsetzt,
daß ich nun sogar wortlos verwaist.
Groß dein Geschenk: DU – und wie! Zuletzt
auch Panik, weil du dann abgereist?

Selten, daß mit der Polaroid
so subtile Fotos glücken:
Deine Wäsche am Boden verstreut,
löwinschlank im Bücken dein Rücken

Dein Nacken – wie du auf dem Bett noch nackt
nachher die Nägel, dann im Stehen
die Zehen gelackt.
Schön im hohen Spiegel zu sehen:

Deine vorwitzig festfrischen Brüste.
Dunkel offen mein Fluchtweg: deine Tiefe.
Zu gern jetzt, aber *wie*? Wenn ich's wüßte
– ich dich im Zug anriefe!

Nachdem

– sie dich aus der Wohnung getragen:
Trauerrausch, Leere, »hinterblieben«;
realisiere das Unwort noch nicht. Mein Magen
streikt. Noch nicht sieben.
Sonst unsre Drinkstime.

Bin vernichtet, wie als ich abgetrieben
– weiß nichts als: Kommst nie mehr heim.
Hier schlafen? Neben dem finalen Leck?
Absurd – ab jetzt auf alles der Reim.
Trage mein Bett von deinem weg.

Notiz der Mutter

Mein Sohn »nervt« mich durch seine Forderung – in jedem unserer Telefonate –, ich solle mein Leben aufschreiben; »nerven« ist ein Verb, das ich neulich von meinem ältesten Enkel aufschnappte. Doch weiß mein Sohn, daß ich nicht einmal Briefe aufbewahre und aus meiner Abneigung zu schreiben – die Folgerung ziehe, daß ich es nicht kann. Wer kann – der will. Doch meine (mir unbewußte) Freude, in Gesellschaft themenweisend zu sein und selbst zu oft von früher zu erzählen, und zwar, wie mein Sohn ironisch sagt: »Geschichten«, womit er andeutet, daß meine Phantasie und die Neigung, dramatisch zuzuspitzen oder, unfreundlich interpretiert, zu übertreiben – diese Freude zeige, daß ich Memoiren schreiben könnte, gerade deshalb, weil in meinen Gesprächen »die Realität überholt wird, interessanter, als sie vermutlich war«. Da mein Sohn Schriftsteller ist, Verbal-Täter, wie seine Frau ihn nannte, sieht er darin einen Vorzug. Und auch mein Enkel Martin, der seine radikale Schnauze vielleicht von mir geerbt hat, verhöhnt mein »kreatives Gedächtnis«, wenn ich erzähle – doch mindert diese Bosheit nicht seine starke, mich rührende Anhänglichkeit, im Gegenteil! Mein Sohn sagt sogar vorwurfsvoll, da er nicht einsam lebt, aber oft so viele Monate konzentriert für *ein* Manuskript nur »da« ist und dann nicht einmal fähig, Zeitung zu lesen: daß es meine verdammte Schuldigkeit sei – und auch die seiner Frau und seiner Kinder –, ihm vom Leben »draußen« zu berichten; sogar Maupassant habe seine Mutter angestellt, ihm Geschichten zu liefern – »und da ich kein Maupassant bin, brauche ich viel dringender als er die Phantasie der Mutter!« Er sagt: die *Phantasie* – nicht: die Rapporte … Ich habe ihm angedeutet, was er ja wußte, daß es gewisse Vorzüge hat, wenn ich nicht aus meinem Leben berichte, wie übrigens bei jedem Menschen. Andererseits hat der Junge – der »Junge« ist fünfzig; und daß ich das vergesse oder verdränge, um mein eigenes Alter zu verdrängen, ich bin 76, spricht auch nicht dafür, daß ich eine gewissenhafte Chronistin sein könnte –, hat er natürlich recht, wenn er hinweist auf meine einsamen Nachmittage; abends kommt die Freundin und sitzt mit mir vor dem Fernseher, ich trinke Roten, sie Weißen; oft schläft sie auch hier, weil sie Angst hat, noch heimzugehen; vielleicht auch, weil sie weiß, daß es mir – nach vierundfünfzigjähriger Ehe – graust, in meiner ausgestorbenen Wohnung völlig allein zu sein, wenn schon mannlos, was schlimm genug ist. Also will ich jetzt die Nachmittage benutzen, Notizen für meinen Sohn zu machen; oder aus Zeitungen auszureißen und aus Büchern zu kopieren. Ob er das verwenden kann, ob er diese Notizen nur verlangt als Beschäftigungs-Therapie *für mich*, ich gehe dieser Frage nicht nach. Über mich werde ich nichts schreiben oder so verklauselt, daß man höchstens vermuten kann, ich zöge Schlüsse von mir auf andere. Denn wenn ich auch sein Versprechen habe, keinem Menschen zu sagen, woher er diese oder jene Geschichte hat, so weiß ich doch, daß er mit seinem Tick, »dokumentarisch« abzusichern, was er seinen Lesern vorsetzt, sogar seine Mutter verriete. Zwar gäbe er nie einen Informanten preis, weil er sonst nichts mehr erfährt. Und an sich kann er Wort halten und auch den Mund. Aber wie alle Männer ist er stolz auf Frauen in seiner Umgebung, die das sind, was er »interessant« nennt; er verkörpert geradezu den Gegenbeweis gegen die These der Emanzipations-Süchtigen, daß die Männer ihre Frauen (oder Mütter) daran hinderten, sich geistig selbständig zu entwickeln. Er sagt, schon vor zweihundert Jahren habe Lichtenberg geschrieben, »heutzutage« würden die Vorzüge der Frauen ihren Männern »zugelegt«; da mein Sohn nach seinen miserablen Schüler-Jahren selber nicht studieren durfte – türmte er doch aus dem Gymnasium, bevor er Abitur gemacht hatte –, habe er zur »Aufforstung«, sagt er, seiner eigenen geistigen Unzulänglichkeit immer Umgang mit studierten Mädchen gesucht. Das ist wahr …

Ich bin nicht einmal sicher, ob ich Nachrichten von Ereignissen unterscheiden kann; ich halte als Leserin nicht mehr durch; schon gibt es Nachmittage, an denen ich statt zu lesen, Briefe zu schreiben, mich zu unterhalten – spazieren gehe ich niemals –, den Fernseher anmache, obgleich mich oft nur das Werbefernsehen erfreut: weil ich da sehe, was ich alles nicht mehr brauche …

Ja, es kommt vor, daß ich aus Gedankenlosigkeit die Tagesschau zweimal ansehe, obwohl sie nicht einmal – *einmal* interessiert hat! Schwimmen zu gehen, wie noch voriges Jahr, riskiere ich nicht mehr – seit jene Freundin starb, die noch mitging, wenn auch nicht mehr mit ins Wasser. Da mir Schreibtrieb fehlt, sehe ich auch nicht ein, warum ich eine Notiz aus der Zeitung, die meinen Sohn interessieren könnte, aufschreiben, umschreiben sollte – anstatt ihr mit Schere und Klebstreifen zu Leibe zu rükken oder sie einfach zu datieren (er hat mir eingeschärft, alles zu datieren, was ich ihm aufhebe) und in ein Kuvert zu schieben. Mein Schreibwarenhändler, bei dem ich täglich die Zeitungen kaufe – als einzige Kundin auch die Münchner AZ –, hat einen Fotokopierer, auf dem werde ich aus Büchern jene Seiten festhalten, die den Jungen anregen könnten. Auch warne ich ihn, von dem wenigen, was mich noch beschäftigt – doch er behauptet, das sei im Gegenteil sehr vieles; mag sein, doch einseitig ist es gewiß, vergangenheitsbezogen –, Rückschlüsse zu ziehen auf das, was überhaupt Zeitgenossen interessieren dürfte, oder sollte; und was ich, nicht weit von achtzig, ja gar nicht beurteilen kann, obgleich immerhin die nicht seltenen Besuche meiner Enkel (sie könnten und sollten öfter kommen!) mir partiell eine Vorstellung von dem geben, was Fünfzehnjährige, was Dreißigjährige unterhält, problematisiert, erfreut, anwidert …

Daß mir mein Sohn zu Weihnachten den von mir nie gelesenen Romantiker E.T. A. Hoffmann geschenkt hat – zwei Drittel der Bände habe ich bereits zwei Enkeln weitergegeben –, hatte auch nur den Zweck, mich doch noch zum Schreiben zu verleiten. Denn er zeigte mir, was Hoffmann über seine Mutter notiert hat: »Man sagt, daß der Hysterismus der Mütter sich zwar nicht auf die Söhne vererbe, in ihnen aber eine vorzüglich lebendige, ja ganz exzentrische Phantasie erzeuge, und es ist einer unter uns, glaube ich, an dem sich die Richtigkeit dieses Satzes bewährt hat …« Mein Sohn schlug mir diese Seite mit den Worten auf: »Ich weiß zwar, daß du nicht hysterisch bist …«; jedoch wollte er in Wahrheit damit sagen: weil du ja auch hysterisch bist – hast du also einen Autor geboren und wirst auch selber schreiben können, wenn du nur willst! (Was Unfug ist. Mein Sohn weiß, wie viele Männer, die man kennt, hysterische Mütter hatten, Grillparzer, Meyer, Bismarck, Hemingway, um einige zu nennen. Keine dieser Mütter hat geschrieben; eher verübten sie Selbstmord.)

Ich versuche gar nicht zu schreiben. Mit einem Fuß in der Grube – erlernt man nicht mehr einen neuen Beruf! Schreiben soll er, anhand jener meiner Notizen, die mein Interesse wecken und seine Lust, aus diesen Nachrichten – Texte zu machen! Ich habe nie geschrieben, habe nur – durch Vermittlung meines Sohnes – jahrelang für eine Buchgemeinschaft Aphorismen-Bändchen zusammengelesen, indem ich etwa die Gesamtausgaben von Jean Paul und Bernhard Shaw nach Bonmots absuchte ...

Übrigens halte ich noch einmal fest, daß mein Sohn den Fehler macht, nicht einige Monate zu mir in sein halbverwaistes Elternhaus zu kommen, um endlich seinen hier noch als Fragment in einer Aktentasche liegenden Jugendroman ›Victoria Straße 4‹ zu schreiben, solange – das heißt: so kurz – ich noch lebe. Bin ich erst weg – wird auch sehr viel weg sein von dem, was ich dem Jungen aus seiner Jugend überliefern könnte. Immerhin wird er dann noch den Henner haben, der ja auch heute neben meinen zwei hier im Städtchen wohnenden Enkeln – zweien von sieben – mein eigentlicher Botschafter zur Außenwelt ist. Denn Henner ist mein Arzt, wie sein Vater der Arzt meiner drei Söhne und meines Mannes war; und er ist der früheste Gefährte meines mittleren Sohnes. Seit sie drei waren, sind sie unzertrennlich, obgleich sie in der Schule bald getrennt wurden, da mein Sohn schon in der ersten Klasse des Realgymnasiums sitzenblieb. Heute bedrängt er Henner noch heftiger als mich, zu schreiben, »erstens, weil die Deutschen früher immer Autoren hatten, die Ärzte waren; zweitens, weil Ärzte viel mehr vom Leben wissen als Autoren«. So wahr das ist: warum sollte einer Autor werden – der Arzt werden konnte?

Überlese ich diese ersten Seiten, so weiß ich, sie würden dann auch bald schon die letzten sein, wenn ich ein zusammenhängendes Buch schreiben wollte, wie mein Sohn forderte, bis er sich endlich damit zufriedengab, daß ich ihm zusagte, nur kurze Notizen zu machen. Denn ich komme – das merke ich jetzt erneut – vom Hundertsten ins Tausendste. Aber, wie heißt das bei Goethe oder Schiller, »die Form ist ein Geheimnis den meisten«!

Richtig. Erzählen kann jeder, es formen können nur wenige. Was immer ich hinschreiben werde, es wird keine Architektur haben. Es wird nur ein Sammelsurium von Assoziations-Schüben sein, die meinem Sohn Stichworte werden können. Übrigens mußte sogar, sagt mein Sohn, der große Bach immer mit Kompositionen *anderer* Musiker beginnen an seiner Orgel – bis er aus ihnen den Aufschwung zu eigenen fand: »Lies etwas – und schon wirst du daran anknüpfen und selber notieren.«

Barbara Tuchmann denn also zunächst, deren historische Werke mir längst zu dick und zu anstrengend sind. Doch schrieb sie auch kurze Aufsätze, Momentaufnahmen aus der Geschichte. Und darin einen Satz, den ich notiere, weil er mich vielleicht ermutigt, der Aufgabe doch gerecht zu werden – es zu versuchen –, die mein Sohn mir stellt als seine Leseblüten-, Nachrichten- und Geschichten-Sammlerin, als eine unter anderen. Die Tuchmann schreibt: »Da das Leben nur Spaß macht, wenn man etwas unternimmt, was eigentlich die eigenen Fähigkeiten übersteigt, will ich mich dieser Aufgabe stellen …«

Einzelne

Fernseh-Intendanten · Vermißter
»Verstockt«: Bruno · Hochzeitsbrief

Fernseh-Intendanten

Die Machtvollsten danken Parteien den Job.
Prahlen vor denen mit Einschaltquoten.
Stempeln, die Frühschicht haben, als ob
die aus Trägheit früh schlafen, zu Halbidioten,

Die angeblich nie einschalten, was von Niveau.
In Wahrheit sind's die Intendanten,
die Kritik am Staat scheuen – als Risiko
für *ihr* Amt! Daher verbannten

Sie auf spätnachts, was im Programm der Norm:
den Wirtschaftsverbänden, Parlamenten widersteht.
Denunzieren Lieschen Müller, deren Lebensform
ab 22 Uhr Schlaf braucht, als Analphabet …

Wenn Hühner und andere Berufstätige schlafen,
erst dann wagen sogar Intendanten Qualität:
Dressieren Untertanen nicht länger zu braven
Konformisten vor ihrem Verdummungsgerät.

Vermißter

Meinen vermißten Vettern:
Horst Uhlig, Günter Hochhuth

Sein Blick wird dich von keiner Wand mehr treffen,
denn seine Eltern leben auch nicht mehr.
Sogar schon Jahre her, daß seine Neffen
wehrpflichtig waren in der Bundeswehr.

Ein Foto gibt es zwar von ihm;
seit seine Mutter starb, hängt's niemand auf.
Sein Pech: Er fiel für ein Regime,
das ehrlos war. Daß es auch *ihm* den Lebenslauf,
als er erst neunzehn, schon durch Zwang gekappt,
rührt jährlich einmal, allenfalls, den Bruder.

Sekundenkurz am Weihnachtsbaum ertappt
ihn der Gedanke, daß sein »guter
Kumpel, jünger als heute meine Enkel« – fiel!
Für die entzündet er die Kerzen.

Die Weltkriege, mehr Traum – als Trauer-Spiel,
verwechseln sie bereits. Gar ihre Herzen
berühren diese Kriege wie die Frage,
ob es in Peking heute regnet …
Was sind Soldaten, daß man um sie klage!
Auch nur sein Bild ist keinem je begegnet.

Für eins der Neffen wird's bald ausgerahmt,
da niemand den Vermißten mehr vermißt.
Die ihr in Zeiten ohne Kriege kamt:
Denkt nie, daß Friede selbstverständlich ist!

»Verstockt«: Bruno

»Am Donnerstagmorgen wurde auf dem Campo dei fiori jener verbrecherische Dominikanermönch aus Nola lebendig verbrannt, von dem wir in einem der letzten Blätter berichteten: ein sehr hartnäckiger Ketzer, der nach seiner Laune verschiedene Dogmen gegen unseren Glauben ersonnen hatte, und zwar insbesondere gegen die Heilige Jungfrau und die Heiligen.«

Avvisi di Roma, am 19. Februar 1600

Eh' Qualm ihn hoffentlich erstickt,
nicht Flammen bei Bewußtsein ihn erfaßten,
hat souverän er – *weggeblickt*
vom Kruzifix, das den Verhaßten
noch bis zum letzten Augenblick belästigt:

Ihm hingehalten auf dem Scheiterhaufen,
an einem langen Stab befestigt …
Roms Volk, zum Campo dei fiori mitgelaufen,
sah festlich entzückt ihn *lebend* brennen:
Er hatte nicht nur »Blasphemie« genannt

den Menschen Jesus: *Gottes* Sohn zu nennen
– sondern erklärt: Bekannt,
nebst unserm, seien *andere* Planeten!
Haft in der Engelsburg, in einem Lehmloch.
Gefesselt. Doch statt Herrn Jesus anzubeten

Blieb er »verstockt« acht Kerkerjahre noch!
Das heilige Officium ließ ihm freie Wahl:
Zum Widerruf, zu Jesus als Gott
– oder zur Feuerqual.
Giordano Bruno wählte das Schafott.

Gert Ueding gewidmet, in Dankbarkeit.

Hochzeitsbrief

»Ich stelle mir vor, wie Casanova in Prag
nach der Don Giovanni-Premiere seinem
Gegenspieler ein Exerzitium hält …
Casanova und Don Juan.«
Walter Jens: Mythen der Dichter

Zurück vom Don Giovanni aus Prag;
Mozart selbst hat ihn dirigiert.
So – hast schon an meinem Reisetag
Dich einem Lumpen liiert!

Ohne Vorwarnung heiraten
– kaum, daß ich verreist?
Ich soll das ausbaden?
Nein, kommst, leihst

Dich natürlich weiterhin
wie bisher.
Ehe macht Sinn
nur als Zusatz-Verkehr.

Leibeigene alle,
die Leibeigene haben.
Doch Ehe als – Falle?
Lebenslänglich begraben?

Stumpfsinn im Zweigespann
– das legal statt illegal!
Gewohnheit als Ehe-Tyrann
nur normal banal.

Fatal: Heiraten – ausarten
– fast zu reimen.
Schlauer als »Dienstfahrten«
… Tages-Treffs im geheimen.

Ehe ohne Schlupfloch:
Wer schwörte den Eid!
Nun, Hoch-»*Zeit*« sagt's doch
– nicht auf ewig, auf Zeit.

Deine List! Bin amüsiert-gekränkt
– weil ich nicht voraussah,
warum nach Prag Du abgelenkt
Deinen Dir – oft! – treuen
Casanova.

PS.:
Frau wie Mann depressiv frustdick
gehen nicht – schleichen,
haben sie, stets gleich, nur Heimfick
mit stets nur Gleichen.

Kerzenlicht

Kerzenlicht war für kleine Leute auch schon ein Luxus in der nur sogenannten guten alten Zeit, die ja höchst brutal gewesen ist, nämlich asozial. Als ein Wachsoldat am Stadttor sich krank fühlte und ihm ein Kamerad anbot, er solle doch zwei Stunden früher heimgehen, der Hauptmann merke das nicht, schlich sich der Angekränkelte, ohne eine Kerze zu entzünden, ins Bett. Da seine Frau hochschreckte, fragte er sie, warum sie sein Bett nicht gemacht habe; sie sagte, sie habe sich gestern abend aus Zärtlichkeit und Sehnsucht in seines gelegt. Wieso er vor sechs nach Hause komme, wollte sie nun wissen. Und schickte ihn, kaum daß er sich ins ungemachte Bett gelegt hatte, in die Apotheke, denn auch sie fühle sich krank, er solle ein Pulver gegen die gemeinsame Magenverstimmung kaufen. Also zog ihr Mann sich wieder an und – sah erst, als er zahlen wollte, daß er sein Portemonnaie nicht in der Hosentasche hatte. Und da in der Apotheke die Öllampe an war, sah er nun auch, daß er eine Hose anhatte, die nicht *ihm* gehörte! Als er das herausschreien wollte – besann er sich im letzten Moment, daß dann die ganze Stadt ihn auslachen werde, stammelte eine Entschuldigung und versprach, bei Tageslicht zu zahlen. Der Liebhaber, der aus dem Bett des Gehörnten unter dessen Bett gekrochen war, als er den Wachsoldat heimkommen hörte – hatte immerhin dessen Portemonnaie dagelassen, als er sich in des Ehemannes Hose davonmachte. Die Frau, wird glaubhaft versichert, habe derart leidenschaftlich behauptet, ihr Mann müsse bereits auf der Wache – wo er seine Hose natürlich überhaupt nicht ausgezogen hat – seine Hose mit der eines anderen vertauscht haben, daß sie nach nur vier Wochen sich selbst jedes Wort geglaubt hat: ja sie drohte, ihren Mann überall zum Gespött zu machen, wenn er nicht aufhöre, an ihrer Treue zu zweifeln. Und er hörte auf damit, denn wenn es die Ehe ist, die einen zum Philosophen macht, ist Wegguckenkönnen die Basis aller Weisheiten. Kürzlich hat denn auch die Bundestagsabgeordnete der Grünen, die vierundvierzigjährige Frau Waltraud Schoppe, festgestellt: »Jede zweite Ehefrau will oder muß fremdgehen.« Woher sie diese Zahl hat, weiß ich nicht – möglicherweise aus jener führenden medizinischen Zeitschrift, die neulich die Erfahrung westeuropäischer Gynäkologen veröffentlichte: mindestens fünfzehn Prozent aller auf dem Papier ehelichen Kinder – hätten einen außerehelichen Vater. Tröstlich, daß in einer Welt, die weitgehend vom Glauben verlassen ist, wenigstens die Ehemänner noch so unerschütterlich glauben, zwar auch nicht an Gott, aber doch an ihre Vaterschaft ... Die Beweise ex silentio, also aus Verschwiegenheit, sind bei Ehebruch übrigens charakteristischer als handgreifliche. Als neulich eine Frau gefragt wurde, woher sie denn wissen wolle, daß ihr Man nicht treu sei, antwortete sie: daß er nie die Scheidung erwäge, sei ihr Beweis genug ...

Das Glas Milch. Als der Soziologe Max Weber schon auf dem Sterbebett lag – Karl Jaspers nannte ihn wiederholt: »den größten Deutschen unserer Zeit« –, sah er ein Glas Milch auf dem Nachttisch. Der Fiebernde griff danach: »Gebt's mir rasch, sonst wird Alfred es trinken!« Alfred war der jüngere, im Zimmer gar nicht anwesende Bruder, der – ebenfalls Soziologieprofessor – den Berühmteren stets glühend beneidet und deshalb auch dessen Geliebte beschlafen hat. Sie war eine Schwester jener Frieda von Richthofen, die für Lawrence – dessen Geliebte sie war – das Urbild seiner »Lady Chatterley« abgab. Diese beiden Richthofen-Schwestern waren die erotisch interessantesten Frauen des geistigen Deutschlands um 1910: beide mit Professoren verheiratet, lebten beide doch immer auch geheim mit Hochberühmten. – Die Frage drängt sich da auf: warum Bruderhaß, genauer, Haß überhaupt zwischen Nächstverwandten, wenn er erst einmal an die Stelle des *Natürlichen*, der Liebe, getreten ist, eine Tiefe, eine Letztgültigkeit erreicht wie nie der Haß zwischen sonstigen Gegnern? Todfeinde wurden Engländer und Deutsche erstmals in ihrer langen Geschichte, als ein Enkel der Queen Victoria, Wilhelm der Letzte, Kaiser wurde in Berlin.

Aids in Venedig. Spätere Ehepartner, die sich nicht im Beruf ausleben, doch zuweilen auch die – das kann aber nicht jeder –, werden mörderisch gegen die Kinder des früheren. Immer betrügen alte Männer mit jüngeren Frauen Kinder, die eine frühere ihnen geschenkt hat, ums Erbe – sogar dann, wenn die spätere Partnerin nicht (oder nicht ihnen) geboren hat. Abschreckendstes Beispiel, doch schreckt es niemanden ab: Livia, die als zweite Frau des Kaisers Augustus dessen sämtliche Leibeserben beseitigt, um *ihrem* Sohn, der nicht von Augustus ist, dessen Thron zu sichern, dem Tiberius. Natürlich schaffte sie, was sie vorhatte, obgleich sie deshalb mehrfach zur Giftmörderin werden mußte. Frauen, wenn kein Beruf sie überfordert, sind genau um soviel erfolgreicher im Privatleben, wie die – beruflich überforderten – Männer es vernachlässigen, so daß ja die meisten Gatten, insbesondere als Väter, die Halbidioten in den Familien sind ... So auch der schon sterbemüde, ja sterbende König David, dessen Endschwäche seine zweite Frau benutzte, *ihren* Sohn zum Erben des Reiches Israel zu machen, obgleich der König Söhne aus erster Ehe gehabt hat, denen die Thronfolge zugestanden hätte. Diese so berühmte Bathseba, die König David seinem Unterführer Urias geraubt hat, indem er den Ahnungslosen an der Front so postieren ließ, daß er fallen *mußte* – erlistete für ihren Sohn Salomo den Thron. Und dieser angeblich ach so weise König Salomo hat sich dann nicht damit begnügt, seinen älteren Halbbrüdern das Erbe zu stehlen, sondern hat sie auch noch – so ist das oft – ermordet! Nicht jede Frau nimmt aber hin, daß ihre Kinder zugunsten der späteren Ehegattin und deren Kinder entrechtet werden vom Vater: Gehört in San José, der Hauptstadt von Costa Rica, Mittelamerika, das höchst schockierende »Beispiel einer weiblichen Rache«, wie eine klassische deutsche Erzählung genannt wird. Die von einem Millionär pausenlos betrogene Ehefrau, Mutter seiner zwei Söhne – er ließ dann die drei sitzen, erzwang die Scheidung und heiratete eine Neunzehnjährige, die rasch zwei Kinder zur Welt brachte –, weiß, daß sie an Krebs sterben wird; Ursache vermutlich psychosomatisch »dank« der Dauer-Demütigungen durch den Ehemann. Nun erfährt die immer noch Schöne, der es eher gut steht, daß Krebs sie abmagern ließ, daß der Mann auch noch ihre gemeinsamen Kinder weitestgehend um ihr Erbe betrügt, indem er durch Überschreibungen auf seine beiden Jüngsten aus der zweiten Ehe das gemeinsam mit dieser ersten Frau erworbene Vermögen so beiseite schafft, daß bei seinem Tode die Kinder aus erster Ehe fast nichts mehr vorfinden können.

Die Todkranke und ihre Söhne haben *einen* machtvollen Verbündeten, den Bruder der Frau, der einst Justizminister war und jetzt der gefürchtetste Anwalt im Lande ist. Sie hat in die Scheidung eingewilligt unter der Bedingung, daß dieser Bruder – der einzige Mensch, den sein Schwager fürchtet – der Vormund der Söhne wurde, der Inhaber der sogenannten »elterlichen Gewalt« ... Krebskrank macht nun die Geschiedene ihrem Ex-Mann ein – wie sie das nennt – »Friedensangebot«, da sie vor ihrem Tode zugunsten der Söhne die beiden aussöhnen wolle mit ihrem Vater, wie sie ihm aus Venedig schreibt: er solle kommen, selbstverständlich ohne seine Frau, und ihr in einem neuen Vertrag garantieren, daß die Söhne nicht völlig enterbt würden; sie sei dann bereit, *ihm* die Vormundschaft und elterliche Gewalt zu übertragen ... Der Mann kommt nach Venedig. Wie Früchte, die – innerlich schon total faul – im Gras liegend oft besonders leuchtend und stark in den Farben sind, ist auch diese Todgeweihte sehr schön.

Wie man es Tuberkulösen nachsagt, hat die Gewißheit, verloren zu sein, auch diese Costaricanerin noch sinnlicher gemacht, als sie es ohnehin stets war; daß sie schlank wurde – das war sie nie – macht sie für den, der sie einst deflorierte, wieder höchst attraktiv, was sie übrigens einkalkuliert hat. Ihre letzte Hemmung, diesen Mann und seine »neue« Frau mitzunehmen in den Tod, fällt von ihr ab, als sie beim ersten Tischgespräch beiläufig auf eine der zwei seiner größten Kaffeeplantagen, vorwiegend von ihrer Mitgift gekauft, zu sprechen kommt und hören muß, *die* sei leider nicht mehr in seinem Besitze: *Die* habe er schon seiner Tochter und seinem Sohn (»um Erbschaftsgerangel unter meinen vier Kindern später zu vermeiden«) im Grundbuch überschrieben! Also den Kindern aus seiner zweiten Ehe! Sie läßt ihre siedende Empörung nicht merken, während er ausflüchtig quatscht: »Deine beiden Jungen fahren ja nicht schlechter – sie kriegen Zuckerrohr, das auch nicht renditeschwächer ist als Kaffee.« Er sagte: »Deine« ...

Sie wird, was sie zum Sieden brachte – denn es ist glatter Betrug –, nach Tisch in ihrem Mittagsbeischlaf mit ihm »investieren«. Sein Mitgefühl mit ihr steigert seine Lust an dem, was sie mit ausgepichtester Kennerschaft einbringt in jeden Akt. Sie hat unter dem Vorwand, ihr »Haus bestellen zu müssen«, ihrem Hausarzt, der einst auch seiner war, erlaubt, ihm die Wahrheit über ihren Krebs zu sagen ... aber dieser Arzt weiß auch nicht, daß sie seit sieben Monaten, um ihrem Sterben doch noch einen Sinn abzugewinnen, in der Nachbar-Hauptstadt Caracas (Venezuela) hoffnungslos Aids-Kranke gepflegt hat; vom Tode gezeichnet – sah sie keinen Grund, sich in dieser Fünf-Millionen-Metropole irgendeinem ihrer Pfleglinge zu verweigern. Ja, seit sie wußte, daß sie ihren Mann und ihre Rivalin umbringen will, nahm sie an Aids-Kranken, wen immer sie kriegen konnte. Sie zählte nicht, wie vielen sie das letzte Glück geschenkt hat – nun schenkt sie ihrem Peiniger den Tod. Und hofft: auch seiner Frau! Als sie nach acht Tagen aus dem ›Danieli‹ abreisen, in dem sie das gemeinsame Bett so selten verlassen haben wie einst auf ihrer Hochzeitsreise, besitzt er die Vollmacht über die Söhne; diese Vollmacht zu befristen – hielt sie für »nicht mehr nötig«.

Heiligabend. »Also dies Jahr, damit du's weißt, will ich Heiligabend deinen Vadder nich' wieder hier rumsitzen haben, den ganzen Abend!« Sie hatte die Lockenwickler im Haar und wischte zum drittenmal, Beschäftigungstherapie, über die makellose Glasplatte des Couchtisches. Er sagte demütig: »Auch voriges Jahr hab ich ihn doch bald nach der Bescherung schon wieder heimfahren sollen, den ganzen Abend wird er schon nicht bleiben!« Sie richtete sich auf, deutete an, daß ihr vom Bücken das Kreuz wieder weh tue – woran *er* schuld sei: »Voriges Jahr, da fühlte er sich krank – nur deshalb sind wir ihn so rasch losgeworden!«

Er dachte: Sie ist zum Kotzen, am liebsten schickte sie ihm die Buben ins Altersheim, Geschenke einkassieren – aber zu sagen traute er sich nur: »Es ist ja nicht nur Weihnachten, es ist ja diesmal auch der vierzigste Jahrestag, daß mein Bruder umgekommen ist – und es gibt nicht mal ein Grab, wo der Papa hingehen könnte, das hat er neulich ...« Sie fiel ihm in den Satz, nicht angerührter von dem, was er sagen wollte, als ihre Kühlschranktüre: »Jajaja – ich war dabei, als er das sagte, und das ist auch furchtbar traurig, aber unsre Schuld ist das ja nicht.« Der Kurzarbeiter, wie er sich seit dem Fünften dieses Monats nannte, hatte die Zeitung schon zweimal durchgeblättert und überlegte, womit er begründen könne, daß er hier herauskäme und angeblich in die Stadt fahren müsse; es fiel ihm nichts ein. Sein Blick streifte den Jungen auf dem Foto, einen siebzehnjährigen Matrosen, der vor vierzig Jahren einer der über hundert Seekadetten gewesen war, die Großadmiral Dönitz auf Schlachtschiff ›Scharnhorst‹ hinausgejagt hatte ins Eismeer, wo die Briten am zweiten Weihnachtstag mit ihrem schwersten Flaggschiff und dessen überlegener Artillerie den leichten Schlachtkreuzer verschrotteten: 36 Überlebende von 1800 Mann! Er dachte: »Die Nation der Wichtigtuer: fünfhundert Matrosen mehr als auf einem fast doppelt so großen britischen Schiff! Auf ›Hood‹, dem größten Schlachtschiff, als ›Bismarck‹ es versenkte, waren vierzehnhundert, auf ›Scharnhorst‹ fast neunzehnhundert Seemänner, als Dönitz – und dieser Bursche starb mit fast neunzig im Bett! – sie hinaustrieb, nur weil er so dumm war und so arrogant, alle Warnungen zu überhören, daß die Briten sie abfangen und vernichten würden: selbst Hitler wollte nicht, daß dieses Schiff aufs Spiel gesetzt wurde … selbst Hitler wußte, es habe gegen die Briten keine Chance. Wut stieg in ihm auf, wie immer … Er hatte, da selber »weißer Jahrgang« als einer, der nicht mehr hatte dienen müssen, alle erreichbaren Bücher über die Eismeer-Katastrophe in der zweiten Weihnachtsnacht verschlungen und die Bücher sorgfältig vor seinem Vater versteckt, weil sie dem seelisch das Unterste nach oben gepflügt hätten. Aber daß dieses Jahr der vierzigste Jahrestag sei, an dem der Bruder umgekommen war – hoffentlich ein rascher Tod im Eiswasser, aber lange genug hatte er an Bord noch diesen Tod mit Sicherheit vor Augen gehabt, denn es gab kein Begleitschiff, von dem sie hätten Rettung erhoffen können, während die Briten sie kaputtschossen, ohne daß der Deutsche auch nur hätte antworten können: die Briten sahen mit Radar die ›Scharnhorst‹ klar wie am Tage, die Deutschen *sahen* nicht einmal ›Duke of York‹! Und hätten sie dieses Flaggschiff der ›Home Fleet‹ gesehen, sie hätten dennoch sich nicht wehren können, weil ihre Artillerie gar nicht hinreichte bis zu dem, der sie in aller Ruhe zu Schrott schoß …

Furchtbar! Er hatte plötzlich einen unzähmbaren Spaß zur Herausforderung, stand auf und sagte: »Du, ich hol' den Papa schon heute her, die Jungen nehme ich mit – er freut sich, wenn wir ihn überfallen und einfach einladen und herholen! Er kann hier schlafen.« Sie war sprachlos, so schlecht hatte er ihr noch nie gehorcht. Aber das dauernde Zusammensein auch während jener Stunden, die früher Arbeitszeit für ihn gewesen waren, hatte ihre Ehe stärker unterminiert als die vorangegangenen siebzehn Jahre. Er dachte: den Gefallen tu ich ihr nicht, den Alten alleinzulassen dieses Jahr; und er verdrängte, daß er keineswegs nur seinem Vater zuliebe Streit ... nicht gerade suchte, aber doch in Kauf nahm, sondern weil er auf dem Arbeitsamt kürzlich jemanden kennengelernt hatte, der er willkommen wäre, bestimmt, könnte er ausgerechnet Weihnachten daheim wegen Krachs verschwinden. Sie hatte sich, als er schon im Mantel war, so weit »gefangen«, daß sie drohen konnte: »Bringst du ihn her und auch noch über Nacht, fahre ich zu meiner Mutter!« Er wußte: eine leere Drohung, sie würde die Kinder Weihnachten nicht mit ihm allein lassen und auch die beiden nicht mitnehmen, das wäre ihrer Mutter, mit den Enkeln, die die im Haus hatte, zu viel Unruhe ... Er sagte: »Die wird sich freuen – allen Ernstes!« Und er rief seine Kinder und war schon an der Garage. Sie hatte das Küchenfenster geöffnet – sie wohnten parterre –, und sie wußte, sie würde ihn kleinkriegen, als sie androhte: »Silvester hast du ja deinen Chef eingeladen – viel Vergnügen, wenn du ihm erklären mußt, warum ihr dann vor leeren Tellern sitzt ...«

Unterwegs

Blaues Band – Trauerflor · Abfahrt von Sylt
Klomann · Hotelnacht · Austernschale
Reise!

Blaues Band – Trauerflor

Titanic-Schock: Eine Woche lang das Volksgefühl,
als – hundert Tote – der ICE die Brücke rammte.
In jedem unabweisbar das Kalkül:
Wann fuhr ich, fahr ich ICE? Verdammte

Rasanz so allgemein geschätzt, daß kein Memento
sich je gemeldet gegen Größenwahn:
Man plant vierhundert Kilometer-Tempo!
Unheil allein signalisiert der Bahn,

Daß nicht der Mensch schon alles darf
– nur weil er's kann.
Ein Zug genügt, den's aus den Schienen warf …
Leichtsinn, nicht Gott, beendete den Run

Nach Weltrekord:
Zug, Auto, Schiff mit Blauem Band zu zieren,
durch einen Trauerflor, durch Mord
an schuld-, an ahnungslosen Passagieren.

Abfahrt von Sylt

Kornduft im Autozug durch Stoppel-Äcker,
diese Woche leer geerntet.
Wenige erst gepflügt … Trecker
– man sieht's – erlösten die Zugtiere,
die ungequält auf noch saftigen Weiden
– entspannte Reitpferde, gelassene Kühe –
offenbar nicht mehr am Leben leiden.

Oder wissen auch die, daß sie sterben?
»Du mußt nächstes Jahr wiederkommen!«
So ehrlich sie's meint, ihr Werben
– ehrlich kann ich ja nicht antworten:
»Du wirst dann mit anderen schwimmen,
ich komme nie mehr bis Sylt!«
Wahrheiten, die schneidend verstimmen:

Sadist, wer sie zur Abfahrt enthüllt …
Thomas Mann schrieb ins Gästebuch:
»Kliffende bleibt!« – nichts blieb:
Wurde am schönsten Hotel doch der Fluch
des Kapitalismus zuerst vollstreckt: Kliffende
fiel nicht der Flut, die Strand abtrieb,
sondern der Deutschen Bank in die Hände.

Nur Sehnsucht bleibt: Mit dir Delphinen
– Tümmler suchen Menschennähe –
in den Brandungsschlägen zu nahen, daß ihnen
scheint, wir seien in den Wellen
in unserm wie sie in ihrem Element!
So verdränge ich: Meerfarbe gleicht Immortellen,
die man sonst nur von – Grabkränzen kennt.

Klomann

Mein letzter Job: »In vollen Zügen«
– wie doppeldeutig die drei Worte –
Müll sammeln, Aschebecher leeren;
Putzmann im ICE, auch der Aborte.

Gekriegt nur diesen Job, weil ich
den Paß des jüngern Bruders habe.
Entfernte Vettern haben mich
mit ihm verwechselt: Am offenen Grabe

Kam mir der Einfall, mich für ihn,
für einundsechzig auszugeben!
Bin längst schon Rentner,
doch von dieser Rente *leben*?

Deklassiert. Selbständig einst,
zu wenig Beitragsjahre – im Vertrauen
auf mein Geschäft, das mich ernährte.
Doch die den Mittelstand abbauen

Liquidierten auch mich:
steigerten die Ladenmiete,
die endlich unerschwinglich war.
Geschäftlich keine Niete

Hielt ich mich bis zum weißen Haar
als eigener Herr.
Nun, achtundsechzig, Klomann:
Absturz ins unterste Parterre.

Daß ich's dem Sohn verschweigen kann
– bin Witwer –, ist mein letztes Glück.
Lebt in den USA, Vertreter.
Ein rührendes Familien-Stück:

»Sohn, der den Vater mit ernährt«
– das einzige, was ich nicht ertrüge!
Klomänner müssen sein.
So putze halt auch ich noch Züge.

Hotelnacht

»... fand ich, daß ich einen solchen männlichen Umgang, wie Sie ihn ... für die Abendstunden haben, in meinem Leben nicht hatte: seid ihr alle Hypochonder? Nun scheinen Frauen zu fehlen ... wo hernehmen und nicht stehlen? Indes, man könnte ja auch einmal in der Not stehlen.«

Wagner, Weihnachten 1874, an Nietzsche

Denken, nachts, denaturiert mich
– wie einen Feldweg Asphalt,
gibt nicht ein Leib
im Bett mir Halt

Und Anlaß,
doch zu bejahn,
daß wir da sind;
ist auch der Wahn

Das nütze wem,
wenigstens mir,
längst abgetan:
Geschieht, daß wir hier

Aus Panik?
Kommt's zum Spermaschuß,
weil Hysteron das gleiche
wie – Uterus?

Wiederholungszwang
aus Überlebens-Instinkt,
da Ende-Angst
im Akt mitschwingt?

Beweist's das Gegenteil,
daß wir meist lachten
zum Leib-, zum Seelenheil,
so oft wir's machten?

Verödender Frust,
allein im Hotel:
Pein, Verlust,
reibt sich's Fell

Nur an Wäsche
statt an Haut …
Aber keine / keiner da,
es sei denn, man klaut.

Es gibt *nur*, laut Hamsun,
so zitiert ihn Benn:
»Gestohlene Liebe«,
Ladies, Gentlemen.

Austernschale

Meerwasser schliff ihr Design:
Graphik, delikat, nervig-abstrakt.
Hast noch spät gebadet, allein.
Sah dich zum erstenmal nackt.

Dank der Muschel in den Jeans
jäh der Gedankensprung,
auf dem Rad im Strudel Berlins
– ich wie alt, du wie jung!

Die Muschel datieren – absurd.
Zeit hat den Filzstift verwischt
– weg wie dich Schaumgeburt
aus windzerstäubter Gischt.

Reise!

– reiße dich los:
Die daheim bleiben, rosten.
Fahrtwind gibt dir den Stoß,
nicht Entfernung, nicht Kosten
zu beachten – fahr los!

Immer geht's »eigentlich« nicht
– uns alle besitzen Termine:
Mußt am 13. gar vor Gericht.
Trotzdem: Die Arbeitslawine,
unterwegs erschlägt sie dich nicht.

Urlaub machen zu Hause?
Da wächst dir noch *geistig* ein Bauch!
Ist nur eine Arbeitspause,
macht jeder Rentner auch,
rentnert dort 's ganze Jahr.

Nein, los wie der Taugenichts,
brauchst keine Geige, doch fahr!
Bleibst du zu Hause, bricht's
Dach überm Kopf dir zusammen.
Gerätst du an Schnaps oder Joint.

Zu seßhaft heißt *seelisch* verslumen.
Fahr nie ohne Frau oder Freund:
Die Vorhölle – ohne Begleitung!
Auswärts, nach der Tagesschau
– allein mit einer Zeitung?

Unmöglich. Ob Kind, Mann, Frau,
jemand soll um dich sein,
abends in fremden Ländern.
Mußt doch reden können beim Wein,
in Gassen, am Strand beim Schlendern.

Ach, lehrte: Nie auf Reisen verzichten,
so lange dein Arzt noch entbehrlich
– *endgültig* Anker lichten …
Könnte, wer in der Welt alljährlich
sich umgetan – den Abschied bejahn!

Punk

Punk. Er stand im Bus, ohne Mitfahrenden irgend etwas zuleide zu tun – und war doch ihr »Ärgernis«, da er halt so aussah, wie sich »das nicht gehört«: Haare, soweit nicht geschoren, also nur an einer Seite: blaugrün.

Große, goldene Sicherheitsnadel in einem Ohrläppchen. Lederarmbänder, silberbeschlagen. Lederzeug, faschistenschwarz, so eng, daß er vermutlich nur mit einem Schuhanzieher in die Hose gekommen war, so daß seine Mitte – sozusagen mundvollhandgreiflich – dem Gesicht einer neben ihm sitzenden älteren Dame sehr nahe »stand«. Das mag diese Busfahrerin auf eine nicht zu genau zu untersuchende Weise »empört«, genauer: keineswegs empört, sondern zum Schwelgen in beseligenden Erinnerungen aufgeputscht haben. Jedenfalls fing sie nun an, laut zu stänkern. Sie sagte zwar nicht, der Punk müsse vergast werden – denn der Schauplatz war keine deutsche Stadt, sondern Genf. Aber sie zeterte, man müsse ihn einsperren, erst einmal waschen, ihn lehren, was Arbeiten heiße, auch seine Eltern gehörten vor Gericht, da sie einen solchen Sohn auf die Menschheit losließen. Und jede ihrer Verwünschungen begleitete die dort sitzende Terroristin im Tante-Emma-Look mit ausgestreckter, hochgehaltener Hand, den Fahrschein zwischen zwei Fingern bedrohlich gegen den ruhig Dastehenden ausgestreckt. Plötzlich hatte der – wie ein Hund schnappt, den man allzu lange gereizt hat – zugegriffen, der Frau ihren Fahrschein weggeschnappt und ihn aufgegessen! Denn er hatte hinter dem Rücken der Schimpfenden den Buskontrolleur zusteigen gesehen. Nun schrie sie, dieser Auswurf der Menschheit habe ihren Fahrschein verschluckt. Da mußten denn doch einige Mitfahrende lachen; dieser Vorwurf ging ihnen zu weit! Der Junge, jetzt das Silberpapier in der Hand, aus dem er sich einen Kaugummi in den Mund gesteckt hatte, malte mit ostentativ hin- und hergeschobenem Kiefer wie ein verdauender Ochse, hielt dem Kontrolleur seinen Fahrschein hin und kaute und kaute seinen Gummi – während die Frau schrie: »Der hat meinen Fahrschein verschluckt!« Der würdige Schweizer Kontrollbeamte fühlte sich von ihr auf den Arm genommen wie nie zuvor in dreißig Dienstjahren; er sah sich um: Alle Mitfahrenden schienen ihm recht zu geben, es war »unglaublich«, was die Frau dem schweigenden, nur kauenden Jungen vorwarf, der noch das Silberpapier – jetzt allen sichtbar – in der Hand hatte. Vierzig Schweizer Franken Buße wegen Busfahrens ohne Fahrschein: Es gab niemanden, der ohne Genugtuung zusah, wie hier – beim Kassieren – die Gerechtigkeit ihren Lauf nahm!

Klopapier – vielleicht deshalb, weil man es an jenem Ort zur Hand hat, der nachzudenken zwingt, sogar solche Leute dazu zwingt, die sonst nie denken, sondern fernsehen oder Auto fahren –, Klopapier hat bedenkenswerte Aufdrucke: In der ehemaligen DDR stand auf der Banderole gedruckt: 360 Meter, Toleranz: 3 bis 4 Meter. Kommentar eines Bürgers: »Die einzige Stelle bei uns, wo Toleranz zugelassen ist!« In der Bundesrepublik meldet das Statistische Landesamt, der Verbrauch von Klopapier sei »pro Kopf« um soundso viel gestiegen. Frage: Wieso »pro Kopf«? Das Klo war auch der Ort, auf dem die beste, die absolut klassische Antwort gefunden wurde, die jemals ein Künstler den Kritikern verpaßt hat. Der Komponist Max Reger schrieb einem: »Werter Herr, ich sitze auf dem stillsten Ort meines Hauses. Vor mir habe ich Ihre Kritik – gleich werde ich sie hinter mir haben!«

Ja, der ist lange tot, der vorm Jahr starb! Diese Erfahrung wurde zum Grundgefühl, als neulich jemand fragte – ich glaube, anläßlich der Jahres-Rückschau des Fernsehens am 1. Januar –, wieso nicht das Staatsbegräbnis des bayerischen Ministerpräsidenten gezeigt worden sei. »Aber Strauß ist doch schon vorvoriges Jahr gestorben!« rief einer, was seine Frau heftig bestritt. Jedenfalls, keiner wußte mehr, wann dieser weitaus meistumlärmte Politiker der BRD als Toter sechsspännig auf einem königlichen Leichenwagen durch München gefahren worden war. Und nicht nur die Jahres-Ereignisse – die sogenannten! – hat man vergessen, sondern sogar schon die der vorigen Woche ... Wenn fraglos im Jahr 1989 nicht die Erinnerungen an den 75. Jahrestag des Ersten, an den 50. des Zweiten Weltkrieges im Zentrum standen, sondern die Befreiung der Osteuropäer vom Kommunismus als Diktatur, so schockierte doch, daß im rasenden Ablauf der Bilder – kaum eines wurde länger als nur eine Minute gezeigt – fast nur *die* Einsicht blieb, daß nichts blieb. Und auch heute, knapp siebenundzwanzig Stunden nachdem ich diese Jahres- oder Wochen-Rückschau sah, gelingt es nur mit Mühe, im Tohuwabohu einstiger spektakulärer Geschehnisse mich der einzelnen oder wenigstens einiger einzelner zu erinnern. Särge sind eigentlich die bleibenden Bilder: Da starb der Welt meistgefeierter Dirigent; nun im Bild sein schmaler Grabhügel bei Salzburg, ohne Kränze, nur eine einzige Tulpe auf der braunroten Erde ... Da explodierte auf einem sechsundvierzig Jahre alten Schlachtschiff ein Geschützturm, anläßlich eines Übungsschießens, und zerriß fast vier Dutzend Matrosen. Wie ich das tippe, wird mir bewußt, daß es inhuman ist, von Menschen im Dutzend zu sprechen, denn jeder von ihnen war doch ein einzelner, als solcher beweint – sicher tiefer betrauert als *die* einzelne Tote des stromab gegangenen Jahres, als Österreichs letzte Kaiserin, die mit 96 Jahren in Wien beigesetzt wurde, in der Kapuziner-Gruft.

Journalistische Amtshilfe. Mit dieser ausgezeichneten Formulierung hat die ›taz‹ die Charakterlosigkeit speziell der Tagesschau, aber ebenfalls vieler Zeitungsreporter gebrandmarkt, die bonnfromm die Zahl der Teilnehmer an Demonstrationen, zum Beispiel gegen die bayerische Plutoniumfabrik in Wackersdorf von 80000 auf 30000 »herunterspielen«, um anzudeuten, es handele sich bei jenen, die demonstrieren, stets nur um »einige tausend Chaoten«. Tatsächlich braucht der Staat keine Zensur, da er »seine« Journalisten hat! Wenn um 1960 der große konservative Publizist und Historiker Paul Sethe die berühmt gewordene Formel prägte, Pressefreiheit sei »die Freiheit von zweihundert Leuten, zu entscheiden, was sie drucken und was sie unterdrükken«, so ist der »Fortschritt« seither, daß es heute allenfalls noch hundert sind, die allein darüber entscheiden. Denn wie viele Zeitungen sind seither eingegangen! Und zu dieser Hundertschaft zweibeiniger Polizeihunde gehören natürlich auch jene Staatsanwälte, die unsere im Grundgesetz garantierte Freiheit: »Eine Zensur findet nicht statt« unter dem Vorwand unterdrücken, *sittliche* Aufsichtsbeamte zu sein. Jetzt haben sie sich am Nachlaßroman Henry Millers vergangen und dessen Leseringausgabe beschlagnahmt.

Gescheitert an Beichten. Bei Fulda bringt ein katholischer Priester sich um, weil er den Segen seiner Obrigkeit vermißt: Er hat in seiner Gemeinde die Ohrenbeichte als verwerflich abgeschafft und an deren Stelle die Generalbeichte gesetzt. Tatsächlich sind immer schon Priester gegen die Beichte in Opposition gegangen – am temperamentvollsten vermutlich jener Graf Hoensbroech, der seine Memoiren genannt hat: ›14 Jahre Jesuit‹. Es gibt zahllose Beispiele – viele haben Geschichte gemacht, weil Beicht-»Väter« auch ausplauderten, was ihnen Könige und Staatsmänner anvertraut hatten –, daß Beichtgeheimnisse nur dann gewahrt bleiben, wenn sie Banalitäten enthalten. Eine Geschichte: Wie auf einem Katholikentag ein Priester seine Kollegen bei Kaffee und Kuchen fragt, wie er eine Frau dazu bringen könne, ihm endlich zu sagen – als ginge das ihn *irgend* etwas an! –, wie der Vater ihres unehelichen Kindes heiße. Sie bereue ja, diese Frau, ihre »Todsünde«, sei aber nicht bereit, den Erzeuger zu nennen … Da tritt an diese Kaffeetafel ein Kollege und erzählt, er wisse gar nicht, welche Sühne er einem auferlegen solle, der ihm heute gebeichtet habe, mit der leiblichen Tochter ein Kind gezeugt zu haben. Im Nu hat man kombiniert an diesem Tisch, daß dieser Vater zu jener Frau »gehört«, die den Erzeuger nicht nennen will, die Obrigkeit mischt sich ein, die Katastrophe ist da, weil nun auch das Kind noch den »Makel« hat, in »Blutschande« gezeugt zu sein; sobald Gerichte sich einmischen, wird das Kind »natürlich« den strafbar gewordenen Eltern genommen.

Schweigen ist Gold – warum schwieg der Arzt nicht, neulich, der in England herausfand, ein Nierenkranker, der niemals zeugungsfähig war, halte drei Kinder für seine? Wahrheit ist lobenswert – doch wie teuer darf sie von Unschuldigen bezahlt werden? Hier von jenen drei Kindern, die nicht nur den »Vater« verlieren, den sie liebten, weil er sie liebte, sondern auch die Mutter, die natürlich sitzen muß, weil sie »Alimente« von einem erschwindelt hat, der nicht der Erzeuger war. Was geht in Kindern vor, die sich sagen müssen, ihre Mutter sei derart raffiniert?

Eine Madrider Wahrsagerin, die selber ihrer Mörderin die Türe aufmachte, ist erschossen worden: die Behörden vermuten, aus Liebeskummer; sie hatte einen lebhaften Umgang mit Lesbierinnen. Ist es zynisch, zu fragen: wieviel Wert hatten die Voraussagen einer Frau – sie waren sehr berühmt –, die sich ihre Mörderin in die Wohnung holte?

Radetzkymarsch und Hauptmann von Köpenick, also Musik, die der Vater des Walzerkönigs Strauß komponierte, und Zuckmayers Komödie, die bestgebaute aller deutschen, die auch für unseren Volkscharakter exemplarische: diese beiden bedeutenden Kunstwerke sind das letzte, ja das *einzige*, was übriggeblieben ist vom Ruhm, vom Glanz aller Armeen Österreichs und Deutschlands! Das Grab des »Hauptmann von Köpenick« genannten Schusters Vogt in Luxemburg wird dort noch heute auf Kosten der deutschen Botschaft gepflegt: als einziges Grab eines im Frieden gestorbenen preußischen »Offiziers« (und »Soldaten« überhaupt), das irgendwo noch bepflanzt, begossen wird ... Und der noch immer mitreißende Marsch, den ein Sohn des aus Ungarn nach Wien übergesiedelten Juden Strauß komponierte: Er ist das letzte noch lebende Denkmal der kaiserlich-königlichen Armee Österreich-Ungarns ... Hätte das vor 1918 jemand prophezeit, er wäre wegen der totalen »Weltfremdheit«, sprich: Harmlosigkeit seines angeblichen Irrsinns nicht einmal eingesperrt worden! Abermillionen hochdekorierter Soldaten und Offiziere dieser einst machtvollsten Armeen der Welt – dahin, bachab bis zur völligen Namenlosigkeit! Doch der Schuster, der eine Hauptmanns-Uniform beim Trödler kaufte, um die Stadtkasse von Berlin-Köpenick zu klauen, *der* ist unsterblich wie die Musik der Familie Strauß, von der so konsequent wie borniert die (keineswegs mehr unsterbliche) Herrscher-Familie Habsburg in Wien niemals Kenntnis zu nehmen geruht hat ... Die Letzten werden die Ersten sein: woran wäre die Wahrheit dieser Verheißung drastischer abzulesen? Und woran die Erfahrung, daß Kunst und Humor nicht die dauerhaftesten Werte sind, sondern die *einzigen*, die – zuweilen, freilich auch nur *zuweilen* – überdauern? Wer von Dauer zuviel verlangt: Sieben der vermutlich mehr als siebzig Dramen des Sophokles sind erhalten!

Den gangbarsten Weg, sich dem Alltag, wozu auch die Langeweile zählt, und sogar den Altersängsten zu entziehen, sah der Sohn eines der Brüder Grimm im »geistigen Verkehr mit großen Männern: Wer den Dichter oder Künstler oder Staats- oder Kriegsmann gefunden hat, dessen Leben dem am meisten entspricht, das er selber am liebsten geführt haben möchte, hat den Punkt entdeckt, von dem aus die Welt ihm am reinsten als die Schöpfung der höchsten Weisheit vor Augen steht ...«

Dieser Herman Grimm – er schrieb sich mit einem »n« – war im 19. Jahrhundert der in Deutschland markanteste Biograph Michelangelos, Raffaels und Goethes, zu dem er eine intimere Beziehung hatte als alle späteren; denn Grimm konnte noch Leute befragen, die Goethe gekannt haben.

Mit diesem Rat des Langerfahrenen – man fand Grimms Notiz im Nachlaß – ist gut leben, wie ich selber hinzufügen kann, seit ich mich zwanzig Jahre ins Dasein Winston Churchills vertieft habe. Auch liest man dieses Vergnügen schon aus dem ersten Satz der späten Aufzeichnungen Jacob Burckhardts, der ein halbes Jahrhundert als Dozent Rubens gefeiert und dann als Emeritus das Glück beschrieben hat, das ihm so lange die Bilder und Biographie des gewaltigen Malers geschenkt haben: »Es ist ein höchst angenehmes Gefühl, sich Persönlichkeit und Lebenslauf des Rubens zu vergegenwärtigen; man trifft schon an so vielen Stellen auf Glück und Güte wie kaum bei einem andern von den großen Meistern, und er ist genau genug bekannt, um ein sicheres Urteil zu ermöglichen ... muß er einer der höchst bevorzugten Sterblichen gewesen sein. Unzulänglich ist alles Irdische, und Prüfungen sind auch über ihn ergangen; allein das große Gesamtergebnis seines Lebens strahlt derart auf alles Einzelne zurück, daß die Laufbahn wie eine völlig normale erscheint. Sie hat nicht frühe abgebrochen ... und andererseits ist ihr das schwache Alter erspart geblieben, und einiges vom Allergrößten gehört gerade den letzten Jahren an.« Wenige Zeilen, mit denen Burckhardt schon greift, was überhaupt zu sagen ist von einem Leben, das gelohnt hat ...

Wie vollends schöpferische Geister durch jahrelange intimste Auseinandersetzung mit einem Bedeutenden selber zu Höchstbedeutendem inspiriert werden, beweist der Auftrag eines Historikers an den Jüngling Menzel, ihm 400 Zeichnungen zur Geschichte Friedrichs von Preußen zu liefern. Menzel, der ja auch den Impressionismus vorwegnahm – er malte sein ›Balkonzimmer‹, als Manet dreizehn war –, wurde der populärste deutsche Maler seines Jahrhunderts, weil seine Bilder Friedrich den Großen zum populärsten Herrscher der deutschen Geschichte gemacht haben.

Wo Herman Grimms Empfehlung zeitgebunden, also ergänzungsbedürftig ist: daß er nur von großen Männern spricht, nicht auch von großen Frauen! Doch so dachte ein 1828 Geborener, obgleich Grimm nicht nur der Schwiegersohn einer bedeutenden Autorin war: Bettina von Arnims, sondern verheiratet mit einer als Schriftstellerin profilierten Tochter dieser geborenen Brentano. Ich vermute, daß ich wie jeder Mann einen höheren Genuß aus der Beschäftigung mit einer *Frau*, deren Leben detailliert belegt ist, ziehen würde – unabhängig davon, ob ich mich nur als Leser und Reisender (zu den Schauplätzen) oder auch als Biograph mit dieser Frau auseinandersetzte. Ich würde – ein Beispiel – das Leben der Zarin Katharina passionierter studieren als das Peters des Großen, dessen Enkel diese deutsche Katharina von Anhalt-Zerbst geheiratet hat, die Sechzehnjährige. Sie ließ ihn bekanntlich, um selber die Große zu werden, von ihren Liebhabern ermorden. Der Stolz dieser (auch) geistvollen Fürstin war es, mit Voltaire als dem humansten und mutigsten Intellektuellen des 18. Jahrhunderts zu korrespondieren. Und Katharinas Souveränität als Frau ist sogar abgebildet: sie war die erste überhaupt in der Geschichte, die das bis dahin ganz und gar »Unmögliche« riskiert hat, sich auf ihrem Schimmel im *Herren*-Sitz malen zu lassen! Ihre Memoiren sind als Quelle natürlich zu kontrollieren durch radikale Biographen; radikal heißt: an die Wurzeln gehende, ja zeitwidrige, im Sinne der Maxime Lichtenbergs: »Wenn eine Geschichte eines Königs nicht verbrannt worden ist, so mag ich sie nicht lesen!« Also alle nur offiziellen, staatlichen oder gar familiären – denn Familien sind noch heuchlerischer und gehen *noch* schnöder mit unangenehmen Wahrheiten um als sogar der Staat –, »Quellen« sind trübe, jedenfalls zu »schön«, um wahr zu sein …

Auch sind wir Zeitgenossen von Auschwitz und Hiroshima

nicht mehr wie Grimm fähig, von der Welt als der »Schöpfung der höchsten Weisheit« zu schwärmen: absurd! Doch braucht's das auch gar nicht; empfehlenswert bleibt dennoch, sich dem Gerädertwerden durchs nur Alltägliche zu entziehen, indem man sich (ist sogar billig!) jahrelang Vergnügen holt aus dem Lebenslauf einer sich charaktervoll ausgelebten starken Natur ...

Sollte ich dem Rat der Grimms folgen, ich würde das Leben des Bildhauers Houdon wählen, 1741 bis 1828, der in den Epochen Voltaires, der Revolution, Napoleons die lebendigsten Büsten schuf, die niemand in der Nachwelt höher bewundert hat als Rodin, der manchmal eigens in den Louvre ging, sie erneut zu studieren. Rodin fand heraus, wie es Houdon fertiggebracht hatte, seinen Porträts »die durchsichtig leuchtenden Augen, den schimmernden Glanz der Iris zu geben«. Indem Houdon »am Rand der ausgebohrten Pupille kleine Erhöhungen anbrachte, die – je nachdem sie beleuchtet sind – den Widerschein des Tageslichts in der Pupille vollendet vortäuschen und dadurch auch die Verschiedenheit des Blicks verursachen – Verschmitztheit bei Voltaire, Autorität bei Mirabeau, Nachdenklichkeit bei Washington«. Houdon reiste zur großen Katharina nach Petersburg und reiste bereits nach Washington, um dort das Denkmal des Gründers zu schaffen; die Sadisten der Revolution hätten ihn beinahe enthauptet, weil er auch zwei »Heilige« geschaffen hatte – er wurde vor der Guillotine gerettet, weil man die zwei als »Philosophen« ausgab! »Fait d'après nature« kratzte er seiner Napoleon-Büste ein, die sogar jene Schwermut ausdrückt, die auch Hegel im Gesicht des »Weltgeistes zu Pferde«, als er Napoleon durch Jena reiten sah, wahrgenommen hat. Ein wahrhaft erfülltes urbanes Leben – und seine zweihundert Büsten sicherten dem geborenen Versailler ebenso die Unsterblichkeit wie seine einst so haarsträubend »anstößige«, weil nackte, über zwei Meter hohe ›Diana‹ von 1776.

Erasmus, der »Syphilitiker«. Grabschändung, getarnt – wie so viele Schandtaten – als »Wissenschaft«: Wurde vor wenigen Jahren in Göttingen das Grab unseres geistvollsten und witzigsten Aphoristikers, Lichtenbergs, gestorben 1799, ausgehoben und dann ausposaunt, dieser bucklige, kleine Physikprofessor habe sich seine Verwachsungen durch ekelhafte Krankheit zugezogen, so wurde jetzt aus Basel ruchbar, anläßlich der Feiern zum 450. Todestag des Erasmus von Rotterdam, daß der Humanist – seine Porträts sind die Meisterwerke des jungen Holbein – durchaus *kein* Syphilitiker gewesen sei. Und warum mußte das eigens bekanntgegeben werden? Weil 1928, als man im Basler Münster Zentralheizung einbaute, das Grab eines von Syphilis zerfressenen Menschen aufgemacht wurde, den ein junger Privatdozent der Pathologie aus feiner Familie als den Erasmus »identifizierte«, obgleich ältere Mediziner ihm widersprachen. Der Junge aber wurde aufgrund seiner »wissenschaftlichen« Meisterleistung Professor – und deshalb mußte *verschwiegen* werden, bis heute, daß man 1974 das Grab des *wahren* Erasmus, unmittelbar neben dem des Syphilitikers, aufgefunden hat – und daß den Knochen des großen Schriftstellers durchaus keine Spuren von Geschlechtskrankheit anhaften! Merkwürdig: Als habe ein Freund des Erasmus eine Vorahnung gehabt, entschloß er sich, anno 1536 eine Todsünde zu begehen: Er schob dem Gestorbenen, was streng verboten war, unters Totenhemd oder in die Hand eine Münze, die des Erasmus eigenes Porträt mit Inschrift aufweist – und die jetzt den letzten Zweifel an der Echtheit dieser Grabstätte beseitigte. Der Mensch sollte nach kirchlicher Auffassung »so nackt und arm der Muttererde wiedergegeben werden, wie er dem Mutterleib entsprungen« ist, doch der Freund des Erasmus kümmerte sich nicht um dieses Verbot; er tat etwas, das für alle Zeiten vorbildlich sein sollte: Nie ein Gesetz, ein Verbot respektieren, das erstens unserem Gefühl widerspricht und wenn zweitens seine Übertretung ein Freundesdienst ist … Der Staat wird viel zu sehr von uns allen mit allen seinen Narreteien, die er als Gesetze ausgibt, respektiert. Der Staat hat hier zum Beispiel verhindern wollen, daß man den »Entdecker« des Jahres 1928 auslacht – und lieber in Kauf genommen, einen großen Toten so lange als Syphilitiker auszugeben, bis niemand sich mehr darüber aufregte, den inzwischen auch verstorbenen Mediziner und Staatsbeamten dem Gelächter auszusetzen. Wieso dürfen überhaupt Gräber geöffnet werden, ohne daß Mordverdacht das rechtfertigt?

Der Tod – keine Niederlage. Che Guevaras nun sechsundachtzigjähriger Vater hat Briefe, Tagebücher – diese aber leider ausgesiebt, vermutlich speziell um das Erotische gekürzt –, Meinungen der Freunde und Gegner seines Sohnes zu einem Buch zusammengetragen, das deutsch im Verlag Am Galgenberg erschienen ist.

Jean-Paul Sartres Ehrenbezeugung: Che sei der »vollständigste Mann seines Zeitalters gewesen«, läßt sich aus diesem Buch nicht begründen, sondern ist ablesbar aus der Wirkungsdichte des Argentiniers, der ja besonders auf die Jugend Europas in der Tat Eindruck gemacht hat wie vielleicht seit dem Zweiten Weltkrieg kein anderer – wie mindestens kein Krieger. Was der Vater mit seinem Buch für den Sohn getan hat, ist ihm zu danken. Es zeichnet ihn menschlicher als alles, was bisher über ihn in Druck ging. Und das ist keinesfalls nur dem liebevollen Blick des Alten zuzuschreiben, sondern den Bekundungen Che Guevaras selber, seinen Briefen, seinen Tagebüchern, die belegen, daß dieser Arzt keineswegs »nur« zum Guerillakrieger hätte werden können, sondern auch zum Schriftsteller: temperamentvoll und mit Anschauungskraft geschrieben – die Form des Journals ist sehr oft die literarische Form der Anfänger –, enthalten die Tagebücher das Versprechen, daß hier ein bedeutender Autor herangewachsen wäre, wäre er nicht am 9. 10. 1967 auf Befehl des bolivianischen Präsidenten im Dorf Higuera als Gefangener erschossen worden.

Unmöglich, trotz seines zuweilen »ruchlosen« Zukunftsglaubens, sowohl an sein Überleben wie an das seiner Idee, daß Che Guevara *nicht* mit seinem frühen Tod gerechnet haben sollte. Früh schon schrieb er einen Abschiedsbrief an die Familie, den er schloß: »… werde ich meinen Tod nicht als eine Niederlage betrachten, sondern wie Hikmet sagen: ›In mein Grab nehme ich nur den Kummer über ein unvollendetes Lied mit.‹«

Nun, das ist Schönrednerei, um Angehörige über den letzten Ernst der Lage hinwegzutäuschen. Ehrlich aber, und hier hören wir einen Menschenkenner und geborenen Revolutionär, sind Zeilen im Tagebuch schon des Jahres 1952: »Die Anpassung an die Umgebung erzeugt bei den Armen eine nur schlecht verdeckte Aggressivität denen gegenüber, die sich ihren Lebensunterhalt nicht mehr verdienen können. In diesem Moment ist man nicht mehr Vater, Mutter oder Bruder, man ist nur ein negativer Faktor im Kampf um das Überleben. Man ist damit ein feindliches Objekt geworden, das der Gemeinschaft der Gesunden gegenübersteht. Man wirft ihr unausgesprochen die Krankheit vor, so als ob diese eine Beleidigung der Gesunden sei, weil diese den Kranken ernähren müssen. Dort, in den letzten Augenblikken von Menschen, deren weitester Horizont nur der nächste Tag war, dort erfährt man die Tragödie der Werktätigen der ganzen Welt ... Bis wann wird ein solcher Zustand andauern, der sich begründet in einer absurden Kastenvorstellung?«

Geschrieben von einem Fünfundzwanzigjährigen, der wie nahezu alle Revolutionäre der Geschichte keineswegs der Klasse entstammte, für die er kämpfte und fiel, sondern der Besitz-Aristokratie seines Landes. Wenige Revolutionäre kamen von unten, die meisten, von den römischen Gracchen bis zum Italiener Berlinguer, aus dem Adel.

Inventur 2000

Statistik · Sprache · Das Böse
Menschen wenig gefragt · Berlin
Das Lied der Parzen – atomar

Statistik

Leichter lebte sich's mit Wut, einem Feindbild:
Dem Gutsherrn – doch wäre das nicht ehrlich –,
der angeblich ruchlos Arbeitsplätze killt …
Nein, trostlos, daß wir *wirklich* entbehrlich!

Daß noch bei meiner Geburt *einer* nur 3,6 Hektare
bestellen konnte, heute aber siebenmal so viel!
Damals zehn Städter, jetzt hundertacht mit Ware
von Land und Stall versorgt. Übersoll als Ventil?

54. Bringe oft, die Zeit im Dorf totzuschlagen,
unseren Abc-Schützen zu den letzten Pferden.
Verschämt, denn was ihm sagen, er wird ja bald fragen:
»Opa, was willst du einmal werden?«

Herrn Walter Scheiterle in Dankbarkeit!

Sprache

»Die Rettung deutschgeschriebener Bücher kann
nur ihre Übersetzung ins Englische sein.«
Jacob Burckhardt, 1874

So wenig wie Menschen wehren sich Worte,
wenn Überfremdung eine Sprache verschlingt:
Deutsch stirbt bald ab durch erzwungene Importe
der Englischsprechenden ... Selbst wer singt

Tut's in unserm US-fixierten, verrockten Land
nie mehr ohne transatlantisches Vokabular.
Pflegt Babels Vielheit der Sprache! Seid nicht verrannt
in Einheitswahn, der Babylons Turm todbringend war.

Das Böse

Du sollst der Menge nicht folgen zum Bösen!
2. Mose, 23.2

Widersteht der Lust der Menge
zum Bösen, das ihr instinktiv vorauserkennt:
Einzelne zuerst krallt's in die Fänge; Gesänge
stimmt's gegen Minderheiten an. Dann verbrennt

Böses: Bücher, Kunst, »Verräter«, Tempel.
Böses verweigert Andersdenkenden Toleranz.
Lebt ihm entgegen durch euer Exempel!
Paraden bleibt fern: Aufmärsche zum Totentanz.

Doch »getrost und freudig« beginnt alle Tage:
Josua 1,9. Liebt, reist, trinkt: euer Geburtsrecht.
Nehmt das Leben als Geschenk – nicht als Plage.
Denkt. Doch meidet Nabelschau: sie schwächt.

Den Kindern, den Enkeln.

Menschen wenig gefragt

»Es gibt keine Arbeitgeber mehr, nur noch Arbeitnehmer und Arbeitwegnehmer.«
Erich Fischer

Wo sind die Arbeiter? Neubau
der Autobahn Sachsen-Anhalt-Berlin.
Fast menschenleer in der Rückschau,
im Spiegel beim Vorüberziehn
die bunten Maschinen.
Enorm ihre Wucht, Effizienz, Zahl.
Doch als ob die sich selbst bedienen
– bedrückend wenig Personal!

Immer mehr Menschen werden
immer weniger gebraucht.
Lohnlos in sinnentleerten
Existenzen abgetaucht,
verlieren sie ihre Identität;
mit dem Markt- auch den Eigenwert:
Leichter austauschbar als jedes Gerät
– wie Kippen weggekehrt.

Berlin

»Ergebnis der Reichstagswahlen in Berlin, 5. 3. 1933:
NSDAP = 34,6 %. KPD = 24,5 %«.
Statistisches Landesamt Berlin, 14. 1. 2000

Hysterisierende Stadt, dekonzentrierend:
Bist um 19 Uhr schon »geschafft«,
hast aber wenig geschafft. Stets alarmierend
Berlins Geschichte – ekelhaft, ehrenhaft

– abgründige Diskrepanz:
Zweier Weltkriege Ursprungsort,
aber Ort auch heroischen Widerstands.
Wannsee-Villa: Planspiel Judenmord

Doch haben Berliner Ungezählte versteckt,
fünfzehnhundert gerettet: »Judenbegünstigung«
hieß das Delikt, Urteile durch Fallbeil vollstreckt.
Hitler schon Kanzler, doch Berlins Bevölkerung

März 33, gibt ihm nur ein Drittel der Stimmen,
der KP ein Viertel bei der letzten freien Wahl.
Drei Jahre später Olympiade – mit schlimmen
Hitlergrüßen auch der Ausländer, global.

Fast fünfzig Jahre »dank« der Roten Armee
Kommunisten-Diktatur! Aufstand von Bauarbeitern
schon nach acht Jahren: 17. 6. 53 in der Stalinallee:
konnte nur an russischen Panzern scheitern.

Zu Berlin paßt auch nicht sein Wappentier Bär.
Berlin ist Klarheit, Wachsein, Witzbiß, Esprit.
Berlin hat für Zeitgeist, für Zukunft das Flair
seiner gescheit-raschen Frauen … Ihm vergeht nie

des Königs Lachen in Sanssouci mit Voltaire!
Im Zoobunker verbrannte Menzels Tafelrunde.
Die hier malten, hier schrieben wurden – woher
sie auch kamen – stets Berliner: freche Hunde!

Das Lied der Parzen – atomar

»Von den Göttern ihm zugesponnen,
dem Menschen, im Jammer zu leben«
Homer: Ilias.

»Es mag manche Wahrheit über die Kriegsursache gesagt werden, aber die Behauptung, die am meisten Wahrheit in sich hat, ist die, daß der Militarismus und die unzertrennlich damit verbundenen Rüstungen den Krieg unvermeidlich gemacht haben. Die Rechtfertigung ... zur Verteidigung der Rüstung ... lautete, sie geschähe in der Absicht, den Nationen ein Gefühl der Sicherheit zu geben. In Wirklichkeit hat sie bei allen nur Angst erregt. Angst aber gebiert Mißtrauen und Haß. Es ist kaum zu viel gesagt, wenn man behauptet, im Leben der Nationen erweckt sie alles Böse und unterdrückt alles Gute.«
Lord Grey, britischer Außenminister 1905–1916: ›Memoiren‹

Es fürchte Europa der Farbigen Rache!
Schon hat auch China die Wasserstoffbombe,
erneuert – bedroht von SDI – sein Bündnis mit Moskau:
Die Russen, nur momentan wehrlos am Boden,
sind in die Arme Pekings zurückgescheucht
– »dank« des überrüsteten Westens,
der von Riga bis Sofia
Rußlands Anrainerstaaten abwirbt zur NATO.

Denn Kapitalismus benötigt das Rüstungsgeschäft,
das Renditen steigert, Arbeitsplätze sichert.
Und liebt solche Kriege, die nicht »ausufern«
ins eigene Land.

Daß *einmal* gutging, friedlich Hochrüsten abzubrechen
– begrüßt als Wende einer freier atmenden Welt,
schützt nicht vor Rückfall in den Rüstungswahn um 1900,
der allein den Ersten Weltkrieg verschuldet.
Denn da war kein Hitler mit seiner Landgier,
die Weiße – *nur* Weiße – schon früher antrieb, Ozeane
zu kreuzen, »Eingeborene« zu berauben.
Wann rächen das Farbige, die nie Europäern ein Haar

gekrümmt? Wozu haben Europäer Farbigen sogar jenen Gott aufgezwungen, den Christen selbst verteufeln als »Herrn der Geschichte«, um eigene Verbrechen *ihm* anzulasten?

ich: Drei autobiographische Skizzen

I. Wie ich anfing

Ein Jahrzehnte alter, besonders von David MacDonald geförderter Plan: Eine autobiographische Komödie zu schreiben, auch weil es bisher eine selbstbiographische Komödie nicht gibt. Da ja der Schriftsteller in normalen Zeiten so uninteressant lebt, daß Schiller zur Schwägerin Wolzogen sagen konnte, Dichter sollten keine Autobiographie schreiben, weil alle ihre Erlebnisse nur ›innerliche‹ seien – läßt sich, schreibt man trotzdem eine, sie nur rechtfertigen durch eine neue, bisher nie erprobte Form …

Szenen, Dialoge, Monologe, Kalender-Notizen bauen und sammeln, um sie zuletzt zu einer Selbstbiographie, die notwendigerweise bei mir eine Komödie würde, zusammenzustücken.

Anfang: 1. 4. 31, Mittwoch früh 7.00 Uhr, Mutti raucht auf dem Klinikbett sitzend, überzeugt, da keine Wehen mehr, es sei Frühalarm gewesen, der sie umsonst in die Klinik gebracht habe: ich käme noch gar nicht – bis ich so plötzlich ›erscheine‹, daß schnell noch eine sich mit meiner Mutter unterhaltende Hebamme sie in den Kniekehlen packt und ihr die Beine aufs Bett wirft, damit ich herausrutschend – noch in der Eihaut – nicht auf den Fußboden falle.

Im Volksbuch vom Fortunat wie in Flakes gleichnamigem Roman wird behauptet, es bringe Glück, in der Fruchtblase zur Welt zu kommen. Da bin ich skeptisch, wäre aber sehr undankbar, leugnete ich, dank Mitmenschen sehr viel Glück gehabt zu haben, obwohl ich doch keinen großen Fehler ausließ in meinem nun fünfundsechzigjährigen Leben. Beklage ich mich – so weise ich mich zurecht durch die Tatsache, daß mein älterer Bruder nur einundfünfzig wurde. Doch das seltene Glück, meiner Mutter bei meiner Geburt keinerlei Schmerzen zugefügt zu haben, mußte sie bezahlen in ihrer Todesstunde am 17. 7. 1982. Ich war nicht an ihrem Bett, obgleich ich aus Basel nach Eschwege gereist war. Ich ließ sie allein nach einem Nachmittag, einem Abend, den wir so vergnügt miteinander verbracht hatten, daß mir einfach nicht der Gedanke kam, diese noch immer geistesgegenwärtige, ja lustige Frau könne sterben in dieser Nacht. Und da sie wußte, mein Ältester und ich seien in der letzten Nacht meines Vaters bei ihm im Krankenhaus geblieben, so fürchtete ich, meine Mutter könne den Versuch, bei ihr zu bleiben, nur als Alarmsignal werten. Also ging ich ... So ist es mit dem Glück: Fortuna hat schöne Locken, doch einen kahlen Hinterkopf. Es belastet mich bis zu meiner letzten Stunde, so instinktlos gewesen zu sein, sie allein zu lassen. Ihre Mutter, meine Großmutter Anna, 1875 geborene Döhle, die der Engel meiner Jugend war, bis sie mir antat, am 13. 3. 47 zu sterben, sagte zu den beiden Dienstmädchen – ihrem und dem meiner Mutter –, als die morgens meldeten, Frau Hochhuth sei vor einer Stunde in die Klinik gefahren worden: »Heute schon? Nein, ihr wollt mich in den April schicken!« Wer am ersten geboren ist, das bekam ich oft zu spüren, braucht für den Spott nicht zu sorgen ...

Das Fragment eines Romans in Briefen ist die Geschichte meiner Jugend bis zum fünfzehnten Lebensjahr. Die Briefform ist von allen epischen jene, die dem Drama am nächsten verwandt ist. Daher habe ich instinktiv *sie* gewählt. Aber darin mein Leben zu erzählen – dieser Gedanke ist mir immer ganz fremd gewesen, obgleich ich von jeher lieber Biographien und Selbstbiographien gelesen habe als Romane. Ich wuchs zu behütet auf, zu undramatisch, um etwa einen Bericht über meine Jugend in einer so kriegsverwüsteten Epoche, wie es die vierziger Jahre waren, für exemplarisch halten zu können. Weder wurde meine Vaterstadt Eschwege an der Werra gebombt – nur Flugplatz und Bahnhof wurden zweimal bombardiert –, noch mußten wir fliehen oder hungern; zwei meiner Vettern blieben vermißt, zuletzt fiel auch ein mir sehr nahe stehender sechzehnjähriger Jugendfreund, der sich den abziehenden deutschen Truppen 1945 als Soldat angeschlossen hatte und dann wenige Kilometer hinter der Stadt ins erste amerikanische Maschinengewehr hineinlief. In meinem Roman, der aber noch unfertig in einer alten Aktentasche begraben ist und vermutlich niemals aufersteht, korrespondieren sieben Personen, vom Dienstmädchen bis zum Nazi-Ministerialrat, der sich 1946 ein neues hohes Amt erschwindelt. Als Titel nahm ich die Adresse meines Eltern- und Großelternhauses: Viktoriastraße 4.

Ich war in Sexta sitzengeblieben, weil mit meinem wachsenden literarischen Interesse meine Unfähigkeit zunahm, mich für irgend etwas zu interessieren, das nicht unmittelbar mit meinen Interessengebieten verknüpft war – heute ist diese Unfähigkeit pathologisch geworden, ich habe vergebens versucht, sie zu bekämpfen. Ich konnte schon damals nicht einmal zuhören, wenn etwa von Mathematik die Rede war, und mein Vater, der Mathematik studiert hatte, quälte sich heroisch, um mir wenigstens zu weiteren Versetzungen zu verhelfen – bis ich mit dem Einjährigen abging, um Buchhändler zu werden. In einem Größenwahn, der mich noch heute entsetzt – während ich doch gleichzeitig jeden zweiten Tag an Selbstmord dachte –, sagte ich mir: da ich Schriftsteller werde, brauche ich kein Abitur, ja, das Abitur stiehlt mir nur die kostbare Vorbereitungszeit. Ich ging soweit, mir einzubilden – denn die Fähigkeit, sich *das* einzureden und zu begründen, was man sehnlichst will, ist gerade in pubertären Träumen sehr stark –, daß die drei deutschen Nobelpreisträger Hauptmann, Mann und Hesse wahrscheinlich literarisch nur deshalb so weit gekommen seien, weil sie keine Zeit mit der Schule »verplempert« und dort nur ganz wenige Jahre abgesessen hätten. Natürlich wagte ich nicht, mit jemandem davon zu sprechen, aus dem sicheren Gefühl, man werde sich totlachen.

Ich schrieb Gedichte und Erzählungen. Intensiv las ich und verfiel ihnen, wurde ihnen hörig, Storm, Maupassant, Thomas Mann – Thomas Mann vor allen. An ihm und an Menzel berauschte ich mich intensiver als an allen anderen. Ich las Fontanes Briefe und den ›Stechlin‹. Dramen hatten sie nicht geschrieben, und so schrieb auch ich nie eine Dramenszene. Sehr beeindruckte mich auch Erich Kästner, den ich im hervorragenden Feuilleton der ›Neuen Zeitung‹ studierte. Und Mommsen, Burckhardt, Spengler.

Was sollte ich beruflich tun? Ich hatte eine Zeitlang Malunterricht genommen, meine Eltern erfüllten mir diesen Wunsch nach Privatstunden beim Maler Schott, weil ich Erfolge in solchen Schulfächern hatte, die mich interessierten – Deutsch, Geschichte, Erdkunde. Diese Stunden ließen meinen absurden, aber immer wieder vorgebrachten Wunsch, mir die Schule zu ersparen, vielleicht in Vergessenheit geraten. Auch meinen Eltern sagte ich nicht, daß ich Schriftsteller werden wollte. Ich fürchtete ihren Spott, für den ich Verständnis gehabt hätte. Ich sagte es auch keinem Bruder oder Freund – nur einem Menschen sagte ich es, als endlich der monatelang leidenschaftlich ersehnte Moment, ihn allein zu sprechen, gekommen war, auf dem Heimweg aus ›Maria Stuart‹, einer Aufführung des Kasseler Staatstheaters. Es war die Cousine eines Mitschülers aus der in Eschwege so weitverzweigten Familie Heinemann – aus der auch der Bundespräsident stammt, ebenso wie eine meiner Urgroßmütter –, und dieses Mädchen war 1945 / 46 für ein Jahr meine Mitschülerin gewesen, weil damals die amerikanischen Truppen das Jungengymnasium besetzt hielten, so daß wir – heute üblich, damals sehr aufregend – mit den Mädchen gemeinsam deren Lyzeum besuchten. Sie saß immer in der ersten Bank, weil sie so lange Beine hatte, daß sie die nur dort ausstrecken konnte. Sie war einen Kopf größer als ich und als fast alle in der Klasse. Sie trug einen armdicken hellblonden Zopf, hatte auf der Nase »einen Sattel von Sommersprossen« – und nun könnte ich das Zitat fortsetzen, denn ich beschreibe sie mit genau *den* Worten, mit denen Thomas Mann in ›Tonio Kröger‹ seine Inge Holm gezeichnet hat. Nur ihre spätgotisch langen Hände waren ganz anders als die Hände der Backfischgestalt in Thomas Manns Tanzstundenschilderung – an die ich dachte, so oft ich das Mädchen sah. Und nicht nur dachte: mir widerfuhr mit ihr auf eine erschreckende, mich zermürbende und krankquälende Weise genau das, was dem Tonio Kröger siebzig Jahre zuvor in Lübeck mit dieser Freundin seines blonden, so gut ins Leben passenden Freundes zugestoßen war – ich liebte sie, und es schien, ohne Hoffnung, und wenn ich schrieb, dachte ich an sie, tat es nur für sie, hätte mich aber eher martern lassen, als ihr die Wahrheit zu gestehen. Dann sagte eines Tages ihr Vetter mit irgendwelchen Jungenausdrücken, die ich nicht mehr weiß und die sicherlich ziemlich rüde waren, daß er gesehen hätte, was mit mir los sei – im Hinblick auf sie. Sie lachte, nicht geschmeichelt, sondern höchst erstaunt. Denn sie hatte mich niemals anders erlebt denn als Clown. Ich war der Klassen-Clown, wenn irgendwo Tanz oder eine Geburtstagsfeier war, lud man mich und meinen Mitschüler Tanneberger ein, um zwei da zu haben, die Blödsinn machten. So und nur so kannte mich auch diese Marianne. Sie erschrak sehr, als sie hörte, dieses timide Bürschchen mit den vorstehenden Zähnen und dem ausgedienten Militärmantel seines Vetters – es gab noch keine Kleidung zu kaufen –, der noch dazu die Schule verlassen wollte, um Verkäufer in einem Buchladen mit Schreibwaren zu werden, könnte nicht mehr gradeaus gukken und reden, wenn er sie auch nur von Ferne sähe. »Der hat doch noch nie ein ernstes Wort gesagt«, meinte sie abwehrend – und was ich ihr sagte, als ich zu ihr sprechen konnte, auf diesem Heimweg aus ›Maria Stuart‹, das schien noch weniger ernst zu sein als meine sonstige Albernheit; ich sagte, ich würde die Schule verlassen, um Schriftsteller zu werden. Ihr Gedichte zu zeigen, wagte ich nicht, denn die besten waren Liebesgedichte an sie. Ich gab ihr, nachdem sie versprochen hatte, sie keinen Menschen sehen zu lassen – eine Erzählung, deren Grundmuster ich bei dem damals meistgerühmten, bei Hemingway gestohlen hatte, und zwar in dessen »Schnee auf dem Kilimandscharo«: die Geschichte eines dem Tode Verfallenen, der in Rückblenden die entscheidenden Momente seiner Biographie noch einmal sieht – nur war mein besiegter Held nicht wie bei Hemingway ein Autor, der an seiner Wunde starb, sondern ein Offizier, der wegen Teilnahme am 20. Juli 44 in seiner Zelle den Henker erwartet. Diese Geschichte, die ich später in einem Anfall von Arroganz, wie Depressionen sie zuweilen hervorbringen, mit allen anderen Jugendarbeiten verheizt habe, gab ich nun ausgerechnet einem Mädchen zu lesen, dessen Mutter als Mitkämpferin von Mildred Harnack in der Schulze-Boysen-Gruppe enthauptet worden war. Und deren Vater vermißt war – er kam auch nie wieder – und deren Stiefvater, zweiter Mann ihrer Mutter, sich in einem russischen Bauernhaus erschossen hatte, als er hörte, daß seine Frau in Berlin zum Tode verurteilt worden sei. Meine Freundin, denn sie wurde meine Freundin, später meine Frau und literarische Mitarbeiterin, hatte als Zehnjährige am 18. September 1942 in Berlin den Gestapo-Männern, die ihre Mutter verhafteten, die Tür geöffnet.

An diesem Abend, acht Jahre später in Eschwege, begann ein Dialog, der seinen sichtbarsten literarischen Niederschlag in jenen drei Arbeiten fand, die 1943, im Schicksalsjahr Mariannes spielen, ›Stellvertreter‹, ›Soldaten‹, ›Berliner Antigone‹ – und der mich ach so behüteten Bürgersohn wie später nur noch meine Gespräche mit Erwin Piscator auch das entwickeln ließ, was man soziales Gewissen, Blick für die Unterdrückten und Ausgebeuteten nennt. Denn Mariannes Mutter war als eine jener Sozialistinnen gestorben, die in der Hitlerzeit nur noch durch Rußland die Befreiung Europas vom Installateur von Auschwitz zu erhoffen wagten. Womit sie ja auch recht behielten, so furchtbar für das Abendland dieser Preis auch war, den Deutschland sich selbst und allen seinen Nachbarvölkern auferlegt hat, für die Beseitigung der Hitler-Tyrannis. Denn wäre Hitlers Wehrmacht nicht in Rußland beizeiten verschrottet worden, dann hätten ein wenig später amerikanische Atombomben Deutschlands Bevölkerung verstrahlt.

II. Friedhofs-»Ordnung« und Eiserner Vorhang

Notizen in meiner Vaterstadt
Eschwege an der Werra

Glücklicherweise ist unsere Hauptsorge um das Werratal historisch hinfällig geworden. Michail Gorbatschow hat im Kreml die Weichen gestellt, unser Vaterland ist wieder vereinigt. Eschwege liegt nun nicht mehr an einer Grenze zwischen zwei Supermächten, es liegt im Zentrum Deutschlands – fünfzig Kilometer westlich von Eisenach, östlich von Kassel, südlich von Göttingen am Rande des Thüringer Waldes: so erkläre ich Fremden, wo ich herkomme.

Das Wunder der Nachkriegsjahre, so wissen wir heute, geschah nicht in der Wirtschaft – es geschah durch die Demontage der DDR und die allein dadurch geschaffene Möglichkeit, Deutschland wieder zu einigen und die entsetzliche Gefahr – das sollte man nie vergessen! – zu beseitigen, der auch Eschwege an der Grenze zwischen dem amerikanischen und dem russischen Imperium ausgesetzt war … immerhin fünfundvierzig Jahre lang.

Es käme einer Fälschung gleich, wenn ich beim Rückblick auf

diese Stadt während der Jahre, in denen ich dort aufwuchs – 1931 bis 1951 – diese Grenze nur deshalb, weil sie glücklicherweise gefallen ist, nun überginge. Meine Jugend wurde von ihr nicht weniger geprägt als durch die Nazis, die diesen ›Eisernen Vorhang‹ durch ihren Krieg herbeige»führt« hatten. Daher ich meine Betrachtung aus den siebziger Jahren im Historischen unverändert, obgleich gekürzt, auch ergänzt, in diese Sammlung aufnehme.

Heimfahrt, 24. Dezember

Nebel übern Schienen, doch kein Schnee.
Sonne plötzlich wie im März schönt die Aspekte
wenig – wie die Schöne im Coupé.
Seelenkrebs. Wüßte ich, was ich bezweckte

Heute zu den Gräbern heimzureisen!
Kränze, Tannen hat der Gärtner draufgelegt.
Wohnungslos »zu Haus« wie ausgebombte Waisen
– weiß ich nicht, wohin. Gepflegt

Sind die Gräber. Doch ihr Schweigen
läßt mein Zwiegespräch alsbald gerinnen ...
wie er Steinen aufliegt, Gräsern, Zweigen,
legt sich Rauhreif jetzt auf mich. Von innen.

Wer nicht wohnt, wo er aufgewachsen ist, der hat früh das Alter erreicht – natürlich hat er damit nichts »erreicht«, sondern viel verloren –, in welchem er schon mehr Verwandte und Freunde auf dem Friedhof findet als im Städtchen oder Dorf seiner Jugend. Sogar der sonst nur grindrote Backstein der um 1880 »gotisch« erbauten Friedhofskapelle leuchtet wieder wie frischgebrannte Ziegel, wenn man im Abendlicht hingeht, in der Stunde, da hinter dem Galgen, einem Hügel mit jahrhundertealten Linden, unter denen noch ausgangs der Biedermeierzeit ein Vergifter seiner Frau durch das Schwert geköpft wurde, die Sonne wegsinkt. Die lange Allee, nach oben zugewachsen, geschlossen wie ein gotischer Kreuzgang, letzter Weg der Eschweger seit schon fünf Generationen, ist nicht nur der Gräber wegen so weihevoll, hat doch beinahe jeder, der hier geht, noch beinahe jeden gekannt, der hier liegt. Sie ist auch die letzte im Städtchen, an der die hier so ausgeprägte behördliche Vernichtungslust sich bisher noch nicht vergriffen hat – wie an ausnahmslos allen anderen ebenso alten Alleen, die sie während der verschwundenen fünfzehn Jahre abhacken ließ ohne Zweck: nicht einmal zur Straßenverbreiterung. (Die Nazis hackten die Linken auf dem Marktplatz noch mit der »Begründung« ab, einen Aufmarschplatz zu brauchen.) Alleen mit hohen Bäumen aber waren es gewesen, sie allein, die den breitesten Straßen in Eschwege mit ihrem bunt zusammengewürfelten Architektur-Kuddelmuddel der kaiserlichen Jahre erst die Einheit gegeben hatten, die schöne, schattende Linie ... Der Autor der ›Gedanken und Erinnerungen‹, der natürlich auch in Eschwege, das er 1866 für Preußen annektierte, seinen Gedenkturm erhielt, einen übrigens architektonisch geglückten Lug-ins-Land, von dem aus man die Wartburg über Eisenach sieht, ja bis Göttingen, bis zum Harz schauen kann und auch weit hinein in die DDR, bis zum höchsten Gipfel Thüringens, dem Inselsberg, – Bismarck rechnete die Baumvertilger zu den charakterlich Defekten; symbolisch, daß jener Kaiser, der ihn fortjagte und dann das Werk des »Gründers« ruinierte, noch als Greis im Exil das »Hobby« pflegte, alte Bäume umzuhauen ...

So muß die ansteigende ehrwürdige Allee, auf der man Bruder und Vater und – ach, wie lange schon her, die Großeltern zur Erde brachte, dafür entschädigen, daß jene anderen Baumreihen gefällt wurden, deren Blätterfall, deren Blüten, Geruch und Schatten, ja deren dicke Stämme, hinter denen wir wie in den Gärten Verstecken spielten (was wir Versteckeln nannten), nicht fortzudenken sind aus den Momentaufnahmen, die uns blieben oder wiederkommen von jahrelang gleichen Schulwegen, von Räuber-und-Gendarm-Spielen, auch von den ersten, also grundlegenden historischen Eindrücken. Hier sah ich in der Friedrich-Wilhelm-Straße einen Fackelzug, entweder als Hitler »die Saar heimgeholt« oder als er das Rheinland militarisiert hatte; hier eine Parade, als die zum neuen Flughafen führende

Bahnhofstraße in Hermann-Göring-Straße umbenannt wurde; hier hockte ich stundenlang, Soldaten bewundernd und ausfragend, auf einem Heereslastwagen, lange vor 1939, anläßlich eines Manövers, als Eschwege noch nicht Garnison war und Soldaten für uns noch den trapperhaften Reiz des Exotischen hatten; hier gingen wir im ersten Schuljahr 1938 über Fensterscherben der in der »Kristallnacht« 1938 demolierten Judenwohnungen; hier sahen wir, eiliger Wegmarsch ohne Musik, letzte Aufgebote zur Bahn marschieren, 1944; »Kanonenfutter«, wie meine Mutter, entstellt von Haß, zu einem verehrten Lehrer, Dr. Scheibel, sagte, der verlegen lächelte zu ihrem halsgefährlichen Kriegskommentar, weil er genau so dachte – obgleich er doch als Blockwart gekommen war, ein Zigarrenkistchen mit Stempeln in der Hand, um irgendwelche Parteigelder oder sogenannte Volkswohlfahrt-Spenden zu kassieren. Und in dieser Allee hielten alsbald Pattons Panzer der dritten Armee, die nicht zwei Stunden später Eschwege hätten besetzen dürfen: Denn zwei Stunden später kreuzte ein Bomberverband auf, um die in letzter Minute durch General Schellert mit weißer Fahne als unverteidigt erklärte Stadt in Schutt zu schmeißen; die Panzer funkten, viele jagten heraus aus der Stadt, so vom Markt auf die Torwiese, breiteten weiße Tücher aus – die Bomber begriffen, drehten ab und brachten an diesem 3. April und am 4. in Nordhausen über achttausend Zivilisten um, von denen 500 nie identifiziert wurden. (Kein Mensch weiß mehr, ob dies tatsächlich der Bomberverband war, der Eschwege hat zerstören sollen, doch erforschten Nordhäuser, es habe sich beim Angriff vom 3. 4. 45 nicht um einen zur Unterstützung der Bodentruppen gehandelt, sondern um einen – natürlich völlig zwecklosen – »Sonderauftrag«.) Eschwege aber hatte seinen Schutzengel gehabt. Anders als 1637, da die Mordbrenner Isolanis und Götzens sadistische Landsknechte Kriegsverbrechen an jenen Einwohnern verübten, die sich nicht in die Wälder hatten flüchten können; und als Eschwege verbrannte Erde geworden war, so daß noch eine Generation später auf der ehemaligen Hauptstraße, dem Stad, kein Haus mehr stand, sondern Vieh graste …

Friedhöfe in und um Eschwege, wie die in Allendorf, in Witzenhausen, in Wanfried oder in den Meißnerdörfern, meist längst stillgelegte »Totenacker« unter dicken Linden oder Kastanien vor gotischen Kirchen, deren Spitztürme im Dreißigjährigen Krieg verbrannt sind, so daß sie im siebzehnten Jahrhundert durch Barockhauben ersetzt wurden; und auch zwei Judenfriedhöfe, die zu pflegen seit 1941 keine Hand mehr da ist –, Friedhöfe haben meine Jahrgänger (1931) und mich während der Vorkonfirmandenzeit und Pubertät nachdrücklicher auf die sogenannten letzten »Dinge« eingestimmt als die ohnehin meist geschwänzten Gottesdienste.

Auch der Krieg hat das getan, er zuerst.

Wir gingen noch in die Volksschule, in die Humboldtstraße – denn Alexander von Humboldt hat einmal bei Eschwege einen erloschenen Vulkan, eine blaue Basaltkuppe studiert –, da verwies das Ausheben von Splittergräben gegen Bombenangriffe uns auf die »Ur«-Tatsache, daß wir in den städtischen Anlagen täglich über Tote liefen, die man beerdigt hatte, als hier noch der Nikolai-Kirchhof gewesen war; eiserne Grabkreuze aus dem Biedermeier, rostzerfressen, zugewachsen, standen dort zwischen den Büschen und schwere, kunstvoll in Stein gehauene Barock-Grabsteine ... doch in den Splittergräben, die dort ausgehoben wurden, griffen wir zuerst nach Gebeinen und Schädelresten. Und zwei Jahre später, 1943, kam großes Unglück über Eschwege: Kassel war bombardiert und eine Obersekunda des Eschweger Gymnasiums, eine ganze Schulklasse war fast ausgerottet worden. Diese sechzehn- bis siebzehnjährigen Jungen hatte man mit einem Lehrer als Flakhelfer nach Kassel eingezogen; Flak war die Abkürzung für Fliegerabwehrkanone. Der Direktor unserer Schule, der einen glücklicherweise nur verwundeten Sohn in dieser Klasse hatte, schien über Nacht geschrumpft, als er da an der Seite des Ortsgruppenleiters der Partei zu den Eltern fahren und ihnen mitteilen mußte, daß ihr Kind vergangene Nacht gefallen sei. Man »veranstaltete« eine Art Staatsbegräbnis, es hieß, der Führer habe einen Kranz geschickt; wir Jungvolkjungen standen wie auch alle Schul-Mädchen und wie die SA und deren »angeschlossene Gliederungen« – so hieß das – uniformiert in den Straßen zum Friedhof Spalier, als »mit militärischen Ehren«, hinter Musikzügen des Heeres und der Luftwaffe, auf langen Leichenwagen – keinen Geschützlafetten –, von Sattelschleppern gezogen, je sechs oder acht Särge zum Friedhof überführt wurden. Mein Bruder, Klassenkamerad der Toten, doch davongekommen, weil er zur Oberhandelsschule nach Göttingen übergewechselt war, mußte an schwerer Bambusstange eine riesige Hitlerjugend-Fahne in jedes Grab hineinhalten, während Parteiredner und Pfarrer den staatlichen und kirchlichen Segen sprachen und eine Abordnung des Kasseler Flakregiments über jedem der vielen ausgehobenen Gräber und den trostlosen Angehörigen Salut schoß ... Wir damals Zwölfjährigen hatten fast jeden der gefallenen Schüler gut gekannt, viele waren unsere Freunde und »Führer« im Jungvolk gewesen; und wir standen nun da mit patriotischem und familiärem Schauder im Genick, jedes Gesicht der hier Ausgelöschten lebendig vor Augen. Waren doch erst wenige Wochen vergangen, seit wir morgens in die Aula des nach dem Kronprinzen Friedrich Wilhelm benannten Gymnasiums befohlen worden waren, um mitzusingen, als man mit unverantwortlichen Reden und Liedern (»Deutschland, Deutschland über alles« oder »Deutschland heiliges Wort«) diese Schüler nach Kassel an die Geschütze verabschiedet hatte. Jetzt scheuten wir mit Blicken vor Särgen, von denen wir uns zuflüsterten, sie enthielten fast nur Erde, denn der britische Bomben-Teppich sei mitten in die Flakstellung hineingeprasselt ... der Tod wurde uns zu einer verstehbaren Figur, die so faßbar zum Leben dazugehörte wie der Briefträger, der ja auch immer öfter als Bote des Todes auftrat, wenn er nicht mehr zustellbare Briefe zurückbrachte, die lügenhaft beschriftet waren: »Gefallen für Großdeutschland« ... Von zweien meiner Vettern, beide mit siebzehn Soldaten geworden, nicht anders als von zwei Vettern meiner Mutter, die Brüder waren, und von einem Vetter meines Vaters – das war ganz üblich, in jeder Familie – kamen nicht einmal mehr die Briefe zurück, denn diese Jungen und Männer galten nicht als gefallen, sondern als vermißt: spurlos bis heute hat der Krieg sie weggeschluckt ...

Schon zwei Jahre zuvor, in jenem Winter 41, als Hitlers Panzer vor Moskau einfroren, waren die Judenfamilien aus Nordhessen in Viehwaggons ab Kassel Hauptbahnhof Richtung Riga verfrachtet worden, wo man sie ohne eine einzige Ausnahme ermordete. Eschweger, auch ein Chauffeur, der früher meinen Großvater gefahren hatte und den stattlichen Namen Richard Wagner trug, hatten als Soldaten zugesehen oder es gehört, daß man diese Mitbürger, die man erschossen, oft auch nur angeschossen hatte – vergast wurde ab März 42 –, dann dadurch beerdigte, daß man Steinbrüche über ihnen sprengte oder sie in stillgelegte Bergwerke warf. Es hatte auch arme Judenfamilien in Nordhessen gegeben, doch weitaus die meisten hatten Mietshäuser, auch Geschäfte und Fabriken im Städtchen gehabt, denen dann im Verlauf des Krieges kein Ziegel vom Dache fiel; dennoch kehrte niemals einer dieser Deportierten zurück, seinen Besitz wieder einzufordern; von einigen nur kamen jene wenigen Angehörigen zu Besuch, doch keiner für immer, die vor dem Krieg nach dem nichtkontinentalen Ausland hatten fliehen können. Die Ausmordung der Juden war der Dank des Vaterlandes an jene Bevölkerungsgruppe, von der noch 1914 bis 1918 zwölftausend für Kaiser und Reich den Soldatentod gestorben waren, davon elf Juden aus Eschwege, deren Namen man vom Kriegerdenkmal abkratzte. Als die Amerikaner das Städtchen besetzt hatten, wurden wir »Führer« des Jungvolks – auch ich war Jungenschaftsführer geworden, mit dreizehn – und die der Hitlerjugend auf den Judenfriedhof befohlen, um dort einige Tage lang meterhoch wachsendes Unkraut von den Gräbern zu jäten, die kein Angehöriger mehr pflegen kann; viele Grabsteine waren 1938 demoliert worden – nicht von uns Jungen, sondern von Erwachsenen, von SA-Leuten.

Ich vergesse nie, wie ich meine Großmutter sagen hörte, vermutlich 1941, als die »Arier« sich die jüdischen Häuser zugegaunert hatten, die noch heute oft »für'n Appel unnen Ei« gehandelt werden: »Das wird sich furchtbar an uns rächen.« Doch bis heute ist sie ausgeblieben, die Rache, was man nur beklommen feststellen kann, seit am Stadtrand eine welthistorisch vielleicht noch einmal höchst »interessante« Grenze verläuft, die einzige verminte in Europa … und seit auf dem nächstgelegenen Berg, dem Hohen Meißner, die NATO ein hochhaushohes Gerät, viele Kilometer weit sichtbar, hingestellt hat, mit der sie die DDR aushorcht!

Im Hitlerkrieg haben Bombardements das Städtchen noch verschont, da nicht die Briten hier bombten, die *nachts* ihre gegen Zivilisten gerichteten Terror-Angriffe flogen, sondern die Amerikaner, die bei Tage kamen – zweimal – und vorsätzlich nur militärische Ziele angriffen, Bahnhof und Flugplatz. Mit Respekt erzählten wir uns, die wir auch als Jungvolkjungen am Tatort helfen mußten, Möbel aus angebombten Häusern zu tragen – die Toten trug die Feuerwehr weg –, daß der Pfarrer Gerhard Hochhuth, der zehn Kinder hatte, nicht mit einem Gebetbuch, sondern mit der Schaufel herbeigeeilt war, um Verschüttete mit auszugraben; und belustigt tuschelte man sich zu, einer namens Spannknebel, der auf seinem Dach die durch Luftdruck beseitigten Ziegel ersetzt hatte, habe den Mut aufgebracht, verachteten Bonzen in des Führers biergelbem Rock, die zur Besichtigung der Schäden herbeigefaulenzt waren, zuzurufen: »Kommen Sie doch rauf, meine Herren, und fassen Sie zu!« Das galt schon als mutig und war es auch …

Noch existiert der rüde Drohbrief eines Oberbonzen an meinen Großvater Holzapfel: letzte Verwarnung, schon 1934, künftig gefälligst mit dem »deutschen Gruß« zu danken, statt guten Tag zu sagen, wenn er auf der Straße mit ›Heil Hitler!‹ gegrüßt worden sei. Meine Eltern riskierten nur einmal einen Affront, einen erheblichen: Sie luden aus Wiesbaden 1942 eine mit dem Vetter des Vaters verheiratete Jüdin ein, zeigten sich auch mit ihr, der durch den Judenstern Gebrandmarkten – ein halbes Jahr später vergiftete sich Tante Irma, zehn Minuten nach Erhalt des Deportationszettels; Onkel Paul Hochhuth, Internist in der Friedrichstraße 7, hatte, um seine Frau zu schützen, es sogar fertiggebracht, zum »Luftschutzarzt« von Wiesbaden ernannt zu werden und eine luftwaffengraublaue Uniform tragen zu dürfen: die half nun nicht länger, im März 43 verwehrte es ihm die Friedhofsordnung, Tante Irma im Familiengrab beizusetzen; irgendwo an einem Dorfrand war sie zu verscharren, die letzte Strecke des Wegs zum Grab war der Sarg per Handwagen zu transportieren …

Übrigens war keineswegs jedes Parteimitglied ein Nazi – im Gegenteil: Vermutlich die meisten liefen mit, um ihre Ruhe zu haben; oder weil – wie heute auch – ein Job von der Parteimitgliedschaft abhing. Doch gab es Gemeingefährliche, die denunzierten, ohne der Partei anzugehören. Dem schon erwähnten

Ortsgruppenleiter, der Hüther hieß und ein guter Holzbildhauer war, schuldet meine Familie Dank: Er sagte zu dem dann von den Amerikanern als Bürgermeister eingesetzten Georg Holzapfel: »Sag der Ilse Hochhuth, ein zweites Mal kann ich keine Anzeige gegen sie in den Papierkorb werfen!« – jemand hatte »gemeldet«, daß meine Mutter im ›Hessischen Hof‹ gesagt hatte: »Sie sind schon in Brüssel«, was sie nur im britischen Rundfunk gehört haben konnte; wer ihn abhörte, kam ins KZ. Wer herumerzählte, was die Engländer gemeldet hatten, kam unters Fallbeil. Ein mutiger Pfarrer, der mich nach seiner Befreiung 1945 konfirmierte, und dessen Sohn unser Fähnleinführer im Jungvolk gewesen, dann gefallen war, hatte Glück gehabt: Ein milder Richter in Kassel hatte Weppler »nur« zu sechs Jahren Zuchthaus verurteilt, obgleich er gesagt hatte, nicht die Russen, sondern der Führer habe bei Stalingrad die sechste Armee zugrunde gerichtet: So wahr diese Bemerkung gewesen ist, so sicher hätte sie für die Guillotine »gereicht« …

Streiflichter, die Zeit- und Familien-Geschichte und Ereignisse in der verschont gebliebenen Kleinstadt miteinander verschwimmen lassen, wie ein Fluß Erscheinungen an seinem Ufer spiegelt: Ein Tag vor Weihnachten 1944 muß mein achtzehnjähriger Bruder Gerd an die Front, nach Ungarn. Mich erschüttert, daß die Großmutter ihren dritten Enkel, der in den Krieg zieht – einer kam nie wieder –, mit dem Stoßseufzer verabschiedet und umarmt: »Gott schütze dich, mein Junge«, denn nie hätten wir Familienmitglieder, aus Scham voreinander, das pathosgeladene Wort Gott, das plötzlich elementar Angst um den Bruder in mir auslöste, in den Mund genommen. Und immer wieder Nachrichten über den Soldatentod von Nachbarn; und von Massakern in Nachbarstädten; hinter dem Meißner der Feuerschein am Himmel, als Kassel abbrannte, wo die Briten im Oktober 43 zwar auch Flugzeug- und Panzerfabriken bombten, doch vor allem eine der herrlichsten Altstädte: die Brüder Grimm-Fachwerk-Gehäuse und Kassels fürstliches Residenz-Barock mit 8000 Menschen verbrannten.

Mein frühester Jugendfreund »Henner« Koch, heute Arzt wie damals sein Vater, erinnerte neulich an einen Wintersonntag-Nachmittag 1944/45, als mein Vater, am Schreibtisch die

Karte studierend, mit uns Dreizehnjährigen erörterte, ob die Westmächte oder ob die Russen Eschwege okkupieren würden … jede Silbe war so »fallbeilwürdig«, daß ich vermutlich aus Angst um meine Eltern alle Erinnerung an diesen Tag in mir weggetilgt hatte, bis mein Freund sie wieder aufweckte.

Sein Vater war der Erwachsene, der auf mich seit dem Tod meines Großvaters Holzapfel, 1943, den stärksten Eindruck machte, erstens als Arzt, zweitens als Bücherfreund, dessen Bibliothek ich mitausbeuten durfte. Und er sprach zu Henner und mir über Politik und Bücher, als seien wir erwachsen. Das Kriegsende brachte aus Eger einen Studienrat nach Eschwege, der seine erste Stunde bei uns mit der Frage eröffnete, ob wir in Geschichte je etwas anderes gehört hätten als deutsche. Hatten wir nicht – daraufhin setzte sich Dr. Josef Müller-Fleißen hinweg über den Lehrplan und fing bei den Ägyptern an; ich weiß gar nicht, was aus unsereinem geworden wäre ohne diesen Historiker und Germanisten, dessen Leseabende in einer Buchhandlung uns in die Moderne einführten, wie ich das nie wieder irgendwo erlebt habe, auch nicht an Universitäten, wo ich später Gasthörer war, in Heidelberg und München …

Der Sohn des Pfarrers Hochhuth, heute Pfarrer in Witzenhausen, von wo Anno 1709 ein Schuhmachermeister als erster Hochhuth nach Eschwege »eingewandert« war, Martin H., mein Mitschüler, seit ich in Sexta sitzengeblieben war, von der aus er mir weiterhalf, bis ich endlich nach Untersekunda die Schule mit weiteren meiner schmachvoll lustlosen Besuche verschonte, um mich als Lehrling in den Buchhandel zu verdrücken –, dieser Jahrgänger schrieb mir, als wir 1978 meinen sechsundachtzigjährigen Vater beerdigt hatten: »Beim Zurückdenken an unsere gemeinsame Schulzeit wird mir immer wieder bewußt, welch außerordentlich wichtige Rolle Deine Eltern für meine Entwicklung gespielt haben. Besonders das kritische Hinterfragen politischer Verhältnisse habe ich in so deutlicher und damals nicht ungefährlicher Weise zuerst in Eurem Hause kennengelernt. Das war eine wichtige ›Prägephase‹ für mich – wie ja für Dich vermutlich auch. Früher wollten wir ja vieles besser machen als unsere Väter. Inzwischen hoffe ich, wenigstens manches so gut machen zu können, wie sie es geschafft haben.«

Am 1. April 1945 war ich vierzehn geworden, am 3. April schossen die Amerikaner eine einzige Brandgranate – ob spaßeshalber oder um zu testen, ob die Stadt verteidigt sei, ob zurückgeschossen werde? –, nach Eschwege hinein; und diese eine Granate verbrannte die opulente Villa des Lederfabrikanten Johannes Karl Döhle, des Bruders meiner Großmutter, der eine Stunde später mit einem Handwägelchen, dem Rest seiner Habe, in der Victoria-Straße 4, meinem Großeltern- und Elternhaus Zuflucht suchte. Die Amerikaner waren gegen Mittag in der Stadt, der weiße Stern auf ihren lauchgrünen Panzern und Autos befremdete uns – sonst aber befremdete uns unglaublicherweise nichts. Es sollte sich herausstellen und muß einmal festgehalten werden: Unter ihrem größten Präsidenten Franklin Roosevelt wurden die Amerikaner zu den humansten Okkupanten der ganzen überlieferten Weltgeschichte. Sie machten acht Tage nach der Besetzung Eschweges Buchenwald auf, man sah – in der ersten Wochenschau, die wir im Sommer 45 wieder besuchen durften – den Oberbefehlshaber der machtvollsten Armee der Welt, Eisenhower, in Tränen durch das KZ gehen ... Doch was brachten uns die Amerikaner, anstatt Rache zu nehmen? Die Freiheit, auch die geistige durch ihre ›Amerika-Häuser‹, durch die ›Neue Zeitung‹. Und brachten der ganzen Nation mit dem Marshall-Plan die Grundlage zum Aufbau der Wirtschaft ... Doch Geschenke werden noch rascher verdrängt als Niederlagen. Kein Volk ist während seiner *ganzen* Geschichte groß und human. Doch so lange Roosevelt regierte, der ja *nicht* die zwei Atombomben warf, waren es die Nordamerikaner ... Zunächst hatte uns Eschweger am 3. April die Okkupation erst einmal von der Angst und Gefahr erlöst, noch weggebombt zu werden; zuletzt waren doch Nacht für Nacht wie alle Tage auch die Bomber über Eschwege nach Mittel- und Süddeutschland geflogen, am beängstigendsten in jener Nacht, als sich über Eschwege zwei riesige Geschwader versammelten, um Chemnitz zu vernichten. Als die Amerikaner uns besetzt hatten, dauerte es nur einen Tag, bis, während der Sperrstunden, zu denen kein Deutscher die Straßen betreten durfte, Otto Georg Holzapfel an der verschlossenen Haustüre meiner Eltern schellte, totgrau im Gesicht. Meine Mutter glaubte, seiner Tochter sei etwas zugestoßen, denn das Haus des Onkels – was wir wußten, da die Telefone funktionierten – war von fünfzig schwarzen Soldaten besetzt. Doch »Onkel Schorsch« sagte unwillig, unsicher, soeben hätten die Amerikaner anstelle des Nazi-Bürgermeisters ihn zum Town-Mayor der Stadt ernannt – ihn, der doch im strengsten Sinne der damaligen Ideologie ein »Militarist« gewesen war, nämlich Kassler 14er Husar und Rittmeister der Reserve, sonst Bauer und Betonwarenfabrikant. Und da sämtliche Schulen geschlossen waren für länger als ein halbes Jahr, so holte mich der Onkel aufs Rathaus: ich wurde Laufjunge des Magistrats, saß im Vorzimmer des damaligen (wie des heutigen) Bürgermeisters, verdiente monatlich 25 Mark, und hatte unter anderen die Aufgabe, in jene Häuser zu rennen, die zwei Stunden später von der Besetzungsmacht besetzt und von ihren Bewohnern geräumt wurden: um das voranzukündigen, damit die Hinausgewiesenen einige Habseligkeiten wegbringen konnten, ehe die Soldaten sich einquartierten. Denn »Onkel Schorsch« hatte durchgesetzt, daß der Stadtkommandant den Truppen untersagte, wie in den ersten Tagen wild und unangemeldet in die Häuser einzudringen. Im August wurde ich dann in mein Elternhaus geschickt, auch dort zu melden, man müsse in zwei Stunden räumen.

Otto Georg Holzapfel, der ehrenamtlich in sehr schwerer Notzeit regierte ohne Dank der Stadt, hatte vorwiegend caritative Pflichten, mußte auch die von der abziehenden Wehrmacht in die Luft gesprengten drei Werrabrücken wieder aufbauen – vor allem jedoch im sonst so wohlerhaltenen Städtchen den täglich wachsenden Zustrom von Flüchtlingen in dieser personenreichsten Völkerwanderung der europäischen Geschichte versorgen, auch zum Teil unterbringen, er tat's. Die Eschweger, die Werrataler überhaupt haben das getan, dankbar, selber nicht Kriegsschauplatz gewesen zu sein, im Geiste jener alten Frau, die im Winter 1837 am Schlagbaum Kur-Hessens, der das Land von Hannover trennte, ihr Enkelkind ermahnt hat: »Gib dem Herrn die Hand, er ist ein Flüchtling« ... der Professor Jacob Grimm kehrte damals in seine ›kurfürstlich Hessen-Casselsche‹ Heimat zurück, fortgejagt von seinem Lehrstuhl als einer der berühmten ›Göttinger Sieben‹, weil er gegen den Verfassungsbruch des Königs von Hannover protestiert hatte ... Diese Grenze glich, noch nicht 1945, doch alsbald jener zwischen Hessen und Thüringen, die sich allmählich stabilisierte, und nach wenigen Jahren zur eisernen wurde, zur am schwersten zu überwindenden in Europa. Die Werra, in der wir schwimmen gelernt hatten, sollte Grenzfluß werden, die Wartburg für uns unerreichbar wie Weimar – nahegelegene Ausflugsorte bisher. Goethe, der seit den Befreiungskriegen die Russifizierung Europas gefürchtet hat, schrieb in den ›Wanderjahren‹ vorahnungsängstlich: »Haben wir doch den Nordosten gesehen sich gegen Südwesten bewegen, ein Volk, das andere vor sich hertreiben, Herrschaft und Grundbesitz durchaus verändert.«

Was ich da sah – den Strom der Bittsteller im Vorzimmer des Bürgermeisters, aber auch auf den Straßen, Vertriebene aus dem Osten, menschliche Wracks aus Nazi-KZs, Versprengte aus dieser Völkerwanderung, später dann das sprießende Gras auf den verendeten Gleisanlagen Eichenbergs, das ein bedeutender Umsteigebahnhof Richtung Leipzig gewesen war, jetzt aber beklemmend ›stillgelegt‹ – dies Elend hat in meinen Jahrgängern zweifellos hier an der Grenze viel ausgeprägter als sonst in den Bundesdeutschen das Gefühl geweckt, daß nun für uns Deutsche das Alte Testament das aktuellste Geschichtsbuch geworden war, weil es illusionsfreier als jedes andere lehrt, daß ganze Völker ›hinweggenommen‹ werden können von ihren Stätten.

So blickt, wer hier aufwuchs, nach Bonn ohne Sympathie. Ob da die ›Christen‹ regieren oder die ›Roten‹: es war nie ein Unterschied im Ausmaß ihrer Gleichgültigkeit gegenüber dem ›Zonenrandgebiet‹, wie unverschämterweise sogar regierungsamtlich das von Natur so gesegnete Werraland genannt wurde. Der Eiserne Vorhang hielt die Touristen fern und schnürte der Wirtschaft die Luft ab, so daß schließlich zahllose Bahnhöfe in diesem Hinterland stillgelegt wurden. Und die Preistreiberei der Bundesbahn, der teuersten der Welt, hat das Beförderungsmittel der kleinen Leute, die denen in Bonn ein wenig am Herzen liegen sollten, in dieser Region fast ganz zum Verschwinden gebracht. Diese ›Maßnahmen‹ haben dazu geführt, daß die heutige Stadt überhaupt nicht mehr verglichen werden kann mit der um die Jahrhundertwende, als das Lexikon sie auswies als ein blühendes Zentrum der Leder- und Schuh- und Textilindustrie.

Wer hier in der Pubertät, die den Menschen seelisch programmiert für immer, erlebt hat, wie Sachsen und Thüringen von den Westmächten geräumt und von den Russen besetzt wurden – niemand in Eschwege wußte in der Panik über die Rückzüge der Briten und Amerikaner aus Thüringen 1945, wo die Ostgrenze des Westens gezogen werde –, der brauchte Jahre, um die Illusion aufzugeben, dieses verharmlosend »Zonengrenze« genannte Minenfeld werde nicht von Dauer sein. Als wir das noch hofften, kannten wir die deutsche Geschichte nicht, speziell nicht die unserer engsten Heimat, die ja nur *ausnahmsweise* und in der Neuzeit *keine* kampfumtobte Grenze gewesen war. Bevor wir noch durchschaut hatten, daß wieder einmal den Fremden das sogar von ihnen nicht erhoffte Glück in den Schoß fiel, Deutsche zu finden, die Deutsche auseinanderteilten, hatten sich den Alliierten die zwei so machtvollen Persönlichkeiten Adenauer und Ulbricht schon zur Verfügung gestellt, um den Fluch, der auf unserem Land liegt, aufs neue Realität werden zu lassen und für uns die historische Erfahrung zu erneuern, die fünfzig Jahre zuvor Bismarck formuliert hat als ein uraltes Gesetz der deutschen Geschichte.

Bismarck hat am 13. Juni 1890 den Konflikt, der zur Teilung führte, vorausgesagt, als er nicht nur den Kalten Krieg als einen in jedem Jahrhundert zwischen Deutschen erneut auszukämpfenden Konflikt beschrieb, sondern sogar das Jahrzehnt nannte, in dem er auf den Gefrierpunkt fallen werde: »Die Uhr des deutschen Dualismus mußte bisher in jedem Jahrhundert einmal durch einen Krieg richtiggestellt werden. Dieser Dualismus ist älter als der zwischen Österreich und Preußen; er prägte sich zuerst im Gegensatz zwischen Franken und Sachsen, dann zwischen Hohenstaufen und Welfen aus. Hierauf brach er wieder in der Reformation auf; Moritz von Sachsen erhob sich wider Karl V., doch vornehmlich zu dem Zwecke, die Herrschaft von Kaiser und Reich abzutun: das nannte man damals die ›deutsche Freiheit‹. Oder glauben Sie, daß er, als er von der ›viehischen Servitut‹ sprach, in welcher Deutschland damals angeblich schmachtete, an die traurige Lage der geknechteten Bauern Deutschlands dachte? Gewiß nicht …

Merkwürdig ist, daß der Kampf stets in der Mitte des Jahrhunderts stattfand, während die Versöhnung der Gegensätze sich um die Wende des Jahrhunderts vollzog. Ich bin nicht so abergläubisch, in diesem Zeitmaße eine Vorausbestimmung zu sehen; es lag offenbar in der Natur der widereinander streitenden Kräfte, daß sich in jedem Jahrhundert ungefähr zur gleichen Zeit ein Ruhepunkt ergab. Jede Nation erfüllt ihr Geschick nach der ihr innewohnenden Fähigkeit, nach der Mitgift, die sie von der Natur erhalten hat. So waren wir Deutschen stets höchst unverträglich untereinander und viel zu nachgiebig gegen Fremde …«

Auch im 18. und 19. Jahrhundert hatten die deutschen Bruderkriege ungefähr in der Mitte sich ausgetobt, während das Ende der Jahrhunderte Ausgleich und Versöhnung brachte. Bismarck war überhaupt nie frei gewesen von der Einsicht: »Es liegt ohne Zweifel etwas in unserem Nationalcharakter, was der Vereinigung Deutschlands widerstrebt. Wir hätten die Einheit sonst nicht verloren oder hätten sie bald wiedergewonnen«, sagte er am 4. 3. 1867, eine von zahllosen sehr ähnlichen Formulierungen …

Was aber in diesen Jahren von Stettin bis Triest sich vollzogen hatte, das westwärts ziehende Vorrücken der slawischen Grenze gegen Mitteleuropa – ein Vorrücken, das freilich allein wir Deutschen durch Hitlers Überfälle auf Polen und Rußland historisch verschuldet haben –, es bestätigte die geniale Vorausschau des die Russen mit nie ermüdendem Mißtrauen beobachtenden Karl Marx, der 1854, neunzig Jahre bevor es eklatant Ereignis wurde, dazu aufgefordert hatte, sich zu hüten vor den Slawen, denn – so wörtlich – »die halten eine Westgrenze von Stettin nach Triest für natürlich.« …

Daß wir im Westen derart aktiv *geholfen* hatten, noch nach Stalins Tod 1953, die Teilung zu vertiefen, obgleich doch Chruschtschow – der ja immerhin auch Österreich die Vereinigung, ja die Befreiung von Besatzungsmächten gewährt hatte – die völlige Integrierung der BRD in die NATO gern verhindert hätte, das durchschauten wir nicht, ahnten es aber, wie mein Gedicht: ›Deutsche‹ vermuten läßt, das ich 1971 veröffentlicht habe. Den *Beweis* jedoch, daß dies so war – erbrachte erst mit fünfunddreißigjähriger Verspätung die Publizierung des Weißbuches des Foreign Office, das Marion Gräfin Dönhoff (›Die Zeit‹, am 21. 3. 1986) auswertete – betroffen auch sie als Preußin, wie listig und ohne Mitgefühl für die Mitteldeutschen der mächtige Bonner sie der russischen Besatzungsmacht überlassen hatte. Gräfin Dönhoff:

»Am 15. Dezember 1955 veranlaßte er den deutschen Botschafter in London, Hans von Herwarth, im britischen Außenministerium vorzusprechen, um Staatssekretär Sir Ivon Kirkpatrick eine vertrauliche Mitteilung zu machen: Selbst wenn im Zusammenhang mit dem Abschluß eines europäischen Sicherheitsvertrages, wie die Sowjets ihn wünschten, eine Wiedervereinigung Deutschlands aufgrund freier Wahlen möglich und völlige Handlungsfreiheit einer gesamtdeutschen Regierung gesichert sei, sei er – Adenauer – dagegen ... Adenauer habe betont, daß es ›katastrophale‹ Folgen für seine politische Position haben würde, wenn seine Ansichten, die er mit solcher Offenheit mitgeteilt habe, jemals in Deutschland bekannt würden.«

Ich hatte ahnungslos notiert:

Deutsche

Auf das Land, wo ich geboren,
reimt sich jetzt das Wort: vergessen.
Strecke Fulda – Göttingen,
Grenzgebiet seitab, Nordhessen.

Selten, daß ein D-Zug hält.
Schienenbusse fahren zur Stadt.
Sackbahnhof – der Schlagbaum fällt!
Der das Land zerrissen hat:

Hitlers Krieg furunkelt weiter.
Minengürtel, Abschuß-Streifen,
links und rechts der Werra: beider
Staaten Grenzarmisten

Die zum kalten Weltgelächter
– Brudermord nach Fahndungslisten –
intern Himmler weiterspielen:
jedem Deutschen steht als Wächter

Stets ein Landsmann treu im Rücken!
Deutsche, die auf Deutsche zielen,
sehen die Nachbarn mit Entzücken,
die wir früher überfielen.

Brüder Ulbricht – Adenauer:
Hochverräter, Ideologen,
steigerten Ideen zur Mauer,
die, aus Steinen nachvollzogen

Denkmal ist der Dioskuren.
Ausgeführt für Siegerstaaten:
– teile, herrsche – was die schwuren.
Deutschland haben sie verraten.

Angst, daß diese Grenze an der Werra Schußfeld werde, auf dem wieder Deutsche auf Deutsche schössen, überschattete das Wirtschafts-»Wunder«. Wir wußten, daß es in amerikanischen Reisebüros Plakate gab, mit dem Bild von Salzburg und der Unterschrift: Reisen Sie hin – ehe der Krieg es vernichtet. Amerikanische Spielzeugläden boten »Fulda-Gap« an: Man würfelte, ob die russischen Panzerdivisionen, die durch eine (offenbar für Panzer-Angriffe geographisch sehr günstig gelegene) Senke bei Hersfeld-Fulda Richtung Frankfurt vorstießen, noch zum Stehen zu bringen seien durch Gegenangriffe. Und die Hochrüstung in USA und UdSSR ließ fürchten, Krieg könne aus dem Kalten Krieg hervorgehen – und damit eine tausend Jahre lang verdrängte Tradition wiederaufleben, für die der mindestens geographisch gesicherte – *weitgehend* gesicherte – Hesse in bürgerlichen Zeitläuften den Blick verloren hatte. Aus mythischer Ferne war immerhin die Kunde geblieben, die Äcker hinter dem Eschweger Leuchtberg hätten vor tausend Jahren »Blutwiese« geheißen, im Gedenken an vergessene Massaker, da doch das

Werratal eine oft kampfumtobte, blutnasse Völker- und Stammes-Scheide gewesen war: »... berichtet Tacitus (Annalen, 13,57) bei Gelegenheit des wütenden Ausrottungskrieges zwischen Chatten und Hermunduren, die an dem Grenzfluß, der sie schied, die dort liegenden Salzquellen sich einander streitig machten.« (Victor Hehn) ... »lange bildete unser Eschweger Gebiet«, schreiben die Chronisten Holzapfel und John, »Kampffeld und Objekt zwischen West und Ost ... Tacitus schreibt, daß es im Jahre 58 nach Chr. um einen salzreichen Grenzfluß zu einer Entscheidungsschlacht kam ... Man nimmt heute allgemein an, daß es sich hierbei um die Salzquellen von Sooden handelt.« Salz, das »weiße Gold«, war damals so begehrt wie heute Öl, doch viel seltener!

Urkundlich kommen Hochhuths in diesem Sooden-Allendorf seit dem 14. Jahrhundert vor; der Name bedeutet Bergwacht: hohe Hut.

So furchtbar muß bis ins ferne Gallien hinein die Kunde von den Kämpfen an der Werra geklungen haben, daß – wie mein Lehrer Otto Flake in der fünften seiner Chroniken ›Zum guten Europäer‹ festhält –, »Werra bei den Franzosen zu guerre wurde. Werra bedeutet im Althochdeutschen Krieg« ...

So erhält aus fernsten Zeiten schon unüberhörbar seine entscheidende Legitimation, daß der namhafteste Sohn dieses Werratales, dieser Stadt Eschwege, Gustav Heinemann, der spätere Bundespräsident, beredter und leidenschaftlicher als jeder andere die Politik des unbelehrbaren Konrad Adenauer als verhängnisvoll bekämpft hat. Heinemann, dessen Familie zu den Befreiungskriegen allein aus dem kleinen Eschwege elf Freiwillige gestellt hat, fünf Prozent der 219 Eschweger, die gegen Napoleon kämpften, Gustav Heinemann sagte voraus, was damals, Anfang der fünfziger Jahre, eine Ketzerei ohnegleichen war, ja, für Landesverrat gehalten wurde, doch heute eine Binsenwahrheit ist: daß eine Bonner Regierung, die unsere BRD mit ihrem Alleingang bei der Geldabwertung, mit eigener Währung und einer ganz in den Westen integrierten Armee ausstatte, die Grenze an der Werra, diese Werra als Grenze zu einer vielleicht tödlichen Bedrohung für die ganze Nation mache. Heinemann, so tragisch wie charaktervoll, war er doch der einzige Bonner

Minister, der jemals aus Überzeugung seinen Job drangab, – Heinemann wurde nicht gehört, bis diese Grenze gemauert, verdrahtet, vermint war, womöglich verewigt.

Was man dem Werratal wirtschaftlich zufügt – das verwehrt (nur ein Beispiel) nahezu allen Schulkameraden, sofern sie nicht Praxis oder Geschäft von den Eltern geerbt haben oder Beamte sind, in der Heimat ihr Brot zu verdienen; fast jeder mußte sich aus ihr verziehen, aus dieser doch von der Natur so bevorzugten wald- und berg- und wasserreichen Heimat, die Maler anlockt und jeden Fremden entzückt, für den sie allein Landschaft ist. Doch die Zahl der Arbeitslosen hat hier immer den Bundesdurchschnitt überragt.

Die Umgebung Eschweges, seenreich dank weitflächiger, miteinander zum Segeln verbundener, sehr sauberer, sehr tiefer, sehr kalter Kiesteiche, – ist nach jeder Kompaßrichtung von Wanderlust weckendem Reiz.

Das Städtchen selber hat vier Sehenswürdigkeiten: das landgräfliche Schloß, ein im Floris-Stil der Renaissance an den Giebeln verziertes, noch spätgotisches Bauwerk, das den Gründer der modernen deutschen Epik, den Autor des Simplicissimus als einen von Soldateska aus Südhessen verschleppten Pferdejungen einige Wochen in seinen Mauern sah. In diesem Schloß wurde 1812 die Dichterin Elise von Hohenhausen, Freundin der Droste-Hülshoff, geboren, die im 19. Jahrhundert ihren Bestseller ›Klassische Liebespaare‹ schrieb. Sehenswert ist der puzzlespielbunte Marktplatz, der nahezu lückenlos seine nach dem Dreißigjährigen Krieg wiederaufgebaute Fachwerk-Geschlossenheit behielt; und sehenswert sind, doch noch immer nicht öffentlich zugänglich, die Bilder von Ernst Metz und Wilhelm Schott. Noch fehlt die Galerie, die der Werra-Meißner-Kreis seinen Besuchern wie seinen Bewohnern schuldet, nachdem ihm das Glück in den Schoß fiel, dank der sanften Herrlichkeit seiner Rhön- und Meißner- und Thüringer »Berge« – die höchsten sind siebenhundert Meter –, seiner Bach- und Flußtäler, seiner Kleinstädte und Wassermühlen, seiner Kalkfelsen und Dörfer und Burgen und Waldlichtungen, diese zwei eminenten Kasseler sechzig Jahre lang als Zeichner und Maler produktiv an sich gefesselt zu haben; sehr fraglich, ob es noch einen anderen Landkreis gibt, dem in der ersten Hälfte unseres Jahrhunderts geschenkt wurde, was diese beiden Künstler-Chronisten dem Eschweger beschert haben – tausend Bilder, die ein letztes Mal seine meist schon abgetöteten Vorzüge, obgleich ja die Menschen nur Häuser und Bäume kaputtmachen können, doch nicht das Land, noch einmal für die Nachwelt festhielten. Dieses Glück – wie selten! – wurde dem Städtlein und seinen Einwohnern durch diese beiden Maler schon zum zweitenmal zuteil. Zum erstenmal durch drei Generationen der ausgestorbenen Familie Tellgmann, die 1841 hier wie »drüben« im thüringischen Mühlhausen die vermutlich erste deutsche Fotografenwerkstatt eröffnet hat, schon zwei Jahre, nachdem zu Paris die Daguerreotypie erfunden worden war. Die Tellgmanns, die sich nach dem siebziger Krieg vorwiegend der Militärfotografie widmeten, waren zwei von vier kaiserlichen Manöverfotografen, die einzigen, deren Archive die Weltkriege überdauerten, da die beiden anderen in Königsberg und Metz residiert hatten. Ein bitteres Fazit unserer vaterländischen Geschichte, daß zwei von vier amtlich zugelassenen Manöverfotografen ihre Standorte in Provinzen hatten, die das Reich in zwei Kriegen verspielte, und daß die beiden anderen Fotografen, noch dazu Brüder, ihre Ateliers in aneinandergrenzenden Provinzen, in Kurhessen und Thüringen hatten, die inzwischen durch das am schwierigsten zu passierende Minenfeld in Europa zertrennt sind. Da in Eschwege sich niemand darum kümmerte, wurde das unschätzbar wertvolle Fotoplatten-Archiv Tellgmann, das umfassendste überhaupt, das aus dem 19. Jahrhundert erhalten ist, 1974 ans Bundesarchiv Koblenz abgegeben und dort so enthusiastisch vereinnahmt wie in der Heimat ignoriert.

Wink mit dem Zaunpfahl: die schönsten und historisch interessantesten Bilder der Tellgmanns – die sich Hoffotografen auch des Zaren von Rußland nennen durften und die den jungen Churchill wiederholt als Gast im deutschen Kaisermanöver fotografierten –, ebenso wie die Nachlässe der Maler Schott und Metz, wozu noch der des Spätimpressionisten Heinrich Schwendt zu zählen ist, der das Entzücken des maßgebenden Marburger Kunsthistorikers Richard Hamann erregte, auch der des Sooden-Allendorfer Malers Tannen-Wille und Bilder vielleicht auch noch lebender Künstler, auch Bildhauer-Arbeiten von Edmund Hüther … sie alle warten darauf, im Zentrum des Werra-Meißner-Kreises würdig ausgestellt zu werden. Oder sie werden abwandern, diese Nachlässe, in solche Städte, deren Behörden *wissen*, daß Kunst Touristen anlockt und die daher bereit sind, Geld nicht nur auszugeben für Sportplätze und Straßen-Begradigungen, sondern für eine Galerie.

Seit hundertzwanzig Jahren verfügt Eschwege über ein Gebäude, Kunst aufzunehmen: die nach dem siebziger Krieg in der heutigen Goethestraße spätklassizistisch vom Architekten Friedrich Saame erbaute »Schusterburg«, wie der Volksmund deshalb dieses weitaus geglückteste Denkmal der sonst so wenig glücklichen Architektur-Periode der Gründerjahre nennt, weil es von zwei bescheidenen Türmchen flankiert wird und weil sein Bauherr der Schuhfabrikant Adam Hochhuth war, der 1892 starb. Neben der Synagoge das einzige klassizistische Gebäude in Eschwege. Das palais-weiße, palais-würdige Haus mit einem Stück Schloßgarten-Wiese vor seiner Front steht heute da, grob vernachlässigt in seinem Äußeren und dennoch unantastbar vom Verfall durch die unaufdringliche Schönheit seines Stils. Es wartet auf seine Bestimmung: der bildenden Kunst und der künstlerischen Fotografie des Werra-Meißner-Kreises eine Heimstatt zu werden.

III. Kein Grab in der Heimat

In Eschwege bei meinen Eltern würde auch ich einmal beerdigt werden wollen, überhaupt in dieser Stadt, in der seit 1709 jeder Vorfahre der – damals aus Witzenhausen zugewanderten – Vaterfamilie beigesetzt wurde und schon seit Jahrhunderten, seit vor dem Dreißigjährigen Krieg auch alle Ahnen der Mutter. Früheste Kunde von einer Eschwegerin namens Holzapfel überliefert die entsetzliche ›Geschichte der Hexenprozesse‹ von Soldan-Heppe, München um 1900 im Georg Müller-Verlag: Anno 1663 nach folterreicher Haft als ›Hexe‹ endlich mangels Beweisen freigesprochen, wurde ihr dennoch von dem Eschweger Pfarrer Hütteroth und zweien seiner Amtsbrüder das Abendmahl verweigert. Die drei Pastoren, nach Marburg zum Konsistorium vorgeladen, mußten gezwungen werden, die Protestantin Holzapfel zum »Tisch des Herrn« fortan wieder zuzulassen. Wenige Fälle sind bekannt, daß ›Hexen‹ unverbrannt davonkamen. Als nun am 27. Dezember 1978 Totengräber Beck, Mitpimpf aus der Jungvolkzeit, auf seinem kleinen gelben Bagger das noch gemauerte Grab meines Großvaters aus dem Jahre 1917 aushob, um drei Stunden später meinen Vater in ihm beizusetzen, fragte ich ihn, während Reste des sechzig Jahre alten Sarges, auch des Großvaters auf den Hügel gehäuft wurden: »Wo hast denn Platz für mich, wenn's soweit ist?« Er deutete auf das Nebengrab; dort stand ein Adler mit gebrochenen Schwingen, Gedenkstein an den einzigen, 1914 gefallenen Sohn der Familie Zeuch. »Das kannst du haben, das wird jetzt frei.«

So richtete ich in Demut an den Friedhofsausschuß die Petition, mir diesen freigewordenen Grabplatz zu verkaufen. Die Ablehnung des Bürgermeisters Rudolph und des Pfarrers Hochstadt und meine erneuten Gesuche – zum Beispiel mit dem Hinweis, noch gäbe es Menschen, die keine Beamten seien und die daher nichts verdienen könnten in ihrer Vaterstadt, aus der tatsächlich alle meine Mitschüler abwandern mußten, sofern sie hier nicht eine Praxis oder einen Laden geerbt hatten; auch ich könnte ja hier nichts verdienen, doch sei die uns im Grundgesetz garantierte Freistellung des Wohnortes nicht so gemeint, daß uns die Wahl des letzten Ortes auf Erden ausgerechnet in der Heimaterde verweigert werden dürfe –, diese Briefe hin und wider füllen inzwischen einen Schnellhefter. Auch sieht die gedruckte Friedhofs-»Ordnung« ausdrücklich Ausnahmefälle vor: Grabstellen schon zu vergeben, bevor der Todesfall eingetreten ist; und man weiß von Präzedenzfällen, daß dies geschah – und was sonst wäre ein Ausnahmefall, wenn nicht *der*, daß hier zum erstenmal seit sechzig Jahren (und dann mindestens sechzig Jahre lang nicht wieder!) das Grab neben dem der Großeltern und Eltern frei wird.

Nur auf mich trifft dieser Ausnahmefall – ausnahmsweise – nicht zu. Ich soll von zwei Beamten, die keine Einheimischen sind und die daher zu diesem Friedhof keine andere Beziehung haben als die des Gehaltsempfängers, darüber belehrt werden, daß ich übertrieben hatte, als ich in einem meiner Dramen schrieb: »Ein Grab bietet die Erde überall!« Nein, überall, nur nicht in der Vaterstadt, in der seit sechzig Jahren eine Straße meinen Familiennamen trägt, so benannt nach dem Bruder meiner Großmutter, der »für Verdienste um Eschwege« zum Ehrenbürger ernannt worden war. (Denn meine Großmutter Hochhuth war eine geborene Hochhuth, Kusine ersten Grades ihres Mannes.)

Nicht mit einem Pfarrer, mit einem Finanzbeamten zu reden, war meine Empfindung, als Hochstadt mich anherrschte, das höre nun überhaupt auf, daß Familien ihre Gräber öfter als einmal zurückkaufen könnten. Meine Entgegnung: Wenn man in Eschwege – was in keiner anderen Gemeinde unserer Republik geschieht – sämtliche alten Grabsteine demoliere, dann zerschlage man schließlich auch zuweilen höchst wertvolles Kulturgut, ja, wie hier, Kunstwerke. Auch mein spezieller Hinweis – mit Fotos – auf bildhauerisch besonders wertvolle Grabstätten wurde nicht einmal beantwortet. Von diesem Geistlichen beigesetzt zu werden, kann für Angehörige nicht tröstlicher sein als die Beseitigung unserer Leichen durch die Müllabfuhr. Auch bot ich natürlich an, den Gedenkstein an den Gefallenen dort stehen zu lassen, wenn man mir das Grab seiner Eltern verkaufe – die Stadt ließ die Plastik des Adlers mit gebrochenen Flügeln kaputtschlagen und beseitigen.

Ein Bürgermeister jedoch, ein Pfarrer, die anordnen, daß sogar Grabsteine Gefallener oder Mahnmale an in fremder Erde bestatteter Gefallener demoliert werden, sind »beseelt« vom gleichen Elan, der sich in der Kristallnacht ausgetobt hat. Ich hatte wie gesagt nicht nur angeboten, den Adler stehen zu lassen, den Familie Zeuch im Gedenken an ihren im Ersten Weltkrieg gefallenen Sohn bei einem guten Bildhauer bestellt hatte, sondern auch den Gedenkstein an den Sohn des Eschweger Ehrenbürgers Bierwirth, rechts vom Grab meiner Großeltern, meiner Eltern jetzt auch, wenn man mir das freiwerdende Grab verkaufe. Der junge Bierwirth, 1916 bei Narva gefallen, war der engste Freund meines Vaters gewesen. Die Familien hatten gemeinsam 1916 die beiden »Erbbegräbnisse« – die nun keiner mehr erben darf, weil Hochstadt und Rudolph ihre Planierung anordnen – gekauft, da der Sohn Bierwirth im gleichen Jahr gefallen, in dem mein Großvater Hochhuth gestorben war. Ich mache mir heute Vorwürfe, nicht die Stadt verklagt zu haben ... aber auch keiner der Stadtverordneten hatte so viel Zivilcourage, gegen die zwei Nichteschweger Hochstadt und Rudolph wegen deren bilderstürmenden Amoklaufs, der völlig ungesetzlich ist, vorzugehen.

Weiterreisen

Genug? Ja! · »Es ist alles eins« · Dritte Welt
Die Frage an Platon · Neunundsechzig
Wer lehrt, was er nicht lebt: ›Ödipus‹
Nur auf Zeit – selbst Ideales

Genug? Ja!

»Nur was dem Schwarm nutzt – nutzt auch der Biene.«
Marc Aurel

Rom – Frankfurt, im Zug …
du steigst schon in Basel aus.
Neun Stunden Fahrt – genug?

Ja, siehst ohne Neid
andere weiterreisen.
Ans Ziel? Ans Ende. *Mehr* Zeit,

Was fügt sie denen hinzu,
die noch bis Mannheim kommen?
Vor welcher Frage stehst du

– stehst du am Lebensrand?
Beschenkte dich dein Hiersein,
lebtest du verkannt?

Nicht dies: *Fürsorgen* ist's Problem,
das dich bedrängt, wenn du stirbst.
Hast Angst – wen und was unversorgt *wem*

Du überläßt, mußt du weg …
Da du gesund alt geworden, ist Helfen
dein Dank, dein Lebenszweck.

Bist doch noch da in dem Maß,
in dem du Mitmenschen nützlich:
Wie dem Vieh auf der Weide Gras.

»Es ist alles eins«

»... eines der erstaunlichsten Bücher und
im Grunde ziemlich gottlos.«
Jacob Burckhardt am 10. 9. 1891

Von Luther ›Prediger Salomo‹ genannt,
wurde noch öffentlich 1759 das Buch,
bald dreitausend Jahre alt, verbrannt
– bei Voltaires kühnem Versuch,
es in Versen zu publizieren.

Zufallismus, nicht Fatalismus, im trotzigen Text
mißfiel – er zeigt Gott als Sadisten! –
schon dem ersten Konzil, das ihn zunächst
ausschloß vom Kanon, zum Trost der Christen
– »ziemlich gottlos« nennt noch Burckhardt

Aber »eines der erstaunlichsten« das Buch.
Bleibt doch frommen Interpreten
Gottes Desinteresse an Menschen das rote Tuch
– Salomo warnt sogar jene, die beten:
»Sprecht nicht zu oft zu Gott!«

Teufel Gott: Snob in Personal-Union,
verachtet Mühen, die ohnmächtig sind.
Des Menschen Dasein: Mit dümmlichem Hohn
denunziert er Hoffen als Haschen nach Wind
– tut's ab als eitel.

Absurder Witz: Der Ur-Nihilist in der Bibel!
Der Autor, der nirgends zu integrieren.
Sein Credo keinem, der Gott traut, kompatibel.
Was einer aufbaut, wird er grundlos verlieren;
aus Bosheit auch seinen Enkel noch, der zuschaut.

Ärgernis wie sonst keines schwerwiegt
– nie positiv zu erläutern,
daher in Bauch, Herz, Hirn querliegt
auch weltlichen Deutern:
Schadenfroh inszeniert Gott die Geschichte

Laut Salomon: Schickt den Menschen nicht blind
– nein: vorsätzlich geblendet –,
damit er wie ein hilfloses Kind
elend verendet,
dorthin, wo der nur scheitern *kann*!

Ja! Als habe Gott Teufel ein Familienfloß,
damit er Frauen, Kindern das Leben kürzt,
aus Spaß – die hoffen heiter ahnungslos –
den Niagarafall hinabgestürzt,
»kommt böse Zeit über die Menschen« …

Doch was »böse Zeit« ist, warum, wann, wieso
sie wie Fische, Vögel auch Menschen fängt,
auch gute in Netzen quält, herzensroh
– Salomo schweigt, wer wozu das verhängt.
Ermutigt immerhin: Trinkt Wein, schlaft nicht allein.

Dritte Welt

Jagd auf dem Bau nach Illegalen.
Grüne Minnas, Polizeihunde bellen;
Ausländer werden abgeführt
in EU-genormten Spezialhandschellen.

Lohndrücker: Einheimischen verhaßt,
die dank dieser »Fidschi-Kriminellen«,
weil die für ein Viertel malochen,
ihre Jobs verlieren auf Großbaustellen.

Je zwei verkettet. Wagenfenster vergittert.
Zum Flugplatz. Abschub nach Herkunftsländern.
Dort verurteilt, wer weiß wie zu vegetieren
als Menschenmüll an Weltstadträndern.

Die Frage an Platon

»Sokrates … seine einzige amtliche Stellung war bekanntlich die eines Prytanen im Jahre 406, da er sich im Feldherrenprozesse der Angeklagten annahm.«

Jacob Burckhardt

Wo waren denn *Sie*, Platon, als Sokrates:
Ihr Mentor starb am Schierlingsbecher?
Freunde durften wie beim Schauprozeß
um ihn sein … als Justiz-Verbrecher

Ihn mordeten, abends. Mit Tod bestrafen,
was nie zuvor Delikt war in Athen?
Haben Sie, Platon, Feigling! – schön geschlafen?
Warum kein Aufruhr? Obgleich höchst angesehn

Ihre Sippschaft wie Sie: Haupt der Intellektuellen.
Protest hätte kein Haar gekrümmt Ihrem Fell!
Doch Gesetze, Dichter an die Grenze zu stellen,
wünscht keiner, der jung Verfolgten beistand als Rebell.

An Toni Meissner

Neunundsechzig

»Doch als ich länger mein Geschick
bedachte … mich selbst verwünschend,
grinsend mich belachte.«
Goethe: Tagebuch

– hat's Primum agens seinen Namen
von Männern, die neunundsechzig alt?
Von Lendenlahmen mit wenig Samen?
Die's notgedrungen machen dergestalt!

Sie lacht: »Bin etwa *ich* noch ein Menue surprise?«
So überspielt sie seine Angst vor Impotenz.
Er spürt, der's Lippen, Händen überließ:
Nur noch im Fleisch erahnen wir Transzendenz

Wie in der Kunst, die Eros schafft
wie Eros *sie* schuf: Nur l'amour
steigert Physik zur Metaphysik, kraft
der Paarung Geist-Natur.

Wer lehrt, was er nicht lebt: ›Ödipus‹

»Schriftsteller reden Gestank.«
Franz Kafka: Tagebuch, 1910

»Nicht geboren zu sein«, preist Sophokles
als »weithin das Beste« in ›Ödipus‹.
Nicht anzuzweifeln! – doch, indes
entfacht die Folgerung nur Überdruß:

»Sich eilends zu wenden, woher man kam.«
Er wurde neunzig! Schrieb hundertzwanzig Dramen.
Wer lehrt, was er nicht lebt, schreibt ohne Scham:
Sein Rat, des Vatermörders Weltflucht nachzuahmen

Ist Literaten-Pose. Kafka spricht vom »Gestank«,
den Dichter reden. Ja, wie in ›Ödipus auf Kolonos‹:
Ans Dasein dies des Griechen Dank?
Da ihm doch siebzig (!) Jahre Ruhm zufloß …

Unfair, das Dasein deuten
aus der Iokaste Sohn und Mann, der sich geblendet:
Wenige, die Inzest gepflegt, bereuten
deshalb ihr Leben, bis es endet.

Anhänglichkeit an die, die uns umgeben,
auch Angst um einige, die wir verlassen:
Schon ihretwegen hängen wir am Leben,
sogar noch dann, wenn wir uns selbst so hassen

Wie diese kranke Kunstfigur
samt ihrer schauerlichen Projektion.
»Natürlich« wußte Ödipus dank der Natur
vor Mord und Ehe: Bin der Sohn!

Da von den Eltern zur Vernichtung ausgesetzt:
Wie legitim sein Ziel, auf Vaters Thron zu kommen,
ja, in sein Bett! Seit seiner Pubertät zentral verletzt
durch das Gerücht, Findling zu sein, »angenommen«

– genoß er keineswegs nur Rache im Mutterschoß:
Weil alles aufflog, mußte er verzichten,
vom Demos weggehetzt bis Kolonos.
Sein Todestrieb zuletzt: Wer will ihn richten?

Nur auf Zeit – selbst Ideales

»Eine Generation, lieber Erwin,
hält heute noch drei Jahre!«
Kerr über eine Piscator-Inszenierung

… eine funktionierende Ehe, zum Beispiel,
wird – niemand kann's ändern – Banales,
weil *befristet* nur, nie als Endziel
Gutes gut, Interessantes interessant bleiben *kann*!
Sogar Kunst: Ihre Spitzenwerte – *verewigt*?
Ach, erlagst jung zwar fasziniert ihrem Bann

– doch die nächste Generation schon »erledigt«
Geliebtes: Sieht's gleichgültig, feindselig an.
Werden Urheber verschmäht,
weil im Alter langweilig geworden?
Nein, der Arbeitsmarkt übersät,
zwingt Nachdrängende Alte zu morden.

Schon Überdruß gegen alle, die lange da,
hat sie aus der Käufer Gunst verdrängt;
meist früher als sie tot. Den Zeitgenossen kommt nah
nur Neues: Das ist über Produktive verhängt;
sie erleiden die Altersnot seltener um's Brot.
Sondern weil niemand an ihr Werk mehr denkt.

Station Basel

Lange bevor ich Basel zum erstenmal besucht habe – besucht, um gleich zu bleiben, für nunmehr schon fast ein Vierteljahrhundert –, hatte ich von dieser Stadt ein ziemlich fest umrissenes Bild; so ergeht es einem auch mit mancher anderen Stadt – etwa mit Stockholm. Jedoch das Bild, das Basel kraft seiner Ausstrahlung, die mächtig ist, auch in der Ferne von sich vermittelt, stimmt so exakt mit dem wirklichen überein, das heißt hier: mit dem historischen, daß ein langer Aufenthalt es kaum, es fast gar nicht korrigiert. Wie ist das zu erklären? Unzureichend durch die Tatsache, daß Basel zwar auf die denkbar fortschrittlichste Weise die Erscheinungen unseres 20. Jahrhunderts, zum Beispiel die industrielle Entwicklung, die wissenschaftliche Forschung, die Architektur in seinen Kreislauf hineinorganisiert – daß es aber dennoch oder auch deshalb jenes Basel *bleibt*, das vor Augen hat, ja im Ohr, wer die Schriften seines größten Sohnes, des 1897 verstorbenen Jacob Burckhardt gelesen hat und wer den Matthäus Merian kennt, den Basler Kupferstecher, ohne dessen Städte-Ansichten wir schlechthin keine Vorstellung von allen unseren Städten vor dem Dreißigjährigen Kriege hätten. Diese Republik, die sich mit ihrem Rheinkraftwerk Birsfelden und ihrem von Martin Burckhardt erbauten »BIZ«-Turm am Bahnhof zwei der architektonisch meistgeglückten Industrie-Bauwerke unserer Epoche errichtet hat – blieb dennoch die Stadt der Totentänze Merians und Holbeins, und selbst ihre vielgerühmte Fasnacht ist auf eine keineswegs lustige Weise beklemmend mittelalterlich – »humoristisch« eher wie Breughel oder gar Bosch.

Weltoffen ist Basel, wie es sein Industrie-Hafen ist für die langen, schweren Rheinkähne, die 999 Kilometer von Rotterdam heraufschwimmnen, oder wie sein Bahnhof, sicherlich einer der meistbefahrenen Europas; und erbaut auch diese Stadt an ihren Ufern die modernste chemische Industrie des Kontinents: sie denkt gar nicht daran, ihren Genius loci ans 20. Jahrhundert das geringste Zugeständnis machen zu lassen. Basel *bleibt* – fast so unverändert wie der Rhein von den Schiffen bleibt, die ihn passiert haben. Das belegt auch diese Anekdote noch: Lenin übernachtete hier im »Christlichen Hospiz« – wo sonst hätte er als Uljanow absteigen können! –, aber der Wirt dieses Hauses, ein informierter Mann, wußte nichts davon, als ich ihn einmal darauf ansprach. Selbst Lenin, der nicht Revolution machen wollte, ohne zuvor im Kunsthaus die Holbeins und die Böcklins aufmerksam mit dem Lorgnon studiert zu haben, ist durch Basel nur hindurchgegangen – spurenlos.

Gewiß ärgert man sich auch in Basel – wo nicht – über die zeitgenössische Brutalität, mit der sich rendite-versessene Abreißer an architektonisch höchst reizvollen Bauwerken des 19., ja des 18. Jahrhunderts vergreifen; jetzt wird das schönste Denkmal überhaupt, das ich je aus der Belle Époque irgendwo gesehen habe, vernichtet: das in einem Park an der Austraße bei stets geschlossenen Jalousien wie altersblind vor sich hinträumende, von Bewohnern längst geräumte, von der Schönheit des Verfallenden stigmatisierte Schlößchen des Impressionisten-Sammlers Staehelin, das wie kein anderes Bauwerk geschaffen gewesen wäre, der Kunst und dem Kunstgewerbe des 19. Jahrhunderts als Museum eine Heimstatt zu geben ... wie melancholisch das stimmt! Immerhin, selbst die kleine Angensteinerstraße, erst Mitte der neunziger Jahre erbaut, wird nunmehr von der Stadt unter Denkmalschutz gestellt; und hier in Basel zuerst habe ich gesehen, wie ein ehrwürdiger Gasthof, der zum Löwen, aus einem Stadtteil Sandstein für Sandstein und Diele für Diele in einen anderen in Sicherheit gebracht wurde, um dort neu errichtet zu werden: Er stand auf einem so teuren Grundstück – gefährlich für schöne Häuser –, daß eine Bank es an sich riß ...

Der Geist von Basel – wenn denn eine Formel gesucht werden soll – ist der Antipode des amerikanischen; was um so bemerkenswerter ist, als hier im Zentrum der europäischen Banken zweifellos nicht weniger Geschäftstüchtigkeit sich tummelt als in der Neuen Welt. Nur dominiert sie nicht. Und es ist keine Geste, keine Spekulation der Fremdenindustrie, daß die Rheinufer nicht nur von breiten Brücken – sondern auch von schmalen Fähren verbunden sind; und diese Kähne, selbstverständlich, treibt nur die Strömung von Ufer zu Ufer, aber kein Motor ...

Britisches Understatement ist, gemessen am baslerischen, noch Größenwahn.

Der Epiker Otto Flake, der in seine Romane mehrfach das Stadtbild Basels aufnimmt, schreibt in der *›Sanduhr‹*: »Basel lag außerordentlich günstig. Man konnte sich einen anderen Verlauf der Geschichte denken – daß es der älteren Linie der Zähringer, die ja Bern, das badische Freiburg und das schweizerische gegründet hatten, gelungen wäre, Südwestdeutschland, die Eidgenossenschaft und Burgund zu einem Reich zusammenzufassen: Basel als Hauptstadt würde, vielleicht, die Bedeutung von Paris oder Wien erlangt haben. Jedenfalls dieser atmenden Lunge an der entscheidenden Biegung des Rheines eingesetzt, fehlte es nicht an Sauerstoff.« Und Flakes Lebensepos, dem *›Fortunat‹*, dem der Schweizer Max Rychner das verständnisvollste Nachwort schrieb, und das am Abend der Schlacht von Waterloo in Basel einsetzt, im »Seidenhof«, dem damaligen Hauptquartier des österreichischen Oberbefehlshabers Erzherzog Johann, verdanke ich es nicht weniger als den Briefen Burckhardts und meinem spärlichen Wissen um Erasmus von Rotterdam – daß es mich wie ein Literaturpreis traf, als ich in Berlin las, was ausgerechnet die *Basler Nachrichten* (Philipp Wolff-Windegg) über mein soeben uraufgeführtes erstes Stück geschrieben hatten; es war die weitaus wohlwollendste Kritik, die mich damals inmitten eines Exzesses von Anfeindungen erreichte; ihr folgte eine Anfrage der Maturandinnen des Basler Mädchengymnasiums I zum *›Stellvertreter‹*; ich glaubte zu träumen: während in Bonn Nuntius Bafile das Verbot des Stücks durchzusetzen versuchte und Außenminister Schröder im Bundestag eine Erklärung verlas, wie sehr die Regierung es bedauere, daß ein Deutscher dieses Stück geschrieben habe – verbieten konnte sie es nicht –, wurde bereits in der als »erzkonservativ« denunzierten Stadt Basel von Dr. Beat Jenny das Drama als Schullektüre behandelt! Und diesem Brief folgte die Nachricht, Basel werde als erstes deutschsprechendes Theater unter der Intendanz von Dr. Friedrich Schramm der Berliner Piscator-Bühne den *›Stellvertreter‹* nachspielen. Basel, das war die Stadt, in die Jaspers, der maßgebende Philosoph neben Sartre und Russell, gegangen war; und hier lehrte Muschg, der große Autor der *›Tragischen Literaturge-*

schichte‹, der Wegbereiter expressionistischer Dichter, auch verschollener wie Döblin und Jahnn ... Und in Basel hatte auch Heinrich Leuthold, der weit unterschätzte Lyriker, der das bedeutendste Meeres-Gedicht deutscher Sprache schrieb, sein materiell und endlich auch geistig furchtbar verkümmertes Leben hingebracht ...

Ich kam in der Frühe am SBB an, mit dem Schlafwagen, lange bevor man mich im Theater erwartete, und ging vom Bahnhof zum Münster, einfach den Spitzen der Türme nach. Verwirrend – der Straßenverkehr war lebhaft wie in München, eher stärker noch in dem Maß, in dem die Straßen und Gassen enger sind als in Bayern. Und dennoch, nichts hätte mich weniger in Erstaunen gesetzt, als wenn ich nicht wegen eines Autostroms am Straßenrand hätte warten müssen, sondern weil ein mittelalterlicher Zug von Söldnern oder Zunftleuten oder Flagellanten aus einer der engen betreppten Gassen um die Barfüßerkirche oder das fastnachtbunte gotische Rathaus auf mich zumarschiert wäre. Mitten in einer Hauptschlagader des Verkehrs stand ein mächtiger Ahornbaum, ich dachte: woanders hätte das Straßenbauamt ihn längst abhacken lassen; wo man alte Bäume auch dann respektiert, wenn sie im Wege stehen, wird man überhaupt Einzelne gelten lassen – Einzelne sind ja stets »im Weg«. Diese Gasse ging ich hinauf. Ein ovales vergoldetes Schild, desgleichen ich nie gesehen hatte, hing an einem Haus, kleiner als Wirtshausschilder, aber ebenso schön: Advokaturbureau. So etwas hatte ich niemals gesehen, ich trat auf die andere Straßenseite, um das Haus zu betrachten – und las: Erasmushaus. So kam ich zur Rittergasse und endlich zum Münster, dessen spätest-gotische zarte Sandsteinfassade nicht weniger rot leuchtete als der Septembermorgen – oder wie die bastionsteile Wand des »Münstersprungs«, der Rheinterrasse, auf der ich mir den ersten Blick über Basels chemische Werke hin, den Schwarzwald-Abhängen zu und wieder zurück, ins Gassengewirr Klein-Basels verschaffte. Der Beginn einer Schnitzler-Novelle fiel mir ein: »Hier werde ich lange bleiben« – aber da wir nicht mehr in Schnitzlers Zeiten leben, so dachte ich sofort hinzu: sofern die Fremdenpolizei das gestattet ...

Ich muß noch von einem persönlichen Erlebnis sprechen, weil

es die beste Seite dieses Basler Bürgergeistes – denn in Basel ist es weder ein Anachronismus, von Bürgern zu reden noch Bürger zu sein – offenlegt: die Gastfreundschaft. Der Buchhändler Max Bider-Wackernagel, den ich noch niemals gesehen hatte, kam zu mir ins Hotel, um mich einzuladen, mit Frau und Sohn zu seiner Familie zu ziehen – Begründung: es sei doch sicher lästig, jedem zugänglich in einem Hotel zu leben, während in den Straßen ein Fackelzug mit fünftausend Teilnehmern sich gruppiere, um gegen die Aufführung des ›*Stellvertreters*‹ im Stadttheater zu demonstrieren. Bevor dieser bedrohliche Fackelzug aufmarschierte – selbst dem Theater Wohlwollende rieten nun, die letzten Proben abzubrechen –, hatte aber Golo Mann eingegriffen und vermutlich die Aufführung doch noch ermöglicht: Wolff-Windegg hatte ihn zu Hilfe gerufen, und am 17. September 1963 druckten die *Basler Nachrichten* Manns Essay über *den ›Stellvertreter‹*; das machte denen wieder Mut, die zwar für das Stück gewesen waren, aber nicht mehr dafür, es ausgerechnet in Basel zu spielen ... Nirgendwo sonst südlich des Mains, außer in Wien, ist es bis heute (1986) inszeniert worden.

Als nun dieser Buchhändler meine Familie zu seiner führte, betrat ich ein Palais, das ich kannte – es war jener »Seidenhof« am Rheinufer, in dem Flakes ›*Fortunat*‹ einsetzt: Ein Barockportal führt in einen noch gotischen Innenhof, dessen Mauerbrunnen ein zeitgenössisches Standbild des ersten deutschen Königs aus dem schweizerischen Geschlecht der Habsburger ziert. Als ich dort eingezogen war, erreichte mich ein Anruf des Pfarrhauses am Münster: die Aufforderung, sonntagfrüh zum Gottesdienst zu kommen – die Predigt von Pfarrer D. Fritz Buri werde der Problematik des ›*Stellvertreters*‹ gewidmet sein: Buri predigte am 22. September 1963 über Matthäus 16, Vers 13–28.

Um diese Zeit veranlaßte Arnold Künzli, daß ich zu Jaspers »beordert« wurde; ich hätte nicht gewagt, ohne Aufforderung in der Austraße 126 vorzusprechen, doch Künzli hatte Jaspers gebeten, demnächst an einer Rundfunk-Diskussion über den ›*Stellvertreter*‹ teilzunehmen: so sollte ich mich vorstellen. Neben dem Sessel, von dem aus – ein Zimmer weit entfernt vom Sessel des Besuchers – Jaspers mich gleichsam »durchleuchtete«; seinem Blick des Psychiaters folgte oft den Sätzen ein so langes

Schweigen, wie ich es später in keinem Gespräch mit ihm mehr erlebte –, neben dem Sessel hatte Jaspers ein sehr dickes Manuskript auf dem Teppich liegen: den ›*Marx*‹ von Künzli; Jaspers hatte das entscheidende Wort bei dessen Berufung – auf Grund dieses faszinierenden Manuskriptes – zum Professor in Basel. Die Diskussion – die letzte, an der Jaspers im Rundfunk teilnahm – erhitzte dermaßen die Gemüter, daß zum Beispiel der Redaktor Baumann seinen Austritt aus der katholischen Kirche erklärte: Der alte Mann wollte, wie er mir sagte, »so viel Intoleranz« nicht mitmachen. Hier sei aber auch daran erinnert, daß ich nirgendwo damals so *tolerante* Gesprächspartner fand wie unter den Jesuiten Kölns, wohin ein Pater Breuning S. J. – nicht jener Nell-Breuning, der mich heftig bekämpfte – mich eingeladen hatte. Was mich menschlich bei diesen ersten Besuchen in der Austraße am meisten »betraf«, ja tief beschämte, das war die »Dankbarkeit« – sie hat das gesagt, nicht ich – von Gertrud Jaspers, die in diesen Monaten täglich in der *Frankfurter Allgemeinen* die Protokolle des Ausschwitz-Prozesses sich antat zu lesen; nun »dankte« diese 84jährige Mark-Brandenburger Jüdin, daß ein *Deutscher* den ›*Stellvertreter*‹ geschrieben habe. Wie Jaspers, was ich Künzli verdanke, im Radio ohne Manuskript über das Stück sprach – »Nicht schweigen« heißt heute der Text –, das wurden zwei Prosa-Seiten von alttestamentlicher Wucht und Würde. (Die Philips brachte den Jaspers-Text samt den Tumulten während der Theater-Aufführung und meine Antwort an Papst Paul VI., der mich in einer britischen Zeitschrift angegriffen hatte, auf einer Schallplatte heraus.) Als ich Frau Jaspers zum 90. Geburtstag gratulieren wollte, sagte der Freund, der mich hinfuhr: »Mußt weiße Blumen kaufen statt bunte – *er* ist vor drei Stunden gestorben!« Auf dem Sterbebett sah er aus – die Binde, die das Kinn hielt, war so um den ganzen Kopf gewickelt, daß sie im halbdunklen Zimmer wie ein Helm wirkte –, wie man sich einen erschlagenen Ritter vorstellt …

Vielleicht ist mit diesen Andeutungen schon die Frage beantwortet, die man mir häufig stellt: was mich in Basel festhalte. Der Reiz der ersten Stunden ist hier wie überall unwiederholbar; aber die kritisch wohlwollende Aufnahme des Fremden durch die hiesigen Bürger, die so erfrischend spottlustig sind, bis zu den zweihundert Polizisten, die am Abend der ›*Stellvertreter*‹-Premiere das Theater vor denen geschützt haben, die es stürmen wollten, hält mich gefühlsmäßig für immer in dieser Stadt – sollte ich irgendwann auch in Berlin oder Wien wohnen, wohin es mich oft zieht, der Theater wegen.

In der Antike verbot ein Gesetz, die Einwohnerzahl einer Stadt über eine Viertelmillion auszudehnen – eine politisch weise, kulturell förderliche, Bürgersinn und Gemeinwohl stärkende Maßnahme, und es ist kein Zufall, daß auch das heutige Basel nicht wesentlich mehr Bewohner zählt. Hier gibt es noch keine Masse und keine Slums, hier ist der Einzelne noch ein Individuum, hier kennt noch der Brief- und Telegramm-Träger die Leute persönlich, denen er Post bringt. Für einen, der schreibt und nicht Auto fährt, sondern Rad, ist Basel der ideale Arbeitsort: die Lesegesellschaft, die Universitäts-Bibliothek, das Kupferstichkabinett, auch das Antiken-Museum sind unauslotbare Labyrinthe der Bücherwelt und der Kunst, sind die hilfreichsten Institutionen, nicht nur, um gründlich orientiert, sondern auch, um in deren kühlen Lesezimmern in Ruhe gelassen zu werden.

Der britische Stückeschreiber und Globetrotter Robert David MacDonald, der jedes Jahr einige Wochen bei mir in Basel ist, prägte anläßlich unserer regelmäßigen Besuche bei Antiquaren und auf Grund seiner bis Hongkong reichenden Reise-Erfahrungen das Wort: »Das Niveau einer Stadt wird von dem ihrer Antiquare bestimmt.« Bei Köchlin und Wepf ist das Baslerische in guten Händen. Und wohnt man im Vorort Riehen, einen Kilometer vom Weinberg Tüllinger Hügel entfernt, dort wo die Braut des in Basel geborenen Johann Peter Hebel lebte (mit der er vierzig Jahre verlobt war, ohne zu heiraten); wohnt man nicht weit »von der Straße nach Basel, zwischen Steinen und Brombach«, auf der Hebel angesichts der Ruine Rötteln – der ersten »Burg«, die meine drei Söhne bestaunten – einen Fuhrmann mit seinem Sohn das unvergängliche Gespräch über die Vergänglichkeit führen läßt, so kann man mit dem Rad sozusagen direkt aus einem der Wiesentäler, in die der Schwarzwald ausläuft, zu den Antiquaren und in die zwei Bibliotheken gelangen, ins Zentrum der Arbeit. Auch soll ja der Schriftsteller nicht die Mahnungen Voltaires wie Rousseaus vergessen: daß er, der herrschenden

Mächte wegen, mit denen er sich niemals zu gut vertragen sollte, seinen Wohnsitz wählen müsse wie die Füchse – mit Ausgängen nach mindestens drei Seiten! Von Basels Marktplatz ist es eine Viertelstunde nach Frankreich oder Deutschland; von Basels Bahnhof gelangt man binnen eines Vormittags nach Mailand oder Paris oder Frankfurt. Aber wichtiger ist, daß man von Frankfurt binnen drei Stunden nach Basel gelangt! Goethe schrieb am 27. Juli 1775 an Sophie de la Roche: »Mir ist's wohl, daß ich ein Land kenne, wie die Schweiz ist, nun geh mir's, wie's wolle, hab' ich doch immer da einen Zufluchtsort.«

Zufluchtsort: Wer seinen Gast auch noch *schützt*, der übt diese oberste Tugend der Antike, die Gastfreundschaft, auf klassische, auf eine ihm nie zu vergessende Weise. Als ich zum erstenmal – es geschah noch mehrfach – in London viele, viele hunderttausend Schweizer Franken bezahlen sollte nach einem jener Prozesse, mit denen sie drüben Autoren, Theater, Verlage ruinieren – der berühmte Cassel-Verlag ging pleite, existiert nicht mehr, obgleich er Verleger auch Churchills war, wegen eines Prozesses um ein Irving-Buch, das Geleitzugsschlachten behandelte –, als auch noch Premierminister Wilson mich verurteilte im Unterhaus, da schrieb mir, Blumen schickend, der amtierende Regierungspräsident des Kantons Basel, Herr Dr. Lukas Burckhardt: »Sollten die Briten versuchen, diese Summe von Ihnen zu erwuchern, so werden wir gemeinsam auf Abhilfe sinnen«!

Sie haben es nie versucht – sie müßten nämlich in Basel erneut vor Gericht, könnten hier nicht einfach wie in der durchaus unsouveränen BRD die Urteile aus ihren Justiz-Komödien »vollstrecken« lassen. (Zeugen, die ich benannt hatte, wurden von zwei Herren des Luftfahrtministeriums besucht und erneut an ihre – angeblich – lebenslängliche Schweigepflicht als ehemalige britische Soldaten erinnert ...) Aber welcher *deutsche* Politiker hat je einem Schriftsteller einen solchen Schutzbrief ausgestellt? Wenn man früher von Schutz-Juden sprach: ich bin Schutz-Basler. Und notierte, denn nicht in seiner Heimat ist man zu Hause, sondern wo man geschützt wird:

Fahndungsbücher

Nur in England bin ich im Fahndungsbuch;
mein Neffe wäre fast nicht mehr heimgekommen:
in Dover, nach einem London-Besuch,
aus dem Schulbus herausgeholt und vernommen,
hat Bernd – erst siebzehn – blauäugig bestritten,
mich persönlich zu kennen, ein Verwandter zu sein;
so ließen nach zwanzig Minuten die Briten
ihn wieder laufen; er schiffte sich ein …

Ohne Recht nenne ich Basel als Heimatstadt:
ein Schweizer Zöllner beargwöhnt mich nie!
Mit bald fünfzig Jahren hat man es satt,
verdächtigt von teutonischer Hysterie,
mein Name *müsse* im Fahndungsbuch stehn,
faule Deutsche zu treffen, die sich schwer überzeugen,
meinen Namen in ihrem Buch *nicht zu* sehn,
so tief auch hinein sie den dummen Kopf beugen …

Bei Aachen, bei Freiburg, Helmstedt, Berlin:
Deutsche suchen mich fast immer im Fahndungsbuch!
Und lassen sie endlich mich weiterziehn,
die Arbeitslosen in jagdgrünem Tuch,
dann fühlt der bespuckte Patriot sich verbannt …
Und seine Liebe treibt – und das will er nicht ändern –,
ihn zurück nach Europas kleinstem Land:
zum Kanton Basel-Stadt, dem Tor zu drei Ländern!

Vom Gefühl, zu Dank verpflichtet zu sein, habe ich mich stets korrumpieren lassen, so daß ich – ähnlich jenen Juden, die hier in Basel vor den Nazis geschützt wurden – auch völlig ungeeignet bin, dieses Gemeinwesen zu kritisieren, obgleich zweifellos dazu Anlaß vorhanden ist wie in jedem. So erging es auch jenem Herrn Adler aus Berlin, den die Basler vor Auschwitz geschützt haben – und der nur einmal grob wurde, jedoch zu Baslern selber, als er nämlich bei seiner Einbürgerung Beamte dadurch »beleidigte«, daß er noch immer nicht ihren tatsächlich sprachmörderischen Dialekt sprach, auf den sie so unendlich stolz sind. Dr. Adler entgegnete: »Ich dachte, um Basler zu werden, genüge es, die Sprache zu sprechen, in der die Gedichte von Conrad Ferdinand Meyer und die Verfassung der Schweiz geschrieben sind!« Da nahmen sie ihn auf als Eidgenossen.

Man soll nicht zuviel verlangen – etwa, auch noch mitwirken zu dürfen. Ich bin, seit mich vor fast einem Vierteljahrhundert das Theater herholte, nur noch einmal gespielt worden; Funk und Fernsehen der Schweiz haben mich niemals einen Franken verdienen lassen – und die mich bei Zeitungen zuließen zur Mitwirkung, waren fast stets Juden oder Deutsch-Versippte in Zürich und Basel. Doch Muschg, der Züricher, war der erste Germanist – neben dem in Basel lehrenden Deutschen Rupp –, der ein herrliches Machtwort schrieb zugunsten des prozeßbedrohten ›*Stellvertreters*‹. Und von der sprichwörtlichen Fremdenfeindlichkeit habe ich, sieht man eben ab von jenen Intellektuellen, die Kultur-Apparatschiks wurden, niemals irgend etwas zu spüren bekommen. Daß der Emigrant Dr. jur. Schramm aus Frankfurt, zweimal Theaterdirektor in Basel, mir einst sagte: »Sie werden sehen, die Schweizer machen alles nicht nur gut, sondern besser – ja perfekt. Nur machen sie es niemals *zuerst*«, erinnerte mich an Bismarcks lustige Maxime: »Nur der Dumme lernt aus Erfahrung; der Kluge aus der Erfahrung der *anderen*.« In der Tat war nicht nur die Geographie ihr Schicksal – sondern auch ihre Schläue hat bewirkt, daß zwei Weltkriege spurlos an ihnen vorüberrasten; da mag die Kehrseite von soviel Umsicht leicht hingenommen werden: Daß sie auch in Kunst und Literatur nur wahrnehmen, was schon, jeglicher Problematik entzogen, von klassischer Harmlosigkeit ist; niemals wird man in einem Brief oder Essay Rychners, den Thomas Mann den »bestschreibenden aller Eidgenossen« genannt hat, einen Autor auch nur erwähnt finden – sowenig man in den zwei herrlichen Sammlungen Oscar Reinhardts in Winterthur einen einzigen Künstler finden könnte, auch nur einen Expressionisten, Gott bewahre! –, die *nicht* bereits absolut etabliert sind, so vielfach bestätigt in ihrem Wert wie ein Goldbarren. So wie »man« modegehorsam in den zwei Jahrzehnten 1950 bis 1970 ausschließlich die garantiert unanstößigen Gegenstandslosen sammelte.

Und so auch politisch: Keinesfalls wird man mit Benn in Berlin noch einen Brief wechseln, seit der unerwünscht ist bei den Nazis – doch sofort wieder ihm herrliche Briefe schreiben, sobald die Nazis beseitigt sind! Immer tut »man« nur, was durchaus »in« ist; und weiß das genau. Allein – oder fast allein – Walter Muschg, ein schroffer Geist, hat sogar im Alter noch, wie in seiner Jugend für die Expressionisten, zugunsten von so unmöglichen Stücken wie *›Besuch der alten Dame‹* oder *›Stellvertreter‹* Lanzen gebrochen in meisterlichen Essays ...

Wenn Deutsche zuweilen »beanstanden«, daß wir in der Schweiz nicht beliebter sind als in der übrigen Welt, setzen sie selten hinzu, daß sich das zum Beispiel – nur *ein* Beispiel – auch damit erklärt, daß ein Minister in Stuttgart 1986 die Wiedereinführung der so geschmacklosen wie politisch unzurechnungsfähigen *ersten* Strophe des Deutschland-Liedes fordert! Da ich selber schon einen in Bern geborenen Sohn in der Schweizer Armee hatte, bekümmert es mich ein bißchen – doch ich verstehe das gut –, daß 40000 befragte Schweizer Rekruten die Deutschen, die Russen und die Araber als die am wenigsten sympathischen Ausländer ansahen; da ist auch viel Selbsthaß wie in jedem Mündigen: Wer mag schon, der nicht borniert ist, alles, was er in sich selbst hat – zum Beispiel an deutschen Vorfahren? Sagt mancher, den Schweizern mißfalle an den Deutschen das Schweizerische, das die Deutschen haben – so sagt das deshalb fast nichts, weil es umkehrbar ist: es sind allemal höchst geschäftstüchtige Deutsche, die an den Schweizern zum Beispiel deren Geschäftstüchtigkeit »beanstanden«.

Fremdenhaß ist eine spezifisch schweizerische Eigenschaft nur in den Augen derer, die Fremde hassen. Wenn die Polizei mein Velo sucht – ich soll ja hier von *meiner* Beziehung zu Basel sprechen –, sucht die Polizei mein Rad, weil ich wieder vergessen habe, wo ich es parkte, dann ist es einige Monate vermißt – wenn dann die Polizei es wieder auffindet, dann muß ich »einen Franken Umtrieb-Steuer« entrichten und kriege es wieder. Daß mich viele nicht leiden können, ist zweifellos den zwei Schäferhunden zuzuschreiben, die eben provozierend »deutsch« wirken, obgleich sie ohne mein Wissen im Säuglingsalter, da sie ersäuft werden sollten, von meiner Frau, die *keine* Deutsche ist, aus Spanien nach Basel eingeschleppt wurden – ich dachte, sie habe Meerschweinchen mitgebracht, so klein waren die Hunde damals. Vom Bankier, der ohne viel Sicherheiten borgt, wenn auch nicht so lange wie die Universitäts-Bibliothek, die mir manche Bücher schon seit achtzehn Jahren beläßt, bis zum Möbelschlepper, der den ehrwürdigen Namen Bachofen trägt, alle haben sie mir nur Freundliches erwiesen, manche sogar meine Bücher gelesen. Daß mich in der »Freien Straße« – so frei ist die gar nicht – einst zwei Polizisten brutal mit Polizeigriff auf den Asphalt warfen und ins Auto schleppten und zum »Spiegelhof« abtransportierten, mit den Worten: »Lehre Sie erscht emol ditsch!«, als ich protestierte – ging noch gut aus, weil mein Schwager gleich mitverschleppt wurde, der aber kann Dialekt. Ich war selbst schuld: der 1. Mai war längst vorüber, ich hatte aber noch immer keine Fahrradnummer für das laufende Jahr angemacht und fuhr ein Damenrad, ohne die Namen des Radhändlers und der Straße, an der er sein Geschäft hat, noch zu wissen – mich also ziemlich unüberzeugend gegen den Verdacht auflehnte, das Rad gestohlen zu haben. Über Funk, da ich auch keinen Paß dabei hatte, stellten sie dann fest, einige meiner Angaben ließen den Schluß zu, ich sei nicht so kriminell, wie ich aussähe.

Der Bestseller des Züricher Strafrechtlers Peter Noll: ›*Diktate über Sterben und Tod*‹ enthält die Zeilen: »Nirgends auf der Welt soll es so viele Depressive geben wie in Basel, und ich erinnere mich an ein Gespräch mit Karl Barth ... wo er mir sagte: Es gibt zwei geistige Mächte in Basel, den Fastnachtsgeist und den Hörnligeist; ›Hörnli‹ heißt der städtische Friedhof ... Daß der berühmteste Totentanz in Basel gemalt wurde, hängt sicher mit diesem depressiven, sterilen, analytischen, ironischen, selbstironischen Baslergeist zusammen ...«

Nun, Noll ging zwar in Basel auf das humanistische Gymnasium, aber ob er hier nicht doch zu sehr als Züricher urteilt? (Züricher und Basler hätten das Kriegsbeil längst begraben, aber sie finden es gar nicht mehr – und witzig ist immerhin noch, was sie sich verbal gegenseitig antun, so wenn die Züricher urteilen: »Das neue Basler Theater sieht an jeder Seite aus wie von hinten«, was absolut wahr ist.) Aber den Baslergeist »steril« nennen? Dichter wie Keller und Meyer und Frisch hatten sie keine –

aber Burckhardt und Bachofen sind ja nicht von unbeträchtlicherem Kaliber, und wie steht es mit jenem Werner Kaegi, der mit seiner siebenbändigen Burckhardt-Biographie, in der es ihm glückte, das Leben eines Einzelnen zu einer Kulturgeschichte des 19. Jahrhunderts zu erweitern – ein genialer Griff! – doch vielleicht überhaupt die bedeutendste deutschsprachige Biographie schrieb? Und Böcklin »steril«? Und Fremde wie den Castellio nach Basel geholt zu haben oder Wölfflin und Jaspers oder Nissen, den Chirurg, der so gute Memoiren schrieb – und auch Nietzsche muß man nennen, so inhuman er war, daß selbst der leuchtende Glanz seiner unsterblichen Lyrik und Prosa nicht hinweghilft über seine Unmenschlichkeit: Basel hat doch ihnen allen soviel gebracht, wie *sie* ihm brachten, vermute ich. Und auch der *herrschende* Trieb: das ganz große Geschäft zu machen mit Chemie, Banken, Versicherungen – was immer er sonst ist, steril ist er nicht!

Und einen zweiten Burckhardt hatten sie auch, der es so viel schwerer hatte als der erste, wie immer der zweite Träger eines großen Namens es schwerer hat: den Richelieu-Biographen. Man lese Carl J. Burckhardts Briefwechsel mit Max Rychner – kaum denkbar, daß in unserer Epoche glanzvoller stilisierte Briefe – durchaus für den Druck! – geschrieben wurden. Burckhardts Personalunion – so selten im deutschen Sprachbereich – von Diplomat und *homme de lettres* gibt seinem Werk das Anregende, er hatte »Welt« in einem Maß, das bei den versponnenen Blut-und-Boden-Germanen immer höchst verdächtig war, »undichterisch«. Wenn Burckhardt, ein herrlicher Essayist, seine Einleitung zu Voltaires ›*Karl XII.*‹ mit dem Satz eröffnet: »In Voltaire ist der Rationalismus dichterisch, ja magisch geworden« – so hat er damit auch viel über sich und den Basler Geist ausgesagt. Thomas Mann las das, während er an ›*Doktor Faustus*‹ arbeitete und trug entzückt – die beiden Burckhardts verwechselnd – in sein Tagebuch ein: »*Den* deutschen Autor möchte ich kennenlernen, der einen solchen Satz aus der Feder brächte!« Und Carl Jacob Burckhardt schrieb auch einige überliefernswerte Novellen, etwa ›*Schlangengeschichte*‹ ...

Die Basler, ein unschöner Zug, tun nichts, die Ihren der Außenwelt anzupreisen, selbst einen Jaspers finden sie nicht erwähnenswert – aber, so Heinrich Mann: »Wenn uns die Heimat nicht anbietet, erfährt die Fremde nie von uns oder spät.« So hörte ich, daß Basler sich erst von Kaegi sagen lassen mußten, de Gaulle habe die soeben übersetzten ›*Weltgeschichtlichen Betrachtungen*‹ mit Hingabe gepriesen – bis auch diese Basler zögernd zugaben, das sei wohl wirklich ein ganz gutes Buch. Es ist ihr Meisterwerk, denke ich, neben Bachofens ›*Mutterrecht*‹. Aber ihr menschlichstes Schriftdokument – so weit ich orientiert bin – ist doch wohl jenes Buch, keine hundertdreißig Seiten dünn, das man gar nicht wegstellt: die Gespräche und der Briefwechsel zwischen Jacob Burckhardt und seinem Schüler und späteren Nachfolger Heinrich Wölfflin, herausgegeben von Joseph Gantner. Ich weiß von keinem Buch sonst, das auf so kluge und liebevolle Weise Beziehungen zwischen einem Genialen und einem später Bedeutenden, zwischen einem Meister und seinem Adepten zu einem Vademecum überhaupt für junge Menschen erweitert, die ihren Weg über die Uni ins Leben, auch in die geistige Selbständigkeit und Produktion suchen; und wie hier Kunst und Geschichte, deutlich abgesetzt gegen die »exakten« Wissenschaften, die der junge Wölfflin beneidet um ihre immer sachliche Überprüfbarkeit, den Studenten der Geisteswissenschaft auf den Berufsweg helfen – so den Jüngern der Naturwissenschaft die philosophischen Essays des Chemikers Albert Hofmann, der in Basel LSD entdeckt hat; natürlich belegt schon diese *eine* Forscherpersönlichkeit und deren Untersuchungen über Wirkstoffe von Arzneipflanzen, wie Mutterkorn, Meerzwiebel, Rauwolfia, mexikanische Zauberdrogen, aus denen Methergin, Hydergin, Dihydergot und die psychoaktiven Substanzen LSD und Psilocybin hervorgegangen sind, daß im Hinblick mindestens auf die Ärzte und Naturforscher Basels die Bemerkung nur ein Witz war, niemand mache hier etwas *zuerst*!

Wie Leo Sternbach hier Librium entwickelte, so jene vier Nobelpreisträger für Medizin aus Basel ihre durchaus neuen Forschungsergebnisse. Müller: DDT, Reichstein: Isolierung der Nebennierenhormone, Köhler: monoklonale Antikörper, Arber: Gen-Forschung. Und in Paul Sacher hat Basel einen Sohn, der vermutlich der einzige Lebende ist, der als Romanfigur in die Weltliteratur übernommen wurde: im ›*Doktor Faustus*‹ spricht

Adrian Leverkuehn mehrfach von Kapellmeister Sacher als einem Pionier für revolutionäre Musik …

Und ist denn steril, wie jetzt die Basler, gerade auch die konservativen, sich gegen das Atomkraftwerk Kaiseraugst auflehnen – so unschweizerisch das jene *Neue Zürcher Zeitung* auch nennt, die sich dennoch der Hoffnung hingibt, daß sich »Basel auf die Schweiz zurückbesinnt«: Die Kommentare dieser Hetzgazette der Hochfinanz sind geblieben wie in der Nazi-Zeit, als Thomas Mann urteilte, sie seien »von unaussprechlicher Niedrigkeit«. Doch in Basel ist »der Atomprotest Staatsdoktrin«: Unter dieser Überschrift hat die Polis Basel niemand besser beschrieben als der hier eingeborene Jürg Bürgi im *Spiegel* am 4. März 1985.

Wenn Jacob Burckhardt voltaireianisch bemerkte: »Wir Heiden wissen besser, wie hoch das Münster ist als diejenigen, die am Sonntag hingehen«, so ist damit festgestellt, daß auch die bundesdeutsche politische Szenerie sich aus der knappen Distanz ziemlich gut überschauen läßt – objektiver sicherlich, als lebte man in Bonn.

»Wer zusieht«, sagte Wilhelm Busch, »sieht mehr, als wer mitspielt.« Und oft zuviel, um mitspielen zu *wollen*!

Demokratie, uns Deutschen nicht angeboren, erlernt sich nicht schlecht in einem Gemeinwesen, in dem – wo sonst auf der ganzen Welt! – nur wenige tausend Bürger ihre Unterschriften sammeln müssen, um die öffentliche Abstimmung über eine Regierungsmaßnahme erzwingen zu können. Das ist bewundernswert – so lästig es auch für die Gesetzesmacher sein mag und soll. Als Karl Jaspers mit fünfundachtzig Jahren das Basler Bürgerrecht erwarb, ohne deshalb aufzuhören, ein Deutscher zu sein, erfüllte ihn das mit so spürbarer Genugtuung, daß ich mich verwundert zeigte. Jaspers erklärte: »Hier bin ich ein freier Bürger. Sechzig Jahre lang mußte ich immer das Gefühl haben, man halte mich für einen Staatsfeind.«

Eine größere Verbeugung vor einem Gemeinwesen scheint mir undenkbar, als wenn ein Jaspers in ihm das Gefühl vollkommener Freiheit hat.

Alte und Junge

Alte und Junge

Als ihr siebzigjähriger Ministerpräsident die dreiunddreißigjährige Stewardeß geheiratet hatte unterm Wutgeheul früherer Ehefrauen und zur Beschämung seiner Kinder und Enkel, witzelten die Athener, die stets das böse Maul ihres Aristophanes behalten haben, der sogenannte ›Spitzen‹-Politiker und seine schöne blonde Schwerbrüstige kreierten als erstes Paar seit Eva und Adam eine neue Stellung beim Akt: »Mit einem Bein im Grabe.«

Nun ist es soweit. Griechische Zeitungen berichten mit der Häme der Selbstgerechten, die »es ja schon immer gewußt haben«, die politischen Träume der karrierescharfen ersten Dame des Staates seien ausgeträumt. Sie hatte ihren Mann, der jetzt auf der Intensiv-Station stirbt, oder sie als Pflegefall zu seiner Diakonisse machen wird, nicht einmal bei den Amtsgeschäften aus den Augen gelassen, sondern war die Leiterin auch seines Büros geblieben während ihrer ganzen, natürlich kinderlosen Ehe. Denn mit dem inhumanen, ja bösartigen Egoismus, erstens der *sehr* Alten, zweitens des National-Denkmals, wollte der Großvater nicht noch einmal Vater werden, mutete also rücksichtslos der durchaus Gebärsüchtigen zu, auf Kinder zu verzichten; was vor ihrer Verheiratung nicht abgemacht war … Aber der dann schon Kränkelnde hat auch noch versäumt – sehr Alte, wenn sie noch obenauf sind, halten sich nicht nur für unentbehrlich; das tun wir alle, sondern zuweilen auch für unsterblich –, ihr einen Platz im Parlament zu sichern, den sie *allein* – ohne Gattin des Ministerpräsidenten geworden zu sein –, vermutlich sogar leichter als mit seiner Hilfe, die ausblieb, erlangt hätte: Denn die »Eckermanns« großer Männer werden fast immer geschnitten von denen, die Diener dieser Herren waren, so lange die lebten; Eckermann verhungerte in einer Weimarer Dachkammer, weil Goethe versäumt hatte als radikaler Egoist, ihm einen Job zu besorgen – was er ohne weiteres gekonnt hätte. Doch sobald Goethe tot war – war auch Eckermann ein toter Mann, eben *weil* er zu Goethes Zeiten mit dessen Hilfe alles erreicht hätte … So ist das immer. Nicht nur deshalb, weil die Jünger eines Meisters in der Regel selber steril sind wie Maulesel, sondern weil der Meister nie so tot ist wie in den ersten Jahrzehnten nach seinem Ableben. Dann wechselt die Mode und er ist – keineswegs immer, aber manchmal und dann *sehr* – wieder »da«; – oft so sehr wie nie zu seinen Lebzeiten. Aber seine einstigen Jünger sind dann abgebraucht oder tot.

Die Tragik, sich einem geopfert zu haben, um des Glanzes der Macht willen, dessen »barmherzige Schwester« sie dann noch in Jahren ihrer körperlichen Hochblüte wird; ihm vielleicht genau jene Jahre geschenkt zu haben, in denen allein sie noch schwanger werden konnte, was er sadistischerweise nicht wollte, weil ja *er* Kinder genug hat und sich geniert hätte, mit bereits einem Urenkel abermals Vater zu werden –, diese Tragik macht die Schöne *sehr* böse! Sie ahnt, wie verliestief abgemeldet sie demnächst sein wird – der fürchterliche Preis, daß sie ein Jahrzehnt First Lady war! Sie ist »fit wie ein Turnschuh«. Auch bei ihm – bis vor wenigen Monaten – »lief's noch wie ein Endspiel«! Doch zu sich selber sagte er, nur zu sich, der dummerweise noch immer nicht Karrezza praktizierte: »Endspiel hat einen Beigeschmack von Wahrheit«, da er allemal ejakulierte, was ihn fast tötete; jedenfalls noch nach achtundvierzig Stunden in den Kniekehlen spürbar war … Vorbei! Sie weiß, seine Kinder – hochfahrende Flegel, in der Sonne der großväterlichen Häuptlings-Allmacht nur verwöhnt, nie erzogen, denn schon ihr Großvater war Ministerpräsident; dann als Schnorrer und Drohnen residiert in der Allmacht des erdrückend großen Vater-Bullen –, diese Töchter, diese Söhne, das weiß die nun Vierzigjährige, werden, ebenso wie seine zwei früheren Ehefrauen ihr nur mit Undank, ja Haß entgelten, daß sie sich nun – unfreiwillig – aufopfern muß als seine Samariterin, sollte er die Intensivstation noch lebend verlassen …

Die Minister und Abgeordneten, die der ersten Dame des Staates nur deshalb die Zehen nicht geleckt hatten, weil sie nicht barfuß ging, rühren schon jetzt, während das Staatsoberhaupt sich seit Tagen »ausschnauft«, keine Hand mehr für die sichtlich Witwe werdende, gemäß der barbarischen Balkan-Weisheit: »Stirbt unserm Richter sein Esel, geht das ganze Dorf zur Beisetzung; stirbt endlich er selber, geht keiner mehr mit.«

Auch melden Zeitungen »fürchterliche Szenen am Sterbebett« zwischen der Gebieterin des fast schon verstummten Staatsoberhauptes und seinen Töchtern und Söhnen – alle vier sind älter, zwei Söhne wesentlich älter als seine angehende Witwe oder Pflegerin! Sie hat begriffen, daß sie zum letztenmal ihre Macht genießen, das heißt: sie andere spüren lassen kann, indem sie versucht, was alle letzten Frauen tun, die selber diesem Mann kein Kind geboren haben, nämlich seinen Töchtern, Söhnen und Enkeln den Zugang zum letzten Bett von Vater und Großvater zu verweigern oder zu erschweren.

Stände nicht, weil er berühmt ist, in allen Zeitungen, daß er im Spital liegt, sie hätte es gewiß seinen Kindern und Enkeln nicht einmal *gesagt*! Denn Verhaltensweisen der Menschen bleiben dort, wo es zu den entscheidenden Leben-und-Tod-Situationen kommt in Jahrtausenden gleich, wie alles, was nicht nur oberflächlich gesellschaftlich, sondern genetisch hormonell bedingt ist.

So auch die – obenzitierte – Schadenfreude, mit der vor einigen Jahren die Scheidung und überstürzte Wiederheirat des Ministerpräsidenten kommentiert worden war; so lange er die im Flugzeug als Stewardeß kennengelernte Gespielin nur unehelich bei sich hatte, war man still. Doch die Nachricht, sie werde seine Herrin, der Greis gehe ehelich mit dem Ring (durch die Nase) in ihren Schlepptau, löste das doppelbödige Gelächter aller aus, die den schon viel zu lange regierenden Machthengst bisher nur um den kräftigen Twen im Bett beneidet hatten; plötzlich rechneten sich schon längst ergraute, schier ewig von ihm kaltgestellte Kronprinzen im Parlament wieder eine Chance aus. Alle – sagen sie *heute*! – hatten »es gleich gesehen«, daß alsbald nach der Hochzeit der schon damals fast Kahle »sehr dünne im Genick geworden« war – während seine sofort nach der Hochzeit chefige Gattin »ja einen Hintern kriegt wie's Roß Alexanders des Großen«!

Auch dies ist eine jahrtausendalte Erfahrung; L. L. Matthias, Mitte Siebzig, hat sie so formuliert: »Eine Junge auf Zeit – das schönste, weil letzte Geschenk des Daseins! Doch auf Dauer – tödlich: ich habe eine ganze Reihe von Männern gekannt, die sich *ehelich* eine Frau zugezogen haben, die eine volle Generation jünger war; Generation heißt: dreißig Jahre.« Matthias machte eine Pause. Dann schloß er: »Diese Herren sind ausnahmslos an ihr gestorben.«

Hier bleibt zu ergänzen: Das »kapitale Stück« hatte den Ministerpräsidenten auch *geliebt* – keineswegs war Berechnung *allein* der Urtrieb, um seine Hand anzuhalten, was sie so geschickt machte, daß der Greis sich einbilden konnte, mühsam um sie geworben zu haben. Sie liebte ihn sogar, wenn sie verglich: »Diese Gleichaltrigen, die man so rasch hinter sich hat wie einen Schluck Wasser. Wie langweilig – und auch noch ungepflegt, meistens, wie Strandhunde!«

Doch eben diese Echtheit ihrer Gefühle für den Alten beschleunigte, daß sie ihn abriß wie ein neuer Bulldozer ein altes Gemäuer. Auch seine Liebe zu dem Mädchen war aufrichtig – wenn man davon absieht, allerdings darf man das nicht, daß er sie hinters Licht geführt, weil er ihr verschwiegen hatte, kein Kind mehr zu wollen; die Pille einfach wegzulassen, war sie zu ehrlich gewesen. Was sie dann so erbittert bereute wie nichts anderes ... Eitelkeit, was er wußte, ist natürlich immer auch im Spiel, wenn einer vorgibt, vierzig Jahre »überspringen« zu können. Das hat noch jeder mit dem Leben bezahlt.

Manchmal hatte er – zu spät – an die Maxime gedacht, die ein altgewordener Dichter ihm gesagt hatte: Nicht mehr Geschichten erzählen, sondern die Quintessenz aus vielen Geschichten. Und folgert: War's also dumm, mit siebzig noch eine Dreißigjährige zu heiraten, statt nur zu nehmen, ab und zu? Denn meine trübselige Erfahrung jetzt haben doch Alte schon immer mit Jungen gemacht. Warum sie auch noch selber machen? Nur der Dumme lernt aus Erfahrung; der Kluge aus der Erfahrung der andern.

Das berühmteste Beispiel, wie eine sehr Junge einen am Rande des Altseins beglückt hat, ist der Fürst unter den Malern: Rubens.

Er schrieb ins Testament: »Meiner Frau das Pelzken«; er vermachte ihr das Bild, auf dem sie ihn – nackt unter einem knappen schwarzen Fell, das sie vorn zuhält – frontal ansieht: Eines der vier oder sechs meistgeglückten Akt-Gemälde der Kunstgeschichte, heute das Juwel der Wiener Sammlungen. Sechzehn war Helene Fourment, als der dreiundfünfzigjährige Witwer sie heiratete, was er sogar zehn Jahre überlebt hat; sie machte ihn auch noch fünfmal zum Vater.

So lange hätte der vierundsiebzigjährige Goethe bestimmt nicht seine geplante Hochzeit mit der neunzehnjährigen Ulrike von Levetzow überlebt. Denn fünfundfünfzig Jahre sind viel! Er hatte, als die Böhmin siebzehn war, sich in Marienbad in sie verliebt und endlich sogar seinen Herzog gebeten – der zog eigens Generalsuniform an –, bei der Mutter Ulrikes für seinen Premierminister von Goethe um die Hand der dann Neunzehnjährigen anzuhalten. Da er sie nicht bekam – bekam die Nachwelt die entsagungsvolle ›Marienbader Elegie‹ und noch zwei Hauptwerke, die er kaum hätte fertig schreiben können, würde er sein Bestes im Bett des Twens verschossen haben: ›Wilhelm Meisters Wanderjahre‹ und ›Faust‹ dichtete Goethe erst zu Ende, seit er ohne dieses Mädchen – seit sieben Jahren Witwer – nur noch zur Arbeit resigniert nach Weimar zurückgekehrt war ... »Wenn die Männer sich mit den Weibern schleppen, so werden sie gleichsam abgesponnen wie ein Wocken«, sagte Goethe; Wocken oder Rocken nannte der Volksmund Spinngeräte. Ob Goethe vor oder nach dem gescheiterten Heiratsgesuch zu dieser Einsicht kam, weiß ich nicht. »... sich mit Weibern schleppen« – kann nur heißen: statt von ihnen getragen zu werden. Kann man das nicht ändern, so doch poetisch verbrämen:

»Mich treibt umher ein unbezwinglich Sehnen,
Da bleibt kein Rat als grenzenlose Tränen ...
Mir ist das All, ich bin mir selbst verloren,
Da ich noch erst den Göttern Liebling war;
Sie prüften mich, verliehen mir Pandoren,
So reich an Gütern, reicher an Gefahr;
Sie drängten mich zum gabeseligen Munde,
Sie trennten mich und – richten mich zu Grunde«

Passion – keine Pose!

Freund Zelter, aus Berlin nach Weimar gerufen, beobachtete: »... einen, der aussieht, als hätte er Liebe, die ganze Liebe mit aller Qual der Jugend im Leibe.« Dazu erleidet der Vierundsiebzigjährige seine »Familienbande«, die mit ihm wohnt am Frauenplan, im gleichen Haus: »Sein Heiratsplan hat im Hause nur Hohn gefunden, den Sohn sogar zu Ausbrüchen offenen Hasses verleitet«, schreibt Stefan Zweig.

Ulrike wird mit fünfundneunzig Jahren als Jungfrau sterben ...

Vier Wochen nach Beendigung seiner ›Marienbader Elegie‹ ist aber Goethe wieder Herr der Situation, ja hat Selbstironie genug, seinem Vertrauten, dem Kanzler von Müller – der die interessantesten Gespräche mit ihm aufgezeichnet hat –, seine Leidenschaft *als Komödien-Stoff* zu skizzieren; der Kanzler notierte am 2. Oktober 1823: »... vertraulich Mitteilung seiner Verhältnisse zu Levetzows: Es ist eben ein Hang, der mir noch viel zu schaffen machen wird, aber ich werde darüber hinauskommen. Iffland könnte ein charmantes Stück daraus fertigen, ein alter Onkel, der seine junge Nichte allzu heftig liebt.«

Seine unpathetische Einstellung zu Leben und Lieben faßte Goethe in dem Achtzeiler zusammen:

»Und was bleibt denn an dem Leben,
wenn es alles ging zu Funken,
wenn die Ehre mit dem Streben
alles ist in Quark versunken.

Und doch kann dich nichts vernichten,
wenn Vergänglichem zum Trotze
willst dein Sehnen ewig richten,
erst zur Flasche, dann zur ...«

Sicher hat er noch umgelernt – nämlich die letzte Zeile umzudrehen: Zur Flasche nicht zuerst, sondern *»dann«* sein Sehnen auf sie zu richten, wenn das zur ... nicht mehr möglich ist. Das einzige Wort hinzuschreiben, das sich auf: »Trotze« reimt, riskierte selbst Goethe nicht.

Dies zwar nicht zu veröffentlichen, aber doch zu reimen –

und zweifellos – für eine spätere Veröffentlichung zu »sekretieren«, wie Exzellenz das nannte, setzte im Biedermeier, in dem das Wort nackt in keinem einzigen Gedicht zugelassen war, eine gradezu selbstmörderische Souveränität voraus. So daß denn auch die Weimarer ihrem Premierminister »den Ekelnamen ›Priap‹« anhingen, wie Thomas Mann überliefert. Priapus, der spätgriechisch-römische Fruchtbarkeitsgott, wurde mit übergroßem Penis dargestellt, als Gartenfigur; in Priapismus allein lebt das Wort weiter. Goethe hatte damals als einziger den Mut, die zwei Verse zu schreiben:

»Knaben liebt ich wohl auch, doch lieber sind mir Mädchen.
Hab' ich als Mädchen sie satt, dient sie als Knabe mir noch.«

Das schrieb Goethe in einer Epoche, in der – nur *ein* Beispiel – das ganze verklatschte, verklemmte Sechstausend-Einwohner-Dorf Weimar sich die Mäuler darüber verriß, daß der König von Bayern, als er Goethe einen Geburtstagsbesuch gemacht hatte, im Weggehen von der Schwiegertochter des Hausherrn, da sie hochschwanger war, mit den freundlichen Worten sich verabschiedet hatte: »Alles Gute Ihnen *beiden*!«

Daß Majestät gewagt hatte, Ottilie von Goethes Schwangerschaft überhaupt zur Kenntnis zu nehmen, das galt schon als Gipfel empörend amoralischer Geschmacklosigkeit!

Jede Zeit – wie jeder Mensch – ist *anders* albern.

Verbrachte er – zuweilen von 17 bis 23 Uhr, wie Müller am 2. Oktober 1823 festhielt – Abende mit Gästen, denen sein Haus meist offenstand, abends, so war noch dem Vierundsiebzigjährigen das Beisein junger Frauen unentbehrlich:

»Je schwerer die Zunge ihm wurde, je geistreichere und humoristischere Ideen drängten sich hervor. Wir gingen ins Eßzimmer, wo die anderen sehr lustig waren. Er machte allerliebste Scherze über Ottilie, die ihre Mützenbänder zu seinem großen Skandal ungeknüpft herabhängen ließ. Dann kam er auf Byron, pries seinen Kain und vorzüglich die Totschlagszene: Byron allein lasse ich neben mir gelten! Walter Scott ist nichts neben ihm. Die Araber hatten in fünf Jahrhunderten nur sieben Dichter, die sie gelten ließen, und unter den verworfenen waren mehrere Canaillen, die besser als ich waren.

Als er merkte, daß Ulrike schläfrig war, ergrimmte er scherzhaft, daß seine arabische Literaturgeschichte an ihr und dem übrigen jungen Volke verschwendet sei, und jagte sie mit komischer Heftigkeit alle fort. Den Sohn hatte er oft trefflich persifliert über seine indolente Sinnlichkeit, doch hatte dieser auch öfters dagegen angeknurrt. Seit lange hatte ich Goethe nicht so überreich an Witz, Humor, Gemütlichkeit und Phantasie gefunden. Dazu gehörte auch die zarteste Erzählung von seiner Schönheit in Marienbad.«

Undenkbar, diese Souveränität bei Schiller, der, seit er, noch in Jena wohnend, in Weimar zu Hofe gehen durfte, immer konventionell den Wohlgesitteten hervorkehrte, da er auch – wie »sich das gehörte« – eine Adlige geheiratet hat. Derentsprechend neureich, domestiziert, verachtet er Goethes Konkubinat mit Christiane und die häufigen Schwangerschaften, die regelmäßig, seit August Goethe, der Sohn da ist, mit Totgeburten enden. Carl Jacob Burckhardt analysiert das hämisch Konventionelle in der Haltung Schillers:

»Ganz enorm aufschlußreich die Besprechung des Egmont, beinah mit einigen niedrigen Zügen, die Goethe gegenüber nicht ganz fehlen. Jetzt habe ich von den 970 Seiten der Goethe-Schiller-Korrespondenz 700 gelesen und ausgezogen. In einer fast ingrimmig Anteil nehmenden Liebe zu Goethe. Jede Wendung im kleinsten Billet in einer doch unsäglichen Überlegenheit, Weisheit und trotz des, wie Du es aussprichst, vorhandenen und begreiflichen Agacements, so generös. Natürlich gibt ihm S. sehr Beträchtliches, große, großartige Förderung. Aber die Rechnung bleibt doch ungleich. Goethe verändert den Freund. Alles Mesquine überhört er. *Diese* Unart gegenüber Christiane; Goethe lädt das Schillersche Ehepaar zum Wohnen ein, Schiller nimmt an, die geborene Lengefeld aber wohnt – bei Frau von Stein, und Schiller schreibt das an Goethe mit einer gewissen sozialen Rücksichtslosigkeit. Solches *fast* immer in Bezug auf Christiane (auch bei Geburt und Tod eines Sohnes, von dem Goethe bewegt und ohne Widerhall berichtet). Goethe gibt der bürgerlichen Wohlanständigkeit des Ehepaares Schiller hin und wieder wie ein sehr großer Herr (und gerade noch ein wenig zu seinem eigenen Amüsement) auf die Finger. Aus Karlsbad schreibt er einmal: ›Ich habe gleich am ersten Tag einen kleinen Roman angesponnen, von dem ich nichts anderes verlange, als daß er 14 Tage dauert.‹«

Zwanzig Jahre, bevor also Goethe in Marienbad das Scheitern seiner Heiratsabsichten an der Neunzehnjährigen als Tragödie empfand – aber doch offensichtlich nur vier Wochen lang, sonst hätte er sich kaum so rasch als Komödienfigur gesehen –, genügt es ihm, wenn ein »Roman« nur vierzehn Tage »dauert«. Sprechen also auch wir in diesem Gedicht von einem Roman:

Alter und Junge

Sein letzter »Roman«
wie ihm gleich aufging.
Seufzte selbst: Größenwahn,
als er *trotzdem* ihn anfing.

Mit Gewissensbissen
der Generation der Söhne
sie listig entrissen
noch als scheu-hilflos Schöne.

Nun sein »geburtnasses Fohlen«.
Ob's bei ihm liegt, reitet, kniet
– ihre »Barkarolen«:
Prosa als Liebeslied

– nie konventionell;
Berlindeutsch-Melodie.
Ihr Naturell
schlägt Funken wie

Frische Hufeisen
halbjähriger Stuten.
Sechs Lippen umkreisen
wie Wünschelruten

Steigern, überschwemmen,
was erogen.
Das einzudämmen
dem widerstehn

Kennt Schönheit – Tücken:
Der Nike folgt Nemesis!
Neunundsechzig soll überbrücken
– doch das »Aus« schon gewiß.

Weg zwar sein Frust,
wenn sie's Lager teilt:
Leckt er die Twenbrust
– ist er geheilt.

Nennt sie Tochter,
was die Gier noch schürt.
Sie reimt, lacht: »Ausgekochter
– bist ausgekürt.

Eingelochter: Ausgewrungen!
Wird sonst bei Tieren
›Er‹ auch so bezwungen
von allen Vieren?«

So lauern im Hinterhalt
Depressionen.
Göttinschön die Gestalt
doch mit Göttinnen *wohnen*?

Sie nackt im Mittagslicht
sieht kein Abgrundgespenst.
Er sieht's: Verzicht!
Stirbst oder trennst

Sie von dir: Zu jung!
Verdräng's, doch stumm.
Hast die Erinnerung;
deine Zeit ist um.

Fünf Siebenzeiler

Angehörige · Gib nie auf
Tilman Riemenschneider · Ermordete Stadt
Die Juden Prags

Angehörige

Wagst nicht, Mutters Album aufzuschlagen:
Alle auf den Fotos wie Papier im Wind
spurlos weg. Alle! Jede, jeder, die getragen,
die getröstet, die gefördert dich als Kind.
Doch, sieh's Album an, weil bald in Sterbeangst
du den einzigen Trost: Nur wo *sie* sind,
muß auch ich hin – *ihnen* dankst.

Dank an Albert von Schirnding

Gib nie auf

– englisches Sprichwort: Never say die!
Selbst Freunde stehen im Lebensverlauf
dir nur so treu, so verläßlich bei
wie deine eigene Seelen-Seilschaft:
Mut, Trotz, Widerstand, *den* Weg zu gehen,
den dein Kompaß im Inneren zeigt – kraft
deines Willens, *doch* zu bestehen!

Für Tim, meinen Enkel

Tilman Riemenschneider

– stellt sein Selbstbildnis, Altar in Creglingen,
zwischen Pharisäer. Dann wird dem Wegbereiter
der Freiheit die Hand verstümmelt: Weil im Ringen
der Bauern gegen kirchenfürstliche Obrigkeit
er Würzburg, von ihm einst regiert
als Bürgermeister, den Aufrührern eingereiht.
Wird massakriert, daß er die Bildnerkraft verliert.

Ermordete Stadt

– ein Jahrhundert geblüht dank Singers Nähmaschinen.
Nun weg»saniert« durch Wessis. Alles platt.
Industrie, Hoffnung, Aufbauwille: Nichts zu verdienen!
Arbeitslose im Gesicht wie Fassaden hier verödet.
Ein Drittel abgewandert. Straßen lichtlos ohne Leute.
Fiel die SPD doch, die selbst *deshalb* nicht »errötet«
– *auch* dem Kapital zur Beute.

Die Juden Prags

»Die Juden finanzieren uns die Kultur
und wir Arier den Antisemitismus«
Fontane

Die hunderttausend dann meist ins Gas Deportierten:
Daß allein *sie* Prags Deutsches Theater finanzierten, lag's
in Natur und Geist des Volks der Ungetauften?
Und den schönsten van Gogh: Warum besitzt ihn Prags
Galerie? Ebenso »ihre« Liebermann, Grosz, Corinth?
Weil die, die sie bei den Malern selbst schon kauften
– Anno 42 von uns Deutschen vergast worden sind.

Frachtbriefe für Charon

Etuden

Die Bürgschaft
Das Haus
Die Straße
Ahasver
Sysiphos
Bilder
Der Uriasbrief
Wilhelm Tell
Antigone
Spartacus
Heil Hitler
Wegsehen – Heisenberg
Simson und Delila
Jael und Sisera
Die Struktur des Waffenhandels
Schwaigmühle
Titanic

Frachtbriefe für Charon

> Jeder, der eine Geschichte oder gar Geschichte erzählen will, macht die deprimierende Erfahrung – wie armselig lükkenvoll alles bleibt, was man darstellt, wie subjektiv auch schon in der Auswahl dessen, was man zur Sprache bringt oder was man nur um das Recht bringt, Sprache zu werden, das heißt: Kunde für die nächste Generation!

Oft hatte ich gedacht, im Lauf, im Galopp des Jahres, was Tonio Kröger nach München schreibt: »Ich habe jetzt manchmal Tage, an denen ich es vorziehe, auf gute Art etwas Allgemeines zu sagen, anstatt Geschichten zu erzählen.« Aber dem Allgemeinen im Einzelfall nachzuspüren führt abermals zu Geschichten! Jedenfalls führt Grübeln zu Ladehemmungen – und davor war ich gewarnt, vielfach. Am frühesten, wie alle meine Landsleute, durch das *Marionettentheater*; war es auch nicht grade das Paradies, war es auch nur der Schreibtisch, zu dem mir der Zugang verstellt wurde, sooft »das Bewußtsein … Unordnungen in der natürlichen Grazie des Menschen anrichtete«, wie Kleist das genannt hat – so fand dennoch die »Grazie« sich wieder, »wenn die Erkenntnis gleichsam durch ein Unendliches gegangen« war, durch die Talsohle der lähmenden Depression und eines schier endgültigen: »So geht es nicht mehr!« Doch Geschichten, sind sie in einem, drängen heraus und in Form und überwinden die Hemmung und suchen sich ihr Flußbett, und ehe man sich versieht – und man hüte sich, zu ergrübeln, wie's dazu kam –, findet man sich wieder am Schreibtisch, dorthin katapultiert, man weiß nicht wie, befreit von »einer gewissen Mathematik, die noch subtiler ist als die gewöhnliche und die bis jetzt niemand zu formulieren vermocht hat« und in der Degas, wie Valéry erzählt, zum Schaden seiner Spontaneität die Voraussetzung für seine Gemälde sah, dieweil »der naive Betrachter sich die Entstehung von Kunstwerken aus dem glücklichen Zusammentreffen eines Stoffes und einer Begabung erklärt«. Eines Morgens ist das alles nicht vergessen, aber verdrängt, und für Stunden beflügelt einen die Einbildung, die offenbar sieben Jahrzehnte hindurch den gestaltenreichsten deutschen Geschichtenerzähler des vorigen Jahrhunderts, den Leopold Ranke, niemals verließ, die produktive Illusion, die er mit vierundzwanzig Jahren in dem ebenso bescheiden gemeinten wie wahrhaft götterstolzen Vorsatz kundtat, »nur zu sagen, wie es eigentlich gewesen«. Ach, wer das könnte – mit vierundzwanzig könnte er es noch nicht, mit vierzig nicht mehr! Eine Frau schrieb, »das dreißigste Jahr« schon werfe einen um, entblöße einen »jeder Waffe und jeden Muts für den neuen Tag«! Männer, sofern sie die Pubertät überstanden – aber bei Autoren dauert sie lang –, machen diese Erfahrung erst mir vierzig – auch, verdammt, noch früh genug. Hemingway meinte: »Unseren guten Autoren passiert irgend etwas in einem gewissen Alter« – das ist sehr unbestimmt datiert, doch Matthias erzählte, in den USA sei »das Phänomen so allgemein, daß man einen Begriff dafür hat. Man sagt, der Autor *fizzles out*. Er ›flaut ab‹« – und er erklärte das soziologisch: Autoren seien weniger als andere Leute geeignet, in einer so bösartigen Leistungs- und Erwerbsgesellschaft ›durchzuhalten‹. Ob nun aber Hemingway dies meinte – er hielt ja durch und beseitigte sich gewiß nicht früher, als er fertig war – oder ob er die Lord-Chandos-Neurose meinte, die ja zuzeiten jeder hat, selbst ein Bauer wie Hamsun – ich weiß das nicht. Was lustlos macht und lähmt: daß eine Geschichte stets nur wieder eine – Geschichte wird! Nur wieder eine Geschichte mehr im Meer der Geschichten! Nicht aber eine, die ein für allemal den Titel erledigt, Bauerhof aufarbeitet, auf Formel zieht, den sie sich gibt – mit einem Wort: daß sie *zufällig* bleibt.

Dieses Eingeständnis meiner Schwäche machte ich meinen Studenten in Essen, als mir dort die Aufgabe gestellt worden war, Vorlesungen so zu halten, daß sie – möglichst – zum Schreiben von Dramen, Erzählungen, Anekdoten anregten. Legte man den vorgeschlagenen »Stoffen« Muster- und Meisterstücke aus Bibel und Literatur zugrunde, so war die Einstimmung für ein Thema rascher, war unmittelbar erreicht; Schillers ›Bürgschaft‹, da sie eine Entsprechung in einem Gesetz der Nazi-Zeit gehabt hatte, wurde begriffen als ein Sujet auch für heute Lebende, nicht nur als eine zwar atemberaubend meisterliche, aber uns doch zu weit entlegene Ballade.

Die Bürgschaft. Jene ausländischen Arbeiter, die während des Hitlerkrieges aus Westeuropa nach Deutschland gebracht worden waren, erhielten zuweilen die Erlaubnis – die aus dem Osten erhielten sie nicht nur nicht, sondern man verbrannte zweimal wöchentlich heimlich ihre eingehende und abgehende Post –, auf Urlaub heimzufahren, wenn sie im Betrieb einen Arbeitskollegen als Bürgen zurückließen. Mit diesem Stoff greifen wir in einen ganzen Sack voller Giftschlangen – voller Motive, dramatischer Möglichkeiten zu politischen, aber auch zu sogenannten allzumenschlichen Aussagen: man stelle sich nur vor, ein solcher Heimfahrender geriete zu Hause in Holland oder Frankreich durch die Menschen, die er dort besuchen will, in eine Aktion der Widerstandsbewegung gegen die deutsche Besatzungsmacht; oder auch nur in eine sehr unpolitische Versuchung gegenüber dem seit Jahren vereinsamten Ehepartner des in Deutschland zurückgelassenen Arbeitskollegen! Und so weiter. Wenn Schiller nicht ein *Stück* aus seinem Stoff gemacht hat, dann vermutlich weniger deshalb, weil er damals – Ende August 1798 – geistig vollkommen okkupiert war durch die Riesenlast seiner Arbeit am *Wallenstein* und mehrere kleinere, kurze Arbeiten für den *Almanach* nur notgedrungen schrieb, übrigens schrieb er diese kolossale Ballade in drei Tagen, sondern weil er dem *Heimweg* des Freundes und der Überwindung der Zwischenfälle in diesem Hindernisrennen die stärksten Wirkungen abgewinnen wollte – und schon aus diesem Grunde auf eine Behandlung des Stoffs für die Bühne verzichten mußte. Denn die Landschaft, das Unterwegssein – sie gehören ja zu jenen Bereichen, wie so viele andere, speziell aus der Arbeitswelt, vor denen wir Stückemacher nur unsre Ohnmacht eingestehen können. Ein Wunder ohnehin, daß die Bühne durch die Erfindung des Films nicht in die gleiche furchtbare Krise gestürzt wurde wie die Malerei durch die Erfindung der Fotografie.

Denken Sie nach über eine *Bürgschaft*, die etwa 1943 spielt und die man ja, will man eben den technischen Schwierigkeiten ausweichen, ganz nach innen verlegen kann: nicht der Heimweg, sondern das Gewissen des Beurlaubten ist voller Fallgruben. Denken Sie nur daran, wieviel größer die Versuchung dadurch wird, daß der Zurückgebliebene keineswegs wie im Syrakus der

Ballade, deren Stoff Schiller übrigens nicht erfunden hat, sondern übernommen aus dem Fabelbuch des Hyginus, das wiederum nicht nur gefabelt sein dürfte, sondern auf politische Überlieferungen zurückgeht – daß der zurückgelassene Freund bei Krupp nicht erdrosselt worden wäre. Und überlegen Sie, wie unverkrampft in einen solchen Stoff alles einzubringen wäre, was uns noch heute bewegt an Sozialkritik, an Einsichten in das sogenannte Böse, die erst Lorenz uns erschlossen hat, und welche Möglichkeiten ein solcher Stoff bietet, um – bleiben wir bei diesem Autor – die Erkenntnisse des Konrad Lorenz, bei aller gebotenen Vorsicht, die da zu walten hat, auf die Frage hin zu testen, wieweit Rückschlüsse aus der Ratten- und Entensphäre übertragbar sind in die Sphäre menschlicher Behausungen (Sklaven-Baracken), Arbeitskämpfe, Aufseher-Hierarchien ... Liebeskonflikte, ›Brot-Herren‹-Allüren ... Dieser Stoff hat zwei – meines Erachtens – ungemeine Vorzüge: Erstens steht er in der Tradition der großen deutschen Literatur, was immerhin – wenn sonst nichts – belegt, daß er früheren Autoren und vielen Generationen von Lesern schon des Gestaltens wert schien. (Selbst Thomas Mann ließ sich ermutigen, seine Josephs-Tetralogie zu schreiben, weil er aus *›Dichtung und Wahrheit‹* wußte, daß den sehr jungen Goethe der biblische Joseph gereizt hat zum Plane eines gründlichen Epos.) Wenn freilich dann die sozusagen endgültige, die klassische Formung eines Stoffs bereits vorliegt, dann lähmt die auch wieder den Eigenwillen. Einzusehen ist es ja auch nicht, warum ein bereits gemeisterter Stoff noch einmal bearbeitet werden sollte, es sei denn – und dies ist der zweite große Vorzug bei der *Bürgschaft* –, ein aktuelles politisches oder gesellschaftliches Ereignis zeige uns, daß dieses Thema keineswegs verjährt und historisch geworden ist, ebendeshalb nicht, weil der Diktator von heute wie einst Dionysos von Syrakus das Bürgschafts-Verfahren neu praktiziert, so wie ja bekanntlich Hitler auch das Verbot des sophokleischen Kreon, politischen ›Verbrechern‹ das Begräbnis zu verweigern, erneuert hat, indem er die aus politischen Gründen Hingerichteten entweder – wenn sie prominent waren – verbrennen ließ oder – wenn es namenlose waren – den Universitäts-Anatomien übergab. Jedenfalls ihnen ein Grab verweigerte.

Das Haus. Tragikomödie. Hugo Lindinger, der als Rosentreter in meiner *Hebamme* ungefähr zweihundertmal an verschiedenen Orten spielte, auch im Fernsehen: sollte der Unheld dieser surrealistischen Komödie im Tarnkleid einer scheinbar realistisch strengen Suche nach einem Haus sein: ein gehobener Angestellter, nicht mehr jung, nicht ganz gesund, ist samt seiner Familie mit *der* Ur-Situation konfrontiert, noch unbehaust zu sein, und sucht eine Bleibe für die Seinen, weil ihn selber Todesahnungen verfolgen: das Haus, das dann, schließlich, auch wirklich fertig wird und beziehbar – ist natürlich der Sarg.

Man könnte vielleicht eine symbolisch-überrealistische Komödie auch unter dem Titel: *Die Reise* planen. Ein Ziel, ›aufs innigste zu wünschen‹ zeitlebens, wird angepeilt wie ›Orplid, mein Land, das ferne leuchtet‹ – und niemals erreicht. Das hat schon im *Beruf* dieses Mannes seine Entsprechung: von Kind an war seine Sehnsucht darauf gerichtet, verstädtert, wie er sich fühlte, *Landwirt* zu werden. Was er schließlich wurde als Diplomlandwirt, ist das Gegenteil dessen, der ›etwas zieht‹: er wurde als Beamter der EWG in Brüssel internationaler *Obstvernichter.* Wie seine Kollegen dafür sorgen müssen, daß die EWG-Länder nicht in Butter und Fleisch ersticken, so ist es *sein* Job, das Obst zur Vernichtung aufzukaufen.

Vielleicht beginnt dieses Stück im Hause des ältesten deutschen Fotografen-Geschäftes (Tellgmann, Eschwege, gegründet 1841, nur zwei Jahre nach Erfindung des Lichtbildes), dessen Neffe dieser Mann ist. Er ist Erbe der kinderlos verblichenen letzten Tellgmanns – die Tellgmanns waren Paten meines Bruders – und erbt aus deren Haus die ganze deutsche Geschichte der letzten hundertzwanzig Jahre mit: in Form des größten Militär- und Hof-Fotografen-Archivs, das die zwei Weltkriege überlebt hat. (Heute im Militär-Archiv Koblenz.)

Das neben dem Buddenbrook-Haus berühmteste einer deutschen Bürgerfamilie im 20. Jahrhundert war das des Malers Liebermann, der als Adresse angab: »Wenn Se rinkommen nach Berlin, det erste Haus links.« Denn es stand Wand an Wand mit dem Brandenburger Tor. Der Großvater des Malers hatte es in dessen Geburtsjahr 1847 gekauft. Liebermann wohnte und arbeitete dort bis zu seinem Tode 1935 – hat also, da er Jude war, noch seine Ächtung durch die Nazis erleben müssen. Geflügeltes Wort wurde sein Satz zu Hitlers Kanzlerschaft: »Ick kann gar nich so ville fressen, wie ick kotzen möchte.« Als seine 83jährige Witwe aus diesem Hause heraus zur Vergasung deportiert werden sollte, vergiftete sie sich ... Das hat niemanden mit größerer Genugtuung erfüllt als Magda Goebbels, die Gattin des Propaganda-Ministers, der ausdrücklich in seinem Tagebuch vermerkt, wie sehr sie sich freute, als er ihr und dem Führer sagen konnte, Berlin sei »judenrein«. Warum diese Freude ausgerechnet bei Frau Goebbels?

Man hüte sich vor jedem, der einem dankbar sein muß. Magda wäre als uneheliches Kind eines Dienstmädchens aufgewachsen, hätte nicht ein reicher jüdischer Kaufmann Friedländer, der *nicht* ihr Vater war, die Mutter geheiratet und seiner von ihm geliebten Stieftochter eine erstklassige Erziehung – zum Beispiel auch in einem Internat in Brüssel – geschenkt, so daß sie als große Dame den Industriellen Quandt heiraten konnte, den Besitzer der BMW-Werke. Von Goebbels verführt, geschieden von Quandt, verheiratet mit dem Minister, dem sie vier Kinder zur Welt bringt, wird nur deshalb ihr Sohn Harald Quandt nicht in den Suizid des Ehepaars Goebbels ebenso mithineingerissen wie Haralds vier Halbgeschwister, weil er als Luftwaffen-Soldat *nicht* mit dabei ist in der Reichskanzlei. Aber heute gehört diesem Nachkommen der ekelhaftesten und machtvollsten Antisemitin Berlins das Palais Liebermann am Pariser Platz: Deutsche Geschichte in ihrer beschämendsten, das heißt leider: signifikantesten Perversion! Natürlich kann ein Gebäude ebenso die Hauptgestalt eines Dramas, einer Erzählung sein wie ein Mensch.

Die Straße. Wie meine ›Haus‹-Geschichte, die aber wohl eine Tragikomödie (für Hugo Lindinger) werden wird, so wäre eine gleichnishafte Erzählung von der Straße denkbar, die den auf ihr verschlissenen Menschen sehr unromantisch *das* sein könnte, was auf schön-heroische Art der Golfstrom dem Alten Mann Hemingways ist.

Die Straße ist nüchterner, ausnüchternder auch: Ob es um das Mädchen geht, das da steht, oder – an ihn war zuerst gedacht –, den früheren Fuhrmann und heutigen Fernfahrer, die kleine Kiosk- oder Ladenbesitzerin; die Straße als *bleibender* Schicksalsort im Wechsel der Menschen und Jahrhunderte, als Mäanderband schwerer Lebenswege, sie ist ewig. Denkbar eine Geschichte, die sich innerhalb von 24 Stunden zuträgt; denkbar ebenso eine innerhalb von 24 Jahrhunderten, denkbar selbst eine, die belegen würde, daß diese zwei, jene, die in 24 Stunden und jene, die in 24 Jahrhunderten spielt, sich *gleichen*.

Denn, wie es im Prediger heißt, es geschieht nichts Neues unter der Sonne.

Wer aber – wenn nicht *Ahasver* –, könnte das bestätigen, da er damals wie heute und immer zur Augenzeugenschaft verurteilt ist?

Sie wissen warum? Er trägt den Fluch, nie sterben zu dürfen, ewig wandern zu müssen, weil er dem zur Hinrichtung sein Kreuz schleppenden Jesus die Bitte abschlug, auf der Strecke nach Golgatha auf der Bank vor seinem, das Ahasverus Haus ausruhen zu dürfen. Zu Bautzen ist das Volksbuch 1602 deutsch zuerst erschienen; Goethe hat sich zunächst schwergetan mit der Entscheidung, ob der Ewige Jude oder ob Faust der Titelheld seiner Weltdichtung werden solle. Wer nie sterben darf, also Zeuge aller Zeiten wird, kann mehr berichten als alle Sterblichen zusammen. Ein barbarischer Fluch des angeblich so gütigen Heilands – »ich will stehen und ruhen, du aber solt gehen« – hat den armen Hund, der Schuster war, verdammt. Bei Reclam, Nummer 1538, können Sie eine neue Dokumentation aller deutschsprachigen Ahasver-Dichtungen kaufen, Leipzig 1995. Darin auch »Des Ewigen Juden, erster Fetzen«, wie Goethe 1774 sein Fragment überschrieb, worüber er – »Ein wunderlicher Einfall« – dann in ›Dichtung und Wahrheit‹ berichtete.

Denkbar auch als ein die Epochen überlebender Mensch am Straßenrand einer der Courbetschen Steineklopfer, der weiß, daß er »früher einmal etwas Besseres war«, nämlich *Sysiphos* …

Habent sua fata libelli   Mehr aber noch als Bücher haben *Bilder* ihr Schicksal: Da sie kostbarer sind, weil es sie nur einmal gibt. Und Bilder und Mächtige finden zu allen Zeiten dank unwiderstehlicher Anziehungskraft zueinander. Selbst die Hitlerbanditen, als sie 1933 deutsche Galerien von einem Teil der Moderne »säuberten« – gaben diese Bilder und Plastiken deshalb einem Kunsthändler in Luzern, weil sie nicht einfach Geld dafür wollten, sondern andere Kunstwerke. Die Odyssee einiger dieser Herrlichkeiten ist ebenso wie *›Die Straße‹* oder *›Das Haus‹* geeignet, nicht eine Person, sondern Längerlebendes in den Mittelpunkt eines Dramas zu stellen, also zum Stationenstück durch Epochen zu werden. Nehmen wir, nur ein Beispiel, Kandinskys »Improvisation 10«, dessen Wiederauffindung bei Leuten, die kaum behaupten dürfen, dieses Bild gehöre ihnen, kürzlich erneut die Frage vor die Weltöffentlichkeit gebracht hat, so weit die an Kunst und an Diebstählen interessiert ist. Wer ist ein halbes Jahrhundert nach Hitlers Tod der legitime Besitzer solcher Bilder, die vor siebzig Jahren den Eigentümern entwendet und durch die Berliner Raubmörder verkauft worden sind? Grillparzers Erfahrung auch hier, man könne die Berühmten eines Zeitalters »nicht verstehen, ohne die Obscuren an ihrer Seite durchgefühlt« zu haben. Mathias Haentjes hat das im Fernsehen Dezember 2000, »Beschlagnahmt, verschollen, verscherbelt« dokumentiert, anhand des in der Riehener Fondation Beyeler vom Sohn der Hannoveranerin Frau Sophie Küppers-Lissitzky wiederaufgefundenen Kandinsky-Gemäldes. Da sagt der jetzt siebzigjährige Sohn in dem aufregenden Fernsehfilm, und sagt das nicht nur, sondern zeigt's im Bilde: er ist der Sohn des russischen Avantgardemalers El Lissitzky (1890–1941) und verlangt als Erbe jetzt aus der Sammlung Beyeler diesen Kandinsky als sein Eigentum zurück:

»Es gibt ein Foto von der Wohnung meiner Mutter, wo das Bild hängt und es gibt mehrere Dokumente, die beweisen, daß das Bild meiner Mutter gehört hat.« Als die Mutter 1978 starb, hinterließ sie ihm eine Liste mit 13 Kunstwerken – u. a. von Klee, Mondrian und Marcoussis –, die sie vor ihrer Übersiedlung nach Moskau in den 1920er Jahren dem Provinzial-Museum in Hannover als Leihgabe zur Verfügung gestellt hatte. Eines davon war die ›Improvisation 10‹. Das Schicksal dieser 13 Bilder ist bis heute nicht vollständig aufgeklärt. Nach der Heirat mit El Lissitzky verlor Sophie Küppers die deutsche Staatsbürgerschaft und durfte nach 1930 die Sowjetunion nicht mehr ver-

lassen. Während der 1930er Jahre beschlagnahmte Hitlers Reichsministerium für Volksaufklärung und Propaganda den größten Teil der in den deutschen Museen ausgestellten Kunst der Moderne, um sie in der Berliner Ausstellung »Entartete Kunst« zu zeigen und danach entweder zu vernichten, in Depots verschwinden zu lassen oder ins Ausland zu verkaufen. Auch Leihgaben aus Privatsammlungen wurden bei dieser Aktion nicht verschont. Von vielen dieser Werke fehlt bis heute jede Spur.

Während des Kalten Krieges konnten die Lissitzkys keine Nachforschungen anstellen. Erst nach dem Fall des Eisernen Vorhangs hat Jen Lissitzky mit Hilfe des Kölner Kunstfahnders Clemens Toussaint immerhin drei der vermißten Bilder aus der Sammlung seiner Mutter wiederentdeckt: »Die Weintraube« von Louis Marcoussis, die »Sumpflegende« von Paul Klee und die »Improvisation 10« von Wassily Kandinsky. »Die Weintraube« und »Die Sumpflegende« wurden 1942 vom Hamburger Kunsthändler Hildebrand Gurlitt gekauft. Das Marcoussis-Bild gelangte über den Kunstsammler Josef Haubrich ins Kölner Walraff-Richartz-Museum. Die »Sumpflegende« tauchte Anfang der 1960er Jahre wieder auf und wurde auf einer Auktion im Auftrag des Baseler Galeristen Ernst Beyeler ersteigert. Über mehrere Zwischenstationen kam das Bild 1982 ins Münchner Lenbachhaus.

Anfang dieses Jahres gab die Stadt Köln »Die Weintraube« an Jen Lissitzky zurück. Einen Rechtsstreit mit dem Lenbachhaus hat Lissitzky 1993 verloren. In der Urteilsbegründung hieß es, daß die Ansprüche verjährt seien und der Erwerb des Lenbachhauses nicht »böswillig« (so lautet der juristische Terminus für den bewußten Ankauf von Bildern mit zweifelhaften Besitzverhältnissen) erfolgt sei. *»Ich habe nicht die Absicht, die Werke in mein Haus zu hängen«*, sagt Jen Lissitzky. *»Aber ich will Gerechtigkeit. Schließlich ist es das Erbe meiner Mutter.«*

Nazigold, nachrichtenlose Konten, Raubkunst: Seit Mitte der 1990er Jahre sieht sich die Schweiz mit Fragen nach ihrer Rolle während des Zweiten Weltkrieges konfrontiert. Es geht um die Verflechtung eidgenössischer Unternehmen mit der Wirtschaft des Dritten Reiches und um den Verbleib immenser Vermögenswerte – Gold, Devisen und Kunstwerke –, die während der Nazi-Herrschaft in die Schweiz gelangten.

Die Odyssee der »Improvisation 10« hat der Schweizer Kunsthistoriker und Journalist Thomas Buomberger dokumentiert. Das Herzstück der Fondation Beyeler würde heute auf dem internationalen Kunstmarkt einen zweistelligen Millionenbetrag erlösen. Auch Ernst Beyeler macht gegen die Ansprüche Jen Lissitzkys den gutgläubigen Erwerb des Bildes geltend: *»Meines Wissens stammten die meisten Kunstwerke der ganzen ›entarteten Aktion‹ aus Museen.«* Nach Schweizer Recht wäre seine Position damit unanfechtbar.

Die Schweiz entwickelte sich während des Zweiten Weltkrieges zu einem regen Umschlagplatz für Raubkunst aus Nazi-Deutschland. Eine wichtige Rolle spielte der Luzerner Galerist Theodor Fischer, der im Auftrag des Deutschen Reiches ›entartete Kunst‹ verkaufte und ein bedeutender Lieferant der Sammlungen von Hitler und Göring war. Ab 1941 wickelte er mit den Nazis Tauschgeschäfte ab, bei denen zahlreiche gestohlene Werke in die Schweiz transferiert wurden. Zweifellos aber waren noch weitere Kunsthändler an den Transaktionen beteiligt. Nach Bekanntwerden der wahren Besitzverhältnisse gab eine Reihe von Käufern ihre gutgläubig erworbenen Gemälde zurück. Auf Druck der Alliierten verfügte der Schweizer Bundesrat im Dezember 1945 die vorbehaltlose Restitution von Raubgut. Das Bundesgericht ordnete Ende der 1940er Jahre die Rückgabe von 77 Kunstwerken an, für die geprüfte Ansprüche vorlagen. Die Liste dieser Werke liegt vor. Doch fest steht, dass damals längst nicht alle Fälle entdeckt wurden.

Nach Thomas Buombergers Recherchen soll noch heute eine beträchtliche Zahl von Raubkunstobjekten in Schweizer Museen, Privatsammlungen und Safes lagern. Dazu zählen auch jene nachrichtenlosen Kunstwerke, die von ihren jüdischen Eigentümern auf der Flucht in Schweizer Banken deponiert und nie abgeholt wurden, weil die einstigen Eigentümer von Deutschen ermordet worden sind.

Der Uriasbrief. Jedermann kennt aus dem zweiten Buch Samuel im Alten Testament die Ehebruchs- und politische Mord-Geschichte von David, Bathseba und Uria. Die bildende Kunst hat sich des Sujets sehr viel öfter angenommen als die Literatur, auch mit klassischen Resultaten; das geglückteste mir bekannte Gemälde ist das des Cornelis Cornelisz aus dem Reichsmuseum Amsterdam, gemalt um 1600 und auch insofern höchst bemerkenswert, als der Maler der badenden Frau des Uria eine nackte *schwarze* Begleiterin zuzugesellen wagte. Nun: König David sah die Badende, ließ sie kommen, deren Mann als Offizier an der Front weilte, schwängerte sie – ließ deshalb Uria beurlauben, damit er schlafe mit seiner Frau und sich und alle Welt für den Vater des zu erwartenden Kindes halte und kommandierte ihn schließlich, da dieser Uria sich nicht geneigt zeigte, seinem Chef zu Willen zu sein, auch Gold zurückwies, an einen Brennpunkt des Kampfes, wo Uria umkommen sollte und tatsächlich fiel. David ist sehr oft, zuerst in geistlichen Spielen des 15. Jahrhunderts, in den Mittelpunkt von Dramen gestellt worden, Hans Sachs hat sogar zwei Stücke über ihn und seinen Sündenfall geschrieben, Lion Feuchtwanger ist heute der namhafteste deutsche Autor, der die Tragödie des Paares schrieb, 1907, aber auch in England gibt es zahllose Bearbeitungen, auch Dissertationen, über sie. (Hans Henny Jahnn hat sich in seinem Drama *Spur des dunklen Engels* nicht für den Ehebrecher und Mörder David interessiert, sondern für das musikalische Genie, den Harfenspieler und Psalmisten.)

Daß nun aus diesem Konflikt ein sozialpolitisch und wirtschaftlich hochbrisanter Zündstoff wurde, das verdanken wir keinem Geringeren als Adolf Hitler, der in seinem Krieg ein Gesetz erließ, das die sogenannten ›Arbeitgeber‹ in kriegswirtschaftlich bedeutenden Firmen berechtigte, solche Angestellten und Arbeiter, die sie nachweislich in der Produktion nicht entbehren konnten, vom Militärdienst freizubekommen. Sie wurden, so lautete der Terminus technicus: *›UK gestellt‹*. *UK* war die Formel für: *unabkömmlich*. Damit ist die alttestamentliche Situation wieder neu gegeben, daß hier ein Mann die Möglichkeit hat, einen Nebenbuhler an die Front wegzuräumen – oder ihm auch das Geschenk zu machen, fern der Front daheim bleiben zu dürfen. Ich stelle mir unter dem David der Jahre 1943 und 1963 – denn das Stück sollte über die alte Fabel hinaus die wirtschaftliche Situation in der Bundesrepublik, sofern die noch das Ergebnis der Wirtschaftspolitik Hitlers ist, darstellen – einen Großindustriellen vor, der den Verlust des Krieges für Deutschland voraussieht und damit auch die Tatsache, daß seine Produkte, Waffen und Munition, wertlos werden. Während die Frau eines seiner befähigsten Chemiker, des Uria, die Illusion pflegt, um ihrer selbst willen von David geliebt zu werden – was sie natürlich *auch* wird –, hat das hervorragende Interesse des David für sie und ihren Mann einen wirtschaftlichen Antrieb. David sieht, daß der Kunststoff, den Uria, ein in sich zurückgezogener leidenschaftlicher Wissenschaftler, kein sehr aufmerksamer Ehemann, erfunden hat – den gesamten Friedensmarkt revolutionieren wird. Differenzen, die sich zwischen dem ›Arbeitgeber‹ – so würde ich das Stück nennen – und seinem Angestellten Uria ergeben haben, machen es ganz unwahrscheinlich, daß bei Kriegsende Uria im Betrieb des David bleibt, vielmehr sagt er sogar, er werde sich mit seiner Erfindung, auf die er jeden Bankkredit erhalten wird, selbständig machen. Um der Erbe der genialen Erfindung des Uria zu werden und mit ihr in den Friedensmarkt umsteigen zu können, räumt David den Uria auf die Weise aus dem Wege, die wir aus der Bibel kennen. Aufgerollt wird das Gangsterstück zwanzig Jahre später von einer jungen Juristin im Werk des David, die sich für die Tochter des Uria hält und offiziell als Stieftochter des Chefs gilt, der die Witwe des Uria geheiratet hat. Aber diese Tochter der Bathseba, die wir natürlich gut ländlich-deutsch Elsbeth nennen sollten, ist die Tochter des David.

Exemplarisch an diesem Sujet für die Bundesrepublik scheint mir der Ausgang der Tragödie: die Tochter – wessen auch immer – verliert in letzter Instanz in Karlsruhe den Prozeß, den sie angestrengt hat, um das Ergebnis einzuklagen, das die Auswertung der Erfindung des Uria dem Konzern erbracht hat – einige hundert Millionen Mark. In Übereinstimmung mit der wirtschaftlichen Auffassung hierzulande argumentiert das Gericht, die Erfindung gehöre dem Werk, nicht dem Erbe des Erfinders, da Uria nachweislich die Laboratorien, Arbeitsräume, chemischen

Hilfsmittel des Werkes benutzt hat, als er seiner Freizeitbeschäftigung nachging und den Kunststoff erfand. Der Erfinder des Nylons, ein Franzose, soll sich deshalb erhängt haben, weil ein amerikanisches Gericht ihn ausschloß vom sagenhaften Gewinn, den ein Konzern in den USA durch seine Erfindung erzielt hat.

David und Bathseba und wie sie Uria ermorden ist keine sympathische, aber eine mythos*fördernde* Geschichte: David ist interessanter, weil es sie gibt. Nicht der Unschuldige überlebt Jahrtausende, sondern der Problematische; nicht, wer einen Krieg verhindert hat, sondern wer ihn gewann ...

Nur als *politische* Dichtung erzielt die Literatur ihre tiefste, ihre oft sogar faktisch nachweisbare Wirkung. So, als im Auftrag des Themistokles der Athener Phrynichos seinen ›Fall von Milet‹ schrieb, das überhaupt erste Drama der Weltliteratur, das bereits am Tage seiner Uraufführung vernichtet werden mußte, weil es – »erweislich zu stark wirkte« (Jacob Burckhardt). Denn es hatte »vaterländisches Unglück« auf die Bühne gebracht, mit dem vorsätzlichen Zweck, die Athener zum Bau einer Kriegsflotte zu überreden. Weil ihr künftiger Retter Themistokles wußte, allein als Seemacht könne Hellas der Perser sich erwehren.

Napoleon hat dann der Literatur die höchste aller Huldigungen erwiesen: Er bezeugte als Zeitgenosse, »die Revolution ist der ›Hochzeit des Figaro‹ entsprungen«. Und sagte, kein Mensch sonst habe ihm derartige Schwierigkeiten bereitet, zeitlebens, wie Madame der Staël.

Endlich hat noch Adolf Hitler sich vor dem Mythos und der Weltliteratur so tief verneigt wie vor nichts und niemandem sonst: Hitler hielt es für nötig, Schillers ›*Wilhelm Tell*‹ zu verbieten. Unmittelbar nachdem der Diktator den Bericht über die Enthauptung Bavauds gelesen hatte, jenes Schweizer Theologiestudenten, der bereits 1938 – damit er den Krieg verhindere – nach München gereist war, um Hitler am 9. 11. zu erschießen. Allein von diesem Tag im Lauf des ganzen Jahres wußte man, wo Hitler gewiß sein werde: Beim Gedenkmarsch an seinen gescheiterten Putsch von 1923, den er Jahr für Jahr in der ersten Reihe seiner Kumpane von damals mitmarschierte. Bis Bavauds Versuch, ihn dort zu erschießen, Hitler veranlaßte, niemals wieder dorthin zu gehen. Ja, anzuordnen, selbst Höchstgestellten wie Feldmarschällen und Ministern dürfe sein Begleitkommando nie sagen, wann der Führer wohin fahren werde. Selbst wenn sie fragten – nie Auskunft geben. Denn, so wörtlich in den Tischgesprächen, nur unangekündigtes Kommen und Gehen könne Attentatspläne vereiteln. Sie war leider sehr umsichtig, die Bestie, wenn es um ihre Sicherheit ging …

Wie tief und endgültig den Tyrannen das Drama des Tyrannenmords beeindruckt hat, liest man daran ab, daß Hitler während seiner ersten militärischen Niederlage, in den Tagen, als seine Panzer vor Moskau zur Umkehr gezwungen wurden, noch die Zeit fand, seinem Verbot des Schiller-Stücks die Zusatzverordnung hinterherzujagen: Sogar »Kernstücke und Lieder« aus ›Wilhelm Tell‹ hätten künftig aus Schullesebüchern zu verschwinden. Gewiß ist dieser Maurice Bavaud aus dem Volke Wilhelm Tells neben Johann Georg Elser, dem Schwaben, der am gleichen Tag mit ihm am Tatort war, um Studien zu machen zu seinem fürs nächste Jahr, für 1939 schon geplanten Attentat, die ergreifendste Dramen- oder Balladenfigur der Nazi-Zeit.

Und selbstverständlich ist das geglückte – aber menschenverschlingende Racheorgien auslösende – Attentat auf Heydrich, Hitlers Satrapen in Prag, *die* Reinkarnation des Tell-Stoffs, obgleich wir den Geßler weiß Gott nicht vergleichen dürfen mit Hitlers Chefarchitekten des Holocaust. Hitler hat ja – sein diabolischer Instinkt – ausgerechnet den Halbjuden Heydrich mit der Ausrottung des Volkes seiner väterlichen Ahnen beauftragt – so wie er nach dem 20. Juli 1944 gesagt hat: »Das soll der Freisler machen, der alte Bolschewist, der wird unser Wyschinskij!«

Darf ich erläutern: Rechtsanwalt Dr. Roland Freisler war in Kassel vor Hitlers Machtantritt ein derart prominenter Kommunist, daß er nach Moskau geschickt wurde zum Drill auf der Parteischule. Nazi geworden, sobald die gesiegt hatten, wurde er der radikalste ihrer »Richter« und Staatssekretär im Justizministerium und Präsident des Volksgerichtshofes. Als nun das Attentat 1944 gescheitert war und die Offiziere massakriert werden sollten, ließ das Hitler durch Freisler »veranstalten« – Verhandlung und Strangulierung der nackten Verschwörer, keineswegs nur Offiziere, wurden von A bis Z gefilmt –, weil der Russe

Wyschinskij 1937 die gegen Stalin opponierende Generalität weltbekannt barbarisch abgeschlachtet hatte … Freisler hat sich ganz im Sinne des Führers »bewährt«: Er ließ keinen von ihnen vor Gericht zu Wort kommen, hatte ihnen Gürtel oder Hosenträger genommen und ließ sie so hängen, nachdem man ihnen auch die Hosen weggenommen hatte, daß nicht ihr Genick brach, sondern sie von Klaviersaiten durch Henker Röttger qualvoll erwürgt wurden. Freisler hieß althochdeutsch: der Schreckliche. Als Thomas Mann vom Attentat auf Heydrich hörte, las er sofort ›Wilhelm Tell‹ und notierte: »Politisch stark, poetisch sehr veraltet!«

Also, meine Damen und Herren, greifen Sie diese Tell-Tat auf, von Tschechen verübt, die Churchill durch den britischen Geheimdienst nahe Prag mit Fallschirmen abgesetzt hatte.

Warum nicht Bavaud als Helden? Weil man, glaube ich, so tragisch, so menschlich anrührend dieser Junge aus Neuchâtel auch ist, keinen Attentäter schildern kann, der sich geopfert hat, *ohne* zum Schuß gekommen zu sein.

Übrigens ist Heydrichs Ermordung lückenlos dokumentiert durch zum Teil erstklassige Bücher und die Erhaltung der Tatorte – von Lidice abgesehen, das nach Ausrottung seiner Bewohner – die Kinder steckte man unter falschen Namen in Erziehungsheime – verbrannte Erde wurde …

Auch die *Antigone* hat eine Vergegenwärtigung »dank« Hitlers – hier schon erwähnter – Wutverordnung erfahren, »politischen Verbrechern« ein Grab zu verweigern, wie keine andere Gestalt der antiken Dichtung. So konnte auch ich am Ende meiner ›Berliner Antigone‹ dokumentieren, daß die Hingerichteten den Anatomien »überstellt« wurden – in kürzeren als üblichen Särgen, um Holz zu sparen: Der Kopf lag zwischen den Beinen – oder, wenn sie prominent waren, sie zu kremieren. Ihre Asche aber nicht beizusetzen, um mit einem Grab keine Kultstätte zu schaffen. So daß ich die Novelle denn auch mit dem Epitaph hatte schließen müssen: »Die Berliner Anatomie erhielt in den Jahren 1939–1945 die Körper von 269 hingerichteten Frauen.«

Da ich selber – bin siebzig – diese Sujets nicht mehr zu Stükken oder Erzählungen ausbauen kann, so gebe ich sie hier weiter, im Sinne der Maxime des achtzigjährigen Flake: »Weitergeben mag zuletzt der Sinn des Lebens sein.«

Spartacus. Kaum zu denken an dieses Drama, ohne zu beklagen, daß Lessing sein Stück dieses Titels als Fragment liegenließ: Der bedeutendste Verlust der deutschen Literatur, denn wenn der Wegweiser unsrer Klassik mit einem derart revolutionären Sujet begonnen hätte: Wie anders sähen dann unsre Dramen aus! *Daß* Lessing ihn liegenließ, seinen Spartacus, geschah gewiß nicht freiwillig, sondern unterm Zwang der damaligen – so anders man das auch genannt hat – »gesellschaftlichen Bedingtheiten«. Tragisch.

Aus dieser Tatsache entsteht die Frage: Ist nicht interessanter als ein Spartacus ein Stück, das zeigt, wie Lessing resignieren *mußte*, diesen herrlichen Dramen-Stoff aufzugreifen? Daunicht, der die Gespräche mit Lessing sammelte – ein nie genug zu empfehlendes, fast überhaupt nicht gelesenes Buch –, hat einem Lessing-Stück längst vorgearbeitet. Also ran.

Eine Tragödie auch dies – wie vielleicht Dichter-Stücke immer nur tragische sein können, sofern sie überhaupt möglich sind, ohne sie, wie ich meinen Hemingway, in der Stunde ihres Todes zu zeigen. Denn Schiller hatte natürlich recht, zur Schwägerin Wolzogen zu sagen, Dichter sollten keine Autobiographien schreiben, weil »alle ihre Erlebnisse doch nur innerliche sind«. Anders bei den politischen Märtyrern unter den Dichtern. Allein im Nazi-Reich welche Fülle. Wie zum Beispiel – eine erdrückend große Tragödie – Jochen Klepper seine Küche mit Stoff abdichtet, weil er heute abend, wenn Matratzen in die Küche getragen sind, den Gashahn aufmachen wird, weil er die jüdische Frau und deren (»volljüdisches«) Kind, das nicht von ihm, dem »Arier« ist, sondern vom ersten Ehemann der Jüdin, anders vor der Deportation nicht schützen kann …

Hier kann man die Vergasung *zeigen*. Sollte man. Nicht zeigen kann man die der Gertrud Kolmar, Paul Kornfelds, Georg Hermanns und des Jacob van Hoddis (»Dem Bürger fliegt vom spitzen Kopf der Hut«: Weltende), die alle in Auschwitz vergast wurden. Wie andere noch. Erich Mühsam haben sie aufgefordert, sich aufzuhängen. Da er sich weigerte – erhängten sie ihn. Und schrieben dann: »Der Jude hat sich selbst gerichtet.«

Irrsinn. Eine Tragikomödie, die *Heil Hitler* heißt, ist notwendigerweise die letzte, die über Hitler-Deutschland noch zu schreiben ist. Ein Primaner, dessen Vater als Psychiater im KZ erschlagen wurde, weil er sich weigerte, »Heil Hitler« zu sagen, verspricht seiner Mutter, nicht ebenso zu fallen für den Führer, wie kürzlich sein älterer Bruder fiel. Er simuliert sich los vom Kommiß, indem er – psychiatrisch belesen – den Tick kultiviert, so pausenlos »Heil Hitler« zu schreien – was ihm die Psychiater im Hinblick auf den Tod des Vaters, weil der *nicht* »Heil Hitler« schrie, abnehmen müssen –, daß er nicht mehr ›möglich‹ ist, nicht einmal mehr auf der Straße. (Er drangsaliert Passanten, die nach seiner Auffassung nicht eifrig genug »Heil Hitler« grüßen.)

In der Irrenanstalt begegnet er noch Jacob van Hoddis, dem expressionistischen Dichter, bevor der vergast wird.

Eine Ärztin, Kriegerwitwe, durchschaut und rettet ihn im Irrenhaus, bis die Amerikaner kommen. Er arbeitet als ›Betongießer‹ in der Anstalt und benützt zuletzt seine Kenntnisse, das Sprengen der Werra-Brücke beim Abzug der Wehrmacht dadurch zu verhindern, daß er die in jeder Brücke eingebauten Sprenglöcher rechtzeitig mit Beton zugießt; und es gelingt ihm auch, den Hausmeister, der seinen Vater ans Messer lieferte und der Blockwart ist, zu ermorden.

Piscator sagte mir: »Generale und Idioten ziehen auf der Bühne immer.« Jedenfalls sind sie wohl das *einzige* Personal, mit dem noch überzeugend Hitler-Deutschland dargestellt werden kann.

Die Anregung kam mir aus Jüngers Tagebuch durch dessen Eintrag, daß seit Kriegsbeginn die Zahl derer, die sich in Irren-Anstalten für Hitler und Napoleon halten, ins Wahnwitzige gestiegen sei …

Für einen sehr jungen Schauspieler eine lohnende Rolle.

Wegsehen. Ein Kind ertrinkt: Wer nicht hinterherspringen oder auch nur Zeuge sein mag, kann immer sagen – und wird sich selbst alsbald glauben –, er habe gedacht, da im Fluß hätten die schreienden Badenden nur ihren Spaß.

Die folgenreiche Behauptung, nichts gewußt zu haben – man lese Arthur Koestlers furchtbaren Essay: *Warum Greueltaten nicht geglaubt werden* –, ist zwar nur dank des Sprechens in die Welt gekommen – wird aber, geringer Trost, dank der überlieferten Sprache des Jahres 1943 auch widerlegt. Zwei Belege für Hunderte: obwohl beispielsweise aus Den Haag Hitlers Generalkonsul Otto Bene bereits am 13. August 1942 nach Berlin berichtet hatte: »Nachdem die Judenschaft dahintergekommen ist und weiß, was bei dem Abtransport bzw. bei dem Arbeitseinsatz im Osten gespielt wird …«, konnte trotzdem noch am 30. April 1943 der dortige Befehlshaber der deutschen Sicherheitspolizei beruhigt feststellen: »Aus verschiedenen Provinzgemeinden wurden Selbstmorde von Juden gemeldet. Die Bevölkerung nahm, abgesehen von Freunden aus Mischehen, keinen Anteil an den Judentransporten und scheint sich mit ihnen abgefunden zu haben.« Da es außerhalb der reichsdeutschen Provinz nicht sehr schwierig und selten lebensgefährlich war, einen Juden zu verstecken – und selbst in deutschen Großstädten war es möglich, in Berlin wurden über fünftausend Juden versteckt, von denen mehr als fünfzehnhundert dank der Hilfe ›vollarischer‹ Mitbürger Hitlers Ende überlebten –, so sind diese Zitate aus zwei Nazi-Briefen so unerträglich, daß sie nur zu verkraften sind durch die Beteuerung, *nicht* gewußt zu haben, was man den Deportierten antun werde. Wenn Professor *Heisenberg*, mit Himmler persönlich bekannt, so wie bereits seine Eltern mit den Eltern Himmlers verkehrt hatten, auf einen Hilferuf aus Holland mit den Worten reagierte, daß es ihm persönlich sehr leid tun würde, wenn alten Juden »aus Gründen, die mir nicht bekannt sind, Schwierigkeiten in Holland entstünden« – so *kann* er die Wahrheit nicht geschrieben haben! Es handelte sich um die Eltern des Entdeckers der magnetischen Eigenschaften des Elektrons, Professor Samuel A. Goudsmit, dessen Gast Heisenberg noch 1939 in Amerika gewesen war. Als nun dessen Eltern in ein KZ gebracht wurden, »›wandten sich Freunde der Familie um Hilfe an Prof. von Laue und Prof. Heisenberg … Von Laue antwortete dem Mittelsmann in Holland mitfühlend, vergaß jedoch, seinen Brief zu unterschreiben. Heisenberg bezeugte in seinem Brief Dr. Goudsmits aktive Deutschfreundlichkeit … Jedenfalls kam der Brief zu spät, denn fünf Tage, bevor Heisenberg schrieb, waren Goudsmits blinde Mutter und der Vater an dessen siebzigstem Geburtstag getötet worden« (David Irving, *Der Traum von der deutschen Atombombe*).

Die schauerliche Anekdote bestätigt, daß Wegsehen und Verharmlosen das übliche ist selbst bei Zeugen, denen durch Hilfsmaßnahmen nichts passierte.

Simson und Delila. Die Erzählung ist voller Geschehnisse, die heute und immer nicht nur symbolisch verstanden werden können, sondern ganz konkret. So der Beginn: daß die Fremdherrschaft – vierzig Jahre gab der Herr die Kinder Israels in die Hände der Philister – nur *der* Mann brechen kann, dessen Herkunft dunkel ist oder halbgöttlich oder außerehelich oder jedenfalls himmelweit her ... Und daß der Herr, der den Simson verfeinden will mit den Philistern, es darauf anlegt, daß er ein Weib nimmt aus ihrem Volke. Das ihn dann verrät. So daß Simson »sprach zu ihnen: wenn ihr nicht hättet mit meinem Kalb gepflügt, ihr hättet mein Rätsel nicht getroffen ...« Als er dreißig Unschuldige ermordet, um ihnen das Hemd zu rauben, wird das so begründet: »Der Geist des Herrn geriet über ihn.« Wo Gott der Gott *eines* Volkes ist, ist er immer der Teufel. Auch der sinnlose Racheakt der Philister am Schwiegervater und am Weibe des Simson, die sie verbrennen, hat in den heutigen Geiselverfahren seine genaue Entsprechung. Oder der Versuch derer von Juda, den Mann, der sie befreien soll von der Fremdherrschaft, an diese gefesselt auszuliefern; oder wie die Gaziter, als es Simson nach Gaza hineintrieb, um einer Hure beizuwohnen, deren Hütte umstellen: eine der zahllosen Warnungen des Alten Testaments – Ernst Jünger spricht einmal von dessen unangenehm spermatischem Charakter – an den Mann, sich nicht durch eine Frau zum Beuteobjekt des Gegners machen zu lassen. Und selbst jene Delila, die Simson »lieb gewann am Bach Sorek« – wozu ist sie nicht bereit, als ihr der Philister Fürsten »jeglicher elfhundert Silberlinge« versprechen? Rührend, wie der Mann, da sie ihm das Geheimnis seiner Stärke entreißen will, ihn »zerplagend« mit Worten Tag und Nacht, endlich »sein ganzes Herz sagt« – und als er dann »entschlafen in ihrem Schoß« liegt, da schert sie ihm die Locken – und holt seine Feinde, daß ihm die Augen ausgestochen werden ... ehe sie ihn hinwegschaffen, kerkerwärts.

Jael und Sisera. »Aber die Kinder Israel taten fürder übel vor dem Herrn ... Und der Herr verkaufte sie in die Hand Jabins, des Königs der Kanaaniter ... und sein Feldhauptmann war Sisera ... er hatte neunhundert eiserne Wagen und zwang die Kinder Israel mit Gewalt zwanzig Jahre. Zu der Zeit war Richterin in Israel die Prophetin Debora ... Und sie wohnte unter der Palme Deboras zwischen Rama und Beth-El auf dem Gebirge Ephraim ... und ließ rufen Barak ... und ihm sagen: Hat dir nicht der Herr, der Gott Israels geboten: Geh hin und ziehe auf den Berg Tabor und nimm zehntausend Mann mit dir ... denn ich will Sisera, den Feldhauptmann Jabins, zu dir ziehen an das Wasser Kison mit seinen Wagen und mit seiner Menge und will ihn in deine Hände geben ... aber der Preis wird nicht dein sein auf dieser Reise, die du tust, sondern der Herr wird Sisera in eines Weibes Hand übergeben ...«

Diese schaudervolle Verheißung, daß der Krieger vom Herrn der Hand eines Weibes ausgeliefert wird, findet sich in den alten Geschichten aller Kulturkreise, man denke nur an die Enthauptung des wehrlos gefesselten Hagen von Tronje durch Kriemhild von Burgund. Die Alten hielten das weibliche für das stärkere Geschlecht, mindestens für das intelligentere. Und von einer Rachebegierde, die niemals vergibt. Als nun dem Feldherrn Sisera angesagt wird, daß Barak mit seiner Armee zum Berg Tabor ziehe, läßt er aufsitzen auf seinen »neunhundert eisernen Wagen« – Vergleich: Hitler zog nach Rußland mit nur dreitausendfünfhundertachtzig Panzern –, und als es zur Schlacht kommt, wird sein Heer niedergemacht bis zum vorletzten Mann, bis auf ihn selbst, der »zu Fuß floh in die Hütte Jaels, des Weibes Hebers, des Keniters ... Jael aber ging heraus, Sisera entgegen, und sprach zu ihm: Weiche, mein Herr, weiche zu mir und fürchte dich nicht!«

Und er verbarg sich bei ihr, vor seinen Verfolgern, die, abgelenkt durch seine zurückgelassenen Kriegswagen, zunächst in anderer Richtung weitergejagt waren. Sie »deckte ihn mit einer Decke«, heißt es. In ihrem Bett verbirgt sie ihn nicht nur, sondern macht ihn müde. Als er dann schlief, nahm Jael »einen Nagel von der Hütte und einen Hammer in ihre Hand und ging leise zu ihm hinein und schlug ihm den Nagel durch seine Schläfe ...«

Die Struktur des Waffenhandels ist die Parabel des Hochkapitalismus. Nicht das sogenannte absurde Theater, sondern die nicht-verfremdete Wirklichkeit selber veranschaulicht die vollendete Absurdität des Kreislaufs der kapitalistischen Gesellschafts-›Ordnung‹.

Zwischen der Ermordung des Präsidenten Kennedy und der seines Bruders Robert (wir fügen den Vornamen Robert hinzu, weil wir ja nicht wissen, ob Bruder Edward im Bett sterben wird) – in diesen fünf Jahren hat der amerikanische Kongreß von siebenundsiebzig Anträgen zur Einschränkung des Waffenhandels keinen einzigen angenommen. Als Martin Luther King erschossen wurde, da fanden sich wieder einige Kongreß-Abgeordnete, die erneut eine Gesetzesvorlage einbrachten, derzufolge wenigstens der *Versand*handel mit schweren Schußwaffen verboten werden sollte. Der Antrag wurde mit großer Mehrheit abgelehnt.

Wie kam es dazu, daß Amerikas Senat sich wieder und wieder der Erpressung durch den mitgliederreichen Interessenverband *National Rifle Association* beugte, jenen Schützenverein, der achthunderttausend Schießer, das heißt: Wähler mit Stimmentzug drohen lassen kann? Die Frage beantwortet sich selbst – sie wurde nur aufgeworfen, um an *einem* Beispiel zu illustrieren, daß ›freie Wahl‹ in unserer Geschäftemacherdemokratie eine Contradictio in adjecto geworden ist. Freilich gaben die Herren Senatoren – denn Heuchelei ist immerhin ein Zugeständnis an die Tugend – sich den Anschein, den uneingeschränkten Waffenhandel mit seiner hemmungslosen Wild-West-Werbung nur aus Verantwortungsgefühl gegenüber der Nation weiterhin zu gestatten. Die Gewählten gaben vor, den Parolen der Mordwerkzeug-Lobbyisten Glauben zu schenken: erstens, der Bürger müsse sich zu Hause bewaffnen, um vor räubernden Banden sicher zu sein; zweitens sei es mit der Würde eines ausgewachsenen Yankees unvereinbar, den Verfassungszusatz aus dem Jahr 1791 zu streichen, der jedem Amerikaner das Waffentragen erlaubt – beiläufig: man muß zugeben, daß die Volksbewaffnung damals das Rassenproblem Weiß-Rot absolut zur Ruhe brachte, zur Friedhofsruhe; drittens, die Lobbyisten forderten eine bewaffnete *weiße* Bürgerwehr, denn die Negeraufstände nach der

Erschießung Malcolm X' und Luther Kings hätten bewiesen, daß Polizei und Militär allein kein ausreichender Schutz der Weißhäutigen seien.

Das Geschäft kam auf Höchsttouren. Diese drei Alarmrufe – und man betrachte den Umsatz amerikanischer Waffenfabriken und -händler in Zahlen: die Pistolenfabrik Smith & Wesson, gegründet 1857, hat eine Sprühdose entwickelt, deren Inhalt, ein Gemisch aus Tränengas und Methyl-Chloroform, den Gegner für eine halbe Stunde bewußtlos macht, aber nicht tötet: so human ist man nämlich auch noch. Smith & Wesson stießen binnen weniger Monate eine Viertelmillion dieser Waffen zum Stückpreis von achtzehn Mark ab. Dementsprechend profitierten die Herren der Börse – aber den besten ›Schnitt‹, versteht sich, machten jene, die bereits *vor* der Erlegung Luther Kings Aktien der Waffenfabriken aufgekauft hatten: Der Schwarze war kaum beigesetzt, da durften sie pro Anteilschein mehr als sieben Dollar Gewinn verbuchen. Denn die Papiere solcher Firmen, die Sterbewerkzeug herstellen, wurden äußerst begehrt, als der Mord an King die Schwarzen zum Aufruhr bewegt hatte und in den Städten Häuser, Läden und Autos im Wert von etwa fünfzig Millionen Dollar demoliert wurden. Die Amerikaner, berichtete der *Spiegel* in der Woche nach der Beisetzung Robert Kennedys, »bewahren in ihren Wohnungen etwa zweihundert Millionen private Feuerwaffen auf – mehr Schießgerät, als die Ausrüstung aller Soldaten Amerikas, der NATO-Staaten Westeuropas und der Sowjetunion zusammen umfaßt«.

Diese Zahl – wir wissen nicht, wie der *Spiegel* dazu kam – ist bestenfalls approximativ. Aber wäre sie selbst enorm übertrieben – sie wäre nicht weniger erschreckend. Zwei Wochen vor seiner Ermordung soll Senator Kennedy Ernest Hemingway nachgesagt haben, der Epiker sei »der Begründer eines lächerlichen und gefährlichen Mythos – des Mythos der Feuerwaffe, der Männlichkeit und des Tötungsaktes«. Das ist ungerecht. Hemingway war nur der literarisch renommierteste Verklärer dieses schon stets vorhandenen ›gesunden Volksempfindens‹. (Jedes Volk empfindet auf eine anders erschreckende Weise ›gesund‹. Malraux sagt: »Der Teufel liebt die organisierten Gruppen, mehr noch die Volksversammlungen; die Größe auch.«)

Zurück zum Waffenhandel: wie haben die Werbechefs dessen absurden Kreislauf geschlossen? Nun, als die *Weißen* Amerikas sich mit Waffen ›eingedeckt‹ hatten, um sich ›vor den Niggern zu schützen‹ – da mußte, um den Organismus des Geldumlaufs in Bewegung zu halten, ›natürlich‹ ein neuer, ein noch ungesättigter Markt erschlossen werden. Und wo suchten den die Waffenhändler? Sie suchten ihn bei den verdammten Niggern: Da jetzt alle Weißen bereits bewaffnet seien, so argumentierten sie, würden durch ein Gesetz zur Einschränkung des Waffenhandels – nur die noch unbewaffneten Neger entrechtet. Und Neger darf man natürlich nicht entrechten …

Schwaigmühle. Auf der Autofahrt mit den Eltern durch Mayr-Meulenhoffs Wald zu seinem Gasthaus ›Wolfschwang‹ kommen wir an einem Schild vorbei: Schwaigmühle. Da mich noch immer die Mühlenbilder von Schott beschäftigen, frage ich Frau Günther, die uns fährt: »Ist das eine Mühle, die noch läuft?« Antwort: »Na – überhaupt ka Mühl net, a Alm is dös, zwoahalb Stunden z'Fuss, naufi am Untersberg.«

Der Name aber regt mich zu der naheliegenden Frage an, warum eine so geräuschvolle Behausung wie eine Mühle es ist – »es klappert die Mühle am rauschenden Bach, klipp-klapp« – das *Schweigen* zum Eigennamen erhalten hat! Und da sehe ich die von Schott gemalte Ölmühle in Hessen vor mir – ich schenkte dieses wundervolle Bild zum 50. Geburtstag Karl Ludwig Leonhardt – und die Geschichte dazu ist auch schon da … Wenn das nicht ein Heimkehrer-Stück ist, das ich längst schreiben wollte, ohne schon die Handlung dafür zu haben.

Der Name könnte entstanden sein aus dem *Schweigen*, das eine Mühle einhüllt, seit dort ein Mann – nein: Nicht einer, sondern der Erbe, der Besitzer dieses Anwesens – spurlos verschwunden ist. Er kam verspätet aus dem Krieg zurück, ein kleinbürgerlicher Agamemnon, und der Knecht oder auch beide, Ehefrau und Knecht, die inzwischen miteinander schliefen, räumten den Heimkehrer beiseite, Und da das nie bewiesen werden konnte, so wurde das Schweigen, das so beredt um diesen Mordort waltet, zum Namen des ganzen. Wenn einer lange weg war: so könnte nicht einer der kurzen ›Kabinetts‹-Kriege der Bismarck-Zeit der Anlaß für das Wegbleiben gewesen sein, sondern zum Beispiel der erste der Weltkriege. (Im zweiten gab es kaum mehr Mühlen, einige immerhin noch.)

Aber unerklärlich: ich sehe diese Menschen nicht in Kleidern der Jetzt-Zeit oder der Weltkrieg-Eins-Jahre vor mir, sondern in denen der Franz-Joseph-Epoche. Vielleicht weil mich zuweilen mein Urgroßvater Herman Döhle beschäftigt, von dem Großmutter erzählte – seine Tochter –, er habe in jedem Jahr (er starb 1930 mit 82) zum Gedenken an *den* Tag, an dem ein bettelarmer Eschweger ihn 1870 in Frankreich als Verwundeten aus dem Feuer ins Lazarett geschleppt und gerettet hatte, erst diesem Mann, dann – als er tot war – dessen Sohn ein Geldgeschenk gemacht.

Da ich Agamemnon hinschrieb: vielleicht nicht sein Knecht, sondern sein Bruder ist der Ehebrecher, der ihn töten hilft.

Daß ich zu dieser Geschichte kam, hat mit einer anderen zu tun, die ich hier im Hause meines Wirts erst beobachtete, dann bestätigt erhielt durch dessen Frau: Mit einer sehr lebhaft und vital aussehenden Bäuerin, die jeden dritten Tag ins Haus kommt – offiziell befreundet auch mit *Frau* Günther –, hat er seit Jahren, seit diese Bäuerin Witwe ist, ein Verhältnis. In der Silvesternacht, vier Monate nach dem Tode des Mannes, sei »es ang'angen«, wie mir gestern seine Frau erzählte.

Als ich zum zweitenmal die Frau hier sah, sagte ich zu Lindinger und zu Dana: »zwischen denen ist was«. Ich sah das am Aufleuchten der blaugrauen Augen dieser Frau, sobald mein Wirt dazukam. Lindinger wie Dana hielten das für ausgeschlossen. Seltsam, wieviel die Menschen sich vorsätzlich verbergen – so offensichtlich es doch war.

Wenn ich eine Erzählung mache – das Personal steht ja nun greifbar vor meinen Augen –, so wird es wohl eine Rahmengeschichte: Sohn oder Enkel der Müllerin greifen das auf, gehen dem ›Schweigen‹ nach … verkaufen vielleicht sogar den Mordort. Hier der Junge im Hause, der mit fünfzehn schon so ein guter Angler ist und ein Schlosser und ein schlechter Schüler. Der als Kind schon mehr sieht als die konventionsblinden Erwachsenen, die deshalb so wenig entdecken, weil sie ein Ereignis – dies auch der Fehler sogar großer Historiker – zuerst *moralisch* werten, ehe sie es gründlich betrachten, um dann zu sagen, was General Kukiel mir im Sikorski-Institut in London wörtlich sagte: »Alles spricht dafür, daß Churchill der Täter war – aber Churchill *kann* der Täter nicht gewesen sein, weil Churchill so etwas nicht tun würde.«

Die Dichter wissen zuweilen selber nicht, warum sie Ereignisse, die zur Mühle als Mühle keine oder nur eine sehr herbeigezogene Beziehung haben, dennoch in der Mühle sich austoben lassen: weil sie ein archetypisches Gehäuse ist, ein Bild, das jedermann, und sei er sogar derart verweltstädtert, daß er nie in seinem Leben eine Mühle gesehen hat, in sich trägt von Anbeginn, länger vielleicht, als der Tag zurückliegt, an dem er das erste der vielen Märchen hörte, die ihn zu Mühlen hinführten. »Chiffren der Transzendenz«: so unanschaulich diese abstrakte Formel ist, die Mühle ist einer der architektonischen Fixpunkte, die uns diese Jaspers-Formel in ein greifbares Bild übersetzen. Auch ein Floß, das Meer, der Pflug, die Arche, überhaupt das Schiff, das Rad geben ein solches Bild her für das, was Jaspers – unter anderem! – damit ansprechen wollte. Und weil er für seine allzu optimistische Geschichtsphilosophie eine möglichst simple ›Chiffre‹ suchte, wählte Brecht das Wasserrad: ein archetypisches Gerät auch dies, keineswegs unserem Alltag des 20. Jahrhunderts entnommen, denn wo begegnen wir heute noch einem Wasserrad! Jedoch ein vorgegebenes, jedermann vertrautes Bild.

Es überdauert zwar manches auf Zeit – doch nichts die Zeit. Und doch wird schön, kunstwürdig erst – außer Menschen und Pflanzen und Tieren –, was schon geschwächt ist, gekennzeichnet vom Ende, vom Ableben; wenn es auch keineswegs ›unsterblich‹ wird, wie noch Schiller zwar kaum gehofft haben kann, aber doch aussprach in seinem Klagelied über das Verschwinden der alten Welt, die »aus der Zeitflut weggerissen«. Sachlich aber ist in diesem Gedicht die Feststellung, daß Untergang in der Wirklichkeit der Preis, der unumgängliche, ist für die Aufnahme in die Kunst:

> »Was unsterblich im Gesang soll leben,
> muß im Leben untergehen.«

Titanic

I

Fangen wir an mit der Frage, warum ist allein »der Untergang der ›Titanic‹, ihr Scheitern am Eisberg, ein prophetisches Zeichen, wie es deren sonst nur im Mythos gibt«?

Wenn der achtundneunzigjährige Ernst Jünger recht hat – ich vermute –, der dies feststellte, so ist es doch ebenso unglaublich wie unerklärlich! Denn seit 1912 hat die Erde zwei Weltkriege, auch Europa bedeutende Revolutionen erlebt. Autofahren und Fliegen sind ebenso selbstverständlich geworden wie – erstmals seit Jahrtausenden – die Erlösung der Pferde und Ochsen von ihrer Fron als Zugtiere: eine Formulierung, die zeigen soll, daß wir nicht zu den Narren gehören, die pathetisch den Fortschritt der Technik bedauern, ohne zuzugeben, daß wie jedermann auch wir stündlich der Nutznießer neuer Erfindungen sind, zum Beispiel als Benutzer von Lichtschaltern, Eisschränken, schnellen Zügen, Zentralheizungen.

Warum hat dennoch nichts von all dem mythische Kraft, nicht einmal das Spektakulärste in diesem Jahrhundert: die Mondlandungen der Amerikaner (im Bunde mit wenigen Deutschen wie Hermann Oberth und Wernher von Braun)? Sondern allein das Scheitern der ›Titanic‹, als ihr Kiel durch den Eisberg aufgeschlitzt wurde – wenn auch nicht in ganzer Länge – wie durch den Büchsenöffner ein Dosendeckel?

Zwar haben sich nur dreiunddreißig Jahre später, 1945 auf der Ostsee, Schiffsuntergänge ereignet, die nach Zahl der Ertrunkenen die erschreckendsten der Weltgeschichte sind. Doch niemand weiß mehr von ihnen, während – erstaunlich! – jedem Erwachsenen in den technisierten Ländern noch heute die ›Titanic‹ als *der* Alptraum der optimistenstrammen Friedensepoche vor 1914 vor Augen steht!

Am Ende des Hitlerkrieges hatte auf der Ostsee das russische Unterseeboot U-13 binnen weniger Stunden vier deutsche Flüchtlingsdampfer versenkt; von denen schon einer allein, ›Wilhelm Gustloff‹, fast viermal mehr Menschen mit sich hinabriß als die ›Titanic‹, mit der am 14. April 1912 »nur« 1517 Passagiere, Matrosen, Offiziere ertrunken sind. Doch niemand, nicht einmal in Deutschland, weiß mehr von diesen schauerlichen, auf See einmalig viele Menschen – nur Verwundete und Zivilisten – verschlingenden Tragödien.

Und nicht einmal in den zwei Schädelstätten Verdun und Auschwitz, wo mehr Menschen umgebracht wurden als irgendwo sonst auf Erden an *einem* Ort; oder in Hiroshima, wo von *einer* Bombe mehr als hunderttausend Menschen getötet oder atomar verkrüppelt wurden –, erblickt irgend jemand »ein prophetisches Zeichen, wie es deren sonst nur im Mythos gibt«! Sondern allein im Untergang der ›Titanic‹.

Warum ist das so?

Es ist so – aber unerklärlich.

Muß man folgern, daß deshalb nicht Kriegskatastrophen, nicht einmal Hitlers Holocaust derart lähmend oder aufscheuchend »einschlagen« wie das Scheitern dieses *einen* Luxusdampfers an »seinem« Eisberg, weil erst die Friedlichkeit des Jahres 1912 – in Westeuropas tonangebenden Ländern und den USA war seit 1870 kein Krieg mehr – die Menschen in die Illusion hineinträumen ließ, der »Fortschritt« lege menschenverschlingende Katastrophen, die der Natur zuzuschreiben sind, allein den Bergarbeitern noch auf? Gewiß, Zeppeline waren verbrannt – aber doch selten mit mehr als einem Dutzend Menschen. Ja, Friede, Wohlbehagen scheinen »herrschen« zu müssen – so viele Arme es damals auch in Westeuropa noch gab –, um jenes lähmende oder aufscheuchende Entsetzen anläßlich eines Unglücks hervorzurufen, das sich als Trauma in uns einnistet und weiterwirkt. Mit einem Wort: Naturgewalt – nicht Menschenschuld muß den wesentlichen Anteil an der Tragödie haben. Blindheit, die Ödipus veranlaßte, seine Mutter zu heiraten. Im Krieg, wenn Töten vieler alltäglich wird, wenn man ja geradezu hinausgeht an die Front, um zu töten, und bewußt mit dem Risiko, getötet zu werden –, kommt das Gefühl nicht auf, das in der Menschheit die Titanic auslöste, weil Krieg nachweislich von Menschen gemacht wird. Und von Menschen, die das, was ihnen zustößt, meist auch anderen vorsätzlich zufügen. Den Eisberg aber hat kein Mensch diesem Schiff unter den Kiel geschwemmt. Die Ursache des Untergangs war eine nachweislich außermenschliche, man konnte von Schicksal sprechen, ja von Gott – nicht von menschlicher Torheit, obgleich Hybris wesentlich und aktiv mitgespielt hat: Am 13. April waren dem Kapitän Warnungen vor Eisbergen zugegangen, die er in den Wind schlug, um pünktlich in New York einzulaufen; durften doch seine verwöhnten Passagiere in den Luxuskabinen, obgleich samt und sonders Faulenzer – Faulenzer sind Menschen, die vor dem Rentenalter allein von der Arbeit anderer leben –, keine Stunde verspätet ihr Luxusleben an Land fortsetzen! Den vielen hundert Underdogs, bettelarmen Auswanderern in der dritten Klasse, verschloß man, um Panik auf Deck zu verhindern, den Zugang zum Freien, zu Rettungsbooten, weil es deren nur für ein Drittel der Eingeschifften gab: Dies war der ruchloseste aller Befehle! Und dies der Gipfel der Hybris: Nur für ein Drittel der Eingeschifften Rettungsboote mitzunehmen, weil ja die »Titanic« bekanntlich »selbst von Gott nicht versenkt werden könnte«, wie ein Journalist vor der Ausfahrt in Druck gegeben haben soll; wenn das wahr ist – ich konnte nicht überprüfen, ob tatsächlich ein Journalist das geschrieben hat –, wäre das immerhin ein Beleg, daß wenigstens *einem* Zeitgenossen die Gigantomanie des Ganzen vor der Ausfahrt unheimlich war, so daß er – Freud läßt grüßen – Gott und Untergang überhaupt im Zusammenhang mit der »Titanic« erwähnte ... Das Gefühl war dann weltweit *nach* dem Untergang: ein Außerirdischer habe zugeschlagen, habe gerade *dieses* Schiff versenkt, indem er den Kapitän blind und taub gegen die Eisberg-Warnungen gemacht habe; und indem er das Schiff ausgerechnet zwischen Eisbergen mit Höchsttouren die Sucht nach dem ›Blauen Band‹ sich austoben ließ; und indem er auch die Mannschaft noch so verblendet hatte, daß sie nicht einmal *übte*, wie so große Rettungsboote zu Wasser zu hieven sind ... mehr als eines der Boote kippte nämlich halbvoll um, als man es zu Wasser lassen wollte, weil die Seeleute ihr Handwerk nicht beherrschten ... Und kaum eines der allzu wenigen Boote war auch nur halbvoll besetzt!

Daß Bäume nicht in den Himmel wachsen, ist eine Banalität. Daß Menschen sich über dieses Wissen hinwegsetzen jedoch ist keine, denn offenbar löst die Folge der Mißachtung dieser Warnung, daß Bäume nicht in den Himmel wachsen: Eben eine große Katastrophe, immer erneut Entsetzen aus! Lawinenunglücke gehören zur Statistik. Beeindruckend aber bleibt, wenn die Getöteten vorgewarnt gewesen sind: Lawinen sind dann keine Schicksalsschläge, sondern der Tod durch sie wird der eigenen Dummheit zugeschrieben. Bei der »Titanic« hat die Tatsache, daß der Kapitän gewarnt war, den schuldmindernden Umstand, daß der mit seinem Schiff Untergegangene in einem Zeitalter zur See gefahren war, zeitlebens, das in (blindem!) Vertrauen auf die Technik weder Eisberge fürchtete – es hatte seit Menschengedenken Unglücke mit ihnen nicht gegeben –, noch Rettungsboote für nötig hielt: sein Schiff galt als unsinkbar …

Dennoch hat die Menschheit *sofort* bei dieser Hiobsbotschaft aus dem Nordatlantik das Menetekel in ihr erkannt, das sie ist. Hat nicht dem Zufall – hat Außerirdischem, mit panischem Erschrecken, diesen Untergang zugeschrieben, ja *die* Strafe für ihren Fortschrittswahn in ihm erblickt. In Berlin notierte eine Achtundsechzigjährige, die das geistvollste und informierteste Tagebuch der Bismarck/Wilhelm-Jahrzehnte schrieb, Hildegard von Spitzemberg am 17. April 1912:

»Ganz erfüllt aber war ich von der entsetzlichen Schiffskatastrophe im Nordatlantik, der, wie es scheint, 1600 Menschen zum Opfer gefallen sind. Neben dem Mitleide kommt aber auch das Gefühl auf, daß solche Katastrophe auch eine Mahnung enthält, den sybaritischen Luxus, den amerikanischen Snobismus einzuschränken, der auf diesen Riesenschiffen herrscht und für die acht Tage Meerfahrt römische Bäder, Tennisplätze, Turnsäle, Kamelreiten (!) usw. fordert und dann noch trotz der bekannten Gefahren durch die Eisfelder einen Schnelligkeitsrekord riskiert. Eritis sicut deus – aber Gott sprach, bis hierher und nicht weiter!«

Warum die Berlinerin den Snobismus »amerikanisch« nennt, ist unerfindlich: Nicht die USA – die Briten und die Deutschen führten mit großem Abstand auf der Weltrangliste der Luxus-Liner … die übrigens nur etwa achtzig Jahre nach ihrer vom Erdkreis so pompös gefeierten Kreation an ihrer Gigantomanie verendet sind. Noch 1960 baute de Gaulles Frankreich mit seiner ›France‹ das längste aller Luxusschiffe, das dreihundertfünfzehn

Meter lang war und bei neunhundert Besatzungsmitgliedern zweitausendzwanzig Passagiere in zwei Klassen – die dritte gab es humanerweise nicht mehr – befördert hat: ein wunderschönes »Traumschiff«. Doch schon wenige Jahre später mußte Frankreich sein Flaggschiff, das National-Symbol seines Großmacht-Stolzes, kläglich als zu teuer außer Dienst stellen; es hieß dann ab 1979 ›Norway‹, verkauft an eine private ›Norwegian Cruise Line‹ ... Auch dies ist ein Gesetz der Geschichte: Daß allzu Großes an seiner eigenen Größe verendet wie einst die Dinosaurier. Wie ungefähr zu der Zeit, als die Luxus-Liner endgültig durch Passagierflugzeuge, da zeitlich und finanziell zu unpraktisch, von den Meeren verdrängt worden waren, auch die auflagenstärkste Illustrierte der Welt verendete, ›Life‹: Fast keine Firma mehr wollte oder konnte die Inseratenpreise dieser Gazette bezahlen, weil die mit dem Auflagenrekord – mehr als fünf Millionen Exemplare jede Woche – ins Unbezahlbare hatten anwachsen *müssen* ... Größe ist immer und auf allen Sektoren nahe dem Ruchlosen. Und wird sich selbst oft gefährlicher, ruinöser als dem, den sie einschüchtert und unterdrückt ... So auch der an seiner Gigantomanie verendete »Ostblock«, eine Krake, deren Kopf die Sowjet-Union gewesen war und die über vierzig Jahre lang zahllose Völkerschaften zwischen Werra und Amur in ihren Fangarmen gequält hatte ...

II

»Eritis sicut deus« – diese von Hildegard von Spitzemberg zitierte Verheißung der Schlange im Paradies, als sie Eva zuredet, verbotenerweise den Apfel vom Baum der Erkenntnis zu essen: »Ihr werdet sein wie Gott« – ist nur die erste Hälfte des Satzes, den ja auch Goethes Mephisto, wie er sich als Faust verkleidet hat – mit dessen Barett, Talar und Brille, um den Schüler zu täuschen, der bei Dr. Faust Stunden nehmen will –, den Jungen ins Stammbuch schreiben läßt; der ganze Satz lautet: »Eritis sicut deus scientes bonum et malum«: Ihr werdet sein wie Gott und wissen, was gut und böse ist. (I. Mose 3,5)

Ich wüßte nicht, daß die Berliner Diplomatenwitwe – von Geburt eine Schwäbin – noch einmal in ihrem Tagebuch die Bibel zitiert wie hier in diesem Schockmoment, als die Nachricht von der Nordatlantik-Katastrophe sie erreicht. Was sie folgert, scheinen überhaupt alle Intelligenten in den technisierten Staaten damals empfunden zu haben – nicht nur gedacht. Sondern, gerade dann, wenn sie es nicht so gescheit artikulieren konnten wie hier Frau von Spitzemberg, verstummend *empfunden* haben: »Und Gott sprach, bis hierher und nicht weiter!« Schiller hatte dieses erschreckend plötzliche Wegebben eines auf vermeintliche Sicherheit gegründeten – illusorisch ist immer aller »fester« Grund – Lebensgefühls in Reime zu bringen vermocht:

Wie wenn auf einmal in die Kreise
der Freude, mit Gigantenschritt,
geheimnisvoll nach Geisterweise
ein ungeheures Schicksal tritt ...

Daß dies nicht irgendeinem »Luxus-Liner« zugestoßen war, sondern ausgerechnet jenem, der auch noch als der neueste, der größte aller Meere firmierte, einem Schiff zudem, das schon – kaum daß es erstmals die Taue losgemacht, die Anker gelichtet hatte – noch in Ufernähe mit einem anderen Schiff beim Manövrieren kollidiert war und dabei trotz seiner Gigantenstärke einen erheblichen Blechschaden davongetragen hatte –, vertiefte noch die Gottesangst, die – rasch vorübergehend – noch einmal aufgekommen war in Europa! Ebenso wie die Ignorierung der Eisbergwarnungen am 13. April 1912 durch den Kapitän. Überhaupt haben Schiffe dieser »titanischen« Ausmaße immer auch religiöse Vorbehalte ausgelöst: Ja, noch technische Größen(wahn)-Angaben zogen zum Vergleich nicht die *Länge* irgendeines Gebäudes oder einer Rennbahn oder Straße heran, sondern – wie ungewöhnlich! – die *Höhe* eines *Doms*; so schrieb nur ein Jahr nach dem Untergang der Titanic ein Deutscher über das *dann* größte Schiff der Weltmeere, das er als Masculinum behandelte – also nicht »das« Schiff oder »die« Nelson, sondern als »der ›Imperator‹«:

»Wenn man den ›Imperator‹ der Länge nach neben die 157 Meter hohen Türme des Kölner Doms stellen könnte, würde er den ehrwürdigen Bau noch um 120 Meter überragen; er ist fast doppelt so lang wie das größte deutsche Kriegsschiff. Er ist 30 Meter breit und beinahe 20 Meter tief; das Bootsdeck erhebt sich 30½ Meter, die Spitzen der Lademasten ragen 75 Meter über den Kiel. Die drei Schornsteine sind 21 Meter lang; durch ihre Höhlung könnte ein Elefant mit einem Reiter bequem hindurchtraben. Das Schiff wiegt etwa 676000 Zentner, eine Last, hinter der ein modernes Linienschiff trotz Panzerung, Armierung und vollständiger Ausrüstung um 180000 Zentner zurückbleibt. Um diesen Riesen zu bewegen, sind selbstverständlich gewaltige Maschinen nötig. Der ›Imperator‹ ist der erste Vierschrauben-Turbinendampfer der deutschen Handelsflotte. In einem einzigen Turbinenmantel der Imperatormaschine können 15000 Pferdestärken erzeugt werden. Zur Sicherung des Schiffes sind alle erdenklichen Maßnahmen getroffen worden. Der gewaltige Doppelboden und die Schotteinteilung wären hier zu erwähnen. Die Vierzahl der Schiffsschrauben hindert, daß der Dampfer bei Bruch des Ruders steuerlos wird. Der Dampfer ist mit den besten nautischen Instrumenten ausgestattet. Die Rettungsboote sind große, seefähige Schiffe. Ferner ist für jeden Passagier eine Korkweste an Bord. Rettungsbojen, die sich bei Nacht selbsttätig im Wasser erleuchten, helfen Überbordgefallenen sich so lange zu halten, bis Rettung kommt. Gegen Feuersgefahr ist Vorsorge getroffen, und die Besatzung vom Kapitän bis zum letzten Trimmer weiß in jeglicher Not genau, was sie zu tun hat. So wird das riesige Schiff mit Gottes Hilfe gute Fahrten machen.

Den Bug des Schiffes ziert ein mächtiger, mit der Kaiserkrone geschmückter Adler. Kühn blickt er über die See, ein Symbol des neuen Deutschlands. Es wirkt wie eine bedeutende Fügung, daß der ›Imperator‹ gerade im Jubiläumsjahr unseres Kaisers die Vulkanwerft verlassen und seine Fahrten angetreten hat. Unter dem Schutze Wilhelms II. hat sich unsere Handelsflotte zu der Bedeutung entwickelt, die sich jetzt in dem ›Imperator‹ eindrucksmächtig vor aller Welt offenbart. Dem Kaiser, der die Kriegsflotte schuf und den Frieden hält, hat unser Welthandel unendlich viel zu danken. Deshalb trägt unser stolzestes Schiff den Namen ›Imperator‹ zu Recht und vertritt gleich seinem Paten mit Würde unser Reich und Volk.«

Wie aber war das weitere Schicksal dieses 1913 stolzesten Schiffes der Deutschen, das vielleicht in der Tat das innerarchitektonisch schönste gewesen ist, das überhaupt je vom Stapel gelaufen war: ›Imperator‹ wurde ab August 1914 durch Winston Churchills stärkste Flotte, die jemals die sieben Meere befahren hat, in die Deutsche Bucht gescheucht und konnte sich während der vier Kriegsjahre wie alle deutschen Passagierschiffe »draußen« nicht mehr blicken lassen … 1918 wurde es dann der Cunard-Line von den britischen Siegern als Ersatz für die 1915 von einem deutschen U-Boot versenkte ›Lusitania‹ geschenkt und als ›Berengaria‹ das prachtvollste Beute-Objekt der Engländer. Es reiste noch bis 1940, als es im Hafen von New York ausbrannte … Sein Reeder, der Schöpfer der Hamburg-Amerika-Linie, nahm sich die deutsche Niederlage 1918 und die von den Alliierten geforderte Auslieferung nahezu der gesamten deutschen Kriegs- und Handelsflotte derart zu Herzen, daß er sich – Freund des Kaisers, dieser Jude Albert Ballin – in die Reichskriegsflagge einhüllte und totschoß.

III

So tragisch das Ende – so grotesk der Anfang: Doch als Menetekel – das von keinem beachtet wurde, von Hybris entstellt, wie 1913 die europäischen Nationen allesamt waren –, doch als Menetekel so beklemmend wie urkomisch. Auch der Aufschneider Fritz Stein, der 1913 den hier ausführlich zitierten Werbetext über »den« ›Imperator‹ geschrieben hatte, war als Chronist so unehrlich, seinen Lesern die Narrenposse zu verschweigen, die sich der Herrgott schon auf der ersten, der sogenannten Jungfern-Reise dieses Schiffs nach New York mit ihm geleistet hat, ein wahrhaft – »da lachen ja die Götter!« – göttlicher Witz, der dem von diesem Fritz Stein besonders hervorgehobenen »mächtigen, mit der Kaiserkrone geschmückten Adler am Bug des Schiffes« zum Verhängnis wurde. Davon sogleich …

IV

Denn dieser ebenfalls nicht von Menschen, sondern von – ja: von *wem*? gemachte Witz, diese Farce welthistorischer Bedeutung, obgleich schamhaft verschwiegen, ja eine Narrenposse ersten Ranges folgte der Titanic-Katastrophe genau ein Jahr später im Atlantik: So lustig und zugleich so bedeutungsschwer, daß Menschen es gar nicht hätten ersinnen können, dieses *göttlich komische* Satyr-Nachspiel der ›Titanic‹-Tragödie.

Im Juni 1913 fiel die Galionsfigur dieses nunmehr größten Schiffes der Welt ins Wasser – denn die Deutschen wetteiferten mit den Briten, wer die größten, schwersten, schnellsten und luxuriösesten Schiffe bauen könne, auch die gefährlichsten Panzerkreuzer; und allein dieser Wettstreit führte zu »gar nichts«, außer zum Ersten Weltkrieg! Und zum Thronverlust für Kaiser Wilhelm den Letzten von Deutschland, der ohne jeden sachlichen Grund gegen seine britische Mutter-Insel die zweitstärkste Schlachtflotte der Welt als sinnlose Bedrohung gebaut hatte … Kurz vor seinem Tode hatte der seit acht Jahren gestürzte Bismarck es abgelehnt, einen dieser Panzerkreuzer auf seinen Namen zu taufen. Seine Majestät, sagte er zum Admiral Tirpitz, der angereist war, ihn zu dieser Taufe einzuladen, werde dem Reiche mit dieser Flotte einen Gegner schaffen, den es nie gäbe, schüfe der Kaiser diese Flott nicht …

Im Juni 1913 brach nun vom Bug des ›Imperator‹ auf deren Jungfernfahrt nach New York, nachts im Atlantik, der »gewaltige« Bugschmuck ab! Brach einfach ab, ohne berührt worden zu sein, und verschwand spurlos und, bis zum Tageslicht unbemerkt, in der Tiefe des Wassers. Zum Hohn auf das zum »geflügelten« gewordene Wort dieses verblendeten Kaisers: »Ich führe Euch herrlichen Zeiten entgegen … Unsere Zukunft liegt auf dem Wasser.« … Wie kann man die Zukunft eines Staates ausgerechnet auf Wasser legen? Die Sprache eines Menschen ist seine erbarmungsloseste Richterin.

So fiel denn auch nicht *irgendeine* Galionsfigur da ins Wasser, und nicht vom Bug *irgendeines* Schiffs: Sondern von Seiner Majestät stolzestem, teuerstem, soeben zur glanzvollen Feier des 25. Regierungsjubiläums erstmals auf große Fahrt geschicktem

Schiff, das ausgerechnet ›Imperator‹ hieß! Und woraus bestand dessen übergroßer und folglich, durch seine ebenfalls zwecklose (so zwecklos wie die Schlachtflotte) eigene Übergewichtigkeit abbrechender, ins Wasser fallender Schmuck? Aus *der* Symbolfigur der deutschen »Macht und Herrlichkeit«! Aus einem furchteinflößenden schwarzen Adler, der – ebenfalls »gewaltig« – die Kaiserkrone trug! Brach ab. Fiel ins Wasser – weg für immer … Welcher Sterbliche, außer Wilhelm dem Letzten, hätte wohl wie dieser Kaiser den »Schneid« aufgebracht, nur ein Jahr nach dieser carneval-komischen Vorwarnung die Mobilmachung zum Ersten Weltkrieg auszurufen? War doch *das* Symbol des Reiches, der schwarze Adler mit der Kaiserkrone, soeben spurlos im Wasser verschwunden, abgebrochen »dank« seiner Großmächtigkeit ausgerechnet vom Bug des ›Imperator‹! ›Imperator‹ war dieses Schiff getauft, »Imperator Rex« aber unterschrieb auch stets Wilhelm II. Er pflegte abzukürzen, wenn er unterschrieb: »Wilhelm I. R.« Die spöttischen Berliner sagten, I. R. heiße: »Immer reisend …«

Sollte ein Gott haftbar sein für die Schöpfung: Wieviel Sinn für Komik, für sehr derbe Späße muß er dann haben! Bescherte er den Briten mit dem Eisberg immerhin noch eine bedrükkende, sozusagen »standesgemäße«, ihrem Weltrang entsprechende Tragödie – uns Deutschen hielt er nur verächtlich lachend mit dem so lautlosen wie spurlosen Verschwinden unseres Kaiseradlers im Wasser das Menetekel vor! (Von keinem übrigens damals als solches verstanden, denn Blindsein ist die ausgeprägteste Eigenschaft des sogenannten »Mannes der Tat«!)

Ein derart clownhaftes Nachspiel zur ›Titanic‹-Tragödie, dieser Fall, ja Absturz des »deutschen« Adlers ins Wasser, daß noch die bloße Erwähnung dieser Posse in einer ›Titanic‹-Betrachtung, ebenso wie die Posse selber, einen gradezu frevelhaften Verhältnisblödsinn signalisiert – so als klage irgendeine soeben verwitwete Tante Auguste: »Ein Unglück hab ich auch dauernd: Erst Freitag verliere ich meinen Mann und heute meinen Closchlüssel!«

Ein Gefallener spricht

Ein Gefallener spricht
Der Tod als Munitionsfabrikantin · Zeitgeist
Castellio · Ärzte 2001
Kielwasser

Ein Gefallener spricht

Ich sah sie sterben, unweit Tilsits,
das dann die Russen doch genommen haben
– sah sie sterben, die beiden Regimenter
Leibkosaken, sechstausend Mann,
sechstausend Schimmel der Zaren-Garde …
Mag sein, ein angeschossenes Pferd, das durchging,
mit seinem Reiter weg vom Schlachtfeld,
kam noch davon, vielleicht ein Dutzend Pferde,
mag sein, die konnten fliehen, ich sah das nicht.
Ich sah sechstausend Schimmel,

Die ihre Reiter unter sich begruben,
auf einer Wiese liegen, mauerhoch
– nicht wie gemäht von den MGs,
wie hingeschneit, Schneewehen gleichend,
kaum befleckt von Blut,
das zwischen ihnen weggesickert war:
Erde ist durstig im August!
Wir Deutschen, nicht zweihundert, hatten uns
am Rand der nassen Wiese eingegraben,
im Schutze tiefer Eichenzweige.

Frontal Attacke reiten auf eingegrabene Verteidiger
– sinnlos wie gegen Felsen mit der Stirn anrennen.
Doch selbst des Zaren Offiziere kannten nicht
das leichte, das neue, das schnellere MG.
Die Hälfte, schätze ich, der Reiter
ist keine achtzehn Jahre alt gewesen. Kadetten …
Sie ritten die Attacke in dem Wahn, bald würden
ihre Lanzenspitzen das Brandenburger Tor berühren …
»Väterchen« Zar hat fünfzigtausend Rubel öffentlich
dem Russen zugesagt, der als der erste

Den Stadtrand von Berlin erreicht …
Vielleicht, daß ihre Kommandeure
– gewiß nicht die, die mitgeritten –
schon wußten, was Gewehre »schaffen«,
die maschinell – dreihundert Schüsse pro Minute –
auf Pferdeleiber schießen,
auf Reiter, die Attacke reiten,
wie seit Jahrtausenden …
Ich sah sie stürzen, schon die zweite Welle,
sah die dritte, gelassen angezielt und weggemäht

Bedrängt schon von der vierten, von der fünften,
hinein sich keilend, Beine oben.
Gewieher nur noch, nur noch Pferdeschreie;
die Reiter schrien längst nicht mehr,
wie die der ersten beiden Wellen
in Siegesbrunft und derwischlaut
und rhythmisch zu Trompeten,
aufheulend im Triumph, geschrien hatten.
Die Wiese wippte, Vibration der Erde,
die Luft durchdröhnt von zwanzigtausend Hufen.

Das eigene Roß nicht mehr zu zügeln,
riß der Galopp, nicht mehr ihr Wille,
jetzt hürdenhoch Gefallene vor sich,
zerschossene Pferde wie zerschossene Reiter,
sie in den Todessturz, auch unverwundet,
so überschlugen sie sich, wälzten
sich lange, lange, erst im Sturz getroffen
– und langsam, langsam starben sie.
Leerbluten dauert lang bei Mensch wie Pferd.
Keiner nahm sich ihrer an mit einem Gnadenschuß.

Endlich entzog der Abendnebel dem Blick
die feuchte Wiese, schauerliche Walstatt …
Mir war, der so gefahrlos mitschoß, Gott ist mein Zeuge,
nicht nach Sieg zumute. Vielleicht zu dieser Stunde
fiel in Südbelgien mein einziger Sohn, bei Langemarck,

nicht neunzehn Jahre … fiel, nennen wir's beschönigend.
Was dachten wohl die Kinder,
als Falkenhayn sie zwang,
das Deutschlandlied zu singen und ungeschützt
auf britische Kanonen zu marschieren?

Aus ›Sommer 14‹

Der Tod als Munitionsfabrikantin
Chanson aus ›Sommer 14‹

Die Industrie
– sie lag noch nie
in besseren Händen
als während des Krieges:
Rekord-Dividenden,
am Tag des Sieges
ist's damit vorbei!

Schon jetzt wird mir bange:
Das Gewerkschafts-Geschrei!
Weil nur so lange
sie Granaten drehen
meine elftausend Frauen
an Fließbändern stehen;
die abzubauen

Daß sie stempeln gehen
– alle rauszuwerfen
auf einen Schlag,
geht mir auf die Nerven …
Waffenstillstands-Tag
wird kein Tag der Freude!
Ich glaube, ich zahle

Dann an die Leute
– ich war stets fürs Soziale –
freiwillig noch einen Wochenlohn.
Ist schließlich nur, was zwei Generale
vom Beschaffungsamt als Provision
Monat für Monat an Renditen
heimlich kassieren aus der Munition …

Müßte man anzeigen, diese Banditen!

Zeitgeist

– wen hat er *heute* aus Gunst und Gedächtnis verbannt?
Goethe, so sehr er für Erwin von Steinbach warb:
Riemenschneider hat er gar nicht gekannt,
der dreihundert Jahre vor ihm starb.

Zufall hat Grünewald gerettet und wiederentdeckt.
Doch Vieles, vielleicht gleich hoher Qualität,
hält der Zeitgeist, der's begrub, bis jetzt versteckt:
Wie selten, daß, was unterging – aufersteht!

Castellio

> »Zu Calvin: Die Tyrannei eines einzelnen Menschen, welcher seine Subjektivität zum allgemeinen Gesetz macht und nicht nur die sämtlichen übrigen Überzeugungen ... knechtet oder verjagt, sondern jedermann in den unschuldigsten Geschmacksangelegenheiten tagtäglich beleidigt, ist nie weiter getrieben worden.«
>
> *Jacob Burckhardt: ›Historische Fragmente‹*

Der Spanier Servet, als Arzt Entdecker
des Lungenkreislaufs, wird 1553 in Genf,
wohin er aus Frankreich geflohen, von Calvin
auf »kleiner« Flamme geröstet; auf kleiner:
Daß er noch »abschwören« könne.
Schreit dreißig Minuten – »Gotteslästerer«:
zog die Dreieinigkeitslehre in Zweifel ...

Der Savoyarde Castellio, Asylant in Basel,
von Calvin entlassen als Leiter des Genfer Collège,
weil er die »Höllenfahrt Christi« bezweifelt, prägt
anläßlich Servets für immer *das* Urwort der Humanität:
»Einen Menschen töten, heißt nicht, eine Lehre verteidigen
– sondern heißt: Einen Menschen töten und weiter nichts!«
Doch Basel verbietet: ›Contra libellum Calvini‹

Seines Griechischprofessors zu drucken – hundert Jahre!
Entkräftet, auch prozeßbedroht als Übersetzer Ochinos,
des zu Tode gehetzten, Landes verwiesenen Ketzers,
stirbt Castellio, erst achtundvierzig. Keine Silbermünze
im Nachlaß. Freunde zahlen den Sarg, teilen die Kinder
unter sich, die Castellio einst ernährte – nur dank des Rheins,
aus dem er fischte; und wärmte mit Treibholz.

Ärzte 2001

– statt Greisen Medizin wie Jungen zu geben,
begründen mit »Rentnerschwemme« – Gewissen keins –
»sozial verträgliches Frühableben«!
Nur noch schmerzlindernde Maßnahmen;
nicht Leben verlängernde beim siechen Patient,
obgleich alle im Vertrauen zur Praxis kamen:
Wer bezahle – kriege jedes Medikament!

Kielwasser

Panik – existentielle:
Am Heck sehen, wie Schraubenschaum,
wie Welle nach Welle,
Gischt, Wolken wegwehen aus Zeit, aus Raum!
So aus dem Gedächtnis auch weg wie Wellen
wir Menschen, die mit ihnen *eins*:
Dem jetzt Blautanne-hellen
Abbild des Seins.

Für Georg Heepe, der ebenso denkt!

Albert von Schirnding

Nachwort

»Eine Liebe in Deutschland«, die 1978 ohne Gattungsbezeichnung erschienene erste große Prosaarbeit des damals als Autor von sechs Theaterstücken bekannten Schriftstellers Rolf Hochhuth, ist, was Gewicht, Stoßrichtung, Wirkung betrifft, das epische Pendant zum Schauspiel »Der Stellvertreter«, das 1963 den Ruhm des Zweiunddreißigjährigen begründete. Der im Bühnenwerk in die Regieanweisungen und den dokumentarischen Anhang verbannte Kommentar zur Handlung ist hier in eigenen Kapiteln untergebracht, die das erzählte Geschehen immer wieder unterbrechen: die im Zweiten Weltkrieg spielende, mit der Hinrichtung des Mannes, der Inhaftierung der Frau bestrafte Liebesbeziehung eines jungen polnischen Kriegsgefangenen und einer anderthalb Jahrzehnte älteren Deutschen, die in einem südbadischen Dorf einen Obst- und Gemüseladen betreibt. Wenn Hochhuth auf die zeitgeschichtlichen Exkurse, den Bericht über seine Erfahrungen beim Recherchieren der tatsächlich stattgefundenen Ereignisse und die Reflexionen eines Bewußtseins, das dem Schreibenden unentwegt auf die Finger schaut, verzichtet hätte, wäre das Meister- und Musterstück einer politischen Novelle entstanden – die gesteigerte Fortsetzung des narrativen Debüts von 1964, der längst klassisch gewordenen Erzählung »Die Berliner Antigone«. Und das Buch, das einst den Prozeß »In Sachen Filbinger gegen Hochhuth« ausgelöst und schließlich den Sturz des baden-württembergischen Ministerpräsidenten herbeigeführt hat, würde auch kaum, wie jüngst geschehen, durch kultusministeriellen Erlaß von der Liste der für die Beruflichen Gymnasien dortzulande als verbindlich deklarierten Lektüre verschwunden sein – es hätte ja, wie man es staatlicherseits seit je von der Literatur erwartet, bei niemandem Anstoß erregt. Aber Hochhuth möchte um alles in der Welt anstößige Texte schreiben. Auf formale Perfektion, gattungskonforme ästhetische Zucht, »reine« Dichtung hat er nie Wert gelegt.

Sie hat nämlich etwas zu tun mit der sogenannten Kunst des Weglassens. »Weglassen eine Kunst?« fragt der Chronist des

Falls Pauline Krop und Stasiek Zasada, eines von tausenden Fällen, die ihrerseits namenlos blieben, keinen Chronisten fanden und je finden werden. Sollten die beiden, nachdem sie an den Wahnvorstellungen einer epidemischen Geisteskrankheit zugrunde gingen, ein zweites Mal geopfert werden – diesmal einem Kunstprinzip? Die Reinheit der Dichtung ist mit Amnesie, Fälschung, vor allem mit Ungerechtigkeit erkauft. Geschichten, die um der Gerechtigkeit willen erzählt werden, erzählt werden müssen, können nicht abgelöst werden vom Prozeß der Ermittlungen, die sie erfordern, noch weniger vom Prozeß der Geschichte, deren Produkt sie sind. Daß Hochhuth ein großer Erzähler ist, das heißt einer, der sich mit den Figuren einer Handlung (die fast immer ein Erleiden ist) identifizieren und ihnen Sprache geben kann, beweisen die Kapitel, in denen er (was ist schwerer?) die Liebesgeschichte der beiden und das Sterben des jungen Mannes vergegenwärtigt – letzteres in einer Intensität, die den Leser zwingt, zum Zellengenossen des Verurteilten zu werden und mit ihm eine lange letzte Nacht zu verbringen, um ihm bei Tagesanbruch auf den Lastwagen unter die Plane zu folgen, Richtung Steinbruch …

»Eine Liebe in Deutschland« ist der eine epische Schwerpunkt dieses unerhört reichen, das narrative und lyrische Lebenswerk eines geborenen Dramatikers und glänzenden Essayisten versammelnden Bandes, der andere die ebenfalls über Romanformat verfügende Geschichte der römischen Kaisertochter Julia. Hochhuths Geschichten- und Geschichtsschreibung umspannt zwei nur scheinbar weit auseinanderliegende Epochen.

Das tertium comparationis heißt Cäsarismus: Machtgier, Machtausübung, Machtverdummung. Ein Gedicht ist Gordon A. Craig gewidmet, »für den Augustus der neben Hitler Meistzuverachtende ist«. (Überhaupt behandeln Hochhuths Gedichte zum Teil dieselben Themen wie seine Prosa – die hier freilich in anderer, sozusagen kammermusikalischer Instrumentierung erscheinen.) Das Aufspüren von Analogien, das Bloßlegen von Grundmustern im sinnlosen Wogengang der Geschichte bedeutet nicht, daß der »historisch einzigartige Satanismus des Urhebers von Auschwitz« relativiert würde. Aber die Entsetzlichkeit der naheliegenden Verbrechen darf den Blick nicht verstellen auf die Opfer zufällig geographisch oder historisch fernerliegender.

Julia, das Kind des kalten Massenmörders Augustus, ist das Opfer einer oft erzählten Geschichte, nicht nur der geschehenen, auch der geschriebenen. Denn nicht weniger als ihre Inhaber verblendet die Macht ihre Chronisten – namentlich wenn diese ihrerseits in einer Epoche leben, die die Macht anbetet. Und dies gilt für die meisten Historiker des späten 19. Jahrhunderts, des eigentlichen Zeitalters der Geschichtsschreibung, das bis heute den Ton angibt: So werden die einst unter dem Vorwand der Unsittlichkeit Verbannten noch immer an den unwirtlichen Orten ihres Exils festgehalten, und die mit Gift und Dolch Ermordeten werden noch einmal ermordet. Gegen die Mächtigen der Geschichte *und* der »Geschichte« tritt Rolf Hochhuth, dieser Robin Hood der literarischen Historiographie, mit dem Mut des unbeirrbaren Einzelkämpfers auf den Plan. Den Idolen unserer Schulweisheit verweigert er jeden Respekt. Entrüstet, also ohne Rüstung des Wissenschaftlers, die immun macht gegen das Leid der Opfer, rüttelt er an Standbildern aus Erz oder noch dauerhafterem Material. Horaz muß sich als der »verächtlichste aller Hofpoeten«, als »verlogener Propagandist und Geschichtsfälscher« titulieren lassen, dem nie »eine Zeile geglückt ist, die einen Hauch von Erotik versprüht«.

Eben dies kann man seinem Widersacher, wie jeder unvoreingenommene Leser des vorliegenden Bandes bestätigen wird, Rolf Hochhuth nicht nachsagen. Es könnte ja sein, daß der literarische Kampf gegen das Böse und die Bösen die Schriftzüge hart, die Stimme schrill macht. Aber Hochhuts Register enthält auch die leisen und zarten Töne – über der Anklage sollte die Klage, über dem Zorn die Zärtlichkeit nicht überhört werden, die in seinen Erzählungen und in vielen Liebes-, Natur- und Vanitasgedichten nicht laut, sondern Laut werden. Ihm sind viele Zeilen geglückt, die mehr als nur einen Hauch Erotik versprühen – der Schmerz unvermeidlicher Verluste ist ihnen eingeschrieben.

Rolf Hochhuth hat sich nie gescheut, sich auf Größere zu berufen, Eideshelfer für die eigenen Optionen in den Zeugenstand zu holen. Die Verhältnisse sind klar: Auf der Sympathielinie liegen Schopenhauer, Ranke, Nietzsche und Burckhardt, Thomas Mann, Spengler, Jaspers, Benn und Ernst Jünger (und viele dazwischen); auf der Antipodenseite finden wir Hegel, Marx, Mommsen, Brecht, Adorno (und alles, was in ihren Umkreis gehört). In der Politik gilt sein Haß den rücksichtslosen Tätern und feigen Mitläufern der Macht – eine endlose Reihe, die von Cäsar und Augustus und ihren Propagandisten angeführt wird und bei »Wilhelm dem Letzten«, den Heydrichs und Himmlers (von Hitler nicht zu schweigen), den Pacellis und Filbingers noch lange nicht aufhört. Hochhuths kreative Sympathie genießen unter den Machthabern die Nachdenklichen, von Anfällen hamletischer Melancholie Heimgesuchten (Beispiel Bismarck), in viel höherem Grade diejenigen, die auf dieser »Erde ohne Güte, der nur die Macht gerät« (Gottfried Benn) als Einzelne den aussichtslosen Widerstand gegen das Unrecht auf sich nahmen. Da ist Anne, die »Berliner Antigone«, oder Maurice Bavaud, Johann Georg Elser, Elfriede Scholz. Doch die Sympathie des Dichters im eigentlichen Wortsinn als Mitleiden gilt den Opfern, am meisten den namenlosen unter ihnen, den Vermißten, die niemand mehr vermißt. Gegen die Vergessenslust einer dem neuen Jahrhundert zugewandten Generation schreibt Hochhuth seine Texte – unverführt, unverführbar durch die immer flinkeren Wendungen eines proteushaften Zeitgeists. Eigensinnig spricht er von dem, was keiner mehr hören will, von der »Trinität« Auschwitz, Deutsche, Hitler, vom (nach wie vor) Schlimmsten, das (nach wie vor) das Verdrängteste ist.

Hochhuth, der radikale Moralist, und Hochhuth, der radikale Geschichtspessimist: Wie gehen die beiden zusammen? Wer davon überzeugt ist, daß der Einzelne nur Schaum auf der Welle und daß das principium individuationis nur eine Einbildung ist, vor dem, möchte man denken, verschwinden doch die Unterschiede zwischen Peinigern und Gepeinigten – »der Quäler und der Gequälte sind Eines«, heißt es bei Schopenhauer. Wird angesichts der Einerleiheit von Handeln und Leiden, der Gleich-Gültigkeit von König und Bauer, die nach dem Spiel beide im Beutel des Spielers verschwinden, nicht jede Parteinahme für oder gegen eine der ziellos sich brechenden »Wellen« sinnlos? Der Weise hält sich aus dem Streit der Welt – und kaum ein anderer Autor unserer Tage hielt und hält sich so wenig aus dem Streit der Welt wie Rolf Hochhuth. Es bleibt ein Zwiespalt zwischen dem literarischen Anwalt der Mühseligen und Beladenen und dem von der Heillosigkeit des Daseins durchdrungenen Dichter. Aber dieser Zwiespalt gehört in die höhere Einheit von Menschenfreundlichkeit und Pessimismus. Wer – in »ruchlosem Optimismus« – glaubt, daß alles schließlich ja doch gut ausgeht, ist eher geneigt, aktuelle Mißstände für nur halb so schlimm zu halten und über sie hinwegzusehen. Im vermeintlichen Glorienschein des Finales zeigen sich die Schädelstätten der Geschichte von rosigem Licht übergossen.

Dagegen vermag wirkliche Sympathie nur aufzubringen, wer mit Jacob Burckhardt den »duldenden, strebenden und handelnden Menschen, wie er ist und immer war und sein wird«, als Zentrum einer Krankengeschichte begreift. »Phantasie hat, wer vom Leid des Einzelnen in der Geschichte ergreifbar ist.« Dieser wunderbare Satz, der sich zwischen zwei Gedankenstrichen in der Julia-Erzählung findet, enthält Motiv und Motto für das ganze Werk Rolf Hochhuths. In solcher Ergreifbarkeit vom Leid des Einzelnen, nicht in humanistischen Größenphantasien, hat die Menschenfreundlichkeit aller wahren Dichtung ihren Ursprung.